KEN FOLLETT

Never – Die letzte Entscheidung

Weitere Titel des Autors:

Die Kingsbridge-Romane
(in chronologischer Reihenfolge)
Kingsbridge – Der Morgen einer neuen Zeit
Die Säulen der Erde
Die Tore der Welt
Das Fundament der Ewigkeit
Die Waffen des Lichts

Die Jahrhundert-Trilogie
(in chronologischer Reihenfolge)
Sturz der Titanen
Winter der Welt
Kinder der Freiheit

Thriller aus der Zeit des Zweiten Weltkriegs
Die Nadel
Der Schlüssel zu Rebecca
Nacht über den Wassern
Die Leopardin
Mitternachtsfalken

Weitere Romane
Dreifach
Der Mann aus St. Petersburg
Die Löwen
Die Pfeiler der Macht
Die Brücken der Freiheit
Der dritte Zwilling
Die Kinder von Eden
Das zweite Gedächtnis
Eisfieber

Frühe Romane
Der Modigliani-Skandal
Die Spur der Füchse

Tatsachen-Thriller
Auf den Schwingen des Adlers

Titel auch als Hörbuch erhältlich

KEN FOLLETT

NEVER

DIE LETZTE ENTSCHEIDUNG

Roman

Übersetzung aus dem Englischen von
Dietmar Schmidt und Rainer Schumacher

Lübbe

NACHHALTIG PRODUZIERT

Die Bastei Lübbe AG verfolgt eine nachhaltige Buchproduktion. Wir verwenden Papiere aus nachhaltiger Forstwirtschaft und verzichten darauf, Bücher einzeln in Folie zu verpacken. Wir stellen unsere Bücher in Deutschland und Europa (EU) her und arbeiten mit den Druckereien kontinuierlich an einer positiven Ökobilanz.

FSC® www.fsc.org MIX Papier | Fördert gute Waldnutzung FSC® C014496

Vollständige Taschenbuchausgabe
der bei Bastei Lübbe erschienenen Hardcoverausgabe

Titel der englischen Originalausgabe: »Never«

Textredaktion: Dr. Helmut Pesch, Köln
Umschlaggestaltung: Johannes Wiebel | punchdesign, München
Einband-/Umschlagmotiv: © Johannes Wiebel; spacedrone808/shutterstock.com; ifong/shutterstock.com; Free Textures/shutterstock.com; Sabphoto/shutterstock.com; The7Dew/shutterstock.com; Lizard/shutterstock.com
Satz: Dörlemann Satz, Lemförde
Gesetzt aus der Adobe Caslon
Druck und Verarbeitung: GGP Media GmbH, Pößneck

Printed in Germany
ISBN 978-3-404-19322-6

2 4 5 3 1

Sie finden uns im Internet unter luebbe.de
Bitte beachten Sie auch: lesejury.de

Bei meinen Recherchen für *Sturz der Titanen* stellte ich zu meinem Entsetzen fest, dass niemand den Ersten Weltkrieg gewollt hatte. Auf keiner Seite wünschte sich ein europäischer Staatenlenker einen derartigen Konflikt. Trotzdem trafen die Monarchen und Staatschefs eine Entscheidung nach der anderen – logische, moderate, nachvollziehbare Entscheidungen –, von denen uns jede einzelne einen kleinen Schritt näher an den furchtbarsten Konflikt brachte, den die Welt je erlebt hatte. Ich gelangte zu der Auffassung, dass der Erste Weltkrieg nur ein tragischer Unfall gewesen war.

Und ich fragte mich: Könnte so etwas wieder passieren?

Zwei Tiger können sich nicht den gleichen Berg teilen.
Chinesisches Sprichwort

MUNCHKIN COUNTRY

Prolog

Den Titel des kleinsten US-Präsidenten aller Zeiten hatte mit fünf Fuß vier Zoll lange James Madison gehalten; das entspricht einem Meter dreiundsechzig. Bis Präsidentin Green seinen Rekord brach. Pauline Green maß vier Fuß elf Zoll, nicht ganz einen Meter fünfzig. Sie wies gern darauf hin, dass Madison bei seiner Wahl einen gewissen Dewitt Clinton geschlagen habe, der es auf sechs Fuß drei Zoll brachte, einen Meter einundneunzig.

Ihren Besuch in Munchkin Country hatte sie zweimal verschoben. In jedem Jahr ihrer Amtszeit war er einmal angesetzt gewesen, aber beide Male war etwas Wichtigeres dazwischengekommen. Nun, beim dritten Mal, musste sie unbedingt hin, fand sie. Es war ein milder Septembermorgen im dritten Jahr ihrer Präsidentschaft.

Die Army nannte es einen *Rehearsal of Concept Drill.* Die Trockenübung sollte führende Regierungsangehörige mit den Abläufen vertraut machen, die sie in einem Notfall zu beachten hatten. Pauline tat demnach so, als hätte sie die Meldung erhalten, dass die USA angegriffen würden, und ging mit raschen Schritten vom Oval Office zum Südrasen des Weißen Hauses.

Hastig folgte ihr eine Handvoll Schlüsselpersonen, die ihr kaum jemals von der Seite wichen: ihr Nationaler Sicherheitsberater, ihre leitende Assistentin, zwei Bodyguards vom Secret Service und ein junger Army-Captain mit einem ledernen Aktenkoffer, den man den Atomic Football nannte und der alles enthielt, was Pauline brauchte, um einen Atomkrieg zu beginnen.

Ihr Hubschrauber gehörte zu einer ganzen Flotte, und jeweils der, in dem sie sich befand, hieß *Marine One*. Wie stets nahm ein Marineinfanterist in blauer Ausgehuniform Haltung an, als die Präsidentin näher kam und leichtfüßig die Rampe hochstieg.

Ihren ersten Flug mit einem Hubschrauber, der ungefähr ein Vierteljahrhundert zurücklag, hatte Pauline als unangenehm empfunden. Sie erinnerte sich noch an die harten Metallsitze und die Enge, an den Lärm, der jedes Gespräch unmöglich machte. In diesem Hubschrauber war es anders. Das Innere des Helikopters ähnelte mehr einem Privatjet. Die bequemen Sitze waren mit hellbraunem Leder bezogen. Der Innenraum war klimatisiert, und die Maschine verfügte über eine kleine Toilettenkabine.

Gus Blake, der Nationale Sicherheitsberater, nahm neben ihr Platz. Gus war pensionierter General, ein großer Mann mit dunkler Haut und kurzen grauen Haaren. Ihn umgab eine Aura beruhigender Kraft. Mit fünfundfünfzig hatte er Pauline fünf Jahre voraus. Beim Präsidentschaftswahlkampf war er ein wichtiges Mitglied ihres Teams gewesen, und jetzt war er ihr engster Mitarbeiter.

»Danke für Ihr Verständnis«, sagte er, als sie abhoben. »Ich weiß, Sie haben anderes zu tun.«

Er hatte recht. Die Ablenkung kam ihr ungelegen, und sie konnte es kaum abwarten, die Sache hinter sich zu bringen. »Eine der Pflichten, die erledigt sein wollen«, sagte sie.

Der Flug war kurz. Während der Hubschrauber in den Sinkflug ging, betrachtete sich Pauline in einem Taschenspiegel. Ihr kurzer blonder Bob saß tadellos, sie hatte nur leichtes Make-up aufgetragen. Aus ihren schönen nussbraunen Augen sprach Mitgefühl, wie sie es oft empfand, aber ihre Lippen konnten einen geraden Strich bilden und unerbittliche Entschlossenheit ausdrücken. Mit einem Klicken klappte sie den Spiegel zusammen.

Sie landeten vor einem Lagerhaus in einer Vorstadt in Maryland. Offiziell hieß die Stätte *US Government Archive Overflow Storage Facility No. 2*, als würden dort überzählige Regierungsakten gelagert, aber die wenigen Personen, die ihre wahre Funktion kannten, nannten sie Munchkin Country nach dem Ort, an den es Dorothy in *Der Zauberer von Oz* während des Tornados verschlägt.

Munchkin Country war geheim. Jeder kannte den Raven Rock Complex in Colorado, den unterirdischen Atombunker, in dem die obersten Militärs sich während eines Atomkriegs zu verschanzen gedachten. Die Einrichtung gab es wirklich, und sie war wichtig für den Fall der Fälle, aber der US-Präsident würde sich nicht dorthin zurückziehen. Viele wussten auch, dass unter dem Ostflügel des Weißen Hauses das *Presidential Emergency Operations Center* lag, das Lagezentrum, das in Krisen wie 9/11 zum Einsatz kam. Für eine langfristige Nutzung nach der nuklearen Apokalypse war diese Notzentrale allerdings nicht gedacht.

Munchkin Country konnte hundert Personen ein Jahr lang am Leben erhalten.

Präsidentin Green wurde von einem Generalleutnant Whitfield empfangen. Er war Ende fünfzig, füllig mit rundem Gesicht, aber liebenswürdigem Gebaren und einem auffälligen Mangel an militärischer Aggressivität. Pauline hatte kaum einen Zweifel, dass er nicht im Geringsten daran interessiert war, Gegner zu töten – nun, dafür hatte man schließlich Soldaten. Seine Friedfertigkeit durfte der Grund sein, weshalb er auf diesem Kommandeursposten gelandet war.

Der erste Eindruck, den man bekam, war der eines ganz normalen Lagerbetriebs; Schilder leiteten Lieferfahrzeuge zu einer Laderampe. Whitfield führte die Gruppe durch einen schmalen Seiteneingang, und hinter dieser Tür schlug die Stimmung um.

Vor ihnen versperrte eine schwere Stahltür den Weg, die mit

ihren beiden Flügeln auch als Eingang zu einem Hochsicherheitsgefängnis getaugt hätte.

Der Raum, den man durch die Stahltür betrat, wirkte bedrückend. Er hatte eine niedrige Decke, und die Wände schienen zusammengerückt zu sein, als wären sie mehrere Fuß dick. Die Luft roch wie aus der Dose.

»Dieser druckwellengesicherte Raum dient hauptsächlich zum Schutz der Aufzugschächte«, erklärte Whitfield.

Als sie in den Lift stiegen, verlor Pauline rasch das ungeduldige Gefühl, an einer Übung teilzunehmen, die kaum erforderlich war. Die Sache erschien ihr immer unheimlicher.

»Mit Ihrer Erlaubnis, Madam President, fahren wir erst ganz nach unten und arbeiten uns nach oben vor.«

»Einverstanden, General. Ich danke Ihnen.«

Während der Lift hinunterfuhr, sagte er stolz: »Ma'am, diese Einrichtung bietet Ihnen einhundertprozentigen Schutz, sollten die USA von einer der folgenden Bedrohungen betroffen sein: einer Pandemie oder Seuche, einer Naturkatastrophe wie dem Einschlag eines großen Meteoriten auf der Erde, einem Aufstand und größeren zivilen Unruhen, der erfolgreichen Invasion durch konventionelle Streitkräfte, einem Cyberangriff oder einem nuklearen Konflikt.«

Wenn diese Auflistung möglicher Katastrophen dazu gedacht war, Pauline zu beruhigen, so verfehlte sie ihren Zweck. Sie erinnerte sie vielmehr daran, dass ein Ende der Zivilisation im Rahmen des Möglichen lag und sie sich vielleicht in diesem Loch im Boden verstecken müsste, damit sie versuchen konnte, die Überreste der Spezies Mensch zu retten.

Wenn schon sterben, dann lieber an der Oberfläche, dachte sie.

Die Aufzugskabine fuhr rasch und schien tief zu fallen, bevor sie verlangsamte. Als sie endlich anhielt, sagte Whitfield: »Für den Fall von Aufzugproblemen gibt es eine Treppe.«

Das sollte eine geistreiche Bemerkung sein, und die jüngeren Mitglieder ihrer Gruppe lachten über den Gedanken, wie viele Stufen es wären. Pauline erinnerte sich jedoch daran, wie lange die Menschen gebraucht hatten, um im brennenden World Trade Center die Treppen hinunterzusteigen, und verzog keine Miene. Gus blieb genauso ernst wie sie, wie sie mit einem Seitenblick feststellte.

Die Wände waren in einem friedlichen Grün, beruhigendem Cremeweiß und entspannendem Pastellrosa gestrichen, aber es war und blieb ein unterirdischer Bunker. Das unheimliche Gefühl verließ sie auch nicht, als man ihr der Reihe nach die Präsidentensuite, die Unterkünfte mit ihren Feldbettenreihen, das Lazarett, die Sporthalle, die Kantine und den Supermarkt zeigte.

Der Lageraum war eine Nachbildung des Einsatzzentrums im Keller des Weißen Hauses. In der Mitte gab es einen langen Tisch, an den Wänden Stühle für Adjutanten und Assistenten. Darüber hingen große Bildschirme. »Wir können Ihnen alle visuellen Daten liefern, die Sie im Weißen Haus erhalten würden, und genauso schnell«, sagte Whitfield. »Wir können einen Blick in jede Stadt der Welt werfen, indem wir uns in Verkehrsüberwachungs- und Sicherheitskameras hacken. Militärische Radaranlagen liefern uns Ortungsergebnisse in Echtzeit. Wie Sie wissen, dauert es bei Satellitenfotos gut zwei Stunden, bis sie zur Verfügung stehen, aber wir erhalten sie zeitgleich mit dem Pentagon. Wir können jeden Fernsehsender empfangen, was bei den seltenen Gelegenheiten nützlich ist, bei denen CNN oder Al Jazeera eine Story bringen, bevor uns Geheimdienstmeldungen vorliegen. Und uns wird ein Team von Übersetzern zur Verfügung stehen, das in Echtzeit Untertitel für fremdsprachige Nachrichtensendungen erstellt.«

Die Techniketage verfügte über ein Kraftwerk mit einem Dieselkraftstoffreservoir von der Größe eines Sees, ein Heiz- und Kühlsystem und einen Zwanzig-Millionen-Liter-Wasserspeicher, den eine unterirdische Quelle speiste. Pauline neigte nicht zur

Klaustrophobie, aber ihr stockte der Atem bei dem Gedanken, hier eingesperrt zu sein, während die Außenwelt in Schutt und Asche fiel. Mit einem Mal bemerkte sie, wie sie gepresst Luft holte und wieder ausstieß.

Als lese er ihre Gedanken, sagte Whitfield: »Unsere Luftversorgung kommt von außen durch eine Reihe von Filtern, die nicht nur Explosionen standhalten, sondern auch Schadstoffe abfangen, seien sie chemischer, biologischer oder radioaktiver Natur.«

Gut, dachte Pauline, aber was ist mit den Millionen Menschen an der Oberfläche, die keinen Schutz haben?

Am Ende der Führung sagte Whitfield: »Madam President, wir wurden verständigt, dass Sie nicht zu Mittag essen möchten, bevor Sie uns wieder verlassen, aber wir haben einen Imbiss vorbereitet für den Fall, dass Sie sich umentscheiden.«

Das passierte ihr ständig. Jedem gefiel die Vorstellung, ein Stündchen zwanglos mit der Präsidentin plaudern zu können. Sie empfand einen Schwall von Sympathie für Whitfield, der unterirdisch auf seinem wichtigen, aber unsichtbaren Posten festsaß, aber wie immer musste sie dem Drang widerstehen und sich an ihren Terminplan halten.

Nur selten verschwendete Pauline ihre Zeit, indem sie mit jemandem aß, der nicht ihrer Familie angehörte. Zum Austausch von Informationen und Treffen von Entscheidungen hielt sie Besprechungen ab, und wenn eine Sitzung zu Ende war, begab sie sich in die nächste. Die Anzahl der formellen Bankette, an denen sie als Präsidentin teilnahm, hatte sie radikal zusammengestrichen. »Ich bin die Anführerin der freien Welt«, hatte sie gesagt. »Wozu soll ich mich drei Stunden lang mit dem belgischen König unterhalten?«

Sie sah Whitfield in die Augen. »Das ist sehr freundlich von Ihnen, General, aber ich muss zurück ins Weiße Haus.«

Als sie wieder im Hubschrauber saß, schnallte sie sich an und nahm einen Plastikbehälter aus der Tasche, der nicht größer war als eine kleine Brieftasche. Der Behälter wurde der Biscuit genannt. Er konnte nur geöffnet werden, indem man die Kunststoffhülle zerbrach. Darin befand sich eine Karte mit einer Reihe von Buchstaben und Ziffern: die Codes zur Anordnung eines nuklearen Angriffs. Als Präsidentin musste sie den Biscuit ständig bei sich tragen und ihn nachts an ihrem Bett aufbewahren.

Gus bemerkte, was sie tat. »Gott sei Dank ist der Kalte Krieg vorbei.«

»Dieser schreckliche Bunker hat mir vor Augen geführt, wie dicht am Rand des Abgrunds wir noch immer leben.«

»Wir müssen nur dafür sorgen, dass er nie gebraucht wird.«

Und dafür war Pauline Green verantwortlich, mehr als jeder andere Mensch auf der Welt. An einigen Tagen spürte sie die Last auf ihren Schultern. Heute wog sie besonders schwer.

Sie schloss kurz die Augen. »Wenn ich jemals nach Munchkin Country zurückkehre, dann weiß ich, dass ich versagt habe.«

DEFCON 5

Niedrigste Alarmstufe

Kapitel 1

Von einem Flugzeug aus betrachtet hätte der Wagen wie ein Käfer gewirkt, dessen glänzender schwarzer Panzer in der Sonne funkelte, während er behäbig über einen endlosen Strand kroch. Tatsächlich legte das Fahrzeug dreißig Meilen pro Stunde zurück, die maximal mögliche Geschwindigkeit auf einer Straße, die ständig mit Schlaglöchern und Rissen aufwartete. Niemand riskierte in der Sahara eine Reifenpanne.

Von N'Djamena, der Hauptstadt des Tschad, führte die Straße durch die Wüste zum Tschadsee, der größten Oase der Sahara. Die Landschaft bot ein lang gestrecktes, flaches Panorama aus Sand und Felsen mit seltenen blassgelben vertrockneten Büschen, übersät mit kleinen und großen Steinen, alles im gleichen Hellbraun und so öde wie die Mondoberfläche.

Wenn die Wüste beunruhigend an den Weltraum erinnerte, sann Tamara Levit, war das Auto ihr Raumschiff. Wenn mit ihrem Raumanzug etwas schiefging, konnte sie sterben. Der Vergleich war abstrus, und sie musste unwillkürlich lächeln. Trotzdem warf sie einen Blick in den hinteren Teil des Wagens, wo zwei beruhigend große Ballonflaschen aus Plastik mit Wasser standen, genug, um sie alle im Notfall am Leben zu erhalten, bis Hilfe eintraf. Normalerweise.

Der Wagen war ein amerikanisches Modell. Er war für schwieriges Terrain gebaut, hohe Bodenfreiheit, kurze Geländeuntersetzung. Seine Scheiben waren getönt, und Tamara trug eine Sonnenbrille, aber trotzdem glühte die Sonne auf der Betonpiste und schmerzte ihr in den Augen.

Alle vier Insassen des Wagens trugen Sonnenbrillen. Ali, der Fahrer, war ein Einheimischer, im Tschad geboren und aufgewachsen. In der Stadt kleidete er sich in Bluejeans und T-Shirt, aber heute trug er ein bodenlanges Gewand, das man Dschallabija nannte, dazu ein voluminös umgeschlagenes Baumwolltuch um den Kopf, die traditionelle Schutzkleidung vor der gnadenlosen Sonne.

Auf dem Beifahrersitz neben Ali saß ein amerikanischer Soldat, Corporal Peter Ackerman. Die Waffe, die er sich locker über die Knie gelegt hatte, war das übliche leichtgewichtige Sturmgewehr der US Army mit kurzem Lauf. Er war um die zwanzig, einer dieser jungen Männer voll überbordender munterer Freundlichkeit. Tamara, die fast dreißig war, erschien er absurd jung, um ihm eine tödliche Waffe anzuvertrauen. Aber an Selbstbewusstsein mangelte es ihm nicht – einmal hatte er sich sogar erkühnt, sie um ein Rendezvous zu bitten. »Ich kann Sie gut leiden, Pete«, hatte sie entgegnet, »aber Sie sind viel zu jung für mich.«

Neben Tamara auf der Rückbank saß Tabdar Sadoul, genannt »Tab«, ein Attaché der EU-Mission in N'Djamena. Tab trug seine glänzenden mittelbraunen Haare modisch lang, aber davon abgesehen wirkte er in seiner Khakihose und dem himmelblauen Button-Down-Hemd mit hochgeklappten Manschetten, die seine gebräunten Handgelenke zeigten, wie ein Geschäftsmann im Urlaub.

Tamara gehörte der US-Botschaft in N'Djamena an und trug ihre übliche Arbeitskleidung, ein langärmeliges Kleid über einer Hose und ein Kopftuch, das ihre dunklen Haare bedeckte. Es war eine praktische Kleidung, die niemanden kränkte, und mit ihren braunen Augen und der olivfarbenen Haut sah sie nicht einmal wie eine Ausländerin aus. In einem Land mit hoher Verbrechensrate wie dem Tschad war man sicherer, wenn man nicht auffiel, und das galt ganz besonders für eine Frau.

Sie behielt den Kilometerzähler im Auge. Seit zwei Stunden waren sie unterwegs und näherten sich nun ihrem Ziel. Tamara sah dem bevorstehenden Treffen mit Anspannung entgegen. Eine Menge hing davon ab, ihre eigene Karriere eingeschlossen.

»Unsere Legende ist ein Forschungsauftrag«, erinnerte sie. »Wissen Sie genug über den See?«

»Es reicht, denke ich«, antwortete Tab. »Der Schari entspringt in Zentralafrika, fließt vierzehnhundert Kilometer weit und mündet hier in den Tschadsee. Das Gewässer wiederum versorgt mehrere Millionen Menschen in vier Staaten mit Trinkwasser: Niger, Nigeria, Kamerun und Tschad. Es sind Kleinbauern, Viehzüchter und Fischer. Der begehrteste Fisch ist der Viktoriabarsch, der bis zu zwei Meter lang und zweihundert Kilogramm schwer werden kann.«

Franzosen, die Englisch sprechen, klingen immer, als wollten sie einen ins Bett kriegen, dachte Tamara. Bei ihm könnte ich es mir sogar vorstellen. Sie sagte: »Ich schätze, sie fangen nicht mehr viele Barsche, seit das Wasser so niedrig steht.«

»Da haben Sie recht. Der See bedeckte einmal fünfundzwanzigtausend Quadratkilometer, aber jetzt sind es nur noch dreizehnhundert. Sehr viele der abhängigen Menschen hier stehen am Rand des Hungertods.«

»Was halten Sie von dem chinesischen Plan?«

»Ein Kanal von zweieinhalbtausend Kilometern Länge, der Wasser vom Kongo hierherschafft? Der Präsident des Tschad ist heiß darauf, was nicht überrascht. Vielleicht funktioniert es sogar – die Chinesen bringen erstaunliche Dinge zustande –, aber es wird nicht billig, und es wird seine Zeit dauern.«

Chinas Investitionen in Afrika wurden von Tamaras Vorgesetzten in Washington und Tabs Vorgesetzten in Paris mit der gleichen Mischung aus staunender Bewunderung und tiefem

Argwohn betrachtet. Beijing gab Milliarden aus und brachte einiges zustande, aber was waren die wahren Absichten der chinesischen Führung?

Aus dem Augenwinkel sah Tamara etwas aufblitzen, weit entfernt, fast wie Sonnenlicht auf Wasser. »Ist das da schon der See?«, fragte sie Tab. »Oder nur eine Luftspiegelung?«

»Wir müssen dicht dran sein«, sagte er.

»Halten Sie nach einer Abfahrt nach links Ausschau«, sagte sie zu Ali und wiederholte es auf Arabisch. Sowohl Tamara als auch Tab sprachen Arabisch und Französisch fließend, die beiden Hauptsprachen im Tschad.

»*La voilà*«, antwortete Ali auf Französisch: Da ist sie.

Der Wagen verlangsamte, während er sich einer Ausfahrt näherte, die nur durch einen Steinhaufen markiert war.

Sie bogen von der Straße auf einen Weg ab, der über kiesigen Sand führte. Stellenweise war es schwierig, den Weg von der umgebenden Wüste zu unterscheiden, aber Ali schien zu wissen, was er tat. In der Entfernung sah Tamara in der flimmernden Hitze immer wieder kurz verschwommene grüne Flecke, vermutlich Büsche und Bäume, die am Wasserrand wuchsen.

Abseits der Straße tauchte das Skelett eines lange toten Peugeot-Pick-ups auf, eine verrostete Karosserie ohne Räder oder Fensterscheiben, und bald zeigten sich weitere Anzeichen menschlicher Besiedlung: ein Kamel, an einem Busch festgebunden, ein Mischlingshund mit einer Ratte im Maul, verstreute leere Bierdosen, nackte Felgen und zerfetzte Plastikfolie.

Sie fuhren an einem Gemüsefeld vorbei, auf dem ein Mann die ordentlichen, geraden Pflanzenreihen mit einer Gießkanne bewässerte, dann kamen sie in ein Dorf aus fünfzig oder sechzig verstreuten Gebäuden ohne irgendwelche sichtbaren Straßen. Die meisten Behausungen waren traditionelle Einraumhütten mit runden Lehmziegelwänden und spitzen hohen Dächern aus Palmwedeln. Ali fuhr Schritttempo und schlängelte den Wagen zwischen den Häusern hindurch, wich barfüßigen Kindern, gehörnten Ziegen und Kochfeuern unter freiem Himmel aus.

Schließlich hielt er an. »*Nous sommes arrivés*«, verkündete er: Wir sind da.

Tamara fragte: »Pete, würden Sie bitte das Gewehr in den Fußraum legen? Wir wollen wie Wissenschaftler aussehen.«

»Klar, Miss Levit.« Er schob es zwischen seine Füße und versenkte den Gewehrkolben unter den Sitz.

»Das war einmal ein wohlhabendes Fischerdorf«, sagte Tab, »aber schauen Sie, wie weit das Wasser jetzt weg ist – anderthalb bis zwei Kilometer.«

Die Siedlung war herzzerreißend arm, der ärmste Ort, den Tamara je gesehen hatte. Er grenzte an einen lang gezogenen flachen Strand, der früher vermutlich unter Wasser gestanden hatte. Windmühlen, die einmal das Wasser zu den Feldern gepumpt hatten, standen jetzt halb verfallen weit vom Seeufer entfernt; ihre Flügel drehten sich sinnlos. Eine Herde magerer Schafe graste an einem Busch, bewacht von einem kleinen Mädchen mit einem Stock in der Hand. Tamara sah den See in der Ferne glitzern. Papyrusstauden und Akazien säumten das Ufer. Kleine Inselchen sprenkelten den See. Tamara wusste, dass die größeren Inseln den Dschihadistenbanden, von denen die Einheimischen terrorisiert wurden, als Versteck dienten. Sie raubten das wenige, was die Leute besaßen, und schlugen jeden zusammen, der versuchte, sie aufzuhalten. Menschen, die ohnehin schon verarmt waren, wurden von ihnen völlig in Not und Elend gestürzt.

»Wissen Sie, was diese Leute im See treiben?«, fragte Tab.

Im seichten Wasser stand ein halbes Dutzend Frauen und hantierte mit Schalen. Tamara konnte seine Frage beantworten. »Sie schöpfen essbare Algen von der Oberfläche ab. Bei uns heißen sie Spirulina; das arabische Wort ist *dihé*. Sie filtern sie heraus, dann werden sie in der Sonne getrocknet.«

»Haben Sie das jemals probiert?«

Sie nickte. »Es schmeckt scheußlich, aber offenbar ist es nahrhaft. Man kann es in Reformhäusern kaufen.«

»Nie davon gehört. Klingt nicht nach etwas, das einen französischen Gaumen erfreuen würde.«

»Sie müssen es ja wissen.« Tamara öffnete die Autotür und stieg aus. Kaum hatte sie den klimatisierten Wagen verlassen, als die Luft sie traf wie sengende Glut. Sie zog sich das Kopftuch in die Stirn, um ihr Gesicht zu schützen. Danach nahm sie ein Handyfoto des Strandes auf.

Tab verließ das Fahrzeug, setzte sich einen Strohhut mit breiter Krempe auf und trat neben Tamara. Der Strohhut stand ihm nicht – er sah sogar ein wenig albern aus –, aber das schien ihn nicht weiter zu bekümmern. Er war gut gekleidet, aber nicht eitel. Das gefiel ihr.

Beide musterten sie das Dorf. Zwischen den Häusern lagen bestellte Felder, die von Bewässerungsgräben durchzogen wurden. Das Wasser musste von weit her herangeschafft werden, und Tamara war sich mit bedrückender Überzeugung sicher, dass dies die Aufgabe der Frauen war. Ein Mann in einer Dschallabija schien Zigaretten zu verkaufen, schwatzte freundlich mit den Männern, flirtete ein wenig mit den Frauen. Tamara erkannte die weiße Schachtel mit dem goldenen Sphinxkopf: eine ägyptische Marke namens Cleopatra, die beliebteste Zigarette in Afrika. Die Zigaretten waren vermutlich Schmuggelware oder Diebesgut. Vor den Hütten waren etliche Motorräder und Motorroller geparkt, dazu ein sehr alter VW Käfer. In diesem Land war das Motorrad das beliebteste individuelle Transportmittel. Tamara nahm mehrere Fotos auf.

Der Schweiß rann ihr unter den Kleidern am Leib herunter. Mit dem Ende ihres Baumwollkopftuchs wischte sie sich die Stirn. Tab zog ein rotes Taschentuch mit weißen Punkten hervor und tupfte sich den Hals unter dem Hemdkragen ab.

»Die Hälfte der Hütten ist unbewohnt«, sagte er.

Tamara sah genauer hin und erkannte, dass einige Bauwerke im Verfall begriffen waren. In den Palmwedeldächern klafften Löcher, und einige Lehmziegel bröckelten.

»Die Menschen haben das Gebiet in Scharen verlassen«, sagte Tab. »Ich schätze, jeder, der irgendwo anders hinkonnte, ist fort. Aber Millionen sind noch hier. Die ganze Gegend ist ein Katastrophengebiet.«

»Und nicht nur hier, richtig?«, fragte Tamara. »Was hier vorgeht, diese Wüstenbildung am Südrand der Sahara, geschieht in ganz Afrika, vom Roten Meer bis zum Atlantik.«

»Auf Französisch nennen wir die Region *Le Sahel.*«

»Im Englischen ist es das gleiche Wort. Der Sahel.« Sie warf einen Blick zurück zum Auto. Der Motor lief noch. »Ali und Pete bleiben wohl sitzen.« Drinnen war es kühl, dank Klimaanlage.

»Wenn sie einen Funken Verstand besitzen.« Tab machte eine besorgte Miene. »Ich sehe nirgends unseren Mann.«

Auch Tamara sorgte sich. Er konnte tot sein. Sie antwortete jedoch gelassen: »Unsere Anweisungen lauten, uns von ihm finden zu lassen. Inzwischen müssen wir in der Rolle bleiben, also sehen wir, dass wir abtauchen.«

»Was?«

»Gehen wir los und schauen uns um.«

»Aber was sagten Sie gerade? Abtauchen?«

»Tut mir leid. Ist wohl Slang. So redet man bei uns.«

Er grinste. »Ich könnte der einzige Franzose sein, der diesen Ausdruck kennt.« Tab wurde wieder ernst. »Aber bevor wir gehen, sollten wir den Dorfältesten unsere Aufwartung machen.«

»Warum machen Sie das nicht allein? Von einer Frau würde man sowieso niemals Notiz nehmen.«

»Klar.«

Tab ging davon, und Tamara schlenderte umher. Sie versuchte, sich unbeeindruckt zu geben, fotografierte und unterhielt sich auf Arabisch mit den Menschen. Die meisten Dorfbewohner bewirtschafteten entweder einen kleinen Streifen karges Land oder hatten ein paar Schafe oder eine Kuh. Eine Frau hatte sich auf das Flicken von Netzen spezialisiert, aber es gab nur noch wenige Fischer; ein Mann besaß einen Brennofen und stellte Töpfe her, aber nicht viele Menschen hatten Geld, um sie zu kaufen. Jeder war mehr oder weniger verzweifelt.

Ein baufälliges Gerüst aus vier Pfosten, auf dem ein Geflecht aus Zweigen ruhte, diente als Wäschetrockner, und eine junge Frau hängte Wäsche auf und hielt dabei einen Jungen von etwa zwei Jahren im Auge. Ihre Kleidung war in den lebhaften Gelb- und Orangetönen gehalten, die die Tschaderinnen so sehr liebten. Sie hängte das letzte Stück auf, nahm das Kind auf die Hüfte, sprach Tamara in sorgfältigem Schulmädchenfranzösisch mit kräftigem arabischen Akzent an und lud sie zu sich ins Haus ein.

Die Frau hieß Kiah, ihr Sohn Naji, und sie sei Witwe, sagte sie. Sie sah aus, als wäre sie um die zwanzig. Kiah war außerordentlich schön mit ihren schwarzen Brauen, kräftigen Jochbeinen und einer großen gebogenen Nase, und der Ausdruck ihrer dunklen Augen deutete auf Kraft und Entschlossenheit hin. Tamara konnte sich vorstellen, dass sie ein interessanter Mensch war.

Sie folgte Kiah durch die niedrige Tür mit dem Rundbogen. Kaum gelangte sie aus der knallenden Sonne in den tiefen Schatten, nahm sie die Sonnenbrille ab. In der Hütte war es düster, eng und wohlriechend. Tamara spürte einen dicken Teppich unter ihren Füßen und roch Zimt und Kurkuma. Als ihre Augen sich angepasst hatten, sah sie niedrige Tische, ein paar Körbe zum Verstauen und Kissen auf dem Boden, aber keine Stühle, Schränke oder anderes Mobiliar. Auf einer Seite lagen zwei strohgefüllte Pritschen als Betten und ein ordentlicher Stapel von dicken Wolldecken mit leuchtend roten und blauen Streifen zum Schutz gegen die kalten Wüstennächte.

Die meisten Amerikaner hätten es als entsetzlich armseliges Zuhause betrachtet, aber Tamara konnte sehen, dass es nicht nur behaglich war, sondern auch ein bisschen wohlhabender als der Durchschnitt. Kiah wirkte stolz, als sie Tamara eine Flasche Gala anbot, ein einheimisches Bier, das sie in einer Schüssel mit Wasser kühl hielt. Tamara hielt es für höflich, die Gastfreundschaft anzunehmen – und außerdem war sie durstig.

Ein Bild der Jungfrau Maria in einem billigen Rahmen an der Wand deutete darauf hin, dass Kiah wie rund vierzig Prozent der tschadischen Bevölkerung dem christlichen Glauben angehörte.

»Sie haben eine Nonnenschule besucht, nehme ich an«, sagte Tamara. »So haben Sie Französisch gelernt.«

»Ja.«

»Sie sprechen es wirklich gut.« Das stimmte nicht ganz, aber Tamara wollte freundlich sein.

Kiah bot ihr Platz auf dem Teppich an. Ehe Tamara sich setzte, ging sie zum Eingang zurück und spähte nervös hinaus. In der plötzlichen Helligkeit musste sie die Augen zusammenkneifen. Sie sah zum Wagen hinüber. Der Zigarettenverkäufer beugte sich mit einer Stange Cleopatras in der Hand zum Fenster auf der Fahrerseite hinunter. Hinter der Scheibe sah sie Ali, das Tuch um den Kopf gewickelt, wie er den Mann mit einer verächtlichen Handbewegung abwies. Offenbar war er nicht am Kauf billiger Zigaretten interessiert. Der Verkäufer sagte etwas, und Alis Verhalten änderte sich dramatisch. Der Fahrer sprang aus dem Wagen, sah den Händler zerknirscht an und öffnete die Tür des Fonds. Der Verkäufer stieg in den Wagen, und Ali schloss rasch die Tür.

Das ist er also, dachte Tamara. Na, seine Verkleidung ist jedenfalls gut. Mich hat sie getäuscht.

Sie empfand Erleichterung. Wenigstens war er noch am Leben.

Sie sah sich um. Niemand im Dorf hatte darauf geachtet, dass der Zigarettenverkäufer ins Auto gestiegen war. Er war nun außer Sicht, hinter den getönten Scheiben verborgen.

Tamara nickte zufrieden und wandte sich zurück ins Haus.

Ihre Gastgeberin fragte: »Ist es wahr, dass alle weißen Frauen sieben Kleider haben und ein Dienstmädchen, das ihnen jeden Tag eines wäscht?«

Tamara entschied sich, auf Arabisch zu antworten, denn Kiahs Französisch reichte vielleicht nicht aus. Nach kurzem Nachdenken sagte sie: »Viele Amerikanerinnen und Europäerinnen haben viele Kleidungsstücke. Wie viele genau, hängt davon ab, ob die Frau reich ist oder arm. Sieben Kleider wären nicht ungewöhnlich. Eine arme Frau hat nur zwei oder drei. Eine reiche Frau könnte fünfzig haben.«

»Und alle haben sie Dienstmädchen?«

»Arme Familien haben keine Dienstmädchen. Eine Frau mit einer gut bezahlten Arbeit, zum Beispiel als Ärztin oder Anwältin, hat normalerweise jemanden, der ihr das Haus sauber hält. Reiche Familien haben viele Dienstboten. Warum wollen Sie das alles wissen?«

»Ich denke darüber nach, nach Frankreich zu gehen.«

Das hatte Tamara schon vermutet. »Erzählen Sie mir, wieso.«

Kiah hielt inne und ordnete ihre Gedanken. Schweigend reichte sie Tamara eine weitere Flasche Bier. Tamara schüttelte den Kopf. Sie musste einen klaren Kopf behalten.

»Salim, mein Mann, war Fischer mit eigenem Boot. Er fuhr mit drei oder vier anderen Männern hinaus, und sie teilten sich den Fang, aber Salim bekam die Hälfte, denn das Boot gehörte ihm, und er wusste, wo die Fische zu finden waren. Deshalb ging es uns besser als den meisten unserer Nachbarn.« Stolz hob sie den Kopf.

»Was ist passiert?«, fragte Tamara.

»Eines Tages kamen die Mudschahedin und wollten Salims Fang. Er hätte ihn ihnen lassen sollen. Aber er hatte einen Viktoriabarsch gefangen und wollte ihn sich nicht abnehmen lassen. Deshalb töteten sie ihn und nahmen sich den Fisch trotzdem.« Kiahs Haltung war dahin, sie kämpfte mit den Tränen. Sie schwieg einen Moment und fasste sich dann wieder. »Seine Freunde brachten mir seine Leiche.«

Tamara war erschüttert, aber nicht überrascht.

Der Westen bezeichnete sie als Dschihadisten, sie selbst nannten sich Mudschahedin, was ›Kämpfer‹ hieß, aber wie immer ihr Name lautete, sie bildeten islamistische Terrorgruppen, aber auch ganz gewöhnliche Verbrecherbanden. Beides ging Hand in Hand. Ihre Opfer gehörten zu den ärmsten Menschen der Welt. Das machte sie rasend.

»Nachdem ich meinen Mann begraben hatte«, fuhr Kiah fort, »fragte ich mich, was ich nun anfangen sollte. Ich kann kein Boot lenken, ich kann nicht sagen, wo die Fische sind, und selbst wenn ich beides könnte, würde sich kein Mann mir unterordnen. Deshalb habe ich das Boot verkauft.« Ihr Gesicht wurde grimmig. »Einige haben versucht, es für weniger zu bekommen, als es wert ist, aber ich habe mich nicht darauf eingelassen.«

Tamara merkte, dass im Zentrum von Kiahs Wesen ein Kern stählerner Entschlossenheit steckte.

In Kiahs Stimme lag jedoch ein Hauch von Verzweiflung, als sie fortfuhr: »Aber das Geld für das Boot reicht nicht ewig.«

Tamara wusste, wie wichtig die Familie in diesem Land war. »Was ist mit Ihren Eltern?«

»Meine Eltern sind tot. Meine Brüder sind in den Sudan gegangen – sie arbeiten dort auf einer Kaffeeplantage. Salim hatte eine Schwester, und ihr Mann sagte, wenn ich ihm mein Boot billig überlasse, würde er sich immer um mich und um Naji kümmern.« Sie zuckte mit den Schultern.

»Sie haben ihm nicht vertraut«, sagte Tamara.

»Ich wollte ihm nicht mein Boot gegen ein Versprechen überlassen.«

Entschlossen und nicht dumm, dachte Tamara.

Kiah fügte hinzu: »Jetzt hasst mich meine angeheiratete Verwandtschaft.«

»Also wollen Sie nach Europa – illegal.«

»Viele tun es, ständig«, sagte Kiah.

Das stimmte. Während die Wüste sich nach Süden ausbreitete, hatten Hunderttausende verzweifelte Menschen auf der Suche nach Arbeit die Sahelzone verlassen, und viele waren auf der gefährlichen Reise nach Südeuropa gestorben.

»Es ist teuer«, fuhr sie fort, »aber das Geld für das Boot reicht dafür.«

Das Geld war nicht das eigentliche Problem. Tamara hörte Kiah an, dass sie Angst hatte.

»Gewöhnlich gehen sie nach Italien. Ich spreche kein Italienisch, aber ich habe gehört, dass man von Italien leicht nach Frankreich kommt. Ist das wahr?«

»Ja.« Tamara hatte es nun eilig, zum Auto zurückzukehren, aber sie fand, dass sie Kiah eine Antwort auf ihre Fragen schuldete. »Man fährt einfach über die Grenze. Oder setzt sich in einen Zug. Aber was Sie planen, ist furchtbar gefährlich. Die Schleuser sind Verbrecher. Vielleicht nehmen sie nur Ihr Geld und verschwinden.«

Kiah schwieg und dachte nach, suchte vielleicht eine Möglichkeit, ihrer privilegierten westlichen Besucherin ihr Leben zu erklären. Nach einer Weile sagte sie: »Ich weiß, was geschieht, wenn es nicht genug zu essen gibt. Ich habe es gesehen.« Sie sah weg, als sie sich erinnerte, und ihre Stimme wurde leiser. »Das Baby wird dünner, aber zuerst scheint das nicht so schlimm zu sein. Dann wird es krank. Eine Kinderkrankheit, wie sie viele Kinder bekommen, mit Ausschlag oder einer laufenden Nase oder Durchfall, aber das hungrige Kind braucht lange, um sich zu erholen, und dann steckt es sich mit etwas anderem an. Die ganze Zeit ist es müde und quengelt viel und spielt wenig, es liegt nur ruhig da und hustet. Und eines Tages schließt es die Augen und öffnet sie nicht mehr. Manchmal ist die Mutter zu müde, um zu weinen.«

Tamara sah sie durch einen Tränenschleier an. »Es tut mir so leid«, sagte sie. »Ich wünsche Ihnen Glück.«

Kiah wurde wieder forsch. »Es ist sehr freundlich von Ihnen, dass Sie meine Fragen beantworten.«

Tamara erhob sich. »Ich muss gehen«, sagte sie unbeholfen. »Danke für das Bier. Und bitte versuchen Sie, mehr über Ihre Schleuser herauszufinden, ehe Sie ihnen Ihr Geld geben.«

Kiah lächelte und nickte, die höfliche Reaktion auf eine Plattitüde. Sie weiß besser, wie vorsichtig man mit seinem Geld sein muss, als ich es je wissen werde, dachte Tamara verlegen.

Tamara ging nach draußen und entdeckte Tab, der ebenfalls auf dem Weg zurück zum Wagen war. Es war kurz vor Mittag, und kein Dorfbewohner war mehr zu sehen. Die Leute hatten sich aus der Sonne nach drinnen verzogen, das Vieh in den Schatten unter notdürftigen Schutzdächern, die zu diesem Zweck errichtet worden waren.

Als sie sich Tab anschloss, bemerkte sie den leisen Geruch von Schweiß auf sauberer Haut und einen Hauch von Sandelholz. »Er ist im Wagen«, sagte sie.

»Wo hat er sich versteckt?«

»Er war der Zigarettenhändler.«

»Das hätte ich nicht gedacht.«

Sie erreichten den Wagen und stiegen ein. Die klimatisierte Luft fühlte sich an wie ein Eisbad. Tamara und Tab setzten sich links und rechts neben den Zigarettenhändler, der roch, als hätte er schon viele Tage nicht mehr geduscht. Er hielt einen Karton mit Zigarettenschachteln in der Hand.

Tamara konnte nicht an sich halten. »Also«, fragte sie, »haben Sie Hufra gefunden?«

* * *

Der Zigarettenhändler hieß Abdul John Haddad, und er war fünfundzwanzig Jahre alt. Er war im Libanon geboren und in New Jersey aufgewachsen, war amerikanischer Staatsbürger und Mitarbeiter der Central Intelligence Agency.

Vier Tage zuvor hatte er im Nachbarland Niger einen ramponierten, aber mechanisch soliden Ford-Geländewagen in der Wüste nördlich der Stadt Maradi einen lang gezogenen Hügel hinaufgelenkt.

Er trug Stiefel mit dicken Sohlen. Sie waren neu, aber man hatte sie so behandelt, dass sie alt wirkten. Die Oberteile waren künstlich abgewetzt und zerkratzt, die Schnürsenkel passten nicht zueinander, das Leder war fleckig gemacht worden, damit es abgenutzt aussah. Die dicken Sohlen hatten beide ein Geheimfach. Das eine war für ein modernes Mobiltelefon, das andere für einen Empfänger vorgesehen, der nur auf ein spezielles Signal ansprach. In seiner Hosentasche trug Abdul ein billiges Handy zur Ablenkung.

Der Empfänger aus dem zweiten Geheimfach lag nun neben ihm auf dem Sitz, und er schaute alle paar Minuten darauf. Die Anzeige bestätigte, dass die Kokainlieferung, die er verfolgte, irgendwo vor ihm zum Stehen gekommen war. Vielleicht hatten die Drogenschmuggler nur an einer Oase Halt gemacht, wo es eine Tankstelle gab. Abdul hoffte jedoch, dass es sich um ein Lager handelte, das dem ISGS gehörte, dem Islamischen Staat in der Großsahara.

Die CIA interessierte sich mehr für Terroristen als für Rauschgiftschmuggler, aber in diesem Teil der Welt waren beide identisch. Eine Reihe lokaler Gruppen, locker mit dem ISGS verbunden, finanzierte ihre politischen Aktivitäten mit den lukrativen verwandten Geschäftsfeldern des Rauschgift- und des Menschenschmuggels. Abduls Aufgabe bestand darin, die Route herauszufinden, die die Drogen nahmen, in der Hoffnung, dass sie ihn zu ISGS-Verstecken führten.

Der Mann, den man für den Kopf des ISGS hielt – und einen der übelsten Massenmörder der modernen Welt –, war unter dem Namen al-Farabi bekannt. Dabei handelte es sich beinahe mit Sicherheit um einen Decknamen: Al-Farabi war der Name eines mittelalterlichen Philosophen. Man nannte den ISGS-Führer auch den »Afghanen«, weil er ein Veteran des Afghanistankriegs war. Wenn man den Berichten glauben konnte, reichte sein Arm weit: Während er in Afghanistan stationiert war, hatte er Pakistan durchreist und die aufständische chinesische Provinz Xinjiang besucht, wo er Kontakt mit der Islamischen Partei Ostturkestans aufgenommen hatte, eine Terrorgruppe, die für die Autonomie der einheimischen Uiguren eintrat, bei denen es sich zum überwiegenden Teil um Muslime handelte.

Al-Farabi befand sich nun irgendwo in Nordafrika, und wenn Abdul ihn finden könnte, würde es dem ISGS einen Schlag versetzen, der sich durchaus als tödlich erweisen könnte.

Abdul hatte über unscharfen Teleobjektivaufnahmen gebrütet, Bleistiftskizzen von Phantombildzeichnern, PhotoFit-Panoramen und schriftlichen Personenbeschreibungen. Er war sich sicher, dass er al-Farabi erkennen würde, wenn er ihn sah: ein großer grauhaariger Mann mit schwarzem Bart, von dem oft gesagt wurde, er habe einen stechenden Blick und ihn umgebe eine Aura der Autorität. Falls Abdul dicht genug an ihn herankam, konnte er al-Farabi vielleicht sogar anhand eines unveränderlichen Merkmals identifizieren: Eine amerikanische Kugel hatte ihm den halben Daumen der linken Hand abgetrennt und einen Stumpf hinterlassen, den er oft stolz zur Schau stellte; dabei sagte er, Allah habe ihn vor dem Tod bewahrt, gleichzeitig aber ermahnt, vorsichtiger zu sein.

Ganz gleich, was geschah, Abdul sollte auf keinen Fall versuchen, al-Farabi festzunehmen, sondern nur feststellen, wo er sich aufhielt, und Meldung machen. Wie es hieß, hatte der Terroristenführer ein Versteck namens Hufra, was so viel wie »Loch« bedeutete, doch wo es sich befand, war niemandem in der gesamten Gemeinde der westlichen Nachrichtendienste bekannt.

Abdul erreichte die Kuppe der Erhebung und hielt auf der anderen Seite den Wagen an.

Vor ihm senkte sich das Gelände zu einer weiten Ebene ab, die in der Hitze flimmerte. Geblendet kniff er die Augen zusammen: Er trug keine Sonnenbrille, denn die Einheimischen betrachteten sie als äußeres Anzeichen für Reichtum, und er musste aussehen wie einer von ihnen. Vor ihm, einige Meilen entfernt, glaubte er ein Dorf zu erkennen. Er drehte sich auf dem Sitz, öffnete eine Klappe in der Verkleidung der Wagentür, nahm ein Fernglas heraus und stieg aus dem Fahrzeug.

Das Fernglas rückte die undeutlichen Umrisse in ein scharfes Licht, und was Abdul sah, ließ sein Herz schneller schlagen.

Die Siedlung bestand aus Zelten und notdürftigen Holzhütten. Er sah etliche Fahrzeuge, die meisten in wackligen Unterständen, die sie vor Satellitenbeobachtung abschirmten. Andere Wagen waren von Planen mit Wüstentarnmustern verhüllt, und den Umrissen nach, die sich darunter abzeichneten, konnte es sich um auf Lastwagen montierte Artilleriegeschütze handeln. Einige Palmen deuteten auf eine Wasserquelle in der Nähe hin.

Es gab keinen Zweifel. Das hier war ein paramilitärischer Stützpunkt.

Und ein wichtiger, das spürte er. Er vermutete, dass er mehrere Hundert Mann Besatzung hatte, und wenn er sich in Bezug auf die Geschütze nicht irrte, waren diese Männer ausgesprochen gut bewaffnet.

Bei dem Stützpunkt konnte es sich sogar um das legendäre Hufra handeln.

Er hob den rechten Fuß, um das Handy aus dem Stiefel zu nehmen, damit er ein Foto schießen konnte, aber bevor er dazu kam, hörte er hinter sich, noch fern, aber rasch näher kommend, den Motor eines Pick-ups.

Seitdem er von der befestigten Straße abgefahren war, hatte er keinen anderen Verkehr gesehen. Dies war mit ziemlicher Sicherheit ein Fahrzeug des ISGS, das zum Lager unterwegs war.

Er blickte sich um. Hier gab es nichts, wo er sich oder gar sein Auto verstecken konnte. Drei Wochen lang war er das ständige Risiko eingegangen, von den Leuten entdeckt zu werden, die er ausspähte, und jetzt war es so weit.

Er hatte seine Geschichte vorbereitet. Er konnte nichts weiter tun, als sie zu erzählen und auf das Beste zu hoffen.

Abdul warf einen Blick auf seine billige Uhr. Zwei Uhr mittags. Er sagte sich, dass die Mudschahedin einen Mann, den sie beim Gebet antrafen, vielleicht nicht kurzerhand erschossen.

Rasch bewegte er sich. Er legte das Fernglas in das Versteck hinter der Türverkleidung, öffnete den Kofferraum und nahm einen alten, abgenutzten Gebetsteppich heraus, knallte den Deckel zu und breitete den Teppich auf dem Boden aus. Er war christlich erzogen worden, aber mit muslimischen Gebräuchen kannte er sich genügend aus, um ein Gebet vorzutäuschen.

Das zweite Gebet des Tages hieß Zuhr und wurde ausgeführt, wenn die Sonne den Zenit überschritten hatte, was den Zeitraum zwischen Mittag und der Mitte des Nachmittags umfasste. Er kniete in der korrekten Haltung nieder und berührte den Teppich mit Nase, Händen, Knien und Zehen. Er schloss die Augen.

Der Pick-up kam näher, ächzte die Steigung auf der anderen Seite der Kuppe hoch.

Plötzlich fiel Abdul das Handy ein. Es lag noch auf dem Beifahrersitz. Er fluchte: Es würde ihn augenblicklich verraten.

Er sprang auf, riss die Beifahrertür auf und ergriff das Gerät. Mit zwei Fingern öffnete er die Verriegelung des verborgenen Schubfachs in seiner linken Schuhsohle. In seiner Eile fiel ihm das Gerät in den Sand. Er hob es auf und schob es in den Schuh, schloss das Fach und eilte zurück zum Teppich.

Erneut kniete er nieder.

Aus dem Augenwinkel beobachtete er, wie der Pick-up über die Kuppe kam und abrupt neben seinem Wagen hielt. Er kniff die Lider zu.

Die Gebete kannte er nicht auswendig, aber er hatte sie so oft gehört, um etwas murmeln zu könnte, das sich ähnlich genug anhörte.

Die Türen des Trucks öffneten sich und wurden geschlossen, dann näherten sich schwere Schritte.

»Steh auf«, sagte jemand auf Arabisch.

Abdul öffnete die Augen. Sie waren zu zweit. Der eine Mann hielt ein Gewehr, der andere hatte eine Pistole im Holster. Hinter ihnen stand ein Pick-up-Truck, dessen Pritsche mit Säcken beladen war – vermutlich voller Mehl, ohne Zweifel für die Mudschahedin bestimmt.

Der Mann mit dem Gewehr war jünger, das ging aus seinem flaumigen Bart hervor. Er trug Tarnhosen und einen blauen Anorak, der besser zu einem regnerischen Tag in New York gepasst hätte. Schroff fragte er: »Wer bist du?«

Abdul schlüpfte eilends in die Rolle des plump-vertraulichen fahrenden Händlers. Mit strahlendem Lächeln fragte er: »Meine Freunde, wieso stört ihr einen Mann beim Gebet?« Er beherrschte fließend umgangssprachliches Arabisch mit einem libanesischen Akzent: Bis zu seinem sechsten Lebensjahr hatte er in Beirut gelebt, und seine Eltern hatten zu Hause weiterhin Arabisch gesprochen, nachdem sie in die USA umgesiedelt waren.

Der Mann mit der Pistole hatte graumeliertes Haar und antwortete in gemessenem Ton: »Wir bitten Allah um Vergebung, dass wir deine Andacht unterbrechen. Aber was machst du hier auf dieser Wüstenpiste? Wohin willst du?«

»Ich verkaufe Zigaretten«, sagte Abdul. »Möchtet ihr welche? Ich mache euch einen guten Preis.« In den meisten afrikanischen Ländern kostete eine Schachtel Cleopatras den Gegenwert von einem Dollar in örtlicher Währung; Abdul verkaufte sie für die Hälfte.

Der jüngere Mann riss den Kofferraum von Abduls Wagen auf. Er war voller Cleopatra-Kartons. »Wo hast du die her?«, fragte er.

»Von einem sudanesischen Hauptmann namens Bilel.« Die Behauptung war plausibel: Jeder wusste, dass die Offiziere des sudanesischen Militärs korrupt waren.

Schweigen setzte ein. Der ältere Mudschahed zog ein nachdenkliches Gesicht. Der jüngere sah aus, als könnte er es kaum erwarten, sein Gewehr zu benutzen, und Abdul fragte sich, ob er schon einmal auf einen Menschen geschossen hatte. Der ältere Mann war weniger angespannt. Er wäre auch weniger schießwütig, aber er würde besser zielen.

Abdul wusste, dass sein Leben auf dem Spiel stand. Die beiden würden ihm entweder glauben oder versuchen, ihn zu töten. Kam es zum Kampf, würde er den Alten zuerst angreifen. Der jüngere würde feuern, aber vermutlich danebenschießen. Andererseits, auf die Entfernung konnte er vielleicht sogar treffen.

»Aber warum bist du hier?«, fragte der ältere Mann. »Was meinst du, wohin du hier kommst?«

»Dort vorn ist doch ein Dorf, oder nicht?«, fragte Abdul. »Ich konnte es nicht sehen, aber ein Mann in einem Café sagte mir, dass ich dort Kunden finden würde.«

»Ein Mann in einem Café?«

»Ich höre mich immer nach neuen Kunden um.«

Der ältere Mann sagte zum jüngeren: »Durchsuch ihn.«

Der jüngere Mann hängte sich das Gewehr um, was Abdul kurz beruhigte. Der ältere zog jedoch eine Neun-Millimeter-Pistole und richtete sie auf Abduls Kopf, während er vom jüngeren Mann abgeklopft wurde.

Der Jüngere fand Abduls billiges Handy und reichte es seinem Kameraden.

Der ältere Mann schaltete es ein und drückte geübt die Tasten. Abdul vermutete, dass er die Kontakte durchging und die Liste der letzten Anrufe. Was er fand, würde Abduls Legende bestätigen: billige Hotels, Autowerkstätten, Geldwechsler und ein paar Prostituierte.

Der ältere Mann befahl: »Durchsuch das Auto.«

Abdul stand dabei und sah zu. Der Mann begann mit dem offenen Kofferraum. Er zog Abduls kleine Reisetasche heraus und leerte ihren Inhalt auf die Piste. Viel war es nicht: ein Handtuch, ein Koran, ein paar billige Toilettenartikel, ein Handy-Ladegerät. Er warf alle Zigarettenkartons heraus und hob die Blende hoch, unter der das Ersatzrad und der Werkzeugsatz lagen. Ohne irgendetwas zurückzulegen, öffnete er die Hecktüren. Mit der Hand fuhr er durch den Schlitz zwischen Sitzfläche und Rückenlehne und bückte sich, um unter die Rückbank zu sehen.

Vorn sah er unter das Armaturenbrett, ins Handschuhfach und in die Türablagen. Er bemerkte die lockere Verkleidung in der Fahrertür und nahm sie ab. »Ein Fernglas«, sagte er triumphierend, und Abdul fröstelte vor Furcht. Ein Fernglas war nicht so verfänglich wie eine Schusswaffe, aber teuer war es, und wozu brauchte es ein fliegender Zigarettenhändler?

»Sehr nützlich in der Wüste.« Abdul empfand Verzweiflung. »Ihr habt wahrscheinlich auch eins.«

»Es sieht teuer aus.« Der Ältere musterte das Fernglas. *»Made in Kunming«*, las er. »Das ist aus China.«

»Genau«, sagte Abdul. »Ich habe es von dem sudanesischen Hauptmann, der mir die Zigaretten verkauft hat. Es war ein Spottpreis.«

Wieder war glaubhaft, was er sagte. Das sudanesische Militär kaufte viel aus China, dem größten Handelspartner des Landes. Viel Ausrüstung und Gerät landete auf dem Schwarzmarkt.

»Hast du es benutzt, als wir kamen?«, fragte der ältere Mann scharfsinnig.

»Das hatte ich vor, nach dem Gebet. Ich wollte wissen, wie groß das Dorf ist. Was meint ihr – fünfzig Leute? Hundert?« Er untertrieb mit Absicht, um den Eindruck zu vermitteln, dass er nicht hingesehen hatte.

»Ist egal«, sagte der Alte. »Du wirst nicht hinfahren.« Er starrte Abdul lange streng an; vermutlich überlegte er, ob er ihm glauben oder ihn erschießen sollte. Unvermittelt fragte er: »Wo ist deine Pistole?«

»Pistole? Ich habe keine Pistole.« Abdul war unbewaffnet. Schusswaffen brachten einen Agenten öfter in Schwierigkeiten, als dass sie ihn heraushoIten, und hier war ein drastisches Beispiel dafür. Wäre bei ihm eine Waffe gefunden worden, hätten die beiden Mudschahedin ihm niemals abgenommen, dass er nur ein harmloser Zigarettenhändler war.

»Mach die Motorhaube auf«, sagte der ältere Mann zum jüngeren.

Er gehorchte. Abdul wusste, dass im Motorraum nichts versteckt war. »Alles sauber«, hörte er.

»Du scheinst keine große Angst zu haben«, wandte sich der ältere Mann an Abdul. »Du kannst aber sehen, dass wir Mudschahedin sind. Wir könnten uns entscheiden, dich zu töten.«

Abdul starrte ihn an, gestattete sich aber, ein wenig zu zittern. »*Inshallah*«, sagte er: Wenn Gott es will.

Der Mann nickte, entschied sich und gab Abdul das Billighandy zurück. »Dreh um«, sagte er. »Nimm denselben Weg, den du gekommen bist.«

Abdul entschied, nicht allzu erleichtert zu scheinen. »Aber ich hoffte, ich könnte hier was verkaufen …« Er tat so, als überlege er sich seine Einwände. »Möchtet ihr eine Stange?«

»Als Geschenk?«

Abdul war versucht zu bejahen, aber die Figur, die er spielte, wäre nicht so großzügig gewesen. »Ich bin ein armer Mann«, sagte er. »Aber ich mache euch einen guten Preis …«

»Fahr zurück«, wiederholte der Mudschahed.

Abdul zuckte enttäuscht mit den Schultern und tat so, als gebe er die Hoffnung auf ein Geschäft auf. »Wie ihr wollt«, sagte er.

Der Ältere winkte seinem Kameraden, und beide kehrten sie zu dem Pick-up zurück.

Abdul begann, seine verstreuten Besitztümer einzusammeln.

Der Truck fuhr mit aufbrüllendem Motor los.

Abdul sah ihm nach, wie er in der Wüste verschwand. Dann endlich sagte er etwas auf Englisch. »Jesus, Maria und Josef«, hauchte er. »Das war knapp.«

* * *

Wegen Menschen wie Kiah hatte sich Tamara bei der CIA beworben.

Von ganzem Herzen glaubte sie an Freiheit, Demokratie und Gerechtigkeit, aber diese Werte waren überall auf der Welt bedroht, und Kiah gehörte zu den Opfern. Tamara wusste, dass man für die Dinge, die sie hochhielt, kämpfen musste. Oft dachte sie an den Text eines alten Liedes: *»If I should die and my soul becomes lost, then I know it's nobody's fault but mine.«* Wenn ich sterben sollte und meine Seele verlorengeht, ist es ganz allein meine Schuld. Jeder war verantwortlich, für sich und für die anderen. Es war ein Gospellied, und Tamara war Jüdin, aber die Botschaft richtete sich an alle Menschen.

Hier in Nordafrika bekämpften amerikanische Truppen muslimische Terroristen, deren Werte Gewalt, Engstirnigkeit und Angst waren. Die bewaffneten Banden, die dem Islamischen Staat angehörten, mordeten, entführten und vergewaltigten Afrikaner, deren Religion, ethnische Zugehörigkeit oder Lebenswandel nicht die Billigung der fundamentalistischen Warlords fand. Ihre Gewalt trieb im Verein mit der Ausdehnung der Wüste Sahara nach Süden Menschen wie Kiah dazu, ihr Leben aufs

Spiel zu setzen, indem sie das Mittelmeer mit Schlauchbooten überquerten.

Die US-Streitkräfte griffen zusammen mit französischen und einheimischen Truppen die Terroristencamps an, wo immer sie zu finden waren, und zerstörten sie.

Das Problem war, sie zu finden.

Die Sahara hatte die Ausdehnung der USA, und an diesem Punkt kam Tamara ins Spiel. Die CIA arbeitete mit anderen Nationen zusammen, um den Ordnungsmächten Informationen zu verschaffen. Tab arbeitete mit demselben Ziel, aber er war Offizier der DGSE, des französischen Auslandsgeheimdienstes Direction Générale de la Sécurité Extérieur – des französischen Gegenstücks zur CIA. Abdul war Teil derselben Operation.

Bislang hatten ihre Bemühungen wenig bewirkt. Die Dschihadisten trieben nach wie vor mehr oder minder unbehelligt ihr Unwesen in Nordafrika.

Tamara hoffte, dass Abdul es ändern würde.

Begegnet war sie ihm noch nie, sie hatte nur mit ihm telefoniert. Allerdings war es nicht das erste Mal, dass die CIA einen Agenten aussandte, um ISGS-Camps auszukundschaften. Tamara hatte Abduls Vorgänger Omar gekannt. Sie selbst hatte Omars Leiche entdeckt, eine Leiche ohne Hände oder Füße, die in der Wüste lag. Die fehlenden Hände und Füße hatte sie gut hundert Meter entfernt gefunden: So weit war der Sterbende auf Knien und Ellbogen gekrochen, während er verblutete. Tamara wusste, dass sie das nie verwinden würde.

Und jetzt hatte Abdul Omars Job übernommen.

Er hatte sich zwischenzeitlich immer mal wieder gemeldet, wenn er gerade ein Handynetz fand. Vor zwei Tagen hatte er dann angerufen und gesagt, er sei im Tschad und habe gute Neuigkeiten, die er persönlich berichten wolle. Er hatte um Ausrüstung gebeten und eine genaue Wegbeschreibung geliefert, wo man ihn finden würde.

Und nun wussten sie, was er getan hatte.

Tamara war wie elektrisiert, aber sie hielt ihre Erregung im Zaum. »Es könnte Hufra sein«, räumte sie ein. »Und selbst wenn nicht, ist es eine fantastische Entdeckung. Fünfhundert Mann mit Artillerie auf Lkw? Das ist ein Hauptlager!«

»Wann werden Sie zuschlagen?«, fragte Abdul.

»In zwei Tagen, spätestens in drei.« Die Streitkräfte der USA, Frankreichs und Nigers würden das Lager dem Erdboden gleichmachen. Sie würden die Zelte und Hütten niederbrennen, die Waffen beschlagnahmen und jeden Dschihadisten verhören, der den Kampf überlebte. Nach einigen Tagen hätte der Wind die Asche weggeweht, die Sonne würde die Reste bleichen, und die Wüste finge an, das Gebiet zurückzuerobern.

Und für Menschen wie Kiah und Naji wäre Afrika ein wenig sicherer.

Abdul gab ihnen eine genaue Wegbeschreibung zum Camp.

Sowohl Tamara als auch Tab hatten Notizbücher auf den Knien und schrieben alles mit, was er sagte. Tamara war beeindruckt. Sie konnte kaum fassen, dass sie mit einem Mann sprach, der derart sein Leben in Gefahr brachte und damit solche Ergebnisse erzielte. Während er sprach und sie sich Notizen machte, nutzte sie jede Gelegenheit, ihn zu studieren. Er hatte dunkle Haut, einen gestutzten schwarzen Bart und ungewöhnlich hellbraune Augen mit hartem Ausdruck. Sein Gesicht war angespannt, und er wirkte älter als nur fünfundzwanzig. Er war groß und breitschultrig; sie hatte gelesen, dass er an der State University of New York Mixed Martial Arts betrieben hatte.

Ihr kam es merkwürdig vor, dass er auch der Zigarettenhändler war. Dieser Mann war umgänglich gewesen, redselig, hatte mit jedem gesprochen, die Männer am Arm berührt, den Frauen zugezwinkert, jedem mit einem roten Plastikfeuerzeug die Zigarette angezündet. Der Mann, der nun bei ihr im Auto saß, wirkte auf stille Weise gefährlich. Er machte ihr ein wenig Angst.

In allen Einzelheiten beschrieb Abdul den Weg, den die Kokainlieferung genommen hatte. Sie war durch die Hände mehrerer Banden gegangen und dreimal auf ein anderes Fahrzeug umgeladen worden. Außer dem paramilitärischen Stützpunkt hatte er zwei kleinere Camps und mehrere Stadtadressen von ISGS-Gruppen ausfindig gemacht.

»Das ist eine Goldader«, sagte Tab. Tamara stimmte zu. Die Ergebnisse waren besser, als sie erhofft hatte, und sie hätten jubeln können.

»Gut«, sagte Abdul knapp. »Haben Sie mein Zeug?«

»Aber sicher.« Er hatte um Geld in einheimischen Währungen gebeten, Tabletten gegen die Verdauungsprobleme, von denen Besucher Nordafrikas oft geplagt wurden, einen einfachen Kompass – und um etwas, das sie verwundert hatte: einen Meter dünnen Titandraht, beide Enden an einem Holzgriff befestigt, das Ganze in eine Baumwollschärpe von der Art eingenäht, wie sie Männer als Gürtel zum traditionellen Gewand trugen. Sie fragte sich, ob er ihr erklären würde, was er damit vorhatte.

Sie reichte ihm alles. Er dankte ihr, machte aber keine Bemerkung. Er drehte den Kopf und blickte in alle Richtungen. »Alles klar«, sagte er. »Sind wir fertig?«

Tamara schaute Tab an, der bestätigte: »Alles klar.«

»Haben Sie alles, was Sie brauchen, Abdul?«

»Ja.« Er öffnete die Wagentür.

»Viel Glück.« Tamara wünschte es ihm von Herzen.

»*Bonne chance*«, sagte Tab.

Abdul zog das Kopftuch nach vorn, um sein Gesicht zu beschatten, und stieg aus. Er schloss die Tür und ging zurück ins Dorf, die Stange Cleopatras noch immer in der Hand.

Tamara sah ihm nach. Er schritt nicht aus, wie die meisten jungen Amerikaner es getan hätten, so als gehörte ihm die Gegend. Vielmehr ging er schlurfend, wie es in der Wüste üblich war, den Kopf gesenkt, das Gesicht im Schatten, mit möglichst geringer Anstrengung, um nur keine Hitze zu erzeugen.

Sein Mut verschlug ihr die Sprache. Ihr schauderte bei dem Gedanken, was man ihm antun würde, wenn man ihn enttarnte. Eine Enthauptung wäre das Gnädigste, worauf er hoffen konnte.

Als er außer Sicht war, beugte sie sich nach vorn und sprach Ali an. »*Jalla*«, sagte sie: Los geht's.

Der Wagen verließ das Dorf und folgte dem Weg bis zur Straße. Dort bog er nach Süden ab, zurück nach N'Djamena.

Tab las in seinen Notizen. »Das ist erstaunlich«, sagte er.

»Wir sollten einen gemeinsamen Bericht schreiben.« Tamara dachte voraus.

»Gute Idee. Schreiben wir ihn gemeinsam, wenn wir zurück sind, dann können wir ihn in beiden Sprachen gleichzeitig einreichen.«

Sie fand, dass sie gut zusammenarbeiteten. Viele Männer hätten an diesem Morgen versucht, das Kommando zu übernehmen. Tab hatte jedoch in keiner Weise Anstalten gemacht, das Gespräch mit Abdul zu dominieren. Sie mochte ihn immer mehr.

Tamara schloss die Augen. Langsam ebbte ihr Hochgefühl ab. Sie war früh aufgestanden, und die Rückfahrt würde zwei bis drei Stunden dauern. Für eine Weile sah sie nur das namenlose Dorf vor sich, das sie besucht hatten: die Lehmziegelhäuser, die erbärmlichen Gemüsegärten, den weiten Weg zum Wasser. Das Brummen des Motors und das Mahlen der Reifen auf dem Untergrund jedoch erinnerten sie an lange Autofahrten in ihrer Kindheit, im Chevrolet der Familie von Chicago nach St. Louis, wo sie ihre Großeltern besucht hatten. Auf der breiten Rückbank war sie neben ihrem Bruder zusammengesunken; und endlich döste sie, heute wie damals, ein.

Sie fiel in einen tiefen Schlaf und wurde wachgerüttelt, als der Wagen plötzlich bremste. Sie hörte Tab sagen: »*Putain*«, das französische Gegenstück zu »Fuck«. Vor ihnen wurde die Straße von einem quergestellten Truck blockiert. Um das Fahrzeug herum stand ein halbes Dutzend Männer in einer seltsamen Mischung aus Militäruniformen und traditionellen Kleidungsstücken: ein Tarnhemd zu einem Baumwollkopftuch, ein langes Gewand über einer Armeehose.

Sie waren Paramilitärs, und alle trugen Schusswaffen.

Ali war gezwungen anzuhalten.

»Was ist da los?«, fragte Tamara.

»Die Regierung nennt so etwas eine inoffizielle Straßensperre. Wir haben es mit ehemaligen oder sogar aktiven Soldaten zu tun, die sich etwas dazuverdienen. Sie erpressen Wegzoll.«

Tamara hatte davon gehört, aber sie war noch nie in eine inoffizielle Straßensperre geraten. »Was verlangen sie?«

»Das werden wir gleich erfahren.«

Ein Paramilitär trat ans Fahrerfenster und brüllte grimmig. Ali fuhr die Scheibe herunter und brüllte im gleichen Dialekt zurück. Pete nahm das Sturmgewehr vom Boden auf, hielt es aber gesenkt auf dem Schoß. Der Mann am Fenster fuchtelte mit seiner Waffe in der Luft herum.

Tab wirkte gelassen, aber für Tamara sah es nach einer explosiven Situation aus.

Ein älterer Mann mit Armeemütze und löchrigem Jeanshemd richtete das Sturmgewehr auf die Windschutzscheibe.

Pete reagierte, indem er seine Waffe in den Schulteranschlag nahm.

»Ruhig, Pete«, sagte Tab.

»Ich schieße nicht als Erster«, entgegnete der Soldat.

Tab griff hinter die Rückenlehne und zog ein T-Shirt aus einer Pappschachtel. Damit stieg er aus dem Wagen.

»Was tun Sie da?«, fragte Tamara besorgt.

Tab gab keine Antwort.

Er trat vor. Mehrere Sturmgewehre schwenkten auf ihn ein, und Tamara biss sich auf die Faust.

Tab jedoch schien keine Angst zu haben. Er trat auf den Jeanshemdmann zu, der mit dem Gewehr genau auf Tabs Brust zielte.

Auf Arabisch sagte Tab: »Ich wünsche Ihnen einen guten Tag, Hauptmann. Ich begleite heute diese Ausländer.« Er tat so, als wäre er eine Art Fremdenführer. »Bitte erlauben Sie ihnen weiterzufahren.« Er wandte sich wieder zum Wagen und rief, weiter auf Arabisch: »Nicht schießen! Nicht schießen! Das sind meine Brüder!« Er wechselte zu Englisch. »Pete, nehmen Sie die Waffe runter.«

Widerstrebend löste Pete den Gewehrkolben von der Schulter und senkte die Waffe schräg vor die Brust.

Nach kurzem Zögern ließ auch der Mann im Jeanshemd das Gewehr sinken.

Tab reichte ihm das T-Shirt, und der Mann faltete es auseinander. Es war dunkelblau und hatte einen senkrechten rotweißen Streifen. Nach kurzem Nachdenken erkannte Tamara es als das Trikot von Paris Saint-Germain, der beliebtesten Fußballmannschaft Frankreichs. Der Mann strahlte entzückt.

Tamara hatte sich gefragt, weshalb Tab die Pappschachtel mitgenommen hatte. Jetzt wusste sie es.

Der Mann zog sein altes Hemd aus und zog sich das Trikot über den Kopf.

Die Stimmung schlug um. Die Paramilitärs kamen näher, schauten das Hemd bewundernd an und wandten sich Tab erwartungsvoll zu. Der Franzose drehte sich zum Wagen um. »Tamara, könnten Sie mir die Schachtel geben?«

Sie griff hinter die Rückbank, nahm die Schachtel und reichte sie durch die offene Tür. Tab schenkte allen ein Trikothemd.

Die Paramilitärs wirkten begeistert. Einige von ihnen zogen sich das Trikot sofort über.

Tab schüttelte dem Mann, den er als »Hauptmann« angesprochen hatte, die Hand und sagte: *»Ma'a s-salama«*, was »Auf Wiedersehen« bedeutete. Mit beinahe leerem Karton kehrte er zum Auto zurück, stieg ein, knallte die Tür zu und sagte: »Fahren Sie, Ali, aber langsam.«

Der Wagen kroch vorwärts. Die fröhlichen Straßenräuber wiesen Ali zu einer vorbereiteten Umleitung am Straßenrand, auf der er den quergestellten Pick-up umfahren konnte. Als er daran vorbei war, lenkte Ali den Wagen wieder auf die Straße.

Sobald die Reifen die Betonpiste berührten, trat Ali aufs Gas, und der Wagen floh aufheulend von der Straßensperre.

Tab legte seine Schachtel wieder ins Heck des Autos.

Tamara atmete erleichtert auf. Sie wandte sich Tab zu. »Sie waren so cool! Hatten Sie keine Angst?«

Er schüttelte den Kopf. »Diese Kerle sind furchterregend, aber normalerweise töten sie niemanden.«

»Gut zu wissen«, sagte Tamara.

Kapitel 2

Vier Wochen zuvor hatte sich Abdul zweitausend Meilen entfernt im westafrikanischen Guinea-Bissau aufgehalten, einem gesetzlosen Land, das von den Vereinten Nationen als Drogenstaat eingestuft wurde. Heiß und feucht war es dort, und die Regenzeit, in der es goss, schüttete und dampfte, dauerte ein halbes Jahr.

Abdul war in der Hauptstadt gewesen, in Bissau. In einem Einzimmerapartment mit Blick auf den Hafen. Eine Klimaanlage gab es nicht, und das T-Shirt klebte ihm an der Haut.

Bei ihm war Phil Doyle, zwanzig Jahre älter, ein hochrangiger CIA-Mitarbeiter. Doyle hatte eine Glatze und trug eine Baseballkappe. Er war der US-Botschaft in Kairo zugeteilt und leitete Abduls Einsatz.

Beide Männer hielten Ferngläser in der Hand. Der Raum lag im Dunkeln. Wenn man sie entdeckt, würde man sie foltern und töten. Im Licht, das von außen hereinfiel, war gerade noch das Mobiliar zu erkennen: ein Sofa, ein Couchtisch, ein Fernseher.

Beide hielten sie die Ferngläser auf den Hafen gerichtet. Drei Schauermänner, bis zu den Hüften nackt, schufteten dort im Scheinwerferlicht. Heftig schwitzend entluden sie einen Container, hoben große Säcke aus dickem Polyäthylen heraus und verstauten sie in einem Lieferwagen.

Abdul sprach mit leiser Stimme, obwohl außer Doyle niemand in der Nähe war, der ihn hören konnte. »Wie schwer sind die Säcke?«

»Um die fünfundwanzig Kilo.« Doyle sprach mit einem knappen Bostoner Akzent. »Ein verdammter halber Zentner.«

»Harte Arbeit bei diesem Wetter.«

»Kann man so sagen.«

Abdul runzelte die Stirn. »Ich kann nicht erkennen, was auf den Säcken steht.«

»Da steht: *Vorsicht – Gefahrgut*, und zwar in mehreren Sprachen.«

»Sie haben diese Säcke schon gesehen.«

Doyle nickte. »Ich habe in Kolumbien beobachtet, wie sie von der Bande, die in Buenaventura den Hafen kontrolliert, in den Container geladen wurden. Über den ganzen Atlantik habe ich sie verfolgt. Von hier an sind Sie an der Reihe.«

»Ich würde sagen, die Aufschrift ist korrekt: Reines Kokain ist ein sehr gefährlicher Stoff.«

»Darauf können Sie Ihren Arsch verwetten.«

Der Lieferwagen war nicht groß genug für den Inhalt des Containers, aber Abdul nahm an, dass das Kokain eine Teilladung und vielleicht hinter einer kaschierten Trennwand versteckt gewesen war.

Die Arbeit beaufsichtigte ein dicker Mann in einem Oberhemd, der immer wieder die Säcke durchzählte. Abdul sah auch drei schwarz gekleidete Wachen mit Sturmgewehren. In der Nähe wartete ein Pkw mit laufendem Motor. Alle paar Minuten machten die Schauerleute eine Pause und tranken aus riesigen Plastikflaschen mit Limonade. Abdul fragte sich, ob sie überhaupt ahnten, was die Ladung wert war, mit der sie hantierten. Vermutlich nicht. Der Mann, der die Säcke zählte, wusste es mit Sicherheit. Und wer immer in dem Pkw saß, ebenfalls.

»In drei dieser Säcke sind Miniatursender – drei für den Fall, dass ein oder zwei Säcke gestohlen oder auf andere Weise von der Ladung getrennt werden.« Aus der Hosentasche nahm er ein kleines schwarzes Kästchen. »Mit dem Gerät hier schalten Sie die Sender ferngesteuert ein. Auf dem Display erscheint dann, wie weit weg sie in welcher Richtung sind. Vergessen Sie nicht, die Sender wieder abzuschalten, sonst sind ihre Batterien im Nullkommanichts leer. Das alles könnte man auch mit einem Handy machen, aber Sie kommen in Gegenden, in denen Sie kein Netz haben, deshalb muss es ein Funksender sein.«

»Verstanden.«

»Sie können auf eine gewisse Entfernung folgen, aber manchmal müssen Sie näher ran. Ihr Auftrag ist, die Leute zu identifizieren, durch deren Hände die Lieferung geht, und herauszufinden, wohin sie gebracht wird. Sie haben es mit Terroristen zu tun, und das Kokain geht in ihre Verstecke. Wir müssen wissen, wie viele Dschihadisten sich wo befinden und wie gut sie bewaffnet sind, damit unsere Truppen wissen, womit sie zu rechnen haben, wenn sie reingehen und die Mistkerle ausheben.«

»Keine Sorge, ich komm dicht genug ran.«

Sie schwiegen eine Weile, bis Doyle sagte: »Ihre Familie weiß wohl nicht, was Sie hier tun.«

»Ich habe keine Familie«, entgegnete Abdul. »Meine Eltern sind tot, meine Schwester auch.« Er zeigte zum Hafen. »Sie sind fertig.«

Die Schauerleute schlossen den Container und den Lieferwagen. So fröhlich, wie sie die Türen zuknallten, sahen sie eindeutig keinen Grund, vorsichtig zu sein: Sie hatten keine Angst vor der Polizei, die zweifellos bestochen war. Die Männer zündeten sich Zigaretten an und standen herum, redeten und lachten. Die Wächter hängten die Gewehre über und beteiligten sich an dem Gespräch.

Der Fahrer der Limousine stieg aus und öffnete die hintere Tür auf der Beifahrerseite. Der Mann, der ausstieg, war gekleidet, als wäre er auf dem Weg zu einem Nachtclub. Er trug ein T-Shirt unter einer Smokingjacke, die ein goldenes Logo auf dem Rücken hatte. Er sprach mit dem Mann im Oberhemd, dann nahmen beide ihre Handys heraus.

»Jetzt wandert das Geld von einem schweizerischen Nummernkonto zum anderen«, sagte Doyle.

»Wie viel?«

»So um die zwanzig Millionen Dollar.«

Abdul war überrascht. »Noch mehr, als ich dachte.«

»Das Kokain wird doppelt so viel wert sein, wenn es nach Tripolis kommt, wieder das Doppelte in Europa, und erneut das Doppelte auf der Straße.«

Die Handygespräche wurden beendet, und die beiden Männer gaben einander die Hand. Der Mann im Smoking griff in den Wagen und holte eine Plastiktasche heraus, die auf Englisch und Arabisch mit »Dubai Duty Free« bedruckt war. Sie schien voller Banknotenbündel zu sein. Jedem der drei Schauerleute und der drei Wächter reichte er ein Bündel. Schließlich öffnete er den Kofferraum und gab jedem der Männer eine Stange Cleopatras – eine Art Bonus, nahm Abdul an.

Der Mann stieg wieder in seine Limousine, und der Pkw fuhr davon. Die Schauerleute und die Wächter gingen auseinander. Der Lieferwagen mit dem Kokain setzte sich in Bewegung.

»Ich mache mich auf den Weg«, sagte Abdul.

Doyle reichte ihm die Hand, und Abdul schüttelte sie.

»Sie sind ein tapferer Kerl«, sagte Doyle. »Viel Glück.«

* * *

Tagelang brütete Kiah über das Gespräch mit der Weißen.

Als kleines Mädchen hatte Kiah geglaubt, alle Europäerinnen wären Nonnen, denn Nonnen waren die einzigen weißen Frauen, die sie je zu Gesicht bekommen hatte. Als sie zum ersten Mal eine normale Französin sah, die ein knielanges Kleid trug, eine

Strumpfhose und eine Handtasche, war sie entsetzt gewesen, als wäre ihr ein Gespenst erschienen.

Heute hatte sich Kiah an westliche Frauen gewöhnt, und Tamara war ihr gleich vertrauenswürdig erschienen; die Frau hatte ein freundliches, offenes Gesicht ohne eine Spur von Verschlagenheit.

Kiah wusste heute, dass reiche Europäerinnen Männerarbeit machten und deshalb keine Zeit hatten, um zu putzen, weshalb sie Frauen aus dem Tschad und anderen armen Ländern dafür Geld zahlten, dass sie die Hausarbeit erledigten. Kiah war beruhigt. Für sie gab es in Frankreich etwas zu tun, sie könnte ihren Lebensunterhalt verdienen, sie könnte ihr Kind ernähren.

Kiah war sich nicht sicher, weshalb reiche Frauen Anwältinnen oder Ärztinnen sein wollten. Weshalb verbrachten sie ihren Tag nicht damit, mit ihren Kindern zu spielen und mit ihren Freundinnen zu reden? Sie musste noch so viel über die Europäer lernen. Das Wichtigste allerdings wusste sie bereits: dass sie Migrantinnen und Migranten aus dem hungergeplagten Afrika einstellten.

Allerdings war das, was Tamara über die Menschenschmuggler gesagt hatte, alles andere als beruhigend. Sie hatte geradezu entsetzt gewirkt. Und das war es, was Kiah so zu schaffen machte. Sie konnte die Logik dessen, was Tamara sagte, nicht leugnen. Sie war dabei, sich in die Hände von Verbrechern zu begeben, und aus welchem Grund sollten sie Kiah nicht ausrauben?

Sie hatte Zeit, über diese Fragen nachzudenken, weil Naji seinen Mittagsschlaf hielt. Sie betrachtete ihn, wie er nackt auf einem Baumwolltuch lag und zufrieden schlummerte, blind für ihre Sorgen. Ihre Eltern hatte Kiah lange nicht so geliebt wie ihren Sohn, nicht einmal ihren Ehemann. Ihre Gefühle für Naji hatten alle anderen Gefühle überlagert und beherrschten nun ihr ganzes Leben. Aber Liebe allein war nicht genug. Ihr kleiner Sohn brauchte Nahrung und Wasser, dazu Kleidung, um seine weiche Haut vor der sengenden Sonne zu schützen. Und es lag an ihr, für seine Bedürfnisse zu sorgen. In der Wüste jedoch würde sie auch sein Leben aufs Spiel setzen. Und er war so klein, so schwach, so unschuldig.

Sie brauchte Hilfe. Sie konnte die gefahrvolle Reise auf sich nehmen, aber nicht allein. Mit einem Begleiter schaffte sie es vielleicht.

Naji schlug die Augen auf. Der Kleine erwachte nicht langsam wie ein Erwachsener, sondern ganz plötzlich. Er stand auf, stolperte zu Kiah und sagte: »Will Laban.« Er liebte dieses Gericht, in Buttermilch gekochten Reis, und sie gab ihm immer ein wenig davon nach seinem Mittagsschlaf.

Während Kiah ihn fütterte, beschloss sie, mit Yusuf zu sprechen, ihrem Cousin zweiten Grades. Er war in ihrem Alter und lebte mit seiner Frau und einer Tochter, die genauso alt war wie Naji, im Nachbardorf, ein paar Kilometer entfernt. Yusuf war Schäfer, aber ihm war fast die ganze Herde verendet, weil die Tiere nichts zu fressen gefunden hatten. Nun überlegte auch er auszuwandern, bevor seine gesamten Ersparnisse aufgebraucht waren. Sie wollte mit ihm über die Probleme sprechen. Wenn er sich zum Gehen entschied, konnte sie sich ihm und seiner Familie anschließen und würde sich erheblich sicherer fühlen.

Als Kiah endlich Naji angezogen hatte, war es Nachmittag geworden, und die Sonne hatte den Höchststand am Himmel hinter sich. Mit dem Jungen auf der Hüfte ging Kiah los. Sie war kräftig und konnte Naji noch immer eine beträchtliche Strecke weit tragen, aber sie wusste nicht, wie lange das so bleiben würde. Früher oder später würde er zu schwer für sie sein, und wenn er selbst laufen musste, würden sie viel langsamer vorankommen.

Sie folgte dem Rand des Sees und wechselte Naji alle paar Minuten von einer Hüfte auf die andere. Jetzt, da die schlimmste Tageshitze vorüber war, arbeiteten die Leute wieder: Fischer flickten Netze und schärften Messerklingen, Kinder hüteten

Ziegen und Schafe, Frauen schöpften Wasser mit Krügen aus traditionellem Ton und großen Ballonflaschen aus Plastik.

Wie alle anderen behielt Kiah den See im Auge, denn man konnte nicht wissen, wann die Mudschahedin hungrig wurden und an Land kamen, um zu plündern. Manchmal entführten sie sogar Mädchen, besonders wenn es Christinnen waren. Unwillkürlich berührte Kiah das kleine silberne Kreuz, das sie unter dem Kleid trug.

Eine Stunde später erreichte sie ein Dorf ganz wie ihr eigenes, nur dass darin eine Reihe aus sechs Betonhäusern stand, die in besseren Zeiten errichtet worden waren und nun verfielen, aber noch immer bewohnt wurden.

Yusufs Haus ähnelte dem ihren: Es bestand aus Lehmziegeln und Palmwedeln. An der Tür blieb sie stehen und rief: »Jemand zu Hause?«

Yusuf erkannte ihre Stimme. »Komm rein, Kiah.«

Er saß mit untergeschlagenen Beinen da und reparierte einen Fahrradschlauch, indem er einen Flicken auf ein Loch klebte. Er war ein kleiner Mann mit einem fröhlichen Gesicht und nicht so herrschsüchtig wie manche Ehemänner. Er lächelte breit: Er freute sich immer, wenn er Kiah sah.

Seine Frau Azra gab ihrem Baby die Brust. Ihr Lächeln war nicht ganz so freundlich. Sie hatte ein schmales Gesicht mit verkniffenem Ausdruck, aber das war nicht der einzige Grund, weshalb sie abweisend wirkte. Yusuf war seiner Cousine Kiah einfach ein wenig zu sehr zugetan. Seit Salims Tod spielte sich Yusuf in ihrer Gegenwart als Beschützer auf, berührte sie an der Hand und legte ihr öfter als nötig den Arm um die Schultern. Kiah hatte den Verdacht, dass er gern mit ihr und mit Azra verheiratet wäre, und Azra teilte diesen Verdacht, wie es schien. Im Tschad stand Vielweiberei nicht unter Strafe, und Millionen christlicher und muslimischer Frauen lebten in polygamen Ehen.

Kiah hatte Yusufs Verhalten in keiner Weise ermutigt, aber sie hatte ihn auch nicht abgewiesen, denn sie brauchte Schutz, und er war ihr einziger männlicher Verwandter im ganzen Tschad. Mit einem Mal sorgte sie sich nun, dass diese Spannungen zwischen ihnen dreien ihre Pläne gefährden könnten.

Yusuf bot ihr aus einem Steinkrug mit Schafsmilch zu trinken an. Er goss etwas in eine Schale, und sie teilte sie mit Naji.

»Vergangene Woche habe ich mit einer Ausländerin gesprochen«, sagte sie, während Naji aus der Schale schlürfte. »Eine weiße Amerikanerin, die kam, um sich nach dem Schrumpfen des Sees zu erkundigen. Ich habe sie nach Europa gefragt.«

»Das war schlau«, sagte Yusuf. »Was hat sie dir erzählt?«

»Sie sagte, dass die Schleuser Verbrecher sind und uns womöglich ausrauben.«

Yusuf zuckte mit den Schultern. »Wir könnten genauso gut hier von den Mudschahedin ausgeraubt werden.«

»Aber draußen in der Wüste ist es leichter, Leute auszurauben«, warf Azra ein. »Du kannst sie einfach zum Sterben zurücklassen.«

»Da hast du recht«, sagte Yusuf zu seiner Frau. »Ich meine nur, dass es überall gefährlich ist. Wenn wir nicht gehen, werden wir hier sterben.«

Yusuf tat Azras Einwände ab, was Kiah in die Hände spielte. Sie bestätigte seine Worte, indem sie sagte: »Gemeinsam wären wir sicherer, zu fünft.«

»Ganz bestimmt«, sagte Yusuf. »Ich würde mich um uns alle kümmern.«

Darauf hatte Kiah zwar nicht hinausgewollt, aber sie widersprach ihm nicht. »Genau«, sagte sie.

»Ich habe gehört, in Drei Palmen gibt es einen Mann namens Hakim.« Drei Palmen war eine kleine Stadt fünfzehn Kilometer entfernt. »Es heißt, Hakim kann Leute bis nach Italien schaffen.«

Kiahs Herz schlug schneller. Von Hakim hatte sie nichts gewusst. Die Neuigkeit bedeutete, dass die Flucht schneller vonstattengehen könnte, als sie sich hätte träumen lassen. Die Aussicht wurde mit einem Mal realer – und beängstigender. »Die Weiße, mit der ich gesprochen habe, sagte mir, dass man von Italien leicht nach Frankreich kommen kann.«

Azras Tochter Danna hatte genug getrunken. Azra wischte dem Kind das Kinn mit dem Ärmel ab und stellte sie auf die Füße. Danna stolperte zu Naji, und die beiden begannen, miteinander zu spielen. Azra nahm einen kleinen Krug mit Öl und rieb sich ein wenig auf die Brustwarzen, dann zog sie ihr Kleid wieder hoch. »Wie viel verlangt Hakim?«, fragte sie.

»Der übliche Preis ist zweitausend amerikanische Dollar.«

»Pro Person oder pro Familie?«, fragte Azra.

»Das weiß ich nicht.«

»Und muss man für Kinder bezahlen?«

»Das hängt wahrscheinlich davon ab, ob sie schon so groß sind, dass sie einen Sitz brauchen.«

Kiah verachtete Streitgespräche ohne Fakten. »Ich gehe nach Drei Palmen und frage ihn«, sagte sie ungeduldig. Auf jeden Fall wollte sie sich ein eigenes Bild von Hakim machen und ein Gefühl dafür bekommen, was für ein Mann er war. Sie konnte die fünfzehn Kilometer dorthin und die fünfzehn Kilometer zurück an einem Tag gehen.

»Lass Naji bei mir«, sagte Azra. »So weit kannst du ihn nicht tragen.«

Kiah fand zwar, dass sie es vermutlich könnte, wenn sie musste, aber sie antwortete: »Ich danke dir. Das wäre eine große Hilfe.« Azra und sie passten oft auf das Kind der anderen auf. Naji kam sehr gern hierher. Er sah begeistert zu, was Danna machte, und ahmte sie nach.

Fröhlich sagte Yusuf: »Jetzt bist du schon so weit gelaufen, da kannst du auch bei uns übernachten und morgen früh aufbrechen.«

Der Vorschlag war vernünftig, aber Yusuf war ein bisschen zu erpicht darauf, im gleichen Raum wie Kiah zu schlafen, und ein finsterer Ausdruck trat in Azras Gesicht.

»Nein, danke«, sagte Kiah taktvoll, »aber ich bringe Naji gleich morgen früh zu euch.« Sie stand auf und hob ihren Sohn auf die Hüfte. »Danke für die Milch«, sagte sie. »Gott sei mit euch bis morgen.«

***

Im Tschad hielt man an den Tankstellen länger als in den Staaten. Die Leute hatten es nicht so eilig, den Tank zu füllen und wieder auf die Straße zu kommen. Sie prüften den Reifendruck, gossen Öl nach und füllten den Kühler auf. Vorsicht war angebracht: Blieb man auf der Überlandstraße liegen, konnten Tage vergehen, bis ein Abschleppwagen kam. Eine Tankstelle war aber auch ein Ort der Begegnung. Fahrer unterhielten sich mit dem Besitzer und miteinander und tauschten Neuigkeit über Straßensperren, Militärkolonnen, marodierende Dschihadisten und Sandstürme aus.

Abdul und Tamara hatten sich an der Straße zwischen N'Djamena und dem Tschadsee verabredet. Abdul wollte ein zweites Mal mit ihr sprechen, bevor er in die Wüste aufbrach, und er zog es vor, weder Telefon noch Textnachrichten zu nutzen, wenn es sich vermeiden ließ.

Er erreichte die Tankstelle vor ihr und konnte dem Besitzer einen ganzen Karton Cleopatras verkaufen. Er hatte die Motorhaube geöffnet und füllte Wasser in den Tank der Scheibenwaschanlage, als ein anderer Wagen auf die Tankstelle einbog. Ein Einheimischer fuhr ihn, aber Tamara saß auf dem Beifahrersitz. In diesem Land waren Botschaftsmitarbeiter niemals allein unterwegs, als Frauen schon gar nicht.

Auf den ersten Blick hätte man sie für eine Einheimische halten können, fand Abdul, als sie aus dem Auto stieg. Sie hatte dunkle Haare und dunkle Augen, und sie trug ein Kleid mit langen Ärmeln über einer Hose, dazu ein Kopftuch. Ein aufmerksamer Beobachter hätte ihr allerdings an ihrem selbstbewussten Gang, an dem ruhigen Blick, den sie auf ihn richtete, und der Art, in der sie ihn als Gleichgestellten ansprach, angemerkt, dass sie Amerikanerin war.

Abdul lächelte. Sie war attraktiv und charmant. Sein Interesse an ihr war nicht romantischer Natur. Vor zwei Jahren hatte er eine große Enttäuschung erlebt und noch nicht ganz überwunden, aber er mochte Tamaras Lebensfreude.

Er schaute sich um. Der Besitzer saß in seinem Lehmziegelhäuschen, wo er Essen und Trinken verkaufte. Ein Pick-up verließ gerade die Tankstelle. Sonst war niemand zu sehen.

Dennoch gingen Tamara und er auf Nummer sicher und gaben vor, einander nicht zu kennen. Sie stand mit dem Rücken zu ihm, während ihr Fahrer tankte. Leise sagte sie: »Gestern haben wir das Camp eingenommen, das Sie in Niger entdeckt haben. Das Militär ist zufrieden: Der Stützpunkt ist vernichtet, jede Menge Waffen wurden erbeutet und Gefangene gemacht, die verhört werden können.«

»Aber haben Sie al-Farabi gefasst?«

»Nein.«

»Dann war das Camp nicht Hufra.«

»Die Gefangenen nennen es al-Bustan.«

»›Der Garten‹«, übersetzte Abdul.

»Trotzdem ist es ein großer Erfolg, und Sie sind der Held der Stunde.«

Abdul verspürte kein Interesse, ein Held zu sein. Er dachte schon voraus. »Ich muss meine Taktik ändern«, sagte er.

»Okay …«

»Für mich wird es schwierig, der Ladung zu folgen, ohne aufzufallen. Der Weg führt jetzt nach Norden durch die Sahara nach Tripolis und von dort über das Mittelmeer in die Nachtclubs von

Europa. Zwischen hier und der Küste gibt es kaum etwas anderes als Wüste, mit wenig Verkehr.«

Tamara nickte. »Also wird der Fahrer Sie vermutlich bemerken.«

»Sie wissen, wie es hier ist: kein Rauch, kein Nebel, keine Luftverschmutzung – an einem klaren Tag kann man meilenweit sehen. Außerdem müsste ich an denselben Oasen übernachten wie der Wagen mit der Lieferung – in der Wüste bleibt einem keine andere Wahl. Die meisten dieser Oasen sind klein, zu klein, als dass ich mich verstecken könnte. Man würde mich zwangsläufig entdecken.«

»Wir haben ein Problem«, stellte Tamara besorgt fest.

»Zum Glück hat sich eine Lösung schon angeboten. In den vergangenen beiden Tagen ist die Lieferung erneut umgeladen worden, diesmal in einen Bus, der illegale Auswanderer transportiert. Das ist nichts Ungewöhnliches – die zwei Sorten Schmuggel lassen sich gut verbinden, und beide sind sehr einträglich.«

»Für Sie dürfte es trotzdem schwierig sein, dem Bus zu folgen, ohne Verdacht zu erregen.«

»Deshalb werde ich mitfahren.«

»Sie haben vor, sich als Auswanderer auszugeben?«

»Das ist mein Plan.«

»Schlau«, sagte Tamara.

Abdul war sich nicht sicher, wie Phil Doyle und die anderen Vorgesetzten bei der CIA die Neuigkeit aufnehmen würden. Aber es gab wenig, was sie dagegen tun konnten. Im Einsatz entschied ein Agent selbst, was er für am besten hielt.

Tamara stellte eine praktische Frage. »Was wollen Sie mit Ihrem Auto und den vielen Zigaretten anstellen?«

»Alles verkaufen«, sagte er. »Es wird sich schon jemand finden, der das Geschäft gern übernimmt. Und ich verlange auch keinen überhöhten Preis.«

»Wir könnten alles für Sie an den Mann bringen.«

»Nein, danke, so ist es besser. Ich sollte in der Rolle bleiben. Der Verkauf erklärt, woher ich das Geld habe, um die Schleuser zu bezahlen. Das untermauert meine Legende.«

»Gutes Argument.«

»Noch etwas«, fuhr er fort. »Mehr oder weniger durch Zufall bin ich auf eine nützliche Quelle gestoßen. Er ist ein desillusionierter Terrorist in Kousséri, in Kamerun, von N'Djamena aus gleich hinter der Brücke. Er ist eingeweiht und bereit, uns Informationen zu liefern. Sie sollten es mit ihm probieren.«

»Ein desillusionierter Terrorist?«, fragte Tamara.

»Er ist ein idealistischer junger Mann, der zu viel sinnloses Morden gesehen hat, um noch an den Dschihad zu glauben. Seinen Namen brauchen Sie nicht zu wissen, aber er wird sich Harun nennen.«

»Wie kann ich ihn kontaktieren?«

»Er wird sich mit Ihnen in Verbindung setzen. Die Nachricht wird eine Zahl enthalten – acht Kilometer oder fünfzehn Dollar oder dergleichen. Diese Zahl ist die Uhrzeit, zu der er sich mit Ihnen treffen will, im Vierundzwanzig-Stunden-System; also bedeuten fünfzehn Dollar drei Uhr nachmittags. Der erste Treffpunkt ist Le Grand Marché.« Tamara wusste, was das war – jeder kannte den Zentralmarkt der tschadischen Hauptstadt. »Beim ersten Treffen machen Sie den Treffpunkt für das zweite aus.«

»Der Markt ist riesig«, sagte Tamara. »Hunderte Menschen aller Völker. Wie sollen wir einander erkennen?«

Abdul griff in seine Dschallabija und zog ein blaues Tuch mit einem auffälligen Muster aus orangefarbenen Kreisen heraus. »Tragen Sie das«, sagte er. »Er wird es erkennen.«

Tamara nahm es entgegen. »Danke.«

»Gern geschehen.« Abdul kehrte zu al-Bustan zurück. »Ich nehme an, die Gefangenen sind über al-Farabi befragt worden.«

»Sie haben alle von ihm gehört, aber nur einer hat behauptet, ihn je persönlich gesehen zu haben. Er bestätigte die übliche

Beschreibung – graue Haare, schwarzer Bart, verstümmelter Daumen. Der Gefangene hatte einer Gruppierung in Mali angehört, die von al-Farabi in der Herstellung von Straßenbomben geschult wurde.«

Abdul nickte. »Ich fürchte, das ist nur zu glaubhaft. Dem wenigen nach, was wir wissen, scheint es, als wäre al-Farabi nicht interessiert, sämtliche nordafrikanischen Mudschahedin zur Zusammenarbeit zu bewegen – er denkt wahrscheinlich, sie sind als getrennte Gruppierungen sicherer, und da hätte er recht. Gleichzeitig möchte er allen beibringen, wie sie mehr Menschen effizienter töten können. In Afghanistan hat er sehr umfangreiche technische Kenntnisse erlangt, und jetzt gibt er sie weiter, daher die Schulungen.«

»Ein schlauer Kerl.«

»Aus diesem Grund bekommen wir ihn auch nicht zu fassen«, sagte Abdul voll Bitterkeit.

»Ewig kann er sich nicht vor uns verstecken.«

»Das will ich zumindest hoffen.«

Tamara wandte sich ihm zu. Sie starrte ihn an, als versuchte sie, etwas zu verstehen.

»Was ist?«, fragte er.

»Sie machen das wirklich aus Überzeugung.«

»Sie nicht?«

»Nicht so wie Sie.« Sie sah ihm in die Augen. »Irgendwas ist mit Ihnen passiert. Was war es?«

»Sie haben mich vor Ihnen gewarnt.« Trotz seiner Worte lächelte er sanft. »Sie sagten, Sie könnten ein wenig direkt sein.«

»Es tut mir leid«, sagte sie. »Man hat mir bereits gesagt, dass ich allzu persönliche Fragen stelle. Sie sind doch hoffentlich nicht verärgert?«

»Wenn Sie mich kränken wollen, müssen Sie sich schon mehr anstrengen.« Er schloss die Motorhaube. »Ich gehe bezahlen.«

Er ging zu der Hütte hinüber. Tamara hatte recht. Für ihn war es nicht nur ein Job, es war eine Mission. Ihm genügte es nicht, dem ISGS lediglich zu schaden, wie er es mit der Aufklärung von al-Bustan getan hatte. Er wollte ihn auslöschen. Vollständig.

Er zahlte für das Benzin. »Brauchen Sie Zigaretten?«, scherzte der Besitzer. »Ganz billig!«

»Ich rauche nicht«, sagte Abdul.

Tamaras Fahrer kam in die Hütte, als er ging. Abdul kehrte zu seinem Wagen zurück. Ein paar Minuten lang war er mit ihr allein. Sie hat eine gute Frage gestellt, dachte er. Sie verdient eine Antwort.

Er sagte: »Meine Schwester ist gestorben. Das ist der Grund.«

* * *

Er war sechs, fast ein Mann, wie er fand, und sie war mit ihren vier Jahren noch ein Baby. Beirut war die einzige Welt, die er damals kannte: Hitze, Staub, Verkehr und zerbombte Häuser, aus denen der Schutt auf die Straße quoll. Erst später sollte ihm klarwerden, dass Beirut nicht normal war und die meisten Menschen anders lebten.

Sie bewohnten eine Wohnung über einem Café. Im Schlafzimmer mit dem Fenster zum Hof erzählte er Nura vom Lesen und Schreiben. Sie saßen auf dem Boden. Sie wollte alles wissen, was er wusste, und er liebte es, ihr etwas zu erklären, denn dann fühlte er sich weise und erwachsen.

Ihre Eltern waren im Wohnzimmer, das an der Straßenseite lag. Ihre Großeltern waren zum Kaffee da, zwei Onkel und eine Tante vorbeigekommen, und Abduls Vater, der Bäcker des Cafés, hatte für die Gäste Halawet el Jibn gemacht, süße Käseröllchen. Abdul hatte schon zwei davon gegessen, und seine Mutter hatte gesagt: »Das reicht, sonst wird dir schlecht.«

Also schickte er Nura los, nach vorn zu gehen und welche zu holen.

Sie beeilte sich. Sie wollte ihm immer gefallen.

Der Knall war das lauteste Geräusch, das Abdul je gehört hatte. Sofort danach wurde die ganze Welt vollkommen still. Mit seinen Ohren schien etwas nicht zu stimmen. Er fing an zu weinen.

Er rannte ins Wohnzimmer, aber der Anblick, der sich ihm dort bot, war völlig fremd. Er brauchte lange, bis er begriff, dass die gesamte Außenwand verschwunden und das Zimmer zur Straße hin offen war. Die Luft war voller Staub und dem Geruch von Blut. Einige Erwachsene sahen aus, als würden sie schreien, aber sie machten keinen Laut; tatsächlich hörte er gar nichts. Andere lagen auf dem Boden, ohne sich zu rühren.

Auch Nura lag ganz reglos da.

Abdul konnte nicht verstehen, was ihr fehlte. Er kniete sich neben sie, nahm ihren schlaffen Arm und schüttelte sie, versuchte sie aufzuwecken, auch wenn es unmöglich erschien, dass sie mit offenen Augen schlafen sollte. »Nura«, sagte er. »Nura, wach auf.« Er konnte jetzt seine eigene Stimme hören, wenn auch nur schwach; seine Ohren mussten besser werden.

Mit einem Mal war seine Mutter da und nahm Nura mit den Armen auf. Im nächsten Moment spürte Abdul, wie die vertrauten Hände seines Vaters ihn hochhoben. Die Eltern trugen die beiden Kinder ins Schlafzimmer und legten sie behutsam auf ihre Betten.

»Abdul, wie fühlst du dich?«, fragte sein Vater. »Hast du Schmerzen?«

Abdul schüttelte den Kopf.

»Keine Prellungen?« Vater besah ihn vorsichtig und wirkte erleichtert. Er wandte sich Mutter zu, und beide starrten sie auf die reglose Gestalt Nuras.

»Ich glaube, sie atmet nicht.« Mutter schluchzte.

»Was ist denn mit ihr?«, fragte Abdul. Seine Stimme war ein hohes Quietschen. Er hatte große Angst, aber er wusste nicht, wovor er sich fürchtete. »Sie spricht nicht, aber ihre Augen sind doch offen!«

Sein Vater nahm ihn in die Arme. »Ach, Abdul, mein geliebter Sohn«, sagte er. »Ich glaube, unser kleines Mädchen ist tot.«

* * *

Es war eine Autobombe gewesen, erfuhr Abdul Jahre später. Das Fahrzeug hatte unmittelbar unter dem Wohnzimmerfenster am Straßenrand geparkt. Das Ziel war das Café, das viele amerikanische Kunden hatte, die wegen des süßen Gebäcks kamen. Abduls Familie war nur ein Kollateralschaden.

Für den Anschlag übernahm niemand je die Verantwortung.

Der Familie gelang es, in die USA zu übersiedeln, was schwierig, aber nicht unmöglich war. Vaters Cousin betrieb ein libanesisches Restaurant in Newark, und Vater konnte dort arbeiten. Abdul fuhr in einem gelben Bus zur Schule, mit einem dicken Schal um den Hals wegen des unvorstellbar kalten Wetters, und stellte fest, dass er kein Wort von dem verstand, was irgendwer sagte. Aber Amerikaner behandelten Kinder freundlich, und sie halfen ihm; schon bald sprach er besser Englisch als seine Eltern.

Mutter sagte zu ihm, dass er vielleicht eine neue kleine Schwester bekommen würde, aber die Jahre vergingen, und es tat sich nichts.

Während er durch die Dünen fuhr, stand ihm die Vergangenheit lebhaft vor Augen. Amerika hatte nicht so sehr anders gewirkt als Beirut – es gab Verkehrsstaus und Wohnhäuser, Cafés und Polizisten –, aber die Sahara mit ihren verdorrten Dornbüschen, die auf dem unfruchtbaren Boden verdursteten, war wirklich eine fremdartige Landschaft.

Drei Palmen war eine kleine Stadt mit einer Moschee und einer Kirche, einer Tankstelle mit Werkstatt und einem halben Dutzend Läden. Alle Schilder waren auf Arabisch, mit einer

Ausnahme, *Église de Saint Pierre*, Kirche St. Peter. In Wüstendörfern gab es keine Straßen, aber die Häuser standen in Reihen, und ihre nackten Außenmauern machten die staubigen, ungepflasterten Wege zu Gängen. Trotz der Enge der Straßen parkten Autos an den Rändern. Im Zentrum, gleich neben der Tankstelle mit Werkstatt, war ein Café, wo Männer im Schatten von drei ungewöhnlich hohen Fächerpalmen saßen, Kaffee tranken und rauchten. Abdul vermutete, dass diese Bäume der Stadt ihren Namen gegeben hatten. Die Bar war ein wackliger Anbau an der Vorderseite eines Hauses, ihr Dach aus Palmwedeln ruhte unsicher auf dünnen, grob behauenen Baumstämmen.

Abdul parkte seinen Wagen und sah auf den Signalempfänger. Die Kokainlieferung war noch an der gleichen Stelle, ein paar Meter von dem Fleck entfernt, wo er stand.

Er stieg aus und roch Kaffee. Aus dem Kofferraum nahm er mehrere Stangen Cleopatras. Dann ging er zum Café und schaltete auf Verkäufer um.

Ein paar Schachteln konnte er losschlagen, bevor der Besitzer des Cafés, ein dicker Mann mit einem gewaltigen Schnurrbart, sich beschwerte. Nachdem Abdul seinen Charme auf ihn hatte wirken lassen, kaufte der Besitzer eine Stange und brachte Abdul eine Tasse Kaffee. Abdul setzte sich an einen Tisch unter den Palmen, nippte an dem starken Kaffee, der trotz des hineingelöffelten Zuckers bitter schmeckte, und fragte: »Ich muss jemanden namens Hakim sprechen. Kennen Sie ihn?«

Der Besitzer des Cafés wich ihm aus. »Das ist ein häufiger Name«, sagte er, aber der Blick, den er unwillkürlich auf die Autowerkstatt nebenan warf, verriet gleich, was er wusste.

»Er ist ein sehr respektierter Mann«, entgegnete Abdul, was so viel bedeutete, wie dass er ein bedeutender Krimineller war.

»Ich kann mich umhören.«

Ein paar Minuten später schlenderte der Cafébesitzer mit einer Beiläufigkeit, die nicht sehr überzeugend wirkte, zu der

Werkstatt. Kurz darauf kam ein übergewichtiger junger Mann aus dem Gebäude und ging geradewegs auf Abdul zu. Er schlurfte wie eine schwangere Frau, die Füße gespreizt, die Knie auseinander, den Bauch vorgestreckt, den Kopf in den Nacken gelegt. Er hatte lockige schwarze Haare und einen geckenhaften schmalen Schnäuzer, aber keinen Kinnbart. Gekleidet war er in westliche Sportsachen, ein übergroßes grünes Poloshirt und eine speckige graue Jogginghose, aber um den Hals trug er eine Art Voodoo-Amulett. An den Füßen hatte er zwar Laufschuhe, aber er sah nicht danach aus, als wäre er in den letzten Jahren einmal gerannt. Als er auf Gesprächsentfernung war, lächelte Abdul ihm zu und bot ihm eine Stange Cleopatras zum halben Normalpreis an.

Der Mann ignorierte die Offerte. »Du suchst jemanden.« Das war eine Feststellung, keine Frage: Männer wie er hassten es zuzugeben, dass es etwas gab, das sie nicht wussten.

»Bist du Hakim?«, fragte Abdul.

»Du willst Geschäfte mit ihm machen.«

Abdul war sich sicher, dass er Hakim vor sich hatte. »Setz dich, unterhalten wir uns freundlich«, sagte er, obwohl Hakim so freundlich war wie eine übergewichtige Vogelspinne.

Hakim winkte dem Cafébesitzer, wohl um zu signalisieren, dass er einen Kaffee wolle, und setzte sich wortlos an Abduls Tisch.

»Ich habe ein wenig Geld verdient, indem ich Zigaretten verkaufe.«

Hakim gab keine Antwort.

»Ich würde gern in Europa leben.«

Hakim nickte. »Du hast Geld.«

»Wie viel kostet es? Nach Europa zu gehen?«

»Zweitausend amerikanische Dollar pro Person – die Hälfte, wenn du in den Bus steigst, die andere, wenn wir Libyen erreichen.«

In einem Land, in dem der durchschnittliche Wochenlohn etwa fünfzehn Dollar betrug, war das eine gewaltige Summe. Abdul empfand das Bedürfnis, sich zu winden. Wenn er zu bald einwilligte, wurde Hakim vielleicht misstrauisch. »Ich weiß nicht, ob ich so viel aufbringen kann.«

Hakim wies mit einer Kopfbewegung auf Abduls Wagen. »Verkauf dein Auto.«

Er hatte Abdul also bereits unter die Lupe genommen. Ohne Zweifel hatte der Cafébesitzer ihn auf den Wagen aufmerksam gemacht. »Natürlich werde ich mein Auto verkaufen, bevor ich gehe«, sagte Abdul. »Aber ich muss meinem Bruder das Geld zurückzahlen, das er mir geliehen hat, damit ich ihn kaufen konnte.«

»Der Preis ist zweitausend Dollar.«

»Aber Libyen ist nicht Europa. Die letzte Rate sollte erst bei der Ankunft fällig werden.«

»Wer würde sie dann bezahlen? Die Leute würden einfach abhauen.«

»Das ist nicht sehr befriedigend.«

»Wir verhandeln hier nicht. Entweder vertraust du mir, oder du bleibst zu Hause.«

Bei der Vorstellung, Hakim zu vertrauen, musste Abdul beinahe lachen. »Ist ja schon gut«, sagte er. »Kann ich das Fahrzeug sehen, mit dem wir reisen?«

Hakim zögerte und zuckte dann mit den Schultern. Ohne etwas zu sagen, stand er auf und ging in Richtung Werkstatt.

Abdul folgte ihm.

Sie betraten das Gebäude durch eine kleine Seitentür. Das Innere wurde von Oberlichtern aus Plastik erhellt. An den Wänden hing Werkzeug, in tiefen Regalen waren neue Reifen gestapelt, der Geruch von Motoröl hing in der Luft. In einer Ecke saßen zwei Männer in Dschallabijas und Kopftüchern vor einem Fernseher und rauchten gelangweilt. Auf dem Tisch zwischen ihnen lagen zwei Sturmgewehre. Die Männer blickten auf, erkannten Hakim und wandten ihre Aufmerksamkeit wieder dem Bildschirm zu.

»Das sind meine Sicherheitsleute«, sagte Hakim. »Dauernd versucht man, mir Benzin zu stehlen.«

Sie waren Dschihadisten, keine Sicherheitsleute, und mit ihrer demonstrativen Gleichgültigkeit zeigten sie, dass Hakim ihnen nichts zu befehlen hatte.

Abdul blieb in seiner Rolle und fragte sie unbekümmert: »Möchtet ihr Zigaretten zum halben Preis? Ich habe Cleopatras.«

Sie sahen weg, ohne ein Wort zu sagen.

Einen großen Teil der Werkstatt nahm ein kleiner Mercedes-Bus ein, der ungefähr vierzig Personen Platz bot. Von außen sah er alles andere als beruhigend aus. Vor langer Zeit war er himmelblau gewesen, aber jetzt war die helle Lackierung mit Rostflecken übersät. Aufs Dach hatte man zwei Ersatzräder geschnallt, aber ihre Reifen waren nicht neu. Die meisten Seitenfenster hatten keine Scheiben. Das konnte sogar Absicht sein: Der Fahrtwind würde die Passagiere kühl halten. Abdul sah hinein. Die Sitzpolster waren abgewetzt und fleckig, an einigen Stellen auch aufgerissen. Die Windschutzscheibe war intakt, aber die Sonnenblende für den Fahrer hatte sich gelöst und hing schief.

»Wie lange braucht dein Bus nach Tripolis, Hakim?«

»Das erfährst du, wenn wir dort ankommen.«

»Du weißt es nicht?«

»Ich sage den Leuten nie, wie lange es dauert. Ständig gibt es Verzögerungen, und dann sind sie enttäuscht und werden sauer. Besser, wenn sie überrascht und glücklich sind, wenn wir ankommen.«

»Sind Essen und Wasser auf der Reise im Preis inbegriffen?«

»Das Notwendige stellen wir, auch Betten bei Übernachtungen. Luxus kostet extra.«

»Was für Luxus bekommt man denn mitten in der Wüste?«

»Wirst du schon sehen.«

Abdul nickte zu den Dschihadisten hinüber. »Kommen sie mit?«

»Sie beschützen uns.«

Und das Kokain. »Welche Route nehmt ihr?«

»Du stellst zu viele Fragen.«

Abdul hatte Hakim genügend bedrängt. »Also gut, aber ich muss wissen, wann ihr aufbrecht.«

»Heute in zehn Tagen.«

»Das ist noch lange. Warum dauert es so lange?«

»Es gab Probleme.« Hakim wurde ärgerlich. »Was kümmert es dich? Das geht dich nichts an. Sei einfach in zehn Tagen mit dem Geld hier.«

Die Probleme, vermutete Abdul, hingen mit dem Angriff auf al-Bustan zusammen. Dadurch waren andere Aktivitäten der Dschihadisten gestört und führende Mudschahedin getötet oder verwundet worden. »Du hast recht, das geht mich nichts an«, sagte er beschwichtigend.

»Nur eine Reisetasche pro Person«, sagte Hakim. »Keine Ausnahme.«

Abdul deutete auf den Bus. »So ein Bus hat doch gewöhnlich einen großen Gepäckraum und außerdem noch Ablagen über den Sitzen.«

Hakim fuhr auf. »Eine Tasche pro Person!«

Gut, dachte Abdul, das Kokain ist also im Gepäckraum.

»In Ordnung«, sagte er. »Heute in zehn Tagen komme ich wieder.«

»Im Morgengrauen!«

Abdul ging hinaus.

Hakim erinnerte ihn an die Mafiosi in New Jersey: ungehobelt, dumm und dabei empfindlich. Ganz wie ein amerikanischer Gangster polterte Hakim und drohte Gewalt an, weil sein Verstand für etwas anderes nicht ausreichte. Einige der dümmeren

Schulfreunde Abduls waren in diese Welt abgerutscht. Er wusste, wie man mit diesen Typen umging, aber er durfte nicht allzu selbstsicher erscheinen. Er spielte eine Rolle.

Und während Hakim ein Trottel sein mochte, nahm man seine Wachen besser ernst.

Abdul kehrte zu seinem Wagen zurück, öffnete den Kofferraum und verstaute die unverkauften Zigaretten. Für heute war seine Arbeit erledigt. Er würde zu einer anderen Ortschaft fahren, noch ein wenig Zigaretten verkaufen, um seine Legende zu wahren, und sich eine Übernachtungsmöglichkeit suchen. Hotels gab es nicht, aber gewöhnlich fand man eine Familie, die bereit war, für ein paar Dollar einen Fremden aufzunehmen.

Als er den Kofferraum schloss, entdeckte er ein Gesicht, das er kannte. Er hatte die Frau schon einmal gesehen – und zwar in dem Dorf, in dem er Tamara und Tab getroffen hatte; Tamara war sogar zu ihr ins Haus gegangen. Abdul erinnerte sich an sie, weil sie so umwerfend aussah; ihre geschwungene Nase unterstrich ihre Schönheit. Heute überschattete Müdigkeit ihr gemeißeltes Gesicht. Ihre wohlgeformten Füße in den Plastik-Flipflops waren staubig, und er vermutete, dass sie aus ihrem Heimatdorf hierhergelaufen war, eine Strecke von gut zehn Meilen. Er fragte sich, was sie hier wollte.

Abdul schaute weg; er wollte ihrem Blick nicht begegnen. Es war ein Reflex: Ein Agent im Einsatz durfte keine Freundschaften schließen. Alles, was über eine lockere Bekanntschaft hinausging, führte zu gefährlichen Fragen: Woher kommst du? Wer sind deine Verwandten? Was machst du hier im Tschad? Solche unschuldigen Fragen zwangen den Agenten zu lügen, und Lügen konnte man auf die Schliche kommen. Die einzige sichere Vorkehrung bestand darin, keine Freundschaften zu schließen.

Doch sie hatte ihn erkannt. »*Marhaba*«, sagte sie: Hallo. Offenbar freute sie sich, ihn zu sehen.

Er wollte keine Aufmerksamkeit auf sich ziehen, indem er unhöflich war, daher antwortete er förmlich. »*Salamo alayki*«: Friede sei mit dir.

Sie blieb stehen, um mit ihm zu sprechen, und er bemerkte einen schwachen Duft nach Zimt und Kurkuma. Sie schenkte ihm ein breites, gewinnendes Lächeln, bei dem sein Herz einen Schlag aussetzte. Ihre gebogene Nase war edel. Eine weiße Amerikanerin hätte sich für solch eine Nase geschämt und sie, falls sie das nötige Geld hatte, chirurgisch ändern lassen, aber an dieser Frau sah sie vornehm aus.

»Du bist der Zigarettenhändler, der in meinem Dorf war«, sagte sie. »Ich heiße Kiah.«

Er widerstand dem Impuls, sie anzustarren. »Ich muss los«, sagte er kühl und ging an die Autotür.

So leicht ließ sie sich nicht entmutigen. »Kennst du einen Mann namens Hakim?«

Er hielt mit der Hand auf dem Türgriff inne und wandte sich zu ihr um. Ihre Müdigkeit war nur oberflächlich, erkannte er. In den dunklen Augen, die ihn aus dem Schatten ihres Kopftuchs anblickten, entdeckte er eiserne Entschlossenheit. »Was willst du von ihm?«

»Ich habe gehört, er kann Menschen helfen, nach Europa zu kommen.«

Wieso erkundigte sich eine junge Frau danach? Hatte sie überhaupt das nötige Geld? Abdul schlug den herablassenden Tonfall an, in dem ein Mann einer törichten Frau einen Rat erteilte. »Du solltest das deinem Mann überlassen.«

»Mein Mann ist tot. Mein Vater auch. Und meine Brüder sind im Sudan.«

Das erklärte es. Sie war eine alleinstehende Witwe. Ihm fiel ein, dass sie ein Kind hatte. In normalen Zeiten hätte sie vielleicht wieder geheiratet, so schön, wie sie aussah, aber an den schrumpfenden Ufern des Tschadsees bürdete sich kein Mann die Last einer Frau mit dem Kind eines anderen auf.

Abdul bewunderte Kiah für ihren Mut, aber womöglich wäre sie in Hakims Händen sogar noch schlechter dran. Sie war zu verletzlich. Hakim war zuzutrauen, dass er ihr ganzes Geld nahm und sie trotzdem betrog. Abdul empfand Mitgefühl für sie.

Aber Kiahs Schicksal war nicht seine Angelegenheit. Sei nicht dumm, ermahnte er sich. Er konnte sich mit keiner unglücklichen Witwe anfreunden und ihr helfen, auch nicht, wenn sie jung und schön war – vor allem nicht, wenn sie jung und schön war. Daher wies Abdul nur auf die Werkstatt. »Da drin.« Er kehrte der Witwe den Rücken zu und öffnete die Fahrertür.

»Ich danke dir, und darf ich dir noch eine Frage stellen?« Sie war wirklich schwer abzuschütteln. Ohne auf seine Einwilligung zu warten, fuhr sie fort: »Weißt du, wie viel er verlangt?«

Abdul wollte ihr nicht antworten, wollte sich nicht hineinziehen lassen, aber angesichts ihrer Not konnte er nicht gleichgültig bleiben. Seufzend gab er dem Drang nach, ihr wenigstens eine kleine nützliche Information zu erteilen. Er drehte sich wieder zu ihr um und sagte: »Zweitausend amerikanische Dollar.«

»Ich danke dir«, sagte sie. Die Summe weckte bei ihr keine Bestürzung, erkannte er überrascht. Also besaß sie das Geld, und er gewann den Eindruck, er habe ihr nur bestätigt, was sie ohnehin schon wusste.

»Die Hälfte bei der Abfahrt, die andere Hälfte in Libyen.«

»Oh.« Sie wirkte nachdenklich: Sie hatte nichts von den Raten gewusst.

»Er sagt, Essen, Wasser und Nachtquartier sind inbegriffen, aber kein Luxus. Mehr weiß ich nicht.«

»Ich danke dir für deine Freundlichkeit.« Wieder lächelte sie ihn an, aber diesmal zeigte sich im Schwung ihrer Lippen ein Hauch von Triumph. Ihm wurde klar, dass sie trotz seiner Anstrengungen den Verlauf des Gesprächs bestimmt hatte. Und darüber hinaus hatte sie ihm unmerklich entlockt, was sie wissen wollte. Sie hat mich überlistet, dachte er, als sie sich abwandte. Na, so was.

Er stieg ins Auto und schloss die Tür.

Abdul ließ den Motor an und sah ihr nach, als sie an den Tischen unter den Palmen vorüberging, die Tankstelle überquerte und die Werkstatt betrat.

Ob sie heute in zehn Tagen im Bus sitzen würde?

Er legte den Gang ein und fuhr davon.

***

Aus irgendeinem Grund hatte der Zigarettenverkäufer nichts mit ihr zu tun haben wollen und ihr die kalte Schulter gezeigt, aber Kiah hatte gespürt, dass er ein gutes Herz besaß, und am Ende hatte er ihre Fragen beantwortet. Sie wusste nun, wo sie Hakim finden konnte, er hatte den Preis bestätigt, und sie hatte erfahren, dass das Geld in zwei Raten zu zahlen war. Sie fühlte sich jetzt sicherer, da sie nicht mehr völlig unwissend war.

Der Mann war ihr ein Rätsel. Im Dorf hatte er wie ein typischer Straßenhändler gewirkt, der bereit war, alles zu sagen, zu schmeicheln und zu flirten und zu lügen, nur um die Leute von ihrem Geld zu trennen. Heute jedoch war ihm von dieser Jovialität nichts anzumerken gewesen. Offensichtlich war sie nur vorgespielt gewesen.

Kiah ging zu der Werkstatt am anderen Ende der Tankstelle. Drei Wagen parkten davor, und offenbar wurde an ihnen gearbeitet, wenngleich einer davon aussah, als wäre jeder Reparaturversuch sinnlos. Alte Reifen waren zu einer Pyramide aufgestapelt. Eine Seitentür des Gebäudes stand offen. Kiah schaute hinein und sah einen kleinen Bus ohne Scheiben in den Fenstern.

Sollten in diesem Fahrzeug Menschen durch die Wüste transportiert werden? Angst ergriff Kiah. Die Reise war lang, und Menschen konnten dabei sterben. Eine Reifenpanne konnte tödlich enden. Ich muss verrückt sein, auch nur daran zu denken, schalt sie sich.

Ein fetter junger Kerl in schmieriger westlicher Kleidung schlurfte in Sicht. Ihr fiel sein Grigri-Amulett auf, das aus Perlen und Steinen bestand, von denen einige vermutlich fromme oder magische Worte trugen. Das Amulett sollte ihn vor dem Bösen schützen und Leid über seine Feinde bringen.

Mit gieriger Miene besah er sie von oben bis unten. »Was kann ich denn für dich tun, mein Täubchen?«, fragte er grinsend.

Unverzüglich war ihr klar, dass sie im Umgang mit ihm sehr vorsichtig sein müsste. Eindeutig glaubte er, keine Frau könnte ihm widerstehen, und dabei war er so unansehnlich, wie es nur ging. Sie sprach in höflichem Ton und verbarg den Abscheu, den sie empfand. »Ich suche nach einem Herrn namens Hakim. Bist du das vielleicht?«

»Ja, ich bin Hakim«, sagte er stolz. »Und alles, was du siehst, gehört mir – die Tankstelle, die Werkstatt und der Bus.«

Sie wies auf das Fahrzeug. »Darf ich fragen, ob du damit durch die Wüste fährst?«

»Das ist ein guter Bus, frisch gewartet und technisch einwandfrei.« Er kniff die Augen zusammen. »Weshalb fragst du danach?«

»Ich bin eine Witwe ohne Möglichkeit, meinen Lebensunterhalt zu verdienen, und will nach Europa.«

Hakim ging aus sich heraus. »Ich werde mich um dich kümmern, Schätzchen.« Er legte ihr einen Arm um die Schultern. Seiner Achselgrube entstieg ein unangenehmer Geruch. »Du kannst mir vertrauen.«

Sie rückte von ihm weg und streifte seinen Arm ab. »Mein Cousin Yusuf wird mich begleiten.«

»Ausgezeichnet«, sagte er, aber er wirkte enttäuscht.

»Wie viel?«

»Wie viel hast du?«

»Nichts«, log sie, »aber ich kann mir vielleicht Geld borgen.«

Er glaubte ihr nicht. »Der Preis beträgt viertausend amerikanische Dollar. Und zwar sofort, bar auf die Hand, wenn du einen sicheren Platz im Bus haben willst.«

Er hält mich für dumm, sagte sie sich.

Sie kannte das Gefühl. Als sie das Boot verkauft hatte, hatten etliche Männer versucht, es ihr für so gut wie nichts abzuluchsen. Sie hatte jedoch rasch gelernt, dass es ein Fehler war, ein Angebot, und sei es auch noch so lächerlich, mit Hohn zu überschütten. Den potenziellen Käufer kränkte es, wenn eine Frau so zu ihm sprach, und er ging beleidigt davon.

Daher erwiderte sie: »Leider habe ich das Geld noch nicht.«

»Dann kann es sein, dass du zurückbleibst.«

»Und Yusuf sagte, dass du normalerweise zweitausend Dollar verlangst.«

Hakim wurde unleidlich. »Dein Yusuf scheint sich ja gut auszukennen. Vielleicht sollte lieber er dich nach Tripolis bringen und nicht ich.«

»Jetzt, wo mein Mann tot ist, ist Yusuf das Oberhaupt meiner Familie. Ich muss mich an seine Anweisungen halten.«

Für Hakim war das eine Binsenweisheit. »Natürlich musst du das«, räumte er ein. »Er ist ein Mann.«

»Er hat mir aufgetragen, dich zu fragen, wann du abfahren willst.«

»Sag ihm, heute in zehn Tagen, im Morgengrauen.«

»Wir sind drei Erwachsene, einschließlich Yusufs Frau.«

»Keine Kinder?«

»Ich habe einen zweijährigen Sohn, und Yusuf hat eine Tochter im gleichen Alter, aber sie brauchen keine eigenen Sitze.«

»Für Kinder, die keinen Sitzplatz brauchen, verlange ich nur den halben Preis.«

»Dann kommen wir nicht ins Geschäft«, sagte Kiah bestimmt. Sie ging ein paar Schritte, als wäre sie auf dem Weg nach draußen. »Es tut mir leid, dass ich deine Zeit verschwendet habe. Sechstausend könnten wir vielleicht aufbringen, wenn wir uns in der ganzen Familie Geld borgen, aber dann haben wir alles genommen, was unsere Verwandten besitzen.«

Hakim sah sechstausend Dollar verschwinden und schaute auf einmal nicht mehr ganz so unnachgiebig drein. »Das ist schade«, sagte er. »Aber kommt doch am Abreisetag trotzdem vorbei. Wenn der Bus nicht voll ist, kann ich euch vielleicht einen Sonderpreis machen.«

Das war sein letztes Wort, und sie musste einwilligen.

Natürlich wollte Hakim jeden Sitz füllen und so viel Geld verdienen wie möglich. Mit vierzig Passagieren würde er achtzigtausend Dollar einnehmen, ein Vermögen. Sie fragte sich, wofür er es ausgeben würde. Vermutlich aber musste er mit anderen teilen. Sicher war er nur ein kleines Rädchen in der Organisation.

Sie musste seine Bedingungen annehmen. Er verhandelte aus einer Position der Stärke. »Also gut«, sagte sie, erinnerte sich, dass sie als einfache Frau auftreten musste, und fügte hinzu: »Vielen Dank.«

Sie hatte die Information erhalten, die sie brauchte. Sie verließ die Werkstatt und trat den langen Weg nach Hause an.

Hakim hatte sie nicht überrascht, aber das Gespräch hatte ihr dennoch zu denken gegeben. Offenbar fühlte er sich allen Frauen überlegen, doch das war nichts Ungewöhnliches. Die Amerikanerin hatte jedoch mit ihrer Warnung ins Schwarze getroffen: Er war ein Verbrecher und in keiner Weise vertrauenswürdig. Manch einer redete davon, dass Diebe ihren eigenen Ehrenkodex hätten, aber Kiah glaubte nicht daran. Ein Mann wie Hakim log, betrog und stahl, wann immer er damit ungestraft davonkommen konnte. Und vielleicht würde er sogar noch schlimmere Verbrechen an einer wehrlosen Frau begehen.

Zwar wären noch andere Leute im Bus, aber das schenkte Kiah keinen großen Trost. Die anderen Passagiere wären genauso ängstlich und verzweifelt wie sie. Wenn eine Frau missbraucht wurde, sahen die Leute manchmal weg und fanden wunderbar vernünftige Ausflüchte, sich nicht einzumischen.

Yusuf war ihre einzige Hoffnung. Er gehörte zur Familie, und seine Ehre würde ihn zwingen, sie zu beschützen. Zusammen mit Azra bestand ihre Gruppe aus drei Erwachsenen, also wären sie nicht hilflos. Mistkerle wie Hakim waren oft Feiglinge, und er würde vielleicht zögern, sich auf einen Kampf gegen drei einzulassen.

Sie hatte das Gefühl, mit Yusufs und Azras Hilfe könnte sie sich den Gefahren der Reise stellen.

Der Nachmittag kühlte schon ab, als sie Yusufs Dorf erreichte. Sie hatte wunde Füße, aber sie war voller Hoffnung. Sie schloss Naji in die Arme, der sie einmal küsste und sogleich zum Spiel mit Danna zurückeilte. Sie empfand leise Enttäuschung, dass er sie nicht stärker vermisst hatte, aber es zeigte auch, dass er einen schönen Tag verbracht und sich beschützt gefühlt hatte.

»Yusuf ist fort, um sich einen Schafbock anzusehen, aber er braucht nicht lange.« Erneut ging Azra ein wenig steif mit Kiah um, nicht feindselig, aber irgendwie weniger freundlich als früher.

Kiah fragte sich, weshalb Yusuf sich einen Bock ansah, wenn er keine Herde mehr hatte, die besamt werden musste, aber er war wohl noch immer an der Schafzucht interessiert, auch wenn er sie aufgegeben hatte. Sie brannte vor Verlangen, alles zu erzählen, was sie erfahren hatte, aber sie zwang sich zur Geduld. Die beiden Frauen betrachteten ihre spielenden Kinder, bis Yusuf ein paar Minuten später zurückkam.

Kaum hatte er auf dem Teppich Platz genommen, sagte Kiah: »Hakim bricht heute in zehn Tagen auf. Wir müssen bei Morgengrauen in Drei Palmen sein, wenn wir mitfahren wollen.«

Sie war gleichermaßen von Aufregung wie von Angst gepackt. Yusuf und Azra wirkten ruhiger. Sie nannte ihnen den Preis und beschrieb den Bus und den Streit über den Fahrpreis für die Kinder. »Dieser Hakim ist kein vertrauenswürdiger Mann«, sagte sie. »Wir müssen vorsichtig sein, wenn wir mit ihm zu tun haben. Aber zu dritt werden wir, glaube ich, mit ihm fertig.«

Yusuf, der normalerweise immer lächelte, sah nachdenklich drein. Azra wich Kiahs Blicken aus. Kiah fragte sich, ob etwas nicht stimmte. »Was habt ihr denn?«, fragte sie.

Yusuf setzte die Miene eines Mannes auf, der seinen Frauen die Geheimnisse des Universums erklärt. »Ich habe sehr viel darüber nachgedacht«, sagte er gravitätisch.

Kiah beschlich ein ungutes Gefühl.

»Etwas sagt mir, dass die Dinge hier am See wieder besser werden könnten«, fuhr er fort.

Sie blasen es ab, begriff Kiah entsetzt.

»Für das Geld, das die Reise nach Europa kostet, könnte ich eine ganze Herde Schafe kaufen.«

Und zusehen, wie sie wieder alle eingehen, genau wie die letzten, dachte Kiah, aber sie schwieg.

Er las ihre Gedanken. »Natürlich hat beides seine Risiken. Aber von Schafen verstehe ich etwas. Über Europa weiß ich gar nichts.«

Kiah fühlte sich im Stich gelassen und hätte ihn am liebsten wegen seiner Feigheit verspottet, aber sie hielt sich zurück. »Du bist dir nicht sicher«, sagte sie.

»Ich bin mir sicher. Ich habe beschlossen, jetzt nicht zu gehen.«

Azra hat es beschlossen, vermutete Kiah. Azra war nie aufs Auswandern versessen gewesen und hatte es Yusuf ausgeredet.

Und Kiah stand nun allein da.

»Ohne euch kann ich nicht fort«, sagte sie.

»Dann bleiben wir alle hier«, sagte Yusuf, »und irgendwie kommen wir zurecht.«

Hoffen und Beten allein rettet niemanden, hätte Kiah beinahe gesagt, aber wieder zügelte sie sich. Einen Mann herauszufordern war keine gute Idee, wenn er seine Entscheidung auf solch förmliche Weise vorbrachte.

Sie schwieg eine Weile. Um die gute Beziehung zu ihrem Cousin nicht zu ruinieren, sagte sie: »Nun, dann ist es eben so.«

Sie stand auf. »Komm, Naji«, sagte sie. »Zeit für den Heimweg.« Ihn die zwei Kilometer bis zu ihrem Dorf zu tragen erschien ihr mit einem Mal furchtbar mühsam. »Danke, dass du auf ihn aufgepasst hast«, sagte sie zu Azra.

Sie verabschiedete sich. Während sie dem Ufer folgte und sich Naji von einer schmerzenden Hüfte auf die andere setzte, sah sie dem Zeitpunkt entgegen, an dem das ganze Geld für das Boot verbraucht war. Ganz gleich, wie sparsam sie lebte, mehr als zwei oder drei Jahre kam sie nicht damit aus. Ihre einzige Chance war gerade in sich zusammengestürzt.

Plötzlich war ihr alles zu viel. Sie setzte Naji ab, sackte zusammen und saß im Sand, starrte über das seichte Wasser zu den schlammigen Inselchen. Wohin sie auch blickte, nirgends sah sie einen Funken Hoffnung.

Sie schlug die Hände vors Gesicht. »Was soll ich bloß tun?«

Kapitel 3

Der dunkelblaue Kaschmirblazer, in dem Vizepräsident Milton Lapierre ins Oval Office kam, hatte etwas Britisches an sich. Der Schnitt des zweireihigen Jacketts war perfekt dazu geeignet, die Wölbung seines Bauches zu kaschieren. Mit seiner Leibesfülle und seinen bedächtigen Bewegungen stand er im Kontrast zur zierlichen Präsidentin Green, die an der University of Chicago eine hervorragende Turnerin gewesen und noch immer schlank und fit war.

Sie unterschieden sich voneinander wie Präsident Kennedy, der mondäne Intellektuelle aus Boston, und Vizepräsident Lyndon B. Johnson, der ungeschliffene Diamant aus Texas. Pauline war eine gemäßigte Republikanerin, konservativ aber flexibel; Milt war ein Weißer aus Georgia ohne Geduld für Kompromisse. Pauline mochte Milt nicht, aber er war nützlich. Er verriet ihr, was der ultrarechte Flügel der Partei dachte, warnte sie, wenn sie sich zu etwas anschickte, das sie in die Bredouille bringen würde, und verteidigte sie in den Medien.

Er sagte: »James Moore hat sich was Neues ausgedacht.«

Das nächste Jahr war Wahljahr, und Senator Moore drohte Pauline bei der Kür des republikanischen Kandidaten herauszufordern. Die entscheidende Vorwahl in New Hampshire war schon in fünf Monaten. Eine Herausforderung aus der Partei des amtierenden Präsidenten war ungewöhnlich, aber durchaus im Rahmen des Möglichen: Ronald Reagan hatte es 1976 bei

Gerald Ford versucht und war gescheitert; Pat Buchanan hatte 1991 George H.W. Bush herausgefordert und verloren. Aber 1968 hatte Eugene McCarthy so gut gegen Lyndon B. Johnson abgeschnitten, dass er ihn aus dem Rennen geworfen hatte.

Moore war alles andere als chancenlos. Pauline hatte die letzte Präsidentschaftswahl als Gegenreaktion zu Inkompetenz und Rassismus gewonnen. »Konservativ mit Augenmaß« war ihr Slogan gewesen: keine Extreme, keine Beschimpfungen, keine Vorurteile. Sie stand für risikoarme Außenpolitik, geringe staatliche Kontrolle und niedrige Steuern. Millionen von Wählern sehnten sich trotzdem noch immer nach einem großsprecherischen Macho-Anführer, und für die war Moore genau der richtige Mann.

Pauline saß am berühmten Resolute Desk, gearbeitet aus dem Holz des britischen Polarforschungsschiffs *HMS Resolute* und ein Geschenk von Königin Victoria, aber vor ihr auf dem Schreibtisch stand ein Computer aus dem 21. Jahrhundert. Sie hob den Blick zu Milt. »Was ist es jetzt schon wieder?«

»Er will verbieten, dass Popsongs mit obszönem Text in der Hitparade gelistet werden.«

Am anderen Ende des Raums prustete jemand vor Lachen. Die Stabschefin Jacqueline Brody war amüsiert. Sie war eine langjährige Freundin und Verbündete von Pauline, eine attraktive Fünfundvierzigjährige mit forschem Gehabe. »Ohne Moore gäbe es ganze Tage, an denen ich zwischen Frühstück und Schlafenszeit kein einziges Mal lächelte.«

Milt nahm auf dem Sessel vor dem Schreibtisch Platz. »Jacqueline findet das vielleicht lustig«, sagte er brummig, »aber die Idee wird vielen gefallen.«

»Weiß ich, weiß ich«, beschwichtigte ihn Pauline. »Für die moderne Politik ist nichts zu lächerlich.«

»Was wollen Sie dazu sagen?«

»Nichts, solange ich um einen Kommentar herumkomme.«

»Und wenn man Sie direkt fragt?«

»Dann sage ich, dass die Musik, die Kinder sich anhören, keine schmutzigen Verse haben sollte und dass ich so etwas verbieten würde, wenn ich die Präsidentin eines totalitären Staates wie China wäre.«

»Dann setzen Sie amerikanische Evangelikale mit chinesischen Kommunisten gleich.«

Pauline seufzte. »Sie haben recht, es ist zu sarkastisch. Was schlagen Sie vor?«

»Appellieren Sie an Sänger, Plattenfirmen und Radiosender, guten Geschmack walten zu lassen und an ihre jüngeren Zuhörer zu denken. Wenn es sein muss, können Sie dann sagen: ›Aber Zensur ist nicht die amerikanische Art.‹«

»Das ändert nichts an der Sache.«

»Nein, aber das ist okay, solange Sie dadurch verständnisvoll erscheinen.«

Sie blickte Milt abwägend an. Leicht zu schockieren ist er ja nicht, dachte sie. Konnte sie ihm die Frage stellen, die ihr auf der Zunge lag? Sie gelangte zu der Entscheidung, dass es drin sei. »Wie alt waren Sie«, fragte sie, »als Sie und Ihre Freunde anfingen, ›Fuck‹ zu sagen?«

Milt zuckte mit den Schultern, aber er war nicht im Geringsten erschüttert. »Zwölf oder dreizehn.«

Sie wandte sich an Jacqueline. »Und Sie?«

»Ungefähr das Gleiche.«

»Also wovor wollen wir unsere Kinder beschützen?«

»Ich sage ja nicht, dass Moore recht hätte«, entgegnete Milt. »Ich glaube aber, dass er eine Bedrohung für Sie ist. Und er nennt Sie in beinahe jeder Rede eine Liberale.«

»Kluge Konservative wissen, dass man die Veränderung nicht aufhalten, sie aber verlangsamen kann. Auf diese Weise haben Leute Zeit, sich an neue Ideen zu gewöhnen, und man braucht keine wütende Reaktion zu befürchten. Liberale begehen den

Fehler, radikale Änderungen auf der Stelle zu verlangen, und damit unterminieren sie ihre eigenen Ziele.«

»Drucken Sie das mal auf ein T-Shirt.«

Das war einer von Milts Lieblingssprüchen. Er war überzeugt, dass nur wenige Wähler etwas verstanden, das nicht auf einem T-Shirt Platz hatte. Dass Milt so oft recht hatte, machte ihn nur umso unangenehmer. »Ich will gewinnen, Milt«, sagte sie.

»Ich auch.«

»Ich sitze nun zweieinhalb Jahre an diesem Schreibtisch und habe das Gefühl, kaum etwas erreicht zu haben. Ich möchte eine zweite Amtszeit.«

»So ist es richtig, Madam President«, sagte Jacqueline.

Die Tür öffnete sich, und Lizzie Freeburg sah herein. Sie war dreißig, hatte lockiges dunkles Haar und diente als Chefsekretärin. »Der Nationale Sicherheitsberater ist da.«

»Gut«, sagte Pauline.

Gus Blake trat ein, und sofort wirkte das Zimmer kleiner. Gus und Milt nickten einander zu: Die beiden verstanden sich nicht.

Die drei engsten Berater der Präsidentin waren nun in einem Raum. Die Stabschefin, der Sicherheitsberater und der Vizepräsident hatten jeweils ein Büro auf dem gleichen Stockwerk des Westflügels, das nur ein paar Schritte entfernt lag, und durch die schiere räumliche Nähe bedingt sahen sie die Präsidentin weit öfter als sonst jemand.

Pauline sah Gus an. »Milt hat mir gerade erzählt, dass James Moore Gefallen daran findet, Popsongs zu zensieren.«

Gus ließ sein charmantes Lächeln aufblitzen. »Sie sind die Anführerin der freien Welt und machen sich Gedanken über Popsongs?«

»Ich habe Milt eben gefragt, wie alt er war, als er anfing, ›Fuck‹ zu sagen. Er sagte zwölf. Was ist mit Ihnen, Gus?«

»Ich bin in South Central Los Angeles geboren. Es ist vermutlich das erste Wort, das mir über die Lippen kam.«

Pauline lachte. »Ich verspreche, Sie niemals zu zitieren.«

»Sie wollten über al-Bustan sprechen.«

»Richtig. Machen wir es uns bequem.« Sie kam hinter dem Schreibtisch hervor. An einem Couchtisch im Zentrum des Raums standen zwei Sofas einander gegenüber. Pauline nahm auf einem davon Platz. Milt und Jacqueline setzten sich ihr gegenüber, Gus neben sie.

»Al-Bustan ist die beste Neuigkeit aus der Region seit Langem«, eröffnete Gus das Gespräch. »Operation Cleopatra zahlt sich aus.«

»Cleopatra?«, fragte Milt.

Gus verzog das Gesicht. Der Vizepräsident las seine Sicherheitsberichte nicht sehr gewissenhaft.

Pauline schon. Sie sagte: »Die CIA hat einen Agenten im Land, der vierundzwanzigkarätige Erkenntnisse über eine ISGS-Basis in Niger lieferte. Gestern hat ein gemeinsamer Einsatzverband amerikanischer, französischer und einheimischer Soldaten das Camp ausradiert. Es stand im heutigen Bericht, aber vielleicht hatten Sie noch keine Zeit, ihn ganz zu lesen.«

»Wieso, um Gottes willen, sind denn die Franzosen dabei?«, fragte Milt.

Gus bedachte ihn mit einem Blick, der fragte: *Weißt du denn eigentlich gar nichts?* Was er laut sagte, war höflich genug. »Viele dieser Länder waren einmal französische Kolonien.«

»Okay.«

Als Frau musste Pauline ständig Andeutungen erdulden, sie sei zu freundlich, zu weich, zu mitfühlend, um Oberkommandierende des US-Militärs zu sein. Sie sagte: »Ich werde es selbst bekanntgeben. James Moore hat ein großes Maul, wenn es um Terroristen geht. Es wird Zeit, den Leuten zu zeigen, dass Präsidentin Green nicht nur Reden schwingt, sondern solche Mistkerle auch tatsächlich zur Strecke bringt.«

»Gute Idee.«

Pauline wandte sich an die Stabschefin. »Jacqueline, würden Sie Sandip bitten, eine Pressekonferenz einzuberufen?« Sandip Chakraborty war der Kommunikationsdirektor des Weißen Hauses.

»Aber sicher.« Jacqueline sah auf die Uhr. Es war Nachmittag. »Sandip wird morgen früh vorschlagen, damit im Fernsehen möglichst umfassend darüber berichtet wird.«

»Gut.«

»Ein paar Details standen nicht im Bericht«, sagte Gus, »weil wir sie gerade erst erfahren haben. Erstens wurde die Truppe von Colonel Susan Marcus befehligt.«

»Die Operation hat eine Frau geleitet?«

Gus grinste. »Jetzt tun Sie nicht so ungläubig.«

»Das ist toll. Jetzt kann ich sagen: ›Wenn nur noch Gewalt hilft, holt eine Frau, damit sie Ordnung schafft.‹«

»Sie reden über Colonel Marcus und meinen sich selbst.«

»Mir gefällt es.«

»In Ihrem Bericht steht, dass die Geschütze der Terroristen eine Mischung aus chinesischen und nordkoreanischen Modellen waren.«

»Warum bewaffnet Peking diese Leute?«, fragte Milt. »Ich dachte immer, die Chinesen hassen die Muslime. Sperrt Peking sie nicht in Umerziehungslager?«

»Das ist nichts Ideologisches«, sagte Pauline. »Sowohl China als auch Nordkorea verdienen viel Geld mit dem Waffenhandel.«

»An die Islamisten sollten sie sie nicht verkaufen.«

»Das tun sie auch nicht, wie sie sagen. Aber es gibt einen florierenden Markt für Waffen aus zweiter Hand.« Pauline zuckte mit den Schultern. »Was soll man machen.«

Gus überraschte sie, indem er Milt unterstützte. »Der Vizepräsident hat da nicht unrecht, Madam President. In dem Bericht von heute Morgen stand auch nicht, dass die Terroristen außer Kleinwaffen auch drei nordkoreanische M-1978 Koksan hatten, eine 170-Millimeter-Feldartillerie auf einer Selbstfahrlafette, die auf einem chinesischen Typ-59-Panzerfahrwerk basiert.«

»Himmel. Die haben sie nicht von einem Flohmarkt in Timbuktu.«

»Mit Sicherheit nicht.«

Pauline senkte nachdenklich den Kopf. »Ich glaube nicht, dass wir ihnen das durchgehen lassen können. Sturmgewehre sind schlimm genug, aber die Welt ist voll davon, und niemand kann den Markt kontrollieren. Aber mit Artillerie ist es etwas anderes.«

»Das finde ich auch«, sagte Gus, »aber ich weiß nicht recht, was wir deshalb unternehmen sollen. Amerikanische Waffenhersteller brauchen eine staatliche Genehmigung für Verkäufe nach Übersee – jede Woche finde ich auf meinem Schreibtisch neue Anträge. Andere Länder sollten es genauso halten, tun es aber nicht.«

»Dann können wir sie vielleicht dazu ermutigen.«

»Okay«, sagte Gus. »Was haben Sie im Sinn?«

»Wir könnten bei den Vereinten Nationen eine Resolution einbringen.«

»Bei der UNO!«, warf Milton verächtlich ein. »Das bringt ja doch nichts.«

»China stände dadurch im Rampenlicht. Die Debatte allein könnte Beijing schon zügeln.«

Milt hob kapitulierend die Hände. »Also gut. Wir benutzen die UNO, um Aufmerksamkeit auf das zu lenken, was die Chinesen tun. Das leuchtet ein.«

»Es hat keinen Sinn, eine Resolution beim Sicherheitsrat einzubringen«, sagte Gus. »China würde einfach sein Veto einlegen. Also nehme ich an, wir reden über eine Resolution der UNO-Vollversammlung.«

»Richtig«, sagte Pauline, »aber wir legen nicht einfach nur einen Entwurf vor. Wir trommeln vorher Unterstützung aus aller

Welt zusammen. Die US-Botschafter sollten auf die Regierungen ihrer Gastländer einwirken, damit sie sich hinter die Resolution stellen – aber still und leise, sonst warnen wir die Chinesen nur vor, wie ernst es uns ist.«

»Ich glaube trotzdem nicht«, sagte Milt, »dass die Chinesen deswegen ihr Verhalten ändern.«

»Dann können wir mit Sanktionen nachziehen. Aber eins nach dem anderen. Chess muss eingeweiht werden.« Chester Jackson war der Außenminister. Sein Büro befand sich eine Meile entfernt im Harry S. Truman Building. »Jacqueline, beraumen Sie ein Treffen an, und gehen wir das Ganze weiter durch.«

Lizzie schaute herein. »Madam President, der First Gentleman ist in die Residenz zurückgekehrt.«

»Danke sehr.« Pauline war noch immer nicht daran gewöhnt, dass ihr Ehemann der First Gentleman genannt wurde – es klang lächerlich. Sie stand auf, und die anderen folgten ihr. »Ich danke Ihnen allen.«

Sie verließ das Oval Office durch die Tür, die zur Westkolonnade führte. Mit zwei Secret-Service-Agenten und dem Army-Captain mit dem Atomic Football im Schlepptau ging sie um zwei Seiten des Rosengartens herum und betrat die Residenz.

Das Gebäude war wunderschön, fabelhaft dekoriert und teuer in Schuss gehalten, aber wie ein Zuhause anfühlen würde es sich nie. Bedauernd dachte sie an das Haus auf dem Capitol Hill zurück, das sie verlassen hatte, ein schmales viktorianisches rotes Backsteingebäude mit kleinen, gemütlichen Zimmern voller Bilder und Bücher. Es hatte abgewetzte Sofas mit hellen Kissen, ein großes bequemes Bett und eine altmodische Küche gehabt, in der Pauline genau wusste, was wo war. Im Eingangsflur hatten Fahrräder gestanden, in der Waschküche lagen Tennisschläger, auf dem Sideboard im Esszimmer stand eine Flasche Ketchup. Manchmal wünschte sie sich, sie wäre nie weggegangen.

Sie eilte die Treppe hinauf, ohne anzuhalten, um Atem zu

schöpfen. Mit fünfzig war sie noch immer leichtfüßig. Das erste Obergeschoss mit den offiziellen Räumen ließ sie hinter sich und erreichte so die »Residenz«, die Privaträume der Präsidentenfamilie in der zweiten Etage.

Vom Treppenabsatz blickte sie zur East Sitting Hall, wo sich alle am liebsten aufhielten. Ihr Mann saß an dem großen Rundbogenfenster, das über den Ostflügel auf die 15th Street NW und den Old Ebbit Grill hinausblickte. Sie folgte dem kurzen Korridor in das kleine Zimmer, setzte sich neben ihn auf die gelbe Samtcouch und küsste ihn.

Gerry Green war zehn Jahre älter als seine Frau. Er hatte silberne Haare und blaue Augen, war hochgewachsen und trug einen dunkelgrauen Business-Anzug mit Button-down-Hemd und eine Krawatte mit einem ruhigen Muster. Seine Kleidung kaufte er ausschließlich bei Brooks Brothers, obwohl er es sich hätte leisten können, nach London zu fliegen und Anzüge in der Savile Row maßschneidern zu lassen.

Pauline war ihm zum ersten Mal begegnet, als sie die Yale Law School besuchte und er als Gastdozent über das Thema »Recht als Geschäft« sprach. Er war Anfang dreißig gewesen und bereits erfolgreich, und ihre Kommilitoninnen hatten ihn angehimmelt. Trotzdem sollten fünfzehn Jahre vergehen, bevor sie ihn wiedersah. Zu diesem Zeitpunkt war sie Kongressabgeordnete und er Seniorpartner seiner Kanzlei.

Sie hatten sich zum Essen getroffen, sie waren zusammen ins Bett gegangen und hatten Urlaub in Paris gemacht. Ihr Liebeswerben war aufregend und romantisch gewesen, aber schon damals hatte Pauline gewusst, dass sie eher eine Freundschaft als große Leidenschaft verband. Gerry war ein guter Liebhaber, aber sie hatte nie den Drang verspürt, ihm die Kleidung mit den Zähnen vom Leib zu reißen. Er war gut aussehend, intelligent und schlagfertig, und sie hatte ihn aus all diesen Gründen geheiratet und weil sie nicht allein sein wollte.

Als Pauline zur Präsidentin gewählt wurde, hatte er zu praktizieren aufgehört und war Vorstand einer landesweiten Wohltätigkeitsorganisation zur Förderung der Frauen- und Mädchenbildung geworden, der *American Foundation for the Education of Women and Girls*, ein ehrenamtlicher Teilzeitjob, der ihm gestattete, seine Rolle als First Gentleman der USA wahrzunehmen.

Ihre Tochter Pippa war vierzehn. Die Schule hatte ihr immer gefallen, sie war eine Einserschülerin gewesen, und deshalb hatte es sie beide erschreckt, als sie von der Direktorin zu einem Gespräch über Pippas Betragen in die Schule gebeten wurden.

Pauline und Gerry hatten sich den Kopf zerbrochen, worum es gehen konnte. Wenn sie an sich mit vierzehn dachte, lag für Pauline der Verdacht nahe, dass Pippa ertappt worden war, wie sie hinter der Turnhalle mit einem Zehntklässler knutschte. Auf jeden Fall ist es wahrscheinlich nichts Ernstes, dachte sie.

Pauline hatte der Aufforderung unmöglich folgen können. Damit wäre sie in die Zeitung gekommen. Pippas Probleme hätten, ganz gleich, wie alltäglich sie waren, auf den Titelseiten gestanden, und das arme Mädchen wäre in den Mittelpunkt des landesweiten Interesses gerückt. Pauline wünschte sich nichts sehnlicher als eine wunderbare Zukunft für ihre Tochter, und ihr war klar, dass das Weiße Haus eine unnatürliche Umgebung zum Aufwachsen darstellte. Sie war entschlossen, Pippa vor den Auswüchsen der Medienaufmerksamkeit abzuschirmen. Daher hatte Gerry sich an diesem Nachmittag allein zur Schule begeben, und Pauline wartete gespannt darauf zu hören, was vorgefallen war.

»Ich habe Miss Judd noch nie gesehen«, sagte Pauline. »Wie ist sie?«

»Klug und warmherzig«, antwortete Gerry. »Genau die Mischung, die man sich für eine Schuldirektorin wünscht.«

»Wie alt?«

»Anfang vierzig.«

»Was hat sie gesagt?«

»Sie mag Pippa und hält unsere Tochter für eine begabte Schülerin und ein wertvolles Mitglied der Schulgemeinschaft. Ich war ganz stolz.«

Komm zur Sache, hätte Pauline am liebsten gesagt. Sie wusste aber, dass Gerry einen gründlichen, logisch aufgebauten Bericht liefern würde, der mit dem Anfang begann. Drei Jahrzehnte juristische Praxis hatten ihn gelehrt, Klarheit höher zu schätzen als alles andere. Pauline zügelte ihre Ungeduld.

»Pippa hat sich immer schon für Geschichte interessiert«, fuhr er fort. »Sie hat sich eingehend damit beschäftigt und zu den Diskussionen in der Klasse beigetragen. In letzter Zeit waren ihre Beiträge jedoch eher unkonstruktiv.«

»Oh Gott«, ächzte Pauline. Allmählich klang es unheilschwanger vertraut.

»So sehr, dass der Lehrer sie bei drei Gelegenheiten des Klassenzimmers verweisen musste.«

Pauline nickte. »Und wenn das dreimal passiert, bestellen sie die Eltern in die Schule.«

»Richtig.«

»Mit welcher Epoche befasst sich der Unterricht?«

»Mit mehreren, aber Pippa macht immer Ärger, wenn sie über die Nazis sprechen.«

»Was sagt sie denn?«

»Pippa zweifelt nicht etwa die geschichtliche Interpretation des Lehrers an. Sie beklagt sich, dass beim Unterricht die falschen Themen im Mittelpunkt stehen. Der Lehrplan leide unter rassistischen Vorurteilen, sagt sie.«

»Ich glaube, ich weiß schon, worauf das hinausläuft.«

»Ich denke, wir sollten von hier an Pippa selbst sprechen lassen.«

»Gute Idee.«

Pauline wollte aufstehen und sich auf die Suche nach ihrer

Tochter machen, aber Gerry sagte: »Bleib sitzen. Gönn dir einen Moment Ruhe. Niemand in diesem Land arbeitet härter als du. Ich hole Pippa her.«

»Danke.«

Gerry ging.

Er ist so rücksichtsvoll, dachte Pauline dankbar. Auf diese Weise zeigt er seine Liebe.

Pippas Beschwerde hatte bei Pauline ein Glöckchen klingeln lassen, denn sie erinnerte sich, wie sie ihren Lehrer herausgefordert hatte. Ihr Kritikpunkt damals hatte darin bestanden, dass es in allen Stunden immer nur um Männer ginge: männliche Präsidenten, männliche Feldherren, männliche Schriftsteller, männliche Musiker. Ihr Lehrer – ein Mann – hatte törichterweise angeführt, das komme daher, dass Frauen in der Vergangenheit nicht viel geleistet hätten. Und das hatte die junge Pauline erst recht in Rage gebracht.

Die ältere Pauline jedoch konnte sich die Sicht nicht von Mutterliebe und Verständnis verschleiern lassen. Pippa musste lernen, aus einem Streitgespräch keinen Streit werden zu lassen. Pauline musste dabei Vorsicht walten lassen. Wie bei den meisten politischen Problemstellungen war rohe Gewalt auch hier kein Mittel zur Lösung. Weiter kam sie nur mit Geschick.

Gerry kehrte mit Pippa zurück. Sie war klein für ihr Alter und schlank wie Pauline. Man konnte nicht sagen, dass sie auf konventionelle Weise schön sei; sie hatte einen breiten Mund, ein kräftiges Kinn, aber aus diesem schlichten Gesicht strahlte eine sonnige Persönlichkeit. Jedes Mal, wenn Pippa ins Zimmer kam, wurde Pauline von Liebe überwältigt. In ihrer Schulkleidung, einem weiten Sweatshirt und Bluejeans, sah sie recht kindlich aus, aber Pauline wusste, dass sie darunter rasch zur Frau reifte.

»Komm, setz dich zu mir, mein Schatz«, sagte Pauline, und als Pippa Platz nahm, legte sie dem Mädchen einen Arm um die schmalen Schultern und drückte sie an sich. »Du weißt, wie lieb wir dich haben, und deswegen müssen wir wissen, was in der Schule vorgeht.«

Pippa sah sie wachsam an. »Was hat Miss Judd gesagt?«

»Vergessen wir Miss Judd für einen Augenblick. Sag uns einfach, was dich bedrückt.« Pippa schwieg, und Pauline gab ihr deshalb das Stichwort. »Es geht um den Geschichtsunterricht, nicht wahr?«

»Ja.«

»Erzähl uns davon.«

»Wir nehmen die Nazis durch und lernen, wie viele Juden ermordet worden sind. Wir haben Fotos von den Konzentrationslagern gesehen und den Gaskammern. Wir lernen die Namen: Treblinka, Majdanek, Lemberg-Janowska. Aber was ist mit den Menschen, die wir ausgelöscht haben? Als Christoph Kolumbus landete, gab es hier zehn Millionen amerikanische Ureinwohner, aber als die Indianerkriege endeten, war nur noch eine Viertelmillion übrig. Ist das denn kein Völkermord? Ich habe nur gefragt, wann wir die Massaker von Tallushatchee, Sand Creek und Wounded Knee durchnehmen.«

Pippa war verletzt und empört. Pauline hatte damit gerechnet. Sie bezweifelte, dass Pippa nachgeben und um Entschuldigung bitten würde – jedenfalls würde sie es nicht sofort tun. »Das kommt mir wie eine vernünftige Frage vor«, sagte Pauline. »Was hat dein Lehrer geantwortet?«

»Mr Newbegin sagte, er wisse nicht, wann wir uns damit befassen würden. Also habe ich gefragt, ob es nicht wichtiger wäre, von Gräueltaten zu wissen, die von unseren eigenen Landsleuten begangen worden sind, als die zu lernen, die andere verursacht haben. Ich glaube sogar, dazu steht irgendetwas in der Bibel.«

»Das stimmt«, sagte Gerry, der religiös erzogen worden war. »In der Bergpredigt. Jesus sagte, bevor man versuche, einen Splitter aus dem Auge seines Nächsten zu ziehen, sollte man sich vergewissern, dass man nicht selbst einen Balken im Auge hat, der einem die Sicht verstellt. Und er sagte: ›Du Heuchler‹, also wissen wir, dass es ihm ernst war.«

»Was hat Mr Newbegin darauf geantwortet?«, fragte Pauline.

»Er sagte, dass der Lehrplan nicht von der Schülerschaft bestimmt wird.«

»Wie schade«, sagte Pauline. »Er hat gekniffen.«

»Genau.«

»Wie kam es, dass du der Klasse verwiesen wurdest?«

»Ich habe immer weitergefragt, und er hatte die Nase voll. Er sagte, wenn ich nicht stillsitzen und zuhören könnte, sollte ich den Raum verlassen, und das tat ich auch.« Pippa zuckte mit den Schultern, als wäre es keine große Sache.

»Ms Judd sagte allerdings, das wäre dreimal passiert«, warf Gerry ein. »Worum ging es beim zweiten und beim dritten Mal?«

»Um dasselbe.« Pippas Gesicht zeigte ihre Entrüstung. »Ich hatte ein Recht auf eine Antwort!«

»Obwohl du vielleicht das Recht auf deiner Seite hattest, ging im Endergebnis der Unterricht ohne dich weiter.«

»Und ich sitze tief in der Scheiße.«

Pauline tat so, als hätte sie den Kraftausdruck überhört. »Wenn du daran zurückdenkst, was hältst du von der Art, wie du es gehandhabt hast?«

»Ich habe für die Wahrheit eingestanden und wurde bestraft.«

Das war nicht die Antwort, die Pauline hören wollte. Sie versuchte es anders. »Fallen dir andere Möglichkeiten ein, die auszuprobieren sich hätte lohnen können?«

»Es mir gefallen lassen und den Mund halten?«

»Möchtest du einen Vorschlag hören?«

»Okay.«

»Versuche, dir eine Möglichkeit zu überlegen, wie die Klasse sowohl vom Völkermord an den amerikanischen Ureinwohnern als auch von der Shoah der Nazis lernen könnte.«

»Aber er würde …«

»Langsam. Angenommen, Mr Newbegin wäre bereit, die letzte Stunde des Halbjahrs den amerikanischen Ureinwohnern zu widmen und dich ein Referat halten zu lassen, auf das eine Diskussion in der Klasse folgen würde.«

»Das würde er niemals tun.«

»Vielleicht doch.« Wenn ich ihn darum bitte, wird er es tun, dachte Pauline; aber das behielt sie für sich. »Und wenn nicht, hat die Schule keinen Debattierclub?«

»Doch. Ich bin im Komitee.«

»Schlage eine Veranstaltung zu den Indianerkriegen vor. Haben die Pioniere sich des Völkermords schuldig gemacht? Die ganze Schule soll sich an der Diskussion beteiligen – einschließlich Mr Newbegin. Du brauchst ihn auf deiner Seite und solltest ihn dir nicht zum Feind machen.«

Pippa wirkte immer interessierter. »Okay, das ist eine Idee – eine Debatte.«

»Was immer du tust, sprich es mit Miss Judd und Mr Newbegin ab. Denk dir nicht etwas aus, womit du sie überraschst. Je mehr sie glauben, es wäre ihre eigene Idee, desto mehr werden sie es unterstützen.«

Pippa lächelte. »Bringst du mir Politik bei, Mom?«

»Vielleicht. Aber da ist noch etwas, und das wird dir vermutlich nicht gefallen.«

»Was?«

»Alles wird glatter laufen, wenn du damit beginnst, dass du dich bei Mr Newbegin dafür entschuldigst, seinen Unterricht gestört zu haben.«

»Muss ich das echt?«

»Ich glaube schon, mein Schatz. Du hast ihn in seinem Stolz verletzt.«

»Ich bin doch noch ein Kind!«

»Das macht es nur schlimmer. Gieß ein wenig Balsam auf seine Wunden. Hinterher wirst du froh sein, es getan zu haben.«

»Darf ich darüber nachdenken?«

»Aber sicher. Nun geh und wasch dich, während ich Miss Judd anrufe. Danach essen wir …« Sie sah auf die Uhr. »In einer Viertelstunde.«

»Okay.«

Pippa ging.

»Ich gebe der Küche Bescheid«, sagte Gerry und ließ Pauline allein.

Sie nahm den Telefonhörer ab. »Bitte rufen Sie Miss Judd an, die Direktorin der Foggy Bottom Day School«, bat sie die Vermittlung.

»Sofort, Madam President.« Das Personal der Vermittlung des Weißen Hauses war stolz auf ihre Fähigkeit, jeden auf der Welt zu finden. »Werden Sie noch etwa eine Minute in der East Sitting Hall bleiben?«

»Ja.«

»Danke, Madam President.«

Pauline legte auf, als Gerry zurückkehrte. Pauline fragte ihn: »Was meinst du?«

»Ich meine, du hast es sehr gut gehandhabt. Du hast sie zu Zugeständnissen gebracht, aber sie ist nicht sauer auf dich. Das war geschickt.«

Und liebevoll, dachte Pauline mit einer Spur von Verstimmung. »Du fandest es ein wenig kaltherzig?«

Gerry zuckte mit den Schultern. »Ich habe mich gefragt, was der Vorfall uns darüber verrät, wie es Pippa im Moment emotional geht.«

Pauline runzelte die Stirn. Sie verstand nicht ganz, was Gerry zu sagen versuchte, aber das Telefon klingelte, bevor sie ihn danach fragen konnte.

»Miss Judd für Sie, Madam President.«

»Miss Judd«, sagte Pauline, »ich hoffe, ich störe Sie nicht an Ihrem Feierabend.«

Auf der Welt gab es nicht viele Menschen, die sich beschwert hätten, dass die Präsidentin der Vereinigten Staaten von Amerika sie an ihrem Feierabend störte, aber Pauline war gern höflich.

»Bitte machen Sie sich keine Gedanken, Madam President. Ich freue mich natürlich, Sie zu sprechen.« Die tiefe Stimme klang freundlich, aber ein wenig vorsichtig – was wenig erstaunlich war, wenn jemand mit der US-Präsidentin sprach.

»Erst einmal möchte ich Ihnen danken für Ihre Sorge um Pippa. Ich weiß das zu schätzen.«

»Nichts zu danken, Ma'am. Das ist unser Job.«

»Pippa muss natürlich lernen, dass sie nicht die Kontrolle über den Lehrplan an sich reißen kann. Und ich rufe keinesfalls an, um mich etwa über Mr Newbegin zu beschweren.«

»Dafür danke ich Ihnen.« Miss Judd entspannte sich ein wenig.

»Andererseits möchten wir auch nicht Pippas Idealismus ins Leere laufen lassen.«

»Ganz bestimmt nicht.«

»Ich habe mit ihr gesprochen und ihr nachdrücklich empfohlen, sich bei Mr Newbegin zu entschuldigen.«

»Wie hat sie darauf reagiert?«

»Sie denkt darüber nach.«

Miss Judd lachte. »Das sieht Pippa ähnlich.«

Pauline fiel in das Lachen ein und hatte das Gefühl, eine Gemeinsamkeit geschaffen zu haben. »Ich habe Pippa vorgeschlagen, nach einer Möglichkeit zu suchen, ihren Standpunkt darzulegen, ohne den Unterricht zu stören. Zum Beispiel könnte sie eine Diskussion im Debattierclub anregen.«

»Das klingt nach einer guten Idee.«

»Natürlich ist das Ihre Entscheidung, aber ich hoffe, Sie sind mit dem Grundgedanken einverstanden.«

»Das bin ich.«

»Und ich hoffe, Pippa morgen früh mit einer versöhnlicheren Haltung in die Schule zu schicken.«

»Vielen Dank, Madam President. Ich weiß das zu schätzen.«

»Auf Wiederhören.« Pauline legte auf.

»Gut gemacht«, sagte Gerry.

»Essen wir zu Abend.«

Sie verließen den Raum und gingen durch die lange Center Hall und die West Sitting Hall zum Esszimmer an der Nordseite des Hauses, das zwei Fenster hatte, die auf die Pennsylvania Avenue und den Lafayette Square hinausgingen. Pauline hatte die alte Tapete wiederherstellen lassen, die Schlachtszenen aus dem Unabhängigkeitskrieg zeigte und von den Clintons überklebt worden war.

Pippa kam herein. Sie sah zerknirscht aus.

Das Abendessen der Familie wurde in diesem Raum eingenommen, üblicherweise am frühen Abend. Die Kost war stets einfach. Heute Abend gab es einen Salat, gefolgt von Nudeln mit Tomatensauce, danach frische Ananas als Dessert.

Als die Mahlzeit zu Ende war, sagte Pippa: »Okay, ich werde zu Mr Newbegin sagen, dass es mir leidtut, ihm so auf die Eier gegangen zu sein.«

»Eine gute Entscheidung«, sagte Pauline. »Danke, dass du mich angehört hast.«

Gerry fügte hinzu: »Aber sage lieber: so eine Nervensäge gewesen zu sein.«

»Wird gemacht, Daddy.«

Als Pippa wieder gegangen war, sagte Pauline: »Meinen Kaffee nehme ich im Westflügel.«

»Ich sage der Küche Bescheid.«

»Was machst du heute Abend?«

»Ich habe noch eine Stunde Arbeit für die Stiftung vor mir. Wenn Pippa ihre Hausaufgaben erledigt hat, schauen wir vermutlich ein wenig fern.«

»Toll.« Sie küsste ihn. »Wir sehen uns nachher.«

Sie ging entlang der Kolonnade zurück, durchquerte das Oval Office und gelangte auf die andere Seite. Neben dem Oval Office befand sich ein kleines zwangloses Büro, in dem Pauline am liebsten arbeitete. Das Oval Office war ein zeremonieller Raum, in dem ständig jemand aus und ein ging, aber wenn die Präsidentin im Büro war, ließ man sie meist in Ruhe, und niemand trat ein, ohne anzuklopfen und darauf zu warten, hereingebeten zu werden. Mit einem Schreibtisch, zwei Sesseln und einem Fernsehschirm war der Raum recht vollgestopft, aber Pauline mochte es, und den meisten früheren Präsidenten hatte es ebenfalls gefallen.

Drei Stunden lang telefonierte sie und bereitete die Amtsgeschäfte des kommenden Tages vor, dann kehrte sie in die Residenz zurück und ging gleich ins große Schlafzimmer. Gerry lag schon im Pyjama im Bett und las in einer Ausgabe von *Foreign Affairs*. Während sie sich auskleidete, sagte sie: »Ich weiß noch, wie ich mit vierzehn war. Ich war ein Teufelsbraten. Die Hormone haben damit auch eine Menge zu tun.«

»Da könntest du recht haben«, sagte er, ohne von der Zeitschrift aufzublicken.

An seinem Ton merkte sie, dass er das genaue Gegenteil meinte. »Hast du eine andere Theorie?«, fragte sie.

Er beantwortete die Frage nicht direkt. »Ich nehme an, die meisten in der Klasse durchlaufen gerade hormonelle Änderungen. Aber Pippa ist die Einzige, die Ärger macht.«

Eigentlich wussten sie nicht genau, ob noch mehr aus der Klasse Fehlverhalten an den Tag legten, doch Pauline verzichtete auf den Hinweis nur um des Arguments willen. Mild sagte sie: »Ich möchte wissen, wieso?« Die Antwort glaubte sie zu kennen. Pippa war wie sie, eine geborene Kreuzzüglerin. Aber sie wartete auf Gerrys Ansicht.

»Bei einer Vierzehnjährigen kann solch ein Verhalten ein Zeichen sein, dass etwas nicht stimmt.«

»Und was könnte deiner Meinung nach in Pippas Leben nicht stimmen?«, fragte Pauline geduldig.

»Sie könnte sich nach mehr Aufmerksamkeit sehnen.«

»Wirklich? Sie hat dich, sie hat mich, sie hat Miss Judd. Sie besucht ihre Großeltern.«

»Vielleicht sieht sie nicht genug von ihrer Mutter.«

Also ist es meine Schuld, dachte Pauline.

Natürlich verbrachte sie nicht genügend Zeit mit ihrer Tochter. Niemand, der einen anspruchsvollen Vollzeitjob hatte, konnte sich seinen Kindern so sehr widmen, wie sie es sich wünschten. Aber wenn sie bei Pippa war, verlebten sie immer eine schöne Zeit. Gerrys Bemerkung erschien ihr ungerecht.

Sie war nackt, und sie kam nicht umhin zu bemerken, dass Gerry ihr nicht beim Ausziehen zugesehen hatte. Sie streifte sich ein Nachthemd über den Kopf und legte sich zu ihm ins Bett. »Hast du länger darüber nachgedacht?«, fragte sie.

»Das ist einfach eine fortdauernde unterschwellige Sorge«, sagte er. »Ich hatte nicht vor, dich zu kritisieren.«

Hast du aber getan, dachte sie.

Er legte die Zeitschrift auf den Nachttisch und schaltete die Lampe aus. Er beugte sich zu ihr und küsste sie leicht. »Ich liebe dich«, sagte er. »Gute Nacht.«

»Gute Nacht.« Sie schaltete ihre Nachttischlampe ebenfalls ab. »Ich liebe dich auch.«

Sie brauchte lange, um einzuschlafen.

Kapitel 4

Tamara Levit arbeitete in der US-Botschaft von N'Djamena, in den Büros, die die dortige CIA-Zentrale bildeten. Ihren Schreibtisch hatte sie im allgemeinen Bereich: Sie stand zu niedrig im Rang, um einen eigenen Raum zu erhalten. Am Telefon hatte sie mit Abdul gesprochen, der sie informierte, er habe Kontakt zu einem Menschenschmuggler namens Hakim aufgenommen. Am späten Nachmittag schrieb sie einen kurzen Bericht darüber, als alle in den Konferenzraum gerufen wurden. Der Büroleiter Dexter Lewis hatte etwas bekanntzugeben.

Dexter war ein kleiner stämmiger Mann in einem zerknitterten Anzug. Tamara hielt ihn für clever, besonders wenn es um verdeckte Operationen ging. Sie hielt es allerdings für möglich, dass er auch im Alltag nicht immer aufrichtig und daher mit Vorsicht zu genießen war. Er sagte: »Wir haben einen großen Triumph errungen, und dafür bin ich Ihnen allen dankbar. Hier habe ich eine Nachricht, die ich Ihnen vorlesen möchte.« Er hielt ein Blatt Papier in die Höhe. »An Colonel Susan Marcus und ihre Einheit und an Dexter Lewis und sein nachrichtendienstliches Team. Ladys und Gentlemen, ich möchte Ihnen allen zu unserem Sieg bei al-Bustan gratulieren. Sie haben einen vernichtenden Schlag gegen den Terror gelandet und vielen Menschen das Leben gerettet, und ich bin stolz auf Sie. Hochachtungsvoll …« Er legte eine dramatische Pause ein und fuhr fort: »Pauline Green, Präsidentin der Vereinigten Staaten von Amerika.«

Das versammelte Team jubelte und applaudierte heftig. Tamara empfand großen Stolz. Sie hatte schon viel gute Arbeit für die Agency geleistet, aber zum ersten Mal an einer großen Operation teilgenommen, und es erfüllte sie mit einem Hochgefühl, dass sie derart erfolgreich abgelaufen war.

Der Mensch jedoch, der Präsidentin Greens Lob am meisten verdient hatte, war Abdul. Tamara fragte sich, ob die Präsidentin seinen Namen überhaupt kannte. Vermutlich nicht.

Und vorüber war die Mission auch noch nicht. Abdul war nach wie vor im Einsatz und lief Gefahr, gefoltert und getötet zu werden, weil er die Dschihadisten ausspionierte. Tamara lag manchmal wach und dachte an ihn und die Leiche seines verstümmelten Vorgängers Omar, dessen Blut im Sand der Sahara versickert war.

Sie kehrten an ihre Schreibtische zurück, und Tamara erinnerte sich an Pauline Green. Lange bevor sie die Präsidentschaftswahl gewonnen hatte, war Tamara ehrenamtliche Helferin in ihrem Wahlkampfzentrum gewesen, als sie in Chicago für den Kongress kandidierte. Tamara war keine Republikanerin, aber sie bewunderte Pauline Green als Person. Sie waren einander nahegekommen, hatte Tamara gedacht, aber Bindungen, die man in Wahlkämpfen knüpfte, waren bekanntermaßen ebenso vorübergehender Natur wie Kreuzfahrt-Romanzen, und nachdem Pauline gewählt worden war, war der Kontakt dann abgebrochen.

Im Sommer, nachdem Tamara ihren Master gemacht hatte, war sie von der CIA angeworben worden. Daran war keine Spur von Mantel-und-Degen-Romantik gewesen. Eine Frau rief an und sagte: »Ich suche Bewerber für die CIA und würde gern mit Ihnen reden.« Tamara war vom Directorate of Operations eingestellt worden, was bedeutete, dass sie als Agentin arbeiten sollte. Nach der Einführungsbesprechung in Langley war sie in ein Ausbildungsprogramm an einen Ort gesteckt worden, der nur »die Farm« genannt wurde.

Die meisten CIA-Mitarbeiter brauchten während ihrer gesamten Laufbahn kein einziges Mal eine Schusswaffe zu benutzen. Sie arbeiteten in den USA oder in schwerbewachten Botschaftsgebäuden und saßen vor einer Reihe von Bildschirmen, lasen ausländische Zeitungen und scannten Websites, sammelten Daten und analysierten deren Bedeutung. Aber einige gab es, die in gefährlichen oder feindlich gesinnten Ländern arbeiteten, manchmal beidem zugleich, und sie trugen eine Pistole und wurden gelegentlich in Gewalttätigkeiten verwickelt.

Tamara war keine Warmduscherin. An der University of Chicago hatte sie das Frauen-Eishockeyteam angeführt. Bevor sie der CIA beitrat, war sie jedoch nie mit Schusswaffen in Berührung gekommen. Ihr Vater lehrte an der Universität und hatte im ganzen Leben nie eine Pistole in der Hand gehalten. Ihre Mutter sammelte Spenden für Women Against Gun Violence, eine Frauengruppe, die gegen Waffengewalt eintrat. Als jedem Trainee eine Neun-Millimeter-Selbstladepistole ausgehändigt wurde, musste Tamara sich bei den anderen abgucken, wie man das Magazin auswarf und den Schlitten zurückzog.

Zu ihrer Freude entdeckte sie nach ein wenig Üben jedoch rasch, dass sie mit jeder Art von Schusswaffen eine ungewöhnlich gute Schützin war.

Sie entschied sich, ihren Eltern nichts davon zu sagen.

Bald erkannte sie, dass die Agency nicht von allen Trainees erwartete, dass sie die Kampfausbildung abschlossen. Das Training gehörte zum Auswahlprozess, und ein Drittel der Gruppe schied vorzeitig aus. Ein irrsinnig muskelbepackter Mann erwies sich als jemand, der furchtbare Angst vor körperlicher Gewalt jeder Art hatte. In der Simulation einer Bombendrohung, bei der sie Paintball-Munition benutzten, erschoss der am härtesten aussehende Bursche sämtliche Zivilisten. Etliche Kandidaten warfen einfach das Handtuch und fuhren nach Hause.

Aber Tamara bestand jede Prüfung.

Der Tschad war ihr erster Auslandseinsatz. Es handelte sich weder um eine so exponierte Dienststelle wie Moskau oder Beijing noch um eine bequeme wie London oder Paris, aber obwohl sie als weniger bedeutend galt, machte der ISGS sie wichtig. Tamara hatte sich gefreut und geschmeichelt gefühlt, dort postiert zu werden. Nun hatte sie die Entscheidung der Agency gerechtfertigt, indem sie ausgezeichnete Arbeit leistete.

Allein dem Team anzugehören, das Abdul unterstützte, bedeutete eine Feder an ihrem Hut. Sollte es Abdul gelingen, Hufra und al-Farabi aufzustöbern, strahlte sein Glanz auf sie alle ab.

Der Arbeitstag ging zu Ende, und vor dem Fenster wurden die Schatten der Palmen länger. Tamara verließ das Büro. Die Hitze des Tages ließ allmählich nach.

Die US-Botschaft in N'Djamena stand am Nordufer des Schari und nahm fünf Hektar Grundfläche ein, einen ganzen Häuserblock auf der Avenue Mobutu, auf halbem Weg zwischen der Mission Catholique und dem Institut Français. Die Botschaftsgebäude waren neu und modern, die Parkplätze von Palmen beschattet. Fast konnte man glauben, man wäre im Silicon Valley vor der Firmenzentrale einer profitablen Hightech-Firma, und nichts deutete auf die harte Hand der amerikanischen Militärmacht hin. Aber der Anblick täuschte. Es herrschten strenge Sicherheitsvorkehrungen. Niemand kam an den Wachtposten am Tor vorbei, ohne eine bestätigte Verabredung vorweisen zu können, und Besucher, die zu früh eintrafen, mussten auf der Straße warten, bis ihr Termin unmittelbar bevorstand.

Tamara wohnte auf dem Botschaftsgelände. Die Stadt selbst wurde als unsicher für Amerikaner angesehen, und sie hatte ein kleines Apartment in einem niedrigen Gebäude zugewiesen bekommen, in dem unverheiratete Botschaftsangestellte wohnten.

Als sie auf dem Weg zu dem Apartment das Gelände überquerte, traf Tamara auf die junge Frau des Botschafters. Shirley Collinsworth war Ende zwanzig, im gleichen Alter wie Tamara.

Sie hatte ein rosarotes Kostüm an, wie es Tamaras Mutter vielleicht getragen hätte. Wegen ihrer Rolle musste Shirley konventioneller auftreten, als sie es war, aber im Herzen glich sie Tamara sehr, und sie waren Freundinnen geworden.

Shirley strahlte, und Tamara fragte: »Worüber freust du dich denn so?«

»Nick hatte einen kleinen Triumph.« Nicholas Collinsworth, der Botschafter, war mit vierzig älter als Shirley. »Er war gerade eben beim Général.«

Mit »Général« meinte sie den Präsidenten des Tschad, der durch einen Militärputsch an die Macht gekommen und allgemein unter diesem Namen bekannt war. Beim Tschad handelte es sich um eine Scheindemokratie: Zwar wurden Wahlen abgehalten, aber stets siegte der amtierende Präsident. Jeder Oppositionspolitiker, der an Popularität gewann, fand sich entweder hinter Gittern wieder oder erlitt einen tödlichen Unfall. Wahlen waren reine Farce. Einen Wechsel gab es immer nur mit Gewalt.

»Wurde Nick zum Général einbestellt?«, fragte Tamara. Dieses Detail war entscheidend und von der Sorte, die einen Geheimdienstmitarbeiter immer interessierte.

»Nein, Nick hat um das Gespräch gebeten. Präsidentin Green will eine Resolution in der Generalversammlung der Vereinten Nationen vorlegen, und alle Botschafter müssen um Unterstützung werben. Allgemein bekannt ist das übrigens nicht, aber dir kann ich es ja sagen, du bist bei der CIA. Wie auch immer, Nick ging in den Präsidentenpalast, den Kopf voller Fakten und Zahlen über Waffengeschäfte, der arme Kerl. Der Général hörte zwei Minuten lang zu, versprach, die Resolution zu unterstützen, und fing ein Gespräch über Fußball an. Deshalb ist Nick ganz siegestrunken, und ich bin froh.«

»Eine gute Neuigkeit! Noch ein Sieg.«

»Gegen al-Bustan ist es natürlich nur eine Kleinigkeit.«

»Trotzdem, feiert ihr beide das?«

»Ein Glas Champagner vielleicht. Dank unserer französischen Verbündeten kommen wir hier ja an die guten Sachen. Und du?«

»Ich gehe zur Feier mit Tabdar Sadoul essen, meinem Gegenstück bei der Direction Générale de Sécurité Extérieur.«

»Tab kenne ich. Er ist Araber, wenigstens zum Teil.«

»Algerischstämmiger Franzose.«

»Was für ein Glück für dich. Er ist heiß. Des Lichten und des Dunklen Pracht.«

»Ist das aus einem Gedicht?«

»Byron.«

»Also, wir essen nur zu Abend. Mit ihm schlafen werde ich nicht.«

»Echt? Ich würde es tun.«

Tamara kicherte.

»Ich meine natürlich«, sagte Shirley, »ich würde es tun, wenn ich nicht mit einem wunderbaren Mann verheiratet wäre.«

»Natürlich.«

Shirley grinste. »Ich wünsche dir einen tollen Abend«, sagte sie und ging weiter.

Tamara betrat ihr Apartment. Shirley scherzte nur. Hätte sie ernsthaft die Absicht verfolgt, ihren Mann zu betrügen, würde sie kein Wort darüber verlieren.

Tamaras Einzimmerwohnung verfügte über ein Bett, einen Schreibtisch, ein Sofa und einen Fernseher. Die Unterbringung war nur wenig komfortabler als in einem Studentenwohnheim. Mit einheimischen Stoffen in leuchtendem Orange und Indigo hatte sie dem Raum ein wenig persönlichen Touch gegeben. In einem Regalbrett standen Bücher mit arabischer Literatur, ein gerahmtes Hochzeitsfoto ihrer Eltern und eine Gitarre, die sie noch immer nicht spielen konnte.

Sie duschte, föhnte sich die Haare und trug leichtes Make-up auf; dann stand sie vor dem Kleiderschrank und überlegte, was sie anziehen sollte. Dies war kein Anlass für ihre übliche Arbeitskleidung aus einem langen Kleid über einer Hose.

Tamara freute sich auf den Abend. Tab war ein gut aussehender, charmanter Mann, der sie zum Lachen brachte. Sie wollte sich von ihrer besten Seite zeigen. Sie suchte ein knielanges Baumwollkleid mit schmalen navyblauen und weißen Streifen aus. Das Kleid hatte kurze Ärmel, was den Konservativen im Land ein Stirnrunzeln entlockte, und die Nächte waren ohnehin kühl, daher zog sie eine blaue Bolerojacke darüber, die ihre Arme bedeckte. Ihre Schuhe waren niedrige Pumps aus navyblauem Leder. Sie trug nie hohe Absätze. Als sie sich im Spiegel betrachtete, fand sie ihr Outfit zu sittsam, aber im Tschad war das vermutlich kein Fehler.

Sie bestellte einen Wagen. Die Botschaft benutzte einen Fahrdienst, deren Fahrer alle sicherheitsüberprüft waren. Als sie hinausging, weil das Auto vorfuhr, war es bereits dunkel geworden. Die Sommerregen waren vorüber, der Himmel war wolkenlos und mit Sternen übersät. Ein kompakter viertüriger Peugeot wartete auf sie. Davor stand eine offizielle Limousine der Botschaft.

Als sie näher ging, sah sie Dexter, der aus der anderen Richtung kam, mit seiner Frau am Arm. Sie trugen Abendkleidung. In der südafrikanischen Botschaft war ein Empfang, erinnerte sich Tamara. Die Limousine war für sie. »Hallo, Dexter«, sagte sie. »Guten Abend, Mrs Lewis, wie geht es Ihnen?«

Daisy war hübsch, aber sie wirkte ein wenig schüchtern. Dexter gelang es, auch im Smoking derangiert auszusehen. »Hi, Tammy«, sagte er.

Er war der einzige Mensch auf der Welt, der sie Tammy nannte.

Sie widerstand dem Drang, ihn zu korrigieren, und ging prompt zu weit in die andere Richtung. »Danke, dass Sie die Botschaft von Präsidentin Green vorgelesen haben. Ich fand das ganz toll. Alle waren begeistert.« Im Stillen rügte sie sich für ihre Schleimerei.

»Freut mich, dass Sie es zu schätzen wissen.« Er besah sie von oben bis unten. »Sie haben sich ja auch in Schale geworfen, aber Sie sind doch sicher nicht zu dem südafrikanischen Rummel eingeladen.«

»So viel Glück habe ich nicht.« Sie war zu rangniedrig. »Ich gehe nur zu einem bescheidenen Abendessen.«

»Mit wem?«, fragte Dexter unverblümt. Ein normaler Boss hätte kein Recht gehabt, solch eine Frage zu stellen, aber sie waren bei der CIA, und dort galten andere Regeln.

»Ich feiere al-Bustan mit Tabdar Sadoul von der DGSE.«

»Den kenne ich. Ein verlässlicher Bursche.« Dexter sah sie streng an. »Trotzdem, vergessen Sie nicht, dass Sie mich über jeden ›engen und fortbestehenden Kontakt‹ mit einem Ausländer informieren müssen, auch wenn es ein Verbündeter ist.«

»Das weiß ich.«

Als hätte sie ihm widersprochen, entgegnete Dexter: »Es würde ein inakzeptables Sicherheitsrisiko darstellen.«

Er genoss es, seine Autorität zur Geltung zu bringen. Tamara fing einen mitfühlenden Blick Daisys auf. Ihr setzt er genauso zu, dachte Tamara. »Verstanden«, sagte sie.

»Ich sollte Sie daran gar nicht erinnern müssen«, sagte er.

»Wir sind bloß Kollegen, Dexter. Machen Sie sich keine Sorgen.«

»Es ist mein Job, mir Sorgen zu machen.« Er öffnete den Schlag der Limousine. »Denken Sie daran, enger und fortdauernder Kontakt bedeutet, dass ein Blowjob okay ist, zwei aber nicht.«

»Dexter!«, protestierte Daisy.

Er lachte. »Steig ins Auto, Schatz.«

Als sich die Limousine entfernte, fuhr ein staubiger silberner Pkw aus einer Parklücke am Straßenrand und folgte dem Wagen: Dexters Personenschützer.

Tamara stieg in ihr Auto und nannte dem Fahrer ihr Ziel.

Unternehmen konnte sie nichts gegen Dexter. Sie hätte mit Phil Doyle sprechen können, dem Agenten, der das Abdul-Projekt leitete und Dexters Vorgesetzter war; aber sich bei den Vorgesetzten seines Bosses über den Boss zu beschweren brachte einen in keiner Firma voran. Auch nicht bei der CIA.

N'Djamena war als Fort Lamy von französischen Städteplanern angelegt worden und hatte darum breite Boulevards im Pariser Stil. Der Wagen fuhr zum Hôtel Lamy, das zu einer weltweiten amerikanischen Kette gehörte. Für einen eleganten Abend war es die erste Adresse, aber Tamara zog eigentlich die kleinen einheimischen Lokale vor, die würzig-scharfe afrikanische Gerichte servierten.

»Soll ich Sie abholen?«, fragte der Fahrer.

»Ich melde mich«, sagte Tamara.

Sie betrat das prächtige Marmorfoyer. Das Hotel wurde von der reichen Elite des Tschad frequentiert. Das Land hatte keinen Zugang zum Meer und bestand zum großen Teil aus Wüste, aber es besaß Erdölvorkommen. Trotzdem war das Volk arm. Der Tschad gehörte zu den korruptesten Staaten auf der Welt, und das gesamte Ölgeld ging an die Machthabenden und ihre Freunde. Einen Teil davon gaben sie im Hôtel Lamy aus.

Aus der angrenzenden Bar International schlug ihr geselliges Stimmengewirr entgegen. Sie ging hinein; man musste die Bar durchqueren, um in das Restaurant zu gelangen. Westliche Ölmänner, Baumwollmakler und Diplomaten mischten sich mit einheimischen Politikern und Geschäftsleuten. Einige Frauen waren erlesen gekleidet. Lokale wie dieses waren während der Pandemie eines nach dem anderen eingegangen, aber die Bar International hatte sich erholt und neue Höhen erreicht.

Ein Tschader um die sechzig begrüßte sie. »Tamara!«, sagte er. »Genau Sie wollte ich sehen. Wie geht es Ihnen?«

Karim Aziz war ein Mann mit ausgezeichneten Beziehungen.

Er galt als Freund des Générals, den er bei seinem Griff nach der Macht unterstützt hatte. Tamara kultivierte Karim als eine Informationsquelle im Präsidentenpalast. Glücklicherweise schien er ihr gegenüber ähnliche Intentionen zu hegen.

Er trug einen Business-Anzug aus leichtem grauen Stoff mit dezenten Nadelstreifen, den er vermutlich in Paris gekauft hatte. Die gelbe Seidenkrawatte hatte einen perfekten Knoten, sein schütteres Haar glänzte vor Brillantine. Er küsste sie zweimal auf beide Wangen, vier Küsse insgesamt, als wären sie Angehörige der gleichen französischen Familie. Er war frommer Muslim und glücklich verheiratet, aber er empfand eine harmlose Zuneigung für diese selbstbewusste amerikanische Frau.

»Ich freue mich, Sie zu sehen, Karim.« Seiner Frau war sie nie begegnet, aber sie fragte: »Wie geht es der Familie?«

»Prächtig, vielen Dank, ganz ausgezeichnet. Enkel kündigen sich an.«

»Das ist wunderbar. Sie sagten, Sie hätten gehofft, mich zu sehen. Gibt es etwas, das ich für Sie tun kann?«

»So ist es. Der Général würde der Frau Ihres Botschafters gern etwas zu ihrem dreißigsten Geburtstag schenken. Wissen Sie, welches Parfüm sie mag?«

Diese Frage konnte Tamara beantworten. »Mrs Collinsworth benutzt Miss Dior.«

»Ah, perfekt. Ich danke Ihnen.«

»Karim, darf ich ganz offen etwas sagen?«

»Aber gewiss! Wir sind doch Freunde, oder?«

»Mrs Collinsworth ist eine Intellektuelle und interessiert sich für Poesie. Es könnte sein, dass sie nicht besonders erfreut ist, wenn man ihr Parfüm schenkt.«

»Oh.« Karim war verdutzt von der Vorstellung, eine Frau könnte kein Parfüm mögen.

»Darf ich eine Alternative vorschlagen?«

»Ich bitte darum.«

»Wie wäre es mit einer Übersetzung eines klassischen arabischen Dichters ins Englische oder Französische? Damit würde man ihr weit größere Freude machen als mit Parfüm.«

»Wirklich?« Karim kämpfte noch immer mit der Vorstellung.

»Vielleicht al-Chansa.« Der Name bedeutete Gazelle. »Eine der wenigen arabischen Dichterinnen, soviel ich weiß.«

Karim sah skeptisch drein. »Al-Chansa schrieb Elegien über die Toten. Ein wenig düster für ein Geburtstagsgeschenk.«

»Keine Sorge. Mrs Collinsworth wird erfreut sein, dass der Général von ihrer Liebe zur Dichtkunst weiß.«

Karims Gesicht hellte sich auf. »Ja, selbstverständlich, das wäre sehr schmeichelhaft für eine Frau. Mehr noch als Parfüm. Jetzt verstehe ich.«

»Da bin ich froh.«

»Ich danke Ihnen, Tamara. Sie sind so klug.« Er schaute zur Theke. »Möchten Sie etwas trinken? Gin Tonic?«

Sie zögerte. Sie hätte ihre Beziehung zu Karim gern vertieft, aber sie wollte Tab nicht warten lassen. Außerdem sprach einiges dafür, so zu tun, als sei man schwer zu haben. »Nein, danke«, sagte sie entschieden. »Ich treffe mich mit einem Freund im Restaurant.«

»Vielleicht können wir uns ja mal auf einen Kaffee treffen?«

Tamara freute sich über die Einladung. »Das wäre sehr schön.«

»Darf ich Sie anrufen?«

»Natürlich. Sie haben meine Nummer?«

»Sonst frage ich einfach die Geheimpolizei.«

Tamara war sich nicht sicher, ob das ein Scherz sein sollte. Vermutlich nicht. Sie lächelte. »Dann auf bald.«

»Ich freue mich darauf.«

Sie nickte ihm zu und ging weiter ins Restaurant Rive Gauche.

In diesem Saal war es ruhiger. Die Kellner sprachen leise, die Tischtücher dämpften das Klirren des Geschirrs, und die Gäste mussten ihr Gespräch unterbrechen, während sie aßen.

Der Oberkellner war ein Franzose, die Kellner Araber. Als Hilfskräfte, die das Geschirr abräumten, fungierten Afrikaner. Selbst hier wird wegen der Hautfarbe diskriminiert, dachte Tamara.

Sie entdeckte Tab sofort. Er saß an einem Tisch vor einem Fenster mit Vorhang. Er lächelte und erhob sich, als sie näher trat. Tab trug einen navyblauen Anzug mit gebügeltem weißen Hemd und eine gestreifte Krawatte. Es war ein traditionelles Outfit, aber er trug es mit Bravour.

Er küsste sie erst auf die eine, dann die andere Wange, aber er wiederholte es nicht, legte mehr Zurückhaltung an den Tag als Karim. Sie setzten sich, und er fragte: »Sollen wir ein Glas Champagner trinken?«

»Sicher.« Sie winkte einem Kellner und bestellte. Damit wollte sie Tab – und jedem, der sie beobachtete – klarmachen, dass dies kein romantisches Date war.

»Also«, sagte Tab, »wir haben eine Runde gewonnen!«

»Unser Freund mit den Zigaretten ist Gold wert.«

Beide achteten sie genau darauf, weder al-Bustan noch Abdul namentlich zu erwähnen, nur für den Fall, dass sich zwischen den weißen Freesien in der kleinen Vase mitten auf ihrem Tisch ein Abhörgerät verbarg.

Der Champagner kam, und sie schwiegen, bis der Kellner gegangen war.

Dann erst sagte Tab: »Aber schafft er es ein zweites Mal?«

»Das weiß ich nicht. Er vollführt einen Drahtseilakt, dreißig Meter über dem Boden, ohne Netz. Er kann sich keinen einzigen Fehltritt leisten.«

»Haben Sie mit ihm gesprochen?«

»Heute. Er hat den Organisator gestern kontaktiert, sein Interesse bekundet, den Preis erfahren und ihm seine Story erzählt.«

»Man hat ihm geglaubt.«

»Offenbar hat der Mann kein Misstrauen gezeigt. Natürlich

könnte er es nur vortäuschen, um ihn in eine Falle zu locken. Wir wissen es nicht und unser Freund genauso wenig.« Tamara hob ihr Glas. »Wir können nichts weiter tun, als ihm Glück zu wünschen.«

Ernst sagte Tab: »Möge Gott ihn schützen.«

Ein Kellner brachte Speisekarten, und sie studierten sie ein paar Minuten lang schweigend. Das Restaurant servierte die übliche internationale Küche, zu der nur wenige afrikanische Speisen kamen. Tamara entschied sich für eine Tajine, einen Schmortopf mit getrockneten Früchten, der langsam in einem irdenen Gefäß mit kegelförmigem Deckel zubereitet wurde. Tab bestellte Kalbsnieren in Senfsauce, ein in Frankreich beliebtes Gericht.

»Möchten Sie dazu Wein?«, fragte Tab.

»Nein, danke.« Tamara mochte Alkohol nur in kleinen Mengen. So gern sie Wein oder auch Stärkeres trank, sie hasste es, angetrunken zu sein. Der Verlust an Urteilsvermögen machte sie nervös. Machte sie das zum Kontrollfreak? Vermutlich. »Aber tun Sie sich keinen Zwang an.«

»Lieber nicht. Für einen Franzosen trinke ich sehr wenig.«

Sie wollte ihn näher kennenlernen. »Erzählen Sie mir etwas über sich, das ich nicht weiß«, sagte sie.

»Okay.« Er lächelte. »Das ist eine gute Frage. Äh …« Er dachte einen langen Augenblick nach. »Ich wurde in eine Familie geboren, die von starken Frauen geprägt ist.«

»Interessant! Fahren Sie fort.«

»Vor vielen Jahren eröffnete meine Großmutter in der Pariser Vorstadt Clichy-sous-Bois einen Lebensmittelladen. Sie betreibt ihn noch immer. Die Vorstadt ist heute ein raues Viertel, aber sie weigert sich wegzuziehen. Erstaunlicherweise ist sie noch nie ausgeraubt worden.«

»Eine taffe Frau.«

»Klein und drahtig mit harten Händen. Von dem Geld, das sie mit dem Laden verdiente, schickte sie meinen Vater auf die

Universität. Er sitzt nun im Vorstand von Total, der französischen Ölgesellschaft, und fährt einen Mercedes – oder genauer, sein Chauffeur.«

»Alle Achtung!«

»Meine andere Großmutter wurde zur Marquise de Travers, als sie meinen Großvater heiratete, einen verarmten Adeligen, dem ein Champagnerhaus gehörte. Wenn man Champagner herstellt, ist es schwierig, Verlust zu machen, aber ihm ist es gelungen. Seine Frau, meine Großmutter, nahm die Sache in die Hand und schaffte den Umschwung. Seine Tochter, meine Mutter, expandierte mit Reisegepäck und Schmuck. Diese Firma leitet sie noch heute mit eiserner Faust.«

»Die Firma heißt Travers?«

»Richtig.«

Tamara kannte die Marke, aber sie konnte sich keines ihrer Produkte leisten.

Sie wollte gern mehr erfahren, doch ihr Essen kam, und eine Weile redeten sie wenig, während sie speisten.

»Wie sind die Nieren?«, fragte Tamara.

»Gut.«

»Ich habe noch nie Nieren gegessen.«

»Möchten Sie einmal probieren?«

»Gern.« Sie reichte ihm ihre Gabel. Er spießte einen Bissen auf und gab sie zurück. Der Geschmack war intensiv. »Oha! Viel Senf.«

»So mag ich es. Wie ist die Tajine?«

»Gut. Möchten Sie etwas?«

»Gern.« Er reichte ihr seine Gabel, sie füllte sie und gab sie zurück. »Nicht schlecht«, sagte er.

Das Essen des anderen zu kosten war eine intime Geste, etwas, das man bei einem Rendezvous tun würde. Aber sie waren bei einem Treffen unter Kollegen. Zumindest betrachtete sie es so. Wie sah Tab die Sache?

Hinterher gab es für Tamara frische Feigen zum Nachtisch, Tab nahm Käse.

Der Kaffee kam in winzigen Tässchen, und Tamara trank nur einen Schluck. Mokka war ihr einfach zu stark. Sie sehnte sich nach einer großen Tasse mit schwachem amerikanischen Kaffee.

Sie kehrte zu dem interessanten Thema von Tabs Familie zurück. Sie wusste, dass er algerischer Herkunft war, und fragte: »Kam Ihre Großmutter aus Algerien?«

»Nein. Sie wurde in Thierville-sur-Meuse geboren, wo ein wichtiger Militärstützpunkt ist. Wissen Sie, mein Urgroßvater kämpfte im Zweiten Weltkrieg. Er gehörte der berühmten dritten algerischen Infanteriedivision an und wurde sogar mit dem Croix de Guerre ausgezeichnet. Als meine Großmutter zur Welt kam, war er noch immer Soldat. Aber es wird Zeit, dass ich etwas über Sie erfahre.«

»Bei Ihrem faszinierenden Stammbaum kann ich nicht mithalten«, sagte Tamara. »Ich stamme aus einer jüdischen Familie in Chicago. Mein Vater ist Professor für Geschichte, und er fährt einen Toyota, keinen Mercedes. Meine Mutter ist Highschool-Direktorin.« Sie stellte sich beide vor, Dad im Tweedanzug mit Wollkrawatte, Mom, wie sie, die Brille auf der Nasenspitze balancierend, Berichte verfasste. »Ich bin nicht religiös, aber sie gehen zu einer liberalen Synagoge. Mein Bruder Simon wohnt in Rom.«

Er lächelte. »Das ist alles?«

Sie zögerte, allzu viele vertrauliche Details offenzulegen. Unbedingt musste sie im Kopf behalten, dass es ein Arbeitsessen war. Sie war noch nicht bereit, ihm von ihren beiden gescheiterten Ehen zu erzählen. Ein andermal vielleicht.

Sie schüttelte den Kopf. »Keine Aristokraten, keine Orden, keine Luxusmarken. Oh, warten Sie. Eins von Dads Büchern wurde zum Bestseller. Es hieß *Pionierinnen: Frauen im amerikanischen Grenzland* und verkaufte sich eine Million Mal. Wir waren beinahe ein ganzes Jahr lang berühmt.«

»Und dennoch gingen aus dieser angeblich durchschnittlichen amerikanischen Familie … Sie hervor.«

Er machte ihr ein Kompliment. Und es war nicht bloß nichtssagende Schmeichelei. Er schien es ernst zu meinen.

Das Essen war vorüber, aber es war zu früh, um schon nach Hause zu gehen. Tamara überraschte sich selbst, indem sie fragte: »Möchten Sie tanzen?«

Im Untergeschoss des Hotels war ein Club. Im Vergleich mit Clubs in Chicago oder sogar Boston war er bieder, aber es war der angesagteste Club in N'Djamena.

»Sicher«, sagte Tab. »Ich bin ein schrecklicher Tänzer, aber ich tanze gern.«

»Schrecklich? Inwiefern?«

»Ich weiß es nicht. Mir wurde gesagt, ich sehe albern dabei aus.«

Schwer vorstellbar, dass dieser elegante, im Gleichgewicht wirkende Mann etwas Albernes tat. Tamara freute sich darauf, es zu sehen.

Tab ließ die Rechnung kommen, und sie teilten sie.

Mit dem Aufzug fuhren sie nach unten. Schon bevor sich die Türen öffneten, hörten sie das seismische Wummern von Bässen und Trommeln, einen Sound, der Tamara stets die Füße zucken ließ. Der Club war mit wohlhabenden jungen Tschadern in dürftiger Bekleidung vollgestopft. Die kurzen Röcke der jungen Frauen ließen Tamaras Outfit altbacken erscheinen.

Tamara führte Tab geradewegs auf die Tanzfläche und bewegte sich schon zum Beat, bevor sie dort waren.

Tab war ein anrührend schlechter Tänzer. Arme und Beine bewegte er ohne erkennbaren Rhythmus, aber er genoss es ganz offensichtlich. Tamara tanzte gern mit ihm. Die lockere, erotische Atmosphäre des Clubs versetzte sie in eine leicht amouröse Stimmung.

Nach einer Stunde machten sie eine Pause und bestellten

Cola. Auf einer Couch im Chill-out-Raum zurückgelehnt, fragte Tab: »Haben Sie jemals Marc probiert?«

»Ist das eine Droge?«

»Es ist ein Branntwein aus Trester, den Schalen der Weintrauben, nachdem der Saft aus ihnen herausgequetscht worden ist. Anfangs war Tresterbrand eine billige Alternative zum Cognac, aber mittlerweile hat er sich zu einem Getränk mit eigenem Charakter entwickelt. Sie bekommen sogar Marc de Champagne.«

»Lassen Sie mich raten«, sagte sie. »In Ihrem Apartment haben Sie eine Flasche.«

»Sie sind wohl Gedankenleserin.«

»Das sind alle Frauen.«

»Also wissen Sie, dass ich Sie noch auf einen Schlummertrunk bei mir einladen will.«

Sie war geschmeichelt. Er hatte bereits entschieden, dass ihre Beziehung über das Berufliche hinausging.

Sie jedoch nicht. »Nein, danke«, sagte sie. »Es war ein toller Abend, aber ich möchte nicht zu lange aufbleiben.«

»Okay.«

Sie gingen hinaus. Sie fühlte sich ein wenig niedergeschlagen und wünschte, sie hätte seine Einladung zum Schlummertrunk nicht ausgeschlagen.

Er bat den Türsteher, seinen Wagen holen zu lassen, und bot ihr an, sie mitzunehmen. Sie schlug das Angebot jedoch aus und rief den Fahrdienst an.

Während sie warteten, sagte er: »Ich habe unser Gespräch sehr genossen. Könnten wir wieder miteinander essen? Mit oder ohne Marc de Champagne danach?«

»Okay«, sagte sie.

»Wir könnten beim nächsten Mal etwas Zwangloseres aufsuchen. Ein tschadisches Restaurant vielleicht.«

»Gute Idee. Rufen Sie mich an.«

»Gern.«

Ihr Wagen kam, und er hielt ihr die Tür auf. Sie drückte ihm einen Kuss auf die Wange. »Gute Nacht.«

»Schlafen Sie gut.«

Der Wagen brachte sie zur Botschaft, und sie ging in ihr Apartment.

Sie mochte ihn sehr, erkannte sie, als sie sich auszog. Im nächsten Moment rief sie sich ins Gedächtnis, dass sie ein sehr schlechtes Händchen hatte, was Männer betraf.

Ihren ersten Ehemann, Stephen, hatte sie geheiratet, als sie noch an der University of Chicago war. Erst nach der Hochzeit entdeckte sie, dass er sich von keinem Ehegelöbnis daran hindern ließ, mit jeder Frau zu schlafen, die ihn antörnte, und nach einem Jahr hatten sie sich schon wieder getrennt. Seither hatte sie nie wieder mit Stephen gesprochen, und sie wollte ihn auch niemals wiedersehen.

Nach Chicago hatte sie in Paris am *Institut d'études politiques*, besser bekannt als *Sciences Po*, einen Master in Internationalen Beziehungen gemacht und sich auf den Nahen Osten spezialisiert. Dort hatte sie einen Amerikaner namens Jonathan kennengelernt und geheiratet, der sich als Fehler ganz anderer Art erwiesen hatte. Er war nett, klug und amüsant. Den Sex mit ihm hatte sie ein wenig langweilig gefunden, aber sie waren glücklich miteinander gewesen. Schließlich erkannten sie beide, dass Jonathan schwul war. Sie hatten sich einvernehmlich scheiden lassen, und sie mochte ihn noch immer. Drei- oder viermal im Jahr telefonierten sie miteinander.

Ein Teil des Problems bestand darin, dass sich so viele Männer zu ihr hingezogen fühlten. Sie sah gut aus, war lebhaft und, wie sie wusste, sexy, und es fiel ihr leicht, den Blick der Männer auf sich zu ziehen. Ihr fiel es nur so schwer herauszufinden, welche davon die guten waren.

Sie legte sich ins Bett und schaltete das Licht aus, aber sie dachte weiter an Tab. Er sah wirklich gut aus. Sie schloss die

Augen und stellte ihn sich vor. Groß und schlank war er, sein Haar schien dazu gemacht zu sein, gestreichelt zu werden, und immerfort wollte sie ihm tief in die braunen Augen starren. Seine Kleidung schien ihn liebevoll zu umschmeicheln, ob er nun einen Anzug trug wie heute Abend oder ein legeres Outfit. Tamara hatte sich gefragt, wie er sich derart gut geschnittene Sachen leisten konnte, aber dafür hatte Tab eine Erklärung gehabt: Seine Familie war reich.

Tamara misstraute gut aussehenden Männern. Stephen war gut aussehend gewesen. Sie konnten eitel und selbstbezogen sein. Einmal war sie mit einem Schauspieler ins Bett gegangen, der hinterher gefragt hatte: »Wie war ich?« Tab konnte sich durchaus als solch ein Mensch erweisen, allerdings glaubte sie es nicht wirklich.

War Tab so gut, wie es schien, oder würde er sich als ein weiterer ihrer schrecklichen Fehler entpuppen? Sie hatte eingewilligt, ihn wiederzusehen, und beim zweiten Date konnte sie nicht mehr so tun, als wäre es rein beruflicher Natur. Dann werde ich es wohl herausfinden, dachte sie; und damit schlief sie ein.

Kapitel 5

Jeden Morgen, wenn die Sonne noch tief stand und die Luft noch kühl und staubfrei war, drehte Tamara einige Runden im Pool der Botschaft. Gewöhnlich war sie dabei allein. Eine halbe Stunde lang konnte sie über alles nachdenken, was sie auf dem Herzen hatte: Abduls Mut, Dexters Feindseligkeit, Karims Freundlichkeit, Tabs Interesse an ihr. Morgen hätte sie ihr nächstes Rendezvous mit Tab: einen Drink in seinem Apartment und Abendessen in seinem arabischen Lieblingsrestaurant.

Als sie aus dem Wasser stieg, stellte sie fest, dass Dexter auf einer Poolliege saß und sie beobachtete. Sie fand es irritierend, besonders, weil er auf ihren nassen Badeanzug starrte.

Sie schlang ein Handtuch um sich und fühlte sich sogleich weniger verletzlich.

»Ich möchte, dass Sie etwas überprüfen«, sagte er.

»Okay.«

»Sie kennen die N'Gueli-Brücke.«

»Natürlich.«

Der Pont de N'Gueli überspannte den Logone, den Grenzfluss zwischen dem Tschad und Kamerun, daher war die Brücke ein internationaler Übergang; sie verband N'Djamena mit der kamerunischen Stadt Kousséri. Streng genommen handelte es sich um zwei Brücken, einen hohen Viadukt für Fahrzeuge und eine ältere Brücke, schmaler und niedriger, die nur noch Fußgänger benutzten.

Tamara beschattete ihre Augen und sah nach Süden. »Man kann die Brücke von hier aus beinahe sehen – sie ist eine Meile Luftlinie entfernt.«

»Es ist ein Grenzübergang, aber die Kontrollen sind nicht sehr streng«, fuhr Dexter fort. »Die meisten Fahrzeuge werden nicht angehalten. Was die Fußgänger betrifft, sie scheinen alle Freunde und Verwandte der Grenzer zu sein. Nur Weiße werden angehalten. Man verlangt von ihnen eine erfundene Einreise- oder Ausreisegebühr. Die Summe hängt davon ab, wie wohlhabend man erscheint, und die Grenzer nehmen nur Bargeld. Ich nehme an, ich muss es Ihnen nicht näher ausführen.«

»Nein.« Tamara war nicht überrascht. Der Tschad war für seine Korruption bekannt, aber mit solchen Problemen befasste sich die Central Intelligence Agency nicht. »Was ist unser Interesse dabei?«

»Ein Informant hat mir mitgeteilt, dass die Dschihadisten dabei sind, die Fußgängerbrücke zu übernehmen. Sie haben in aller Stille bewaffnete Männer eingeschleust. Sie belästigen die Einheimischen nicht, aber sie haben das Geschäft übernommen. Sie haben die Preise erhöht und teilen die Einkünfte mit den echten Grenzern, denen das egal ist.«

»Aber uns nicht? Das klingt eher wie eine Angelegenheit für die hiesige Polizei.«

»Sie dürfen darauf wetten, dass uns das nicht egal ist, wenn mein Informant richtigliegt. Um die Bestechungsgelder geht es nicht. Der ISGS reißt die Kontrolle über einen Grenzposten an sich.«

Tamara war nicht recht überzeugt. Wieso sollte der ISGS das wollen? Sie sah keine Vorteile für die Dschihadisten. »Wie verlässlich ist Ihr Informant?«

»Sehr. Aber selbst wenn es anders wäre, wir müssen die Geschichte überprüfen. Ich möchte, dass Sie hingehen und es sich ansehen.«

»Mache ich. Aber ich brauche Schutz.«

»Das bezweifle ich. Aber nehmen Sie zwei Soldaten mit, wenn Sie sich dann besser fühlen.«

»Ich spreche mit Colonel Marcus.«

Sie kehrte in ihr Apartment zurück, zog sich an und trat in die Morgenhitze hinaus. Auf dem Botschaftsgelände hatte das Militär sein eigenes Gebäude. Tamara trat ein und fand Susan Marcus' Büro. Die Vorzimmerkraft bat sie, gleich hineinzugehen, Colonel Marcus werde gleich da sein.

Tamara schaute sich in dem Raum um. Eine Wand verdeckten Karten, Kante an Kante gesetzt, die zusammen ganz Nordafrika abbildeten. Auf einem Klebezettel mitten in Niger stand »al-Bustan«. An der gegenüberliegenden Wand hing ein großer Bildschirm. Familienfotos waren nicht zu entdecken. Marcus hatte zwei Computerarbeitsplätze und ein Handy. Ein billiges Schreibtischset enthielt Bleistifte, Notizpapier und Post-its. Tamara sagte sich, dass Colonel Marcus entweder zwanghaft ordentlich oder entschlossen war, nichts Persönliches über sich zu offenbaren – vielleicht auch beides.

Colonel Marcus gehörte zu dem, was das Militär als Tier 2 Combined Joint Special Operations Task Force bezeichnete, oder kurz gesagt zu den Special Forces, den Sondereinsatzkräften.

Einen Moment darauf trat sie herein. Marcus hatte kurze Haare und eine forsche Art, ganz wie alle anderen Offiziere, denen Tamara je begegnet war. Sie trug eine khakifarbene Uniform mit Feldmütze. Beides ließ sie maskulin wirken, aber Tamara sah, dass sie hinter der Fassade recht hübsch war. Tamara wurde klar, was sowohl die Aufmachung als auch das spartanische Büro bezweckten: Susan wollte in einer Männerwelt wie ein Mann behandelt werden, und jeder Anklang von Weiblichkeit konnte gegen sie benutzt werden.

Sie nahm die Mütze ab, sie setzten sich, und Tamara sagte: »Ich war gerade bei Dexter.«

»Er muss zufrieden sein mit Ihrer Zusammenarbeit mit Abdul.«

Tamara schüttelte den Kopf. »Er kann mich nicht leiden.«

»Das habe ich schon gehört. Sie müssen die Kunst erlernen, den Männern den Eindruck zu vermitteln, jeder Erfolg sei ihr Werk.«

Tamara lachte leise. »Das ist kein Scherz, oder?«

»Teufel, nein. Was meinen Sie, wie ich es zum Colonel gebracht habe? Indem ich immer meinen Vorgesetzten den Ruhm einheimsen ließ. Was hat Dexter heute zu Ihnen gesagt?«

Tamara erklärte die Lage am Pont de N'Gueli.

Als sie fertig war, blickte Susan finster drein, öffnete den Mund, um etwas zu sagen, zögerte, nahm einen Bleistift in die Hand und klopfte damit auf den leeren Schreibtisch.

»Was denn?«, fragte Tamara.

»Ich weiß es nicht. Wie gut ist Dexters Informant?«

»Gut, sagt er, aber nicht so gut, dass wir seinen Bericht nicht überprüfen müssten.« Tamara fühlte sich von Susans Besorgnis ein wenig entmutigt. »Was stört Sie? Sie gehören zu den klügsten Leuten hier. Wenn Ihnen etwas Kopfschmerzen bereitet, möchte ich gern wissen, was.«

»Okay. Dexter sagt also, die Dschihadisten nehmen Bestechungen von Touristen an – und das sind Kleckerbeträge – und geben die Hälfte davon an die regulären Grenzer ab. Der finanzielle Gewinn hält sich also in Grenzen. Wirklicher Zweck der Übung dürfte es darum sein, die Kontrolle über einen strategisch wichtigen Grenzposten zu erlangen.«

»Ich weiß, was Sie meinen«, sagte Tamara. »Ist das denn tatsächlich die Mühe wert?«

»Überlegen Sie mal. Erstens: Sobald die hiesige Polizei erfährt, was vorgeht, wirft sie die Dschihadisten von der Brücke, was sie vermutlich kann, ohne ins Schwitzen zu geraten.«

Tamara hatte über diesen Aspekt nicht nachgedacht, nickte

aber zustimmend. »Der ISGS hat die Kontrolle nur so lange, wie es geduldet wird – also ist es gar keine echte Kontrolle.«

»Zweitens«, fuhr Susan fort: »Die Brücke ist nur wichtig, wenn ein Gefecht irgendeiner Art unmittelbar bevorsteht, ein geplanter Staatsstreich zum Beispiel wie die Schlacht von N'Djamena im Jahr 2008. Das ist aber unwahrscheinlich, weil die Opposition gegen den Général zurzeit schwach ist.«

»Die UFDD ist mit Sicherheit nicht in der Lage, eine Revolution loszutreten.« UFDD stand für *Union des forces pour la démocratie et le développement*, was so viel wie Vereinigte Kräfte für Demokratie und Entwicklung bedeutete; die UFDD waren die größte Rebellengruppe im Tschad.

»Richtig. Und drittens: In dem unwahrscheinlichen Fall, dass den Dschihadisten gestattet wird dortzubleiben, und dem noch unwahrscheinlicheren Fall, dass die UFDD einen Staatsstreich gegen den Général anzettelt, ist das die falsche Brücke. Entscheidend ist der Viadukt. Darauf können Panzerfahrzeuge und Lkw voller Soldaten aus Kamerun schnurstracks in die Hauptstadt fahren. Die Fußgängerbrücke hat keinen strategischen Wert.«

Die Analyse war sehr klar. Susan besaß einen Verstand, der zuschnappte wie eine Falle aus Stahl. Tamara fragte sich, wieso sie die Zusammenhänge nicht selbst durchschaut hatte. Kleinlaut sagte sie: »Vielleicht geht es ums Prestige.«

»Es ist, wie die eigenen Zehen zu berühren. Es nützt einem nichts, man tut es nur, um zu beweisen, dass man es kann.«

»In gewisser Hinsicht geht es bei allem, was Dschihadisten tun, um das Prestige.«

»Hm.« Susan klang nicht überzeugt. »Wie dem auch sei, Sie brauchen auf jeden Fall Personenschutz.«

»Dexter hält es nicht für nötig, aber er sagte, wenn ich mich damit besser fühle, soll ich zwei Soldaten mitnehmen.«

»Dexter redet eine Menge Quark. Das sind Dschihadisten. Schutz brauchen Sie unbedingt.«

***

Am nächsten Tag brachen sie vom Botschaftskomplex auf, als die Sonne gerade über den Lehmgruben im Osten der Stadt aufging. Susan hatte darauf bestanden, dass sie alle Körperschutz in Form leichter schusssicherer Westen anlegten. Tamara trug darüber eine weite blaue Jeansjacke: Später würde ihr heiß werden.

Sie fuhren in zwei Wagen. Die CIA hatte einen drei Jahre alten hellbraunen Peugeot-Kombi mit einer verbeulten Stoßstange, der gern für diskrete Aufträge eingesetzt wurde, denn Fahrzeuge wie ihn gab es in der Stadt zuhauf. Tamara saß hinter dem Lenkrad, Susan neben ihr. Der Wagen der Soldaten wurde von Pete Ackerman gefahren, dem kecken zwanzigjährigen Corporal, der Tamara schon einmal nach einem Date gefragt hatte. Dieser Wagen war nicht so anonym. Den grünen SUV mit seinen dunkelgetönten Fenstern würden sich manche Leute zweimal ansehen. Die Soldaten trugen jedoch weder Helm noch Mütze und hatten ihre Sturmgewehre in den Fußraum gelegt, und wer sie beiläufig durch die Windschutzscheibe erblickte, erkannte vielleicht nicht, dass es sich um Militärs handelte.

Die Straßen waren ruhig, als Tamara dem Nordufer des Schari folgte und dann über eine Brücke in die südliche Vorstadt Walia gelangte. Die Hauptstraße führte von hier direkt zum Grenzübergang.

Tamara war nervös. In der Nacht hatte sie wachgelegen und nachgedacht. Sie war nun mehr als zwei Jahre im Tschad und sammelte Informationen über den ISGS, aber bisher hatte ihre Arbeit aus Dingen wie der Auswertung von Satellitenfotos ferner Oasen bestanden, auf denen sie nach Anzeichen für bewaffnete Kräfte suchte. Noch nie war sie in direkten Kontakt zu Männern gekommen, deren Lebensziel darin bestand, Menschen wie sie zu töten.

In einem Holster, das in die Schutzweste integriert war, trug sie eine Reihenfeuerpistole, eine hübsche kleine Neun-Millimeter-Glock 18. Auch in Übersee gerieten CIA-Agenten nur selten in Schusswechsel. Tamara hatte die Schießprüfung als Klassenbeste abgeschlossen, aber noch nie eine Waffe außerhalb des Schießstands abgefeuert. Sie hätte nichts dagegen, wenn es so bliebe.

Susans umsichtige Vorkehrungen hatten ihre Sorgen vertieft.

Die Zwillingsbrücken über den Logone waren etwa fünfzig Meter voneinander entfernt, wie Tamara feststellte, als sie in Sichtweite kamen, wobei die Fahrzeugbrücke höher verlief. Tamara bog von der Hauptstraße auf einen staubigen Weg ab.

Zwanzig Meter vor dem Anfang der Fußgängerbrücke drängten sich abgestellte Fahrzeuge: ein Minibus, der vermutlich Leute ins Stadtzentrum bringen wollte, mehrere Taxis mit derselben Absicht und ein halbes Dutzend alte Klapperkisten. Tamara tastete sich zwischen die Wagen vor und hielt an einer Stelle, von der sie unverstellte Sicht auf beide Brücken hatte. Den Motor ließ sie laufen. Die Einsatztruppe parkte neben ihr.

Auf den ersten Blick erschien die Situation normal. Von der kamerunischen Seite her kamen die Menschen als beständiger Strom über die Fußgängerbrücke, aber nur sehr wenige überquerten sie in die Gegenrichtung. Viele Bewohner von Kousséri kamen nach N'Djamena, um hier zu arbeiten oder Geschäfte zu machen. Einige fuhren Rad oder ritten auf Eseln; Tamara entdeckte sogar ein Kamel. Manche brachten Obst und Gemüse in Körben oder selbstgebauten Handkarren für den Markt im Stadtzentrum. Am Abend würden sie nach Hause zurückkehren, und der Menschenstrom würde in die andere Richtung fließen.

Tamara dachte an die Pendler zu Hause im Chicago Loop. Von der Kleidung abgesehen bestand der Hauptunterschied darin, dass in Chicago jeder hastete, während es hier niemand besonders eilig zu haben schien.

Niemand fragte die Leute nach ihren Absichten oder wollte einen Pass sehen. Insgesamt gab es wenig Anzeichen offizieller Kontrolle. Ein niedriges kleines Gebäude konnte ein Unterstand für Grenzer sein. Zuerst glaubte sie, es gäbe auch keine Grenzschranke, dann aber entdeckte Tamara eine lange Holzstange, den Stamm eines schlanken Baumes, der neben zwei Böcken auf dem Boden lag. Damit konnte wohl bei Bedarf eine notdürftige Sperre errichtet werden.

Das kann man doch nicht ernst nehmen, dachte sie. Was mache ich hier mit einer Pistole unter der Jacke?

Nach einem Augenblick erkannte sie, dass sich nicht jeder in Sicht zielgerichtet bewegte. Zwei Männer in unvollständigen Militäruniformen lehnten sich am Ende der Brücke ans Geländer. An ihren Gürteln hingen Holster mit Pistolen. Sie trugen Tarnhosen zu kurzärmeligen zivilen T-Shirts, eins orange, eins hellblau. Der Mann im orangefarbenen Shirt rauchte, der andere aß sein Frühstück, einen gefüllten Teigfladen. Desinteressiert beobachteten sie die Pendler. Der Raucher sah zu den geparkten Autos hinüber und zeigte keinerlei Reaktion.

Endlich entdeckte Tamara den Feind und spürte einen Schauer der Beklemmung. Einige Meter weiter standen zwei Männer auf der Brücke, die aussahen, als würden sie keinen Spaß verstehen. Der eine hatte einen Riemen über der Schulter, an dem etwas hing, das größtenteils von einem Baumwolltuch verdeckt wurde – nur nicht am Ende, wo ein Rohr herausragte, das wie die Mündung eines Sturmgewehrs aussah.

Der andere starrte auf Tamaras Wagen.

Zum ersten Mal fühlte sie sich wirklich in Gefahr.

Sie musterte ihn durch die Windschutzscheibe. Er war groß und hohlwangig und hatte eine hohe Stirn. Vielleicht spielte ihr die Fantasie einen Streich, aber der Mann erweckte den Eindruck eines Menschen, der unbeirrbar ein Ziel verfolgte, wenn er es sich einmal gesetzt hatte. Den Leuten, die um ihn herumwimmelten, schenkte er keine Beachtung, als wären sie Insekten. Auch er trug ein Sturmgewehr. Die Waffe wurde nur zum Teil von Stoff kaschiert, als wäre es ihm im Grunde gleichgültig, ob die Leute sie sahen oder nicht.

Er zückte ein Handy, wählte eine Nummer und hielt es sich ans Ohr.

Tamara sagte: »Der Kerl dahinten …«

»Ich sehe ihn«, sagte Susan neben ihr.

»Er telefoniert.«

»Genau.«

»Aber mit wem?«

»Das ist die Vierundsechzigtausenddollarfrage.«

Tamara kam sich vor wie auf dem Präsentierteller. Er konnte durch die Windschutzscheibe auf sie schießen. Für ein Sturmgewehr war sie in Kernschussweite. Sie war deutlich sichtbar und konnte sich auf dem Fahrersitz kaum bewegen. »Wir sollten aussteigen«, sagte sie.

»Sind Sie sicher?«

»Wenn ich hier sitze, erfahre ich nichts.«

»Okay.«

Beide verließen sie den Peugeot.

Tamara konnte den Verkehr auf der höheren Brücke hören, aber die Fahrzeuge nicht sehen.

Susan ging zu dem grünen SUV hinüber und besprach sich mit ihren Leuten. Als sie zurückkam, sagte sie: »Ich habe ihnen befohlen, im Fahrzeug zu bleiben, denn wir wollen kein Aufsehen erregen, aber beim ersten Anzeichen für Ärger springen sie raus.«

Von irgendwoher gellte eine Stimme: »Al-Bustan!«

Tamara schaute sich erschrocken um. Wo kam der Schrei her, und wieso sollte jemand diese Wörter rufen?

Im nächsten Moment fielen die ersten Schüsse.

Sie hörte ein *rat-tat-tat* wie von der kleinen Trommel einer Rockband; klirrend zerbarst Glas, und jemand brüllte vor Schmerzen auf.

Ohne nachzudenken, warf sich Tamara unter den Peugeot.

Susan tat das Gleiche.

Die Pendler auf der Brücke schrien vor Angst. Als Tamara hinschaute, versuchten die Menschen, in die Richtung zu fliehen, aus der sie gekommen waren. Sie sah jedoch niemanden, der feuerte.

Der Mann, der Tamara aufgefallen war, hatte seine Waffe nicht erhoben. Unter dem Wagen schien sie das Pochen ihres Herzens umso deutlicher zu spüren, und sie fragte: »Wo, zum Teufel, kamen die Schüsse her?« Die Unsicherheit vergrößerte ihre Angst noch.

Neben ihr sagte Susan: »Von oben. Von der Fahrzeugbrücke.«

Susan hatte freie Sicht auf den Viadukt, wenn sie den Kopf zur Seite herausstreckte, während Tamara die Fußgängerbrücke beobachten konnte, ohne sich zu bewegen.

»Die Kugeln haben die Windschutzscheibe des anderen Fahrzeugs durchschlagen«, fuhr Susan fort. »Ich glaube, einer der Jungs wurde getroffen.«

»Oh Gott. Wie schlimm ist es?«

Wieder hörten sie einen Schmerzensschrei, der länger anhielt.

»Tot klingt er nicht.« Susan sah nach rechts. »Sie ziehen ihn unter den Wagen. Es ist Corporal Ackerman.«

»Wie geht es ihm?«

»Kann ich nicht sagen.«

Mehr Schreie hörte man nicht. Tamara hielt es für ein schlechtes Zeichen.

Susan sah nach draußen und nach oben, die Pistole in der Hand. Sie gab einen Schuss ab. »Zu weit weg«, sagte sie frustriert. »Ich kann jemanden sehen, der ein Gewehr über das Geländer der Fahrzeugbrücke hält, aber mit einer Handfeuerwaffe kann ich ihn auf diese Entfernung nicht treffen.«

Von der Brücke kam ein neuer Feuerstoß, und mit einem beängstigenden Missklang von Einschlägen bohrten sich Kugeln durch Dach und Fenster des Peugeots. Tamara hörte sich selbst aufschreien. Sie schützte den Kopf mit den Händen, obwohl sie wusste, dass es sinnlos war, aber sie konnte den Instinkt nicht unterdrücken.

Als der Feuerstoß vorbei war, war sie unverletzt und Susan ebenso.

»Er feuert von der hohen Brücke«, sagte Susan. »Jetzt wäre ein guter Moment, Ihre Waffe zu ziehen, falls Sie bereit sind.«

»Oh, Mist, ich hatte ganz vergessen, dass ich eine Pistole habe!« Tamara griff in das Holster, das unter ihrem linken Arm an der Schutzweste befestigt war. Im gleichen Moment erwiderten die Soldaten das Feuer.

Tamara legte sich flach auf den Bauch, die Ellbogen auf dem Boden, und hielt die Pistole in beiden Händen. Sie achtete darauf, die Daumen nach vorn zu richten, damit sie dem Schlitten nicht im Weg waren, wenn er zurückfuhr. Sie schaltete die Glock auf Einzelschuss – andernfalls hätte sie nach wenigen Sekunden keine Munition mehr gehabt.

Die Soldaten stellten ihr Feuer ein. Unmittelbar darauf kam ein dritter Feuerstoß von der Brücke, aber diesmal schossen die Soldaten innerhalb eines Sekundenbruchteils zurück.

Tamara konnte die hohe Brücke von der Stelle, wo sie lag, nicht einsehen, daher behielt sie den Fußgängerübergang im Auge. Dort kam es zu so etwas wie einem Tumult, als diejenigen, die verzweifelt vom nahen Ende, an dem geschossen wurde, flüchteten und gegen die weniger verängstigten Leute am anderen Ende stießen, die sich unsicher waren, was die Knallerei zu bedeuten hatte. Die beiden Grenzer in den Tarnhosen befanden sich am Ende der Menge und schienen genauso in Panik zu sein wie die Zivilisten: Sie prügelten in dem Versuch, schneller voranzukommen, auf die Leute vor ihnen ein. Tamara sah, wie jemand in den Fluss sprang und zum anderen Ufer schwamm.

Die beiden Mudschahedin, die sie entdeckt hatte, kletterten zum Flussufer hinunter. Als sie das Visier der Glock auf sie richtete, gingen sie unter der Brücke in Deckung.

Der Schusswechsel hörte auf, und Susan sagte: »Ich glaube, wir haben ihn erwischt. Auf jeden Fall ist er weg. Oh-oh, da ist er wieder – nein, das ist ein anderer. Anderes Kopftuch. Wie viele von denen sind denn da oben?«

In der kurzen Stille hörte Tamara erneut jemanden brüllen: »Al-Bustan!«

Susan forderte mit dem Funkgerät sofortige Unterstützung und einen Krankenwagen für Pete an.

Erneut kam es zu einem Schusswechsel zwischen den Soldaten und den Dschihadisten auf der Fahrzeugbrücke, aber beide Seiten hatten gute Deckung, und wie es aussah, wurde niemand verletzt.

Sie waren festgenagelt und hilflos. Ich werde hier sterben, dachte Tamara. Wenn ich Tab nur ein bisschen früher kennengelernt hätte. So vor fünf Jahren.

Auf der Fußgängerbrücke tauchte der hohlwangige Dschihadist wieder auf, an dem Flussufer, wo das Geländer endete und das Pflaster der Brücke in den steinigen Boden überging, nur ungefähr zwanzig Meter entfernt. Als sie die Waffe auf ihn schwenkte, warf er sich zu Boden, und sie wusste, dass er flach dort liegen, sorgfältig zielen und alle erschießen würde, die unter den Fahrzeugen in Deckung lagen, und das, da war sie sich ganz sicher, ohne jede Reue.

Ihr blieben nur eine oder zwei Sekunden, um etwas zu unternehmen. Ohne nachzudenken, zielte sie auf das Gesicht des Mannes: Sie peilte durch die Kimme am hinteren Visierteil der Pistole und brachte den weißen Punkt auf dem Korn zwischen seine Augen. In einem fernen Winkel ihres Verstandes wunderte sie sich noch, wie gelassen sie war. Der Lauf ihrer Pistole folgte dem langsamen Absenken des Kopfes, während der Mann sich zu Boden warf, bewegte sich rasch, aber nicht hastig; sie wusste genau, dass alles andere als ein ruhiger Schuss wahrscheinlich danebengehen würde. Endlich blieb der Mudschahed ruhig, legte das Gewehr an und hob den Lauf. Tamara drückte den Abzug ihrer Glock.

Die Pistole ruckte nach oben, wie immer. Unbeeindruckt richtete sie den Lauf wieder gerade und zielte erneut auf den Kopf. Sofort sah sie, dass kein Bedarf für einen weiteren Schuss bestand – der Schädel des Mannes war zertrümmert –, aber sie feuerte trotzdem ein zweites Mal. Die Kugel fuhr in die reglose Leiche.

»Guter Schuss!«, hörte sie Susans Stimme.

War ich das?, dachte Tamara. Habe ich gerade einen Mann getötet?

Der andere Dschihadist erschien ein Stück entfernt am Flussufer. Mit dem Gewehr in der Hand rannte er davon.

Tamara verlagerte ihre Position, sodass sie die hohe Brücke erkennen konnte, aber es ließ sich nicht sagen, ob die Schützen noch dort waren. Sie hörte, dass weiterhin Pkw und Lkw dort vorbeifuhren. Das kehlige Brüllen eines starken Motorrads drang an ihr Ohr: Wenn es nur zwei Schützen waren, flohen sie vielleicht damit.

Susan dachte in die gleiche Richtung. Sie sprach in ihr Funkgerät. »Bevor Sie zur Fußgängerbrücke kommen, vergewissern Sie sich, dass auf der Fahrzeugbrücke keine Schützen mehr sind.«

Dann wandte sie sich an die Soldaten unter dem grünen SUV. »Bleiben Sie, wo Sie sind, während wir herausfinden, ob sie alle fort sind.«

Die meisten Pendler hatten die Fußgängerbrücke mittlerweile am anderen Flussufer verlassen. Tamara sah, dass sich einige von ihnen um die vereinzelten Gebäude und Bäume scharten, um

Ecken lugten, abwarteten, was als Nächstes geschah. Die beiden Grenzer in den bunten T-Shirts tauchten am jenseitigen Ende der Brücke auf, zögerten aber, sie wieder zu überqueren.

Tamara glaubte schon fast, es sei vorbei, aber sie war bereit, den ganzen Tag unter dem Auto zu liegen, bis sie sicher wäre, dass sie sich gefahrlos wieder bewegen konnte.

Ein Sanitätsfahrzeug der US Army raste über den Feldweg heran und blieb hinter dem grünen SUV stehen.

»Die Straßenbrücke absichern!«, befahl Susan. »Sofort!«

Die drei unverletzten Soldaten rollten sich unter ihrem Fahrzeug hervor, nahmen hinter anderen Wagen Deckung und richteten die Gewehre auf die hohe Brücke.

Zwei Sanitäter sprangen aus dem Krankenwagen. »Unter dem grünen SUV!«, rief Susan. »Ein Mann mit Schusswunden.«

Kein weiterer Schuss fiel.

Die Sanitäter brachten eine Trage.

Tamara blieb, wo sie war. Sie beobachtete den verbliebenen Dschihadisten, der am Ufer entlangfloh. Er war schon fast außer Sicht, und sie nahm nicht an, dass er so schnell noch einmal zurückkehren würde. Die beiden Grenzer näherten sich vorsichtig über die Fußgängerbrücke. Sie hatten die Pistolen gezogen, ein wenig spät. »Danke für eure Hilfe, Jungs«, murmelte sie.

Susans Funkgerät kreischte, und Tamara hörte eine verzerrte Stimme: »Alles klar auf der oberen Brücke, Colonel.«

Tamara zögerte. War sie bereit, auf der Grundlage eines verrauschten Funkspruchs ihr Leben zu riskieren?

Natürlich bin ich das, antwortete sie sich selbst. Ich bin schließlich Profi.

Sie rollte sich unter dem Wagen hervor und stand auf. Sie war ein wenig schwach in den Beinen und hätte sich gern irgendwohin gesetzt, aber vor den Soldaten wollte sie nicht wie ein Weichei wirken. Sie lehnte sich kurz an die Stoßstange des Peugeots und starrte auf die Einschusslöcher. Manche Gewehrmunition konnte ein Auto glatt durchschlagen. Sie hatte Glück gehabt.

Reiß dich zusammen, fuhr sie sich an. Als CIA-Agentin war es ihre Aufgabe, jede verfügbare Information zum Vorfall zu sammeln. Tamara wandte sich an Susan. »Fragen Sie, ob auf der Straßenbrücke Leichen liegen.«

Susan hielt sich das Funkgerät vor den Mund und stellte die Frage.

»Keine Leichen, aber Blutflecke.«

Einer oder mehrere Verwundete sind abtransportiert worden, folgerte Tamara.

Damit blieb nur der eine übrig, den sie erschossen hatte.

Entschlossen trat sie auf die Fußgängerbrücke vor. Ihre Beine fühlten sich jetzt kräftiger an. Sie ging zu der Leiche. Dass der Dschihadist tot war, stand zweifelsohne fest: Sein Kopf war eine einzige blutige Masse. Sie nahm ihm das Gewehr aus den Händen, die keinen Widerstand leisteten. Die Waffe war kurz und überraschend leicht, ein Bullpup oder Hinterschaftlader mit einem langen gekrümmten Magazin einer Bauform, die man »Banana Clip« nannte. Auf der linken Seite des Laufs war kurz vor der Stelle, wo er im Handschutz verschwand, eine Seriennummer eingestanzt. Tamara erkannte das Gewehr als ein Fabrikat von Norinco, der China North Industries Group Corporation, einem chinesischen Waffenhersteller in Staatsbesitz.

Sie richtete die Waffe auf den Boden, zog die Magazinverriegelung nach hinten und nahm das Magazin heraus, öffnete den Verschluss und entfernte die Patrone aus der Kammer. Das gekrümmte Magazin und die einzelne Patrone steckte sie sich in die Jeansjacke und brachte das entladene Sturmgewehr zu ihrem zerschossenen Auto.

Als Susan sie sah, sagte sie: »Sie tragen das, als wäre es ein toter Hund.«

»Ich habe ihm gerade die Zähne gezogen«, sagte Tamara.

Die Sanitäter schoben die Trage in den Krankenwagen. Tamara fiel auf, dass sie nicht ein Wort mit Pete gesprochen hatte. Sie eilte hin.

Pete lag erschreckend still da. Sie blieb stehen. »Oh Gott.«

Petes Gesicht war fahl, und seine Augen starrten ins Leere.

»Tut mir leid, Miss«, sagte ein Sanitäter.

»Er hat mich einmal um ein Date gebeten.« Tamara begann zu weinen. »Ich sagte ihm, er sei zu jung.« Sie wischte sich das Gesicht mit dem Ärmel ab, aber die Tränen flossen einfach weiter. »Ach, Pete«, sagte sie in sein lebloses Gesicht. »Es tut mir leid.«

* * *

Die Vermittlung meldete: »Ich habe Corporal Ackermans Vater am Apparat, Madam President. Mr Philip Ackerman.«

Pauline hasste es. Jedes Mal, wenn sie mit Eltern sprechen musste, deren Kind gefallen war, zerriss es ihr das Herz. Sie musste dann jedes Mal daran denken, was sie selbst empfinden würde, sollte Pippa sterben. Für sie war es das Schlimmste an ihrem Job.

»Ich danke Ihnen«, sagte sie zur Vermittlung. »Stellen Sie ihn bitte durch.«

»Phil Ackerman«, sagte eine tiefe Männerstimme.

»Mr Ackerman, hier spricht Präsidentin Green.«

»Guten Tag, Madam President.«

»Ich möchte Ihnen für Ihren Verlust mein tief empfundenes Beileid aussprechen.«

»Vielen Dank.«

»Pete hat sein Leben für sein Land geopfert, und Sie haben Ihren Sohn geopfert. Ich möchte Ihnen sagen, dass Ihr Land Ihnen für Ihr Opfer zutiefst dankbar ist.«

»Vielen Dank.«

»Ich glaube, Sie sind Feuerwehrmann, Sir.«

»Das ist richtig, Ma'am.«

»Dann wissen Sie, was es bedeutet, sein Leben aus einem guten Grund zu riskieren.«

»Ja.«

»Ich kann Ihren Schmerz nicht lindern, aber ich kann Ihnen sagen, dass Pete sein Leben zum Schutz unseres Landes und unserer Werte von Freiheit und Gerechtigkeit gegeben hat.«

»Das glaube ich.« Dem Mann stockte die Stimme.

Pauline sagte sich, dass es an der Zeit war, das Thema zu wechseln. »Dürfte ich mit Petes Mutter sprechen?«, bat sie.

Ein Zögern. »Sie ist sehr aufgewühlt.«

»Die Entscheidung liegt bei ihr.«

»Sie nickt mir zu.«

»Okay.«

Eine Frauenstimme fragte: »Hallo?«

»Mrs Ackerman, hier ist die Präsidentin. Ich bedaure Ihren Verlust zutiefst.«

Sie hörte ein Schluchzen, das ihr die Tränen in die Augen trieb.

Im Hintergrund sagte der Mann: »Willst du mir das Telefon zurückgeben, Schatz?«

Pauline sagte: »Mrs Ackerman, Ihr Sohn ist in einem außerordentlich wichtigen Einsatz gestorben.«

»Er starb in Afrika«, entgegnete Mrs Ackerman.

»Richtig. Unser Militär führt dort –«

»In Afrika! Wieso haben Sie ihn zum Sterben nach Afrika geschickt?«

»In dieser kleinen Welt –«

»Er starb für Afrika. Wer interessiert sich schon für Afrika?«

»Ich verstehe Ihre Gefühle, Mrs Ackerman. Ich bin selbst Mutter –«

»Ich kann nicht fassen, dass Sie sein Leben weggeworfen haben!«

Ich auch nicht, Mrs Ackerman, wollte Pauline sagen, *und es bricht mir das Herz.* Aber sie schwieg.

Nach kurzer Pause kam Phil Ackerman wieder an den Apparat. »Es tut mir leid.«

»Sie brauchen sich nicht zu entschuldigen, Sir. Ihre Frau erleidet schrecklichen Kummer. Sie hat mein tiefstes Mitgefühl.«

»Danke sehr, Ma'am.«

»Auf Wiederhören, Mr Ackerman.«

»Auf Wiederhören, Madam President.«

* * *

Die Nachbesprechung nahm den restlichen Tag in Anspruch.

Die Army glaubte an eine Falle: Eine Falschinformation habe sie zur Brücke gelockt, wo sie ein Hinterhalt erwartete. Susan Marcus war sich dessen sicher.

Die CIA widersprach dieser Sichtweise, die ein schlechtes Licht auf Dexter warf. Letzten Endes warf sie ihm vor, er sei von einem Informanten getäuscht worden, dem er getraut habe. Im Gegenteil, führte Dexter an, sei es ein echter Tipp gewesen; die Dschihadisten auf der Fußgängerbrücke seien in Panik geraten, als die Army massiert anrückte, und hätten Verstärkung gerufen.

Gegen sechs Uhr abends interessierte Tamara nicht mehr, welche Erklärung akzeptiert wurde. Sie fühlte sich innerlich total zermürbt. Als sie in ihrem Apartment war, erwog sie, sich einfach ins Bett zu legen, aber sie wusste, dass sie nicht schlafen könnte. Ständig sah sie Petes leblosen Körper und den zermalmten Kopf des hohlwangigen Mannes vor sich, den sie getötet hatte.

Sie wollte nicht allein sein. Ihr fiel ein, dass sie mit Tab verabredet war. Instinktiv spürte sie, dass er wüsste, was zu tun war. Sie duschte sich und zog sich frische Kleidung an, Jeans und ein T-Shirt, dazu ein Baumwolltuch als züchtige Bedeckung. Schließlich bestellte sie einen Wagen.

Tab wohnte in einem Apartmenthaus nicht weit von der französischen Botschaft. Sehr nobel war es nicht, und er hätte sich bestimmt etwas Besseres leisten können, aber er war verpflichtet, eine Unterkunft zu nutzen, die ihm die Botschaft zur Verfügung stellte und die geschützt und überwacht werden konnte.

Er öffnete die Tür und sagte: »Du siehst völlig fertig aus. Komm herein und setz dich.«

»Ich war in einer Art Schießerei.«

»Am Pont de N'Gueli? Du warst dort?«

»Ja. Und Pete Ackerman ist gefallen.«

Er nahm sie beim Arm und führte sie zur Couch. »Armer Pete. Arme Tamara.«

»Ich habe einen Mann erschossen.«

»Mein Gott.«

»Er war ein Dschihadist, und er wollte mich erschießen. Ich bedaure es nicht.« Ihr wurde klar, dass sie Tab Dinge sagen konnte, die sie in der Nachbesprechung nicht hatte aussprechen dürfen. »Aber er war ein Mensch, und gerade war er noch am Leben, und in der nächsten Sekunde habe ich abgedrückt, und er war tot, nicht mehr da, eine Leiche. Und ich bekomme ihn einfach nicht aus dem Kopf.«

Auf dem Couchtisch stand eine offene Flasche Weißwein in einem Sektkühler. Tab schenkte ein halbes Glas ein und reichte es ihr. Sie trank einen Schluck und stellte es ab. »Macht es dir etwas aus, wenn wir nicht essen gehen?«

»Natürlich nicht. Ich sage den Tisch ab.«

»Danke.«

Er nahm sein Handy, und sie schaute sich um, während er telefonierte. Das Apartment mochte bescheiden sein, aber die tiefen weichen Sessel und die dicken Teppiche sahen alles andere als billig aus. Tab hatte einen großen Fernseher und eine teure Hi-Fi-Anlage mit großen Lautsprecherboxen, die auf dem Boden standen. Das Weinglas war aus Kristall.

Zwei Fotografien in silbernen Rahmen, die auf einem Beistelltisch standen, interessierten sie. Eine zeigte einen dunkelhäutigen Mann im Anzug mit einer flotten Blondine mittleren Alters, zweifellos Tabs Eltern. Das andere war eine grimmig aussehende Araberin, die stolz vor einem Laden stand: Das musste seine Großmutter in Clichy-sous-Bois sein.

Als er aufgelegt hatte, sagte sie: »Reden wir von etwas anderem. Wie warst du als Junge?«

Er lächelte. »Ich ging auf eine bilinguale Schule namens Ermitage International. Ich war ein guter Schüler, aber manchmal bin ich in Schwierigkeiten geraten.«

»Wie denn? Was hast du angestellt?«

»Ach, das Übliche. Einmal habe ich gleich vor der Mathestunde einen Joint geraucht. Der Lehrer konnte nicht verstehen, wieso ich plötzlich ein vollkommener Hohlkopf war. Er dachte, ich spiele ihm einen Streich und stelle mich dumm, um die anderen zum Lachen zu bringen.«

»Was noch?«

»Ich bin einer Rockband beigetreten. Natürlich hatten wir einen amerikanischen Namen: die Boogie Kings.«

»Warst du gut?«

»Nein, sie haben mich nach dem ersten Auftritt rausgeworfen. Ich trommelte genau so, wie ich tanze.«

Zum ersten Mal seit der Schießerei kicherte sie.

»Nachdem ich weg war, wurde die Band besser«, sagte er.

»Hattest du Freundinnen?«

»Es war eine gemischte Schule, also ja.«

In seinen Augen entdeckte sie einen versonnenen Ausdruck. »An wen denkst du?«

Er wirkte verlegen. »Oh …«

»Du brauchst es nicht zu sagen. Ich will dich nicht löchern.«

»Das macht mir nichts aus, aber wenn ich es dir sage, klingt es vielleicht, als würde ich prahlen.«

»Erzähl es mir trotzdem.«

»Die Englischlehrerin.«

Tamara kicherte – zum zweiten Mal. Allmählich fühlte sie sich etwas normaler. »Wie war sie denn?«

»Vielleicht fünfundzwanzig. Hübsch und blond. Wir küssten uns im Schreibwarenladen.«

»Ihr habt euch nur geküsst?«

»Nein, wir haben uns nicht nur geküsst.«

»Du schlimmer Junge.«

»Ich war verrückt nach ihr. Ich wollte mit ihr durchbrennen, nach Las Vegas fliegen und sie heiraten.«

»Wie hat es geendet?«

»Sie bekam eine Stelle an einer anderen Schule und verschwand aus meinem Leben. Es hat mir das Herz gebrochen. Aber wenn man siebzehn ist, heilt ein gebrochenes Herz recht schnell.«

»Noch mal davongekommen?«

»Oh ja. Sie war toll, aber siehst du, man muss sich ein paar Mal verlieben und wieder entfremden, bevor man auch nur ansatzweise versteht, wonach man wirklich sucht.«

Sie nickte. Das klingt ziemlich weise, dachte sie. »Ich weiß, was du meinst.«

»Wirklich?«

Sie platzte heraus: »Ich war zweimal verheiratet.«

»Damit hatte ich nicht gerechnet!« Er lächelte und nahm seiner schockierten Miene die Schärfe. »Erzähl mir mehr – falls dir danach ist.«

Ihr war danach. Sie empfand Dankbarkeit, weil er sie daran erinnerte, dass es außer Waffen und Töten noch andere wichtige Dinge im Leben gab. »Stephen war nur der Fehler einer unerfahrenen jungen Frau«, sagte sie. »Wir haben in meinem ersten Jahr auf dem College geheiratet und waren schon vor den Sommerferien wieder getrennt. Ich habe seit Jahren nicht mehr mit ihm gesprochen, und ich weiß auch gar nicht, wo er wohnt.«

»So viel zu Stephen«, sagte Tab. »Falls es dir ein Trost ist, ich empfinde Ähnliches für eine junge Frau namens Anne-Marie. Geheiratet habe ich sie allerdings nicht. Erzähl mir von Nummer zwei.«

»Mit Jonathan war es ernst. Wir waren vier Jahre zusammen. Wir haben einander geliebt, und in gewisser Weise lieben wir uns heute noch.« Sie verstummte nachdenklich.

Tab wartete geduldig, dann gab er ihr ein Stichwort. »Was lief schief?«

»Jonathan ist schwul.«

»Oh. Das ist schwierig.«

»Ich wusste es zunächst nicht, natürlich nicht, und ich nehme an, er ebenfalls nicht. Am Ende gestand er mir allerdings, dass er sich immer unsicher war.«

»Aber ihr habt euch in Freundschaft getrennt.«

»Getrennt haben wir uns nie wirklich. Wir stehen uns noch immer nahe, oder wenigstens so nahe, wie du jemandem stehen kannst, der Tausende von Meilen entfernt sein eigenes Leben führt.«

»Aber geschieden seid ihr?«, fragte er betont.

Aus irgendeinem Grund schien ihm das wichtig zu sein. »Ja, geschieden sind wir«, sagte sie mit Nachdruck. »Er ist jetzt mit einem Mann verheiratet.« Sie wollte mehr über Tab erfahren. »Bist du je verheiratet gewesen? Du bist jetzt, was, fünfunddreißig?«

»Vierunddreißig, und nein, ich war nie verheiratet.«

»Aber du musst doch nach deiner Englischlehrerin wenigstens eine ernsthafte Affäre gehabt haben.«

»Das stimmt.«

»Warum habt ihr nicht geheiratet?«

»Hm, ich glaube, ich habe Ähnliches erlebt wie du, nur dass ich nie den Sack zugeschnürt habe. In meinem Leben gab es One-Night-Stands und desaströse Affären und zwei wirklich großartige Frauen, mit denen ich Beziehungen einging, die lange hielten – aber nicht für immer.«

Tamara trank wieder etwas Wein. Er war köstlich, stellte sie fest.

Tab begann ihr sein Herz zu öffnen, und sie wünschte sich unbedingt, dass er weitersprach. Die Toten des Morgens drückten sich immer noch dunkel im Hintergrund ihres Bewusstseins herum, Gespenster, die darauf warteten, auf sie loszugehen, aber dieses Gespräch schenkte ihr Trost. »Erzähl mir von einer dieser großartigen Frauen«, forderte sie ihn auf. »Bitte.«

»Also gut. Drei Jahre habe ich in Paris mit Odette zusammengelebt. Sie ist Linguistin, spricht mehrere Sprachen und lebt vom Übersetzen, gewöhnlich vom Russischen ins Französische. Sie ist wirklich klug.«

»Und …?«

»Als ich hierher versetzt wurde, bat ich sie, mich zu heiraten und mit mir zu kommen.«

»Oh. Dann war es also wirklich ernst.« Tamara empfand Bestürzung, dass es so weit gegangen war, dass er Odette einen Antrag gemacht hatte. Dämliches Gefühl, schalt sie sich.

»Ernst auf meiner Seite zumindest. Und sie hätte ihre Übersetzertätigkeit hier im Tschad fortsetzen können – das wird heutzutage sowieso alles online erledigt. Aber sie sagte Nein. Gut, sagte ich, heiraten wir, und ich lehne die Versetzung ab. Da sagte sie mir, dass sie unter keinen Umständen heiraten wolle.«

»Autsch.«

Er zuckte wenig überzeugend mit den Schultern. »Mir war es ernster als ihr, und ich habe es auf die harte Tour herausgefunden.«

Er tat nur so, als bekümmerte es ihn nicht. Sie konnte erkennen, dass er verletzt war. Sie hätte ihn am liebsten in die Arme genommen.

Tab winkte ab. »Genug vom alten Leid«, sagte er. »Möchtest du etwas essen?«

»Ja«, sagte sie. »Den ganzen Tag hatte ich keinen Appetit, aber jetzt habe ich einen Bärenhunger.«

»Schauen wir, was der Kühlschrank hergibt.«

Sie folgte ihm in die Küche. Er öffnete den Kühlschrank. »Eier, Tomaten, eine große Kartoffel und eine halbe Zwiebel.«

»Möchtest du ausgehen?« Sie hoffte, dass er verneinte: Sie fühlte sich noch nicht bereit für ein Restaurant.

»Auf keinen Fall«, sagte er. »Das ist mehr als genug für ein Festmahl.«

Er würfelte die Kartoffel und briet sie, richtete mit Tomaten und Zwiebel einen Salat an, schlug die Eier auf und machte ein Omelett. Auf Hockern setzten sie sich an die kleine Küchentheke und aßen. Tab schenkte Weißwein nach.

Er hatte recht, es war ein Festmahl.

Hinterher bemerkte sie, dass sie sich wieder menschlich fühlte. »Ich sollte wohl lieber gehen«, sagte sie widerstrebend. Sie wusste genau, wenn sie sich in ihrem Apartment allein schlafen legte, kämen die Gespenster wieder hervor, und sie wäre wehrlos.

»Du musst nicht gehen«, sagte er.

»Ich weiß nicht.«

»Ich weiß, was du denkst.«

»Wirklich?«

»Ich möchte dir nur sagen, ganz gleich, was du möchtest, ich bin damit einverstanden.«

»Ich möchte heute nicht allein schlafen.«

»Dann schlaf bei mir.«

»Aber mir ist nicht nach Sex.«

»Das habe ich auch nicht angenommen.«

»Bist du dir sicher, dass es in Ordnung ist? Kein Küssen und nichts? Möchtest du einfach die Arme um mich legen und mich halten, während ich einschlafe?«

»Nichts würde ich lieber tun.«

Und er tat es.

Kapitel 6

Am heutigen Morgen sei die Luft in Beijing atembar, sagte die Wetterfrau. Chang Kai vertraute ihr, also zog er Fahrradkleidung an. Als er das Haus verließ, konnte er ihre Prognose mit dem ersten Atemzug bestätigen. Trotzdem setzte er die Maske auf, bevor er aufs Rad stieg.

Er besaß ein Citybike von Fuji-Ta mit einem Leichtgewichtsrahmen aus Aluminiumlegierung und einer Carbonfaser-Gabel. Als er losfuhr, schien das Rad nicht mehr zu wiegen als ein Paar Schuhe.

Zur Arbeit zu radeln war die einzige Form von Bewegung, die Kai in seinen Terminplan einbauen konnte. Wegen der kolossalen Verkehrsstaus in Beijing dauerte die Fahrt mit dem Rad genauso lange wie mit dem Auto, sodass er dadurch keine Minute seines Arbeitstags verlor.

Kai benötigte die Bewegung. Er war fünfundvierzig Jahre alt, und Tao Ting, seine Frau, war dreißig. Er war schlank und fit und größer als der Durchschnitt, aber trotzdem dachte er ständig an den Abstand von fünfzehn Jahren und empfand es als seine Pflicht, genauso beweglich und energiegeladen zu sein wie Ting.

Die Straße, in der er wohnte, war eine Hauptverkehrsader mit ausgewiesenen Fahrradspuren, die Tausende Fahrradfahrer von Hunderttausenden Autos trennten. Menschen aller möglichen Lebensumstände fuhren mit dem Rad: Arbeiter, Schüler, uniformierte Boten, sogar elegante Bürofrauen in Röcken. Als Kai von der Hauptstraße abbog, musste er den vierrädrigen Verkehr kreuzen und sich zwischen Lastwagen und Limousinen, den Taxis mit den gelben Seiten und den Bussen mit den roten Dächern hindurchschlängeln.

Während er weiterradelte, dachte er liebevoll an Ting. Sie war Schauspielerin, schön und bezaubernd, und halb China war in sie verliebt. Kai und Ting hatten vor fünf Jahren geheiratet, und er war noch immer verrückt nach ihr.

Sein Vater missbilligte die Ehe. Chang Jianjun hielt Menschen, die im Fernsehen auftraten, für oberflächlich und frivol, es sei denn, es waren Politiker, die die Massen erleuchteten. Er hatte gewünscht, dass Kai eine Wissenschaftlerin oder Ingenieurin zur Frau nahm.

Kais Mutter war ähnlich konservativ, aber nicht ganz so dogmatisch. »Wenn du sie so gut kennst, dass dir alle ihre Fehler und Schwächen vertraut sind, und du sie noch immer anbetest, dann kannst du dir sicher sein, dass es wahre Liebe ist«, hatte sie gesagt. »Das ist es, was ich in Bezug auf deinen Vater empfinde.«

Er fuhr zum nordwestlichen Stadtbezirk Haidian und erreichte einen ausgedehnten Komplex neben dem Sommerpalast, die Zentrale des Ministeriums für Staatssicherheit, auf Mandarin Guojia Anquan Bu oder kurz Guoanbu genannt, die Spionageorganisation, die sowohl als Inlands- als auch als Auslandsgeheimdienst fungierte.

Kai stellte seine Maschine in einem Fahrradständer ab. Schwer atmend und schwitzend von der Anstrengung betrat er das höchste Gebäude des Komplexes. So wichtig das Ministerium auch sein mochte, das Foyer mit seinem Mobiliar in dem eckigen Stil, der in der Mao-Ära als aufregend modern gegolten hatte, wirkte schäbig. Der Türsteher neigte ergeben den Kopf. Kai war Vizeminister für Internationale Information und für das Auslandsressort von Chinas nachrichtendienstlichen Aktivitäten verantwortlich. Er und der Vizeminister für Heimatinformation waren gleichgestellt und dem Sicherheitsminister untergeben.

Kai war jung für seine Stellung. Er war hochintelligent, und nachdem er Geschichte an der Universität Beijing studiert hatte – der Hochschule mit dem besten historischen Institut in ganz China –, war er in die USA gegangen und hatte in Princeton in Amerikanischer Geschichte promoviert. Sein Intellekt war allerdings nicht der einzige Grund für seinen schnellen Aufstieg. Mindestens genauso wichtig war seine Herkunft. Sein Urgroßvater hatte Mao Zedong auf dem legendären Langen Marsch begleitet. Seine Großmutter war chinesische Botschafterin in Kuba gewesen. Sein Vater war gegenwärtig Vizevorsitzender der Nationalen Sicherheitskommission, des Komitees, das alle wichtigen Entscheidungen zur Außenpolitik und zu Sicherheitsfragen traf.

Kurz gesagt gehörte Kai der kommunistischen Elite an. Für Leute wie ihn, die Kinder der Mächtigen, gab es ein umgangssprachliches Wort: Er war ein *tai zi dang*, ein Prinzling. Offen wurde der Ausdruck nicht benutzt, nur unter Freunden hinter vorgehaltener Hand.

Die Bezeichnung war herabsetzend, doch Kai war entschlossen, seine Stellung zum Besten des Landes zu nutzen, und diesen Schwur rief er sich jedes Mal ins Gedächtnis, wenn er die Guoanbu-Zentrale betrat.

Die Chinesen hatten sich in Gefahr geglaubt, als sie arm und schwach waren. Sie hatten sich geirrt. Damals hatte sie niemand ernstlich auslöschen wollen. Jetzt aber war China auf dem Weg, zum reichsten und mächtigsten Land der Welt zu werden. China hatte die größte und klügste Bevölkerung, und es gab keinen Grund, weshalb es nicht an erster Stelle stehen sollte. Und daher befand es sich in ernsthafter Gefahr. Die Menschen, die seit Jahrhunderten den Globus beherrscht hatten – die Europäer und die Amerikaner –, hatten Angst vor ihnen. Sie mussten zusehen, wie ihnen die Weltherrschaft mit jedem Tag weiter entglitt. Sie glaubten, sie müssten China vernichten, damit sie nicht selbst vernichtet wurden. Sie würden vor nichts zurückschrecken.

Dafür gab es ein abschreckendes Beispiel. Die russischen Kommunisten, inspiriert von der gleichen marxistischen Philosophie, von der auch Chinas Revolution vorangetrieben worden war, hatten danach gestrebt, zum mächtigsten Land der Welt zu werden – und waren mit einem gewaltigen Erdbeben zu Fall gebracht worden. Wie jeder in den höchsten Regierungsebenen war Kai vom Sturz der Sowjetunion geradezu besessen und fürchtete, dass China das gleiche Schicksal bevorstehen könnte.

Diese Angst verlieh Kais Ehrgeiz die Triebkraft. Er wollte Staatspräsident der Volksrepublik China werden, damit er dafür sorgen konnte, dass sein Land in die Position aufstieg, die ihm bestimmt war.

Nicht dass er sich für den klügsten Menschen in China hielte. Auf der Universität hatte er Mathematiker und Wissenschaftler kennengelernt, die weit intelligenter waren als er. Niemand wäre jedoch besser geeignet als er, um das Land zur Verwirklichung seiner Ziele zu führen. Laut ausgesprochen hätte er seine Überzeugung nie, nicht einmal Ting gegenüber, denn in den Ohren anderer hätte sie wie Arroganz geklungen. Aber insgeheim war er von seiner Sendung überzeugt und war entschlossen, es zu beweisen.

Die Mammutaufgabe konnte er nur angehen, indem er sie in handhabbare Pakete zerlegte, und die kleine Herausforderung, die er heute zu erledigen hatte, war die UNO-Resolution gegen den Waffenhandel, welche die USA eingebracht hatten.

Länder wie Deutschland und Großbritannien würden die US-Resolution routinemäßig unterstützen; andere, wie Nordkorea und Iran, stimmten automatisch dagegen. Wie es ausging, hing von den vielen blockfreien Staaten ab. Am Vortag hatte Kai erfahren, dass amerikanische Botschafter in mehreren Ländern der Dritten Welt bei ihren Gastregierungen um Unterstützung für die Resolution geworben hatten. Kai hegte den Verdacht, dass Präsidentin Green im Stillen eine massive diplomatische Anstrengung unternahm. Er hatte die Einheiten des Guoanbu in allen neutralen Staaten angewiesen herauszufinden, ob und mit welchem Erfolg die Regierung angesprochen worden war.

Die Erkenntnisse daraus sollten nun vorliegen.

Im obersten Stockwerk stieg er aus dem Aufzug. In dieser Etage lagen drei Bürofluchten, die dem Minister und den beiden Vizeministern gehörten. Alle drei hatten Mitarbeiter in ihren Räumlichkeiten. Unterhalb dieser Ebene teilte sich die Zentralorganisation in regionale Abteilungen, die man Schreibtische nannte – den US-Schreibtisch, den Japan-Schreibtisch –, und technische Sektionen wie die Abteilungen für Signalaufklärung, Satellitenaufklärung oder Cyberkriegführung.

Kai betrat seine Sektion und begrüßte Sekretärinnen und Mitarbeiter, während er das Großraumbüro durchschritt. Die zweckdienlich nüchternen Schreibtische und Stühle bestanden aus beschichtetem Sperrholz und lackiertem Stahl, aber Computer und Telefone waren auf dem neuesten Stand der Technik. Auf seinem Schreibtisch lag ein ordentlicher Stapel Nachrichten von den Leitern der Guoanbu-Stationen in Botschaften rings um die Welt mit den Antworten auf die gestrige Anfrage.

Bevor er sie las, ging er in seinen privaten Waschraum, zog die Fahrradmontur aus und duschte. Er bewahrte hier einen dunkelgrauen Anzug auf, von einem Beijinger Schneider maßgefertigt, der in Neapel gelernt hatte und wusste, wie man den lässig wirkenden modernen Look erzielte. Im Rucksack hatte er ein sauberes weißes Oberhemd und eine weinrote Krawatte mitgebracht. Er kleidete sich rasch an und kam bereit für die Arbeit des Tages heraus.

Wie befürchtet, zeigten die Nachrichten, dass das US-Außenministerium unauffällig und mit beträchtlichem Erfolg eine energische, umfassende Lobby-Kampagne durchgeführt hatte.

Kai gelangte zu der beunruhigenden Schlussfolgerung, dass Präsidentin Greens UNO-Resolution auf dem besten Wege war, angenommen zu werden. Er war froh, dass er dies erkannt hatte.

Die UNO verfügte über wenig Macht, um eine Resolution durchzusetzen, aber solche Dinge besaßen Symbolcharakter. Wenn sie verabschiedet wurde, konnte sie von Washington als antichinesische Propaganda verwendet werden. Im Gegenzug bedeutete eine Niederlage der USA einen Prestigegewinn für China.

Kai nahm sein Bündel Papiere und ging über den Flur zu den Räumen des Ministers. Er durchquerte das Großraumbüro zum Vorzimmer und fragte: »Ist er für etwas Dringendes zu sprechen?«

Die Chefsekretärin nahm den Telefonhörer ab und fragte nach. Sie nickte und sagte: »Vizeminister Li Jiankang ist bei ihm, aber Sie können eintreten.«

Kai hätte es vorgezogen, den Minister allein zu sprechen, aber einen Rückzieher konnte er nun nicht mehr machen. »Ich danke Ihnen.« Er ging weiter in das Büro.

Der Sicherheitsminister hieß Fu Chuyu und war ein Mann Mitte sechzig, ein altgedienter und verlässlicher getreuer Anhänger der Kommunistischen Partei Chinas. Sein Schreibtisch war leer bis auf eine goldfarbene Zigarettenschachtel der Marke Doppeltes Glück, ein billiges Einwegfeuerzeug und einen Aschenbecher aus dem Stumpf einer Granathülse. Der Aschenbecher war bereits voll, und auf dem Rand lag eine glimmende Zigarette.

»Guten Morgen, Genosse Minister. Danke, dass Sie mich so rasch empfangen.«

Er blickte den anderen Anwesenden an, Li Jiankang. Kai sagte nichts, aber seine Miene fragte: *Was macht er denn hier?*

Fu nahm seine Zigarette vom Ascher, zog daran, blies Rauch aus und sagte: »Li und ich haben uns nur unterhalten. Aber sagen Sie mir doch, weshalb Sie mich sprechen wollten.«

Kai erklärte, was es mit der UNO-Resolution auf sich hatte.

Fu machte ein ernstes Gesicht. »Das ist ein Problem«, sagte er. Er dankte Kai nicht.

»Ich bin froh, dass ich früh davon erfahren habe.« Mit diesem Satz unterstrich Kai, dass er vor jedem anderen eine Warnung ausgesprochen hatte. »Ich glaube, wir haben noch Zeit, die Sache in Ordnung zu bringen.«

»Wir müssen das mit dem Außenminister besprechen.« Fu blickte auf die Armbanduhr. »Das Dumme ist nur, dass ich jetzt nach Schanghai fliegen muss.«

»Ich werde den Außenminister gern informieren, Genosse Minister«, sagte Kai.

Fu zögerte. Vermutlich passte es ihm nicht, wenn Kai mit dem Außenminister persönlich sprach: Das hätte Kais Stellung erhöht. Prinzling zu sein hatte den Nachteil, dass andere es einem verübelten. Fu bevorzugte Li, der ein Traditionalist war wie er selbst. Trotzdem konnte er keinen Flug nach Schanghai absagen, nur um zu verhindern, dass Kai ein Gespräch mit dem Außenminister führte.

Widerstrebend sagte Fu: »Also gut.«

Kai wandte sich zum Gehen, doch Fu rief ihn zurück. »Bevor Sie gehen …«

»Genosse Minister?«

»Setzen Sie sich.«

Kai setzte sich. Er hatte dabei ein ungutes Gefühl.

Fu sah Li an. »Vielleicht sollten Sie Chang Kai erzählen, was Sie mir vor wenigen Minuten gesagt haben.«

Li war nicht viel jünger als der Minister, und auch er rauchte. Beide trugen einen Haarschnitt wie Mao – dicht auf dem Oberkopf, die Seiten ganz kurz – und die steifen kantigen Anzüge, die Altkommunisten traditionell bevorzugten. Kai bezweifelte nicht, dass beide ihn als gefährlichen jungen Radikalen betrachteten, der von älteren, erfahreneren Männern gezügelt werden musste.

»Ich habe einen Bericht aus dem Studio Schöne Filme erhalten.«

Kai spürte eine kalte Hand, die sich um sein Herz schloss. Li hatte die Aufgabe, unzufriedene chinesische Bürger zu überwachen, und er hatte so jemanden dort gefunden, wo Ting arbeitete. Es war beinahe sicher, dass es jemand war, der Ting nahestand – wenn es sich nicht sogar um sie selbst handelte. Ting war keine Subversive; sie interessierte sich nicht einmal besonders für Politik. Sie war aber unvorsichtig und sprach manchmal aus, was ihr in den Sinn kam, ohne vorher innezuhalten und über ihre Worte nachzudenken.

Li wollte Kai über seine Frau treffen. Viele Männer hätten es als schändlich angesehen, einen Mann anzugreifen, indem man seine Familie ins Visier nahm, aber Skrupel hatte der chinesische Geheimdienst noch nie gekannt. Und es war wirkungsvoll. Einem Angriff auf sich selbst konnte Kai widerstehen, aber er könnte unmöglich mit ansehen, wie Ting seinetwegen litt.

Li fuhr fort: »Dort hat es parteikritische Unterhaltungen gegeben.«

Kai bemühte sich, seine Beklommenheit zu verbergen. »Ich verstehe«, sagte er unbewegt.

»Zu meinem Bedauern muss ich sagen, dass Ihre Frau, Tao Ting, an einigen davon teilgenommen hat.«

Kai warf einen Blick voll Hass und Verachtung auf Li, der eindeutig nicht das Geringste bedauerte. Im Gegenteil, er wirkte in Hochstimmung, weil er einen Vorwurf gegen Ting vorbringen konnte.

Man hätte die Sache auch anders handhaben können. Li hätte seinen Genossen Kai in aller Stille unter vier Augen über das Problem informieren können. Stattdessen hatte er sich entschieden, damit zum Minister zu gehen und den Schaden zu maximieren. Es war ein Akt nackter Feindseligkeit.

Kai sagte sich, dass solche hinterhältigen Taktiken die Waffen eines Mannes seien, der genau wusste, dass er nicht durch eigene Verdienste aufsteigen könnte. Der Trost jedoch war gering. Kai war auf der Hut.

»Die Sache ist ernst«, sagte Fu. »Tao Ting könnte andere beeinflussen. Sie ist vermutlich bekannter als ich!«

Natürlich ist sie das, du Schwachkopf, dachte Kai. Sie ist ein Star, du bist ein engstirniger alter Bürokrat. Frauen eifern ihr nach. Wie du sein will niemand.

Fu fuhr fort: »Meine Frau schaut jede Folge von *Liebe im Palast*. Sie scheint der Serie größere Aufmerksamkeit zu schenken als den Nachrichten.« Darüber war er offenkundig verärgert.

Kai überraschte es nicht. Seine Mutter schaute die Serie ebenfalls, aber nur, wenn sein Vater nicht im Haus war.

Kai riss sich zusammen. Mit Mühe gelang es ihm, höflich und gelassen zu bleiben. »Ich danke Ihnen, Li«, sagte er. »Ich bin froh, dass Sie mich über diese Vorwürfe ins Bild setzen.« Das Wort *Vorwürfe* betonte er. Ohne direkt zu bestreiten, was Li gesagt hatte, erinnerte er Fu damit daran, dass solche Berichte nicht immer der Wahrheit entsprachen.

Li verzog über die Andeutung verärgert das Gesicht, aber er sagte nichts.

»Nun«, fuhr Kai fort, »wer hat Meldung erstattet?«

»Der leitende Funktionär der Kommunistischen Partei im Studio«, antwortete Li umgehend.

Die Antwort wich der Frage aus, denn sämtliche Meldungen dieser Art stammten von kommunistischen Funktionären. Kai wollte die ursprüngliche Quelle erfahren. Er konfrontierte Li jedoch nicht. Vielmehr wandte er sich an Fu. »Möchten Sie, dass ich mit meiner Frau darüber spreche, in aller Ruhe, bevor sich das Ministerium offiziell einschaltet?«

Li fletschte die Zähne. »Subversion wird von der Hauptabteilung Inland untersucht, nicht von den Angehörigen beschuldigter Personen«, sagte er im Tonfall verletzter Würde.

Doch der Minister zögerte. »Ein gewisses Maß an Ermessensspielraum ist in solchen Fällen üblich«, sagte er. »Wir möchten nicht, dass Prominente unnötig in Misskredit gebracht werden. Damit nützen wir der Partei nicht.« Er wandte sich Kai zu. »Finden Sie heraus, was Sie können.«

»Ich danke Ihnen, Genosse Minister.«

»Aber seien Sie schnell. Erstatten Sie mir innerhalb von vierundzwanzig Stunden Bericht.«

»Jawohl, Genosse Minister.«

Kai erhob sich und ging forsch zur Tür. Li folgte ihm nicht. Kein Zweifel, er würde noch bleiben und dem Minister mehr Gift ins Ohr träufeln. Dagegen konnte Kai momentan nichts tun. Er verließ das Büro.

So rasch wie möglich musste er mit Ting reden, aber zu seinem Verdruss blieb dafür vorerst keine Zeit. Vorrangig hatte er sich mit dem UNO-Problem zu befassen. In seiner eigenen Büroflucht sprach er als Erstes mit Peng Yawen, seiner Chefsekretärin, einer lebhaften Frau mittleren Alters mit kurzen grauen Haaren und Brille. »Rufen Sie beim Außenminister an«, sagte er. »Sagen Sie, ich würde ihn gern treffen, um ihm eine dringende sicherheitsrelevante Information zu überbringen. Irgendwann heute, wenn es ihm passt.«

»Jawohl, Genosse Vizeminister.«

Kai konnte sich nicht vom Fleck rühren, bevor er wusste, wann das sein würde. Das Studio Schöne Filme lag nicht weit von der Guoanbu-Zentrale entfernt; vom Außenministerium im Stadtbezirk Chaoyang, wo viele Botschaften und ausländische Geschäftsniederlassungen zu finden waren, trennten sie hingegen mehrere Kilometer. Bei dichtem Verkehr konnte die Fahrt eine Stunde und länger dauern.

Grübelnd blickte er aus dem Fenster über die unzähligen Dächer mit ihren Satellitenschüsseln und Radioantennen hin zur Hauptstraße, die einen Bogen um das Guoanbu-Gelände beschrieb. Der Verkehr schien normal zu sein, aber das konnte sich rasch ändern.

Glücklicherweise antwortete das Außenministerium rasch auf seine Nachricht. »Er empfängt Sie um zwölf Uhr mittags«, sagte Peng Yawen. Kai sah auf die Uhr: Das schaffte er bequem. Yawen fügte hinzu: »Ich habe den Mönch angerufen. Er sollte draußen auf Sie warten, wenn Sie im Erdgeschoss sind.« Kais Chauffeur war schon in jungen Jahren kahl geworden und hatte so den Spitznamen Heshang erlangt, was »Mönch« bedeutete.

Kai stopfte die Botschaftsmeldungen in eine Aktenmappe und fuhr mit dem Aufzug nach unten.

Sein Wagen kroch durch das Zentrum von Beijing. Mit dem Fahrrad hätte er die Strecke schneller bewältigt. Unterwegs grübelte er über die UNO-Resolution nach, aber geistig schweifte er immer wieder zu Ting ab. Was mochte sie gesagt haben? Mit Mühe lenkte er seine Gedanken zurück zu dem Problem, das die Amerikaner geschaffen hatten. Er musste dem Außenminister eine Lösung vorlegen können. Schließlich fiel ihm etwas ein, und als er Chaoyangmen Nandajie Nr. 2 erreichte, hatte er einen Plan.

Das Außenministerium war ein schönes hohes Gebäude mit gewölbter Fassade. Das Foyer glänzte luxuriös. Ausländische Besucher sollten dadurch beeindruckt werden; hier ging es anders zu als in der Guoanbu-Zentrale, die niemals Besucher empfing.

Kai wurde in den Aufzug geleitet und hinauf zum Büro des Ministers gebracht, das womöglich noch prächtiger war als das Foyer. Sein Schreibtisch hatte einem Gelehrten während der Ming-Dynastie gehört, und darauf stand eine blau-weiße Porzellanvase, die aus der gleichen Zeit stammen musste und folglich unbezahlbar war.

Wu Bai war ein leutseliger Bonvivant, der in der Politik wie im Leben das gleiche Hauptziel verfolgte: Schwierigkeiten zu vermeiden. Er war groß und gut aussehend und trug einen blauen Anzug mit breiten Nadelstreifen, der ganz so wirkte, als stammte er aus London. Seine Sekretärinnen himmelten ihn an, aber seine Kollegen hielten ihn für einen Dünnbrettbohrer. Kais Ansicht nach war Wu Bai wertvoll für China. Ausländische Politiker schätzten seinen Charme und erwärmten sich in einer Weise für ihn, wie es bei einem rückwärtsgewandten chinesischen Politiker wie Sicherheitsminister Fu Chuyu niemals möglich gewesen wäre.

»Kommen Sie herein, Kai«, sagte Wu Bai liebenswürdig. »Ich freue mich, Sie zu sehen. Wie geht es Ihrer Mutter? Sie müssen wissen, als wir jung waren, hatte ich mich in sie verguckt, aber bevor sie Ihren Vater kennenlernte.« Wu Bai sagte manchmal solche Dinge zu Kais Mutter und brachte sie zum Kichern wie ein Mädchen.

»Ihr geht es sehr gut, darf ich zu meiner Freude sagen. Meinem Vater ebenfalls.«

»Oh, das weiß ich. Ich sehe Ihren Vater freilich ständig – ich sitze mit ihm in der Nationalen Sicherheitskommission. Nehmen Sie Platz. Was hat es mit dem Problem mit den Vereinten Nationen auf sich?«

»Ich habe gestern Wind davon bekommen und es über Nacht bestätigt. Ich dachte, ich setze Sie am besten sofort in Kenntnis.« Kai nutzte es immer, Ministern gegenüber zu betonen, dass sie von ihm die allerneuesten heißen nachrichtendienstlichen Erkenntnisse erhielten. Er wiederholte, was er dem Sicherheitsminister mitgeteilt hatte.

»Es klingt, als hätten die Amerikaner große Anstrengungen unternommen.« Wu Bai runzelte missbilligend die Stirn. »Ich bin überrascht, dass meine Leute nichts davon gehört haben.«

»Seien wir gerecht, sie verfügen nicht über die Mittel, die meine Leute haben. Wir konzentrieren uns auf das, was geheim ist – das ist unsere Aufgabe.«

»Diese Amerikaner!«, rief Wu aus. »Sie wissen, dass wir muslimische Terroristen so sehr hassen wie sie. Sogar mehr.«

»Viel mehr.«

»Unsere übelsten Unruhestifter sind die Islamisten in der Region Xinjiang.«

»Dem stimme ich zu.«

Wu Bai schüttelte die Empörung ab. »Aber was wollen wir in dieser Sache unternehmen? Das ist die entscheidende Frage.«

»Wir könnten uns gegen die amerikanische diplomatische Kampagne wehren. Unsere Botschafter können versuchen, die Meinung der neutralen Staaten zu ändern.«

»Das können wir natürlich versuchen«, sagte Wu Bai skeptisch. »Aber Präsidenten und Premierminister rücken nur ungern von einem gegebenen Versprechen ab. So etwas lässt sie schwach erscheinen.«

»Darf ich einen Vorschlag machen?«

»Ich bitte darum.«

»Viele neutrale Staaten, deren Unterstützung wir brauchen, sind Länder, in denen die chinesische Regierung gewaltige Investitionen vornimmt – buchstäblich Milliarden von Dollar. Wir könnten drohen, uns aus der Finanzierung der entsprechenden Projekte zurückzuziehen. Ihr wollt euren neuen Flughafen, euer neues petrochemisches Werk? Dann stimmt mit uns ab – oder geht und fragt die amerikanische Präsidentin, ob sie euch das Geld gibt.«

Wu Bai runzelte die Stirn. »Diese Drohung würden wir nicht wahrmachen wollen. Wegen einer lästigen UNO-Resolution werden wir nicht unser Investitionsprogramm einstellen.«

»Nein, aber die Drohung allein könnte schon etwas bewirken. Oder wir könnten, falls nötig, ein oder zwei unbedeutenden Projekten die Finanzierung entziehen, als symbolischer Akt. Später können wir sie immer noch fortsetzen. Aber die Nachricht, dass eine Brücke oder eine Schule nicht gebaut wird, würde jene einschüchtern, die eine Autobahn oder eine Ölraffinerie haben wollen.«

Wu Bai wirkte nachdenklich. »Das könnte funktionieren. Große Drohungen, begleitet von ein oder zwei symbolischen Rückzügen, die später wieder rückgängig gemacht werden können.« Er sah auf die Uhr. »Heute Nachmittag spreche ich mit dem Präsidenten. Ich werde ihm Ihren Vorschlag unterbreiten. Ich glaube, die Idee wird ihm gefallen.«

Das nahm Kai ebenfalls an. In den Manövern bei der Wahl des neuen chinesischen Staatsoberhaupts – geheimnisvoller und verworrener als die Abstimmung über einen neuen Papst – hatte Präsident Chen Haoran den Traditionalisten den Eindruck vermittelt, er stehe auf ihrer Seite, aber seit er Staatspräsident war, traf er allgemein pragmatische Entscheidungen.

Kai erhob sich. »Ich danke Ihnen, Genosse Minister. Meine freundliche Empfehlung an Frau Wu.«

»Ich werde es ihr gern ausrichten.«

Kai verließ das Büro.

Im mondänen Foyer rief er Peng Yawen an. Sie leitete mehrere Nachrichten an ihn weiter, aber keine davon erforderte seine unmittelbare Aufmerksamkeit. Kai hatte das Gefühl, er habe einen Vormittag lang gute Arbeit für sein Land geleistet und könne es sich daher jetzt erlauben, sich einer persönlichen Angelegenheit zu widmen. Er verließ das Ministerium und wies den Mönch an, ihn zum Studio Schöne Filme zu fahren.

Dorthin, fast ganz bis zum Guoanbu zurück, war es eine lange Fahrt quer durch die Stadt. Unterwegs dachte Kai an Ting. Er liebte sie leidenschaftlich, aber manchmal erstaunte sie ihn, und gelegentlich – wie jetzt – brachte sie ihn in Verlegenheit. In sie verliebt hatte er sich zum Teil auch deswegen, weil er von der ungezwungenen Art der Filmleute bezaubert gewesen war. Er mochte ihre Offenheit und Ungehemmtheit. Ständig scherzten sie, und Sex stand stets im Mittelpunkt ihres Humors. Gleichzeitig empfand er einen widersprüchlichen, ebenso starken Impuls: Er sehnte sich nach einer traditionellen chinesischen Familie.

Ting gegenüber wagte er es nicht auszusprechen, aber er wollte, dass sie Mutter wurde.

Von einem Kinderwunsch hatte auch sie noch nie etwas erwähnt. Sie genoss es, angehimmelt zu werden. Wenn Fremde sie ansprachen und um ein Autogramm baten, blühte sie auf. Sie saugte die Komplimente ein und nährte sich von der Erregung, die die Fremden zeigten, nur weil sie ihr begegnet waren. Und sie genoss den Reichtum, den der Ruhm mit sich brachte. Sie besaß einen Sportwagen, einen ganzen Raum voller schöner Kleider und ein Ferienhaus auf Gulangyu, einer Insel, die zu Xiamen gehörte, gut zweitausend Kilometer entfernt von Beijing mit seiner schmutzigen Luft.

Sie zeigte keinerlei Neigung, sich eine Pause zu gönnen und Mutter zu werden.

Aber geschehen musste es bald. Mit über dreißig wurde es allmählich schwierig, ein Kind zu empfangen. Wenn Kai daran dachte, befiel ihn Panik.

Heute würde er nichts davon erwähnen. Sie hatten ein weit dringlicheres Problem.

Als Kais Wagen das Tor des Studios erreichte, stand eine kleine Schar von Fans, ausnahmslos Frauen, vor der Einfahrt, Autogrammblöcke in der Hand. Sein Fahrer sprach mit dem Wachmann, während die Frauen in der Hoffnung, einen Star zu erkennen, in den Wagen lugten, Kai entdeckten und enttäuscht wegsahen. Die Schranke schwang hoch, und der Wagen fuhr weiter.

Mönch kannte den Weg zwischen den zahllosen hässlichen Industriebauten hindurch. Es war früh am Nachmittag, und einige Filmleute machten eine späte Mittagspause: Wer in der Branche arbeitete, durfte nicht mit festen Essenszeiten rechnen. Kai entdeckte einen kostümierten Superhelden, der Nudeln aus einer Plastikschale schlürfte, eine mittelalterliche Prinzessin mit einer Zigarette im Mund und vier buddhistische Mönche, die an einem Tisch saßen und pokerten. Der Wagen passierte mehrere Kulissen für Außenaufnahmen: einen Abschnitt der Großen Mauer aus bemaltem Holz, das von einem modernen Stahlgerüst gehalten wurde, die Fassade eines Gebäudes in der Verbotenen Stadt und den Eingang zu einem New Yorker Polizeirevier komplett mit einem Schild, auf dem stand: 78th Precinct. Hier konnte jede Fantasie in die Wirklichkeit umgesetzt werden. Kai liebte das Studio.

Mönch parkte vor einem lagerhausartigen Gebäude mit einer kleinen Tür, an der ein handgeschriebenes Schild verriet: *Liebe im Palast*. Gewiss nicht das, was man sich unter einem Palast vorstellte. Kai ging hinein.

Mit dem Labyrinth aus Korridoren mit Umkleideräumen, Kostümschränken, Make-up- und Friseurstudios und Lagerkammern für elektronische Geräte war er vertraut. Techniker mit Jeans und Kopfhörern begrüßten ihn liebenswürdig: Sie wussten alle, dass er der glückliche Ehemann der Hauptdarstellerin war.

Kai erfuhr, dass Ting auf der Tonbühne war. Er folgte einem verdrehten Zopf aus dicken Kabeln, der hinter den Kulissen entlanglief, zu einer Tür, an der eine rote Lampe den Eintritt untersagte. Kai wusste jedoch, dass er das Zeichen ignorieren konnte, wenn er sich leise verhielt. Er glitt hinein. In dem großen Raum war es still.

Die Serie spielte zu Anfang des achtzehnten Jahrhunderts, lange vor dem Ersten Opiumkrieg, der den Niedergang der Qing-Dynastie einleitete. Die Leute hielten die Epoche für ein Goldenes Zeitalter, in dem Gelehrsamkeit, Kultur und Reichtum der traditionellen chinesischen Zivilisation noch unangefochten waren. Ähnlich wie die Franzosen auf Versailles und den Hof des Sonnenkönigs zurückblickten oder Russen das Sankt Petersburg vor der Oktoberrevolution glorifizierten.

Kai erkannte die Szenerie, den Audienzsaal des Kaisers. Ein Thron stand unter einem drapierten Baldachin, und dahinter war ein Fresko mit Pfauen und fantastischen Pflanzen zu sehen. Die Kulisse vermittelte den Eindruck unermesslichen Reichtums, bis man genau hinsah und den billigen Stoff und das nackte Holz entdeckte, das dem Blick der Kamera entging.

Die Serie war eine Familiensaga, von anspruchsvollen Menschen missbilligend »Idol-Drama« genannt. Ting war die Lieblingskonkubine des Kaisers. Sie war gerade am Set, stark geschminkt mit weißem Puder und leuchtend rotem Lippenstift. Sie trug einen kunstvollen Kopfputz, besetzt mit Juwelen, die natürlich unecht waren. Ihr Kleid sollte aus elfenbeinfarbener Seide sein, exquisit mit Blumen und Vögeln im Flug bestickt, in Wirklichkeit bestand es aber aus bedruckter Viskosefaser. Die Taille war so eng, wie Tings Körpermitte es erlaubte, und wurde durch einen weiten Reifrock betont.

Ihr Äußeres wirkte edel und unschuldig, wie eine Puppe aus Porzellan. Der Reiz der Figur bestand darin, dass sie nicht so süß und rein war, wie sie aussah – bei Weitem nicht. Sie konnte furchtbar boshaft sein, grausam aus Gedankenlosigkeit und unfassbar sexy. Die Zuschauer liebten sie.

Ting war die große Rivalin der Hauptfrau des Kaisers, die nicht am Set war. Der Kaiser schon: In einer Robe aus orangefarbener Seide mit gewaltigen ausgestellten Ärmeln über einem farbenfrohen Untergewand wie einem bodenlangen Kleid saß er auf dem Thron. Sein Hut war eine Mütze mit kleiner Spitze, und er hatte einen herunterhängenden Schnurrbart. Gespielt wurde er von Wen Jin, einem hochgewachsenen, romantisch aussehenden Schauspieler, dem Schwarm von Millionen Chinesinnen.

Ting war verärgert, beschimpfte den Kaiser, warf den Kopf herum, aus ihren Augen blitzte der Trotz. Wenn sie so war, sah sie überwältigend begehrenswert aus. Kai konnte nicht genau verstehen, was sie sagte, denn das Studio war groß, und sie sprach mit leiser Stimme. Er wusste, weil sie es ihm erklärt hatte, dass

Geschrei im Fernsehen nicht gut wirkte, und die Mikrofone würden ihre leisen Schmähungen mühelos erfassen.

Der Kaiser war abwechselnd beschwichtigend und ernst, aber stets reagierte er auf sie, ergriff kaum jemals die Initiative, etwas, worüber sich der Schauspieler oft beschwerte. Am Ende küsste er sie. Das Publikum freute sich auf solche Szenen, zu denen es nur selten kam: Das chinesische Fernsehen war erheblich prüder als sein amerikanisches Gegenstück.

Der Kuss war zart und langanhaltend und hätte Kais Eifersucht geweckt, hätte er nicht gewusst, dass Wen Jin stockschwul war. Der Kuss dauerte eine unrealistisch lange Zeit, dann rief die Regisseurin auf Englisch: »Cut!«, und alles entspannte sich.

Ting und Jin wandten sich augenblicklich voneinander ab. Ting tupfte sich die Lippen mit einem Papiertuch ab, das mit Desinfektionsmittel getränkt war. Er ging zu ihr hinüber. Sie lächelte überrascht und umarmte ihn.

Er bezweifelte niemals ihre Liebe, aber falls doch, hätte solch eine Begrüßung ihn beruhigt. Sie freute sich offensichtlich, ihn zu sehen, obwohl sie erst vor wenigen Stunden zusammen gefrühstückt hatten.

»Tut mir leid, der Kuss«, sagte sie. »Du weißt, dass ich so was nur ungern tue.«

»Selbst mit so einem gut aussehenden Mann?«

»Jin ist nicht gut aussehend, er ist hübsch. Du bist gut aussehend, Schatz.«

Kai lachte. »Auf eine zerfurchte Art und Weise vielleicht, wenn das Licht nicht allzu gut ist.«

Sie lachte ebenfalls. »Komm mit in meine Garderobe. Ich habe jetzt Pause. Sie müssen alles zum Schlafzimmer-Set umbauen.«

Sie nahm seine Hand und ging voran. Als sie in der Garderobe waren, schloss sie die Tür. Der Raum war klein und schmucklos, aber sie hatte ihn mit ein paar ihrer eigenen Sachen verschönert:

Poster an der Wand, ein Regalbrett mit Büchern, eine Orchidee in einem Topf, ein gerahmtes Foto ihrer Mutter.

Ting stieg rasch aus dem Kleid und setzte sich in ihrem BH und Slip aus dem einundzwanzigsten Jahrhundert. Kai konnte sich bei diesem Anblick ein Lächeln nicht verkneifen.

»Noch eine Szene, dann machen sie für heute Schluss, glaube ich«, sagte Ting. »Diese Regisseurin bekommt die Dinge schnell erledigt.«

»Wie schafft sie das?«

»Sie weiß, was sie will, und sie hat einen Plan. Aber uns nimmt sie hart ran. Ich freue mich auf einen ruhigen Abend zu Hause.«

»Du vergisst etwas«, sagte Kai bedauernd. »Heute Abend essen wir mit meinen Eltern.«

Ting machte ein langes Gesicht. »Das stimmt.«

»Wenn du zu müde bist, sage ich ab.«

»Nein.« Tings Gesichtsausdruck wechselte, und Kai wusste, was ihre Miene zeigte: sich tapfer der Enttäuschung stellen. »Deine Mutter hat sicher wieder ein Festmahl vorbereitet.«

»Mir macht es nichts aus, ehrlich.«

»Das weiß ich, aber ich möchte mich wirklich gut mit deinen Eltern stellen. Sie sind dir wichtig, also sind sie mir auch wichtig. Mach dir keine Gedanken. Wir gehen hin.«

»Danke.«

»Du tust so viel für mich. Du bist der Fels der Stabilität in meinem Leben. Die Missbilligung deines Vaters ist ein geringer Preis dafür.«

»Ich glaube, in der Tiefe seines Herzens mag mein Vater dich. Er muss nur den Anschein strenger Sitte wahren. Und meine Mutter tut schon nicht mehr so, als könnte sie dich nicht leiden.«

»Deinen Vater gewinne ich auch noch. Was führt dich am Nachmittag hierher? Nichts zu tun im Guoanbu? Die Amerikaner sind verständnisvoll und hilfsbereit gegenüber China? Der Weltfriede steht bevor?«

»Wäre es so. Wir haben ein kleines Problem. Jemand hat behauptet, du kritisierst die Kommunistische Partei.«

»Ach du liebe Güte, für wie dumm hält man mich!«

»Natürlich. Nur hat der Bericht Li Jiankang erreicht, und er will mir damit selbstverständlich maximal schaden. Wenn der Minister in den Ruhestand geht – was nicht mehr lange dauern kann –, will Li sein Nachfolger werden, während alle anderen hoffen, dass ich sein Amt bekomme.«

»Ach, Schatz, es tut mir so leid!«

»Es wird also gegen dich ermittelt.«

»Ich weiß, wer mich denunziert hat. Jin. Er ist eifersüchtig. Als die Serie begann, sollte er der Star sein. Aber jetzt bin ich beliebter, und er hasst mich.«

»Gibt es eine Grundlage für die Vorwürfe?«

»Ach, wer weiß? Du weißt doch, wie es beim Film zugeht. Die Leute zerreißen sich die ganze Zeit den Mund, besonders nach Feierabend in der Bar. Ich nehme an, jemand hat gesagt, dass China eine Diktatur ist, in der alles von oben bestimmt wird, und ich habe genickt.«

Kai seufzte. Was sie sagte, war absolut möglich. Wie alle Nachrichtendienste glaubte der Guoanbu fest, dass es keinen Rauch ohne Feuer gab. Böswillige Personen konnten das ausnutzen, um ihren Feinden Schwierigkeiten zu bereiten. Damit war es wie in alter Zeit mit dem Vorwurf der Hexerei: War die Beschuldigung erst ausgesprochen, fiel es leicht, etwas zu finden, das wie ein Beweis aussah. Wirklich unschuldig war niemand.

Zu erfahren, dass vermutlich Jin verantwortlich war, gab Kai allerdings Munition in die Hand.

An der Tür klopfte es, und Ting rief: »Herein.«

Der Aufnahmeleiter, ein junger Mann in einem Fußballtrikot von Manchester United, streckte den Kopf in die Garderobe. »Wir warten auf dich, Ting.«

Weder er noch Ting wirkten befangen, weil sie halbnackt war.

Typisch für das Studio, dachte Kai: frei und ungezwungen. Er fand es charmant.

Der Aufnahmeleiter schloss die Tür, und Kai half Ting wieder in ihr Kleid. Zuletzt küsste er sie. »Wir sehen uns zu Hause«, sagte er.

Ting kehrte zum Set zurück, und Kai ging zum Verwaltungsgebäude und suchte das Büro der Kommunistischen Partei auf.

Jedes Unternehmen in China wurde von einer Gruppe Parteimitglieder beaufsichtigt, die dessen Aktivitäten überwachte; alles, was mit Medien zusammenhing, genoss besondere Aufmerksamkeit. Die Partei las jedes Drehbuch und überprüfte jeden Schauspieler. Produzenten liebten historische Dramen, weil alles, was vor langer Zeit geschehen war, heute geringere politische Bedeutung besaß, sodass die Gefahr einer Einmischung geringer war.

Kai ging zum Büro von Wang Bowen, dem Sekretär der Parteivertretung im Studio Schöne Filme.

Das Zimmer beherrschte ein großes Porträt von Präsident Chen, einem Mann im dunklen Anzug mit sorgsam zurückgekämmten Haaren, das wie ein Porträt von tausend anderen chinesischen leitenden Angestellten aussah. Auf dem Tisch stand ein weiteres Bild Chens, ein Foto, auf dem er Wang die Hand schüttelte.

Wang war ein unscheinbarer Mann in den Dreißigern mit schmuddeligen Manschetten und einem zurückweichenden Haaransatz. Führungskräfte in der Schattenzone verstanden in der Regel mehr von Politik als vom Geschäft. Trotzdem besaßen sie Macht und mussten besänftigt werden wie zürnende Götter. Trafen sie falsche Entscheidungen, konnten die Auswirkungen katastrophal sein. Wang lege Schauspielern und Technikern gegenüber Hochmut an den Tag, sagte Ting.

Andererseits war auch Kai mächtig. Er war ein Prinzling. Kommunistische Funktionäre waren oft Tyrannen, aber ihren Vorgesetzten in der Partei gegenüber mussten sie sich ducken.

Wang begrüßte ihn unterwürfig. »Kommen Sie doch herein, Chang Kai, setzen Sie sich, es ist mir eine Freude, Sie zu sehen, ich hoffe, es geht Ihnen gut.«

»Sehr gut, vielen Dank. Ich bin vorbeigekommen, um Ting zu besuchen, und dachte, ich sollte mit Ihnen sprechen, da ich schon hier bin. Ein Gespräch unter vier Augen, Sie verstehen.«

»Natürlich.« Wang wirkte erfreut. Ihm schmeichelte, dass Kai ihn ins Vertrauen ziehen wollte.

Kai hatte nicht vor, Ting in Schutz zu nehmen. Das hätte Wang als Schuldeingeständnis aufgefasst. Er setzte an einer anderen Stelle an. »Vermutlich befassen Sie sich nicht mit dem Tratsch auf den Filmsets, Wang Bowen«, begann er, obwohl der Tratsch natürlich genau das war, womit Wang sich befasste. »Aber vielleicht hilft es Ihnen zu wissen, dass Wen Jin krankhaft eifersüchtig auf Ting ist.«

Wang war nicht gewillt, sein Unwissen einzugestehen. »So etwas hatte ich gehört.«

»Sie sind sehr gut informiert. Sicherlich wissen Sie auch, dass Jin der Star der Serie sein sollte, als er die Rolle des Kaisers in *Liebe im Palast* übernahm, aber nun hat Ting ihn bekanntermaßen an Popularität überflügelt.«

»Ich weiß.«

»Ich erwähne es nur, weil die Guoanbu-Ermittlungen höchstwahrscheinlich zu dem Ergebnis kommen werden, dass Jins Anschuldigungen durch persönliche Rivalität motiviert und ohne Grundlage sind. Ich nahm an, es wäre nützlich für Sie, vorgewarnt zu sein.« Das war eine Lüge. »Ting kann Sie gut leiden.« Das war eine größere Lüge. »Wir möchten nicht, dass durch diese Sache ein schlechtes Licht auf Sie fällt.«

Wang wirkte verängstigt. »Es war meine Pflicht, die Meldungen ernst zu nehmen«, führte er an.

»Selbstverständlich. Das ist Ihre Arbeit. Wir beim Guoanbu wissen das. Ich möchte Sie nur vor einer Überraschung bewahren.

Vielleicht möchten Sie Jin noch einmal vernehmen und Ihrem Bericht einen knappen Nachtrag anhängen, in dem Sie betonen, dass seine Feindseligkeit ein Faktor sein könnte.«

»Ah. Eine gute Idee. Ja.«

»Mir steht es natürlich nicht zu, mich einzumischen. Aber *Liebe im Palast* ist solch ein Erfolg und wird von so vielen Menschen geliebt, dass es eine Tragödie wäre, wenn ein Schatten auf die Sendung fiele – unnötigerweise.«

»Oh, da bin ich ganz Ihrer Meinung.«

Kai erhob sich. »Ich kann nicht bleiben. Wie immer gibt es viel zu tun. Gewiss ergeht es Ihnen genauso.«

»Das kann man sagen.« Wang sah sich in dem Büro um, in dem nichts darauf hindeutete, dass hier gearbeitet wurde.

»Auf Wiedersehen, Genosse«, sagte Kai. »Ich bin froh, dass wir dieses Gespräch geführt haben.«

* * *

Kais Eltern wohnten in einer Art Villa, einem geräumigen zweistöckigen Haus auf einem kleinen Grundstück inmitten einer neuen hochverdichteten Vorstadtsiedlung für die wohlhabende obere Mittelschicht. Ihre Nachbarn waren leitende Staatsbeamte, erfolgreiche Geschäftsleute, ranghohe Offiziere der Volksbefreiungsarmee und Topmanager in großen Firmen. Kais Vater, Chang Jianjun, hatte stets behauptet, er bräuchte niemals mehr Platz als in der kompakten Dreizimmerwohnung, in der Kai aufgewachsen war; in dieser Hinsicht hatte er jedoch seiner Frau Fan Yu nachgegeben – oder vielleicht nutzte er sie auch nur als Ausflucht, weil er es sich anders überlegt hatte.

Kai hätte niemals in einem derart langweiligen Viertel leben wollen. Seine Wohnung hatte alles, was er brauchte, und er brauchte sich nicht um einen Garten zu kümmern. Die Stadt war der Ort, an dem sich die wichtigen Dinge abspielten: Politik, Geschäfte und Kultur. In den Vorstädten gab es nichts zu tun, und die tägliche Anfahrt wäre noch länger gewesen.

Als sie im Auto dorthin unterwegs waren, sagte Kai zu Ting: »Morgen früh werde ich dem Sicherheitsminister mitteilen, dass die Meldung über dich von einem neidischen Rivalen stammte, Wang wird es bestätigen, und die Ermittlungen werden eingestellt.«

»Ich danke dir, mein Schatz. Es tut mir leid, dass du dich damit befassen musstest.«

»Solche Dinge passieren, aber in Zukunft achte lieber auf das, was du sagst, und überlege es dir, bevor du auch nur nickst.«

»Das werde ich, versprochen.«

Die Villa war erfüllt vom Duft eines würzigen Abendessens. Jianjun war noch nicht zu Hause, daher setzten sich Kai und Ting in der modernen Küche auf Hocker und sahen zu, wie Yu das Essen zubereitete. Kais Mutter war fünfundsechzig, eine kleine Frau mit faltigem Gesicht und silbernen Strähnen im schwarzen Haar. Sie sprachen über die Serie. Yu sagte: »Der Kaiser mag seine Hauptfrau, weil sie einfältig lächelt und ihm schmeichelt, aber sie hat eine gemeine Ader.«

Ting war es gewöhnt, dass die Leute über die erfundenen Gestalten redeten, als wären sie real. »Er sollte ihr nicht trauen«, sagte sie. »Sie interessiert sich nur für sich selbst.«

Yu stellte ihnen einen Teller mit Tintenfisch-Teigtaschen hin, deren Hülle papierdünn war. »Damit ihr etwas habt, bis Vater nach Hause kommt«, sagte sie, und Kai griff eifrig zu. Ting aß aus Höflichkeit eine Teigtasche, aber sie musste auf ihre schlanke Linie achten, damit sie weiterhin in die Kleider einer Konkubine des achtzehnten Jahrhunderts passte.

Jianjun kam herein. Klein und muskulös, wie er war, erinnerte Kais Vater an einen Fliegengewicht-Boxer. Seine Zähne waren gelb vom Rauchen. Er küsste Yu, begrüßte Kai und Ting und holte vier kleine Gläser und eine Flasche Baijiu, den einem

Kornbrand oder Wodka ähnlichen farblosen Schnaps, der die beliebteste Spirituose in China war. Kai hätte einen Jack Daniel's on the Rocks bevorzugt, aber er schwieg, und sein Vater fragte nicht, ob jemand etwas anderes wolle.

Jianjun schenkte vier Gläser ein und reichte sie herum. Er hob sein Glas und sagte: »Willkommen!« Kai nippte an dem Baijiu. Seine Mutter berührte mit den Lippen das Glas und tat so, als trinke sie, um ihren Mann nicht zu kränken. Ting mochte den Schnaps und trank in einem Zug aus.

Yu ordnete sich Jianjun fast immer unter, aber manchmal, wie aus heiterem Himmel, sagte sie etwas mit einer gewissen Schärfe in der Stimme, und Jianjun streckte sofort die Waffen. Ting fand das amüsant.

Jianjun schenkte Ting und sich nach und sagte: »Auf die Enkelkinder.«

Kai rutschte das Herz in die Hose. Das also sollte das Thema für den heutigen Abend werden. Jianjun wollte ein Enkelkind und glaubte, er hätte ein Recht, sie zu drängen. Kai wollte ebenfalls, dass Ting ein Kind bekam, aber das war nicht die richtige Art, das Thema anzusprechen. Weder von seinem Vater noch von irgendjemandem sonst würde sich Ting in dieser Hinsicht unter Druck setzen lassen. Kai war entschlossen, einen Streit darüber in jedem Fall zu verhindern.

»Liebling«, sagte Yu, »lass doch die armen Kinder in Ruhe.« In ihrer Stimme fehlte aber jene gewisse Schärfe, und Jianjun ignorierte sie. »Du musst jetzt bald dreißig sein«, sagte er zu Ting. »Die Uhr tickt!«

Ting lächelte und schwieg.

»China benötigt mehr kluge Burschen wie Kai«, fuhr Jianjun fort.

»Oder kluge Mädchen, Vater«, wandte Ting ein.

Doch Jianjun wollte einen Enkel. »Ich bin sicher, Kai hätte gern einen Sohn«, sagte er.

Yu nahm einen Dampfgarer vom Herd, füllte einen Korb mit Gua Bao, Hefebrötchen aus Weizen, und reichte ihn ihrem Mann. »Stell die bitte für mich auf den Tisch«, sagte sie.

Rasch tischte sie eine Platte voll pfannengerührtem Schweinefleisch mit grüner Paprika, eine Platte mit selbstgemachtem Tofu und eine Schüssel Reis auf. Jianjun schenkte sich Baijiu nach; die anderen lehnten ab. Ting, die sparsam aß, sagte zu Yu: »Du machst die besten Brötchen der Welt, Mama.«

»Vielen Dank, Liebes.«

Um Jianjun vom Thema Enkel abzulenken, erzählte Kai ihm von Präsidentin Greens UNO-Resolution und dem diplomatischen Wettstreit um Stimmen. Jianjun ließ sofort seine Verachtung merken. »Die UNO ist ein zahnloser Tiger«, sagte er. Traditionalisten glaubten, dass Konflikte niemals anders als durch Kampf gelöst werden konnten. Mao hatte gesagt, politische Macht komme aus den Gewehrläufen.

»Es ist gut, dass junge Menschen noch solche Ideale haben«, sagte Jianjun mit all der Herablassung, zu der sich ein chinesischer Vater berechtigt fühlen konnte.

»Wie freundlich von dir«, versetzte Kai.

Sein Vater bemerkte den Sarkasmus gar nicht. »Auf die eine oder andere Weise«, sagte Jianjun, »müssen wir den amerikanischen Stahlring aufbrechen.«

»Was ist dieser Stahlring, Vater?«, fragte Ting.

»Die Amerikaner kreisen uns ein. Sie haben Soldaten in Japan, Südkorea, Guam, Singapur und Australien stationiert. Davon abgesehen sind die Philippinen und Vietnam Freunde der USA. Mit der Sowjetunion haben die Amerikaner das Gleiche gemacht – sie nannten es ›Eindämmung‹. Und am Ende wurde die russische Revolution erstickt. Wir müssen dem Schicksal der Sowjets entgehen, aber die UNO bringt uns da nicht weiter. Früher oder später müssen wir den Ring sprengen.«

Kai stimmte der Analyse seines Vaters zu, aber er hatte eine andere Lösung vor Augen. »Ja, Washington würde uns gern vernichten, aber die USA sind nicht die Welt«, sagte er. »Und weltweit schließen wir Bündnisse und treiben Handel. Mehr und mehr Staaten erkennen, dass ein Bündnis mit China in ihrem Interesse liegt, ganz gleich, wie sehr es die USA verärgert. Wir verändern die Dynamik. Der Zwist zwischen den USA und China muss nicht durch einen Zweikampf entschieden werden, bei dem der Sieger alles bekommt. Besser ist es, sich in eine Position zu bringen, in der ein Krieg nicht nötig ist. Soll der Ring aus Stahl nur Rost ansetzen und zerfallen.«

Jianjun war unerbittlich. »Luftschlösser. Ganz gleich, wie viel wir in Drittweltländer investieren, es wird die Amerikaner nicht beeindrucken. Sie hassen uns, und sie wollen uns vernichten.«

Kai versuchte es anders. »Es ist die chinesische Art, eine Schlacht zu vermeiden, solange es möglich ist. Hat Sunzi nicht gesagt, die höchste Kunst in der Kriegführung sei es, den Feind zu bezwingen, ohne dass es zum Kampf kommt?«

»Aha, du versuchst, meinen Glauben an die Tradition gegen mich einzusetzen. Aber das wird dir nicht gelingen. Wir müssen immer für den Krieg bereit sein.«

Kai merkte, wie sein Vater ihn frustrierte und verärgerte. Ting sah es ihm an und legte ihm beschwichtigend eine Hand auf den Arm. Er achtete nicht darauf und erwiderte verächtlich: »Und glaubst du, dass wir die überlegen starke USA besiegen können, Vater?«

»Vielleicht sollten wir das Thema wechseln«, sagte Yu.

Jianjun ignorierte seine Frau. »Unser Militär ist zehnmal stärker als früher. Fortschritte –«

»Aber wer würde siegen?«, unterbrach ihn Kai.

»Unsere neuen Raketen haben Mehrfachgefechtsköpfe, die unabhängige Ziele –«

»Aber wer würde siegen?«

Jianjun knallte die Faust auf den Tisch, dass das Geschirr

klirrte. »Wir haben die nötigen Kernbomben, um amerikanische Städte zu verwüsten!«

»Aha.« Kai lehnte sich zurück. »Also kommt es zum Atomkrieg – sehr schnell.«

Nun war auch Jianjun wütend. »China wird niemals als Erster Kernwaffen einsetzen. Aber um die vollständige Vernichtung Chinas zu verhindern – ja!«

»Und was würde uns das nützen?«

»Wir werden nie wieder ins Jahrhundert der Demütigung zurückkehren.«

»Unter welchen Umständen würdest du, Vater, als Vizevorsitzender der Nationalen Sicherheitskommission dem Staatspräsidenten empfehlen, die USA mit Atomwaffen anzugreifen – wohl wissend, dass daraufhin fast mit Sicherheit ein vernichtender Gegenschlag erfolgen würde?«

»Unter zwei Umständen«, antwortete Jianjun. »Erstens: dass die amerikanische Aggression die Existenz, Souveränität oder Integrität der Volksrepublik China bedroht. Zweitens: dass weder Diplomatie noch konventionelle Waffen ausreichen, um die Bedrohung abzuwenden.«

»Das ist dir wirklich ernst«, stellte Kai fest.

»Ja.«

»Ich bin sicher, du hast recht, Liebling«, sagte Yu zu Jianjun. Sie hielt ihm den Brotkorb hin. »Nimm dir noch ein Brötchen.«

Kapitel 7

Kiah brachte gerade ihre Wäsche vom Seeufer nach Hause, einen Korb auf der einen und Naji auf der anderen Hüfte, als ein großer schwarzer Mercedes ins Dorf fuhr.

Alles staunte. Ein Jahr konnte verstreichen, ohne dass Fremde zu Besuch kamen, und jetzt geschah es zum zweiten Mal in einer Woche. Alle Frauen kamen aus den Häusern, um zu schauen.

In der Windschutzscheibe spiegelte sich die Sonne als eine brennende Scheibe. Der Wagen hielt, und der Fahrer sprach einen Dorfbewohner an, der in einem Zwiebelbeet Unkraut jätete. Danach fuhr er zum Haus von Abdullah weiter, dem Ältesten der Ältesten. Abdullah kam heraus, und der Fahrer öffnete die hintere Tür. Eindeutig hatte der Besucher die guten Manieren, erst mit den Dorfältesten zu sprechen, bevor er irgendetwas anderes tat. Nach ein paar Minuten stieg Abdullah wieder aus dem Wagen und kehrte mit zufriedenem Gesicht zu seinem Haus zurück. Kiah vermutete, dass man ihm Geld zugesteckt hatte.

Der Wagen fuhr zurück ins Dorfzentrum.

Der Fahrer, der eine Hose mit Bügelfalten und ein sauberes weißes Hemd trug, stieg aus und ging um den Wagen herum. Er öffnete die hintere Beifahrertür und ermöglichte einen kurzen Blick auf hellbraune Lederpolster.

Die Frau, die ausstieg, war um die fünfzig. Zwar hatte sie dunkle Haut, aber sie trug teure europäische Kleidung: ein Kleid, das ihre Figur betonte, Schuhe mit hohen Absätzen, einen breitkrempigen Hut, der ihr Gesicht beschattete, und eine Handtasche. Keine Frau aus dem Dorf hatte je eine Handtasche besessen.

Der Fahrer drückte einen Knopf, und mit einem elektrischen Summen schloss sich die Tür.

Aus der Entfernung beobachteten die älteren Frauen des Dorfes stumm die Szene, aber die jüngeren scharten sich um die Besucherin. Die jungen Mädchen, die barfuß in abgelegten Kleidern ihrer Mütter oder älteren Schwestern gingen, stierten neidisch ihre Sachen an.

Die Frau nahm eine Schachtel Cleopatras und ein Feuerzeug aus der Handtasche. Sie steckte sich eine Zigarette zwischen die rot geschminkten Lippen, zündete sie an und sog tief den Rauch ein.

Sie war die Kultiviertheit schlechthin.

Sie blies den Rauch aus und zeigte auf eine hochgewachsene junge Frau mit Haut in der Farbe von Milchkaffee.

Die älteren Frauen näherten sich so weit, dass sie hören konnten, was gesprochen wurde.

»Ich heiße Fatima«, sagte die fremde Dame auf Arabisch. »Wie heißt du?«

»Zariah.«

»Ein hübscher Name für ein hübsches Mädchen.«

Die anderen Jugendlichen kicherten, aber die Fremde hatte recht: Zariah war eine Schönheit.

»Kannst du lesen und schreiben?«, fragte Fatima.

»Ich habe die Nonnenschule besucht«, antwortete Zariah stolz.

»Ist deine Mutter hier?«

Noor, Zariahs Mutter, trat vor, einen Hahn unter dem Arm. Sie züchtete Hühner und hatte den kostbaren Vogel ohne Zweifel aufgehoben, um ihn vor den Rädern des Mercedes in Sicherheit zu bringen. Der Hahn war mürrisch und ungehalten, und für Noor galt das Gleiche. »Was wollen Sie von meiner Tochter?«, fragte sie.

Fatima überging ihre Feindseligkeit und erwiderte freundlich: »Wie alt ist Ihr hübsches Mädchen?«

»Sechzehn.«

»Gut.«

»Warum ist das gut?«

»Ich habe ein Restaurant in N'Djamena, auf der Avenue Charles de Gaulle. Ich suche Kellnerinnen.« Fatima sprach in einem forschen, nüchternen Ton. »Sie müssen intelligent genug sein, um fehlerfrei Bestellungen aufzunehmen, und sie müssen jung und hübsch sein, weil die Gäste es so wollen.«

Das Interesse der Menge wurde noch größer. Kiah und die anderen Mütter traten näher. Kiah bemerkte einen Geruch, als hätte jemand eine Bonbonschachtel geöffnet, und begriff, dass der Duft von Fatima stammte. Sie erschien wie ein Geschöpf aus einem Märchen, aber sie war hier, um etwas Bodenständiges und sehr Begehrtes anzubieten: Arbeit.

»Was, wenn die Gäste kein Arabisch sprechen?«, fragte Kiah.

Fatima sah sie scharf an, bewertete sie. »Darf ich Ihren Namen erfahren, junge Dame?«

»Ich heiße Kiah.«

»Nun, Kiah, ich habe festgestellt, dass kluge junge Mädchen die englischen und französischen Wörter für die Gerichte, die sie servieren, sehr schnell erlernen.«

Kiah nickte. »Natürlich. Viele können es nicht sein.«

Fatima sah sie einen Moment lang nachdenklich an und wandte sich Noor wieder zu. »Ich würde niemals ein Mädchen ohne die Erlaubnis ihrer Mutter einstellen. Ich bin selbst Mutter, sogar schon Großmutter.«

Noor sah weniger feindselig aus.

Kiah stellte noch eine Frage. »Wie ist die Bezahlung?«

»Die Mädchen bekommen alle ihre Mahlzeiten und ihre Berufskleidung, dazu einen Platz zum Schlafen. Sie können bis zu fünfzig amerikanische Dollar pro Woche an Trinkgeld einnehmen.«

»Fünfzig Dollar!«, rief Noor. Das war das Dreifache des normalen Lohns. Trinkgelder konnten schwanken, das wusste jeder, aber selbst die Hälfte davon wäre viel für das Tragen von Tellern und Gläsern.

»Aber kein Gehalt?«, fragte Kiah.

Fatima sah sie enerviert an. »Richtig.«

Kiah fragte sich, ob man ihr trauen konnte. Sie war eine Frau, was ein Punkt zu ihren Gunsten war, aber nicht entscheidend. Ohne Zweifel zeichnete sie ein sehr attraktives Bild von der Arbeit, die sie anbot, aber das war natürlich und machte sie nicht zur Lügnerin. Kiah mochte die offene Sprache und den unverhohlenen Glamour, aber sie spürte dahinter einen harten Kern von Rücksichtslosigkeit, der ihr Unbehagen bereitete.

Gleichzeitig beneidete sie die ungebundenen jungen Frauen. Sie konnten dem Seeufer entkommen und in der Stadt eine neue Zukunft finden. Sie wünschte, sie könnte es ebenso. Sie fand, dass sie eine perfekte Kellnerin abgäbe. Und sie müsste nicht mehr die entsetzliche Entscheidung zwischen Hakim und der Verarmung treffen.

Nur dass sie ein Kind hatte. Ein Leben ohne Naji konnte sie sich nicht einmal vorstellen. Dazu hatte sie ihn viel zu lieb.

Eifrig fragte Zariah: »Was ist denn die Berufskleidung?«

»Europäische Sachen«, antwortete Fatima. »Ein roter Rock, eine weiße Bluse und ein rotes Halstuch mit weißen Punkten.« Die Mädchen gaben begeisterte Laute von sich, und Fatima fügte hinzu: »Ja, das ist alles sehr hübsch.«

Noor stellte eine Mütterfrage. »Wer hat die Aufsicht über die jungen Mädchen?« Ganz offensichtlich konnte man Sechzehnjährige nicht sich selbst überlassen.

»Sie wohnen in einem kleinen Haus hinter dem Restaurant,

und eine Frau namens Madame Amat al-Yasu kümmert sich um sie.«

Wie interessant, dachte Kiah: Der Name der Anstandsdame war arabisch-christlich. »Sind Sie Christin, Fatima?«, fragte sie.

»Ja, aber meine Angestellten sind es nur zum Teil. Sind Sie daran interessiert, für mich zu arbeiten, Kiah?«

»Das geht leider nicht.« Sie warf einen Blick auf Naji, den sie auf dem Arm hielt und der Fatima gebannt anstarrte. »Ich kann meinen kleinen Sohn nicht alleinlassen.«

»Ein hübscher Junge. Wie heißt er?«

»Naji.«

»Er muss etwa zwei sein, richtig?«

»Ja.«

»Sieht sein Vater auch so gut aus?«

Vor Kiahs Augen blitzte Salims Gesicht auf: die Haut dunkel von der Sonne, die schwarzen Haare feucht von der Gischt, die Augen von Falten umgeben, weil er auf der Suche nach Fisch immerzu ins funkelnde Wasser stierte. Die unerwartete Erinnerung erfüllte sie jäh mit Traurigkeit. »Ich bin Witwe.«

»Das tut mir sehr leid. Ihr Leben muss schwer sein.«

»Das ist wahr.«

»Kellnerin könnten Sie trotzdem werden. Zwei meiner Mädchen haben Babys.«

Kiahs Herz machte einen Satz in ihrer Brust. »Aber wie soll das gehen?«

»Den Tag verbringen sie mit ihren Kindern. Das Restaurant öffnet erst abends, und dann passt Madame Amat Al-Yasu auf die Babys auf, während ihre Mütter arbeiten.«

Kiah war überrascht. Sie war davon ausgegangen, dass sie nicht infrage kam. Plötzlich eröffnete sich ihr eine neue Möglichkeit. Das Herz pochte ihr bis zum Hals. Sie fand es aufregend, aber sie war auch beklommen. In ihrem ganzen Leben war sie nur ein paar Mal in der Stadt gewesen, und nun wurde sie gefragt, ob sie dort leben wolle. An Lokalen hatte sie immer nur kleine Cafés wie das in Drei Palmen betreten, doch jetzt wurde ihr Arbeit in einem Restaurant angeboten, das beängstigend luxuriös klang. Konnte sie solch eine große Veränderung bewältigen? Hatte sie den Mut dazu?

»Ich muss darüber nachdenken«, sagte sie.

Noor stellte noch eine Mütterfrage. »Die Mädchen, die Kinder haben – was ist mit ihren Männern?«

»Eine ist wie Kiah verwitwet. Die andere, ich muss es leider sagen, hat sich einem Mann hingegeben, der sie sitzenließ.«

Die Mütter verstanden es. Sie waren eine konservative Gruppe, aber alle waren sie einmal flatterhafte junge Mädchen gewesen.

»Denken Sie darüber nach«, sagte Fatima, »lassen Sie sich Zeit. Ich werde noch andere Dörfer besuchen. Auf dem Rückweg komme ich wieder hier durch. Zariah und Kiah, falls ihr für mich arbeiten wollt, müsst ihr am späten Nachmittag bereitstehen.«

»Heute schon?« Kiah hatte geglaubt, ihr blieben eine oder zwei Wochen, um sich die Sache zu überlegen, nicht nur wenige Stunden.

»Heute«, bekräftigte Fatima.

Kiah bekam es wieder mit der Angst zu tun.

Ein anderes Mädchen fragte: »Was ist mit uns Übrigen?«

»Vielleicht wenn ihr älter seid«, gab Fatima zur Antwort.

Kiah wusste jedoch, dass die anderen ihr nicht hübsch genug waren.

Fatima kehrte zu ihrem Wagen zurück, und der Fahrer öffnete die Tür. Ehe sie einstieg, warf sie den Zigarettenstummel auf den Boden und trat ihn mit dem Fuß aus. Das ganze Gespräch hatte gerade so lange gedauert, wie sie brauchte, um die Cleopatra zu rauchen. Sie setzte sich ins Auto und beugte sich heraus. »Entscheidet euch«, sagte sie. »Wir sehen uns später.« Der Fahrer schloss den Schlag.

Die Dorfbewohnerinnen sahen dem Wagen hinterher, als er davonfuhr.

Kiah wandte sich an Zariah. »Was hältst du davon? Gehst du mit Fatima nach N'Djamena?«

»Wenn meine Mutter es mir erlaubt – ja!« Zariahs Augen funkelten vor Hoffnung und Begeisterung.

Kiah war nur vier Jahre älter als sie, aber der Altersunterschied fühlte sich größer an. Kiah hatte ein Kind, für das sie sorgen musste, und war sich der Gefahren mehr bewusst.

Sie musste an Hakim denken, Hakim mit dem dreckigen T-Shirt und den Grigri-Perlen. Letzten Endes musste sie sich zwischen Fatima und Hakim entscheiden.

Was gab es da überhaupt zu überlegen?

»Was ist mir dir, Kiah?«, fragte Zariah. »Fährst du heute Nachmittag mit Fatima weg?«

Kiah zögerte nur noch einen Augenblick lang. »Ja«, sagte sie und fügte hinzu: »Klar doch.«

* * *

Das Restaurant hatte einen englischen Namen: *Bourbon Street* stand in roten Neonbuchstaben außen an der Fassade. Zusammen mit Zariah und zwei jungen Frauen, die sie nicht kannte, kam Kiah am frühen Abend in Fatimas Mercedes dort an. Gemeinsam gingen sie ins Foyer, wo dicker Teppich den Boden bedeckte und die Wände in der zarten Farbe weißer Orchideen gestrichen waren. Das Lokal sah noch luxuriöser aus, als Kiah es sich vorgestellt hatte. Das fand sie beruhigend.

Die Mädchen bekundeten ihr Erstaunen und ihre Begeisterung. »Genießt es«, sagte Fatima. »Heute ist das erste und letzte Mal, dass ihr zur Vordertür hereinkommt. Der Personaleingang ist auf der Rückseite.«

Im Foyer standen zwei große Männer in schlichten schwarzen Anzügen, die nichts machten. Kiah hielt sie für die Sicherheitsleute.

Der Hauptraum war riesig. An einer Seite zog sich eine Theke entlang, mit mehr Flaschen dahinter, als Kiah je an einem Ort gesehen hatte. Was konnte darin sein? Es gab sechzig oder mehr Tische. Auf der Seite der Bar gegenüber war eine Bühne mit roten Vorhängen. Kiah war nicht klar gewesen, dass es in Restaurants auch eine Bühnenshow gab. Der Raum war mit Teppich ausgelegt, bis auf eine kleine kreisförmige Holzfläche vor der Bühne, von der Kiah annahm, dass sie zum Tanzen diente.

Etwa ein Dutzend Männer saß da mit Drinks, und zwei Mädchen bedienten sie, aber davon abgesehen war das Restaurant leer. Kiah nahm an, dass es gerade erst geöffnet hatte. Die rot-weiße Kleidung der Kellnerinnen sah sehr schick aus, aber Kiah war schockiert, wie kurz die Röcke waren. Fatima stellte die Neulinge den Kellnerinnen vor, die sich über Naji gar nicht beruhigen konnten, und dem Barkeeper, der sich kurz angebunden gab. In der Küche waren sechs Köche damit beschäftigt, Gemüse zu putzen und zu schneiden und Saucen anzurühren. Der Raum schien zu klein zu sein, um für so viele Tische Speisen zuzubereiten.

Am anderen Ende führte ein Korridor zu einer Reihe kleiner Räume, jeder mit einem Tisch, Stühlen und einer langen Couch. »Kunden zahlen extra für die Separees«, sagte Fatima. Kiah wunderte sich, wieso jemand mehr dafür zahlen sollte, ungesehen zu Abend zu essen.

Die Größe des Restaurants erfüllte sie mit Ehrfurcht. Fatima musste sehr klug sein, um es zu leiten. Kiah fragte sich, ob sie einen Ehemann hatte, der ihr half.

Sie durchquerten einen kleinen Personalraum mit Kleiderhaken, an denen man Jacken aufhängen konnte, und gingen durch den Personaleingang hinaus. Auf der gegenüberliegenden Seite des Hofes war ein zweistöckiger Betonbau, weiß gestrichen, mit blauen Fensterläden. Eine ältere Frau saß davor und genoss die Kühle des Abends. Als Fatima näher kam, erhob sie sich.

»Das ist Madame Amat al-Yasu«, sagte Fatima. »Aber alle nennen sie Jadda.« Das Wort war gebräuchlich für eine Kinderfrau. Jadda war eine kleine, füllige Frau, aber in ihren Augen stand ein Ausdruck, der Kiah das Gefühl gab, dass sie womöglich genauso viel innere Härte besaß wie Fatima.

Fatima stellte ihr die Neulinge vor und sagte zu ihnen: »Wenn ihr tut, was Jadda euch sagt, könnt ihr nicht allzu viel falsch machen.«

Die Haustür bestand aus einer Wellblechplatte, die an einen Holzrahmen genagelt war, eine Konstruktion, die man in N'Djamena oft antraf. Im Inneren gab es eine Reihe kleiner Schlafzimmer und eine Gemeinschaftsdusche. Das obere Stockwerk war ein genaues Abbild des unteren. In jedem Zimmer standen zwei schmale Betten mit einem Zwischenraum, der gerade ausreichte, um dort zu stehen, und zwei kleine Kleiderschränke. Die meisten Bewohnerinnen machten sich für die abendliche Arbeit bereit, frisierten sich das Haar und legten die Dienstkleidung an. Jadda verkündete, dass von ihnen erwartet wurde, wenigstens einmal in der Woche zu duschen, was die Neulinge sehr überraschte.

Kiah und Zariah erhielten gemeinsam ein Zimmer. Ihre Restaurantkleidung hing in den Schränken, dazu Unterwäsche europäischer Art, Büstenhalter und knappe Unterhosen. Ein Kinderbettchen gab es nicht: Naji müsste mit Kiah in einem Bett schlafen.

Jadda sagte ihnen, sie sollten sich sofort umziehen, denn heute Abend würden sie mit der Arbeit beginnen. Kiah kämpfte ihre Panik nieder: so schnell! Bei Fatima geschah alles, wie es schien, schneller, als man erwartete. Zariah fragte Jadda: »Woher sollen wir denn wissen, was wir zu tun haben?«

»Heute Abend werdet ihr einem erfahrenen Mädchen zugeteilt, das euch alles erklärt«, antwortete die Aufpasserin.

Kiah zog ihr Gewand und das schlichte Unterkleid aus und ging zur Dusche. Danach legte sie die Restaurantkleidung an und suchte Ameena, die sie einweisen sollte. Im Nullkommanichts, so schien es ihr, betrat sie das Restaurant, das sich rasch füllte. Eine kleine Band spielte, und ein paar Gäste tanzten. Obwohl alles Arabisch oder Französisch sprach, verstand Kiah nur die Hälfte von allem und vermutete, dass sie über Gerichte und Getränke redeten, von denen sie nie gehört hatte. Sie kam sich vor wie eine Fremde im eigenen Land.

Aber als Ameena Bestellungen aufzunehmen begann, begriff Kiah rasch. Ameena fragte die Gäste, was sie ihnen bringen dürfe, und sie sagten es ihr. Manchmal deuteten sie sogar auf eine gedruckte Liste, was es leichter machte. Ameena schrieb ihre Wünsche auf einen Notizblock, dann gingen sie in die Küche. Dort rief sie die Bestellungen aus, riss das Blatt vom Block und legte es auf die Theke. Die Getränkebestellungen wiederholte sie gegenüber dem wortkargen Barkeeper. Sobald das Essen fertig war, brachte sie es an den Tisch, und mit den Getränken ging es genauso.

Nachdem Kiah eine halbe Stunde lang zugesehen hatte, nahm sie ihre erste Bestellung entgegen und beging keine Fehler. Ameena erteilte ihr nur einen Ratschlag. »Befeuchte immer deine Lippen«, sagte sie und leckte sich darüber, um es zu zeigen. »Damit siehst du sexy aus.«

Kiah zuckte mit den Schultern und fuhr sich mit der Zunge um den Mund.

Rasch gewann sie an Selbstvertrauen und war bald recht zufrieden mit ihrem Erfolg.

Nach ein paar Stunden gingen die Mädchen abwechselnd in eine kurze Pause, in der sie einen Imbiss zu sich nahmen. Kiah eilte in den Betonbau und sah nach Naji. Er schlief tief und fest. Er ist genügsam, dachte Kiah dankbar, Veränderungen interessieren ihn mehr, als dass sie ihn ängstigen. Beruhigt ging sie wieder an die Arbeit.

Einige Gäste gingen nach Hause, nachdem sie gegessen hatten, aber viele blieben, und weitere trafen ein und gesellten sich zum Trinken zu ihnen. Kiah konnte kaum fassen, wie viel Bier, Wein und Whisky die Leute in sich hineinschütteten. Sie selbst mochte das Gefühl nicht, das berauschende Getränke in ihr erweckten. Salim hatte hin und wieder ein Bier getrunken. Alkohol zu trinken war ihnen nicht verboten – sie waren Christen, keine Muslime –, aber gleichzeitig hatte es in ihrem Leben auch keine große Rolle gespielt.

Die Stimmung änderte sich. Das Gelächter wurde lauter. Kiah fiel auf, dass die Gäste nun fast ausschließlich männlich waren. Sie erschrak, wenn Männer ihr beim Bestellen eine Hand auf den Arm legten oder sie am Rücken berührten, wenn sie vorbeiging. Einer ließ kurz seine Hand zu ihrer Hüfte gleiten. Alles geschah in einer beiläufigen Weise, ohne lüsternes Grinsen oder gemurmelte Bemerkungen, aber es beunruhigte sie dennoch.

Gegen Mitternacht fand sie heraus, wozu die Bühne diente. Die Band stimmte eine arabische Melodie an, der Vorhang öffnete sich, und eine ägyptische Bauchtänzerin trat heraus. Kiah hatte von solchen Frauen gehört, aber noch nie eine gesehen. Die Tänzerin trug ein außerordentlich freizügiges Kostüm, und am Ende ihres Auftritts streifte sie irgendwie ihren Büstenhalter ab und zeigte ihre Brüste. Eine Sekunde später schloss sich der Vorhang. Das Publikum applaudierte begeistert.

Kiah wusste nicht viel über das Leben in der Stadt, aber sie vermutete, dass nicht jedes Restaurant Unterhaltung dieser Art bot. Ihr wurde immer unbehaglicher zumute.

Sie sah nach ihren Tischen, und ein Gast winkte ihr: der Mann, der ihr eine Hand auf die Hüfte gelegt hatte. Er war Europäer, kräftig gebaut, in einem gestreiften Anzug und einem weißen Hemd, das am Kragen offen stand. Er musste um die fünfzig sein. »Eine Flasche Champagner, Chérie«, sagte er. »Bollinger.« Er war ein wenig angetrunken.

»Ja, Monsieur.«

»Bring es mir in mein Separee. Ich bin in Nummer drei.«

»Ja, Monsieur.«

»Bring zwei Gläser.«

»Ja, Monsieur.«

»Nenn mich Albert.«

»Ja, Albert.«

Sie gab Eis in einen silberfarbenen Eimer und holte beim Barkeeper eine Flasche Champagner und zwei Gläser. Als alles auf einem Tablett stand, stellte der Barkeeper eine kleine Schale mit Dukkah hinzu, eine Mischung aus Körnern und Gewürzen, sowie einen Teller mit Gurkenstäbchen zum Dippen. Kiah trug das Tablett in den hinteren Teil des Restaurants. Ein weiterer großer Wachmann in schwarzem Anzug stand an der Tür zum Gang mit den Separees. Kiah fand die Nummer drei, klopfte an und ging hinein.

Albert saß auf dem Sofa. Kiah blickte sich in dem Raum um, aber niemand sonst war anwesend. Es machte sie nervös.

Sie stellte das Tablett auf den Tisch.

»Du kannst den Champagner aufmachen«, sagte Albert.

Sektflaschen zu öffnen war nicht Teil von Ameenas Anleitung gewesen. »Ich weiß nicht, wie das geht, Monsieur. Es tut mir leid. Heute ist mein erster Tag.«

»Dann will ich es dir zeigen.«

Aufmerksam sah sie zu, wie er die Folie abstreifte und den Drahtkorb aufdrehte. Albert ergriff den Korken, drehte ihn ein wenig und drückte ihn hinunter, damit er langsam hervorkam. Sie hörte etwas, das wie ein Windhauch klang. »Wie der Seufzer einer befriedigten Frau«, sagte Albert. »Nur dass du das nicht so oft hörst, was?« Er lachte, und sie begriff, dass er gescherzt hatte, also lächelte sie, auch wenn sie nicht erkannte, was daran komisch sein sollte.

Er schenkte zwei Gläser ein.

»Sie erwarten jemanden«, sagte Kiah.

»Nein.« Er nahm eines der Gläser und bot es ihr an. »Das ist für dich.«

»Oh. Nein, danke.«

»Das schadet dir schon nicht, du kleine Idiotin.« Mit der Hand klopfte er sich auf den fleischigen Schenkel. »Komm, setz dich auf meinen Schoß.«

»Nein, Monsieur, das kann ich wirklich nicht.«

Er sah verärgert aus. »Ich gebe dir zwanzig Bucks für einen Kuss.«

»Nein!« Sie wusste nicht, ob er Dollars, Euros oder etwas anderes meinte, aber in jeder Währung wäre es ein absurd hoher Preis für einen Kuss gewesen, und sie merkte instinktiv, dass dies erst der Anfang sein würde. Und sie fürchtete, dass er, auch wenn er nett wirkte, aufdringlich werden und versuchen könnte, sie zu zwingen.

»Du bist eine zähe Verhandlungspartnerin«, sagte er. »Also gut, hundert Bucks für einen Fick.«

Kiah floh aus dem Raum.

Fatima stand direkt davor. »Was ist passiert?«, fragte sie.

»Er will Sex!«

»Hat er Geld angeboten?«

Sie nickte. »Hundert. Bucks, sagte er.«

»Dollars.« Fatima ergriff Kiah an den Schultern, zog sie näher, dass Kiah ihr Parfüm, das wie verbrannter Honig roch, in die Nase stieg. »Hör mir gut zu. Sind dir schon jemals hundert Dollar angeboten worden?«

»Nein.«

»Und das wird auch nie wieder passieren, es sei denn, du spielst mit. Auf diese Weise verdienst du dein Trinkgeld, auch wenn nicht alle unsere Gäste so großzügig sind wie Albert. Jetzt gehst du da wieder rein und ziehst dein Höschen aus.« Sie nahm ein kleines flaches Päckchen aus der Tasche. »Und benutze ein Kondom.«

Kiah nahm das Präservativ nicht an. »Es tut mir sehr leid, Fatima«, sagte sie. »Ich möchte mich nicht gegen Sie stellen, und ich möchte gern als Kellnerin arbeiten, aber was Sie da verlangen, das kann ich einfach nicht.« Kiah war entschlossen, ihre Würde zu bewahren, aber zu ihrer Bestürzung liefen ihr die Tränen herunter. »Bitte versuchen Sie nicht, mich dazu zu zwingen.«

Fatimas Gesicht nahm einen Ausdruck der Entschlossenheit an. »Du kannst hier nicht arbeiten, wenn du den Gästen nicht gibst, was sie erwarten!«

Kiah musste feststellen, dass sie zu heftig weinte, um antworten zu können.

Der Wachmann trat näher. »Ist alles in Ordnung, Chefin?«

Kiah wurde klar, dass der Wachmann sie ohne große Mühe festhalten konnte, falls sie sich entschieden, sie zu zwingen. Diese Erkenntnis ließ ihre Stimmung umschlagen. Hilflos zu wirken, als unwissende Dorfpflanze, die sich herumschubsen ließ, würde sie nicht weiterbringen und alles nur verschlimmern. Sie musste sich behaupten.

Kiah trat einen Schritt zurück und hob das Kinn. »Ich werde es nicht tun«, sagte sie bestimmt. »Es tut mir leid, Sie zu enttäuschen, Fatima, aber das ist Ihre eigene Schuld – Sie haben mich getäuscht.« Langsam und mit Nachdruck fügte sie hinzu: »Also lassen Sie uns nicht streiten.«

Fatima sah sie wütend an. »Drohst du mir etwa?«

Kiah sah zum Wachmann. »Natürlich komme ich nicht gegen ihn an«, sagte sie. »Aber ich kann vor Ihren Gästen eine schreckliche Szene machen.«

In diesem Moment schaute ein Gast aus einem anderen Separee und rief: »He, wir brauchen hier mehr zu trinken!«

»Ich komme sofort, Monsieur!«, antwortete Fatima. Sie zögerte einen Moment. »Geh in dein Zimmer und schlaf eine Nacht darüber«, sagte sie dann zu Kiah. »Morgen früh siehst du die Dinge anders. Morgen Abend kannst du es erneut versuchen.«

Kiah nickte wortlos.

Fatima fügte hinzu: »Und, um Himmels willen, lass die Gäste nicht sehen, wie du heulst.«

Kiah machte, dass sie wegkam, bevor Fatima es sich anders überlegen konnte.

Sie fand den Weg zum Personaleingang und überquerte den Hof zum Haus der Mädchen. Jadda saß im Foyer und sah fern. »Du bist aber früh wieder da«, stellte sie missbilligend fest.

»Ja«, sagte Kiah und eilte ohne weitere Erklärung die Treppe hinauf.

Naji schlief noch immer fest.

Kiah legte die Restaurantkleidung ab, deren Sinn und Zweck ihr jetzt klar war: Es war die Tracht einer Prostituierten. Sie zog ihr Unterkleid über und legte sich zu Naji aufs Bett. Mitternacht war vorüber, aber aus dem Club waren noch die Band und das Stimmengewirr der Gäste zu hören. Sie war furchtbar müde, aber einschlafen konnte sie nicht.

Gegen drei Uhr morgens kam Zariah herein. Ihre Augen funkelten, in der Faust hielt sie ein Bündel Geldscheine. »Ich bin reich!«, gluckste sie.

Kiah war zu müde, um ihr zu sagen, dass das, was sie tat, falsch sei. Tatsächlich war sie sich nicht einmal sicher, ob es falsch war. »Wie viele Männer?«, fragte sie.

»Einer hat mir zwanzig gegeben, und dem anderen hab ich's für zehn mit der Hand gemacht«, sagte Zariah. »Überleg mal, wie lange meine Mutter braucht, um dreißig Dollar zu verdienen!« Sie zog sich aus und ging Richtung Bad.

»Wasch dich gut«, rief Kiah ihr nach.

Zariah kehrte kurz darauf zurück und war eine Minute später eingeschlafen.

Kiah lag wach, bis der erste Morgenschimmer durch die dünnen Vorhänge drang und Naji sich rührte. Sie gab ihm die Brust, damit er ein wenig länger still blieb, dann zog sie sie beide an.

Als sie den Raum verließ, rührte sich niemand.

Sie schlichen aus dem stillen Haus.

Die Avenue Charles de Gaulle war ein breiter Boulevard im Zentrum der Hauptstadt. Selbst um diese Uhrzeit waren dort Menschen unterwegs. Kiah fragte sich zum Fischmarkt durch, dem einzigen Ort in N'Djamena, den sie kannte. Jede Nacht fuhren die Fischer vom Tschadsee durch die Dunkelheit, um den Fang des Tages in die Stadt zu bringen. Kiah hatte Salim einige Male begleitet.

Als sie dort ankam, entluden die Männer gerade im ersten Licht des Tages ihre Pick-ups. Der Geruch nach Fisch war überwältigend, aber Kiah fand die Luft erfrischender als im Bourbon Street. Die Männer ordneten die silbrige Ware auf ihren Ständen an und besprühten sie mit Wasser, um sie kühl zu halten. Bis zum Mittag würden sie alles verkauft haben und dann am Nachmittag wieder nach Hause fahren.

Kiah ging umher, bis sie ein bekanntes Gesicht entdeckte. »Erinnerst du dich an mich, Melhem?«, fragte sie. »Ich bin Salims Witwe.«

»Kiah!«, rief er. »Natürlich erinnere ich mich an dich. Was machst du denn hier ganz allein?«

»Das ist eine lange Geschichte«, sagte Kiah.

Kapitel 8

Vier Tage nach der Schießerei auf der N'Gueli-Brücke und vier Nächte, nachdem Tamara bei Tab übernachtet hatte, ohne dass sie Sex hatten, gab der US-Botschafter eine Party zum dreißigsten Geburtstag seiner Frau.

Tamara hoffte, dass die Party ein Erfolg wurde, nicht nur, weil Shirley ihre beste Freundin im Tschad war, sondern auch weil Nick, Shirleys Mann, sich so ins Zeug legte, um alles zu organisieren. Normalerweise kümmerte sich Shirley um Partys – das gehörte zu den Pflichten einer Botschaftergattin –, aber Nick hatte entschieden, dass sie unmöglich ihre eigene Geburtstagsfeier ausrichten könne und er die Dinge selbst in die Hand nehmen müsse.

Es sollte ein großer Auftrieb werden. Alle in der Botschaft würden kommen, einschließlich des CIA-Personals, das sich als gewöhnliche Diplomaten ausgab. Alle wichtigen Mitarbeiter der Botschaften verbündeter Länder waren eingeladen, dazu viele hochstehende Tschader. Zweihundert Gäste sollten es werden.

Stattfinden würde die Party im Ballsaal, wo die Botschaft nur noch sehr selten Tanzabende veranstaltete. Der traditionelle europäische Ball mit seiner pompösen Musik und steifen Förmlichkeit galt als altmodisch. Der Saal wurde jedoch oft für große Empfänge genutzt, und Shirley schaffte es sogar in solch konventioneller Umgebung, dass ihre Gäste sich entspannten und vergnügten.

In ihrer Mittagspause ging Tamara in den Ballsaal, um zu schauen, ob sie helfen könnte, und traf auf einen völlig überforderten Nick. In der Küche wartete eine riesige Torte darauf, dekoriert zu werden, zwanzig Kellner harrten auf Anweisungen, und draußen unter den Raphiapalmen saß eine Jazzband aus Mali namens Desert Funk und spielte sich ein.

Nick war ein großer Mann mit großem Kopf, großer Nase, großen Ohren und großem Kinn. Er hatte eine verbindliche Art und einen scharfen Verstand. Hochkompetenter Diplomat mochte er sein, geborener Partyorganisator war er nicht. Zwar wollte er es gut machen und lief mit eifrigem Gesicht umher, aber er hatte keine Ahnung, weshalb ihm alles danebenging.

Tamara beauftragte drei Köche, die Torte mit Zuckerguss zu versehen, zeigte den Musikern, wo sie ihre Verstärker anschließen konnten, und schickte zwei Botschaftsbedienstete in die Stadt, um Luftballons und Girlanden zu kaufen. Sie wies die Kellner an, Behälter mit Eis hereinzuschaffen und die Getränke vorzukühlen. Sie ging von einer Aufgabe zur nächsten, achtete auf jedes Detail und brachte die Leute auf Trab. An diesem Nachmittag kehrte sie nicht in die CIA-Zentrale zurück.

Die ganze Zeit war sie mit den Gedanken bei Tab. Was machte er gerade? Um wie viel Uhr würde er ankommen? Wohin würden sie nach der Party gehen? Würden sie die Nacht zusammen verbringen?

War er zu gut, um wahr zu sein?

Ihr blieb gerade noch genügend Zeit, um in ihr Apartment zu eilen und das Partykleid aus strahlend königsblauer Seide anzuziehen, eine Farbe, die im Tschad sehr beliebt war. Erst Minuten, bevor die Gäste eintreffen sollten, kam sie wieder in den Ballsaal.

Einen Moment später traf Shirley ein. Als sie die Dekorationen sah, die Kellner mit ihren Tabletts voller Kanapees und Getränken, die Band, die ihre Instrumente bereithielt, strahlte ihr Gesicht vor Glück. Sie schlang die Arme um Nick und dankte ihm. »Das hast du wunderbar gemacht!«, rief sie, ohne ihre Überraschung zu verbergen.

»Ich hatte entscheidende Unterstützung«, gab er zu.

Shirley sah Tamara an. »Du hast geholfen.«

»Nicks Begeisterung hat uns alle mitgerissen«, sagte Tamara.

»Ich freue mich so.«

Tamara wusste, dass Shirley weniger der Erfolg der Vorbereitungen glücklich machte als vielmehr die Tatsache, dass Nick das alles für sie getan hatte. Und er war glücklich, weil er ihr eine Freude gemacht hatte. So sollte es sein, dachte Tamara; so eine Beziehung wünsche ich mir.

Der erste Gast kam herein, eine Tschaderin in einem Gewand aus leuchtend rot und blau bedrucktem Stoff. »Sie sieht so toll aus«, murmelte Tamara in Shirleys Ohr. »Darin sähe ich aus wie ein Sofa.«

»Aber ihr steht es wunderbar.«

Bei Botschaftsempfängen wurde grundsätzlich kalifornischer Sekt ausgeschenkt. Die Franzosen sagten dazu, er schmecke überraschend gut, und ließen ihre Gläser halbvoll stehen. Die Briten fragten nach Gin Tonic. Tamara fand den Sekt köstlich, aber sie war auch in Hochstimmung.

Shirley sah sie forschend an. »Deine Augen leuchten heute Abend ja richtig.«

»Ich habe es genossen, Nick zu helfen.«

»Mir siehst du eher danach aus, als wärest du verliebt.«

»In Nick? Aber sicher. Das sind wir alle.«

»Hm.« Shirley erkannte eine ausweichende Antwort, wenn sie eine bekam. »Lern lesen, was die Liebe still geschrieben.«

»Lass mich raten«, fragte Tamara. »Shakespeare?«

»Die Kandidatin bekommt zehn Punkte und einen Gummipunkt als Bonus, weil sie der eigentlichen Frage ausgewichen ist.«

Weitere Gäste trafen ein. Shirley und Nick gingen zum Eingang, um sie zu empfangen. Es würde eine Stunde dauern, jeden zu begrüßen.

Tamara machte ihre Runde. Solche Empfänge waren eine günstige Gelegenheit, bei der Geheimdienstler beiläufig Gerüchte aufschnappen konnten. Tamara erstaunte es immer wieder, wie schnell die Leute jeden Gedanken an Vertraulichkeit vergaßen, sobald sie ein kostenloses Getränk in der Hand hielten.

Die Tschaderinnen hatten ihre strahlendsten Farben und lebhaftesten Muster herausgesucht. Die Männer waren nüchterner gekleidet, bis auf ein paar jüngere mit Modesinn, die stylische Jacketts über T-Shirts trugen.

Bei Anlässen wie diesen erlitt Tamara manchmal einen unangenehmen Anflug von Realismus. Während sie Sekt trank und Small Talk betrieb, sah sie Kiah vor sich, die verzweifelt nach einem Weg suchte, ihr Kind zu ernähren, und eine lebensgefährliche Reise quer durch die Wüste und übers Meer in Erwägung zog, allein aus der Hoffnung, ein wenig Sicherheit in einem fernen Land zu finden, über das sie nur wenig wusste. Die Welt war seltsam.

Tab würde erst spät kommen. Es wäre eigentümlich, ihn zum ersten Mal seit ihrer gemeinsamen Nacht wiederzusehen. Sie hatten sich in sein Bett gelegt, er in T-Shirt und Boxershorts, sie in Sweatshirt und Slip. Er hatte die Arme um sie gelegt, sie hatte sich an ihn geschmiegt, und Sekunden später war sie eingeschlafen. Das Nächste, woran sie sich erinnerte, war, wie er im Anzug auf der Bettkante saß, ihr eine Tasse Kaffee anbot und sagte: »Tut mir leid, wenn ich dich wecke, aber ich muss ein Flugzeug bekommen, und ich wollte nicht, dass du allein aufwachst.« Er war an dem Morgen mit einem seiner Pariser Vorgesetzten nach Mali geflogen, und heute sollte er zurückkommen. Wie sollte sie ihn begrüßen? Er war nicht ihr Geliebter, aber auf jeden Fall war er mehr als ein Kollege.

Bashir Fakhoury trat auf sie zu, ein tschadischer Journalist, den sie bereits kannte. Er war klug und angriffslustig, und sie war sofort auf der Hut. Als sie fragte, wie es ihm gehe, antwortete er: »Ich schreibe an einem detaillierten Artikel über die UFDD.« Er sprach von der wichtigsten Rebellengruppierung im Tschad, deren Ziel es war, den Général zu stürzen. »Was halten Sie von denen?«

Es bestand kein Grund, weshalb sie sich ihn nicht zunutze machen sollte. »Ich frage mich, wie sie sich finanzieren. Wissen Sie etwas darüber?«

»Die Vereinigten Kräfte für Demokratie und Entwicklung erhalten viel Geld aus dem Sudan, unserem freundlichen Nachbarn im Osten. Was halten Sie vom Sudan? Washington ist doch sicher der Ansicht, dass der Sudan kein Recht hat, sich im Tschad einzumischen?«

»Ich bin nicht Washington, Bashir. Das wissen Sie doch. Es ist nicht mein Job, die lokale Politik zu kommentieren.«

»Ach, keine Sorge, das ist ein inoffizielles Gespräch. Als Amerikanerin müssen Sie doch auf der Seite der Demokratie stehen.«

Nichts war jemals inoffiziell, das wusste Tamara nur zu gut. »Ich denke oft an Amerikas langen, langsamen Weg zur Demokratie«, sagte sie. »Wir mussten einen Krieg führen, um uns von der englischen Vorherrschaft zu befreien, einen weiteren, um die Sklaverei abzuschaffen, und dann brauchte es hundert Jahre Feminismus, bis die Frauen nicht mehr Bürger zweiter Klasse waren.«

Das war nicht das, worauf er aus war. »Wollen Sie damit sagen, dass die Demokraten im Tschad geduldig sein müssen?«

»Ich sage nichts dergleichen, Bashir. Wir unterhalten uns nur auf einer Party.« Sie nickte in Richtung eines blonden jungen Amerikaners, der in sicherem Französisch mit einer Gruppe sprach. »Reden Sie mit Drew Sandberg. Er ist der Pressesprecher.«

»Mit Drew habe ich schon gesprochen. Er weiß nicht viel. Ich möchte die Meinung der CIA erfahren.«

»CIA? Was ist das?«, fragte Tamara.

Bashir lachte pflichtschuldig, und Tamara wandte sich von ihm ab.

Im selben Augenblick entdeckte sie Tab. Er stand in der Nähe der Tür und schüttelte Nick die Hand. Tab trug heute Abend einen schwarzen Anzug über einem glänzenden weißen Hemd mit Manschettenknöpfen. Seine Krawatte war in dunklem Violett mit einem schwachen Muster gehalten. Er sah zum Anbeißen aus.

Tamara war nicht die Einzige, die so dachte. Ihr fielen mehrere andere Frauen auf, die Tab unverhohlen angafften. Halten Sie Abstand, meine Damen, der gehört mir, dachte sie; aber selbstverständlich stimmte das gar nicht.

Er hatte ihr Trost in der Not geschenkt. Er war charmant und rücksichtsvoll und voll tiefen Mitgefühls gewesen, aber was sagte ihr das? Nur dass er ein netter Kerl war. Während seiner Reise nach Mali war vielleicht schon so viel Zeit verflossen, dass er eine Bindungspanik entwickelt hatte; das kam bei Männern vor. Vielleicht erteilte er ihr die Abfuhr mit einem abgeschmackten Spruch – es war schön, solange es nicht ernst war, belassen wir es dabei, ich will keine Beziehung –, oder sie bekam sogar das Schlimmste von allem zu hören: Es liegt nicht an dir, es liegt an mir.

Als sie darüber nachdachte, begriff sie, dass sie sich unbedingt eine Beziehung mit ihm wünschte und am Boden zerstört wäre, sollte er anders empfinden.

Tamara wandte sich wieder um, und Tab stand vor ihr. Als er lächelte, erschrak sie darüber, wie gut er aussah: Er strahlte vor Liebe und Glück. Ihre Zweifel und Ängste verflogen. Sie unterdrückte den Drang, ihn zu umarmen. »Guten Abend«, sagte sie förmlich.

»Was für ein tolles Kleid!« Er sah aus, als könnte er sie küssen wollen, daher reichte sie ihm die Hand, und er schüttelte sie.

Noch immer strahlte er übers ganze Gesicht.

»Wie war es in Mali?«, fragte sie.

»Ich habe dich vermisst.«

»Das freut mich. Aber hör auf, mich so anzugrinsen. Niemand soll erfahren, dass wir … uns nähergekommen sind. Du bist Beamter im Nachrichtendienst eines anderen Landes. Dexter würde ausrasten.«

»Ich freue mich einfach nur sehr, dich zu sehen.«

»Und ich bete dich an, aber jetzt zieh Leine, bevor jemand was mitkriegt.«

»Aber sicher.« Er hob die Stimme ein wenig. »Ich muss Shirley zu ihrem Geburtstag gratulieren. Bitte entschuldigen Sie mich.« Er verbeugte sich knapp und ging weiter.

Kaum war er fort, begriff Tamara, dass sie gerade *Ich bete dich an* gesagt hatte. Oh mein Gott, dachte sie, das war zu früh. Und er hat es nicht erwidert. Jetzt habe ich ihn verschreckt.

Sie starrte ihm hinterher, auf den wunderbar sitzenden Rücken seines Anzugs. Hatte sie alles gründlich vermasselt?

Karim Aziz trat zu ihr und sprach sie an. Er trug einen neuen perlgrauen Anzug mit lavendelfarbener Krawatte. »Ich habe von Ihrem Abenteuer gehört«, sagte er. Er betrachtete sie auf eine eigenartige Weise, als hätte er sie nie zuvor richtig gesehen. Seit dem Feuergefecht an der Brücke hatte sie in den Augen anderer Menschen bereits einen ähnlichen Ausdruck entdeckt. Wir glaubten dich zu kennen, besagte er, aber jetzt sind wir uns nicht mehr sicher.

»Was haben Sie denn gehört?«, fragte Tamara.

»Während die US Army niemanden erwischen konnte, haben Sie einen Terroristen erschossen. Ist das wahr?«

»Ich hatte ein leichtes Ziel.«

»Was tat Ihr Opfer, als Sie schossen?«

»Er richtete aus einem Abstand von zwanzig Yards ein Sturmgewehr auf mich.«

»Aber Sie haben die Nerven behalten.«

»Schätze schon.«

»Und haben Sie ihn verletzt, oder was ist geschehen?«

»Er starb.«

»Mein Gott.«

Tamara erkannte, dass sie in eine Art elitärer Gruppe aufgenommen worden war. Karim war beeindruckt. Sie fand das nicht so toll: Für ihren Verstand wollte sie respektiert werden, nicht für ihre Schießkünste. Sie wechselte das Thema. »Was sagt man im Präsidentenpalast zu der ganzen Geschichte?«

»Der Général ist sehr wütend. Unsere amerikanischen Freunde wurden attackiert. Mag sein, dass sich die Angreifer formell auf kamerunischem Staatsgebiet befanden oder in einem Niemandsland an der Grenze, aber die US-Soldaten sind unsere Gäste, daher sind wir empört.«

Tamara hörte aus Karims Worten zwei Dinge heraus. Erstens distanzierte sich der Général nachdrücklich von den Angreifern, indem er betonen ließ, wie wütend er sei. Zweitens deutete er an, dass es sich bei den Terroristen nicht unbedingt um Tschader handeln musste. Die Schuld an Schwierigkeiten Fremden zuzuschieben war immer das Beste. Karim unterstellte sogar, dass sie nicht einmal auf tschadischem Boden gestanden hätten. Tamara wusste, dass das Blödsinn war, aber sie wollte Erkenntnisse gewinnen, nicht streiten. »Das freut mich zu hören«, sagte sie.

»Bestimmt wissen Sie bereits, dass der Sudan hinter dem Überfall steckt.«

Tamara wusste in dieser Hinsicht gar nichts. »Sie riefen ›al-Bustan‹. Das deutet auf den ISGS hin.«

Karim winkte ab. »Eine List, um uns zu verwirren.«

»Was nehmen Sie dann an?«, fragte sie gleichmütig.

»Der Überfall wurde von der UFDD mit Unterstützung aus dem Sudan durchgeführt.«

»Interessant«, sagte Tamara unverbindlich.

Karim beugte sich zu ihr. »Nachdem Sie Ihren Terroristen getötet hatten, haben Sie sich doch bestimmt seine Waffe angesehen.«

»Sicher.«

»Was war es?«

»Ein Hinterschaftlader.«

»Ein Norinco-Fabrikat?«

»Richtig.«

»Chinesisch!« Karim sah sie triumphierend an. »Die sudanesischen Streitkräfte kaufen alle ihre Waffen in China.«

Auch der ISGS hatte Norinco-Sturmgewehre, und sie hatten sie von der sudanesischen Armee, also letztlich aus der gleichen Quelle, aber Tamara ließ es dabei bewenden. Sie bezweifelte, dass Karim selbst glaubte, was er sagte. Durch ihn kannte sie nun aber die offizielle Linie der Regierung, und Tamara verbuchte es als nützlichen Informationsgewinn. »Wird der Général Schritte einleiten?«

»Er wird der Welt mitteilen, wer dafür verantwortlich ist!«

»Und wie wird er das anstellen?«

»Er plant, eine große Rede zu halten, in der er die sudanesische Regierung für ihre Rolle bei der Subversion hier im Tschad angreifen wird.«

»Eine große Rede?«

»Ja.«

»Wann?«

»Bald.«

»Sie und die anderen arbeiten bestimmt schon am Text.«

»Gewiss.«

Tamara überlegte sich genau, was sie sagte. »Das Weiße Haus wird hoffen, dass die Lage nicht eskaliert. Wir möchten nicht, dass die Region destabilisiert wird.«

»Natürlich, natürlich, das sehen wir genauso, das braucht man nicht eigens zu betonen.«

Tamara zögerte. Hatte sie den Mut zu tun, was ihr in den Sinn gekommen war? Ja, zum Teufel. »Für Präsidentin Green wäre es eine große Hilfe, wenn sie einen Entwurf der Rede vorab sehen könnte.«

Langes Schweigen setzte ein.

Tamara nahm an, dass Karim über die Kühnheit des Ersuchens verdutzt war, aber zugleich überlegte, wie nützlich es sein könnte, die Billigung der Amerikaner zu gewinnen.

Sie war erstaunt, dass er es überhaupt in Erwägung zog.

Schließlich sagte er: »Ich werde sehen, was ich tun kann«, und verabschiedete sich mit einem Nicken.

Tamara schaute sich um und sah in ein Farbenmeer. Der Saal war nun gefüllt, und die Frauen lagen im Wettstreit um die grellste Farbe. Die bodentiefen Fenster standen offen, damit Gäste den Saal verlassen konnten, um zu rauchen. Desert Funk spielte eine rhythmische afrikanische Variante von Cool Jazz, aber die lautstarken Gespräche auf Arabisch, Französisch und Englisch übertönten die Band. Die Klimaanlage mühte sich nach Kräften. Alle hatten Spaß.

Shirley trat zu ihr. »Du hast Tabdar nicht viel Zeit gewidmet, Tamara.«

Eine sehr hellsichtige Bemerkung, dachte sie. »Er hatte es eilig, dir zum Geburtstag zu gratulieren.«

»Vor zwei Wochen hast du dich den ganzen Abend an ihn gehängt, bei dem Empfang in der italienischen Botschaft.«

Jetzt, wo sie es sagte – Tamara hatte an jenem Abend wirklich lange mit Tab gesprochen, aber dabei war es vor allem um Abdul gegangen. Hatte sie sich da in Tab verguckt, ohne es zu merken? »Ich habe mich nicht an ihn gehängt«, sagte sie. »Wir haben über die Arbeit gesprochen.«

Shirley zuckte mit den Schultern. »Wenn du es so willst. Ich nehme an, er hat dich mit irgendetwas verärgert. Ihr habt gestritten.« Sie sah Tamara genau an und sagte: »Nein, halt – es ist genau andersherum! Du verstellst dich. Du verbirgst es.« Sie senkte die Stimme. »Hast du mit ihm geschlafen?«

Tamara wusste nicht, wie sie diese Frage beantworten sollte. Sie müsste *Ja und nein* sagen, und das würde nur eine nähere Erklärung erforderlich machen.

Shirley wirkte verlegen, was Tamara von ihr nicht kannte. »Wie unhöflich von mir, das zu fragen. Tut mir leid.«

Tamara gelang es, einen zusammenhängenden Satz zu bilden. »Wenn es so wäre, würde ich es dir nicht sagen, weil ich dich sonst bitten müsste, es vor Nick und Dexter geheim zu halten, und das wäre dir gegenüber nicht fair.«

Shirley nickte. »Das verstehe ich. Danke.« Sie richtete den Blick in den Saal. »Ich werde gerufen«, sagte sie. Tamara folgte ihrem Blick und entdeckte Nick, der ihr vom Eingang winkte. Bei ihm standen zwei Männer in dunklen Anzügen mit Sonnenbrillen. Eindeutig Personenschützer, aber wessen?

Tamara folgte Shirley durch den Saal.

Nick sprach inständig auf einen Assistenten ein. Als Shirley ihn erreichte, nahm er sie an die Hand und ging zur Tür.

Im nächsten Moment trat der Général ein.

Tamara hatte den Präsidenten des Tschad noch nie persönlich gesehen, aber sie erkannte ihn von Fotografien. Er war ein breitschultriger Mann um die sechzig mit kahlgeschorenem Schädel, dunkler Haut, mehr Afrikaner als Araber. Er trug einen Business-Anzug im westlichen Stil und mehrere klobige Goldringe. Ihm folgte eine Gruppe von Männern und Frauen.

Der Général war liebenswürdig gestimmt und lächelte jovial. Er schüttelte Nick die Hand, lehnte ein Glas Sekt ab, das ihm der Kellner anbot, und reichte Shirley ein kleines, in Geschenkpapier gehülltes Päckchen. Auf Englisch stimmte er *Happy Birthday* an.

Sein Gefolge fiel bei der zweiten Zeile ein: »*Happy birthday to you …*«

Erwartungsvoll sah er sich um, und weitere Gäste begriffen

die Aufforderung und sangen: »*Happy birthday, dear Shirley …*« Die Band fand die Tonart und begleitete den Gesang.

Am Ende sang der ganze Ballsaal: »*Happy birthday to you!*« Dann applaudierten die Leute sich selbst.

Na, dachte Tamara, auf jeden Fall weiß er, wie man einen Raum beherrscht.

»Darf ich mein Geschenk auspacken?«, fragte Shirley.

»Aber ich bitte darum!«, rief der Général. »Schließlich möchte ich sichergehen, dass es Ihnen gefällt.«

Als würde sie es ihm sagen, wenn es ihr missfällt, dachte Tamara.

Sie fing Karims wissenden Blick auf und begriff, was Shirley geschenkt bekam.

Shirley hielt ein Buch hoch. »Das ist ja wunderbar!«, rief sie. »Die Werke von al-Chansa – meiner arabischen Lieblingsdichterin –, ins Englische übersetzt! Ich danke Ihnen sehr, Herr Präsident.«

»Ich wusste, dass Sie sich für Dichtkunst interessieren«, sagte der Général. »Und al-Chansa ist eine der wenigen Dichterinnen.«

»Das war solch eine kluge Wahl.«

Der Général war zufriedengestellt. »Ich muss sagen, sie ist ein wenig düster. Ihre Gedichte sind meist Elegien über den Tod.«

»Viele der größten Gedichte sind traurig, nicht wahr, Herr Präsident?«

»Das stimmt.« Er fasste Nick am Arm und führte ihn von der Gruppe fort. »Auf ein Wort, Monsieur L'Ambassadeur, wenn ich darf.«

»Selbstverständlich«, sagte Nick, und sie begannen ein leises Gespräch.

Shirley verstand die Andeutung, wandte sich den Gästen zu und zeigte allen das Buch. Tamara legte ihre Rolle bei der Auswahl des Geschenks nicht offen. Eines Tages würde sie Shirley vielleicht davon erzählen.

Der Général sprach etwa fünf Minuten lang mit Nick und ging. Die Party wurde noch lebhafter. Jeder war aufgeregt, weil der Präsident des Landes sich gezeigt hatte.

Nick wirkte jedoch ein wenig ernst, fand Tamara. Sie fragte sich, was der Général ihm eröffnet hatte.

Sie begegnete Drew Sandberg und berichtete dem Pressesprecher der US-Botschaft von ihrem Gespräch mit Bashir. »Ich habe ihm nichts gesagt, was er nicht sowieso schon wusste«, fügte sie hinzu. »Er könnte sich natürlich etwas ausdenken, doch das ist eine unausweichliche Folge, wenn man Botschaftspartys veranstaltet.«

»Danke, dass Sie es mich wissen lassen«, sagte Drew. »Aber ich glaube nicht, dass wir uns Sorgen machen müssen.«

Drews Verlobte, Annette Cecil, war bei ihm. Sie gehörte der kleinen britischen Botschaft in N'Djamena an. Sie sagte: »Wir gehen nachher noch in die Bar Bisous. Wollen Sie mitkommen?«

»Vielleicht, falls ich mich freimachen kann. Danke sehr.«

Tamara begegnete Shirleys Blick. Das Geburtstagskind wirkte niedergeschlagen. Was konnte ihr die Party verdorben haben? Sie ging zu Shirley hinüber und fragte: »Was ist denn los?«

»Ich habe dir doch erzählt, dass der Général zugestimmt hat, die UNO-Resolution der Präsidentin gegen die Waffengeschäfte zu unterstützen?«

»Ja – du hast gesagt, Nick war sehr zufrieden.«

»Der Général war hier, um ihm zu sagen, dass er es sich anders überlegt hat.«

»Oh. Wie kommt das denn?«

»Das hat Nick auch immer wieder gefragt, und er hat vom Général eine ausweichende Antwort nach der anderen bekommen.«

»Hat Präsidentin Green den Général mit irgendetwas verärgert?«

»Das versuchen wir gerade herauszubekommen.«

Ein Diplomat trat zu ihnen und bedankte sich bei Shirley für die Party. Die ersten Gäste brachen auf.

Karim trat auf Tamara zu. »Ihr Vorschlag für das Geschenk war ein großer Erfolg! Vielen Dank für Ihren Rat.«

»Gern geschehen. Alles war sehr aufgeregt, als der Général hierherkam.«

»Wir sehen uns später in der Woche. Wir sind zum Kaffee verabredet.«

Er wollte gehen, aber sie hielt ihn auf. »Karim, Sie wissen doch alles, was in dieser Stadt vorgeht.«

Er war geschmeichelt. »Vielleicht nicht alles …«

»Der Général wird nicht für Präsidentin Greens UNO-Resolution stimmen, und wir verstehen einfach nicht, aus welchem Grund. Anfangs hat er uns unterstützt. Wissen Sie, wie es zu seinem Sinneswandel kam?«

»Das weiß ich«, sagte Karim, aber er nannte ihr keinerlei Erklärung.

»Es wäre für Nick so nützlich, wenn er es wüsste.«

»Sie sollten den chinesischen Botschafter fragen.«

Das war ein Hinweis. Karim war ein wenig schwach geworden. Tamara stieß sofort nach. »Mir ist klar, dass die Chinesen gegen unsere Resolution sind. Aber welchen Druck könnte China ausüben, dass ein loyaler Freund die Seiten wechselt?«

Karim rieb sich mit dem Daumen der rechten Hand über die Fingerspitzen, die internationale Geste für Geld.

»China hat ihn bestochen?«

Karim schüttelte den Kopf.

»Was war es dann?«

Nun musste Karim etwas sagen, sonst sähe es aus, als hätte er nur so getan, als wäre er eingeweiht. »Seit über einem Jahr«, sagte er ruhig und bedachtsam, »arbeiten die Chinesen an einem Plan für einen Kanal zwischen dem Kongo-Fluss und dem Tschadsee.

Der Bau wird das größte Infrastrukturprojekt in der Geschichte der Welt.«

»Ich habe davon gehört. Und …?«

»Falls wir für die US-Resolution stimmen, wird das Kanalprojekt auf Eis gelegt.«

»Aha«, hauchte Tamara. »Das erklärt es.«

»Der Kanal ist sehr wichtig für den Général.«

Das sollte er auch sein, dachte Tamara. Der Kanal würde Millionen Menschen das Leben retten und den Tschad in ein Paradies verwandeln.

Aber mithilfe solcher Projekte konnte auch politischer Druck ausgeübt werden. Das hatte nichts Verwerfliches oder auch nur Ungewöhnliches an sich. Auch andere Staaten einschließlich der USA nutzten ihre Hilfsprojekte und Investitionen im Ausland, um ihren Einfluss zu festigen: Das war Teil des Spiels.

Aber der Botschafter musste davon erfahren.

»Sagen Sie nicht, dass Sie es von mir haben.« Karim winkte Tamara zu und ging davon.

Sie schaute sich nach Dexter oder einem anderen der höheren CIA-Leute um, dem sie es melden konnte, aber sie hatten den Ballsaal schon verlassen.

Tab kam zu ihr. »Danke für eine wunderbare Party«, sagte er laut und fügte mit leiser Stimme hinzu: »Weißt du noch, was du vor einer Stunde zu mir gesagt hast?«

»Was meinst du?«

»Du sagtest: ›Ich bete dich an, aber jetzt zieh Leine.‹«

Es war ihr peinlich. »Tut mir wirklich leid. Ich war angespannt wegen der Party.« Und deinetwegen.

»Entschuldigung angenommen. Können wir zusammen essen?«

»Würde ich zu gern, aber wir dürfen nicht gemeinsam weggehen.«

»Wo soll ich dich treffen?«

»Könntest du mich in der Bar Bisous abholen? Drew und Annette haben mich dorthin eingeladen.«

»Aber sicher.«

»Komm nicht rein. Ruf mich von draußen an, und ich komme sofort heraus.«

»Guter Plan. Auf diese Weise werden wir nicht zusammen gesehen.«

»Genau.«

Er lächelte und ging.

Tamara musste weitergeben, was sie von Karim erfahren hatte. Sie konnte sich auf die Suche nach Dexter machen, aber Nick wirkte so niedergeschlagen, dass sie fand, sie sollte es ihm sofort berichten.

Als sie auf ihn zutrat, sagte er: »Vielen Dank für Ihre Hilfe heute Nachmittag. Die Party war ein riesiger Erfolg.« Er war aufrichtig, aber Tamara merkte ihm an, dass ihm eine Last auf der Seele lag.

»Das freut mich«, sagte sie rasch und fuhr fort: »Mir wurde gerade etwas mitgeteilt, das Sie vielleicht hören möchten.«

»Schießen Sie los.«

»Ich habe mich gefragt, was den Général veranlasst hat, es sich mit der UNO-Resolution anders zu überlegen.«

»Geht mir genauso.« Nick fuhr sich durch die Haare.

»Die Chinesen wedeln ihm mit einem mehrere Milliarden Dollar teuren Kanal zwischen Kongo und Tschadsee vor der Nase herum.«

»Das weiß ich«, sagte Nick. »Ach, ich verstehe – sie lassen das Projekt fallen, wenn der Tschad für die Resolution stimmt.«

»Sie legen es auf Eis. So habe ich mir sagen lassen.«

»Das klingt sehr plausibel. Also, ich bin froh, dass wir nun wenigstens eine Erklärung haben. Ob wir etwas unternehmen können, da bin ich mir nicht sicher. Sie haben uns an die Wand gespielt.« Er versank in Gedanken.

Der Saal leerte sich, und die Kellner räumten schon auf. Tamara überließ Nick seinem Grübeln. Sie fand, sie hatte gute Arbeit geleistet, als sie so rasch eine Erklärung für die Kehrtwende des Générals fand: Sich zu überlegen, was dagegen unternommen werden sollte, war nicht ihr Problem, sondern das von Nick und Präsidentin Green.

Sie verließ den Ballsaal und trat in den Abend hinaus. Die Sonne war untergegangen, und das Botschaftsgelände kühlte ab. In ihrem Apartment klingelte das Telefon, während sie unter der Dusche stand. Dexter hinterließ die Bitte um Rückruf. Vermutlich wollte er ihr gratulieren. Das konnte bis morgen warten: Sie fieberte dem Wiedersehen mit Tab entgegen. Tamara erwiderte den Anruf nicht.

Sie zog frische Unterwäsche an und kleidete sich in eine lila Bluse und schwarze Jeans. Gegen die Kälte streifte sie eine kurze Lederjacke darüber, dann rief sie sich einen Wagen.

Eine Handvoll Leute wartete auf Wagen: Drew und Annette, Dexter und Daisy, Dexters Stellvertreter Michael Olson und zwei neue Mitarbeiter des CIA-Büros, die Dean und Leila hießen. Drew und Annette schlugen Tamara vor, einen Wagen mit ihr zu teilen, und sie stimmte bereitwillig zu.

Dexter war ein wenig rot im Gesicht vom Sekt. »Ich hab Sie angerufen.« Seine Stimme klang aggressiv.

»Ich wollte Sie eben zurückrufen«, log sie. Er klang nicht danach, als wollte er sie beglückwünschen.

»Ich habe eine Frage an Sie«, sagte er.

»Okay.«

Er herrschte sie an: »Für wen halten Sie sich eigentlich?«

Sie war so verdutzt, dass sie einen Schritt zurücktrat. Sie merkte, wie ihr Hals sich rötete. Die Leute, die in der Nähe standen, wirkten verlegen. »Was habe ich getan?« Sie sprach leise in der Hoffnung, dass er ebenfalls die Stimme dämpfte.

Ihr Trick verfing nicht. »Sie haben den Botschafter unterrichtet!«, schäumte er. »Das ist nicht Ihre Aufgabe! Ich unterrichte den Botschafter, und wenn ich es nicht kann, tut Michael es. Sie stehen dafür in der Hierarchie wenigstens zwanzig Stufen zu tief!«

Wie konnte er ihr das vor so vielen Kollegen antun? »Ich habe den Botschafter nicht unterrichtet«, sagte sie, aber kaum waren die Wörter aus ihrem Mund, begriff sie, dass sie es, technisch gesehen, sehr wohl getan hatte. »Ach, Sie meinen das mit dem Général.«

Mit dem Kopf wackelnd und mit alberner Stimme sagte er: »Ja, genau, das mit General Motherfucker meine ich!«

Daisy sagte leise: »Dexter, nicht hier.«

Er beachtete seine Frau gar nicht, stemmte die Hände in die Hüften und sah Tamara streitlustig an. »Also?«

Er hatte recht, streng genommen, aber das Protokoll zu befolgen wäre Zeitverschwendung gewesen. »Nick war niedergeschlagen und durcheinander, und ich habe zufällig herausgefunden, was er wissen musste«, sagte sie. »Ich fand, er sollte es sofort erfahren.«

»Solche Beurteilungen könnten Sie machen, wenn Sie Leiter des Büros wären, aber das sind Sie nicht und werden es niemals sein, wenn ich auch nur ein Wörtchen mitzureden habe.«

Gewiss mussten nachrichtendienstliche Erkenntnisse analysiert werden, bevor man sie einem Politiker vorlegte. Ungefilterte Berichte waren nicht vertrauenswürdig und konnten irreführend sein. Erfahrene Experten in der Agency werteten aus, was hereinkam, prüften die bisherige Verlässlichkeit der Quelle, verglichen die Meldungen untereinander und setzten die Dinge in den richtigen Kontext; erst dann gaben sie ihre Bewertungen an die Politiker weiter. Wenn sie irgend konnten, legten sie keine Rohdaten vor.

Andererseits war es ein simpler Fall. Nick war ein erfahrener Diplomat, der kaum daran erinnert werden musste, dass die

Nachrichtendienste auch einmal falschliegen konnten. Schaden war keiner angerichtet worden.

Tamara vermutete, dass Dexters Wut dem Umstand entsprang, dass seine Abteilung einen kleinen Triumph errungen hatte, ohne dass es ihm als Verdienst angerechnet wurde. Mit Dexter zu streiten hatte jedenfalls keinen Sinn. Er war der Boss, und er hatte das Recht, auf das Protokoll zu pochen. Sie musste es schlucken.

Seine Limousine traf ein, und der Fahrer öffnete den Schlag. Daisy stieg ein, zutiefst peinlich berührt.

»Es tut mir leid«, sagte Tamara. »Ich habe impulsiv gehandelt. Es wird nicht wieder geschehen.«

»Das will ich sehr hoffen.« Dexter stieg in seinen Wagen.

* * *

Drei Stunden später hatte Tamara vergessen, dass Dexter existierte.

Mit den Fingerspitzen zeichnete sie Tabs Kieferlinie nach, eine anmutige Kurve von einem Ohrläppchen zum anderen. Sie war froh, dass er keinen Bart trug.

Eine einzige Tischlampe tauchte sein Apartment in schummriges Licht. Die Couch war groß und weich. Leise spielte ein Klavierquartett; von Brahms, glaubte sie.

Er nahm ihre Hand und küsste sie. Sanft strichen seine Lippen über ihre Haut, kosteten sie, erkundeten die Knöchel, die Fingerspitzen, die Handfläche und dann die weiche Stelle am Handgelenk, in die Menschen sich schnitten, wenn sie sterben wollten.

Sie streifte ihre Schuhe ab, und er tat das Gleiche. Er trug keine Socken und hatte breite, wohlgeformte Füße. Wie es schien, war alles an ihm elegant. Irgendwo muss ein Makel verborgen sein, sagte sie sich. Innerhalb der nächsten Stunde würde sie ihn vollkommen nackt sehen. Vielleicht hat er einen großen hässlichen Bauchnabel, dachte sie, oder … etwas anderes.

Sie sollte ein wenig nervös sein, fand sie. Er konnte eine Enttäuschung sein: rücksichtslos oder zu hastig oder befremdlich in seinen Wünschen. Wenn Sex nicht gut lief, wurden manche Männer wütend und ausfällig, gaben der Frau die Schuld. Sie hatte einige schlechte Erlebnisse erduldet und von vielen weiteren von Freundinnen gehört. Trotzdem fühlte sie sich entspannt. Der Instinkt sagte ihr, dass sie sich wegen Tab keine Sorgen zu machen brauchte.

Sie knöpfte ihm das Hemd auf, spürte die steife Baumwolle und darunter die Wärme seines Körpers. Die Krawatte hatte er schon vor Stunden abgelegt. Sie roch Sandelholz, irgendein altmodisches Eau de Cologne. Sie küsste seine Brust. Sie war nicht sonderlich behaart, nur ein paar lange schwarze Strähnen. Sie berührte seine dunkelbraunen Brustwarzen, hörte ein leises Stöhnen der Wonne, was sie als Zeichen nahm, und küsste sie. Er streichelte ihre Haare.

Als sie sich zurückzog, sagte er: »Ich könnte ewig so weitermachen. Warum hörst du auf?«

Sie knöpfte sich die purpurne Bluse auf. »Weil ich möchte, dass du dasselbe mit mir machst«, sagte sie. »Möchtest du das?«

»Oh ja«, sagte er.

Kapitel 9

Präsidentin Green besprach die schlechten Nachrichten mit Chester Jackson, ihrem Außenminister. In seinem Fischgrätanzug und der Strickkrawatte sah er wie ein Collegeprofessor aus, aber als er sich neben Pauline auf die Couch setzte, bemerkte sie etwas Weißes an seinem linken Handgelenk. »Was ist das für eine Uhr, Chess?«, fragte sie. Normalerweise trug er eine schmale Longines mit einem braunen Alligatorarmband.

Er schob den Ärmel hoch, damit die komplett weiße Swatch Day-Date mit Plastikarmband ganz zu sehen war. »Ein Geschenk meiner Enkelin«, erklärte er.

»Was sie weit wertvoller macht als alles, was Sie bei einem Juwelier kaufen könnten.«

»Ganz genau.«

Sie lachte. »Ich mag Männer, die wissen, was wirklich zählt.«

Chess war ein gerissener, pragmatischer Staatsmann mit der konservativen Neigung, keine schlafenden Hunde zu wecken. Bevor er in die Politik ging, war er Seniorpartner in einer Washingtoner Anwaltskanzlei gewesen, die sich auf internationales Recht spezialisiert hatte. Pauline mochte seine trockenen, prägnanten Briefings, bei denen er kein Wort zu viel sprach.

»Wir könnten die heutige Abstimmung bei der UNO verlieren«, sagte er. »Josh hat Ihnen in seinem Bericht bereits die Zahlen vorgelegt.« Joshua Woodward war der US-Botschafter bei den Vereinten Nationen. »Unsere Unterstützung ist zusammengeschrumpft. Die meisten neutralen Staaten, die uns ursprünglich ihre Stimme zugesagt hatten, kündigen nun an, sich zu enthalten oder sogar gegen uns zu votieren. Es tut mir leid.«

»Verdammt«, sagte Pauline. Über das Wochenende hatten sich die Zweifel bereits verstärkt, und sie war bestürzt, ihre Befürchtungen nun bestätigt zu sehen.

Chess fuhr fort: »Die Chinesen haben viele auf ihre Seite gezogen, indem sie androhten, Investitionen zu stoppen.«

Vizepräsident Milton Lapierre saß Pauline gegenüber und nestelte an dem lila Halstuch, das er getragen hatte, als er hereinkam. Indigniert ergriff er das Wort. »Wir sollten dasselbe machen – unsere Hilfsprogramme in Übersee als Druckmittel einsetzen. Völker, denen wir helfen, haben uns zu helfen.« Mit seinem starken Südstaatenakzent klang das wie ein Gebet. »Und wenn sie's nicht tun, sag ich: Fahrt zur Hölle!« *Amen.*

Chess schüttelte geduldig den Kopf. »Ein Großteil unserer Hilfsprogramme ist an Käufe von amerikanischen Herstellern gebunden, und wenn wir die Hilfe einstellen, bekommen wir Schwierigkeiten mit unserer Industrie.«

»Diese Resolution war keine so schlaue Idee«, sagte Pauline.

»Als wir sie beschlossen«, wandte Chess ein, »hielten wir den Plan für gut.«

»Ich würde die Resolution lieber zurückziehen, als die Abstimmung zu verlieren.«

»Legen Sie sie auf Eis. Wir können sagen, wir verschieben die Abstimmung, um Nachbesserungen vorzunehmen. Sie können sie so lange aussetzen, wie Sie wollen.«

»Okay, Chess, aber es bricht mir das Herz, wenn ein junger Kerl aus einer amerikanischen Familie wie den Ackermans von einem Terroristen mit einem chinesischen Sturmgewehr getötet wird. Ich gebe mich in der Sache nicht geschlagen. Ich will China klarmachen, dass es für das, was es tut, bezahlen muss. Die Chinesen kommen mir damit nicht ungeschoren davon.«

»Sie könnten beim chinesischen Botschafter Protest einlegen.«

»Das werde ich mit Sicherheit tun.«

»Der Botschafter wird antworten, dass China Waffen an die sudanesischen Streitkräfte verkauft und es nicht Chinas Schuld ist, wenn die Sudanesen sie an den ISGS verhökern.«

»Während die chinesische und die sudanesische Regierung schön wegsehen.«

Chess nickte. »Stellen Sie sich vor, was Beijing sagen würde, wenn afghanische Heeresoffiziere amerikanische Gewehre über die Grenze an die Rebellen der Provinz Xinjiang verkaufen würden.«

»Die chinesische Regierung würde uns beschuldigen, sie stürzen zu wollen.«

»Madam President, wenn Sie China bestrafen wollen, warum verschärfen wir dann nicht die Sanktionen gegen Nordkorea?«

»Das würde die Chinesen Geld kosten, aber nicht sehr viel.«

»Zugegeben, aber es würde der Welt zeigen, dass China die UNO-Sanktionen ignoriert, und das wiederum wäre Beijing peinlich. Falls es dann protestiert, beweist es nur, dass wir recht haben.«

»Sehr gerissen, Chess. Das gefällt mir.«

»Und dafür bräuchten wir nicht einmal eine Abstimmung in der UNO, denn die UNO hat bereits Handelsbeschränkungen gegen Nordkorea verhängt. Wir brauchen nichts weiter zu tun, als die bestehenden Bestimmungen durchzusetzen.«

»Zum Beispiel?«

»Import-Export-Dokumente werden im Internet veröffentlicht, und wenn wir sie genau prüfen, können wir feststellen, welche gefälscht sind.«

»Wie das?«

»Ich gebe Ihnen ein Beispiel. Nordkorea stellt Pianoakkordeons her, billig, aber von guter Qualität. In der Vergangenheit hat das Land sie in die ganze Welt exportiert, aber jetzt geht das nicht mehr. Sie werden jedoch feststellen, dass im vergangenen Jahr eine chinesische Provinz 433 solcher Akkordeons importiert und China im gleichen Jahr genau 433 Pianoakkordeons nach Italien exportiert hat, die den Stempel *Made in China* trugen.«

Pauline lachte.

Chess sagte: »Um das rauszukriegen, braucht man kein Genie zu sein, man muss nur ein bisschen Detektivarbeit erledigen.«

»Sonst noch etwas?«

»Eine Menge. Umladungen von Schiff zu Schiff auf hoher See überwachen – das schaffen wir jetzt über Satellit. Es Nordkorea erschweren, an seine ausländischen Reserven in harter Währung heranzukommen. Ländern Ärger machen, bei denen wir den Verdacht haben, dass sie die Sanktionen umgehen.«

»Verdammt, das machen wir«, sagte Pauline.

»Danke, Madam President.«

Lizzie öffnete die Tür. »Mr Chakraborty würde Sie gern sprechen.«

»Kommen Sie herein, Sandip«, sagte Pauline.

Sandip Chakraborty, der Kommunikationsdirektor des Weißen Hauses, war ein smarter junger Amerikaner mit bengalischen Wurzeln, der Sneaker zu seinem Anzug trug, ein Modetrend, der zurzeit beim Regierungspersonal hip war. Er sagte: »James Moore hält heute Abend in Greenville, South Carolina, eine Rede, und ich habe gehört, dass er über die UNO-Resolution sprechen wird. Ich dachte, das möchten Sie wissen. Er ist gerade auf CNN.«

»Schalten Sie ein«, sagte Pauline.

Sandip drückte auf die TV-Fernbedienung, und Moore wurde sichtbar.

Er war sechzig, zehn Jahre älter als Pauline, hatte ein zerklüftetes Gesicht und einen ergrauenden blonden Bürstenschnitt. Sein Jackett war im Westernstil gehalten, mit Taschenklappen und V-förmigen Stickereien auf den Schulterpassen.

Geringschätzig sagte Milt: »Nur weil man aus dem Süden kommt, muss man sich noch lange nicht wie ein Viehtreiber anziehen.«

»Sein Geld hat er mit Öl verdient, nicht mit Rindern«, sagte Chess.

»Ich wette, er hat auch ein Pferd, das Trigger heißt.«

»Aber sehen Sie doch«, sagte Pauline. »Sehen Sie, wie sie ihn lieben.«

Auf einer sonnenbeschienenen Einkaufsstraße nahm Moore übertrieben lächelnd ein Bad in der Menge. Die Leute scharten sich um ihn und knipsten Selfies mit ihren Handys. »Hier, Jimmy! Sehen Sie mich an! Lächeln Sie doch mal!« Besonders die Frauen fanden es ganz aufregend, sich mit ihm zu fotografieren.

Er hörte nie auf zu reden und schwatzte in einem fort: »Wie geht's Ihnen? Schön, Sie zu sehen. Hi. Danke für Ihre Unterstützung – ich weiß das wirklich zu schätzen.«

Eine junge Frau hielt ihm ein Mikrofon vors Gesicht. »Werden Sie bei Ihrer Rede heute Abend China dafür verurteilen, dass es Waffen an Terroristen verkauft?«

»Ich werde ganz bestimmt auf den Waffenhandel eingehen, Ma'am.«

»Aber was werden Sie sagen?«

Moore grinste sie durchtrieben an. »Nun, Ma'am, wenn ich Ihnen das jetzt sagen würde, müsste ja später niemand mehr rauskommen und sich meine Rede anhören, nicht wahr?«

»Schalten Sie es ab«, sagte Pauline.

Der Bildschirm wurde dunkel.

»Der Kerl ist ein Witz auf Beinen!«, rief Chess.

»Aber seine Show hat er drauf«, sagte Milt.

Lizzie streckte wieder den Kopf herein. »Mr Green ist hier, Madam.«

Pauline erhob sich, und die anderen standen ebenfalls auf. Sie sagte: »Ich bin damit noch nicht fertig. Treffen wir uns morgen früh im Konferenzraum. Machen Sie sich ein paar Gedanken darüber, wie wir den Chinesen zeigen, dass wir nicht aufgeben.«

Sie verließen den Raum, und Gerry kam. Er trug einen navyblauen Anzug und eine gestreifte Krawatte, als wäre es ein offizieller Besuch. Um das Oval Office machte er ansonsten meist einen großen Bogen. »Stimmt etwas nicht?«, fragte Pauline.

»Allerdings.« Er nahm ihr gegenüber Platz. Milt hatte sein lila Halstuch auf dem Sitz liegenlassen. Gerry hob es auf und legte es über die Lehne der Couch. »Die Direktorin von Pippas Schule kam heute Nachmittag zu mir ins Büro.«

Gerry hatte sich nicht vollständig aus der Juristerei zurückgezogen. Seine alte Kanzlei stellte ihm ein kleines, aber luxuriöses Büro zur Verfügung, das er für seine Stiftungsarbeit nutzen durfte. Es lag auf demselben Stockwerk wie die Büros der Partner, und oft erteilte er Ratschläge, inoffiziell und unbezahlt. Der Kanzlei verlieh es Auftrieb, den Gatten der US-Präsidentin an Bord zu haben. Pauline war nicht ganz wohl bei dem Arrangement, hatte aber entschieden, mit ihm nicht darüber zu streiten.

»Miss Judd?«, fragte sie. »Du hast mir nicht gesagt, dass du ein Gespräch mit ihr hast.«

»Das wusste ich auch nicht. Sie hat einen Termin unter ihrem Ehenamen gemacht, Mrs Jenks.«

Pauline kam das seltsam vor, aber wichtig war eine ganz andere Frage. »Hat Pippa schon wieder Schwierigkeiten?«

»Offenbar raucht sie Marihuana.«

Pauline konnte das nicht fassen. »Auf dem Schulgelände?«

»Nein. Dafür wäre sie auf der Stelle der Schule verwiesen worden. Man verfolgt dort eine Null-Toleranz-Politik, keine Ausnahmen. Aber ganz so schlimm ist es nicht. Sie hat es außerhalb des Schulgeländes und außerhalb der Unterrichtszeit getan, und zwar auf Cindy Rileys Geburtstagsparty.«

»Aber Miss Judd hat wohl davon erfahren und kann es nicht ignorieren, obwohl Pippa gegen gar keine Bestimmung der Schule verstoßen hat.«

»Genau.«

»Verdammt! Warum können Kinder denn nicht vom süßen Baby übergangslos zum verantwortungsbewussten Erwachsenen werden und das hässliche Zwischenstadium einfach auslassen?«

»Manche können es.«

Gerry hat es vermutlich gekonnt, dachte Pauline. »Was sollen wir nach Miss Judds Meinung unternehmen?«

»Pippa davon abbringen, Gras zu rauchen«, sagte Gerry.

»Okay«, sagte Pauline, aber gleichzeitig dachte sie: Wie soll ich das denn machen? Ich bringe sie ja nicht mal dazu, ihre Socken vom Boden aufzuheben und in den Wäschekorb zu tun.

Milts Stimme sagte: »Verzeihung, ich habe mein Halstuch vergessen.«

Pauline sah erschrocken auf. Sie hatte nicht gehört, wie sich die Tür öffnete.

Milton nahm das Halstuch von der Sofalehne.

Lizzie schaute herein. »Kann ich Ihnen eine Tasse Kaffee oder etwas anderes bringen, Mr Green?«

»Nein, danke.«

Lizzie entdeckte Milt und runzelte die Stirn. »Mr Vice President! Ich habe gar nicht gesehen, wie Sie zurückkamen.« Zu ihren Aufgaben gehörte es, das Oval Office vor Besuchern abzuschirmen, und es ärgerte sie, dass jemand hineingeschlüpft war, ohne dass sie es wusste. »Kann ich etwas für Sie tun, Sir?«

Pauline fragte sich, wie viel Milt von ihrem Gespräch mit Gerry mitbekommen hatte. Sicher nicht viel. Und wie dem auch sei, ändern konnte sie daran nichts.

Milt hielt das lila Halstuch zur Erklärung hoch. »Es tut mir leid, gestört zu haben, Madam President.« Eilig ging er hinaus.

Lizzie war verlegen. »Es tut mir sehr leid, Madam President.«

»Nicht Ihre Schuld, Lizzie«, sagte Pauline. »Wir gehen jetzt in die Residenz. Wo ist Pippa?«

»In ihrem Zimmer. Sie macht Hausaufgaben.« Der Secret Service wusste stets, wo wer war, und hielt Lizzie auf dem Laufenden.

Pauline und Gerry verließen gemeinsam das Oval Office und nahmen unter der Abendsonne den gewundenen Pfad durch den Rosengarten. An der Residenz stiegen sie die Treppe in den zweiten Stock hoch und gingen zu Pippas Zimmer.

Pauline fiel auf, dass das Poster mit den Eisbären über dem Kopfende des Bettes dem Bildnis eines hübschen Burschen mit einer Gitarre gewichen war – vermutlich ein großer Star, aber das Gesicht war ihr unbekannt.

Pippa saß in Jeans und Sweatshirt mit untergeschlagenen Beinen auf dem Bett, vor sich ihren Laptop. Sie sah vom Bildschirm auf. »Was ist?«

Pauline setzte sich auf einen Stuhl. »Miss Judd hat heute Nachmittag deinen Vater aufgesucht.«

»Was wollte die alte Judders denn? Ach, ich seh's euch am Gesicht an: Sie hat Ärger gemacht.«

»Sie sagt, du hast Gras geraucht.«

»Scheiße, woher weiß die denn das?«

»Achte bitte auf deine Wortwahl. Wie es scheint, ist es auf Cindy Rileys Geburtstagsfeier geschehen.«

»Welches Arschloch hat denn gepetzt?«

Pauline dachte: Wie kann sie so niedlich aussehen und dann so reden?

Gerry sagte ruhig: »Pippa, du stellst die falschen Fragen. Wie Miss Judd davon erfahren hat, spielt überhaupt keine Rolle.«

»Was ich außerhalb der Schule mache, geht sie nichts an.«

»Sie sieht es anders, und wir auch.«

Pippa seufzte theatralisch und schloss ihren Laptop. »Und was wollt ihr jetzt von mir?«

Pauline erinnerte sich noch, wie sie Pippa zur Welt gebracht hatte. Sie hatte das Baby unbedingt haben wollen, aber es hatte so wehgetan. Sie liebte ihr Baby noch immer von ganzem Herzen, und noch immer tat es ihr weh.

Gerry beantwortete Pippas freche Frage. »Hör auf, Marihuana zu rauchen.«

»Jeder raucht das, Dad! Im District of Columbia ist es legal, und auf der halben Welt auch.«

»Es schadet dir.«

»Nicht so sehr wie Alkohol, und du trinkst Wein.«

»Das ist richtig«, sagte Pauline. »Aber deine Schule verbietet es.«

»Das sind alles Idioten.«

»Das sind sie nicht, aber selbst wenn sie es wären, würde es keinen Unterschied bedeuten. Sie machen die Regeln. Wenn Miss Judd entscheidet, dass du für deine Mitschüler ein schlechter Einfluss bist, hat sie das Recht, dich von der Schule zu verweisen. Und das wird auch geschehen, wenn du dein Verhalten nicht änderst.«

»Ist mir doch egal.«

Pauline stand auf. »Mir langsam auch. Du wirst allmählich zu alt, um dir Vorschriften machen zu lassen, also kann ich dich auch nicht mehr vor den Folgen deiner Fehler beschützen.«

Damit hatte Pippa nicht gerechnet. »Wovon redest du denn da?« Sie wirkte auf einmal gar nicht mehr so selbstsicher.

»Wenn du von der Schule fliegst, musst du zu Hause unterrichtet werden. Es hat keinen Sinn, dich auf eine andere Schule zu schicken, wo du nur wieder in dieselben Schwierigkeiten gerätst.« Pauline hatte nicht vorgehabt, dies zu sagen, aber jetzt erkannte sie, dass es notwendig war. »Wir stellen einen Hauslehrer ein, vielleicht auch zwei, die dich unterrichten und durch die Abschlussprüfungen bringen. Deine Freundinnen wirst du vermissen, aber das lässt sich leider nicht ändern. Eventuell erlauben wir dir, abends unter Aufsicht das Haus zu verlassen, wenn du dich gut benimmst und tüchtig lernst.«

»Das ist so gemein!«

»Liebevolle Strenge nennt man das.« Sie sah Gerry an. »Ich bin hier fertig.«

Er entgegnete: »Ich bleibe noch ein paar Minuten bei Pippa.«

Pauline musterte ihn mehrere Herzschläge lang und verließ den Raum.

Sie ging ins Lincoln-Schlafzimmer, das sie benutzte, wenn sie spät ins Bett kam oder frühmorgens aufstehen musste und Gerry nicht stören wollte. Es kam recht oft vor.

Wieso fühlte sie sich alleingelassen? Pippa war trotzig gewesen, also hatte Pauline streng mit ihr gesprochen. Und das war richtig gewesen, fand sie. Dennoch war Gerry bei ihrer Tochter geblieben, ohne Zweifel, um den Schock nach Paulines Standpauke zu lindern. Sie waren nicht einer Meinung. War das neu? In ihrer Anfangszeit war Pauline oft erstaunt gewesen, wie sehr sie in ihren Ansichten übereinstimmten. Im Nachhinein fiel ihr nun allerdings auf, wie oft sie sich uneins gewesen waren, was Pippa anging.

Angefangen hatte es schon, bevor sie zur Welt kam. Pauline hatte auf möglichst natürliche Art gebären wollen. Gerry hatte gewollt, dass sein Kind in einer modernen Entbindungsstation mit aller Hightech-Ausstattung zur Welt kam, die der medizinischen Wissenschaft zur Verfügung stand. Pauline hatte sich anfangs durchgesetzt, und Gerry war mit den Plänen für die Hausgeburt einverstanden; als die Wehen aber stark wurden, hatte er einen Krankenwagen gerufen, und Pauline war nicht imstande gewesen, ihrem Willen Geltung zu verschaffen. Sie hatte sich verraten gefühlt, doch in ihrer Freude und angesichts der Herausforderung, ein Neugeborenes zu versorgen, hatte sie ihn deswegen nie zur Rede gestellt.

Waren sie sich in letzter Zeit uneiniger als sonst? Seine Tendenz, ihr die Schuld an allem zu geben, was schieflief, erschien ihr jedenfalls neu.

Einige Minuten später kam er ins Zimmer. »Ich dachte mir, dass ich dich hier finde.«

Sie erwiderte sofort: »Warum hast du das getan?«

»Pippa zu trösten?«

»Mein Wort zu untergraben!«

»Ich dachte, sie brauchte vielleicht auch ein wenig liebevolle Zugewandtheit.«

»Hör zu. Wir können streng sein, wir können nachsichtig sein, aber wir müssen an einem Strang ziehen. Gemischte Botschaften werden sie nur verwirren, und ein verwirrtes Kind ist ein unglückliches Kind.«

»Dann müssen wir uns im Vorfeld einigen, wie wir mit ihr umzugehen planen.«

»Das hatten wir! Du hast gesagt, wir müssen sie abhalten, Gras zu rauchen, und ich habe eingewilligt.«

»So war das nicht«, erwiderte er gereizt. »Ich habe dir gesagt, Miss Judd möchte, dass sie aufhört, und du hast entschieden, dafür zu sorgen. Ich wurde nicht nach meiner Meinung gefragt.«

»Fandest du denn, wir sollten sie damit weitermachen lassen?«

»Ich hätte es gern mit ihr diskutiert, statt ihr die Pistole auf die Brust zu setzen.«

»Sie wird zu alt, um uns zu gehorchen oder auf unseren Rat zu hören. Wir können nichts weiter tun, als ihr die Konsequenzen vor Augen zu führen. Und genau das habe ich getan.«

»Aber du hast ihr Angst gemacht.«

»Gut!«

Auf dem Korridor sagte eine Stimme: »Das Abendessen ist fertig, Madam President.«

Sie gingen die Center Hall entlang zum Esszimmer am westlichen Ende des Hauses, gleich bei der Küche. In der Mitte stand ein kleiner runder Tisch, und aus zwei hohen Fenstern sah man auf den nördlichen Rasen mit dem Springbrunnen. Pippa kam eine Minute später dazu.

Als Pauline den ersten Bissen der panierten Shrimps nehmen wollte, klingelte ihr Handy. Sandip Chakraborty wollte sie sprechen. Sie stand auf, trat vom Tisch weg und drehte sich um. »Was gibt es, Sandip?«

»James Moore hat Wind von der Verschiebung unserer Resolution bekommen«, sagte er. »Er ist jetzt auf CNN. Vielleicht möchten Sie es sich ansehen. Er teilt ganz schön aus.«

»Okay. Bleiben Sie dran.« Sie sagte zu den anderen: »Entschuldigt mich einen Augenblick.«

Gleich neben dem Esszimmer befand sich ein kleiner Raum, der als Schönheitssalon bekannt war, von Pauline allerdings nicht so benutzt wurde. Immerhin stand dort ein Fernsehgerät. Sie ging hinein und schaltete es an.

Moore war in einer Basketballhalle voller Fans. Mit einem Mikrofon in der Hand stand er auf einer Bühne und redete frei, ohne Manuskript. Er trug spitz zulaufende Cowboystiefel. Hinter ihm sah man ein riesiges Sternenbanner.

»Also«, sagte er gerade, »wie viele von den guten Menschen in dieser Halle hätten Präsidentin Green gleich sagen können, dass sie auf die Vereinten Nationen nicht zu hoffen braucht?«

Die Kamera strich über das Publikum, meist zwanglos gekleidete Menschen mit dem Schriftzug »Jimmy« auf T-Shirts und Baseballcaps.

»Oho!«, rief Moore. »Ihr habt ja alle die Hände oben!« Die Menge lachte. »Wir stellen also fest, dass jeder hier es Pauline gleich hätte sagen können!« Er kam ganz von der Bühne herunter und sah ins Publikum. »Ich sehe hier vorn ein paar kleine Kinder, die die Hände gehoben haben.« Die Kamera schwenkte rasch zur vordersten Reihe. »Na ja, vielleicht hättet auch ihr es ihr sagen können.« Er war wie ein Stand-up-Comedian, er machte genau an den richtigen Stellen eine Pause.

»Nun, falls Sie sich entscheiden würden, mich zu Ihrem Präsidenten zu machen …« Für das bescheidene *Falls Sie sich entscheiden würden* gab es langen Applaus. »Lassen Sie mich Ihnen sagen, wie ich mit dem Präsidenten von China reden würde.« Er machte eine Kunstpause. »Keine Sorge, es dauert nicht lang.« Er machte erneut eine Pause, damit die Leute lachen konnten.

»Ich würde ihm sagen: ›Herr Präsident, Sie können tun, was immer Sie wollen – aber wenn Sie mich das nächste Mal kommen sehen, dann laufen Sie, so schnell Sie können!‹«

Der Jubel war ohrenbetäubend.

Pauline stellte den Ton ab und hielt sich das Handy ans Ohr. »Was halten Sie davon, Sandip?«

»Er redet Blödsinn, aber er ist verdammt gut.«

»Sollen wir darauf reagieren?«

»Nicht sofort. Damit würden wir nur dafür sorgen, dass der Clip morgen den ganzen Tag lang läuft. Warten wir, bis wir gute Munition zusammenhaben.«

»Danke, Sandip. Gute Nacht.« Pauline legte auf und kehrte ins Esszimmer zurück. Die Vorspeise war abgeräumt worden, und der Hauptgang, Grillhähnchen, stand auf dem Tisch. »Es tut mir leid«, sagte sie zu Gerry und Pippa. »Ihr wisst ja, wie es ist.«

»Macht der Cowboy dir Probleme?«, fragte Gerry.

»Nichts, womit ich nicht zurechtkäme.«

»Gut.«

Nach dem Essen tranken sie Kaffee in der East Sitting Hall und nahmen ihr Gespräch wieder auf.

»Ich glaube nach wie vor«, sagte Gerry, »dass Pippa ihre Mutter öfter sehen müsste.«

Diesem Vorwurf musste Pauline sich stellen. »Du weißt, wie sehr ich mir wünschte, dass das ginge, und du weißt auch, wieso ich es nicht kann.«

»Jammerschade.«

»Das hilft jetzt auch nicht weiter.«

Er zuckte mit den Schultern. »Es stimmt aber.«

»Ich muss dich fragen, warum du immerfort darauf herumreitest, obwohl du weißt, dass ich nichts daran ändern kann.«

»Lass mich raten: Du hast schon eine Theorie.«

»Nun, was du damit erreichst, ist, mir alle Schuld zuzuschieben.«

»Hier geht es nicht um Schuldzuweisungen.«

»Es ist schwer, einen anderen Zweck zu erkennen.«

»Du wirst ohnehin denken, was du willst, aber ich glaube fest, dass Pippa mehr Zuwendung von ihrer Mutter braucht.« Er trank den Kaffee aus und griff zur Fernbedienung des TV-Geräts.

Pauline kehrte in den Westflügel zurück und setzte sich ins Arbeitszimmer. Heute war kein guter Tag, angefangen mit der UNO-Resolution. Sie war eigentlich nicht viel mehr als eine symbolische Geste, aber ihr war es nicht gelungen, sie durchzusetzen. Sie hoffte, dass Chess' Plan, die Sanktionen gegen Nordkorea zu verschärfen, etwas bewirkte.

Sie musste einen Entwurf des jährlichen Verteidigungsbudgets durchgehen, aber als sie am späten Abend allein in dem kleinen Zimmer saß, schweiften ihre Gedanken immer wieder ab. Vielleicht war es nicht Pippa, sondern Gerry, der mehr von ihr sehen wollte. Er fühlte sich zurückgesetzt und übertrug diese Empfindung auf Pippa. Zumindest würde ein Psychologe es so ausdrücken.

Gerry wirkte nach außen hin selbstsicher und eigenständig, aber Pauline wusste, dass er sehr anlehnungsbedürftig sein konnte. Nun wollte er vielleicht mehr von ihr. Es ging nicht um Sex: Kurz nach der Hochzeit waren sie in eine Routine verfallen, bei der sie sich ungefähr einmal in der Woche liebten, am Sonntagmorgen für gewöhnlich, und das reichte ihm eindeutig völlig aus. Pauline hätte es gern öfter gehabt, aber sie hätte auch kaum die Zeit dazu gefunden. Gerry hatte jedoch andere Bedürfnisse außer Sex. Er wollte geistig gestreichelt werden. Er musste hören, dass er wunderbar sei. Ich sollte ihm mehr Aufmerksamkeit schenken, dachte Pauline.

Sie seufzte. Die ganze Welt wollte mehr Aufmerksamkeit von ihr.

Sie wünschte, Gerry wäre ein wenig positiver eingestellt. Vielleicht wäre ihr Pippa eines Tages eine Stütze, aber bis dahin würde wohl noch viel Zeit vergehen.

Ich muss alle anderen stützen, dachte sie und tat sich selbst leid.

Natürlich tue ich das. Deshalb bin ich ja Präsidentin.

Hör auf, solch eine Heulsuse zu sein, Pauline, sagte sie sich und wandte sich wieder dem Verteidigungshaushalt zu.

Kapitel 10

Kiah machte sich nichts vor: Der Nachtclub Bourbon Street hatte ihr die letzte Gelegenheit geboten, sich ihren Lebensunterhalt im Tschad zu verdienen. Aber sie war gescheitert. Ich bin eine gescheiterte Prostituierte, dachte sie; soll ich mich dafür schämen oder stolz darauf sein?

Sie hätte erraten müssen, was für eine Arbeit wirklich verlangt wurde. Fatima hatte Unterkunft, Essen, Kleidung und sogar Kinderbetreuung angeboten: Niemand würde das tun, bloß um eine Kellnerin zu finden. Kiah war naiv gewesen.

Hätte sie es durchstehen sollen? Die junge Zariah stand es durch. Aber Zariah hatte die Arbeit gefallen. Sie fand sie aufregend und glamourös, und an jenem ersten Abend hatte sie vermutlich mehr Geld verdient, als sie je in der Hand gehalten hatte. Wenn Zariah es kann, fragte sich Kiah, wieso dann ich nicht? Sie hatte schon Sex gehabt, oft, aber nur mit Salim. Es tat nicht weh. Schwanger zu werden, konnte man verhindern. Prostituierte mussten es auch mit unangenehmen Männern tun, nicht nur mit netten, aber von Zeit zu Zeit musste jede Frau rüpelhafte, hässliche Männer anlächeln und charmant zu ihnen sein. War sie zimperlich und feige gewesen? Hatte sie ihre große Gelegenheit vertan, sich und ihr Kind zu ernähren? Die Fragen waren sinnlos: Sie konnte es nicht tun und würde es nie tun.

Damit blieben Hakim und sein Bus ihre einzige Hoffnung.

Ihre moralischen Skrupel waren vielleicht ihr Todesurteil. Sie könnte auf der Reise sterben, lange bevor sie ihr Traumziel in Frankreich erreichte. Sie traute Hakim durchaus zu, dass er seine Passagiere ihrem Schicksal überließ, wenn er glaubte, er könnte sich mit dem Geld davonmachen. Selbst wenn er sich als ehrlich erwies, konnte ein Motorschaden in der Wüste tödlich enden. Und es hieß, dass die Schleuser manchmal mit gefährlich kleinen Booten die Reise über das Mittelmeer antraten.

Aber wenn sie sterben sollte, war es eben so. Sie konnte nicht tun, was sie nicht tun konnte.

Ihre wenige Habe verschenkte sie an die anderen Frauen im Dorf: Matratzen, Kochtöpfe, Krüge, Kissen und Teppiche. Sie rief sie alle in ihr Haus, verkündete, wer was bekommen sollte, und sagte ihnen, sie könnten sich die Sachen nehmen, sobald sie weg sei.

In der Nacht lag sie schlaflos da. Hier hatte sie zum ersten Mal mit Salim geschlafen. Auf diesem Fußboden hatte sie Naji zur Welt gebracht, und jeder im Dorf hatte ihre Schmerzensschreie gehört. Sie war hier gewesen, als sie Salims Leiche heimbrachten und vorsichtig auf dem Teppich ablegten, und sie hatte sich über ihn geworfen und ihn geküsst, als könnte ihre Liebe ihn ins Leben zurückholen.

An dem Tag, bevor der Bus losfahren sollte, wachte sie vor Sonnenaufgang auf. Sie packte etwas Kleidung in eine Tasche, dazu Esswaren, die nicht verderben konnten: geräucherten Fisch, Trockenobst und gesalzenes Lammfleisch. Sie sah sich im Raum um und verabschiedete sich von ihrem Haus.

Bei Tagesanbruch verließ sie ihr Zuhause, die Tasche in der einen Hand, Naji an der anderen Seite auf der Hüfte. Am Rand des stillen Dorfes sah sie zurück auf die Palmwedeldächer. Hier war sie geboren worden und hatte die ganzen zwanzig Jahre ihres Lebens verbracht. Sie blickte zum schrumpfenden See. Im silbrigen Licht lag er ruhig da, reglos wie der Tod. Sie würde ihn niemals wiedersehen.

Das Dorf von Yusuf und Azra durchquerte sie, ohne anzuhalten.

Nach einer Stunde wurde Naji schwer, und sie musste eine Rast einlegen. Danach unterbrach sie ihren Marsch oft und kam nur langsam voran.

In der Mittagshitze machte sie eine lange Pause in einem anderen Dorf und setzte sich in den Schatten eines kleinen Hains aus Dattelpalmen. Sie gab Naji die Brust, trank ein wenig Wasser und aß ein Stück Salzfleisch. Naji schlief eine Stunde lang. Als es am Nachmittag abkühlte, gingen sie weiter.

Die Sonne stand schon tief, als Kiah Drei Palmen erreichte. Sie ging an der Tankstelle neben dem Café vorbei und hoffte beinahe, Hakim wäre früher aufgebrochen und hätte sie zurückgelassen. Doch sie sah ihn vor der Tür der Werkstatt, wie er vor einer Gruppe von Männern herumprahlte, die Gepäckstücke in allen Größen und Formen bei sich hatten. Wie sie waren sie einen Tag vor der Abreise gekommen, um am nächsten Morgen als Allererstes in den Bus steigen zu können.

Sie ging langsam und versuchte, einen Überblick zu gewinnen, ohne den Anschein zu erwecken, sie wäre neugierig. Die Männer wären auf einer schwierigen Reise ihre Gefährten. Niemand konnte mit Sicherheit sagen, wie lange die Fahrt dauern würde, aber es konnte nicht weniger als zwei Wochen sein und womöglich doppelt so lang. Die Männer waren zumeist jung. Sie sprachen mit lauten Stimmen und wirkten aufgeregt. Sie konnte sich vorstellen, dass sich Soldaten, die in den Krieg zogen, genauso verhielten. Sie freuten sich auf fremde Orte und neue Erfahrungen und wussten, dass sie dabei ihr Leben riskierten, nahmen es aber nicht wirklich bewusst wahr.

Von dem Zigarettenhändler war nichts zu sehen. Kiah hoffte, dass er noch auftauchte. Für sie wäre es eine Erleichterung, wenn wenigstens eine Person im Bus säße, die ihr nicht vollkommen unbekannt war.

In Drei Palmen gab es keine Herbergen. Kiah ging zum Konvent und sprach eine der Nonnen an. »Kennen Sie eine respektable christliche Familie, die mir und meinem Sohn vielleicht ein Bett für die Nacht gibt?«, fragte sie. »Ich habe etwas Geld, ich kann dafür bezahlen.«

Wie sie erhofft hatte, wurde sie eingeladen, im Konvent zu bleiben. Der Geruch dort holte sie augenblicklich zurück in die Kindheit – der Duft von brennenden Kerzen, Weihrauch und alten Bibeln. Wie gern sie zur Schule gegangen war. Sie hatte mehr über die Geheimnisse der Mathematik und des Französischen erfahren wollen, über Geschichte und ferne Länder. Ihre Bildung war jedoch zu Ende gewesen, als sie dreizehn wurde.

Die Nonnen veranstalteten einen gewaltigen Wirbel um Naji und servierten Kiah ein herzhaftes Essen aus würzigem Lammfleisch mit Bohnen, und das alles gegen ein Kirchenlied und einige Gebete vor dem Zubettgehen.

In der Nacht lag Kiah wach und zerbrach sich den Kopf wegen Hakim. Er hatte den gesamten Fahrpreis im Voraus verlangt, und sie fürchtete, dass er auf seiner Forderung bestehen würde. Mehr als die Hälfte würde sie ihm nicht geben, aber was, wenn er sich weigerte, sie mitzunehmen? Und was, wenn er nicht bereit war, Naji kostenlos mitfahren zu lassen?

Nun, sie konnte nichts tun. Sie sagte sich, dass Hakim nicht der einzige Menschenschmuggler im Tschad sei. Wenn es zum Schlimmsten kam, würde sie sich nach einem anderen umschauen. Das wäre besser, als etwas so Törichtes zu tun, wie Hakim ihr ganzes Geld zu geben.

Andererseits hatte sie das Gefühl, dass ihr, wenn sie jetzt nicht auf die Reise ginge, später der Mut dazu fehlen würde.

Am Morgen brachten die Nonnen ihr Kaffee und Brot und fragten sie, was sie vorhabe. Kiah belog die Nonnen: Sie wolle eine Cousine in der nächsten Stadt besuchen. Wenn sie ihnen die Wahrheit sagte, würden sie versuchen, ihr es auszureden.

Als sie Drei Palmen durchquerte und Naji dabei neben sich watscheln ließ, wurde ihr plötzlich bewusst, dass sie die Ortschaft vermutlich zum letzten Mal sah und sich bald vom Tschad und dann sogar von Afrika verabschieden musste. Migranten schickten Briefe nach Hause und kehrten nur selten zurück. Sie war im Begriff, ihr ganzes bisheriges Leben aufzugeben, ihre gesamte Vergangenheit loszulassen und in eine neue Welt zu ziehen. Es war beängstigend. Dachte sie an das Bevorstehende, fühlte sie sich immer verlorener und entwurzelter.

Vor Sonnenaufgang war sie an der Tankstelle.

Mehrere andere Passagiere waren vor ihr eingetroffen, einige von großen Familien begleitet, die sie offenkundig verabschiedeten. Das Café nebenan war geöffnet. Dort herrschte Hochbetrieb, während alles auf Hakim wartete. Kiah hatte schon Kaffee getrunken, aber sie fragte nach etwas gesüßtem Reis für Naji.

Der Wirt begegnete ihr feindselig. »Was willst du hier? Es sieht nicht gut aus, eine unbegleitete Frau in meinem Café.«

»Ich fahre mit Hakims Bus.«

»Allein?«

Wieder log sie. »Ich treffe hier meinen Cousin. Er begleitet mich.«

Der Mann ging ohne ein Wort davon.

Doch seine Frau brachte ihr den Reis. Sie erinnerte sich an Kiahs letzten Besuch und lehnte das Geld ab, mit dem sie bezahlen wollte, weil der Reis schließlich für das Kind sei.

Auf der Welt gibt es auch freundliche Menschen, dachte Kiah dankbar. Auf dieser Reise brauchte sie vielleicht die Hilfe von Fremden.

Eine Minute später fragte eine Familie, ob sie sich zu ihr an den Tisch setzen dürfe. Zu ihr gehörten eine Frau in Kiahs Alter namens Esma und ihre Schwiegereltern, eine freundlich aussehende Frau namens Bushra und ein älterer Mann, der Wahed hieß und hustend eine Zigarette rauchte.

Esma verwickelte Kiah sofort in ein Gespräch und fragte, ob ihr Mann sie begleite. Kiah erklärte ihr, dass sie verwitwet war.

»Das tut mir leid«, sagte Esma. »Ich habe einen Mann in Nizza, das ist eine Stadt in Frankreich.«

Kiah spitzte die Ohren. »Was für eine Arbeit macht er denn dort?«

»Er baut Mauern um die Gärten von reichen Leuten. Er ist Steinmetz. In Nizza gibt es viele Paläste. Er arbeitet die ganze Zeit. Kaum hat er eine Mauer fertig, gibt es schon eine neue zu bauen.«

»Verdient er gut?«

»Es ist unglaublich. Er hat mir fünftausend amerikanische Dollar geschickt, damit ich zu ihm kommen kann. Er ist nicht legal nach Frankreich eingereist, deshalb muss ich diesen Weg nehmen.«

»Fünftausend Dollar?«

Bushra, die Schwiegermutter, warf ein: »Das Geld sollte nur für Esma sein. Er sagte, später würde er mehr für seinen Vater und mich schicken. Aber meine Schwiegertochter ist solch eine gute Frau, sie will uns mitnehmen.«

»Ich habe einen Handel mit Hakim geschlossen«, fügte Esma hinzu. »Wir drei für fünftausend. Wir haben danach nichts übrig, aber das ist es wert, denn bald sind wir wieder alle zusammen.«

»Inschallah«, sagte Kiah: So Gott will.

* * *

Abdul verbrachte die Nacht im Haus von Anand, dem Mann, der seinen Wagen gekauft hatte. Abdul hatte energisch gefeilscht, um nur keinen Verdacht zu erwecken, aber am Ende war es ein Schnäppchen gewesen, und er hatte seine verbliebenen Kartons Cleopatras bis auf einen als Bonus draufgelegt. Anand war erfreut gewesen und hatte Abdul über Nacht zu sich eingeladen. Seine drei Frauen hatten ein schmackhaftes Essen zubereitet.

Am Abend waren zwei Freunde Anands zu Besuch gekommen, Fouzen und Haydar, und Anand hatte ein Würfelspiel vorgeschlagen. Fouzen war ein aggressiver junger Mann in einem schmutzigen Hemd, Haydar war klein und sah gefährlich aus: Ein Auge war durch eine alte Verletzung stets halb geschlossen. Im besten Fall, überlegte Abdul, hoffte Anand ein wenig von dem Geld, das er für das Auto bezahlt hatte, zurückzugewinnen; er fürchtete jedoch, dass das Dreiergespann finsterere Absichten verfolgte.

Abdul spielte vorsichtig und gewann ein wenig.

Sie stellten ihm Fragen, und er sagte ihnen, er habe seinen Wagen verkauft, um bei Hakim seine Fahrt nach Europa zu bezahlen. An seinem Arabisch merkten sie, dass er nicht aus dem Tschad stammte. »Ich bin Libanese«, erklärte er, was der Wahrheit entsprach; den Akzent hätte jeder erkannt, der von dort kam.

Als sie ihn fragten, weshalb er das Land verlassen habe, gab er ihnen seine übliche Antwort: »Wenn ihr in Beirut geboren wärt, würdet ihr auch dort wegwollen.«

Sie wollten wissen, wann der Bus abfuhr und wie früh am Morgen Abdul zu Hakims Tankstelle gehen musste, und seine Befürchtungen wurden stärker. Sie überlegten vermutlich, ihn auszurauben. Er war ein Fremder, ein Herumtreiber; sie mochten sogar glauben, damit davonzukommen, wenn sie ihn umbrachten. In Drei Palmen gab es keine Polizeistation.

Abdul würde lieber einem Kampf aus dem Weg gehen, wenn er konnte, aber falls es zum Äußersten kam, machte er sich keine Sorgen. Die drei jungen Kerle waren Amateure. Abdul hatte auf der Highschool der Ringermannschaft angehört und sich das Geld für sein Collegestudium verdient, indem er an Wettkämpfen in Mixed Martial Arts teilnahm. Er erinnerte sich an einen peinlichen Moment in seiner CIA-Ausbildung, beim Kurs im waffenlosen Kampf. Der Trainer, ein muskelbepackter Hüne, hatte die traditionellen Worte gesagt: »Okay, greifen Sie mich an, und schlagen Sie mich.«

»Lieber nicht«, hatte Abdul gesagt, und der ganze Kurs hatte gelacht, in der irrigen Annahme, er hätte Angst.

»Ach«, fragte der Ausbilder höhnisch, »dann wissen Sie schon alles über waffenlosen Kampf?«

»Alles wäre übertrieben. Aber ich kenne mich ein bisschen mit Kämpfen aus und vermeide sie, wenn ich kann.«

»Na, schauen wir mal. Zeigen Sie mir Ihr Meisterstück.«

»Nehmen Sie lieber einen anderen.«

»Machen Sie schon.«

Der Mann war starrsinnig. Er wollte den Kursteilnehmern Respekt einflößen, indem er sein Können zur Schau stellte. Abdul wollte ihm den Plan nicht vereiteln, aber ihm blieb wohl nichts anderes übrig.

»Hören Sie, lassen Sie uns darüber reden«, sagte Abdul, trat dem Trainer in den Magen, warf ihn zu Boden und nahm ihn in den Würgegriff.

»Es tut mir wirklich leid«, sagte er, »aber Sie haben darauf bestanden.« Er löste den Griff und stand auf.

Der Trainer rappelte sich auf. Eine blutige Nase war seine einzige sichtbare Verletzung. Er sagte: »Machen Sie, dass Sie hier rauskommen.«

Andererseits hatten Fouzen und Haydar vielleicht Messer.

Sie gingen gegen Mitternacht, und Abdul legte sich auf einem Strohsack schlafen. Beim ersten Licht wachte er auf, dankte Anand und seinen Frauen und sagte, er werde sofort aufbrechen.

»Frühstücke mit uns«, drängte Anand ihn. »Kaffee, ein bisschen Brot mit Honig und ein paar Feigen. Bis zu Hakims Werkstatt sind es doch nur ein paar Minuten zu Fuß.«

Anands Drängen weckte in Abdul den Verdacht, dass sie

planten, ihn hier im Haus auszurauben. Die Kinder brauchten nichts davon mitzukriegen, und die Frauen würden nichts verraten. Andere Zeugen gäbe es nicht.

Er lehnte mit Nachdruck ab, nahm seine kleine Ledertasche und machte sich auf den Weg, in der Hoffnung, ihre Pläne vereitelt zu haben.

In den staubigen Straßen der kleinen Stadt war es still. Bald würden die Fensterläden aufgestoßen werden, von den Kochfeuern in den Höfen würde Rauch aufsteigen, und die Frauen kämen mit ihren Krügen und Plastikflaschen zum Brunnen, um Wasser zu holen. Die kleinen Mopeds und Mofas würden gereizt aufknurren, als wären sie aus dem Schlaf gerissen worden. Aber noch war es ruhig, und so hörte Abdul deutlich die Schritte hinter sich: zwei Männer, die rannten, um zu ihm aufzuschließen.

Er sah zu Boden. Er brauchte eine Waffe. Die Straße war mit Zigarettenschachteln, Obstschalen, kleinen Steinen und Holzresten übersät. Ein heruntergefallener Dachziegel mit scharfen Kanten wäre ideal, aber die meisten Dächer bestanden aus Palmwedeln. Er zog eine rostige Zündkerze aus einem Automotor in Betracht, aber sie wäre zu klein gewesen, um nennenswerten Schaden anzurichten. Am Ende hob er einen Stein von der Größe seiner Faust auf und ging weiter.

Sie kamen näher. Abdul blieb an einer Kreuzung stehen, wo sie vielleicht abgelenkt waren, weil sie in vier Richtungen schauen mussten. Er stellte seine Tasche an eine Mauer und wandte sich ihnen zu. Sie trugen Sandalen, was ihm einen Vorteil brachte: Abdul hatte Halbstiefel. Beide führten Messer mit sechszölligen Klingen, kurz genug, um als Küchenwerkzeug zu gelten, lang genug, um das Herz zu erreichen.

Sie kamen auf ihn zu und blieben stehen. Zögern war ein gutes Zeichen. Er sagte: »Ihr begeht gerade Selbstmord. Wusstet ihr nicht, dass das eine Sünde ist?«

Er wollte, dass sie sich umdrehten und verschwanden, aber sie behielten die Nerven, und ihm war klar, dass er um einen Kampf nicht herumkommen würde.

Abdul hob den Stein und rannte auf Haydar zu, den Kleineren, der zurückwich, aber aus dem Augenwinkel sah Abdul, dass Fouzen sich näherte. Er fuhr herum und warf den Stein scharf und zielgenau auf kurze Entfernung. Er traf den Mann ins Gesicht. Fouzen schrie auf, eine Hand schoss an sein Auge, und er sank auf die Knie.

Abdul drehte sich erneut und verpasste Haydar einen Tritt mit dem Stiefel in die Hoden. Beim Kampfsporttraining hatte er gelernt, so zuzutreten, dass es Wirkung zeigte. Haydar heulte vor Schmerz auf, krümmte sich zusammen und stolperte zurück.

Der Instinkt brüllte Abdul zu, nachzusetzen und jeden von ihnen zusammenzuschlagen, wie er es im Ring getan hatte: auf einen Mann am Boden zu springen und ihm einen Hieb nach dem anderen ins Gesicht und auf den Rumpf zu verpassen, bis der Schiedsrichter den Kampf beendete. Aber hier gab es keinen Schiedsrichter, und er musste sich im Griff behalten.

Er starrte sie an, sah vom einen zum anderen, forderte sie mit Blicken heraus, nur noch einmal zu kommen; aber keiner von beiden tat es.

»Wenn ich einen von euch noch mal sehe, bringe ich ihn um«, sagte er.

Er hob seine Tasche auf, drehte sich um und ging weiter.

Er empfand ein Hochgefühl und schämte sich dafür. Die Empfindung war ihm vertraut. Im Ring hatte er insgeheim tiefe Befriedigung aus der Aggression und Gewalttätigkeit gezogen, die der Sport gestattete, und sich hinterher stets gefragt: Was für ein Mensch bin ich? Er war wie der Fuchs im Hühnerstall, der jeden Vogel totbiss, mehr als er fressen, mehr als er jemals zu seinem Bau schleppen konnte, und der aus schierer Mordlust mit Zähnen und Krallen wütete.

Aber ich habe Fouzen und Haydar nicht umgebracht, dachte er; und Hühner sind sie auch nicht.

Eine Menschenmenge füllte das Café neben der Tankstelle. Er entdeckte Kiah, die Frau, die ihn ausgefragt hatte, als er zum letzten Mal hier gewesen war. Sie hatte das Kind bei sich. Sie ist tapfer, dachte er.

Von Hakim keine Spur.

Kiah lächelte Abdul zu und winkte, aber er wandte sich ab und setzte sich allein an einen Tisch. Er wollte sich weder mit ihr noch mit sonst jemandem anfreunden. Freunde konnte ein Agent nicht gebrauchen.

Er bestellte Brot und Kaffee. Die Männer ringsum wirkten ängstlich und eifrig zugleich. Einige sprachen überlaut, vielleicht, um ihre Furcht zu kaschieren; andere zuckten ungeduldig, manche saßen still da, rauchten und brüteten. Die älteren Männer und weinenden Frauen in der Menge schienen Verwandte zu sein, die gekommen waren, um sich von den jungen Männern zu verabschieden, wohl wissend, dass sie sie niemals wiedersehen würden.

Endlich kam Hakim in seiner schmierigen westlichen Sportkleidung die Straße entlanggewatschelt. Die Leute, die auf ihn warteten, beachtete er gar nicht. Er sperrte die Seitentür der Werkstatt auf, ging hinein und warf die Tür hinter sich ins Schloss. Ein paar Minuten später öffnete sich das Schwingtor, und der Bus rollte heraus.

Die beiden Dschihadisten gingen hinterher. Sie stolzierten geradezu, mit umgehängten Sturmgewehren. Drohend sahen sie die Wartenden an, die rasch den Blick abwandten. Abdul fragte sich, was die Passagiere wohl von der Gegenwart der beiden hielten, die offenkundig Terroristen waren. Nur er wusste, dass der Bus Kokain im Wert von mehreren Millionen Dollar beförderte. Glaubten die anderen etwa, dass die Dschihadisten zu ihrem Schutz mitkamen? Vielleicht taten sie es schulterzuckend als Rätsel ab.

Hakim stieg aus dem Bus und öffnete die Passagiertür. Die Menge strömte vor.

Hakim rief: »Platz für Gepäck ist nur auf den Ablagen über den Sitzen. Eine Tasche pro Person. Keine Ausnahmen, keine Beschwerden.«

Die Menge ächzte. Wütende Rufe ertönten, aber die Wächter traten vor und bauten sich links und rechts von Hakim auf. Die Proteste verstummten.

»Raus mit dem Geld«, sagte Hakim. »Tausend US-Dollar, tausend Euro oder den Gegenwert. Wer mich bezahlt, darf in den Bus.«

Einige stritten um das Vorrecht, als Erste einzusteigen. Abdul beteiligte sich nicht am Gedrängel: Er würde den Bus als Letzter betreten. Andere Passagiere versuchten, den Inhalt zweier Koffer in ein Gepäckstück zu stopfen. Einige umarmten und küssten weinende Verwandte. Abdul hielt sich zurück.

Zimt und Kurkuma stiegen ihm in die Nase, und er bemerkte, dass Kiah neben ihm stand. Sie sah ihn an. »Nachdem ich mit dir gesprochen hatte, habe ich mit Hakim geredet, und er sagte, ich müsste den vollen Preis bezahlen, damit er mich mitnimmt. Jetzt verlangt er von allen die Hälfte, wie du gesagt hast. Glaubst du, er wird immer noch versuchen, von mir die ganze Summe zu bekommen?«

Abdul hätte gern etwas Beruhigendes gesagt, aber er hielt den Mund und zuckte nichtssagend mit den Schultern.

»Ich werde ihm tausend anbieten«, entschied sie. Kiah schloss sich der Menge an, ihr Kind auf der Hüfte.

Am Ende sah er, wie sie Hakim das Geld reichte. Er nahm es, zählte die Scheine durch, steckte es in die Tasche und winkte sie in den Bus, ohne ein Wort zu sagen oder ihr auch nur ins Gesicht zu blicken. Eindeutig war die Forderung, dass sie den vollen Preis im Voraus zahlte, ein Versuch gewesen, eine unbegleitete Frau auszunehmen. Doch er hatte ihn offenbar rasch aufgegeben, als sich herausstellte, dass die Frau sich nicht so leicht herumschubsen ließ.

Das Einsteigen dauerte eine Stunde. Abdul stieg rasch die Stufen hinauf, in der Hand seine lederne Reisetasche.

Der Bus hatte zehn Sitzreihen, jeweils zwei Plätze zu beiden Seiten des Mittelgangs. Er war vollbesetzt, aber die vorderste Reihe war leer. Allerdings stand auf jedem Sitzpaar eine Tasche, und ein Mann in der Reihe dahinter sagte: »Hier sitzen die Wächter. Anscheinend braucht jeder zwei Sitze.«

Abdul zuckte mit den Schultern und sah in den Gang. Ein Platz war noch frei, der Platz neben Kiah.

Er begriff, dass niemand neben dem Kleinkind sitzen wollte, das ohne Zweifel den ganzen Weg nach Tripolis unruhig wäre, weinen und sich erbrechen würde.

Abdul stellte seine Tasche auf die Ablage über den Sitzen und setzte sich neben die junge Frau mit dem Kind.

Hakim nahm hinter dem Lenkrad Platz, die Wächter stiegen ein, und der Bus verließ die Stadt in nördlicher Richtung.

Die scheibenlosen Fenster ließen einen kühlenden Wind herein, als das Fahrzeug Geschwindigkeit aufnahm. Mit vierzig Personen an Bord brauchten sie Lüftung. In einem Sandsturm würde es allerdings sehr unerquicklich werden.

Nach einer Stunde sahen sie in der Entfernung etwas, das wie eine amerikanische Kleinstadt aussah, eine Ansammlung verschiedener Gebäude, darunter mehrere Türme, und Abdul begriff, dass er die Ölraffinerie von Djérmaya vor sich hatte mit ihren rauchenden Schornsteinen, Destillationskolonnen und gedrungenen weißen Lagertanks. Sie war die erste Raffinerie im Tschad und von den Chinesen als Teil des Handelsabkommens gebaut worden, das ihnen erlaubte, die Ölvorkommen des Landes auszubeuten. Die Regierung hatte bei diesem Geschäft Milliarden verdient, aber nichts davon war zu den notleidenden Menschen an den Ufern des Tschadsees gelangt.

Das Land vor ihnen bestand vor allem aus Wüste.

Der Großteil der tschadischen Bevölkerung lebte im Süden am Tschadsee und in N'Djamena. Am anderen Ende der Reise konzentrierten sich die meisten Städte Libyens im Norden, an der Mittelmeerküste. Zwischen diesen beiden Bevölkerungszentren lagen tausend Meilen Wüste. Einige befestigte Straßen durchzogen sie, darunter der Trans-Sahara-Highway, aber dieser Bus mit seiner illegalen Ladung und den illegalen Migranten würde die Hauptrouten meiden. Er würde wenig benutzte Pisten im Sand benutzen, nur mit zwanzig Meilen in der Stunde vorankommen, von einer kleinen Oase zur nächsten kriechen und zwischen Sonnenaufgang und Sonnenuntergang oft keinem anderen Fahrzeug begegnen.

Kiahs Kind war von Abdul fasziniert. Der Junge starrte ihn an, bis Abdul seinen Blick erwiderte, und dann verbarg er rasch sein Gesicht. Allmählich entschied er, dass Abdul harmlos sei, und das Gucken und Verstecken wurde zu einem Spiel.

Abdul seufzte. Er konnte nicht tausend Meilen lang mürrisch schweigen. Er gab nach und sagte: »Hallo, Naji.«

»Du erinnerst dich an seinen Namen!«, rief Kiah. Und sie lächelte.

Ihr Lächeln weckte Erinnerungen bei Abdul.

* * *

Er arbeitete in Langley, der CIA-Zentrale am Rand von Washington, D.C. Er benutzte seinen Mittelnamen John, weil er festgestellt hatte, dass er jedem Weißen erst einmal seine komplette Lebensgeschichte erzählen musste, wenn er sich Abdul nannte.

Seit einem Jahr war er bei der Central Intelligence Agency, und bisher hatte er – von der Ausbildung abgesehen – nichts weiter getan, als arabische Zeitungen zu studieren und zu jedem Bericht, der Außenpolitik, Verteidigung oder Auslandsaufklärung berührte, eine Zusammenfassung auf Englisch zu schreiben. Zuerst waren sie zu lang gewesen, bald aber hatte er ein Gefühl dafür entwickelt, was seine Vorgesetzten lesen wollten, und nun war ihm die Arbeit langweilig geworden.

Annabelle Sorrentino hatte er bei einer Party in einem Washingtoner Apartment kennengelernt. Sie war groß, aber nicht so groß wie Abdul, und sportlich: Sie ging ins Fitnessstudio und lief Marathon. Außerdem war sie umwerfend schön. Annabelle arbeitete für das Außenministerium, und sie hatten sich über die arabische Welt unterhalten, die sie beide interessierte. Abdul hatte rasch festgestellt, dass sie sehr klug war. Am meisten jedoch mochte er ihr Lächeln.

Als sie ging, hatte er nach ihrer Telefonnummer gefragt und sie bekommen.

Sie verabredeten sich, dann schliefen sie miteinander, und er entdeckte, dass sie im Bett eine Wildkatze war. Nach einigen Wochen wusste er, dass er sie heiraten wollte.

Nachdem sie ein halbes Jahr lang die meisten Nächte miteinander verbracht hatten, entweder in seinem Einzimmerapartment oder ihrer Wohnung, beschlossen sie, zusammen in ein größeres Haus zu ziehen. Sie fanden ein wunderschönes neues Zuhause, konnten aber die Kaution nicht aufbringen. Annabelle sagte jedoch, sie werde sich das Geld von ihren Eltern leihen. Wie sich herausstellte, war ihr Vater Millionär, der Besitzer von Sorrentino's, einer kleinen Kette von Feinkostgeschäften, die teure Weine, Luxusspirituosen und besondere Olivenöle verkaufte.

Tony und Lena Sorrentino wollten »John« gern kennenlernen.

Annabelles Eltern lebten in einem hohen Appartementgebäude, das zu einer bewachten Wohnanlage in Miami Beach gehörte. Annabelle und Abdul flogen an einem Samstag dorthin und trafen rechtzeitig zum Abendessen ein. Sie erhielten zwei getrennte Zimmer. Annabelle sagte: »Wir können zusammen schlafen – das ist nur wegen des Personals.«

Lena Sorrentino wirkte schockiert, als sie Abdul erblickte, und in diesem Augenblick begriff er: Annabelle hatte ihren Eltern noch nicht eröffnet, dass er dunkelhäutig war.

»Nun, John«, sagte Tony bei den Venusmuscheln, »erzählen Sie uns von sich.«

»Ich wurde in Beirut geboren …«

»Dann sind Sie ein Einwanderer.«

»Ja – so wie der erste Mr Sorrentino, nehme ich an. Er muss wohl aus Sorrent gekommen sein.«

Tony lächelte gezwungen. Zweifellos dachte er: *Ja, aber wir sind weiß.* Er sagte: »In diesem Land sind wir alle Immigranten. Wieso hat Ihre Familie Beirut verlassen?«

»Wenn Sie in Beirut geboren wären, würden Sie auch gehen wollen.«

Sie lachten pflichtschuldig.

»Und was ist mit der Religion?«, fragte Tony.

Damit meinte er: *Sind Sie Muslim?*

»Meine Familie ist katholisch«, antwortete Abdul, »was im Libanon nicht ungewöhnlich ist.«

»Ist Beirut im Libanon?«, fragte Lena Sorrentino.

»Richtig.«

»Das muss einem doch gesagt werden.«

Tony, der gebildeter war als seine Frau, sagte: »Aber ich glaube, im Libanon haben sie einen anderen Katholizismus.«

»Das stimmt. Wir werden maronitische Katholiken genannt. Wir gehören zur Gemeinschaft der römisch-katholischen Kirche, aber unsere Messen sind auf Arabisch.«

»Arabischkenntnisse müssen bei Ihrer Arbeit nützlich sein.«

»Das stimmt. Ich spreche außerdem fließend Französisch, was die zweite Amtssprache im Libanon ist. Aber erzählen Sie mir doch von der Familie Sorrentino. Wie haben Sie Ihr Geschäft aufgebaut?«

»Mein Vater hatte einen Schnapsladen in der Bronx«, sagte

Tony. »Ich habe ihn beobachtet, wie er sich mit Pennern und Junkies herumschlug, um an einer Flasche Bier ein paar Cent zu verdienen, und ich wusste, dass das nichts für mich ist. Darum eröffnete ich ein eigenes Geschäft in Greenwich Village und verkaufte teuren Wein mit fünfundzwanzig Dollar Gewinn je Flasche.«

Lena warf ein: »In seinem ersten Werbespot sagt ein gut angezogener Mann mit einem Glas in der Hand: ›Mann, das schmeckt wie ein Wein für hundert Dollar die Flasche!‹ Und sein Kumpel sagt: ›Ja, genau. Aber ich habe ihn von Sorrentino's, da zahlt man dafür nur die Hälfte.‹ Wir haben den Spot ein Jahr lang einmal pro Woche zeigen lassen.«

»Das war noch die Zeit, als man für hundert Dollar einen guten Wein bekommen konnte«, sagte Tony, und sie lachten alle.

»Hat Ihr Vater noch seinen Laden?«, fragte Abdul.

»Mein Vater ist tot«, sagte Tony. »Er wurde in seinem Laden von einem Kerl erschossen, der ihn ausrauben wollte.« Tony hielt inne und fügte hinzu: »Von einem Afroamerikaner.«

»Es tut mir sehr leid, das zu hören«, sagte Abdul automatisch, aber er dachte über Tonys Nachsatz nach: *von einem Afroamerikaner.* Das musstest du sagen, was, Tony?, dachte er. Es bedeutet: *Mein Vater wurde von einem Schwarzen ermordet.* Als würden Weiße keine Morde begehen. Als hätte Tony noch nie von der Mafia gehört.

Annabelle linderte die Anspannung, indem sie von ihrer Arbeit erzählte, und für den Rest des Abends hörte Abdul meist zu. In der Nacht kam Annabelle in ihrem Pyjama in sein Zimmer, und sie verbrachten die Nacht in den Armen des anderen, aber sie liebten sich nicht.

Sie zogen nie zusammen in ein Haus. Tony weigerte sich, ihnen die Kaution zu leihen, aber das war nur der Anfang einer Kampagne der Familie, die verhindern sollte, dass Annabelle ihn heiratete. Anabelles Großmutter sprach nicht mehr mit ihr. Ihr

Bruder drohte, Abdul von ein paar Kerlen zusammenschlagen zu lassen, zu denen er »Verbindung hatte« – allerdings ließ er die Drohung fallen, als er herausfand, für wen Abdul arbeitete. Annabelle schwor, dass sie ihrer Familie niemals nachgeben würde, aber der Konflikt vergiftete ihre Liebe. Statt einer Romanze durchlebten sie einen Krieg. Als sie es nicht mehr ertragen konnte, beendete sie die Beziehung.

Und Abdul teilte der Agency mit, dass er bereit sei für den verdeckten Einsatz in Übersee.

Kapitel 11

Tao Ting kam aus dem Badezimmer mit einem Handtuch um den Körper und einem weiteren um den Kopf. Chang Kai, der im Bett saß, schaute von der Zeitungslektüre auf seinem Tablet auf. Er beobachtete sie, wie sie die Türen aller drei Schränke öffnete, davorstand und ihre Kleider betrachtete. Nach einigen Sekunden ließ sie beide Handtücher auf den Teppich fallen.

Kai genoss den Anblick seiner nackten Frau und schätzte sich einen glücklichen Mann. Aus gutem Grund waren Millionen Fernsehzuschauer in sie verliebt. Sie war vollkommen perfekt, ihr Leib schlank und wohlgeformt. Ihre Haut zeigte das Cremeweiß von Elfenbein, und ihre dunklen Haare schimmerten und glänzten.

Und es machte Spaß, mit ihr zusammen zu sein.

Ohne sich umzudrehen, sagte sie: »Ich weiß, wo du hinguckst.«

Er lachte leise. »Ich lese die *People's Daily Online*«, entgegnete er mit gespielter Entrüstung.

»Lügner.«

»Woher willst du wissen, dass ich lüge?«

»Ich kann deine Gedanken lesen.«

»Das ist eine Superkraft.«

»Ich weiß immer, was Männer denken.«

»Aber wie?«

»Sie denken immer dasselbe.«

Sie zog Slip und BH an und stand wieder vor dem Schrank, musterte noch länger die Reihen der Kleider. Kai fühlte sich schuldig, weil er im Bett blieb und ihr zusah. Er hatte so viel zu tun, für sich und für sein Land. Nur war es sehr schwierig, den Blick von ihr loszureißen.

»Es ist doch egal, was du anhast, oder?«, fragte er. »Sobald du im Studio bist, stecken sie dich sowieso in irgendein fantastisches Kostüm.« Manchmal litt er unter dem finsteren Verdacht, sie putze sich für die gut aussehenden jungen Schauspieler heraus, mit denen sie arbeitete. Mit ihnen hatte sie so viel mehr gemeinsam als mit ihm.

»Es ist immer wichtig, was ich anziehe«, entgegnete Ting. »Ich stehe im Blickfeld der Öffentlichkeit. Die Leute erwarten von mir, dass ich etwas Besonderes bin. Chauffeure, Portiers, Reinigungskräfte und Gärtner erzählen ihren Familien und Freunden: ›Ihr erratet nie, wen ich heute gesehen habe – Tao Ting! Ja, die aus *Liebe im Palast!*‹ Ich möchte nicht, dass sie sagen, im wirklichen Leben wäre ich nicht so schön wie auf dem Bildschirm.«

»Natürlich, das verstehe ich.«

»Außerdem fahre ich nicht direkt zum Studio. Sie filmen heute einen großen Schwertkampf. Vor zwei Uhr brauchen sie mich nicht.«

»Was stellst du dann mit deinem freien Vormittag an?«

»Ich gehe mit meiner Mutter einkaufen.«

»Schön.«

Ting stand ihrer Mutter Cao Anni nahe, die ebenfalls Schauspielerin war. Sie telefonierten jeden Tag. Tings Vater war bei einem Autounfall ums Leben gekommen, als sie erst dreizehn war. Vom gleichen Unfall hatte ihre Mutter ein Hinken davongetragen, das ihre Schauspielkarriere beendete. Anni hatte jedoch eine neue Beschäftigung als Synchronsprecherin gefunden.

Kai mochte Anni. »Lass sie nicht zu weit laufen«, sagte er zu Ting. »Sie überspielt es, aber ihr Bein schmerzt sie noch immer.«

Ting lächelte. »Das weiß ich.«

Natürlich wusste sie es. Er hatte sie gerade ermahnt, Rücksicht auf die eigene Mutter zu nehmen. Stets achtete er darauf, sich Ting gegenüber nicht wie ein Elternteil zu benehmen, aber manchmal unterlief es ihm trotzdem. »Tut mir leid«, sagte er.

»Ich freue mich, dass du dich um sie sorgst. Sie mag dich auch. Sie denkt, du kümmerst dich um mich, wenn sie nicht mehr ist.«

»Das werde ich auch.«

Ting traf eine Entscheidung und nahm eine verwaschene Levi's-Jeans aus dem Schrank.

Ohne sie aus den Augen zu lassen, wandte sich Kai in Gedanken dem anstehenden Tag zu. Er hatte ein Treffen mit einem wichtigen Agenten.

Er war für die Mittagsmaschine nach Yanji gebucht, einer mittelgroßen Stadt an der Grenze zu Nordkorea. Auch wenn er inzwischen die Auslandsaufklärung leitete, führte er einige der wertvollsten Spione nach wie vor selbst, insbesondere jene, die er angeworben hatte, als er in der Hierarchie noch tiefer stand. Einer davon war ein nordkoreanischer Generalmajor namens Ham Ha-sun. Seit mehreren Jahren diente Ham dem Guoanbu als beste interne Quelle für das, was in Nordkorea vorging.

Und Nordkorea war Chinas große Schwachstelle.

Es war der weiche Bauch, die Achillesferse, das Kryptonit und was es noch an bildhaften Beschreibungen der tödlichen Schwachstelle an einem starken Körper gab. Die Nordkoreaner waren wichtige Verbündete und zugleich hoffnungslos unzuverlässig. Kai traf sich regelmäßig mit Ham, und zwischen den regelmäßigen Zusammenkünften kam es vor, dass sie einander kontaktierten und um ein dringendes Treffen baten. Der heutige Termin war routinemäßig angesetzt, aber dennoch wichtig.

Ting entschied sich für ein hellblaues Sweatshirt und stieg in ein Paar Cowboystiefel. Kai sah auf die Uhr neben dem Bett und stand auf.

Er wusch sich rasch und zog seinen Büroanzug an. Während er sich ankleidete, küsste Ting ihn zum Abschied und brach auf.

Über Beijing hing Smog, und Kai steckte für alle Fälle eine Atemmaske ein. Seine Reisetasche war fertig gepackt. Zuletzt nahm er den schweren Wintermantel aus dem Schrank und legte ihn sich über den Arm: Yanji war eine kalte Stadt.

* * *

In Yanji lebten vierhunderttausend Menschen, und fast die Hälfte von ihnen waren Koreaner.

Nach dem Zweiten Weltkrieg war die Stadt rasch gewachsen, und als Kais Maschine in den Sinkflug ging, sah er die Reihen moderner Gebäude, die sich an beiden Ufern des Buerhatongs drängten. China war der wichtigste Handelspartner Nordkoreas, und Tausende überquerten jeden Tag in beide Richtungen die Grenzen, um Geschäfte zu treiben. Yanji war ein wichtiger Umschlagplatz für diesen Handel.

Darüber hinaus lebten und arbeiteten Nordkoreaner zu Hunderttausenden – vielleicht Millionen – in China. Viele waren registrierte Einwanderer, andere Prostituierte und nicht wenige unbezahlte Landarbeiter oder gekaufte Ehefrauen – nie wurden sie wirklich als Sklaven bezeichnet. Die Lebensumstände in Nordkorea waren so schlecht, dass manchem ein Dasein als gut genährter Sklave in China wohl nicht als das schlimmste Schicksal erschien, nahm Kai an.

Yanji hatte die größte koreanische Bevölkerung aller chinesischen Städte. Sogar zwei TV-Stationen in koreanischer Sprache gab es dort. Zu den koreanischen Bewohnern von Yanji gehörte Ham Hee-young, eine intelligente und tüchtige junge Frau, die General Hams uneheliche Tochter war, ein Umstand, von dem in Nordkorea niemand und in China nur wenige Personen wussten.

Als Geschäftsführerin eines Kaufhauses verdiente sie ein hohes Gehalt, zu dem noch Provisionen hinzukamen.

Kai landete auf dem Flughafen Chaoyangchuan und nahm ein Taxi ins Stadtzentrum. Alle Straßenschilder waren zweisprachig; der koreanische Name stand über dem chinesischen. Ihm fiel auf, dass einige der jungen Frauen auf den Straßen der Stadt die schicke, sexy Mode Südkoreas trugen. Er ließ sich an einem großen Kettenhotel absetzten, betrat die Lobby, verließ sie aber sofort wieder. Nun trug er seinen dicken Mantel, der ihn gegen die bittere Kälte Yanjis schützte. Er ignorierte die Taxis, die vor dem Hoteleingang warteten, ging ein paar Blocks zu Fuß und hielt ein Taxi auf der Straße an. Dem Fahrer gab er die Adresse eines Wumart-Supermarkts am Stadtrand.

General Ham war an einem nordkoreanischen Atomwaffenstützpunkt namens Jeongjeo-dong unweit der Grenze zu China stationiert. Er gehörte dem Gemeinsamen Grenzaufsichtskomitee an, das sich regelmäßig in Yanji traf, und reiste deshalb wenigstens einmal im Monat nach China.

Viele Jahre zuvor hatte er den Glauben an das Regime in der Hauptstadt Pjöngjang verloren und begonnen, für China zu spionieren. Kai bezahlte ihn gut; das Geld ging an Hee-young, Hams Tochter.

Kais Taxi brachte ihn in eine blühende Vorstadt und setzte ihn vor dem Wumart ab, zwei Straßen von seinem eigentlichen Ziel entfernt. Er ging zu einer Baustelle, wo ein großes Wohnhaus errichtet wurde. Hier investierte Ham das Geld, das er vom Guoanbu erhielt. Das Land und das Haus liefen auf Hee-youngs Namen, und sie bezahlte die Bauarbeiter mit dem Geld, das Kai ihr schickte. General Ham stand kurz vor der Pensionierung und plante, aus Nordkorea zu verschwinden, eine neue Identität anzunehmen, mit der ihn Kai versorgen würde, und seine goldenen Jahre mit seiner Tochter und seinen Enkeln in ihrem schönen neuen Haus zu verbringen.

Als Kai sich der Baustelle näherte, war Ham nirgends zu entdecken; er sorgte stets dafür, von der Straße aus nicht zu sehen zu sein. Er war in der halbfertigen Garage, wo er in fließendem Mandarin auf einen Arbeiter einredete, vermutlich den Polier. Er brach unvermittelt ab und sagte: »Ich muss mit meinem Buchhalter sprechen«, dann schüttelte er Kai die Hand.

Ham war ein drahtiger Mann in den Sechzigern und besaß einen Doktortitel in Physik. »Gestatten Sie mir eine Führung«, sagte er voller Begeisterung.

Die Sanitäranlagen waren bereits installiert, und jetzt waren die Zimmerleute dabei, Türzargen, Fensterrahmen, Wandschränke und Küchenmöbel einzusetzen. Kai ertappte sich dabei, dass er Ham beneidete, während sie das Gebäude besichtigten: Es war geräumiger als jedes Haus, in dem Kai bisher gewohnt hatte. Stolz zeigte Ham ihm das Schlafzimmer für Hee-young und ihren Mann mit eigenem Bad, zwei kleinere Zimmer für ihre Kinder und eine Einliegerwohnung für ihn selbst. Wir haben ihm das alles finanziert, dachte Kai. Aber er war das Geld wert.

Als sie sich umgesehen hatten, gingen sie trotz der Kälte hinaus und stellten sich hinters Haus, wo sie von der Straße aus nicht zu sehen waren und von den Arbeitern nicht belauscht werden konnten. Ein kalter Wind ging, und Kai war froh über seinen Mantel. »Wie ist der Stand der Dinge in Nordkorea?«

»Schlimmer, als Sie ahnen«, antwortete Ham augenblicklich. »Sie wissen, wie vollständig wir von China abhängig sind. Unsere Wirtschaft liegt am Boden. Unsere einzige erfolgreiche Industrie ist die Herstellung und der Export von Waffen. Wir haben eine furchtbar ineffiziente Landwirtschaft, die nur siebzig Prozent der Nahrungsmittel produziert, die wir benötigen. Wir schleppen uns von einer Krise zur anderen.«

»Und was gibt es Neues?«

»Die Amerikaner haben die Sanktionen verschärft.«

Davon hatte Kai noch nichts gehört. »Wie das?«

»Einfach, indem sie existierende Regeln durchsetzen. Eine Ladung nordkoreanischer Kohle, die für Vietnam bestimmt war, wurde in Manila beschlagnahmt. Die Zahlung für zwölf Mercedes-Limousinen wurde von einer deutschen Bank wegen des Verdachts verweigert, dass sie für Pjöngjang bestimmt waren, obwohl in den Papieren Taiwan stand. Ein russisches Schiff wurde abgefangen, als es Benzin auf ein nordkoreanisches Schiff vor Wladiwostok umschlagen wollte.«

»Für sich genommen Kleinigkeiten, aber sie flößen allen Angst ein, Geschäfte zu machen«, kommentierte Kai.

»Genau. Aber was Ihrer Regierung vielleicht nicht klar ist: Wir haben nur für sechs Wochen Vorräte an Lebensmitteln und anderen unverzichtbaren Dingen. So kurz stehen wir vor einer Hungersnot.«

»Sechs Wochen!« Kai war schockiert.

»Das wird niemandem gegenüber zugegeben, aber Pjöngjang steht kurz davor, Beijing um wirtschaftliche Nothilfe anzugehen.«

Das war eine nützliche Information. Kai konnte Wu Bai vorwarnen. »Um wie viel wird man bitten?«

»Sie wollen überhaupt kein Geld. Sie brauchen Reis, Schweinefleisch, Benzin, Eisen und Stahl.«

China konnte Nordkorea vermutlich geben, was es brauchte; in der Vergangenheit hatte die Volksrepublik es stets getan. »Wie reagiert die Partei auf die katastrophale Lage?«

»Es gibt unzufriedene Stimmen – die gibt es immer –, aber das Murren wird zu nichts führen, solange China das Regime stützt.«

»Inkompetenz kann bestürzend stabil sein.«

Ham lachte kurz und bellend. »Das ist wohl wahr.«

* * *

Kai hatte mehrere amerikanische Kontakte, aber der beste war Neil Davidson, ein CIA-Mann an der US-Botschaft in Beijing. Sie trafen sich zum Frühstück in der Aufgehenden Sonne am Chaoyang-Park unweit der US-Botschaft, was für Neil bequem war. Kai nahm seinen Fahrdienst nicht in Anspruch, weil Regierungsfahrzeuge offiziell aussahen und seine Treffen mit Neil diskret ablaufen mussten. Also nahm er ein Taxi.

Kai kam gut mit Neil aus, obwohl sie Feinde waren. Sie verhielten sich, als wäre Frieden selbst zwischen solchen Rivalen wie China und den USA möglich, wenn man nur ein wenig gegenseitiges Verständnis aufbrachte. Vielleicht stimmte das sogar.

Kai erfuhr von Neil oft Dinge, die der Amerikaner gar nicht offenbaren wollte. Neil sagte ihm nicht immer die Wahrheit, aber seine Ausflüchte lieferten manchmal Anhaltspunkte.

Das Aufgehende Sonne war ein Restaurant im mittleren Preissegment, das von Chinesen und Ausländern gleichermaßen frequentiert wurde, die im zentralen Handelsdistrikt arbeiteten. Es gab sich keinerlei Mühe, Touristen anzuziehen, und die Kellner sprachen kein Englisch. Kai bestellte Tee, und Neil traf einige Minuten danach ein.

Neil war Texaner, hatte aber nicht viel von einem Cowboy an sich, abgesehen von seinem Akzent, der selbst Kai auffiel. Er war klein und kahlköpfig. Am Morgen war er im Fitnessstudio gewesen – er wolle Gewicht verlieren, erklärte er –, und er trug noch die abgewetzten Sportschuhe und den schwarzen Trainingsanzug von Nike. Und meine Frau geht in Bluejeans und Cowboystiefeln zur Arbeit, dachte Kai. Verrückte Welt.

Neil beherrschte fließend Mandarin, aber seine Aussprache war entsetzlich. Er bestellte Congee, Reisbrei, mit einem weichgekochten Ei. Kai ließ sich Nudeln in Sojasauce mit Teeeiern kommen.

»Wenn Sie Congee essen, purzeln die Pfunde nicht. Chinesisches Essen hat eine Menge Kalorien.«

»Nicht so viele wie amerikanisches Essen«, sagte Neil. »Bei uns enthält sogar der Frühstücksspeck Zucker. Aber egal, was haben Sie auf dem Herzen?«

Das war reichlich direkt. Kein Chinese wäre jemals so ungehobelt gewesen. Aber Kai mochte mittlerweile die Art der Amerikaner, schnell zur Sache zu kommen. Genauso unverblümt antwortete er: »Nordkorea.«

»Okay«, sagte Neil.

»Sie verhängen Sanktionen.«

»Die Sanktionen wurden schon vor langer Zeit verhängt. Von den Vereinten Nationen.«

»Aber jetzt setzen die USA und ihre engen Freunde sie durch, fangen Schiffe ab, beschlagnahmen Fracht und behindern internationale Zahlungen, die gegen die Sanktionen verstoßen.«

»Vielleicht.«

»Neil, hören Sie auf, mich zu verarschen. Sagen Sie einfach, wieso.«

»Waffen in Afrika.«

Kai gab sich milde entrüstet. »Sie sprechen von Corporal Peter Ackerman. Sein Mörder war ein Terrorist!«

»Der leider eine chinesische Waffe benutzte.«

»Normalerweise schiebt man die Schuld am Verbrechen nicht auf den Hersteller der Waffe.« Kai lächelte, als er hinzufügte: »Andernfalls hätten Sie Smith & Wesson schon vor Jahren dichtmachen müssen.«

»Mag sein.«

Neil mauerte, aber Kai brauchte von ihm eine aufrichtige Aussage. »Wissen Sie, welches kriminelle Geschäftsfeld zurzeit das größte der Welt ist, gemessen am Umsatz?«

»Jetzt werden Sie mir sagen, dass es der Handel mit illegalen Waffen ist.«

Kai nickte. »Größer als Rauschgift, größer als Menschenhandel.«

»Überrascht mich nicht.«

»Sowohl chinesische als auch amerikanische Waffen sind mühelos auf dem internationalen Schwarzmarkt erhältlich.«

»Erhältlich schon«, räumte Neil ein. »Mühelos? Nicht so ganz. Die Waffe, mit der Corporal Ackerman getötet wurde, ist nicht bei einem gewöhnlichen Schwarzmarktgeschäft gekauft worden, richtig? Als dieser Verkauf stattfand, sahen zwei Regierungen weg: die sudanesische und die chinesische.«

»Begreifen Sie denn nicht, dass wir muslimische Terroristen genauso sehr hassen wie Sie?«

»Ganz so einfach ist es nicht. Sie hassen muslimische Terroristen in China. Muslimische Terroristen in Afrika gehen Ihnen am Arsch vorbei.«

Neils Aussage lag unangenehm dicht bei der Wahrheit.

»Es tut mir leid, Neil«, sagte Kai, »aber der Sudan ist unser Verbündeter, und es ist ein gutes Geschäft, ihm Waffen zu verkaufen. Damit hören wir nicht auf. Corporal Ackerman war nur ein Kollateralschaden.«

»Hier geht es auch gar nicht um den armen Corporal Ackerman. Es geht um Haubitzen.«

Kai war verdutzt. Damit hatte er nicht gerechnet. Im nächsten Augenblick fiel ihm eine Einzelheit aus einem Bericht ein, den er vor zwei Wochen gelesen hatte. Die Amerikaner und andere hatten ein großes, wichtiges Versteck des ISGS namens al-Bustan gestürmt, in dem sie Haubitzen auf Selbstfahrlafetten vorgefunden hatten.

Das also hatte zu der UNO-Resolution geführt.

Das Essen kam, und Kai erhielt Zeit zum Nachdenken. Er fühlte sich angespannt, trotz seiner nach außen getragenen entspannten Kameradschaftlichkeit, und aß seine Nudeln langsam und mit wenig Appetit. Neil war nach seinem Training hungrig und stopfte das Congee in sich hinein. Als sie ihre Teller geleert hatten, fasste Kai zusammen. »Also benutzt Präsidentin Green die Sanktionen gegen Nordkorea, um China für die Artillerie in al-Bustan zu bestrafen.«

»Mehr als das, Kai«, sagte Neil. »Sie möchte, dass Sie mehr darauf Acht geben, bei wem Ihre Waffen am Ende landen.«

»Ich werde dafür sorgen, dass es bis an die höchsten Stellen gelangt.«

Der Satz bedeutete nichts, aber Neil schien seine Botschaft übermittelt zu haben. Offenkundig zufrieden wechselte er das Thema. »Wie geht es der reizenden Ting?«

»Recht gut, vielen Dank.« Neil gehörte zu den Millionen Männern, die Ting betörend schön fanden. Kai war an so etwas gewöhnt. »Haben Sie schon eine neue Wohnung gefunden?«

»Ja – das wurde auch Zeit.«

»Gut.« Kai wusste, dass Neil nach einer besseren Unterkunft gesucht hatte. Er wusste auch, dass Neil fündig geworden und eingezogen war, und er kannte sowohl Adresse als auch Telefonnummer. Er kannte auch die Identitäten und Hintergründe aller anderen Bewohner des Gebäudes. Der Guoanbu behielt ausländische Agenten in Beijing genau im Auge; ganz besonders galt das für Amerikaner.

Kai bezahlte das Frühstück, und gemeinsam verließen sie das Restaurant. Neil machte sich zu Fuß auf den Weg zur Botschaft, Kai winkte ein Taxi heran.

* * *

Das nordkoreanische Begehren nach Nothilfe wurde in einem kleinen Spitzengespräch besprochen, das von der Abteilung für internationale Verbindungen der Kommunistischen Partei Chinas einberufen wurde. Die Zentrale der Abteilung an der Fuxing Lu Nr. 4 im Haidian-Distrikt war kleiner und wirkte weniger beeindruckend als das Außenministerium, verfügte aber über größere Macht. Aus dem Büro des Direktors blickte man auf das Militärmuseum der Chinesischen Volksrevolution mit dem riesigen roten Stern auf dem Dach.

Kais Vorgesetzter, der Minister für Staatssicherheit Fu Chuyu, nahm Kai mit. Kai vermutete, dass Fu ihn lieber außen vor gelassen hätte, aber er kannte die Faktenlage über die Krise in Nordkorea nicht in allen Einzelheiten und hatte Angst, bei Rückfragen dumm auszusehen. Auf diese Weise konnte er für alle Details auf Kai zurückgreifen – und ihn für alle Lücken verantwortlich machen.

Am Tisch saßen ausschließlich Männer, aber einige Assistenten, die an den Wänden Platz genommen hatten, waren weiblich. Kai fand, die chinesische Regierungselite brauche mehr Frauen. Sein Vater vertrat die genau entgegengesetzte Ansicht.

Der Direktor, Hu Aiguo, bat Außenminister Wu Bai, das Problem zu umreißen, zu dessen Besprechung sie zusammengekommen waren.

»Es gibt eine Wirtschaftskrise in Nordkorea«, setzte Wu an.

»Wie üblich.« Der Kommentar stammte von Kong Zhao, einem Freund und politischen Verbündeten Kais. Dem Außenminister ins Wort zu fallen war leicht respektlos, aber Kong konnte es sich erlauben. In seiner brillanten Militärlaufbahn hatte er die Fernmeldetechnik der Volksbefreiungsarmee komplett modernisiert, und nun war er Verteidigungsminister.

Wu ignorierte ihn und fuhr fort: »Die Regierung in Pjöngjang hat uns um massive Hilfeleistungen gebeten.«

»Wie üblich«, sagte Kong erneut.

Kong war genauso alt wie Kai, aber er sah jünger aus, geradezu wie ein vorwitziger Student; seine sorgsam zerzauste Frisur und das freche Grinsen trugen das Ihrige dazu bei. In der chinesischen Politik achteten die meisten Personen darauf, konservativ auszusehen – so wie Kai –, aber Kong hielt sich nicht an die Regel, sondern dokumentierte allein durch sein Äußeres seine liberale Haltung. Kai bewunderte ihn für seine Dreistigkeit.

»Die Anfrage traf gestern Abend ein«, sagte Wu, »aber ich wusste, dass sie kommen würde, da mich der Guoanbu dankenswerterweise vorgewarnt hatte.« Er blickte Fu Chuyu an, der das Kompliment mit einem Senken des Kopfes entgegennahm; nur zu gern erntete er das Lob für Kais Arbeit.

Zum Abschluss sagte Wu: »Die Botschaft ist vom Obersten Führer Kang U-jung an unseren Staatspräsidenten Chen Haoran gerichtet, und es ist heute unsere Aufgabe, Präsident Chen bezüglich seiner Antwort zu beraten.«

Kai hatte sich im Vorfeld Gedanken wegen dieser Sitzung gemacht und wusste bereits, welchen Verlauf die Diskussion nehmen würde. Die alten Kader würden mit den progressiven Elementen aneinandergeraten. So viel war vorhersehbar. Die Frage war nur, wie der Konflikt gelöst werden konnte. Kai hatte dafür einen Plan.

Kong Zhao ergriff als Erster das Wort. »Mit Ihrer Erlaubnis, Genosse Direktor«, begann er, vielleicht um seine vorherige despektierliche Haltung auszugleichen, und Hu nickte. »Mehr als ein Jahr lang widersetzen sich die Nordkoreaner schon unverhohlen der chinesischen Regierung. Das südkoreanische Regime haben sie unnötigerweise mit kleineren Verletzungen seines Territoriums sowohl zu Land als auch zu Wasser provoziert. Zu allem Übel hat Nordkorea weiterhin internationale Feindseligkeit geweckt, indem es Langstreckenraketen und nukleare Gefechtsköpfe testete. Damit hat es Handelssanktionen der Vereinten Nationen auf sich gezogen …«, er hob den Finger zur Betonung, »Sanktionen, die einer der Hauptgründe für die fortgesetzten Wirtschaftskrisen Nordkoreas sind!«

Kai nickte zustimmend. Jedes Wort, das Kong ausgesprochen hatte, entsprach der Wahrheit. Der Oberste Führer hatte sich seine Probleme selbst zuzuschreiben.

Kong fuhr fort: »Unsere Proteste werden in Pjöngjang ignoriert. Wir müssen nun die Nordkoreaner dafür bestrafen, dass sie sich uns widersetzen. Denn wenn wir es nicht tun, welchen Schluss werden sie daraus ziehen? Sie werden denken, dass sie ihr Atomprogramm fortsetzen und über die UNO-Sanktionen die Nase rümpfen können, weil Beijing ihnen immer zur Seite steht und sie vor den Folgen ihres Tuns bewahrt.«

»Vielen Dank, Genosse Kong, für Ihre gewohnt messerscharfen Kommentare.« Auf der anderen Tischseite trommelte General Huang Ling mit seinen Stummelfingern auf das polierte Holz. Er konnte es kaum abwarten, sprechen zu dürfen. Hu bemerkte es und sagte: »General Huang.«

Huang war ein Freund von Fu Chuyu und von Kais Vater, Chang Jianjun. Alle drei gehörten der mächtigen Nationalen Sicherheitskommission an und vertraten einen harten außenpolitischen Kurs. »Erlauben Sie mir einige Anmerkungen.« Huangs Stimme war ein aggressives Knurren, und er sprach Mandarin mit einem rauen nordchinesischen Einschlag. »Erstens: Nordkorea bildet eine lebenswichtige Pufferzone zwischen China und dem US-dominierten Südkorea. Zweitens: Wenn wir uns weigern, Pjöngjang zu unterstützen, wird die dortige Regierung zusammenbrechen. Drittens: Augenblicklich wird ein internationales Verlangen nach einer sogenannten ›Wiedervereinigung‹ von Nord- und Südkorea laut werden. Viertens: Wiedervereinigung ist ein Euphemismus für eine Übernahme durch den kapitalistischen Westen – erinnern Sie sich nur daran, was mit Ostdeutschland geschah! Fünftens: China wird am Ende einen unversöhnlichen Feind direkt an seiner Grenze haben. Sechstens: Dies ist Teil des amerikanischen Langzeitplans zur Einkreisung Chinas mit dem langfristigen Ziel, die Volksrepublik genauso zu vernichten, wie die USA die Sowjetunion vernichtet haben. Ich gelange zu dem Schluss, dass wir das Hilfeersuchen Nordkoreas nicht ablehnen können. Ich danke Ihnen, Genosse Direktor.«

Hu Aiguo wirkte leicht verdutzt. »Beide Sichtweisen leuchten sehr gut ein«, sagte er. »Und doch widersprechen sie sich eklatant.«

»Genosse Direktor«, warf Kai ein, »wenn Sie gestatten: Ich habe weder die Erfahrung noch die Weisheit meiner älteren Kollegen, aber wie der Zufall es will, habe ich erst vorgestern mit einer hochrangigen nordkoreanischen Quelle gesprochen.«

»Bitte fahren Sie fort«, sagte Hu.

»Nordkorea hat einen Vorrat an Nahrungsmitteln und anderen lebensnotwendigen Gütern für sechs Wochen. Geht er zu Ende, kommt es zu Hungersnot und dem Zusammenbruch der Gesellschaft – ganz abgesehen von der Gefahr, dass Millionen hungernder Koreaner über unsere Grenze kommen und an unsere Gnade appellieren.«

Huang warf ein: »Also sollten wir ihnen Hilfe schicken!«

»Gleichzeitig wollen wir die nordkoreanische Führung für ihr schlechtes Benehmen strafen, indem wir unsere Hilfe verweigern.«

»Das müssen wir«, rief Kong, »sonst verlieren wir sämtliche Kontrolle!«

Kai sagte: »Mein Vorschlag ist simpel. Verweigern wir jetzt die Hilfe, um Pjöngjang zu bestrafen; aber in sechs Wochen senden wir Hilfe, gerade rechtzeitig, um den Zusammenbruch der Regierung zu verhindern.«

Einen Augenblick lang herrschte Schweigen, während alle darüber nachdachten.

Kong sprach als Erster. »Das ist eine Verbesserung meines Vorschlags«, sagte er großzügig.

»Das wäre es wohl«, räumte General Huang widerstrebend ein. »Die Lage müsste genau beobachtet werden, Tag für Tag, damit wir mit der Hilfeleistung beginnen können, sollte sich die Krise als ernster erweisen oder früher eintreten als erwartet.«

»Jawohl, das wäre entscheidend, vielen Dank, Genosse General«, sagte Hu.

Kai sah, dass sein Plan angenommen werden würde. Es war die richtige Lösung. Er hatte eine Glückssträhne.

Hu schaute sich am Tisch um. »Wenn alle damit einverstanden sind …?«

Niemand erhob Einwände.

»Dann werden wir Präsident Chen diesen Vorschlag unterbreiten.«

Kapitel 12

Tamara und Tab wurden beide zu der Hochzeit eingeladen, aber getrennt: Ihre Beziehung war noch geheim. Sie fuhren auch getrennt. Drew Sandberg, Chef der Pressestelle an der US-Botschaft in N'Djamena, heiratete Annette Cecil von der British Mission.

Die Hochzeit fand im palastartigen Haus eines britischen Ölindustriellen statt, der mit Annette verwandt war. Die Gäste drängten sich in einem großen klimatisierten Saal, dessen Fenster von Markisen in Schatten getaucht wurden.

Es war eine nicht religiöse Zeremonie, und Tamara war gespannt: Sie hatte solch einer Trauung noch nie beigewohnt. Die Zelebrantin, eine angenehme Frau mittleren Alters namens Claire, hielt eine kurze und kluge Ansprache über die Freuden und Herausforderungen einer Ehe. Annette und Drew hatten eigene Gelübde verfasst und sprachen sie mit solcher Innigkeit, dass Tamara die Tränen kamen. Sie spielten einen ihrer alten Lieblingssongs, *Happy* von Pharrell Williams. Wenn ich jemals wieder heirate, dachte sie, dann so.

Vier Wochen zuvor wäre ihr dieser Gedanke überhaupt nicht gekommen.

Diskret schaute sie durch den Raum zu Tab. Gefiel ihm die Zeremonie? Berührten ihn die Ehegelübde? Dachte er über seine eigene Hochzeit nach? Sie wusste es nicht.

Der Industrielle hatte sein Haus nicht nur für die Zeremonie, sondern auch für die Party angeboten, aber Annette hatte entgegnet, ihre Freunde seien ein wilder Haufen und könnten es in Schutt und Asche legen. Nach dem Gelöbnis setzten Braut und Bräutigam sich ab, um ihre Eheschließung beurkunden zu lassen, und die Gäste wurden zu einem großen Restaurant geleitet, das an diesem Tag für die Öffentlichkeit geschlossen war.

Das Lokal gehörte tschadischen Christen, die nordafrikanische Küche anboten und kein Problem damit hatten, Alkohol zu servieren. In dem großen Speisesaal roch es nach würzigen Gerichten, auf dem schattigen Innenhof sprudelte ein Springbrunnen. Das Büfett ließ Tamara das Wasser im Mund zusammenlaufen: knusprig-goldene panierte Süßkartoffeln, garniert mit duftenden Zitronenscheiben, ein Ziegenschmortopf mit Okra mit der Schärfe von Chilischoten, frittierte Hirseteigbällchen, Aiysha genannt, mit einem Erdnusssaucendip und vieles mehr. Tamara mochte besonders einen Salat aus braunem Reis mit Gurken- und Bananenscheiben in einem scharfen Honigdressing. Dazu gab es marokkanischen Wein und Gala-Bier.

Die Gäste waren zum Großteil jüngere Angehörige der diplomatischen Kreise in N'Djamena. Tamara unterhielt sich eine Weile mit Nick Collinsworths Sekretärin Layan, einer hochgewachsenen, eleganten Tschaderin, die genau wie Tamara in Paris studiert hatte. Layan hatte eine etwas distanzierte Art, die auf manche hochmütig wirkte, doch Tamara mochte sie. Sie sprachen über die Hochzeitszeremonie, die ihnen beiden gefallen hatte.

Zugleich war Tamara ständig Tabs Gegenwart gewahr und musste sich anstrengen, ihn nicht mit Blicken durch den ganzen Saal zu verfolgen. Sie wusste jedoch immer, wo er war. Noch hatte sie nicht mit ihm gesprochen. Hin und wieder begegneten sich ihre Blicke, und sie schaute weg, ohne ihn zur Kenntnis zu nehmen. Ihr kam es vor, als laufe sie in einem Raumanzug herum, unfähig, ihn zu berühren oder mit ihm zu reden.

Annette und Drew kehrten in Partykleidung zurück und wirkten überglücklich. Tamara beneidete sie.

Eine Band begann zu spielen, und die Party kam in Gang. Tamara gestattete sich endlich, ein Wort mit Tab zu wechseln. »Meine Güte, ist das schwierig«, sagte sie. »So zu tun, als wären wir noch immer nichts weiter als Kollegen.«

Er hielt eine Flasche Bier in der Hand, um gesellig zu wirken, aber er hatte kaum einen Schluck getrunken. »Geht mir genauso.«

»Freut mich, dass du ebenfalls leidest.«

Er lachte. »Sieh dir nur die beiden an.« Er nickte zum Brautpaar. »Drew kann nicht die Hände von Annette lassen. Ich weiß genau, was er durchmacht.«

Die meisten Gäste tanzten zur Musik der Band. »Gehen wir auf den Hof«, schlug Tamara vor. »Da sind nicht so viele Leute.«

Sie gingen hinaus und betrachteten den Springbrunnen. Ein halbes Dutzend Leute stand hier draußen, und Tamara wünschte, sie würden sich fortmachen.

»Wir brauchen mehr Zeit zusammen«, sagte Tab. »Wir treffen uns und gehen auseinander, treffen uns und gehen auseinander. Ich möchte, dass wir uns besser kennenlernen.«

»Noch besser?«, fragte sie grinsend. »Gibt es irgendeinen Teil von mir, den du nicht so gut kennst wie deinen eigenen Körper?«

Seine braunen Augen sahen sie auf eine Weise an, bei der sie immer ein Stromstoß durchzuckte. »Das habe ich nicht gemeint.«

»Ich weiß. Ich habe nur genossen, es auszusprechen.«

Aber es war ihm ernst. »Ich möchte ein ganzes Wochenende, irgendwo anders, ohne Unterbrechungen, ohne Leute, vor denen wir uns verstellen müssen.«

Tamara fand seine Idee sehr reizvoll, sah aber keine Möglichkeit, die Vorstellung in die Tat umzusetzen. »Du meinst, so als würden wir zusammen in Urlaub gehen?«

»Ja. Du hast bald Geburtstag, das weiß ich.«

Sie erinnerte sich nicht, ihm davon erzählt zu haben. Aber es sollte ihm keine Mühe bereitet haben, es herauszufinden. Schließlich war er ein Spion. »Sonntag werde ich dreißig. Ich wollte kein großes Aufheben darum machen.«

»Ich würde dich gern entführen, als Geburtstagsgeschenk.«

Sie empfand einen warmen Schwall der Zuneigung. Oh Gott, ich mag diesen Mann, dachte sie. Einen Haken hatte es dennoch. »Ich liebe die Idee«, sagte sie, »aber wohin könnten wir gehen? Es ist schließlich nicht so, als gäbe es hier ein Resort, wo wir in ein Hotel einchecken und anonym bleiben könnten. Und außer in der Hauptstadt fallen wir in diesem Land auf wie ein Paar Giraffen, egal wo.«

»Ich kenne ein gutes Hotel in Marrakesch.«

»Marokko? Ist das dein Ernst?«

»Wieso nicht?«

»Von hier gibt es keine Direktflüge. Man muss über Paris oder Casablanca oder beides fliegen. Wir bräuchten einen Tag, um hinzukommen. Für einen Wochenendtrip lässt sich das nicht machen.«

»Und wenn ich dieses Problem lösen könnte?«

»Wie sonst sollen wir reisen? Auf einem Kamel mit Düsenantrieb?«

»Meine Mutter hat ein Flugzeug.«

Sie prustete vor Lachen. »Tab! Wie soll ich mich nur je an dich gewöhnen? Deine Mutter hat ein Flugzeug! Meine Mutter ist in ihrem ganzen Leben noch nie erster Klasse geflogen.«

Er lächelte wehmütig. »Du wirst es kaum glauben, ich weiß, aber wenn ich mir deine Familie vorstelle, bin ich eingeschüchtert.«

»Da hast du recht, das ist wirklich kaum zu glauben.«

»Mein Vater ist ein Verkäufer – gewiss, ein brillanter Verkäufer –, aber er ist kein Intellektueller. Dein Vater ist ein Universitätsprofessor, der Bücher über Geschichte schreibt. Meine Mutter hat ein Talent dafür, Uhren und Handtaschen zu entwerfen, für die reiche Frauen absurde Preise zahlen. Deine Mutter leitet eine Highschool und ist für die Ausbildung Hunderter, vielleicht sogar Tausender junger Menschen verantwortlich. Mir ist klar, dass deine Eltern nicht viel Geld verdienen, aber was sie tun, finde ich viel beeindruckender. Vermutlich betrachten sie mich als verwöhnten reichen Bengel.«

An seiner kleinen Ansprache fielen ihr zwei Dinge auf. Zum einen seine Selbstverleugnung, die ihr recht ungewöhnlich erschien für einen Mann aus seiner sozialen Schicht. Zum anderen und wichtiger war die Annahme, dass er ihre Eltern kennenlernen würde. Er hatte in der Tat ein Bild seiner Zukunft, und sie war ein Teil davon.

Zu beiden Dingen sagte sie nichts, sondern fragte: »Kriegst du das wirklich hin?«

»Ich muss nachfragen, ob das Flugzeug frei ist.«

»Das ist so romantisch. Ich wünschte, wir könnten gleich jetzt miteinander schlafen.«

Er zog eine Braue hoch. »Ich sehe keinen Grund, der dem entgegensteht.«

»Im Springbrunnen?«

»Vielleicht, aber ich möchte ungern das Rampenlicht von Braut und Bräutigam ablenken. Das würde unhöflich wirken.«

»Oh, na gut, du alter Spielverderber. Fahren wir zu dir.«

»Ich gehe als Erster. Ich schleiche mich raus, ohne mich zu verabschieden. Du könntest Drew und Annette deine Aufwartung machen und mir ein paar Minuten später folgen.«

»Okay.«

»So bekomme ich Gelegenheit, dafür zu sorgen, dass mein Apartment halbwegs sauber und ordentlich ist. Die Spülmaschine auszuräumen, meine Socken in den Wäschekorb zu werfen, den Müll rauszutragen.«

»All das nur für mich?«

»Oder ich könnte mich ausziehen und aufs Bett legen, bis du kommst.«

»Mir gefällt Plan B.«

»Oh ja«, sagte er. »So machen wir's.«

***

Am nächsten Morgen wachte Tamara in ihrem Apartment auf dem Botschaftsgelände auf und wusste, dass sich etwas verändert hatte. Ihre Beziehung zu Tab hatte eine neue Stufe erreicht. Er war nicht mehr bloß ihr Freund. Er war mehr als ein Liebhaber. Sie waren ein Paar geworden. Sie gehörten zusammen. Sie würden gemeinsam verreisen. Und sie hatte ihn nicht dazu gedrängt. Alles war seine Idee gewesen.

Einige Minuten blieb sie im Bett liegen und genoss einfach das Gefühl.

Als sie aufstand, fand sie auf ihrem Handy eine Textnachricht:

Bitte hol 14 Bananen für deine Großmutter. Vielen Dank, Harun.

Blitzartig erinnerte sie sich an das halbverlassene Dorf am Ufer des schrumpfenden Sees und den beeindruckenden, dunkelhäutigen Araber mit dem New-Jersey-Akzent, der gesagt hatte: »Die Nachricht wird eine Zahl enthalten – acht Kilometer oder fünfzehn Dollar. Diese Zahl ist die Uhrzeit, zu der er sich mit Ihnen treffen will, im Vierundzwanzig-Stunden-System. Der erste Treffpunkt ist Le Grand Marché.«

Tamara empfand Aufregung, sagte sich aber, nicht allzu viel zu erwarten. Viel hatte Abdul nicht über Harun gewusst. Der Mann besaß vielleicht Zugang zu Geheimnissen, vielleicht aber auch nicht. Genauso gut war es möglich, dass es sich um einen Gauner handelte, der es nur aufs Geld abgesehen hatte. Sie sollte sich keine allzu großen Hoffnungen machen.

Nachdem sie geduscht hatte, zog sie sich an und aß eine Schale Vollkornflocken. Sie band sich das Halstuch um, das Abdul ihr gegeben hatte, damit sie zu erkennen war, blau mit einem auffälligen Muster aus orangefarbenen Kreisen. Damit trat sie in die milde Luft des Wüstenmorgens hinaus. Der Morgen war ihre liebste Tageszeit im Tschad, die Zeit, bevor die Luft staubig und die Hitze erdrückend wurde.

Tamara fand Dexter kaffeetrinkend an seinem Schreibtisch vor. Heute trug er einen blau-weiß gestreiften Seersucker-Anzug. In diesem Land farbenfroher arabischer Gewänder und schicker französischer Mode kleidete er sich wie ein Klischeeamerikaner. An der Wand hing ein Foto von ihm inmitten des College-Baseballteams, das stolz einen Pokal in die Höhe reckte.

»Ich habe heute Nachmittag ein Treffen mit einem Informanten«, sagte sie. »Le Grand Marché um zwei Uhr.«

»Wer ist der Informant?«

»Ein desillusionierter Terrorist, Abdul zufolge. Er nennt sich Harun und wohnt am anderen Flussufer in Kousséri.«

»Verlässlich?«

»Das weiß niemand.« Wichtig war es, immer Dexters Erwartungen zu berücksichtigen. Unerfüllte Versprechen verzieh er nur ungern. »Wir werden sehen, was er zu berichten hat.«

»Das klingt nicht gerade vielversprechend.«

»Mag sein.«

»Der Grand Marché ist riesig. Wie werden Sie einander erkennen?«

Sie zupfte an ihrem Halstuch. »Hieran.«

Dexter zuckte mit den Schultern. »Einen Versuch ist es wert.«

Tamara wandte sich zum Gehen.

»Ich habe über diesen Karim nachgedacht«, sagte Dexter.

Sie drehte sich wieder um. Was kam jetzt?

»Er hat Ihnen doch versprochen, Ihnen einen Entwurf der großen Rede des Générals zu beschaffen.«

»Versprochen hat er nichts«, entgegnete Tamara bestimmt. »Er sagte, er schaue, was er tun kann.«

»Wie auch immer …«

»Ich will ihn deswegen nicht nerven. Wenn wir ihm zeigen, dass die Rede wichtig für uns ist, sagt er sich vielleicht, dass er den Entwurf besser für sich behält.«

Ungeduldig versetzte Dexter: »Wenn er uns keine Informationen gibt, ist er für uns wertlos.«

»Ich könnte eine Andeutung machen, wenn ich ihn das nächste Mal sehe.«

Dexter runzelte die Stirn. »Er ist ein großer Fisch.«

Tamara fragte sich, worauf Dexter hinauswollte. »Ja, das ist er. Deshalb bin ich auch so froh, sein Vertrauen gewonnen zu haben.«

»Sie sind jetzt wie lange bei der Agency – fünf Jahre?«

»Richtig.«

»Und dies ist Ihr erster Auslandseinsatz.«

Tamara erkannte allmählich, was er andeutete. Zorn stieg in ihr auf. »Was wollen Sie damit sagen, Dexter?«, fragte sie nicht ganz so respektvoll, wie es angemessen gewesen wäre. »Spucken Sie's aus.«

»Sie sind neu und leichtgläubig.« Ihr Ton hatte ihm einen Vorwand geliefert, barsch zu sein. »Sie sind nicht erfahren genug, um eine Quelle zu führen, die so wichtig ist wie Karim, eine Quelle mit einer derart hohen Ermächtigungsstufe.«

Du Arschloch, dachte Tamara. »Ich war aber *erfahren genug*, um ihn an Land zu ziehen.«

»Was natürlich nicht dasselbe ist.«

Ich sollte es besser wissen, als mit ihm die Klingen zu kreuzen. Ein Wortgefecht mit dem eigenen Boss gewinnt man nie. »Und wer ersetzt mich als Karims Kontakt?«

»Ich habe überlegt, es selbst zu tun.«

Das also ist es, dachte sie. Du willst das Verdienst für meine

Arbeit einheimsen. Wie ein Professor, der einen Artikel über die Entdeckung seiner Doktorandin veröffentlicht. Ein Klassiker.

»Ich nehme an, dass seine Kontaktinformationen in Ihren Berichten stehen«, sagte Dexter.

»Alles, was Sie brauchen, finden Sie in der Datei.« *Bis auf ein paar Kleinigkeiten, die ich nicht aufgeschrieben habe, wie die Nummer des Handys, das seiner Frau gehört, das er aber mit sich herumträgt, wenn er schwer erreichbar sein will; aber leck mich, Dexter, die kriegst du nicht.*

»Okay«, sagte er. »Das wäre vorerst alles.«

Wortlos verließ sie sein Büro und ging an ihren Schreibtisch.

Am späten Vormittag hatte sie eine Nachricht auf dem Handy:

Der Marrakesch-Express läuft morgen früh aus. Montag zum Dienstbeginn bist du wieder da. Okay?

Morgen war Samstag. Sie hätten achtundvierzig Stunden. Sie antwortete:

Darauf kannst du deinen kleinen süßen Hintern verwetten.

Sie entschied, dass sie Karim noch ein weiteres Mal sehen wollte. Es wäre nur höflich, ihn über Dexters Entscheidung zu informieren, und diese Mitteilung sollte von ihr kommen. Natürlich würde sie Karim eine überzuckerte Version liefern. Sie müsste sagen, sie wäre mit anderen Aufgaben betraut worden.

Ein Blick auf die Uhr: Bald war Mittag. Um diese Zeit war Karim oft in der Bar International des Hôtel Lamy zu finden. Sie hätte die Zeit, etwas mit ihm zu trinken. Wenn sie vom Hotel gleich zum Markt fuhr, würde sie pünktlich um zwei Uhr dort sein.

Tamara bestellte sich einen Wagen.

Lieber wäre sie mit einem Motorrad gefahren. Auf den breiten Boulevards von N'Djamena gab es Tausende großer und kleiner Maschinen, Motorräder, Motorroller, Mopeds und manchmal sogar ein klassisches Pariser Vélosolex, ein Mofa mit einem kleinen 50-Kubikzentimeter-Zweitaktmotor von der Größe einer Ziehharmonika über dem Vorderrad. Damals in Washington hatte sie eine Fat Boy gefahren mit niedrigem Sitz, hoher Lenkstange und einem schweren V-Motor. Für den Tschad war die Maschine jedoch zu protzig. Niemals Aufmerksamkeit erregen war eine Grundregel diplomatischer und nachrichtendienstlicher Tätigkeit. Daher hatte sie das Motorrad zu Geld gemacht, als sie in den Tschad versetzt wurde. Eines Tages würde sie sich vielleicht ein neues zulegen.

Unterwegs ließ sie den Fahrer an einem kleinen Lebensmittelgeschäft halten und kaufte eine Schachtel Frühstücksflocken, eine Flasche Wasser, eine Tube Zahncreme und eine Packung Papiertaschentücher. Alles ließ sie sich in eine Plastiktasche packen. Sie bat den Fahrer, ihren Einkauf im Kofferraum aufzubewahren und auf sie zu warten, bis sie wieder aus dem Hotel kam.

Im Foyer des Lamy ging es hektisch zu. Leute trafen sich zum Mittagessen oder brachen zu Verabredungen in anderen Restaurants auf. Tamara hätte genauso gut in Chicago oder Paris sein können. Der Zentraldistrikt war eine Insel der Internationalität in einer afrikanischen Stadt. Menschen, die ständig reisten, wollten wohl, dass es überall gleich aussah.

Sie wandte sich zur Bar International. Auch dort war es betriebsam; es war die Zeit für einen Drink vor dem Mittagessen. Trotzdem ging es ruhiger zu als in der abendlichen Cocktailstunde, geschäftsmäßiger. Die meisten Gäste trugen westliche Kleidung, aber man sah auch traditionelle tschadische Gewänder. Männer herrschten vor, aber sie entdeckte Colonel Marcus in Zivilkleidung. Karim jedoch war nicht hier.

Dafür aber Tab.

Sie sah sein Gesicht im Profil. Er saß an einem Fenster und schaute hinaus. Er trug ein dunkelblaues Jackett ohne Schulterpolster über einem hellblauen Hemd, was sie mittlerweile als seine Lieblingskleidung kannte. Ein überraschtes, entzücktes Lächeln breitete sich über ihr Gesicht aus. Sie machte einen Schritt auf ihn zu und blieb stehen. Er war nicht allein.

Die Frau, die bei ihm saß, war hochgewachsen, beinahe so groß wie Tab. Sie musste Mitte vierzig sein, also gut zehn Jahre älter als Tab. Ihre schulterlangen Haare waren teuer frisiert und von blonden Strähnchen durchzogen, und sie war leicht, aber gekonnt geschminkt. Sie trug ein schlichtes Etuikleid aus Leinen in einem sommerlichen Mittelblau.

Sie saßen an einem quadratischen Tisch und nicht einander gegenüber wie bei einem geschäftlichen Treffen, sondern an benachbarten Seiten, was auf Freundschaft hindeutete. Auf ihrem Tisch standen zwei Getränke. Tamara wusste, dass Tabs Glas um diese Zeit Mineralwasser von Perrier mit einer Zitronenscheibe enthielt. Vor der Frau stand ein Martiniglas.

Sie beugte sich zu ihm vor, schaute ihm in die Augen, sprach nachdrücklich, aber leise. Er sagte wenig, nickte nur und gab einsilbige Antworten. Seine Körpersprache verriet allerdings weder Verlegenheit noch Ablehnung. Das Gespräch beherrschte sie, aber er beteiligte sich aus freien Stücken daran. Sie legte ihre linke Hand über seine Rechte auf dem Tisch, und Tamara stellte fest, dass sie keinen Ehering trug. Er gestattete ihr für einen langen Augenblick, seine Hand zu berühren, dann griff er nach seinem Glas, sodass sie ihren Griff lösen musste.

Sie sah kurz von ihm weg. Ihr Auge schweifte ohne Neugier über die Gäste im Raum; als sie Tamara mit ihrem Blick streifte, zeigte sie keine Reaktion: Sie waren einander noch nie begegnet. Sie richtete ihre Aufmerksamkeit wieder auf Tab; an niemand anderem im Raum hatte sie Interesse.

Mit einem Mal fühlte Tamara sich befangen. Wenn sie erwischt wurde, wie sie Tab bespitzelte, würde sie sich gedemütigt fühlen. Sie drehte sich um und verließ die Bar.

Im Foyer blieb sie stehen und fragte sich: Weshalb ist es mir peinlich? Was habe ich getan, wofür ich mich schämen müsste?

Sie setzte sich auf eine Couch, umgeben von etwa einem Dutzend Menschen, die warteten – auf Kollegen, darauf, dass ihr Zimmer fertig war oder dass der Portier ihre Fragen beantwortete –, und versuchte, sich zu fassen. Tab konnte aus einer Vielzahl von Gründen mit jemandem einen Drink nehmen. Sie konnte eine Freundin sein, ein Kontakt, eine Kollegin von der DGSE, eine Handelsreisende, alles Mögliche.

Aber sie war selbstsicher, gut angezogen, attraktiv und alleinstehend. Und sie hatte seine Hand genommen.

Andererseits, geflirtet hatte sie nicht. Tamara runzelte die Stirn und fragte sich: Woher weiß ich das? Die Antwort kam ihr auf der Stelle: Dafür kennen sie einander zu gut.

Die Frau konnte eine Verwandte sein, eine Tante vielleicht, die kleine Schwester seiner Mutter. Aber eine Tante hätte sich für einen Drink mit ihrem Neffen nicht so sorgfältig gekleidet. Als Tamara zurückdachte, erinnerte sie sich an Diamantohrstecker, ein geschmackvolles Halstuch aus Seide, zwei oder drei goldene Armreifen an einem Handgelenk, Schuhe mit hohen Absätzen.

Wer war die Frau?

Ich gehe in die Bar zurück, überlegte Tamara. Ich gehe einfach an ihren Tisch und frage: Hallo, Tab, ich suche Karim Aziz, haben Sie ihn gesehen? Dann muss Tab mich ihr vorstellen.

An diesem Drehbuch gefiel ihr allerdings etwas nicht. Sie stellte sich vor, dass Tab zögerte und die Frau über die Unterbrechung verärgert war. Tamara hätte sich in die Rolle des unwillkommenen Eindringlings manövriert.

Was soll's, dachte sie und ging zurück.

Als sie die Bar betrat, stieß sie auf Colonel Susan Marcus, die gerade gehen wollte. Susan blieb stehen und küsste Tamara nach französischer Art auf beide Wangen. Ihre gewohnte schneidige Art war verschwunden, und sie gab sich herzlich, fast zugeneigt. Sie waren zusammen in einem tödlichen Feuerkampf gewesen und hatten überlebt, und das hatte ein Band geknüpft. »Wie fühlen Sie sich?«, fragte Susan.

»Alles gut.« Tamara wollte nicht grob zu Susan sein, aber im Moment hatte sie etwas anderes im Kopf als den Schusswechsel auf dem Pont de N'Gueli.

Susan fuhr fort: »Unser … Abenteuer liegt zwei Wochen zurück. So etwas hat manchmal psychologische Nachwirkungen.«

»Wirklich, mir geht es gut.«

»Nach solch einem Vorfall sollten Sie mit einem Psychologen sprechen. Das ist üblich.«

Tamara zwang sich, ihr zuzuhören. Susan war um sie besorgt. Tamara hatte sich keine Gedanken um Traumabewältigung gemacht. Mit »solch einem Vorfall« meinte Susan die Tötung eines Menschen. Niemand im CIA-Büro hatte Tamara empfohlen, sich Hilfe zu suchen. »Ich habe nicht das Gefühl, dass es nötig ist«, sagte sie.

Susan legte Tamara leicht eine Hand auf den Arm. »Das können Sie selbst vielleicht nicht am besten beurteilen. Gehen Sie wenigstens einmal hin.«

Tamara nickte. »Vielen Dank. Ich werde Ihren Rat befolgen.«

»Gern geschehen.« Susan wollte weitergehen.

Tamara hielt sie auf. »Übrigens …«

»Ja?«

»Ich bin sicher, ich kenne die Frau, die mit Tabdar Sadoul am Fenstertisch sitzt. Ist sie bei der DGSE?«

Susan sah hin, entdeckte die Frau und lächelte. »Nein. Das ist Léonie Lanette. Sie ist ein hohes Tier bei der französischen Ölgesellschaft Total.«

»Oh. Dann ist sie wohl eine Freundin seines Vaters, der im Vorstand von Total sitzt – wenn ich mich recht entsinne.«

»Kann sein.« Susan zog die Brauen hoch. »Auf jeden Fall ist sie ein Cougar.«

Tamara lief es kalt den Rücken herunter. Cougar nannte man eine Frau mittleren Alters, die aggressiv sexuelle Beziehungen zu jüngeren Männern suchte. »Glauben Sie, sie ist hinter ihm her?«, fragte sie.

»Oh, das braucht sie nicht. Sie hatten monatelang eine Affäre. Ich dachte, es wäre vorbei, aber anscheinend habe ich mich geirrt.«

Tamara fühlte sich, als hätte Susan ihr in den Magen geboxt. Ich werde nicht weinen, beschwor sie sich. Rasch wechselte sie das Thema. »Eigentlich suche ich Karim Aziz, aber er ist wohl nicht hier.«

»Ich habe ihn nicht gesehen.«

Gemeinsam verließen sie das Hotel. Susan stieg in ein Fahrzeug der Army, und Tamara ging zu ihrem Fahrer. »Bringen Sie mich zum Grand Marché«, sagte sie. »Aber setzen Sie mich zwei Straßen weiter ab, und warten Sie bitte auf mich.«

Im Wagen lehnte sie sich zurück und versuchte, die Tränen zu unterdrücken. Wie konnte Tab so etwas tun? Hatte er sie die ganze Zeit betrogen? Es war kaum zu glauben, aber die Intimität war nicht zu übersehen. Diese Frau fand, dass sie das Recht besaß, ihn zu berühren, und er hatte sie nicht abgewiesen.

Der Markt lag am westlichen Ende der langen Avenue Charles de Gaulle, in dem Distrikt, in dem die meisten Botschaften angesiedelt waren. Der Fahrer parkte, und Tamara band sich das blau-orange Halstuch um den Kopf. Sie nahm ihre Plastiktasche, prall mit Einkäufen, aus dem Kofferraum. Nun sah sie aus wie eine gewöhnliche Hausfrau, die auf dem Markt Besorgungen machte.

Sie hätte aufgekratzt und hoffnungsvoll sein und sich auf das Treffen mit Harun freuen sollen und darauf, herauszufinden, was er zu sagen hatte, optimistisch, dass sie eine wichtige Information erfuhr, die für das Militär nützlich war. Aber sie konnte an nichts anderes denken als an Tab und diese Frau, wie sie die Köpfe zusammensteckten, wie sie seine Hand auf dem Tisch fasste, wie sie mit leisen Stimmen sprachen und ein Gespräch führten, das eindeutig hochemotionaler Natur war.

Immer wieder rief sie sich in Erinnerung, dass es eine vollkommen harmlose Erklärung geben konnte. Nur teilten Tab und sie nunmehr das Bett öfter, als dass sie allein schliefen, und sie hatten viel übereinander erfahren – Tamara kannte sogar den Namen der Dogge seiner Eltern: Flâneur, was ›Bummler‹ oder ›Dandy‹ bedeutete –, aber Léonies Name war nie gefallen.

»Ich dachte, das wäre es«, sagte sie traurig zu sich selbst, während sie der Straße folgte. »Ich dachte, es wäre Liebe.«

Als sie den Markt erreichte, zwang sie sich, nur an die Aufgabe zu denken, die ihr bevorstand. Vor sich sah Tamara einen konventionellen Supermarkt mit wenigstens hundert Marktständen. Auf den Wegen dazwischen drängten sich bunt gekleidete Tschader und hier und da Touristen mit Baseballkappen und bequemen Laufschuhen. Händler mit Bauchläden oder manchmal auch nur einem einzigen Gegenstand zum Verkaufen mischten sich in die Menge, stürzten sich auf mögliche Kunden, und fast erwartete Tamara, Abdul zu entdecken, wie er versuchte, seine Cleopatra-Zigaretten loszuschlagen.

Irgendwo hier war ein Mann, der eine Terrorgruppe verraten wollte.

Sie konnte nicht nach ihm Ausschau halten. Sie wusste nicht, wie er aussah. Sie musste einfach wachsam bleiben und warten, dass er sie ansprach.

Das ausgelegte Obst und Gemüse sah wunderschön aus. Gebrauchtes Elektrozubehör schien das große Geschäft zu sein: Kabel, Stecker, Schalter und Steckerleisten. Tamara lächelte über einen Stand, an dem die Trikots europäischer Fußballclubs verkauft wurden: Manchester United, AC Mailand, Bayern München, Real Madrid, Olympique Marseille.

Ein Mann trat mit einer Bahn aus leuchtend bunt bedruckter

Baumwolle vor sie. Er hielt ihr den Stoff vors Gesicht und sagte auf Englisch: »Der passt perfekt zu Ihnen.«

»Nein, danke«, sagte sie.

Er wechselte ins Arabische. »Ich bin Harun.«

Tamara sah ihn genau an und schätzte ihn ein. Unter seinem Kopftuch blickten dunkle Augen sie verstohlen aus einem schmalen arabischen Gesicht an. Seinem flaumigen Vollbart nach hielt sie ihn für ungefähr zwanzig. Er trug eine traditionelle Dschallabija, die einen mageren, breitschultrigen Körper verbarg.

Sie nahm das Tuch zwischen Daumen und Zeigefinger und gab vor, die Qualität zu prüfen. »Was können Sie mir sagen?«, fragte sie leise auf Arabisch.

»Sind Sie allein?«

»Natürlich.«

Er rollte die Baumwolle ein wenig mehr auf, damit sie einen besseren Eindruck von dem Muster erhielt. Es bestand aus lebhaftem Zitronengelb und Fuchsienrot. »Der ISGS ist hocherfreut über das, was an der N'Gueli-Brücke geschehen ist.«

»Erfreut?«, fragte sie überrascht. »Aber sie haben den Kampf verloren.«

»Zwei ihrer Männer starben. Aber die Toten sind im Paradies. Und sie haben einen Amerikaner getötet.«

Tamara erkannte die schiefe, aber vertraute Logik des Feindes. Ein toter Amerikaner bedeutete einen Triumph, ein toter Terrorist war ein Märtyrer. Sie konnten nur gewinnen. All das wusste Tamara jedoch bereits. Sie fragte: »Was ist seitdem passiert?«

»Ein Mann kam zu uns, um uns zu gratulieren. Ein Held des Kampfes in vielen Ländern, wurde uns gesagt. Er blieb fünf Tage, dann ging er wieder.«

Tamara musterte weiterhin das Tuch, während sie redeten, um den Anschein zu erwecken, sie sprächen über den Stoff. »Wie war sein Name?«

»Sie nannten ihn den Afghanen.«

Tamara war sofort hellwach. In Nordafrika durfte es viele Afghanen geben, aber die CIA hatte ein Interesse an einem ganz bestimmten. »Beschreiben Sie ihn mir.«

»Groß, grauhaarig, schwarzer Bart.«

»Irgendetwas Besonderes? Sichtbare Narben zum Beispiel?« Sie wollte Harun kein Stichwort liefern, aber ein bestimmtes Detail musste sie von ihm hören.

»Der Daumen«, sagte er. »Weggeschossen. Er sagt, es war eine amerikanische Kugel.«

Al-Farabi, dachte sie mit wachsender Aufregung. Die führende Gestalt im ISGS. Der Meistgesuchte. Reflexartig nahm sie den Blick von der Stoffbahn und sah nach Süden. Stände und Einkaufende waren alles, was sie sah, aber sie wusste, dass Kamerun nur eine Meile in diese Richtung entfernt war – vom Minarett der nahen Großen Moschee hätte sie das Land sehen können. Al-Farabi war ihr so nahe gewesen.

»Und noch etwas«, fuhr Harun fort. »Etwas … Spirituelleres.«

»Erzählen Sie.«

»Er ist ein Mann, der vor Hass brennt. Er will töten, er sehnt sich nach dem Töten, und er will immer wieder töten. So wie er am Töten hängen andere Männer am Alkohol, am Kokain, an Frauen oder am Glücksspiel. Er hat einen Durst, der niemals gestillt werden kann. Er wird sich nicht ändern bis zu dem Tag, an dem jemand ihn tötet, möge Allah uns diesen Tag bald schenken.«

Tamara schwieg lange, gebannt von Haruns Worten und der Eindringlichkeit, mit der er sie ausgesprochen hatte. Endlich löste sie sich aus dem Zauber und fragte: »Was hat er an diesen fünf Tagen getan, außer Ihrer Gruppe zu gratulieren?«

»Er gab uns besonderes Training. Wir mussten uns außerhalb der Stadt versammeln, manchmal mehrere Meilen entfernt, dann kam er mit seinen Begleitern.«

»Was haben Sie gelernt?«

»Wie man Sprengfallen baut und Sprenggürtel für Selbstmordattentate anfertigt. Alles über Telefondisziplin, verschlüsselte Nachrichten und Sicherheitsmaßnahmen. Wie man die Handys in einem ganzen Viertel unbrauchbar macht.«

Selbst ich weiß nicht, wie das geht, dachte Tamara. »Als er ging«, fragte sie, »hat er da gesagt, wohin er will?«

»Nein.«

»Gab es einen Hinweis?«

»Unser Anführer hat ihn direkt danach gefragt, und der Afghane antwortete: ›Wohin Allah mich führt.‹«

Übersetzt: *Das sage ich nicht*, dachte Tamara.

»Wie geht es dem Zigarettenverkäufer?«

War das aufrichtiges freundliches Interesse oder ein Versuch, Informationen zu erlangen? »Gut, als ich zuletzt von ihm hörte.«

»Er sagte zu mir, er gehe auf eine lange Reise.«

»Er ist oft mehrere Tage ohne Verbindung.«

»Ich hoffe, es geht ihm gut.« Harun sah sich nervös um. »Sie müssen den Stoff kaufen.«

»Also gut.« Sie nahm einige Geldscheine aus der Tasche.

Harun erschien ihr intelligent und ehrlich. Solche Urteile waren Spekulation, aber ihr Instinkt befahl, ihn wenigstens noch einmal wiederzusehen. »Wo treffen wir uns das nächste Mal?«, fragte sie.

»Im Musée National.«

Tamara war schon im Nationalmuseum von N'Djamena gewesen – klein, aber interessant. »Okay«, sagte sie und reichte ihm das Geld.

»Beim berühmten Schädel.«

»Den kenne ich.« Das kostbarste Exponat des Museums war der Teil eines Affenschädels, der sieben Millionen Jahre alt war und möglicherweise einem Vorfahren der Spezies Mensch gehört hatte.

Harun faltete das Baumwolltuch zusammen und reichte es

ihr. Sie steckte es in ihre Plastiktüte, und er wandte sich ab und verschwand in der Menge.

Tamara kehrte zum Auto zurück und ließ sich wieder in die Botschaft fahren, wo sie an den Schreibtisch ging. Sie musste sich jeden Gedanken an Tab aus dem Kopf schlagen, bis sie ihren Bericht über das Treffen mit Harun verfasst hatte.

In dem Bericht blieb sie zurückhaltend und betonte, dass es ihr erster Kontakt zu Harun gewesen und er bei der Agency nicht aktenkundig sei, man daher seine Verlässlichkeit auch nicht beurteilen könne. Sie wusste aber, dass die Sichtung al-Farabis eine elektrisierende Neuigkeit war und an jedes CIA-Büro in Nordafrika und dem Nahen Osten weitergeleitet wurde – ohne Zweifel mit Dexters Signatur am Ende der Nachricht.

Als sie fertig war, machten die CIA-Mitarbeiter Feierabend. Tamara kehrte in ihr Apartment zurück. Nun gab es nichts mehr, was ihre Gedanken von Léonie Lanette ablenkte.

Eine Nachricht von Tab erschien auf ihrem Handy:

Sehen wir uns heute Abend? Morgen starten wir sehr früh.

Sie musste sich entscheiden, was sie tun sollte. Sie konnte nicht mit einem Mann ins Wochenende fliegen, den sie verdächtigte, sie zu betrügen. Sie musste ihn wegen Léonie zur Rede stellen. Warum zögerte sie? Sie hatte doch nichts zu befürchten, oder?

Natürlich hatte sie es. Sie fürchtete Ablehnung, Demütigung und das entsetzliche Gefühl, eine dämliche Fehleinschätzung begangen zu haben.

Aber es konnte alles immer noch ein Missverständnis sein. Zwar erschien es unwahrscheinlich, aber sie musste es erfahren.

Sie antwortete:

Wo bist du jetzt?

Die Antwort kam augenblicklich:

Zu Hause. Ich packe.

Sie schrieb:

Ich bin unterwegs.

Danach hielt sie nichts mehr.

Sie fühlte sich zittrig, als sie die Stufen zu seinem Apartment hinaufstieg und an die Tür klopfte. In einem Moment albtraumhafter Fantasie stellte sie sich vor, die Tür würde von Léonie geöffnet, die einen makellos gebügelten Seidenpyjama trug.

Aber es war Tab, der vor ihr stand, und sosehr sie ihn verabscheute, weil er sie getäuscht hatte, sie konnte nicht übersehen, wie verlockend er in weißem T-Shirt und ausgebleichter Jeans aussah, mit nackten Füßen.

»Liebling!«, rief er. »Komm herein – ich muss dir langsam mal einen Schlüssel geben. Aber wo ist deine Tasche?«

»Ich habe nicht gepackt«, sagte sie. »Ich komme nicht mit.« Sie trat in die Wohnung.

Er wurde blass. »Was um alles auf der Welt ist los?«

»Setz dich hin, und ich sage es dir.«

»Aber sicher. Möchtest du ein Wasser, einen Kaffee, Wein?«

»Nein, nichts.«

Er setzte sich ihr gegenüber. »Was ist passiert?«

»Ich habe heute Mittag in der International Bar vorbeigeschaut.«

»Ich war da! Ich habe dich nicht gesehen – ah. Aber du hast mich gesehen, mit Léonie.«

»Sie ist attraktiv und alleinstehend, und du bist eindeutig mit ihr intim. Ich habe es gemerkt, jeder hätte es gemerkt. Man brauchte euch nur miteinander zu sehen. Sie hat sogar einen Moment lang deine Hand gehalten.«

Er nickte, ohne etwas zu sagen. Jetzt geht es los, dachte sie, jetzt fängt er gleich mit indignierten Ausflüchten an.

Aber sie irrte sich. Er schwieg.

Sie fuhr fort: »Zufällig war jemand bei mir, der mir sagte, wer sie ist, und mir erklärte, dass du mit ihr monatelang eine Affäre hattest.«

Er seufzte tief auf. »Das ist allein meine Schuld. Ich hätte dir von ihr erzählen sollen.«

»Was hättest du mir denn genau von ihr erzählen sollen?«

»Ich hatte ein halbes Jahr lang eine Affäre mit Léonie. Ich schäme mich nicht dafür. Sie ist intelligent und charmant, und ich mag sie noch immer. Aber die Affäre endete einen Monat, bevor du und ich die Fahrt an den Tschadsee machten.«

»Einen ganzen Monat! Meine Güte. Das ist aber eine verdammt lange Zeit.«

Er lächelte müde. »Du hast ein Recht, sarkastisch zu sein. Ich habe dich nie belogen oder dich betrogen, aber ich habe dir nicht alles erzählt, und das zählt als Täuschung, nicht wahr? Die Wahrheit ist, mir war es peinlich, dass ich mich so schnell in dich verguckt habe und dass es so schnell ernst wurde. Mir ist es immer noch peinlich. Ich komme mir dadurch vor wie ein Casanova, was ich nicht bin; und wirklich, ich habe keinen Respekt für Männer, die ihre Eroberungen zählen wie die Tore einer Fußballsaison. Trotz alldem hätte ich es dir beichten sollen.«

»Wer hat die Affäre beendet, du oder sie?«

»Ich.«

»Warum? Du hast sie gemocht. Du magst sie noch immer.«

»Sie hat mich belogen.«

»Was für eine Lüge?«

»Sie hat mir gesagt, sie sei Single. Aber das stimmt nicht, sie hat einen Ehemann in Paris und zwei Söhne auf dem Internat – demselben, das ich besucht habe, Ermitage International. Im Sommer fährt sie nach Paris, um bei ihnen zu sein.«

»Das ist der Grund, weshalb du dich getrennt hast – weil sie verheiratet ist?«

»Ich fühle mich nicht gut dabei, mit einer verheirateten Frau zu schlafen. Ich verurteile nicht, was andere Leute tun, aber für mich ist das nichts. Ich möchte kein schmutziges Geheimnis haben, für das ich mich schämen muss.«

Sie erinnerte sich, wie er beim ersten Mal, als sie mit ihm über ihre Vergangenheit gesprochen hatte, nachgefragt hatte, ob Jonathan und sie wirklich geschieden seien.

Falls es sich um ein kunstvoll gesponnenes Lügengeflecht handelte, klang es sehr plausibel.

»Wenn du die Affäre also vor zwei Monaten beendet hast«, fragte sie, »wieso habt ihr heute Händchen gehalten?« Sie bereute die Frage sofort. Es war ein billiger Angriff, denn Händchen gehalten hatten sie gar nicht.

Tab war jedoch zu erwachsen für Spitzfindigkeiten. »Léonie hat um ein Treffen gebeten. Sie wollte reden.« Er zuckte mit den Schultern. »Es wäre unfreundlich gewesen, ihr die Bitte auszuschlagen.«

»Was hat sie gewollt?«

»Unsere Affäre wiederaufnehmen. Ich habe natürlich abgelehnt. Aber ich habe versucht, es ihr sanft beizubringen.«

»Das also habe ich gesehen. Wie du sanft zu ihr warst.«

»Ich kann nicht aufrichtig sagen, dass ich es bereue. Aber ich bedaure auf jeden Fall, dass ich dir vorher nichts davon gesagt habe. Dazu ist es jetzt zu spät.«

»Hat sie gesagt, dass sie dich liebt?«

Er zögerte. »Ich werde dir alles sagen. Keine Geheimnisse. Aber willst du wirklich, dass ich die Frage beantworte?«

»Oh Gott«, sagte sie. »Du bist so anständig, du solltest einen verdammten Heiligenschein haben.«

Er lachte leise. »Selbst während du mit mir Schluss machst, bringst du mich noch zum Lachen.«

»Ich mache nicht mit dir Schluss«, entgegnete sie und spürte warme Tränen auf ihrem Gesicht. »Dazu liebe ich dich zu sehr.«

Er streckte die Arme vor und nahm ihre Hände. »Ich liebe dich auch. Falls du es noch nicht erraten hast. Es ist sogar so …« Er schwieg kurz. »Schau, du und ich, wir haben beide schon vorher jemanden geliebt. Mir ist es aber wichtig, dir zu sagen, dass ich noch nie so für jemanden empfunden habe wie für dich. Niemals. Kein einziges Mal.«

»Würdest du einfach herkommen und mich in den Arm nehmen?«

Er tat, worum sie ihn bat, und sie drückte ihn fest.

»Jag mir nie wieder solche Angst ein, hörst du?«, sagte sie.

»Ich schwöre es bei Gott.«

»Danke.«

Kapitel 13

Samstage waren für die amerikanische Präsidentin nicht frei, aber sie unterschieden sich von anderen Tagen. Im Weißen Haus ging es ein wenig ruhiger zu als gewöhnlich, und das Telefon klingelte nicht ganz so oft. Pauline nutzte die Gelegenheit gern, um sich mit Dokumenten zu befassen, die Zeit und Konzentration erforderten: lange internationale Berichte des Außenministeriums, seitenweise Steuerzahlen vom Finanzministerium, technische Spezifikationen für Milliarden Dollar teure Waffensysteme aus dem Pentagon. An Samstagnachmittagen arbeitete sie meist im Treaty Room, einem eleganten traditionellen Büro innerhalb der Residenz, das viel älter war als das Oval Office. Sie saß an Ulysses Grants schwerem Treaty Table, einem großen Schreibtisch im Neorenaissance-Stil. Hinter ihr tickte laut die hohe Standuhr wie das Gespenst eines früheren Präsidenten, das sie daran erinnerte, dass für alles, was sie tun wollte, die Zeit drängte.

Lange allein war sie auch an Samstagen niemals. Heute störte Jacqueline Brody, ihre Stabschefin, Paulines Frieden. Jacqueline lachte viel und wirkte niemals angespannt, aber im Kern war sie hart wie Stahl. Eine Kombination aus strenger Diät und regelmäßigen harten Workouts hatte ihr einen schlanken, muskulösen Körper verschafft. Sie war geschieden und hatte erwachsene Kinder. Romantik schien kein Bestandteil ihres Lebens zu sein; vielmehr wirkte es, als habe sie außerhalb des Weißen Hauses gar keinen Lebensinhalt.

Pauline winkte ihr, sich zu setzen. »Was gibt es?«

»Ben Riley war heute Morgen bei mir.«

Director Benedict Riley leitete den Secret Service. Seine Behörde stellte Leibwächter für die Präsidentin und andere führende Regierungsmitglieder, die man als bedroht ansah. »Was wollte Ben?«, fragte Pauline.

»Die Personenschützer des Vizepräsidenten haben ein Problem gemeldet.«

Pauline nahm die Lesebrille ab und legte sie auf den antiken Tisch. Sie seufzte. »Ich höre.«

»Sie glauben, dass Milt eine Affäre hat.«

Pauline zuckte mit den Schultern. Was sollte es? »Er ist alleinstehend, also ist das wohl sein gutes Recht. Mir klingt das nicht nach einem Problem. Mit wem schläft er?«

»Das ist das Problem. Sie heißt Rita Cross, und sie ist sechzehn.«

»Das ist nicht wahr.«

»Leider doch.«

»Wie alt ist Milt noch gleich?«

»Zweiundsechzig.«

»Du lieber Himmel, er sollte eigentlich klüger sein.«

»Das Mindestalter für einvernehmlichen Sex liegt in Washington, D.C., bei sechzehn Jahren, also begeht er immerhin keine Straftat.«

»Aber trotzdem …«

»Ich weiß.«

Pauline trat ein unerquickliches Bild von dem beleibten Milt vor Augen, der auf einer schlanken Teenagerin lag. Sie schüttelte den Kopf, um es wieder loszuwerden. »Sie ist doch keine … Milt bezahlt sie doch nicht für Sex, oder?«

»Nicht direkt …«

»Was soll das heißen?«

»Er macht ihr Geschenke.«

»Wie etwa?«

»Er hat ihr ein Bike für zehntausend Dollar gekauft.«

»Oje. Das ist schlimm. Ich sehe es schon auf der Titelseite der beschissenen *New York Mail*. Ich frage mich, ob man Milt dazu bringen kann, die Beziehung zu beenden?«

»Vermutlich nicht: Milts Leibwächtern zufolge ist er in sie vernarrt. Ich bezweifle auch, dass es etwas brächte. So oder so wird sie vermutlich am Ende ihre Geschichte verkaufen.«

»Ein Skandal ist also mehr oder weniger unvermeidlich.«

»Und der könnte Anfang des nächsten Jahres losgehen, genau dann, wenn die Vorwahlen beginnen.«

»Also müssen wir die Bombe jetzt entschärfen.«

»Das sehe ich genauso.«

»Was bedeutet, dass ich Milt feuern muss.«

»Besser heute als morgen.«

Pauline setzte die Brille wieder auf, ein Zeichen, dass das Gespräch dem Ende entgegenging. »Stellen Sie bitte fest, wo Milt ist, Jacqueline. Bitten Sie ihn, mich aufzusuchen, und zwar«, Pauline drehte den Kopf und sah die Standuhr an, »gleich als Erstes morgen früh.«

»Wird erledigt.« Jacqueline stand auf.

»Und informieren Sie Sandip. Wir brauchen eine Presseerklärung, in der steht, dass Milt aus persönlichen Gründen zurücktritt.«

»Mit einem Zitat von Ihnen, in dem Sie ihm für seine jahrelangen Dienste am Volk der Vereinigten Staaten und an der Präsidentin danken …«

»Und wir müssen uns einen neuen VP suchen. Machen Sie mir eine Namensliste.«

»Ich bin schon dabei.« Jacqueline verließ den Raum.

Pauline hatte nur wenige Seiten über die Unzulänglichkeiten von Schulen in Innenstädten gelesen, als sie ein Geräusch auf dem Gang hörte. Ihre Eltern besuchten Washington und übernachteten im Weißen Haus. Wie es schien, waren sie eingetroffen. Die Stimme, die sie hörte, war die ihrer Mutter, schrill und kläglich zugleich. »Pauline? Wo bist du denn?«

Pauline stand vom Schreibtisch auf und verließ den Treaty Room.

Ihre Mutter stand in der Center Hall, einem großen, sinnlosen Raum voll Mobiliar, das nie benutzt wurde: einem achteckigen Schreibtisch in der Mitte, einem großen Flügel mit abgeschlossenem Deckel, Sofas und Sesseln, auf die sich niemals jemand setzte. Mutter wirkte verloren.

Christine Wagner war fünfundsiebzig. Sie trug einen Tweedrock und einen rosaroten Cardigan. Pauline erinnerte sich, wie sie vor einem halben Lebensalter ausgesehen hatte: Sie war lebhaft und tüchtig gewesen, hatte Frühstück gemacht, während sie zugleich eine saubere weiße Bluse bügelte, Paulines verlegtes Hausaufgabenheft fand, Daddy auf dem Weg zur Tür die Schultern seines grauen Flanellanzugs abbürstete und niemals die Hupe des Schulbusses überhörte. Einst war sie eine kluge, willensstarke Frau gewesen, in den letzten paar Jahren aber war sie zaghaft und ängstlich geworden. »Da bist du ja«, sagte sie, als hätte sich Pauline vor ihr versteckt.

Pauline gab ihr einen Kuss. »Hallo, Mutter. Willkommen. Es ist so schön, dich zu sehen.«

Ihr Vater kam herbei. Keith Wagners Haar war schlohweiß, sein sauber gestutzter Schnurrbart jedoch schwarz. Als Geschäftsmann hatte er ein halbes Jahrhundert lang navyblaue und graue Anzüge getragen, doch nun kleidete er sich in diverse Brauntöne. Seine Sachen sahen neu aus, ein hellbraunes Sportsakko mit schokoladenbrauner Hose und einem dazu passenden Schlips. Pauline küsste ihn auf die Wange, und sie gingen in die East Sitting Hall. Gerry gesellte sich zu ihnen.

Sie sprachen über die Hobbys der Eltern. Keith war im Vorstand des Commercial Club, Chicagos exklusiver Geschäftsleutevereinigung, und Christine las ehrenamtlich in zwei örtlichen Schulen vor.

Pippa kam herein und küsste ihre Großeltern.

»Also, Pauline«, fragte ihr Vater, »welche globale Krise hast du in letzter Zeit so gelöst?«

»Ich habe versucht, die Chinesen dazu zu bewegen, sich genauer zu überlegen, an wen sie Waffen verkaufen.«

Pauline setzte an, das Problem zu erläutern, aber ihr Vater interessierte sich mehr für seine eigenen Reminiszenzen. »Mit den Chinesen habe ich damals hin und wieder Geschäfte gemacht. Habe Polyäthylenbeutel zu Millionen von ihnen gekauft und an Krankenhäuser weiterverkauft. Ein sehr schlaues Volk, die Chinesen. Wenn sie sich etwas vornehmen, erledigen sie es auch. Autoritäre Regierungsformen haben schon etwas für sich.«

»Sie sorgen dafür, dass die Züge pünktlich abfahren«, sagte Pauline.

»Genau genommen«, warf Gerry in seiner pedantischen Art ein, »ist das ein Mythos: Mussolini hat es nie zuwege gebracht, dass italienische Züge pünktlich waren.«

Ihr Vater hörte gar nicht zu. »Sie müssen sich nicht bei jeder kleinen Gruppe anbiedern, die dem Fortschritt im Weg steht, weil sie das Brutgebiet des Kleingefleckten Schwanzwedlers schützt …«

»Keith!«, rief ihre Mutter empört, und Pippa kicherte, aber Paulines Vater ignorierte sie beide.

»… oder sie glauben, der Boden wäre heilig, weil sich da die Geister ihrer Ahnen unter dem Vollmond versammeln.«

»Ich weiß noch eine weitere faszinierende Tatsache über autoritäre Regierungen«, warf Pippa ein. »Wenn sie sechs Millionen Juden ermorden wollen, kann niemand sie daran hindern.«

Pauline überlegte, ob sie Pippa den Mund verbieten sollte, aber sie entschied sich, dass ihr Vater es herausgefordert hatte.

Doch ihr Vater war unbeeindruckt. »Pippa, ich erinnere mich

noch genau daran, dass deine Mutter auch auf alles eine schlaue Antwort hatte, als sie erst vierzehn war.«

»Achte nicht auf deinen Großvater, Pippa«, sagte Paulines Mutter. »In den nächsten drei oder vier Jahren wirst du Dinge tun, die dir später furchtbar peinlich sein werden. Aber wenn du dann alt bist, wirst du dir wünschen, du hättest alles davon zweimal gemacht.«

Pauline lachte fröhlich. Gerade war etwas von ihrer Mutter aufgeblitzt, wie sie früher einmal war, keck und lustig.

»Perlen der Weisheit aus der Geriatrie«, murrte ihr Vater.

Das Gespräch entwickelte sich zu sehr in Richtung Streit. Pauline stand auf. »Lasst uns zu Abend essen«, sagte sie, und alles ging durch die Center Hall in den Speiseraum.

Pauline betrachtete ihre Eltern nicht mehr als Menschen, an die sie sich anlehnen konnte. Die Veränderung war ganz allmählich gekommen. Ihre Horizonte hatten sich verengt, der Kontakt zur modernen Welt war ihnen verlorengegangen, ihr Urteilsvermögen hatte nachgelassen. Eines Tages wird sich Pippa in meiner Gegenwart genauso fühlen, dachte sie, als sie sich an den Esstisch setzten. Wie weit war dieser Moment noch entfernt? Zehn Jahre? Zwanzig? Sie fand den Gedanken beunruhigend: Pippa, die draußen in der Welt ihre eigenen Entscheidungen traf, und Pauline, die als untüchtig an den Rand gedrängt wurde.

Ihr Vater sprach mit Gerry über das Geschäft, und die drei Frauen mischten sich nicht ein. Gerry war einmal Paulines engster Vertrauter gewesen. Wann hatte das aufgehört? Sie wusste es nicht genau zu sagen. Lag es nur an Pippa? Pauline wusste aus der Beobachtung anderer Elternpaare, dass Meinungsverschiedenheiten bei der Kindererziehung zu den übelsten Ehestreitigkeiten führen konnten, denn dabei wurden die tiefsten Überzeugungen zu Moral, Religion und Werten eines Menschen infrage gestellt. Solche Auseinandersetzungen erwiesen, ob ein Paar wirklich zueinander passte oder nicht.

Pauline war der Meinung, dass junge Leute etablierte Vorstellungen anzweifeln sollten. Auf diese Weise kam Fortschritt zustande. Sie war konservativ, weil sie wusste, dass Veränderungen vorsichtig eingeleitet und mit Augenmaß gehandhabt werden mussten, aber sie gehörte nicht zu den Leuten, die glaubten, dass nichts sich ändern müsste. Vor allem gehörte sie nicht der noch schlimmeren Sorte an, die einem vergangenen Goldenen Zeitalter nachtrauerte, in dem alles so viel besser gewesen sei. Sie sehnte sich nicht nach einer guten alten Zeit, die es nie gegeben hatte.

Gerry war anders. Er sagte, dass junge Leute reifen und Weisheit erlangen müssten, bevor sie versuchten, die Welt zu ändern. Pauline wusste jedoch, dass die Welt niemals von Menschen geändert wurde, die auf den passenden Augenblick warteten.

Menschen wie Gerry.

Autsch.

Was konnte sie tun? Gerry wollte, dass sie mehr Zeit mit der Familie verbrachte – also ihm –, aber das war unmöglich. US-Präsidenten wurde alles zur Verfügung gestellt, was sie brauchten, außer Zeit.

Lange bevor sie ihn geheiratet hatte, war ihre Entscheidung für den Dienst am amerikanischen Volk gefallen: Das hatte ihn eigentlich nicht überraschen können. Und er war auch versessen darauf gewesen, dass sie als Präsidentin kandidierte. Ganz offen hatte er ihr gesagt, egal ob sie gewann oder verlor, ihre Kandidatur nutze seiner Karriere. Gewann sie, zöge er sich vier oder acht Jahre aus dem Geschäft zurück, aber dann wäre er ein Superstaranwalt. Erst nachdem sie gewählt wurde, begann er ihr zu verübeln, wie wenig Zeit sie noch für ihn übrig hatte. Vielleicht hatte Gerry erwartet, stärker in ihre Arbeit eingebunden zu werden – dass sie als Präsidentin ihn bei Entscheidungen zurate ziehen würde. Vielleicht hätte er sich nicht zurückziehen sollen. Vielleicht …

Vielleicht hätte sie ihn nicht heiraten sollen.

Wieso teilte sie nicht Gerrys Sehnsucht nach mehr Zeit miteinander? Viele berufstätige Paare freuten sich auf ihren regelmäßigen gemeinsamen Abend, an dem sie sich einander widmeten, romantisch zu zweit essen oder ins Kino gingen oder auf der Couch zusammen Musik hörten.

Der Gedanke drückte sie nieder.

Als sie Gerry betrachtete, wie er ihrem Vater bei seiner Meinung über Gewerkschaften rückhaltlos zustimmte, begriff sie: Das Problem mit Gerry bestand darin, dass er ein bisschen langweilig war.

Das klang vielleicht hart, aber es entsprach der Wahrheit: Gerry ödete sie an. Sie fand ihn nicht sexy. Und er stärkte ihr nicht sonderlich den Rücken.

Was blieb also übrig?

Pauline sah stets den Tatsachen ins Gesicht.

Bedeutete all das, dass sie ihn nicht mehr liebte?

Sie fürchtete, dass sie damit den Nagel auf den Kopf getroffen hatte.

* * *

Am nächsten Morgen frühstückte sie mit Dad, fast genauso wie damals, als er noch arbeitete und sie die University of Chicago besuchte. Sie waren beide Frühaufsteher. Pauline frühstückte Müsli mit Milch, während Dad Toast aß und Kaffee trank. Sie redeten nicht viel: Heute genauso wie damals hatte er sich in den Wirtschaftsteil der Zeitung vertieft. Aber es war ein geselliges Schweigen. Mit einem Hauch von Widerstreben ließ sie ihn allein und ging in den Westflügel.

Milt hatte eine frühe Stunde für ihren Termin vorgeschlagen, damit er vor dem sonntäglichen Kirchgang ins Weiße Haus kommen konnte. Pauline empfing ihn im Oval Office. Die förmliche Atmosphäre war angemessen, wenn es darum ging, jemanden vor die Tür zu setzen.

Milt kam in einem braunen Tweedanzug mit Weste, in dem er aussah wie ein Gentleman vom Lande. »Was hat James Moore jetzt schon wieder verbrochen, dass wir uns am Tag des Herrn so früh treffen müssen?«

»Es geht nicht um James Moore«, sagte Pauline. »Setzen Sie sich.«

»Worum geht es dann?«

»Unser Problem heißt Rita Cross.«

Milt setzte sich aufrecht, hob das Kinn und sah sie herablassend an. »Wovon reden Sie da?«

Pauline konnte es nicht ertragen, wenn jemand sie zum Narren halten wollte. Dazu war das Leben zu kurz. »Tun Sie um Gottes willen nicht so, als wüssten Sie es nicht.«

»Das klingt nach etwas, das niemanden außer mir etwas angeht.«

»Wenn der Vizepräsident eine Sechzehnjährige fickt, geht das jeden etwas an, Milt – hören Sie auf, sich dümmer zu stellen, als Sie sind.«

»Woher wollen Sie denn wissen, dass es mehr ist als eine Freundschaft?«

»Ersparen Sie mir das Gelaber.« Pauline wurde ärgerlich. Sie hatte erwartet, dass Milt die Angelegenheit realistisch und mit Reife betrachten würde, akzeptierte, dass er beim Brechen der Regeln erwischt worden war, und mit Würde abtrat. Aber solches Glück war ihr wohl nicht beschieden.

»Sie ist sexualmündig.« Milt sagte es wie ein Kartenhai, der ein Ass auf den Tisch legt.

»Kommen Sie damit doch den Reportern, wenn die Sie nach Ihrer Beziehung zu Rita Cross fragen. Glauben Sie etwa, sie sagen dann, dass es natürlich kein Skandal sei, wenn sie sexualmündig ist? Oder was?«

Milt sah sie verzweifelt an. »Wir können es geheim halten.«

»Nein, das können wir nicht. Ihre Personenschützer wissen Bescheid. Sie haben Jacqueline informiert, die es Sandip und mir gesagt hat, und das alles in den letzten vierundzwanzig Stunden. Und was ist mit Rita? Hat sie keine Freundinnen in ihrem Alter? Was werden die wohl glauben, was sie mit einem zweiundsechzigjährigen Mann tut, der ihr ein Bike für zehntausend Dollar geschenkt hat? Scrabble spielen?«

»Also gut, Madam President, ich muss Ihnen recht geben.« Milt beugte sich vor, senkte vertraulich die Stimme und redete wie unter Kollegen. »Überlassen Sie das bitte mir. Ich bringe alles in Ordnung, versprochen.«

Der Vorschlag war absurd, und das hätte er wissen müssen. »Gar nichts werde ich Ihnen überlassen. Ihr Skandal wird jedem hier schaden: Leuten, die hart für ein besseres Amerika gearbeitet haben. Das Mindeste, was ich für Sie tun kann, besteht darin, dass ich den Schaden eindämme, und zu diesem Zweck werde ich kontrollieren, wann und wie die Nachricht an die Öffentlichkeit kommt.«

Milt begriff allmählich, dass für ihn keine Hoffnung bestand; es war ihm am Gesicht anzusehen. Niedergeschlagen fragte er: »Was soll ich tun?«

»Gehen Sie in die Kirche, beichten Sie Ihre Sünde, und geloben Sie Gott dem Herrn, dass Sie es nicht wieder tun. Fahren Sie nach Hause, rufen Sie Rita an und sagen Sie ihr, dass es vorbei ist. Dann setzen Sie mir ein Rücktrittsgesuch auf, in dem Sie persönliche Gründe angeben – lügen Sie nicht, erfinden Sie keine gesundheitlichen Probleme oder irgendetwas anderes. Sorgen Sie dafür, dass dieser Brief morgen um neun Uhr früh auf meinem Schreibtisch liegt.«

Milt stand auf. »Es ist mir ernst mit ihr, verstehen Sie«, sagte er leise. »Sie ist die Liebe meines Lebens.«

Pauline glaubte ihm. So absurd es war, gegen ihren Willen

empfand sie einen Hauch von Mitgefühl. »Wenn Sie Rita wirklich lieben, dann trennen Sie sich von ihr und lassen sie in das Leben einer normalen Teenagerin zurückkehren. Gehen Sie jetzt, und tun Sie das Richtige.«

Er sah sie traurig an. »Sie sind eine harte Frau, Pauline.«

»Das stimmt«, sagte sie. »Aber ich habe auch einen harten Job.«

Kapitel 14

Am Montagmorgen begann Tamara der Verdacht zu beschleichen, dass der Général irgendetwas im Schilde führte. Es mochte nur eine Lappalie sein, aber sie hatte ein ungutes Gefühl.

Nach dem Wochenende in Marrakesch war sie zu euphorisch, um sich gleich an den Schreibtisch zu setzen, daher brachte sie ihre Reisetasche in ihr Zimmer und ging in die Kantine. Sie holte sich einen großen Becher mit dünnem schwarzen Kaffee nach amerikanischer Art und eine Scheibe Toast, dann nahm sie sich ein Exemplar der regierungsgeförderten französischsprachigen Tageszeitung *Le Progrès*.

Als sie die Seite drei aufschlug, klingelte ganz weit hinten in ihrem Kopf leise eine Alarmglocke. Auf einem Foto posierte der Général kahlköpfig und lächelnd, wie zum Sport in Jogginghose und Trainingsjacke gekleidet, im Elendsviertel Atrone im Nordosten von N'Djamena. Nachrichten aus Atrone befassten sich normalerweise mit Störungen des städtischen Trink- oder Abwassernetzes. Heute jedoch gab es eine positive Story. Der Général war von einer Gruppe glücklicher Kinder und Jugendlicher umgeben, an die er Sportschuhe von Nike verschenkte.

Während sie über die Geschichte nachdachte, schweiften ihre Gedanken immer wieder zu Tab ab.

Sie waren diskret gereist. Tab hatte Wagen der französischen Botschaft bestellt, die sie zum Flughafen brachten und dort auch wieder abholten. Am Privatmaschinen-Terminal waren sie an

Bord des Travers-Firmenjets gegangen. Tamara hatte die erforderliche Benachrichtigung eingereicht, dass sie das Land verließ, dabei aber nicht angegeben, dass sie mit Tab unterwegs war. Dexter Lewis las solchen Papierkram sowieso nie.

Das Wochenende war ein Erfolg gewesen. Achtundvierzig Stunden lang waren sie unzertrennlich gewesen, ohne einander auf die Nerven zu gehen oder zu langweilen. Tamara wusste, dass häusliche Intimität zu Streit führen konnte. Männer waren nie so säuberlich, wie sie sein sollten, und erhoben im Gegenzug den Vorwurf von Nörgelei und Pedanterie. Menschen hatten eingeschliffene Gewohnheiten, die sie ungern änderten. Männer sagten gern: Aufräumen können wir morgen früh noch, nur taten sie es nie. Tab jedoch war anders als die anderen.

Immer wieder rief sich Tamara in Erinnerung, wie schlecht sie bisher Männer eingeschätzt hatte, besonders die beiden, mit denen sie verheiratet gewesen war, den unreifen Stephen und den schwulen Jonathan. Aber irgendetwas musste sie doch daraus gelernt haben? Jonathan war ein Fortschritt gegenüber Stephen gewesen, und Tab übertraf ihn bei Weitem. Vielleicht war Tab ja der Eine.

Vielleicht? Von wegen, dachte sie. Er ist es. Ich weiß es genau.

Während der Rückfahrt in die Stadt hatte Tab gesagt: »Jetzt müssen wir uns wieder darauf einstellen, so zu tun, als wären wir nicht wahnsinnig ineinander verliebt.«

Sie lächelte. Er war also *wahnsinnig* in sie verliebt. Diesen Ausdruck hatte er bisher nicht benutzt. Sie war erfreut.

Aber nun hatten sie ein Problem. Ihre Länder waren verbündet, und trotzdem hatten sie Geheimnisse voreinander. Im Prinzip gab es keine CIA-Vorschrift, die ihr verbot, eine Beziehung mit einem Mitarbeiter der DGSE zu haben, und umgekehrt. In der Praxis aber würde es ihre Karriere ruinieren und seine vermutlich ebenfalls. Solange nicht einer von ihnen einen anderen Job fand …

Sie sah von der Zeitung auf und entdeckte Layan, die Sekretärin des Botschafters, mit einem Tablett. »Setzen Sie sich doch zu mir«, sagte Tamara. »Normalerweise haben Sie gar keine Zeit, um zu frühstücken.«

»Nick frühstückt in der britischen Botschaft«, erklärte Layan.

»Was heckt er denn mit den Briten aus?«

»Wir glauben, dass Tschad heimlich Geschäfte mit Nordkorea macht und mit Ölverkäufen gegen die Sanktionen verstößt.« Layan löffelte Joghurt über frische Feigen. »Nick möchte, dass die Briten und andere Staaten den Général unter Druck setzen, sein Öl woanders zu verkaufen.«

»Pjöngjang zahlt vermutlich den höheren Preis.«

»Das vermute ich auch.«

Tamara zeigte Layan den Artikel. »Was halten Sie davon?«

Layan musterte die Seite kurz. »Das ist ziemlich gut«, sagte sie. »Für den Preis von ein paar Hundert Paar Schuhen bringt der Général das ganze Land dazu, ihn für den Weihnachtsmann zu halten. Eine billige Art, um Popularität zu gewinnen.«

»Zweifellos, aber wieso muss er sich so sehr darum bemühen, sein Image aufzupolieren? Popularität braucht er gar nicht, er hat die Geheimpolizei.«

»Bis zu einem bestimmten Punkt vielleicht. Ein geliebter Diktator hat es vermutlich leichter als ein verhasster Diktator.«

»Mag sein.« Tamara war nicht überzeugt. »Ich mache mich besser an die Arbeit.« Sie stand auf.

»Ähm …«

Layan hatte etwas auf dem Herzen. Tamara blieb neben ihrem Stuhl stehen und wartete ab.

»Tamara, möchten Sie nicht mal zum Abendessen zu mir nach Hause kommen? Einmal echte tschadische Küche probieren?«

Tamara war überrascht, aber auch erfreut. »Das würde ich sehr gern.« Bisher hatte sie noch kein Tschader in sein Haus in N'Djamena eingeladen. »Es wäre mir eine Ehre.«

»Ach, bitte sagen Sie so etwas nicht. Mir wäre es eine Freude. Wie wäre es am Mittwochabend?«

»Mittwoch passt mir gut.« Hinterher gehe ich zu Tab, dachte sie.

»Sie wissen, dass wir zum Essen keinen Tisch haben? Wir sitzen auf dem Fußboden auf dem Teppich.«

»Das ist okay, kein Problem.«

»Ich freue mich darauf.«

»Ich kann es kaum erwarten!«

Tamara verließ die Kantine und ging ins CIA-Büro.

Sie war sehr neugierig wegen des Générals. Wieso empfand er auf einmal das Bedürfnis nach Publicity?

Die beiden Frischlinge im Büro hatten die ungeliebte Aufgabe, jede Zeitung zu lesen, die in N'Djamena erschien, und jede Nachrichtensendung im Fernsehen zu schauen, sowohl auf Französisch als auch auf Arabisch. Der Französischexperte war Dean Jones, ein ausgeschlafener blonder Bursche aus Boston; die Arabischsprecherin war Leila Morcos, eine gerissene New Yorkerin, die ihre dunklen Haare als Bob trug. Sie saßen einander gegenüber, mit den Tageszeitungen zwischen ihnen auf dem Schreibtisch. Tamara sprach beide an. »Ist Ihnen irgendwelche Kritik am Général in einem Medium aufgefallen?«

Dean schüttelte den Kopf, und Leila sagte: »Nichts.«

»Nicht einmal in leisen Tönen und Geraune? Etwas wie *Bei näherer Betrachtung hätte die Angelegenheit anders behandelt werden können* oder *Es ist bedauerlich, dass es nicht vorherzusehen war* – versteckte Bemerkungen dieser Art?«

Beide dachten genau nach und wiederholten ihre erste Antwort. Leila fügte hinzu: »Aber jetzt, wo wir wissen, dass es Sie interessiert, halten wir nach solchen Kommentaren die Augen auf.«

»Danke. Es ist nur so ein Gefühl, aber ich glaube, dem Général bereitet irgendetwas Sorgen.«

Sie setzte sich an ihren Schreibtisch. Ein paar Minuten später ließ Dexter Lewis sie rufen, und sie ging in sein Büro. Er hatte den Schlips gelockert und den obersten Hemdknopf geöffnet, obwohl die Klimaanlage den Raum kühl hielt. Vermutlich glaubte er, dass er damit aussah wie Frank Sinatra. »Wegen Karim Aziz«, sagte er. »Ich glaube, Sie haben ihn falsch eingeschätzt.«

Tamara hatte keine Ahnung, was er meinte. »Inwiefern?«

»Er ist nicht ganz so wichtig oder einflussreich, wie Sie gemeint haben.«

»Aber …« Sie wollte schon widersprechen, zügelte sich aber. Sie wusste nicht, worauf er hinauswollte. Sie würde ihn reden lassen und so viele Informationen sammeln, wie sie konnte, bevor sie antwortete. »Fahren Sie fort«, sagte sie.

»Er hat mir nie diese Rede des Generals übergeben, von der er sagte, dass sie so wichtig ist.«

Also wollte Karim den Entwurf, den er Tamara halb versprochen hatte, nicht an Dexter weitergeben. Sie fragte sich, wieso wohl.

»Und es gibt auch keinen Termin für eine solche Rede.«

Der Général konnte die Rede durchaus als unnötig abgeblasen haben – genauso gut war aber denkbar, dass er nur den richtigen Moment dafür abwartete. Tamara sagte jedoch nichts.

»Ich übergebe ihn wieder Ihnen«, fuhr Dexter fort.

Tamara runzelte die Stirn. Warum tat er das?

Er reagierte auf ihre Miene. »Aziz verdient nicht die Aufmerksamkeit höherer Stellen«, erklärte er. »Wie gesagt, Sie haben ihn überschätzt.«

Dieser Mann arbeitet aber im Präsidentenpalast, dachte Tamara. Fast mit Sicherheit besitzt er nützliches Wissen. Selbst eine Reinigungskraft kann im Palast aus den Papierkörben Geheimnisse erfahren. »Okay«, sagte sie. »Ich werde ihn kontaktieren.«

Dexter nickte. »Tun Sie das.« Er sah auf das Dokument auf

seinem Tisch. Tamara nahm es als Zeichen, dass sie gehen konnte, und verließ sein Büro.

Sie beschäftigte sich mit Routinearbeit, aber sie machte sich Sorgen um Abdul. Sie hoffte, dass er bald Kontakt zu ihr aufnahm. Seit elf Tagen hatte es keine Nachricht von ihm gegeben. Das kam zwar nicht ganz unerwartet, aber es bereitete ihr Kopfzerbrechen. Auf amerikanischen Highways dauerte eine Reise über tausend Meilen, etwa von Chicago nach Boston, zwei Tage; Tamara hatte so etwas einmal gemacht, um ihren damaligen Freund in Harvard zu besuchen. Ein andermal war sie mit dem Bus gefahren: sechsunddreißig Stunden, hundertneun Dollar, Internetzugang über WLAN gratis. Abdul reiste unter ganz anderen Bedingungen. Tempolimits gab es keine, weil sie nicht erforderlich waren: Auf steinigen unbefestigten Wüstenstraßen konnte man nicht schneller fahren als zwanzig Meilen pro Stunde. Mit Plattfüßen und anderen Pannen musste man rechnen, und wenn der Fahrer ein Problem nicht beheben konnte, mussten sie vielleicht tagelang warten, bis Hilfe kam.

Abdul sah sich jedoch mit größeren Gefahren konfrontiert als einem platten Reifen. Er gab sich als verzweifelter Migrant aus, aber er musste mit Leuten reden, Hakim im Auge behalten, die Männer identifizieren, die Hakim kontaktierte, und erfahren, wo sie sich aufhielten. Wenn Verdacht auf ihn fiel … Tamara sah wieder die Leiche von Omar vor sich, Abduls Vorgänger, und erinnerte sich wie in einem Albtraum, wie sie sich in den Sand gekniet und seine abgehackten Hände und Füße aufgesammelt hatte.

Und sie konnte nichts weiter tun, als auf Abduls nächsten Anruf zu warten.

Einige Minuten nach zwölf Uhr mittags stieg Tamara in einen Wagen, der sie zum Hôtel Lamy brachte.

Karim stand in einem weißen Leinenanzug an der Theke und

trank etwas, das nach einem alkoholfreien Cocktail aussah. Er sprach mit einem Mann, in dem Tamara einen Mitarbeiter der deutschen Botschaft zu erkennen glaubte. Sie bestellte Campari mit Eis und Soda, einen Cocktail, der so schwach war, dass sie ihn literweise trinken konnte, ohne eine Wirkung zu verspüren. Karim verabschiedete sich von seinem deutschen Bekannten und kam zu ihr.

Sie wollte gern wissen, weshalb der Général Sportschuhe verschenkte, ob seine Popularität im Schwinden begriffen war; eine direkte Frage hätte allerdings zur Folge gehabt, dass Karim genau auf das achtete, was er sagte, deshalb musste sie sich sehr vorsichtig dem Thema annähern. »Sie wissen, dass die USA den Général als Grundlage der Stabilität in diesem Land unterstützen.«

»Aber gewiss.«

»Wir sind ein wenig beunruhigt, Gerüchte über Unzufriedenheit mit ihm zu hören.« Natürlich hatte sie kein einziges solches Gerücht gehört.

»Machen Sie sich keine Gedanken um Gerüchte«, entgegnete Karim, und Tamara fiel auf, dass er ihr nicht widersprochen hatte. »Das hat nichts zu bedeuten«, wiegelte er ab und verriet ihr damit, dass sie mit ihrem Schuss ins Blaue das Schwarze getroffen hatte. »Wir kümmern uns darum.«

Tamara verbuchte einen Punkt für sich. Karim hatte ihr etwas bestätigt, bei dem es sich um nichts weiter als eine Spekulation ihrerseits gehandelt hatte. »Wir können nicht verstehen, weshalb das gerade jetzt anfängt. Dabei ist doch alles in Ordnung …« Sie ließ die ungestellte Frage in der Luft hängen.

»Da war dieser Vorfall am Pont de N'Gueli, in den Sie verwickelt waren.«

Also darum ging es.

»Einige Stimmen sagen, der Général hätte schnell und entschlossen reagieren müssen.«

Tamara hielt den Atem an. Diese Erkenntnis war neu. Sie runzelte jedoch die Stirn, als rechne sie leidenschaftslos nach, und sagte dann: »Das liegt aber mehr als zwei Wochen zurück.«

»Die Leute begreifen einfach nicht, dass solche Dinge Zeit brauchen.«

»Das ist wahr.« Sie zeigte Mitgefühl, indem sie mit einer leeren Plattitüde zustimmte.

»Aber wir werden mit Härte reagieren, und das bald.«

»Das freut mich. Sie erwähnten eine Rede …«

»Richtig. Ihr Freund Dexter war sehr neugierig darauf.« Karim sah gekränkt aus. »Beinahe schien er zu glauben, er hätte das Recht, den Entwurf zu genehmigen.«

»Ich möchte mich für Dexter entschuldigen. Sie und ich, wir helfen uns gegenseitig, nicht wahr? Deshalb unterhalten wir uns doch miteinander.«

»Ganz genau!«

»Dexter war das womöglich nicht bewusst.«

»Nun, vielleicht war es einfach nur das.« Karim klang ein wenig besänftigt.

»Wann wird der Général seine Rede halten, was meinen Sie?«

»Sehr bald.«

»Gut. Das sollte den Gerüchten ein Ende bereiten.«

»Oh, das wird es, Sie werden sehen.«

Tamara wollte unbedingt einen Entwurf sehen, aber sie durfte nicht darum bitten, nachdem Dexter mit genau diesem Ersuchen Karim beleidigt hatte. Konnte sie ihm eventuell einen Hinweis entlocken? »Ich frage mich nur, was die Rede verzögert hat.«

»Wir treffen noch letzte Vorbereitungen.«

»Vorbereitungen?«

»Richtig.«

Tamara stand vor einem Rätsel. »Vorbereitungen wofür?«

»Ah«, machte Karim mit einem undurchschaubaren Lächeln.

Kleinlaut sagte sie: »Ich versuche mir vorzustellen, welche

Vorbereitungen Sie zu treffen haben, die so kompliziert sind, dass sie eine Rede um mehr als zwei Wochen verzögern.«

»Das darf ich nicht sagen«, entgegnete Karim. »Ich kann keine Staatsgeheimnisse offenbaren.«

»Aber nein«, sagte Tamara. »Der Himmel verhüte es.«

* * *

Bevor Tamara sich an diesem Abend mit Tab zum Essen traf, telefonierte sie mit ihrem Ex-Mann Jonathan. Er war klug und liebevoll und noch immer ihr bester Freund. Es wurde Zeit, dass sie ihm von Tab erzählte.

San Francisco hinkte N'Djamena neun Stunden hinterher, und vermutlich frühstückte er gerade. Er nahm sofort ab. »Tamara, mein Schatz, wie schön, deine Stimme zu hören! Wo bist du? Immer noch in Afrika?«

»Immer noch im Tschad. Wie geht es dir? Passt es dir gerade?«

»In ein paar Minuten muss ich zur Arbeit, aber für dich habe ich Zeit, so wie immer. Was ist los? Bist du verliebt?«

Auf seine Intuition war Verlass. »Ja, das stimmt.«

»Herzlichen Glückwunsch! Erzähl mir von ihm. Oder ihr, aber wie ich dich kenne, ist es ein Er.«

»Du kennst mich.« Tamara beschrieb Tab in überschwänglichen Worten und schilderte ihre Reise nach Marrakesch.

»Du glückliches Ding«, sagte Jonathan. »Ich merke schon, du bist verrückt nach ihm.«

»Es geht noch keinen Monat. Und du musst zugeben, dass ich in der Vergangenheit auf Männer hereingefallen bin, die nicht die richtigen für mich waren.«

»Ich auch, Liebling, ich auch, aber man muss es immer wieder versuchen.«

»Ich bin mir nicht sicher, was ich als Nächstes tun soll.«

»Ich weiß, was du tun solltest, wenn er wirklich deiner Beschreibung entspricht«, sagte Jonathan. »Sperr ihn im Keller ein, und halte ihn dir als Sexsklaven. So würde ich es machen.«

Sie lachte. »Aber im Ernst.«

»Im Ernst?«

»Ja.«

»Also gut, ich sage es dir, und was ich sage, meine ich ernst. Ernst wie ein Herzanfall.«

»Na los.«

»Heirate ihn«, sagte Jonathan.

* * *

Eine Stunde später fragte Tab: »Wie würde es dir gefallen, meinen Vater kennenzulernen?«

»Ich wäre entzückt«, sagte Tamara sofort.

Sie saßen in einem ruhigen arabischen Restaurant namens al-Quds, was »Jerusalem« bedeutete. Das Lokal war zu ihrem Lieblingstreffpunkt avanciert. Sie machten sich keine Sorgen, hier gesehen zu werden: Das al-Quds schenkte keinen Alkohol aus, daher kamen Amerikaner und Europäer nicht hierher.

»Mein Vater reist gelegentlich geschäftlich in den Tschad. Total ist der größte Ölabnehmer des Landes.«

»Wann will er herkommen?«

»In zwei Wochen.«

Sie sah auf die spiegelnde Fensterscheibe und fasste sich an den Kopf. »Ich muss zum Friseur.«

Tab lachte. »Papa wird dich lieben, keine Sorge.«

Tamara fragte sich, ob er alle seine Freundinnen seinen Eltern vorstellte. Ehe sie es sich versah, war sie mit der Frage herausgeplatzt: »Hat dein Vater auch Léonie kennengelernt?«

Tab verzog gequält das Gesicht.

»Entschuldige, die Frage war grob unhöflich«, sagte Tamara peinlich berührt.

»Mir macht es gar nichts. Du bist so, du bist direkt. Nein, Léonie habe ich Papa nie vorgestellt.«

Tamara wechselte rasch das Thema. »Was für ein Mensch ist er?« Sie war aufrichtig neugierig. Tabs Vater war algerischstämmiger Franzose, der Sohn einer Ladenbesitzerin, jetzt ein hochrangiger Manager.

»Ich bete ihn an, und ich glaube, dir wird es genauso gehen«, antwortete Tab. »Er ist klug, interessant und freundlich.«

»Genau wie du.«

»Nicht ganz. Aber du wirst schon sehen.«

»Wohnt er bei dir?«

»Oh nein. Ein Hotel passt besser zu ihm. Er wird im Lamy absteigen.«

»Ich hoffe, dass er mich mag.«

»Wie sollte er dich nicht mögen? Du machst einen umwerfenden ersten Eindruck: Du bist wunderschön, und außerdem zeigst du den simplen Chic, den Franzosen so schätzen.« Er machte eine Handbewegung zu ihrem Outfit: Sie trug ein mittelgraues Etuikleid mit einem roten Gürtel, und sie wusste, dass es großartig aussah. »Und er wird an dir lieben, dass du Französisch sprichst. Er spricht natürlich Englisch, aber Franzosen hassen es, die ganze Zeit diese Sprache benutzen zu müssen.«

»Politik?«

»Irgendwo in der Mitte. Sozial liberal, finanziell konservativ. Er würde nie für die *Parti socialiste* stimmen, aber in Amerika wäre er Demokrat.«

Tamara begriff: In Europa befand sich die politische Mitte ein Stück links von ihrem amerikanischen Gegenstück.

Tabs Vater hatte nichts an sich, was ihr Kopfschmerzen bereitet hätte. Trotzdem sagte sie: »Ich bin nervös.«

»Keine Sorge. Mit deinem Charme ziehst du ihm die Socken aus.«

»Wie kannst du dir so sicher sein?«

Er zuckte auf sehr französische Art mit den Schultern. »Weil du das bei mir auch gemacht hast.«

* * *

Mit einer Presseverlautbarung, die sowohl an alle Botschaften als auch die Medien ging, wurde am folgenden Nachmittag der Plan des Générals enthüllt. Er würde seine große Rede in einem Flüchtlingscamp halten.

Im Osten des Tschad gab es ein Dutzend solcher Lager. Die Flüchtlinge kamen über die Grenze zum Sudan. Einige waren Gegner des dortigen Regimes, andere lediglich Familien, die vor der Gewalt flohen – Kollateralschäden. Die Camps waren der Regierung des Sudan in Khartum ein Dorn im Auge; wütend beschuldigte sie den Tschad, Aufständischen Unterschlupf zu gewähren, und nutzte die Behauptung als Vorwand, Truppen bei der Verfolgung von Flüchtigen zu gestatten, die Grenze zu verletzen.

Die Regierung des Tschad erhob entsprechende Gegenvorwürfe. Die chinesischen Waffen, mit denen die sudanesische Armee ausgerüstet war, fanden ihren Weg in die Hände sowohl tschadischer Rebellen wie den Vereinigten Kräften für Demokratie und Entwicklung als auch in die anderer Unruhestifter in Nordafrika.

Die gegenseitigen Beschuldigungen belasteten im Ergebnis die Beziehungen zwischen den Staaten, und an der Grenze herrschte ständig die Gefahr von Auseinandersetzungen.

Alle Agenten drängten sich in Dexters Büro, um die Ankündigung zu diskutieren. Dexter sagte: »Der Botschafter wird wissen wollen, worum es geht, und er wird von der CIA ein paar Ideen erwarten. Alles, was wir im Moment wissen, ist der überraschende Schauplatz.«

Leila Morcos ergriff als Erste das Wort. Sie stand im Rang

ganz unten, aber davon ließ sie sich niemals abhalten. »Zu neunundneunzig Prozent ist sicher, dass die Rede ein Angriff auf die Regierung in Khartum sein wird.«

»Aber wieso jetzt?«, fragte Dexter. »Und warum solch eine große Inszenierung?«

Tamara antwortete: »Gestern habe ich ein Gerücht gehört, dass die Rede eine Reaktion auf die Schießerei an der N'Gueli-Brücke sei.«

»Ihr großes Drama«, sagte Dexter herablassend. »Aber das hat nichts mit dem Sudan zu tun.«

Tamara zuckte mit den Schultern. Die Waffen stammten aus dem Sudan, wie jeder wusste, aber sie machte sich nicht die Mühe, das Offensichtliche festzustellen.

Eine Sekretärin kam herein und reichte Dexter ein Blatt Papier. »Eine weitere Nachricht aus dem Präsidentenpalast.«

Er las rasch, knurrte überrascht, las erneut, jetzt langsamer. »Der Général bittet bevorzugte Verbündete, aus jeder Botschaft eine Person zu entsenden, welche die Medien für seine Rede ins Flüchtlingslager begleiten soll.«

»Um welches Lager geht es?«, fragte Michael Olson, Dexters Stellvertreter.

Dexter schüttelte den Kopf. »Das steht hier nicht.«

Olson war ein langgliedriger, lässiger Typ mit einem scharfen Blick fürs Detail. »Sie sind alle gut sechshundert Meilen von hier entfernt. Wie sollen die Leute dorthin kommen?«

»Es heißt, dass das Militär den Transport übernimmt. Ein Flugzeug wird nach Abéché fliegen.«

»Das ist der einzige Flughafen in dem Landesteil«, sagte Olson. »Aber auch Abéché liegt noch hundert Meilen von der Grenze entfernt.«

Tamara erinnerte sich, dass Abéché mit ganzjährigen Temperaturen von über dreißig Grad Celsius die heißeste Stadt im Tschad war.

»Ab Abéché wird die Armee den Transport auf der Straße fortsetzen«, fuhr Dexter fort. »Der Ausflug umfasst eine Tour durch die Flüchtlingslager und zwei Übernachtungen in einem Hotel.« Er runzelte die Stirn. »Zwei Übernachtungen?«

»Der Flughafen operiert nur bei Tageslicht«, sagte Olson. »Das erschwert wohl die Logistik.«

Das müssen die langwierigen Vorbereitungen sein, von denen Karim gesprochen hat, überlegte Tamara. Ein Pressetermin in der Wüste ließ sich nicht im Handumdrehen organisieren. Aber brauchte man dazu andererseits wirklich zwei Wochen?

»Die Abordnung bricht morgen auf«, stellte Dexter fest.

»Ich nehme an«, sagte Leila, »dass Nick uns vertreten wird.«

»Auf keinen Fall.« Dexter schüttelte den Kopf. »Er müsste ohne Personenschutz gehen. Die Regel von einer Person pro Botschaft wird streng durchgesetzt, weil die Transportkapazität begrenzt ist, und das heißt, es gibt keinen Platz für Bodyguards.«

»Also wer wird gehen?«

»Ich schätze, das wird an mir hängenbleiben – ohne meine Personenschützer.« Er wirkte nicht erfreut. »Ich danke Ihnen allen. Ich werde den Botschafter unterrichten.«

Der Nachmittag war zu Ende. Tamara ging in ihr Apartment, duschte und zog sich um, bevor sie einen Wagen bestellte, mit dem sie zu Tabs Wohnung fuhr.

Sie hatte mittlerweile einen eigenen Schlüssel. Sie ließ sich ein und rief: »Ich bin's!«

»Ich bin im Schlafzimmer.«

Er war in Unterwäsche. Er sah zum Anbeißen aus, und sie kicherte. »Was machst du denn hier in Feinripp?«

»Ich habe den Anzug ausgezogen und mich noch nicht wieder angezogen.«

Sie sah, dass er eine kleine Reisetasche packte, und eine kalte Hand umfasste ihr Herz. »Wohin …?«

»Ich muss nach Abéché.«

Das hatte sie befürchtet. Tamara schluckte. »Ich wünschte, das müsstest du nicht. Das ist praktisch ein Kriegsgebiet.«

»Ach was, keineswegs.«

»Dann eben ein Kampfgebiet.«

»Als wir Nachrichtendienstmitarbeiter wurden, haben wir die Möglichkeit eines gewissen Maßes an Gefahr aber akzeptiert, oder?«

»Das war, bevor ich mich in dich verliebt habe.«

Er umarmte Tamara und küsste sie, und sie wusste, dass ihm gefiel, was sie gesagt hatte: dass sie in ihn verliebt sei. Nach einer Weile beendete er den Kuss. »Ich passe auf mich auf, ich verspreche es dir.«

»Wann brichst du auf?«

»Morgen.«

Tamara wurde das Gefühl nicht los, dass es ihr letzter gemeinsamer Abend sein könnte – der allerletzte.

Sie schalt sich, melodramatisch zu sein. Er würde den Général begleiten. Die halbe Armée Nationale Tchadienne würde ihn beschützen.

»Was hättest du gern zum Abendessen?«, fragte er. »Oder sollen wir ausgehen?«

Plötzlich wollte sie ihn in die Arme schließen. »Gehen wir zuerst ins Bett«, sagte sie. »Abendessen können wir später haben.«

»Mir gefallen deine Prioritäten.«

* * *

Am nächsten Tag hielt der Général seine Rede. Die Spätnachmittagsnachrichten im Fernsehen zeigten, wie er in voller Armeeuniform und von schwerbewaffneten Soldaten umgeben zu einer Meute von Reportern sprach, aus der Ferne betrachtet von einer erbärmlichen Schar ausgezehrter Flüchtlinge mit Staub in den Haaren.

Die Rede war brisant.

Die regierungsamtliche Pressestelle gab den Text heraus, während der Général sprach. Der Inhalt fiel wesentlich provokanter aus, als jedermann angenommen hatte, und Tamara wünschte, sie hätte Erfolg gehabt bei ihrem Versuch, einen Entwurf zu beschaffen. Vielleicht wäre ihr das gelungen, wenn Dexter sich nicht eingemischt hätte.

Gleich zu Anfang gab der Général dem Sudan die Verantwortung für den Tod von Corporal Ackerman. Die Möglichkeit hatten die staatlichen Medien bereits angedeutet, aber nun war die Beschuldigung offen ausgesprochen.

Er fuhr fort, dass der Zwischenfall nur ein Faden in einem Muster sudanesischer Unterstützung des Terrorismus in der gesamten Sahelzone sei. Auch das war nichts weiter als die mutige Aussprache von etwas, das von vielen so gesehen wurde, einschließlich des Weißen Hauses.

»Sehen Sie sich dieses Camp an.« Mit einer ausladenden Armbewegung umschloss er alles, was ihn umgab, und die Kamera schwenkte gehorsam über ein Lager, das größer war, als Tamara es sich vorgestellt hätte – nicht nur ein paar Dutzend Zelte, sondern mehrere Hundert zusammengeflickte Hütten mit einer Schar dürrer Bäume im Zentrum, die auf einen Teich oder einen Brunnen hindeuteten. »Dieses Camp«, fuhr der Général fort, »ist voller Menschen, die vor der Grausamkeit des Khartumer Regimes geflohen sind.«

Tamara fragte sich, wie weit der Général gehen würde. Das Weiße Haus wollte nicht, dass der Tschad destabilisiert wurde, denn das Land war ein nützlicher Verbündeter im Krieg gegen den ISGS. Der US-Präsidentin würde seine Ansprache nicht gefallen.

»Wir im Tschad haben die humanitäre Pflicht, unseren Nachbarn zu helfen.« Tamara kam es vor, als nähere sich der Général dem Kernpunkt seiner Rede. »Wir helfen denen, die vor Tyrannei und Brutalität fliehen. Wir müssen ihnen helfen, wir helfen ihnen, und wir werden ihnen weiterhin helfen. Wir lassen uns nicht einschüchtern!«

Tamara lehnte sich zurück. Da lag der Hase im Pfeffer. Der Général hatte eine offene Einladung an die Gegner des sudanesischen Regimes ausgesprochen, ihr Hauptquartier in den Flüchtlingslagern im Tschad einzurichten. Sie murmelte: »Khartum wird schäumen vor Wut.«

Leila Morcos hörte sie. »Und in den Teppich beißen.«

Die Rede kam zum Ende. Es hatte keinen Ärger gegeben, keine Gewalt. Mit Tab war alles in Ordnung.

Als Tamara aufbrach, kam sie an Layan vorbei, die fragte: »Gegen sieben heute Abend?«

»Perfekt«, sagte Tamara.

* * *

Layan wohnte im Nordosten des Stadtzentrums, in einem Viertel namens N'Djari. Die Straße, die zu ihrer Adresse gehörte, war mit Müll übersät. Zu beiden Seiten verbargen sich Häuser hinter bröckeligen Betonmauern und großenteils blanken, teils rostigen Eisentoren. Tamara war überrascht, wie arm das Viertel war. Layan kam stets in modischer Kleidung zur Arbeit, trug ein wenig Make-up, das fachmännisch aufgetragen war, die Haare elegant hochgesteckt. Sie sah niemals aus, als wohnte sie in einem Slum.

Wie bei den meisten Häusern in N'Djamena öffnete sich das hohe Tor auf einen Innenhof. Als Tamara hineinging, kochte Layan über einem Feuer mitten auf der freien Fläche, von einer älteren Frau beobachtet, die ihr ähnelte. Das benachbarte Gebäude hatte Wände aus Betonziegeln und ein Blechdach. Layans

Motorroller parkte in einer Ecke. Zu ihrer Überraschung sah Tamara vier kleine Kinder, die im Staub spielten. Layan hatte sie nie erwähnt, und auf ihrem Schreibtisch im Büro stand kein Foto.

Layan hieß Tamara willkommen, stellte sie ihrer Mutter vor und spulte mit einem vagen Wink auf die Kinder vier Namen ab, die Tamara sich nicht merken konnte. »Alles Ihre Kinder?«, fragte sie, und Layan nickte.

Von einem Mann keine Spur.

Layans Zuhause hatte sich Tamara ganz und gar anders vorgestellt.

Die Mutter reichte ihr ein Glas mit einem zitronigen Getränk, das sehr erfrischend war. »Das Essen ist gleich fertig«, sagte Layan.

Sie setzten sich mit untergeschlagenen Beinen auf einen Teppich im größten Raum des Hauses, die Schalen mit dem Essen gleich vor sich. Layan hatte einen Gemüsetopf gemacht, der Daraba hieß und mit Erdnusspaste gewürzt wurde, dazu ein Gericht aus roten Bohnen in einer scharfen Tomatensauce und eine Schale mit Zitronenreis. Die Kinder setzten sich zu den Erwachsenen. Alles schmeckte köstlich, und Tamara aß mit Appetit.

»Ich weiß, wieso Dexter Ihnen Karim zurückgegeben hat.« Layan sprach Französisch, damit ihre Mutter und die Kinder sie nicht verstanden.

»Tatsächlich?« Tamara war gespannt: Das hatte sie noch nicht herausgefunden.

»Dexter musste es dem Botschafter mitteilen, und Nick hat es mir verraten.«

»Was hat er gesagt?«

»Er sagte, Karim konnte ihn nicht leiden und wollte ihm keine Informationen geben.«

Tamara lächelte. Das also war es. Sie war nicht überrascht. Sie hatte sich große Mühe gemacht, Karim zu umgarnen. Dexter hatte vermutlich nicht eingesehen, weshalb er freundlich sein sollte, sondern Karims Mitarbeit einfach als gegeben vorausgesetzt. »Darum wollte Karim ihm die Rede nicht beschaffen.«

»Karim sagte, es gebe solch eine Rede gar nicht.«

»Tja.«

»Dexter sagte zu Nick, dass Karim nur mit Ihnen sprechen würde, weil er auf weiße Frauen stehe.«

»Dexter würde alles sagen, nur nicht, dass er eine falsche Einschätzung getroffen hat.«

»Das denke ich auch.«

Layans Mutter servierte Kaffee und nahm die Kinder mit; vermutlich brachte sie sie zu Bett.

Layan sagte: »Ich möchte Ihnen danken, dass Sie freundlich zu mir sind. Das bedeutet mir sehr viel.«

»Wir sprechen miteinander. Das ist keine große Sache.«

»Mein Ehemann hat mich vor vier Jahren verlassen«, sagte Layan. »Er hat das ganze Geld und das Auto mitgenommen. Ich musste das Haus aufgeben, weil ich die Miete nicht mehr zahlen konnte. Mein Jüngster war gerade ein Jahr alt.«

»Das ist furchtbar.«

»Am schlimmsten war, dass ich glaubte, ich wäre daran schuld, aber nicht begriff, womit ich ihn vertrieben haben sollte. Ich habe sein Haus sauber und schön gehalten. Im Bett tat ich alles, was er von mir wollte, und ich habe ihm vier schöne Kinder geschenkt. Was hatte ich falsch gemacht?«

»Sie haben nichts falsch gemacht.«

»Heute weiß ich das. Aber wenn es geschieht … Überall sucht man nach Gründen.«

»Was haben Sie getan?«

»Ich zog hierher, zu meiner Mutter. Sie war eine arme Witwe und lebte allein. Sie freute sich, uns bei sich zu haben, aber sie konnte nicht sechs Personen ernähren und kleiden. Darum brauchte ich unbedingt Arbeit.« Sie sah Tamara direkt an und wiederholte mit Nachdruck: »*Unbedingt.*«

»Ich verstehe.«

»Es war nicht leicht. Ich bin gebildet, ich kann Englisch, Französisch und Arabisch lesen und schreiben. Tschadische Arbeitgeber stellen aber nur ungern eine geschiedene Frau ein. Sie glauben, sie muss eine liederliche Frau sein, die nur Ärger macht. Aber mein Ehemann war Amerikaner, und er gab mir etwas, das er mir nicht wieder abnehmen konnte: meine amerikanische Staatsbürgerschaft. Dadurch bekam ich Arbeit in der Botschaft. Gute Arbeit mit einem amerikanischen Gehalt, genug, um sogar meine Kinder auf die Schule schicken zu können.«

»Das ist eine Wahnsinnsgeschichte«, sagte Tamara.

Layan lächelte. »Mit einem Happy End.«

* * *

Am nächsten Tag wütete ein schwerer Sandsturm in Abéché. Solche Stürme hielten manchmal nur wenige Minuten an, aber dieser dauerte länger. Der Flughafen wurde geschlossen, und die Pressetour zu den Flüchtlingslagern verzögerte sich.

Am Tag danach war Tamara mit Karim verabredet, aber sie schlug vor, sich nicht im Hôtel Lamy zu treffen, weil sie befürchtete, dass allmählich auffiel, wie oft sie sich dort sahen. Karim nannte ihr eine Adresse außerhalb des Stadtzentrums, das Café Le Caire, und meinte, es sei unwahrscheinlich, dass jemand sie dort beobachten würde.

Das Café war ein zwar sauberes, aber schlichtes Kaffeehaus, das ausschließlich von Einheimischen frequentiert wurde. Die Stühle waren aus Plastik, die Tische beschichtet, damit sie sich leicht abwischen ließen. An den Wänden hingen ungerahmte Poster von den Sehenswürdigkeiten Ägyptens: der Nil, die Pyramiden, die Alabastermoschee und die Nekropole. Ein Kellner in fleckenloser Schürze hieß Tamara überschwänglich willkommen und führte sie an einen Ecktisch im hinteren Teil des Cafés, wo

Karim wartete. Wie üblich war er makellos mit Business-Anzug und teurer Krawatte gekleidet.

»Ich hätte nicht erwartet, Sie in solch einem Lokal vorzufinden«, sagte Tamara mit einem Lächeln, während sie Platz nahm.

»Das Lokal gehört mir«, entgegnete Karim.

»Das erklärt einiges.« Dass Karim ein Café besaß, überraschte sie nicht. Jeder, der in der tschadischen Politik oben stand, besaß Geld, um es zu investieren. »Der Général hat eine aufrüttelnde Rede gehalten.« Sie kam rasch zum Geschäft. »Ich hoffe, Sie sind auf Repressalien von Seiten des Sudan vorbereitet.«

»Wir wären nicht überrascht«, sagte Karim mit einer gewissen Selbstgefälligkeit.

In seinem Tonfall lag eine Andeutung, die Tamara erschreckte. »Die sudanesische Armee könnte sogar über die Grenze hinweg angreifen, unter dem Vorwand, dass sie Aufständische verfolgt.«

Seine Miene schlug ins Blasierte um. »Lassen Sie sich eines gesagt sein: Wenn sie kommen, werden sie eine Überraschung erleben.«

Tamara verbarg ihre Besorgnis. In der Absicht, seine Stimmung zu spiegeln, setzte sie ein Grinsen auf und hoffte, dass es nicht so gezwungen aussah, wie es sich anfühlte. »Eine Überraschung, soso? Ihnen schlägt stärkerer Widerstand entgegen, als sie erwarten?«

»Und ob.«

Sie wollte mehr erfahren und fuhr fort, die in Ehrfurcht erstarrte Naive zu geben. »Ich bin froh, dass der Général diesen Angriff vorhergesehen hat und die Armee des Tschad bereitsteht, um ihn zurückzuschlagen.«

Glücklicherweise war Karim in Prahlerlaune. Er liebte unheilschwangere Andeutungen. »Mit überlegenen Kräften«, sagte er.

»Das klingt sehr … strategisch.«

»Genau.«

Sie ließ einen Versuchsballon steigen. »Der Général hat eine Falle vorbereitet.«

»Nun …« Er war nicht ganz bereit, das zuzugeben. »Sagen wir einfach, er hat Vorkehrungen getroffen.«

Tamaras Gedanken überschlugen sich. Die Angelegenheit klang immer mehr danach, als braute sich ein ernsthafter Konflikt zusammen. Und Tab war dort draußen. Dexter ebenso.

Sie versuchte, sich ihre Furcht nicht anmerken zu lassen. Hoffentlich zitterte ihre Stimme nicht. »Wenn es zum Gefecht kommt, wann wird es dann wohl beginnen?«

Karim schien zu merken, dass er mit seiner Prahlerei bereits mehr verraten hatte als beabsichtigt. Er zuckte mit den Schultern. »Bald schon. Vielleicht heute. Vielleicht kommende Woche. Es hängt davon ab, wie bereit die Sudanesen sind – und wie wütend.«

Weitere Informationen würde er nicht ausplaudern, begriff sie. Sie musste nun zurück in die Botschaft und melden, was sie erfahren hatte. Sie erhob sich. »Karim, wie immer war es ein Vergnügen, mich mit Ihnen zu unterhalten.«

»Ganz meinerseits.«

»Und viel Glück für die Armee, wenn es zum Gefecht kommt!«

»Glauben Sie mir, Glück werden wir kaum nötig haben.«

Sie versuchte, nicht aus dem Café und in ihr wartendes Auto zu hasten. Als der Fahrer losfuhr, überlegte sie, wen sie zuerst informieren sollte. Offensichtlich musste die CIA die Neuigkeit unverzüglich erfahren. Das Gleiche galt aber für das Militär. Wenn es zum Gefecht kam, musste sich die US-Armee vielleicht einschalten.

Als sie die Botschaft erreichte, traf sie eine rasche Entscheidung und ging zu Colonel Marcus' Büro. Susan war dort. Tamara setzte sich und sagte: »Ich hatte gerade ein verstörendes Gespräch mit Karim Aziz. Die tschadische Regierung rechnet damit, dass die sudanesische Armee einen Angriff auf ein Flüchtlingslager führt, eine Vergeltungsmaßnahme auf die Rede des Générals, und die Armée Nationale steht massiert an der Grenze, um die Sudanesen aus dem Hinterhalt anzugreifen, sobald sie auf tschadisches Hoheitsgebiet vorstoßen.«

»Wow«, machte Susan. »Ist Karim verlässlich?«

»Ein Schaumschläger ist er nicht. Natürlich kann niemand mit Sicherheit sagen, was Khartum unternehmen wird, aber wenn der Sudan angreift, wird es zum Gefecht kommen. Und wenn der Angriff heute erfolgt, könnte eine Gruppe von Zivilisten aus Medien und Botschaftspersonal in den Kampf verwickelt werden.«

»Möglicherweise müssen wir deswegen etwas unternehmen.«

»Ich denke schon, dass das nötig sein wird, zumal einer der Zivilisten der Leiter unseres CIA-Büros ist.«

»Dexter ist dort?«

»Richtig.«

Susan stand auf und ging an ihre Wandkarte. Sie zeigte auf eine Gruppe roter Punkte zwischen Abéché und der sudanesischen Grenze. »Das sind die Flüchtlingslager.«

»Sie sind über ein großes Gebiet verteilt«, sagte Tamara. »Was sind das, hundert Quadratmeilen?«

»Ungefähr.« Susan kehrte an ihren Schreibtisch zurück und tippte auf der Tastatur. »Schauen wir uns die neuesten Satellitenfotos an«, sagte sie.

Tamara wandte sich dem großen Wandbildschirm zu.

»Das könnte der eine Tag im Jahr sein, an dem eine Wolkendecke über der östlichen Sahara hängt – aber nein, Gott sei Dank.« Sie gab weitere Befehle ein, und der Satellit zeigte eine Stadt mit einer langen, geraden Start- und Landebahn an ihrem Nordrand. »Abéché.« Sie wechselte das Bild, und hellbraunes Ödland erschien. »Alle diese Fotos sind in den vergangenen vierundzwanzig Stunden geschossen worden.«

Tamara hatte Erfahrung im Betrachten von Satellitenaufnahmen. Man wurde dabei leicht frustriert. »Eine ganze Armee könnte sich in so viel Wüste verstecken«, sagte sie.

Susan wechselte immer wieder das Bild, sodass unterschiedliche Abschnitte der Wüstenlandschaft zu sehen waren. »Wenn die Sudanesen an Ort und Stelle bleiben, ja. Im Nullkommanichts ist alles von Sand und Staub bedeckt. Aber wenn sie sich bewegen, sind sie umso leichter zu erkennen.«

Tamara hoffte halb, dass sie nichts von den sudanesischen Kräften sehen würden. Tab konnte dann ungefährdet am Nachmittag nach Abéché zurückkehren und morgen früh nach N'Djamena fliegen.

Susan sog scharf die Luft ein.

Tamara entdeckte etwas, das auf dem Sand wie eine Ameisenkolonne aussah. Ein wenig erinnerte es sie an eine Fernsehsendung, in der es um schwärmende Insekten gegangen war. Sie kniff die Augen zusammen. »Was haben wir denn da?«

»Kein Zweifel«, sagte Susan, »das sind sie.«

Tamara erinnerte sich daran, wie sie gedacht hatte, dass der Dienstagabend ihr letzter Abend mit Tab sein mochte. Nein, dachte sie, bitte nicht.

Susan kopierte Koordinaten vom Bildschirm. »Ein Verband von zwei- bis dreitausend Mann plus Fahrzeuge, alles in Wüstentarnung. Auf einer ungepflasterten Straße, wie es aussieht, das heißt, dass sie langsam sind.«

»Eigene oder fremde?«

»Schwer zu sagen – aber sie befinden sich östlich der Camps, mehr zur Grenze hin, also sind es vermutlich Sudanesen.«

»Sie haben sie gefunden!«

»Sie haben uns den Tipp gegeben.«

»Wo steht die tschadische Armee?«

»Das lässt sich ganz schnell herausfinden.« Susan nahm den Telefonhörer ab. »Geben Sie mir bitte Général Touré.«

»Ich muss die CIA informieren«, sagte Tamara. »Lassen Sie mich die Koordinaten aufschreiben.« Sie nahm einen Bleistift und riss ein Blatt von Susans Notizblock.

Susan begann auf Französisch zu sprechen. Offenbar sprach sie mit Général Touré und benutzte das vertraute *tu* statt des formellen *vous*. Sie ratterte die Koordinaten des sudanesischen Truppenverbands herunter und wartete, bis sie am anderen Ende aufgeschrieben waren. »Also, César«, sprach sie ihn mit dem Vornamen an, »wo stehen eure Kräfte?«

Susan wiederholte die Ziffern, während sie die Koordinaten aufschrieb, und Tamara notierte sie sich ebenfalls.

»Und wohin habt ihr die Presseleute gebracht?«, fragte Susan.

Als Tamara alle drei Koordinatensätze hatte, nahm sie sich einen Post-it-Block aus Susans Schreibtischablage und ging an die Wandkarte. Sie klebte Zettel an die Positionen der beiden Truppenverbände und der Pressegruppe. Sie starrte auf die Karte. »Die Pressegruppe ist zwischen den beiden Verbänden«, sagte sie. »So eine Scheiße.«

Tab schwebte in Lebensgefahr. Das war keine morbide Fantasie mehr, sondern schlichtweg eine Tatsache.

Susan dankte dem tschadischen General und legte auf. Zu Tamara sagte sie: »Es ist außerordentlich, dass Sie uns so schnell gewarnt haben.«

»Wir müssen die Zivilisten da rausholen«, sagte Tamara und dachte dabei vor allem an Tab.

»Auf jeden Fall«, sagte Susan. »Wir benötigen die Genehmigung des Pentagons, aber das wird kein Problem darstellen.«

»Ich komme mit.«

Das war nur logisch, denn sie hatte die Schlüsselinformation geliefert, und Susan nickte zustimmend. »Okay.«

»Lassen Sie mich wissen, wann Sie aufbrechen und wo ich Sie treffen soll.«

»Selbstverständlich.«

Tamara ging zur Tür.

»Hey, Tamara«, sagte Susan.

»Ja?«

»Bringen Sie eine Waffe mit.«

Kapitel 15

Tamara legte eine Schutzweste an und ließ sich dieselbe 9-Millimeter-Glock-Pistole geben, die ihr am Pont de N'Gueli das Leben gerettet hatte. Das CIA-Büro wurde in Dexters Abwesenheit von Michael Olson geführt, und Michael erhob keine kleinlichen Einwände, wie sie sich Dexter mit Sicherheit hätte einfallen lassen. Tamara fuhr mit Susan zum Militärstützpunkt am Flughafen von N'Djamena, wo sie zu einem Zug von fünfzig Mann stießen und in einen gewaltigen Sikorsky-Hubschrauber stiegen, der ihnen allen und ihrer Ausrüstung Platz bot. Tamara erhielt einen Helm mit integriertem Funkgerät, damit sie mit Susan im Lärm der Rotoren reden konnte.

Der Helikopter war voll. »Wie nehmen wir vierzig Zivilisten für den Rückflug an Bord?«, fragte Tamara.

»Sie müssen stehen«, antwortete Susan.

»Kommt der Hubschrauber mit so viel Gewicht zurecht?«

Susan lächelte. »Keine Sorge. Das ist ein schwerer Transporthubschrauber, ursprünglich dazu entwickelt, abgestürzte Flugzeuge in Vietnam zu bergen. Er kann noch schweben, wenn ein weiterer Helikopter des gleichen Gewichts unter ihn geschnallt wird.«

Die Reise durch die Sahara dauerte vier Stunden. Aus einem unerfindlichen Grund fürchtete Tamara nicht um sich selbst, aber sie quälte der Gedanke, dass sie Tab noch am heutigen Tag verlieren könnte. Allein bei der Vorstellung wurde ihr übel, und einen Moment lang fürchtete sie, sie könnte sich vor fünfzig harten Soldaten übergeben. Der Helikopter flog mit hundert Meilen pro Stunde, aber Tamara kam es so langsam vor, als stünde die ewig unveränderte Landschaft aus Sand und Steinen unter ihm still. Bevor der Flug zu Ende ging, gelangte sie zu der Erkenntnis, dass sie ihr Leben mit Tab verbringen wollte. Nie wieder wollte sie so wie jetzt von ihm getrennt sein.

Es war eine Entscheidung, die ihr ganzes Leben verändern würde, und sie malte sich die Folgen innerlich aus. Sie war sich sicher, dass Tab ähnlich wie sie empfand. Trotz ihres Rekords im Heiraten von Männern, die für sie falsch waren, glaubte sie, dass sie sich in ihm nicht irrte. Trotzdem gab es hundert Fragen, auf die sie keine Antwort wusste. Wo würden sie leben? Wovon würden sie leben? Wollte Tab Kinder? Darüber hatten sie noch nie gesprochen. Wollte Tamara Kinder? Sie hatte nie großartig darüber nachgedacht. Aber ich möchte welche, begriff sie; jetzt will ich sie. Mit anderen Männern war es nur ein lauwarmer Wunsch, aber mit ihm: ein eindeutiges, inbrünstiges Ja.

Sie hatte über so vieles nachzudenken, dass die Reise zu kurz erschien, und sie war überrascht, als sie über Abéché in den Sinkflug gingen. Die Distanz, die sie überwunden hatten, entsprach fast der Reichweite des Hubschraubers, und sie mussten auftanken, bevor sie die Suche nach der Pressegruppe beginnen konnten.

Abéché war einmal eine große Stadt gewesen, eine Station auf der Trans-Sahara-Route, die jahrhundertelang von arabischen Sklavenhändlern benutzt wurde. Tamara stellte sich die Kamelzüge vor, die unermüdlich durch die weite Wüste stapften, die großen Moscheen mit Hunderten kniender Gläubiger, die prächtigen Paläste mit ihren Harems voller gelangweilter Schönheiten und das menschliche Elend der wimmelnden Sklavenmärkte. Nachdem die Franzosen den Tschad kolonisiert hatten, wurde die Bevölkerung von Abéché durch eine Seuche beinahe ausgelöscht. Heute war es eine Kleinstadt mit einem Viehmarkt und einigen Fabriken, in denen Decken aus Kamelhaaren hergestellt wurden. Imperien steigen auf, dachte Tamara, und dann fallen sie wieder.

Am Flughafen befand sich ein kleiner Stützpunkt der US Army, deren Besatzung im Rotationsverfahren alle sechs Wochen ausgetauscht wurde. Die diensthabende Schicht wartete mit dem Tanklastwagen auf der Rollbahn. Nach nur wenigen Minuten hob der Helikopter wieder ab.

Er hielt nach Osten auf die letzte bekannte Position der Pressegruppe zu. Endlich näherte Tamara sich Tab. Schon bald würde sie wissen, ob er in Schwierigkeiten war und ob sie ihm helfen konnte.

Nach einer Viertelstunde entdeckten sie ein trostloses Lager: Reihen behelfsmäßiger Unterkünfte, staubbedeckte lethargische Bewohner und schmutzige Kinder, die auf den müllübersäten Wegen mit Steinen spielten. Der Pilot flog das Camp dreimal der Länge und Breite nach ab: Sie fanden keine Spur einer Pressegruppe.

Susan sah auf die Karte, identifizierte das nächstgelegene Flüchtlingslager und erteilte dem Kopiloten Anweisungen. Die Maschine stieg rasch auf und hielt Richtung Nordosten.

Ein paar Minuten später überflogen sie eine große Militärkolonne auf dem Weg nach Osten. »Einheiten der tschadischen Nationalarmee«, sagte Susan über Helmfunk. »Fünf- bis sechstausend Mann. Ihre Informationen waren korrekt, Tamara. Sie sind den Sudanesen zwei zu eins überlegen.«

Als die Soldaten es hörten, betrachteten sie Tamara mit neuem Respekt. Gute nachrichtendienstliche Erkenntnisse konnten ihnen das Leben retten, und wer sie ihnen lieferte, den wertschätzten sie.

Das nächste Camp sah ähnlich aus wie das vorherige, nur dass es in einer flachen Senke lag, die nach Westen und Osten von sanften Hängen begrenzt wurde. Tamara suchte nach Anzeichen für Leute aus der Stadt: westliche Kleidung, unbedeckte Häupter, dunkle Sonnenbrillen, Kameraobjektive, die im Sonnenlicht aufblitzten. Sie entdeckte zwei Busse, deren Anstrich unter dem Staub, der sie bedeckte, kaum zu erkennen war. Nebeneinander standen sie mitten im Lager. In der Nähe bemerkte sie eine violette Bluse, ein blaues Hemd, eine Baseballkappe.

»Ich glaube, wir haben sie gefunden«, sagte sie.

»Sieht so aus«, sagte Susan.

Ein kleiner Hubschrauber, der Tamara bisher entgangen war, stieg plötzlich aus dem Lager auf. Er neigte sich auf die Seite und drehte vom Sikorsky ab, dann flog er mit hoher Geschwindigkeit nach Westen.

»Mein Gott, was ist das?«, fragte Tamara.

»Ich erkenne die Maschine«, sagte Susan. »Das ist der Privathubschrauber des Générals.«

Tamara fand den überstürzten Aufbruch beunruhigend. »Ich frage mich, weshalb er abfliegt.«

Susan wandte sich an den Piloten. »Steigen Sie auf, damit wir die Umgebung beobachten können.«

Der Hubschrauber gewann wieder an Höhe.

Der Tag bot klare Sicht. Im Osten konnten sie an einer Staubfahne einen Truppenverband erkennen: die Sudanesen.

»Verdammt«, sagte Susan.

»Wie weit sind sie entfernt?«, fragte Tamara. »Eine Meile?«

»Weniger.«

»Und wie weit in die andere Richtung stehen die tschadischen Kräfte?«

»Drei Meilen. Auf diesen unbefestigten Wüstenpisten bewegen sie sich mit etwa zehn Meilen pro Stunde. In zwanzig Minuten sind sie hier.«

»So lange bleibt uns Zeit, unsere Leute zu retten – und die Flüchtlinge aus der Schussbahn zu bringen.«

»Richtig.«

»Ich hatte gehofft, wir kämen rein und wieder raus, bevor die Sudanesen das Lager erreichen.«

»Das war der Plan. Jetzt brauchen wir einen neuen.«

Susan wies den Piloten an, neben den Bussen zu landen, und sprach zu den Soldaten, während der Helikopter dem Boden entgegensank. »Gruppen Able und Baker, Sie positionieren sich an der östlichen Anhöhe. Eröffnen Sie das Feuer, sobald der Gegner in Reichweite ist. Versuchen Sie, den Eindruck zu erwecken, Sie wären zehnmal so stark, wie Sie sind. Charlie-Gruppe, Sie sammeln die Presseleute im Camp bei den Bussen und weisen die Flüchtlinge an, in die Wüste zu fliehen. Moment.« Sie fragte Tamara, wie man auf Arabisch sagte: *Die Sudanesen kommen, laufen Sie weg!*, und Tamara sprach den Satz über Funk, damit alle ihn hören konnten. Susan fuhr fort: »Wir gehen in die Luft, damit wir alles beobachten können. Auf meinen Befehl hin setzen Sie sich ab; ich sage Ihnen, wo Sie sich neu formieren.«

Der Hubschrauber berührte den Boden, und am Heck wurde eine Rampe abgesenkt.

»Los!«, rief Susan.

Die Soldaten eilten die Rampe hinunter. Wie befohlen wandte sich der größere Teil nach Osten, stürmte die Steigung hoch und ging am oberen Rand in Deckung. Die Übrigen schwärmten ins Lager aus. Tamara hielt nach Tab Ausschau.

Die Soldaten sprachen einige Flüchtlinge an, die das Lager zwar verließen, aber in sehr gemächlichem Tempo; offenbar zweifelten sie die Dringlichkeit an.

Die meisten Besucher streiften im Camp umher, führten Interviews und reagierten ebenfalls träge und widerwillig auf die Anweisungen der Soldaten. Andere hatten sich um einen großen Stand geschart, wo Mitarbeiter des staatlichen Presseamts Getränke aus einer großen Kühlbox und in Plastik gehüllte kleine Mahlzeiten austeilten.

»Es gibt Ärger«, rief Tamara den Regierungsleuten zu. »Wir sind hier, um Sie rauszuholen. Sagen Sie allen, sie sollen sich beeilen, in den Hubschrauber zu kommen.«

Sie erkannte einen Reporter. Bashir Fakhoury hielt eine Flasche Bier in der Hand. »Was ist los, Tamara?«, fragte er.

Um die Presse zu unterrichten, fehlte ihr die Zeit. Sie überging die Frage. »Haben Sie Tabdar Sadoul gesehen?«

»Augenblick mal«, erwiderte Bashir. »Sie können uns nicht einfach rumkommandieren. Sagen Sie mir gefälligst, was los ist!«

»Lecken Sie mich am Arsch, Bashir.« Tamara eilte weiter.

Schon aus der Luft hatte sie gesehen, dass zwei lange, weitgehend gerade Wege das Lager durchschnitten, einer ungefähr in Nord-Süd-, der andere in Ost-West-Richtung. Sie entschied, dass ihre Aussichten, Tab zu finden, am höchsten wären, wenn sie beide ablief. Um stehen zu bleiben und in Hütten zu blicken, war die Zeit zu knapp; tat sie es, wäre sie noch immer bei der Suche, wenn die Sudanesen ins Lager kamen.

Sie rannte nach Osten, in Richtung der Soldaten auf dem Kamm, und hörte einen einzelnen Gewehrschuss.

Stille setzte ein, die wie ein gelähmtes Innehalten erschien. Sie wich einem Rattern aus, als die übrigen amerikanischen Soldaten das Feuer eröffneten. Schüsse aus größerer Entfernung verrieten Tamara schließlich, dass die überraschten Sudanesen zurückschossen. Ihr Herz hämmerte vor Angst, aber sie lief weiter.

Die Schießerei elektrisierte die Menschen im Camp. Alles kam aus den Zelten und Baracken, um zu sehen, was vorging. Der Schusswechsel wirkte weit stärker als jede mündliche Anweisung: Die Flüchtlinge flohen aus dem Lager. Viele trugen Kinder oder wertvolle Besitztümer – eine Ziege, einen eisernen Kochtopf, ein Gewehr, einen Sack Mehl. Die Journalisten brachen ihre Interviews ab und rannten zu den Bussen; sie hielten Kameras gepackt und hatten Mikrofonkabel im Schlepp.

Tamara musterte die Gesichter, ohne Tab zu entdecken.

Artilleriebeschuss setzte ein.

Eine Mörsergranate detonierte links von Tamara und vernichtete ein Haus; rasch folgten ihr weitere. Die sudanesischen Mörser feuerten über die amerikanischen Soldaten hinweg ins Camp. Tamara hörte Angstgebrüll und Schmerzensschreie, als Flüchtlinge verletzt wurden. Sanitäter unter den amerikanischen Truppen holten zusammenklappbare Tragen hervor und begannen, die Verwundeten zu versorgen. Die Eile, das Lager zu verlassen, schlug in Hektik um.

Ruhig bleiben, sagte sich Tamara. Ganz ruhig. Du musst Tab finden.

Wen sie fand, war Dexter.

Fast hätte sie ihn übersehen. Auf dem Boden im offenen Eingang zu einer Behausung entdeckte sie etwas, das wie ein Lumpenbündel aussah, aber irgendetwas veranlasste sie, ein zweites Mal hinzuschauen, und sie begriff, dass sie Dexters blau-weißen Seersucker-Anzug sah – und dass Dexter ihn trug.

Sie kniete sich neben ihn. Er atmete, aber nur flach. Äußere Verletzungen zeigte er kaum – nur Kratzer –, aber er hatte das Bewusstsein verloren, also musste ihm etwas zugestoßen sein.

Sie stand auf und rief nach Sanitätern.

Kein Rettungshelfer war in Sicht, und sie erhielt keine Antwort. Sie lief zwanzig Yards Richtung Lagerzentrum. Kein Sanitäter in Sicht. Sie kehrte zu Dexter zurück. Einen Verletzten zu bewegen war riskant, aber ihn der Gnade der Sudanesen zu überlassen wäre auf jeden Fall gefährlicher gewesen. Rasch traf sie eine Entscheidung. Tamara drehte ihn auf den Bauch, hob seinen Oberkörper an, schob sich mit dem Rücken unter ihn und stemmte sich hoch, während er schlaff über ihrer rechten Schulter lag. Als sie stand, konnte sie das Gewicht besser halten und setzte sich Richtung Hubschrauber und Busse in Marsch.

Sie war hundert Yards weit gegangen, als sie zwei Sanitäter entdeckte. »He!«, rief sie. »Kümmern Sie sich um den Mann – er gehört unserer Botschaft an.« Sie nahmen ihr den bewusstlosen Dexter ab und legten ihn auf eine Trage, und Tamara ging weiter.

Ihr fiel auf, dass einige Journalisten filmten, und sie empfand Respekt vor ihrem Mut.

Fast alle Flüchtlinge waren mittlerweile verschwunden. Eine ältere Frau half einem hinkenden Mann, und ein Mädchen im Teenageralter mühte sich mit zwei brüllenden Kleinkindern ab, doch alle anderen hatten das Camp bereits verlassen und eilten in die Wüste, so schnell sie konnten, um möglichst großen Abstand zwischen sich und die Waffengewalt zu bringen.

Wie lange konnten etwa dreißig US-Soldaten einen Truppenverband von zweitausend Mann aufhalten? Tamara nahm an, dass ihnen nur sehr wenig Zeit blieb.

Der Hubschrauber sank wieder zu Boden. Susan wollte gleich alle an Bord nehmen. Wo war Tab?

Im nächsten Moment entdeckte sie ihn. Er rannte den Nord-Süd-Weg entlang, den fliehenden Flüchtlingen hinterher. Er hatte sich ein großes Kind kurzerhand unter den linken Arm gepackt, ein Mädchen von etwa neun Jahren, und es schrie aus vollem Hals. Vermutlich hatte sie größere Angst vor dem Fremden, der sie mitschleppte, als vor den Mörsergranaten, die hinter ihr explodierten.

Der Helikopter berührte den Boden. Über die Kopfhörer vernahm Tamara, wie Susan sagte: »Charlie-Gruppe – die Zivilisten an Bord bringen.«

Tab erreichte den Rand des Lagers, holte die hintersten der Flüchtenden ein und stellte das Kind auf die Beine. Es rannte augenblicklich weiter. Tab drehte sich um und eilte zurück.

Tamara lief ihm entgegen. Grinsend schloss er sie in die Arme. »Wieso war ich mir sicher, dass du bei dieser Rettungsaktion mitmachst?«, fragte er.

Sie musste seine Nerven bewundern, die Coolness, auf dem Gefechtsfeld zu scherzen. Sie war nicht so gelassen. »Komm!«, rief sie. »Wir müssen in den Hubschrauber!« Sie rannte los, und Tab folgte ihr.

Susans Stimme sagte in ihren Ohren: »Baker-Gruppe, absetzen und an Bord kommen.«

Tamara blickte zur Höhe und sah, wie die Hälfte der Soldaten auf dem Bauch rückwärtsrobbte, aufstand und zum Lager rannte. Ein Mann trug einen Kameraden, der verwundet oder tot war.

Als die Soldaten den Helikopter erreichten, befahl Susan: »Able-Gruppe, absetzen und an Bord kommen. Lauft wie der Teufel, Leute!«

Diesen Ratschlag befolgten sie.

Tamara und Tab erreichten den Hubschrauber und stiegen unmittelbar vor der A-Gruppe ein. Alle anderen waren schon an Bord. Hundert Menschen drängten sich in dem Passagierraum, einige davon lagen auf Tragen.

Tamara blickte aus dem Seitenfenster und sah, wie die sudanesischen Soldaten über den Kamm kamen. Sie glaubten, den Sieg zu riechen, und ihre Disziplin ließ nach. Sie feuerten, machten sich aber kaum die Mühe zu zielen, und ihre Kugeln wurden an die wackligen Behausungen verschwendet, die sie von den abrückenden Amerikanern trennten.

Die Türen wurden zugeschlagen, und der Boden unter Tamaras Füßen hob sich abrupt. Sie schaute aus dem Fenster und sah, dass alle Sudanesen mittlerweile ihre Waffen auf den Helikopter abfeuerten.

Sie war wie gelähmt vor Schreck. Kugeln konnten vielleicht nicht die gepanzerte Unterseite des Hubschraubers durchdringen, aber eine gut gezielte Mörsergranate oder eine von der Schulter abgefeuerte Flugabwehrrakete konnte ihn zum Absturz bringen. Die Motoren konnten ausfallen, ein glücklicher Treffer konnte in die Rotoren geraten, und dann … Tamara fiel ein schwarzhumoriger Spruch ein, den Piloten gern anbrachten: *Ein Helikopter im Gleitflug ist wie ein Konzertflügel.* Sie merkte, wie sie zitterte, als der Sikorsky in die Höhe stieg und die Gewehrmündungen seiner Bahn folgten. Trotz des Lärms der Triebwerke und Rotoren glaubte sie zu hören, wie Kugeln gegen die Panzerplatten rasselten. Sie stellte sich vor, wie dieser riesige Hubschrauber mit hundert Menschen an Bord auf dem Boden aufprallte, in Trümmer zerbarst und in Flammen aufging.

Mit einem Mal richteten die Sudanesen ihre Aufmerksamkeit auf etwas anderes. Sie beachteten den Helikopter nicht mehr und sahen weg. Tamara folgte ihrem Blick die westliche Anhöhe hinauf. Dort sah sie die tschadischen Soldaten, die über den Kamm kamen. Sie führten keinen ordnungsgemäßen Vorstoß durch, sondern waren im Sturmlauf, rannten und schossen dabei. Einige Sudanesen feuerten zurück, aber rasch wurde klar, dass sie in der Unterzahl waren, und sie ergriffen die Flucht.

Die Passagiere im Hubschrauber begannen zu jubeln und applaudierten.

Der Pilot flog direkt nach Norden, weg von beiden Kampfparteien, und Sekunden später war der Helikopter außer Reichweite.

»Ich glaube, wir haben es geschafft«, sagte Tab.

»Yeah«, sagte Tamara, nahm seine Hand und drückte sie ganz fest.

* * *

Am folgenden Morgen gab es im CIA-Büro von N'Djamena viel zu tun. Über Nacht hatte der CIA-Direktor in Washington eine Reihe von Fragen abgefeuert: Was hatte das Gefecht ausgelöst? Wie viele Verluste hatte es gegeben? Waren Amerikaner getötet worden? Wer hatte gesiegt? Was war mit Dexter passiert? Wo, zum Teufel, lag Abéché? Und am wichtigsten: Welche Folgen waren zu erwarten? Er benötigte Antworten, bevor er die Präsidentin unterrichtete.

Tamara ging früh ins Büro und verfasste an ihrem Schreibtisch ihren Bericht. Sie begann bei ihrem gestrigen Treffen mit Karim, den sie als »Quelle in der näheren Umgebung des Générals« beschrieb. Falls man sie fragte, würde sie seinen Namen preisgeben, aber solange sie es nicht musste, würde sie ihn in keinem schriftlichen Bericht nennen.

Als die anderen kamen, fragte sie jeder, was Dexter zugestoßen war. »Ich weiß es nicht«, sagte sie jedes Mal. »Ich habe ihn bewusstlos aufgefunden, ohne dass etwas darauf hindeutete, was ihn ausgeschaltet hatte. Vielleicht ist er vor Schreck ohnmächtig geworden.«

Zusammen mit den anderen Verletzten war Dexter ins Krankenhaus von Abéché gebracht worden, als der Hubschrauber dort zum Auftanken landete. Tamara schlug Mike Olson vor, einen jungen Agenten, Dean Jones vielleicht, mit der nächsten Maschine nach Abéché zu schicken, wo er das Krankenhaus aufsuchen und sich vom Arzt eine Diagnose aus erster Hand beschaffen könnte, und Olson sagte: »Gute Idee.«

Mit Olson am Ruder war die Atmosphäre in der Station erheblich angenehmer, und dennoch wurde alle Arbeit genauso gut erledigt wie unter Dexter, wenn nicht sogar besser.

Der Général war in den Morgennachrichten, wo er krähte wie ein Gockel. »Wir haben ihnen eine Lektion erteilt!«, rief er. »Jetzt werden sie es sich zweimal überlegen, ob sie noch einmal Terroristen an den Pont de N'Gueli schicken.«

»Herr Präsident«, sagte der Interviewer, »es gibt Stimmen, die sagen, auf diesen Vorfall hätten Sie zu langsam reagiert.«

Auf diese Frage war der Général eindeutig vorbereitet. »Die Chinesen haben da ein Sprichwort«, sagte er. »Rache ist ein Gericht, das am besten kalt genossen wird.«

Es handelte sich um kein chinesisches Sprichwort, sondern um ein Zitat aus einem französischen Roman, den Tamara gelesen hatte, aber die Botschaft war in jeder Sprache deutlich. Der

Général hatte sorgfältig geplant, auf den passenden Moment gewartet und zugeschlagen, und er war überzeugt, dass er sehr klug gehandelt hatte.

Tamara schrieb alle diese Einzelheiten in ihren Bericht, danach lehnte sie sich zurück und überlegte, wie sie das Gefecht bewerten sollte. Ihr Gespräch mit Karim bestätigte die Behauptung des Générals, dass diese Aktion als Vergeltung für den Schusswechsel auf der Brücke gedacht war. Seine Feststellung, dass den Sudanesen »eine Lektion erteilt« worden war, wurde durch einen Bericht von Général Touré bestätigt, den Susan Marcus an Tamara weitergeleitet hatte; darin stand, die Sudanesen seien auf ganzer Linie geschlagen worden.

Entsprechend wütend würde die Regierung in Khartum sein. Sie würde versuchen, das Gefecht so darzustellen, dass sie weniger als Verlierer dastanden, aber sie selbst und die ganze Welt kannten die Wahrheit. Daher würde Khartum sich gedemütigt fühlen und auf Vergeltung sinnen.

Manchmal ist internationale Politik wie eine sizilianische Vendetta, dachte Tamara. Leute rächen sich für das, was ihnen angetan worden ist, als wüssten sie nicht, dass ihre Rivalen mit Sicherheit Rache für die Rache nehmen würden. Während die Retourkutschen hin- und hergehen, ist die Eskalation unvermeidlich: größere Wut, größere Rache, größere Gewalt.

Das war die Schwäche der Diktatoren. Sie waren so sehr gewöhnt, ihren Willen durchzusetzen, dass sie nicht erwarteten, die Welt außerhalb ihres Herrschaftsbereichs könnte ihnen etwas verweigern, ganz gleich, worum es sich handelte. Der Général hatte etwas in Gang gesetzt, dessen er vielleicht nicht mehr Herr werden konnte.

Und darin lag die Bedeutung für Präsidentin Green. Sie wollte, dass der Tschad stabil blieb. Die USA hatten den Général unterstützt, weil er ein Staatsoberhaupt war, das die Ordnung bewahrte, aber nun drohte er die Region zu destabilisieren.

Sie beendete den Bericht und schickte ihn an Olson. Ein paar Minuten später kam er mit einem Ausdruck in der Hand zu ihr. »Ich danke Ihnen«, sagte er. »Liest sich sehr aufregend.«

»Weniger Aufregung wäre mir lieber«, sagte sie.

»Wie auch immer, es steht drin, was Langley wissen muss, deshalb habe ich ihn weitergeleitet, wie er ist.«

»Danke.« Dexter hätte ihn umgeschrieben, dachte Tamara, und dann als sein Werk ausgegeben.

»Wenn Sie den Rest des Tages freinehmen möchten«, fuhr Mike fort, »würde ich sagen, Sie haben es sich verdient.«

»Das mache ich.«

»Ruhen Sie sich ein bisschen aus.«

Tamara ging in ihr Apartment und rief Tab an. Er hatte ebenfalls den Vormittag im Büro verbracht und seinen Bericht für die DGSE geschrieben, aber er war fast fertig und würde dann für heute Schluss machen. Sie beschlossen, sich in seiner Wohnung zu treffen und vielleicht zum Mittagessen auszugehen.

Sie ließ einen Wagen kommen und fuhr zu seiner Wohnung, wo sie vor ihm eintraf.

Zum ersten Mal war sie ohne ihn in der Wohnung. Sie ging umher und ließ das Gefühl auf sich wirken, in seiner privaten Welt zu sein. Gesehen hatte sie hier schon alles, und er hatte gesagt: »Schau dir alles an, ich habe vor dir keine Geheimnisse«, aber jetzt konnte sie etwas anstarren, solange sie wollte, ohne fürchten zu müssen, dass er spottete: »Was ist an meinem Badezimmerschränkchen denn so interessant?«

Sie öffnete den Kleiderschrank und betrachtete seine Kleidung. Er besaß zwölf hellblaue Oberhemden. Sie entdeckte mehrere Paar Schuhe, die sie ihn nie hatte tragen sehen. Der ganze Schrank roch nach Sandelholz, und sie fand schließlich heraus, dass seine hölzernen Kleiderbügel und Schuhspanner mit dem Duft imprägniert waren.

Er hatte einen kleinen Erste-Hilfe-Schrank: Paracetamol,

Heftpflaster, Erkältungsmittel, Tabletten gegen Verstopfung. Sie hatte nicht gewusst, dass er an Verstopfung litt. Auf seinem Bücherregal stand eine Ausgabe der Theaterstücke von Molière aus dem achtzehnten Jahrhundert, sechs Bände, natürlich auf Französisch. Sie öffnete eins der Bücher, und eine Geburtstagskarte fiel heraus. Darauf stand: *Joyeux anniversaire, Tab – ta maman t'aime.* Deine Mutter hat dich lieb. Wie schön, dachte sie.

In einer Schublade lag ein Hefter mit persönlichen Dokumenten: eine Kopie seiner Geburtsurkunde, Zeugnisse über beide Abschlüsse und ein alter Brief von seiner Großmutter in der sorgsamen Schrift von jemandem, der nicht oft schreibt, und den er offenbar erhalten hatte, als er noch ein Junge war. Der Brief gratulierte ihm dazu, seine Prüfungen bestanden zu haben. Tamara ertappte sich, wie ihr beim Lesen die Tränen kamen, ohne dass sie wirklich wusste, weshalb.

Ein paar Minuten später traf er ein. Sie saß mit untergeschlagenen Beinen auf seinem Bett und sah ihm zu, wie er den Anzug ablegte, den er im Büro trug, sich das Gesicht wusch und etwas Bequemes anzog. Er schien es jedoch nicht eilig zu haben, die Wohnung wieder zu verlassen. Er setzte sich auf die Bettkante und betrachtete sie lange. Sein Blick war ihr nicht unangenehm; im Gegenteil, sie genoss ihn.

Schließlich ergriff er das Wort. »Als die Schießerei begann …«

»Du hast das Mädchen gerettet.«

Er lächelte. »Das kleine Luder. Weißt du, sie hat mich gebissen.« Er sah auf seine Hand. »Geblutet hat es nicht, aber schau dir die Schwellung an!«

Sie nahm seine Hand und küsste sie. »Du armer Hase.«

»Das ist nichts, aber ich dachte schon, ich würde sterben. Und dann dachte ich: Ich wünschte, ich hätte mehr Zeit mit Tamara verbracht.«

Sie starrte ihn an. »Das war also sozusagen dein letzter Gedanke.«

»Richtig.«

»Auf dem Weg dorthin«, sagte sie, »auf diesem langen Flug im Hubschrauber über der Wüste, habe ich über uns nachgedacht, und es ging mir ähnlich. Ich wollte einfach nie wieder von dir getrennt sein.«

»Also empfinden wir beide das Gleiche.«

»So ist es.«

»Aber was machen wir nun?«

»Das ist die große Frage.«

»Ich habe darüber nachgedacht. Du bist mit Leib und Seele bei der CIA. Ich empfinde gegenüber der DGSE nicht dasselbe. Ich habe es genossen, beim Nachrichtendienst zu arbeiten, und ich habe eine Menge gelernt, aber mir fehlen die Ambitionen, nach ganz oben aufzusteigen. Zehn Jahre lang habe ich meinem Land gedient, und ich würde nun gern ins Familiengeschäft wechseln, um vielleicht die Zügel in die Hand zu nehmen, wenn meine Mutter sich zurückzieht. Ich mag Mode und Luxus, und wir Franzosen sind darin gut. Aber es würde bedeuten, dass ich in Paris leben muss.«

»So viel habe ich mir schon gedacht.«

»Wenn die Agency dich versetzt, würdest du mit mir nach Paris gehen?«

»Ja«, sagte Tamara. »Auf der Stelle.«

Kapitel 16

Die Temperatur stieg gnadenlos, während sich der Bus langsam durch die Wüste quälte. Kiah war nie klar gewesen, dass ihre alte Heimat am Rand des Tschadsees zu den kühleren Gebieten ihres Landes gehörte. Sie hatte sich immer vorgestellt, der Tschad wäre überall gleich, aber zu ihrer unangenehmen Überraschung musste sie nun feststellen, wie viel heißer der dünn besiedelte Norden war. Zu Beginn der Fahrt hatte sie sich wegen der fehlenden Fensterscheiben gesorgt, weil sie einen staubigen Zug hereinließen, der auf der Haut stach; jetzt aber, wo sie schwitzend und erschöpft mit Naji auf dem Schoß dasaß, freute sie sich über jedes Lüftchen, selbst wenn es heiß war und zwischen den Zähnen knirschte.

Naji war unleidlich und zappelte. »Will Laban«, sagte er immer wieder, doch Kiah hatte weder Reis noch Buttermilch, ganz zu schweigen eine Möglichkeit, etwas zu kochen. Sie gab ihm die Brust, aber damit konnte sie ihn nicht lange zufriedenstellen. Vermutlich wurde ihre Muttermilch immer dünner, weil sie selbst hungerte. Die Verpflegung, die Hakim versprochen hatte, bestand allzu oft nur aus Wasser und trockenem Brot, und selbst davon gab es nicht genug. Die »Luxusartikel«, für die er zusätzlich kassierte, umfassten Decken, Seife und jedes andere Lebensmittel außer Brot oder Hirsebrei. Gab es für eine Mutter etwas Schlimmeres als das Wissen, dass sie den Hunger ihres Kindes nicht stillen konnte?

Abdul sah zu Naji herüber. Dass er ihre Brust sah, war Kiah nicht so peinlich, wie es angemessen gewesen wäre. Nachdem sie über zwei Wochen lang täglich nebeneinandergesessen hatten, von morgens bis abends, hatte sich eine vorsichtige Vertrautheit eingestellt.

Er sprach nun Naji an. »Es war einmal ein Mann namens Samson, und Samson war der stärkste Mann auf der ganzen weiten Welt.«

Naji hörte auf zu quengeln und wurde still.

»Eines Tages ging Samson durch die Wüste, als er plötzlich das Gebrüll eines Löwen hörte – und der Löwe war ganz nah.«

Naji steckte den Daumen in den Mund und schmiegte sich an Kiah, während er zugleich Abdul aus großen Augen anstarrte.

Abdul war jedermanns Freund, hatte Kiah festgestellt. Alle Fahrgäste mochten ihn. Er brachte sie oft zum Lachen. Kiah war nicht überrascht; zuerst hatte sie ihn als Zigarettenhändler erlebt, wie er mit den Männern scherzte und mit den Frauen flirtete. Den Libanesen wurde nachgesagt, sie seien gute Geschäftsleute. In der ersten Siedlung, wo der Bus zum Übernachten gehalten hatte, war Abdul in ein Lokal unter freiem Himmel gegangen. Kiah war mit Esma und ihren Schwiegereltern gefolgt, nur um einmal etwas anderes zu sehen. Abdul hatte Karten gespielt und weder viel gewonnen noch verloren. In der Hand hatte er eine Flasche Bier gehalten, ohne sie allerdings leerzutrinken. Meist redete er mit den Leuten, scheinbar belangloses Geschwätz, aber später fiel ihr auf, dass er herausgefunden hatte, wie viele Frauen die Männer hatten, welche Ladenbesitzer unehrlich waren und vor wem sie alle Angst hatten. In jeder weiteren Stadt und jedem weiteren Dorf verfuhr er genauso.

Dennoch wurde sie den Eindruck nicht los, als spielte er allen etwas vor. Wenn er sich nicht gerade mit allen anfreundete, konnte er zurückgezogen sein, unnahbar, fast niedergedrückt, wie ein Mann mit großen Sorgen in seinem Leben und Kummer in der Vergangenheit. Das hatte sie zuerst glauben lassen, dass er sie nicht mochte. Mit der Zeit war sie zu der Auffassung gelangt, dass ihm zwei Persönlichkeiten innewohnten. Und hinter beiden gab es in ihm noch eine dritte, einen Mann, der sich die Mühe machte, Naji zu trösten, indem er ihm eine Geschichte erzählte, die ein zwei Jahre alter Junge verstehen und mögen konnte.

Der Bus folgte Wegen, die kaum markiert waren und für Kiah oft genug unsichtbar blieben. Die Wüste bestand zum größten Teil aus flachem, hartem Gestein unter einer dünnen Sandschicht, was bei niedriger Geschwindigkeit einen brauchbaren Untergrund für die Reifen darstellte. Hin und wieder bewies eine weggeworfene Coladose oder ein geborstener Reifen, dass sie in der Tat einer Straße folgten und sich nicht in der Wildnis verirrt hatten.

Jedes Dorf war eine Oase: Ohne Wasser konnten Menschen nicht leben. Jede kleine Siedlung hatte einen unterirdischen See, der sich oft an der Oberfläche als kleiner Teich oder Brunnen zeigte. Manchmal trockneten sie aus wie der Tschadsee, und dann mussten die Menschen woandershin ziehen – so wie Kiah gerade.

Eines Nachts gab es keinen Haltepunkt, und sie schliefen alle auf ihren Sitzen im Bus, bis die Morgensonne sie weckte.

Zu Anfang der Reise hatten einige Männer Kiah belästigt. Das geschah immer abends, nach Einbruch der Dunkelheit, wenn alle Passagiere auf dem Boden eines Hauses oder in einem Hof lagerten, eine Matratze unter sich, wenn sie Glück hatten. Eines Nachts stieg einer der Männer aus dem Bus auf Kiah. Sie wehrte sich nur lautlos gegen ihn, denn sie wusste, wenn sie schrie oder den Mann auf andere Weise demütigte, würden seine Freunde sich an ihr rächen, und sie würde als Hure beschuldigt werden. Aber er war zu stark für sie, und es gelang ihm, ihre Decke wegzuziehen. Plötzlich ruckte er von ihr weg, und sie begriff, dass ihn jemand Starkes von ihr heruntergezerrt hatte. Im Licht der Sterne sah sie, dass Abdul den Mann zu Boden drückte und ihn mit einer Hand am Hals gepackt hielt, sodass er keinen Laut von sich geben, vielleicht sogar nicht einmal atmen konnte. Sie hörte, wie Abdul flüsterte: »Lass sie in Ruhe, oder ich bringe dich um. Hast du verstanden? Ich bringe dich um.« Dann war er fort. Der Mann lag um Atem ringend eine Minute lang da und kroch schließlich davon. Kiah war sich nicht einmal sicher, um wen es sich gehandelt hatte.

Danach begann sie Abdul zu durchschauen. Sie vermutete, dass er nicht als ihr Freund betrachtet werden wollte, also behandelte sie ihn vor anderen wie einen Fremden. Weder plauderte sie mit ihm, noch lächelte sie ihm zu oder bat ihn um seine Hilfe, während sie sich mit einem zappelnden Zweijährigen auf dem Arm abmühte, alltägliche Aufgaben zu verrichten. Aber wenn sie im Bus nebeneinandersaßen, redete sie. Leise und undramatisch hatte sie ihm von ihrer Kindheit erzählt und ihren Brüdern im Sudan, dem Leben am schrumpfenden See und Salims Tod. Sie berichtete sogar, was sie in dem Nachtclub namens Bourbon Street erlebt hatte. Er verriet nichts über sich, und sie stellte ihm keine Fragen, weil sie spürte, dass sie ihm unwillkommen wären, aber oft sagte er etwas zu den Geschichten, die Kiah erzählte, und sie empfand wachsende Zuneigung für ihn.

Nun lauschte sie seiner beruhigenden leisen Stimme mit dem libanesischen Akzent. »Sie nahm eine Locke seines Haares zwischen Daumen und Zeigefinger, aber er wachte nicht auf, sondern schnarchte weiter. Mit der Schere schnitt sie ihm die Locke ab, und noch immer erwachte er nicht. Noch eine Locke. Schnipp, schnipp machte sie mit der Schere, und schnarch, schnarch machte Samson.«

Ihre Gedanken schweiften zurück zur Nonnenschule, wo sie zum ersten Mal die biblischen Geschichten gehört hatte, von Jona und dem Walfisch, David und Goliath, Noah und seiner

Arche. Sie hatte dort Lesen und Schreiben gelernt, das kleine Einmaleins und ein bisschen Französisch. Auch von den anderen Mädchen, von denen manche mehr als Kiah über die Geheimnisse der Erwachsenen wie dem Sex wussten, hatte sie sich Wissen angeeignet. Es war eine glückliche Zeit gewesen. Genau gesagt war ihr ganzes Leben glücklich gewesen bis zu jenem schrecklichen Tag, als die Fischer ihr Salims kalten Leichnam zum Haus brachten. Seitdem hatte es nur Enttäuschungen und Strapazen gegeben. Würde das jemals ein Ende haben? Würde sie wieder glückliche Tage kennen? Würde sie nach Frankreich gelangen?

Unversehens wurde der Bus langsamer. Kiah sah geradeaus und entdeckte Dampf, der vorn aus dem Fahrzeug stieg. »Was ist denn jetzt wieder?«, murrte sie.

»Und als er am Morgen aufwachte«, sagte Abdul, »war er fast kahl, und sein schönes langes Haar lag um ihn auf dem Kissen verstreut. Aber was als Nächstes geschah, das erfahren wir morgen.«

»Nein, jetzt!«, rief Naji, aber Abdul antwortete ihm nicht.

Hakim stoppte den Bus und stellte den Motor ab. »Der Kühler kocht«, verkündete er.

Kiah bekam es mit der Angst zu tun. Der Bus war schon zweimal liegengeblieben – was der Hauptgrund war, weshalb die Fahrt schon länger dauerte als erwartet –, aber das dritte Mal war nicht weniger beängstigend. Niemand war in der Nähe, Handys fanden kein Netz, und kaum jemals begegnete ihnen ein anderes Fahrzeug. Wenn der Bus nicht wieder in Gang gesetzt werden konnte, mussten sie zu Fuß weitergehen. Dann erreichten sie entweder eine Oase oder fielen tot um, was immer als Erstes eintreten mochte.

Hakim nahm einen Werkzeugkasten und stieg aus dem Bus. Er öffnete die Motorhaube und sah sich die Maschine an. Die meisten Passagiere folgten ihm nach draußen, um sich die Beine zu vertreten. Naji rannte umher und baute überschüssige Energie ab. Er hatte vor Kurzem erst laufen gelernt und war stolz darauf, wie schnell er sein konnte.

Zusammen mit mehreren anderen sahen Kiah und Abdul am dampfenden Motor Hakim über die Schultern. Alte Autos und Motorräder zu reparieren war in den ärmeren Teilen des Tschad eine wichtige Fertigkeit, und obwohl es in die Zuständigkeit der Männer fiel, hatte sich Kiah einiges Wissen angeeignet.

Für ein Leck gab es kein Anzeichen.

Hakim wies auf einen schlangenartigen Strang aus Gummi, der von einer Riemenscheibe hing. »Der Keilriemen ist gerissen.« Vorsichtig griff er in den heißen Motor und zog das Gummi heraus. Der Riemen war schwarz mit bräunlichen Flecken und an vielen Stellen abgerieben und eingekerbt. Kiah konnte sehen, dass er schon längst ausgetauscht gehört hätte.

Hakim kehrte in den Bus zurück und zog eine große Blechkiste unter seinem Sitz hervor. Er hatte sie schon während der vorigen Ausfälle bemüht. Er stellte die Kiste in den Sand, öffnete sie und wühlte durch diverse Ersatzteile: Zündkerzen, Sicherungen, eine Auswahl an Dichtungsringen und eine Rolle Klebeband. Hakim runzelte die Stirn und sah die Kiste noch einmal durch.

»Wir haben keinen Ersatzriemen«, sagte er.

Kiah raunte Abdul zu: »Wir stecken in der Klemme.«

»Nicht ganz«, entgegnete er genauso leise. »Noch nicht.«

»Wir müssen improvisieren«, sagte Hakim. Er sah die Passagiere an, die ihn umstanden, und sein Blick blieb auf Abdul haften. »Gib mir die Schärpe«, sagte er und zeigte auf den Streifen aus Baumwolle, den Abdul um den Bauch trug.

»Nein«, sagte Abdul.

»Ich brauche den Stoff als behelfsmäßigen Keilriemen.«

»Das wird nicht funktionieren«, entgegnete Abdul. »Der Stoff ist glatt, die Scheiben drehen durch.«

»Die Scheiben haben eine Feder, die den Riemen spannt.«

»Bei Baumwolle drehen die Scheiben trotzdem durch.«

»Ich befehle es dir!«

Einer der Wächter schaltete sich ein. Die beiden hießen Hamza und Tarik, und Tarik, der größere von beiden, war es, der das Wort ergriff. Er sprach Abdul in einem Ton an, der eindeutig darauf hinwies, dass keine Diskussion erwünscht war. »Tu, was er sagt.«

Kiah wäre eingeschüchtert gewesen, und die meisten Männer ebenfalls, aber Abdul achtete nicht auf Tarik und sprach Hakim an. »Dein Gürtel wäre viel besser geeignet.«

Hakims Jeans wurde von einem abgewetzten braunen Ledergürtel gehalten.

»Lang genug ist er auf jeden Fall«, fuhr Abdul fort, und alles lachte, denn Hakims Bauchumfang war gewaltig.

Wütend sagte Tarik zu Abdul: »Du musst tun, was er sagt!«

Kiah war erstaunt, dass Abdul sich nicht vor dem Mann zu fürchten schien, der ein Sturmgewehr umgehängt hatte. »Mit Hakims Gürtel geht es viel besser«, erwiderte Abdul gelassen.

Einen Moment lang sah es fast so aus, als würde Tarik das Gewehr von der Schulter nehmen und Abdul damit bedrohen, doch dann überlegte er es sich offenbar anders. Er wandte sich Hakim zu. »Nimm deinen Gürtel«, sagte er.

Hakim zog seinen Gürtel aus den Schlaufen.

Kiah fragte sich, warum Abdul so sehr an seiner Baumwollschärpe hing.

Hakim schlang den Gürtel um die Scheiben, schnallte ihn zu und spannte ihn. Er nahm eine Fünfliter-Ballonflasche Wasser aus dem Bus und füllte den Kühler nach, der zischte und blubberte und sich schließlich beruhigte. Er stieg in den Bus und ließ den Motor an, dann stieg er wieder aus und sah unter die Haube. Wie Kiah schon sah, tat der Gürtel seine Arbeit und trieb die Schaufeln des Kühlers an.

Hakim knallte die Motorhaube zu. Er war fürchterlicher Laune.

Er kehrte in den Bus zurück und hielt dabei mit einer Hand seine Jeans. Er nahm auf dem Fahrersitz Platz und ließ den Motor aufbrüllen. Die Passagiere stiegen wieder ein. Ungeduldig trat Hakim immer wieder aufs Gas. Als Esmas Schwiegervater Wahed zögerte, bevor er einen Fuß auf die Stufen setzte, ließ Hakim den Bus ein Stück vorschnellen und bremste wieder hart. »Na los, beeil dich!«, schnauzte er den älteren Mann an.

Kiah saß schon wieder auf ihrem Platz, Naji auf dem Schoß und Abdul neben sich. »Hakim ist sauer, weil du ihm die Stirn geboten hast«, stellte sie fest.

»Ich habe mir einen Feind gemacht«, sagte Abdul bedauernd.

»Er ist ein Schwein.«

Der Bus fuhr los.

Kiah hörte ein leises Summen. Mit überraschtem Gesicht nahm Abdul sein Handy heraus. »Wir haben Verbindung!«, sagte er. »Wir müssen in der Nähe von Faya sein. Ich wusste nicht, dass sie ein Netz haben.« Er wirkte außerordentlich zufrieden.

Das Handy war größer, als sie es in Erinnerung hatte, und sie überlegte, ob er etwa zwei davon besaß. »Dann kannst du jetzt ja deine Freundinnen anrufen«, sagte sie neckend.

Er sah sie kurz an, ganz ernst. »Ich habe keine Freundinnen.«

Abdul beschäftigte sich mit dem Handy. Er schien Nachrichten zu versenden, die er zuvor geschrieben und gespeichert hatte. Er zögerte, traf eine Entscheidung und rief ein paar Bilder auf. Kiah wurde klar, dass er Hakim, Tarik und Hamza sowie einige andere Leute, denen sie unterwegs begegnet waren, heimlich fotografiert hatte. Aus dem Augenwinkel beobachtete sie, wie er ein, zwei Minuten lang auf das Display eintippte. Er sorgte dafür, dass außer Kiah niemand seine Hände sehen konnte.

»Was machst du?«, fragte sie.

Er tippte noch einmal, schaltete das Handy aus und schob es

sich wieder in die Kleidung. »Ich habe ein paar Fotos an einen Freund in N'Djamena geschickt mit der Nachricht: ›Wenn ich getötet werde, sind diese Männer dafür verantwortlich.‹«

Sie flüsterte: »Machst du dir keine Sorgen, dass Hakim und die Wächter herausfinden könnten, was du gesendet hast?«

»Im Gegenteil, das wäre ihnen eine Warnung.«

Das klang einleuchtend, aber gleichzeitig war sie sich sicher, dass er ihr nicht die ganze Wahrheit gesagt hatte. Heute hatte sie etwas über ihn entdeckt, das genauso überraschend war wie vieles andere: Von allen Menschen im Bus war er der Einzige, der keine Angst vor Tarik und Hamza hatte. Dabei ließ sich sogar Hakim von den beiden herumkommandieren.

Abdul hatte ein Geheimnis, das stand für sie fest, aber sie konnte sich nicht vorstellen, was es sein könnte.

Schon bald kam die Stadt Faya in Sicht. Kiah fragte Abdul, ob er wisse, wie viele Menschen dort lebten – solche Fragen konnte er oft beantworten –, und tatsächlich, er wusste es. »Ungefähr zwölftausend«, sagte er. »Faya ist die größte Stadt im Norden des Landes.«

Trotzdem wirkte Faya mehr wie ein großes Dorf. Kiah sah viele Bäume und zahlreiche bewässerte Felder. Es musste eine Menge unterirdisches Wasser geben, um so viel Landwirtschaft zu betreiben. Der Bus fuhr an einem Flugplatz vorbei, aber sie sah keine Flugzeuge und keinerlei Anzeichen, dass er überhaupt benutzt wurde.

»Wir sind in siebzehn Tagen gut tausend Kilometer weit gekommen«, sagte Abdul. »Das sind knapp sechzig Kilometer am Tag – noch weniger, als ich erwartet hatte.«

Der Bus hielt vor einem großen Haus mitten in der Stadt. Die Passagiere wurden in einen weiten Hof geführt und erfuhren, dass sie hier essen und schlafen würden. Die Sonne sank, und es gab viel Schatten. Einige junge Frauen kamen und brachten kaltes Wasser zum Trinken.

Hakim und die Wächter fuhren mit dem Bus weg; vermutlich um einen neuen Keilriemen zu besorgen – Kiah hoffte, dass sie auch an einen Ersatzriemen dachten. Sie wusste von früheren Halts, dass sie irgendwo parken würden, wo der Bus sicher war, aber entweder Tarik oder Hamza blieb die ganze Nacht in dem Gefährt. Dabei würde wohl niemand solch eine Klapperkiste stehlen wollen. Sie aber schienen den Bus als kostbar zu betrachten. Ihr war es gleichgültig, solange er am Morgen wieder auftauchte und die Reise weiterging.

Auch Abdul verließ das Haus. Er würde in eine Bar oder ein Kaffeehaus gehen, vermutete sie. Vielleicht behielt er auch Hakim und die Wächter im Auge.

In einer Ecke des Hofes war eine handpumpenbetriebene Dusche mit einem Vorhang, und die Männer konnten sich dort waschen. Kiah fragte eines der Dienstmädchen, ob die Frauen und Naji sich im Haus waschen dürften. Das Mädchen ging hinein, kam wieder an den Eingang und nickte. Kiah winkte Esma und Bushra, den einzigen anderen Frauen im Bus, und sie gingen alle ins Haus.

Das Wasser aus dem Brunnen war sehr kalt, aber Kiah war sehr dankbar dafür, und auch für die Seife und die Handtücher, die der unsichtbare Eigentümer des Hauses bereitstellte – oder eher seine älteste Frau, nahm sie an. Sie wusch ihre Unterwäsche und Najis Sachen. Als sie auf den Hof zurückkehrte, fühlte sie sich besser.

Als es dunkel wurde, zündete man Fackeln an. Die Dienstmädchen brachten geschmorten Hammel mit Couscous. Hakim würde am Morgen vermutlich versuchen, bei jedem dafür zusätzlich abzukassieren. Von dem Gedanken ließ sie sich den Appetit nicht verderben. Sie fütterte Naji mit dem Couscous in der salzigen Sauce und etwas zerdrücktem Gemüse, und er aß herzhaft. Sie ebenfalls.

Abdul kehrte zurück, als die Fackeln gelöscht wurden. Zwei

Meter von Kiah entfernt setzte er sich an die Wand. Sie legte sich mit Naji hin, der sofort einschlief. Wieder ein Tag, dachte sie; ein paar Kilometer näher an Frankreich, und wir leben noch. Mit diesem Gedanken schlief sie ein.

Kapitel 17

»Bereitet außer mir niemandem Sorgen, was im Tschad vor sich geht?« Natürlich erhielt Pauline auf ihre Frage keine Antwort, und sie fuhr fort: »Die Zeichen stehen auf Eskalation. Der Sudan hat das verbündete Ägypten gebeten, Truppen zu entsenden, um die tschadische Aggression niederzuschlagen.«

Zu der offiziellen Sitzung des National Security Council waren der Nationale Sicherheitsberater, der Außenminister, die Stabschefin des Weißen Hauses und andere Schlüsselpersonen erschienen, dazu deren Assistenten und Adjutanten. Pauline hatte sie für sieben Uhr morgens zu sich bestellt. Sie saßen im Kabinettssaal, einem langen Raum mit hoher Decke und vier großen Rundbogenfenstern, die auf die Westkolonnade blickten. Auf einem roten, mit goldenen Sternen besetzten Teppich stand ein ovaler Konferenztisch aus Mahagoni mit zwanzig ledergepolsterten Lehnstühlen. An beiden langen Wänden reihten sich kleinere Stühle für die Assistenten und Adjutanten. Am anderen Ende befand sich ein Kamin, der nie benutzt wurde. Ein Fenster stand offen, und Pauline konnte schwach den Verkehr von der Fifteenth Street hören, ein leises Rauschen wie von Wind in fernen Bäumen.

Chester Jackson, der Außenminister, ergriff das Wort. »Die Ägypter haben noch nicht zugestimmt. Sie sind verärgert, weil die Sudanesen sie beim Bau des Staudamms nicht unterstützt haben.«

»Sie werden aber zustimmen«, entgegnete Pauline. »Der Streit über den Damm ist nebensächlich. Der Sudan behauptet, er wäre überfallen worden. Seine Niederlage erklärt er damit, dass es ein hinterhältiger Angriff über seine Grenze gewesen wäre. Das stimmt zwar nicht, aber das spielt keine Rolle.«

»Die Präsidentin hat recht, Chess«, sagte Gus Blake, der Nationale Sicherheitsberater. »In Khartum gab es gestern Demonstrationen von hysterischen Nationalisten gegen den Tschad.«

»Demonstrationen, die vermutlich vom Staat organisiert waren.«

»Stimmt, aber es zeigt uns, worauf sie hinauswollen.«

»Okay«, sagte Chess, »da haben Sie recht.«

»Und der Tschad hat Frankreich gebeten, seine Militärpräsenz im Land zu verdoppeln«, fuhr Pauline fort. »Frankreich garantiert die territoriale Unversehrtheit des Tschad und seiner anderen Verbündeten in der Sahelzone. Unter dem Sand des Tschad liegen außerdem eine Milliarde Barrels an Erdöl, von dem der Großteil dem französischen Ölkonzern Total gehört. Frankreich wünscht zwar keinen Streit mit Ägypten und möchte vielleicht keine weiteren Truppen in den Tschad entsenden, aber eventuell bleibt den Franzosen nichts anderes übrig.«

»Ich verstehe, was Sie mit Eskalation meinen«, sagte Chess.

»Früher oder später stehen sich französische und ägyptische Truppen an der tschadisch-sudanesischen Grenze gegenüber, und jeder reizt den anderen, zuerst zu schießen.«

»Sieht ganz danach aus.«

»Und es könnte schlimmer kommen. Sudan und Ägypten könnten China um Verstärkung bitten, und Beijing könnte einwilligen – die Chinesen geben sich alle Mühe, in Afrika Fuß zu fassen. Danach bitten Frankreich und der Tschad die USA um Hilfe. Frankreich ist NATO-Mitglied, und wir haben bereits Truppen im Tschad, sodass es für uns schwierig wird, uns aus der Sache rauszuhalten.«

»Sie greifen da weit vor«, sagte Chess.

»Aber liege ich falsch?«

»Nein, Sie irren sich nicht.«

»Und wenn es so weit kommt, stehen wir kurz vor einem Krieg zwischen Supermächten.«

Im Raum wurde es einen Moment lang still.

Die Erinnerung an Munchkin Country trat Pauline vor Augen. Es war wie ein Albtraum, der auch nach dem Aufwachen nicht verschwinden wollte. Wieder sah sie die Schlafsäle mit ihren Feldbettreihen vor sich, den Zwanzig-Millionen-Liter-Wassertank und den Lageraum mit seinen Telefon- und Bildschirmbatterien. Der Gedanke ließ sie nicht los, eines Tages könnte sie sich auf Dauer in dem unterirdischen Versteck wiederfinden, als einzige Person, die noch die Spezies Mensch retten könnte. Wenn die Apokalypse eintrat, trug sie daran die Schuld. Sie war die amerikanische Präsidentin. Niemand anderem könnte man die Schuld geben.

Sie musste mit allen Mitteln verhindern, dass James Moore jemals in die Lage kommen würde, diese schreckliche Verantwortung zu tragen. Aggressivität war seine Grundeinstellung, und das gefiel seinen Anhängern. Er gab vor, dass niemand den USA standhalten könnte – und vergaß Vietnam, Kuba und Nicaragua. Er schwang große Reden und schenkte seinen Fans ein Gefühl von Größe. Aber genau wie auf dem Schulhof führten gewaltträchtige Sprüche auch in der großen weiten Welt zu Gewalttaten. Ein Dummkopf war nur ein Dummkopf, aber ein Dummkopf im Weißen Haus war der gefährlichste Mensch der Welt.

Sie sagte: »Schauen wir, ob ich die Wogen glätten kann, bevor die Wellen allzu hoch steigen.« Sie wandte sich ihrer Stabschefin zu. »Jacqueline, beraumen Sie ein Telefonat mit dem französischen Präsidenten an, sobald er verfügbar ist, aber auf jeden Fall noch heute.«

»Jawohl, Ma'am.«

»Ich muss auch mit dem ägyptischen Präsidenten sprechen, aber zuerst müssen wir ein bisschen Vorarbeit leisten. Chess, sprechen Sie mit dem saudischen Botschafter – Prinz Faisal, richtig?«

»Einer von etlichen Saudis, die Prinz Faisal heißen, richtig.«

»Bitten Sie ihn, mit den Ägyptern zu reden und auf sie einzuwirken, damit sie sich anhören, was ich zu sagen habe. Die Saudis sind mit Ägypten verbündet und sollten einen gewissen Einfluss besitzen.«

»Jawohl, Ma'am.«

»Vielleicht könnten wir der Sache Einhalt gebieten, bevor alle sich in ihre Wut hineingesteigert haben.« Pauline stand auf, und alles erhob sich. Sie wandte sich an Gus. »Begleiten Sie mich zur Residenz.«

Er folgte ihr aus dem Kabinettssaal.

Während sie die Westkolonnade entlanggingen, sagte er: »Wissen Sie, Sie haben als Einzige im ganzen Raum das Ausmaß der Gefahr erfasst. Alle anderen betrachteten es noch als lokal begrenzten Konflikt.«

Pauline nickte. Er hatte recht. Deshalb war sie der Boss. »Danke, dass Sie mir den Augenzeugenbericht über das Gefecht am Flüchtlingscamp geschickt haben«, sagte sie. »Das war eine sehr anschauliche Lektüre.«

»Ich dachte mir, dass er Ihnen gefällt.«

»Ich kenne die Frau, die ihn geschrieben hat, Tamara Levit. Sie stammt aus Chicago. Sie war Wahlkampfhelferin, als ich in den Kongress wollte.« Pauline rief sie sich in Erinnerung. »Dunkelhaarig, gut gekleidet, sehr attraktiv, alle Jungs waren hinter ihr her. Sie war auch gut – eine perfekte Organisatorin.«

»Jetzt ist sie Agentin in der CIA-Zentrale von N'Djamena.«

»Und nicht leicht ins Bockshorn zu jagen. Zwischen den Zeilen liest man, dass ringsherum sudanesische Mörsergranaten explodierten, während sie ihren bewusstlosen Boss auf den Schultern in Sicherheit trug.«

»In Afghanistan hätte ich sie gut brauchen können.«

»Ich rufe sie später mal an.«

Sie erreichten die Residenz. Gus verabschiedete sich, und sie eilte die Treppe zum Stockwerk der Familie hinauf. Gerry saß im Esszimmer und aß Rührei, während er die *Washington Post* las. Pauline setzte sich zu ihm und entfaltete ihre Serviette. Sie bat die Köchin um ein Omelett ohne alles.

Pippa kam herein. Sie wirkte verschlafen, aber Pauline gab keinen Kommentar dazu ab. Sie hatte kürzlich gelesen, dass Teenager keineswegs faul waren, sondern sehr viel Schlaf benötigten, weil sie so schnell wuchsen. Pippa trug ein zu großes Flanellhemd und malträtierte Jeans. An der Foggy Bottom Day School gab es keine Uniform, aber von den Schülern wurde Kleidung erwartet, die sauber war und angemessen aussah. Pippa schrammte eindeutig an die Grenze, doch Pauline erinnerte sich, dass sie in diesem Alter auch immer versucht hatte, sich so zu kleiden, dass sie die Lehrer provozierte, ohne einen Regelverstoß zu begehen.

Pippa schüttete sich Frühstücksflocken in eine Schale und übergoss sie mit Milch. Pauline überlegte vorzuschlagen, dass sie wegen der Vitamine ein paar Blaubeeren hinzugab, entschied dann aber, dass auch das besser ungesagt blieb. Pippas Ernährung war nicht ideal, doch ihr Immunsystem schien bestens zu funktionieren.

Was sie schließlich fragte, war: »Was macht die Schule, mein Schatz?«

Pippa machte ein verdrossenes Gesicht. »Ich rauche schon kein Gras, keine Sorge.«

»Es freut mich sehr, das zu hören, aber ich dachte mehr an den Unterricht.«

»Jeden Tag die gleiche Scheiße.«

Muss ich mir das wirklich bieten lassen?, fragte sich Pauline.

»Es sind nur noch drei Jahre, bis du dich fürs College bewirbst. Hast du irgendeine Vorstellung, wohin du gehen und was du studieren möchtest?«

»Ich weiß überhaupt nicht, ob ich aufs College gehen will. Ich sehe keinen Sinn darin.«

Pauline war im ersten Moment sprachlos, aber sie erholte sich rasch. »Vom Lernen um seiner selbst willen abgesehen liegt der Sinn doch wohl darin, dass du dir Wahlmöglichkeiten für dein weiteres Leben erschließt. Ich wüsste nicht, was für eine Arbeit du mit achtzehn bekommen solltest, wenn du nur einen Highschool-Abschluss hast.«

»Vielleicht werde ich Dichterin. Ich mag Poesie.«

»Du könntest Poesie auf dem College studieren.«

»Ja, schon, aber da wollen sie ja, dass man *eine weitgefächerte Allgemeinbildung* kriegt, und das heißt, ich müsste Chemie und Geografie und so 'ne Scheiße lernen.«

»Welche Dichter magst du?«

»Die modernen, die experimentieren. Ich hab nichts übrig für Reime und Versmaß, dieses ganze verstaubte Zeug.«

Weshalb überrascht mich das nicht?, dachte Pauline.

Sie war versucht, die Frage aufzuwerfen, wie Pippa gedachte, sich als achtzehn Jahre alte experimentelle Dichterin ihren Lebensunterhalt zu verdienen, aber sie zügelte sich erneut. Der Punkt war wirklich zu offensichtlich, um ihn anzusprechen. Sollte Pippa doch selbst zu dieser Erkenntnis kommen.

Paulines Omelett kam und lieferte ihr einen Vorwand, das Gespräch zu beenden. Erleichtert nahm sie die Gabel zur Hand. Kurz darauf hatte Pippa ihre Frühstücksflocken gegessen, packte ihre Tasche, sagte: »Bis dann«, und verschwand.

Pauline wartete, dass Gerry etwas zu Pippas Stimmung sagte, aber er schwieg und vertiefte sich in den Wirtschaftsteil. Früher einmal hätten sie sich gegenseitig ihr Leid geklagt, doch in letzter Zeit kam so etwas nicht mehr sehr häufig vor.

Sie hatten immer davon gesprochen, zwei Kinder zu bekommen. Gerry war ganz versessen darauf gewesen. Aber nach Pippas Geburt hatte er keinen großen Wert mehr darauf gelegt, zum zweiten Mal Vater zu werden. Pauline war mittlerweile Kongressabgeordnete, und Gerry schien sein Anteil an der Kinderbetreuung lästig zu sein. Trotzdem hatten sie es versucht, obwohl Pauline mittlerweile Ende dreißig war. Sie wurde schwanger, aber sie erlitt eine Fehlgeburt, und danach wollte Gerry es nicht wieder probieren. Er schützte vor, sich um Paulines Gesundheit zu sorgen, aber sie vermutete als den wahren Grund seine mangelnde Bereitschaft, sich darüber zu streiten, wer mit dem Baby zum Kinderarzt ging. Sie hatte seine Entscheidung wie einen Schlag in den Magen empfunden, aber sie hatte nicht dagegen aufbegehrt: Ein Kind in die Welt zu setzen, das ein Elternteil nicht wollte, war ein Fehler.

Sie bemerkte, dass er Hosenträger und ein Anzughemd trug, und fragte ihn: »Was hast du heute auf dem Terminkalender?«

»Eine Vorstandssitzung. Nichts allzu Anstrengendes. Und du?«

»Ich muss verhindern, dass in Nordafrika ein Krieg ausbricht. Nichts allzu Anstrengendes.«

Er lachte, und einen Augenblick lang fühlte sie sich ihm wieder nahe. Dann faltete er die Zeitung zusammen und stand vom Tisch auf. »Ich sollte mir lieber die Krawatte binden.«

»Viel Spaß auf der Vorstandssitzung.«

Er küsste sie auf die Stirn. »Viel Glück in Nordafrika.« Er verließ das Esszimmer.

Pauline kehrte in den Westflügel zurück, aber statt ins Oval Office zu gehen, machte sie sich auf den Weg zum Pressebüro. Ungefähr ein Dutzend meist recht junger Leute saß vor Computern, las oder tippte. An den Wänden ringsum hingen Fernsehschirme, von denen jeder einen anderen Nachrichtenkanal zeigte. Ausgaben der Morgenzeitungen lagen überall verstreut.

Sandip Chakrabortys Schreibtisch befand sich mitten im Raum, was er einem Einzelbüro vorzog: Er war gern im Zentrum des Geschehens. Als Pauline eintrat, erhob er sich. Er trug Sneakers zum Anzug, sein Markenzeichen.

»Die Schwierigkeiten im Tschad«, sprach sie ihn an. »Gibt es dazu schon Resonanz in den Medien?«

»Bis vor ein paar Minuten nicht, Madam President«, antwortete Sandip. »Aber James Moore hat gerade auf NBC einen Kommentar abgegeben. Er sagt, Sie sollten keine amerikanischen Soldaten hinschicken, um in den Konflikt einzugreifen.«

»Wir haben dort bereits Terrorabwehrkräfte von zweitausend Mann stationiert.«

»So etwas weiß er nicht.«

»Wie würden Sie's einschätzen, auf einer Skala von eins bis zehn?«

»Es ging gerade von eins auf zwei.«

Pauline nickte. »Sprechen Sie bitte mit Chester Jackson. Einigen Sie sich auf eine kurze Verlautbarung, in der wir darauf hinweisen, dass wir bereits Truppen im Tschad und anderen nordafrikanischen Ländern haben, die im Kampf gegen den Islamischen Staat in der Größeren Sahara stehen.«

»Sollen wir auf Moores Ignoranz hinweisen? ›Mr Moore scheint unbekannt zu sein …‹ So was?«

Pauline überlegte einen Augenblick. Sticheleien dieser Art mochte sie in der Politik eigentlich nicht. »Nein, ich möchte nicht, dass Chess wie ein Klugscheißer rüberkommt. Versuchen Sie den Ton von jemandem, der freundlich und geduldig einfache Tatsachen erklärt.«

»Verstanden.«

»Danke, Sandip.«

»Ich danke Ihnen, Madam President.«

Sie ging ins Oval Office.

Sie traf sich mit dem Finanzminister, verbrachte eine Stunde mit der norwegischen Ministerpräsidentin, die zu Besuch war, und empfing eine Delegation von Milchbauern. Ihr Mittagessen aß sie von einem Tablett im Arbeitszimmer: kalter pochierter Lachs mit einem Salat. Während sie speiste, las sie eine Notiz über die Wasserknappheit in Kalifornien.

Als Nächstes folgte ihr Telefonat mit dem französischen Präsidenten. Chess kam ins Oval Office und setzte sich zu ihr. Mit einem Ohrhörer folgte er dem Gespräch. Gus und mehrere andere hörten von anderswo zu. An beiden Enden saßen auch Dolmetscher, für den Fall, dass sie gebraucht wurden, auch wenn Pauline und Staatspräsident Pelletier normalerweise ohne sie auskamen.

Georges Pelletier hatte eine entspannte, lockere Art, aber wenn es darauf ankam, fragte er sich, was im Interesse Frankreichs lag, und setzte es rücksichtslos durch. Daher bestand keine Garantie, dass Pauline ihren Willen bekam.

Sie begann, indem sie sagte: *»Bonjour, monsieur le Président. Comment ça va, mon ami?«*

Der französische Präsident antwortete in perfektem Englisch. »Madam President, es ist sehr freundlich von Ihnen, so zu tun, als sprächen Sie Französisch, und Sie wissen, wie sehr wir das zu schätzen wissen, aber unterm Strich ist es einfacher, wenn wir beide Englisch reden.«

Pauline lachte. Pelletier konnte charmant bleiben, selbst wenn er einen Punkt erzielte. Sie sagte: »In jeder Sprache ist es ein Vergnügen, mit Ihnen zu sprechen.«

»Und für mich ebenso.«

Sie stellte ihn sich im Élysée-Palast vor, wie er, elegant in seinem Kaschmiranzug, am gewaltigen Schreibtisch des Präsidenten im vergoldeten Salon Doré saß, als wäre er dort geboren. »Hier in Washington ist es ein Uhr mittags, daher muss es in Paris sieben Uhr abends sein. Ich nehme an, Sie trinken Champagner.«

»Aber mein erstes Glas heute.«

»Dann à la vôtre.«

»Cheers.«

»Ich rufe wegen des Tschad an.«

»Das hatte ich mir schon gedacht.«

Pauline brauchte ihm nicht im Einzelnen darzulegen, was geschehen war. Georges war immer gut informiert. »Ihre und unsere Heereseinheiten arbeiten im Tschad zusammen und bekämpfen den ISGS, aber ich glaube nicht, dass wir in einen Konflikt mit dem Sudan verwickelt werden möchten.«

»Das ist korrekt.«

»Die Gefahr besteht, dass auf beiden Seiten der Grenze Truppen stehen und früher oder später irgendein Dummkopf ein Gewehr abfeuert, und wir enden in einer Schlacht, die keiner will.«

»Richtig.«

»Ich denke an eine zwanzig Kilometer breite demilitarisierte Zone längs der Grenze.«

»Ausgezeichnete Idee.«

»Ich glaube, sowohl die Ägypter als auch die Sudanesen werden einwilligen, ihre Kräfte zehn Kilometer von der Grenze zurückzuziehen, wenn Sie und ich dasselbe tun.«

Schweigen setzte ein. Georges war nicht leicht zu beeinflussen, und ganz wie sie erwartet hatte, stellte er nun völlig unsentimentale Berechnungen an. »Oberflächlich betrachtet klingt es nach einer guten Idee«, sagte er schließlich.

Pauline wartete nur auf das Aber.

Das Wort blieb jedoch aus. Stattdessen sagte er: »Lassen Sie es mich mit dem Militär besprechen.«

»Es wird gewiss einverstanden sein«, sagte Pauline. »Militärs wollen keinen unnötigen Krieg.«

»Da könnten Sie recht haben.«

»Noch eines«, sagte Pauline.

»Aha.«

»Wir müssen mit gutem Beispiel vorangehen.«

»Sie meinen, wir verpflichten uns dazu, Abstand zu halten, *bevor* die Ägypter zustimmen, dasselbe zu tun?«

»Ich nehme an, sie werden im Prinzip zustimmen, aber sich zu nichts verpflichten, bevor sie nicht gesehen haben, dass wir es auch tun.«

»Das ist der Haken.«

»Ihre Truppen stehen im Moment nicht einmal in der Nähe der Grenze. Darum bräuchten Sie nur zu verkünden, dass Sie die demilitarisierte Zone einhalten werden, als Geste des guten Willens in der festen Hoffnung, dass die andere Seite sich genauso verhält. Sie werden wie der vernünftige Friedensstifter dastehen, der Sie ja auch sind. Danach werden wir sehen, was passiert. Falls die andere Seite nicht mitspielt, können Sie Ihre Kräfte immer noch jederzeit an die Grenze verlegen.«

»Meine liebe Pauline, Sie sind sehr überzeugend.«

»Ich verderbe Ihnen nur ungern den Abend, Georges, aber könnten Sie sofort mit Ihrem Militär sprechen? Vielleicht sogar noch vor dem Abendessen?« Die Bitte war kühn, aber sie verabscheute Verzögerungen: Eine Stunde dehnte sich zu einem Tag, aus einem Tag wurde eine Woche, und kluge Ideen gingen an Sauerstoffmangel zugrunde. »Wenn Sie mir Ihr Okay geben könnten, bevor Sie zu Bett gehen, könnte ich bei den Ägyptern weitermachen, und wenn Sie morgen früh aufwachen, könnte die Welt ein Stück sicherer sein.«

Er lachte. »Ich mag Sie, Pauline. Sie haben etwas. Dafür gibt es ein jiddisches Wort. Chuzpe.«

»Ich nehme es als Kompliment.«

»Das ist es auch. Sie hören noch heute Abend von mir.«

»Das weiß ich wirklich zu schätzen, Georges.«

»Gern geschehen.«

Sie legten beide auf.

Chess ergriff das Wort. »Ich muss schon sagen, Madam President. Sie sind sehr gut. Unglaublich gut.«

»Schauen wir, ob es funktioniert«, sagt Pauline.

* * *

Mit dem Präsidenten von Ägypten führte sie ein ähnliches Gespräch. Es war nicht so herzlich, aber das Ergebnis war dasselbe: eine wohlwollende Antwort ohne endgültige Zusage.

Am Abend hatte Pauline eine Rede beim Diplomatenball zu halten, einer jährlichen Veranstaltung, die von einem Komitee aus Botschaftern organisiert wurde, um Spenden zur Förderung der Alphabetisierung in der Dritten Welt zu sammeln. Große Firmen, die in Übersee Geschäfte machten, kauften Tische, um Zugang zu wichtigen Gesandten zu erhalten.

Der Dresscode lautete Black Tie – Abendgarderobe. Das Residenzpersonal hatte Pauline die Kleidung bereitgelegt, auf die ihre Wahl gefallen war, ein nilgrünes Kleid mit einer Schärpe aus dunkelgrünem Samt. Sie ergänzte es durch eine Halskette mit einem Anhänger aus einem tropfenförmigen Smaragd und passenden Ohrringen, während Gerry die Manschettenknöpfe an seinem Hemd befestigte.

Ein Großteil der Gespräche des Abends bestände aus Small Talk, aber unter den Gästen wären einige einflussreiche Persönlichkeiten, und Pauline beabsichtigte, sich Unterstützung für ihren Plan bezüglich des Tschad und des Sudan zu sichern. Bei Ereignissen wie diesen kam es ihrer Erfahrung nach genauso oft wie in offiziellen Treffen am Konferenztisch zu gültigen Entscheidungen. Die entspannte Atmosphäre, der Alkohol, die aufreizenden Kleider und das üppige Mahl machten die Menschen lockerer und versetzten sie in zugänglichere Stimmung.

Bevor man sich zu Tisch begab, würde sie bei den Cocktails ihre Runden machen, mit so vielen Leuten plaudern wie möglich, dann ihre Rede halten und getreu ihrem Grundsatz, keine Zeit zu verschwenden, indem sie mit Fremden speiste, schon vor dem Dinner wieder aufbrechen.

Auf dem Weg hinaus fing Sandip sie ab. »Ich habe etwas, das Sie vielleicht wissen sollten, bevor Sie zum Ball aufbrechen«, sagte er. »James Moore hat sich zum Tschad geäußert.«

Pauline seufzte. »Bei ihm kann man sich darauf verlassen, dass er Sand ins Getriebe streut. Was hat er gesagt?«

»Ich vermute, er reagiert auf unsere Erklärung, dass bereits US-Truppen im Tschad stationiert sind. Er meint jedenfalls, sie sollten abgezogen werden, damit wir auf keinen Fall in einen Krieg verwickelt werden, der nichts mit Amerika zu tun hat.«

»Am Kampf gegen den ISGS würden wir uns also nicht mehr beteiligen?«

»Darauf läuft es hinaus, aber den ISGS hat er nicht erwähnt.«

»Okay, Sandip, danke für die Information.«

»Ich habe zu danken, Madam President.«

Sie stieg in den hohen schwarzen Wagen mit den gepanzerten Türen und den zolldicken kugelsicheren Scheiben. Ein identisches Fahrzeug mit Leibwächtern des Secret Service fuhr voraus, ein weiteres mit Mitarbeitern des Weißen Hauses folgte. Während sich die Kolonne in Bewegung setzte, brachte Pauline ihre Verärgerung unter Kontrolle. Sie bemühte sich nach Kräften um einen Friedensplan, und Moore vermittelte den Amerikanern den Eindruck, dass sie sich gedankenlos in einen weiteren Auslandskrieg ziehen ließ. Wie man so schön sagte: Eine Lüge geht um die halbe Welt, während sich die Wahrheit noch die Schuhe zubindet. Zum Aus-der-Haut-Fahren, dass ein aufgeblasener Wichtigtuer wie Moore ihre Bemühungen so leicht unterminieren konnte.

Motorradpolizei stoppte an jeder Straßenkreuzung den Verkehr für sie, und sie brauchte nur wenige Minuten, um nach Georgetown zu gelangen.

Als sie am Hoteleingang vorfuhren, sagte sie zu Gerry: »Wenn es dir recht ist, trennen wir uns wie gewöhnlich, nachdem wir hineingegangen sind.«

»Sicher«, sagte er. »Auf diese Weise bekommen einige Leute, die enttäuscht sind, weil sie mit dir nicht reden können, als Trostpreis ein Gespräch mit mir.« Er lächelte jedoch, als er es sagte, und es klang so, als ob es ihm nichts ausmachte.

Der Geschäftsführer des Hotels erwartete sie an der Tür und führte sie nach unten. Angehörige ihres Secret-Service-Kommandos gingen voraus und hinterher. Aus dem Ballsaal dröhnte Stimmengewirr. Sie war erfreut, dass die breitschultrige Gestalt von Gus am unteren Ende der Treppe auf sie wartete. In seinem Smoking sah er umwerfend gut aus. »Nur dass Sie es wissen«, raunte er ihr zu, »James Moore ist hier.«

»Ich danke Ihnen«, sagte sie. »Keine Sorge, mit dem werde ich schon fertig, sollte er mir über den Weg laufen. Was ist mit Prinz Faisal?«

»Er ist auch da.«

»Führen Sie ihn zu mir, wenn Sie die Gelegenheit erhalten.«

»Überlassen Sie das nur mir.«

Sie betrat den Ballsaal und lehnte das angebotene Glas Champagner ab. Der Saal roch nach warmen Körpern, fischigen Kanapees und leeren Weinflaschen. Die Vorsitzende einer der veranstaltenden Organisationen hieß sie willkommen, eine Millionärsfrau in einem türkisfarbenen Futteralkleid, die auf unfassbar hohen Absätzen ging. Danach nahm Pauline ihr Bad in der Menge. Sie stellte kluge Fragen zur Alphabetisierung und zeigte Interesse an den Antworten. Sie wurde dem Hauptsponsor des Balls vorgestellt, dem Vorstandsvorsitzenden einer großen Papierfirma, und fragte ihn, wie das Geschäft gehe. Der bosnische Botschafter klettete sich an sie und bat um Hilfe bei der Räumung der gut achtzigtausend scharfen Landminen, die noch immer im Boden seines Landes lauerten. Pauline zeigte Mitgefühl, aber die Landminen waren nicht von Amerikanern gelegt worden, und sie plante nicht, das Geld der Steuerzahler für ihre Beseitigung auszugeben. Trotz allem war sie noch immer eine Republikanerin.

Sie gab sich charmant und an jedem interessiert, und es gelang ihr gut zu verbergen, wie ungeduldig sie darauf wartete, mit den Dingen weitermachen zu können, die ihr auf den Nägeln brannten.

Die französische Botschafterin sprach sie an. Giselle de Perrin war eine dünne Frau über sechzig, die ein schwarzes Kleid trug. Wie lautete die Nachricht aus Paris? Ihre Lösung hing von Président Pelletiers Wohl und Wehe ab.

Madame de Perrin schüttelte Pauline die Hand. »Madam President, vor einer Stunde habe ich mit Monsieur Pelletier gesprochen. Er bat mich, Ihnen dies zu geben.« Sie nahm ein gefaltetes Papier aus ihrer Umhängetasche. »Er meinte, es würde Sie freuen.«

Pauline entfaltete hastig die einzelne Seite. Darauf war eine Pressemitteilung aus dem Élysée-Palast; ein Absatz war mit Textmarker hervorgehoben und ins Englische übersetzt:

Die Regierung Frankreichs wird, besorgt über Spannungen an der sudanesisch-tschadischen Grenze, unverzüglich eintausend Soldaten in den Tschad entsenden, um die französische Militärpräsenz im Land zu verstärken. Vorerst werden französische Truppen wenigstens zehn Kilometer Abstand zur Grenze halten in der Hoffnung, dass Truppen auf der anderen Seite im Gegenzug gleichziehen und dadurch einen zwanzig Kilometer breiten Korridor zwischen den Konfliktparteien schaffen, mit dem versehentliche Provokationen verhindert werden sollen.

Pauline war begeistert. »Ich danke Ihnen sehr dafür, Frau Botschafterin«, sagte sie. »Das ist uns eine große Hilfe.«

»Gern geschehen. Frankreich unterstützt seine amerikanischen Verbündeten immer gern.«

Das ist nicht wahr, dachte Pauline, aber sie lächelte weiter.

Ihre Aufmerksamkeit wurde abgelenkt, als Milton Lapierre näher trat. Ach du dickes Ei, dachte sie, der hat mir noch gefehlt. Sie hatte nicht damit gerechnet, ihm hier zu begegnen – für seine Anwesenheit bestand kein Grund. Als Vizepräsident war er zurückgetreten, und Pauline hatte einen Nachfolger ernannt, der gerade das Verfahren durchlief, von beiden Häusern des Kongresses bestätigt zu werden. Die Geschichte von Milts Affäre mit der sechzehnjährigen Rita Cross war noch nicht an die Medien gelangt, und sie vermutete, dass er den Anschein zu wahren versuchte, alles sei in bester Ordnung.

Milt sah nicht gut aus. In der Hand hielt er ein Whiskeyglas, das er schon mehrmals geleert zu haben schien. Sein Smoking sah teuer aus, aber sein Kummerbund war verrutscht, der schwarze Binder locker.

Paulines Bodyguards rückten näher.

Pauline hatte schon früh in ihrer Laufbahn gelernt, bei peinlichen Begegnungen die Ruhe zu bewahren. »Guten Abend, Milt«, sagte sie. Sie erinnerte sich, dass er Direktor einer Lobbyfirma geworden war, und fügte hinzu: »Mein Glückwunsch zu ihrer Berufung in den Vorstand von Riley Hobcraft Partners.«

»Danke, Madam President. Sie haben Ihr Bestes getan, mein Leben zu ruinieren, aber ganz gelungen ist es Ihnen nicht.«

Pauline erschrak über die Intensität seines Hasses. »Ihr Leben ruiniert?«, fragte sie mit einem Lächeln, von dem sie hoffte, dass es als freundlich herüberkam. »Bessere Leute als Sie und ich sind schon gefeuert worden und haben es verwunden.«

Er senkte die Stimme. »Sie hat mich verlassen«, sagte er.

Pauline konnte ihn nicht bemitleiden. »Das ist das Beste«, entgegnete sie. »Das Beste für Rita, und das Beste für Sie.«

»Sie wissen ja gar nicht, wovon Sie reden!«, fauchte er.

Gus trat herbei und schob beschützerisch einen Arm zwischen Pauline und Milt. »Hier ist Seine Exzellenz Prinz Faisal«, sagte er und drehte sie mit einer leichten Berührung um, sodass sie Milt den Rücken zuwandte. Sie hörte, wie einer ihrer Leibwächter Milt ablenkte, indem er sagte: »Schön, Sie wiederzusehen, Mr Vice President. Ich hoffe, es geht Ihnen gut.«

Pauline lächelte Faisal an, einen Mann mittleren Alters mit grauem Bart und skeptischer Miene. »Guten Abend, Prinz Faisal«, sagte sie. »Ich habe mit dem ägyptischen Präsidenten gesprochen, aber er wollte mir keine feste Zusage machen.«

»Bei uns das Gleiche. Unserem Außenminister gefällt die Vorstellung von einer demilitarisierten Zone zwischen dem Tschad und dem Sudan, und er hat augenblicklich in Kairo angerufen. Aber die Ägypter sagten nur, sie würden darüber nachdenken.«

Pauline hielt die französische Verlautbarung in der Hand. »Schauen Sie sich das an.«

Faisal las sie rasch durch. »Das könnte etwas bewirken.«

Pauline Stimmung besserte sich wieder. »Zeigen Sie das Papier doch Ihrem Freund, dem ägyptischen Botschafter.«

»Das ist genau mein Gedanke.«

»Bitte tun Sie es.«

Gus berührte sie am Arm und lenkte sie zum Podium. Es war fast Zeit für ihre Rede. Ein Fernsehteam hatte die Erlaubnis erhalten, ihre Ansprache zu filmen. Ein Text zum Thema Alphabetisierung würde ihr auf einem Teleprompter angezeigt werden, den die Zuhörerschaft nicht sehen konnte. Sie überlegte allerdings, vom Text abzuweichen und zumindest einige Bemerkungen über den Tschad hinzuzufügen. Sie wünschte nur, sie hätte konkrete gute Nachrichten zu vermelden statt bloßer Hoffnungen.

Sie sprach kurz mit mehreren Personen, während die Leute vom Secret Service ihr einen Weg durch die Menge bahnten. Kurz bevor sie die Stufen erreichte, die auf das Podest führten, wurde sie von James Moore begrüßt.

Sie antwortete höflich, aber mit ausdrucksloser Miene. »Guten Abend, James, und danke für das Interesse, das Sie für den Tschad aufbringen.« Sie hatte das Gefühl, auf der Trennlinie zu balancieren, hinter der aus Höflichkeit Heuchelei wurde.

»Die Lage dort ist gefährlich«, sagte Moore.

»Selbstverständlich, und dass amerikanische Soldaten hineingezogen werden, wäre das Letzte, was wir wollen.«

»Dann sollten Sie sie nach Hause holen.«

Pauline lächelte schmallippig. »Ich glaube, da fällt uns noch etwas Besseres ein.«

Moore war verwirrt. »Was Besseres?«

Er hatte nicht den nötigen Verstand, um mit mehreren Möglichkeiten zu jonglieren und ihr Für und Wider abzuwägen. Er schaffte es höchstens, sich etwas Aggressives auszudenken und es dann auszusprechen.

Pauline hatte jedoch keine Alternative zu seinem Vorschlag, nur die Hoffnung darauf. »Sie werden sehen«, sagte sie mit größerer Zuversicht, als sie empfand, und ging weiter.

Als sie die Stufen erreichte, stieß sie auf Latif Salah, den ägyptischen Botschafter, einen kleinen Mann mit hellen Augen und einem schwarzen Schnurrbart. Er war nicht viel größer als Pauline, und in seinem Smoking wirkte er wie eine muntere Amsel. Sie mochte seine Energie. »Faisal hat mir die französische Verlautbarung gezeigt«, sagte er ohne Umschweife. »Das ist ein wichtiger Schritt.«

»Ich bin der gleichen Ansicht.«

»In Kairo ist es jetzt sehr spät, aber der Außenminister ist noch wach, und ich habe gerade mit ihm gesprochen.« Er wirkte recht zufrieden mit sich.

»Sehr schön! Was hat er gesagt?«

»Wir stimmen der entmilitarisierten Zone zu. Wir haben nur auf die französische Zusage gewartet.«

Pauline verbarg ihren Jubel. Am liebsten hätte sie Latif geküsst. »Das sind wunderbare Neuigkeiten, Herr Botschafter. Ich danke Ihnen, dass Sie mich so schnell unterrichten. Wenn es Ihnen nichts ausmacht, erwähne ich Ihre Erklärung in meiner Rede.«

»Wir würden uns freuen, Madam President, vielen Dank.«

Die Millionärsfrau in türkiser Seide suchte ihren Blick. Pauline nickte, um anzuzeigen, dass sie bereit war. Die Frau hielt eine kurze Begrüßungsansprache und leitete zu ihr über. Unter dem Applaus des Publikums schritt Pauline ans Rednerpult. Sie nahm einen Ausdruck ihrer Rede aus der Umhängetasche und entfaltete ihn, nicht weil sie ihn brauchte, sondern weil sie damit später einen kleinen Schaueffekt plante.

Sie sprach über die Leistungen der Organisationen, die die Alphabetisierung vorantrieben, und über die Arbeit, die für sie und die US-Regierung noch immer zu tun blieb, aber ihre Gedanken beherrschte der Tschad. Sie wollte ihren Erfolg verkünden, den Botschaftern für die Rolle danken, die sie gespielt hatten, und James Moore in die Schranken weisen, ohne rachsüchtig zu erscheinen. Sie hätte gern eine stille Stunde gehabt, um an ihren Worten zu feilen, aber die Gelegenheit war einfach zu gut, also würde sie improvisieren.

Über die Alphabetisierung sagte sie alles, was gesagt werden musste. Dann kam sie auf die Diplomaten zu sprechen. In diesem Moment faltete sie ostentativ ihr Redemanuskript zusammen und steckte es weg, damit jeder wusste, dass sie nun frei sprechen würde. Sie beugte sich vor, senkte die Stimme und redete in vertraulicherem Tonfall weiter. Im Saal wurde es still. »Ich möchte Ihnen etwas Wichtiges mitteilen, eine Einigung, die Leben retten wird und heute von dem Diplomatischen Corps in Washington erreicht wurde, um genau zu sein, von einigen Personen, die hier anwesend sind. Sie werden die Nachrichten über Spannungen an der Grenze zwischen dem Tschad und dem Sudan gehört haben, Sie werden wissen, dass es bereits Todesopfer gegeben hat, und Sie werden sich über die Gefahr im Klaren sein, dass durch eine Eskalation die Streitkräfte anderer Nationen in den Konflikt hineingezogen werden. Aber heute haben sich unsere französischen und ägyptischen Freunde mit Hilfe und Unterstützung Saudi-Arabiens und des Weißen Hauses auf die Einrichtung einer zwanzig Kilometer breiten entmilitarisierten Zone längs der Grenze geeinigt, ein erster Schritt, um die Spannungen abzubauen und das Risiko weiterer Opfer zu senken.«

Sie hielt inne, damit sie ihre Worte verdauen konnten, und fuhr fort: »Auf diese Weise setzen wir uns für den Weltfrieden ein.« Sie versuchte einen kleinen Scherz. »Diplomaten tun es im Stillen.« Ein leises anerkennendes Lachen war zu hören. »Unsere Waffen sind Voraussicht und Aufrichtigkeit. Um zum Ende zu kommen, bitte ich Sie, nicht nur unseren wundervollen Organisationen zur Förderung der Alphabetisierung zu danken, sondern auch den Diplomaten hier in Washington, den stillen Unterhändlern, die Menschenleben retten. Applaudieren wir ihnen zum Dank.«

Lauter Jubel stieg auf. Pauline klatschte in die Hände, und das Publikum schloss sich ihr an. Sie schaute in die Runde, begegnete dem Blick eines Botschafters nach dem anderen, nickte besonders Latif, Giselle und Faisal anerkennend zu; dann stieg sie vom Podest, wurde vom Secret Service durch die Menge geleitet und war zur Tür hinaus, bevor der Applaus nachließ.

Gus war gleich hinter ihr. »Brillant«, begeisterte er sich. »Wenn Sie möchten, rufe ich Sandip an und versorge ihn mit den Einzelheiten. Er sollte es direkt an die Presse weitergeben.«

»Gut. Tun Sie das bitte.«

»Ich muss wieder hinein«, sagte Gus entschuldigend. »Nur den Erlesensten von uns bleibt Lachs mit Chiliglasur erspart. Aber wenn es okay ist, komme ich später noch im Oval Office vorbei?«

»Natürlich.«

Als sie in den Wagen stieg, saß Gerry schon im Fond. »Gut gemacht«, sagte er. »Das lief prima.«

»Die entmilitarisierte Zone sollte morgen auf den Titelseiten stehen.«

»Und die Leute werden erkennen, dass Moore bloß das Maul aufreißt, während du die Probleme löst.«

Sie lächelte traurig. »Das wäre wohl zu viel erwartet.«

Am Weißen Haus gingen sie direkt in die Residenz hoch und betraten das Esszimmer. Pippa saß schon am Tisch. Sie betrachtete die Kleidung ihrer Eltern und sagte: »Es war nicht nötig, dass ihr euch meinetwegen so fein macht, aber trotzdem, ich weiß die Geste zu schätzen.«

Pauline lachte glücklich. Das war die Pippa, die sie am liebsten hatte, lustig statt mürrisch. Sie aßen Steak mit Rucolasalat und führten ein angeregtes Gespräch. Danach ging Pippa wieder an die Hausaufgaben, Gerry sah sich Golf im TV an, und Pauline bat darum, ihr den Kaffee im Arbeitszimmer neben dem Oval Office zu servieren.

Das kleine Büro war abgeschieden, und niemand kam ohne Erlaubnis herein. In den nächsten beiden Stunden blieb sie weitgehend ungestört. Sie arbeitete sich durch einen Stapel aus Berichten und Memoranden. Gus klopfte um halb elf an die Tür, nachdem er endlich dem Ball entflohen war. Er hatte seinen Smoking abgelegt und wirkte in einem dunkelblauen Kaschmirsweater und Jeans entspannt und fast ein wenig kuschlig. Sie schob die Berichte erleichtert beiseite, froh, jemanden zu haben, mit dem sie die Tagesereignisse besprechen konnte. »Wie war der Rest des Balls?«, fragte sie.

»Die Auktion lief gut«, antwortete Gus. »Jemand hat fünfundzwanzigtausend Dollar für eine Flasche Wein bezahlt.«

Sie lächelte. »Wer könnte so ein teures Zeug jemals trinken?«

»Deine Rede kam sehr gut an – den ganzen Abend lang wurde darüber gesprochen.« Es gab keinen Grund zur Förmlichkeit, wenn sie unter sich waren.

»Prima.« Pauline war erfreut, aber sie hatte auch zu den bereits Bekehrten gepredigt. Nur wenige Gäste beim Diplomatenball hätten für James Moore gestimmt. Seine Unterstützer gehörten einer anderen Schicht der amerikanischen Gesellschaft an. »Schauen wir, was der Boulevard daraus macht.« Sie schaltete den Fernseher ein. »In ein paar Minuten besprechen die Nachrichtensendungen die Morgenzeitungen.« Sie stellte einen Sportbericht stumm.

»Wie war der Rest deines Abends?«, fragte Gus.

»Schön. Pippa war ausnahmsweise einmal guter Laune, und danach habe ich zwei Stunden in Ruhe gelesen. Bei all den Informationen, die ich verdauen muss, wünschte ich mir wirklich ein größeres Gehirn.«

Gus lachte. »Das Gefühl kenne ich. Mein Kopf fühlt sich an, als bräuchte er so eine Speichererweiterung, wie man sie für seinen Laptop kaufen kann.«

Die Zeitungsbesprechungen begannen, und Pauline stellte den Ton lauter.

Als sie die Titelseite der *New York Mail* las, stockte ihr das Herz.

Die Schlagzeile lautete:

PIPPA KIFFT!

»Oh nein!«, rief Pauline. »Nein!«

Der Moderator sagte: »Die vierzehnjährige Tochter der US-Präsidentin, Pippa Green, steckt in Schwierigkeiten, weil sie im Haus einer Mitschülerin von ihrer privaten Elite-Highschool Marihuana geraucht hat.«

Pauline war wie gelähmt. Sie starrte auf den Bildschirm, den Mund entsetzt aufgerissen, beide Hände an den Wangen, und konnte kaum glauben, wie ihr geschah.

Die Titelseite füllte den ganzen Bildschirm. Ein gefälschtes Farbfoto von Pauline und Pippa war zu sehen: Pauline sah wütend aus, und Pippa trug ein altes T-Shirt und musste sich dringend die Haare waschen. Die beiden Bilder stammten aus unterschiedlichen Aufnahmen, die man montiert hatte, um zu zeigen, wie Pauline ihre drogensüchtige Tochter zur Rede stellte, obwohl es sich nie so zugetragen hatte.

Ihr Schock wich der Wut. Pauline erhob sich und brüllte den Fernseher an. »Ihr dreckigen Scheißkerle!«, schrie sie. »Sie ist noch ein Kind!«

Die Tür öffnete sich, und ein Secret-Service-Agent sah besorgt herein. Gus winkte ihn weg.

Auf dem Bildschirm wechselte der Moderator zu einer anderen Zeitung, aber die gesamte Boulevardpresse hatte Pippa auf der Titelseite.

Pauline konnte jede Beleidigung, die sich gegen sie richtete, wegstecken und darüber lachen, aber dass Pippa gedemütigt wurde, war für sie nicht zu ertragen. Sie war so wütend, dass sie jemanden umbringen wollte: den Reporter, den Redakteur, den Eigentümer der Zeitung und sämtliche hirntoten Idioten, die so einen Müll lasen. Ihre Augen füllten sich mit Tränen des Zorns. Der urtümliche Instinkt, ihr Kind zu schützen, ergriff von Pauline Besitz, aber sie konnte es nicht, und vor Frustration hätte sie sich am liebsten die Haare ausgerauft. »Das ist nicht fair!«, rief sie. »Wir halten die Identität von Jugendlichen geheim, die einen Mord begehen – aber meine Tochter schlagen sie ans Kreuz, weil sie einen beschissenen Joint geraucht hat!«

Die seriöse Presse hatte andere Themen, aber trotzdem stand Pippa auf jeder Titelseite. Der Konflikt im Tschad und Paulines Erfolg bei der Einrichtung einer demilitarisierten Zone wurden von dem Moderator nicht erwähnt.

»Ich kann es nicht fassen«, sagte sie.

Die Presseschau ging zu Ende, und der Moderator gab weiter

an einen Filmrezensenten. Pauline schaltete den Fernseher aus und wandte sich Gus zu. »Was soll ich denn nur tun?«

Gus blieb nüchtern. »Ich halte James Moore für verantwortlich. Er hat es getan, um deine entmilitarisierte Zone von den Titelseiten zu drängen.«

»Mir ist egal, wer es durchgestochen hat.« Pauline hörte selbst, wie schrill sie klang. »Ich brauche eine Idee, wie ich Pippa jetzt stütze. Öffentliche Bloßstellungen wie diese treiben Teenagerinnen oft in den Selbstmord.« Wieder flossen ihre Tränen, und dieses Mal waren es Tränen der Trauer.

»Das weiß ich«, sagte Gus. »Meine Mädchen waren vor einem Jahrzehnt in dem gleichen Alter. Das ist eine heikle Zeit. Sie konnten eine ganze Woche lang niedergeschlagen sein, nur weil jemand etwas an ihrem Nagellack zu mäkeln hatte. Aber du kannst ihr helfen, es durchzustehen.«

Pauline sah auf die Uhr. »Es ist nach elf, sie wird schon schlafen und die Nachrichten nicht mehr gesehen haben. Ich bin für sie da, sobald sie morgen früh aufsteht. Aber was soll ich ihr sagen?«

»Sag ihr, du bedauerst, dass es passiert ist. Versichere ihr, dass du sie liebhast und dass ihr die Sache gemeinsam durchstehen werdet. Es ist hässlich, aber immerhin ist niemand gestorben, niemand hat sich ein tödliches Virus eingefangen, und niemand muss hinter Gitter. Vor allem aber musst du ihr immer wieder sagen, dass es nicht ihre Schuld ist.«

Sie starrte ihn an. Sie fühlte sich bereits ruhig. Mit normalerer Stimme fragte sie: »Wie bist du nur so weise geworden, Gus?«

Er zögerte. »Vor allem dadurch, dass ich dir zuhörte«, sagte er ruhig. »Du bist der weiseste Mensch, dem ich je begegnet bin.«

Seine unvermittelte Bewegtheit war ihr peinlich. Sie konterte sie mit einem kleinen Scherz. »Wenn wir so schlau sind, warum stecken wir dann so tief in der Patsche?«

Er nahm ihre Frage ernst. »Jeder, der Gutes tut, schafft sich

Feinde. Überleg nur, wie sehr Martin Luther King gehasst wurde. Ich habe eine andere Frage, aber ich glaube, ich kenne die Antwort. Wer hat James Moore gesteckt, dass Pippa Marihuana geraucht hat?«

»Du denkst an Milt.«

»Er hasst dich ausreichend – das hat er heute Abend gezeigt. Ich weiß nicht, wie er herausgefunden hat, dass Pippa Gras raucht, aber warum sollte er nicht davon erfahren haben – er war immerhin die ganze Zeit hier in der Nähe.«

Pauline runzelte nachdenklich die Stirn. »Ich glaube, ich weiß sogar genau, wie und wann er es herausgefunden hat.« Sie rief sich den Augenblick in Erinnerung. »Es war vor etwa drei Wochen. Ich hatte mit Milt und Chess über Nordkorea gesprochen. Gerry kam herein, Milt und Chess gingen, und Gerry erzählte mir von der Kifferei. Während wir darüber sprachen, kehrte Milt zurück, um etwas zu holen, das er vergessen hatte.« Sie erinnerte sich, wie sie erschrocken aufblickte, um zu schauen, wer eintrat, und zusah, als Milt sein Halstuch aufnahm. »Ich habe mich damals gefragt, wie viel er mitbekommen hat. Jetzt wissen wir es. Auf jeden Fall hat er genug gehört, um die Story in die *Mail* zu bringen.«

»Ich bin mir ziemlich sicher, dass du darauf verzichten wirst, aber ich muss es erwähnen: Wenn du Milt bestrafen willst, hast du dazu ein geeignetes Mittel in der Hand.«

»Du meinst, seine geheime Affäre an die Öffentlichkeit bringen? Da hast du recht, das mache ich nicht.«

»Ich habe auch nicht geglaubt, dass das dein Stil ist.«

»Wir sollten nicht vergessen, dass wir, wenn wir mit der schmutzigen Wäsche an die Öffentlichkeit gingen, noch eine andere Teenagerin in Mitleidenschaft ziehen würden: Rita Cross.«

»Da stimme ich dir absolut zu.«

Ihr Telefon klingelte. Sandip war am Apparat. Er kam ohne Umschweife auf den Punkt. »Madam President, darf ich einen

Vorschlag machen, wie wir auf die Story in der morgigen *New York Mail* reagieren könnten?«

»Wir sollten sehr wenig sagen. Ich werde mit diesen Schakalen nicht über meine Tochter diskutieren.«

»Genau. Ich schlage Folgendes vor: ›Es handelt sich um eine Privatangelegenheit, die das Weiße Haus nicht kommentieren wird.‹ Was halten Sie davon?«

»Perfekt. Ich danke Ihnen, Sandip.«

Sie sah Gus an, dass es in ihm kochte. Er hatte seine Wut nicht überschäumen lassen wie sie, sondern den Deckel daraufgehalten, aber gleich würde sie aus ihm hervorbrodeln. »Was denken sich diese Scheißkerle eigentlich?«, platzte er heraus.

Sie war leicht erstaunt. Die Atmosphäre im Westflügel war oft von Anspannung geprägt, und den Leuten wurden obszöne Ausdrucksweisen nachgesehen, aber sie bezweifelte, dass sie dieses spezielle Schimpfwort schon jemals von ihm gehört hatte.

Er fuhr fort: »Da tust du etwas Konstruktives, statt nur rumzulabern, und sie ignorieren das und greifen deine Tochter an. Manchmal glaube ich, wir hätten so ein Arschloch wie Moore als Präsidenten sogar verdient.«

Pauline lächelte. Seine Wut munterte sie auf. Dadurch, dass er seinen Zorn zeigte, ermöglichte er es ihr, zur Vernunft zu kommen. »Demokratie ist eine furchtbare Art, ein Land zu regieren, was?«, fragte sie.

Er kannte den Ausspruch und lieferte die Pointe: »Aber alle anderen Möglichkeiten sind schlimmer.«

»Und wenn man auf Dankbarkeit aus ist, sollte man nicht in die Politik gehen.« Mit einem Mal war Pauline erschöpft. Sie erhob sich und ging zur Tür.

Gus stand ebenfalls auf. »Heute ist dir ein Kabinettstück der Diplomatie gelungen.«

»Ich bin zufrieden, egal was in den Medien steht.«

»Ich hoffe, du weißt, wie sehr ich dich bewundere. Seit drei

Jahren beobachte ich dich. Immer wieder ist dir die richtige Lösung eingefallen, der richtige Weg, das treffende Wort. Schon vor einiger Zeit habe ich begriffen, dass mir das Privileg zuteilwurde, mit einem Genie zusammenzuarbeiten.«

Pauline blieb mit einer Hand am Türknauf stehen. »Ich habe nie etwas ganz allein getan«, sagte sie. »Wir gehören beide einem guten Team an, Gus. Ich bin froh, dich und die Unterstützung deiner Intelligenz und Freundschaft zu haben.«

Er war noch nicht fertig. Eine Empfindung nach der anderen durchzuckte sein Gesicht, bis sie den Faden verlor. »Meinerseits«, sagte er dann, »ist es ein wenig mehr als Freundschaft.«

Wie meinte er das? Verdutzt starrte sie ihn an. Was sollte mehr als Freundschaft denn ausmachen? Eine Antwort trat ihr ins Bewusstsein, aber sie konnte sie nicht akzeptieren.

»Ich hätte das nicht aussprechen dürfen«, sagte Gus. »Bitte vergiss es.«

Sie blickte ihn lange an, ohne zu wissen, was sie sagen oder tun sollte. Schließlich murmelte sie nur: »Okay.«

Sie zögerte noch einen Moment, dann verließ sie das Arbeitszimmer.

Rasch ging sie zurück in die Residenz, gefolgt von ihrem Secret-Service-Kommando, doch mit den Gedanken war sie bei Gus. Seine Erklärung hatte geklungen wie eine Liebeserklärung. Aber das war absurd.

Gerry hatte sich schlafen gelegt, und die Schlafzimmertür war geschlossen, daher ging sie wieder in den Lincoln Room. Sie war froh, allein zu sein. Sie hatte über vieles nachzudenken.

Düster plante sie ihr Gespräch mit Pippa, während sie mechanisch die Dinge erledigte, die vor dem Zubettgehen erledigt werden mussten, aber keine Gedanken erforderten: Zähneputzen, abschminken, den Schmuck in die Schatulle legen. Sie hängte ihr Kleid auf und warf ihre Unterwäsche in den Korb.

Ihren Wecker stellte sie auf sechs Uhr, eine ganze Stunde, bevor Pippa aufstand. Sie würden so lange reden, wie es erforderlich war. Wenn Pippa es morgen nicht in die Schule schaffte, würde es niemanden kümmern.

Pauline zog sich ein Nachthemd über, trat ans Fenster und blickte über den Südrasen auf das Washington Monument. Sie dachte an George Washington, den ersten Menschen in dem Amt, das nun sie innehatte. Als er eingesetzt wurde, hatte es noch kein Weißes Haus gegeben. Er hatte nie Kinder gehabt, und die Zeitungen seiner Zeit hätten sich nicht für das Betragen der Sprösslinge ihres Staatsoberhaupts interessiert: Sie hatten über wichtigere Dinge zu berichten.

Es regnete. Auf der Constitution Avenue war eine nächtliche Mahnwache, ein Protest gegen die Tötung eines Schwarzen durch einen weißen Polizisten; mit Hüten und Schirmen standen die Demonstranten im Regen. Gus war schwarz. Er hatte Enkel; eines Tages würde ihnen jemand sagen müssen, dass ihnen von der Polizei besondere Gefahr drohte und sie strenge Regeln zu befolgen hatten, damit ihnen nichts geschah: Niemals auf der Straße rennen, niemals herumbrüllen – Regeln, die für Weiße nicht galten. Dass Gus eines der höchsten Staatsämter bekleidete und seine Intelligenz und Weisheit dem Land widmete, machte keinen Unterschied; er wurde dennoch nur über seine Hautfarbe definiert. Pauline fragte sich, wie lange es dauern würde, bis diese Art von Ungerechtigkeit aus Amerika verschwand.

Sie glitt zwischen kühle Laken und schaltete das Licht aus, aber sie schloss die Augen noch nicht. Sie hatte heute zwei Schocks erlebt. Allmählich schälte sich heraus, was sie zu Pippa sagen würde, aber wie sie mit Gus umgehen sollte, war ihr schleierhaft.

Das Dumme war, dass sie eine Vorgeschichte hatten.

Während ihres Präsidentschaftswahlkampfes war Gus ihr außenpolitischer Berater gewesen. Ein Jahr lang waren sie gemeinsam unterwegs gewesen, Tage mit intensiver Arbeit und Nächte ohne ausreichenden Schlaf. Sie waren einander nahegekommen.

Und es gab noch mehr. Nicht viel, aber sie hatte es nicht vergessen, und er, da war sie sich sicher, auch nicht.

Geschehen war es auf dem Höhepunkt der Kampagne, als Pauline sich schon als Siegerin abzeichnete. Sie waren von einem immens erfolgreichen Wahlkampfauftritt zurückgekehrt, bei dem Tausende von Menschen in einem Baseballstadion sie für ihre brillante Rede bejubelten. Noch immer im Hochgefühl waren sie in den langsamen Aufzug eines hohen Hotels gestiegen und fanden sich allein miteinander wieder. Er hatte die Arme um sie gelegt, sie hatte das Gesicht zu ihm gehoben, und sie hatten sich leidenschaftlich geküsst, während sie ihre Hände nicht voneinander lassen konnten, bis der Aufzug hielt, die Türen sich öffneten und sie ohne ein weiteres Wort in unterschiedliche Richtungen davongegangen und in ihren Zimmern verschwunden waren.

Seitdem hatten sie nie wieder davon gesprochen.

Angestrengt versuchte sie, sich zu erinnern, wann sich das letzte Mal jemand in sie verliebt hatte. Natürlich erinnerte sie sich an ihre Romanze mit Gerry, doch mit ihm war es eher eine langsam wachsende Freundschaft gewesen als eine große Leidenschaft. So war es bei ihr meistens. Sie hatte nie versucht, verlockend oder kokett zu sein – dazu gab es viel zu viel zu tun. Männer verliebten sich nicht auf den ersten Blick in sie, obwohl sie gut aussah. Nein, Menschen zog es ganz allmählich zu ihr hin, je mehr sie sie kennenlernten. Trotzdem hatten sich ihr schon Männer zu Füßen geworfen – und eine Frau, wenn sie schon dabei war. Sie war mit etlichen von ihnen ausgegangen und mit einigen ins Bett, aber sie hatte niemals etwas von dem gefühlt, was sie offenbar empfanden; sie war nie überwältigt gewesen, hilflos vor Verliebtheit, verzweifelt nach Intimität. Sie hatte nie eine Leidenschaft gepackt, die ihr Leben verändert hatte, es sei denn der Antrieb, die Welt zu verbessern.

Und nun hatte Gus ihr seine Liebe erklärt.

Daraus konnte natürlich nichts werden. Eine Affäre zwischen

den beiden ließ sich nicht geheim halten, und wenn es herauskam, wäre es nicht nur um seine, sondern auch um ihre Karriere geschehen. Darüber hinaus würde es ihre kleine Familie zerstören. Genauer gesagt, ihr Leben wäre ruiniert. Es kam überhaupt nicht in Betracht. Eine Entscheidung war nicht erforderlich: Es stand nichts zur Auswahl.

Nachdem sie das festgestellt hatte: Was empfand sie bei dem Gedanken, bei dem rein theoretischen Gedanken an eine Romanze mit Gus?

Sie mochte ihn sehr. Er war warmherzig und hartgesotten zugleich, eine Kombination, die nicht leicht durchzuhalten war. Er hatte die Kunst gemeistert, Rat zu erteilen, ohne auf seinem Standpunkt zu beharren. Und er war sexy. Sie ertappte sich, wie sie sich die ersten tastenden Berührungen vorstellte, die liebevollen Küsse, das Streicheln des Haares, die Nähe eines warmen Körpers.

Ihr seht lächerlich aus, sagte sie sich; er ist mehr als einen Fuß größer als du.

Doch es war nicht lächerlich. Es war etwas anderes. Die Vorstellung weckte in ihr ein Gefühl von Wärme. Allein daran zu denken war angenehm.

Sie versuchte, alle diese Gedanken zu verscheuchen. Sie war die US-Präsidentin: Sie durfte sich nicht verlieben. Das wäre ein Hurrikan, eine Zugentgleisung, eine Atombombe.

Gott sei Dank konnte das nie passieren.

Kapitel 18

Von Faya fuhr der Bus nach Nordwesten in eine Zone, die als der Aouzou-Streifen bekannt war. Hier sahen sich die Reisenden einer neuen Gefahr gegenüber: Landminen.

Der hundert Kilometer breite Aouzou-Streifen war Zankapfel in einem Grenzkrieg gewesen, in dem der Tschad seinen nördlichen Nachbarn Libyen zurückgeschlagen hatte. Nach Beendigung der Kämpfe waren in dem vom Tschad gewonnenen Gebiet Tausende von Landminen zurückgelassen worden. An einigen Stellen fanden sich Warnmarkierungen: Reihen aus Steinen am Straßenrand, die rot und weiß gestrichen waren. Viele Minen jedoch blieben unentdeckt.

Hakim behauptete zu wissen, wo sie alle waren, aber je weiter der Bus kam, desto ängstlicher wirkte er. Er fuhr immer langsamer, vergewisserte sich ein ums andere Mal, dass er noch auf der Straße fuhr, die sich längst nicht immer deutlich von der umgebenden Wüste abhob.

Sie befanden sich nun im glühenden Herzen der Sahara. Selbst die Luft schmeckte versengt. Niemand fand Erleichterung. Der kleine Naji war nackt und unleidlich; Kiah gab ihm immer wieder einen Schluck Wasser zu trinken, damit er auf keinen Fall austrocknete. Berge ragten in der Ferne auf und verhöhnten die Reisenden mit ihren Gipfeln, die kühleres Klima versprachen; der Anblick war ein Hohn, weil die Berge für Radfahrzeuge unpassierbar waren und umfahren werden mussten, sodass der Bus keine Möglichkeit hatte, aus dem Backofen zu entkommen, der von den Wüstentälern gebildet wurde.

In früheren Zeiten, sagte sich Abdul, wären die Araber nicht den ganzen Tag gereist. Sie hätten die Kamele vor der Morgendämmerung geweckt, die Körbe mit Elfenbein und Gold im Sternenlicht angeschnallt und die nackten Sklaven zu langen, erbärmlichen Reihen aneinandergebunden, damit sie beim ersten Morgenlicht aufbrechen und während der sengenden Hitze in der Tagesmitte rasten konnten. Ihre modernen Nachfahren mit ihren benzingetriebenen Gefährten und ihrer Fracht aus kostbarem Kokain und verzweifelten Migranten waren nicht so schlau.

Als sich der Bus der libyschen Grenze näherte, fragte sich Abdul, wie Hakim mit den Grenzkontrollen umgehen würde. Die meisten Migranten hatten keinen Pass, ganz zu schweigen von einem Visum oder einer Reiseerlaubnis. Die meisten Tschader verbrachten ihr gesamtes Leben, ohne irgendeine Art von Ausweisdokument zu besitzen. Wie sollten sie durch den Zoll und die Einreisekontrollen kommen? Eindeutig hatte Hakim ein System, das vermutlich Bestechung beinhaltete; aber so etwas konnte gefährlich sein. Was hielt den Mann, der beim letzten Mal Schmiergeld angenommen hatte, davon ab, den Preis zu verdoppeln? Vielleicht war auch sein Vorgesetzter zugegen und sah ihm auf die Finger. Oder er war durch einen Fanatiker ersetzt worden, der sich nicht korrumpieren lassen wollte. Derartiges ließ sich einfach nicht vorhersagen.

Das letzte Dorf vor der Grenze war die primitivste Ortschaft, die Abdul je gesehen hatte. Das wichtigste Baumaterial bildeten dürre Baumäste, weiß und trocken wie die sonnengebleichten Knochen von Tieren, die in der Wüste verdurstet waren. Die Stecken – denn um mehr handelte es sich nicht – waren mit Querstreben zu Wänden verbunden, die äußerst wacklig standen. Zerlumpte Baumwoll- und Segeltuchbahnen bildeten die

Dächer. Es gab auch ein halbes Dutzend bessere Behausungen, winzige Einraumhütten aus Betonziegeln.

Hakim hielt den Bus an, stellte den Motor ab und verkündete: »Hier treffen wir unseren Tubuführer.«

Abdul wusste von den Tubu. Sie waren nomadische Hirten, die an den Grenzen zwischen dem Tschad, Libyen und Niger lebten, immerfort mit ihren Viehherden in Bewegung auf der Suche nach rarem Weidegrund. Lange waren sie von den Regierungen aller drei Länder als primitive Wilde angesehen worden. Die Tubu erwiderten diese Verachtung: Sie erkannten keine Regierung an, befolgten keine Gesetze und respektierten keine Grenzen. Viele von ihnen hatten entdeckt, dass der Schmuggel von Menschen und Drogen einfacher und lukrativer war als die Viehzucht. Die Regierungsbehörden stellten fest, dass es unmöglich war, Menschen zu kontrollieren, die ständig in Bewegung waren – besonders wenn ihr Lebensraum Hunderte von Wüstenkilometern vom nächsten Verwaltungsgebäude entfernt lag.

Allerdings war ihr Tubuführer nicht da.

»Er wird noch kommen«, sagte Hakim.

Im Zentrum des Dorfes schenkte ein Brunnen klares, kühles Wasser, und alle tranken sich satt.

In der Zwischenzeit führte Hakim ein langes Gespräch mit einem Dorfbewohner, einem älteren Mann mit einem intelligenten Gesicht, vermutlich der inoffizielle Dorfvorsteher. Abdul konnte nicht verstehen, was gesagt wurde.

Die Reisenden wurden in ein Gebäude geführt, dessen Seiten niedrige Anbauten säumten. Dem Geruch nach vermutete Abdul, dass es für Schafe benutzt worden war, wahrscheinlich, um die Tiere in der Tagesmitte vor der Sonne zu schützen. Nun war es später Nachmittag: Eindeutig sollten die Busreisenden hier die Nacht verbringen.

Hakim verlangte allgemeine Aufmerksamkeit. »Fouad hat mir eine Nachricht zukommen lassen.« Abdul nahm an, dass Fouad der Mann war, den er für den Dorfvorsteher gehalten hatte. »Unser Führer hat den Preis verdoppelt, und er wird nicht kommen, bevor er nicht den Zuschlag erhalten hat. Es kostet zwanzig Dollar pro Person.«

Protest brach los. Die Passagiere riefen, dass sie es sich nicht leisten könnten, und Hakim entgegnete, dass er nicht für sie zahlen werde. Was folgte, war eine intensivere Neuaufführung eines Streits, der während der Fahrt schon mehrmals aufgeflammt war, wenn Hakim von den Fahrgästen zusätzlich Geld verlangte. Am Ende mussten die Leute immer zahlen.

Abdul stand auf und verließ das Gebäude.

Als er sich im Dorf umsah, entschied er, dass hier niemand in Schmuggel verwickelt war, weder von Rauschgift noch von Menschen: Sie waren alle zu arm. Bei früheren Zwischenstopps war es ihm gewöhnlich gelungen herauszufinden, wer die örtlichen Kriminellen waren, denn sie hatten Geld und Waffen, und zusätzlich umgab sie die angespannte Ausstrahlung von Männern, die ein Leben am Rand der Gewalt führten und stets bereit waren, die Flucht zu ergreifen. Er hatte sich penibel Namen, Beschreibungen und Beziehungen notiert und in Faya einen langen Bericht an Tamara geschickt. In dieser erbärmlichen Ansiedlung schien es niemanden dieses Schlags zu geben. Die Erwähnung der Tubu hatte ihm allerdings die Erklärung dafür geliefert: In diesem Gebiet hatten die Nomaden den Schmuggel fest in der Hand.

Nicht weit vom Brunnen setzte er sich auf den Boden, an eine Akazie gelehnt, die ihm Schatten spendete. Von seinem Platz aus konnte er einen Großteil des Dorfes überblicken, aber ein üppiges Tamariskengestrüpp verbarg ihn vor den Leuten, die an den Brunnen kamen: Er wollte beobachten, nicht reden. Abdul fragte sich, wo der Führer war, wenn nicht im Dorf. Im kilometerweiten Umkreis gab es keine andere Siedlung. Wartete der geheimnisvolle Tubu nur hinter der Hügelkuppe in einem Zelt darauf, dass man ihm meldete, die Migranten hätten die verlangte zusätzliche Summe zusammengekratzt? Es war durchaus denkbar, dass er gar nicht mehr Geld verlangt hatte: dass es sich nur um einen weiteren Erpressungsversuch Hakims handelte. Der Führer konnte genauso gut hier im Dorf in einer Hütte sitzen, geschmorte Ziege mit Couscous essen und sich vor der morgigen Reise ausruhen.

Abdul beobachtete, wie Hakim mit verärgertem Gesicht aus dem Gebäude kam. Wahed folgte ihm, der Schwiegervater Esmas. Hakim blieb stehen, und die beiden Männer sprachen miteinander; Wahed flehte, Hakim wies ihn ab. Abdul verstand nicht, was gesprochen wurde, aber er vermutete, dass sie wegen der zusätzlichen zwanzig Dollar für den Führer stritten. Hakim machte eine verächtliche Gebärde und ging weg, aber Wahed folgte ihm, die Hände bittend ausgebreitet; Hakim blieb stehen, drehte sich um, sagte aggressiv etwas und ging weiter. Abdul verzog angeekelt das Gesicht: Hakim benahm sich flegelhaft, Wahed unwürdig. Abdul war das ganze Geschehen zuwider.

Hakim schlurfte Staubwolken aufwirbelnd auf den Brunnen zu, und Esma kam aus dem Gebäude und ging ihm raschen Schrittes nach.

Sie standen am Brunnen und redeten, wie Menschen es seit Jahrtausenden taten. Abdul konnte sie nicht sehen, aber er verstand ihr Gespräch deutlich; sein Ohr war geübt darin, das schnelle umgangssprachliche Arabisch aufzufassen.

»Mein Vater ist sehr aufgebracht«, sagte Esma.

»Warum sagst du das mir?«, erwiderte Hakim.

»Wir können den Aufpreis nicht bezahlen. Wir haben das Geld, das wir dir geben müssen, wenn wir in Libyen sind, die zweite Rate. Aber mehr nicht.«

Hakim tat, als wäre es ihm egal. »Dann müsst ihr eben hier in diesem Dorf bleiben.«

»Aber das ergibt doch überhaupt keinen Sinn!«

Natürlich nicht, dachte Abdul. Was hat Hakim vor?

»In ein paar Tagen«, fuhr Esma fort, »zahlen wir dir zweitausendfünfhundert Dollar. Willst du die wirklich verlieren wegen zwanzig?«

»Sechzig«, entgegnete er. »Zwanzig für dich, zwanzig für deine Schwiegermutter, zwanzig für den alten Mann.«

Haarspalterei, dachte Abdul.

»Wir haben das Geld nicht«, sagte Esma, »aber in Tripolis können wir es beschaffen. Wir bitten meinen Mann in Nizza, uns mehr Geld zu schicken – ich verspreche es dir.«

»Ich will keine Versprechungen. Die Tubu kann ich nicht mit Versprechungen bezahlen.«

»Dann bleibt uns keine andere Wahl.« In ihre Erbitterung mischte sich Verzweiflung. »Wir werden hierbleiben müssen, bis jemand kommt, der uns zum Tschadsee zurückfährt. Dann haben wir das Geld verschwendet, das mein Mann verdient hat, indem er den reichen Franzosen die vielen Mauern gebaut hat.« Sie klang vollkommen niedergedrückt.

»Es sei denn«, sagte Hakim, »dir fällt eine andere Möglichkeit ein, mich zu bezahlen – du hübsches kleines Ding.«

»Was soll das? Fass mich nicht an!«

Abdul spannte sich an. Sein Instinkt war einzugreifen. Er unterdrückte den Impuls.

»Wie du willst«, sagte Hakim. »Ich versuche nur, dir zu helfen. Sei nett zu mir. Warum nicht?«

Darauf hat Hakim es von vornherein angelegt, dachte Abdul. Es sollte mich nicht überraschen.

»Willst du mir damit sagen, dass du Sex statt Geld akzeptieren würdest?«, fragte Esma.

»Bitte drück dich nicht so vulgär aus.«

Die Prüderie des sexuellen Ausbeuters, dachte Abdul. Er hört nicht gern das Wort für das, was er mit ihr tun will. Eine jämmerliche Ironie.

»Also?«, fragte Hakim.

Ein langes Schweigen folgte.

Das ist es, was Hakim eigentlich wollte, dachte Abdul. Ihm ging es gar nicht um die sechzig Dollar. Er besteht darauf, weil er sie nur so dazu bringen kann, die andere Möglichkeit zu akzeptieren.

Abdul fragte sich, wie viele andere Frauen er schon vor diese grausame Wahl gestellt hatte.

»Mein Mann würde dich umbringen«, sagte Esma.

Hakim lachte. »Nein, mich nicht. Aber dich vielleicht.«

Esma schwieg und sagte schließlich. »Also gut. Aber nur mit der Hand.«

»Das sehen wir dann.«

»Nein!« Sie war unerbittlich. »Nichts weiter.«

»Also gut.«

»Und nicht jetzt. Später, wenn es dunkel wird.«

»Folge mir, wenn ich nach dem Essen das Gebäude verlasse.«

Mit verzweifeltem Unterton sagte Esma: »In Tripolis könnte ich dir das Doppelte zahlen.«

»Wieder nur Versprechungen.«

Abdul hörte, wie Esmas Schritte sich entfernten. Er blieb, wo er war. Ein wenig später ging auch Hakim fort.

Er beobachtete das Dorf noch zwei Stunden, ohne dass etwas geschah, außer dass Leute an den Brunnen kamen und wieder fortgingen.

Als der Himmel dunkler wurde, kehrte er zum Gebäude zurück. Einige Dorfbewohner bereiteten von Fouad beaufsichtigt das Abendessen zu, und der angenehme Duft von Kreuzkümmel hing in der Luft. Abdul setzte sich auf den Boden, nicht weit von Kiah, die Naji die Brust gab.

Kiah hatte scharfe Augen. »Mir ist aufgefallen, dass Esma mit Hakim gesprochen hat«, sagte sie.

»Stimmt«, sagte Abdul.

»Hast du sie gehört?«

»Ja.«

»Was haben sie geredet?«

»Er hat ihr gesagt, wenn sie das Geld nicht hat, kann sie ihn anders bezahlen.«

»Ich habe es gewusst. Dieses Schwein.«

Unauffällig griff Abdul in sein Gewand und öffnete den Geldgürtel. Er hatte Banknoten in unterschiedlichen Währungen in einer bestimmten Ordnung, damit er Geld herausnehmen konnte, ohne hinzusehen. In Afrika war es genauso töricht wie in den USA, die Leute sehen zu lassen, dass man viel Bargeld dabeihatte.

Vorsichtig zog er drei amerikanische Zwanzig-Dollar-Scheine heraus. Er verbarg sie hinter seiner Hand, blickte nieder, um sich zu vergewissern, die richtigen Noten zu haben, und faltete sie klein zusammen. Das Päckchen reichte er an Kiah weiter. »Für Esma.«

Sie verbarg es in ihrem Kleid. »Gott segne dich«, sagte sie.

Als sie sich ein wenig später für ihr Essen anstellten, sah Abdul, wie Kiah Esma etwas in die Hand drückte. Im nächsten Moment umarmte und küsste Esma sie glücklich und dankbar.

Das Essen bestand aus Fladenbrot und einer Gemüsesuppe, die mit Hirsemehl angedickt war. Falls sie auch Fleisch enthielt, bekam Abdul nichts davon ab.

Er verließ das Gebäude, kurz bevor er sich schlafen legte. Er wusch sich Hände und Gesicht mit Wasser aus dem Brunnen. Bei seiner Rückkehr kam er am Bus vorbei, wo Hakim mit Tarik und Hamza stand. »Du bist nicht aus diesem Land, oder?«, fragte Hakim, als wäre es eine Herausforderung.

Hakim hat sich darauf gefreut, dass ihm einer runtergeholt wird, dachte Abdul, und jetzt ist er enttäuscht, dass er nur sechzig Dollar bekommen hat. Vermutlich hatte er beobachtet, wie Kiah von Esma umarmt und geküsst wurde, und nahm jetzt an, dass

Kiah ihr das Geld gegeben hatte. Kiah hatte natürlich vielleicht irgendwo etwas Geld versteckt, aber wenn sie es von jemand anderem bekommen hatte, dann lag für Hakim die Vermutung nahe, dass Abdul diese Quelle war. Gerissene Gauner besaßen manchmal gute Instinkte.

»Was geht es dich an, wo ich herkomme?«, fragte Abdul.

»Nigeria?«, fragte Hakim. »Nein, du klingst nicht nigerianisch. Was ist das für ein Akzent?«

»Kein nigerianischer.«

Hamza nahm ein Päckchen Zigaretten heraus und steckte sich eine in den Mund – ein Zeichen, dass er nervös wird, dachte Abdul. Fast automatisch zückte Abdul das rote Wegwerffeuerzeug, das er immer für Kunden benutzte, und zündete Hamza die Zigarette an. Er brauchte das Plastikfeuerzeug nicht mehr, aber er hatte es aus dem vagen Gefühl behalten, dass es ihm eines Tages noch nützlich sein konnte. Im Gegenzug bot Hamza ihm eine Zigarette aus seiner Schachtel an. Abdul lehnte ab.

Hakim setzte den Angriff fort. »Woher stammt dein Vater?«

Es war eine Kraftprobe. Hakim forderte Abdul vor Hamza und Tarik heraus. »Aus Beirut«, antwortete Abdul. »Mein Vater war Libanese. Ein Koch. Er hat sehr gute Halawet el Jibn gemacht.«

Hakim sah höhnisch drein.

Abdul setzte hinzu: »Er ist jetzt tot. Wahrlich, wir sind für Allah, und wahrlich, zu ihm kehren wir zurück.« Der fromme Spruch war das muslimische Gegenstück zu *Ruhe in Frieden*. Abdul bemerkte, dass Hamza und Tarik ihn mit Anerkennung hörten.

Langsam und in ernstem Ton fuhr er fort: »Du solltest dir gut überlegen, was du über den Vater eines anderen Mannes sagst, Hakim.«

Hamza blies Rauch aus und nickte beifällig.

Hakim plusterte sich auf. »Ich sage, was ich will.« Er sah die beiden Wächter an. Er war auf sie angewiesen, damit sie ihn beschützten, aber er begriff auch, dass Abdul ihre Loyalität untergrub.

Abdul sprach mehr zu den Wächtern als zu Hakim. »In der Armee war ich Kraftfahrer, wisst ihr«, sagte er wie nebenbei.

Hakim erwiderte: »Na und?«

Abdul missachtete ihn betont. »Zuerst habe ich Panzerspähwagen gefahren, dann Panzertransporter. Die Panzertransporter waren auf den Wüstenstraßen schwierig zu lenken.« Was er sagte, hatte er sich gerade ausgedacht. Er hatte nie einen Panzertransporter gesteuert und weder in der Nationalen Armee des Tschad noch anderen Streitkräften gedient. »Ich war vor allem im Osten an der Grenze zum Sudan.«

Hakim war verwirrt. »Warum erzählst du das?« Seine Stimme war schrill vor Frustration. »Wovon redest du da?«

Abdul wies mit dem gekrümmten Daumen auf Hakim. »Wenn er stirbt«, sagte er zu den Wächtern, »kann ich den Bus fahren.« Was er ausgesprochen hatte, war eine kaum verhohlene Drohung gegen Hakims Leben. Wie würden Hamza und Tarik darauf reagieren?

Keiner der beiden Wächter sagte ein Wort.

Hakim schien sich zu entsinnen, dass die Wächter dabei waren, um das Kokain zu beschützen, nicht ihn, und erkannte, dass er das Gesicht verloren hatte. »Geh mir aus den Augen, Abdul«, sagte er mürrisch und wandte ihm den Rücken zu.

Abdul hatte das Gefühl, dass er einen leichten Umschwung der Loyalitäten erzielt hatte. Männer wie Hamza und Tarik respektierten Stärke. Ihre Treue zu Hakim war durch dessen gescheiterten Versuch, Abdul einzuschüchtern, untergraben worden. Die Koransure zu zitieren war ein kluger Schachzug gewesen. Als Mudschahedin beim Islamischen Staat in der Größeren Sahara mussten die beiden Wächter diese Worte oft über den Leichen gefallener Kameraden gemurmelt haben.

Vielleicht hielten sie Abdul sogar ansatzweise für einen der ihren. In jedem Fall zögerten sie nun vielleicht wenigstens, wenn sie sich zwischen ihm und Hakim zu entscheiden hatten.

Abdul sagte nichts weiter. Er ging ins Gebäude zurück und legte sich auf den Boden. Während er auf den Schlaf wartete, dachte er über den Tag nach. Er lebte noch, sammelte immer noch unschätzbare Informationen für den Krieg gegen den ISGS. Hakims herausfordernder Fragerei hatte er sich entzogen. Aber seine Stellung wurde schwächer. Begonnen hatte er die Reise als Fremder für alle, als Mann, über den sie nichts wussten und für den sie sich auch nicht interessierten. Nur hatte er seine Rolle nicht durchgehalten und sah nun auch ein, dass es unmöglich gewesen war angesichts der langen Zeit, in der es innerhalb der Gruppe praktisch keine Privatsphäre gab. Er war für diese Menschen nun eine Person, gewiss ein Ausländer und Einzelgänger, aber auch ein Mann, der schutzlosen Frauen half und sich nicht einschüchtern ließ.

Er hatte sich Kiah zur Freundin und Hakim zum Feind gemacht. Für einen Agenten im Einsatz waren das gleich zwei Fehler.

***

Der Tubuführer war am Morgen da.

Er kam früh ins Gebäude, als der Tag noch kühl war und die Passagiere ein Frühstück aus Brot und dünnem Tee zu sich nahmen. Er war ein großer, dunkelhäutiger Mann mit weißem Gewand und weißer Kopfbedeckung, und ihn umgab eine Unnahbarkeit, die Abdul an einen stolzen amerikanischen Ureinwohner denken ließ. Unter seiner Kleidung, an der linken Seite zwischen Rippen und Hüfte, war eine Wölbung, die von einem Revolver mit langem Lauf herrühren konnte, einem Colt Magnum vielleicht, in einem selbstgemachten Holster.

Hakim stand bei ihm mitten auf dem Hof und rief: »Hört gut zu! Das ist Issa, unser Führer. Was immer er euch sagt, müsst ihr tun.«

Issa sprach kurz zu ihnen. Arabisch war offensichtlich nicht seine Muttersprache, und Abdul fiel ein, dass die Tubu eine eigene Sprache hatten. »Ihr müsst überhaupt nichts machen«, sagte Issa. Er betonte jedes Wort sorgsam. »Ich kümmere mich um alles.« In seiner Stimme lag keine Wärme, er war kühl und sachlich. »Wenn ihr befragt werdet, sagt ihr, ihr seid Bergarbeiter und wollt in den Goldminen im Westen Libyens arbeiten. Aber ich glaube nicht, dass ihr befragt werdet.«

»Gut«, sagte Hakim, »ihr habt eure Anweisungen. Jetzt macht, dass ihr in den Bus kommt.«

Kiah raunte Abdul zu: »Issa wirkt wenigstens verlässlich. Ich vertraue ihm jedenfalls mehr als Hakim.«

Abdul war sich nicht so sicher. »Er macht den Eindruck, dass er weiß, wovon er redet. Aber ins Herz blicken kann ich ihm nicht.«

Seine Feststellung stimmte Kiah nachdenklich.

Issa stieg als Letzter in den Bus. Abdul beobachtete interessiert, wie er das Innere musterte und sah, dass es keinen freien Sitzplatz gab. Tarik und Hamza fläzten sich wie üblich jeder über zwei Sitze. Issa schien eine Entscheidung zu treffen und baute sich vor Tarik auf. Er sagte kein Wort, und sein Gesicht war völlig ausdruckslos, aber er starrte den Mudschahed unverwandt an.

Tarik starrte zurück, als wartete er darauf, dass er etwas sagte.

Hakim ließ den Bus an.

Ohne sich umzudrehen, sagte Issa gelassen: »Motor aus.«

Hakim sah ihn an.

Issa blickte weiter auf Tarik und sagte nur: »Aus.«

Hakim drehte den Zündschlüssel, und der Motor verstummte.

Tarik setzte sich aufrecht, hob den Rucksack von dem Sitz neben sich, rutschte hinüber und machte Platz.

Issa deutete nur auf den anderen Doppelsitz, den, der von Hamza belegt wurde.

Tarik stand auf, überquerte den Gang mit seinem Rucksack in der einen und dem Sturmgewehr in der anderen Hand und setzte sich neben Hamza. Beide hielten sie ihr Gepäck auf den Knien.

Issa blickte Hakim an. »Fahr.«

Hakim startete wieder den Motor.

Bald wurde Abdul klar, dass es bei diesem Willensstreit nicht nur darum gegangen war, zu etablieren, wer das Alpha-Männchen war. Issa benötigte tatsächlich beide Hälften des Vordersitzes. Mit unerschütterlicher Konzentration beobachtete er die Straße und wechselte oft auf den Fensterplatz, sah hinaus, und zurück auf den Gangplatz, um nach vorn zu blicken. Alle paar Minuten gab er Hakim Anweisungen, meist mit Gesten, teilte ihm mit, wo die Straße verlief, wenn die Ränder nicht zu erkennen waren, befahl ihm, auf die eine oder andere Seite zu lenken, ließ ihn verlangsamen, wenn Steine auf der Fahrbahn lagen, und wies ihn an, schneller zu fahren, wenn die Strecke frei war.

An einer Stelle führte Issa ihn geradewegs von der Straße hinunter auf unebenes Gelände, um so das Wrack eines Toyota-Pick-ups zu umfahren, der umgedreht und ausgebrannt auf der Fahrbahn lag, vermutlich von einer Landmine zerstört. Der Libysch-Tschadische Grenzkrieg lag lange zurück, aber die Minen funktionierten noch, und wo eine explodiert war, konnten noch mehr sein.

Alle zwei bis drei Stunden hielten sie an. Die Passagiere stiegen aus, um sich zu erleichtern, und wenn sie wieder in den Bus kamen, teilte Hakim gönnerhaft altes Brot und Wasserflaschen aus. Der Bus fuhr weiterhin durch die Tageshitze: Nirgendwo gab es Schutz vor der Sonnenglut, und wenn sie sich bewegten, hatten sie es kühler, als wenn sie still standen.

Während der Nachmittag voranschritt und der Bus sich der Grenze näherte, kam Abdul der Gedanke, dass er zum ersten

Mal in seinem Leben im Begriff war, ein Verbrechen zu begehen. Nichts, was er bislang für die CIA oder in anderem Zusammenhang getan hatte, war gesetzwidrig gewesen. Selbst als er sich als Verkäufer gestohlener Zigaretten ausgab, war sein gesamter Warenbestand in Wirklichkeit zum vollen Preis erworben worden. Aber jetzt würde er illegal in ein anderes Land einreisen, begleitet von anderen illegalen Migranten, begleitet von Männern mit verbotenen Sturmgewehren und unter sich Kokain im Wert von mehreren Millionen Dollar. Wenn es schiefging, landete er in einem libyschen Gefängnis.

Er fragte sich, wie lange die CIA brauchen würde, um ihn da wieder herauszuholen.

Als die Sonne im Westen an der Himmelskuppel hinuntersank, sah Abdul nach vorn und entdeckte eine primitive Hütte wie im letzten Dorf: Wände aus Stöcken mit einem Dach aus einem abgewetzten alten Teppich. Daneben stand ein kleiner Tanklastwagen, der vermutlich Wasser enthielt. Am Straßenrand waren Dutzende von Ölfässern gestapelt.

Dies war eine inoffizielle Tankstelle.

Hakim bremste den Bus.

Drei Männer in weißen und gelben Gewändern erschienen und schwenkten ihre Gewehre. Sie standen in einer Reihe, mit steinernen Gesichtern, bedrohlich.

Kaum stieg Issa aus dem Bus, schlug die Stimmung um. Die Bewaffneten begrüßten ihn als Bruder, schlossen ihn in die Arme, küssten ihn auf beide Wangen und schüttelten ihm heftig die Hand. Die ganze Zeit schwatzten sie dabei in einer unverständlichen Sprache, bei der es sich vermutlich um die der Tubu handelte.

Hakim stieg als Nächster aus und wurde von Issa vorgestellt, woraufhin auch er begrüßt wurde, aber weniger demonstrativ: Er war ein Verbündeter, aber kein Stammesmitglied.

Tarik und Hamza folgten.

Der Wassertankwagen war Beweis genug, dass es hier keine Oase gab. Was dann war der Grund, weshalb gerade hier eine Tankstelle eingerichtet worden war, oder genauer, überhaupt irgendetwas, hier in der Mitte von nirgendwo?

Abdul murmelte Kiah zu: »Ich glaube, wir haben die Grenze erreicht.«

Die Passagiere stiegen aus dem Bus. Der Abend war gekommen, und es lag auf der Hand, dass sie die Nacht hier verbringen würden. Allerdings gab es nur ein Gebäude, das kaum den Namen verdiente.

Einer der Tubu machte sich daran, den Bus aus einem Blechfass aufzutanken.

Die Passagiere strömten in den Unterstand und richteten es sich mehr oder weniger bequem ein. Abdul selbst konnte sich nicht entspannen. Sie waren von schwerbewaffneten Männern umgeben, die allesamt Gewaltverbrecher waren. Alles war möglich: Entführung, Vergewaltigung, Mord. Hier gab es kein Gesetz. Niemand war sicher. Und wen würde es kümmern, wenn ein Buspassagier ermordet wurde? Die Migranten waren selbst Gesetzesbrecher. Geschieht ihnen recht, würden die Leute sagen.

Nach einer Weile servierten zwei Halbwüchsige eine Mahlzeit aus Schmortopf mit Brot. Abdul nahm an, dass die Jungen das Essen selbst gekocht hatten. Das strähnige Fleisch hielt er für Kamel, aber er fragte nicht. Hinterher räumten die Jungen der Form halber ab und ließen Reste auf dem Boden liegen. Männer ohne Frauen leben überall im eigenen Dreck, dachte Abdul.

Als es dunkel war, wagte er einen Blick auf den Peilempfänger, der in seiner Stiefelsohle verborgen war. Er sah wenigstens einmal am Tag darauf, um sich zu vergewissern, dass das Kokain nicht aus dem Bus entfernt worden war und woandershin gebracht wurde. Heute Abend beruhigte ihn das Gerät genauso wie jedes Mal.

Als sich alle zum Schlafen in die Decken hüllten, saß Abdul

noch da, die Augen geöffnet, und hielt Wache. Er ließ seine Gedanken schweifen und dachte stundenlang an seine Kindheit in Beirut, seine Teenagerjahre in New Jersey, seine Collegekarriere als MMA-Kämpfer und seine gescheiterte Beziehung mit Annabelle. Vor allem aber dachte er an den Tod seiner kleinen Schwester Nura. Letzten Endes, sagte er sich, war er ihretwegen hier in der Sahara, wo er die ganze Nacht über wach bleiben musste, um nicht ermordet zu werden.

Es waren Männer wie Tarik, Hamza und die Tubu, die Nura ermordet hatten. Die Streitkräfte der zivilisierten Welt versuchten, solche Männer auszulöschen. Und er war ein wesentlicher Bestandteil dieser Anstrengungen. Wenn er überlebte, ermöglichte er den Truppen der USA und ihrer Verbündeter, den Kräften des Bösen eine schwere Niederlage zuzufügen.

In den frühen Morgenstunden kam einer der Tubu heraus, um zu urinieren. Beim Zurückgehen blieb der Mann vor der schlafenden Kiah stehen und musterte sie nachdenklich. Abdul starrte ihn an, bis der Stammeskrieger seinen Blick spürte und ihm in die Augen sah. Einen feindseligen Moment lang funkelten sie einander an. Abdul konnte sich vorstellen, welche Berechnungen in dem grausamen Kopf angestellt wurden. Der Mann wusste, dass er Kiah überwältigen konnte, und mit etwas Glück würde sie nicht schreien, denn immer wurde den Frauen die Schuld gegeben, wenn sie vergewaltigt wurden. Sie würde wissen, dass die Leute mit Sicherheit denken würden – oder es zumindest vortäuschten –, dass sie ihn verführt hatte. Aber der Mann sah auch, dass Abdul nicht wegschauen würde. Er konnte gegen Abdul kämpfen, aber es stand nicht fest, dass er gewinnen würde. Er konnte sein Gewehr holen und Abdul erschießen, aber das würde alle aufwecken.

Am Ende wandte der Mann sich ab und kehrte zu seiner Decke zurück.

Nicht lange danach sah Abdul aus dem Augenwinkel eine

verstohlene Bewegung. Er drehte den Kopf, um zu schauen, was es war. Er hörte nichts, und er brauchte einen Moment, um zu lokalisieren, was er entdeckt hatte. Am Himmel stand kein Mond, aber die Sterne leuchteten in voller Pracht, wie es in der Wüste üblich war. Abdul erblickte ein Geschöpf mit silbrigem Fell, das sich so flüssig bewegte, dass es zu gleiten schien, und ganz kurz überfiel ihn abergläubische Angst. Dann jedoch wurde ihm klar, dass ein Tier, einem Hund ähnlich, in das Lager gekommen war, ein Tier mit hellem Fell und schwarzen Beinen und Schweif. Lautlos schlich es an den ahnungslosen Schläfern in ihren Decken vorbei. Das Tier war vorsichtig, aber furchtlos, als wäre es schon hier gewesen, ein regelmäßiger nächtlicher Besucher, der dieses primitive Lager in der Wildnis heimsuchte. Es musste eine Art Fuchs sein, und Abdul sah, dass ihm ein Junges folgte. Mutter und Kind, dachte er und wusste, dass er etwas Seltenes, Besonderes beobachtete. Als einer der Buspassagiere mit einem Mal laut schnarchte, erschreckte er die Füchsin. Sie drehte den Kopf zu dem Geräusch, spitzte die Ohren, die bemerkenswert lang waren und aufrecht standen, fast wie die eines Hasen. Während Abdul noch gebannt zusah, begriff er, dass er ein Geschöpf vor sich sah, von dem er gehört hatte, ohne es je zu Gesicht zu bekommen: ein Löffelfuchs. Die Füchsin entspannte sich, als sie erkannte, dass der Schläfer nicht erwachte. Dann suchten Füchsin und Junges den Boden nach Fressen ab, verschlangen lautlos Essensreste und leckten schmutzige Schüsseln aus. Nach drei oder vier Minuten verschwanden sie so geräuschlos, wie sie gekommen waren.

Kurz darauf brach die Dämmerung herein.

Zerschlagen erhoben sich die Migranten von ihren Schlafstätten. Heute begann die vierte Woche auf der Straße, und jede Nacht war mehr oder weniger unbequem. Sie rollten die Decken zusammen, tranken Wasser und aßen trockenes Brot. Es gab kein Wasser zum Waschen. Außer Abdul war keiner von ihnen in einem Haus aufgewachsen, in dem man heiß duschen konnte, aber dennoch waren sie es gewöhnt, sich regelmäßig zu waschen, und so schmutzig zu sein deprimierte sie.

Abduls Stimmung besserte sich dennoch, als sie von der Tankstelle wegfuhren. Den Tubu musste eine saftige Gebühr bezahlt werden, damit sie das Rauschgift und die Migranten passieren ließen, überlegte er; genug, um sie zu bewegen, ihr Wort zu halten und auf die nächste Fracht zu warten, statt alle niederzumetzeln und sich mit der Beute davonzumachen.

Als die Sonne aufging, ließen sie die Berge hinter sich und kamen auf eine weite flache Ebene. Nach einer Stunde begriff Abdul, dass die Sonne ständig in ihrem Rücken gewesen war. Er stand auf und ging nach vorn. »Warum fahren wir nach Westen?«, fragte er Hakim.

»Weil das der Weg nach Tripolis ist.«

»Aber Tripolis liegt genau im Norden.«

»Aber hier geht die Straße lang!«, erwiderte Hakim wütend.

»Schon gut«, sagte Abdul und kehrte zu seinem Platz zurück.

»Worum ging es?«, fragte Kiah.

»Nichts.«

Nach Tripolis zu kommen war natürlich nicht Bestandteil von Abduls Mission. Er musste im Bus bleiben, wohin immer er auch fuhr. Seine Mission bestand darin, die Hintermänner des Rauschgiftschmuggels zu identifizieren, zu erfahren, wo sie sich versteckten, und die Informationen an die CIA weiterzuleiten.

Daher hielt er den Mund, lehnte sich zurück und wartete ab, was als Nächstes geschah.

Kapitel 19

Wenn er nicht mit Vorsicht gehandhabt wird, könnte sich der Vorfall im Südchinesischen Meer zu einer internationalen Krise ausweiten, dachte Chang Kai.

Satellitenfotos auf Kais Tisch zeigten ein Schiff vor den Xisha-Inseln, die vom Westen als Paracel-Inseln bezeichnet wurden. Aufklärungsflugzeuge hatten festgestellt, dass es sich um ein vietnamesisches Ölexplorationsschiff namens *Vu Trong Phung* handelte. Das war Dynamit, aber die Zündschnur brannte noch nicht.

Wie fast die gesamte chinesische Führung war Kai mit dem Hintergrund vertraut. Seit Jahrhunderten fischten chinesische Boote in diesen Gewässern. Nun hatte China Millionen Tonnen von Sand und Erde an einer Gruppe unbewohnbarer Felsen und Riffe aufgeschüttet und dort Militärstützpunkte errichtet. Kai fand, dass jeder gerecht denkende Mensch einräumen müsste, dass die Inseln dadurch Teil von China geworden waren.

Niemand hätte sich besonders dafür interessiert, wäre nicht unweit der Inseln unter dem Meeresboden Erdöl entdeckt worden, von dem jeder etwas abhaben wollte. China betrachtete das Ölvorkommen als sein Eigentum und hatte nicht vor, es zu teilen. Aus diesem Grund stellte die Fahrt der *Vu Trong Phung* ein Problem dar.

Kai entschied, den Außenminister persönlich zu unterrichten. Sein Vorgesetzter, Sicherheitsminister Fu Chuyu, befand sich nicht in der Stadt, sondern weilte in Ürümqi, der Hauptstadt des Uigurischen Autonomen Gebietes Xinjiang. In Xinjiang hielten Millionen von Muslimen starrsinnig an ihrem Glauben fest, obwohl die kommunistische Regierung in Beijing energisch versuchte, sie davon abzubringen. Fus Abwesenheit gab Kai die Gelegenheit, im Stillen mit Außenminister Wu Bai über die *Vu Trong Phung* zu sprechen und Staatspräsident Chen eine diplomatische Vorgehensweise zu unterbreiten. Als er jedoch das Außenministerium an der Chaoyangmen Nandajie Nr. 2 erreichte, fand er zu seiner Bestürzung General Huang dort vor.

Huang Ling war klein und breit und erinnerte in seiner Uniform mit den eckigen Schultern an einen wandelnden Karton. Wie sein Freund Fu Chuyu war er ein stolzes Mitglied des alten kommunistischen Kaders. Und wie Fu rauchte er unablässig.

Durch seinen Sitz in der Nationalen Sicherheitskommission verfügte Huang über große Macht. Wie der Gorilla beim Abendempfang setzte er sich, wohin es ihm gefiel, und er besaß das Recht, sich im Außenministerium einzumischen, wo er wollte. Wer aber hatte ihn von dieser Besprechung unterrichtet? Vielleicht hielt sich Huang einen Spion im Außenministerium – jemanden, der Wu nahestand. Das muss ich mir merken, dachte Kai.

Trotz seiner Verärgerung begrüßte er Huang mit dem Respekt, der dem älteren Mann zustand. »Es ist uns ein Privileg, von Ihrem Wissen und Ihrer Erfahrung profitieren zu dürfen«, sagte er unaufrichtig. In Wahrheit standen Huang und er im erbitterten andauernden Konflikt zwischen altem Kader und jungen Reformern auf entgegengesetzten Seiten.

Als sie sich setzten, ging Huang auf der Stelle zum Angriff über. »Diese Vietnamesen provozieren uns ständig!«, rief er. »Dabei wissen sie genau, dass sie kein Recht auf unser Öl haben.«

Huang war in Begleitung eines Assistenten, und neben Wu saß ebenfalls ein Mitarbeiter. Für Assistenten bestand bei dieser

Besprechung an sich kein Bedarf, aber Huang war zu wichtig, um ohne Gefolge unterwegs zu sein, und Wu empfand vermutlich ein Bedürfnis nach Schützenhilfe. Kai hatte einen geringfügigen Gesichtsverlust erlitten, indem er allein auftauchte. Was für ein Blödsinn, dachte er.

Allerdings war es richtig, dass Vietnam bereits zweimal versucht hatte, am Meeresboden nach Öl zu suchen. »Ich stimme mit General Huang überein«, sagte Kai. »Wir müssen in Hanoi Protest einlegen.«

»Protest?« Huang klang verächtlich. »Protestiert haben wir schon!«

Geduldig sagte Kai: »Und am Ende hat Hanoi immer nachgegeben und das Schiff zurückgerufen.«

»Und warum tun sie es jetzt wieder?«

Kai unterdrückte ein Seufzen. Jeder wusste, weshalb die Vietnamesen ihre Übergriffe immer wieder erneut begingen. Für sie war es vollkommen akzeptabel, sich zurückzuziehen, wenn Druck auf sie ausgeübt wurde, denn so konnten sie sich als Opfer gerieren; aber den Versuch aufzugeben hieße anzuerkennen, dass sie kein Recht an den Ölvorkommen besaßen, und dazu waren sie nicht bereit. »Aus Prinzip«, antwortete er, obwohl es eine Vereinfachung darstellte.

»Wir haben auch unsere Prinzipien!« Huang beugte sich vor und klopfte Zigarettenasche in eine Porzellanschale auf Wus Schreibtisch. Die rubinrote Schale zeigte ein Doppellotus-Muster und war vermutlich zehn Millionen Dollar wert.

Wu nahm die zerbrechliche antike Schale, leerte die Tabakasche auf den Boden aus und stellte die Schale schweigend außerhalb von Huangs Reichweite ans andere Ende seines Schreibtischs. »Was haben Sie im Sinn, Genosse General?«, fragte er.

Huang antwortete, ohne zu zögern. »Wir sollten die *Vu Trong Phung* versenken. Sonst lernen die Vietnamesen es nie.«

Huang wollte den Druck erhöhen – wie üblich.

»Das ist ein wenig drastisch«, sagte Wu. »Andererseits könnte es den wiederholten Ärgernissen ein Ende machen.«

»Das Ganze hat nur einen Haken«, warf Kai ein. »Mir liegen Erkenntnisse vor, nach denen die vietnamesische Ölindustrie von amerikanischen Geologen beraten wird. An Bord der *Vu Trong Phung* könnten sich durchaus einer oder mehrere Amerikaner befinden.«

»Na und?«, erwiderte Huang.

»Ich stelle lediglich die Frage, ob wir Amerikaner töten wollen.«

»Zweifellos«, sagte Wu, »wäre es eine Eskalation, ein Schiff zu versenken, das Amerikaner an Bord hat.«

Damit erzürnte er Huang. »Wie lange sollen wir uns von den amerikanischen Hurensöhnen denn noch diktieren lassen, was in unserem Hoheitsgebiet vor sich geht?«, wütete er.

Das war unhöflich. Die schlimmsten chinesischen Schimpfwörter hatten allesamt damit zu tun, jemandes Mutter in Zweifel zu ziehen. Bei außenpolitischen Diskussionen üblich war solch eine Ausdrucksweise nicht.

»Andererseits«, sagte Kai milde, »ist erheblich mehr zu bedenken als ein Ölvorkommen unter dem Meeresboden, wenn wir anfangen, Amerikaner zu töten. Wir müssten ihre wahrscheinliche Reaktion auf den Mord einschätzen und uns darauf vorbereiten.«

»Mord?«, fragte Huang mit wachsender Empörung.

»So würde Präsidentin Green es betrachten.« Kai sagte sich, dass es Zeit wurde für ein Zugeständnis, damit Huang sich beruhigte. Rasch fuhr er fort: »Ich will eine Versenkung der *Vu Trong Phung* keineswegs ausschließen. Halten wir uns diese Möglichkeit offen. Aber wir müssten sie schon als letztes Mittel betrachten. Als Erstes sollten wir Hanoi eine Protestnote …«

Huang schnaubte verächtlich.

»… senden, darauf eine Warnung, dann eine unverhohlene Drohung.«

»Ja, das ist die richtige Reihenfolge«, sagte Wu. »Eine Leitersprosse nach der anderen.«

»Falls wir nach alldem das Schiff doch versenken, wird klar sein, dass wir alles dafür getan haben, zu einer friedlichen Lösung zu gelangen.«

Huang war nicht glücklich, aber er wusste, wann er verloren hatte. Er machte das Beste daraus. »Wir sollten wenigstens einen Zerstörer in der Nähe positionieren, der bereit ist anzugreifen.«

»Ausgezeichneter Vorschlag.« Wu erhob sich, um anzuzeigen, dass die Besprechung vorbei sei. »Diesen Vorschlag werde ich dem Genossen Präsidenten unterbreiten.«

Kai fuhr im Aufzug mit Huang hinunter, der schwieg, während sie sieben Stockwerke überwanden. Vor dem Gebäude wurden Huang und sein Assistent von einer funkelnden Hongqi-Limousine abgeholt, während Kai in die silbergraue Familienkutsche von Geely stieg, hinter deren Lenkrad der Mönch saß.

Kai fragte sich, ob er solchen Statussymbolen mehr Aufmerksamkeit schenken sollte. Die Zeichen für Einfluss und Bedeutung waren in kommunistischen Ländern wichtiger als im dekadenten Westen, wo sich ein Kerl in einer abgewetzten Lederjacke als Milliardär entpuppen konnte. Aber wie die amerikanischen Studenten, die er in Princeton kennengelernt hatte, hielt Kai Statussymbole für verschwendete Mühe. Und hatte er das nicht heute bewiesen? Der Außenminister war seinem Rat gefolgt und nicht dem Huangs. Also zählten Assistent und Limousine vielleicht doch nicht so viel.

Der Mönch fädelte sich in den Verkehr ein und fuhr zum Studio Schöne Filme. An diesem Abend gab es eine Party zur Feier der hundertsten Folge von *Liebe im Palast*. Die Sendung war ein Hit. Sie hatte fantastische Einschaltquoten, und die beiden Hauptdarsteller wurden gefeiert. Ting verdiente viel mehr als Kai – was für ihn kein Problem war.

Kai nahm die Krawatte ab, um zwischen den Schauspielern

nicht so förmlich zu wirken. Als er ankam, ging die Party auf der Tonbühne gerade erst richtig los, umgeben von all den Kulissen, großen und kleinen Räumen, die im üppigen Stil der späten Qing-Dynastie eingerichtet und dekoriert waren.

Die Schauspieler hatten ihre dicke Fernsehschminke entfernt und die Kostüme abgelegt. Als kunterbunte Flut überschwemmten sie nun den Raum. In Kais Welt trugen Männer Anzüge, um seriös zu wirken, und die wenigen Frauen kleideten sich in Grau und Dunkelblau, damit sie wie Männer erschienen. Die Schauspielerinnen und Schauspieler trugen modische Kleidungen in allen Farben und Schnitten.

Auf der anderen Seite des Raums erblickte Kai Ting, die in schwarzer Jeans und einem pinkfarbenen Sweatshirt sehr niedlich aussah. Sie umgarnte den Produzenten der Sendung. Kai hatte sich abgewöhnt, eifersüchtig zu sein, wenn er sie bei so etwas beobachtete; dergleichen gehörte zu ihrer Arbeit, und die Hälfte der Männer, mit denen sie flirtete, war ohnehin homosexuell.

Kai nahm sich eine Flasche Yanjing-Bier. Die Techniker und Komparsen schütteten kostenlosen Schnaps so schnell in sich hinein, wie sie konnten, aber die Schauspieler waren umsichtiger, wie Kai auffiel. Tings Co-Star Wen Jin, der den Kaiser spielte, unterhielt sich ernst mit dem Studiochef, ein Lehrstück in diskreter Selbstdarstellung. Jin war groß, gut aussehend und respektgebietend, und der Chef wirkte ein bisschen ehrfürchtig und behandelte den Schauspieler, als wäre er wirklich der mächtige Herrscher, den er nur darstellte. Andere Schauspieler wirkten entspannter, schwatzten und lachten, aber den Produzenten und Regisseuren gegenüber, die die Macht hatten, ihnen Arbeit zu geben und zu nehmen, gaben sie sich charmant. Wie so viele Partys war auch diese für viele Gäste nur Arbeit.

Ting entdeckte Kai, kam zu ihm und gab ihm einen langen Kuss auf den Mund, vermutlich, damit jeder wusste, dass er ihr

Ehemann war und sie ihn liebte. Kai sonnte sich in ihrer Zuneigung.

Er merkte ihr jedoch an, dass sie hinter dem unbeschwerten Partylächeln ein anderes Gefühl verbarg: Etwas bedrückte sie. Vor ihm konnte sie es nicht verborgen halten, dazu kannte er sie zu gut. »Was ist los?«, fragte er.

In diesem Moment stieg der Studiochef in seinem schwarzen Anzug auf einen Stuhl, um eine Rede zu halten, und alles wurde still. Ting murmelte: »Ich sage es dir gleich.«

»Mein Glückwunsch an die talentierteste Gruppe von Menschen, mit denen ich je zusammengearbeitet habe!«, rief der Chef, und alle jubelten. »Wir haben jetzt einhundert Folgen von *Liebe im Palast* gefilmt – und von Folge zu Folge werden wir besser!« Solche Übertreibungen waren im Showbusiness alltäglich, dessen war Kai sich bewusst. Vermutlich redet man so in Hollywood, dachte er, aber in Los Angeles war er noch nie gewesen. »Und ich habe eine besonders gute Neuigkeit«, fuhr der Chef fort. »Wir haben die Serie jetzt an Netflix verkauft!«

Das war eine wirklich gute Neuigkeit, und Hochrufe brandeten auf.

In anderen Ländern lebten fünfzig Millionen Chinesen, und viele davon liebten es, Fernsehserien zu schauen, die aus ihrem Heimatland stammten. Die besten Serien chinesischer Produktion wurden im Originalton, auf Mandarin, mit Untertiteln in der jeweiligen Landessprache ausgestrahlt und brachten den Produzenten gutes Geld ein. Der Austausch ging in beide Richtungen. Einige ausländische Serien wurden in China gesendet, um die Menschen beim Erlernen der englischen Sprache zu unterstützen; meist aber produzierten chinesische Studios schamlose Kopien amerikanischer Erfolgsserien – ohne einen Cent an Lizenzgebühren zu zahlen. Hollywood prangerte die Praxis bitterlich an, aber wie die meisten Chinesen lachte Kai darüber. Der Westen hatte China gnadenlos mehrere Jahrhunderte ausgeplündert, und westliche Proteste gegen Ausbeutung erschienen den Chinesen als absurd komisch.

Kaum war der Chef vom Stuhl gestiegen, sprach Ting mit leiser Stimme Kai an. »Ich habe mit einem der Autoren gesprochen.«

»Was ist los?«

»Meine Figur soll erkranken.«

»Woran?«

»Ein rätselhaftes, aber ernstes Leiden.«

Kai sah das Problem nicht sofort. »Großes Drama«, sagte er. »Deine Feinde frohlocken voller Hohn, deine Freunde sind in Tränen aufgelöst, deine Liebhaber knien an deinem Bett. Gibt dir die Gelegenheit, tragisch zu sein.«

»Du hast viel über Drehbücher gelernt, aber nicht über Studiopolitik«, sagte sie mit einem Hauch von Verärgerung. »So etwas macht man, wenn man überlegt, eine Figur aus der Serie hinauszuschreiben.«

»Wollen sie dich sterben lassen?«

»Das habe ich den Autor gefragt, und er ist mir ausgewichen.«

Kai stieg ein unehrenhafter Gedanke in den Kopf. Wenn Ting die Serie verließ, zog sie sich vielleicht aus dem Fernsehgeschäft zurück und bekam ein Baby. Er tat die Vorstellung sofort ab. Sie liebte es, ein Star zu sein, und er würde alles tun, um ihr zu helfen, damit sie die Rolle behielt. Zurückziehen sollte sie sich nur auf ihren eigenen Wunsch hin. »Aber du bist die beliebteste Figur.«

»Richtig. Als vor einem Monat die Anzeige gemacht wurde, ich hätte die Partei kritisiert, war ich mir sicher, dass Wen Jin es aus Eifersucht getan hat. Aber Jin hat nicht den nötigen Einfluss, um mich aus der Serie hinausschreiben zu lassen. Da geht etwas anderes vor, und ich weiß nicht, was.«

»Ich glaube, ich weiß es. Vermutlich hat es nichts mit dir zu tun. Es richtet sich gegen mich. Meine Feinde versuchen, mich über dich zu treffen.«

»Welche Feinde?«

»Die üblichen: mein Chef, Fu Chuyu; General Huang, mit dem ich heute aneinandergeraten bin; die ganzen alten Männer mit den schlechten Frisuren und schlechten Anzügen. Ich werde mit Wang Bowen sprechen.« Wang war der Vertreter der Kommunistischen Partei bei Schöne Filme und für die Überwachung des Studios zuständig. Er schaute sich um und entdeckte Wangs kahl werdenden Kopf im Schlafzimmer der Hauptfrau des Kaisers. »Ich werde sehen, was ich herausfinden kann.«

Ting drückte seinen Arm. »Ich danke dir.«

Kai durchschritt die Menge. In Tings Welt sind alle Konflikte imaginär, überlegte er. Nicht sie würde sterben, sondern nur die fiktionale Figur, die sie darstellte. Vielleicht war es das, was ihm am Fernsehgeschäft so gefiel. In seiner Welt war es in der Diskussion um die *Vu Trong Phung* um den Tod echter Menschen gegangen.

Er sprach Wang Bowen an.

Wangs Hemd war zerknittert, und das bisschen Haar, das er noch hatte, benötigte dringend die Schere eines Friseurs. Kai wollte ihm sagen: Sie vertreten die größte kommunistische Partei auf der Welt – finden Sie nicht, Sie sollten gepflegter aussehen? Doch er hatte anderes im Sinn. Nach einigen Liebenswürdigkeiten sagte er: »Ich bin mir sicher, Sie wissen bereits, dass Tings Figur erkranken soll.«

»Ja, natürlich.« Wang sah ihn wachsam an.

Das bestätigte es. »Todkrank vielleicht.«

»Das weiß ich«, sagte Wang.

Ting lag mit ihrem Verdacht also richtig.

»Gewiss«, sagte Kai, »ist Ihnen bewusst, welche politischen Fragen solch ein Handlungsverlauf aufwerfen könnte.«

Wang sah ihn vollkommen verdutzt und auch ein wenig ängstlich an. »Ich bin mir nicht sicher, was Sie meinen.«

»Die Medizin im achtzehnten Jahrhundert war primitiv.«

»Ja, natürlich. Geradezu barbarisch.«

»Sie könnte selbstverständlich eine wundersame Genesung erfahren.« Kai zuckte mit den Schultern und lächelte. »Wunder kommen in einem Idol-Drama vor.«

»Ja, freilich.«

»Aber da müssten Sie sehr vorsichtig vorgehen.«

»Das mache ich immer.« Wang war nach wie vor beunruhigt und verwirrt. »Aber woran denken Sie denn genau?«

»Die Gefahr, dass die Geschichte als Anspielung auf die Gesundheitsversorgung im heutigen China betrachtet werden könnte.«

»Ach du meine Güte!« Die Möglichkeit beängstigte Wang. »Wie könnte das sein?«

Kai bemerkte, dass sogar seine Stimme bebte.

Männer wie Wang in Furcht und Schrecken zu versetzen war nicht schwierig. Ihnen graute davor, als Abweichler von der Parteilinie dazustehen. Kai sagte: »Die Geschichte könnte nur zwei Wege nehmen. Entweder sind die Ärzte unfähig, und sie stirbt, oder die Ärzte sind unfähig, und sie überlebt durch ein Wunder. In beiden Fällen werden die Ärzte als unfähig hingestellt.«

»Aber im achtzehnten Jahrhundert wussten die Ärzte nichts.«

»Das ist richtig, und dennoch kann ich mir nicht vorstellen, dass die Partei zu sehen wünscht, wie das Thema unfähige Ärzte in einem populären Fernsehdrama angeschnitten wird.« In den Gesundheitszentren der Städte hatten nur zehn Prozent aller Ärzte eine formelle medizinische Ausbildung. »Ich glaube, Sie wissen, was ich meine.«

»Ja, natürlich, das ist mir klar.« Wang befand sich nun wieder auf vertrautem Terrain und begriff rasch. »Jemand könnte in den sozialen Netzwerken schreiben: ›Ich hatte auch mal einen lausigen Arzt.‹ Jemand anderes könnte antworten: ›Ging mir genauso.‹ Und ehe man es sich versieht, bricht eine landesweite Diskussion über die Kompetenz unserer Ärzte los, bei der Leute ihre persönlichen Erfahrungen im Internet schildern.«

»Sie sind ein sehr scharfer Denker, Wang Bowen«, sagte Kai, »und haben die Gefahren sofort erkannt.«

»Das habe ich.«

»Das Produktionsteam schätzt Ihren Rat bei solchen Problematiken, und Sie helfen den Leuten sehr gut. Wie gut, dass die Partei sich auf Sie verlassen kann.«

»Ein Gespräch mit Ihnen ist immer sehr nützlich, Chang Kai. Ich danke Ihnen für Ihre Anregungen.«

Der Stolz war befriedigt. Wang hatte sein Gesicht gewahrt. Kai kehrte zu Ting zurück. »Ich glaube nicht, dass sie den Handlungsstrang benutzen werden«, sagte er. »Wang hat erkannt, dass er unerwünschte politische Fragen aufwirft.«

»Oh, ich danke dir, mein Liebling. Aber glaubst du nicht, sie werden etwas anderes versuchen?«

»Ich hoffe, meine Feinde erkennen, dass es leichter ist, mich persönlich ins Visier zu nehmen, statt mich über dich anzugreifen.« In Wirklichkeit machte er sich nur geringe Hoffnungen, dass es so kam. Die Familie zu bedrohen, um Leute auf Linie zu halten, gehörte zu den üblichen Taktiken der Kommunistischen Partei. Auf diese Weise hielt die Regierung zum Beispiel die Auslandschinesen unter Kontrolle. Drohungen gegen die jeweilige Person waren weit weniger wirksam.

»Die Leute brechen schon auf«, sagte Ting. »Komm, wir machen uns davon.«

Sie verließen das Studio und stiegen ins Auto. Der Mönch fuhr los. »Wir holen uns etwas Schönes zu essen«, sagte Ting, »und verbringen einen ruhigen Abend.«

»Klingt wunderbar.«

»Wir könnten frittierte Kaninchenohren besorgen. Ich weiß, wie sehr du sie magst.«

»Meine Leibspeise.« Kais Handy gab den Glockenton von sich, der den Eingang einer Textnachricht anzeigte. Er sah aufs Display: Der Versender hatte seine Nummer unterdrückt. Kai runzelte die Stirn. Nur wenige Personen kannten seine Nummer, und noch weniger durften ihn anonym kontaktieren. Er las die Nachricht. Sie bestand aus einem einzigen Wort: SOFORT.

Auf der Stelle wusste er, dass die Nachricht von General Ham in Nordkorea stammte. Sie bedeutete, dass Ham ihn so bald wie möglich sprechen wollte.

Ham hatte sich beinahe drei Wochen lang still verhalten. Etwas Wichtiges musste geschehen sein. Die Wirtschaftskrise des Landes war eine alte Meldung: Es musste eine neue Entwicklung geben.

Spione übertrieben oft die Bedeutung ihrer Erkenntnisse, um die eigene Wichtigkeit aufzublasen, aber Ham war nicht so. Vielleicht wollte der Oberste Führer Kang U-jung einen nuklearen Sprengkopf testen, was die Amerikaner aufbringen würde. Eventuell plante er auch eine Verletzung der demilitarisierten Zone zwischen Nord- und Südkorea. Er hatte so viele Möglichkeiten, der Regierung Chinas das Leben schwer zu machen.

Jeden Tag gingen drei planmäßige Flüge von Beijing nach Yanji, und im Notfall konnte Kai eine Maschine der Luftwaffe benutzen. Er rief in seinem Büro an. Peng Yawen, seine Chefsekretärin, war noch an ihrem Schreibtisch. »Frau Peng, wann geht morgen früh die erste Maschine nach Yanji?«, fragte er.

»Früh …« Kai hörte, wie sie auf der Tastatur tippte. »Sechs Uhr fünfundvierzig. Sie fliegt nonstop.«

»Buchen Sie mir bitte einen Platz. Wann landet sie?«

»Acht Uhr fünfzig. Soll ich Ihnen einen Wagen bestellen, der Sie am Flughafen Chaoyangchuan abholt?«

»Nein.« Kai zog es vor, unauffällig zu sein. »Ich nehme ein Taxi.«

»Bleiben Sie über Nacht?«

»Nur wenn ich es nicht vermeiden kann. Buchen Sie mich für den nächsten Flug zurück, Frau Peng. Wir können notfalls noch umbuchen.«

»Jawohl, Genosse Vizeminister.«

Kai legte auf und kalkulierte den zeitlichen Ablauf im Kopf. Die Treffen fanden an Hams unfertigem Haus statt, solange sie nicht etwas anderes vereinbarten. Kai sollte um halb zehn dort ankommen.

Er beantwortete Hams Nachricht ebenso knapp. Er schrieb nur: 9:30 Uhr.

* * *

Am nächsten Morgen fiel am Flughafen von Yanji ein dichter kalter Regen. Kais Flugzeug musste eine Viertelstunde lang kreisen, während eine Luftwaffenmaschine landete. Zivile und militärische Terminals teilten sich die Rollbahn, aber das Militär genoss Vorrang – wie immer in China.

Es war zwar erst Mitte Oktober, aber Kai war froh über seinen Wintermantel, als er aus dem Terminal kam und sich für ein Taxi anstellte. Wie üblich gab er als Fahrtziel den Wumart-Supermarkt an. Der Fahrer hatte das Radio auf einen Sender in koreanischer Sprache gestellt, der *Gangnam Style* spielte, einen bekannten K-Pop-Klassiker. Kai lehnte sich zurück und genoss die Musik.

Vom Supermarkt ging Kai zu Fuß zu Hams Haus. Die Baustelle war ein Meer aus Schlamm, und die Arbeit ging kaum voran.

»Ich riskiere mein Leben mit diesem Treffen«, sagte der koreanische Generalmajor. »Aber vermutlich werde ich ohnehin in den nächsten Tagen liquidiert.«

Das war erschreckend. »Ist das Ihr Ernst?«

Die Frage war überflüssig. Ham meinte es immer ernst. »Gehen wir aus dem Regen.«

Sie betraten das unfertige Haus. Ein Innenausstatter und sein Gehilfe strichen die Zimmer für Hams Enkel in hellen Pastelltönen, und der typische beißende Geruch frischer Farbe füllte das

Haus, vermittelte aber auch das angenehme Gefühl von Neuheit und Eleganz.

Ham führte Kai in die Küche. Auf der Theke standen ein elektrischer Wasserkocher, ein Glas mit Teeblättern und einige Tassen. Ham schaltete den Kocher ein und schloss die Tür, damit ihr Gespräch nicht belauscht werden konnte.

Im Haus war es kalt. Die beiden Männer behielten die Mäntel an. Stühle gab es nicht; sie lehnten sich an die gerade erst eingebauten Küchenschränke.

Ungeduldig fragte Kai: »Was ist geschehen? Worin besteht der Notfall?«

»Die Wirtschaftskrise ist die schlimmste seit dem Nord-Süd-Krieg.«

Davon wusste Kai bereits. Zum Teil war er dafür verantwortlich. »Und …«

»Der Oberste Führer hat das Militärbudget beschnitten. Die Marschälle protestierten, und er hat sie alle entlassen.« Ham hielt inne. »Das war ein Fehler.«

»Nun wird das Militär also von einer neuen, jüngeren Generation von Offizieren geführt. Na und?«

»Seit Langem gibt es im Militär ein starkes ultranationalistisch-reformistisches Element. Wir sollten über unser Schicksal selbst entscheiden, sagen diese Kreise; Nordkorea sollte nicht Chinas Schoßhündchen sein. Ich hoffe, damit beleidige ich Sie nicht, mein Freund.«

»Nicht im Geringsten.«

»Um die Unabhängigkeit aufrechtzuerhalten, müssten sie Landwirtschaft und Industrie reformieren und die Fesseln der Kontrolle durch die Kommunistische Partei lockern.«

»Wie in China unter Deng Xiaoping.«

»Ihre Ansichten haben sie nie lautstark vertreten – würden sie den Obersten Führer offen kritisieren, wären sie die längste Zeit Offiziere gewesen. Solche Meinungen werden nur hinter vorgehaltener Hand geäußert, nur unter Freunden, denen man vertrauen kann. Das bedeutet jedoch, dass der Oberste Führer nicht immer weiß, wer seine Feinde sind. Und viele in der neuen Führungsriege gehören insgeheim der ultranationalistischen Strömung an. Sie glauben, dass sich unter Kang U-jung niemals etwas verbessern wird.«

Kai begriff allmählich, worauf er hinauswollte, und machte sich Sorgen. »Was werden sie deswegen unternehmen?«

»Sie reden von einem Militärputsch.«

»Verdammt.« Kai war erschüttert. Ein Militärputsch bedeutete eine weitaus ernstere Krise als ein vietnamesisches Schiff vor den Xisha-Inseln oder eine UNO-Resolution gegen Waffengeschäfte. Nordkorea musste stabil bleiben. Es war ein Eckstein der chinesischen Landesverteidigung. Jede Bedrohung Pjöngjangs bedeutete eine Bedrohung Beijings.

Das Wasser kochte, und der Kocher schaltete sich ab. Keiner der beiden Männer machte Anstalten, Tee aufzusetzen. »Ein Putsch also?«, fragte Kai. »Wann? Wie?«

»Die Rädelsführer sind meine Kameraden, die Offiziere in Jeongjeo-dong. Sie werden jedenfalls in der Lage sein, ihren eigenen Stützpunkt unter Kontrolle zu bringen.«

»Was bedeutet, dass sie Atomwaffen in ihre Gewalt bekommen.«

»Das betrachten sie als unverzichtbar.«

Es wurde immer schlimmer. »Wie viel Unterstützung erhalten sie anderswo?«

»Das weiß ich nicht. Sie müssen verstehen, dass ich dem inneren Kreis nicht angehöre. Man betrachtet mich als Unterstützer, verlässlich, aber eher eine Randfigur. Ich wäre vermutlich ein begeisterter Verbündeter, nur dass ich schon vor Jahren meinen eigenen Weg gewählt habe.«

»Wenn es den Verschwörern ernst ist, müssen sie ein weit verbreitetes Netz haben.«

»Ich nehme an, sie stehen mit gleichgesinnten hohen Offizieren in anderen Armeestützpunkten in Verbindung – aber sicher weiß ich es nicht.«

»Dann wissen Sie vermutlich auch nicht, wann sie zuschlagen wollen.«

»Bald. Der Armee gehen Lebensmittel und Treibstoff aus. Nächste Woche vielleicht. Oder schon morgen.«

Kai musste diese Information so schnell wie möglich an den chinesischen Staatspräsidenten weitergeben.

Er überlegte, Beijing telefonisch zu informieren, doch er verwarf die Idee augenblicklich als Panikreaktion. Seine Anrufe beim Guoanbu waren verschlüsselt, aber es gab keinen Code, der nicht zu knacken gewesen wäre. Und wenn der Putsch heute erfolgte, war es ohnehin zu spät; geschah er erst morgen, hatte er genügend Zeit für seine Warnung. Er musste unverzüglich nach Beijing zurückfliegen und innerhalb weniger Stunden den Staatspräsidenten unterrichten.

»Sie sollten mir ein paar Namen nennen.«

Eine Weile stand Ham reglos da und starrte seine Schuhe auf dem frisch gefliesten Fußboden an. Schließlich sagte er: »Die nordkoreanische Regierung ist brutal und unfähig, aber das ist nicht das Problem. Das Problem ist ihre Verlogenheit. Alles, was sie verlautbart, ist Propaganda; sie sagt niemals die Wahrheit. Ein Mann kann schlechten Führern gegenüber loyal sein, aber nicht gegenüber unehrlichen. Ich habe die Führer meines Landes verraten, weil sie mich belogen haben.«

Kai wollte sich seine Rechtfertigungen nicht anhören. Er hatte es eilig. Allerdings spürte er Hams unbändiges Bedürfnis, diese Worte auszusprechen, und schwieg.

»Vor langer Zeit habe ich beschlossen, mich nur um meine Familie und mich zu kümmern«, sagte Ham in dem schwerfälligen Tonfall eines älteren Mannes, der über die Entscheidungen nachdenkt, von denen der Verlauf seines Lebens bestimmt wurde. »Ich habe meine Tochter ermutigt hierherzuziehen, nach China. Ich begann, für Sie zu arbeiten und Geld anzuhäufen. Schließlich baute ich das Haus für meinen Ruhestand. Bei alldem habe ich nie etwas getan, wofür ich mich schämen müsste. Aber jetzt …«

»Das verstehe ich«, sagte Kai. »Aber Sie erfüllen nun Ihr Schicksal. Wie Sie schon feststellten, haben Sie die wesentlichen Weichenstellungen vor langer Zeit getroffen.«

Ham ging nicht darauf ein. »Jetzt stehe ich davor, meine Waffenbrüder zu verraten, Kameraden, die nichts weiter wollten als ein wahrhaft unabhängiges Heimatland.« Er schwieg kurz und fuhr traurig fort: »Männer, die mich nie belogen haben.«

»Ich verstehe, was Sie empfinden«, sagte Kai leise. »Aber wir müssen diesen Putsch verhindern. Es ist nicht abzusehen, wie er ausgeht. Wir dürfen nicht zulassen, dass Nordkorea in den Abgrund stürzt.«

Noch immer zögerte Ham.

»Welchen Sinn hat es, mir von dem Putsch zu erzählen, wenn Sie ihn nicht aufhalten wollen?«

»Meine Kameraden werden hingerichtet.«

»Was meinen Sie, wie viele Menschen würden bei ihrem Putsch sterben?«

»Natürlich gäbe es Verluste.«

»Und ob. Tausende Tote. Es sei denn, Sie und ich verhindern das, indem wir heute handeln.«

»Sie haben recht. Wir gehören der Volksarmee an, wir haben uns verpflichtet, in die Schlacht zu ziehen. Ich muss auf meine alten Tage weich werden.« Ham riss sich zusammen. »Der Rebellenführer ist der Stützpunktkommandeur, General Pak Jae-jin, mein unmittelbarer Vorgesetzter.«

Kai notierte sich den Namen auf dem Handy.

Ham nannte ihm sechs weitere Namen, und Kai schrieb sie alle auf.

»Sie kehren noch heute nach Jeongjeo-dong zurück?«, fragte er dann.

»Richtig. Und ich werde zumindest für die nächsten Tage nicht nach China kommen können.«

»Wenn Sie mir etwas Dringendes zu melden haben, rufen Sie mich an, wenn das geht.«

»Ich werde Sicherheitsmaßnahmen ergreifen.«

»Woran denken Sie?«

»Ich stehle ein fremdes Telefon.«

»Und nachdem Sie mich angerufen haben?«

»Werfe ich das Gerät in den Fluss.«

»Das müsste genügen.« Er schüttelte Ham die Hand. »Seien Sie vorsichtig, mein Freund. Überleben Sie die Krise, und dann verschwinden Sie und kommen hierher zurück.« Er sah sich in der funkelnden neuen Küche um. »Sie haben es verdient.«

»Danke.«

Kai verließ die Baustelle und stapfte in Richtung Supermarkt. Auf dem Weg dorthin rief er sich ein Taxi. Auf seinem Handy hatte er eine Liste aller Taxivermittlungen von Yanji gespeichert, und er benutzte niemals zweimal dieselbe. Kein Fahrer erhielt Gelegenheit, ein Muster in seinen Fahrten zu erkennen.

Er wählte die Nummer des Guoanbu und sprach mit Peng Yawen. »Rufen Sie das Sekretariat des Staatspräsidenten an«, sagte er.

»Jawohl, Genosse Vizeminister«, bestätigte sie kurz und bündig. Nichts brachte Frau Peng aus der Ruhe. Vermutlich hätte sie Kais Arbeit genauso gut erledigen können wie er selbst.

»Sagen Sie, es sei von überragender Wichtigkeit, dass ich heute noch mit ihm sprechen kann. Ich habe außergewöhnliche Erkenntnisse, über die ich am Telefon nicht reden kann.«

»Außergewöhnliche Erkenntnisse, jawohl.«

Kai konnte sich vorstellen, wie ihr Bleistift über das oberste Blatt ihres Notizblocks raste. »Danach rufen Sie die Luftwaffe an und teilen ihr mit, dass ich augenblicklich einen Flug nach Beijing benötige. In einer halben Stunde bin ich am Fliegerhorst.«

»Genosse Vizeminister, ich sollte dem Sekretariat des Staatspräsidenten besser mitteilen, dass Sie einen Termin am Nachmittag oder Abend benötigen. Vorher werden Sie nicht wieder hier sein.«

»Gut mitgedacht, Frau Peng.«

»Vielen Dank, Genosse Vizeminister.«

»Sobald man Ihnen beim Staatspräsidenten eine Zeit genannt hat, rufen Sie das Außenministerium an und geben Bescheid, dass ich Wu Bai ersuche, an dem Treffen teilzunehmen.«

»Wird erledigt.«

»Halten Sie mich über die Entwicklung auf dem Laufenden.«

»Gern, Genosse Vizeminister.«

Kai legte auf. Eine Minute später erreichte er den Wumart und fand ein Taxi vor, das auf ihn wartete. Der Fahrer schaute sich auf seinem Handy ein südkoreanisches Fernsehdrama an.

Kai stieg in den Fond und sagte: »Zur Luftwaffenbasis Longjing, bitte.«

* * *

Die Regierung der Volksrepublik China befand sich auf einem sechs Quadratkilometer großen Park- und Gebäudekomplex, der Zhongnanhai genannt wurde. Im alten Herzen Beijings gelegen, grenzte er an die Verbotene Stadt und war ein Park des Kaisers gewesen. Kais Fahrer, der Mönch, nahm den Südeingang, der Tor des Neuen China genannt wurde. Den neugierigen Blick vom Tor ins Innere unterbrach eine Geistermauer mit der Devise: *Dem Volke dienen* aus gewaltigen Buchstaben in der unverkennbaren Kalligrafie Mao Zedongs, einer eleganten, schwungvollen Handschrift, die eine Milliarde Menschen sofort erkannte.

Der Öffentlichkeit war Zhongnanhai nur im zehnjährigen

Chaos der Kulturrevolution für einen kurzen Zeitraum zugänglich gewesen; heute war es stark gesichert. Mit der Feuerkraft am Tor des Neuen China hätte man eine Invasion stoppen können. Soldaten mit Kampfhelm und Hinterschaftladergewehren starrten drohend auf Kais Wagen, während Wächter dessen Unterseite mit Spiegeln absuchten. Obwohl Kai den Staatspräsidenten nicht zum ersten Mal aufsuchte, wurde sein Guoanbu-Ausweis sorgfältig inspiziert und sein Termin überprüft. Erst nachdem seine lauteren Absichten endlich bestätigt worden waren, senkten sich die reifenzerfetzenden Hindernisse in die Straßendecke, und der Wagen konnte weiterfahren.

Mehr als die halbe Fläche von Zhongnanhai nahmen zwei Seen ein. Stumpf spiegelte sich der graue Himmel im Wasser. Schon der Anblick ließ Kai schaudern. In einem harten Winter froren die Gewässer zu. Kais Wagen umfuhr den südlichen See im Uhrzeigersinn zum Nordwestviertel, wo sich das meiste Land befand. Die Gebäude, traditionelle chinesische Paläste und Sommerhäuser mit geschwungenen Pagodendächern, passten in den Lustgarten, den das Gelände einmal dargestellt hatte.

Der Komplex war offizieller Sitz des Ständigen Ausschusses des Politbüros der Kommunistischen Partei Chinas, dem der Staatspräsident angehörte, aber die Mitglieder waren nicht verpflichtet, in Zhongnanhai zu wohnen, und einige zogen ihre Häuser außerhalb des Komplexes vor. Die großen Empfangsräume wurden nun für Konferenzen genutzt.

Der Mönch parkte vor Qinzhengdian, der Halle der Ordentlichen Regierung, auf der gegenüberliegenden Seite des ersten Sees. Das Gebäude war neu und an der Stätte eines alten kaiserlichen Palastes errichtet worden; es beherbergte den Amtssitz des Präsidenten. Davor standen keine behelmten Infanteristen, aber Kai fielen etliche stämmige junge Männer auf, deren billige Anzüge von schlecht verdeckten Waffen ausgebeult wurden.

Im Foyer machte Kai zunächst an einem Empfangstresen

Halt, an dem sein Gesicht mit einem gespeicherten Bild verglichen wurde. Daraufhin trat er in eine Sicherheitskabine und wurde auf versteckt getragene Waffen durchleuchtet.

Auf der anderen Seite der Sperre begegnete ihm der Chef der Präsidentengarde, der auf dem Weg nach draußen war. Wang Qingli war ein alter Kamerad seines Vaters, und sie hatten sich in Chang Jianjuns Haus kennengelernt. Qingli gehörte dem konservativen alten Kader an, aber er war smarter; vielleicht lag es daran, dass er oft mit dem Präsidenten zu tun hatte. Er war gepflegt und trug die Haare zurückgekämmt und sauber gescheitelt. Sein marineblauer Anzug war von europäischem Schnitt, genau wie bei dem Mann, den er beschützte. Er begrüßte Kai mit Handschlag und einem Lächeln und versicherte ihm, seine Frau verpasse niemals eine Folge von *Liebe im Palast*. Kai hatte das schon von hundert Männern gehört, doch das störte ihn nicht. Ihn freute, dass Ting so erfolgreich war.

Das Gebäude war in einem Stil eingerichtet, der Kai gefiel. Traditionelle chinesische Anrichten und Paravents mischten sich dezent mit bequemen modernen Sitzmöbeln, und nichts von allem wirkte fehl am Platz; ein Kontrast zu vielen der anderen Gebäude, in denen noch immer Mobiliar mit ausladenden Beinen und Stoffen mit Mustern der Fünfzigerjahre vorherrschten, die einmal schick gewesen waren und nun unpassend und schäbig wirkten.

Im Wartezimmer des Präsidenten entdeckte Kai den Außenminister. Wu Bai saß mit einem Glas Mineralwasser auf einer Couch. Wie immer war er makellos gekleidet. Sein schwarzer Anzug zeigte ein Fischgrätmuster, sein weißes Hemd schimmerte, seine dunkelgraue Krawatte durchlief ein schmaler roter Streifen. »Ich freue mich, dass Sie auch schon kommen«, sagte er sarkastisch. »Noch ein paar Minuten, und ich hätte dem Genossen Präsidenten mitteilen müssen, dass ich keine Ahnung habe, weshalb ich hier bin, verflucht noch mal.«

Er war Kai übergeordnet, und Kai hätte vor ihm eintreffen müssen, nicht umgekehrt. »Ich komme gerade aus Yanji zurück. Ich bitte höflich um Entschuldigung, dass Sie warten mussten.«

»Erzählen Sie mir lieber, um was zum Henker es hier überhaupt geht.«

Kai nahm Platz und erklärte es ihm, und als er fertig war, hatte sich Wus Zorn völlig gelegt. »Wir müssen sofort handeln«, sagte er. »Der Genosse Präsident muss Pjöngjang anrufen und den Obersten Führer warnen. Es könnte schon zu spät sein.«

Ein Adjutant trat zu ihnen und bat sie ins Büro des Präsidenten. Während sie gingen, sagte Wu: »Ich eröffne die Diskussion.« Das entsprach dem Protokoll: Der Geheimdienstchef diente dem Politiker. »Ich werde ihm sagen, dass ein Putsch geplant ist, und Sie werden ihm alle Details liefern, die wir haben.«

»Wie Sie wünschen, Genosse Minister.« Es war wichtig, sich älteren Männern zu beugen. Mit jedem anderen Verhalten hätte er sowohl Wu als auch Chen vor den Kopf gestoßen.

Sie gingen hinein. Das Büro des Präsidenten war ein breiter, lang gestreckter Raum mit einem großen Fenster zum See. Im wirklichen Leben unterschied Präsident Chen sich ein wenig von den offiziellen Porträts, die in so vielen staatlichen Büros hingen. Er war recht klein und hatte einen leicht vorstehenden Bauch, der auf Fotos nicht zu sehen war. Dafür war er freundlicher, als sein öffentliches Image vermuten ließ. »Minister Wu!«, rief er leutselig. »Eine Freude, Sie zu sehen. Wie geht es Frau Wu? Mir ist bekannt, dass sie sich einem kleineren medizinischen Eingriff unterziehen musste.«

»Die Operation war erfolgreich, und sie ist vollständig genesen, Genosse Staatspräsident. Ich danke Ihnen für Ihre Nachfrage.«

»Chang Kai – Sie kannte ich als Kind, und jedes Mal, wenn ich Sie heute sehe, möchte ich Ihnen sagen, wie sehr Sie gewachsen sind.«

Kai lachte, obwohl Chen bei ihrer letzten Begegnung den gleichen Scherz gemacht hatte. Der Staatspräsident legte großen Wert auf Liebenswürdigkeit. Seine Politik beinhaltete, jedermanns Freund zu sein. Kai fragte sich, ob er je Machiavelli gelesen hatte, der gesagt hatte, gefürchtet zu sein sei besser, als geliebt zu werden.

»Bitte nehmen Sie Platz. Frau Lei wird Ihnen Tee bringen.« Kai hatte die stille Frau mittleren Alters im Hintergrund gar nicht bemerkt, die nun Tee in kleine Tassen einschenkte. »Also«, fuhr Chen fort, »erzählen Sie mir, worum es geht.«

Wie abgesprochen erklärte Wu in kurzen Worten die Sachlage und bat Kai, die Einzelheiten zu erläutern. Chen hörte schweigend zu und notierte sich zweimal etwas mit einem goldenen Travers-Füllfederhalter. Frau Lei reichte allen eine zierliche kleine Tasse mit duftendem Jasmintee. Als Kai fertig war, fragte Chen: »Und alles kommt aus einer Quelle, der Sie vertrauen können?«

»Er ist General in der Koreanischen Volksarmee und liefert uns seit vielen Jahren verlässliche Informationen, Genosse Staatspräsident.«

Chen nickte. »Ein Plan wie dieser ist von Natur aus geheim, daher werden wir kaum Bestätigung erhalten. Die Information könnte aber zutreffen, und das diktiert unsere Reaktion. Ihre Quelle kennt die Stärke der Rebellen außerhalb von Jeongjeodong nicht?«

»Nein. Aber wir können davon ausgehen, dass die Rädelsführer zumindest glauben, starke Unterstützung zu besitzen. Andernfalls würden sie nicht handeln.«

»Ich stimme zu.« Chen überlegte kurz. »Wenn ich mich richtig entsinne, gibt es in Nordkorea achtzehn Militärbasen – ist das richtig?«

Kai warf einen Blick auf Wu, der diese Information offensichtlich nicht parat hatte. Daher antwortete er: »Jawohl, Genosse Staatspräsident, das trifft zu.«

»Zwölf dieser Stützpunkte sind Raketenbasen, und davon sind zwei mit Atomwaffen bestückt?«

»Jawohl.«

»Die Raketenbasen sind es, die wirklich zählen, und darunter sind die nuklear bestückten von überragender Bedeutung.«

Chen war im Nullkommanichts zum Kern gelangt, fand Kai.

Der Staatspräsident blickte Wu an, der zustimmend nickte.

»Und was empfehlen Sie?«, fragte Chen.

»Eine Destabilisierung der nordkoreanischen Regierung müssen wir um jeden Preis verhindern«, sagte Wu. »Meiner Ansicht nach sollten wir Pjöngjang unverzüglich warnen. Wenn man dort auf der Stelle handelt, könnte man die Rebellion niederschlagen, bevor sie beginnt.«

Chen nickte. »So gern wir den Obersten Führer Kang von hinten sehen würden, besser als Chaos ist er allemal. Wie das Sprichwort sagt: Bekommst du zwei schlechte Äpfel angeboten, entscheide dich für den weniger faulen. Und das ist Kang.«

»Das wäre auch mein Rat«, sagte Wu.

Chen nahm den Telefonhörer ab. »Rufen Sie Pjöngjang an«, sagte er. »Ich muss noch heute mit Kang sprechen. Sagen Sie, es sei sehr dringend.« Er legte auf und erhob sich. »Ich danke Ihnen, Genossen. Sie haben gute Arbeit geleistet.«

Kai und Wu schüttelten ihm die Hand und verließen den Raum.

»Gut gemacht«, sagte Wu, als sie die Treppe hinuntergingen.

»Hoffen wir, dass es noch nicht zu spät ist«, sagte Kai.

* * *

Am nächsten Morgen klingelte das Telefon, während Kai sich rasierte. Die Anruferanzeige offenbarte eine koreanische Vorwahl. Kai konnte Koreanisch weder lesen noch schreiben, aber er ahnte, wer ihn anrief. »Jetzt schon?«, fragte er laut, dann nahm er ab.

»Es hat angefangen.« An der Stimme erkannte Kai General Ham.

»Was ist passiert?« Kai legte den Elektrorasierer weg und nahm einen Bleistift.

Ham sprach mit leiser Stimme. Unverkennbar sorgte er sich, er könnte belauscht werden. »Kurz vor Morgengrauen wurde Jeongjeo-dong von Spezialkräften angegriffen.«

Er sprach über die Eliteeinheiten der Koreanischen Volksarmee.

Ham fuhr fort: »Ich nehme an, das war die Reaktion des Obersten Führers auf Informationen aus Beijing.«

»Gut«, sagte Kai. Kang hatte rasch gehandelt. »Und …?«

»Sie haben versucht, die Basis einzunehmen und die befehlshabenden Offiziere zu verhaften.«

Kai gefiel nicht, wie es klang. »Versucht, sagen Sie?«

»Es kam zum Schusswechsel.« Ham berichtete knapp, aber ruhig, ganz wie man ihn ausgebildet hatte. »Die Rebellen waren auf vertrautem Grund und konnten leicht auf alle Mittel der Basis zurückgreifen. Die Angreifer näherten sich in verwundbaren Hubschraubern und waren mit dem Terrain nicht vertraut. Zusätzlich waren sie wohl von Anzahl und Kampfkraft der Rebellen überrascht. Am Ende wurde die Spezialeinheit zurückgeschlagen. Die Rebellen haben nun die komplette Kontrolle über die Basis.«

»Verdammt«, sagte Kai. »Wir waren nicht schnell genug.«

»Die meisten Angreifer sind tot oder gefangen – entkommen konnten nur wenige«, fuhr Ham fort. »Ich habe dieses Handy einem Toten abgenommen. Offiziere, die nicht zu den Verschwörern gehörten, wurden gleichfalls inhaftiert.«

»Das sind schlechte Neuigkeiten. Was geschieht als Nächstes?«

»In den beiden benachbarten Raketenbasen gibt es weitere Rebellengruppen. Ihnen wurde befohlen, jetzt zu handeln, und

Verstärkungen sind zu ihnen unterwegs. Im Land könnte es weitere Aufstände geben – wir haben noch nichts gehört.«

»Rufen Sie mich an, sobald Sie mehr wissen.«

»Ich stehle einer anderen Leiche das Telefon.«

Kai legte auf und sah aus dem Fenster. Erst seit etwa einer Stunde herrschte Tageslicht, und schon ging alles schief. Es würde ein langer Tag werden.

Er hinterließ kurze Nachrichten für Präsident Chen und Minister Wu, in denen er nur knapp umriss, was geschehen war, und weitere Einzelheiten in Kürze versprach. Dann rief er sein Büro an.

Kai erreichte den Diensthabenden der Nachtschicht, Fan Yimu. »In Nordkorea ist es zu einem Putschversuch gekommen«, sagte er. »Ausgang offen. Rufen Sie so schnell wie möglich die Leute zusammen. Ich bin in weniger als einer Stunde da.« Es war Sonntag, aber seine Mitarbeiter würden ihre Pläne, die Autos zu polieren und die Wäsche zu erledigen, verschieben müssen.

Eilig rasierte er sich zu Ende.

Ting kam nackt ins Badezimmer und gähnte. Sie hatte seine Hälfte des Gesprächs mitgehört. Auf Englisch sagte sie: »*We got a situation.*«

Kai grinste. Diese Wendung musste sie aus einem Film kennen. »Ich muss das Frühstück ausfallen lassen«, sagte er auf Mandarin.

Sie antwortete mit einem weiteren Amerikanismus. »Tu dir keinen Zwang an.«

Kai lachte. Sie hatte ein Ohr für solche Dinge. »Selbst mitten in einer Krise bringst du mich zum Lächeln«, sagte er.

»Darauf kannst du deinen Arsch verwetten.« Sie wackelte ihrerseits mit dem Hintern und stieg in die Dusche.

Kai zog sich rasch seine Bürokleidung über. Als er fertig war, frottierte sich Ting die Haare. Er küsste sie zum Abschied.

»Ich liebe dich«, sagte sie auf Mandarin. »Ruf mich später an.«

Kai verließ das Haus. Auf der Straße war die Luftqualität schlecht. Obwohl es noch früh am Tag war, herrschte dichter Verkehr, und er spürte den Geschmack der Autoabgase auf der Zunge.

Im Wagen dachte er über den vor ihm liegenden Tag nach. Diese Situation stellte die bedeutendste Krise dar, seit er zum Vizeminister für Internationale Information ernannt worden war. Der gesamte Regierungsapparat würde auf ihn blicken und Informationen über die Vorgänge verlangen.

Nach einer halben Stunde Nachdenken steckte er noch immer im Verkehr und rief erneut das Büro an. Mittlerweile saß Peng Yawen an ihrem Schreibtisch. »Drei Dinge«, sagte Kai. »Jemand soll die Ergebnisse der Signalaufklärung aus Pjöngjang prüfen.« Der Guoanbu hatte längst das abgesicherte Kommunikationssystem Nordkoreas geknackt, das mit Geräten aus chinesischer Herstellung arbeitete. Natürlich hatte man nicht Zugriff auf alles, aber was verfügbar war, würde sich als nützlich erweisen. »Zweitens, stellen Sie sicher, dass die Nachrichtensendungen aus Südkorea mitverfolgt werden. Die südkoreanischen Medien sind oft die ersten, die erfahren, was im Norden vorgeht.«

»Jin Chin-hwa ist bereits dabei, Genosse Vizeminister.«

»Gut. Drittens, schauen Sie, ob wir es einrichten können, dass unsere Leute in der chinesischen Botschaft in Pjöngjang per Videokonferenz an unserer Planungssitzung teilnehmen können.«

»Jawohl, Genosse Vizeminister.«

Endlich erreichte Kai das Guoanbu-Gelände. Während er im Aufzug nach oben fuhr, zog er sich den Mantel aus.

In seinem Vorzimmer fing ihn Jin Chin-hwa ab, ein chinesischer Staatsbürger koreanischer Herkunft. Jin war jung und eifrig und sprach vor allem fließend Koreanisch. Jin trug Freizeitkleidung, was bei Wochenendarbeit erlaubt war, eine schwarze Jeans und einen Iron-Maiden-Hoodie. In einem Ohr hatte er einen Stöpsel. »Ich höre KBS1«, sagte er.

»Gut.« KBS1 war der wichtigste Nachrichtensender des Korean Broadcasting System in der südkoreanischen Hauptstadt Seoul.

»Sie sagen«, fuhr Jin fort, »dass es auf einer Militärbasis in Nordkorea einen ›Vorfall‹ gegeben hat. Unbestätigten Gerüchten zufolge hat ein Kommando der Spezialkräfte versucht, eine Gruppe von regierungsfeindlichen Verschwörern mit einem Überfall im Morgengrauen zu überwältigen.«

»Können wir die nordkoreanischen Fernsehnachrichten in den Konferenzraum legen?«

»Das nordkoreanische Fernsehen sendet erst am Nachmittag, Genosse Vizeminister.«

»Ja, richtig, das hatte ich vergessen.«

»Ich lasse aber auch Pjöngjang FM und alle anderen Sender abhören. Sobald meine Leute etwas aufschnappen, erstatte ich Meldung.«

»Gut. In einer halben Stunde treffen wir uns im Konferenzraum. Sagen Sie den anderen Bescheid.«

»Jawohl, Genosse Vizeminister.«

Kai ging an seinen Schreibtisch und sah die Berichte durch, die bislang vorlagen. In den sozialen Medien ließ sich rein gar nichts finden, was daran lag, dass Nordkoreanern die Nutzung des Internets verboten war. Die Signalaufklärung bestätigte, was bisher bekannt war oder vermutet wurde. Die Botschaft in Pjöngjang wusste nichts.

Ting rief an. »Ich glaube, ich habe einen Fehler begangen«, sagte sie.

»Was für einen Fehler?«

»Hast du einen Freund namens Wang Wei?«

In China gab es Hunderttausende Wang Weis, aber wie es sich fügte, hatte Kai keinen einzigen Freund dieses Namens. »Nein, warum?«

»Das habe ich befürchtet. Ich habe einen langen Dialog gelernt und nahm das Telefon ab. Er fragte nach dir, und ich sagte ihm, dass du im Büro bist. Ich war abgelenkt und habe nicht nachgedacht. Nachdem ich aufgelegt hatte, wurde mir klar, dass ich ihm gar nichts hätte sagen dürfen. Es tut mir so leid.«

»Nichts passiert«, sagte er. »Tu es nicht wieder, aber mach dir darüber keine Gedanken.«

»Ach, was bin ich froh, dass du mir nicht böse bist.«

»Ist sonst alles in Ordnung?«

»Ja, ich will gerade zum Markt. Ich dachte, ich koche heute Abend.«

»Wunderbar. Bis später.«

Der Anruf war von einem Spion gekommen, vermutlich einem Amerikaner oder Europäer. Kais Festnetznummer war geheim, aber Spione deckten Geheimnisse auf, das war ihr Job. Und der Anrufer hatte etwas erfahren. Er wusste nun, dass Kai an einem Sonntagmorgen ins Büro gegangen war. Das verriet ihm, dass es eine Krise geben musste.

Kai ging zum Konferenzraum. Seine fünf Führungsmitarbeiter waren dort, außerdem vier Nordkorea-Spezialisten, darunter Jin Chin-hwa, und das Guoanbu-Büro in Pjöngjang war per Videokonferenz zugeschaltet. Kai wies sie in die Vorfälle der zurückliegenden vierundzwanzig Stunden ein, danach referierte jeder Einzelne, welche Informationen er in der vergangenen Stunde erlangt hatte.

Als sie fertig waren, sagte Kai: »Für heute und vermutlich auch die nächsten Stunden ist es von überragender Bedeutung, dass wir in Echtzeit über die Vorgänge in Nordkorea informiert sind. Unser Präsident und das gesamte Außenministerium verfolgen die Ereignisse, bewerten, ob China eingreifen muss und, falls ja, in welcher Hinsicht. Sie alle sind drauf angewiesen, dass wir ihnen verlässliche Daten liefern.

Sämtliche Informationsquellen müssen genutzt werden. Die Satellitenaufklärung muss sich auf die Militärbasen konzentrieren. Die Signalaufklärung muss den gesamten nordkoreanischen Nachrichtenverkehr überwachen, auf den wir Zugriff haben. Jede plötzliche Zunahme von Telefonaten und Textnachrichten könnte auf einen Rebellenangriff hindeuten.

Das Guoanbu-Büro in der chinesischen Botschaft in Pjöngjang wird rund um die Uhr arbeiten; dasselbe gilt für unser Konsulat in Chongjin. Beide sollten in der Lage sein, einige Informationen zu liefern. Und vergessen Sie nicht die Auslandschinesen. Mehrere Tausend chinesische Staatsbürger leben in Nordkorea – Geschäftsleute, Studenten und Personen, die mit koreanischen Staatsbürgern verheiratet sind. Wir sollten die Telefonnummern von allen haben. Jetzt ist der Moment gekommen, in dem sie ihren Patriotismus unter Beweis stellen können. Lassen Sie jeden Einzelnen davon anrufen.«

Jin unterbrach ihn. »Pjöngjang gibt eine Erklärung ab.« Er dolmetschte beim Zuhören. »Sie sagen, sie hätten heute Morgen eine Reihe von den USA gesteuerter Saboteure und Verräter auf einer Militärbasis verhaftet … Welche Basis, das sagen sie nicht … Auch nicht, wie viele Personen verhaftet wurden … Nichts von wegen Schusswechsel oder Gewalt … Und das war es schon. Die Verlautbarung ist zu Ende.«

»Das ist überraschend«, sagte Kai. »Normalerweise brauchen sie Stunden oder sogar Tage, um auf einen Vorfall zu reagieren.«

»Die Regierung in Pjöngjang muss deshalb in ziemlicher Aufregung sein«, sagte Jin.

»Aufregung?«, entgegnete Kai. »Ich glaube, sie sind dort mehr als aufgeregt. Ich glaube, sie haben Angst. Und wissen Sie was? Mir geht es genauso.«

DEFCON 4

Erhöhte Bereitschaft.

Erhöhte Aufklärung und verstärkte Sicherheitsmaßnahmen

Kapitel 20

Präsidentin Green hasste die Kälte. Während ihrer Kindheit in Chicago hätte sie sich daran gewöhnen können, aber dazu war es nie gekommen. Als kleines Mädchen hatte sie die Schule zwar geliebt, es aber gehasst, im Winter dorthin zu gehen. Eines Tages, hatte sie sich geschworen, wollte sie in Miami leben, wo man, so hatte sie gehört, am Strand schlafen konnte.

Sie hatte nie in Miami gelebt.

Pauline zog sich einen dicken, bauschigen Daunenmantel über und ging am Sonntagmorgen um sieben von der Residenz zum Westflügel. Als sie die Kolonnade durchquerte, dachte sie an Sex. Gerry war am vergangenen Abend in amouröser Stimmung gewesen. Pauline mochte Sex, wurde aber nicht mehr davon angetrieben, seit sie nicht mehr Anfang zwanzig war. Gerry erging es ähnlich, und ihr Sexleben war immer angenehm, aber undramatisch gewesen, ganz wie der Rest ihrer Beziehung auch.

Jetzt nicht mehr, dachte sie traurig.

An ihren Gefühlen für Gerry hatte sich irgendetwas geändert, und sie glaubte auch zu wissen, woran es lag. Früher hatte sie sich immer darauf verlassen können, dass er hinter ihr stand, und das hatte sie beruhigt. Gelegentlich waren sie unterschiedlicher Meinung gewesen, aber sie hatten einander nie untergraben. Ihre Streitigkeiten hatten sie ohne Wut geführt, weil ihre Konflikte niemals tiefgreifender Natur gewesen waren.

Bis jetzt.

Pippa war das Reizthema. Ihr süßes kleines Baby hatte sich in eine aufmüpfige Halbwüchsige verwandelt, und sie konnten sich nicht einigen, was zu tun war. Fast schon ein Klischee: Vermutlich fand sich in den Frauenzeitschriften, die sie nie las, eine Vielzahl Artikel zu dem Thema. Pauline hatte gehört, dass Ehestreitigkeiten über die Kindererziehung als die schlimmsten galten.

Gerry war nicht nur anderer Meinung als Pauline, er schob die Schuld an dem Problem auf sie. »Pippa muss mehr von ihrer Mutter sehen«, sagte er immer wieder, obwohl er genau wusste, dass das nicht möglich war. Es tat ihr leid für sie beide.

Bis vor Kurzem hatten sie sich Problemen gemeinsam gestellt und gemeinsam die Verantwortung übernommen. Sie war auf Gerrys Seite gewesen und er auf der ihren. Nun schien er sich gegen sie zu stellen. Und das war es, woran sie in der vergangenen Nacht gedacht hatte, während Gerry auf ihr lag, in dem Himmelbett im Queen's Bedroom, das einmal von Königin Elizabeth II. von England benutzt worden war. Pauline hatte keine Zuneigung empfunden, keine Intimität, keine Erregung. Gerry hatte länger als üblich gebraucht, und das, so vermutete sie, musste daran liegen, dass auch er sich entfremdet fühlte.

Pippa würde diese Phase überstehen, aber galt das auch für ihre Ehe? Als Pauline sich diese Frage stellte, befiel sie Verzweiflung.

Fröstelnd erreichte sie das Oval Office. Jacqueline Brody erwartete sie. Die Stabschefin sah aus, als wäre sie schon seit Stunden wach. »Der Nationale Sicherheitsberater, der Außenminister und die Direktorin des Nationalen Geheimdienstes möchten Sie dringend sprechen«, sagte Jacqueline. »Sie haben den Leiter des Direktorats für Analyse der DIA mitgebracht.«

»Gus und Chess, der DNI und ein Nerd vom militärischen Auslandsgeheimdienst am Sonntagmorgen, wenn alles noch dunkel ist? Da ist was im Busch.« Pauline legte den Mantel ab. »Führen Sie sie sofort herein.« Sie nahm am Schreibtisch Platz.

Gus trug einen schwarzen Blazer und Chess eine Tweedjacke. Sonntagskleidung. Die Direktorin des Nationalen Nachrichtendienstes, Sophia Magliani, war formeller angezogen: kurze Jacke und schwarze Hose. Der DIA-Mann sah in seiner Jogginghose, den abgenutzten Laufschuhen und dem Caban aus wie von der Straße geholt. Sophia stellte ihn als Michael Hare vor, und Pauline erinnerte sich, dass sie von ihm gehört hatte: Er sprach sowohl Russisch als auch Chinesisch und trug den Spitznamen Micky Two-Brains. Sie schüttelte dem Mann mit den zwei Gehirnen die Hand. »Danke, dass Sie mich aufsuchen.«

»Morgen«, sagte er schwerfällig.

Er macht allerdings den Eindruck, als hätte er nicht mal ein Gehirn, dachte Pauline.

Sophia bemerkte ihre kühle Reaktion. »Michael war die ganze Nacht auf den Beinen«, sagte sie entschuldigend.

Pauline ging nicht darauf ein. »Bitte setzen Sie sich«, sagte sie. »Was liegt an?«

»Am besten wäre es, wenn Michael es erklärt«, sagte Sophia.

»Mein Gegenstück in Beijing ist jemand namens Chang Kai«, begann Hare. »Er ist Vizeminister für Internationale Information beim Guoanbu, dem chinesischen Geheimdienst.«

Pauline hatte keine Zeit für weitschweifige Erklärungen. »Kommen Sie auf den Punkt, Mr Hare.«

»Das ist der Punkt«, sagte er und zeigte einen Hauch von Gereiztheit.

Eine derart scharfe Erwiderung der Präsidentin gegenüber kam einer Grobheit nahe. Hare war nicht gerade entgegenkommend, um es gelinde auszudrücken. In der Welt der Nachrichtendienste gab es Personen, die alle Politiker für dumm hielten, besonders im Vergleich mit sich selbst, und wie es schien, war Hare einer von ihnen.

Gus sah sich bemüßigt zu vermitteln. »Madam President,

wenn ich es einwerfen darf, ich glaube, Sie werden den Bericht nützlich finden.«

Wenn Gus es sagte, stimmte es. »Also gut. Fahren Sie fort, Mr Hare.«

Hare redete weiter, als hätte er die Unterbrechung kaum wahrgenommen. »Gestern flog Chang nach Yanji, eine Stadt an der nordkoreanischen Grenze. Wir wissen das, weil sich das DIA-Büro in Beijing in das Computersystem des Flughafens eingehackt hat.«

Pauline runzelte die Stirn. »Er flog unter seinem eigenen Namen?«

»Beim Hinflug ja. Auf dem Rückweg flog er entweder unter falschem Namen, oder er nahm eine außerplanmäßige Maschine; wie auch immer, seine Rückkehr erscheint nicht im System.«

»Vielleicht ist er nicht zurückgekommen.«

»Doch, das ist er. Heute Morgen um acht Uhr dreißig Ortszeit rief einer unserer Leute bei ihm zu Hause an. Er gab sich als ein Freund aus, und Changs Frau sagte ihm, dass er ins Büro gefahren sei.«

Das ließ Pauline trotz ihrer Abneigung gegenüber Hare aufmerken. »Also«, sagte sie nachdenklich, »gestern unternahm er eine Reise, die zunächst wie Routine erschien, aber plötzlich entweder sehr dringend oder hochgeheim wurde oder beides, und früh heute Morgen, an einem Sonntag, ging er ins Büro. Warum? Was wissen Sie noch?«

»Darauf wollte ich gerade kommen.« Wieder die Gereiztheit. Er erinnerte an einen Collegeprofessor, der es nicht gern hatte, wenn Studenten seine Vorlesung mit dummen Zwischenfragen unterbrachen. Sophia wirkte verlegen, aber sie sagte nichts. Hare fuhr fort: »Heute früh meldete das südkoreanische Radio, dass nordkoreanische Spezialkräfte eine ungenannte Militärbasis in dem Versuch angegriffen hätten, Regierungsgegner zu verhaften. Später verlautbarte Pjöngjang, dass eine Anzahl US-gesteuerter

Verräter in einer Militärbasis festgenommen worden sei; wieder wird der Name der Basis verschwiegen.«

»Das ist zum Teil unser Werk«, sagte Pauline.

Chess sagte zum ersten Mal etwas. »Weil wir die Sanktionen gegen Nordkorea verschärft haben, nachdem die Chinesen unsere Waffenhandelsresolution vereitelten.«

»Was der nordkoreanischen Wirtschaft geschadet hat.«

»Das ist der Zweck von Sanktionen«, sagte Chess abwehrend. Die Idee hatte von ihm gestammt.

»Und sie haben besser gewirkt als erwartet«, sagte Pauline. »Die nordkoreanische Wirtschaft stand immer schon einen Schritt vor dem Abgrund, und wir haben ihr den letzten Stoß versetzt.«

»Wenn das so ist, hätten wir es vielleicht besser bleibenlassen sollen.«

Pauline wollte nicht, dass Chess ihre Worte als Angriff auf sich auffasste. »Ich habe die Entscheidung getroffen, Chess. Und ich sage keineswegs, dass es ein falscher Zug war. Keiner von uns hätte aber gedacht, dass es eine Rebellion gegen die Regierung in Pjöngjang auslösen würde ... wenn es das ist, womit wir es zu tun haben.« Sie wandte sich wieder dem Chefanalytiker zu. »Fahren Sie bitte fort, Mr Hare. Sie sagten, es gebe einen Widerspruch in den Berichten darüber, ob tatsächlich Verhaftungen stattgefunden haben.«

»Ein Widerspruch, der vor zwei Stunden aufgelöst wurde – am späten Nachmittag nach koreanischer Zeit, hier mitten in der Nacht. Ein Reporter von KBS1, dem wichtigsten südkoreanischen Nachrichtensender, steht mit den sogenannten Verrätern in Kontakt – die übrigens nicht von den USA kontrolliert werden.«

»Wie schade«, warf Gus ein.

»Der Sender brachte ein Interview, übers Internet gefilmt, mit einem nordkoreanischen Heeresoffizier, der behauptete, zu den

Rebellen zu gehören. Er wurde nicht benannt, aber wir konnten ihn mittlerweile als General Pak Jae-jin identifizieren. Er sagt, niemand sei verhaftet worden, die Spezialkräfte seien zurückgeschlagen worden, die Rebellen hätten den Stützpunkt in der Hand.«

»Ging aus dem Bericht hervor, um welchen Stützpunkt es sich handelt?«

»Nein. Wir haben auch keine Satellitenfotos der Kämpfe von heute Morgen, weil eine winterliche Wolkendecke die gesamte Region verhüllt. Aber er wurde unter freiem Himmel gefilmt, mit Gebäuden im Hintergrund. Wir verglichen, was wir sehen konnten, mit existierenden Fotos und anderen Erkenntnissen über nordkoreanische Armeestützpunkte, und wir konnten herausfinden, dass er sich in Jeongjeo-dong befand.«

»Bei dem Namen klingelt es bei mir«, sagte Pauline. »Ist das nicht eine Atomraketenbasis?« Ihr dämmerte, was das bedeutete. »Ach du liebe Zeit. Die Rebellen haben Atomwaffen.«

»Deshalb sind wir hier«, sagte Gus.

Pauline schwieg eine Weile, während sie die Neuigkeiten verarbeitete. »Das ist sehr ernst«, stellte sie fest. »Vorschläge? Ich denke, zuallererst sollte ich mit dem chinesischen Präsidenten sprechen.«

Die anderen nickten zustimmend.

Sie sah auf die Uhr. »Wir haben noch nicht einmal zwanzig Uhr in Beijing. Er wird noch nicht schlafen. Jacqueline, bitte veranlassen sie das Telefonat.«

Die Stabschefin ging in den Nebenraum, um für die Verbindung zu sorgen.

»Was werden Sie Chen sagen?«, fragte Chess.

»Das ist die große Frage. Was schlagen Sie vor?«

»Vor allem sollte er uns sagen, wie er die Bedrohung einschätzt.«

»Danach frage ich mit Sicherheit. Er dürfte mehr wissen als

wir. In den letzten zwölf Stunden wird er wenigstens einmal mit dem Obersten Führer Kang gesprochen haben.«

Hare sagte verächtlich: »Viel wird er aus Kang nicht herausbekommen haben. Die beiden hassen sich bis aufs Blut. Aber Chens Auslandsgeheimdienst hat den ganzen Tag hart gearbeitet, so wie wir in der Nacht, und die Leute sind genauso gut wie wir. Irgendetwas wird er also von seinem Geheimdienstchef Chang Kai erfahren haben. Ob er es Ihnen mitteilt, steht allerdings auf einem anderen Blatt.«

Die Feststellung erforderte keine Antwort von Pauline. »Was noch, Chess?«

»Fragen Sie ihn, was er zu tun gedenkt.«

»Was sind seine Optionen?«

»Er könnte einen gemeinsamen chinesischen und nordkoreanischen Angriffsverband vorschlagen, der den Stützpunkt Jeongjeo-dong mit einem Blitzangriff wieder in die Hand Pjöngjangs bringt.«

Hare ergriff ungefragt das Wort. »So weit wird Kang nicht gehen«, sagte er herablassend.

Leider, dachte Pauline, hat er recht. »Also gut, Mr Hare, was kann der chinesische Präsident Ihrer Meinung nach denn unternehmen?«

»Nichts.«

»Und was bringt Sie zu dieser Annahme?«

»Ich nehme es nicht an, ich weiß es. Jedes Eingreifen der Chinesen würde die Lage verschärfen.«

»Wie dem auch sei, ich werde ihn fragen, ob es etwas gibt, das die Vereinigten Staaten oder die internationale Gemeinschaft tun kann, was er als nützlich erachtet.«

»Solange Sie voranschicken: ›Ich möchte mich nicht in die inneren Angelegenheiten eines anderen Landes einmischen, aber …‹«, sagte Hare. »Die Chinesen sind besessen von solchen Floskeln.«

Pauline brauchte sich von ihm keine Lektion in puncto Diplomatie erteilen zu lassen. »Mr Hare, ich glaube, Sie können sich verabschieden und zusehen, dass Sie ein wenig Schlaf bekommen.«

»Ja, klar.« Hare schlurfte zur Tür und ging hinaus.

»Ich möchte mich für seine Manieren entschuldigen«, sagte Sophia. »Niemand mag ihn, aber er ist zu gut, um ihn zu feuern.«

Pauline hatte kein Interesse daran, über Hare zu diskutieren. »Wir müssen entscheiden, ob wir das US-Militär in Alarmbereitschaft versetzen wollen.«

»Jawohl, Ma'am«, sagte Gus. »Im Moment stehen wir auf DEFCON 5 – der niedrigsten Alarmstufe.«

»Wir sollten auf DEFCON 4 gehen.«

»Erhöhte Aufklärung und verstärkte Sicherheitsmaßnahmen.«

»Ich tue es nicht gern, weil die Medien überreagieren, aber in diesem Fall ist es unausweichlich.«

»Ich bin der gleichen Ansicht. Und eventuell müssen wir Südkorea auf DEFCON 3 hochstufen. Das letzte Mal, dass wir in den USA DEFCON 3 hatten, war an Nine-Eleven.«

»Sagen Sie doch noch mal, worin besteht der Unterschied zwischen vier und drei?«

»Bei DEFCON 3 muss die Air Force innerhalb von fünfzehn Minuten kampfbereit sein.«

Jacqueline kam wieder herein. »Die Dolmetscher stehen in den Startlöchern, und wir bekommen Chen über Video.«

Pauline sah auf ihren Computerbildschirm. »Das ging aber schnell.«

»Ich nehme an, er hat auf Ihren Anruf gewartet.«

Pauline notierte sich rasch auf einem Block: Jeongjeo-dong, atomar, Spezialkräfte, keine Verhaftungen, regionale Stabilität, internationale Stabilität, dann erklang ein Glockenton, und Chen erschien. Er war in seinem Büro an einem gewaltigen Schreibtisch. Über seine Schulter hinweg war die rot-gelbe chinesische Flagge zu sehen, und hinter ihm hing ein Gemälde mit der Großen Mauer.

»Ich wünsche Ihnen einen guten Tag, Herr Präsident, und danke Ihnen, dass Sie meinen Anruf entgegennehmen.«

Über den Dolmetscher antwortete er: »Ich freue mich über die Gelegenheit, mit Ihnen zu sprechen.«

Bei informellen Anlässen hatte sich Chen in durchaus sicherem Englisch mit Pauline unterhalten, aber in einem Gespräch wie diesem mussten sie absolut sichergehen, dass es zu keinerlei Missverständnissen kam.

»Was geht in Jeongjeo-dong vor?«, fragte Pauline.

»Ich fürchte, dass die amerikanischen Sanktionen eine Wirtschaftskrise verursacht haben.«

UNO-Sanktionen sind es, und ohne das lausige kommunistische Wirtschaftssystem gäbe es auch keine Krise, dachte Pauline, aber sie sprach es nicht aus.

»Als Reaktion«, fuhr Chen fort, »sendet China wirtschaftliche Nothilfe in Form von Reis, Schweinefleisch und Benzin nach Nordkorea.«

Also sind wir die Bösen, und ihr seid die Guten, dachte Pauline, wie gehabt. Aber gehen wir doch ans Eingemachte. »Unseres Wissens wurden die Spezialkräfte geschlagen, ohne dass es zu Verhaftungen kam. Heißt das, dass die Rebellen in den Besitz von Atomwaffen gelangt sind?«

»Das kann ich nicht bestätigen.«

Das heißt Ja, dachte Pauline, und das Herz rutschte ihr in die Hose. Chen hätte es bestritten, wenn er es gekonnt hätte. »Falls es sich als wahr herausstellen sollte, Herr Präsident, was beabsichtigen Sie dann?«

»Ich werde mich nicht in die inneren Angelegenheiten eines anderen Landes einmischen«, sagte Chen streng. »Das ist ein Grundsatz der chinesischen Außenpolitik.«

Das ist kolossaler Blödsinn, dachte Pauline, aber sie formulierte ihren Einwand subtiler. »Wenn eine abtrünnige Gruppe über Atomwaffen verfügt, destabilisiert es die ganze Region, was Sie beunruhigen muss.«

»Im Augenblick wird die regionale Stabilität nicht bedroht.«

Er mauerte.

Pauline versuchte einen Schuss ins Blaue. »Was, wenn sich die Rebellion auf andere Militärbasen in Nordkorea ausbreitet? Jeongjeo-dong ist nicht der einzige Atomwaffenstützpunkt dort.«

Chen zögerte merklich und sagte: »Der Oberste Führer Kang hat entschlossene Maßnahmen ergriffen, um solch eine Entwicklung zu verhindern.«

Dieses Statement enthielt trotz seiner hölzernen Förmlichkeit tatsächlich eine verborgene Enthüllung, aber Pauline unterdrückte ihre Aufregung. Sie beschloss, das Gespräch zum Abschluss zu bringen. Chen war sehr wortkarg gewesen, aber – wie es so oft geschah – er hatte ihr versehentlich etwas mitgeteilt, das für sie von Interesse war. »Vielen Dank für Ihre Hilfe, Herr Präsident«, sagte sie. »Wie stets war das Gespräch mit Ihnen eine angenehme Pflicht. Lassen Sie uns in engem Kontakt bleiben.«

»Ich danke Ihnen, Frau Präsidentin.«

Der Bildschirm wurde dunkel, und Pauline blickte Gus und Chess an. Beide wirkten erregt. Sie hatten die gleiche Schlussfolgerung gezogen.

»Wenn die Rebellion sich auf einen Stützpunkt beschränken würde, hätte er es gesagt«, stellte sie fest.

»Genau«, sagte Gus. »Aber Kang hat mit harter Hand reagiert, was bedeutet, dass eine solche Reaktion angebracht war, denn die Rebellion hat sich ausgebreitet.«

Chess stimmte zu. »Er muss Truppen zu dem Stützpunkt bei Yongdok geschickt haben, wo Atomsprengköpfe gelagert werden. Und die Rebellen dort müssen sich gewehrt haben. Chen sagte nicht, dass die Regierungskräfte die Oberhand gewonnen hätten, sondern nur, dass Kang Maßnahmen ergriffen habe. Das deutet darauf hin, dass die Lage noch nicht bereinigt ist.«

»Kang konzentriert sich auf die wichtigsten Stützpunkte«, sagte Gus. »Nur sind das genau die Stellen, auf die es auch die Rebellen abgesehen haben.«

Pauline entschied, dass es Zeit war, weitere Schritte einzuleiten. »Ich hätte gern mehr Informationen. Sophia, sorgen Sie dafür, dass unsere Signalaufklärung alles liest, was wir aus Nordkorea hereinbekommen. Gus, gehen Sie unsere neuesten Erkenntnisse über die nordkoreanischen Atomwaffen durch – wie viele, wie groß und so weiter. Chess, sprechen Sie mit der südkoreanischen Außenministerin, ob sie uns Hinweise liefern kann – sie könnte Dinge wissen, die uns unbekannt sind. Und ich muss mir eine Verlautbarung aus den Fingern saugen – Jacqueline, seien Sie so freundlich und bitten Sie Sandip hinzu.«

Alle verließen das Oval Office. Pauline blieb allein zurück und überlegte, wie sie die neue Lage dem amerikanischen Volk erklären sollte. Was immer sie sagte, würde von James Moore und seinen Cheerleadern in den Medien falsch ausgelegt und verzerrt werden. Sie musste sich kristallklar ausdrücken.

Sandip kam einige Minuten später in seinen Sneakern hereingestapft. Pauline unterrichtete ihn über Jeongjeo-dong.

»Das können wir nicht unter Verschluss halten«, stellte er fest. »Die südkoreanischen Medien sind zu gut. Alles wird ans Licht kommen.«

»Das sehe ich genauso. Darum muss ich den Amerikanern zeigen, dass ihre Regierung die Lage im Griff hat.«

»Werden Sie sagen, dass wir auf einen Atomkrieg vorbereitet sind?«

»Nein, das ist zu schwarzmalerisch.«

»James Moore wird die Frage stellen.«

»Ich kann sagen, dass wir auf alles vorbereitet sind.«

»Viel besser. Aber sagen Sie mir, was Sie tatsächlich unternehmen.«

»Ich habe mit dem chinesischen Staatspräsidenten gesprochen. Er ist besorgt, sagt aber, dass keine Gefahr für eine Destabilisierung der Region besteht.«

»Welche Schritte leitet er ein?«

»Er sendet Nothilfe nach Nordkorea – Lebensmittel und Benzin –, weil er glaubt, dass die Wirtschaftskrise das eigentliche Problem darstellt.«

»Okay, praktisch, aber undramatisch.«

»Schaden wird es zumindest nicht.«

»Was sonst gedenken Sie zu tun?«

»Ich nehme nicht an, dass die Situation unmittelbare Auswirkungen auf die USA hat, aber als Vorsichtsmaßnahme erhöhe ich die Bereitschaftssstufe auf DEFCON 4.«

»Das ist alles sehr zurückhaltend.«

»Genauso soll es auch sein.«

»Wann würden Sie mit den Medien sprechen wollen?«

Sie sah auf die Uhr. »Ist zehn Uhr zu früh? Ich will bei dieser Sache die Nase vorn haben.«

»Zehn Uhr passt.«

»Okay.«

»Danke, Madam President.«

* * *

Pauline genoss Pressekonferenzen. Im Großen und Ganzen handelte es sich bei den Korrespondenten, die im Weißen Haus akkreditiert waren, um intelligente Männer und Frauen, die begriffen, dass Politik selten einfach ist. Sie stellten ihr herausfordernde Fragen, und sie versuchte, ihnen aufrichtige Antworten zu geben. Sie genoss die Hitze der Debatte, wenn es wirklich um die Sache ging und nicht nur posiert wurde.

Sie hatte alte Fotos früherer Pressekonferenzen gesehen, auf denen alle Korrespondenten Männer in Anzügen mit weißem Oberhemd und Krawatte gewesen waren. Jetzt schloss die Gruppe Frauen ein, und die Kleiderordnung war entspannter; die Fernsehcrews trugen Sweatshirts und Turnschuhe.

Bei ihrer ersten Pressekonferenz vor zwanzig Jahren war Pauline nervös gewesen. Sie war damals Stadträtin in Chicago gewesen. Chicago war eine demokratische Stadt, in der es so gut wie keine republikanischen Stadträte gab, daher hatte sie als Unabhängige kandidiert. Wegen ihrer Vorgeschichte als Spitzenturnerin hatte sie sich für bessere Sporteinrichtungen eingesetzt, und um dieses Thema war es bei ihrer ersten Pressekonferenz gegangen. Ihre Nervosität hatte nicht lange angehalten. Kaum hatte die Diskussion mit den Journalisten begonnen, entspannte sie sich, und schon bald hatte sie sie zum Lachen gebracht. Danach war sie nie wieder nervös gewesen.

Die heutige Konferenz verlief nach Plan. Sandip hatte den Korrespondenten mitgeteilt, dass Pauline keine Fragen über ihre Tochter beantworten würde, und sollte jemand solch eine Frage stellen, wäre die Pressekonferenz sofort beendet. Halb hatte Pauline damit gerechnet, dass jemand die Regel brach, aber es kam nicht dazu.

Sie berichtete von ihrem Gespräch mit Chen, sie informierte über DEFCON 4, und sie endete mit den Worten, die sie ihnen mit auf den Weg geben wollte: »Amerika ist auf alles vorbereitet.«

Sie beantwortete Fragen der Korrespondenten, und dann, als nur noch eine Minute oder zwei übrig waren, rief sie Ricardo Alvarez von der feindseligen *New York Mail* auf.

Er stand auf. »Vorhin wurde James Moore über die Krise in Nordkorea befragt, und er sagte, dass unter diesen Umständen Amerika von einem Mann geführt werden müsse. Was sagen Sie dazu, Madam President?«

Ein leises Lachen durchlief den Raum, doch Pauline fiel auf, dass keine einzige Frau sich daran beteiligte.

Die Frage überraschte sie nicht. Sandip hatte sie über Moores frauenfeindliche Bemerkung unterrichtet. Sie hatte geantwortet, dass Moore sich mit diesem Schnitzer die Unterstützung vieler Frauen verscherzen würde, und Sandip hatte entgegnet: »Meine Mutter findet, er hat recht.« Nicht alle Frauen waren Feministinnen.

Auf keinen Fall wollte sie sich vor dem Pressekorps in eine Diskussion über die Frage verwickeln lassen, ob eine Frau eine Nation im Krieg führen könne. Damit hätte sie Moore gestattet, die Regeln der Debatte zu bestimmen. Pauline musste die Diskussion wieder auf ihr Terrain zurückholen.

Sie überlegte kurz. Ihr kam eine Idee, aber sie war ein wenig unorthodox. Trotzdem konnte ein Versuch nicht schaden. Sie beugte sich vor und antwortete in einem etwas weniger förmlichen Ton: »Ist Ihnen schon aufgefallen, dass James Moore so etwas nie tut?« Mit einer Handbewegung wies sie auf die Korrespondenten, die sich im Raum drängten. »Hier habe ich die Fernsehsender und die Kabelkanäle versammelt, die Tageszeitung und die Boulevardblätter, die liberalen und die konservativen Medien.«

Sie hielt inne und wies auf den Fragesteller. »In diesem Moment beantworte ich eine Frage von Ricky, dessen Zeitung noch nie ein gutes Wort über mich verloren hat. Was für ein Kontrast zu Mr Moore! Wissen Sie, wann er zum letzten Mal ein ausführliches Interview im Fernsehen gegeben hat? Die Antwort lautet: *nie*. Soweit ich weiß, hat er niemals ermöglicht, dass das *Wall Street Journal* oder die *New York Times* oder eine andere Mainstream-Zeitung ein Profil von ihm veröffentlichte. Er nimmt nur Fragen von seinen Freunden und Anhängern entgegen. Fragen Sie sich einmal, warum das so ist.«

Wieder hielt sie inne. Ihr war eine Spitze für den Abschluss eingefallen. Wollte sie aggressiv sein? Ja, entschied sie. Sie fuhr fort, bevor jemand das Wort ergreifen konnte. »Ich will Ihnen sagen, was ich glaube. James Moore hat Angst. Er fürchtet, dass er nicht in der Lage wäre, seine politischen Ansichten gegenüber einem ernsthaften Fragesteller zu behaupten. Und das bringt mich wieder auf Ihre Frage, Ricky.« Jetzt kommt's, dachte sie. »Wenn es hart auf hart kommt, wollen Sie dann wirklich, dass Timid Jim Amerika führt – ein Hasenfuß wie Moore?«

Sie schwieg erneut kurz und sagte: »Ich danke Ihnen allen.« Damit verließ sie den Raum.

* * *

Am Sonntagabend aß Pauline mit Gerry und Pippa in der Residenz zu Abend und schaute auf die erleuchteten Straßen von Washington hinaus, während die Menschen in Beijing und Pjöngjang gerade aufstanden, um an einem düsteren Montagmorgen den Tag zu beginnen.

Der Koch hatte Rindfleisch-Curry gemacht, Pippas neues Lieblingsgericht. Pauline aß Reis und Salat. Essen reizte sie nicht, genauso wenig wie Alkohol. Sie aß und trank, was man ihr vorsetzte.

»Wie kommst du jetzt eigentlich mit Miss Judd klar?«, fragte Pauline ihre Tochter.

»Die alte Judders habe ich endlich vom Hals. Gott sei Dank«, antwortete Pippa.

Wenn Pippa nicht länger die Aufmerksamkeit der Schuldirektorin auf sich zog, dann hieß das vermutlich, dass sich ihr Verhalten gebessert hatte. Zu Hause war es das Gleiche. Sie hatten sich nicht einmal mehr gestritten. Pauline nahm an, dass diese Besserung auf den drohenden Hausunterricht zurückzuführen war, denn egal wie sehr Pippa auch rebellierte, die Schule war das Zentrum ihres Soziallebens. Paulines Gerede über einen Privatlehrer hatte ihre Tochter wieder in die Realität zurückgeholt.

Gerry sagte verärgert: »Amelia Judd ist nicht alt. Sie ist vierzig und außerdem noch ausgesprochen kompetent.«

Pauline sah ihn leicht überrascht an. Gerry tadelte Pippa nicht oft, und jetzt ausgerechnet bei diesem Thema? Kurz kam ihr der Gedanke, dass Gerry sich ein wenig in Amelia verguckt haben könnte, und vielleicht war das auch nicht so überraschend. Die Schuldirektorin war eine autoritäre Frau in einer Führungsposition, genau wie Pauline, nur zehn Jahre jünger. Wie eine Neuausgabe des gleichen Buchs, dachte Pauline zynisch.

»Du würdest die Judders auch nicht mögen«, sagte Pippa zu ihrem Vater, »wenn sie dich auf dem Kieker hätte.«

Es klopfte an der Tür, und Sandip kam herein. Das war äußerst ungewöhnlich. Normalerweise störten Stabsmitglieder die Familie nicht beim Essen in ihrer Privatwohnung. Tatsächlich war das sogar verboten, es sei denn im Notfall. »Was ist?«, fragte Pauline.

»Es tut mir wirklich sehr leid, Sie stören zu müssen, Madam President, aber in den letzten Minuten ist zweierlei geschehen. CBS hat ein langes Interview mit James Moore angekündigt. Um halb acht gehen sie live.«

Pauline schaute auf ihre Uhr. Es war kurz nach sieben.

Sandip fuhr fort: »Und er hat noch nie ein Interview im Fernsehen gegeben.«

»Worauf ich ja erst heute Morgen hingewiesen habe«, sagte Pauline.

»Das ist natürlich ein großes Ding für CBS. Deshalb haben sie es auch so eilig.«

»Glauben Sie, es hat ihn getroffen, dass ich ihn Timid Jim genannt habe?«

»Oh, ja. Absolut. Viele Kommentatoren haben sich den Begriff zu eigen gemacht. Das war sehr clever von Ihnen. Moore sieht sich gezwungen zu beweisen, dass Sie unrecht haben, und deshalb streckt er jetzt den Kopf raus.«

»Gut.«

»Wahrscheinlich wird er sich bei CBS zum Narren machen. Sie müssen ihm nur einen Interviewer vor die Nase setzen, der zumindest einen Funken Verstand hat.«

Pauline war sich da nicht so sicher. »Er könnte uns durchaus überraschen. Der Kerl ist aalglatt. Ihn festnageln zu wollen ist, als würde man versuchen, einen lebenden Fisch mit einer Hand zu packen.«

Sandip nickte zustimmend. »In der Politik kann man sich nur einer Sache sicher sein, nämlich der, dass gar nichts sicher ist.«

Pippa lachte.

»Ich werde mir das Interview hier ansehen und dann in den West Wing kommen«, sagte Pauline zu Sandip. »Was ist das Zweite?«

»In Ostasien sind die Medien aufgewacht, und im südkoreanischen Fernsehen heißt es, dass die Rebellen in Nordkorea jetzt zwei Basen mit Atomwaffen kontrollieren sowie zwei weitere mit konventionellen Raketen. Dazu kommt noch eine unbekannte Zahl an gewöhnlichen Militärbasen.«

Das beunruhigte Pauline. »Dann haben wir es nicht mehr mit einem einzelnen Zwischenfall zu tun«, erklärte sie. »Das ist eine ausgewachsene Rebellion.«

»Wollen Sie sich dazu äußern?«

Pauline dachte darüber nach. »Ich denke nicht«, antwortete sie schließlich. »Ich habe die Alarmstufe erhöht und den Amerikanern gesagt, dass wir auf alles vorbereitet sind. Im Augenblick sehe ich keinen Grund dafür, dieser Botschaft etwas hinzuzufügen.«

»Das sehe ich genauso. Aber vielleicht sollten wir noch einmal darüber reden, nachdem wir Moores Interview gesehen haben.«

»Natürlich.«

»Danke, Madam President.«

Sandip ging. Gerry und Pippa schauten nachdenklich drein.

Sie hörten oft wichtige politische Nachrichten, aber das hier war dramatischer als sonst. Schweigend aß die Familie weiter.

Kurz vor halb acht ging Pauline ins ehemalige Schminkzimmer und schaltete dort den Fernseher ein. Pippa folgte ihr, doch Gerry sagte, »Ich kann Moore, diesen Deppen, einfach keine halbe Stunde lang ertragen«, und verschwand.

Pauline und Pippa setzten sich auf die Couch. Bevor das Interview begann, fragte Pauline ihre Tochter: »Wie sieht Miss Judd eigentlich aus?«

»Klein, blond, große Titten.«

So viel zum Thema Sexismus, dachte Pauline.

Das Interview fand in einem Studio statt, in einem Set, das wie ein anonymes Wohnzimmer hergerichtet war, mit Lampen, Beistelltischen und Vasen voller Blumen. Moore wirkte angespannt.

Amanda Gosling, eine erfahrene Fernsehjournalistin, stellte Moore vor. Wie alle Mitglieder ihrer Zunft war sie perfekt gestylt. Ihr blondes Haar war sorgfältig frisiert, und ihr blaugraues Kleid betonte ihre perfekten Schenkel. Sie war klug und taff, und sie würde es Moore nicht leichtmachen.

Moore hatte sein Aussehen überarbeitet. Zwar trug er noch immer Kleidung mit Westernmuster, aber auch ein weißes Anzughemd sowie eine normale Krawatte.

Gosling begann mitfühlend. Sie fragte Moore nach seiner Karriere als Baseballstar, als Kommentator und schließlich als Radiomoderator. Pippa wurde rasch ungeduldig. »Was für ein Mist! Wen kümmert das denn?«

»Sie kocht ihn weich«, erwiderte Pauline. »Warte einfach.«

Gosling kam rasch auf das Thema Abtreibung zu sprechen. »Einige Kritiker behaupten, Ihre Abtreibungspolitik bedeute, dass Frauen gezwungen werden, Kinder zu bekommen, die sie nicht haben wollen. Finden Sie das fair?«

»Es zwingt doch niemand eine Frau, schwanger zu werden«, antwortete Moore.

»Was?« Pippa riss die Augen auf. »Was?«

Das war offensichtlich unwahr, doch Gosling sprach das nicht aus. »Ich will nur sicherstellen, dass die Zuschauer verstehen, welche Ansichten Sie vertreten«, erklärte sie mit süßlicher Vernunft.

»Gute Idee«, sagte Pippa. »Dann wird jeder sehen, was für ein Arschloch er ist.«

Gosling fuhr fort: »Wenn ein Mann von seiner Frau körperliche Intimität verlangt, hat sie dann Ihrer Meinung nach das Recht, Nein zu sagen?«

»Ein Mann hat Bedürfnisse«, antwortete Moore in einem Tonfall, der Weisheit suggerieren sollte. »Und die Ehe ist Gottes Weg, diese Bedürfnisse zu befriedigen.«

Gosling gestattete es sich, sich ihre Verachtung anmerken zu lassen. »Wenn eine Frau also schwanger wird, ist das dann Gottes Fehler oder der ihres Mannes?«

»Es ist mit Sicherheit Gottes Wille, Ma'am. Glauben Sie nicht?«

Gosling vermied es, über ›Gottes Willen‹ zu diskutieren. »Wie auch immer …«, sagte sie abschätzig. »Sie scheinen zu glauben, dass eine Frau in dieser Sache nichts zu sagen hat.«

»Ich glaube, dass Eheleute solche Dinge in einer liebevollen und fürsorglichen Weise besprechen sollten.«

Gosling wollte sich nicht so leicht abwimmeln lassen. »Aber der Mann hat das letzte Wort, korrekt? Er ist der Herr im Haus.«

»Nun, ich denke, das beantwortet die Bibel. Sie lesen die Bibel doch, Miss Gosling, oder? Ich jedenfalls tue es.«

»In welchem Jahrhundert lebt der denn?«, schnaubte Pippa.

Pauline sagte: »Er spricht nur aus, was viele Amerikaner glauben. Würde er das nicht, dann wäre er jetzt nicht im Fernsehen.«

Gosling nahm Moore auf eine Tour zu den topaktuellen Fragen mit, von der Einwanderung bis zur gleichgeschlechtlichen Ehe. In jedem einzelnen Fall widersprach sie ihm zwar nicht, aber sie manövrierte geschickt um seine Nebelkerzen herum und brachte ihn dazu, seine radikalen Ansichten zu äußern. Mit Sicherheit wanden sich jetzt Millionen Menschen auf ihren Sofas und verzogen angewidert das Gesicht. Aber unglücklicherweise jubelten ihm Millionen andere ebenso sicher zu.

Das Thema Außenpolitik sparte Gosling sich bis zum Schluss auf. »Vor Kurzem haben Sie sich dafür ausgesprochen, chinesische Schiffe im Südchinesischen Meer zu versenken«, sagte sie. »Wie, glauben Sie, würde die chinesische Regierung darauf reagieren? Wie würde sie zurückschlagen?«

»Überhaupt nicht«, antwortete Moore im Brustton der Überzeugung. »Ein Krieg mit den Vereinigten Staaten ist das Letzte, was die Chinesen wollen.«

»Sie können es ja wohl kaum ignorieren, wenn wir eines ihrer Schiffe versenken.«

»Was sollen sie denn tun? Wenn sie uns angreifen, wird China binnen Stunden in eine nukleare Wüste verwandelt.«

»Und was würden die Chinesen in diesen Stunden uns antun?«

»Nichts, weil das nicht passieren wird. Wenn ich Präsident bin, dann würden sie uns nicht angreifen, denn sie könnten sich verdammt sicher sein, dass ich sie einfach ausradiere.«

»So beurteilen Sie die Lage?«

»Oh ja.«

»Und Sie wären bereit, das Leben von Millionen von Amerikanern auf diese Beurteilung zu verwetten?«

»Das tut jeder Präsident.«

Das war nahezu unglaublich … bis Pauline sich an die Worte eines ehemaligen Präsidenten erinnerte: *Wenn wir schon Atomwaffen haben, warum können wir sie dann nicht einsetzen?*

Gosling fuhr fort: »Eine letzte Frage: Mr. Moore, bitte verraten Sie uns, was Sie wegen der Rebellen in Nordkorea unternehmen würden, die in den Besitz von Kernwaffen gelangt sind.«

»Der chinesische Staatspräsident schickt den Nordkoreanern

ein wenig Reis und Schweinefleisch, und Präsidentin Green scheint zu glauben, das Problem sei damit gelöst. Das wage ich zu bezweifeln.«

»Die Präsidentin hat heute die Alarmstufe erhöht.«

»Von fünf auf vier. Das reicht nicht.«

»Und was würden Sie tun?«

»Ich würde hart und entschlossen handeln. Eine Atombombe reicht, und diese ganze nordkoreanische Basis liegt in Schutt und Asche, Waffen eingeschlossen. Die ganze Welt würde den USA applaudieren, wenn wir diese Bedrohung beseitigen würden.«

»Und wie, glauben Sie, würde die nordkoreanische Regierung darauf antworten?«

»Sie würde mir danken.«

»Nehmen wir einfach mal an, sie würde den Abwurf als Angriff auf ihr Staatsgebiet betrachten.«

»Was sollen sie denn tun? Dann habe ich ihre Atomwaffen vernichtet.«

»Sie könnten doch irgendwo unterirdische Abschussanlagen haben, von denen wir nichts wissen.«

»Die Koreaner wissen, wenn sie diese Waffen auf uns abfeuern, dann wird ihr Land für die nächsten paar Hundert Jahre eine nukleare Wüste sein. Das werden sie nicht riskieren.«

»Sie scheinen sich dessen sehr sicher zu sein.«

»Bin ich auch.«

»Könnte man zusammenfassend sagen, dass Ihre Außenpolitik auf dem Grundsatz beruht, dass die USA mit allem durchkommen können, wenn sie schlicht mit einem Atomkrieg drohen?«

»Genau dafür sind die Atombomben da.«

»James Moore, hoffnungsvoller Kandidat für die republikanischen Vorwahlen und die Präsidentschaftswahl nächstes Jahr. Ich danke Ihnen, dass Sie sich heute Zeit für uns genommen haben.«

Pauline schaltete den Fernseher aus. Moore hatte sich besser geschlagen, als sie erwartet hatte. Er hatte nicht eine Sekunde schwach oder unsicher gewirkt, und das trotz des Blödsinns, den er von sich gegeben hatte.

»Ich muss Hausaufgaben machen«, sagte Pippa und ging.

Pauline kehrte wieder in den West Wing zurück. »Sagen Sie bitte Sandip, er möchte mal vorbeikommen«, bat sie Lizzie. »Ich bin im Arbeitszimmer.«

»Ja, Ma'am.«

Pauline schaltete CNN an, um sich eine Diskussion zu Moores Vorstellung anzusehen. Die Experten waren voller Spott – was natürlich verständlich war –, doch Pauline fand, dass sie sich seine Stärken mehr zu Herzen nehmen sollten.

Als Sandip eintraf, stellte Pauline den Ton ab. »Und? Was denken Sie?«, fragte sie ihn.

»Der Kerl ist verrückt«, antwortete Sandip. »Einige Wähler werden das erkennen, andere leider nicht.«

»Das sehe ich genauso.«

»Dann unternehmen wir also nichts?«

»Nicht heute Abend.« Pauline lächelte. »Fahren Sie nach Hause, und schlafen Sie erst einmal.«

»Danke, Madam President.«

Wie üblich verbrachte Pauline die ruhigen Stunden damit, Briefings abzuarbeiten, die von ihr verlangten, dass sie sich zumindest ein paar Minuten lang ohne Unterbrechung konzentrieren konnte. Kurz nach elf kam Gus. Er trug den blauen Kaschmirpullover, den Pauline so sehr mochte. »Die Japaner drehen wegen Jeongjeo-dong förmlich durch«, sagte er.

»Das überrascht mich nicht«, erwiderte Pauline. »Sie sind immerhin Nachbarn.«

»Mit der Fähre braucht man nur drei Stunden von Fukuoka nach Busan. Nach Nordkorea dauert es natürlich ein wenig länger, aber sie sind immer noch in Reichweite.«

Pauline stand vom Schreibtisch auf, und sie setzten sich in

zwei Sessel. In dem kleinen Raum berührten sich ihre Knie fast. Pauline sagte: »Aufgrund ihrer gemeinsamen Geschichte haben Japan und Korea nicht gerade die besten Beziehungen.«

»Viele Japaner hassen die Koreaner. Die sozialen Medien dort sind voll mit rassistischen Angriffen gegen sie.«

»Also genau wie in Amerika.«

»Das Farbschema ist ein anderes, aber die Pöbeleien sind gleich«, bemerkte Gus.

Pauline entspannte sich. Sie mochte diese gelegentlichen spätabendlichen Plaudereien mit Gus. Sie redeten über alle möglichen Themen, und im Allgemeinen konnten sie um diese Zeit auch nichts mehr deswegen unternehmen; also empfanden sie auch keinen Druck. »Hol dir einen Drink«, sagte sie. »Du weißt ja, wo der Schnaps steht.«

»Danke.« Gus ging zum Schrank und holte eine Flasche und ein Glas heraus. »Das ist aber ein ziemlich guter Bourbon.«

»Keine Ahnung. Ich weiß noch nicht einmal, wer das Zeug für mich aussucht.«

»Ich.« Gus grinste. Einen untypischen Augenblick lang sah er wie ein schelmischer Schuljunge aus. Er setzte sich wieder und schenkte sich ein Glas ein.

»Was macht die japanische Regierung?«, fragte Pauline.

»Die Premierministerin hat den Nationalen Sicherheitsrat einberufen, der mit Sicherheit eine neue Alarmstufe ausrufen wird. Man kann sich leicht vorstellen, dass Japan und China über diese Angelegenheit in Konflikt geraten. Tatsächlich spricht man in den japanischen Medien in diesem Zusammenhang bereits von einem möglichen Krieg.«

»China ist aber viel stärker als Japan.«

»Nicht so viel, wie man vielleicht denkt. Japan hat den fünftgrößten Verteidigungshaushalt der Welt.«

»Aber sie haben keine Atomwaffen.«

»Wir aber schon, und wir haben ein Bündnis mit Japan, das

uns verpflichtet, ihnen im Falle eines Angriffs zur Seite zu stehen. Und um dieses Versprechen zu unterstreichen, haben wir fünfzigtausend Mann in Japan stationiert. Dazu kommen die 7. Flotte sowie das 3. Marinekorps und hundertdreißig Jagdflugzeuge der USAF.«

»Und hier, bei uns zu Hause, haben wir ungefähr viertausend Atomsprengköpfe.«

»Die eine Hälfte davon einsatzbereit und die andere in Reserve.«

»Und wir haben uns zur Verteidigung Japans verpflichtet.«

»Genau.«

Diese Tatsachen waren zwar nicht neu für Pauline, aber sie hatte sich nie wirklich Gedanken darüber gemacht, was das implizierte. »Gus«, sagte sie, »wir stecken bis zum Hals drin.«

»Ich hätte es nicht besser ausdrücken können. Und noch etwas. Hast du schon einmal von dem Ort gehört, den die Nordkoreaner Residenz Nr. 55 nennen?«

»Ja, das ist der offizielle Wohnsitz ihres Obersten Führers, in einer Vorstadt von Pjöngjang.«

»Genau genommen handelt es sich um einen fünf Quadratmeilen großen Komplex mit jeder Menge Freizeiteinrichtungen, einschließlich eines Pools mit Wasserrutsche, eines Wellnessbads, einer Schießanlage und einer Pferderennbahn.«

»Diese Kommunisten lassen wirklich nichts anbrennen. Warum habe ich eigentlich keine Pferderennbahn?«

»Madam President, du hast keine Freizeiteinrichtungen, weil du keine Freizeit hast.«

»Ich hätte Diktator werden sollen.«

»Kein Kommentar.«

Pauline kicherte. Sie scherzten oft darüber, was für ein Tyrann sie sein konnte.

Gus fuhr fort: »Der südkoreanische Geheimdienst sagt, das Regime in Pjöngjang habe einen Angriff auf Residenz Nr. 55 abgewehrt. Das Ding ist eine Festung mit einem unterirdischen Atombunker und vermutlich der am besten verteidigte Ort in ganz Nordkorea. Allein die Tatsache, dass die Rebellen versucht haben, ihn einzunehmen, legt nahe, dass sie weit stärker sind, als wir bisher angenommen haben.«

»Könnten sie gewinnen?«

»Das scheint durchaus möglich zu sein.«

»Ein Militärputsch?«

»Genau.«

»Wir sollten besser mehr über diese Leute herausfinden. Wer sie sind und was sie wollen. In ein paar Tagen könnten sie die Regierung stellen.«

»Ich habe die CIA schon dazu befragt. Sie werden die Nacht durcharbeiten, und morgen früh solltest du dann ein Briefing bekommen.«

»Danke. Aber weißt du, was ich vorher brauche?«

Gus senkte den Blick, und Pauline erkannte, dass man diese Bemerkung durchaus als Annäherungsversuch interpretieren könnte. Sie lief rot an.

Gus nippte an seinem Drink.

»Gus«, sagte Pauline, »was passiert, wenn wir es vergeigen?«

»Bumm!«, antwortete er. »Atomkrieg.«

»Tu mir den Gefallen, und geh das mit mir durch«, forderte Pauline ihn auf.

»Nun, beide Seiten würden sich mit Cyberangriffen und Raketenabwehrsystemen verteidigen, aber soweit wir wissen, versprechen diese Methoden nur teilweise Erfolg. Ein paar Kernwaffen würden ihre Ziele in den jeweiligen Ländern trotzdem erreichen.«

»Welche Ziele?«

»Beide Seiten würden zunächst einmal versuchen, die feindlichen Abschussvorrichtungen zu vernichten, aber auch die größten Städte ins Visier nehmen. China würde mindestens New

York, Chicago, Houston, Los Angeles, San Francisco und die Stadt bombardieren, in der wir gerade sitzen, Washington D.C.«

Während Gus die Städte aufzählte, sah Pauline sie vor ihrem geistigen Auge: die Golden Gate Bridge in San Francisco, den Astrodome in Houston, die Fifth Avenue in Manhattan, den Rodeo Drive in L.A., das Haus ihrer Eltern in Chicago und das Washington Monument vor ihrem Fenster.

»Wahrscheinlicher ist jedoch«, fuhr Gus fort, »dass sie zwischen zehn und zwanzig größere Städte ins Visier nehmen werden.«

»Erklär mir noch mal, was genau bei der Explosion passiert.«

»In der ersten Millionstel Sekunde bildet sich ein Feuerball von gut zweihundert Metern Durchmesser. In diesem Radius stirbt alles und jeder sofort.«

»Das sind dann wohl die Glücklichen.«

»Dann zerstört die Druckwelle sämtliche Gebäude in bis zu einer Meile Entfernung. Fast alle in diesem Bereich sterben entweder durch die Druckwelle selbst oder werden von Trümmern erschlagen. Die damit einhergehende Hitze wiederum setzt alles in Brand, was irgendwie brennen kann, Menschen eingeschlossen. Sie reicht sogar noch weiter als die Druckwelle, nämlich bis zu fünf Meilen. Autos werden durch die Luft gewirbelt und Eisenbahnen von den Schienen gerissen. Druck und Hitze steigen auch nach oben, sodass selbst Flugzeuge vom Himmel fallen.«

»Wie viele Tote?«

»In New York muss man damit rechnen, dass etwa eine Viertelmillion Menschen sofort stirbt. Gut eine halbe Million erleidet Verletzungen. Noch mehr werden dann in den darauffolgenden Stunden und Tagen der Strahlenkrankheit erliegen.«

»Mein Gott!«

»Und das bei nur einer Bombe und bei noch nicht einmal einer großen. Außerdem würden sie nicht nur eine Rakete auf eine Stadt abfeuern, sondern mehrere für den Fall, dass es Fehlzündungen gibt. China verfügt überdies über Mehrfachsprengköpfe. Eine Rakete kann bis zu fünf Bomben tragen, die alle gegen ein anderes Ziel gerichtet sind. Allerdings weiß niemand, welche Auswirkung zehn, zwanzig oder gar fünfzig Atomsprengköpfe haben würden, die in nur einer einzigen Stadt einschlagen. So etwas hat es bis jetzt schlicht nicht gegeben.«

»Es ist unvorstellbar.«

»Und bis jetzt habe ich nur von den kurzfristigen Folgen gesprochen. Wenn jede größere Stadt in den USA und in China brennt, dann stell dir mal vor, wie viel Asche in die Atmosphäre gelangt. Einige Wissenschaftler glauben, es würde reichen, um die Sonneneinstrahlung derart stark zu behindern, dass die Durchschnittstemperatur auf der Erde rapide sinkt. Die Folgen davon wären in vielen Ländern Ernteausfälle und damit Nahrungsmangel und Hunger. Dieses Phänomen nennt man den Nuklearen Winter.«

Pauline hatte einen Kloß im Hals.

»Tut mir leid, dass ich das in so düsteren Farben male«, sagte Gus.

»Ich habe ja darum gebeten.«

Pauline beugte sich vor und streckte die Hände aus. Gus nahm sie.

Nach einem langen Augenblick des Schweigens sagte sie: »Das darf nie geschehen.«

Gus drückte ihr sanft die Hände. »Dafür bete ich.«

»Und weißt du auch, wer die Verantwortung dafür trägt? Du und ich.«

»Ja.« Gus nickte. »Besonders du.«

Kapitel 21

Tamara glaubte, dass sie Abdul verloren hatten.

Es war jetzt acht Tage her, seit er angerufen und berichtet hatte, dass der Bus bald die Grenze nach Libyen überqueren würde. Die Libyer könnten ihn verhaftet haben, obwohl dieser Teil der Welt so gesetzlos war, dass das eher unwahrscheinlich schien. Daher stand eher zu befürchten, dass er von Stammeskriegern entführt oder ermordet worden war, die rein gar nichts mit irgendeiner Regierung zu tun hatten. Vielleicht war die Lösegeldforderung ja schon unterwegs.

Und vielleicht würden sie Abdul nie wiedersehen.

Tab berief ein Treffen ein, um das weitere Vorgehen zu besprechen. Solche Meetings wurden abwechselnd von den Amerikanern und Franzosen veranstaltet, und dieses fand in der französischen Botschaft statt. Da die Diskussion auf Französisch geführt werden sollte, nahm Dexter nicht daran teil.

Den Vorsitz hatte Tabs Boss, Marcel Lavenu, ein großer Mann, dessen kahler Kopf einer Kirchenkuppel glich. »Ich habe mich gestern Abend mit dem chinesischen Botschafter getroffen«, berichtete er, während die anderen sich setzten. »Er ist stinksauer wegen dieser Rebellion in Nordkorea. Aber die Chinesen haben kein Problem damit, Rebellen in Nordafrika zu bewaffnen. Man stelle sich nur mal vor, was los wäre, wenn die Kernwaffenbasis in Jeongjeo-dong von Männern mit Flügelhörnern erobert worden wäre!«

Tamara verstand die Anspielung nicht, und Tab erklärte: »›Flügelhorn‹ ist der Spitzname eines Bullpup-Gewehrs aus der französischen Firma FAMAS. Bullpups sind eine Form von Sturmgewehren.«

Tab breitete eine große Karte auf dem Konferenztisch aus. Er trug ein weißes Hemd, die Ärmel hochgekrempelt, und seine braunen Arme waren leicht behaart. Mit einem Stift in der Hand beugte er sich über die Karte, und seine Stirnlocke fiel ihm über die Augen. Er sah schier unwiderstehlich aus, und Tamara wäre am liebsten an Ort und Stelle über ihn hergefallen.

Tab war sich der Wirkung jedoch nicht bewusst, die er auf Frauen hatte. Einmal hatte Tamara ihm scherzhaft vorgeworfen, sich absichtlich so zu kleiden, um die Herzen der Frauen zum Rasen zu bringen, doch Tab hatte nur vage gelächelt und damit gezeigt, dass er nicht wirklich verstand, wovon sie redete. Tatsächlich machte ihn das sogar noch attraktiver.

»Das ist Faya«, begann er und deutete mit dem Stift auf einen Ort auf der Karte. »Tausend Straßenkilometer von hier. Von da hat Abdul angerufen, als er uns vor acht Tagen eine wahre Masse an unbezahlbaren Informationen übermittelt hat. Seitdem hatte er vermutlich keine Telefonverbindung mehr.«

Monsieur Lavenu war ein kluger Mann, wenn auch ein wenig blasiert. »Was ist mit dem Funksignal der Lieferung? Können wir das nicht auffangen?«

»Von hier nicht«, antwortete Tab. »Es reicht nur hundertfünfzig Kilometer weit.«

»Verstehe. Bitte, machen Sie weiter.«

»Das Militär hat noch keine Aktion gegen die Terroristen vorgeschlagen, die Abdul identifiziert hat. Sie fürchten, die anderen dadurch zu warnen, die weiter die Straße runter lauern. Aber früher oder später werden wir zuschlagen.«

Lavenu meldete sich erneut zu Wort. »Wie stand es vor acht Tagen um die Moral von Monsieur Abdul?«

»Er hat mit unserer amerikanischen Kollegin gesprochen.« Tab deutete auf Tamara.

Lavenu schaute sie erwartungsvoll an.

»Er war guter Dinge«, berichtete Tamara. »Natürlich haben ihn die Ausfälle und Verzögerungen frustriert, aber er hat jede Menge über den ISGS herausgefunden. Er weiß, dass er in schrecklicher Gefahr schwebt, aber er ist tapfer und hart im Nehmen.«

»Sein Mut steht außer Frage.«

Tab fuhr fort: »Wir nehmen an, dass der Bus nordostwärts von Faya nach Zouarké gefahren ist und von dort Richtung Norden, rechts an den Bergen vorbei und links an der Grenze zu Niger. Dort gibt es keine asphaltierten Straßen. Irgendwo nördlich von Wour wird der Bus dann die Grenze überquert haben … Nehmen wir zumindest an. Abdul ist jetzt vermutlich in Libyen. Sicher sein können wir uns jedoch nicht.«

Lavenu sagte: »Das ist äußerst unbefriedigend. Natürlich müssen wir akzeptieren, dass wir einen Undercover-Agenten aus den Augen verlieren können, aber tun wir auch wirklich alles, um ihn wiederzufinden?«

Höflich erwiderte Tab: »Ich weiß nicht, was wir sonst tun könnten, Monsieur.«

»Kann ein Helikopter, der der wahrscheinlichen Route des Busses folgt, das Funksignal der Lieferung aus der Luft auffangen?«

»Ja, möglich wäre es«, antwortete Tab. »Das ist zwar ein riesiges Areal, aber einen Versuch wäre es wert. Wir können davon ausgehen, dass der Bus den kürzesten Weg genommen hat, und der führt mehr oder weniger genau nach Norden. Das Problem ist nur, dass die Leute im Bus den Helikopter sehen und hören würden, und dann würden die Schmuggler erkennen, dass sie unter Beobachtung stehen, und versuchen, dem irgendwie zu entgehen.«

»Was ist mit einer Drohne?«

Tab nickte. »Eine Drohne ist leiser als ein Helikopter und kann auch wesentlich höher fliegen. Für geheime Überwachungsmaßnahmen ist das deutlich besser.«

»Dann werde ich die französische Luftwaffe bitten, eine unserer Drohnen loszuschicken, um das Funksignal aufzufangen.«

»Das wäre großartig!«, sagte Tamara. Wenn sie Abduls Bus wieder aufspüren könnten, würde sie das sehr erleichtern.

Kurz darauf war das Meeting vorbei, und Tab brachte Tamara zu ihrem Wagen. Die französische Botschaft war ein langes, niedriges, modernes Gebäude, das im Sonnenlicht strahlend weiß schimmerte. »Du erinnerst dich doch sicher daran, dass mein Vater heute kommt, oder?« Er lächelte, wirkte aber nervös – was ungewöhnlich für ihn war.

»Natürlich«, antwortete Tamara. »Ich freue mich schon darauf, ihn kennenzulernen.«

»Kleine Planänderung.«

Tamara nahm an, dass sie nun den Grund für Tabs Nervosität erfahren würde, und neugierig schaute sie ihn an.

»Meine Mutter kommt mit«, sagte er.

»Oh mein Gott! Sie will mich inspizieren, stimmt's?«

»Nein, natürlich nicht.« Tab sah Tamaras skeptischen Gesichtsausdruck und korrigierte sich: »Na ja … eigentlich schon …«

»Ich wusste es.«

»Ist das wirklich so schlimm? Ich habe ihnen von dir erzählt, und natürlich ist sie neugierig.«

»Hat sie dich schon einmal hier besucht?«

»Nein.«

Was hatte Tab nur gesagt, dass seine Mutter zum ersten Mal in ihrem Leben in den Tschad reiste? Er musste seinen Eltern erzählt haben, dass Tamara vermutlich auf längere Sicht Teil seines Lebens sein würde – und damit auch ihres. Tamara hätte sich freuen und nicht besorgt sein sollen.

»Es ist schon ironisch«, sagte Tab. »Hier in diesem gesetzlosen Land stellst du dich Tag für Tag den größten Gefahren, aber vor meiner Mutter hast du Angst.«

»Stimmt.« Tamara lachte. Das änderte jedoch nichts an ihrer Furcht. Sie rief sich das Foto in Tabs Apartment ins Gedächtnis zurück. Seine Mutter war darauf blond und gut gekleidet, doch an mehr konnte sie sich nicht erinnern. »Du hast mir übrigens nie gesagt, wie sie heißen«, bemerkte sie. »Ich kann sie ja wohl kaum Papa und Maman nennen.«

»Noch nicht jedenfalls. Er heißt Malik und sie Marie-Anatole, aber sie wird meist Anne genannt. Das funktioniert in den meisten Sprachen.«

Tamara war das *noch nicht* keineswegs entgangen, doch sie sagte nichts dazu. Stattdessen fragte sie: »Wann kommen sie an?«

»Ihr Flug soll gegen Mittag landen. Wir könnten heute Abend gemeinsam essen gehen.«

Tamara schüttelte den Kopf. Nach einem langen Flug waren die meisten Menschen schlecht gelaunt. Sie würde es vorziehen, wenn die beiden sich erst einmal eine Nacht lang ausruhen würden, bevor sie sich mit ihnen traf. »Du solltest den ersten Abend allein mit ihnen verbringen«, sagte sie. »Macht erst mal einen auf Familie.«

»Vielleicht …«

»Warum treffen wir uns nicht morgen zum Mittagessen mit ihnen?«

»Du hast recht. Das ist besser. Aber wir wollen ja nicht gesehen werden. Wir vier in der Öffentlichkeit, meine ich. Ich bin noch nicht bereit, meinen Vorgesetzten gestehen zu müssen, dass ich mich in eine Yankee-Spionin verliebt habe.«

»Daran habe ich gar nicht gedacht. Und ich kann sie ja wohl schlecht in mein kleines Studioapartment einladen. Was sollen wir also tun?«

»Wir werden wohl oder übel eines der kleinen privaten Speisezimmer im Lamy mieten müssen. Oder wir könnten in ihrer Suite essen. Papa nimmt sich zwar immer ein Einzelzimmer, wenn er auf Reisen ist, aber Maman hat mit Sicherheit die Präsidentensuite gebucht.«

Also alles kein Problem, dachte Tamara leicht amüsiert. Sie hatte sich noch immer nicht daran gewöhnt, dass Tab aus einer reichen Familie stammte.

Tab sagte: »Bei unserem ersten Date hast du ein Streifenkleid getragen, marineblau und weiß, mit einem kleinen blauen Jackett und blauen Lederschuhen.«

»Wow! Das ist dir wirklich aufgefallen?«

»Du hast fantastisch ausgesehen.«

»Also ich fand das ein wenig prüde, aber natürlich hast du die Verkleidung sofort durchschaut.«

»Das wäre ein großartiges Outfit für morgen.«

Tamara erschrak. Tab hatte ihr noch nie gesagt, was sie tragen sollte. Es war ganz und gar nicht seine Art, ihr Vorschriften zu machen. Tamara nahm an, das war seiner Nervosität geschuldet; dennoch ärgerte sie der Gedanke, dass er sich sorgte, welchen Eindruck sie auf seine Mutter machen könnte. »Vertrau mir, Tabdar«, sagte Tamara. Sie benutzte seinen vollen Namen nur, wenn sie ihn ärgern wollte. »Ich werde dich schon nicht in Verlegenheit bringen. Dieser Tage besaufe ich mich kaum noch und packe dem Kellner auch nur selten an den Hintern.«

»Tut mir leid«, lachte Tab. »Papa ist ja ganz locker, aber Maman kann verdammt kritisch sein.«

»Du hast mein vollstes Mitgefühl. Warte erst mal ab, bis du meine Mutter kennenlernst, die Lehrerin. Wenn du die ärgerst, stellt sie dich in die Ecke.«

»Danke für dein Verständnis.«

Tamara küsste ihn auf die Wange und stieg in den Wagen.

Wieder dachte sie an Tabs »noch nicht jedenfalls«. Er ging

offenbar davon aus, dass sie seine Eltern irgendwann Papa und Maman nennen würde, und das wiederum hieß, dass sie und Tab heiraten würden. Tamara wusste zwar bereits, dass sie den Rest ihres Lebens mit Tab verbringen wollte, aber das Thema Hochzeit stand nicht gerade hoch auf ihrer Liste. Außerdem war sie schon zweimal verheiratet gewesen, beide Male mit eher bescheidenem Ergebnis, und nun hatte sie es nicht gerade eilig.

Fünf Minuten später war Tamara wieder auf dem belaubten Gelände der US-Botschaft. An ihrem Schreibtisch schrieb sie eine Notiz zu dem Meeting. Die war für Dexter bestimmt. Dann ging sie in die Kantine und holte sich einen Cobb-Salat und eine Cola light zum Mittagessen.

Susan Marcus gesellte sich zu ihr. Seit ihrem gemeinsamen Einsatz war so etwas wie Freundschaft zwischen ihnen entstanden. Sie stellte ihr Tablett auf den Tisch, zog ihre Uniformkappe aus und schüttelte das kurze Haar, um es wieder in seinen natürlichen Zustand zu versetzen. Dann setzte sie sich, aß aber nicht. »Abduls Informationen sind von unschätzbarem Wert«, sagte sie. »Ich hoffe, er bekommt einen Orden dafür. Den hat er sich echt verdient.«

»Falls ja, dann werden wir vermutlich nie davon erfahren«, erwiderte Tamara. »CIA-Orden sind für gewöhnlich geheim. Deshalb nennt man sie auch Sackhalter-Orden.«

Susan grinste. »Weil sie nicht sichtbar sind und für Frauen unnötig?«

»Genau.«

Susan wurde wieder ernst. »Hör zu, ich wollte dich was fragen.«

Tamara schluckte einen Bissen herunter und legte die Gabel beiseite. »Schieß los.«

»Du weißt ja, dass die Ausbildung der tschadischen Armee ein großer Teil unserer Mission hier ist.«

»Natürlich.«

»Was du vermutlich nicht weißt, ist, dass wir einige ihrer besten Leute an Drohnen ausgebildet haben.«

»Das habe ich wirklich nicht gewusst.«

»Natürlich wird das alles streng kontrolliert. Die Einheimischen dürfen nur unter amerikanischer Aufsicht an die Drohnensteuerung.«

»Gut.«

»Manchmal geht ein Fluggerät bei den Übungen zu Bruch. Eins mit einem Sprengkopf ist zum Beispiel explodiert, als es auf das Ziel getroffen ist, aber das soll natürlich auch so sein. Ein anderes ist abgeschossen worden; aber auch das war Teil der Ausbildung. Und natürlich behalten wir genau im Auge, wie viele Drohnen wir noch im Arsenal haben.«

»Ist klar.«

»Eine Drohne wird allerdings vermisst.«

Tamara war überrascht. »Wie konnte das passieren?«

»Viele Drohnen stürzen einfach ab. Es ist schließlich noch eine verhältnismäßig neue Technologie. Offiziell heißt es, der Grund dafür sei eine ›Fehlfunktion im Steuermodul‹ gewesen.«

»Könnt ihr sie denn nicht finden? Wie groß ist das Ding?«

»Drohnen, die Waffensysteme über lange Distanzen transportieren, sind nicht gerade klein. Die vermisste Drohne hat die Spannweite eines Firmenjets, und sie braucht eine Startbahn. Aber die Wüste ist groß.«

»Glaubt ihr, dass sie gestohlen worden ist?«

»Die Drohne wird normalerweise von einem Drei-Mann-Team gesteuert: Pilot, Sensoroffizier und Missionskoordinator. Im Notfall könnte das aber auch ein Mann allein machen, doch nicht ohne die Kontrollstation.«

»Und wie groß ist die?«

»Das ist ein Van. Hinten sitzt der Pilot in einem virtuellen Cockpit. Auf den Bildschirmen sieht er die Bilder der Drohnenkamera, Karten und die Instrumente. Gesteuert wird das mit einem gewöhnlichen HOTAS, also mit Joystick und Schubkontrolle. Über eine Satellitenschüssel auf dem Dach des Vans kommuniziert er mit der Drohne.«

»Dann hat der Dieb auch den Van gestohlen?«

»Nein, aber er könnte sich einen auf dem Schwarzmarkt gekauft haben.«

»Soll ich mal meine Fühler ausstrecken?«

»Ja, bitte.«

»Die Drohne wird vielleicht zum Verkauf angeboten. Aber natürlich könnte der Général sie auch auf einem abgelegenen Flugfeld verstecken, und auf dem Schwarzmarkt ist immer viel los. Ich werde mal sehen, was ich herausfinden kann.«

»Danke.«

»Kann ich jetzt meinen Salat essen?«

»Nur zu.«

* * *

Am Dienstagmorgen war Tamara mit Karim zum Kaffee verabredet.

Sie machte sich sorgfältig zurecht, denn nach dem Kaffee musste sie zum Lunch mit Tabs Eltern. Allerdings wählte sie nicht die Kleidung, die Tab ihr vorgeschlagen hatte. Hätte sie das getan, hätte sie sich wie seine Marionette gefühlt. Allerdings wollte sie auch nicht so stur sein und in zerrissenen Jeans auflaufen. Sie erinnerte sich daran, dass Tab einmal gesagt hatte, sie habe diesen schlichten Chic, den Franzosen so sehr bewunderten, und tatsächlich war das ihr Lieblingsstil. So wählte Tamara schließlich das Outfit, das sie getragen hatte, als er das gesagt hatte: ein graues Etuikleid mit einem roten Gürtel.

Beim Schmuck zögerte sie. Marie-Anatole Sadoul besaß und führte die Firma Travers, die unter anderem hochklassigen Schmuck produzierte. Tamara hatte nichts in ihrer Schmuckschatulle, was teuer genug gewesen wäre, um mit dem mitzuhalten, was Tabs Maman vermutlich tragen würde. Zu guter Letzt entschied Tamara sich für das exakte Gegenteil, etwas Selbstgemachtes, einen Anhänger, den sie einst aus einer antiken Tuareg-Pfeilspitze gebastelt hatte. An einigen Stellen war die Sahara von solchen Relikten geradezu übersät. Die Pfeilspitze war also nicht wirklich wertvoll, aber sie war interessant und anders. Sie bestand aus Stein und war sorgfältig gearbeitet. Tamara hatte schlicht ein Loch in den breiten Erl gebohrt und ein dünnes Lederband hindurchgezogen, das sie sich nun um den Hals legte. Der Stein war dunkelgrau und passte damit perfekt zu ihrem Kleid.

Karim riss anerkennend die Augen auf, als er sah, wie elegant Tamara ausschaute; aber er sagte nichts dazu. Tamara setzte sich ihm gegenüber an den Tisch, der offensichtlich für den Besitzer reserviert war, und nahm dankbar eine Tasse bitteren Kaffees an. Sie sprachen über den Kampf im Flüchtlingslager elf Tage zuvor. Karim sagte: »Wir waren hocherfreut, als Präsidentin Green erklärt hat, sie würde den sudanesischen Lügen nicht glauben, dass wir in ihr Land eingefallen sind.«

»Der Präsidentin lag ein Augenzeugenbericht vor.«

Karim hob die Augenbrauen. »Von Ihnen?«

»Sie hat mich persönlich angerufen, um mir zu danken.«

»Gut gemacht! Haben Sie sie eigentlich mal getroffen?«

»Vor Jahren habe ich als Wahlkampfhelferin bei den Kongresswahlen für sie gearbeitet.«

»Sehr beeindruckend.« Tamara spürte einen Unterton in seinem Glückwunsch und erkannte, dass sie vorsichtig sein musste. Karim war ein hohes Tier, weil er den Général kannte, und ihm gefiel die Vorstellung sicher gar nicht, dass Tamara noch ein höheres Tier sein könnte als er, weil sie Beziehungen zur amerikanischen Präsidentin hatte. Deshalb beschloss sie, das ein wenig herunterzuspielen. »Sie macht das ständig. Sie ruft immer wieder einfache Leute an – Lkw-Fahrer, Cops, Lokalreporter – und dankt ihnen für ihre gute Arbeit.«

»Das ist sicher gut für ihre Publicity.«

»Genau.« Tamara hatte das Gefühl, sich wieder auf normale Größe zurückgestutzt zu haben, und nun war sie auch bereit, ihre schwierige Frage zu stellen. »Nebenbei … Eine unserer Drohnen wird vermisst – wussten Sie das?«

Karim hasste es, Unwissen eingestehen zu müssen. Er tat immer so, als würde er alles wissen. Unwissen gab er nur vor, wenn er die Tatsache verheimlichen wollte, dass er doch etwas wusste. Wenn er sagte, »Ja, ich habe davon gehört«, dann hieß das vermutlich, dass er nichts davon wusste; aber wenn er antwortete: »Ich hatte ja keine Ahnung«, dann hieß das, er war bestens informiert.

Karim zögerte kurz, aber auffällig; dann sagte er: »Ach? Eine Drohne wird vermisst? Das ist mir neu.«

Du weißt es also, dachte Tamara. Schön, schön. Um das zu bestätigen, legte sie nach: »Wir haben uns gefragt, ob der Général sie vielleicht haben könnte.«

»Mit Sicherheit nicht!« Karim versuchte, entrüstet dreinzublicken. »Warum auch? Was sollte er damit anfangen?«

»Ich weiß nicht. Vielleicht findet er es ja einfach nur schön, eine zu haben, wie …« Sie deutete auf die große, komplizierte Taucheruhr an Karims linkem Handgelenk. »Wie Ihre Uhr.« Wenn Karim ehrlich gewesen wäre, hätte er jetzt gelacht und gesagt: »Ja, klar. Es ist immer nett, eine Drohne in der Tasche zu haben, auch wenn man sie nicht benutzt.«

Doch das tat er nicht. Ernst sagte er: »Der Général würde so eine mächtige Waffe nie ohne Zustimmung seiner amerikanischen Verbündeten haben wollen.«

Dieser scheinheilige Schwachsinn bestätigte Tamaras Instinkt. Aber jetzt hatte sie die Information, die sie brauchte, und so wechselte sie das Thema. »Beachtet das Militär die demilitarisierte Zone an der Grenze zum Sudan?«, fragte sie.

»Bis jetzt, ja.«

Während sie über den Sudan redeten, dachte Tamara über Karims Frage nach: Was sollte der Général mit einer amerikanischen Drohne tun? Natürlich könnte er sie tatsächlich als sinnlose Trophäe behalten und nie benutzen, so wie Karim, der im Binnenland des Tschad lebt, nie eine Uhr brauchen würde, die bis zu einer Tiefe von einhundert Metern wasserdicht war. Aber der Général war gerissen und intrigant. Das hatte er mit seinem Hinterhalt bewiesen. Er könnte also durchaus ein finsteres Ziel damit verfolgen.

Tamara hatte für heute alles aus Karim herausgeholt, was sie zu erfahren gehofft hatte. Also verabschiedete sie sich wieder von ihm und kehrte zu ihrem Wagen zurück. Später würde sie über dieses Gespräch Bericht erstatten. Aber zuerst musste sie sich noch von Tabs Eltern begutachten lassen.

Sie ermahnte sich selbst, nicht überempfindlich zu sein. Das war keine Prüfung; das war ein geselliges Mittagessen. Trotzdem war sie nervös.

Im Lamy ging Tamara erst einmal auf die Damentoilette, um sich frischzumachen. Sie kämmte sich das Haar und legte Make-up nach. Die Pfeilspitze um ihren Hals sah im Spiegel gut aus.

Tamara hatte eine SMS mit der Raumnummer bekommen. Als sie den Aufzug betrat, folgte ihr Tab auf dem Fuße. Sie küsste ihn auf beide Wangen und wischte ihm dann den Lippenstift ab. Tab war formell gekleidet. Er trug einen Anzug und eine gepunktete Krawatte, und in seiner Brusttasche steckte ein weißes Taschentuch. »Lass mich raten«, sagte Tamara auf Französisch. »Deine Mutter mag es, wenn Männer sich schick machen.«

Tab lächelte. »Das mögen auch die Männer. Und du siehst perfekt aus.«

Sie erreichten die Zimmertür. Sie stand offen, und sie gingen hinein.

Tamara war noch nie in einer Präsidentensuite gewesen. Durch eine kleine Lobby gingen sie in einen großen Wohnbereich. Eine Nebentür stand einen Spaltbreit offen. Dahinter befand sich der Essbereich, und ein Kellner legte gerade die Servietten aus. Auf der anderen Seite des Raums befand sich eine große Doppeltür, die vermutlich ins Schlafzimmer führte.

Tabs Eltern saßen auf einer pink gepolsterten Couch. Sein Vater stand auf; seine Mutter blieb sitzen. Anders als auf dem Foto, das Tamara kannte, trugen beide eine Brille. Malik hatte ein dunkles, von Falten gezeichnetes Gesicht, aber mit einem marineblauen Baumwollblazer, weißer Hose und gestreifter Krawatte war er gut gekleidet, ein Franzose, der englischen Stil trug, nur mit mehr Flair. Anne wiederum war blass und schlank, eine attraktive ältere Frau in einem cremefarbenen Leinenkleid mit mandarinenfarbenem Kragen und weiten Ärmeln. Beide sahen genauso aus wie das, was sie waren: ein wohlhabendes Paar mit gutem Geschmack.

Tab übernahm die Vorstellung. Er sprach Französisch. Dann sagte Tamara das Sprüchlein auf, das sie sich überlegt hatte: »Es freut mich wirklich, endlich die Eltern dieses wunderbaren Mannes kennenzulernen.« Als Antwort lächelte Anne, aber kühl. Eigentlich sollte sich jede Mutter über so eine Beschreibung ihres Sohnes freuen, doch Anne wirkte unbeeindruckt.

Sie setzten sich. Auf dem Kaffeetisch stand ein Eiskübel, darin eine Flasche Champagner und daneben vier Gläser. Der Kellner kam herein und schenkte ihnen ein. Tamara fiel auf, dass es sich bei dem Champagner um einen alten Travers handelte. »Trinken Sie immer Ihren eigenen Champagner?«, fragte sie Anne.

»Ja. Oft. So können wir am besten sehen, wie gut er den Transport übersteht«, antwortete Anne. »Normalerweise verkosten wir ihn im Keller, genau wie unsere Kunden und Kritiker, die aus aller Welt auf unser Gut in Reims kommen. Doch unsere Kunden haben daheim oft eine andere Erfahrung. Manchmal müssen die

Flaschen Tausende von Meilen weit reisen und werden anschließend nicht gerade perfekt gelagert.«

Tab fiel ihr ins Wort. »Als ich in Kalifornien studiert habe, habe ich in einem Restaurant gearbeitet, wo man den Wein in einem Schrank neben dem Ofen aufbewahrt hat. Wenn jemand Champagner bestellt hat, dann hat man einfach eine Flasche fünfzehn Minuten ins Tiefkühlfach gelegt.« Er lachte.

Seine Mutter fand das gar nicht komisch. »Sie müssen wissen, dass ein guter Champagner eine Eigenschaft benötigt, den man bei einer Verkostung vor Ort nicht erkennen kann: Standfestigkeit. Unsere Produkte müssen selbst die schlechteste Behandlung überstehen und unabhängig von den Umständen gleichbleibend gut schmecken.«

Einen Vortrag hatte Tamara nicht erwartet. Andererseits fand sie das tatsächlich interessant. Und sie hatte schon jetzt gelernt, dass Tabs Mutter gnadenlos ernst war.

Anne probierte den Champagner und verkündete: »Nicht allzu enttäuschend.«

Tamara fand ihn köstlich.

Während sie miteinander plauderten, begutachtete Tamara Annes Schmuck. Am linken Handgelenk trug Tabs Mutter eine hübsche Travers-Uhr und rechts drei goldene Armreifen. Reden wollte Tamara über Schmuck allerdings nicht, doch Anne bemerkte zu ihrem Anhänger: »So etwas habe ich noch nie gesehen.«

»Selbstgemacht«, sagte Tamara und erklärte, dass es sich um eine antike Pfeilspitze der Tuareg handelte.

»Wie originell.« Anne hob die Augenbrauen.

Tamara hatte schon viele amerikanische Matronen kennengelernt, die *Wie originell* sagten, wenn sie eigentlich *Wie furchtbar* meinten.

Tab fragte seinen Vater nach dem geschäftlichen Teil ihrer Reise. »Alle wichtigen Besprechungen finden hier in der Hauptstadt statt«, antwortete Malik. »Die Männer, die dieses Land führen, sind alle hier, aber das muss ich dir wohl nicht sagen. Allerdings muss ich auch noch nach Doba und nach den Ölquellen sehen.« Er drehte sich zu seiner Frau um und erklärte: »Die Ölfelder liegen tief im Südwesten des Landes.«

»Was genau willst du eigentlich in Doba und N'Djamena erreichen?«, hakte Tab nach.

»In Afrika sind Geschäfte etwas sehr Persönliches«, erklärte Malik. »Bestimmten Leuten freundschaftlich verbunden zu sein bringt oft mehr, als ihnen günstige Konditionen in einem Vertrag einzuräumen. Besonders wichtig ist herauszufinden, ob irgendjemand unzufrieden ist. Dann kann ich das gleich hier und jetzt klären und die notwendigen Maßnahmen ergreifen, um sie uns gewogen zu halten.«

Gegen Ende des Lunchs hatte Tamara ein recht gutes Bild von dem Paar. Beide waren kluge Geschäftsleute, kenntnisreich und entscheidungsfreudig. Aber während Malik freundlich und gelassen war, war Anne zwar zuvorkommend, aber auch kalt. Zum Glück hatte Tab von seinem Vater die Gelassenheit und von seiner Mutter das gute Aussehen geerbt.

Schließlich brachen Tamara und Tab gemeinsam auf. »Wirklich ein bemerkenswertes Paar«, bemerkte Tamara, als sie in die Lobby kamen.

»Also ich fand das Ganze ziemlich steif.«

Da hatte er nicht ganz unrecht, aber Tamara war taktvoll genug, ihm das nicht zu sagen. Stattdessen schlug sie vor: »Lass uns morgen Abend ins al-Quds gehen.« Das war Tamaras und Tabs Lieblingsrestaurant, ein ruhiger arabischer Laden, in den sich nur wenig Westler verirrten. »Da können wir uns entspannen.«

»An sich eine gute Idee.« Tab runzelte die Stirn. »Allerdings serviert man dort keinen Wein.«

»Macht das deinen Leuten etwas aus?«

»Maman nicht, aber Papa will sicher etwas trinken. Wir

könnten vorher noch ein Glas Champagner in meiner Wohnung nehmen.«

»Und sag deinen Eltern, sie sollen sich ganz leger kleiden.«

»Ich werd's versuchen.«

»So …«, sagte Tamara und grinste. »Hast du in Kalifornien wirklich in einer Restaurantküche gearbeitet?«

»Ja.«

»Haben deine Eltern dich nicht finanziert?«

»Doch, doch. Sie haben mich großzügig unterstützt, aber ich war jung und dumm, und in einem Semester habe ich alles auf den Kopf gehauen. Also habe ich mir einen Job gesucht. Das hat mir nichts ausgemacht. Es war einfach eine neue Erfahrung für mich. Bis dahin hatte ich nie gearbeitet.«

Jung vielleicht, aber nicht dumm, dachte Tamara. Tab hatte schlicht die Charakterstärke besessen, das Problem selbst zu lösen, anstatt zu Mama und Papa zu laufen. Das gefiel ihr. »Auf Wiedersehen«, sagte sie. »Geben wir uns die Hand. Wenn uns jemand sieht, sehen wir wie Kollegen aus und nicht wie Verliebte.«

Sie trennten sich. Auf dem Rücksitz ihres Wagens konnte Tamara aufhören, sich zu verstellen. Das Mittagessen war furchtbar gewesen. Alle hatten sich unwohl gefühlt. Mit Malik allein wäre sie vielleicht zurechtgekommen. Womöglich hätte er sogar mit ihr geflirtet. Aber Anne verhielt sich in ihrer steifen Art genau so, dass jeder sich bemühte, einen guten Eindruck auf sie zu machen.

Tamaras Beziehung zu Tab hing jedoch nicht von der Zustimmung seiner Mutter ab. Dessen war sie sicher. Anne war zwar ein starker Charakter, so stark aber auch wieder nicht. Trotzdem … Sollte sie sich gegen Tamara wenden, wäre das mehr als nur ein Ärgernis, etwas, das über Jahre hinweg zu Konflikten in ihrer Beziehung führen würde. Tamara war fest entschlossen, es nicht so weit kommen zu lassen.

Und irgendwo in Anne musste sich auch eine gefühlvolle Frau verbergen. Schließlich war sie eine Aristokratin, die aus ihrem sozialen Umfeld ausgebrochen war, um den Sohn eines arabischstämmigen Ladenbesitzers zu heiraten. Sie hatte sich von ihrem Herz leiten lassen und nicht von ihrem Kopf, und Tamara war fest entschlossen, eine Verbindung zu dem Mädchen aufzubauen, das sich einst Hals über Kopf in Malik verliebt hatte.

Sie kehrte in die US-Botschaft zurück und suchte Dexter auf. Er saß wieder an seinem Schreibtisch, mit einem großen blauen Fleck auf der Stirn und dem Arm in einer Schlinge. Er hatte ihr noch nicht dafür gedankt, dass sie ihn aus dem Flüchtlingslager gerettet hatte. »Ich habe mit Karim über die vermisste Drohne gesprochen«, sagte sie.

»Die vermisste Drohne?« Dexter schaute verärgert drein. »Wer hat Ihnen von der vermissten Drohne erzählt?«

Überrascht riss Tamara die Augen auf. »Hätte ich das nicht wissen sollen?«

»Wer?«, wiederholte Dexter.

Tamara zögerte, doch Susan war es egal, was Dexter wusste oder dachte. »Colonel Marcus.«

»Die Frau ist die Pest«, knurrte Dexter.

»Wir stehen doch alle auf derselben Seite, oder?«, sagte Tamara und ließ ihrem Ärger freien Lauf. Die Drohnengeschichte war nicht topsecret. Dexter wollte einfach den Informationsfluss kontrollieren. Alles musste immer über seinen Schreibtisch gehen. Es war ermüdend. »Wenn Sie nicht hören wollen, was Karim gesagt hat …«

»Okay, okay, sprechen Sie.«

»Er hat gesagt, der Général habe die Drohne nicht, aber ich denke, er lügt.«

»Und warum denken Sie das?«

»Das ist nur ein Gefühl.«

»Weibliche Intuition?«

»Wenn Sie es so nennen wollen.«

»Sie waren nie beim Militär, oder?«

»Nein.«

Dexter hatte in der Navy gedient. »Dann verstehen Sie das auch nicht.«

Tamara schwieg.

»Ausrüstung verschwindet ständig«, fuhr Dexter fort. »Das kann niemand im Auge behalten. Wir haben einfach viel zu viel Zeug an viel zu vielen Orten, und das wird auch noch ständig bewegt.«

Tamara war versucht zu fragen, wie er glaubte, dass große, internationale Airlines ihre Flotten managten, doch sie hielt weiter ihre Zunge im Zaum.

»Vermisste Ausrüstung wird einfach nur vermisst«, sagte Dexter. »Kein Grund für Verschwörungstheorien.«

»Wenn Sie das sagen.«

»Ja, das sage ich«, erklärte Dexter.

* * *

Am Abend des nächsten Tages saßen Malik und Anne auf Hockern in Tabs kleiner Küche. Tab verteilte Hummus auf Gurkenscheiben, während Tamara Olivenöl, Salz und Rosmarinblätter auf die schlichten Tortillas streute und sie in den Ofen schob. Während sie sich in dem kleinen Raum bewegten, berührten sie sich häufig, wie immer. Alle plauderten sie munter miteinander, doch Tamara wusste auch, dass sie beobachtet wurde, besonders von Anne. Als sie Anne jedoch kurz in die Augen schauen konnte, glaubte sie, Zufriedenheit dort zu sehen. Schließlich bemerkte Anne: »Ihr zwei scheint wirklich glücklich miteinander zu sein.«

Es war das erste Mal, dass sie etwas zu der Beziehung ihres Sohnes mit Tamara sagte, und das war auch noch positiv. Tamara war hocherfreut. Und dann aß Anne auch noch die Tortillas, die Tamara ihr servierte, und zwar alle.

Vielleicht konnten sie eines Tages ja doch Freundinnen sein.

Mit Anne ins al-Quds zu gehen machte Tamara leicht nervös. Mit ihrem dunklen Haar und den braunen Augen konnte Tamara auch als Arabermädchen durchgehen, aber Anne war groß und blond. Allerdings war sie nicht unsensibel, und so hatte sie ein Kopftuch und eine weite Leinenhose angezogen, um nicht weiter aufzufallen.

Der Wirt kannte Tamara und Tab und hieß sie herzlich willkommen, und als Tab ihm seine Eltern vorstellte und erklärte, sie seien zu Besuch aus Paris, schien er sich ehrlich zu freuen. Das al-Quds hatte nicht oft Gäste aus Paris.

Als das Essen kam, setzte Tab zu einer vorbereiteten Rede an. »Wegen meiner Beziehung zu Tamara haben wir ein Problem mit unseren Chefs«, begann er. »Sie mögen es nicht, wenn zwei Nachrichtendienstmitarbeiter aus verschiedenen Ländern sich näherkommen. Bis jetzt waren wir immer sehr diskret, aber das kann nicht ewig so weitergehen.«

Anne fragte ungeduldig: »Und? Hast du einen Plan?«

Tab vergaß sein Skript. »Wir wollen zusammenziehen.«

»Nach nur einem Monat?«

»Fünf Wochen.«

Malik lachte. »Hast du schon vergessen, wie das bei uns war?«, wandte er sich an seine Frau. »Nach einer Woche sind wir Freitag ins Bett gegangen und erst Montag wieder aufgestanden.«

Anne lief rot an. »Malik! Bitte!«

So leicht ließ Malik sich jedoch nicht den Mund verbieten. »Sie sind genau wie wir. Siehst du das nicht?«, sagte er. »Das ist wahre Liebe.«

Anne hatte nicht die geringste Absicht, über wahre Liebe zu diskutieren. »Wollt ihr Kinder?«, fragte sie.

Sie hatten zwar noch nicht darüber gesprochen, aber Tamara wusste, wie sie in diesem Punkt empfand. »Ja«, antwortete sie.

Und auch Tab sagte: »Ja.«

»Aber ich will Kinder und Karriere machen«, erklärte Tamara.

»Und was das betrifft, so habe ich gleich zwei große Vorbilder: meine Mutter und Sie, Anne.«

»Was genau hast du vor?«, wandte Anne sich an ihren Sohn.

»Ich werde die DGSE verlassen«, antwortete Tab, »und wenn du mich nimmst, Maman, dann würde ich gern mit dir in der Firma arbeiten.«

»Das würde mir gefallen«, erwiderte Anne sofort. »Aber Tamara … Wie passen Sie da rein?«

»Wenn es geht, würde ich gern bei der CIA bleiben. Ich werde um Versetzung an unsere Botschaft in Paris bitten. Wenn das nicht funktioniert, muss ich mir etwas anderes überlegen. Aber eins ist klar: Ich würde eher die CIA als Tab verlassen.«

Es folgte ein kurzes Schweigen. Dann lächelte Anne Tamara liebevoll an, streckte den Arm über den Tisch hinweg aus und nahm Tamaras Hand. »Du liebst ihn wirklich, nicht wahr?«, sagte sie leise. »Ich darf doch Du sagen, oder?«

»Ja«, antwortete Tamara. »Ich liebe ihn.«

* * *

Am nächsten Tag rief Tab Tamara an, um ihr zu berichten, dass die französische Drohne kein Signal der Lieferung hatte auffangen können und nirgendwo auf ihrer Route einen Bus gesichtet hatte.

Abdul war verschwunden.

Kapitel 22

Der Mercedes-Bus verbrachte fünf Tage in einem namenlosen libyschen Dorf und wartete auf eine neue Treibstoffpumpe aus Tripolis. Die Dorfbewohner sprachen einen Tuareg-Dialekt, den niemand im Bus verstand, aber Kiah und Esma verständigten sich mit den Frauen über Gesten und Lächeln und kamen recht gut damit zurecht. Nahrung musste aus anderen Dörfern herbeigeschafft werden, denn die kleine Siedlung allein konnte nicht neununddreißig weitere Mäuler stopfen, egal wie viel Geld man dafür auch bot.

Hakim verlangte, dass alle ihn extra bezahlten, denn damit habe er nicht gerechnet. Abdul erklärte daraufhin wütend, dass ihm allmählich das Geld ausgehe, und die anderen Passagiere taten es ihm nach. Kiah wusste natürlich, dass Abdul nur den Armen spielte. In Wahrheit hatte er mehr Geld als genug.

Inzwischen hatten sie sich an Hakim und seine Wachen gewöhnt. Sie hatten keine Angst mehr, mit ihm zu streiten und über Zusatzkosten zu verhandeln. Die Gruppe hatte schon viele Rückschläge hinnehmen müssen. Kiah bekam langsam fast ein Gefühl von Sicherheit. Sie dachte sogar schon an die Fahrt über das Mittelmeer; denn das war der Teil der Reise, der ihr am meisten Angst bereitete.

Seltsamerweise war sie nicht unglücklich. Die täglichen Entbehrungen und Gefahren waren fast schon zur Normalität geworden. Kiah sprach viel mit Esma, die ungefähr genauso alt war wie sie. Aber die meiste Zeit verbrachte sie mit Abdul, der immer mehr Gefallen an Naji fand. Die geistige Entwicklung eines Zweijährigen schien Abdul sehr zu faszinieren: Wie viel verstand der Junge schon und was nicht? Und wie viel lernte er jeden Tag hinzu? Kiah fragte Abdul, ob er eines Tages auch einen eigenen Sohn haben wolle. »Darüber habe ich schon lange nicht mehr nachgedacht«, antwortete er, und Kiah fragte sich, was genau er damit meinte. Aber ihr war schon vor Wochen klargeworden, dass Abdul keine Fragen zu seiner Vergangenheit beantwortete.

Eines Tages wachten sie in dichtem Nebel auf. Der Dunst bedeckte alles mit kaltem Tau. So etwas passierte schon mal in der Wüste, wenn auch selten. Sie konnten nicht von einem Haus zum anderen sehen, und die Geräusche der Menschen waren gedämpft. Stimmen und Schritte hörte man wie durch eine Wand hindurch.

Kiah band Naji mit einem Stoffstreifen an sich, weil sie Angst hatte, dass er im Nebel verlorengehen könnte. Sie und Abdul saßen den ganzen Tag beisammen und sahen so gut wie niemanden. Kiah fragte ihn, womit er in Frankreich sein Geld verdienen wolle. »Manche Europäer bezahlen einen Mann dafür, dass er ihnen hilft, fit und stark zu bleiben«, antwortete Abdul. »Diese Männer nennt man Personal Trainer, und sie können bis zu hundert Dollar pro Stunde verlangen. Man muss nur sportlich aussehen und den Kunden sagen, welche Übungen sie machen sollen.« Kiah konnte nur staunen. Es ergab für sie keinen Sinn, dass Menschen so viel für nichts bezahlten. Sie hatte noch viel über Europäer zu lernen.

»Was ist mit dir?«, fragte Abdul. »Was hast du vor?«

»Sobald ich dort bin, werde ich jede Arbeit annehmen.«

»Was würdest du am liebsten tun?«

Kiah lächelte. »Am liebsten hätte ich einen kleinen Fischladen. Mit Fisch kenne ich mich aus. Natürlich werden die Franzosen andere haben als wir, aber das werde ich schon lernen. Ich würde jeden Tag frischen Fisch kaufen und den Laden schließen, wenn ich alles verkauft habe. Wenn Naji dann älter ist, kann er im Laden arbeiten und alles lernen, was er braucht, um ihn später zu übernehmen, wenn ich zu alt geworden bin.«

Am nächsten Tag kam endlich die Treibstoffpumpe. Ein Mann brachte sie mit einem Kamel und half Hakim, sie einzubauen.

Als sie schließlich am nächsten Morgen wieder aufbrachen, ging es wieder Richtung Westen. Kiah erinnerte sich daran, dass Abdul Hakim schon einmal nach der Route gefragt hatte, doch jetzt hielt er den Mund. Allerdings war Abdul nicht der Einzige im Bus, der erkannt hatte, dass die Mittelmeerküste nicht in dieser Richtung lag. Bei der nächsten Rast stellten zwei Männer Hakim dann auch zur Rede und verlangten zu wissen, warum sie von ihrem Ziel wegfuhren.

Kiah hörte aufmerksam zu und fragte sich, was Hakim wohl antworten würde.

»Das ist der richtige Weg!«, erklärte Hakim wütend. »Es gibt eben nur eine Straße!«

Als die Fragesteller nachhakten, sagte Hakim: »Wir fahren zuerst nach Westen und dann nach Norden. Das ist der einzige Weg, es sei denn, man hat ein Kamel.« Er wurde sarkastisch. »Aber macht ruhig. Besorgt euch ein Kamel. Wir werden trotzdem vor euch in Tripolis sein.«

Leise fragte Kiah Abdul: »Glaubst du Hakim?«

Abdul zuckte mit den Schultern. »Hakim ist ein Lügner und Betrüger. Ich glaube ihm kein Wort. Aber es ist sein Bus. Er sitzt am Steuer, und seine Wachen sind bewaffnet. Wir haben keine andere Wahl.«

Der Bus kam an diesem Tag gut voran. Gegen Ende des Nachmittags schaute Kiah aus dem glaslosen Fenster und sah die schmuddeligen Anzeichen menschlicher Behausung: verbeulte Öltonnen, Kartons, einen Autositz, aus dem der Schaumstoff quoll. Als sie den Blick wieder nach vorn wandte, entdeckte sie in der Ferne eine Siedlung, die jedoch nicht wie ein Tuareg-Dorf aussah.

Als der Bus näher kam, konnte sie auch Einzelheiten ausmachen. Das Dorf bestand aus ein paar Gebäuden, die aus Betonblöcken gefertigt waren, sowie einem chaotischen Haufen von Zelten und provisorischen Unterständen aus vertrockneten Ästen und einem Sammelsurium aus Stoffen und Teppichen. Aber da waren auch Trucks und andere Fahrzeuge. Teile des Areals waren überdies mit stabilen Maschendrahtzäunen abgesperrt.

»Was ist das für ein Ort?«, fragte Kiah.

»Sieht wie ein Lager von Bergarbeitern aus.«

»Eine Goldmine?« Wie alle anderen hatte auch Kiah vom Goldrausch in der Zentralsahara gehört, aber eine Mine hatte sie noch nie gesehen.

»Vermutlich«, sagte Abdul.

Der Ort war verwahrlost. Das sah Kiah sofort, während der Bus langsam zwischen den Hütten hindurchfuhr. Auf dem Boden zwischen den Behausungen lagen Getränkedosen, weggeworfenes Essen und Zigarettenschachteln. »Sind Goldminen immer so dreckig?«, fragte sie Abdul.

»Ich glaube, ein paar arbeiten mit offizieller Genehmigung der libyschen Regierung und müssen sich deshalb an die Gesetze halten. Andere sind jedoch inoffiziell, und da gibt es keine Regeln. Die Sahara ist aber auch viel zu groß, als dass man alles kontrollieren könnte. Das hier muss eine dieser illegalen Minen sein.«

Zerlumpte Männer schauten desinteressiert zu dem Bus herüber. Auch ein paar Wachen waren unter ihnen, bärtige, junge Männer mit Gewehren. Wachen sind bei einer Goldmine wohl auch nötig, dachte Kiah. Ihr fiel ein Tanklaster auf, wo ein Mann mit einem Schlauch Wasser an Leute mit Krügen und Flaschen verteilte. In der Wüste lagen die meisten Siedlungen an Oasen, aber Minen musste man dort errichten, wo das Gold war; also musste man Wasser mit Lkws herschaffen, um die Arbeiter am Leben zu erhalten.

Hakim hielt an, stand auf und sagte: »Hier werden wir die Nacht verbringen. Man wird uns Essen und einen Platz zum Schlafen geben.«

Kiah hatte es nicht eilig, etwas zu essen, das an solch einem Ort zubereitet worden war.

Hakim fuhr fort: »Die Sicherheitsmaßnahmen hier sind streng, denn das ist eine Goldmine. Haltet euch von den Wachen fern. Was auch immer ihr tut, klettert nicht über einen der Zäune. Falls doch, könntet ihr erschossen werden.«

Kiah gefiel es hier ganz und gar nicht.

Hakim öffnete die Bustür. Hamza und Tarek stiegen aus und standen mit ihren Waffen in der Hand da. Hakim sagte: »Wir sind in Libyen, und wie verabredet, werdet ihr mir jetzt die zweite Hälfte des Fahrgelds zahlen, bevor ihr den Bus verlasst. Tausend amerikanische Dollar pro Person.«

Alle kramten in ihrem Gepäck oder fummelten auf der Suche nach Bargeld in ihren Kleidern herum.

Kiah trennte sich nur widerwillig von ihrem Geld, doch ihr blieb keine andere Wahl.

Hakim zählte jede einzelne Banknote. Er hatte es nicht eilig.

Als schließlich alle ausgestiegen waren, kam ein Wachmann auf sie zu. Er war ein paar Jahre älter als die meisten, irgendwas in den Dreißigern, und anstelle eines Gewehrs trug er eine Pistole am Gürtel. Verächtlich ließ er seinen Blick über die Passagiere schweifen. Kiah dachte: Haben wir dir was getan oder was?

»Das ist Mohammed«, stellte Hakim ihn vor. »Er wird euch zeigen, wo ihr schlafen könnt.«

Hamza und Tarek stiegen wieder ein, und Hakim fuhr los, um zu parken. Die beiden Mudschahedin schliefen nachts oft im Fahrzeug. Vielleicht hatten sie ja Angst, dass jemand es stehlen könnte.

»Folgt mir«, forderte Mohammed die Passagiere auf.

Im Zickzack führte er sie zwischen den behelfsmäßigen Behausungen hindurch. Kiah ging mit Esma und ihrer Familie direkt hinter ihm. Esmas Vater, Wahed, fragte den Mann: »Wie lange bist du schon hier, Bruder?«

»Halt's Maul, Alter«, knurrte Mohammed.

Er führte sie zu einem Unterstand mit nur drei Wänden und einem Wellblechdach. Als sie eintraten, sah Kiah, wie sich eine Wüstenratte mit einer Brotkruste im Maul durch ein Loch in der Wand zwängte. Ihr Schwanz schlug hin und her, als wollte sie den Menschen zum Abschied winken.

Es gab kein Licht hier, und es schien auch keinen Strom zu geben.

»Sie werden euch gleich was zu essen bringen«, sagte Mohammed und ging. Kiah fragte sich, wer ›sie‹ wohl waren.

Sie fegten den Boden mit einem Stück Pappe, das ihnen als Besen diente, und schlugen ihr Lager auf. Kiah holte ihre und Najis Decken heraus und legte sie gefaltet neben ihre Tasche, um einen Platz für sich zu belegen.

»Ich werde mich mal ein wenig umschauen«, sagte Abdul.

»Ich komme mit.« Kiah nahm Naji auf den Arm. »Vielleicht können wir uns ja irgendwo waschen.«

Es war Abend, aber noch hell. Sie fanden einen mehr oder weniger geraden Pfad, der durch das Lager führte, und folgten ihm. Kiah mochte es, mit Naji im Arm neben Abdul zu gehen. Sie waren fast wie eine Familie.

Eine Frau schaute sie scharf an; dann starrte ein Mann, und Abdul sagte: »Steck das Kreuz unters Kleid. Ich glaube, es gibt Extremisten hier.«

Kiah war gar nicht aufgefallen, dass die Silberkette mit dem kleinen Kreuz zu sehen war. Im Gegensatz zum Tschad bestand die libysche Bevölkerung größtenteils aus sunnitischen Muslimen. Christen stellten nur eine winzige Minderheit dar.

Die improvisierten Unterkünfte lagen verstreut um ein großes Gebäude aus Betonblöcken herum. Vor dem großen Gebäude stand eine kräftige Frau im schwarzen Nikab. Nur ihre Augen waren zu sehen. Sie rührte in zwei großen Töpfen über einem offenen Feuer. Das Essen hatte jedoch nicht den typisch würzigen Duft der afrikanischen Küche, und Kiah nahm an, dass sie nur Hirsebrei kochte. Ohne Zweifel wurden die Vorräte in dem großen Haus aufbewahrt. Hinter dem Gebäude verrotteten Gemüsereste und leere Konservendosen. Es stank furchtbar.

Allerdings war das Quartier, in dem die Migranten hausten, der einzige Teil der Anlage, der so heruntergekommen war. Der Rest bestand aus drei großen umzäunten Arealen, in denen alles blitzblank und aufgeräumt war.

Bei einem der umzäunten Bereiche handelte es sich um einen Fuhrpark mit über einem Dutzend Fahrzeugen. Kiah zählte unter anderem vier Pritschenwagen, die vermutlich für den Abtransport des Goldes und den Rücktransport von Vorräten dienten, zwei große Tanklaster wie der, der vorhin das Wasser verteilt hatte, und zwei blank polierte schwarze Geländewagen, von denen sie annahm, dass sie wichtigen Leuten gehörten, vielleicht den Besitzern der Mine. Auch gab es einen weiteren großen Tanklaster, der als Benzintransporter gekennzeichnet war. Die Seiten waren gelb und grau lackiert und zeigten einen sechsbeinigen schwarzen Drachen sowie die Buchstabenfolge ›eni‹, das Logo einer großen italienischen Ölfirma. Kiah vermutete, dass die anderen Fahrzeuge an diesem Laster tankten. Auch sah sie eine Pumpe für die Reifen.

Das große Tor war mit einer Kette verriegelt, und direkt dahinter, innerhalb des Zauns, stand ein Wachhäuschen. Ein Mann mit einem Gewehr stand am Tor. Er sah gelangweilt aus und rauchte. Kiah nahm an, nach Einbruch der Dunkelheit würde er sich in das Häuschen zurückziehen. In der Wüste wurde es nachts kalt.

»Nordkoreanisch«, sagte Abdul mehr oder weniger zu sich selbst.

»Wer? Der da?«, erwiderte Kiah und schaute zu dem Wachmann. »Nein.«

»Nicht der Mann. Das Gewehr.«

»Oh.« Abdul kannte sich gut mit Gewehren aus, wie mit so vielen Dingen.

»Das mag ja eine illegale Mine sein, aber die Leute hier sind verdammt gut ausgerüstet«, bemerkte Abdul. »Die müssen hier eine Menge Geld machen.«

»Aber sicher.« Kiah lachte. »Es ist eine Goldmine.«

Abdul lächelte. »Stimmt. Die Männer, die das Gold aus der Erde holen, bekommen nur nichts vom Profit.«

»Arbeiter bekommen nie etwas von den Gewinnen ab, egal wo.« Kiah war überrascht, dass dem allwissenden Abdul diese grundlegende Tatsache des Lebens nicht klar war.

»Was bringt sie also hierher?«, fragte er.

Das war eine gute Frage. Nach allem zu urteilen, was Kiah gehört hatte, operierten die illegalen Goldminen in der Wüste nach dem Motto ›Jeder für sich‹. Jeder Einzelne schnappte sich so viel, wie er sich schnappen konnte, und versorgte sich auch selbst mit Nahrung und Wasser. Dieses Leben mochte zwar hart sein, aber es bestand auch die Möglichkeit, große Gewinne einzufahren. Hier schien das jedoch anders zu sein.

Sie gingen weiter, und Kiah hörte das aggressive Dröhnen eines Presslufthammers. Das nächste umzäunte Areal war in etwa zwei, drei Morgen groß. Ungefähr hundert Männer arbeiteten darin. Kiah und Abdul beobachteten sie durch den Zaun hindurch. In einer flachen, offenen Grube zertrümmerte ein Mann den Fels mit einem Presslufthammer. Als er eine kurze Pause einlegte, nahm ein Bagger die Trümmer auf und brachte sie zu einer breiten Betonrampe. Dort arbeiteten die meisten Männer und zerkleinerten die Steine mit riesigen Hämmern weiter. Das schien wahre Knochenarbeit zu sein, besonders in der heißen Wüstensonne.

»Wo ist das Gold?«, fragte Kiah.

»Im Gestein. Manchmal sind es Nuggets, einige so groß wie ein Daumennagel, die man einfach einsammeln kann. Häufiger sind es jedoch Flocken, und die zu extrahieren ist kompliziert. Das nennt man Fluss- oder Waschgold.«

Hinter ihnen sagte eine Stimme: »Was glaubt ihr eigentlich, wo ihr hinlauft?«

Sie drehten sich um. Es war Mohammed. Kiah mochte ihn nicht. Er hatte etwas Böses an sich.

»Ich schaue mich nur um«, antwortete Abdul. »Das ist doch nicht verboten, oder, Bruder?«

»Geht weiter.« Kiah sah, dass Mohammed keine Schneidezähne mehr hatte.

»Wie du willst«, sagte Abdul.

Sie gingen weiter, mit dem Zaun zu ihrer Linken. Nach einer Weile blickte Kiah zurück und sah, dass Mohammed wieder verschwunden war.

Das dritte umzäunte Areal war wieder anders. Der Zaun umschloss mehrere Flachdachgebäude aus Betonblöcken. Vermutlich handelte es sich um Baracken für die Wachen. Auf der anderen Seite waren vier Objekte, jedes so groß wie ein Sattelschlepper, mit Tarnnetzen in Wüstentarnung überzogen. Mehrere Männer, die vermutlich gerade keinen Dienst hatten, saßen im Freien herum, tranken Kaffee oder würfelten miteinander. Zu Kiahs Überraschung stand dort auch der Bus.

Und da war noch ein weiteres Rätsel: ein fensterloses Gebäude, dessen Tür von außen verriegelt war. Es sah erschreckend nach einem Gefängnis aus. Es war hellblau gestrichen, um die Hitze zu reflektieren, was nahelegte, dass dort Menschen den ganzen Tag im Inneren verbrachten.

Schließlich kehrten Kiah und Abdul wieder zu ihrem Unterstand zurück. Die anderen hatten es Kiah gleichgetan und den Boden gefegt. Esma und ihre Mutter hatten irgendwo eine Wanne mit Wasser besorgt und wuschen nun die Wäsche darin. Die anderen Passagiere unterhielten sich auf ihre übliche planlose Art miteinander.

Drei Frauen kamen mit großen Schüsseln voll Essen und einem Stapel Plastikgeschirr. Das Abendessen bestand aus dem Hirsebrei, den Kiah die eine Frau hatte kochen sehen. Man hatte noch gepökelten Fisch und Zwiebeln daruntergemischt.

Während sie aßen, ging die Sonne unter, und sie beendeten ihre Mahlzeit im Sternenlicht. Kiah wickelte sich und Naji in die Decken und streckte sich auf dem Boden aus.

Abdul legte sich in ihrer Nähe nieder.

* * *

Abdul war irritiert. Hakim verfolgte offensichtlich eine bestimmte Absicht mit ihrem Aufenthalt hier, aber was für eine? Die Anwesenheit des ISGS machte den Ort natürlich ideal für eine Übernachtung – wenn er denn auf ihrer Route gelegen hätte. Aber das war nicht der Fall.

Im Gegensatz zu den anderen Passagieren hatte Abdul es nicht eilig, nach Tripolis zu kommen. Seine Mission war es, Informationen zu sammeln, und er war ausgesprochen an diesem Camp interessiert. Im letzten ISGS-Versteck, das er entdeckt hatte, al-Bustan, hatten sich drei chinesische Haubitzen befunden. Die Dinger hier, die unter den Tarnnetzen versteckt waren, sahen jedoch größer aus.

Während er langsam einschlief, wiederholte sich in seinem Kopf immer wieder das Wort *Grube*. Das goldhaltige Gestein wurde aus einer *Grube* geholt. Was hatte das zu bedeuten?

Abdul schrak auf. Es dämmerte, und noch immer spukte das Wort *Grube* in seinem Kopf herum.

Das arabische Wort dafür war *hufra*, was gewöhnlich als *Loch* übersetzt wurde. Was hatte es mit diesem *Loch* für eine Bewandtnis?

Als ihm die Antwort klarwurde, setzte Abdul sich erschrocken auf und starrte ins Leere.

Das Versteck von al-Farabi, dem »Afghanen«, dem Anführer des ISGS, war ein Ort, den man *Hufra* nannte. Es war ein Loch. Eine Grube. Es war eine Mine.

Das war's.

Abdul hatte gefunden, was er suchte. Jetzt musste er seine Erkenntnisse so schnell wie möglich an Tamara und die CIA weitergeben. Aber es gab hier kein Telefonnetz. Es war zum Wahnsinnigwerden.

Wie lange würde es noch dauern, bis der Bus wieder die Zivilisation erreichte?

Es war ein perfekter Platz für den ISGS: ein Versteck mitten in der riesigen Wüste, in dem es auch noch genug Gold gab, dass man es nur aufheben musste. Kein Wunder, dass al-Farabi diesen Ort zu seinem Hauptquartier gemacht hatte. Das war eine schier unglaubliche Information für die Anti-Terror-Kräfte – oder zumindest würde es das sein, sobald Abdul es melden konnte.

Er fragte sich, ob al-Farabi auch jetzt hier war.

Die Flüchtlinge wachten langsam auf. Nacheinander standen sie auf, falteten ihre Decken zusammen und wuschen sich. Naji fragte nach Laban, gab sich aber mit Muttermilch zufrieden. Die Frauen, die gestern Abend den Hirsebrei gebracht hatten, kamen mit dem Frühstück, das aus Fladenbrot und Domiati, einem weichen Salzkäse, bestand. Nach dem Essen saßen die Flüchtlinge herum und warteten auf Hakim und den Bus.

Doch er kam nicht.

Abdul hatte ein mulmiges Gefühl.

Nach einer Stunde beschlossen sie, Hakim zu suchen. Sie teilten sich in Gruppen auf. Abdul sagte, er würde sich im äußersten

Quartier umsehen, da, wo die Baracken der Wachen waren, und Kiah begleitete ihn mit Naji. Die Sonne ging auf, und die meisten Männer arbeiteten bereits in der Grube. Deshalb waren auch nur ein paar Frauen und Kinder im Lager; Hakim wäre direkt aufgefallen. Hamza und Tarek hätten sogar noch mehr herausgestochen. Doch keiner der drei war zu sehen.

Abdul und Kiah erreichten das Areal mit den Baracken und schauten durch den Zaun. »Gestern Abend war der Bus da geparkt«, sagte Abdul und deutete nach vorn. Er war nicht mehr da. Zwar waren mehrere Männer zu sehen, aber nicht Hakim, Tarek oder Hamza.

Optimistisch suchte Abdul nach einem großen Mann mit grauem Haar und schwarzem Bart, einem Mann mit durchdringendem Blick, nach einem Mann, der Autorität ausstrahlte: al-Farabi. Doch er sah niemanden, auf den diese Beschreibung gepasst hätte.

»Ihr schon wieder«, sagte eine Stimme.

Abdul drehte sich um und sah Mohammed.

»Ich habe euch doch gesagt, ihr sollt euch von hier fernhalten«, knurrte der Mann. Aufgrund seiner fehlenden Schneidezähne lispelte er leicht.

Mohammed hatte zwar nichts dergleichen gesagt, doch Abdul ignorierte das erst einmal. »Wo ist der Mercedes-Bus, der gestern hier geparkt war?«, fragte er stattdessen.

Die Frage schien Mohammed zu überraschen. Vermutlich war er es gewohnt, dass die Leute ihm voller Angst und Respekt begegneten. Er fing sich jedoch rasch und antwortete: »Keine Ahnung, und es ist mir auch egal. Bleibt vom Zaun weg.«

»Drei Männer mit Namen Hakim, Tarek und Hamza haben die Nacht auf dem Gelände verbracht«, sagte Abdul. »Du wohnst da doch. Dann musst du sie auch gesehen haben.«

Mohammed legte die Hand auf die Pistole an seinem Gürtel. »Keine Fragen.«

»Wann sind sie aufgebrochen? Und wo sind sie hingefahren?«

Mohammed zog die Waffe, eine halbautomatische 9mm, und drückte Abdul den Lauf in den Bauch. Abdul schaute nach unten. Mohammed hielt die Pistole schräg, und Abdul sah einen fünfzackigen Stern in einem Kreis auf dem Kolben. Das war eine Paektusan, die nordkoreanische Kopie einer tschechischen CZ-75.

»Halt dein Maul«, knurrte Mohammed.

»Abdul«, mischte Kiah sich ein. »Bitte. Lass uns gehen.«

Abdul hätte Mohammed die Waffe ohne Probleme abnehmen können, doch er konnte es nicht mit einem ganzen Lager voller Wachen aufnehmen, und Informationen würde er auf diese Art auch nicht bekommen. Also nahm er Kiah am Arm und ging.

Sie machten einen großen Bogen und hielten weiter nach Hakim Ausschau. Schließlich fragte Kiah: »Wo, glaubst du, ist der Bus hingefahren?«

»Ich weiß es nicht.«

»Werden sie wieder zurückkommen?«

»Das ist die große Frage.«

Abdul würde es herausfinden, sobald er Gelegenheit hatte, einen Blick auf den Empfänger in seiner Stiefelsohle zu werfen. Er beschloss, das zu tun, sobald er und Kiah den anderen Flüchtlingen Bericht erstattet hatten. Unter dem Vorwand, dem Ruf der Natur zu folgen, würde er in die Wüste gehen und das Gerät heimlich herausholen.

Doch dazu sollte es nicht mehr kommen. Als sie den Unterstand erreichten, saß Mohammed dort auf einem Koffer. Er deutete auf Abdul und dann auf den Platz am Boden, auf den er sich setzen sollte. Abdul beschloss, nicht zu widersprechen. Vielleicht würden sie jetzt ja erfahren, was mit dem Bus passiert war.

Schließlich kam auch der letzte Suchtrupp wieder zurück und

setzte sich zu den anderen auf den Boden. Mohammed zählte durch und kam auf sechsunddreißig Personen, Naji nicht mitgerechnet. Dann sprach er.

»Euer Fahrer ist mit dem Bus weggefahren.«

Wahed war der älteste Flüchtling, und so wurde er automatisch zu ihrem Sprecher. »Und wohin?«, fragte er.

»Woher soll ich das wissen?«

»Aber er hat unser Geld! Wir haben ihn dafür bezahlt, uns nach Europa zu bringen.«

»Und warum erzählt ihr mir das?«, sagte Mohammed mit einem Anflug von Verärgerung. »Mich habt ihr nicht bezahlt.«

Abdul war fasziniert. Was ging hier vor?

»Was sollen wir denn jetzt tun?«, wollte Wahed wissen.

Mohammed grinste und entblößte die große Lücke in seinem Gebiss. »Ihr könnt gehen.«

»Aber wir haben kein Transportmittel.«

»Achtzig Meilen nördlich von hier gibt es eine Oase. Wenn ihr ein paar Tage marschiert, könnt ihr sie finden.«

Das war unmöglich. Es gab hier keine Straße, nur eine Piste, die mal zwischen den Dünen zu sehen war und mal wieder nicht. Die Tuareg mochten einen Weg durch die Wüste finden; die Flüchtlinge hatten jedoch keine Chance. Sie würden im Sand umherirren, bis sie verdursteten.

Es war eine Katastrophe. Abdul fragte sich, wie er Tamara jetzt kontaktieren sollte, um seinen Bericht zu übermitteln.

»Könntet ihr uns nicht zur Oase bringen?«, fragte Wahed.

»Nein. Wir betreiben hier eine Goldmine, kein Transportunternehmen.« Mohammed genoss das sichtlich.

Allmählich dämmerte es Abdul. »Das ist nicht das erste Mal, dass das passiert, oder?«, wandte er sich an Mohammed.

»Ich weiß nicht, wovon du sprichst.«

»Oh doch, das weißt du. Du machst dir weder Sorgen, noch scheint es dich zu überraschen, dass Hakim verschwunden ist.

Du hattest deine Rede schon vorbereitet. Du langweilst dich sogar, weil du das schon so oft gesagt hast.«

»Halt dein Maul.«

Hakim war ein Betrüger, erkannte Abdul. Er brachte Flüchtlinge hierher, nahm ihnen ihr letztes Geld ab und ließ sie dann im Stich. Aber was geschah dann mit ihnen? Vielleicht meldete sich Mohammed ja bei ihren Familien und verlangte mehr Geld von ihnen, damit er ihnen half.

»Sollen wir etwa einfach hierbleiben, bis irgendjemand bereit ist, uns wegzubringen?«, verlangte Wahed zu wissen.

Es wird noch viel schlimmer kommen, dachte Abdul.

»Euer Fahrer hat uns dafür bezahlt, euch eine Nacht lang unterzubringen«, sagte Mohammed. »Das Frühstück war eure letzte freie Mahlzeit. Mehr zu essen bekommt ihr von uns nicht.«

»Du willst uns verhungern lassen?«

»Wenn ihr essen wollt, müsst ihr arbeiten.«

Das war es also.

»Arbeiten?« Wahed riss die Augen auf. »Wie?«

»Die Männer werden in der Grube arbeiten, und die Frauen können Rahima helfen. Sie leitet die Küche. Frauen sind Mangelware hier. Es muss mal richtig geputzt werden.«

»Und wie viel gibt es dafür?«

»Wer hat irgendwas von Geld gesagt? Wenn ihr arbeitet, bekommt ihr zu essen; wenn nicht, dann nicht.« Mohammed grinste erneut. »Ihr habt die Wahl. Geld gibt's keins.«

Wahed war außer sich vor Wut. »Das ist Sklaverei!«

»Es gibt hier keine Sklaven. Schaut euch doch um. Keine Mauern und keine Schlösser. Ihr könnt jederzeit gehen.«

Es ist sehr wohl Sklavenarbeit, dachte Abdul. Die Wüste war besser als jede Mauer.

Und das war das letzte Puzzleteil. Abdul hatte sich gefragt, was die Menschen hierherzog, und jetzt begriff er. Sie wurden nicht hierhergezogen, sie wurden gefangen.

Wie viel Hakim wohl dafür bekommen hatte? Vielleicht ein paar Hundert Dollar für jeden Sklaven. Falls ja, dann hatte er einen ordentlichen Profit gemacht. Das war nichts im Vergleich zu den Gewinnen aus dem Kokainhandel, aber Abdul nahm an, dass dieses Geld an die Dschihadisten ging. Hakim bekam nur einen festen Betrag für den Transport. Das würde auch erklären, warum Hakim alles darangesetzt hatte, den Flüchtlingen auf dem Weg auch noch das letzte Geld aus der Tasche zu ziehen.

»Es gibt hier einige Regeln«, erklärte Mohammed. »Die wichtigsten sind: kein Alkohol, kein Glücksspiel und keine homosexuellen Handlungen.«

Abdul hätte ihn gern gefragt, was die Strafen dafür waren, doch er wollte nicht noch mehr Aufmerksamkeit erregen. Er fürchtete, dass Mohammed ihn ohnehin schon auf dem Kieker hatte.

»Wer von euch heute Abend was zu essen haben will, sollte sich direkt an die Arbeit machen«, fuhr Mohammed fort. »Die Frauen sollten in die Küche gehen und mit Rahima reden. Die Männer kommen mit mir.« Er stand auf und ging hinaus.

Abdul folgte ihm zusammen mit den anderen Männern.

Während sie über den Pfad trotteten, wurde der Lärm des Presslufthammers immer lauter. Die meisten der Flüchtlinge waren in den Zwanzigern oder nur unwesentlich älter. Also würde ihnen die Arbeit zwar schwerfallen, mehr aber auch nicht. Wahed hingegen würde Probleme bekommen.

Ein bewaffneter Wachmann nahm die Kette vom Tor, und sie gingen hinein.

Die Männer, die hier bereits arbeiteten, hatten den typisch leeren Blick von Menschen, die alle Hoffnung aufgegeben hatten und auch keine Verzweiflung mehr kannten. Sie sprachen weder, noch zeigten sie irgendeine Gefühlsregung. Sie schlugen einfach weiter auf die Felsen ein, bis sie zertrümmert waren; dann machten sie sich an die nächste Ladung. Alle trugen sie traditionelle

Gewänder und Kopftücher, doch die Kleidungsstücke fielen bereits auseinander. Ihre Bärte waren voller Staub. Nur kurz unterbrachen sie mal ihre Arbeit, um zu einem alten Ölfass mit Wasser zu gehen und sich dort den Mund auszuspülen.

Sie waren allesamt schlank und muskulös, und das überraschte Abdul zunächst, bis ihm klarwurde, dass die Schwächeren vermutlich längst gestorben waren.

Die Aufseher waren leicht an ihrer besseren Kleidung zu erkennen. Viele von ihnen beobachteten aufmerksam die Felsbrocken, während sie zertrümmert wurden.

Mohammed verteilte Hämmer an die Neuankömmlinge, jeder mit einem langen Stiel und einem schweren Eisenkopf. Abdul schnappte sich seinen. Er schien stabil und in gutem Zustand zu sein. Die Dschihadisten waren pragmatisch. Schlechte Werkzeuge hätten den Goldabbau nur unnötig verzögert.

Wahed war der Einzige, dem man keinen Hammer gab, und Abdul war erleichtert. Er nahm an, dass Mohammed dem alten Mann eine leichtere Arbeit zuteilen würde. Doch er sollte sich irren. Mohammed führte Wahed zur Grube und befahl ihm mit einem Grinsen, den Presslufthammer zu bedienen.

Alle schauten zu.

Einen Teil des Bodens hatte man mit weißer Farbe markiert. Offensichtlich war das das Areal, an dem als Nächstes gegraben werden sollte, aber Wahed war noch nicht einmal in der Lage, das schwere Gerät anzuheben, um es in Position zu bringen. Tatsächlich konnte er das Ding kaum aufrecht halten. Die jüngeren Aufseher lachten, doch Abdul sah auch, dass einige der älteren missbilligend dreinblickten.

Wahed beugte sich über den Presslufthammer und kämpfte darum, nicht mit dem Ding umzufallen. Abdul hatte noch nie einen Presslufthammer benutzt, aber es war offensichtlich, dass derjenige, der ihn bediente, dahinterstehen musste, nicht darüber gebeugt, und das Werkzeug musste leicht in seine Richtung lehnen, damit die Meißelspitze sich von ihm wegbewegte. Wahed würde sich mit Sicherheit verletzen.

Der alte Mann schien das auch zu bemerken, und so zögerte er, die Maschine zu bedienen.

Mohammed deutete auf den Hebel und zeigte Wahed, wie er den Presslufthammer damit in Betrieb nehmen konnte.

Abdul wusste, dass er Ärger bekommen würde, wenn er sich einmischte; er tat es trotzdem.

Er ging direkt zur Grube. Mohammed winkte ihm wütend zu verschwinden, doch Abdul ignorierte ihn. Stattdessen packte er die Griffe des Presslufthammers. Das Ding wog dreißig oder sogar vierzig Kilo, schätzte er. Wahed trat dankbar zurück.

»Was glaubst du, was du da machst?«, verlangte Mohammed wütend zu wissen. »Wer hat dir das gesagt?«

Abdul ignorierte ihn weiter.

Er wusste, dass die Arbeiter, die den Presslufthammer sonst bedienten, daran ausgebildet waren; also würde er improvisieren müssen. Abdul nahm sich Zeit und richtete die Meißelspitze auf eine kleine Kerbe im Fels. Dann trat er einen kleinen Schritt zurück, sodass das Gerät angewinkelt war. Schließlich packte er fest zu, drückte den Presslufthammer nach unten und betätigte kurz den Hebel, bevor er ihn wieder losließ. Eine Sekunde lang grub die Meißelspitze sich in das Gestein, und eine kleine Staubwolke stieg auf. Abdul betätigte den Hebel erneut, diesmal mit mehr Selbstvertrauen, und zufrieden sah er, wie der Meißel sich durch den Felsen fraß.

Mohammed schäumte vor Wut.

Dann erschien jemand, den Abdul bis jetzt noch nicht gesehen hatte. Überrascht hob er die Augenbrauen.

Der Mann war offensichtlich ein Ostasiate, aus Korea, wie Abdul vermutete.

Er trug eine Hose aus schwerer Baumwolle und Arbeitsstiefel, dazu eine Sonnenbrille und einen gelben Bauarbeiterhelm. Er hielt eine Sprühflasche in der Hand, wie Graffitikünstler sie in New Jersey benutzten, und Abdul nahm an, dass der Mann dafür verantwortlich war, die jeweils nächste Grabungsstelle zu markieren. Ohne Zweifel handelte es sich um einen Geologen.

Er schrie Mohammed in fließendem Arabisch an: »Lass die anderen Männer arbeiten! Schluss mit dem Blödsinn!« Und dann: »Akim!« Er winkte einem kräftigen Arbeiter mit einer Baseballkappe auf dem kahlen Kopf. Der Mann kam und nahm Abdul den Presslufthammer ab. Schließlich wandte der Geologe sich an Abdul: »Schau Akim zu, und lerne.«

Die Neuankömmlinge machten sich an die Arbeit, und in der Mine kehrte wieder die Routine ein.

Abdul hörte jemanden rufen: »Nugget!« Einer der Männer mit den schweren Hämmern hielt die Hand in die Luft. Der Geologe untersuchte die Gesteinstrümmer, grunzte zufrieden und hob einen staubigen gelben Stein auf: Gold, nahm Abdul an. Offenbar war es eher selten, so ein großes Stück zu finden. Waschgold war nicht so leicht zu extrahieren. Dann und wann wurde der Schutt auf der Betonrampe zusammengefegt und in einen großen Tank geschaufelt, in dem sich wahrscheinlich in Wasser gelöstes Natriumcyanid befand, das die Goldflocken aus dem Steinstaub lösen konnte.

Sie arbeiteten weiter. Abdul studierte Akims Technik. Wenn Akim den Presslufthammer an eine neue Stelle brachte, stützte er ihn mit dem Schenkel, um seinen Rücken so zu entlasten. Er grub nicht sofort tief in den Stein, sondern machte zuerst ein paar flache Löcher. Abdul nahm an, dass er den Felsen so schwächen wollte, damit der Meißel seltener hängenblieb.

Der Lärm war ohrenbetäubend, und Abdul wünschte, er hätte diese Ohrstöpsel aus Schaumstoff noch, die das Kabinenpersonal in der Business Class ausgegeben hatte. Business Class … Ein Ding wie aus einer anderen Welt. Bringen Sie mir bitte ein kühles Glas Weißwein, dachte er, und ein paar von diesen Erdnüssen.

Und zum Dinner nehme ich ein Steak. Wie hatte er die Fliegerei nur je als Strapaze betrachten können?

Akim hatte etwas in den Ohren. Das sah Abdul, als er aus seiner Fantasie in die Gegenwart zurückkehrte. Nach kurzem Nachdenken riss er zwei schmale Stoffstreifen aus dem Saum seiner Dschallabija, knüllte sie zusammen und stopfte sie sich in die Ohren. Sie waren zwar nicht sehr effektiv, aber besser als nichts.

Nach einer halben Stunde gab Akim den Presslufthammer an Abdul zurück.

Vorsichtig brachte Abdul ihn in Position. Er überstürzte nichts und ahmte Akims Technik nach, so gut es ging. Kurz darauf spürte er, dass er die Maschine unter Kontrolle hatte, obwohl er den Felsen natürlich noch nicht so schnell aufbrechen konnte wie Akim. Allerdings hatte Abdul nicht damit gerechnet, wie schnell seine Muskeln ihn in Stich lassen würden. Wenn es eines gab, worauf er vertraute, dann war es seine Kraft, doch jetzt konnten seine Hände nicht mehr richtig zupacken; seine Schultern zitterten, und seine Beine wurden immer schwächer, sodass er schon Angst hatte umzufallen. Wenn er so weitermachte, würde er das verdammte Ding gleich fallen lassen.

Akim schien das zu erkennen. Er nahm den Presslufthammer und sagte: »Du wirst schon noch stärker werden.« Abdul fühlte sich gedemütigt. Als ihm jemand zum letzten Mal gesagt hatte, er würde schon noch stärker werden, war er elf Jahre alt gewesen, und schon damals hatte er es gehasst.

Seine Kraft kehrte allerdings rasch wieder zurück, und als Akim schließlich ermüdete, war Abdul bereit für einen weiteren Versuch. Erneut hielt er zwar nicht so lange durch, wie er gehofft hatte, aber es war schon besser geworden.

Er dachte: Was kümmert es mich überhaupt, wie gut ich für diese mörderischen Fanatiker arbeite? Das ist natürlich mein Stolz, wie immer. Was für Narren wir Männer doch sind!

Kurz vor Mittag, als die Sonne unerträglich wurde, ertönte

eine Trillerpfeife, und alle stellten die Arbeit ein. Die Männer durften das umzäunte Areal jedoch nicht verlassen, sondern ruhten sich in einem Unterstand unter einer großen Plane aus.

Ein halbes Dutzend Frauen brachte ihnen Essen. Es war besser als das, was die Flüchtlinge am Tag zuvor bekommen hatten. Es gab einen öligen Eintopf mit Fleisch – vermutlich Kamel, was in Libyen sehr beliebt war – und dazu eine große Portion Reis. Irgendjemand hatte offenbar erkannt, dass Sklaven mehr Gold förderten, wenn sie gut genährt waren. Abdul stellte fest, dass er großen Hunger hatte, und gierig schaufelte er das Essen in sich hinein.

Nach dem Essen legten sie sich in den Schatten. Abdul war froh, seinen schmerzenden Körper ausruhen zu können, und er fürchtete sich vor dem Moment, da er wieder an die Arbeit musste. Ein paar Männer schliefen, Abdul aber nicht und auch nicht Akim, und Abdul beschloss, die Gelegenheit zu nutzen und mehr in Erfahrung zu bringen. Er begann ein Gespräch. Er sprach leise, denn er wollte nicht die Aufmerksamkeit der Wachen erregen. »Wo hast du gelernt, mit dem Presslufthammer umzugehen?«, fragte er.

»Hier«, antwortete Akim.

Das war eine knappe Antwort, aber der Mann schien Abdul nicht feindlich gesinnt zu sein; also fuhr er fort: »Vor heute habe ich nie einen auch nur angefasst.«

»Das habe ich gesehen. Mir ging's genauso, als ich hier ankam.«

»Wie lange ist das her?«

»Über ein Jahr. Vielleicht zwei. Es kommt mir wie eine Ewigkeit vor. Das ist es wohl auch.«

»Du meinst, du wirst hier sterben?«

»Die meisten Männer, die mit mir gekommen sind, sind inzwischen tot. Einen anderen Weg raus gibt es hier nicht.«

»Hat noch niemand versucht zu fliehen?«

»Ich weiß von ein paar, die weggelaufen sind. Ein paar davon sind halbtot wieder zurückgekommen. Vielleicht haben es einige ja bis zur Oase geschafft, aber ich wage es zu bezweifeln.«

»Was ist mit den Fahrzeugen, die immer wieder hier ankommen?«

»Du kannst natürlich einen Fahrer fragen, ob er dich mitnimmt; aber er wird dir sagen, dass er das nicht wagt. Die Fahrer glauben, dass man sie dann erschießen wird, und das stimmt wahrscheinlich auch.«

Das hatte Abdul sich auch schon gedacht; dennoch entmutigten ihn Akims Worte.

Akim schaute ihn verschwörerisch an. »Du willst fliehen. Das sehe ich.«

Abdul sagte nichts dazu. »Wie haben sie dich überhaupt geschnappt?«, fragte er.

»Ich stamme aus einem großen Dorf, wo die meisten dem Bahai-Glauben angehören.«

Abdul hatte schon davon gehört. Das Bahaitum war eine kleine Religion in vielen Teilen des Nahen Ostens und Nordafrikas. So gab es zum Beispiel eine winzige Bahai-Gemeinde im Libanon. »Ich habe gehört, das sei eine außergewöhnlich tolerante Religion«, bemerkte er.

»Wir glauben, dass alle Religionen gut sind, denn alle beten denselben Gott an, auch wenn sie ihm andere Namen geben.«

»Ich nehme an, das hat den Mudschahedin nicht gefallen.«

»Sie haben uns jahrelang in Ruhe gelassen, doch dann haben wir eine Dorfschule eröffnet. Bahai glauben, dass Frauen lesen und schreiben können sollten, also war die Schule sowohl für Jungen als auch für Mädchen. Das scheint die Islamisten verärgert zu haben.«

»Was ist passiert?«

»Sie sind mit Gewehren und Flammenwerfern gekommen. Die Alten und Kinder haben sie getötet, sogar die Babys, und die

Häuser haben sie in Brand gesteckt. Auch meine Eltern sind ermordet worden. Ich bin froh, dass ich nicht verheiratet war. Die jungen Männer und Frauen haben sie gefangen genommen, besonders die Schulmädchen.«

»Und dann haben sie sie hierhergebracht.«

»Ja.«

»Was haben sie mit den Mädchen gemacht?«

»Sie haben sie in dieses hellblau gestrichene Gebäude ohne Fenster gebracht, auf dem Gelände der Wache. Sie nennen es Mahur.«

»Das Hurenhaus.«

»Sie waren in der Schule, deshalb konnten sie keine wahren Muslimas sein.«

»Sind sie noch immer da drin?«

»Ein paar von ihnen sind sicher tot: schlechtes Essen, unbehandelte Krankheiten oder einfach nur Verzweiflung. Vielleicht sind ein, zwei aber zäh genug, dass sie noch leben.«

»Ich habe das Gebäude für ein Gefängnis gehalten.«

»Das ist es auch. Ein Gefängnis für heidnische Frauen. Solche Frauen zu vergewaltigen ist keine Sünde. Zumindest glauben das unsere Peiniger. Vielleicht tun sie aber auch nur so.«

Abdul dachte an Kiah mit ihrem Silberkreuz.

Viel zu schnell ertönte die Trillerpfeife wieder. Abdul rappelte sich auf. Ihm taten alle Knochen weh. Wie lange würde er sich noch mit diesem Presslufthammer quälen müssen?

Akim begleitete ihn, und gemeinsam stiegen sie in die Grube hinab. Akim schnappte sich den Presslufthammer. »Ich übernehme die erste Schicht«, sagte er.

»Danke.« Abdul hatte dieses Wort noch nie so aufrichtig gemeint.

Qualvoll langsam kroch die Sonne über den Himmel und neigte sich gen Westen, und als die Hitze nachließ, wurden Abduls Schmerzen unerträglich. Der Geologe ging, und Mohammed blies in die Trillerpfeife zum Zeichen, dass die Arbeit für heute vorbei war. Abdul war so froh, dass ihm die Tränen in die Augen traten.

Akim sagte: »Morgen werden sie dir einen anderen Job geben. Die Befehle kommen von dem Koreaner. Er hält es für den besten Weg, die starken Männer am Leben zu erhalten. Aber übermorgen kommst du wieder an den Presslufthammer.«

Abdul erkannte, dass er sich daran würde gewöhnen müssen, es sei denn, ihm gelang, was noch nie jemandem gelungen war: die Flucht.

Als sie müde zum Tor schlurften, kam es zu einem Tumult. Die Wachen schnappten sich einen Arbeiter und hielten ihn fest, einen kleinen, dunkelhäutigen Mann. Zwei Wachleute hielten ihn an den Armen gepackt, während Mohammed ihn in die Mangel nahm. Offenbar sollte er irgendetwas ausspucken.

Die anderen Wachmänner befahlen den Arbeitern, stehen zu bleiben und zu warten, und drohend richteten sie ihre Waffen auf die Männer, damit sich bloß niemand traute, sich einzumischen. Abdul überkam das Übelkeit erregende Gefühl, dass er einer Bestrafung würde beiwohnen müssen.

Ein vierter Wachmann trat hinter den Arbeiter und schlug ihm mit dem Gewehrkolben auf den Hinterkopf. Irgendetwas flog aus dem Mund des Mannes und fiel zu Boden. Eine Wache hob es auf.

Es war ungefähr so groß wie eine amerikanische Vierteldollarmünze und von schmutzig gelber Farbe: Gold.

Der Mann hatte versucht, einen kleinen Nugget zu stehlen. Wie hatte er den ausgeben wollen? Es gab hier doch nichts zu kaufen. Wahrscheinlich hatte er gehofft, sich damit den Weg in die Freiheit erkaufen zu können.

Die Wachen rissen dem Mann die verschlissenen Kleider vom Leib und warfen ihn nackt zu Boden. Alle drehten sie ihre Gewehre um und hielten sie an den Läufen. Mohammed schlug dem Mann mit dem Kolben ins Gesicht. Der Mann schrie und schützte sein Gesicht mit den Armen. Mohammed rammte ihm das Gewehr in die Leistengegend. Und als der Mann daraufhin die Hände vor seinen Unterleib hielt, schlug Mohammed ihn wieder ins Gesicht. Dann nickte er den anderen zu, und einer nach dem anderen hoben die Wachen ihre Gewehre hoch über den Kopf und ließen sie in hohem Bogen auf den armen Kerl herniedersausen. Der Rhythmus war gnadenlos. Sie hatten das offenbar schon öfter gemacht.

Blut spritzte aus dem Mund des Mannes, als er schrie. Die Wachen droschen immer wieder und wieder auf ihn ein, auf seinen Kopf, den Unterleib, die Handgelenke und die Knie. Knochen brachen, und Blut floss, und Abdul erkannte, dass der Mann diese Strafe nicht überleben sollte. Der Arbeiter rollte sich zusammen, und seine Schreie wichen einem Wimmern, doch die Schläge prasselten weiter auf ihn hinab. Schließlich verstummte der Mann, aber die Wachen hörten nicht auf. Sie schlugen so lange auf den Bewusstlosen ein, bis er nicht mehr als Mensch zu erkennen war.

Schließlich wurden sie müde. Ihr Opfer schien nicht mehr zu atmen. Mohammed kniete sich neben ihn und fühlte den Puls.

Nach einer Minute stand er wieder auf und befahl den wartenden Arbeitern: »Schafft ihn raus. Begrabt ihn.«

Kapitel 23

Früh am Morgen bekam Tamara eine SMS.

Die Jeans kosten fünfzehn Dollar.

Das hieß, dass sie sich heute um 15:00 Uhr mit Harun, dem unzufriedenen Dschihadisten, treffen sollte. Den Ort des Treffens hatten sie schon vorher abgesprochen: das Nationalmuseum mit dem berühmten sieben Millionen Jahre alten Schädel.

Tamara spürte, wie ihre Spannung stieg. Das könnte wichtig sein. Sie hatten sich nur einmal zuvor getroffen, aber bei der Gelegenheit hatte Harun ihr wertvolle Informationen über den berüchtigten al-Farabi gegeben. Was er wohl heute für sie hatte?

Es war sogar möglich, dass er etwas über Abdul wusste. Falls ja, dann waren es vermutlich schlechte Neuigkeiten: Abdul könnte enttarnt worden sein. Vielleicht hatte man ihn gefangen genommen oder gar getötet.

Heute war für die CIA-Mitarbeiter in N'Djamena Weiterbildung angesagt. Das Thema war IT-Sicherheit. Allerdings war Tamara optimistisch, sich rechtzeitig für das Treffen mit ihrem Informanten davonstehlen zu können.

Sie schaute CNN-Online, während sie in ihrer Wohnung ein Frühstück aus Joghurt und frischer Melone zu sich nahm. Sie war froh, dass Präsidentin Green sich über Waffen aus chinesischer Produktion in den Händen von Terroristen empörte. An der N'Gueli-Brücke hatte man ein Norinco-Gewehr auf Tamara gerichtet, und sie hatte nicht den Hauch von Verständnis für die chinesischen Entschuldigungen. China hatte einen Plan für Nordafrika, und was auch immer es war, er bedeutete nichts Gutes für Amerika.

Die heutige Hauptschlagzeile war, dass japanische Nationalisten einen Präventivschlag gegen nordkoreanische Basen durch die Luftwaffe der japanischen Selbstverteidigungsstreitkräfte forderten, die über mehr als dreihundert Kampfflugzeuge verfügten. Tamara glaubte zwar nicht, dass die Japaner einen Krieg mit China riskieren würden, aber alles war möglich, nun, da die Welt aus dem Gleichgewicht geraten war.

Tabs Eltern waren wieder heimgeflogen, und das war eine Erleichterung. Tamara hatte zwar das Gefühl, Annes Panzer durchbrochen zu haben, aber das war ein Kraftakt gewesen. Wenn Tamara nach Paris zog, um dort mit Tab zu leben, würde sie hart daran arbeiten müssen, mit seiner Mutter zurechtzukommen; aber das würde sie schon schaffen.

Als Tamara in der milden Morgenluft über das Botschaftsgelände ging, traf sie auf Susan Marcus. Susan trug Kampfanzug und Stiefel statt der üblichen Dienstuniform, wenn sie ins Büro ging. Vielleicht gab es ja einen Grund dafür – oder es gefiel ihr einfach so.

»Habt ihr die Drohne gefunden?«, fragte Tamara.

»Nein. Hast du was gehört?«

»Ich habe ja schon berichtet, dass ich glaube, dass der Général sie hat. Bestätigen kann ich das aber nicht.«

»Ich auch nicht.«

Tamara seufzte. »Ich fürchte, Dexter nimmt das Problem nicht wirklich ernst. Seiner Meinung nach verschwindet beim Militär ständig irgendwelches Gerät.«

»Da steckt zwar ein Fünkchen Wahrheit drin, richtig macht es das aber nicht. Außerdem geht es hier um eine Drohne von der Größe eines Kleinflugzeugs und nicht um ein paar Patronen.«

»Wie dem auch sei, er ist mein Boss.«

»Trotzdem danke.«

Sie gingen in verschiedene Richtungen weiter.

Die CIA hatte für die Schulung einen Konferenzraum in Beschlag genommen. CIA-Agenten waren hipper als die normalen Botschaftsangestellten – oder zumindest glaubten sie das –, und ein paar der Jüngeren hatten sich absichtlich leger gekleidet. Sie trugen T-Shirts von irgendwelchen Bands und modisch zerschlissene Jeans statt der in der Botschaft üblichen Kleidung bei warmem Wetter: dünne Baumwollhosen und kurzärmelige Hemden. Auf Leila Morcos' T-Shirt stand: *Nimm's nicht persönlich. Ich bin mies zu jedem.*

Im Flur traf Tamara Dexter und dessen Boss Phil Doyle, der in Kairo stationiert war, aber die Verantwortung für ganz Nordafrika trug. Beide trugen Anzüge. Doyle fragte Tamara: »Haben Sie schon was von Abdul gehört?«

»Nein. Nichts«, antwortete Tamara. »Der Bus könnte eine Panne gehabt haben und in irgendeiner Oase feststecken. Oder er könnte gerade durch die Außenbezirke von Tripolis rumpeln, wo es keine Handyverbindung gibt.«

»Lassen Sie uns das zumindest hoffen.«

»Ich freue mich schon auf den Kurs heute«, log Tamara. Sie drehte sich zu Dexter um. »Aber ich muss leider früher gehen.«

»Nein«, erwiderte er. »Das ist eine Pflichtveranstaltung.«

»Um drei Uhr heute Nachmittag muss ich mich mit einem Informanten treffen. Den größten Teil des Tages werde ich hier sein.«

»Verschieben Sie den Termin.«

Nur mit Mühe schluckte Tamara ihren Frust herunter. »Es könnte wichtig sein«, sagte sie und versuchte, sich ihren Ärger nicht anmerken zu lassen.

»Wer ist der Informant?«

Tamara senkte die Stimme. »Harun.«

Dexter lachte. »Der ist nicht gerade entscheidend für unsere

Operation«, sagte er zu Doyle und drehte sich dann wieder zu Tamara um. »Bis jetzt haben Sie sich doch nur einmal mit ihm getroffen.«

»Und da hat er mir wertvolle Informationen gegeben.«

»Die nie bestätigt wurden.«

»Mein Bauchgefühl sagt mir, dass es wichtig ist.«

»Weibliche Intuition? Schon wieder? Tut mir leid. Sagen Sie das Treffen ab.« Dexter drängte Doyle in den Konferenzraum.

Tamara holte ihr Handy aus der Tasche und schrieb eine SMS an Harun. Nur ein Wort:

Morgen.

Dann ging auch sie in den Raum, setzte sich an den Konferenztisch und wartete auf den Beginn der Schulung. Eine Minute später vibrierte ihr Handy. Sie hatte eine SMS erhalten.

Die Jeans kosten jetzt elf Dollar.

11:00 Uhr, morgen früh. Kein Problem.

***

Das Museum lag ungefähr drei Meilen nördlich der amerikanischen Botschaft. Da kaum Verkehr herrschte, war Tamara früh dran. Das Museum war ein neues, modernes Gebäude in einem aufwendig gestalteten Park. In einem Springbrunnen stand eine Statue von Mutter Afrika, aber der Brunnen war trocken.

Tamara holte das blaue Kopftuch mit den orangefarbenen Kreisen heraus, zog es an und band es unter dem Kinn fest, für den Fall, dass Harun vergessen haben sollte, wie sie aussah. Tatsächlich trug sie meistens ein Kopftuch, wenn sie ausging. Mit ihrem üblichen Kleid und ihrer Hose unterschied sie sich so kaum von den hunderttausend anderen Frauen in der Stadt.

Sie ging hinein.

Das Museum war keine gute Wahl für ein Geheimtreffen, erkannte Tamara sofort. Sie hatte geglaubt, sie und Harun würden in der Menge untergehen; nur gab es hier keine Menge. Das Museum war so gut wie menschenleer. Nur eine Handvoll Besucher, die allesamt wie echte Touristen aussahen, liefen umher; aber vielleicht war das gar nicht mal so schlecht. Von denen würde mit Sicherheit niemand sie oder Harun erkennen.

Tamara ging nach oben zum Schädel des Toumai-Mannes. Er sah aus wie ein alter Holzklotz, fast unförmig, und war kaum als Kopf zu erkennen. Vermutlich war das aber auch nicht überraschend, denn schließlich war er sieben Millionen Jahre alt. Wie konnte überhaupt etwas so lange überdauern? Während Tamara darüber grübelte, kam Harun.

Harun war heute westlich gekleidet. Er trug eine dünne Khakihose und ein schlichtes weißes T-Shirt. Tamara spürte den durchdringenden Blick seiner dunklen Augen, als er sie anschaute. Er riskierte sein Leben, schon wieder. Alles, was er tut, ist einfach nur extrem, dachte sie. Einst selbst ein Dschihadist, verriet er nun seine Glaubensbrüder. Einen Mittelweg gab es für ihn nicht.

»Sie hätten gestern kommen sollen«, sagte er.

»Ich konnte nicht. Ist es dringend?«

»Nach dem Hinterhalt im Flüchtlingslager dürsten unsere Freunde im Sudan nach Rache.«

Das hört nie auf, dachte Tamara. Gewalt gebiert Gewalt. »Und? Was wollen sie?«

»Sie wissen, dass der Hinterhalt vom Général persönlich geplant war. Sie wollen, dass wir ihn ermorden.«

Das ist nicht überraschend, dachte Tamara. Allerdings würde das auch nicht leicht werden. Der Général war gut bewacht. Unmöglich waren solche Dinge andererseits nie. Und wenn ein solcher Anschlag gelang, dann würde der Tschad im Chaos versinken. Tamara musste Alarm schlagen.

»Und wie?«, hakte sie nach.

»Ich habe Ihnen doch erzählt, dass der Afghane uns beigebracht hat, wie man Selbstmordbomben baut.«

Oh Gott, dachte Tamara.

Zwei Touristen kamen in den Raum, ein weißes Paar mittleren Alters mit Hüten und Sneakers. Sie sprachen Französisch. Tamara und Harun wiederum redeten Arabisch miteinander, was die Besucher mit ziemlicher Sicherheit nicht verstanden. Allerdings schlenderten die Neuankömmlinge genau auf Tamara und Harun zu, die neben der Vitrine mit dem Schädel standen. Tamara lächelte sie an und nickte ihnen zu. Dann sagte sie leise zu Harun: »Gehen wir.«

Der nächste Raum war leer. »Bitte, sprechen Sie weiter«, forderte Tamara Harun auf. »Wie soll das vonstattengehen?«

»Wir wissen, wie der Wagen des Générals aussieht.«

Tamara nickte. Das wusste jeder. Es handelte sich um eine überlange Limousine von Citroën, wie sie auch der französische Staatspräsident benutzte. Es gab nur eines dieser Fahrzeuge im Land, und als wäre das nicht schon genug, hatte es auch noch eine kleine Flagge auf dem Kotflügel, eine Trikolore in Blau, Gold und Rot in vertikalen Streifen, die Flagge des Tschad.

Harun fuhr fort: »Sie werden in der Straße nahe dem Präsidentenpalast warten, und wenn er rausfährt, werden sie auf den Wagen springen, die Sprengsätze zünden und dann – so glauben sie – in den Himmel auffahren.«

»Verdammt.« Das könnte tatsächlich funktionieren, dachte Tamara. Die Palastanlage war zwar stark gesichert, aber irgendwann musste der Général auch mal rauskommen. Und sein Wagen mochte ja kugelsicher sein, aber vermutlich nicht bombensicher, besonders wenn die Sprengladung groß genug war.

Jetzt, da Tamara von den Anschlagsplänen erfahren hatte, würde die CIA den Sicherheitsdienst des Générals warnen, und der würde daraufhin zusätzliche Vorsichtsmaßnahmen ergreifen. »Wann genau soll das stattfinden?«

»Heute«, antwortete Harun.

»Ach, du …!«

»Deshalb hätten Sie mich schon gestern treffen sollen.«

Tamara holte das Handy aus der Tasche. Kurz hielt sie inne. Welche Informationen brauchte sie sonst noch? »Wie viele Attentäter?«

»Drei.«

»Können Sie sie beschreiben?«

Harun schüttelte den Kopf. »Man hat mir nicht gesagt, wer dafür ausgewählt worden ist, nur dass ich es nicht bin.«

»Männer?«

»Einer könnte auch eine Frau sein.«

»Und wie werden sie gekleidet sein?«

»Ganz traditionell, nehme ich an. Unter den weiten Gewändern lassen sich Sprengwesten gut verbergen. Sicher bin ich mir aber nicht.«

»Ist sonst noch jemand daran beteiligt? Außer den drei Selbstmordattentätern, meine ich?«

»Nein. Jeder weitere Beteiligte bedeutet ein zusätzliches Risiko.«

»Um wie viel Uhr fahren sie zum Palast?«

»Sie könnten schon dort sein.«

Tamara rief die CIA-Dienststelle in der Botschaft an.

Der Anruf ging nicht durch.

Harun sagte: »Der Afghane hat uns auch beigebracht, wie man kurzfristig die Telefonverbindungen in einer Stadt lahmlegt.«

Tamara starrte ihn an. »Wollen Sie damit etwa sagen, im Augenblick kann niemand mehr telefonieren?«

»Nicht, solange das nicht repariert ist, und dazu müssen sie den Fehler erst mal finden.«

»Ich muss los.« Tamara lief hinaus.

»Viel Glück!«, rief Harun ihr hinterher.

Tamara sprang die Treppe hinunter und rannte auf den Parkplatz hinaus. Dort wartete ihr Taxi. Der Motor lief. Sie sprang hinein und sagte: »Zur Botschaft! Schnell, bitte!«

Als der Wagen losfuhr, überlegte sie es sich anders. In der Botschaft könnte sie ihren Vorgesetzten zwar persönlich Bericht erstatten, aber was könnten die schon tun ohne Telefone? Also war es besser, direkt zum Präsidentenpalast zu fahren; aber sie war dort nicht bekannt genug, um ohne Verzögerung hineingelassen zu werden – und würden die Wachen am Tor ihr, einer jungen Frau, einfach so glauben, dass der Général in Lebensgefahr schwebte?

Dann kam ihr Karim in den Sinn. Karim hatte direkten Zugang zum Palast und würde sofort den Sicherheitschef des Générals sprechen können. Aber wo sollte sie Karim finden? Es war noch nicht Mittag. Er könnte noch im Café du Caire sein, und das lag nicht weit vom Museum entfernt. Tamara könnte es also erst einmal dort versuchen, und wenn das nicht klappte, würde sie ins Stadtzentrum und zum Hôtel Lamy fahren.

Tamara betete nur, dass der Général den Palast in den nächsten paar Minuten nicht verlassen würde.

Sie befahl dem Fahrer, die Richtung zu ändern, und kurz darauf erreichten sie das Café. Tamara lief hinein und stellte erleichtert fest, dass Karim noch immer da war. Sie hatte es so eben noch geschafft. Karim zog sich gerade das Jackett an. Er wollte gehen.

»Ich bin ja so froh, dass ich Sie noch erreicht habe«, keuchte sie. »Der ISGS hat die Telefonleitungen gekappt, Festnetz und mobil.«

»Wirklich?« Karim zupfte sein Jackett zurecht, holte sein Handy aus der Tasche und schaute aufs Display. »Stimmt. Ich wusste gar nicht, dass die das können.«

»Ich habe gerade mit einem Informanten gesprochen. Sie planen einen Anschlag auf den Général.«

Karim klappte entsetzt den Mund auf. »Jetzt?«

»Ich dachte, Sie könnten am leichtesten Alarm schlagen.«

»Natürlich. Was genau haben sie vor?«

»Vor dem Palasttor warten drei Selbstmordattentäter.«

»Clever. Bei der Ausfahrt muss der Wagen abbremsen. Da ist er verwundbar.« Karim zögerte. »Wie zuverlässig ist die Information?«

»Karim, Informanten sind nie zu einhundert Prozent vertrauenswürdig. Das sind schließlich alles Verräter. Aber ich glaube, in dem Fall stimmt die Info. Der Général muss entsprechende Vorsichtsmaßnahmen treffen.«

Karim nickte. »Sie haben recht. So eine Warnung darf man nicht ignorieren. Ich mache mich sofort auf den Weg. Mein Wagen steht draußen.«

»Gut.«

Karim wandte sich zum Gehen, drehte sich dann aber noch mal um. »Danke.«

»Gern geschehen.«

Tamara ging zur Vordertür wieder hinaus und stieg in ihr Taxi.

Erneut dachte sie darüber nach, in die Botschaft zu fahren, und erneut kam sie zu dem Schluss, dass die Leute dort schlicht nichts machen konnten. Im Einsatzhandbuch gab es kein Kapitel zu Anschlagsversuchen bei gleichzeitigem Kommunikationsausfall. Kurz überlegte Tamara, Susan Marcus mit einem Team ins Palastviertel zu schicken, um die Attentäter zur Strecke zu bringen, doch die US Army konnte nicht unabhängig von der tschadischen Armee und Polizei agieren. Die Verwirrung, die das erzeugen würde, wäre katastrophal. Und bis sie die Kompetenzen geklärt hätten, wäre es zu spät.

Schließlich entschied Tamara, selbst zum Palast zu fahren. Sie konnte zumindest versuchen, die Dschihadisten aufzuspüren und zu identifizieren.

Tamara wies den Fahrer an, auf der Autobahn nach Süden zu fahren und rechts auf die Avenue Charles de Gaulle abzubiegen. Vor dem Palast durfte man nicht anhalten. Also stieg sie ein paar

Hundert Meter vor dem Eingang aus dem Taxi und sagte dem Fahrer, er solle warten.

Tamara blickte erneut auf ihr Handy. Noch immer kein Signal.

Tamara schaute den breiten Boulevard vor sich hinunter. Das große schmiedeeiserne Palasttor lag rechts von der Straße und wurde von bewaffneten Wachen der Nationalgarde in grün-schwarz-beiger Tarnuniform bewacht. Dem gegenüber lagen ein Skulpturenpark und die Kathedrale. Hier herrschte striktes Parkverbot, also würden die Dschihadisten zu Fuß unterwegs sein.

Ein schwarzer Mercedes hielt mit quietschenden Reifen vor dem Tor und wurde sofort eingelassen. Tamara hoffte, dass es Karim war.

Zum ersten Mal dachte sie darüber nach, wie gefährlich die Situation für sie selbst war. Jederzeit konnte irgendwo auf dieser Straße eine Bombe explodieren, und wenn sie der Explosion zu nahe war, dann würde sie sterben.

Tamara wollte aber nicht sterben. Nicht, wo sie gerade Tab gefunden hatte.

Der Tod war jedoch nicht das Schlimmste, was ihr widerfahren könnte. Sie könnte auch verstümmelt, geblendet oder gelähmt werden.

Sie band ihren Schal fester unter dem Kinn zusammen. Sie murmelte vor sich hin: »Was mache ich eigentlich hier?« Dann ging sie zügig in Richtung des Palastes.

Auf der Palastseite der Straße war niemand außer den Wachen. Passanten hielten sich für gewöhnlich von Bewaffneten fern. Auf Tamaras Seite wiederum befanden sich gut hundert Menschen im Park. Touristen bewunderten die Skulpturen, und Einheimische flanierten über das Parkgelände, aßen zu Mittag oder hingen einfach nur rum. Ich muss versuchen, die Attentäter zu identifizieren, dachte Tamara. Und ich habe nicht viel Zeit!

Ein Trupp bewaffneter Polizisten beobachtete die Menschen,

angeführt von einem Sergeanten mit prächtigem Schnauzbart. Die Beamten trugen ebenfalls Tarnuniformen, die sich jedoch leicht von denen der Nationalgarde unterschieden. Tamara wusste aus Erfahrung, dass es die Hauptaufgabe dieser Polizisten war, eine ganz bestimmte Regel durchzusetzen. Es war nämlich strikt verboten, den Palast zu fotografieren. Sie bezweifelte allerdings, dass die Beamten einen Terroristen erkennen würden, jedenfalls nicht auf den ersten Blick.

Tamara atmete tief durch und ließ ihren Blick über die Menschen im Park schweifen. Männer und Frauen mittleren Alters ignorierte sie. Dschihadisten waren immer jung. Auch kümmerte sie sich nicht um Menschen in enger, moderner Kleidung wie T-Shirts und Jeans, denn darunter konnte man keine Sprengstoffweste verstecken. Stattdessen konzentrierte sie sich auf Männer und Frauen um die zwanzig, die traditionelle Kleidung trugen, sowie auf Frauen im Nikab.

Tamara schloss immer mehr Personen aus, bis nur noch ein paar übrig blieben. Ein junger Mann in weißem Gewand und mit einer weißen Kappe saß auf einem Sockel und las eine Zeitung, die *Al Wihda*. Er sah zwar viel zu entspannt für einen Terroristen aus, doch Tamara konnte sich nicht sicher sein. Eine Frau, deren Alter nicht zu erkennen war, hatte deutliche Wölbungen unter ihrem schwarzen Nikab, doch natürlich könnte das auch nur ihre Figur sein. Und ein Teenager in einem orangefarbenen Gewand und mit einem Turban hockte am Straßenrand neben seiner Vespa und versuchte, sie zu reparieren. Der Vorderreifen schien kaputt zu sein. Er lag im Staub neben einem Haufen Schrauben und Muttern.

Dann fiel Tamara im Schatten eines Baumes ein bärtiger junger Mann auf. Er schwitzte. Er trug eine bodenlange Dschallabija, doch darüber auch noch ein Baumwolljackett, das er bis zum Hals zugeknöpft hatte. Er befand sich in der Nähe der Seitenstraße neben dem Park und blickte hin und wieder auf die schmale Straße, obwohl es dort nichts zu sehen gab. Auch zog er nervös an einer Zigarette, so schnell sogar, dass sie ungewöhnlich rasch herunterbrannte.

Wenn der Wagen des Präsidenten vom Palastgelände kam, würde er vermutlich entweder nach links oder nach rechts auf die Avenue Charles de Gaulle abbiegen, aber er könnte auch direkt geradeaus und durch die Nebenstraße fahren, die zum Fluss führte. Mit Sicherheit hatten die Attentäter jede dieser Möglichkeiten abgedeckt.

Tamara überquerte die Seitenstraße und ging in Richtung Kathedrale.

Als sie auf Höhe des Palasttors war, schaute sie hinüber. Eine lange, gerade Auffahrt führte bis zu dem fernen Gebäude, das mehr wie ein modernes Bürohaus als wie ein Palast aussah. Hinter dem Tor war ein weiteres Dutzend Soldaten, doch die hingen einfach nur herum, plauderten miteinander und rauchten. Tamara war enttäuscht. Hätte Karim Alarm geschlagen, dann müsste inzwischen ein Trupp ausgerückt sein, um die Gegend zu räumen und die Zivilisten so vor einer möglichen Explosion zu schützen. Doch auf der Straße ging es nach wie vor geschäftig zu. Autos und Motorräder fuhren in beide Richtungen. Wenn hier eine Bombe hochging, dann könnte das Hunderte von Unschuldigen das Leben kosten. Wurde Karims Warnung ignoriert? Oder waren die Verantwortlichen hauptsächlich um die Sicherheit des Générals besorgt, nicht aber um die der Öffentlichkeit?

Die Kathedrale, Notre Dame de la Paix, war eine spektakuläre, moderne Kirche. Allerdings war sie umzäunt, und die Tore waren geschlossen. Abgesehen von einem Gärtner in dunkler Dschallabija, der gerade auf der Westseite dicht am Zaun einen Baum pflanzte, war niemand auf dem Gelände zu sehen. Das war nur ein paar Meter von Tamara entfernt. Von seiner Position aus konnte der Mann das Palasttor deutlich sehen sowie die lange Auffahrt, und er konnte auch rasch über den Zaun in die Nebenstraße klettern. War der Mann vielleicht gar kein Gärtner? Falls nicht, dann ging er ein großes Risiko ein. Jederzeit könnte ein Priester erscheinen und ihn fragen: »Wer hat dir gesagt, dass du da einen Baum pflanzen sollst?« Andererseits war kein Priester zu sehen.

Tamara kehrte wieder in den Skulpturenpark zurück.

Natürlich waren das alles nur Vermutungen, aber sie glaubte, dass es sich bei dem Jungen mit der Vespa, dem schwitzenden Mann unter dem Baum und bei dem Gärtner um die Attentäter handelte. Alle drei passten ins Profil, und alle drei trugen weite Gewänder, unter denen man problemlos eine Sprengstoffweste verstecken konnte.

Konnte man sie einfach so verhaften? Manche Sprengstoffwesten hatten einen sogenannten Totmannschalter, eine Vorrichtung, die den Sprengsatz sofort zündete, wenn der Attentäter eine Schnur oder dergleichen losließ. Das sollte eine Detonation garantieren, selbst wenn der Terrorist getötet wurde. Allerdings benutzten alle drei Verdächtige ihre Hände: Einer schraubte an seinem Motorroller herum; einer zündete sich eine Zigarette nach der anderen an, und einer pflanzte einen Baum. So eine Vorrichtung konnten sie demnach nicht haben.

Trotzdem musste man Vorsicht walten lassen. Die Männer mussten handlungsunfähig gemacht werden, bevor sie nach dem Zünder greifen konnten. Das war eine Frage von ein, zwei Sekunden.

Tamara schaute wieder auf ihr Handy. Sie hatte noch immer kein Signal

Was sollte sie tun? Vermutlich nichts. Karim würde schon dafür sorgen, dass der Général nicht in Gefahr geriet, und früher oder später würde die Polizei Park und Straße räumen, und die Terroristen würden einfach in der Menge untertauchen und verschwinden.

Aber dann könnten sie es morgen noch einmal versuchen.

Doch das war nicht Tamaras Problem. Sie hatte die Information weitergegeben. Das war ihr Job. Jetzt lag alles in den Händen der einheimischen Polizei und der Armee.

Sie sollte wohl besser gehen.

Tamara schaute über die Straße und sah, wie die auffällige Limousine des Générals langsam vom Palast in Richtung Tor rollte.

Sie musste handeln.

Tamara holte ihren CIA-Ausweis heraus und ging entschlossen auf den Sergeanten mit dem auffälligen Schnäuzer zu. »Ich gehöre zum amerikanischen Militär«, sagte sie auf Arabisch und zeigte ihm den Ausweis. Dann deutete sie auf den Mann unter dem Baum. »Ich glaube, der Mann dort hat etwas Verdächtiges unter seinem Jackett. Sie sollten ihn sich mal ansehen. Ich rate Ihnen aber, zuerst seine Hände zu packen, bevor Sie mit ihm reden, für den Fall, dass er eine Waffe hat.«

Der Sergeant schaute Tamara misstrauisch an. Er hatte nicht die geringste Absicht, von einer unbekannten Frau Befehle entgegenzunehmen, auch wenn die einen beeindruckend offiziell aussehenden Plastikausweis mit ihrem Foto darauf in der Hand hielt.

Panik keimte in Tamara auf, und sie kämpfte dagegen an. Sie musste ruhig bleiben. »Was auch immer Sie tun wollen, machen Sie schnell. Der Général scheint zu kommen.«

Der Sergeant schaute über die Straße, sah die näher kommende Limousine und traf eine Entscheidung. Er bellte zweien seiner Männer Befehle zu, und sie marschierten durch den Park und zu dem Raucher unter dem Baum.

Tamara schickte im Geiste ein Dankgebet gen Himmel.

Die Palastwachen traten auf die Avenue und hielten den Verkehr an.

Der Junge, der an seiner Vespa arbeitete, stand auf.

Auf der anderen Seite der Straße ließ der Gärtner seinen Spaten fallen.

Das Palasttor öffnete sich.

Tamara näherte sich dem Jungen mit dem Motorroller. Er bemerkte sie kaum, so sehr war er auf die Limousine konzentriert. Tamara lächelte ihn an und legte ihm fest die Hände auf die Brust. Durch das orangefarbene Gewand spürte sie ein hartes, mit Kabeln verbundenes Objekt, und Panik keimte in ihr auf. Tamara zwang sich, die Hände noch einen Moment länger auf der Brust des Mannes zu halten. Sie spürte drei Zylinder, ohne Zweifel C4-Ladungen in kleinen Stahlröhren. Drähte verbanden die Röhren miteinander und mit einem kleinen Kästchen, dem Detonator.

Tamara war nur einen Herzschlag vom Tod entfernt.

Ihr plötzliches Erscheinen hatte den Jungen überrascht und verwirrt. Er versuchte, sie von sich zu stoßen, und wich einen Schritt zurück.

Es dauerte nur den Bruchteil einer Sekunde, bis er erkannte, was los war, doch da trat Tamara ihm schon die Beine weg.

Der Junge fiel auf den Rücken. Tamara warf sich auf ihn, rammte ihm die Knie in den Bauch und trieb ihm so die Luft aus der Lunge. Dann packte sie ihn am Kragen, riss den Stoff auf und entblößte das schwarze Plastik und Metall des Sprengsatzes, den er sich vor die Brust gebunden hatte. Am Zünder sah sie ein Kabel, das in einem schlichten grünen Plastikknopf auslief. Das gibt's für 4,99 im Baumarkt, dachte sie.

In der Nähe hörte sie eine Frau schreien

Wenn der Kerl die Hand an den Knopf bekam, dann würde er sich, Tamara und eine Menge anderer Leute töten.

Tamara gelang es, beide Handgelenke des Mannes zu packen und ihm mit all ihrem Gewicht die Arme auf den Boden zu drücken. Der Mann wand sich und versuchte, sie abzuschütteln. Die Polizisten in der Nähe starrten sie entsetzt an. »Haltet seine Arme und Beine fest!«, schrie Tamara. »Sonst jagt er uns alle in die Luft!«

Nach kurzem Zögern folgten sie Tamaras Befehl. Unter normalen Umständen hätten die Beamten das natürlich nicht getan, aber sie konnten den Sprengsatz sehen. Vier Beamte packten die Gliedmaßen des Attentäters und hielten ihn fest.

Tamara stand auf.

Überall um sie herum wichen die Zuschauer zurück. Einige rannten bereits weg.

Das Palasttor öffnete sich, und die Limousine fuhr heraus.

Auf dem Gelände der Kathedrale rannte der Gärtner zum Zaun.

Der Wagen überquerte die Avenue Charles de Gaulle, nahm Fahrt auf und hielt auf die Nebenstraße zu.

Der Gärtner sprang über den Zaun und auf den Bürgersteig. Dann griff er in seine Dschallabija und holte eine grüne Zündvorrichtung heraus.

Sinnlos schrie Tamara: »Nein!«

Der Mann rannte auf die Straße und warf sich auf den Wagen. Der Fahrer sah ihn und trat auf die Bremse … Zu spät. Der Terrorist schlug auf die Windschutzscheibe und schien davon abzuprallen. Es folgte ein furchtbarer Knall, begleitet von einem Blitz. Die Windschutzscheibe zerbarst, und der Mann wurde auf die Straße geschleudert. Der Wagen rollte weiter und ließ den Toten auf dem Asphalt zurück. Dann brach die Limousine nach rechts aus und krachte in den Zaun der Kathedrale. Der Zaun wurde umgerissen, doch der Wagen kam zum Stehen.

Niemand stieg aus.

Tamara rannte durch den Park und zu dem verunglückten Fahrzeug. Andere hatten die gleiche Idee und folgten ihr dichtauf. Tamara riss die Beifahrertür auf und schaute hinein.

Der Fond war leer.

Es stank nach frischem Blut. Vorn saß nur ein Mann, der Fahrer. Er rührte sich nicht mehr. Sein Gesicht war so verunstaltet und voller Blut, dass man ihn nicht mehr erkennen konnte, aber er war klein, dünn und hatte graues Haar. Das war nicht der Général, denn der war groß, kräftig und kahl.

Der Général war nicht im Auto.

Einen Augenblick lang war Tamara verwirrt. Dann dachte sie, dass der Fahrer vielleicht nur hatte tanken wollen. Es gab aber auch noch eine andere Möglichkeit: Vielleicht hatte man den armen Kerl nur rausgeschickt, um zu überprüfen, ob wirklich eine Gefahr bestand, als »Kanonenfutter« sozusagen. So pervers das auch klang, möglich war es.

Die Karosserie war vollkommen durchlöchert, und überall lagen Stahlkugeln.

Tamara hatte genug gesehen. Sie wandte sich ab und ging zum Skulpturenpark zurück.

Ich habe den Général gerettet, dachte sie. Und wichtiger noch: Ich habe dafür gesorgt, dass diese Region weiter stabil bleibt. Aber fast hätte ich mein Leben dabei verloren. War es das wert? Wer weiß das schon?

Doch Tamara war noch nicht fertig. Harun hatte gesagt, die sudanesische Regierung stecke hinter dem Attentat. Wenn das stimmte, dann war das wichtig, doch Tamara wollte weitere Beweise dafür.

Inzwischen hatte man dem Jungen mit der Vespa die Sprengstoffweste abgenommen. Tamara hätte zwar lieber auf den Kampfmittelräumdienst gewartet, aber es war gutgegangen, und jetzt legten die Polizisten dem Terroristen die Handschellen an.

Tamara ging zu ihnen. »Was wollen Sie hier?«, verlangte einer der Beamten von ihr zu wissen.

»Ich war diejenige, die Alarm geschlagen hat«, antwortete Tamara in harschem Ton. »Ich habe Ihnen das Leben gerettet.«

»Das stimmt«, bestätigte ein anderer Polizist.

Der erste Polizist zuckte mit den Schultern, und Tamara verstand das als Erlaubnis, sich dem Gefangenen zu nähern.

Sie trat zu dem jungen Kerl. Er hatte hellbraune Augen und

Flaum auf den Wangen. Er war wirklich noch furchtbar jung. Dass Tamara, eine Frau, ihm so nahe kam, war intim und bedrohlich zugleich. Es rief widersprüchliche Gefühle in ihm hervor, und das verwirrte ihn.

Leise sagte sie zu ihm: »Dein Freund an der Kathedrale ist tot.«

Kurz erwiderte der Dschihadist ihren Blick und wandte sich dann ab. »Er ist im Himmel.«

»Du hast das also für Gott getan.«

»Gott ist groß.«

»Aber ihr hattet auch Hilfe.« Tamara hielt kurz inne, starrte den Jungen an und versuchte, ihn dazu zu zwingen, sie anzuschauen. Sie wollte eine menschliche Verbindung zu ihm herstellen. »Irgendjemand hat euch beigebracht, wie man diese Bomben baut.«

Endlich sah er sie an. »Du weißt gar nichts.«

»Ich weiß, dass der Afghane euch das beigebracht hat.«

Tamara sah Überraschung in seinen Augen.

Sie nutzte ihre Chance. »Ich weiß, dass ihr die Materialien von Freunden im Sudan bekommen habt.«

Das wusste sie zwar nicht wirklich, aber sie vermutete es stark. Der Gesichtsausdruck des Jungen veränderte sich nicht. Er war nach wie vor überrascht davon, wie viel sie wusste.

»Und es waren diese sudanesischen Freunde, die euch gesagt haben, ihr sollt den Général töten«, fuhr Tamara fort.

Sie hielt die Luft an. Genau das wollte sie bestätigt haben.

Es dauerte eine Weile, doch dann fragte der Junge ehrlich erstaunt: »Woher weißt du das?«

Das reichte. Tamara ging.

* * *

Wieder in der Botschaft, ging Tamara in ihr Zimmer. Plötzlich fühlte sie sich vollkommen ausgelaugt und legte sich aufs Bett. Sie schlief ein paar Minuten; dann klingelte ihr Handy.

Die Telefone funktionierten also wieder.

Tamara ging ran. »Wo haben Sie gesteckt?«, verlangte Dexter zu wissen.

Tamara hätte fast wieder aufgelegt. Kurz schloss sie die Augen und nahm all ihre Geduld zusammen.

»Wo sind Sie?«, fragte Dexter.

»Ich bin in meinem Zimmer.«

»Was machen Sie denn da?«

Tamara würde ihm nicht sagen, dass sie sich von einer Tortur erholte. Sie hatte schon vor langer Zeit gelernt, dass sie einem männlichen Kollegen gegenüber keine Schwäche zeigen durfte. Tat sie das doch, würde man ihr das ewig unter die Nase reiben. »Ich mache mich frisch«, antwortete sie.

»Machen Sie, dass Sie hierherkommen. Sofort!«

Tamara legte auf, ohne etwas darauf zu erwidern. Sie hatte fast ihr Leben verloren, da konnte sie Dexter nicht länger ernst nehmen. Ohne große Eile ging sie über das Gelände und ins Büro.

Tamara fand Dexter an seinem Schreibtisch. Philip Doyle war bei ihm. Inzwischen hatte Dexter schon mehr erfahren. »Sie sagen, eine Frau von der CIA habe einen Verdächtigen festgenommen«, knurrte er. »Waren Sie das?«

»Ja.«

»Was fällt Ihnen ein, einfach Leute festzunehmen? Was ist nur in Sie gefahren, verdammt?«

Tamara setzte sich, ohne dazu aufgefordert worden zu sein. »Soll ich Ihnen nun erzählen, was passiert ist, oder wollen Sie mich einfach nur weiter anschreien?«

Dexter wollte etwas erwidern, zögerte aber. Dass er geschrien hatte, konnte er nicht leugnen, und neben ihm stand sein Boss. Selbst in der CIA war es riskant für einen Mann, wegen Mobbing angeklagt zu werden. »Okay«, sagte er. »Dann halten Sie mal Ihr Plädoyer.«

»Mein Plädoyer?« Tamara schüttelte den Kopf. »Stehe ich hier vor Gericht? Falls ja, dann sollten wir das besser formell regeln. Dann brauche ich einen Anwalt.«

Doyle sagte in sachlichem Ton: »Sie stehen nicht vor Gericht. Erzählen Sie uns einfach, was passiert ist.«

Tamara berichtete alles, was passiert war, und die beiden Männer hörten ihr zu, ohne sie zu unterbrechen.

Als sie fertig war, fragte Dexter: »Warum sind Sie zu Karim gegangen? Sie hätten zu mir kommen sollen!«

Er war wütend, weil er sich übergangen fühlte. Tamara war die vergiftete Atmosphäre leid, aber sie zwang sich, sich noch einmal an den Gedankengang zu erinnern, der sie zu ihrer Entscheidung gebracht hatte. »Mein Informant hat mir berichtet, dass ein Anschlag unmittelbar bevorstehe; aber die Telefone haben nicht mehr funktioniert. Ich musste einen Weg finden, den Général so schnell wie möglich zu informieren, und Karim konnte schneller Alarm schlagen als jeder hier in der Botschaft, tatsächlich sogar schneller als jeder andere, den ich kenne.«

»Okay, aber warum haben Sie mir nicht Bericht erstattet, nachdem Sie mit Karim gesprochen haben?«

»Es war schlicht keine Zeit. Ich hätte Ihnen die ganze Geschichte erzählen müssen. Sie wären skeptisch gewesen, und wir hätten erst einmal lange diskutiert – genau wie jetzt. Irgendwann hätten Sie mir zwar geglaubt, doch dann hätte es wieder Zeit gekostet, ein Team zusammenzustellen und es einzuweisen. Erst dann hätten Sie sich auf den Weg zum Palast gemacht. Da war es offensichtlich besser, sofort zum Tatort zu fahren und zu versuchen, die Terroristen zu identifizieren. Das habe ich dann auch getan. Mit Erfolg.«

»Mit einem Team unter meiner Führung wäre das wesentlich effizienter gewesen.«

»Nur, dass Sie erst nach dem Anschlag eingetroffen wären. Die Terroristen haben nur wenige Minuten nach meiner Ankunft zugeschlagen, und in diesen wenigen Minuten habe ich alle drei Attentäter erfolgreich identifiziert. Zwei sind jetzt verhaftet, einer tot.«

Dexter versuchte es anders. »Es war alles umsonst, denn der Général war nicht im Fahrzeug.« Er war fest entschlossen, Tamaras Leistung kleinzureden.

Tamara zuckte mit den Schultern. Es kümmerte sie nicht wirklich, was Dexter dachte. Sie erkannte, dass sie nicht länger unter ihm arbeiten konnte. »Vermutlich war er nicht im Wagen, weil Karim ihn gewarnt hat.«

»Das wissen wir nicht.«

»Stimmt.« Tamara war es leid, mit ihm zu diskutieren.

Doch Dexter war noch nicht fertig. »Schade nur, dass Ihr Informant uns das nicht schon früher gemeldet hat.«

»Das ist Ihre Schuld.«

Dexter straffte die Schultern. »Was soll das denn heißen?«

»Er wollte sich gestern mit mir treffen, und ich habe Ihnen gesagt, dass ich die Weiterbildung früher verlassen müsse. Aber Sie haben mir befohlen, stattdessen das Treffen zu verschieben.«

Tamara sah, dass Dexter die beiden Ereignisse offensichtlich nicht miteinander in Verbindung gebracht hatte. Jetzt kamen ihm Bedenken, und es dauerte einen Moment, bevor er erwiderte: »Nein, nein, so war das nicht. Wir hatten eine Diskussion –«

»Blödsinn!«, fiel Tamara ihm ins Wort. Das würde sie nicht mitmachen. »Es gab keine ›Diskussion‹. Sie haben mir schlicht und einfach befohlen, mich nicht mit ihm zu treffen.«

»Das haben Sie falsch in Erinnerung.«

Tamara schaute zu Doyle. Doyle war dabei gewesen. Er kannte die Wahrheit. Doyle schaute verlegen drein. Tamara nahm an, dass er instinktiv lügen wollte, um Dexters Autorität nicht zu untergraben. Wenn er das tut, beschloss Tamara, werde ich auf der Stelle kündigen. Sie starrte ihn weiter an, schwieg und wartete darauf, dass er etwas sagte.

Schließlich seufzte er. »Ich denke, Sie sind derjenige, der das falsch im Kopf hat, Dexter. Meiner Erinnerung nach war es ein sehr kurzes Gespräch, und dann haben Sie ihr einen Befehl gegeben.«

Dexter lief rot an und atmete immer schneller. Nur mit Mühe hielt er seine Wut im Zaum. »Einigen wir uns darauf, dass wir das anders sehen, Phil …«

»Oh, nein«, erklärte Doyle mit fester Stimme. »Mit ›anders sehen‹ hat das nichts zu tun.« Jetzt war er am Drücker, und er hatte nicht die Absicht nachzugeben. »Sie haben eine Entscheidung getroffen, und die hat sich als falsch erwiesen. Aber keine Sorge. Das ist kein Kapitalverbrechen.« Er wandte sich an Tamara. »Sie dürfen jetzt gehen.«

Tamara stand auf.

»Das war gute Arbeit heute«, sagte Doyle. »Danke.«

»Ich danke Ihnen, Sir«, erwiderte Tamara und ging hinaus.

* * *

»Der Général will Ihnen einen Orden geben«, sagte Karim zu Tamara am nächsten Morgen im Café du Caire.

Er sah sehr selbstzufrieden aus. Tamara nahm an, dass ihm seine Warnung die tiefe Dankbarkeit des Générals gesichert hatte. In einer Diktatur war das besser als Geld.

»Ich fühle mich geschmeichelt«, erwiderte Tamara. »Aber ich muss vermutlich ablehnen. Die CIA mag es nicht, wenn ihre Agenten in der Öffentlichkeit stehen.«

Karim lächelte. Ihre Weigerung kümmerte ihn vermutlich nicht. Schließlich hieß das, dass er das Rampenlicht nicht würde teilen müssen. »Ja, Sie sind ja nicht umsonst *Geheim*agentin«, sagte er.

»Trotzdem ist es schön zu wissen, dass der Général unsere Arbeit zu schätzen weiß.«

»Die beiden überlebenden Attentäter sind verhört worden.«

Darauf möchte ich wetten, dachte Tamara. Vermutlich hatte man sie die ganze Nacht lang wachgehalten, ihnen Essen und Trinken verweigert und sie von unterschiedlichen Teams befragen lassen. Wahrscheinlich hatte man sie auch gefoltert. »Und? Werden Sie uns das Ergebnis der Befragungen zukommen lassen?«

»Ich denke, das ist das Mindeste, was wir tun können.«

Das war kein Ja, erkannte Tamara; aber Karim hatte vermutlich auch nicht die Befugnis, eine definitive Antwort darauf zu geben.

Karim fuhr fort: »Mein Freund, der Général, ist sehr wütend wegen des Anschlags. Er nimmt das sehr persönlich. Er hat sich die Leiche des Chauffeurs angeschaut und gesagt: ›Das hätte ich sein können.‹«

Tamara beschloss, nicht zu fragen, ob der Fahrer gezielt geopfert worden war. Stattdessen sagte sie: »Ich hoffe, der Général handelt jetzt nicht überstürzt.« Sie dachte an den perfekt geplanten Hinterhalt, den er in dem Flüchtlingslager gelegt hatte, und all das aus Rache für eine unbedeutende Schießerei an der N'Gueli-Brücke.

»Das hoffe ich auch«, erwiderte Karim. »Aber er wird seine Rache bekommen.«

»Ich frage mich, was er wohl tun wird.«

»Selbst wenn ich das wüsste, könnte ich es Ihnen nicht sagen, aber tatsächlich weiß ich es auch nicht.«

Tamara hatte das Gefühl, das war die Wahrheit, doch das machte sie nur noch nervöser. Warum sollte der Général seine Absichten vor einem seiner engsten Vertrauten verbergen, vor dem Mann, der ihm das Leben gerettet hatte? »Ich hoffe nur, es wird nicht so dramatisch, dass es die Region destabilisiert.«

»Das halte ich für eher unwahrscheinlich.«

»Wir werden sehen. Die Chinesen sind im Sudan sehr engagiert. Wir wollen doch beide nicht, dass sie die Muskeln spielen lassen.«

»Die Chinesen sind unsere Freunde.«

Die Chinesen hatten keine Freunde, jedenfalls nicht Tamaras Meinung nach. Sie hatten Kunden und Schuldner. Doch darüber wollte sie nicht mit Karim diskutieren. Karim war ein konservativer alter Mann, und er würde sich nicht alles von einer jungen Frau sagen lassen. »Und dafür sollten wir dankbar sein«, sagte Tamara stattdessen und versuchte, so ernst wie möglich zu klingen. »Ich bin sicher, Sie werden den Général zur Vorsicht mahnen.«

Karim grinste selbstgefällig. »Das tue ich doch immer. Keine Angst. Alles wird gut.«

»Inschallah«, sagte Tamara. »So Gott will.«

* * *

Am nächsten Tag, gegen Ende des Nachmittags, berichtete CNN zum ersten Mal von einem Großbrand in Port Sudan, dem nicht sehr einfallsreich benannten Haupthafen des Sudan. Laut CNN hatten Schiffe im Roten Meer das Feuer gemeldet. CNN übertrug ein von lautem Knistern begleitetes Interview mit dem Kapitän eines Öltankers, der beschlossen hatte, erst einmal vor der Einfahrt zu warten, bis es sicher war, in den Hafen einzufahren. Über der Stadt hänge eine riesige blaugraue Wolke, sagte er.

Fast das gesamte Öl des Sudan wurde über Port Sudan exportiert. Das meiste davon kam über eine tausend Meilen lange Pipeline, an der die China National Petroleum Corporation die Mehrheit hielt. Und die Chinesen hatten auch eine große Raffinerie gebaut und waren gerade dabei, den Hafen für mehrere Milliarden Dollar um eine spezielle Anlegestelle für Großtanker zu erweitern.

Kurz nach dem CNN-Bericht gab die sudanesische Regierung bekannt, dass man das Feuer in Kürze unter Kontrolle haben würde, was im Umkehrschluss bedeutete, dass es im Moment außer Kontrolle war. Anschließend würde man das Geschehen dann eingehend untersuchen, und das wiederum hieß im Klartext, dass die sudanesische Regierung im Augenblick nicht die geringste Ahnung hatte, was die Ursachen betraf. Tamara hatte einen dunklen Verdacht im Hinterkopf, doch den wollte sie noch niemandem laut sagen.

Tamara begann die Webseiten der Dschihadisten zu durchforsten, die, auf denen sie auch mit ihren Entführungen prahlten und Videos von Enthauptungen veröffentlichten. Bei ihrer ersten Suche war dort alles ruhig.

Sie rief Colonel Marcus an und fragte: »Habt ihr Satellitenaufnahmen des Hafens von Port Sudan kurz vor dem Feuer?«

»Vermutlich ja«, antwortete Susan. »Über diesem Teil der Welt gibt es nur selten Wolken. In welchem Zeitraum genau?«

»CNN hat den Brand um halb fünf gemeldet, doch da lag schon eine große Rauchwolke über der Stadt …«

»Dann ist das Feuer wahrscheinlich gegen halb vier ausgebrochen, vielleicht auch früher. Ich werde mal nachschauen. Hast du schon einen Verdacht?«

»Ich weiß nicht. Eine Ahnung vielleicht, mehr aber auch nicht.«

»Verstehe.«

Tamara rief Tab in der französischen Botschaft an. »Was wisst ihr über das Feuer in Port Sudan?«

»Nur das, was im Fernsehen läuft«, antwortete er. »Nebenbei … Ich liebe dich auch.«

Tamara unterdrückte ein Kichern. Leise sagte sie: »Lass das. Ich bin in einem Großraumbüro.«

»Tut mir leid.«

»Ich habe dir doch letzte Nacht gesagt, wovor ich Angst habe.«

»Du meinst die Rachetheorie?«

»Ja.«

»Du denkst, das könnte es sein?«

»Ja.«

»Das wird Ärger geben.«

»Darauf kannst du deinen süßen Arsch verwetten.« Sie legte auf.

Niemand außer Tamara machte sich Sorgen wegen des Feuers, und um fünf Uhr nachmittags verließen die Ersten ihre Schreibtische.

Kurz darauf gab die Regierung in Khartum, der Hauptstadt des Sudan, eine weitere Erklärung ab. Etwa zwanzig Menschen seien aus den Flammen gerettet worden, hieß es, darunter vier chinesische Ingenieure, die an dem neuen Dock gearbeitet hatten. Ein paar chinesische Frauen und Kinder, die Familien der Ingenieure, habe man ebenfalls in Sicherheit bringen können. CNN erklärte, dass das Dock sowohl mit chinesischem Geld als auch von chinesischen Experten gebaut wurde. Insgesamt seien mehr als hundert chinesische Ingenieure an dem Projekt beteiligt. Tamara fragte sich, wie viele Menschen *nicht* gerettet worden waren.

Noch immer sprach niemand von einer möglichen Sabotage, und Tamara hoffte allmählich, dass es wirklich nur ein Unfall gewesen war und nichts mit Politik zu tun hatte.

Erneut schaute Tamara sich im Netz um, und diesmal fand sie eine Seite, die von einer Gruppe mit Namen Mahdist Liberation Army betrieben wurde. Von denen hatte sie noch nie gehört. Die Gruppe verurteilte die Regierung des Sudan, die sich immer mehr vom Islam abwende, was besonders durch das korrupte, von Chinesen geleitete Hafenprojekt symbolisiert werde. Dann gratulierte man den heroischen Kämpfern der MLA für den erfolgreichen Anschlag am heutigen Tag.

Tamara rief wieder Susan an, die sofort herausplatzte: »Das war meine verdammte Drohne! Die, die verschwunden ist!«

»Das habe ich mir fast schon gedacht.«

»Sie hat Bomben auf die Raffinerie und die Baustelle geworfen und ist dann abgestürzt.«

»Da haben chinesische Ingenieure gearbeitet.«

»Die Bomben haben um genau 13:21 Uhr eingeschlagen.«

»Eine amerikanische Drohne hat chinesische Ingenieure getötet. Da ist gleich die Hölle los.«

Tamara legte auf und schickte Dexter den Link der MLA-Seite. Dann sandte sie ihn auch an Tab.

Schließlich lehnte sie sich zurück und dachte: Was werden die Chinesen jetzt tun?

Kapitel 24

Chang Kais Handy klingelte, aber er fand das Ding einfach nicht. Dann wachte er auf und erkannte, dass er geträumt hatte. Nur das Klingeln des Handys war echt gewesen. Es lag auf seinem Nachttisch. Der Anrufer war Fan Yimu, der Leiter der Nachtschicht im Hauptquartier des Guoanbu. »Tut mir leid, Sie mitten in der Nacht zu wecken, Genosse Vizeminister«, sagte er.

»Oh verdammt«, knurrte Kai. »Ist Nordkorea in die Luft geflogen?«

»Nein, nichts dergleichen.«

Kai war erleichtert. Seit nunmehr zehn Tagen herrschte zwischen den Rebellen und dem Regime ein Patt, und Kai hoffte, dass die Situation sich rasch klären würde, ohne in einen Bürgerkrieg auszuarten. »Gott sei Dank«, sagte er.

Ting kuschelte sich an ihn, doch ohne die Augen zu öffnen. Kai legte den Arm um sie und streichelte ihr Haar. »Also, was ist passiert?«, fragte er Fan.

»Ungefähr hundert Chinesen sind in Port Sudan von einer Drohne getötet worden.«

»Da bauen wir doch dieses Dock für mehrere Milliarden Dollar, wenn ich mich recht entsinne.«

»Genau. Chinesische Ingenieure arbeiten an dem Projekt. Bei den Toten handelt es sich vorwiegend um Männer, aber es sind auch ein paar Frauen sowie Kinder dem Angriff zum Opfer gefallen, aus den Familien der Ingenieure.«

»Und wer ist dafür verantwortlich? Wer hat das Ding geschickt?«

»Das wissen wir noch nicht. Die Nachricht ist gerade erst gekommen, und ich hielt es für das Beste, Sie erst einmal zu informieren, bevor wir weitere Nachforschungen anstellen.«

»Schicken Sie mir einen Wagen.«

»Ist schon unterwegs. Der Mönch sollte jeden Moment vor Ihrem Gebäude sein.«

»Gut gemacht. Ich bin so schnell wie möglich bei Ihnen.« Kai legte auf.

Ting murmelte: »Lust auf einen Quickie?«

»Schlaf weiter, Liebling.«

Kai wusch sich rasch und zog ein weißes Hemd und den Anzug an. Dann steckte er die Krawatte in die eine und den Rasierer in die andere Tasche. Als er aus dem Fenster schaute, sah er einen silbernen Geely-Kombi, der mit eingeschalteten Scheinwerfern am Bürgersteig wartete. Kai schnappte sich seinen Mantel und ging hinaus.

Die Luft war eisig, und es wehte ein kalter Wind. Kai stieg in den Wagen und begann sich zu rasieren, während der Mönch fuhr. Dann rief Kai Fan an und sagte ihm, er solle die wichtigsten Leute ins Büro rufen: seine Sekretärin Peng Yawen; Yang Yong, einen Spezialisten für die Analyse von Überwachungsfotos; Zhou Meiling, eine junge Expertin für das Internet, und Shi Xiang, den arabisch sprechenden Leiter des Nordafrikabüros. Jeder von ihnen sollte dann seine eigenen Leute mobilisieren.

Kai überlegte, wer für den Angriff auf Port Sudan verantwortlich sein könnte.

Natürlich waren die Amerikaner automatisch die Hauptverdächtigen. Sie fühlten sich durch Chinas weltweite offensive Handelspolitik bedroht, besonders von der »Neue-Seidenstraße-Initiative«. Sie wussten, dass China damit unter anderem die Kontrolle über das Öl und die anderen Ressourcen Afrikas bekommen wollte. Aber würden die USA absichtlich hundert Chinesen umbringen?

Die Saudis verfügten ebenfalls über Drohnen, die sie von den USA gekauft hatten, und Saudi-Arabien lag nur zweihundert Kilometer von Port Sudan entfernt auf der anderen Seite des Roten Meers; aber die Saudis und die Sudanesen waren Verbündete. Natürlich könnte das alles auch nur ein Unfall gewesen sein, doch das war eher unwahrscheinlich. Drohnen verfügten über Navigationscomputer. Das war ein gezielter Angriff gewesen.

Damit blieben nur Terroristen. Aber welche?

Das herauszufinden war jetzt Kais Job. Präsident Chen würde am Morgen Antworten haben wollen.

Kai erreichte das Hauptquartier des Guoanbu. Ein Teil seines Teams war bereits vor Ort, und in den nächsten paar Minuten kamen die anderen. Kai befahl alle in den Konferenzraum. In letzter Zeit hatte er sich das Kaffeetrinken angewöhnt wie Millionen anderer Chinesen auch, und so holte er sich zuerst einen Becher und nahm ihn mit.

Auf einem der Bildschirme an den Wänden des Raums lief al-Jazeera. Livebilder zeigten das Feuer in Port Sudan. Offenbar waren sie von einem Schiff aus aufgenommen. Inzwischen herrschte Nacht in Ostafrika, doch die Flammen erhellten die Rauchwolke über der Stadt.

Kai setzte sich an den Kopf des Tisches. »Schauen wir mal, was wir haben«, begann er. »Ich nehme an, ein paar der Ingenieure gehörten zu uns?« Jede größere Unternehmung im Ausland wurde von Kais Agenten überwacht.

Shi Xiang antwortete: »Zwei. Einer ist bei dem Angriff ums Leben gekommen.« Shi, der Chef des Nordafrikabüros, war ein Mann mittleren Alters mit grauem Schnurrbart. Vor Jahren, auf seinem ersten Auslandsposten, hatte er eine junge Afrikanerin geheiratet. Ihre gemeinsame Tochter ging nun zur Uni. »Ich habe bereits einen Bericht des überlebenden Agenten bekommen, Tan Yuxuan. Insgesamt sind siebenundneunzig Männer und vier Frauen ums Leben gekommen. Alle waren sie am Dock, als die Drohne zugeschlagen hat. Es war die heißeste Zeit des Tages, wenn die Leute in diesem Teil der Welt Pause machen, und alle waren sie in einer klimatisierten Halle und haben gegessen oder sich ausgeruht.«

»Das ist einfach schrecklich«, sagte Kai.

»Die Drohne hat zwei Luft-Boden-Raketen abgefeuert, die die schon teilweise fertiggestellte Anlage schwer beschädigt und die Öltanks in der Nähe in Brand gesetzt haben. Es wurden auch zwei Kinder getötet. Normalerweise erlauben wir es nicht, dass jemand seine Kinder mit ins Ausland nimmt, aber der Chefingenieur hatte eine Ausnahmegenehmigung. Tragischerweise hat er seine Zwillinge, zwei Söhne, gestern auf eine Besichtigungstour mitgenommen.«

»Was sagt die Regierung in Khartum?«

»Nichts Substanzielles. Vor zwei Stunden hat sie erklärt, man habe das Feuer unter Kontrolle und werde die Ursachen ermitteln. Typische Hinhaltetaktik also.«

»Gibt es schon was aus dem Weißen Haus?«

»Noch nicht. In Washington ist es erst kurz nach Mittag. Aber ich nehme an, sie werden noch vor Ende des Tages reagieren.«

Kai wandte sich an Yang Yong, einen älteren Mann mit faltigem Gesicht und erfahrenen Analysten für Satellitenaufnahmen. »Wir haben eine Aufnahme der Drohne«, erklärte Yang und drückte ein paar Tasten auf seinem Laptop. Ein Bild erschien auf einem der Wandmonitore.

Kai beugte sich vor und versuchte zu verstehen, was er da sah. »Ich kann nichts erkennen«, erklärte er schließlich.

Yang war Experte und hatte vermutlich bereits unzählige Spionageaufnahmen von in großer Höhe fliegenden Flugzeugen analysiert, lange vor der Zeit der Satellitenfotografie. Er griff nach einem Laserpointer und richtete den roten Punkt auf das Bild. Dank dieser Hilfe erkannte Kai eine Silhouette, doch die hätte genauso gut von einer Möwe stammen können.

»Das ist über einer Schnellstraße«, sagte Yang. Er bewegte den roten Punkt. »Der Fleck da ist ein Truck.«

»Kann man sagen, was für ein Typ von Drohne das ist?«, fragte Kai.

»Sie ist groß«, antwortete Yang. »Ich würde sagen eine MQ-9 Reaper, hergestellt von General Atomics in den USA. Sie wird auch an andere Länder verkauft wie Taiwan und die Dominikanische Republik.«

»Und vermutlich bekommt man sie auch auf dem Schwarzmarkt.«

»Das ist möglich.«

Yang wechselte das Bild. Nun war die »Möwe« über einer Stadt, vermutlich Port Sudan. »Haben die Sudanesen darauf reagiert?«, fragte Kai.

Shi antwortete: »Die Flugsicherung muss sie gesehen haben, und vermutlich hat sie daraufhin sämtliche Starts und Landungen gestrichen. Ich werde das überprüfen.«

»Ihre Luftwaffe hätte sie doch abschießen müssen.«

»Ich nehme an, sie sind davon ausgegangen, dass es keine feindliche ist. Es könnte ja auch eine zivile Drohne gewesen sein, vielleicht aus Saudi-Arabien, die sich über dem Roten Meer verirrt hat.«

Yang wechselte erneut das Bild. »Das ist kurz bevor die Drohne ihre Raketen abgefeuert hat. Ich habe das Bild vergrößert. Da kann man das Dock sehen. Die Drohne fliegt sehr niedrig.« Er tippte wieder auf seiner Tastatur. »Und das hier ist kurz nach der Explosion.«

Kai sah einstürzendes Mauerwerk und eine gewaltige Rauchwolke. Die »Möwe« war zur Seite gekippt, als wäre sie in einen Sturm geraten. Yang sagte: »Die Drohne war so tief, dass die

Explosion sie schwer beschädigt hat. So ein Fehler passiert nur einem unerfahrenen Piloten.«

»Wir können wohl davon ausgehen, dass die Amerikaner ähnliche Satellitenaufnahmen haben«, sagte Kai.

»Mit Sicherheit«, bestätigte Yang.

Kai schaute zu Zhou Meiling. Sie war jung, und es fehlte ihr an Selbstvertrauen, es sei denn, sie redete über ihr Spezialgebiet. »Meiling, was haben Sie?«, fragte Kai.

»Eine Gruppierung, die sich selbst Mahdist Liberation Army nennt, hat die Verantwortung übernommen. Wir wissen nur wenig über sie – verdächtig wenig. Die Website ist erst seit ein paar Tagen online.«

»Eine neue Gruppe, von der noch nie jemand gehört hat …«, sinnierte Kai. »Vermutlich hat sie sich nur für diesen einen Anschlag formiert – oder es gibt sie gar nicht.«

»Ich überprüfe das.«

»Finden sich Kommentare auf anderen Seiten?«

»Nur die üblichen Hassreden – außer von den Uiguren in China. Genosse, wie Sie wissen, gibt es verschiedene illegale Seiten, die behaupten, die uigurischen Muslime in Xinjiang zu repräsentieren, aber einige davon, vielleicht sogar alle, könnten ebenfalls fingiert sein. Tatsache ist jedoch, dass die meisten dieser Seiten die Tötung von verbrecherischen chinesischen Kommunisten durch muslimische afrikanische Freiheitskämpfer feiern.«

Verachtung stieg in Kai auf. »Die Uiguren sollten mal versuchen, im Sudan zu leben. Es würde nicht lange dauern, dann würden sie darum betteln, wieder nach China zu dürfen.« Er war wütend, weil die Schadenfreude der Uiguren die alte Garde der Kommunisten zu überstürzten Handlungen provozieren könnte. Männer wie sein Vater würden sofort nach Vergeltung schreien.

»Nun gut«, sagte Kai nach kurzer Pause. »Meiling, versuchen Sie, mehr über diese Mahdist Liberation Army herauszufinden.

Yang, gehen Sie die vorherigen Satellitenbilder durch, und verfolgen Sie die Drohne zu ihrem Startpunkt zurück. Shi, lassen Sie Ihren Mann in Port Sudan nach dem Wrack der Drohne suchen. Vielleicht kann er ja die Quelle identifizieren. Und der Rest: Überwachen Sie die arabischen und amerikanischen Nachrichtenkanäle, und halten Sie nach Reaktionen der verschiedenen Regierungen Ausschau. Morgen früh muss ich zuerst den Außenminister informieren und später vermutlich auch den Staatspräsidenten. Also sorgen Sie dafür, dass ich alle Informationen zur Hand habe.«

Die Besprechung wurde aufgelöst, und Kai ging in sein Büro.

Seine Sekretärin, Peng Yawen, brachte ihm einen Tee. Kaffee lehnte sie grundsätzlich ab. Für sie war das neumodisches Zeug für Jugendliche. Auf dem Tablett befand sich auch ein Teller mit Nai Wong Bao, gedämpfte Teigtaschen mit Puddingfüllung, und Kai wurde plötzlich bewusst, wie hungrig er war. »Wo haben Sie die denn mitten in der Nacht bekommen?«, fragte er.

»Meine Mutter hat sie gemacht. Sie hat gehört, dass ich die Nacht durcharbeiten muss, und sie mir mit einem Taxi geschickt.«

Yawen war Mitte fünfzig; also musste ihre Mutter mindestens Mitte siebzig sein, rechnete Kai. Er biss in eine Teigtasche. Der Teig war leicht und fluffig, die Puddingcreme wunderbar süß. »Ihre Mutter ist ein Geschenk des Himmels«, seufzte er.

»Ich weiß.«

Kai nahm sich eine zweite Teigtasche.

Yang Yong stand in der Tür, in der Hand ein großes Blatt Papier. »Kommen Sie rein«, forderte Kai ihn auf.

Yawen verließ den Raum, als Yang ihn betrat. Er ging um Kais Schreibtisch herum und entfaltete das Papier. Es war eine Karte von Nordostafrika. »Die Drohne wurde in einem unbesiedelten Wüstenstreifen hundert Kilometer von Khartum entfernt gestartet.« Er legte den Finger auf die Karte und deutete auf eine Stelle westlich des Nils. Kai fielen die dicken Venen auf dem Handrücken des älteren Mannes auf.

»Das ging ja schnell«, bemerkte Kai überrascht.

»Heutzutage übernehmen Computer das Tracking.«

»Wie weit ist diese Stelle von der Grenze zum Tschad entfernt?«

»Mehr als tausend Kilometer.«

»Das stützt also die Theorie, dass es sich bei den Angreifern um sudanesische Rebellen handelt und nicht um islamistische Terroristen.«

»Das kann ein und dasselbe sein.«

Als wäre das nicht schon kompliziert genug, seufzte Kai innerlich. »Können Sie die Drohne noch weiter zurückverfolgen?«, fragte er.

»Ich kann es versuchen. Natürlich könnte sie auch in Einzelteilen transportiert worden sein, und damit wäre sie so gut wie unsichtbar. Wenn nicht, dann muss sie ins Land geflogen worden sein. Und wir wissen nicht, wie lange das her ist. In jedem Fall werde ich mal sehen, was ich herausfinden kann, aber machen Sie sich keine großen Hoffnungen.«

Ein paar Minuten später kam Zhou Meiling. Ihr junges Gesicht leuchtete vor Eifer. »Die Mahdist Liberation Army scheint echt zu sein«, sagte sie. »Der Name ist neu, aber sie haben Bilder ihrer Mitglieder gepostet – ihrer Helden, wie sie sie nennen –, und einige davon sind bekannte Extremisten.«

»Und sind das sudanesische Rebellen oder islamistische Terroristen?«

»Die Rhetorik legt beides nahe. Aber egal was sie sind, es ist schwer vorstellbar, dass sie sich einfach so eine MQ-9 Reaper haben besorgen können. Die Dinger kosten zweiunddreißig Millionen Dollar pro Stück.«

»Deutet irgendwas darauf hin, wo die Gruppe ihre Basis hat?«

»Die Webseite wird in Russland gehostet, aber die MLA ist

natürlich nicht dort. Und sie können auch nicht in einem der Flüchtlingslager sein, denn da gibt es schlicht keinen Internetanschluss. Sie könnten sich in einer Stadt verstecken, entweder in Khartum oder in Port Sudan.«

»Suchen Sie weiter.«

Es dauerte eine weitere Stunde, bis Shi Xiang seinen Bericht abgab, aber er hatte auch die wichtigste Information von allen. Mit einem Laptop unter dem Arm betrat er Kais Büro. »Wir haben gerade ein Foto von Tan Yuxuan in Port Sudan bekommen«, erklärte er aufgeregt. »Es zeigt einen Teil der Drohnentrümmer.«

Kai schaute auf den Bildschirm. Das Bild war bei Nacht und mit Blitzlicht aufgenommen, aber es war vollkommen klar. Inmitten der Trümmer aus verbogenem Stahl und Felsbrocken lag ein Stück verbranntes und verzogenes Kevlar, ein Stück jenes leichten Materials, aus dem Drohnen gefertigt wurden. Deutlich war ein weißer Stern auf blauem Kreis zu sehen, rechts und links davon rot-weiß-blaue Streifen: das Emblem der Vereinigten Staaten.

»Verdammt«, knurrte Kai. »Das waren die Amis, diese Drecksäcke.«

»Jedenfalls sieht es so aus.«

»Machen Sie mir bitte zwanzig hochwertige Ausdrucke davon.«

»Sofort.« Shi ging hinaus.

Kai lehnte sich zurück. Jetzt hatte er genug, um die Politiker zu informieren. Allerdings hatte er schlechte Nachrichten für sie. Die Amerikaner waren in den Tod von über hundert unschuldigen Chinesen involviert. Das war ein äußert schwerwiegender Vorfall. Die Explosion im Hafen von Port Sudan würde Schockwellen durch die ganze Welt senden.

Kai musste unbedingt wissen, was die Amerikaner dazu zu sagen hatten. Er rief seinen Kontakt bei der CIA an, Neil Davidson.

Neil hob sofort ab. »Ja?« Er klang alarmiert und hellwach. Kai war überrascht.

»Ich bin's. Kai.«

»Woher haben Sie meine private Telefonnummer?«

»Woher glauben Sie wohl?« Der Guoanbu hatte natürlich die private Telefonnummer jedes Ausländers in Beijing.

»Mein Fehler. Dumme Frage.«

»Ich hatte erwartet, dass Sie schlafen.«

»Ich nehme an, ich bin aus demselben Grund wach wie Sie.«

»Weil einhundertdrei chinesische Bürger im Sudan von einer amerikanischen Drohne getötet wurden.«

»Wir haben diese Drohne nicht geschickt.«

»Auf den Trümmern ist deutlich das Abzeichen der amerikanischen Luftwaffe zu erkennen.«

Neil schwieg. Offensichtlich war das neu für ihn.

Kai fügte hinzu: »Ein weißer Stern im blauen Kreis mit Streifen rechts und links.«

»Das kann ich nicht weiter kommentieren, aber ich kann Ihnen definitiv sagen, dass wir keine Drohne geschickt haben, um Port Sudan zu bombardieren.«

»Das entbindet Sie nicht von der Verantwortung.«

»Nein? Erinnern Sie sich noch an Corporal Ackerman? Sie haben sich geweigert, die Verantwortung zu übernehmen, als er mit einer chinesischen Waffe getötet worden ist.«

Da hatte Neil nicht ganz unrecht, doch Kai würde das nie zugeben. »Das war ein Gewehr. Wie viel Millionen Gewehre gibt es auf der Welt? Da hat niemand den Überblick, egal ob sie nun in China, den USA oder sonst wo gefertigt worden sind. Eine Drohne ist etwas anderes.«

»Die Tatsache bleibt bestehen, dass die USA diese Drohne nicht geschickt haben.«

»Wer dann?«

»Also, die Verantwortung für den Anschlag –«

»Ich weiß, wer die Verantwortung dafür übernommen hat, Neil. Ich frage Sie, wer das Ding gestartet hat. Das sollten Sie eigentlich wissen. Schließlich ist das Ihre Scheißdrohne!«

»Beruhigen Sie sich, Kai.«

»Wenn eine chinesische Drohne einhundert Amerikaner getötet hätte, wie ruhig wären Sie dann wohl? Würde Ihre Präsidentin dann ruhig und unaufgeregt mit dem Vorfall umgehen?«

»Ich verstehe, was Sie meinen«, seufzte Neil. »Trotzdem … Es ist vollkommen sinnlos, wenn wir uns um fünf Uhr in der Früh am Telefon anschreien.«

Neil hatte natürlich recht. Ich bin Geheimdienstoffizier, ermahnte sich Kai. Mein Job ist es, Informationen zu sammeln, nicht, Dampf abzulassen. »Okay«, sagte er. »Nehmen wir einfach mal an, Sie hätten die Drohne nicht geschickt … Wie erklären Sie sich dann, was in Port Sudan passiert ist?«

»Was ich Ihnen jetzt sage, ist inoffiziell. Wenn Sie es öffentlich wiederholen, werden wir das abstreiten –«

»Ich weiß, was ›inoffiziell‹ bedeutet.«

Es folgte ein kurzes Schweigen. Dann sagte Neil: »Nur unter uns, Kai, ganz im Vertrauen: Diese Drohne wurde gestohlen.«

Kai setzte sich aufrecht hin. »Gestohlen? Wo? Und von wem?«

»Näheres kann ich Ihnen leider nicht sagen. Tut mir leid.«

»Ich nehme an, sie wurde den amerikanischen Streitkräften in Nordafrika gestohlen, die Teil Ihrer Kampagne gegen den ISGS sind.«

»Setzen Sie mich nicht unter Druck. Ich kann Ihnen nur die richtige Richtung zeigen, und ich sage Ihnen, dass sich irgendjemand die Drohne unter den Nagel gerissen hat.«

»Ich glaube Ihnen, Neil«, sagte Kai, obwohl er sich dessen nicht wirklich sicher war. »Doch ohne nähere Einzelheiten wird mir hier niemand diese Geschichte glauben.«

»Kommen Sie schon, Kai. Denken Sie logisch. Warum sollte

das Weiße Haus einhundert chinesische Ingenieure ermorden wollen? Ganz zu schweigen von ihren Familien!«

»Ich weiß es nicht, aber es fällt mir schwer zu glauben, dass die USA wirklich vollkommen unschuldig sind.«

»Okay.« Neil seufzte resigniert. »Wenn Sie und Ihre Leute so erpicht darauf sind, deswegen den dritten Weltkrieg vom Zaun zu brechen, dann kann ich es auch nicht ändern.«

Damit hatte Neil genau die Sorge ausgesprochen, die auch Kai umtrieb. Wie ein schlafender Drache lauerte diese Vorstellung in seinem Hinterkopf. Kai würde es nie zugeben, aber er teilte Neils Angst, dass die chinesische Regierung nach dem Angriff auf Port Sudan überreagieren könnte, und das hätte schwerwiegende Folgen. Als er jedoch wieder sprach, klang seine Stimme vollkommen normal. »Ich danke Ihnen, Neil. Lassen Sie uns in Kontakt bleiben.«

»Machen wir.«

Sie legten auf.

Kai verbrachte die nächste Stunde damit, einen Bericht über all das zusammenzustellen, was er erfahren hatte, seit das Handy ihn geweckt hatte. Schließlich legte er den Bericht unter dem Codenamen »Geier« ab. Er schaute auf die Uhr. Es war sechs Uhr morgens.

Kai beschloss, den Außenminister persönlich anzurufen. Eigentlich hätte er erst dem Minister für Staatssicherheit Bericht erstatten müssen, Fu Chuyu, aber Fu war noch nicht im Büro. Das war zwar eine erbärmliche Entschuldigung, aber sie würde reichen. Kai wählte Wu Bais Privatnummer.

Wu war wach. Er meldete sich mit einem: »Ja?« Kai hörte ein Summen im Hintergrund, und Kai nahm an, dass Wu sich gerade rasierte.

»Chang Kai hier. Bitte entschuldigen Sie, dass ich Sie so früh anrufe, aber im Sudan sind einhundertdrei Chinesen von einer amerikanischen Drohne getötet worden.«

»Verdammt«, zischte Wu. Das Summen verstummte. »Das wird einen Sturm der Entrüstung geben.«

»Das sehe ich genauso.«

»Wer weiß sonst noch davon?«

»Im Augenblick außerhalb des Guoanbu niemand in China. In den Nachrichten wird nur von einem Feuer im Hafen von Port Sudan gesprochen.«

»Gut.«

»Aber natürlich muss ich auch das Militär in Kenntnis setzen, sobald ich Sie informiert habe. Soll ich in Ihre Wohnung kommen?«

»Ja, warum nicht? Das wird uns Zeit sparen.«

»Ich bin in einer halben Stunde da, wenn Ihnen das recht ist.«

»Bis dann.«

Kai druckte Kopien der Geier-Akte aus und steckte sie zusammen mit den Fotos des US-Air-Force-Emblems, die Shi ausgedruckt hatte, in einen Aktenkoffer. Dann ging er nach unten, wo sein Wagen auf ihn wartete, und gab dem Mönch die Privatadresse von Wu. Er holte seine Krawatte aus der Tasche und band sie während der Fahrt.

Wu lebte in Chaoyang Park, der protzigsten Gegend von Beijing. Das Gebäude, in dem er wohnte, stand direkt neben dem Golfplatz. In der prahlerischen Lobby musste Kai sich ausweisen und durch einen Metalldetektor gehen, bevor man ihn zum Aufzug ließ.

Wu öffnete die Wohnungstür. Er trug ein hellgraues Hemd und eine Nadelstreifenhose. Sein Eau de Cologne hatte eine Vanillenote. Die Wohnung war ausgesprochen luxuriös, aber nicht annähernd so groß wie einige der Apartments, die Kai in den USA gesehen hatte. Wu führte ihn in ein Esszimmer, wo auf einer gestärkten weißen Decke das Frühstück angerichtet war. Das Silberbesteck war blank geputzt, und in weißen chinesischen Porzellanschalen warteten dampfende Teigtaschen, Reisbrei mit

Krabben, frittierte Teigstangen und papierdünne Crêpes mit Pflaumensoße. Wu war ein Genießer.

Kai trank Tee und redete, während Wu sich über den Reisbrei hermachte. Kai erklärte das Bauprojekt in Port Sudan und berichtete über den Drohnenangriff, das Bekennerschreiben der MLA und die amerikanische Behauptung, dass die Drohne gestohlen worden sei. Dann zeigte er Wu die Fotos der Drohnentrümmer und gab ihm eine Kopie der Geier-Akte. Die ganze Zeit über ließ ihm der Duft des gut gewürzten Essens das Wasser im Mund zusammenlaufen. Als er fertig war, forderte Wu ihn auf, sich am Frühstück zu bedienen. Dankbar nahm Kai sich ein paar Teigtaschen und versuchte, sie nicht allzu gierig zu verschlingen.

»Wir müssen zurückschlagen«, sagte Wu.

Damit hatte Kai gerechnet. Er wusste, dass es sinnlos war, sich gegen Vergeltung auszusprechen. Also begann er zustimmend: »Wenn nur ein Amerikaner getötet wird, reagiert das Weiße Haus, als hätte es einen Holocaust gegeben. Chinesische Leben sind genauso viel wert.«

»Aber welche Form sollte unsere Vergeltung annehmen?«

»Unsere Antwort sollte ein Gleichgewicht zwischen Yin und Yang darstellen«, bewegte Kai sich langsam in Richtung Mäßigung. »Wir müssen stark sein, aber nicht unbesonnen; zurückhaltend, aber niemals schwach. Die Betonung sollte auf Vergeltung liegen, nicht auf Eskalation.«

»Sehr gut«, sagte Wu, der eher aus Faulheit zur Mäßigung neigte denn aus Überzeugung.

Die Tür öffnete sich, und eine untersetzte Frau mittleren Alters kam herein. Als sie Wu küsste, erkannte Kai, dass das seine Ehefrau sein musste. Er hatte sie noch nie getroffen, und er war überrascht, dass sie so wenig glamourös war. »Guten Morgen, Bai«, begrüßte sie ihren Ehemann. »Wie ist das Frühstück?«

»Sehr gut. Vielen Dank«, antwortete Wu. »Das ist Chang Kai, mein Kollege.«

Kai stand auf und verneigte sich. »Ich freue mich, Sie kennenzulernen«, sagte er.

Frau Wu lächelte freundlich. »Ich hoffe, Sie haben auch etwas zu essen bekommen.«

»Die Teigtaschen waren wunderbar.«

Sie richtete ihre Aufmerksamkeit wieder auf Wu. »Dein Wagen ist hier, Liebling.« Sie verließ den Raum.

Frau Wu ist das exakte Gegenteil von Wu, dachte Kai, aber es war offensichtlich, dass sie sich wirklich mochten.

Wu sagte: »Essen Sie noch was. Ich ziehe mir schnell die Krawatte an.« Er ging hinaus.

Kai holte sein Handy aus der Tasche und rief Peng Yawen an, seine Sekretärin. »In meinem Afrika-Ordner ist eine Akte mit Namen ›Geier‹. Schicken Sie die sofort zu Fu Chuyu und Kopien an die Kontakte von Liste drei. Das ist die mit den Ministern, Generälen und höheren Parteifunktionären. Fügen Sie auch die Bilder der Drohnentrümmer an. Und machen Sie das bitte sofort. Ich will, dass diese Leute die Nachricht von mir bekommen, nicht von jemand anderem.«

»Die Geier-Akte?«, hakte Yawen sicherheitshalber noch mal nach.

»Ja.«

»Mit den Drohnenfotos?«

»Das habe ich doch gesagt.«

Es folgte eine kurze Pause, und Kai hörte, wie seine Sekretärin auf der Tastatur tippte.

»An Fu Chuyu und Kopien an Liste drei.«

»Korrekt.«

»Schon erledigt, Genosse Vizeminister.«

Kai lächelte. Er liebte engagierte Mitarbeiter. »Danke.« Er legte auf.

Wu kehrte wieder zurück. Jetzt trug er Jackett und Krawatte und hielt einen schmalen Aktenkoffer in der Hand. Kai fuhr mit ihm im Aufzug nach unten. Die beiden Regierungswagen warteten vor dem Gebäude. Wu sagte zu Kai: »Wann werden Sie den anderen Bericht erstatten?«

»Das habe ich getan, während Sie sich angezogen haben.«

»Gut. Ich sehe Sie dann wahrscheinlich später. Das Spektakel wird vermutlich den ganzen Tag andauern.«

Kai lächelte. »Ich fürchte, da haben Sie recht.«

Wu zögerte. Offensichtlich überlegte er, wie er das, was er sagen wollte, formulieren sollte. Sein Gesichtsausdruck änderte sich. Die Maske des Bonvivants verschwand, und plötzlich sah Kai einen besorgten Mann. »Wir können nicht zulassen, dass sie ungestraft Chinesen töten«, erklärte er. »Darüber kann es keine Diskussion geben.«

Kai nickte.

»Was wir allerdings tun müssen«, fuhr Wu fort, »ist zu verhindern, dass die Falken auf beiden Seiten ein Blutbad anrichten.« Er stieg in den Wagen.

»Wahre Worte«, murmelte Kai und schaute dem Wagen hinterher.

Es war halb acht. Kai musste dringend duschen und sich umziehen. Er musste seinen besten Anzug anziehen, die Rüstung für den politischen Kampf. Wenn er heute noch mal nach Hause kommen wollte, dann war jetzt die Gelegenheit dazu. Er befahl dem Mönch, zu seinem Apartmentgebäude zu fahren. Während der Fahrt rief er im Büro an.

Shi Xiang, der Leiter der Nordafrikaabteilung, hatte neue Erkenntnise für ihn. »Meine Leute im Tschad haben mir eine interessante Geschichte erzählt«, begann er. »Offenbar hat die US Army dort eine Drohne verloren, und alle glauben, dass die Nationale Armee des Tschad sie geklaut hat.«

Vielleicht hatte Neil ja die Wahrheit gesagt. »Das klingt unheimlich plausibel«, seufzte Kai.

»Die Theorie ist folgende: Der Präsident des Tschad – man

nennt ihn nur den Général – hat die Drohne einer sudanesischen Rebellengruppe gegeben, wohl wissend, dass sie gegen die Regierung des Sudan eingesetzt werden würde.«

»Warum sollte er denn so was tun?«

»Meine Leute glauben, das könnte die Rache des Générals für den letzten Anschlag auf sein Leben sein. Die Selbstmordattentäter hatten Verbindungen zum Sudan.«

»Klingt wie aus einem Idol-Drama«, bemerkte Kai, »und ich wette, das ist genau das, was passiert ist.«

»Das denke ich auch.«

»Das Weiße Haus hat sich noch nicht geäußert, aber von einem Kontakt bei der CIA habe ich bereits gehört, dass die Drohne gestohlen worden sei.«

»Dann hat dieser Kontakt vermutlich die Wahrheit gesagt.«

»Oder es ist eine ganz ausgefeilte Tarngeschichte«, erwiderte Kai. »Halten Sie mich auf dem Laufenden. Ich fahre erst mal nach Hause, um mich frischzumachen.«

Er kam auch beinahe zu Hause an. Kai war nur wenige Minuten von seinem Haus entfernt, als Peng Yawen anrief. »Präsident Chen hat die Geier-Akte gelesen«, sagte sie. »Sie sollen sofort ins Lagezentrum des Zhongnanhai kommen. Das Meeting beginnt um neun.«

In der Rushhour brauchte man gut eine Stunde bis dorthin, und Kai durfte auf keinen Fall zu spät kommen. Er hatte keine Zeit mehr, um heimzufahren. Er befahl dem Mönch zu wenden.

Plötzlich überkam Kai Müdigkeit. Er hatte schon jetzt fast sein Tagespensum erreicht, und nun, da normale Menschen gerade aufstanden und sich für die Arbeit zurechtmachten, wollte er einfach nur ins Bett; doch das ging nicht. Er musste den Staatspräsidenten in einer Krise beraten, und er wollte China in Richtung Mäßigung lenken. Dafür musste er hellwach sein.

Wenigstens konnte er sich auf der Fahrt ein wenig ausruhen.

Er schloss die Augen. Und er musste tatsächlich eingedöst sein, denn als er die Augen wieder öffnete, fuhr der Wagen gerade durchs Tor und auf das Gelände des Zhongnanhai.

Am Eingang der Qingzheng-Halle, des Präsidialamts, überwachte der elegante Kommandant der Präsidentengarde, Wang Qingli, die Sicherheitsmaßnahmen. Freundlich begrüßte er Kai. Der Metalldetektor in der Lobby piepte. Kai hatte noch immer seinen Rasierapparat in der Tasche. Jetzt musste er ihn zurücklassen. Zum Glück stand sein Name auf der Liste jener Personen, denen es gestattet war, ihr Handy zu behalten.

Das Lagezentrum war ein unterirdischer Bunker. In einem Raum so groß wie eine Sporthalle stand ein Konferenztisch auf einem Podest umgeben von über fünfzig weiteren Arbeitsplätzen, jeder mit mehreren Monitoren. Zusätzlich hingen riesige Bildschirme an den Wänden. Auf gleich mehreren von ihnen war der Brand in Port Sudan zu sehen. In Afrika war es noch immer dunkel.

Kai holte das Handy aus der Tasche und sah, dass die Signalqualität hier hervorragend war. Er rief im Guoanbu an und sagte zu Peng Yawen: »Sagen Sie allen, sie sollen mir die neuesten Informationen als SMS schicken. Ich muss ständig auf dem Laufenden sein.«

»Jawohl, Genosse Vizeminister.«

Kai durchquerte den Raum und stieg auf die Hauptbühne. Sein Boss Fu Chuyu, der Minister für Staatssicherheit, sprach gerade mit General Huang Ling. Und nicht nur die beiden waren angetreten, sondern die gesamte alte Garde, alles Männer, die an schnelles und hartes Handeln glaubten. Fu kehrte Kai demonstrativ den Rücken zu. Ohne Zweifel war er verärgert, weil Kai ohne Rücksprache zu Wu Bai gefahren war.

Staatspräsident Chen hingegen begrüßte Kai freundlich. »Wie geht es Ihnen, mein junger Kai? Danke für Ihren Bericht. Sie haben sicher die ganze Nacht durchgearbeitet.«

»Das haben wir, Genosse Präsident.«

»Nun, ich bin sicher, wenn ich spreche, werden Sie Zeit für ein Nickerchen finden.«

Es wäre höflich und unhöflich zugleich gewesen, etwas auf diesen selbstironischen Scherz zu erwidern, und so lachte Kai nur und schwieg. Chen versuchte oft, die Stimmung mit Humor aufzulockern, auch wenn er nicht sonderlich gut darin war.

Kai nickte Wu Bai zu und sagte: »So sehen wir uns wieder, Genosse Außenminister, und es ist noch nicht mal neun.«

Wu erwiderte: »Hier ist das Essen auch nicht so gut.« Auf dem Konferenztisch standen neben den üblichen Wasserflaschen und Gläsern Teller mit Gebäck, das mehrere Tage alt zu sein schien.

Kais Vater, Chang Jianjun, wurde von Präsident Chen mit einem kräftigen Handschlag geehrt. Jianjun hatte geholfen, Chen zum Präsidenten zu machen, doch seitdem hatte Chen Jianjun und seine Kumpane mit seiner Vorsicht und Zurückhaltung in internationalen Fragen enttäuscht.

Jianjun lächelte Kai an, und Kai verneigte sich, doch sie umarmten sich nicht. Beide hätten es als unpassend empfunden, bei Gelegenheiten wie dieser familiäre Zuneigung zu zeigen. Jianjun setzte sich zu Huang Ling und Fu Chuyu, und alle drei zündeten sich Zigaretten an.

Adjutanten und niedere Beamte nahmen an einigen der Tische im unteren Bereich Platz, doch die meisten Plätze blieben leer. Vermutlich würde der große Raum sich nur im Falle eines Krieges füllen.

Kong Zhao, der junge Verteidigungsminister, kam herein, das Haar wie immer modisch zerzaust. Er und Wu Bai setzten sich gemeinsam der alten Garde gegenüber. Damit sind die Fronten klar, dachte Kai. Wie bei Truppen mit Schwertern und Musketen, die sich in den Opiumkriegen auf einem Feld gegenüberstanden.

Der Oberbefehlshaber der Volksbefreiungsarmee, Admiral Liu Hua, gehörte ebenfalls zur alten Garde, und nachdem er dem Präsidenten seinen Respekt erwiesen hatte, setzte er sich neben Chang Jianjun.

Kai sah, dass Präsident Chens goldener Füllfederhalter am Kopf des ovalen Tisches neben einen in Leder gebundenen Notizblock gelegt worden war. Kai setzte sich ans andere Ende, weit weg vom Präsidenten und gleich weit entfernt von den rivalisierenden Fraktionen. Er gehörte zwar zum liberalen Block, doch er spielte stets den Neutralen.

Der Präsident ging zu seinem Platz. Es drohte ein Augenblick der Gefahr. Kai rief sich noch einmal Wus Bemerkung, kurz bevor sie sich vor zwei Stunden getrennt hatten, ins Gedächtnis zurück: *Wir müssen verhindern, dass die Falken auf beiden Seiten ein Blutbad anrichten.*

Chen hielt ein Dokument in die Höhe, das Kai als die Geier-Akte erkannte. »Ich nehme an, Sie haben alle diesen hervorragenden und detaillierten Bericht des Guoanbu gelesen.« Er wandte sich an den Minister für Staatssicherheit. »Ich danke Ihnen dafür, Genosse Fu. Haben Sie dem noch was hinzuzufügen?«

Fu verzichtete darauf, zu erklären, dass er nichts mit der Geier-Akte zu tun hatte. Tatsächlich hatte er die ganze Zeit über geschlafen, während andere die Arbeit für ihn erledigt hatten. »Nein, Genosse Präsident.«

Kai meldete sich zu Wort. »In den letzten Minuten haben wir noch etwas gehört. Es ist zwar nur ein Gerücht, aber ein interessantes.«

Fu funkelte ihn an. Mit seiner Einmischung hatte Kai bewiesen, dass er im Gegensatz zu seinem Chef stets auf dem neuesten Stand war. Das wird ihn lehren, meine Frau gegen mich zu benutzen, dachte Kai zufrieden. Aber er durfte es nicht übertreiben. Er musste vorsichtig sein.

Kai fuhr fort: »Im Tschad glaubt man, dass ihre Armee den

Amerikanern die Drohne gestohlen und sie der Mahdist Liberation Army gegeben hat. Aus Rache für einen Anschlag auf den tschadischen Präsidenten. Es ist durchaus möglich, dass dieses Gerücht der Wahrheit entspricht.«

»Gerücht?«, knurrte General Huang. »Das klingt mir mehr nach einer erbärmlichen Ausrede der Amerikaner.« Sein nördlicher Akzent kam heute besonders stark durch, vor allem, wenn er einigen Wörtern ein »r« anhängte oder bei seiner nasalen Aussprache des »ng«-Lautes. »Sie haben ein Verbrechen begangen, und nun versuchen sie, sich vor der Verantwortung zu drücken.«

»Vielleicht«, sagte Kai. »Aber –«

Huang gab nicht nach. »1999 haben sie das Gleiche getan, als die NATO unsere Botschaft in Belgrad bombardiert hat. Sie haben so getan, als sei das ein Unfall gewesen. Sie haben die lächerliche Behauptung aufgestellt, dass die CIA die falsche Adresse für unsere Botschaft gehabt hat!«

Die alte Garde am Tisch nickte. »Für die ist unser Leben wertlos«, rief Kais Vater wütend. »Ihnen ist vollkommen egal, wenn sie hundert Chinesen töten. Sie sind wie die Japaner, die 1937 dreihunderttausend von uns in Nanking massakriert haben.« Kai unterdrückte ein Stöhnen. Die paranoide Generation seines Vaters brachte Nanking ständig aufs Tapet. Jianjun fuhr fort: »Chinesische Leben sind kostbar, und wir müssen ihnen zeigen, dass sie uns nicht einfach so töten können, ohne die Konsequenzen dafür zu tragen.«

Wie weit in der Geschichte wollen wir denn noch zurückgehen?, dachte Kai.

Verteidigungsminister Kong Zhao versuchte die alten Männer zurück ins einundzwanzigste Jahrhundert zu holen. »Den Amerikanern ist es sichtlich peinlich«, sagte er und wischte sich das Haar aus den Augen. »Egal ob der Vorfall nun geplant war, aber aus dem Ruder gelaufen ist, oder ob es sich tatsächlich um ein ungewolltes Missgeschick gehandelt hat, Tatsache bleibt, dass sie in der Defensive sind – und wir sollten darüber nachdenken, wie wir das ausnutzen können. Das könnte ein großer Vorteil für uns sein.«

Kai wusste, dass Kong das nicht sagen würde, wenn er nicht einen Plan hätte.

Präsident Chen runzelte die Stirn. »Ein Vorteil?«, hakte er nach. »Ich sehe nicht, wie das ein Vorteil sein könnte.«

Kong sprang sofort darauf an. »Im Bericht des Guoanbu wird erwähnt, dass die Zwillingssöhne des Chefingenieurs getötet worden sind. Es muss doch irgendwo ein Foto von den beiden Jungen geben. Dieses Foto müssen wir nur an die Medien weiterleiten. Zwillinge sind niedlich. Ich garantiere Ihnen, dass das Bild überall auf der Welt in den Nachrichten und auf den Titelseiten erscheinen wird: die Kinder, die von einer amerikanischen Drohne getötet worden sind.«

Das ist clever, dachte Kai. Der Propagandawert war enorm. Und die Story dazu würde das Dementi des Weißen Hauses sein – und wie alles Leugnen würde es Schuld signalisieren.

Doch den Männern am Tisch gefiel die Idee nicht. Viel zu viele von ihnen waren alte Soldaten.

General Huang schnaubte verächtlich und sagte: »Internationale Politik ist ein Machtkampf, kein Beliebtheitswettbewerb. Mit Bildern von Kindern gewinnt man keinen Krieg, egal wie niedlich sie sind.«

Nun meldete auch Fu Chuyu sich zu Wort. »Wir müssen zurückschlagen«, sagte er. »Alles andere würde nur als Schwäche interpretiert.«

Die meisten anderen schienen dem zuzustimmen. Wie Wu Bai erwartet hatte, war ein Vergeltungsschlag unvermeidlich. Auch Präsident Chen schien das zu akzeptieren. Er sagte: »Dann bleibt die Frage, welche Form diese Vergeltung annehmen soll.«

Wu Bai mahnte. »Vergessen wir nicht unsere chinesische Philosophie. Yin und Yang müssen im Gleichgewicht sein. Wir müssen stark sein, aber nicht unbesonnen, zurückhaltend, aber niemals schwach. Vergeltung, ja, aber keine Eskalation.«

Kai unterdrückte ein Lächeln. Vor ein paar Stunden hatte er genau das zu Wu gesagt.

Kais Vater hingegen war kampfeslustig. »Wir sollten ein amerikanisches Kriegsschiff im Südchinesischen Meer versenken«, forderte er. »Es ist ohnehin Zeit, dass wir das tun. Das internationale Seerecht verpflichtet uns nicht, Raketenzerstörer zu dulden, die unsere Küsten bedrohen. Wir haben ihnen wieder und wieder gesagt, dass sie kein Recht haben, dort zu sein.«

Admiral Liu stimmte dem zu. Er war der Sohn eines Fischers und hatte die meiste Zeit seines Lebens auf dem Meer verbracht. Seine Haut war verwittert und so dunkel wie alte Klaviertasten. »Lassen Sie uns lieber eine Fregatte als einen Zerstörer versenken«, sagte er. »Wir wollen es ja nicht übertreiben.«

Kai hätte fast laut gelacht. Egal ob Zerstörer, Fregatte oder Dingi, die Amerikaner würden durchdrehen.

Doch sein Vater stimmte mit Liu überein. »Mit der Versenkung einer Fregatte würden wir vermutlich genauso viele Menschen töten wie die Drohne in Port Sudan.«

»Eine Fregatte der US Navy hat für gewöhnlich eine Besatzungsstärke von zweihundert Mann«, sagte Admiral Liu. »Wenn man davon ausgeht, dass die Hälfte vermutlich überleben wird, stimmen die Opferzahlen in etwa überein.«

Kai konnte kaum glauben, dass sie es ernst meinten. War ihnen nicht klar, dass das Krieg bedeutete? Wie konnten diese Männer nur so beiläufig davon reden, die Apokalypse zu entfachen?

Glücklicherweise war Kai nicht der Einzige, der das so sah. »Nein«, erklärte Präsident Chen mit fester Stimme. »Wir werden keinen Krieg mit den USA beginnen, nicht einmal, nachdem sie hundert von unseren Leuten getötet haben.«

Kai war erleichtert, die anderen aber unzufrieden. Fu Chuyu

wiederholte noch einmal, was er gesagt hatte: »Wir müssen zurückschlagen, sonst sehen wir schwach aus.«

»In dem Punkt stimmen wir alle überein«, sagte Chen ungeduldig, und Kai musste ein Lächeln ob Fus Demütigung unterdrücken. Chen fuhr fort: »Die Frage ist nur, wie wir zurückschlagen können, ohne dass die Situation eskaliert.«

Es folgte ein kurzes Schweigen. Kai erinnerte sich an eine Diskussion im Außenministerium vor ein paar Wochen, als General Huang vorgeschlagen hatte, ein vietnamesisches Ölerkundungsschiff im Südchinesischen Meer zu versenken, Wu Bei sich aber geweigert hatte. Das brachte Kai auf eine Idee, und er sagte: »Wir könnten die *Vu Trong Phung* versenken.«

Alle schauten ihn an. Die meisten wussten nicht, wovon er redete.

Wu Bai erklärte: »Wir haben bei der Regierung von Vietnam offiziellen Protest eingelegt, weil eines ihrer Schiffe in der Nähe der Xisha-Inseln nach Öl sucht. Wir haben schon einmal überlegt, dieses Schiff zu versenken, uns aber entschieden, es zunächst einmal mit Diplomatie zu versuchen, besonders angesichts der Tatsache, dass sich amerikanische Geologen an Bord befinden.«

Präsident Chen sagte: »Ich erinnere mich. Haben die Vietnamesen auf unseren Protest reagiert?«

»Teilweise. Das Schiff hat sich von den Inseln entfernt, aber es macht jetzt Erkundungen in einem anderen Gebiet, und das liegt noch immer in unserer Exklusiven Wirtschaftszone.«

Jianjun knurrte frustriert. »Das ist ihr übliches Spiel. Sie trotzen uns, machen einen Schritt zurück und trotzen uns dann wieder. Es ist zum Verrücktwerden. Wir sind eine Supermacht!«

General Huang sah das genauso. »Es ist an der Zeit, dem ein Ende zu bereiten.«

»Denken Sie mal darüber nach«, forderte Kai die Anwesenden auf. »Offiziell hätte die Versenkung der *Vu Trong Phung* nichts mit Port Sudan zu tun. Wir könnten ein paar Amerikaner töten, aber das wären nur Kollateralschäden. Niemand könnte uns Eskalation vorwerfen.«

Nachdenklich sagte Präsident Chen: »Das klingt nach einem vernünftigen Vorschlag.«

Und er ist nicht annähernd so provokant wie die Versenkung einer amerikanischen Fregatte, dachte Kai. Er sagte: »Inoffiziell würden die Amerikaner natürlich wissen, dass das die Vergeltung für ihren Drohnenangriff ist, aber sie ist wohldosiert – zwei, drei Amerikaner für mehr als hundert Chinesen.«

Huang protestierte: »Das ist viel zu schwach.« Doch es war nur ein zaghafter Protest. Er fühlte offensichtlich, dass seine Kollegen bereits dem Kompromiss zuneigten.

Präsident Chen wandte sich an Admiral Liu. »Kennen wir die genaue Position der *Vu Trong Phung?*«

»Natürlich, Genosse Präsident.« Liu hob sein Handy ans Ohr. »Die *Vu Trong Phung*«, sagte er. Alle beobachteten ihn. Nach ein paar Momenten sagte er: »Das vietnamesische Schiff hat sich fünfzig Meilen nach Süden zurückgezogen, befindet sich aber noch immer in unseren Gewässern. Das Marineschiff *Jiangnan* lässt sie nicht aus den Augen. Wir haben auch ein Video, das von unserem Schiff aus aufgenommen worden ist.« Er schaute zu den Tischen unter dem Podium und hob die Stimme. »Wer von Ihnen ist für die Bilder auf den Großbildschirmen zuständig?« Ein junger Mann mit stacheligem Haar stand auf und hob die Hand. Liu sagte: »Nehmen Sie mein Handy, und sprechen Sie mit meinen Leuten. Lassen Sie sich den Stream von der *Jiangnan* geben, und legen Sie ihn hier auf die Bildschirme.«

Der Junge mit dem stacheligen Haar setzte sich mit Lius Handy wieder an seinen Arbeitsplatz und stotterte: »J… Jawohl … Verstehe …« Seine Finger flogen über die Tastatur.

Liu sagte: »Die *Jiangnan* ist eine 4000-Tonnen-Fregatte, einhundertvierunddreißig Meter lang. Sie hat eine Besatzung von einhundertfünfundsechzig Mann und verfügt über eine Kampfreichweite von mehr als achttausend Seemeilen.«

Das Bild, das auf den Großbildschirmen erschien, zeigte das graue Vordeck eines Schiffes, das mit dem Bug durchs Wasser pflügte. Es war die Zeit des Nordostmonsuns, und das Schiff hob und senkte sich gefährlich tief in die Wellen, sodass der Horizont immer wieder hinter den Wassermassen verschwand. Allein bei dem Anblick wurde Kai seekrank. Doch ansonsten war die Sicht gut. Der Tag war klar, und die Sonne schien hell.

Liu sagte: »Das sind aktuelle Bilder von der *Jiangnan*.«

Ein Adjutant gab ihm sein Handy wieder zurück.

Liu fuhr fort: »Sie können das vietnamesische Schiff am Horizont erkennen. Es ist gut fünf, sechs Meilen entfernt.«

Kai starrte auf den Großbildschirm und glaubte, einen grauen Fleck in der grauen See zu sehen; aber vielleicht bildete er sich das auch nur ein.

Liu sagte ins Handy: »Zeigen Sie uns das Satellitenbild.«

Auf einigen der Bildschirme erschien eine Luftaufnahme aus großer Entfernung. Der junge Mann, der für die Bildschirme verantwortlich war, zoomte näher heran. Die zwei Schiffe waren gerade so zu erkennen. »Das vietnamesische Schiff ist das am unteren Rand des Bildschirms«, erklärte Liu.

Kai schaute wieder zum Videofeed der *Jiangnan*. Sie war ihrem Ziel bereits näher gekommen, und so konnte Kai das vietnamesische Schiff schon besser ausmachen. Es hatte einen Bohrturm mittschiffs. Er fragte: »Ist die *Vu Trong Phung* bewaffnet?«

»Zumindest kann man nichts sehen«, antwortete Liu.

Kai wurde bewusst, dass sie kurz davorstanden, ein unbewaffnetes Schiff zu versenken, und er verspürte einen Hauch von Schuld. Wie viele Menschen würden in der kalten See ertrinken? Es war seine Idee gewesen, aber er hatte damit Schlimmeres verhindern wollen.

Liu sagte: »Die *Jiangnan* ist mit Anti-Schiffs-Raketen bewaffnet, die durch aktives Radar gelenkt werden.« Er wandte sich an den Staatspräsidenten. »Soll ich der Mannschaft befehlen, sich zum Feuern bereit zu machen?«

Chen ließ seinen Blick durch den Raum schweifen. Mehrere Männer nickten.

»Ist das nicht ein wenig übereilt?«, gab Kong Zhao zu bedenken.

Chen antwortete: »Es ist inzwischen über vierundzwanzig Stunden her, dass die Drohne unsere Leute getötet hat. Warum sollten wir da noch warten?«

Kong zuckte mit den Schultern.

»Ich denke, wir sind uns einig«, sagte Chen mit ernster Stimme.

Niemand widersprach ihm.

Chen wandte sich an Liu: »Stellen Sie Feuerbereitschaft her.«

Liu sagte in sein Handy: »Bereit zum Feuern.«

Schweigen senkte sich über den Raum.

Nach einer kurzen Pause verkündete Liu: »Feuerbereitschaft hergestellt, Genosse Präsident.«

»Feuer«, sagte Chen.

»Feuer«, wiederholte Liu ins Handy.

Alle starrten auf die Bildschirme.

Die Rakete flog über den Bug der *Jiangnan*. Sie war sechs Meter lang und zog eine dichte weiße Rauchspur hinter sich her. Rasend schnell entfernte sie sich von der *Jiangnan*.

Liu sagte: »Wir bekommen einen Feed von der Bordkamera der Rakete.« Einen Augenblick später erschien das Bild. Das Geschoss raste über die Wellen hinweg, und das vietnamesische Schiff wurde mit jeder Sekunde größer.

Kai schaute wieder zu dem Bild vom Bug der *Jiangnan*. Eine Sekunde später traf die Rakete die *Vu Trong Phung*.

Weißes Rauschen erschien auf den Bildschirmen, aber nur

kurz. Als das Bild wieder zurückkehrte, sah Kai einen riesigen weiß-gelb-roten Ball, der sich von der Mitte des vietnamesischen Schiffes immer weiter ausbreitete. Den Flammen folgte schwarzgrauer Rauch. Trümmer regneten aufs Wasser herab. Kurz darauf kam der Schall. Die Außenmikrofone der Schiffskamera nahmen ihn auf: ein gewaltiger Knall und das Tosen der Flammen. Dann wichen die Flammen dem sich immer weiter ausbreitenden Rauch. Er stieg hoch in die Luft, und noch immer regneten Teile des Schiffsrumpfes und der Aufbauten auf die Wellen hinab.

Nach wie vor war ein Großteil des Schiffes oberhalb der Wasseroberfläche zu sehen. Es war jedoch genau in der Mitte getroffen worden, und der Bohrturm sank. Bug und Heck schienen jedoch noch intakt zu sein, und Kai sagte sich, dass einige an Bord noch überlebt hatten – bis jetzt. Hatten sie noch Zeit, die Rettungsboote zu Wasser zu lassen oder sich zumindest eine Schwimmweste zu schnappen?

»Befehlen Sie der *Jiangnan*, die Überlebenden zu retten«, sagte Präsident Chen.

»Vorrücken und Rettungsboote zu Wasser lassen«, befahl Admiral Liu über das Handy.

Wenige Augenblicke später nahm das chinesische Schiff Fahrt auf. Liu sagte: »Die Höchstgeschwindigkeit der *Jiangnan* beträgt siebenundzwanzig Knoten. Sie wird in fünf Minuten vor Ort sein.«

Die *Vu Trong Phung* schwamm wundersamerweise weiter. Sie sank zwar, aber nur langsam. Kai fragte sich, was er wohl tun würde, wenn er an Bord gewesen wäre und die Explosion überlebt hätte. Er glaubte, das Beste wäre, sich eine Schwimmweste zu greifen und von Bord zu gehen, entweder in einem Rettungsboot oder indem man einfach nur ins Wasser sprang. Das Schiff würde früher oder später sinken, und wer dann noch an Bord war, würde mit ihm untergehen.

Die *Jiangnan* fuhr parallel zur *Vu Trong Phung*, aber mit Sicherheitsabstand. Auf der Wasseroberfläche waren ein Rettungsboot und mehrere Köpfe zu sehen. Die meisten Schiffsbrüchigen trugen Schwimmwesten. Es war schwer zu erkennen, ob sie noch lebten oder nicht.

Kai schaute genauer hin. Die Köpfe waren dunkel bis auf einen. Der hatte langes blondes Haar.

Kapitel 25

Präsidentin Green lief vor dem Resolute Desk im Oval Office auf und ab. Sie schäumte vor Wut. »Das werde ich ihnen nicht durchgehen lassen!«, fauchte sie. »Corporal Ackerman war eine Sache. Das waren Terroristen, auch wenn sie chinesische Waffen hatten. Aber das hier? Das ist Mord! Zwei Amerikaner sind tot, und eine Amerikanerin liegt im Krankenhaus, weil die Chinesen absichtlich ein Schiff versenkt haben. Da kann ich nicht einfach so drüber hinweggehen.«

»Genau das werden Sie aber vielleicht müssen«, sagte Chester Jackson, der Außenminister.

»Ich muss das Leben der Amerikaner schützen. Wenn ich das nicht kann, dann bin ich als Präsidentin ungeeignet.«

»Kein Präsident kann jeden schützen.«

Die Nachricht von der Versenkung der *Vu Trong Phung* war gerade eingetroffen. Und das war schon die zweite Krise des Tages. Früher am Tag hatte es eine Besprechung im Lagezentrum gegeben, bei der es um die Drohne gegangen war, die Port Sudan angegriffen hatte. Pauline hatte das Außenministerium angewiesen, den Regierungen des Sudan und Chinas zu versichern, dass es sich dabei nicht um einen amerikanischen Angriff gehandelt hatte. Die Chinesen weigerten sich freilich, das zu glauben. Gleiches galt für die Russen, die Handelsbeziehungen mit dem Sudan unterhielten und ihm teure Waffen verkauften. Tatsächlich hatte der Kreml sogar lautstark protestiert.

Paulines Informationen besagten, dass die Drohne bei einer Übung im Tschad »verlorengegangen« war; doch das öffentlich zuzugeben war viel zu peinlich, und so hatte das Presseamt nur verkündet, dass die Army den Vorfall untersuche.

Und jetzt das. Pauline blieb stehen, setzte sich auf die Kante des antiken Schreibtischs und forderte: »Sagen Sie mir, was wir wissen?«

Chess antwortete: »Die drei Amerikaner an Bord der *Vu Trong Phung* waren Angestellte amerikanischer Unternehmen, die an Petrovietnam, die staatliche Ölfirma, ausgeliehen wurden. Das Ganze lief über ein Programm des Außenministeriums, um Länder der Dritten Welt bei der Erschließung ihrer eigenen Bodenschätze zu unterstützen.«

»Amerikanische Großzügigkeit«, schnaubte Pauline wütend. »Und wie vergelten sie uns das?«

Chess war nicht ganz so erregt wie seine Chefin. »Keine gute Tat bleibt ungesühnt«, sagte er in gelassenem Tonfall und schaute auf das Papier in seiner Hand. »Professor Fred Phillips und Dr. Hiran Sharma sind vermutlich ertrunken. Ihre Leichen wurden noch nicht geborgen. Die dritte Person konnte gerettet werden: Dr. Joan Lafayette, ebenfalls Geologin. Laut den Berichten, die uns vorliegen, liegt sie zur Beobachtung im Krankenhaus.«

»Warum zum Teufel haben die Chinesen das getan? Das vietnamesische Schiff war doch unbewaffnet, oder?«

»Ja. Wir sehen keinen unmittelbaren Grund. Natürlich gefällt es den Chinesen nicht, dass die Vietnamesen im Südchinesischen Meer nach Öl suchen. Sie protestieren schon seit Jahren dagegen. Aber wir wissen nicht, warum sie sich ausgerechnet jetzt für so eine drastische Maßnahme entschieden haben.«

»Ich werde wohl Präsident Chen fragen müssen.« Pauline wandte sich an ihre Stabschefin. »Bitte stellen Sie die Verbindung her.«

Jacqueline griff nach dem Telefon auf dem Schreibtisch und

sagte: »Die Präsidentin würde gern mit Staatspräsident Chen von China sprechen. Bitte machen Sie so schnell wie möglich einen Termin.«

Gus Blake sagte: »Ich glaube, ich weiß, warum sie das getan haben.«

»Ach ja?« Pauline hob die Augenbrauen.

»Das war eine Vergeltungsmaßnahme.«

»Für was denn?«

»Port Sudan.«

»Oh verdammt, daran habe ich gar nicht gedacht.« Pauline schlug sich an die Stirn, als wolle sie sagen: *Wie konnte ich nur so dumm sein?* Sie sah Gus an. Wieder einmal hatte er sich als Klügster im Raum erwiesen.

»Ja, das ist durchaus möglich.« Chess nickte. »Sie werden vermutlich sagen, dass sie die amerikanischen Geologen nicht töten wollten, genau wie wir gesagt haben, dass wir nicht gewollt haben, dass unsere Drohne chinesische Ingenieure umbringt. Wir wiederum werden sagen, das sei doch gar nicht zu vergleichen, woraufhin sie erwidern werden, dass wir verschiedene Maßstäbe anlegen. Neutrale Länder hingegen werden einfach nur mit den Schultern zucken und erklären, diese verdammten Supermächte sind doch eh alle gleich.«

Das stimmte zwar, trotzdem ärgerte es Pauline. »Das ist doch Wortklauberei. Wir reden hier von Menschen – von Menschen mit Familien, die um sie trauern.«

»Ich weiß. Wie heißt es doch immer so schön in den Mafiafilmen: ›Was willst du dagegen tun?‹«

Pauline ballte die Fäuste. »Ich weiß nicht, was ich tun werde.«

An ihrer Workstation auf dem Schreibtisch verkündete ein Ton, dass sie einen Videoanruf bekam. Pauline setzte sich an den Tisch, schaute auf den Bildschirm und klickte mit der Maus. Sofort erschien ein Bild von Chen. Der chinesische Staatspräsident war so elegant gekleidet wie immer, aber er sah müde aus. In

China war Mitternacht, und vermutlich hatte Chen einen langen Tag hinter sich.

Doch Pauline war nicht in der Stimmung, ihn zu fragen, wie es ihm ging. Stattdessen sagte sie: »Herr Staatspräsident, die Versenkung des vietnamesischen Schiffs *Vu Trong Phung* durch die chinesische Marine –«

Zu ihrer Überraschung unterbrach Chen sie laut und auf Englisch: »Madam President, ich protestiere auf das Schärfste gegen die kriminellen Aktivitäten der USA im Südchinesischen Meer.«

Pauline riss erstaunt die Augen auf. »*Sie* protestieren? Sie haben gerade zwei Amerikaner umgebracht!«

»Wenn eine fremde Macht in chinesischen Gewässern nach Öl bohrt, ist das ein eklatanter Verstoß gegen geltendes Recht. Wir bohren ja auch nicht ohne Erlaubnis im Golf von Mexiko. Warum erweisen Sie uns nicht denselben Respekt?«

»Erkundungsmissionen im Südchinesischen Meer verstoßen nicht gegen das Völkerrecht.«

»Aber gegen unsere Gesetze.«

»Mit nationalen Gesetzen kann man doch kein Völkerrecht aushebeln.«

»Warum nicht? Das haben die westlichen Nationen über Jahrhunderte hinweg getan. Als wir Opium verboten haben, haben die Briten uns den Krieg erklärt!« Chen grinste boshaft. »Und jetzt läuft es eben andersrum.«

»Das ist doch kalter Kaffee! Geschichte!«

»Ja, Sie würden das sicher lieber vergessen, aber wir Chinesen erinnern uns noch gut daran.«

Pauline atmete tief durch, um nicht die Fassung zu verlieren. »Die Aktivitäten der Vietnamesen waren nicht kriminell. Und selbst wenn sie es gewesen wären, rechtfertigt das nicht die Versenkung eines Schiffes und die Tötung der Menschen an Bord.«

»Das illegale Bohrschiff hat sich geweigert, die Flagge zu

streichen. Polizeiliche Maßnahmen waren unabdingbar. Einige Mannschaftsmitglieder sind verhaftet worden. Leider wurde dabei das Schiff beschädigt, und einige Personen sind unglücklicherweise ertrunken.«

»Unsinn! Wir haben die Radarspuren. Sie haben das Schiff mit einer Rakete versenkt, die auf gut fünf Seemeilen Entfernung abgefeuert worden ist.«

»Wir haben dem Gesetz nur Geltung verschafft.«

»Wenn man jemanden dabei ertappt, wie er gegen das Gesetz verstößt, dann bringt man ihn doch nicht direkt um. Jedenfalls nicht in zivilisierten Ländern.«

»Und was machen Polizeibeamte in den *zivilisierten* Vereinigten Staaten, wenn ein Verdächtiger sich nicht sofort ergibt? Sie schießen ihn über den Haufen – vor allem, wenn er nicht weiß ist.«

»Wenn also eine chinesische Touristin das nächste Mal bei Macys beim Klauen erwischt wird, dann hätten Sie kein Problem damit, wenn der Sicherheitsdienst ihr eine Kugel in den Kopf jagt, ja?«

»Wenn sie eine Diebin ist, dann wollen wir sie nicht in China haben.«

Das war eine bemerkenswerte Konversation mit dem chinesischen Staatspräsidenten, und Pauline hielt kurz inne. Chinesische Politiker konnten durchaus aggressiv sein, aber sie blieben eigentlich immer höflich. Chen hingegen schien die Beherrschung zu verlieren. Pauline gab sich Mühe, ihre zu bewahren.

Sie sagte: »Wir erschießen keine Ladendiebe, und Sie tun das auch nicht. Aber wir versenken auch keine unbewaffneten Schiffe, wenn sie gegen unsere Regeln verstoßen, und wenn Sie das tun, ist das vollkommen inakzeptabel.«

»Das ist eine innere Angelegenheit Chinas. Mischen Sie sich nicht ein.«

Jacqueline hielt ein Blatt Papier in die Höhe. FRAGEN SIE NACH DR. LAFAYETTE stand darauf.

Pauline sagte: »Vielleicht sollten wir über die überlebende Amerikanerin sprechen, Dr. Joan Lafayette. Lassen Sie sie nach Hause fliegen.«

»Ich bedaure, aber das ist derzeit nicht möglich«, erwiderte Chen. »Auf Wiedersehen, Madam President.« Und zu Paulines Erstaunen legte er einfach auf. Der Bildschirm wurde schwarz, und der Lautsprecher verstummte.

Pauline drehte sich zu den anderen um. »Ich habe das richtig verbockt, nicht wahr?«, fragte sie.

»Ja«, bestätigte Gus. »Das ist wohl wahr.«

* * *

Pauline verließ das Oval Office und ging in die Residenz, um sich von ihrem Mann und ihrer Tochter zu verabschieden.

Pippa würde heute auf einen dreitägigen Schulausflug fahren. Es ging nach Boston, wo die Kinder zwei Tage in einem preiswerten Hotel verbringen würden. Als Teil ihres Geschichtskurses würden die Schüler das Kennedymuseum besuchen. Auch eine Tour zur Harvard University und zum Massachusetts Institute of Technology standen auf dem Programm. Ehemalige Schüler der Foggy Bottom Day School, die jetzt dort studierten, würden ihnen eine Führung geben. Foggy-Bottom-Eltern waren geradezu besessen von Eliteuniversitäten.

Die Schule hatte darum gebeten, dass zwei Eltern als Aufsichtspersonen mitfahren sollten, und Gerry hatte sich freiwillig gemeldet. Er und Pippa würden überdies von je einem Team des Secret Service begleitet werden, wie immer. Die Schule war Leibwächter gewöhnt. Mehrere ihrer Schüler waren Kinder aus prominenten Familien.

Gerry hatte nur einen kleinen Koffer. Er würde drei Tage lang ein und denselben Tweed-Anzug tragen und nur sein Hemd und die Unterwäsche wechseln. Pippa hingegen hatte gleich zwei Outfits pro Tag eingepackt, und deshalb brauchte sie auch zwei Koffer und eine vollgestopfte Reisetasche. Pauline sagte nichts zu dem Gepäck. Sie war nicht überrascht. Ein Schulausflug war ein aufregendes gesellschaftliches Ereignis, und alle wollten cool aussehen. Romanzen würden beginnen und enden. Die Jungen würden eine Flasche Wodka mitbringen, die dazu führen würde, dass mindestens ein Mädchen sich zum Narren machen würde. Ein anderer würde zum ersten Mal an einer Zigarette ziehen und sich übergeben. Pauline hoffte nur, dass keines der Kinder verhaftet wurde.

»Wie viele Erwachsene fahren eigentlich mit?«, fragte Pauline Pippa, als die ihr Gepäck in die Lobby schleppte.

»Vier«, antwortete Pippa. »Der Lehrer, den ich nicht leiden kann, Mr Newbegin, seine mausgraue Frau, die sich auch als Elternteil gemeldet hat, Miss Ich-weiß-alles-besser Judd und Daddy.«

Pauline schaute zu Gerry, der damit beschäftigt war, den Gurt um seinen Koffer festzuziehen. Er würde also zwei Nächte in einem Hotel mit Miss Judd verbringen, die Pippa ausgesprochen präzise als klein, blond und mit großen Titten beschrieben hatte.

So beiläufig wie möglich fragte Pauline: »Was macht eigentlich der Mann von Miss Judd in der Zeit? Lehrer heiraten doch oft Lehrer. Ich wette, Mr Judd unterrichtet auch.«

Ohne Pauline anzusehen, antwortete Gerry: »Keine Ahnung.«

Pippa sagte: »Ich glaube, sie ist geschieden. Jedenfalls trägt sie keinen Ehering.«

Sieh mal einer an, dachte Pauline.

War das der Grund, warum Gerry sich so verändert hatte? Weil er sich plötzlich in eine andere verliebt hatte? Oder hatte er sich zuerst von Pauline entfremdet und dann ein Interesse an Amelia Judd entwickelt? Vermutlich traf beides irgendwie zu.

Ein Bediensteter des Weißen Hauses brachte das Gepäck weg. Pauline umarmte Pippa. Sie vermisste sie jetzt schon. Es war das erste Mal, dass Pippa ohne ihre ganze Familie auf Urlaub ging. Nicht mehr lange, und sie würde mit anderen Mädchen ihres Alters den Sommer über mit der Bahn durch Europa fahren. Dann würde sie aufs College gehen und in einem Studentenwohnheim leben, und im zweiten Jahr würde sie sich mit jemand anderem ein Apartment teilen. Wie lange dauerte es dann wohl noch, bis sie mit einem Jungen zusammenziehen würde? Sie wurde viel zu schnell erwachsen. Pauline wünschte sich, all diese Jahre noch einmal durchleben und sie beim zweiten Mal mehr genießen zu können.

»Gute Fahrt«, sagte sie. »Benimm dich.«

»Mein Daddy passt doch auf mich auf«, erwiderte Pippa. »Während die anderen Strip-Poker spielen und Koks schnupfen, werde ich warme Milch trinken und ein Buch von dem grottigen Scott Fitzgerald lesen.«

Pauline konnte nicht anders. Sie lachte laut auf. Pippa konnte einem wirklich auf die Nerven gehen, aber sie hatte auch Humor.

Pauline ging zu Gerry und neigte den Kopf zu einem Kuss. Flüchtig berührte er mit seinen Lippen die ihren, als hätte er es eilig. »Tschüss«, sagte er. »Sorg dafür, dass die Welt sicher ist, solange wir weg sind.«

Und sie gingen. Pauline zog sich in ihr Schlafzimmer zurück, um sich noch ein paar Minuten Ruhe zu gönnen. Während sie an ihrem Ankleidetisch saß, fragte sie sich, ob sie wirklich glaubte, dass Gerry eine Affäre hatte. Der langweilige, alte Gerry? Wenn ja, würde sie es bald erfahren. Heimliche Liebespaare glaubten immer, sie wären unheimlich diskret, doch eine aufmerksame Frau erkannte stets die Zeichen.

Pauline hatte Miss Judd nie kennengelernt, aber sie hatte mit ihr telefoniert, und sie hatte einen intelligenten und fürsorglichen Eindruck gemacht. Es fiel ihr schwer zu glauben, dass so eine Frau mit einem verheirateten Mann ins Bett steigen würde. Aber natürlich taten Frauen das ständig, Millionen von ihnen, jeden Tag.

Es klopfte, und Pauline hörte die Stimme von Cyrus, dem Butler, einem langjährigen Angestellten des Weißen Hauses. »Madam President, der Nationale Sicherheitsberater und der Außenminister sind soeben eingetroffen, um mit Ihnen zu Mittag zu essen.«

»Ich bin gleich da.«

Die beiden waren Paulines wichtigste Berater, und sie hatten die letzten ein, zwei Stunden damit verbracht, so viel wie möglich über die Absichten der Chinesen in Erfahrung zu bringen. Jetzt, beim Lunch, würden sie über das weitere Vorgehen entscheiden. Pauline stand auf und ging ins Speisezimmer.

Sie setzte sich an den Tisch. Vor ihr stand ein Teller mit Meeresfrüchten in Sahnesoße, dazu Reis. »Und? Was wissen wir?«, fragte sie.

Chess antwortete: »Die Chinesen wollen nicht mit den Vietnamesen reden. Der vietnamesische Außenminister ist fast in Tränen ausgebrochen, als er mir erzählt hat, dass Wu Bai seine Anrufe nicht entgegennimmt. Die Briten haben eine Resolution des UNO-Sicherheitsrats beantragt, in der die Versenkung der *Vu Trong Phung* verurteilt wird, und die Chinesen toben vor Wut, weil es keine derartige Resolution zum Drohnenangriff geben soll.«

Pauline nickte und schaute zu Gus.

Er sagte: »Die CIA in Beijing hat einen relativ guten Draht zu Chang Kai, dem Chef des chinesischen Auslandsgeheimdienstes.«

»Den Namen habe ich schon mal gehört.«

»Chang hat uns darüber informiert, dass Joan Lafayette in gutem gesundheitlichen Zustand ist. Sie ist natürlich verhört worden. Die Chinesen wollten wissen, was sie im Südchinesischen Meer gemacht hat, und sie hat ihnen offen geantwortet. Unter uns, die Chinesen halten sie auch nicht für eine Spionin. Sie weiß zwar verdammt viel über die Suche nach Öl, aber so gut wie nichts über internationale Politik.«

»Das war uns ja ohnehin klar.«

»Ja. Aber all das ist natürlich inoffiziell. In der Öffentlichkeit könnten die Chinesen durchaus das Gegenteil behaupten.«

Chess warf ein: »Sie fahren eine ziemlich aggressive Schiene. Das Außenministerium weigert sich, über Dr. Lafayettes Heimkehr auch nur zu diskutieren. Tatsächlich wollen sie über überhaupt nichts mit uns reden, bevor wir nicht zugeben, dass die *Vu Trong Phung* an illegalen Aktivitäten beteiligt war.«

»Nun, das können wir nicht. Noch nicht einmal, um eine Amerikanerin zu retten«, erklärte Pauline rundheraus. »Täten wir das, würden wir anerkennen, dass es sich beim Südchinesischen Meer nicht um internationale Gewässer handelt, und damit wiederum würden wir jede seerechtliche Bestimmung verletzen und die Politik unserer Verbündeten untergraben.«

»Genau. Aber vorher wollen die Chinesen nun mal nicht mit uns reden.«

Pauline legte ihre Gabel weg. »Sie haben uns an die Wand gespielt, wie's scheint.«

»Ja, Ma'am.«

»Irgendwelche Optionen?«

»Wir könnten unsere Präsenz im Südchinesischen Meer erhöhen«, antwortete Chess. »Wir führen bereits FONOPs durch, Freedom of Navigation Operations, indem wir mit Kriegsschiffen in den Gewässern kreuzen und das Gebiet überfliegen. Diese Aktivitäten könnten wir schlicht verdoppeln.«

»Das wäre das diplomatische Äquivalent zu einem Gorilla, der sich auf die Brust hämmert und Büsche ausreißt«, bemerkte Pauline.

»Nun … ja …«

»Und was soll uns das bringen? Außer, dass wir uns dann besser fühlen, meine ich. Gus?«

»Wir könnten einen chinesischen Staatsbürger hier in den Staaten verhaften. Das FBI hat alle im Auge, und einer von ihnen bricht immer irgendein Gesetz. Dann hätten wir zumindest eine Verhandlungsmasse.«

»Sie würden so etwas unter ähnlichen Umständen tun, aber das ist einfach nicht unser Stil.«

Gus schüttelte den Kopf. »Und wir wollen keine Eskalation. Wenn wir hier einen Chinesen in den Knast stecken, könnten sie zwei Amerikaner in China verhaften.«

»Wir müssen Joan Lafayette allerdings auch wieder zurückholen.«

»Bitte verzeihen Sie, wenn ich das ein wenig banalisiere«, sagte Gus. »Aber Dr. Lafayette wieder heimzubringen würde auch Ihre Popularität fördern.«

»Das ist kein Grund, sich zu entschuldigen, Gus … Wir leben in einer Demokratie, und das heißt, dass wir die öffentliche Meinung nie aus den Augen verlieren dürfen.«

»Und im Augenblick gefällt der Öffentlichkeit James Moores Jagt-sie-alle-in-die-Luft-Ansatz. Dass Sie ihn Timid Jim getauft haben, hatte nicht einmal annähernd diese Wirkung.«

»Ich hätte mich nie auf solche Beschimpfungen einlassen sollen. Das passt einfach nicht zu mir.«

Chess seufzte. »Dann sieht es wohl danach aus, dass die arme Joan die nächsten Jahre in China verbringen wird.«

»Warten Sie«, sagte Pauline. »Vielleicht haben wir einfach nur noch nicht gründlich genug darüber nachgedacht.«

Die anderen beiden schauten verwirrt drein. Offensichtlich fragten sie sich, was Pauline im Sinn hatte.

Sie sagte: »Wir können nicht tun, was sie von uns verlangen, aber das wissen sie vermutlich. Die Chinesen sind ja nicht dumm. Im Gegenteil. Sie haben etwas von uns verlangt, von dem sie wissen, dass wir es ihnen nicht geben können. Das erwarten sie auch nicht.«

»Das stimmt wohl.« Chess nickte.

»Also … Was wollen sie wirklich?«

»Sie wollen ein Zeichen setzen«, antwortete Chess.

»Ist das alles?«

»Ich weiß es nicht.«

»Gus?«

»Wir könnten sie einfach fragen.«

»Eine Möglichkeit«, sagte Pauline und dachte laut nach: »Sie erwarten nicht, dass wir ihren Anspruch auf das Südchinesische Meer bestätigen, aber vielleicht reicht ihnen schon unser Schweigen.«

»Wie meinen Sie das, Madam President?«, fragte Gus.

»Sie könnten auf einen Kompromiss aus sein. Wir stimmen den Chinesen nicht zu, dass die *Vu Trong Phung* etwas Illegales gemacht hat, aber gleichzeitig klagen wir sie auch nicht wegen Mordes an. Wir halten uns einfach bedeckt.«

»Unser Schweigen im Austausch für Joan Lafayettes Freiheit«, ergänzte Gus.

»Genau.«

»Da kommt mir die Galle hoch.«

»Mir auch.«

»Aber Sie würden es tun.«

»Ich weiß nicht«, seufzte Pauline. »Lassen Sie uns erst einmal herausfinden, ob wir wirklich richtigliegen. Chess, fragen Sie den chinesischen Botschafter mal, ob Beijing an einem Kompromiss interessiert ist – inoffiziell natürlich.«

»Okay.«

»Gus, weisen Sie die CIA an, beim Guoanbu nachzuhören, was die Chinesen wirklich wollen.«

»So gut wie erledigt.«

»Dann schauen wir mal, was sie sagen«, sagte Pauline und griff nach der Gabel.

* * *

Pauline lag mit ihrer Vermutung richtig. Die Chinesen waren mit dem Versprechen zufrieden, dass die Amerikaner sie nicht öffentlich des Mordes beschuldigen würden. Nicht dass sie der Vorwurf an sich gestört hätte. Sie wollten nur nicht, dass die USA damit andeuteten, dass die Volksrepublik keine Hoheit über das Südchinesische Meer hatte. In diesem schon lange schwelenden diplomatischen Konflikt betrachteten sie ein Schweigen der Amerikaner bereits als Sieg.

Schweren Herzens gab Pauline ihnen, was sie wollten.

Zwar war das alles nicht verbindlich; trotzdem musste Pauline ihr Versprechen einhalten. Ansonsten – das wusste sie – würden die Chinesen einfach eine andere Amerikanerin in Beijing verhaften und das ganze Drama neu aufrollen.

Am nächsten Tag wurde Joan Lafayette in eine Maschine von China Eastern gesetzt und von Shanghai nach New York geflogen. Dort stieg sie in eine Militärmaschine und wurde auf dem Flug zur Andrews Air Force Base nahe DC befragt, wo Pauline sich anschließend mit ihr traf.

Dr. Lafayette war eine sportliche Frau mittleren Alters mit graublondem Haar und Brille. Pauline war überrascht zu sehen, wie frisch sie wirkte. Schließlich hatte sie gerade einen Flug von fünfzehn Stunden hinter sich. Die Chinesen hätten sie neu eingekleidet und ihr ein Erster-Klasse-Ticket gegeben, erklärte Dr. Lafayette. Das war wirklich clever von ihnen, dachte Pauline, denn jetzt deutete nichts mehr darauf hin, dass Dr. Lafayette in irgendeiner Form gelitten hatte.

In einem Konferenzraum am Flughafen hatten Pauline und Dr. Lafayette einen gemeinsamen Fototermin für die Presse. Nachdem sie schon so ein unangenehmes diplomatisches Opfer hatte erbringen müssen, brannte Pauline förmlich darauf, sich wenigstens die Anerkennung für die Heimkehr der Gefangenen zu sichern. Sie brauchte positive Schlagzeilen. In den sozialen Medien droschen James Moores Anhänger täglich auf sie ein.

Der amerikanische Konsul in Shanghai hatte Dr. Lafayette erklärt, dass die Medien in den Staaten sie vermutlich weit weniger verfolgen und belästigen würden, wenn sie ihnen direkt nach der Landung die Bilder gab, die sie haben wollten, und so hatte sie diesem Termin dankbar zugestimmt.

Sandip Chakraborty hatte zuvor verkündet, dass die Präsidentin und Dr. Lafayette nur für Fotos zur Verfügung stehen, aber keine Fragen beantworten würden, und deshalb waren auch keine Mikrofone zugelassen. Die beiden Frauen schüttelten sich die Hand und lächelten für die Kameras. Dann umarmte Dr. Lafayette Pauline impulsiv.

Als sie den Raum wieder verließen, rief ein vorwitziger Journalist, der zuvor mit seinem Handy fotografiert hatte: »Wie steht es jetzt um Ihre Politik im Südchinesischen Meer, Madam President?«

Pauline hatte mit dieser Frage gerechnet und sie mit Chess und Gus diskutiert. Zu guter Letzt hatten sie sich auf eine Antwort geeinigt, mit der Pauline ihr Versprechen den Chinesen gegenüber nicht brechen würde. Ihr Gesicht war vollkommen ausdruckslos, als sie antwortete: »Die Vereinigten Staaten unterstützen weiterhin die Position der Vereinten Nationen zur Freiheit der Schifffahrt.«

Als Pauline die Tür erreichte, versuchte es der Kerl noch mal. »Glauben Sie, die Versenkung der *Vu Trong Phung* war die Vergeltung für die Bombardierung von Port Sudan?«

Pauline antwortete nicht darauf, doch als die Tür sich hinter ihnen schloss, fragte Dr. Lafayette: »Was hat er mit dem Sudan gemeint?«

»Sie haben vermutlich die Nachrichten nicht gesehen«, antwortete Pauline. »Es gab einen Drohnenangriff auf Port Sudan, bei dem einhundertdrei Chinesen ums Leben gekommen sind, Ingenieure, die an einem neuen Dock gearbeitet haben, sowie einige Familienmitglieder. Terroristen waren dafür verantwortlich, aber irgendwie haben sie eine US-Drohne in die Finger bekommen.«

»Und deshalb geben die Chinesen den Amerikanern die Schuld daran?«

»Sie sagen, wir hätten nicht zulassen dürfen, dass eine unserer Drohnen Terroristen in die Hände fällt.«

»Haben sie deshalb Fred und Hiran umgebracht?«

»Sie streiten es ab.«

»Das ist einfach nur böse!«

»Zwei Amerikaner für einhundertdrei Chinesen … Vermutlich glauben sie sogar, dass es eine gemäßigte Reaktion war.«

»Kann man das wirklich so sagen?«

Pauline kam zu dem Schluss, dass sie bereits zu offen gewesen war. »Ich glaube das jedenfalls nicht und auch niemand in meinem Team. Für mich ist jedes einzelne amerikanische Leben mehr wert als alles andere.«

»Und deshalb haben sie mich nach Hause gebracht. Ich kann Ihnen gar nicht genug dafür danken.«

Pauline lächelte. »Das ist mein Job.«

* * *

An diesem Abend schaute Pauline zusammen mit Gus die Nachrichten im ehemaligen Kosmetikstudio der Residenz im Weißen Haus. Joan Lafayette war die Schlagzeile des Tages, und die Bilder von ihr und Pauline sahen gut aus. Doch die zweite Hauptstory war eine Pressekonferenz von James Moore.

»Er will dir unbedingt die Show stehlen«, bemerkte Gus.

»Ich frage mich, was er vorhat.«

Moore verzichtete auf ein Rednerpult. Das passte nicht zu seinem volkstümlichen Stil. Stattdessen saß er auf einem Hocker vor den Journalisten und ihren Kameras. »Ich habe mir mal angesehen, wer für Präsidentin Green spendet, wo sie ihr Geld herbekommt«, begann er. Sein Tonfall war offen und vertraut. »Ihr größtes Komitee wird von einem Typen geleitet, der eine Firma mit dem Namen ›As If‹ leitet.«

Das stimmte. As If war eine Entwicklerfirma für Smartphone-Apps, die bei Teenagern auf der ganzen Welt beliebt waren. Ihr Gründer, Brahman Stephen McBride, war ein US-Amerikaner iranischer Abstammung, der Enkel von Immigranten und einer der wichtigsten Spendensammler für Paulines Wiederwahl.

Moore fuhr fort: »Dann habe ich mich gefragt, warum unsere Präsidentin so zaghaft mit China umgeht. Die Chinesen haben immerhin zwei Amerikaner umgebracht und eine Dritte fast getötet, aber Pauline Green ist nicht wirklich auf sie losgegangen. Also: Haben die Chinesen sie irgendwie in der Hand?«

»Worauf will er damit hinaus?«, knurrte Pauline.

»Wie sich herausgestellt hat«, sagte Moore, »gehört As If in Teilen China. Ist das nicht interessant?«

Pauline drehte sich zu Gus um. »Kannst du das überprüfen?«

Er hatte bereits das Handy in der Hand. »Schon dabei.«

»Die Shanghai Data Group ist eines der größten chinesischen Unternehmen«, fuhr Moore fort. »Natürlich tun sie so, als wären sie unabhängig, aber wir wissen doch alle, dass alle chinesischen Firmen Anweisungen aus Beijing erhalten, vom allmächtigen Staatspräsidenten Chen.«

»Shanghai Data hält zwei Prozent von As If«, sagte Gus. »Aber sie haben niemanden im Vorstand.«

»Zwei Prozent? Ist das alles?«

»Zahlen hat Moore doch nicht erwähnt, oder?«

»Nein, und das wird er auch nicht. Das würde seine Verleumdungen nur ad absurdum führen.«

»Die meisten seiner Unterstützer haben ohnehin keine Ahnung, wie Aktien und Anteile funktionieren. Viele von ihnen glauben jetzt einfach nur, dass Chen dich in der Tasche hat.«

Cyrus, der Butler, steckte seinen grauen Kopf zur Tür herein und verkündete: »Madam President, das Dinner ist serviert.«

»Danke, Cy.« Einem Impuls folgend sagte sie zu Gus: »Wir könnten beim Essen weiterreden.«

»Ich habe heute Abend nichts vor.«

Pauline drehte sich zu ihrem Butler um. »Haben wir genug für zwei?«

»Ich glaube schon«, antwortete Cyrus. »Sie haben ein Omelett und einen Salat bestellt, und Eier und Kopfsalat haben wir sicher noch genug.«

»Gut. Öffnen Sie auch eine Flasche Wein für Mr Blake.«

»Jawohl, Ma'am.«

Sie gingen ins Speisezimmer und setzten sich einander gegenüber an den runden Tisch. Pauline sagte: »Wir können ja morgen früh eine Erklärung rausgeben, um die Sache mit Shanghai Data klarzustellen.«

»Ich werde mit Sandip reden.«

»Was auch immer er sagt, sollte vorher auch mit McBride abgesprochen werden.«

»Okay.«

»Es wird nicht lange dauern, bis Gras über die Sache gewachsen ist.«

»Stimmt, aber dann wird Moore mit etwas anderem kommen. Was wir brauchen, ist eine Strategie, um dich als kluge Problemlöserin darzustellen, die die Situation versteht, als Gegenpol zu diesem Wichtigtuer, der immer nur sagt, was die Leute hören wollen.«

»Besser kann man es nicht ausdrücken.«

Sie diskutierten weiter, und als sie mit dem Essen fertig waren, gingen sie ins Wohnzimmer. Cyrus brachte ihnen Kaffee und sagte: »Wenn Sie nichts dagegen haben, wird das Hauspersonal sich jetzt zurückziehen, Madam President.«

»Natürlich, Cy, danke.«

»Sollten Sie später noch etwas brauchen, müssen Sie mich nur rufen.«

»Das weiß ich zu schätzen.«

Als Cyrus wieder gegangen war, setzte Gus sich neben Pauline auf die Couch.

Sie waren allein. Das Personal würde zurückkommen, wenn Pauline es rief. Im Stockwerk unter ihnen wachte eine Abteilung des Secret Service. Dort saß auch der Army Captain mit dem Atomkoffer, dem sogenannten Football. Diese Leute würden nur im äußersten Notfall heraufkommen.

Pauline kam ein verrückter Gedanke. Sie könnte jetzt mit Gus ins Bett gehen, und niemand würde je davon erfahren.

Aber so gut das auch sein mag, es wird nie geschehen, dachte sie.

Gus schaute sie an, runzelte die Stirn und fragte: »Was ist?«

»Gus …«, begann Pauline.

Ihr Telefon klingelte.

»Geh nicht ran«, sagte Gus.

»Die Präsidentin muss immer rangehen.«

»Natürlich. Entschuldigung.«

Pauline drehte sich von ihm weg und hob ab. Es war Gerry.

Paulines Stimmung war dahin. Sie seufzte innerlich und sagte: »Hi! Wie ist die Fahrt?« Sie stand auf, drehte Gus den Rücken zu und entfernte sich ein paar Schritte von ihm.

»Ziemlich gut«, antwortete Gerry. »Bis jetzt liegt noch niemand im Krankenhaus. Niemand ist verhaftet worden, und es wurde auch noch niemand entführt … Es werden schon Wetten darauf abgeschlossen, wie lange das so bleiben wird.«

»Ich bin ja so froh. Und? Genießt Pippa die Reise?«

»Sie hat eine tolle Zeit.«

Gerry klang geradezu überschwänglich. Er hatte also auch eine tolle Zeit, nahm Pauline an. »Und was hat ihr besser gefallen? Harvard oder das MIT?«

»Ich würde sagen, im Augenblick hätte sie Probleme, sich zu entscheiden. Sie fand beides großartig.«

»Dann sollte sie sich lieber auf ihre Schulnoten konzentrieren. Wie läuft es mit den anderen Aufsichtspersonen?«

»Mr und Mrs Newbegin beschweren sich ständig. Nichts entspricht ihren Erwartungen. Aber mit Amelia kann man Pferde stehlen.«

Darauf möchte ich wetten, dachte Pauline säuerlich.

»Alles okay mit dir?«, fragte Gerry.

»Klar. Warum?«

»Oh, ich weiß nicht. Du klingst … angespannt. Ich nehme an, das bist du auch. Immerhin musst du eine Krise bewältigen.«

»Es gibt immer irgendeine Krise, die bewältigt werden muss. Ich habe einen verdammt anstrengenden Job. Aber heute Abend will ich mal früher ins Bett.«

»In dem Fall … Schlaf gut.«

»Du auch. Gute Nacht.«

»Gute Nacht.«

Pauline legte auf. Sie fühlte sich seltsam atemlos. »Wow«, sagte sie und drehte sich um. »Das war komisch.«

Gus war nicht mehr da. Er hatte sich heimlich, still und leise verabschiedet.

* * *

Um sechs Uhr früh rief Sandip Pauline an. Sie nahm an, dass er mit ihr über Shanghai Data sprechen wollte, doch sie irrte sich. »Dr. Lafayette hat ihrer Lokalzeitung in New Jersey ein Interview gegeben«, sagte er. »Offenbar ist der Herausgeber ihr Cousin.«

»Und was hat sie gesagt?«

»Sie hat Sie mit den Worten zitiert, dass zwei Amerikaner für einhundertdrei Chinesen ein guter Deal seien.«

»Aber ich habe –«

»Ich weiß, was Sie gesagt haben. Ich war dabei. Ich habe das Gespräch gehört. Sie haben darüber spekuliert, wie die chinesische Regierung die Sache sehen könnte.«

»Genau.«

»Die Zeitung ist sehr stolz auf ihr Exklusivinterview und bewirbt die Ausgabe diese Woche in den sozialen Medien. Unglücklicherweise hat auch James Moore sich ein Exemplar gekauft.«

»Oh verdammt!«

»Kurz darauf hat er getweetet: ›Pauline glaubt also, dass die Ermordung von 2 Amerikanern ein guter Deal ist. Ich nicht.‹«

»Vollidiot.«

»Meine Presseerklärung wird wie folgt beginnen: ›Kleinstadtzeitungen machen bisweilen Fehler, aber ein Präsidentschaftskandidat sollte es besser wissen.‹«

»Guter Anfang.«

»Wollen Sie auch den Rest hören?«

»Ich verzichte. Geben Sie sie einfach raus.«

Pauline schaute die Nachrichten, während sie die erste Tasse Kaffee trank. Sie zeigten noch immer die Aufnahmen von Joan Lafayettes Ankunft am Kennedy Airport, aber dann kam auch schon James Moores Schmierenkampagne wegen Shanghai Data, und das warf einen Schatten auf Paulines Triumph.

In Gedanken kehrte Pauline immer wieder zum gestrigen Abend zurück. Sie schauderte bei der Erinnerung daran, gedacht zu haben, es würde schon niemand merken, wenn sie mit Gus ins Bett ging. Dabei wäre es tatsächlich vollkommen unmöglich, so eine Affäre im Weißen Haus geheim zu halten. Denn Gus hätte sie mitten in der Nacht wieder verlassen und durch lange Gänge und Flure zu seinem Wagen gehen müssen, um schließlich durch das Haupttor zu fahren. Dabei hätte ihn mindestens ein halbes Dutzend Agenten des Secret Service gesehen, ganz zu schweigen von den Putzkolonnen und Wartungsleuten, und alle hätten sie sich gefragt, wo er wohl gewesen war und was er so spät in der Nacht hier zu suchen hatte.

Vermutlich hatte sogar schon sein Aufbruch um neun Uhr abends Spekulationen ausgelöst, besonders bei jenen, die wussten, dass Gerry und Pippa nicht in der Stadt waren.

Pauline schüttelte den Kopf und verdrängte den Gedanken. Stattdessen konzentrierte sie sich darauf, die Sicherheit der USA zu garantieren.

Den Rest des Morgens verbrachte Pauline in verschiedenen Meetings mit ihrem Stabschef, dem Finanzminister, dem Vorsitzenden der Joint Chiefs of Staff und dem Mehrheitsführer im Senat. Dann hielt sie eine Rede bei einer Wohltätigkeitsveranstaltung von Mittelständlern, und wie üblich verließ sie die Veranstaltung wieder kurz vor dem Mittagessen.

Ihr Lunch, den sie mit Chester Jackson verbrachte, bestand aus einem Sandwich. Chester berichtete, dass die vietnamesische Regierung angekündigt hatte, in Zukunft sämtliche Erkundungsschiffe von Schiffen der vietnamesischen Volksmarine begleiten zu lassen, die mit in Russland produzierten Schiff-Schiff-Raketen bestückt seien und den Befehl hätten, notfalls das Feuer zu erwidern.

Chess berichtete weiter, dass der Oberste Führer Nordkoreas behauptete, der Frieden in seinem Land sei wiederhergestellt, nachdem die von den USA geschürten Unruhen in einigen Armeestützpunkten niedergeschlagen worden seien. In Wahrheit, fuhr Chess fort, kontrollierten die Rebellen noch immer die Hälfte aller Armeestützpunkte sowie sämtliche Atomwaffen des Landes. Er glaubte, dieser vermeintliche »Friede« sei nur eine Illusion.

Am Nachmittag hatte Pauline einen Fototermin mit Schülern aus Chicago, die das Weiße Haus besuchten, und anschließend ein Gespräch mit dem Justizminister über das organisierte Verbrechen.

Am Ende des Nachmittags ging sie die Ereignisse des Tages noch einmal mit Gus und Sandip durch. James Moores Vorwürfe verbreiteten sich rasch in den sozialen Medien. Sämtliche Internettrolle stürzten sich darauf und wiederholten, dass Pauline glaubte, zwei tote Amerikaner seien ein guter Deal.

In einer neuen Umfrage waren Pauline und Moore jetzt gleichauf. Am liebsten hätte Pauline einfach das Handtuch geworfen.

Lizzie teilte ihr mit, dass Gerry und Pippa wieder zurück seien, und Pauline ging in die Residenz, um sie zu begrüßen. Sie fand sie in der Center Hall, wo sie mit Cyrus' Hilfe auspackten.

Pippa hatte ihrer Mutter viel zu erzählen. Die Fotos von Präsident Kennedy und Jackie in Dallas hatten sie zum Weinen gebracht. Einer der Harvard-Jungs hatte Lindy Faber gefragt, ob sie mit ihm in den Weihnachtsferien ausgehen wolle. Wendy Bonita hatte zweimal im Bus gekotzt. Und Mrs Newbegin hatte einfach nur genervt.

»Was ist mit der alten Judders?«, hakte Pauline nach.

»Die war gar nicht mal so schlimm, wie ich gedacht hatte«, antwortete Pippa. »Tatsächlich waren sie und Daddy richtig toll.«

Pauline schaute zu Gerry. Er wirkte glücklich. So beiläufig wie möglich fragte Pauline: »Was ist mit dir? Hast du den Trip auch genossen?«

»Oh ja.« Gerry gab Cyrus die Schmutzwäsche. »Zu meiner großen Überraschung haben die Kids sich sogar benommen.«

»Und Miss Judd?«

»Mit der bin ich gut zurechtgekommen.«

Er log. Pauline erkannte das sofort. Seine Stimme, seine Körperhaltung und sein Gesichtsausdruck … All das war ein wenig unnatürlich. Gerry hatte mit Amelia Judd geschlafen, und das im selben Bostoner Billighotel, in dem auch seine Tochter übernachtet hatte. Pauline hatte zwar schon mehrmals über diese Möglichkeit nachgedacht, doch die plötzliche intuitive Erkenntnis, dass ihr Verdacht richtig gewesen war, traf sie wie ein Schock. Sie schauderte. Gerry schaute sie fragend an. »Es zieht ein wenig«, sagte sie. »Vielleicht hat jemand ein Fenster offen gelassen.«

»Ist mir gar nicht aufgefallen«, erwiderte er.

Aus irgendeinem Grund wollte Pauline nicht, dass Gerry wusste, dass sie es bemerkt hatte. »Du hast dich also gut amüsiert«, sagte sie und lächelte.

»In der Tat.«

»Das freut mich.«

Gerry brachte seinen Koffer ins Hauptschlafzimmer. Pauline kniete sich auf den polierten Parkettboden und half Pippa mit den Kleidern, doch in Gedanken war sie woanders. Gerrys Affäre mit Miss Judd war vielleicht nur vorübergehend, ein One-Night-Stand. Trotzdem fragte Pauline sich, ob das ihre Schuld war. Sie hatte häufiger im Lincoln Bedroom geschlafen. War ihr Sex mittlerweile egal? Aber Gerry war auch nie sehr anspruchsvoll gewesen. Also konnte das nicht das Problem sein – oder?

Mit einem Lippenstift in der Hand kam Cy wieder zurück. »Das befand sich in der Wäsche des First Gentleman«, sagte er. »Es muss irgendwie dort gelandet sein.« Er reichte ihn Pippa.

»Ich benutz so was nicht«, sagte Pippa.

Pauline starrte das kleine goldfarbene Röhrchen an, als wäre es eine Schusswaffe.

Der Lippenstift war von einer Farbe, die sie niemals trug, und auch die Marke stimmte nicht.

Pauline riss sich zusammen. Pippa durfte nichts bemerken. Pauline nahm Cyrus den Lippenstift ab. »Oh, danke«, sagte sie.

Rasch ließ sie ihn ihrer Tasche verschwinden.

Kapitel 26

In der Mine überlebten Männer nicht lange. Frauen erging es da schon besser, denn sie mussten nicht in der Grube arbeiten, doch alle paar Tage starb ein Mann. Einige fielen einfach um, wurden Opfer der Hitze und der Knochenarbeit. Andere wurden erschossen, weil sie die Regeln missachteten. Und es gab auch Unfälle: ein Fels, der auf einen ungeschützten Fuß fiel; ein Hammer, der aus den verschwitzten Fingern rutschte, oder ein scharfer Splitter, der durch die Luft flog und ins Fleisch drang. Zwei der Frauen hatten zwar Erfahrungen in der Krankenpflege, aber sie verfügten weder über Medikamente noch über steriles Verbandsmaterial oder auch nur Pflaster. Selbst eine kleine Wunde konnte tödlich sein.

Ein Toter blieb bis zum Ende des Werktages dort liegen, wo er umgefallen war. Erst dann fuhr der Bagger zu dem Areal, wo auch die anderen verscharrt waren, um ein neues Grab auszuheben. Wenn sie wollten, konnten die anderen Arbeiter Begräbnisriten ausführen; wenn nicht, blieb das Grab unmarkiert, und niemand würde sich an den Mann erinnern.

Den Wachen war das alles egal. Abdul nahm an, dass sie darauf vertrauten, dass bald schon neue Sklaven kommen würden.

Er musste fliehen. Sonst würde auch er irgendwann auf diesem Wüstenfriedhof enden.

Vierundzwanzig Stunden nach ihrer Ankunft war Abdul davon überzeugt, dass die Mine dem Islamischen Staat gehörte. Sie hatte zwar offenbar keine Lizenz, war aber alles andere als »wild«. Ja, die Leute, die die Mine leiteten, waren Sklavenhalter und Mörder, aber sie waren auch ausgesprochen gut organisiert. Und es gab nur eine kriminelle Vereinigung in Nordafrika, die zu so etwas fähig war, und das war der ISGS.

Abdul wollte zwar so schnell wie möglich fliehen, doch die nächsten paar Tage verbrachte er erst einmal mit dem Sammeln von Informationen. Er berechnete die Zahl der Dschihadisten in der Anlage, schätzte, über wie viele Gewehre sie insgesamt verfügten und welche Waffen sie sonst noch in ihrem Besitz hatten. Vor allem die mit Planen abgedeckten Fahrzeuge kamen ihm verdächtig vor. Ihrer Form nach könnte es sich durchaus um Raketenwerfer handeln.

Unauffällig machte Abdul Fotos mit seinem Handy, aber nicht mit dem billigen in seiner Hosentasche, sondern mit dem Hightech-Gerät, das er in seiner Stiefelsohle versteckt hielt und das noch ein wenig Saft hatte. Sämtliche Zahlen fasste er dann in einem Dokument zusammen, das er Tamara schicken würde, sobald er wieder an einem Ort war, wo er ein Netz hatte.

Abdul dachte lange darüber nach, welche Möglichkeiten zur Flucht es geben könnte.

Seine erste Überlegung war, Kiah und Naji nicht mitzunehmen. Sie würden ihn nur aufhalten, und das könnte tödlich enden. Allein war die Flucht schon schwer genug. Und wenn man ihn schnappen würde, dann würde man ihn töten, und sie würde das gleiche Schicksal ereilen, sollten sie bei ihm sein. Es war besser für sie, hier auf das Rettungsteam zu warten, das Tamara losschicken würde, sobald sie seine Nachricht erhalten hatte.

Abduls eigene Sehnsucht nach Freiheit war jedoch nur ein Teil von dem, was ihn antrieb. Er sehnte sich auch danach, diesen bösen Ort zu zerstören. Er wollte sehen, wie die Wachen verhaftet, die Waffen konfisziert und die Gebäude dem Erdboden gleichgemacht wurden, bis nur noch Wüste übrig war.

Immer und immer wieder dachte er darüber nach, einfach loszumarschieren, und immer und immer wieder verwarf er den Plan. Er konnte sich zwar an Sonne und Sternen orientieren und so direkt nach Norden gehen, aber er wusste nicht genau, wo die nächste Oase lag. Auf der Fahrt mit Hakims Bus war ihm zudem aufgefallen, dass die Piste bisweilen kaum zu erkennen war. Außerdem hatte er keine Landkarte, und vermutlich gab es auch keine, auf der die kleinen Oasendörfer verzeichnet waren, die Karawanen zum Überleben brauchten. Ganz zu schweigen davon, dass er auch noch einen schweren Wasserbehälter würde mitschleppen müssen. Insgesamt standen die Chancen mehr als schlecht, eine solche Flucht zu überleben.

Aufmerksam beobachtete Abdul jedes Fahrzeug, das ins Lager kam oder es wieder verließ. Das war nicht leicht, denn zwölf Stunden am Tag arbeitete er in der Grube, und die Wachen bemerkten sofort, wenn er mehr als nur einen flüchtigen Blick auf die vorbeifahrenden Fahrzeuge warf. Dennoch fielen ihm einige auf, die regelmäßig kamen. Tankwagen brachten Wasser und Treibstoff; Kühlwagen brachten Nahrungsmittel, und Kleintransporter verließen das Lager mit Gold. Letztere wurden immer von zwei Bewaffneten begleitet, und wenn sie wieder zurückkamen, hatten sie alles Mögliche geladen, von Decken und Seife bis hin zu Petroleum für die Kochfeuer.

Spätnachmittags hatte Abdul manchmal die Gelegenheit zu beobachten, wie Fahrzeuge durchsucht wurden, bevor sie wegfuhren. Die Wachen waren gründlich. Sie schauten in leere Tanks und unter die Sitze. Und sie suchten auch unter dem Fahrzeug für den Fall, dass sich jemand dort versteckt hatte. Einen Mann, den sie im Kühlraum eines Lebensmitteltransporters erwischt hatten, hatten sie so übel zusammengeschlagen, dass er am nächsten Tag gestorben war. Sie wussten, dass ein einziger Ausbrecher die Vernichtung des gesamten Lagers bedeuten könnte – und genau das war Abduls Absicht.

Abdul wählte den rollenden Kiosk als Fluchtfahrzeug. Ein unternehmungslustiger Händler mit Namen Yakub fuhr von Oase zu Oase und verkaufte den Leuten im Umkreis von hundert Meilen alles, was sie nicht selbst herstellen konnten. Er hatte all die süßen Leckereien, die Araber so liebten, dazu Comics mit muslimischen Superhelden: *Man of Fate*, *Impossible Man* und *Buraaq*. Auch Cleopatra-Zigaretten, Kugelschreiber, Batterien und Aspirin zählten zu seinen Waren. All das transportierte er in Stahlkisten auf der Ladefläche eines uralten Pick-ups. Hier in der Mine verkaufte er meist nur an die Wachen, denn die Arbeiter hatten nur wenig oder gar kein Geld. Seine Preise waren allerdings niedrig und sein Profit nicht groß.

Wenn er wieder abfuhr, wurde der rollende Kiosk genauso gründlich durchsucht wie alle anderen Fahrzeuge auch, aber Abdul hatte schon eine Idee, wie er einer solchen Durchsuchung entgehen konnte.

Yakub kam immer am Samstagnachmittag und brach am frühen Sonntagmorgen wieder auf. Heute war Sonntag.

Abdul verließ das Lager bei Sonnenaufgang kurz vor dem Frühstück und ohne mit Kiah zu reden. Sie würde sicher entsetzt sein, wenn sie feststellte, dass Abdul verschwunden war, doch er konnte nicht riskieren, sie vorzuwarnen. Abdul nahm nur eine große Plastikflasche mit Wasser mit. Es würde noch etwa eine Stunde dauern, bis die Männer mit der Arbeit in der Grube begannen. Erst dann würde jemandem auffallen, dass er fehlte.

Abdul hoffte nur, dass Yakub heute nicht später abfuhr als sonst.

Er war erst ein paar Meter weit gekommen, als er jemanden rufen hörte: »He, du! Komm her!«

Er hörte ein leichtes Lispeln in der Stimme. Das war Mohammed. Abdul stöhnte innerlich, doch er schlurfte zurück. »Was ist?«

»Wo willst du hin?«

»Scheißen.«

»Und warum brauchst du dabei eine Flasche Wasser?«

»Um mir die Hände zu waschen.«

Mohammed grunzte und wandte sich wieder ab.

Abdul ging in Richtung der Männerlatrine, doch sobald er außer Sichtweite des Lagers war, änderte er die Richtung. Er folgte der Piste bis zu einer Abzweigung. Sie war kaum zu sehen, doch ein Steinhaufen markierte die Stelle. Bei genauerem Hinsehen konnte man auch erkennen, dass ein Weg geradeaus führte, genau in die Richtung, aus der Hakims Bus gekommen war. Dort ging es zurück zur Grenze und in den Tschad. Links konnte Abdul auch einen zweiten Weg erkennen. Er wies nach Norden, quer durch Libyen. Aus den Karten, die er studiert hatte, wusste er, dass diese Strecke irgendwo auf eine asphaltierte Straße stieß, die bis nach Tripolis führte. Im Osten gab es nur wenige Dörfer, und Abdul war sich ziemlich sicher, dass Yakub den Weg nach Norden nehmen würde.

Abdul marschierte in diese Richtung und suchte nach einem Anstieg. Yakubs Pick-up würde langsamer werden, wenn es bergauf ging. Abdul plante, dem Truck hinterherzurennen, wenn er am langsamsten war, und hinten auf die Ladefläche zu springen. Dann würde er sich ein Tuch um den Kopf wickeln und sich auf eine lange, unbequeme Fahrt einrichten.

Sollte Yakub im falschen Augenblick in den Rückspiegel schauen, anhalten und Abdul zur Rede stellen, dann würde Abdul ihm die Wahl lassen: hundert Dollar für eine Fahrt zur nächsten Oase oder den Tod. Doch wenn man durch die Wüste fuhr, war es eigentlich recht sinnlos, in den Rückspiegel zu schauen.

Ein paar Meilen von der Mine entfernt erreichte Abdul den ersten Hügel, und nahe der Kuppe fand er eine Stelle, wo er sich verstecken konnte. Die Sonne stand noch immer tief im Osten, und Abdul würde hinter den Felsen Schatten suchen. Er trank einen Schluck Wasser und bereitete sich aufs Warten vor.

Natürlich wusste Abdul nicht, was genau Yakubs Ziel war; trotzdem ging er die verschiedenen Möglichkeiten durch und dachte darüber nach, was er tun würde, wenn er dort ankam. Sobald eine Ortschaft in der Ferne zu sehen war, würde er von der Ladefläche springen und einfach zu Fuß ins Dorf gehen, als hätte er nichts mit Yakub zu tun. Zur Erklärung könnte er sagen, dass er zu einer Gruppe gehört hatte, die von Dschihadisten angegriffen worden war, und er sei als Einziger entkommen. Oder er könnte behaupten, allein mit einem Kamel durch die Wüste geritten zu sein, und das Tier sei verendet. Oder dass er ein Goldsucher war, dem man sein Motorrad und seine Werkzeuge geraubt hatte. Sein libanesischer Akzent würde hier niemandem auffallen. Die Wüstenbewohner in dieser Gegend sprachen ihre eigenen Sprachen, und jene, die auch Arabisch konnten, erkannten mit Sicherheit keinen Akzent. Anschließend würde er zu Yakub gehen und ihn um eine Mitfahrgelegenheit bitten. Er hatte noch nie etwas von dem Mann gekauft oder auch nur mit ihm gesprochen. Deshalb vertraute er darauf, dass Yakub ihn nicht erkannte.

Gegen Mittag würden die Dschihadisten Suchtrupps ausschicken, einen nach Osten in Richtung Tschad und einen nach Norden. Dann hätte Abdul zwar schon einen guten Vorsprung, doch um den nicht zu verspielen, brauchte er ein Fahrzeug. Sobald er die Gelegenheit dazu hatte, würde er sich eins kaufen. Aber natürlich drohte ihm dann Gefahr von platten Reifen oder Motorausfällen.

Es gab viel, was schiefgehen konnte.

Abdul hörte ein Fahrzeug und hob den Blick, doch es war ein neuer Toyota mit einem gesund klingenden Motor, definitiv nicht Yakubs Schrotthaufen. Abdul ließ sich wieder in den Sand sinken und zog das graubraune Gewand enger um die Schultern. Als der Toyota vorbeifuhr, sah er zwei Wachen auf der offenen Ladefläche. Beide hatten Gewehre in der Hand. Bestimmt ein Goldtransport, dachte er.

Abdul frage sich, wohin das Gold wohl ging. Es musste einen Mittelsmann geben, überlegte er, vielleicht in Tripolis; ein Mann, der das Gold in Geld auf Nummernkonten verwandelte, mit dem der ISGS Waffen, Fahrzeuge und alles andere kaufen konnte, was er für seine Welteroberungspläne brauchte. Den Namen und die Adresse des Kerls würde ich schon gern kennen, dachte Abdul. Dann würde ich ihm erst einmal erklären, woher das Gold kommt, und dann würde ich ihn einen Kopf kürzer machen.

* * *

Während Kiah Naji wusch – was sie tat, ohne dabei nachzudenken –, stritt sie sich im Kopf mit dem Geist ihrer Mutter, den sie Umi nannte.

»Wo ist der hübsche Fremde hin?«, verlangte Umi zu wissen.

»Er ist kein Fremder. Er ist Araber«, antwortete Kiah verärgert.

»Was für eine Art von Araber?«

»Libanese.«

»Na ja, wenigstens ist er Christ.«

»Und ich habe keine Ahnung, wo er ist.«

»Vielleicht ist er ja geflohen und hat dich zurückgelassen.«

»Da hast du vermutlich recht, Umi.«

»Bist du in ihn verliebt?«

»Nein. Und er ist mit Sicherheit auch nicht in mich verliebt.«

Umi stemmte die Hände in die Hüften, eine streitlustige Geste, wie sie typisch für sie war. In Kiahs Vorstellung hatte Umi gerade gebacken, und jetzt hinterließ das Mehl Fingerabdrücke auf ihrem schwarzen Kleid – ganz genauso wie damals, als sie noch kein Geist gewesen war. In herausforderndem Tonfall verlangte sie zu wissen: »Dann sag mir: Warum ist er so nett zu dir?«

»Manchmal ist er richtig kalt und unfreundlich.«

»Wirklich? Ist er kaltherzig, wenn er dich vor irgendwelchen üblen Typen beschützt oder deinem Kind Geschichten erzählt?«

»Er ist freundlich. Und stark.«

»Und er scheint Naji zu lieben.«

Sanft trocknete Kiah Naji ab. »Alle lieben Naji.«

»Abdul ist ein arabischer Christ mit jeder Menge Geld – genau die Art Mann, die du heiraten solltest.«

»Er will mich aber nicht heiraten.«

»Aha! Du hast also schon darüber nachgedacht.«

»Er kommt aus einer anderen Welt. Und jetzt kehrt er vermutlich wieder dorthin zurück.«

»Was für eine Welt denn?«

»Ich weiß es wirklich nicht. Aber ich glaube nicht, dass er seinen Lebensunterhalt je wirklich mit dem Verkauf von Billigzigaretten verdient hat.«

»Mit was dann?«

»Ich glaube, er ist so eine Art Polizist.«

Umi schnaubte verächtlich. »Die Polizei beschützt dich nicht vor üblen Typen. Das sind die üblen Typen.«

»Du hast wohl auf alles eine Antwort.«

»Das hast du auch, wenn du so alt bist wie ich.«

* * *

Nach ungefähr einer Stunde sah Abdul Yakubs Pick-up. Der Wagen keuchte den Hang hinauf, wurde immer langsamer und zog eine Staubwolke hinter sich her. Sehr gut. Der Staub würde Abdul zusätzlichen Schutz bieten, wenn er auf die Ladefläche sprang.

Abdul rührte sich nicht. Er wartete auf den richtigen Moment.

Durch die Windschutzscheibe sah er Yakubs Gesicht. Yakub konzentrierte sich voll und ganz auf die Piste. Als das Fahrzeug an Abduls Versteck vorbeirollte, breitete die Staubwolke sich aus und verschluckte ihn. Er richtete sich auf.

Dann hörte er ein weiteres Fahrzeug.

Abdul fluchte.

Am Motorgeräusch erkannte er, dass das zweite Fahrzeug moderner und stärker war, vermutlich einer der schwarzen Mercedes-SUVs, die er im Fuhrpark der Mine gesehen hatte. Und es fuhr schnell. Der Fahrer wollte Yakub offensichtlich überholen.

Abdul durfte nicht riskieren, entdeckt zu werden. Der Staub mochte ihn ja verbergen, vielleicht aber auch nicht, und wenn er gesehen wurde, war sein Fluchtversuch vorbei und damit auch sein Leben.

Abdul duckte sich wieder auf den Boden, zog das Kopftuch übers Gesicht und verschmolz mit der Wüste, als der Mercedes an ihm vorbeidonnerte.

Die beiden Fahrzeuge überquerten die Kuppe und verschwanden hinter dem Hügel. Nur ein staubiger Nebel blieb zurück, und Abdul trottete wieder zum Lager zurück.

Er konnte es ja noch einmal versuchen. Sein Plan war noch immer gut. Er hatte einfach Pech gehabt. Es war äußerst ungewöhnlich, dass zwei Fahrzeuge gleichzeitig das Lager verließen.

In einer Woche würde er eine weitere Gelegenheit haben. Wenn er dann noch am Leben war.

***

Abdul wurde gezwungen, die Mittagspause durchzuarbeiten. Das war die Strafe dafür, dass er zu spät in die Grube gekommen war. Er nahm an, dass die Strafe noch härter ausgefallen wäre, wäre er nicht so ein guter Arbeiter gewesen.

An diesem Abend war er hundemüde und verzweifelt. Noch eine Woche in dieser Hölle, dachte er. Abdul setzte sich vor dem

Unterstand auf den Boden und wartete auf das Abendessen. Nachdem er gegessen hatte, würde er sich sofort schlafen legen.

Er hörte das Dröhnen eines starken Motors. Ein Mercedes traf ein und rollte langsam durch das Lager. Der schwarze Lack war braun von Staub.

In dem umzäunten Fuhrpark gegenüber der Sklavenunterkunft nahm die Wache die Kette vom Tor.

Der Mercedes fuhr hinein, hielt an, und zwei Bewaffnete stiegen aus. Dann folgten zwei weitere Männer. Einer war groß und trug eine schwarze Kandora sowie eine weiße Kufiya, die zu einem Turban gebunden war. Abduls Herz schlug immer schneller, als er sah, dass der Mann graues Haar und einen schwarzen Bart hatte. Er drehte sich langsam im Kreis und ließ den kalten Blick über das Lager schweifen. Er reagierte weder auf die zerlumpten Frauen noch auf die erschöpften Männer oder die armseligen Unterstände, in denen sie hausten. Es war, als würde er keine Menschen, sondern eine Schafherde in einem Pferch betrachten.

Der zweite Mann stammte offensichtlich aus Ostasien.

Abdul holte sein gutes Handy hervor und machte unauffällig ein Foto.

Mohammed lief herbei und rief erfreut: »Willkommen, Mr Park! Schön, Sie wiederzusehen!«

Das war ein koreanischer Name. Abdul machte ein zweites Foto.

Mr Park war gut gekleidet. Er trug einen schwarzen Nadelstreifenblazer, eine beige Leinenhose und schwere Arbeitsstiefel mit stabilen Sohlen. Seine Augen wurden von einer Sonnenbrille verdeckt. Sein Haar war dick und dunkel, sein Gesicht aber voller Falten, und Abdul schätzte ihn auf um die sechzig.

Alle begegneten dem Koreaner geradezu ehrfürchtig, selbst sein großer arabischer Begleiter. Mohammed lächelte ununterbrochen und verneigte sich ständig. Der Koreaner ignorierte ihn.

Sie machten sich auf den Weg über den vermüllten Pfad zum

Gelände der Wachen. Der große Araber legte den Arm um Mohammed, und Abdul sah die linke Hand des Mannes auf Mohammeds Schulter. Der Daumen war nur noch ein Stumpf. Es sah wie eine Kampfwunde aus, die nie richtig behandelt worden war.

Es bestand kein Zweifel. Das war al-Farabi, »der Afghane«, der wichtigste Terrorist in Nordafrika. Und das hier war das »Loch«, Hufra, sein Hauptquartier. Doch er behandelte den Koreaner, als wäre er sein Vorgesetzter. Und der Geologe war auch Koreaner. Tatsächlich schienen die Nordkoreaner die Goldmine zu leiten. Offenbar waren sie tiefer in den afrikanischen Terrorismus verstrickt, als der Westen bis jetzt vermutete.

Abdul musste diese Information unbedingt weitergeben, bevor sie ihn töteten.

Er schaute der Gruppe hinterher, und ihm fiel auf, dass al-Farabi der Größte war. Der Turban ließ ihn sogar noch ein paar Zentimeter größer erscheinen. Der Mann wusste offenbar ganz genau, welche Symbolkraft Körpergröße hatte.

Dann sah Abdul Kiah aus der anderen Richtung kommen. Sie balancierte eine Ballonflasche mit Wasser auf der Schulter. Um das Gleichgewicht zu halten, hatte sie die Hüfte rausgeschoben. Kiah war jung, und trotz der Tatsache, dass sie schon neun Tage in einem Sklavenlager verbracht hatte, wirkte sie stark und geschmeidig, während sie ihre Last ohne sichtbare Mühe in Richtung Küche trug. Sie schaute zu al-Farabi, sah die beiden Bewaffneten und schickte sich an, einen großen Bogen um sie zu machen. Wie alle Sklaven wusste sie, dass eine Begegnung mit den Wachen nur selten gut endete.

Al-Farabi starrte sie an.

Kiah tat so, als würde sie das nicht bemerken, und beschleunigte ihren Schritt. Aber sie sah einfach verführerisch aus, denn sie musste mit hocherhobenem Kopf und gestrafften Schultern gehen, um das Gewicht zu tragen, und ihre Schenkel bewegten sich kraftvoll unter dem dünnen Baumwollgewand.

Al-Farabi ging weiter, schaute aber über die Schulter zurück, und der Blick seiner tiefliegenden dunklen Augen folgte Kiah, während sie davoneilte. Ohne Zweifel sah sie von vorn genauso attraktiv aus wie von hinten. Dieser Blick beunruhigte Abdul. Grausamkeit lag in al-Farabis Augen. Oh Gott, dachte er, hoffentlich geht das nicht übel aus.

Schließlich drehte al-Farabi sich wieder um und sagte etwas, das Mohammed lachen und nicken ließ.

Kiah erreichte den Unterstand und stellte die schwere Wasserflasche ab. Dann drehte sie sich um. Sie war rot und fragte: »Wer war das?«

»Zwei Besucher, beide offenbar sehr wichtig«, antwortete Abdul.

»Ich hasse es, wie der große Araber mich angeschaut hat.«

»Geh ihm besser aus dem Weg, wenn du kannst.«

»Natürlich.«

Die Disziplin der Wachen hatte an diesem Abend spürbar zugenommen. Mit dem Gewehr in der Hand gingen sie strammen Schrittes durchs Lager, und sie rauchten weder, noch aßen oder lachten sie. Sämtliche Fahrzeuge, die kamen oder wegfuhren, wurden mit außergewöhnlicher Sorgfalt durchsucht, und die lockeren Sandalen, die viele für gewöhnlich trugen, waren ordentlichen Stiefeln gewichen.

Kiah schlang ihr Kopftuch ums Gesicht, sodass nur noch ihre Augen zu sehen waren. Viele Frauen hier bedeckten ihr Gesicht ohnehin aus religiösen Gründen, also fiel es nicht weiter auf.

Aber es nützte nicht das Mindeste.

* * *

Kiah hatte Angst, dass der große Mann nach ihr schicken würde, und sie wollte nicht in einem Raum mit ihm eingesperrt sein, gezwungen zu tun, was auch immer er wollte. Aber sie konnte nirgends hin. Es gab kein Versteck im Lager. Tatsächlich konnte sie noch nicht einmal den Unterstand verlassen, denn Naji würde weinen, wenn sie längere Zeit weg war. Die Dunkelheit brach herein, und es wurde deutlich kühler. Kiah saß im hinteren Teil des Unterstands, wachsam und verängstigt. Esma nahm Naji auf ihren Schoß und erzählte ihm eine Geschichte. Sie sprach leise, um die anderen nicht zu wecken. Naji steckte den Daumen in den Mund. In ein paar Minuten würde er eingeschlafen sein.

Dann kam Mohammed in den Unterstand, gefolgt von vier Wachen. Zwei waren mit Gewehren bewaffnet.

Kiah hörte, wie Abdul einen warnenden Laut von sich gab.

Mohammed schaute sich um, bis sein Blick schließlich auf Kiah fiel. Wortlos deutete er auf sie. Kiah stand auf und drückte sich mit dem Rücken an die Wand. Naji spürte die Angst und begann zu weinen.

Abdul sprang Kiah nicht zur Seite. Gegen fünf Männer konnte er nichts ausrichten. Sie hätten ihn einfach über den Haufen geschossen. Kiah wusste das. Abdul blieb sitzen und beobachtete alles mit ausdruckslosem Gesicht.

Zwei Wachen packten Kiah an den Armen. Ihre Hände taten weh, und sie schrie auf; doch die Demütigung war schlimmer als der Schmerz.

Esma kreischte: »Lasst sie in Ruhe!«

Die Männer ignorierten sie.

Alle wichen rasch zurück. Niemand wollte etwas damit zu tun haben.

Als die Wachen Kiah fest im Griff hatten, trat Mohammed auf sie zu. Er packte sie am Kragen und riss daran. Kiah schrie, und ihr Kopf flog nach vorn, dann riss der Stoff, und darunter kam die dünne Halskette mit dem kleinen Silberkreuz zum Vorschein.

»Eine Ungläubige«, sagte Mohammed.

Abermals schaute er sich um, bis er Abdul fand. Alle wussten, dass Abdul Kiah nahestand, und alle hatten auch gesehen, wie er sich Hakim und seinen Bewaffneten im Bus widersetzt hatte. Schließlich murmelte Wahed, der Vater von Esma: »Was willst du tun?«

»Nichts«, antwortete Abdul.

Mohammed wollte Abdul jedoch zu einer Reaktion zwingen. »Na? Was sagst du dazu?«, spottete er.

»Eine Frau ist nur eine Frau«, erwiderte Abdul und wandte sich ab.

Mohammed zögerte kurz; dann gab er auf. Er winkte den Wachen, und die Männer zerrten Kiah aus dem Unterstand. Sie hörte noch, wie Naji schrie.

Kiah wehrte sich nicht. Sie hätten sie nur noch fester gepackt. Sie wusste, dass sie nicht fliehen konnte. Sie brachten sie zu den Baracken der Wachen. Der Wachposten öffnete das Tor und schloss es hinter ihnen wieder ab. Die Männer zerrten Kiah zu dem hellblauen Gebäude, das sie Mahur nannten, das Hurenhaus.

Kiah brach in Tränen aus.

Die Tür war von außen verriegelt. Sie öffneten sie, schleppten Kiah hinein, ließen sie los und gingen.

Kiah wischte sich die Augen ab und schaute sich um.

Es gab sechs Betten im Raum, jedes mit Vorhängen versehen, sodass man verhältnismäßig ungestört sein konnte. Drei Frauen waren hier, alle demütigend spärlich bekleidet, in Unterwäsche im westlichen Stil. Kerzen erhellten den Raum, doch die Umgebung war alles andere als romantisch.

»W… Was passiert mit mir?«, schluchzte Kiah.

Eine der Frauen antwortete hart: »Was glaubst du wohl? Sie werden dich ficken. Das ist schließlich der Sinn dieses Ortes. Aber mach dir keine Sorgen. Das bringt dich nicht um.«

Kiah dachte an den Sex mit Salim zurück. Zuerst war er unbeholfen und grob gewesen, doch das hatte sie nicht wirklich gekümmert, denn er hatte ihr gesagt, er habe noch nie bei anderen Frauen gelegen – na ja, zumindest nicht oft. Aber er war auch fürsorglich gewesen. In ihrer Hochzeitsnacht hatte er Kiah gefragt, ob er ihr wehtue – zweimal sogar. Und beide Male hatte sie Nein gesagt, obwohl das nicht wirklich gestimmt hatte. Und sie hatte bald gelernt, wie schön es war, dem anderen Lust zu bereiten oder selbst zu empfangen, besonders wenn beide Partner sich liebten.

Doch jetzt würde sie es mit dem Fremden tun müssen, mit dem großen Kerl mit den grausamen Augen.

Die Frau, die ihr geantwortet hatte, wurde von einer anderen zurechtgewiesen: »Sei nicht so grausam, Nyla. Du warst genauso fertig, als sie dich hierhergeschleppt haben. Du hast tagelang nur geheult.« Sie drehte sich zu Kiah um. »Ich bin Sabah. Wie heißt du, Liebes?«

»K… Kiah.« Sie schluchzte wieder. Man hatte sie von ihrem Kind getrennt; ihr Held hatte sie nicht beschützt, und jetzt würde man sie vergewaltigen. Sie war verzweifelt.

»Komm«, forderte Sabah sie auf. »Setz dich zu mir. Dann werden wir dir alles sagen, was du wissen musst.«

»Ich will nur wissen, wie man hier wieder rauskommt.«

Es folgte ein kurzes Schweigen. Dann sagte Nyla, die Gemeine, die zuerst mit ihr geredet hatte: »Es gibt nur einen Weg, wie man hier rauskommt. Tot.«

Kapitel 27

In Abduls Kopf gärte es. Er musste Kiah retten und aus dem Lager fliehen, und zwar beides sofort – aber wie?

Abdul teilte das Problem in Einzelschritte auf.

Zuerst musste er Kiah aus dem Mahur befreien.

Dann musste er einen Wagen stehlen.

Und schließlich musste er die Terroristen davon abhalten, ihnen zu folgen und sie wieder zu fangen.

Abdul zermarterte sich das Hirn. Die anderen gingen zur Küche und holten sich Teller mit Grießbrei und gekochtem Hammel. Abdul aß nichts und sprach auch mit niemandem. Er lag still da und schmiedete Pläne.

Die drei aneinandergrenzenden Areale, welche die eine Hälfte des Lagers bildeten, waren allesamt mit stabilem Maschendraht aus Stahl umzäunt. Das war Standard für Sicherheitsabsperrungen. Der Zaun an der Grube war zusätzlich mit Stacheldrahtrollen auf dem Maschendraht verstärkt, damit nur ja niemand auf die Idee kam, Gold zu stehlen, egal ob Sklave oder Wächter. Aber Abdul musste auch nicht zur Grube. Kiah war in einem Gebäude nahe den Baracken, und die Fahrzeuge standen im Fuhrpark.

Ein Bewaffneter bewachte die Wagen. Innerhalb des umzäunten Bereichs stand eine kleine Holzhütte, wo der Mann den Großteil der kalten Nacht verbrachte. Ohne Zweifel wurden dort auch die Fahrzeugschlüssel aufbewahrt. Die Wagen wurden von einem Tanklaster neben der Hütte betankt, und wenn der Tank leer wurde, traf ein neuer ein.

Langsam nahm ein Plan in Abduls Kopf Gestalt an. Es könnte funktionieren, vielleicht aber auch nicht. Vermutlich würde er getötet werden, doch es war den Versuch wert.

Zuerst einmal musste er jedoch warten, und das war hart. Alle waren noch wach, die Sklaven ebenso wie die Wachen. Al-Farabi war wahrscheinlich bei seinen Männern, plauderte mit ihnen, trank Kaffee und rauchte. Mitten in der Nacht, wenn alle schliefen, würden Abduls Chancen am besten sein. Der härteste Teil des Plans war jedoch, dass Kiah bis dahin mehrere Stunden in dem Bordell würde verbringen müssen; aber daran konnte Abdul nichts ändern. Er hoffte nur, dass al-Farabi noch müde von der Reise war, früh zu Bett ging und den Besuch bei Kiah auf den nächsten Tag verschob. Falls nicht, würde sie seine Zudringlichkeiten ertragen müssen. Abdul versuchte, erst gar nicht darüber nachzudenken.

Abdul lag auf seinem Platz im Unterstand, feilte an seinem Plan und wartete. Seine Leidensgenossen legten sich ebenfalls hin. Naji versuchte immer wieder, den Unterstand zu verlassen und nach seiner Mutter zu suchen, doch Esma hielt ihn fest. Er weinte ununterbrochen, doch schließlich schlief er erschöpft zwischen Esma und Bushra ein. Nach Sonnenuntergang wurde es rasch kälter, und alle wickelten sich in ihre Decken. Die erschöpften Sklaven schliefen früh ein, doch die Dschihadisten würden vermutlich noch länger wach bleiben, schätzte Abdul. Irgendwann würden jedoch auch sie zu Bett gehen, und dann blieben nur noch ein paar Wachen.

In dieser Nacht würde Abdul Menschen töten müssen – dessen war er sicher –, und das zum ersten Mal in seinem Leben. Er war überrascht, dass ihn die Aussicht nicht mehr verstörte. Er kannte die Namen der meisten Wachen in diesem Lager, allein durch das Belauschen ihrer Gespräche, doch deshalb empfand er noch lange kein Mitgefühl für sie. Diese Männer waren brutale Sklavenhalter, Mörder und Vergewaltiger. Sie verdienten keine Gnade. Was Abdul eher Sorgen bereitete, war der Effekt, den das auf ihn selbst haben würde. In all den Kämpfen, die er bisher ausgetragen hatte, hatte er nie einen tödlichen Schlag geführt; und doch war er sicher, dass es einen großen Unterschied zwischen einem Mann gab, der getötet hatte, und einem, dem das bis jetzt erspart geblieben war. Er würde diese Grenze nur ungern überschreiten.

Tiefschlaf, die Zeit, in der es besonders schwer war, den Schläfer zu wecken, trat im Allgemeinen in der ersten Hälfte der Nacht ein. Das wusste Abdul. Laut seiner Ausbildung war die beste Zeit für heimliche Aktivitäten zwischen ein und zwei Uhr nachts. Er lag wach, bis die Uhr eins anzeigte; dann stand er leise auf.

Abdul bewegte sich fast vollkommen geräuschlos. Außerdem gab es immer irgendwelche Geräusche im Unterstand: Schnarchen, Grunzen, unverständliches Murmeln. Abdul glaubte nicht, dass er irgendjemanden wecken würde. Als er jedoch zu Wahed schaute, war der alte Mann hellwach. Er lag auf der Seite; seine Augen waren weit geöffnet, und er beobachtete Abdul. Wie immer lagen seine Zigaretten neben seinem Kopf. Abdul nickte, und Wahed erwiderte das Nicken; dann wandte Abdul sich ab.

Er schaute hinaus. Sie hatten Halbmond, und das Lager war hell erleuchtet. Ein gelbes Licht fiel aus dem Fenster der Hütte im Fuhrpark. Von der Wache war jedoch nichts zu sehen; also war der Mann vermutlich drinnen.

Abdul schlich parallel zum Zaun durch das Sklavenquartier, hielt sich aber hinter den Unterständen außer Sicht. Leise setzte er einen Fuß vor den anderen und hielt den Blick auf der Suche nach Stolperfallen auf den Boden gerichtet.

Zwischendurch suchte er das Gelände immer wieder nach

Wachen ab. Als er wieder einmal zwischen den Unterständen hindurch zum Zaun auf der anderen Seite schaute, sah er das Aufblitzen einer Taschenlampe und erstarrte. Eine Wache patrouillierte dort und leuchtete immer wieder in die dunklen Bereiche hinein. Dann trat der Mann, der eigentlich die Grube bewachen sollte, zu seinem Kameraden und plauderte ein wenig. Stumm und leise beobachtete Abdul die beiden. Schließlich trennten sie sich wieder. Keiner von ihnen sah in Richtung der Sklavenquartiere.

Abdul schlich weiter. Wortlos ging er an einem grauhaarigen Mann vorbei, der mit halbgeschlossenen Augen in den Staub pisste. Ob die anderen Sklaven ihn sahen, kümmerte ihn nicht. Von ihnen würde keiner etwas unternehmen, auch nicht, wenn sie vermuteten, dass er zu fliehen versuchte. Kein Sklave hatte je Kontakt zu einer der Wachen, wenn es sich denn irgendwie vermeiden ließ. Die Wachen waren allesamt brutal und gelangweilt – eine gefährliche Kombination.

Schließlich kam Abdul auf Höhe des Barackenareals an. Gut zweihundert Meter weiter gab es zwei Tore, ein breites für Fahrzeuge und ein kleineres für Menschen. Beide waren mit Ketten verschlossen, und dahinter stand eine Wache. Von Abduls Beobachtungspunkt aus, halb hinter einem Zelt versteckt, war die Wache nur als Schatten zu erkennen, aufrecht, aber regungslos.

Das Mahur stand innerhalb der Umzäunung zwischen Abdul und dem Tor, aber näher am Tor. Im Mondlicht wirkte es eher weiß als hellblau.

Ab hier wurde es riskant.

Rasch lief Abdul zum Zaun, kletterte ohne zu zögern den Maschendraht hinauf und schwang sich hinüber. Er landete auf beiden Füßen und warf sich in den Sand.

Wenn man ihn jetzt entdeckte, würde man ihn sofort töten, doch das war nicht seine größte Angst. Wenn sein Befreiungsversuch fehlschlug, würde Kiah den Rest ihres Lebens als Sexsklavin der Dschihadisten verbringen, und das war eine Aussicht, über die Abdul gar nicht erst nachdenken wollte.

Er lauschte auf ein Geräusch, einen überraschten Schrei oder einen Warnruf. Er lag vollkommen still da, doch alles, was er hörte, war sein Herz. Hatte die Wache aus dem Augenwinkel heraus eine Bewegung gesehen? Schaute der Mann jetzt in seine Richtung und fragte sich, was das für ein merkwürdiger dunkler Fleck auf dem Boden war, ungefähr so groß wie ein Mann? Nahm er vorsichtshalber sein Gewehr in Anschlag?

Nach ein paar Augenblicken hob Abdul vorsichtig den Kopf und schaute in Richtung der beiden Tore. Die dunkle Gestalt rührte sich nicht. Der Mann hatte nichts gesehen. Vielleicht war er ja halb eingeschlafen.

Abdul rollte sich über den Boden, bis das Mahur zwischen ihm und der Wache war. Dann stand er auf, huschte zu der kahlen Wand des Gebäudes und spähte um die Ecke.

Zu seiner Überraschung sah er eine Frau von draußen auf das Tor zugehen. Er fluchte. Was hatte das zu bedeuten? Die Frau wechselte ein paar Worte mit der Wache, und der Mann ließ sie hinein. Sie ging auf das Mahur zu. Abdul dachte: Was macht sie da?

Die Frau bewegte sich, als wäre sie schon älter, und sie trug irgendwas mit beiden Händen, doch im Mondlicht konnte Abdul nicht erkennen, was das war. Vielleicht ein Stapel sauberer Handtücher. Er war noch nie in einem Bordell gewesen, in keinem Land, aber er nahm an, dass man dort viele Handtücher brauchte. Sein Puls beruhigte sich wieder.

Abdul blieb versteckt und lauschte, während die Frau zur Tür des Mahur ging, sie öffnete und eintrat. Dann hörte er Stimmen, als sie mit einem der Mädchen ein paar Worte wechselte. Männer schienen nicht anwesend zu sein. Schließlich kam die alte Frau mit leeren Händen wieder heraus und ging zum Tor. Die Wache ließ sie hinaus.

Abdul beruhigte sich langsam. Wenn da keine Männer waren und auch keine benutzten Handtücher, hatte Kiah heute Nacht vielleicht noch Glück gehabt.

Der Wachmann lehnte sein Gewehr an den Zaun und schaute nach draußen, in Richtung der Sklavenquartiere.

Zwischen dem Mahur und dem Tor gab es nichts, wo man sich hätte verstecken können. Über eine Strecke von etwa einhundert Metern würde Abdul vollkommen ungeschützt sein. Die Wache blickte genau in die andere Richtung. Was wäre, wenn der Mann Abdul aus den Augenwinkeln heraus wahrnahm oder sich vielleicht plötzlich umdrehen würde? Na ja, dann würde Abdul einfach sagen: »Hast du 'ne Kippe für mich, Bruder?« Der Wachmann würde davon ausgehen, dass jeder innerhalb der Umzäunung ein Dschihadist war, und es würde vielleicht ein paar tödliche Augenblicke lang dauern, bis er erkannte, dass Abdul die Lumpen eines Sklaven trug.

Vielleicht würde er auch direkt Alarm schlagen.

Oder Abdul sofort erschießen.

Das war das zweite große Risiko.

Die Schärpe, die Abdul von Tamara bekommen hatte, trug er nun seit gut sechs Wochen fest um seine Hüfte gebunden. Jetzt löste er sie und entfernte die Baumwolltülle, sodass ein ein Meter langer Titandraht mit je einem Griff an beiden Enden zum Vorschein kam. Was er jetzt in Händen hielt, war eine Garotte, eine jahrhundertealte Meuchelmörderwaffe. Abdul wickelte den Draht auf und nahm das Ganze in die linke Hand. Dann schaute er auf seine Uhr: Es war Viertel nach eins.

Abdul ging in den Kampfmodus über, ganz so, wie er es bei seinen Übungen in Mixed Martial Arts gelernt hatte. Äußerste Wachsamkeit, keine Emotionen und brutale Zielstrebigkeit waren dessen Markenzeichen.

Dann verließ er den Schutz des Gebäudes und trat ins Mondlicht hinaus.

Mit leisen Schritten und gespielter Lässigkeit ging er in Richtung Tor. Dabei starrte er unablässig auf den Wachmann. Natürlich wusste er, dass hier sein Leben auf dem Spiel stand, doch sein Schritt verriet keine Furcht. Als er näher kam, erkannte er, dass der Mann zwar aufrecht stand, aber tatsächlich halb eingeschlafen war. Abdul näherte sich ihm von hinten.

Kurz vor dem Ziel entrollte er lautlos den Draht, packte die Griffe mit beiden Händen und formte eine Schlaufe daraus. Im allerletzten Moment schien der Mann Abduls Gegenwart zu fühlen, denn er machte ein erschrockenes Geräusch und begann, sich umzudrehen. Abdul erhaschte einen Blick auf eine glatte Wange und einen dünnen Schnurrbart und erkannte einen jungen Mann mit Namen Tahaan. Aber Tahaans Reaktion kam zu spät. Die Schlinge fiel über seinen Kopf, und Abdul zog sie sofort zu.

Der Draht grub sich in Tahaans Hals und drückte ihm die Kehle zusammen. Er versuchte zu schreien, doch kein Geräusch kam aus seinem Mund, denn die Luftröhre war bereits abgeschnitten. Verzweifelt versuchte er, den Draht mit der Hand zu lösen, aber auch das ging nicht, denn die Titanschlinge war schon viel zu tief in sein Fleisch eingedrungen. Blut sickerte über seine Haut, und die Finger fanden keinen Halt.

Abdul zog immer kräftiger und hoffte, Tahaan nicht nur die Luft, sondern auch die Blutzufuhr ins Gehirn abzuschneiden, damit er rasch das Bewusstsein verlor.

Tahaan sank auf die Knie, wand sich aber weiter. Er schlug hinter sich, versuchte, Abdul zu erreichen, doch Abdul wich ihm mit Leichtigkeit aus. Nach und nach wurden Tahaans Bewegungen schwächer. Abdul riskierte einen Blick über die Schulter zurück zu den Baracken. Nichts rührte sich. Die Dschihadisten schliefen tief und fest.

Tahaan verlor das Bewusstsein und erschlaffte. Ohne die Schlinge zu lockern, ließ Abdul ihn auf den Boden hinab und kniete sich auf seinen Rücken.

Wieder schaute er auf die Uhr: achtzehn Minuten nach eins. Um den Tod sicherzustellen, hatten die CIA-Ausbilder erklärt, solle man das Opfer fünf Minuten lang würgen. Und Abdul konnte die Schlinge zwar leicht noch zwei Minuten lang zuziehen, aber er sorgte sich, dass in der Zeit jemand auftauchen und alles ruinieren könnte.

Im Lager war es vollkommen still. Abdul schaute sich um. Nichts rührte sich. Nur noch ein klein wenig länger, dachte er. Das ist alles, was ich brauche. Er hob den Blick. Der Mond schien hell, doch er würde in gut einer Stunde untergehen. Erneut warf Abdul einen Blick auf seine Uhr: noch eine Minute.

Abdul betrachtete sein Opfer. So ein junges Gesicht habe ich nicht erwartet, dachte er. Junge Männer waren natürlich auch zu Brutalität fähig, und dieser hier hatte sich bewusst für eine Laufbahn voller Grausamkeit und Gewalt entschieden; trotzdem wünschte sich Abdul, er hätte nicht ein Leben beenden müssen, das gerade erst angefangen hatte.

Eine halbe Minute. Fünfzehn Sekunden. Zehn, fünf, null. Abdul lockerte die Schlinge, und Tahaan fiel leblos zu Boden.

Abdul wickelte den Draht locker um seine Hüfte und verknotete ihn an den Griffen. Dann schnappte er sich Tahaans Gewehr und warf es sich auf den Rücken. Schließlich kniete er sich nieder, wuchtete die Leiche auf seine Schulter und stand wieder auf.

Rasch stapfte Abdul auf die abgelegene Seite des Mahur und ließ den Toten an der Wand zu Boden fallen. Richtig verstecken konnte er ihn hier nicht, aber zumindest lag er jetzt nicht mehr mitten auf einer freien Fläche.

Abdul legte das Gewehr neben die Leiche. Er hatte ohnehin keine Verwendung für die Waffe. Ein Schuss reichte, um die Dschihadisten aufzuwecken, und dann wäre seine Flucht vorbei.

Abdul fand die Tür des Mahur. Der Riegel war vorgelegt, was bestätigte, dass keine Terroristen drinnen waren, nur Sklavinnen. Das war gut. Abdul wollte alles vermeiden, was Lärm verursachen könnte. Er musste Kiah rausholen, ohne die Wachen zu alarmieren, denn er hatte noch viel zu tun, bevor sie fliehen konnten.

Er lauschte einen Moment. Die Stimmen, die er vorhin gehört hatte, waren inzwischen verstummt. Geräuschlos zog er den Riegel zurück, öffnete die Tür und trat ein.

Es roch nach ungewaschenen Menschen, die eng zusammenlebten. Der Raum hatte keine Fenster und wurde nur schwach von einer einsamen Kerze erhellt. Abdul sah sechs zerwühlte Betten. Vier davon waren von Frauen belegt. Sie waren wach und saßen aufrecht. Frauen wie sie sind bis spät in die Nacht auf Abruf bereit, sagte sich Abdul. Vier unglückliche Gesichter schauten ihn ängstlich an. Vermutlich hielten sie ihn für eine Wache, die Sex haben wollte, vermutete er. Dann sagte eine von ihnen: »Abdul?«

Er erkannte Kiahs Gesicht im schwachen Licht. Abdul sprach Französisch mit ihr in der Hoffnung, dass die anderen Frauen ihn nicht verstanden. »Komm mit«, sagte er. »Schnell, schnell.« Er wollte sie hier rausholen, bevor den anderen klarwurde, was los war. Sonst würden sie vielleicht auch fliehen wollen.

Kiah sprang vom Bett und war mit drei Schritten durch den Raum. Sie war voll bekleidet, wie jeder nachts in der Sahara.

Eine der anderen Frauen stand ebenfalls auf und wollte wissen: »Wer bist du? Was ist hier los?«

Abdul schaute nach draußen, sah niemanden und scheuchte Kiah hinaus. In dem Moment hörte er eine der anderen Frauen sagen: »Nimm mich auch mit!« Und eine andere ergänzte: »Wir wollen alle hier weg!«

Rasch schloss Abdul die Tür und schob den Riegel vor. Er hätte den anderen Frauen nur allzu gern zur Flucht verholfen, aber sie könnten die Wachen alarmieren und alles verderben. Die Tür klapperte, als die Frauen sie zu öffnen versuchten, doch sie kamen zu spät. Abdul hörte verzweifelte Schreie und hoffte, sie waren nicht so laut, dass irgendjemand davon geweckt wurde.

Auf dem Barackengelände war alles still. Abdul schaute zur Grube hinüber. Von einer Taschenlampe war nichts zu sehen, aber er erkannte das Glühen einer Zigarette. Der Wachmann schien zu sitzen. Abdul sah jedoch nicht, in welche Richtung der Mann schaute. Sicherer geht's nicht, dachte er und sagte zu Kiah: »Mir nach.«

Rasch ging Abdul zum Maschendrahtzaun und kletterte hinauf. Oben hielt er kurz inne für den Fall, dass Kiah Hilfe brauchte. Es war schwer, Halt zu finden, denn die Maschen waren eng, und Abdul war nicht sicher, dass sie es schaffen würde, sich hinaufzuziehen. Er hätte sich jedoch keine Sorgen machen müssen. Kiah war geschickt und stark, und sie kletterte schneller über den Zaun als er. Sie sprang auf der anderen Seite wieder herunter, und Abdul folgte ihr.

Abdul führte Kiah zum Sklavenlager, wo sie den Wachen nicht weiter auffallen würden. Rasch eilten sie zwischen den Hütten und Zelten hindurch zu ihrem Unterstand.

Abdul wollte wissen, was Kiah im Mahur widerfahren war, doch jetzt war nicht die Zeit für Fragen. Außerdem war Stille geboten; aber eine Frage musste er einfach stellen. »Hat der große Mann dich besucht?«, flüsterte er.

»Nein«, antwortete sie genauso leise. »Gott sei Dank.«

Abdul war noch nicht zufrieden. »Hat sonst jemand …?«

»Es ist niemand gekommen, nur die Handtuchfrau. Die anderen Mädchen haben mir erzählt, das passiert manchmal. Wenn keine Wachen kommen, nennen sie das einen Freitag, einen Tag, an dem sie nicht arbeiten müssen.«

Abdul fiel eine große Last von den Schultern.

Eine Minute später erreichten sie den Unterstand.

Abdul flüsterte: »Schnapp dir Decken, Wasser und dann Naji. Nimm ihn in die Arme und sieh zu, dass er schläft. Dann warte, aber sei jederzeit bereit zur Flucht.«

»In Ordnung«, erwiderte Kiah ruhig. Sie wirkte weder verwirrt noch übermäßig besorgt. Stattdessen war sie kühl und entschlossen. Was für eine Frau, dachte Abdul.

Abdul hörte jemanden mit Kiah sprechen. Die Stimme gehörte einer jungen Frau. Also musste das Esma sein. Kiah bedeutete ihr zu schweigen und gab flüsternd Antwort. Die anderen schliefen weiter.

Abdul schaute sich draußen um. Es war niemand zu sehen. Er ging zum Fuhrpark und spähte durch den Zaun. Auch hier bewegte sich nichts. Keine Spur von der Wache, die ohne Zweifel in der Hütte hockte. Abdul kletterte über den Zaun.

Als er auf der anderen Seite heruntersprang, landete sein linker Fuß auf etwas, das er nicht gesehen hatte, und es machte ein metallisches Geräusch. Als er sich hinkniete, sah er, dass es ein leerer Ölkanister war. Das Geräusch war das Einknicken des Metalls unter seinem Gewicht gewesen.

Abdul hockte sich tief nieder. Er wusste nicht, ob das Geräusch des Kanisters im Inneren der Hütte zu hören gewesen war. Er wartete. Kein Laut kam von der Hütte, und es bewegte sich noch immer nichts. Nach einer Minute stand er auf.

Er musste sich an die Wache hier genauso anschleichen, wie er es bei Tahaan getan hatte, und sie zum Schweigen bringen, bevor sie Alarm schlagen konnte. Doch diesmal würde das schwieriger sein. Der Mann befand sich in der Hütte; also konnte Abdul sich nicht von hinten nähern.

Vielleicht war die Hütte sogar von innen verriegelt. Doch das erschien ihm unwahrscheinlich. Was wäre auch der Sinn davon gewesen?

Leise schlich Abdul im Zickzack zwischen den Fahrzeugen hindurch. Die winzige Hütte hatte ein kleines Fenster, durch das die Wache zu den Autos blicken konnte, doch als Abdul näher kam, sah er kein Gesicht im Rahmen.

Abdul näherte sich schräg von der Seite. Im Inneren der Hütte sah er ein Brett mit beschrifteten Schlüsseln an der Wand.

Wie erwartet, waren die Dschihadisten gut organisiert. Er sah auch einen Tisch mit einer Flasche Wasser, ein paar dicke Gläser und einen vollen Aschenbecher. Auch das Gewehr der Wache lag auf dem Tisch, eine Kalaschnikow oder vermutlich eher eine nordkoreanische Kopie davon.

Abdul blieb ein paar Meter vom Fenster entfernt und trat ein Stück zur Seite, um mehr erkennen zu können. Dann sah er die Wache, und sein Herz setzte einen Schlag lang aus. Der Mann saß auf einem gepolsterten Stuhl, den Kopf zurückgelegt und mit offenem Mund. Er schlief tief und fest. Der Mann hatte einen buschigen Bart und trug einen Turban. Abdul erkannte ihn auf Anhieb. Sein Name war Nasir.

Abdul holte die Garotte hervor und formte eine Schlaufe daraus. Er schätzte, dass es ihm gelingen sollte, die Tür zu öffnen, einzudringen und Nasir zu überwältigen, bevor er in der Lage war, nach seiner Waffe zu greifen – es sei denn, Nasir war unerwartet schnell.

Abdul wollte gerade zur Tür schleichen, als Nasir aufwachte und ihn direkt ansah.

Mit einem überraschten Schrei auf den Lippen sprang Nasir auf.

Vor lauter Schreck war Abdul einen Augenblick lang wie gelähmt; dann improvisierte er. »Wach auf, Bruder!«, rief er auf Arabisch und lief zur Tür.

Sie war nicht abgeschlossen.

Abdul öffnete und sagte: »Der Afghane will einen Wagen.« Er trat ein.

Nasir hielt das Gewehr in der Hand und starrte Abdul verwirrt an. »Mitten in der Nacht?«, erwiderte er verschlafen. Niemand, der auch nur annähernd bei Verstand war, fuhr nachts in die Wüste.

»Mach voran, Nasir«, sagte Abdul. »Du weißt doch, wie ungeduldig er ist. Ist der Mercedes vollgetankt?«

»Wer bist du überhaupt?«, verlangte Nasir misstrauisch zu wissen.

Und in dem Augenblick schlug Abdul zu.

Er sprang, trat mitten im Sprung zu und warf sich im selben Augenblick herum, um auf allen vieren zu landen. Mit seinem Dropkick hatte er schon viele Kämpfe gewonnen. Nasir zuckte zurück, doch er war zu langsam und hatte ohnehin nicht genug Platz, um auszuweichen. Abduls Ferse traf Nasir genau auf Nase und Mund.

Nasir schrie auf, fiel zurück und ließ seine Waffe fallen. Abdul landete mit beiden Füßen und Händen auf dem Boden, wirbelte herum und schnappte sich das Gewehr.

Er schoss jedoch nicht. Abdul war nicht sicher, wie weit man einen Schuss hören konnte, und er durfte die anderen Terroristen in keinem Fall wecken. Als Nasir versuchte, wieder aufzustehen, rammte Abdul ihm den Kolben gegen die Schläfe. Dann hob Abdul die Waffe hoch über den Kopf des Mannes und schlug mit aller Kraft zu. Nasir brach bewusstlos zusammen.

Als er zum Sprung angesetzt hatte, hatte Abdul die Garotte fallen gelassen. Jetzt hob er sie wieder auf, legte Nasir die Schlinge um den Hals und zog zu.

Abdul wartete, bis der bewusstlose Nasir erstickt war. Nasir hatte zwar geschrien, aber hatte das auch jemand gehört? Wenn ein, zwei Sklaven davon wach geworden waren, war das egal. Sie würden sich nicht rühren. Der einzige andere Wachmann war der an der Grube, doch Abdul nahm an, dass der nichts gehört hatte. Dafür war er eigentlich viel zu weit entfernt. Aber vielleicht war ja eine Streife in der Nähe gewesen. Doch bis jetzt hatte niemand Alarm geschlagen.

Nasir kam nie wieder zu sich.

Abdul schnitt ihm ganze fünf Minuten die Luft ab; dann nahm er die Schlinge wieder ab und band sich den Draht erneut um die Hüfte.

Schließlich schaute er zum Schlüsselbrett.

Die gut organisierten Terroristen hatten jeden Schlüssel und jeden Haken beschriftet, sodass Abdul sofort fand, was er suchte. Zuerst nahm er sich den Torschlüssel, stieg über Nasirs Leiche hinweg und verließ die Hütte.

Um so weit wie möglich außer Sicht zu bleiben, hielt Abdul sich auf dem Weg zum Tor hinter den großen Trucks. Dort angekommen, öffnete er das simple Vorhängeschloss und nahm dann leise die Kette ab. Anschließend ließ er seinen Blick über die Fahrzeuge schweifen.

Einige waren schlecht geparkt, sodass sie sich gegenseitig blockierten. Insgesamt standen vier SUVs im Fuhrpark, und nur einer davon stand an einer Stelle, von wo man einfach losfahren konnte. Er war staubbedeckt. Das musste der sein, mit dem al-Farabi vor ein paar Stunden gekommen war. Abdul merkte sich das Nummernschild.

Er kehrte zur Hütte zurück und hängte den Torschlüssel wieder an seinen Platz.

Die SUV-Schlüssel waren leicht zu erkennen, denn alle hatten sie einen Anhänger mit Mercedes-Stern und ein Schild mit dem jeweiligen Kennzeichen. Abdul nahm den von dem Wagen, den er sich ausgesucht hatte, und ging wieder hinaus.

Alles war ruhig. Niemand hatte Nasir schreien hören. Bis jetzt hatte auch noch niemand Tahaans Leiche hinter dem Mahur gefunden.

Abdul stieg in den Mercedes. Die Innenbeleuchtung ging automatisch an, sodass Abdul von außen deutlich zu erkennen war. Er suchte jedoch gar nicht erst nach dem Schalter dafür. Er hatte keine Zeit. Stattdessen startete er den Motor. Das war mitten in der Nacht ein ungewöhnliches Geräusch, aber es hallte nicht bis zu den Unterkünften der Dschihadisten. Doch was war mit dem Wachmann an der Grube? Würde der es hören? Und, falls ja, würde er dann kommen und nachschauen?

Abdul konnte nur hoffen, dass dem nicht so war.

Abdul schaute auf die Tankanzeige. Der Tank war fast leer. Er fluchte.

Abdul suchte am Armaturenbrett und fand den Schalter für den Tankdeckel. Dann sprang er hinaus. Die Innenbeleuchtung ging wieder an.

Der Tankwagen hatte einen Schlauch mit Stutzen, wie an einer Tankstelle. Abdul steckte den Stutzen in die Tanköffnung des Mercedes und drückte den Hebel.

Nichts geschah.

Abdul drückte mehrmals zu. Keine Wirkung. Er nahm an, die Pumpe funktionierte nur, wenn der Motor des Lasters lief.

»Scheiße«, knurrte er.

Abdul schaute sich das Kennzeichen des Tanklasters an und kehrte wieder in die Hütte zurück. Dort fand er die Schlüssel und ging wieder hinaus. Er stieg in die Kabine, und auch hier ging die Innenbeleuchtung an. Abdul startete den Motor. Mit einem tiefen Grollen erwachte er zum Leben.

Mit Unauffälligkeit war nichts mehr. Der Lärm des großen Motors würde definitiv bis zu den Terroristen hallen, nicht laut zwar, aber laut genug, dass irgendjemand es bemerken musste.

Die erste Reaktion der Dschihadisten wäre Verwirrung: Wer ließ da mitten in der Nacht einen Lkw-Motor laufen? Irgendjemand wollte offenbar das Lager verlassen, aber warum? Ein Terrorist weckte vielleicht gerade einen anderen und fragte: »Hörst du das?« Natürlich würden sie nicht sofort zu dem Schluss kommen, dass da ein Sklave versuchte zu fliehen, aber sie würden herausfinden wollen, was da los war, und nach einer kurzen Diskussion würden sie beschließen, der Sache auf den Grund zu gehen.

Abdul sprang aus dem Führerhaus, lief zum Mercedes zurück, steckte den Stutzen in die Tanköffnung und drückte den Hebel. Das Benzin begann zu fließen.

Abdul schaute sich immer wieder um. Jeden Moment rechnete er damit, die Rufe der Dschihadisten zu hören und Taschenlampen zu sehen.

Als der Tank voll war, schaltete der Stutzen automatisch aus.

Abdul schloss den Tank, hängte den Tankschlauch wieder zurück und fuhr den Wagen zum Tor. Noch immer hatte niemand reagiert.

Abdul lief wieder zum Tankwagen zurück und griff abermals nach dem Schlauch. Er nahm die Garotte von der Hüfte und band den Draht fest um den Hebel, sodass die Pumpe konstant arbeitete und das Benzin sich auf den Boden ergoss.

Er ließ den Stutzen fallen. Das Benzin lief unter die Autos und verteilte sich links und rechts bis zum Zaun. Abdul rannte zum Wagen zurück.

Er öffnete das Tor. Das ging jedoch nicht leise. Das Ding war total verrostet, und die ungeschmierten Scharniere knirschten und stöhnten. Abdul brauchte nur noch ein paar Sekunden.

Im Fuhrpark bildete sich ein kleiner See aus Benzin, und der Gestank erfüllte die Luft.

Abdul fuhr den Wagen durchs Tor. Vor sich sah er den Beginn der Wüstenpiste.

Abdul ließ den Motor laufen und rannte zu den Sklavenunterkünften. Kiah wartete auf ihn. Naji schlief tief und fest in ihren Armen. Zu ihren Füßen stand eine Ballonflasche mit Wasser, daneben drei Decken und die große Leinentasche, die sie schon dabeigehabt hatte, als sie Drei Palmen verlassen hatten. Darin war alles, was Naji brauchte.

Abdul schnappte sich die Wasserflasche und die Decken und lief zum Wagen zurück, und Kiah folgte ihm.

Er warf alles hinten rein. Kiah legte Naji, der noch immer in seine Decke gewickelt war, auf den Rücksitz. Naji drehte sich um und steckte den Daumen in den Mund, ohne die Augen zu öffnen.

Abdul rannte zum Fuhrpark, der inzwischen mit Benzin geradezu geflutet war. Er war allerdings nicht sicher, ob die Feuersbrunst schon groß genug sein würde. Er musste sicherstellen, dass die Dschihadisten ihnen nicht würden folgen können, dass sie kein intaktes Fahrzeug mehr zur Verfügung hatten. Also griff Abdul sich noch einmal den Schlauch und begann, die Fahrzeuge vollzuspritzen, erst die SUVs, dann die Pick-ups und schließlich auch den Tankwagen.

Er sah, wie Kiah aus dem Wagen stieg und sich dem Zaun näherte. Das Benzin lief mittlerweile unter dem Maschendraht hindurch und auf den Pfad, und Kiah stieg vorsichtig darum herum. Mit leiser, drängender Stimme fragte sie: »Worauf warten wir denn noch?«

»Noch eine Minute.« Abdul durchtränkte auch die hölzerne Wachhütte mit Benzin, um die Schlüssel zu zerstören.

Plötzlich rief eine männliche Stimme: »Was ist das für ein Gestank?«

Das war der Wachmann aus der Grube. Er war an den Zaun gekommen und leuchtete mit der Taschenlampe auf die Fahrzeuge. In maximal einer Minute würde er Alarm schlagen. Abdul ließ den Schlauch fallen.

»Hey!«, rief die Stimme. »Da ist ein Treibstoffleck!«

Abdul beugte sich vor und riss einen Baumwollstreifen aus dem Saum seines Gewandes. Dann tunkte er das Tuch in das Benzin und trat mehrere Meter zurück. Er holte sein rotes Plastikfeuerzeug heraus und hielt den mit Benzin getränkten Stoff darüber.

Die Minenwache rief: »Was ist da los, Nasir?«

»Ich kümmer mich schon drum!«, antwortete Abdul und drückte das Feuerzeug.

Nichts geschah.

»Wer bist du?«

»Na, wer wohl? Nasir, du Depp!« Abdul drückte noch mal und noch mal und noch mal … Keine Flamme. Das Ding war leer.

Und er hatte keine Streichhölzer.

Kiah, die noch vor dem Zaun stand, konnte schneller wieder zum Unterstand zurück als Abdul. »Schnell!«, zischte er. »Lauf zurück und hol Streichhölzer. Wahed hat immer welche. Und tritt nicht ins Benzin. Beeil dich!«

Kiah rannte los.

»Du lügst«, sagte der Wachmann. »Nasir ist mein Cousin. Ich kenne seine Stimme. Du bist nicht Nasir.«

»Entspann dich! Diese Dämpfe schlagen mir auf die Lunge.«

»Ich schlage jetzt Alarm.«

Plötzlich war da eine neue Stimme. »Was ist hier los, verdammt?« Abdul hörte Mohammeds leichtes Lispeln. Das ergab Sinn. Er schien die Verantwortung für die Sklaven zu haben, und irgendjemand hatte ihn geschickt, um nachzusehen. Er hatte sich ungesehen herangeschlichen.

Abdul drehte sich um und sah, dass Mohammed seine Waffe gezogen hatte. Es war eine 9mm-Pistole, und er hielt sie in einem professionellen beidhändigen Griff. »Ich bin froh, dass du hier bist«, sagte Abdul. »Ich habe Kampfgeräusche gehört und nachgesehen. Das Tor stand offen, und Benzin lief aus.« Aus dem Augenwinkel heraus sah er Kiah aus dem Sklavenquartier kommen. Er machte ein paar Schritte nach rechts, sodass Mohammed zwischen ihm und Kiah war und sie nicht sehen konnte.

»Keinen Schritt näher«, knurrte Mohammed. »Wo ist die Wache? Wo ist Nasir?«

Kiah kam hinter Mohammed an den Zaun. Abdul sah, wie sie sich bückte und etwas aufhob. Es sah aus wie eine weggeworfene Schachtel Cleopatra.

»Nasir?«, sagte Abdul. »Nasir ist in der Hütte, aber ich glaube, er ist verletzt. Genaueres weiß ich nicht. Ich bin gerade erst angekommen.«

Kiah entzündete ein Streichholz und hielt die Flamme an die Zigarettenpackung.

Der Wachmann aus der Mine schrie: »Mohammed! Pass auf! Hinter dir!«

Mohammed wirbelte herum, und im selben Augenblick stürzte Abdul sich auf ihn und trat ihm die Beine weg. Mohammed fiel ins Benzin.

Kiah kniete sich mit ihrer brennenden Zigarettenpackung nieder und setzte das Benzin in Brand.

Das Feuer breitete sich rasend schnell aus. Abdul wich rasch zurück. Mohammed rollte sich herum und zielte auf ihn, doch er war aus dem Gleichgewicht und schoss mit nur einer Hand. Die Kugel verfehlte ihr Ziel. Mohammed kämpfte sich in die Höhe, doch die Flammen erreichten ihn, bevor er sich aufgerichtet hatte. Seine Kleider waren benzindurchtränkt und standen sofort in Flammen. Mohammed schrie vor Angst und Qual, als er sich in eine menschliche Fackel verwandelte.

Abdul rannte. Er spürte die Hitze, und er fürchtete, dem Inferno nicht mehr entkommen zu können. Er hörte einen Schuss, und er nahm an, dass der Minenwächter auf ihn feuerte. Abdul duckte sich auf der Suche nach Deckung zwischen den Fahrzeugen hindurch und lief zum Tor. Schließlich erreichte er den Mercedes und sprang hinein.

Kiah war bereits drin.

Abdul legte den Gang ein und raste los.

Als er davonfuhr, blickte er in den Rückspiegel. Die Flammen hatten inzwischen den ganzen Fuhrpark erfasst. Würden wirklich alle Fahrzeuge zerstört werden? In jedem Fall würden sie ihre Reifen verlieren, und die Schlüssel schmolzen in der Holzhütte.

Abdul schaltete die Scheinwerfer ein. Sie und das Mondlicht halfen ihm, die Piste zu finden. Er sah den Steinhaufen, der die Abzweigung markierte, und bog nach Norden ab. Nach zwei Meilen erreichte er den Hügel, wo er am Morgen versucht hatte, auf Yakubs Kioskwagen zu springen. Auf der Kuppe hielt er an, und er und Kiah warfen einen Blick zurück.

Die Feuersbrunst war gewaltig.

Abdul schaute auf sein Handy, doch wie erwartet hatte er kein Signal. Dann holte er den Empfänger aus dem anderen Stiefel, aber Hakim und das Kokain waren längst außer Reichweite.

Abdul öffnete das Handschuhfach und fand, wie erhofft, einen USB-Anschluss darin. Er schloss das bessere der beiden Handys an.

Kiah beobachtete ihn. Bis jetzt hatte sie die Fächer in Abduls Stiefeln und die Geräte, die sich darin verbargen, nie gesehen. Jetzt schaute sie Abdul kühl und klug an und fragte: »Wer bist du?«

Abdul blickte zum Lager zurück. Ein furchtbarer Knall hallte durch die Luft, und eine gewaltige Flammensäule schoss in die Höhe. Das war wohl der Tanklaster, nahm Abdul an. Er hoffte nur, dass die Sklaven nicht davon betroffen waren.

Er fuhr weiter. Die Fahrzeugheizung wärmte den Innenraum. Ohne Angst vor Verfolgung konnte Abdul es sich leisten, langsam zu fahren und darauf zu achten, nicht von der Piste abzukommen.

Kiah sagte: »Tut mir leid, dass ich das gefragt habe. Es ist mir egal, wer du bist. Du hast mich gerettet.«

»Du hast mich auch gerettet«, erwiderte Abdul. »Als Mohammed seine Waffe auf mich gerichtet hat.«

Doch er konnte nicht anders, als über ihre Frage nachzudenken. Was sollte er ihr antworten? Und was sollte er mit ihr und ihrem Kind anfangen? Sobald er eine Telefonverbindung hatte, würde er als Erstes Tamara kontaktieren, doch was dann kommen würde, wusste er nicht, zumal er den Kontakt zu der Kokainlieferung verloren hatte. Und was würde Kiah tun? Sie hatte für die Überfahrt nach Frankreich bezahlt, doch sie war weit davon entfernt, und Geld hatte sie auch keines mehr.

Allerdings hatte die Situation auch ihre Vorteile. Im Moment waren Kiah und Naji für ihn von Nutzen. Feindliche Stammeskrieger, misstrauische Armeepatrouillen und übereifrige Polizeibeamte würden sie drei als Familie betrachten. Solange Abdul bei ihnen war, würde niemand auf den Gedanken kommen, dass er ein amerikanischer CIA-Agent sein könnte.

In Tripolis gab es ein Büro der französischen DGSE, das notdürftig als Handelsunternehmen namens Entremettier & Cie. getarnt war. Dort konnte er Kiah und Naji absetzen. Dann wären sie nicht mehr sein Problem. Die DGSE wiederum konnte sie in den Tschad abschieben oder aber – wenn sie großzügig waren – ihnen die Einreise nach Frankreich ermöglichen. In jedem Fall wusste Abdul, was Kiah vorziehen würde. Ja, beschloss er, er würde nach Tripolis fahren.

Das waren gut siebenhundert Meilen.

Nach einer Weile ging der Mond unter, doch die starken Scheinwerfer erhellten die Piste weiterhin. Abduls Anspannung ließ jedoch erst nach, als ein Lichtstreifen am Horizont den Tag ankündigte. Jetzt konnte er endlich ein wenig schneller fahren.

Kurz darauf erreichten sie eine Oase, wo es in einem kleinen Laden Benzin in Kanistern gab, aber Abdul beschloss, nicht anzuhalten. Der Tank war noch zu drei Vierteln voll. Außerdem fuhr er langsam genug, um nicht unnötig Sprit zu verschwenden.

Naji wachte auf, und Kiah gab ihm Wasser und etwas Brot aus der Leinentasche. Anschließend ging es im Fond ausgesprochen lebhaft zu. Abdul aktivierte die Kindersicherung. Die hinteren Türen und Fenster ließen sich nicht mehr öffnen, sodass Kiah Naji auf dem geräumigen Rücksitz toben lassen konnte. Sie holte sein Lieblingsspielzeug heraus, einen gelben Plastiktruck, und zufrieden spielte er damit.

Als die Sonne höher stieg, schaltete sich automatisch die Klimaanlage an, und sie konnten in der Hitze des Tages weiterfahren. An der nächsten Oase kauften sie etwas zu essen und tankten nach. Abdul prüfte noch einmal sein Handy, doch er hatte noch immer kein Signal. Sie fuhren weiter und aßen Fladenbrot, Feigen und Joghurt während der Fahrt. Naji wurde still, und als Abdul irgendwann nach hinten schaute, lag der kleine Junge ausgestreckt auf der Rückbank und schlief tief und fest.

Abdul hoffte, dass sie bald eine richtige Straße erreichen und einen Ort finden würden, wo sie übernachten konnten, doch die Sonne ging allmählich unter, und ihm wurde bewusst, dass sie in der Wüste würden schlafen müssen. Sie erreichten eine Ebene, aus der zerklüftete Felsen ragten. Erneut schaute Abdul auf sein Handy. Diesmal hatte er ein Signal!

Als Erstes schickte er Tamara die Berichte und Fotos, die er in den zehn Tagen in der Mine vorbereitet hatte. Dann rief er sie an, doch sie ging nicht ran. Er sprach ihr eine Nachricht auf die Mailbox, um seine Berichte zu ergänzen, und sagte, dass er die Fahrzeuge der Dschihadisten unbrauchbar gemacht hatte, doch früher oder später würden sie Ersatz bekommen; also sollte das Militär in den nächsten ein, zwei Tagen zuschlagen.

Dann verließ er die Straße, fuhr vorsichtig durch das offene Gelände zu einem der felsigen Hügel und hielt dahinter an, sodass das Auto von der Straße aus nicht zu sehen war.

»Wir können die Heizung nicht die ganze Nacht laufen lassen«, sagte er. »Also werden wir hinten zusammen schlafen müssen, um uns warm zu halten.«

Abdul und Kiah kletterten auf den Rücksitz und nahmen Naji zwischen sich. Kiah deckte sie alle zu.

Abdul war inzwischen sechsunddreißig Stunden wach, und die Hälfte der Zeit war er gefahren. Er war vollkommen erschöpft. Wahrscheinlich würde er auch morgen durchfahren müssen. Er schaltete sein Handy ab.

Abdul lehnte sich zurück, zog die Decke über die Knie und schloss die Augen. Eine Zeitlang starrte er im Geiste noch immer auf die Piste und hielt nach scharfen Steinen Ausschau, die die Reifen hätten aufschlitzen können. Doch als die Sonne unterging und Dunkelheit sich über die Wüste senkte, da schlief er tief und fest.

Abdul träumte von Annabelle. Es war eine glückliche Zeit gewesen, bevor Annabelles engstirnige Familie ihre Beziehung vergiftet hatte. Sie waren in einem Park und lagen auf dem Gras. Abdul lag auf dem Rücken, und Annabelle lag neben ihm. Sie hatte sich auf den Ellbogen aufgerichtet, beugte sich über ihn und küsste sein Gesicht. Ihre Lippen streichelten ihn sanft: seine Stirn, seine Wangen, seine Nase, sein Kinn und seinen Mund. Abdul genoss ihre Berührung und die Liebe, die sie ausdrückte.

Dann begann er zu verstehen, dass er träumte. Er wollte nicht aufwachen. Der Traum war viel zu schön. Doch er musste feststellen, dass er nicht weiterschlafen konnte, und Annabelle und das grüne Gras lösten sich in Luft auf. Auch als der Traum vorbei war, ging das Küssen jedoch weiter. Abdul erinnerte sich daran, dass er mitten in der libyschen Wüste in einem Wagen war. Er nahm an, dass er mindestens zwölf Stunden lang geschlafen hatte, und jetzt wurde ihm auch klar, wer ihn da küsste. Er öffnete die Augen. Es war noch früh und das Licht schwach, doch deutlich erkannte er Kiahs Gesicht.

Sie schaute ihn ängstlich an. »Bist … Bist du wütend?«, hauchte sie.

Irgendwo in seinem Hinterkopf hatte Abdul sich schon seit Wochen nach diesem Augenblick gesehnt. »Nein. Ich bin nicht wütend«, antwortete er und küsste sie. Es war ein langer Kuss. Abdul wollte jeden Winkel ihres Mundes erkunden, und er fühlte, dass sie genauso empfand. Solch einen Kuss hatte er noch nie erlebt.

Schließlich löste er sich wieder von ihr und schnappte nach Luft.

»Wo … Wo ist Naji?«, fragte er.

Kiah deutete an ihm vorbei. Naji lag in seine Decken gewickelt auf dem Vordersitz und schlief tief und fest. »Er wacht erst in einer Stunde wieder auf«, sagte sie.

Sie küssten sich erneut. Dann sagte Abdul: »Ich muss dich etwas fragen.«

»Frag.«

»Was willst du? Ich meine hier und jetzt. Was willst du, Kiah?«

»Alles«, antwortete sie.

Kapitel 28

Spät am Dienstagnachmittag war Chang Kai besorgt über eine Eilmeldung von CCTV-13, dem Nachrichtensender im chinesischen Fernsehen.

Kai war in seinem Büro im Guoanbu, als sein junger Koreaexperte, Jin Chinhwa, hereinkam und ihm vorschlug, den Fernseher einzuschalten. Kai sah den Obersten Führer von Nordkorea, wie er auf irgendeinem Flugplatz in prächtiger Marschallsuniform vor einer Reihe von Jagdbombern stand und irgendetwas vom Teleprompter ablas. Kai war überrascht. Es war äußerst ungewöhnlich, dass der Oberste Führer Kang U-jung live im Fernsehen redete. Das muss etwas Ernstes sein, dachte er.

Nordkorea bereitete Kai schon seit Jahren Sorgen. Die Regierung war sprunghaft und unberechenbar, eine gefährliche Mischung für einen strategisch wichtigen Verbündeten. Die Volksrepublik tat, was sie konnte, um das Regime zu stabilisieren, doch es schien stets am Rand der Krise zu stehen. Dabei hatte in Nordkorea jetzt zweieinhalb Wochen Ruhe geherrscht, seit der Rebellion der Ultranationalisten, und Kai hatte schon gehofft, dass der Aufstand im Sande verlaufen war.

Doch wenn der Oberste Führer eines war, dann stur. Er hatte ein rundes Gesicht und lächelte viel, aber er gehörte zu einer Dynastie, die seit Generationen durch Terror herrschte. Es würde ihm nicht reichen, dass der Aufstand ein Ende fand. Die ganze Welt musste sehen, wie er die Rebellen zerschmetterte. Er musste ein Exempel statuieren und verhindern, dass andere auf ähnliche Gedanken kamen.

CCTV-13 untertitelte die koreanische Sprachausgabe in Mandarin. Kang las: »Die mutigen und loyalen Truppen der Koreanischen Volksarmee haben einen Aufstand niedergeschlagen, der von Südkorea organisiert wurde, das mit den Vereinigten Staaten unter einer Decke steckte. Die mörderischen Attacken der von den Amerikanern gesteuerten Verräter sind abgewehrt worden, und die Übeltäter sind in Haft und werden sich gegenüber den Arbeitern und Bauern unseres Landes verantworten müssen. Während letzte Nester noch ausgeräuchert werden, hat sich die Situation normalisiert.«

Kai schaltete den Ton aus. Die Vorwürfe gegen die USA waren die übliche Propaganda. Das wusste er. Genau wie die Chinesen schätzten die Amerikaner Stabilität und hassten alles Unberechenbare, selbst in den Ländern ihrer Feinde. Es war der Rest der Erklärung, der Kai Sorgen bereitete.

Er schaute zu Jin, der in seinem schwarzen Anzug und mit der dünnen Krawatte heute richtig cool aussah. »Das ist doch nicht wahr, oder?«

»Mit ziemlicher Sicherheit nicht.«

Jin war zwar chinesischer Staatsbürger, stammte aber aus einer koreanischen Familie. Dumme Menschen hielten die Loyalität solcher Männer für fragwürdig und forderten, dass sie nicht für den Geheimdienst arbeiten durften. Kai glaubte genau das Gegenteil. Die Nachkommen von Immigranten empfanden oft eine übertriebene Liebe zu dem Land, das sie aufgenommen hatte, und manchmal hatten sie sogar das Gefühl, kein Recht zu haben, sich den Herrschenden zu widersetzen. In der Regel waren sie sogar loyaler als die Mehrheit der Han-Chinesen, und die wenigen Ausnahmen wurden im strengen Auswahlverfahren des Guoanbu aussortiert. Jin hatte einmal zu Kai gesagt, dass China ihm erlaube, er selbst zu sein, ein Gefühl, das nicht jeder Chinese teilte.

Jin sagte: »Wenn es stimmen würde, dass die Rebellion vorbei ist, würde Kang nicht von Nestern sprechen, die noch ausgeräuchert werden müssen. Das klingt eher danach, als sei die Regierung bei dem Versuch gescheitert, den Aufstand niederzuschlagen, und versuche das nun zu vertuschen.«

»Genau das habe ich auch gedacht.« Kai nickte zum Dank, und Jin ging.

Kai dachte noch immer über die Nachrichten nach, als sein Privathandy klingelte. »Kai?«

»Ich bin's.«

Kai erkannte die Stimme von General Ham Ha-sun. Er rief aus Nordkorea an. »Ich freue mich, Ihre Stimme zu hören«, sagte Kai, und das meinte er auch so. Ham wusste sicher mehr über den Aufstand.

Ham kam direkt auf den Punkt. »Die Erklärung von Pjöngjang ist völliger Blödsinn.«

»Sie haben die Rebellion also nicht zerschlagen.«

»Im Gegenteil. Die Ultras haben ihre Position gefestigt. Inzwischen kontrollieren sie den gesamten Nordosten des Landes, einschließlich dreier Raketenbasen mitsamt Nuklearsprengköpfen.«

»Dann hat der Oberste Führer also gelogen.« Es war genau, wie Kai und Jin vermutet hatten.

»Das ist kein bloßer Aufstand mehr«, erklärte Ham. »Wir haben es hier mit einem ausgewachsenen Bürgerkrieg zu tun, und niemand kann vorhersagen, wie er ausgehen wird.«

Das war schlimmer, als Kai gedacht hatte. In Nordkorea brodelte es nicht nur, es kochte über. »Das ist eine äußerst wichtige Information«, sagte er. »Ich danke Ihnen.«

Kai wollte das Gespräch so rasch wie möglich beenden. Er wusste, wie gefährlich dieser Anruf für Ham war. Doch der General war noch nicht fertig. Er hatte ein eigenes Anliegen. »Ich nehme an, Sie wissen, dass ich nur Ihretwegen noch hier bin«, sagte er.

Kai war nicht sicher, ob das wirklich stimmte, aber er wollte Ham nicht widersprechen. »Ja«, erwiderte er.

»Wenn das hier vorbei ist, dann müssen Sie mich rausholen.«

»Ich werde mein Bestes tun …«

»Vergessen Sie Ihr ›Bestes‹ Ich brauche Ihre Zusage! Wenn das Regime gewinnt, wird man mich hinrichten, weil ich als hoher Offizier auf der falschen Seite gestanden habe. Und sollten die Rebellen auch nur vermuten, dass ich Kontakt zu Ihnen habe, werden sie mich wie einen räudigen Hund erschießen.«

Das war Kai klar.

»Okay. Sie haben mein Wort«, sagte er.

»Sie werden eine Spezialeinheit mit Hubschraubern über die Grenze schicken müssen, um mich rauszuholen.«

Das könnte schwierig werden, dachte Kai. Einen solchen Aufwand für nur einen einzigen Spion zu organisieren, der seinen Nutzen eingebüßt hatte, würde den Militärs gar nicht gefallen; doch jetzt war nicht der Zeitpunkt, diese Zweifel zu äußern. »Sollte das nötig sein, dann werden wir das tun«, erklärte er mit aller Aufrichtigkeit, die er vortäuschen konnte.

»Ich denke, das schulden Sie mir.«

»Das tue ich in der Tat.« Kai meinte das auch so. Er hoffte nur, diese Schuld auch begleichen zu können.

»Danke.« Ham legte auf.

Was Kai und Jin sich bei der Rede des Obersten Führers gedacht hatten, war nun vom vertrauenswürdigsten Spion bestätigt worden, den Kai je gehabt hatte. Er musste diese Information sofort weitergeben.

Eigentlich hatte Kai sich auf einen gemeinsamen Abend mit Ting daheim gefreut. Sie arbeiteten beide schwer, und am Ende des Tages hatte keiner von ihnen mehr große Lust, sich zurechtzumachen und in irgendein modisches Lokal zu gehen, wo es nur darum ging, zu sehen und gesehen zu werden. Ruhige Abende waren ihre größte Freude. In ihrer Nachbarschaft hatte ein neues

Restaurant mit Namen Trattoria Reggio eröffnet. Dort konnte man auch bestellen, und Kai hatte sich schon auf eine Portion Penne all'arrabbiata gefreut. Aber die Pflicht rief.

Er würde dem stellvertretenden Vorsitzenden der Nationalen Sicherheitskommission Bericht erstatten müssen, und das war sein Vater, Chang Jianjun.

An Jianjuns Dienstanschluss meldete sich niemand. Vermutlich war Kais Vater bereits daheim. Kai wählte die Nummer, und seine Mutter hob ab. Geduldig beantwortete Kai erst einmal ihre Fragen. Nein, er hatte keine Nebenhöhlenentzündung. Tatsächlich hatte er schon seit Jahren keine mehr gehabt. Und ja, Ting hatte bereits ihre jährliche Grippeimpfung bekommen und keinerlei Nebenwirkungen gespürt. Tings Mutter ging es gut für ihr Alter. Außer der alten Beinverletzung hatte sie keine Wehwehchen. Und zu guter Letzt: Nein, er wusste nicht, was als Nächstes bei *Liebe im Palast* passieren würde. Dann fragte er nach seinem Vater.

»Er ist ins *Genieß Es Heiß* gegangen, sein Lieblingsrestaurant, um dort mit seinen Genossen Schweinefüße zu essen. Wenn er zurückkommt, stinkt er bestimmt wieder nach Knoblauch.«

»Danke«, sagte Kai. »Da werde ich ihn schon finden.«

Natürlich hätte Kai im Restaurant anrufen können, aber sein alter Herr hasste es, während eines Essens mit seinen alten Kameraden ans Telefon gerufen zu werden. Allerdings lag das Restaurant nicht weit vom Hauptquartier des Guoanbu entfernt, und Kai beschloss, einfach hinzugehen. Es war ohnehin stets besser, persönlich mit seinem Vater zu reden als am Telefon. Kai bat Peng Yawen, dem Mönch Bescheid zu geben.

Kurz bevor er aufbrach, erzählte er Jin noch, was er von General Ham erfahren hatte. »Jetzt werde ich erst einmal Chang Jianjun informieren«, sagte er schließlich. »Rufen Sie mich an, wenn etwas passiert.«

»Jawohl, Genosse Vizeminister.«

Das Restaurant war groß und hatte mehrere Privaträume. In einem davon fand Kai seinen Vater beim Essen mit General Huang Ling und Kais Chef, Fu Chuyu, dem Minister für Staatssicherheit. Im Raum roch es nach Chili, Knoblauch und Ingwer. Die drei Männer waren allesamt Mitglieder der Nationalen Sicherheitskommission und bildeten die mächtige konservative Gruppe darin. Sie sahen nüchtern und ernst aus und schienen verärgert zu sein, dass sie hier gestört wurden. Vielleicht war das hier ja mehr als nur eine freundschaftliche Zusammenkunft. Kai hätte nur allzu gern gewusst, was die alten Männer zu besprechen hatten, das andere nicht hören sollten.

»Ich habe Neuigkeiten aus Nordkorea, die nicht bis morgen warten können«, erklärte Kai.

Er erwartete, dass sie ihm sagten, er solle sich einen Stuhl nehmen, doch keiner der drei hielt solch eine Höflichkeit gegenüber einem Jüngeren für notwendig. Fu Chuyu, Kais Boss, forderte ihn einfach nur auf: »Sprechen Sie weiter.«

»Es gibt starke Anzeichen dafür, dass das Regime von Kang U-jung die Kontrolle über das Land verliert. Die Ultras kontrollieren jetzt nicht mehr nur den Nordwesten, sondern auch den Nordosten – mit anderen Worten, das halbe Land. Eine zuverlässige Quelle hat die Situation als Bürgerkrieg beschrieben.«

»Das verändert alles«, bemerkte Fu.

General Huang schaute skeptisch. »Wenn es denn stimmt.«

»Das ist immer die Frage bei Geheimdienstinformationen«, räumte Kai ein, »aber ich wäre nicht hergekommen, wenn ich nicht überzeugt davon wäre.«

»Wenn das wahr ist«, sagte Chang Jianjun, »was sollen wir dann tun?«

Huang war so aggressiv wie immer. »Die Verräter bombardieren. In nur einer halben Stunde könnten wir jede Basis in Schutt und Asche legen, die sie übernommen haben, und sie allesamt töten. Warum nicht?«

Kai wusste genau, warum nicht, aber er hielt den Mund, und sein Vater beantwortete die Frage mit einem Hauch von Ungeduld in der Stimme: »Weil eine halbe Stunde reichen würde, um Atomraketen auf chinesische Städte abzufeuern.«

Huang versteifte sich. »Haben wir jetzt schon Angst vor einem Haufen koreanischer Meuterer?«

»Nein«, erwiderte Jianjun. »Wir haben Angst vor Atombomben. Jeder, der bei klarem Verstand ist, hat Angst vor Atombomben.«

Diese Art von Gerede weckte Huangs Wut. Er glaubte, das lasse China schwach erscheinen. Er sagte: »Wenn also jemand ein paar Kernwaffen klaut, dann kann er tun und lassen, was er will, und China muss machtlos zuschauen, ja?«

»Sicher nicht«, entgegnete Jianjun klar und deutlich. »Bomben sollten trotzdem nicht unser erstes Mittel sein.« Nach einer kurzen Pause fügte er nachdenklich hinzu: »Aber es könnte unser letztes sein.«

Huang änderte seine Taktik. »Ich bezweifle, dass die Situation wirklich so schlimm ist, wie sie sich darstellt. Spione übertreiben immer in ihren Berichten, damit sie wichtiger dastehen, als sie eigentlich sind.«

»In der Tat«, stimmte Fu ihm zu.

Kai hatte seine Pflicht erfüllt und wollte jetzt nicht mit den dreien diskutieren. »Bitte entschuldigen Sie mich«, sagte er. »Wenn ich darf, würde ich die Diskussion gern älteren und weiseren Männern überlassen. Gute Nacht.«

Als er den Raum verließ, klingelte sein Handy. »Jin« stand auf dem Display, und Kai blieb vor der Tür stehen und ging ran. »Sie haben mich doch gebeten, Sie über die neuesten Entwicklungen auf dem Laufenden zu halten«, begann Jin.

»Was ist passiert?«

»KBS News aus Südkorea berichtet, dass die Ultras die Kontrolle über die Basis von Hamhung übernommen haben, ein paar

Hundert Meilen südlich ihrer ursprünglichen Basis in Jeong-jeo-dong. Sie sind weiter vorgedrungen, als wir gedacht haben.«

Vor seinem geistigen Auge sah Kai die Landkarte von Nordkorea. »Das heißt, dass sie jetzt schon mehr als die Hälfte des Landes kontrollieren.«

»Und es ist auch ein symbolischer Ort.«

»Weil Hamhung die zweitgrößte Stadt Nordkoreas ist?«

»Genau.«

Das war sehr, sehr ernst.

»Danke, dass Sie mir Bescheid gesagt haben.«

»Natürlich, Genosse Vizeminister.«

Kai legte auf und kehrte wieder in den Privatraum zurück. Die drei Männer schauten ihn überrascht an. »Laut südkoreanischem Fernsehen haben die Ultras Hamhung eingenommen.«

Sein Vater wurde kreidebleich. »Das reicht«, erklärte Jianjun. »Wir müssen den Staatspräsidenten informieren.«

Fu Chuyu holte sein Handy aus der Tasche. »Ich rufe ihn sofort an.«

Kapitel 29

Die Helikopter flogen über Nacht durch die Sahara mit dem Ziel, die Goldmine bei Sonnenaufgang zu erreichen, wenig mehr als sechsunddreißig Stunden, nachdem Abdul seinen Bericht abgeschickt hatte. Als leitende Agenten flogen Tamara und Tab mit Colonel Marcus im Führungshubschrauber, einem Black Hawk. Noch während sie in der Luft waren, fiel das erste Licht auf die gesichtslose Landschaft aus Felsen und Sand, auf eine Landschaft ohne jegliche Vegetation oder Spuren von menschlichem Leben. Sie fühlten sich wie auf einem fremden, unbewohnten Planeten.

»Alles okay?«, fragte Tab.

Nein, bei Tamara war nicht alles okay. Sie hatte Angst. Sie hatte Bauchschmerzen und verschränkte die Finger, damit sie nicht zitterten. Sie versuchte verzweifelt, dies vor den anderen im Hubschrauber zu verbergen. Aber Tab konnte sie es sagen. »Ich habe furchtbare Angst«, sagte sie. »Dabei ist das mein drittes Gefecht in sieben Wochen. Da sollte man meinen, ich hätte mich inzwischen daran gewöhnt.«

»Scherzkeks«, erwiderte Tab und drückte unauffällig ihren Arm als Geste des Mitgefühls.

»Ich komme schon zurecht«, seufzte Tamara.

»Ich weiß.«

So mies sie sich auch fühlte, Tamara hätte es dennoch um keinen Preis verpassen wollen. Das war der Höhepunkt des ganzen Abdul-Projekts. Abduls Bericht hatte alle, die gegen den ISGS in Nordafrika kämpften, förmlich elektrisiert. Er hatte Hufra gefunden und besser noch: Al-Farabi. Auch hatte Abdul enthüllt, welche Rolle Nordkorea bei der Bewaffnung der Terroristen spielte. Er hatte eine Goldmine entdeckt, die vermutlich die Haupteinnahmequelle der Dschihadisten war. Und er hatte ein Sklavenarbeitslager aufgedeckt.

Tamara hatte die genaue Lage rasch bestätigt. Satellitenbilder zeigten eine ganze Reihe von Goldminen in dem Gebiet, und aus dem Weltraum sahen sie alle mehr oder weniger gleich aus, aber Tab hatte eine Falcon 50M der französischen Marine organisiert, ein Aufklärungsflugzeug, das in sechs Meilen Höhe operierte. Auf diese Weise hatten sie Hufra anhand des großen schwarzen Brandflecks identifiziert, den Abduls Feuer verursacht hatte. Jetzt war ihnen auch klar, warum die Drohnen den Bus nicht gefunden hatten. Sie hatten angenommen, dass der Bus Richtung Norden fahren würde, weil das der schnellste Weg war, doch tatsächlich war er nach Westen gefahren, zur Mine.

Danach war es wahrlich eine Herausforderung gewesen, die Pläne mit den amerikanischen und französischen Streitkräften in so kurzer Zeit zu koordinieren, und manchmal hatte selbst die unerschütterliche Susan Marcus so ausgesehen, als wolle sie gleich die Flinte ins Korn werfen. Aber sie hatten es geschafft, und so waren sie in den früheren Morgenstunden aufgebrochen. Die Einheiten beider Nationen hatten sich vor einer Stunde in der Luft zusammengeschlossen.

Es war die bisher größte Operation einer multinationalen Streitmacht in diesem Konflikt. Bei Angriffsoperationen galt für gewöhnlich die Faustregel, dass drei Angreifer auf einen Verteidiger kommen sollten, und Abdul hatte geschätzt, dass sich etwa einhundert Dschihadisten im Lager befanden. Also hatte Colonel Marcus dreihundert Soldaten zusammengetrommelt. Spezialeinheiten waren bereits vor Ort, hielten sich aber außer Sicht. Sie sollten als Feuerleitteam für die koordinierten

Angriffe aus der Luft und am Boden dienen, damit es nicht zu Friendly Fire kam. Den Luftschlag sollten Apache-Helikopter mit Maschinenkanonen, ungelenkten Raketen und zielsuchenden Hellfire-Raketen durchführen. Ihre Mission war es, den Widerstand der Dschihadisten so schnell wie möglich zu brechen, um die Verluste unter den Angreifern und möglichst auch unter den Sklaven so gering wie möglich zu halten oder ganz zu vermeiden.

Die letzte Maschine war eine Boeing V-22 Osprey, ein Kipprotor-Wandelflugzeug der US Marines, das medizinisches Personal und Sozialarbeiter beförderte, die fließend Arabisch sprachen. Sie würden übernehmen, wenn der Kampf vorüber war. Sie sollten sich auch um die Sklaven kümmern, denen es körperlich und psychisch mit Sicherheit nicht gutging. Außerdem musste man sie anschließend auch noch in ihre Heimatländer zurückbringen.

Tamara sah einen Fleck am Horizont, der rasch als Siedlung zu erkennen war. Die Tatsache, dass es dort keine Vegetation gab, deutete darauf hin, dass es sich nicht um eine normale Oase handelte, sondern um ein Bergarbeiterlager. Als sie näher kamen, erkannte Tamara auch einen ungeordneten Haufen von Zelten und improvisierten Unterständen sowie drei umzäunte Areale. In einem davon stand ein Haufen ausgebrannter Fahrzeuge, in einem anderen war eine tiefe Grube zu erkennen – vermutlich die Mine –, und im dritten standen Gebäude aus Betonblöcken und einige größere Objekte, die unter Tarnnetzen verborgen waren und bei denen es sich durchaus um Raketenbatterien handeln konnte.

Susan sagte zu Tamara: »Du hast doch gesagt, die Dschihadisten halten die Sklaven aus den umzäunten Arealen fern, stimmt's?«

»Ja. Wenn sie versuchen, über die Zäune zu klettern, werden sie erschossen, hat Abdul erzählt.«

»Dann sind also alle innerhalb der Zäune Dschihadisten?«

»Mit Ausnahme des hellblauen Gebäudes. Darin werden die jungen Frauen gefangen gehalten.«

»Das ist schon mal ganz hilfreich.« Susan schaltete das Funkgerät ein. »Alle Personen innerhalb der umzäunten Areale sind feindlich mit Ausnahme des hellblauen Gebäudes. Darin befinden sich Gefangene. Feuert nicht auf das hellblaue Gebäude. Die anderen Zivilisten befinden sich außerhalb der Zäune.« Sie schaltete das Funkgerät wieder aus.

Es war ein trostloser Ort. Die meisten Unterstände schienen gerade so in der Lage zu sein, die Bewohner vor der Sonne zu schützen, und die Wege waren vermüllt. Die Sonne war gerade erst aufgegangen; also waren nur wenige Menschen zu sehen. Eine Handvoll zerlumpter Männer holte Wasser, und eine kleine Gruppe erleichterte sich ein kleines Stück vom Lager entfernt. Offenbar war dort die Latrine.

Dann erreichte das Knattern der Rotoren das Lager, und rasch tauchten mehr Leute auf.

Der Führungshubschrauber war mit einem starken Lautsprechersystem ausgestattet, und nun sagte eine Stimme auf Arabisch: »Gehen Sie in die Wüste hinaus, die Hände auf dem Kopf! Unbewaffnet besteht keinerlei Gefahr! Gehen Sie in die Wüste hinaus, die Hände auf dem Kopf!«

Die Menschen in den Sklavenquartieren rannten panisch in die Wüste hinaus und beeilten sich, die Hände über den Köpfen zu verschränken. Sie waren offensichtlich unbewaffnet.

Anders war das im dritten umzäunten Areal. Männer strömten aus den Baracken ins Freie. Die meisten hielten Sturmgewehre in den Händen und einige auch Raketenwerfer.

Rasch stiegen die Helikopter hoch und entfernten sich. Apaches konnten ein Ziel aus bis zu fünf Meilen Entfernung punktgenau treffen. Geschosse schlugen in dem Areal ein, explodierten und zerstörten einige der Gebäude.

Die Bodentruppen rückten aus der Wüste vor, um das Feuer von den Sklavenquartieren abzulenken. Es gab nur wenig Deckung; dennoch gelang es einem Trupp, einen Mörser in einer Senke zu platzieren und damit die Kaserne zu beschießen. Die Schützen mussten Verbindung zu jemandem in der Luft haben, denn ihr Feuer war von tödlicher Präzision.

Tamara schaute sich das Ganze aus der Ferne an, wobei der Abstand ihr keineswegs sicher erschien, vor allem angesichts der Tatsache, dass die Zielsysteme von infrarotgelenkten Luftabwehrraketen ebenfalls sehr genau waren, auch wenn sie von der Schulter abgefeuert wurden. Allerdings sah sie schon jetzt, dass die Dschihadisten keine Chance hatten, diesen Kampf zu gewinnen. Sie waren nicht nur zahlenmäßig unterlegen, sondern auch in einem klar definierten Areal zusammengedrängt, wo es keinerlei Deckung gab. Es würde ein Blutbad geben.

Eine ihrer Raketen fand dennoch ihr Ziel, und ein Apache explodierte mitten in der Luft. Tamara schrie entsetzt auf, und Tab fluchte. Die Angreifer verdoppelten ihre Anstrengungen.

Das Kasernenareal verwandelte sich in einen Schlachthof. Der Boden war von Toten und Verwundeten übersät. Dann warfen die wenigen Unverletzten ihre Waffen weg und verließen das Gelände. Zum Zeichen der Kapitulation legten sie die Hände auf den Kopf.

Ohne dass Tamara es bemerkt hätte, war ein Trupp Infanterie durch die Sklavenquartiere bis an die Kasernen vorgerückt und hatte nahe dem Tor Deckung gesucht. Jetzt richteten sie die Waffen auf die Dschihadisten und befahlen ihnen, sich flach auf den Boden zu legen, das Gesicht nach unten.

Das Abwehrfeuer verstummte, und die Bodentruppen verteilten sich in dem Areal. Jeder Soldat, der an diesem Einsatz teilnahm, hatte Abduls Farbfoto von al-Farabi mit dem Nordkoreaner in dem schwarzen Nadelstreifenanzug gesehen, und sie hatten den Befehl, die beiden wenn möglich lebend gefangen zu nehmen. Tamara hielt die Chancen freilich für gering: Nur wenige der Dschihadisten waren überhaupt noch am Leben.

Die Helikopter landeten in der Wüste, und Tamara und Tab stiegen aus. Die letzten Schüsse verhallten. Tamara fühlte sich gut und stellte fest, dass ihre Angst verschwunden war, sobald der Kampf begonnen hatte.

Während sie durch das Lager gingen, staunte Tamara über das, was Abdul erreicht hatte: Er hatte diesen Ort gefunden; er war von hier geflohen; er hatte ihr Informationen darüber geschickt, und er hatte verhindert, dass die Dschihadisten entkommen konnten, indem er Feuer im Fuhrpark gelegt hatte.

Inzwischen hatten die Soldaten tatsächlich al-Farabi und den Nordkoreaner gefunden. Die beiden hochrangigen Gefangenen wurden von einem jungen amerikanischen Lieutenant bewacht. Stolz schaute er Tamara an. »Da sind Ihre Männer, Ma'am«, sagte er auf Englisch zu ihr. »Ein weiterer Koreaner ist tot, aber der da ist der auf dem Foto.« Er hatte die beiden von den anderen Gefangenen getrennt, denen man gerade Hände und Füße fesselte, sodass sie nur noch humpeln und nicht mehr rennen konnten.

Kurz wurde Tamara von drei jungen Frauen in absurder Spitzenunterwäsche abgelenkt. Sie sahen aus, als wollten sie sich für einen billigen Porno casten lassen. Dann erkannte Tamara, dass das die Bewohnerinnen des hellblauen Gebäudes sein mussten. Die Sozialarbeiter hatten Kleidung für sie und die anderen Sklaven mitgebracht, von denen die meisten nur noch Lumpen trugen.

Tamara richtete ihre Aufmerksamkeit auf die beiden Männer vor ihr. »Sie sind al-Farabi, der Afghane«, sagte sie auf Arabisch.

Der Mann schwieg.

Sie drehte sich zu dem Koreaner um. »Wie heißen Sie?«

»Mein Name ist Park Jung-hoon«, antwortete er.

Tamara wandte sich an den Lieutenant. »Sorgen Sie für

Schatten, und schauen Sie sich nach ein paar Stühlen um. Wir werden die beiden verhören.«

»Jawohl, Ma'am.«

Al-Farabi verstand offenbar Englisch, denn er sagte: »Ich weigere mich, verhört zu werden.«

»Gewöhnen Sie sich lieber dran«, erwiderte Tamara. »Für die nächsten Jahre.«

Kapitel 30

Kai erhielt eine Nachricht von Neil Davidson, seinem Kontaktmann bei der CIA in Beijing. Neil bat dringend um ein Treffen.

Aus Gründen der Diskretion trafen sie sich jedes Mal woanders. Diesmal bat Kai Peng Yawen, den Direktor der Cadillac Arena anzurufen und ihm zu sagen, dass das Ministerium für Staatssicherheit zwei Karten für das Nachmittagsspiel zwischen den Beijing Ducks und den Xinjiang Flying Tigers benötigte. Eine Stunde später kamen die Basketballkarten mit einem Fahrradkurier, und Yawen schickte eine davon an Neil in der amerikanischen Botschaft.

Kai nahm an, dass Neil über die wachsende Krise in Nordkorea reden wollte. An diesem Morgen hatte es ein weiteres besorgniserregendes Zeichen gegeben: eine Kollision im Gelben Meer, vor der Westküste von Korea. Es war ein klarer Tag in dieser Zone, und deshalb gab es Satellitenaufnahmen von guter Qualität.

Wie immer brauchte Kai Hilfe, um die Bilder zu interpretieren. Die Schiffe waren hauptsächlich aufgrund ihres Kielwassers zu sehen, aber es war deutlich zu erkennen, dass ein größeres ein kleineres gerammt hatte. Yang Yong, der Experte, sagte, das größere Schiff sei ein Kriegsschiff und das kleinere ein Fischtrawler. Auch hatte er eine ziemlich genaue Vorstellung davon, zu welchen Nationen die beiden Schiffe gehörten. »In diesem Gebiet stammt das Kriegsschiff mit fast absoluter Sicherheit aus Nordkorea«, sagte er. »Es sieht so aus, als habe es den Trawler gerammt, und der ist vermutlich südkoreanisch.«

Kai sah das genauso. Die umstrittene Seegrenze zwischen Nord- und Südkorea war schon immer ein Brennpunkt gewesen. Der Norden hatte die Linie, welche die Vereinten Nationen im Jahr 1953 gezogen hatten, nie akzeptiert. Tatsächlich hatte er 1999 eine neue Linie verkündet, eine Linie, die Nordkorea einen größeren Anteil an den reichen Fischgründen sicherte. Es war ein klassischer Territorialstreit, und er führte häufig zu Zusammenstößen.

In den Mittagsnachrichten zeigte das südkoreanische Fernsehen ein Video, das von einem der Seeleute auf dem Trawler stammte. Klar und deutlich flatterte die rot-weiß-blaue Flagge der nordkoreanischen Marine im Wind. Als das Kriegsschiff näher kam, versuchte es noch nicht einmal auszuweichen, und die Seeleute auf dem Trawler schrien entsetzt auf. Dann war ein lauter Knall zu hören, gefolgt von weiteren Schreien, und das Video brach ab. Die Bilder waren dramatisch und furchterregend, und binnen Minuten hatten sie sich im Internet verbreitet.

Zwei südkoreanische Seeleute seien tot, berichtete der Nachrichtensprecher. Einer war ertrunken, ein weiterer war von umherfliegenden Trümmern getroffen worden.

Kurz darauf brach Kai zur Cadillac Arena auf. Im Wagen zog er sein schwarzes Jackett und die Krawatte aus und tauschte sie gegen eine schwarze Ballonjacke von Nike, um sich den anderen Zuschauern anzupassen.

Bei den Zuschauern in der Arena handelte es sich größtenteils um Chinesen, aber auch andere Ethnien waren vertreten. Als Kai mit zwei Dosen Bier seinen Platz erreichte, war Neil bereits da. Er trug eine Seemannsjacke und dazu eine schwarze Strickmütze, die er sich tief in die Stirn gezogen hatte. Die beiden Männer unterschieden sich nicht im Mindesten von den anderen Zuschauern.

»Danke«, sagte Neil und nahm das ihm angebotene Bier. »Sie haben gute Plätze für uns reserviert.«

Kai zuckte mit den Schultern. »Wir sind die Geheimpolizei.«

Die Ducks trugen ihr weißes Heimtrikot, und die Tigers liefen in Himmelblau auf. »Das sieht genauso aus wie ein Spiel in den Staaten«, bemerkte Neil. »Es gibt sogar ein paar schwarze Spieler.«

»Das sind Nigerianer.«

»Ich wusste gar nicht, dass man in Nigeria Basketball spielt.«

»Sie sind sogar sehr gut.«

Das Spiel begann, und der Lärm der Zuschauer wurde viel zu laut, als dass man noch miteinander hätte reden können. Im ersten Viertel gingen die Ducks in Führung, und zur Halbzeit stand es 58 zu 43.

In der Pause steckten Kai und Neil die Köpfe zusammen. Neil fragte: »Was ist da in Nordkorea los?«

Kai dachte kurz nach. Er musste vorsichtig sein und durfte keine Geheimnisse verraten. Andererseits war er der Überzeugung, dass es durchaus im Interesse der Volksrepublik lag, wenn die Amerikaner gut informiert waren. Missverständnisse führten häufig zu Krisen.

»Wir haben es anscheinend mit einem Bürgerkrieg zu tun«, sagte er dann auch, »und die Rebellen sind auf der Siegerstraße.«

»Das habe ich mir schon gedacht.«

»Deswegen begeht der Oberste Führer Nordkoreas auch solche Dummheiten wie das Rammen eines südkoreanischen Fischerboots. Er tut alles, um nicht so schwach auszusehen, wie er in Wirklichkeit ist.«

»Offen gesagt, Kai, wir können einfach nicht verstehen, warum Sie nichts unternehmen, um dieses Problem zu lösen.«

»Wie zum Beispiel?«

»Setzen Sie Ihr eigenes Militär in Marsch, und zerschlagen Sie die Rebellion – zum Beispiel.«

»Ja, das könnten wir tun, aber während wir die Rebellen bekämpfen, könnten sie Kernwaffen auf chinesische Städte feuern. Das dürfen wir nicht riskieren.«

»Dann schicken Sie Ihre Armee nach Pjöngjang, und entfernen Sie den Obersten Führer.«

»Das Problem wäre dasselbe. Auch in dem Fall wären wir dann im Krieg mit den Rebellen und ihren Atomwaffen.«

»Lassen Sie die Rebellen eine neue Regierung bilden.«

»Wir denken, das wird auch passieren, ohne dass wir uns einmischen.«

»Nichts zu tun kann auch gefährlich sein.«

»Das wissen wir.«

»Und da ist noch etwas. Wussten Sie, dass die Nordkoreaner die Terroristen des ISGS in Nordafrika unterstützen?«

»Was meinen Sie?« Kai wusste genau, was Neil meinte, aber er musste vorsichtig sein.

»Wir haben ein Terroristenversteck mit Namen Hufra ausgeräuchert, in Libyen, nahe der Grenze zum Niger. Dort war eine Goldmine, die von Sklaven betrieben wurde.«

»Gut gemacht.«

»Wir haben al-Farabi verhaftet, den Mann, den wir für den Anführer des Islamischen Staats in der Sahara halten. Bei ihm war ein Koreaner, der sich uns als Park Jung-hoon vorgestellt hat.«

»Es gibt mit Sicherheit Tausende Koreaner, die Park Jung-hoon heißen. Das ist wie John Smith in Amerika.«

»Wir haben auch Trucks mit Kurzstreckenraketen vom Typ Hwasong-5 gefunden.«

Kai war entsetzt. Er wusste, dass die Nordkoreaner Gewehre an die Terroristen verkauften, aber ballistische Raketen waren etwas vollkommen anderes. Er verbarg seine Überraschung jedoch und sagte: »Waffen sind ihr einziges Exportgut.«

»Trotzdem …«

»Ich sehe das genauso. Es ist einfach verrückt, diesen Irren Raketen zu verkaufen.«

»Dann tun sie das also nicht mit Beijings Zustimmung.«

»Nein! Mit Sicherheit nicht.«

Die Teams kamen wieder zurück. Als das Spiel fortgesetzt wurde, schrie Kai auf Mandarin: »Vorwärts, Ducks!«

Neil fragte auf Englisch: »Wollen Sie noch eine Dose Bier?«

»Oh ja«, antwortete Kai. »Die kann ich brauchen.«

* * *

An diesem Abend fand ein Dinner für den Staatspräsidenten von Sambia im Bankettsaal der Großen Halle des Volkes am Platz des Himmlischen Friedens statt. China hatte Millionen in die sambischen Kupferminen investiert, und dafür unterstützte Sambia China bei der UNO.

Kai war nicht eingeladen, aber er nahm am Empfang vor dem Essen teil. Mit einem Glas Chandon Me in der Hand, Chinas Antwort auf den Champagner, sprach er mit Außenminister Wu Bai, der einen eleganten mitternachtsblauen Anzug trug.

Wu sagte: »Die Südkoreaner werden sicher Vergeltung für den Angriff auf ihr Fischerboot üben.«

»Und dann wird Nordkorea Vergeltung für ihre Vergeltung wollen.«

Wu senkte die Stimme. »Es ist vermutlich ganz gut, dass der Oberste Führer keine Kontrolle mehr über die Nuklearwaffen hat. Er wäre versucht, sie gegen Südkorea einzusetzen, und dann hätten wir die Amerikaner in einen Atomkrieg verwickelt.«

»Allein die Vorstellung ist kaum zu ertragen«, sagte Kai. »Aber vergessen Sie nicht, dass er noch andere Waffen hat, die genauso furchterregend sind wie Atombomben.«

Wu runzelte die Stirn. »Was meinen Sie?«

»Nordkorea verfügt über zweitausendfünfhundert Tonnen an

chemischen Kampfstoffen. Und die Nordkoreaner haben auch biologische Waffen – Milzbrand, Cholera, Pocken.«

Wu riss panisch die Augen auf. »Verdammt! Daran habe ich gar nicht gedacht. Natürlich wusste ich das, aber irgendwie habe ich das verdrängt.«

»Wir sollten besser etwas dagegen tun.«

»Wir müssen ihnen sagen, dass sie diese Waffen auf keinen Fall einsetzen dürfen.«

»Und wir müssen ihnen sagen, wenn sie es doch tun, dann würden wir … dann würden wir was?« Kai versuchte, Wu zum unvermeidlichen Schluss zu führen.

»Wir könnten ihnen drohen, unsere Hilfen einzustellen«, sagte Wu. »Und nicht nur das Notfallpaket. Komplett.«

Kai nickte. »Das würde sie zwingen, uns ernst zu nehmen.«

»Ohne unsere Hilfe würde das Regime in Pjöngjang binnen Tagen zusammenbrechen.«

Das stimmte, dachte Kai, aber der Oberste Führer würde es wahrscheinlich trotzdem für eine leere Drohung halten. Er wusste, wie wichtig Nordkorea für China strategisch war, und er könnte zu dem Schluss kommen, dass die Chinesen, wenn es hart auf hart kam, ihren Nachbarn schon nicht im Stich lassen würden … Und er könnte damit recht haben.

Kai behielt diesen Gedanken jedoch für sich und sagte neutral: »In jedem Fall wäre es den Versuch wert, Pjöngjang unter Druck zu setzen.«

Wu fiel Kais mangelnder Enthusiasmus nicht auf. »Ich werde mit Präsident Chen darüber reden, und ich denke, er wird mir zustimmen.«

»Bak Nam, der nordkoreanische Botschafter, ist heute Abend ebenfalls hier.«

»Ein komischer Kerl.«

»Ich weiß. Soll ich Botschafter Bak wissen lassen, dass Sie mit ihm sprechen wollen?«

»Ja. Sagen Sie ihm, er soll morgen zu mir kommen. Heute Abend spreche ich erst einmal mit Chen.«

»Gut.« Kai verließ Wu Bai und schaute sich um. Gut tausend Leute waren im Raum, und so dauerte es ein paar Minuten, bis Kai die Nordkoreaner gefunden hatte. Botschafter Bak war ein schmalgesichtiger Mann in einem alten Anzug. In der einen Hand hielt er sein Glas, in der anderen eine Zigarette. Kai war ihm schon einige Male begegnet. Bak sah nicht gerade begeistert aus, ihn wiederzusehen.

»Herr Botschafter«, sagte Kai, »ich hoffe doch, dass unsere Reis- und Kohlelieferungen inzwischen pünktlich ankommen.«

Mit feindseligem Unterton und in perfektem Mandarin erwiderte Bak: »Herr Chang, wir wissen, dass Sie für die Verzögerungen verantwortlich waren.«

Wer hatte ihm das erzählt? Wer was in einer politischen Diskussion sagte, war stets vertraulich. Wenn bekannt wurde, wer der Gegenmeinung war, dann konnte das die schlussendliche Entscheidung untergraben. Offenbar hatte jemand diese Regel gebrochen – vermutlich, um Kai zu schaden.

Doch Kai schob dieses Problem erst einmal beiseite. »Ich bringe Ihnen eine Botschaft des Außenministers«, sagte er. »Er muss mit Ihnen sprechen. Wenn Sie so freundlich wären, für morgen einen Termin mit ihm zu vereinbaren?«

Kai war höflich. Kein Botschafter konnte solch eine Anfrage des Außenministers ablehnen, aber Bak stimmte zumindest nicht sofort zu. Hochmütig entgegnete er: »Und was würde er gern mit mir besprechen?«

»Nordkoreas Arsenal an chemischen und biologischen Waffen.«

»Solche Waffen haben wir nicht.«

Kai unterdrückte ein Stöhnen. Der Ton einer Regierung wurde von denen an ihrer Spitze bestimmt, und Bak äffte nur den Stil seines Obersten Führers nach, der den selbstgerechten

Starrsinn eines religiösen Eiferers hatte. Sag einfach Okay, du Arsch, dachte Kai erschöpft. Laut sagte er jedoch: »Dann wird das ein kurzes Gespräch werden.«

»Vielleicht nicht. Ich wollte Herrn Wu ohnehin um eine Unterredung bitten, wenn auch zu einem anderen Thema.«

»Darf ich fragen, um was für ein Thema es sich dabei handelt?«

»Wir könnten Ihre Hilfe bei der Niederschlagung des von Amerika organisierten Aufstands in Jeongjeo-dong brauchen.«

Kai reagierte nicht auf die Erwähnung der USA. Das war Propaganda, und Bak glaubte daran genauso wenig wie Kai. »Was haben Sie im Sinn?«, hakte er nach.

»Das werde ich mit dem Minister besprechen.«

»Sie denken sicherlich an militärische Hilfe.«

Bak ignorierte das. »Ich werde mich morgen beim Minister melden.«

»Ich werde ihm Bescheid sagen.«

Kai fand Wu im selben Augenblick, da die Gäste an den Tisch gerufen wurden. Wu sagte: »Präsident Chen stimmt meinem Vorschlag zu. Wenn Nordkorea chemische oder biologische Waffen einsetzt, werden wir alle Hilfen einstellen.«

»Gut«, sagte Kai. »Wenn Sie morgen Botschafter Bak treffen, um ihm das zu sagen, wird er Sie um militärische Hilfe gegen die Rebellen bitten.«

Wu schüttelte den Kopf. »Chen wird keine chinesischen Truppen nach Nordkorea schicken. Vergessen Sie nicht, dass die Rebellen über Kernwaffen verfügen. Selbst Nordkorea ist keinen Atomkrieg wert.«

Kai wollte nicht, dass Wu Baks Anfrage rundheraus ablehnte. »Wir könnten ihnen eingeschränkte Hilfe zusichern«, schlug er vor. »Waffen und Munition sowie nachrichtendienstliche Informationen, aber keine Soldaten vor Ort.«

Wu nickte. »Alles für den Einsatz auf dem Schlachtfeld, aber nichts, was sie gegen Südkorea einsetzen könnten.«

»Wir könnten ihnen diese Hilfe unter der Bedingung anbieten, dass Nordkorea seine Provokationen auf dem Meer einstellt«, fügte Kai hinzu.

»Das ist eine gute Idee.« Wu nickte. »Eingeschränkte Hilfe unter der Bedingung, dass sie sich benehmen.«

»Genau.«

»Ich werde es Chen vorschlagen.«

Kai schaute in den Speisesaal. Hundert Kellner brachten bereits den ersten Gang. »Genießen Sie Ihr Essen«, sagte er.

»Bleiben Sie nicht?«

»Die Regierung von Sambia hält meine Anwesenheit nicht für erforderlich.«

Wu lächelte leidvoll. »Sie Glücklicher«, seufzte er.

* * *

Sie trafen sich am nächsten Morgen im Außenministerium. Kai kam als Erster, dann Botschafter Bak mit vier Attachés. Sie setzten sich an einen Tisch, wo Tee in Tassen auf sie wartete. Porzellandeckel sollten dafür sorgen, dass ihre Getränke warm blieben. Sie tauschten die üblichen Höflichkeiten aus, doch die Atmosphäre blieb angespannt. Wu begann die Diskussion mit den Worten: »Ich würde gern mit Ihnen über Ihre chemischen und biologischen Waffen –«

Bak fiel ihm sofort ins Wort und wiederholte, was er gestern Abend schon zu Kai gesagt hatte: »Wir haben keine derartigen Waffen.«

»Soweit Sie wissen«, bot Wu ihm einen Ausweg an.

»Das weiß ich mit Sicherheit«, erklärte Bak hartnäckig.

Wu hatte schon mit dieser Aussage gerechnet und eine Antwort vorbereitet. »Für den Fall, dass Sie in Zukunft welche bekommen sollten, und für den Fall, dass das Militär doch über solche Waffen verfügt und Sie nur nichts davon wissen … Staatspräsident Chen wünscht, dass Sie ganz genau verstehen, wie er darüber denkt.«

»Die Ansichten Ihres Staatspräsidenten sind uns sehr wohl bekannt. Ich selbst –«

Wu hob die Stimme, um Bak zu unterbrechen. »Er hat mich gebeten, dies noch einmal klarzustellen!«, ließ er seiner Wut freien Lauf.

Bak hielt den Mund.

»Nordkorea darf derartige Waffen niemals gegen Südkorea einsetzen.« Wu hob die Hand, um Bak zuvorzukommen. »Sollten Sie sich dem widersetzen, es versäumen, sich daran zu halten, oder diese Regel auch nur versehentlich brechen, dann wären sofortige und irreversible Maßnahmen unsererseits die Folge. Ohne weitere Diskussionen oder auch nur eine Vorwarnung wird China jedwede Hilfe für Nordkorea einstellen, und zwar auf Dauer. Nichts mehr. Schluss.«

Bak schaute ihn trotzig an, doch für Kai war offensichtlich, dass diese klare Ansage wie ein Schlag ins Gesicht für ihn gewesen war. Er versuchte sich an einem skeptischen Tonfall, als er erwiderte: »Wenn Sie Nordkorea tödlich schwächen, werden die Amerikaner versuchen, uns zu übernehmen, und ich bin sicher, das wollen Sie nicht.«

»Ich habe Sie nicht hierherbestellt, um mit Ihnen zu diskutieren«, erklärte Wu mit fester Stimme. Von seiner gewöhnlich so diplomatischen Art war nichts mehr zu sehen. »Das sind die Fakten. Denken Sie, was Sie wollen, aber lassen Sie diese widerlichen unkontrollierbaren Waffen da, wo Sie sie versteckt haben. Denken Sie noch nicht einmal darüber nach, sie einzusetzen.«

Bak fasste sich wieder. »Die Botschaft war klar und deutlich, Herr Außenminister. Ich danke Ihnen.«

»Gut. Und jetzt … Sie haben noch etwas für mich?«

»Ja. Der Aufstand, der in Jeongjeo-dong seinen Anfang genommen hat, ist schwieriger niederzuschlagen, als meine Regierung öffentlich zugegeben hat.«

»Ich weiß Ihre Offenheit zu schätzen«, sagte Wu, wieder ganz der charmante Diplomat.

»Wir glauben, der schnellste und effektivste Weg, um dem allen ein Ende zu bereiten, wäre eine gemeinsame militärische Operation von Nordkorea und China. Solch eine Zurschaustellung von Macht würde den Verrätern demonstrieren, dass sie auf verlorenem Posten stehen.«

»Ich sehe durchaus die Logik dahinter«, erwiderte Wu.

»Und es würde auch ihren Unterstützern in Südkorea und den USA zeigen, dass Nordkorea ebenfalls mächtige Freunde hat.«

Allerdings verdammt wenige, fügte Kai im Geiste hinzu.

Wu sagte: »Ich werde diese Bitte an Staatspräsident Chen weiterleiten, aber ich kann Ihnen bereits sagen, dass er aus diesem Grund keine chinesischen Truppen nach Nordkorea schicken wird.«

»Das ist eine große Enttäuschung«, erklärte Bak steif.

»Verzweifeln Sie nicht«, sagte Wu. »Wir können Ihnen vermutlich Waffen und Munition zukommen lassen sowie alle nachrichtendienstlichen Informationen, die wir über die Rebellen gesammelt haben.«

Bak passte das offensichtlich gar nicht, doch er war viel zu gerissen, um das Angebot direkt abzulehnen. Stattdessen sagte er: »Wir heißen jede Hilfe willkommen, aber das wird wohl kaum reichen.«

»Ich muss außerdem hinzufügen, dass diese Hilfe an Bedingungen geknüpft ist.«

»Was für Bedingungen?«

»Nordkorea wird jegliche Provokationen gegen Südkorea einstellen, vor allem zur See.«

»Wir erkennen die sogenannte Nordgrenze nicht an, die einseitig –«

»Wir auch nicht, aber das ist nicht der Punkt«, fiel Wu ihm wieder ins Wort. »Wir glauben schlicht, dass das nicht der richtige Zeitpunkt ist, um Fischerboote zu rammen.«

»Das war ein Trawler.«

»Staatspräsident Chen will, dass Sie die Rebellion niederschlagen, er hält Provokationen gegen Südkorea jedoch für kontraproduktiv.«

»Die Demokratische Volksrepublik Korea«, erklärte Bak mit stolzgeschwellter Brust, »wird sich nicht einschüchtern lassen.«

»Das verlangen wir auch gar nicht von Ihnen«, erwiderte Wu. »Aber Sie sollten sich um ein Problem nach dem anderen kümmern. Auf die Art stehen die Chancen besser, schlussendlich beide zu lösen.« Er stand auf zum Zeichen, dass das Treffen beendet war.

Bak verstand sofort. »Ich werde Ihre Botschaft weiterleiten«, sagte er. »Ich danke Ihnen im Namen des Obersten Führers, dass Sie mich empfangen haben.«

»Gern geschehen.«

Die Koreaner verließen den Raum. Als die Tür sich wieder geschlossen hatte, fragte Kai Wu: »Glauben Sie, dass sie vernünftig genug sind und tun, was wir von ihnen verlangen?«

»Eigentlich nicht«, antwortete Wu.

DEFCON 3

Erhöhte Einsatzbereitschaft

Die Luftwaffe muss in 15 Minuten einsatzbereit sein.

(Am 11. September 2001 wurde DEFCON 3
in den USA ausgerufen.)

Kapitel 31

Mit einer Karte in der Hand kam Gus ins Oval Office. »In der Tsushimastraße ist es zu einer Explosion gekommen«, verkündete er.

In ihrer Zeit als Kongressabgeordnete hatte Pauline Korea einmal besucht. Die Fotos, die bei diesem Besuch entstanden waren, hatten ihr die Stimmen der fünfundvierzigtausend Amerikaner koreanischer Abstammung in Chicago gesichert. »Was ist noch mal genau die Tsushimastraße?«, fragte sie Gus.

Gus trat um den Schreibtisch herum und breitete die Landkarte vor Pauline aus. Sie roch seinen typischen Duft – Holzrauch, Lavendel und Moschus –, doch sie widerstand der Versuchung, ihn zu berühren.

Gus war vollkommen sachlich. »Das ist die Meeresstraße zwischen Südkorea und Japan. Manchmal wird sie auch ›Koreastraße‹ genannt«, erklärte er und deutete auf die entsprechende Stelle. »Die Explosion fand am Westende statt, nahe einer großen Insel mit Namen Jejudo. Es ist eigentlich eine Ferieninsel, aber sie beherbergt auch eine Marinebasis mittlerer Größe.«

»Sind US-Truppen da?«

»Nein.«

»Gut.« Als sie in Korea gewesen war, hatte Pauline mit einigen der 28500 amerikanischen Soldaten gesprochen, die dort stationiert waren. Ein paar von ihnen stammten aus ihrem Wahlbezirk, und sie hatte sie gefragt, wie ihnen das Leben auf der anderen

Seite der Welt gefiel. Sie mochten das pulsierende Nachtleben von Seoul, hatten sie geantwortet, aber koreanische Frauen seien viel zu schüchtern für ihren Geschmack.

Jetzt hatte Pauline die Verantwortung für diese jungen Männer.

Gus' Finger ruhte auf einem Punkt unmittelbar südlich der Insel. »Die Explosion war nicht weit von der Marinebasis entfernt. Die Erschütterung war nicht annähernd so heftig wie bei einem Erdbeben oder einer Atombombe, aber seismische Sensoren in der Nähe haben sie wahrgenommen.«

»Und was könnte der Grund dafür gewesen sein?«

»Auf jeden Fall war es kein natürliches Phänomen. Es könnte alte Munition gewesen sein, ein Blindgänger, ein Torpedo oder eine Wasserbombe, aber die Leute vor Ort sagen, dafür sei sie zu heftig gewesen. Aller Wahrscheinlichkeit nach ist dort ein U-Boot in die Luft geflogen.«

»Sonst noch was? Was sagt die CIA?«

Gus' Handy klingelte, und er holte es aus der Tasche. »Ich hoffe, das sind sie«, sagte er und schaute aufs Display. »Ja, das ist die CIA. Soll ich rangehen?«

»Ich bitte darum.«

Gus meldete sich. »Gus Blake.« Dann hörte er zu.

Pauline beobachtete ihn. Das Herz einer Frau kann wie ein Blindgänger sein, sinnierte sie. Sei ganz vorsichtig mit mir, Gus. Nicht dass ich explodiere. Wenn du nur zwei Kabel vertauschst, könntest du mich in die Luft jagen und meine Familie, meine Hoffnungen auf eine Wiederwahl und auch deine Karriere zerstören.

Solch unangemessene Gedanken hatte sie immer öfter.

Gus legte wieder auf und berichtete: »Die CIA hat mit dem Nationalen Nachrichtendienst in Südkorea gesprochen.«

Pauline verzog das Gesicht. Der Geheimdienst der Südkoreaner war notorisch unberechenbar. Er hatte eine lange Geschichte von Korruption, Wahlfälschung und anderen illegalen Aktivitäten.

»Ich weiß«, sagte Gus, als hätte er Paulines Gedanken gelesen. »Das sind nicht gerade deine Lieblingsmenschen. Aber Folgendes: Sie sagen, man habe in südkoreanischen Gewässern ein U-Boot der Romeo-Klasse identifiziert. Es ist mit Sicherheit in China gebaut und jetzt Teil der nordkoreanischen Marine. Man nimmt an, dass diese Boote über Nukleartorpedos verfügen, aber sicher wissen wir das nicht. Als es sich der Basis auf Jejudo näherte, hat die Marine einen Zerstörer losgeschickt.«

»Hat der Zerstörer versucht, das U-Boot zu warnen?«

»Unter Wasser gibt es keinen Funkverkehr; also hat der Zerstörer in sicherem Abstand eine Wasserbombe geworfen. Das ist unter diesen Umständen die einzige Möglichkeit zur Kommunikation. Doch das Boot hat sich weiter der Basis genähert, und deshalb kam man zu dem Schluss, dass es auf Angriffskurs war. Daraufhin bekam der Zerstörer den Befehl, es mit Anti-U-Boot-Raketen vom Typ Red Shark zu bekämpfen. Gleich der erste Schuss war ein Volltreffer. Das U-Boot wurde vernichtet. Es gab keine Überlebenden.«

»Eine wirkliche Erklärung ist das nicht«, bemerkte Pauline.

»Ich glaube diese Geschichte auch nicht unbedingt. Ich halte es für wahrscheinlicher, dass sich das Boot in südkoreanische Gewässer verirrt hat, und die Südkoreaner wollten einfach nur beweisen, dass sie genauso taff sein können wie der Norden.«

Pauline seufzte. »Der Norden greift einen Fischtrawler an, und der Süden versenkt ein U-Boot aus dem Norden. Auge um Auge, Zahn um Zahn. Die Südkoreaner könnten mal einen Klaps auf den Hinterkopf vertragen, bevor das alles außer Kontrolle gerät. Jede Katastrophe beginnt mit einem kleinen Problem, das nicht gelöst wird.« Solche Dinge machten ihr furchtbare Angst. »Sag Chess, er soll Wu Bai anrufen und ihm vorschlagen, dass die Chinesen die Nordkoreaner im Zaum halten.«

»Das können sie vielleicht gar nicht.«

»Sie können es zumindest versuchen. Aber du hast recht. Der Oberste Führer wird vermutlich nicht zuhören. Das Problem bei Tyrannen ist, dass ihre Position so unsicher ist. Man darf nicht eine Sekunde lockerlassen. Wenn du auch nur den Hauch von Schwäche zeigst, riechen deine Feinde Blut in der Luft und stürzen sich wie Schakale auf dich. Machiavelli hat gesagt, es sei besser, gefürchtet als geliebt zu werden, doch er hat sich geirrt. Ein beliebter Führer kann Fehler begehen und überleben – jedenfalls bis zu einem gewissen Punkt. Ein Tyrann kann das nicht.«

»Vielleicht können wir Südkorea ja beruhigen.«

»Das kann auch Chess übernehmen. Womöglich kann er sie ja davon überzeugen, dem Obersten Führer eine Art Friedensangebot zu unterbreiten.«

»Präsidentin No ist eine harte Nuss. Die lässt sich nicht so leicht knacken.«

»Stimmt.« No Do-hui war eine stolze Frau, die an ihr eigenes Genie glaubte und fest davon überzeugt war, alle Schwierigkeiten überwinden zu können. Und No war eine Populistin. Sie hatte die Wahl mit dem Versprechen gewonnen, Nord- und Südkorea wiederzuvereinen. Auf die Frage, wann das so weit sein würde, hatte sie geantwortet: »Noch zu meinen Lebzeiten.« Aus diesem Spruch war sogar eine Mode entstanden. Coole Kids in Südkorea trugen T-Shirts mit dem Aufdruck *Noch zu meinen Lebzeiten*, und für No selbst war das ihr Slogan geworden.

Pauline wusste jedoch, dass die Wiedervereinigung keineswegs so leicht sein würde. Die Kosten wären enorm, und das nicht nur ökonomisch, sondern auch sozial, wenn fünfundzwanzig Millionen Nordkoreaner auf einmal feststellen mussten, dass alles, woran sie je geglaubt hatten, eine Lüge gewesen war. Wahrscheinlich war das auch No bewusst, doch sie erwartete vermutlich, dass die Amerikaner die Rechnung bezahlen würden und ihr Triumph alle anderen Probleme überschatten würde.

Es klopfte, und Paulines Stabschefin kam herein, Jacqueline Brody. »Der Verteidigungsminister würde Sie gern sprechen«, sagte sie.

»Ruft er vom Pentagon aus an?«

»Nein, Ma'am. Er ist hier.«

»Schicken Sie ihn rein.«

Luis Rivera war der jüngste Admiral in der Geschichte der US Navy gewesen. Auch wenn er jetzt den in Washington typischen dunkelblauen Anzug trug, sah er so aus, als wäre er noch immer beim Militär. Sein schwarzes Haar war militärisch kurz geschnitten, seine Krawatte straff gebunden, und seine Schuhe glänzten. Knapp begrüßte er Pauline und Gus und verkündete: »Die 8.US-Armee in Südkorea ist Opfer eines schweren Cyberangriffs geworden.«

Die 8.Armee war die größte Militäreinheit der USA in Südkorea.

»Was genau war das für ein Angriff?«, hakte Pauline nach.

»DDoS.«

Das war ein Test. Pauline wusste das. Luis verwendete diesen Begriff, um zu sehen, ob Pauline das verstand, und sie kannte das Akronym tatsächlich. »Distributed Denial of Service«, sagte sie demonstrativ.

Rivera nickte ihr anerkennend zu. Sie hatte den Test bestanden. »Ja, Ma'am. Es hat heute Morgen in aller Früh angefangen. Unsere Firewalls sind durchbrochen worden, und unsere Server wurden mit Millionen von automatisch generierten Anfragen aus unzähligen Quellen geradezu überflutet. Die Workstations wurden immer langsamer, und unser Intranet ist zusammengebrochen. Die gesamte elektronische Kommunikation ist zum Erliegen gekommen.«

»Und wie haben unsere Leute darauf reagiert?«

»Wir haben den gesamten eingehenden Datenverkehr blockiert. Im Moment werden die Server neu gestartet und Filter eingefügt. Wir hoffen, die Kommunikation in der nächsten Stunde wiederaufnehmen zu können. Ich sollte hinzufügen, dass die Waffenkontrolle isoliert in einem anderen System läuft. Deshalb ist sie auch nicht von dem Angriff betroffen.«

»Dafür müssen wir wohl dankbar sein. Wer ist dafür verantwortlich?«

»Die Angriffe wurden von vielen Servern aus der ganzen Welt geführt, aber hauptsächlich aus Russland. Der wahre Ursprung liegt jedoch mit an Sicherheit grenzender Wahrscheinlichkeit in Nordkorea. Offenbar gibt es da eine Signatur, die man zuordnen kann. Allerdings muss ich zugeben, dass ich nicht wirklich etwas davon verstehe. Ich gebe nur weiter, was ich von den Spezialisten im Pentagon gehört habe.«

»Ja, diese Nerds sind schon ein Volk für sich«, bemerkte Pauline, und Gus grinste. »Warum ausgerechnet jetzt?«, hakte sie nach. »Nordkorea ist uns schon seit Jahrzehnten feindlich gesinnt. Und dann entscheiden sie plötzlich, ausgerechnet heute sei der Tag, um unsere militärischen Systeme anzugreifen? Was haben sie sich dabei gedacht?«

»Alle Strategen sind der Meinung, dass Cyberangriffe das Vorspiel zum echten Krieg sind«, antwortete Luis.

»Das heißt also, dass der Oberste Führer davon ausgeht, dass sich sein Land schon bald im Krieg mit den USA befinden wird, korrekt?«

»Im Krieg ja, aber vermutlich mit Südkorea, würde ich sagen. Da wir jedoch mit ihnen verbündet sind, wollen sie uns schwächen – als Vorsichtsmaßnahme sozusagen.«

Pauline schaute zu Gus. »Ich sehe das genauso«, sagte er.

»Ich auch«, seufzte Pauline. »Und? Werden wir mit einem Cyberangriff zurückschlagen, Luis?«

»Der Kommandeur vor Ort denkt darüber nach, aber ich habe bis jetzt nicht darauf gedrängt«, antwortete Luis. »Unsere Ressourcen für solch eine Art der Kriegführung sind gewaltig, aber vor Ort will man noch nicht wirklich zeigen, zu was wir in der Lage sind.«

Gus warf ein: »Wenn wir unsere Cyberwaffen zum Einsatz bringen, dann soll das ein massiver Schock für den Gegner sein, etwas, worauf er nicht vorbereitet ist.«

»Das verstehe ich«, sagte Pauline »Aber die Regierung in Seoul wird vermutlich nicht so zurückhaltend sein.«

»Stimmt«, bestätigte Luis. »Tatsächlich glaube ich, dass sie bereits zurückgeschlagen haben. Warum hat sich dieses nordkoreanische U-Boot der Marinebasis auf Jejudo genähert? Vielleicht waren seine Systeme ausgefallen, sodass es die Orientierung verloren hat.«

Traurig sagte Pauline: »So viele Tote. Und warum? Für nichts.« Sie hob den Blick. »Okay, Luis. Danke.«

»Ich danke Ihnen, Madam President.« Und Luis ging.

»Willst du noch mal mit Chester reden, bevor er in Beijing und Seoul anruft?«, fragte Gus.

»Ja. Danke, dass du mich daran erinnerst.«

»Ich werde ihn rufen.«

Pauline beobachtete, wie Gus telefonierte. Sie dachte darüber nach, was passiert war, als Gerry und Pippa weg gewesen waren. Gerry war mit Amelia Judd ins Bett gegangen, und Pauline hatte darüber nachgedacht, dasselbe mit Gus zu tun. Aber ihre Ehe konnte noch gerettet werden, das wusste sie, und sie würde alles versuchen, um genau das zu tun. Sie musste es, für Pippa, doch tief in ihrem Herzen wollte sie etwas anderes.

Gus legte auf und sagte: »Chess ist auf der anderen Straßenseite im Eisenhower Building. Er ist in fünf Minuten hier.«

So war das Weiße Haus. Stundenlang wurde intensiv gearbeitet, und in dieser Zeit war Pauline hellwach; doch dann gab es plötzlich eine Pause, und der Rest ihres Lebens drängte sich in den Vordergrund.

Leise sagte Gus: »In fünf Jahren bist du nicht mehr im Amt.«

»Vielleicht schon in einem Jahr«, erwiderte Pauline.

»Fünf sind wahrscheinlicher.«

Pauline betrachtete Gus' Gesicht und sah einen starken Mann, dem es schwerfiel, seinen Emotionen Ausdruck zu verleihen. Sie fragte sich, was nun kommen würde. Sie zitterte. Das überraschte sie. Sie zitterte nie.

»Und in fünf Jahren wird Pippa auf dem College sein«, fuhr Gus fort.

Pauline nickte und dachte: Wovor habe ich eigentlich Angst?

»Dann bist du frei«, sagte er.

»Frei …«

Allmählich sah Pauline, worauf das hinauslief, und sie fühlte sich erregt und ängstlich zugleich.

Gus schloss die Augen und riss sich zusammen. Dann öffnete er sie wieder und sagte: »Als ich mich in Tamira verliebt habe, war ich zwanzig.«

Tamira war seine Ex-Frau. Pauline rief sie sich ins Gedächtnis zurück: eine große dunkelhäutige Frau Ende vierzig, nicht schlank, aber sportlich, selbstbewusst und stets gut gekleidet. Sie war eine ehemalige Sprinterin und managte nun berühmte Sportler. Sie war schön und klug, und sie hatte nicht das geringste Interesse an Politik.

»Wir waren lange zusammen«, sagte Gus, »aber wir haben uns langsam auseinandergelebt. Jetzt bin ich schon seit zehn Jahren Single.« Da lag ein Hauch von Bedauern in seiner Stimme, und das verriet Pauline, dass das Junggesellenleben nie Gus' Ideal gewesen war. »Natürlich habe ich nicht im Zölibat gelebt. Ich bin schon mit Frauen ausgegangen. Dabei habe ich auch ein, zwei wirklich tolle kennengelernt.« Das war keine Prahlerei. Das waren schlicht Tatsachen. »Jünger, älter, politisch engagiert oder nicht, die meisten schwarz, ein paar weiß. Kluge, sexy Frauen. Aber ich habe mich nie verliebt. Noch nicht einmal annähernd. Bis ich dich kennengelernt habe.«

»Was sagst du da?«

»Dass ich zehn Jahre auf dich gewartet habe.« Er lächelte. »Und wenn ich muss, dann werde ich noch mal fünf warten.«

Pauline wurde von ihren Gefühlen geradezu überwältigt. Ihre Kehle zog sich zusammen, und es verschlug ihr die Sprache. Dann traten ihr die Tränen in die Augen. Am liebsten hätte sie einfach die Arme um Gus geschlungen, den Kopf an seine Brust gedrückt und in seinen Nadelstreifenanzug geweint. Doch just in diesem Augenblick kam Chester Jackson, ihr Außenminister, herein, und sie musste sich rasch wieder zusammenreißen.

Pauline öffnete eine Schreibtischschublade, holte eine Handvoll Papiertaschentücher heraus, drehte sich weg und putzte sich die Nase. Sie schaute aus dem Fenster und über den South Lawn zur National Mall, wo Tausende von Ulmen und Kirschbäumen in allen Herbstfarben leuchteten. Ein wunderbarer Anblick, auch wenn der Winter kurz bevorstand.

»Ich hoffe, ich erkälte mich nicht«, sagte sie und wischte sich unauffällig einige Tränen weg. Dann setzte sie sich wieder und schaute verlegen, aber glücklich drein. »Kommen wir zur Sache.«

* * *

An diesem Abend fragte Pippa nach dem Abendessen: »Mom, darf ich dich mal was fragen?«

»Klar, Liebes.«

»Würdest du Atombomben einsetzen?«

Überrascht riss Pauline die Augen auf, doch sie zögerte keine Sekunde. »Ja, natürlich. Wie kommst du darauf?«

»Wir haben darüber in der Schule gesprochen, und Cindy Riley hat gesagt: ›Deine Mom ist diejenige, die auf den Knopf drücken muss.‹ Aber würdest du das auch tun?«

»Ja, das würde ich. Niemand kann Präsident sein, wenn er nicht dazu bereit ist. Das gehört dazu.«

Pippa drehte sich zu Pauline um. »Du hast doch diese Bilder aus Hiroshima gesehen, oder?«

Pauline musste arbeiten, wie jeden Abend, aber das war ein wichtiges Gespräch, und sie würde das nicht überstürzen. Pippa war sichtlich aufgewühlt. Pauline seufzte innerlich und dachte an die Zeit zurück, als Pippa noch die einfachen Fragen gestellt hatte wie zum Beispiel: Wo geht der Mond hin, wenn wir ihn nicht mehr sehen können? Sie sagte: »Ja, ich habe mir diese Bilder aufmerksam angeschaut.«

»Die Stadt … Sie ist wie ausradiert … von nur einer Bombe!«

»Ja.«

»Und all die Menschen, die dabei gestorben sind … Achtzigtausend!«

»Ich weiß.«

»Und die Überlebenden waren sogar noch schlimmer dran: furchtbare Verbrennungen und dann die Strahlenkrankheit …«

»Das Wichtigste an meinem Job ist sicherzustellen, dass so etwas nie wieder passiert.«

»Aber du hast gesagt, du würdest Atombomben einsetzen!«

»Schau mal, seit 1945 sind die USA in zahlreiche Kriege verstrickt gewesen. Die Atommächte haben immer wieder gegeneinander gekämpft, wenn auch nicht direkt, sondern über Stellvertreter – aber Atomwaffen sind nie wieder eingesetzt worden.«

»Beweist das nicht, dass wir sie gar nicht brauchen?«

»Nein. Es beweist, dass das Prinzip der Abschreckung funktioniert. Andere Nationen haben Angst vor einem Amerika mit Atomwaffen, weil sie wissen, dass wir zurückschlagen werden und dass sie nicht gewinnen können. Das kann niemand.«

Pippa wurde immer aufgeregter. »Aber …«, sagte sie. »Aber wenn das passiert und du den Kopf drückst, dann … dann sind wir alle tot!«

»Nicht alle, nicht notwendigerweise.« Pauline wusste, dass das der Schwachpunkt ihrer Argumentation war.

»Warum sagst du nicht einfach, du würdest den Knopf drücken, und kreuzt die Finger hinter dem Rücken?«

»Ich glaube nicht daran, dass man solche Dinge vortäuschen kann. Das funktioniert einfach nicht. Das finden die Leute raus. Außerdem muss ich auch nicht so tun. Ich meine das ernst.«

Pippa stiegen die Tränen in die Augen. »Aber Mom! Ein Atomkrieg würde das Ende der Menschheit bedeuten!«

»Ich weiß. Das Gleiche gilt für den Klimawandel, für einen Kometen oder für das nächste Virus … All das sind Dinge, die wir in den Griff bekommen müssen, wenn wir überleben wollen.«

»Aber wann würdest du den Knopf denn drücken? Unter welchen Umständen? Was könnte dich dazu bringen, den Weltuntergang zu riskieren?«

»Darüber habe ich viel nachgedacht, jahrelang, wie du dir sicher vorstellen kannst«, begann Pauline. »Es gibt drei Bedingungen dafür. Erstens: Was auch immer das Problem sein mag, wir haben alles in unserer Macht Stehende getan, um es friedlich zu lösen, alle diplomatischen Kanäle genutzt und sind gescheitert.«

»Okay. Das ist offensichtlich.«

»Geduld, Liebes. Das ist sehr wichtig. Zweitens: Das Problem kann nicht mit unserem riesigen Arsenal an konventionellen Waffen gelöst werden.«

»Das ist schwer vorstellbar.«

So schwer war das gar nicht, aber das wollte Pauline jetzt nicht diskutieren. »Drittens und letztens: Amerikaner werden durch feindliche Aktionen getötet oder stehen kurz davor, getötet zu werden. Du siehst also, dass ein Atomkrieg das allerletzte Mittel ist. Und genau in dem Punkt unterscheide ich mich von Menschen wie James Moore, für den Kernwaffen das erste Mittel sind – aber danach hat man nichts mehr im Schrank. Gar nichts.«

»Aber wenn all diese Bedingungen erfüllt sind, dann würdest du das Ende der Menschheit riskieren, ja?«

Pauline glaubte nicht, dass das so schlimm sein würde, aber

es war schlimm genug, und sie wollte auch nicht darum herumreden. »Ja, das würde ich. Und wenn ich diese Frage nicht mit Ja beantworten könnte, dann könnte ich nicht Präsidentin sein.«

»Puh!«, keuchte Pippa. »Das ist ja schrecklich.« Aber sie war schon nicht mehr ganz so emotional. Nun, da sie die Fakten kannte, fiel es ihr leichter, sich diesem Albtraum zu stellen.

Pauline stand auf. »Ich muss jetzt wieder ins Oval Office zurück und dafür sorgen, dass das nie passiert.«

»Viel Glück, Mommy.«

»Danke, Liebes.«

Draußen sank die Temperatur. Das hatte Pauline schon früher gespürt. Sie beschloss, durch den Tunnel in den West Wing zu gehen, den Präsident Reagan hatte bauen lassen. Sie stieg in den Keller hinab, öffnete die Geheimtür, betrat den Tunnel und ging strammen Schrittes über den hellbraunen Teppichboden. Sie fragte sich, ob Reagan geglaubt hatte, hier unten vor Atombomben sicher zu sein. Wahrscheinlicher war jedoch, dass er auf dem Weg in den West Wing nicht hatte frieren wollen.

Die Eintönigkeit der Wände wurde nur von ein paar gerahmten Fotos amerikanischer Jazz-Legenden aufgelockert. Vermutlich hatten die Obamas die ausgesucht. Ich bezweifle, dass die Reagans Wynton Marsalis mochten, dachte sie. Der Tunnel folgte der Kolonnade über der Erde, bog aber auf halber Strecke im rechten Winkel ab. Schließlich führte er zu einer Treppe und die wiederum zu einer weiteren Geheimtür vor dem Oval Office.

Doch Pauline ging am Oval Office vorbei und betrat das bequeme kleine Arbeitszimmer. Hier, in dieser eher informellen Atmosphäre, arbeitete sie lieber als im Oval Office. Sie las den Bericht über den Angriff auf Hufra in der Sahara, und wieder standen da die Namen zweier offensichtlich effektiver Frauen: Susan Marcus und Tamara Levit. Pauline dachte über die nordkoreanischen Waffen nach, die man in dem Lager gefunden hatte, sowie über den geheimnisvollen Mann, der sich Park Jung-hoon nannte.

Dann kehrten ihre Gedanken wieder zu dem Gespräch mit Pippa zurück. Sie ging noch einmal durch, was sie gesagt hatte, und sie kam zu dem Schluss, dass sie nichts davon bereute. Sich gegenüber einem Kind zu rechtfertigen ist eine gute Übung, sinnierte Pauline. Da bekam man einen klaren Kopf.

Doch das überwältigende Gefühl, das sie aus dieser Diskussion mitgenommen hatte, war Einsamkeit.

Pauline würde wahrscheinlich nie die Entscheidung treffen müssen, nach der Pippa gefragt hatte – Gott bewahre –, doch jeden Tag musste sie sich anderen schwerwiegenden Fragen stellen. Ihre Entscheidungen bedeuteten Wohlstand oder Armut für die Menschen, Fairness oder Ungerechtigkeit, Leben oder Tod. Pauline tat ihr Bestes, aber sie war nie zu einhundert Prozent sicher, sich auch richtig entschieden zu haben.

Und mit niemandem konnte sie diese Last teilen.

* * *

In dieser Nacht wurde Pauline vom Telefon geweckt. Ihre Nachttischuhr zeigte eins. Sie schlief allein im Lincoln-Schlafzimmer – wieder einmal. Sie hob ab; Gus war am Apparat. »Wir glauben, dass Nordkorea kurz davorsteht, Südkorea anzugreifen.«

»Oh nein«, knurrte Pauline.

»Kurz nach Mitternacht unserer Zeit haben unsere Überwachungsstationen eine stark erhöhte Kommunikation innerhalb der koreanischen Volksarmee sowie im Hauptquartier der Luftabwehr in Chunghwa, Nordkorea, festgestellt. Sowohl das Militär als auch die Politiker sind verständigt worden. Sie warten im Lagezentrum auf dich.«

»Ich bin auf dem Weg.«

Pauline hatte tief und fest geschlafen, aber jetzt musste sie schnell wieder einen klaren Kopf bekommen. Sie zog Jeans, Sweatshirt und Slipper an. Ihr Haar war das reinste Chaos, und sie nahm sich gerade genug Zeit, um es unter eine Baseballkappe zu stopfen. Dann lief sie in den Keller des West Wings. Als sie dort ankam, war sie hellwach.

Wenn das Lagezentrum in Betrieb war, war es für gewöhnlich voll. Jeder Stuhl um den langen Tisch war besetzt wie auch die Arbeitsplätze an den Wänden, unter den Bildschirmen. Doch jetzt war nur eine Handvoll Leute hier: Gus, Chess, Luis, Paulines Stabschefin Jacqueline Brody und Sophia Magliani, die Geheimdienstkoordinatorin, sowie eine Handvoll Adjutanten. Es war schlicht keine Zeit gewesen, die anderen zu rufen.

An jedem Platz befanden sich eine Workstation sowie ein Telefon-Headset. Luis trug seines bereits, und kaum hatte Pauline den Raum betreten, begann er zu reden: »Madam President, vor zwei Minuten haben unsere Überwachungssatelliten den Start von sechs Raketen in Sino-ri beobachtet, einer Militärbasis in Nordkorea.«

Pauline setzte sich nicht. »Wo sind die Raketen jetzt?«, verlangte sie zu wissen.

»Eine Rakete hatte eine Fehlzündung und ist innerhalb von Sekunden abgestürzt. Die verbliebenen fünf flogen in Richtung Südkorea. Dann ist eine weitere mitten im Flug auseinandergebrochen.«

»Wissen wir, warum?«

»Nein. Aber Fehlfunktionen sind bei solchen Raketen keine Seltenheit.«

»Okay. Fahren Sie fort.«

»Zuerst haben wir geglaubt, das Ziel sei Seoul – die Hauptstadt wäre schlicht das logische Ziel –, aber inzwischen sind sie über die Stadt hinweggeflogen und nähern sich der Südküste.« Er deutete auf einen Wandbildschirm. »Die Grafik da gibt uns ein Bild davon, wo die Raketen gerade sind.«

Pauline sah vier rote Bögen über einer Karte von Südkorea. Jeder dieser Bögen hatte einen Pfeil an einem Ende, und der bewegte sich langsam südwärts. »Ich sehe zwei wahrscheinliche Ziele«, sagte Pauline. »Busan und Jejudo.« Mit dreieinhalb Millionen Menschen war Busan die zweitgrößte Stadt Südkoreas. Außerdem gab es dort eine Marinebasis, in der sowohl südkoreanische als auch amerikanische Truppen stationiert waren. Aber die weitaus kleinere, ausschließlich von Koreanern besetzte Basis auf der Ferieninsel Jejudo könnte eine symbolische Bedeutung haben, denn dort war gestern das nordkoreanische U-Boot versenkt worden.

Luis sagte: »Das sehe ich genauso. Wir werden es bald herausfinden.« Er hob die Hand und bat alle zu warten, während er irgendjemandem in seinem Headset lauschte. Dann sagte er: »Laut Pentagon haben die Raketen nun mehr als die Hälfte von Südkorea überflogen. In zwei Minuten sollten sie die Küste erreichen.«

Die Geschwindigkeit, mit der die Raketen hundert Meilen überbrücken, ist atemberaubend, dachte Pauline.

Chess warf ein: »Es gibt noch eine dritte Möglichkeit, nämlich gar kein Ziel.«

»Was meinen Sie damit?«, fragte Pauline.

»Die Raketen könnten nur der Demonstration dienen. Vielleicht sollen sie Südkorea nur Angst machen. In dem Fall werden sie das ganze Land überfliegen und irgendwann im Meer landen.«

»Darauf können wir natürlich hoffen, aber ich glaube nicht, dass das der Stil des Obersten Führers ist«, entgegnete Pauline. »Luis, sind das ballistische Raketen oder Marschflugkörper?«

»Wir glauben, wie haben es mit ballistischen Mittelstreckenraketen zu tun.«

»Konventionell oder nuklear bestückt?«

»Konventionell. Diese Raketen kommen aus Sino-ri, das unter der Kontrolle des Obersten Führers steht. Er hat keine Atomwaffen mehr. Die sind alle in den Händen der Ultras.«

»Warum fliegen diese Raketen überhaupt noch?«, hakte Pauline nach. »Südkorea hat doch Raketenabwehrsysteme, oder?«

»Diese Art von Raketen kann nicht mitten im Flug vom Boden aus abgeschossen werden. Dafür fliegen sie zu hoch und zu schnell. Erst wenn sie wieder runterkommen, werden die Cheolmae 4HL der Südkoreaner sie bekämpfen, wenn sie sich ihrem Ziel nähern und langsamer werden. Über Seoul konnte das Abwehrsystem sie nicht abfangen.«

»Jetzt aber schon.«

»Jede Sekunde.«

»Hoffen wir's.« Pauline drehte sich zu Chess um. »Was haben wir getan, um das zu verhindern?«

»Ich habe den chinesischen Außenminister angerufen, Wu Bai, kaum dass wir die erhöhte Aktivität registriert haben. Er hat mir irgendeinen Mist erzählt, aber es war klar, dass er keine Ahnung hat, was der Oberste Führer im Schilde führt.«

»Haben Sie sonst noch mit jemandem geredet?«

»Die Südkoreaner wissen nicht, warum sie angegriffen werden, und der nordkoreanische Gesandte bei der UNO nimmt meine Anrufe nicht entgegen.«

Pauline schaute zu Sophia. »Was sagt die CIA?«

»Nichts Neues aus Langley.« Sophia war eigentlich immer elegant gekleidet, doch heute hatte sie sich einfach nur was übergeworfen. Ihr langes welliges Haar war zu einem Dutt gebunden, und sie trug eine gelbe Sportjacke und eine grüne Jogginghose. Aber ihr Gehirn arbeitete einwandfrei. »Davidson, Langleys bester Mann in Beijing, versucht verzweifelt, den Direktor des Guoanbu zu erreichen. Sie kennen sich gut, aber bis jetzt hat er ihn noch nicht an den Apparat bekommen.«

Pauline nickte. »Chang Kai. Ich habe schon von ihm gehört. Wenn irgendjemand in Beijing weiß, was los ist, dann er.«

Luis lauschte wieder seinem Headset. »Das Pentagon ist sich jetzt sicher, dass Jejudo das Ziel ist«, erklärte er.

»Damit wäre das geklärt«, seufzte Pauline. »Das ist ein Vergeltungsschlag. Der Oberste Führer will die Marinebasis bestrafen, von der aus sein U-Boot versenkt worden ist. Man sollte glauben, er hätte mit den Rebellen in seinem Land genug zu tun.«

Gus sagte: »Es ist ihm nicht gelungen, die Rebellion niederzuschlagen, und das lässt ihn schwach erscheinen. Die Versenkung des U-Boots hat die Situation nur verschlimmert. Er will unbedingt seine Stärke demonstrieren.«

»Wir haben einen Videofeed von der Basis«, meldete Luis sich wieder. »Das ist nicht offiziell. Vermutlich hat das Pentagon ihn gehackt.« Ein Bild erschien auf dem Wandbildschirm, und Luis fuhr fort: »Die Aufnahmen stammen von den Sicherheitskameras.«

Sie sahen einen großen Hafen, der von einer mächtigen Seemauer vor dem Meer geschützt wurde. Innerhalb der Mauer lagen ein Zerstörer, fünf Fregatten und ein U-Boot. Das Bild wechselte – vermutlich auf eine andere Sicherheitskamera –, und jetzt sahen sie auch Seeleute an Deck eines Schiffes. In einem Hinterzimmer schaute sich offenbar irgendjemand die unterschiedlichen Feeds an und legte den informativsten auf den großen Wandbildschirm, denn das Bild wechselte wieder. Jetzt zeigte es Straßen um ein niedriges Bürogebäude, das von mehreren Wohngebäuden umgeben war. Auch hier war hektische Aktivität zu sehen: Männer liefen umher, Autos rasten vorbei, und Offiziere brüllten in Telefone.

»Die Raketenabwehr hat das Feuer eröffnet«, verkündete Luis.

»Wie viele Raketen?«, fragte Pauline.

»Die Werfer feuern jeweils acht mit einer Salve. Moment …« Es folgte eine Pause; dann sagte Luis: »Eine der acht ist nur Sekunden nach dem Start abgestürzt. Die anderen sieben sind auf Kurs.«

Nach einer Minute erschienen sieben neue Kurven auf der Radargrafik. Sie waren auf Abfangkurs zu den anfliegenden Raketen.

»Dreißig Sekunden«, sagte Luis.

Die Kurven bewegten sich aufeinander zu.

»Wenn die Raketen über bewohntem Gebiet explodieren …«, sagte Pauline.

»Die Abwehrraketen haben nur kleine Sprengköpfe. Das reicht aus, um anfliegende Geschosse zu vernichten oder aus der Bahn zu werfen. Allerdings könnten die nordkoreanischen Sprengköpfe explodieren, wenn sie auf den Boden aufschlagen.« Er hielt kurz inne. »Zehn Sekunden.«

Es herrschte Totenstille im Raum. Alle starrten auf die Grafik. Die Kurven trafen sich.

»Kontakt«, sagte Luis.

Die Grafik fror ein.

»Der Himmel ist voller Trümmer«, berichtete Luis. »Das Radarbild ist verschwommen. Wir haben Treffer, aber wir wissen nicht, wie viele.«

»Sollten sie nicht alle erwischt haben?«, fragte Pauline. »Mit sieben Raketen gegen vier?«

»Ja«, antwortete Luis. »Aber Raketen sind nicht perfekt. Moment … Nur zwei Treffer. Zwei Raketen fliegen noch immer auf Jejudo zu.«

»Um Himmels willen, warum haben sie nicht alles abgefeuert, was sie haben?«, rief Chess.

»Was würden sie dann tun, wenn Nordkorea noch sechs schickt?«, entgegnete Pauline.

Chess hatte noch eine Frage. »Was ist mit den fünf Abwehrraketen passiert, die ihre Ziele nicht getroffen haben? Können die neu anfliegen?«

»Bei der Geschwindigkeit können sie nicht wenden. Irgendwann werden sie einfach runterfallen, hoffentlich ins Meer.«

»Dreißig Sekunden«, verkündete Luis.

Alle starrten auf die Bilder der Marinebasis.

Die Menschen dort würden die Raketen vermutlich nicht sehen. Sie bewegen sich schlicht zu schnell für das menschliche Auge, dachte Pauline. Doch sie wussten definitiv, dass sie angegriffen wurden. Alle rannten, einige zielgerichtet, andere panisch.

»Zehn Sekunden«, sagte Luis.

Pauline wünschte, sie könnte wegschauen. Sie wollte keine Menschen sterben sehen. Doch sie durfte noch nicht einmal zucken. Sie musste später berichten können, was geschehen war.

Pauline schaute gerade auf eine Reihe von niedrigen Gebäuden, als mehrere Blitze auf dem Bildschirm zu sehen waren – fünf, sechs, alle gleichzeitig. Pauline hatte gerade genug Zeit, um zu erkennen, dass die Raketen Mehrfachsprengköpfe hatten. Dann brach eine Wand zusammen; ein Mann und ein Schreibtisch flogen durch die Luft; ein Truck krachte in ein geparktes Auto, und schließlich wurde die ganze Szene in dichten grauen Rauch gehüllt.

Das Bild wechselte zum Hafen, und Pauline sah, dass die andere Rakete ihre Sprengköpfe über den Schiffen verteilt hatte. Sie sah Flammen, Rauch und verdrehtes Metall. Ein Seemann sprang ins Wasser.

Dann wurde der Bildschirm schwarz.

Es folgte ein langer Augenblick benommenen Schweigens.

Schließlich sagte Luis: »Wir haben den Feed verloren. Meine Leute glauben, dass das System zerstört wurde – was nicht verwunderlich wäre.«

»Wir haben genug gesehen, um zu wissen, dass wir es mit Dutzenden von Toten und Verwundeten sowie mit Schäden in Millionenhöhe zu tun haben«, sagte Pauline. »Aber ist das wirklich das Ende? Ich nehme an, wir hätten es schon gehört, wenn irgendwo in Korea, egal ob Nord oder Süd, weitere Raketen gestartet worden wären, oder?«

Luis fragte im Pentagon nach, wartete und sagte dann: »Es sind keine weiteren Raketen mehr gesichtet worden.«

Jetzt setzte Pauline sich endlich an den Kopf des Tisches. »Meine Damen und Herren«, sagte sie, »das war kein Kriegsausbruch.«

Die anderen brauchten einen Moment, um das zu verarbeiten. Dann sagte Gus: »Das sehe ich genauso, Madam President, aber würden Sie uns bitte erklären, wie Sie darauf kommen?«

»Natürlich. Erstens: Es war ein streng begrenzter Angriff – sechs Raketen, ein Ziel – und kein Versuch, Südkorea zu erobern oder zu vernichten. Zweitens: Sie haben sorgfältig darauf geachtet, keine Amerikaner zu töten, sondern eine Marinebasis ins Visier genommen, die nicht von amerikanischen Schiffen genutzt wird. Zusammengefasst suggeriert dieser Angriff Zurückhaltung.« Pauline schaute sich am Tisch um und fügte hinzu: »So paradox es klingt.«

Gus nickte nachdenklich. »Sie haben gegen die Basis zurückgeschlagen, von der aus ihr U-Boot zerstört worden ist. Das ist alles. Sie wollen, dass das als angemessene Reaktion aufgefasst wird.«

»Sie wollen Frieden«, ergänzte Pauline. »Sie haben schon genug damit zu tun, einen Bürgerkrieg zu gewinnen, und sie wollten nicht gleichzeitig gegen Südkorea und die Ultras kämpfen.«

»Und wo stehen wir jetzt?«, fragte Chess.

Pauline reagierte spontan, aber sie war den anderen gedanklich bereits ein paar Schritte voraus. »Wir müssen verhindern, dass Südkorea zurückschlägt. Das wird ihnen zwar nicht gefallen, aber da müssen sie nun mal durch. Sie haben eine Abmachung mit uns, den Beistandspakt von 1953. In Artikel III steht, dass sie verpflichtet sind, uns im Falle eines bewaffneten Angriffs von außen zu konsultieren. Sie müssen also mit uns reden.«

Luis schaute skeptisch drein. »Theoretisch«, sagte er.

»Stimmt. Es ist ein ungeschriebenes Gesetz der internationalen Beziehungen, dass Regierungen sich nur dann an ihre Verpflichtungen erinnern, wenn es ihnen passt. Wir müssen ihnen also so schnell wie möglich klarmachen, dass wir darauf bestehen.«

»Gute Idee«, sagte Chess. »Und wie?«

»Ich werde ihnen einen Waffenstillstand vorschlagen, gefolgt von einer Friedenskonferenz: Nordkorea, Südkorea, China und wir. Sie wird in einem asiatischen Land stattfinden, in einem Land, das mehr oder weniger neutral ist … Sri Lanka zum Beispiel.«

Chess nickte. »Oder vielleicht auf den Philippinen. Oder in Laos, wenn die Chinesen eine kommunistische Diktatur vorziehen.«

»Was auch immer.« Pauline stand auf. »Melden Sie Telefonate mit Staatspräsident Chen und Präsidentin No an, bitte. Und versuchen Sie weiter, den nordkoreanischen Gesandten bei der UNO zu erreichen; ich werde Chen auch bitten, den Obersten Führer anzurufen.«

»Ja, Ma'am.« Chess nickte.

Luis sagte: »Wir sollten die Familien des Militärpersonals in Südkorea evakuieren.«

»Ja. Und es gibt dort einhunderttausend amerikanische Zivilisten. Wir sollten ihnen raten, das Land zu verlassen.«

»Eines noch, Madam President … Ich denke, wir müssen das DEFCON-Level auf Stufe 3 anheben.«

Pauline zögerte. Das wäre die öffentliche Anerkennung, dass die Welt ab heute zu einem gefährlicheren Ort geworden war. So etwas machte man nicht leichtfertig.

Die Entscheidung über die DEFCON-Stufe mussten der Präsident und der Verteidigungsminister gemeinsam treffen. Wenn Pauline und Luis übereinstimmten, würde der Vorsitzende der Joint Chiefs of Staff, Bill Schneider, das Ergebnis verkünden.

Jacqueline Brody meldete sich zum ersten Mal zu Wort. »Das Problem ist, dass wir die Öffentlichkeit damit nervös machen.«

Luis war ungeduldig. Er mochte dieses Gerede von wegen der

Öffentlichkeit nicht. Er war nicht gerade ein Demokrat. »Wir müssen unsere Streitkräfte in Bereitschaft versetzen.«

»Aber nicht das amerikanische Volk in Panik«, entgegnete Jacqueline.

Pauline traf ihre Entscheidung. »Luis hat recht«, sagte sie. »Das DEFCON-Level wird angehoben. Bill soll das morgen früh in der Pressekonferenz bekanntgeben.«

»Danke, Madam President«, sagte Luis.

»Aber Jacqueline hat auch recht«, fuhr Pauline fort. »Wir müssen erklären, dass es nur eine Vorsichtsmaßnahme ist und dass die Amerikaner nicht in Gefahr schweben. Gus, ich denke, Sie sollten gemeinsam mit Bill vor die Presse treten, um die Leute zu beruhigen.«

»Jawohl, Ma'am.«

»Ich werde jetzt duschen gehen. Legen Sie die Termine für die Gespräche mit den Staatschefs entsprechend. Aber ich will das alles unter Dach und Fach haben, bevor in Ostasien Feierabend ist. Heute Nacht gehe ich nicht mehr ins Bett.«

* * *

James Moore wurde im Frühstücksfernsehen interviewt. Er trat bei einem Sender auf, der noch nicht einmal so tat, als würde er objektiv berichten. Moore wurde von Caryl Cole befragt, die sich selbst als konservative Soccer Mom bezeichnete, doch tatsächlich war sie einfach nur bigott. Pauline stand vom Tisch auf und ging in den ehemaligen Schönheitssalon, um dort weiterzuschauen. Nach einer Minute kam Pippa herein. Sie war für die Schule gekleidet und hatte sich die Tasche über den Rücken geworfen, blieb aber, um erst einmal auch zuzusehen.

Pauline erwartete, dass Caryl es Moore leichtmachen würde, und genau das passierte auch.

»Der Ferne Osten ist eine üble Gegend«, erklärte Moore auf

seine typisch volkstümliche Art. »Er wird von einer chinesischen Bande regiert, die glaubt, alles tun und lassen zu können, was sie will.«

»Was ist mit Korea?«, fragte Caryl.

»Das ist nicht gerade eine provokante Frage«, kommentierte Pauline.

Moore antwortete: »Die Südkoreaner sind unsere Freunde, und es ist immer gut, Freunde in einer üblen Gegend zu haben.«

»Und Nordkorea?«

»Der Oberste Führer ist ein richtiger Stinkstiefel, aber er ist nicht allein. Er gehört zu dieser Bande und bekommt seine Befehle aus Beijing.«

»Das ist eine hoffnungslose Vereinfachung«, bemerkte Pauline, »aber furchtbar leicht zu verstehen.«

Moore sagte: »Die Südkoreaner stehen auf unserer Seite, und wir müssen sie beschützen. Deshalb haben wir ja Truppen dort …« Er zögerte. Dann ergänzte er: »Mehrere Tausend Mann.«

Pauline rief in Richtung Fernseher: »Die Zahl, die du suchst, ist achtundzwanzigtausendfünfhundert, du Depp!«

Moore sagte: »Und wenn unsere Jungs nicht dort wären, dann würde ganz Korea von den Chinesen überrollt.«

»Das ist eine ernüchternde Vorstellung«, seufzte Caryl.

»Und jetzt …« Moore atmete tief durch. »Jetzt haben die Nordkoreaner unsere Freunde angegriffen. Sie haben eine Marinebasis bombardiert und viele Menschen getötet.«

»Präsidentin Green hat zu einer Friedenskonferenz aufgerufen«, sagte Caryl.

»Zum Teufel damit«, knurrte Moore. »Wenn jemand einem in die Fresse haut, dann bettelt man nicht um eine Friedenskonferenz. Dann schlägt man zurück.«

»Und wie würden Sie gegen die Nordkoreaner zurückschlagen, wenn Sie Präsident wären?«

»Ich würde all ihre Basen mit einem massiven Schlag ausradieren.«

»Reden wir hier von Atombomben?«

»Wenn wir schon Atombomben haben, sollten wir sie auch einsetzen.«

Pippa riss entsetzt die Augen auf. »Hat er das gerade wirklich gesagt?«

»Ja«, antwortete Pauline. »Und weißt du was? Er meint das auch so. Ist das nicht furchterregend?«

»Das ist dumm.«

»Es ist vielleicht sogar das Dümmste, das je jemand in der Geschichte der Menschheit gesagt hat.«

»Wird ihm das nicht schaden?«

»Ich hoffe. Wenn das seinen Wahlkampf nicht aus der Bahn wirft, weiß ich auch nicht mehr weiter.«

Später wiederholte Pauline ihre Bemerkung gegenüber Sandip Chakraborty, und Sandip fragte, ob er sie damit bei der PK zur Friedenskonferenz zitieren dürfe. »Warum nicht?«, antwortete Pauline.

In jeder Nachrichtensendung waren an diesem Tag zwei Zitate zu hören:

Wenn wir schon Atombomben haben, sollten wir sie auch einsetzen.

Und:

Das ist vielleicht das Dümmste, das je jemand in der Geschichte der Menschheit gesagt hat.

Kapitel 32

Die libysche Oasenstadt Ghadames war wie ein Ort aus Tausendundeiner Nacht. Die weißen Häuser in der verlassenen Altstadt bestanden aus Lehm, Stroh und Palmenstämmen, und alle waren sie miteinander verbunden, als wären sie eins. Im Erdgeschoss gab es schattige Arkaden zwischen den Gebäuden, und die Dächer, die traditionell den Frauen vorbehalten waren, wurden durch kleine Brücken verbunden. Die weiß getünchten Innenräume und die Fensteröffnungen wiederum waren mit ausgefeilten Mustern in leuchtendem Rot dekoriert. Naji lief entzückt umher.

All das passte sehr gut zur Stimmung von Kiah und Abdul. Seit nunmehr einer Woche hatte ihnen niemand mehr gesagt, was sie tun sollten, versucht, ihnen Geld abzupressen, oder ihnen Waffen an die Köpfe gehalten. Sie kamen allerdings nur langsam voran, und das mit Absicht. Sie hatten es nicht eilig, nach Tripolis zu gelangen.

Auf der Fahrt waren sie irgendwann zu der Überzeugung gelangt, dass ihr Albtraum vorbei war. Abdul war zwar immer noch wachsam und schaute regelmäßig in den Rückspiegel, um sicherzustellen, dass sie nicht doch verfolgt wurden; aber er sah nie etwas Bedrohliches.

Der ISGS hatte vielleicht Freunde und Verbündete verständigt und ihnen gesagt, sie sollten nach den Flüchtigen Ausschau halten, aber zusammen waren Kiah und Abdul nur ein weiteres junges arabisches Paar mit einem zweijährigen Kind, und von denen gab es Tausende. Trotzdem hielt Abdul die Augen nach den Dschihadisten offen. Allerdings hatte er bis jetzt niemanden gesehen, der ihm auch nur ansatzweise verdächtig vorgekommen wäre.

Sie schliefen im Auto oder manchmal auch auf dem Boden im Haus von irgendjemandem. Sie gaben immer vor, eine Familie zu sein. Nach kurzer Diskussion hatten sie sich auf eine Geschichte geeinigt: Kiahs Bruder war in Tripolis gestorben, wo er keine Verwandten hatte, und jetzt mussten sie seine Angelegenheiten regeln: Haus und Auto verkaufen und das Geld heim zu Kiahs Mutter in N'Djamena bringen. Alle, denen sie begegneten, hatten Mitleid mit ihnen, und nicht einer zog ihre Geschichte in Zweifel. Naji war dabei eine große Hilfe. Ein Paar mit Kind verdächtigte niemand.

Das Wetter in Ghadames war glühend heiß. Im Schnitt fielen hier nur wenige Zentimeter Regen pro Jahr. Viele Menschen sprachen überdies kein Arabisch. Sie hatten ihre eigene Sprache, einen Berberdialekt. Aber es gab Hotels in der Stadt, die ersten, die Abdul und Kiah sahen, seit sie den Tschad verlassen hatten. Nachdem sie eine Zeitlang durch die magische Altstadt gewandert waren, nahmen sie sich in der modernen Neustadt ein Zimmer mit einem großen Bett und einer kleinen Koje für Naji. Abdul zahlte bar und meldete sich mit seinem tschadischen Pass an. Der reichte für sie alle, und das war ein Glück, denn Kiah hatte keinerlei Papiere.

Abdul war überglücklich, als er sah, dass das Zimmer auch eine Dusche hatte – eine einfache zwar und nur mit kaltem Wasser, aber nach allem, was er durchgemacht hatte, war das der reinste Luxus. Lange Zeit stand er unter dem Wasserstahl. Dann stieg er wieder hinaus und schaute sich nach einem Handtuch um.

Als Kiah ihn nackt sah, schnappte sie entsetzt nach Luft und wandte sich ab.

Abdul lächelte und fragte sanft: »Stimmt was nicht?«

Sie drehte sich wieder halb zurück und bedeckte ihre Augen, doch dann kicherte sie, und Abdul entspannte sich wieder.

In einem Café neben dem Hotel aßen sie zu Abend. Der Laden hatte auch einen Fernseher, den ersten, den Abdul seit Wochen sah. Gerade lief ein Fußballspiel aus der italienischen Serie A.

Sie brachten Naji zu Bett und liebten sich, kaum dass er eingeschlafen war. Am Morgen, bevor er wieder aufwachte, taten sie es erneut. Abdul hatte ein paar Kondome, doch bei dem Tempo würden sie ihm bald ausgehen, und in diesem Teil der Welt waren sie nur schwer zu beschaffen.

Abdul hatte sich in Kiah verliebt. Daran bestand kein Zweifel. Mit ihrer Schönheit, ihrem Mut und ihrer lebhaften Intelligenz hatte sie sein Herz erobert. Abdul war sich sicher, dass sie ihn auch liebte. Aber er misstraute diesen Gefühlen, ihren wie seinen. Vielleicht waren diese Emotionen ja nur ein Nebenprodukt der Art und Weise, wie das Schicksal sie zusammengeführt hatte. Sieben Wochen lang hatten sie einander durch große Schwierigkeiten und noch größere Gefahren beigestanden, Tag für Tag und Nacht für Nacht. Abdul erinnerte sich daran, wie Kiah das Benzin im Fuhrpark entzündet hatte, ohne auch nur einen einzigen Augenblick lang Angst um sich selbst zu haben. Sie hatte Abdul das Leben gerettet, indem sie Mohammed getötet hatte. Und sie hatte keine Reue gezeigt. Abdul bewunderte Kiahs Härte. Aber war das genug? Würde ihre Liebe auch die Rückkehr in die Zivilisation überdauern?

Und dann war da der kulturelle Graben zwischen ihnen, so breit und tief wie der Grand Canyon. Kiah war an den Ufern des Tschadsees geboren und aufgewachsen. Bis vor ein paar Wochen war sie nie weiter gereist als nach N'Djamena. Die engstirnigen, strengen Sitten dieser armen ländlichen Gesellschaft waren alles, was sie kannte. Abdul hingegen hatte in Beirut und Newark gelebt und in Washington, D.C. In der Highschool und auf dem College hatte er die freizügige Moral seiner Wahlheimat kennengelernt. Kiah hingegen schlief zwar mit ihm, doch dann war sie schockiert, wenn er so etwas Normales tat, wie nackt durchs Hotelzimmer zu laufen.

Und er hatte sie getäuscht. Kiah hatte lange geglaubt, er sei ein Zigarettenhändler aus dem Libanon – inzwischen hatte sie Grund genug zu der Annahme, dass dies nur eine Fassade darstellte. Früher oder später würde Abdul ihr gestehen müssen, dass er amerikanischer Staatsbürger und CIA-Agent war. Wie würde sie darauf wohl reagieren?

Sie lagen einander gegenüber in ihrem schlichten Zimmer. Naji schlief noch immer; die Fensterläden waren zum Schutz vor der Hitze geschlossen, und Abdul genoss die Krümmung ihrer Nase, ihre braunen Augen und die samtig dunkle Haut. Er streichelte ihren Körper und spielte gedankenverloren mit ihren Schamhaaren, doch das ließ sie zusammenzucken, und sie sagte: »Was machst du da?«

»Nichts. Ich berühre dich nur.«

»Aber das ist despektierlich.«

»Wie kann das despektierlich sein? Das ist liebevoll.«

»So etwas macht man mit einer Prostituierten.«

»Wirklich? Ich war noch nie bei einer Prostituierten.«

Das war noch so eine Kluft. Kiah liebte Sex – das war schon beim ersten Mal klargeworden, als hauptsächlich sie die Initiative übernommen hatte –, doch sie war mit einer Vorstellung von Sittsamkeit aufgewachsen, die sich dramatisch von der in amerikanischen Städten unterschied. Würde sie sich irgendwann anpassen? Würde er sich ändern müssen?

Naji regte sich in seinem Bettchen, und sie erkannten, dass es an der Zeit war weiterzuziehen. Sie wuschen das Kind und zogen es an. Dann gingen sie zum Frühstück wieder ins Café, und dort sahen sie die Nachrichten.

Abdul wollte sich gerade hinsetzen, als er aus den Augenwinkeln heraus Bilder vom Start einer Rakete sah. Zuerst glaubte er, das sei ein Test, doch dann wurden es immer mehr Raketen, Dutzende. Das waren viel zu viele für eine einfache Übung. Den Aufnahmen vom Start folgten weitere, die die Raketen im Flug zeigten. Sie waren nur anhand der weißen Abgasstreifen zu erkennen. Die Flugbahn legte nahe, dass es sich um Marschflugkörper handelte, denn ballistische Raketen flogen viel zu schnell und hoch, als dass man sie vom Boden hätte filmen können.

»Warum setzt du dich nicht?«, fragte Kiah.

Doch Abdul blieb stehen und starrte voller Angst auf den Fernseher.

Der Kommentar war in einer Sprache, die ihm unbekannt war; allerdings hörte sie sich ostasiatisch an. Dann wurde der Originalton heruntergeregelt und von einer arabischen Übersetzung überlagert. So erfuhr Abdul dann auch, dass die Raketen von der südkoreanischen Armee abgefeuert worden waren. Die hatte auch die Aufnahmen gemacht. Der Beschuss war die Vergeltung für einen Raketenangriff Nordkoreas auf einen südkoreanischen Marinestützpunkt.

»Was möchtest du essen?«, fragte Kiah.

»Schschsch!«, zischte Abdul.

Als Nächstes kam ein Film von einer Militärbasis. Die Bilder zeigten das charakteristische Straßengitter, das niedrige Gebäude miteinander verband. Die Schriftzeichen auf den Schildern kamen Abdul jedoch wie Hieroglyphen vor. Zum Glück gab es die arabische Übersetzung, die die Basis als Sino-ri in Nordkorea identifizierte. Menschen schwärmten um Militärgerät herum, offenbar Luftabwehrraketen. Die Bilder stammten entweder von einem Aufklärungsflugzeug oder von einer Drohne. Plötzlich kam es zu ersten Explosionen. Flammen schossen in die Luft, gefolgt von dichtem Rauch. Weitere Explosionen zerrissen die Luft nahe der Kamera: Die Verteidiger erwiderten das Feuer, doch der

Schaden in der Basis war bereits enorm. Offensichtlich war der Angriff darauf ausgerichtet, das Ziel komplett zu vernichten.

Abdul war entsetzt. Südkorea griff Nordkorea mit Marschflugkörpern an, vermutlich aus Rache für einen früheren Vorfall. Was war da passiert? Wie hatte es zu so einer Katastrophe kommen können?

»Will Laban«, quengelte Naji.

»Sei still«, sagte Kiah. »Papa will die Nachrichten sehen.«

Nur am Rande nahm Abdul war, dass er gerade »Papa« genannt worden war.

Dann erwähnte der arabische Kommentator ein entscheidendes Detail: Sino-ri war der Stützpunkt, von dem aus Raketen gegen die südkoreanische Marinebasis auf Jejudo gefeuert worden waren.

Während seines Aufenthalts in der Wüste hatte Abdul offenbar viel verpasst. Aber was auch immer die Ereignisse sein mochten, die zu diesem Angriff geführt hatten, eines war offensichtlich: Südkorea wollte der ganzen Welt zeigen, dass es zurückgeschlagen hatte.

Wie hatten die Chinesen und Amerikaner das nur zulassen können?

Was um alles in der Welt war da los?

Und wo würde es hinführen?

Kapitel 33

Chang Kai beschloss, Ting zu bitten, die Stadt zu verlassen.

Irgendwie schaffte er es, sich aus dem Hauptquartier des Guoanbu zu stehlen, um Ting und Anni, ihre Mutter, im Sportstudio zu treffen. Dort gingen sie immer hin, wenn Ting einen freien Tag hatte. Anni bekam Physiotherapie für ihre alte Beinverletzung, und Ting lief auf dem Laufband. Als sie heute aus der Umkleide kamen, wartete jedoch Kai im Café mit Tee und Lotussamen-Brötchen auf sie. Sobald sie sich hingesetzt und an ihrem Tee genippt hatten, sagte er: »Wir müssen reden.«

»Oh nein!« Ting riss die Augen auf. »Du hast eine Affäre und willst mich verlassen.«

»Blödsinn«, erwiderte Kai und lächelte. »Ich würde dich nie verlassen. Aber ich will, dass du die Stadt verlässt.«

»Warum?«

»Dein Leben ist in Gefahr. Ich glaube, es wird Krieg geben, und wenn ich recht habe, wird Beijing bombardiert.«

»Im Internet wird schon viel darüber spekuliert«, bemerkte Anni. »Wenn man weiß, wo man suchen muss.«

Das überraschte Kai nicht. Viele Chinesen wussten, wie sie die Firewall der Regierung umgehen konnten, um an Nachrichten aus dem Westen zu gelangen.

»Ist es wirklich so schlimm?«, fragte Ting.

Ja, das war es. Der Beschuss von Sino-ri durch die Südkoreaner hatte Kai überrascht. Dabei erwartete man von ihm, dass er alles wusste. Außerdem war Präsidentin No dazu verpflichtet, die Amerikaner zu konsultieren, bevor sie so etwas unternahm. Hatte das Weiße Haus den Angriff gebilligt? Oder hatte die südkoreanische Präsidentin einfach selbst entschieden? Kai hätte das wissen sollen, tat er aber nicht.

Er hatte das starke Gefühl, dass No Do-hui sich von niemandem sagen ließ, was sie zu tun und zu lassen hatte. Kai hatte sie einmal getroffen, und er erinnerte sich an eine dünne Frau mit hartem Gesicht und eisengrauem Haar. Sie hatte einen vom Regime in Nordkorea angestifteten Attentatsversuch überlebt. Umgekommen war dabei allerdings einer ihrer wichtigsten Berater, der – was nur Kai und ein paar Auserwählte wussten – auch ihr Liebhaber gewesen war. Ohne Zweifel hatte das ihren Hass auf den Obersten Führer noch geschürt.

Sino-ri war dem Erdboden gleichgemacht worden, und Präsidentin No hatte triumphierend verkündet, dass von dieser nordkoreanischen Basis keiner mehr Raketen abfeuern werde. Sie redete, als wäre die Angelegenheit damit erledigt, doch das war sie natürlich nicht.

Kang, der Oberste Führer, hatte nur begrenzte Möglichkeiten für einen Gegenschlag, doch diese wenigen Möglichkeiten waren von einer Art, die alles nur noch schlimmer machte. Die Hälfte der nordkoreanischen Armee war bereits unter Kontrolle der Rebellen, und die andere Hälfte war durch die Zerstörung von Sino-ri weiter geschwächt worden. Noch zwei, drei Schläge wie dieser, und der Oberste Führer wäre so gut wie machtlos gegen Südkorea. Er hatte Staatspräsident Chen bereits angerufen und Verstärkungen aus China gefordert, doch Chen hatte sich geweigert und erklärt, dass er stattdessen lieber zu Präsidentin Greens Friedenskonferenz reisen solle. Kang war verzweifelt, und verzweifelte Männer waren unberechenbar.

Inzwischen hatte die ganze Welt Angst. Russland und Großbritannien, die normalerweise auf verschiedenen Seiten standen, hatten sich im UNO-Sicherheitsrat zusammengetan, um einen Waffenstillstand durchzusetzen. Frankreich hatte sie dabei unterstützt.

Es bestand zwar tatsächlich eine geringe Chance, dass der Oberste Führer Präsidentin Greens Vorschlag einer Friedenskonferenz akzeptierte, doch Kai war pessimistisch. Deeskalation gehörte für gewöhnlich nicht zum Vokabular eines Tyrannen. Das ließ ihn nur schwach aussehen.

Wenn Kai an einen großen Krieg dachte, dann hatte er vor allem Angst um Ting. Natürlich war er für alle 1,4 Milliarden Menschen in China verantwortlich, doch in Wahrheit kümmerte ihn nur einer.

»China und die USA haben die Kontrolle über das Geschehen verloren«, sagte er.

»Und wo soll ich hin?«, fragte Ting.

»Fahr in unser Haus in Xiamen. Das sind mehr als tausend Meilen von hier. Da hast du wenigstens eine Chance zu überleben.« Er schaute zu Anni. »Ihr solltet beide gehen.«

»Das kommt nicht infrage«, erklärte Ting. »Das weißt du. Ich habe einen Job … eine Karriere …«

Kai hatte schon mit Widerstand gerechnet. »Melde dich krank«, sagte er. »Fahr heim und pack deine Sachen. Nimm dir deinen Sportwagen, und fahr morgen früh mit deiner Mutter los. Ihr könnt ja irgendwo übernachten. Macht einen Urlaub draus.«

»Ich kann mich nicht krankmelden. Du kennst das Showbusiness doch gut genug, um das zu wissen. Bei uns gibt es keine Entschuldigungen. Wenn man nicht auftaucht, suchen sie sich eine andere.«

»Du bist der Star!«

»Das zählt nicht so viel, wie du vielleicht denkst. Ich werde nicht mehr lange der Star sein, wenn ich nicht auf dem Bildschirm erscheine.«

»Das ist immer noch besser, als zu sterben.«

»Na gut«, sagte Ting.

Kai war überrascht. Er hatte nicht damit gerechnet, dass Ting so schnell nachgeben würde. Aber so einfach war es nun doch nicht. »Na gut, ich werde fahren – wenn du mitkommst.«

»Fahr. Ich komme nach, sobald ich kann.«

»Nein. Wir fahren gemeinsam.«

Das stand außer Frage, und Ting wusste das. »Ich kann nicht«, sagte Kai dann auch.

»Doch, du kannst. Kündige deinen Job. Wir haben genug Geld. Wir könnten über ein Jahr durchhalten, ohne dass wir uns einschränken müssen. Wenn wir ein wenig haushalten, sogar länger. Und sobald du glaubst, dass es wieder sicher ist, kehren wir nach Beijing zurück.«

»Ich muss versuchen, diesen Krieg zu verhindern. Wenn mir das gelingt, dann beschütze ich nicht nur mein Land, sondern auch meine Familie. Und es ist nicht nur ein Job, es ist mein Leben. Und das kann ich nur von hier aus.«

»Und ich muss hierbleiben, weil ich dich liebe.«

»Aber die Gefahr …«

»Wenn wir schon in einem Krieg sterben müssen, dann sterben wir wenigstens zusammen.«

Kai öffnete den Mund, um etwas darauf zu erwidern, doch ihm fiel nichts mehr ein. Ting hatte recht. Wenn es zum Krieg kam, dann sollten sie sich dem gemeinsam stellen.

»Möchtest du noch Tee?«, fragte er.

* * *

Als Kai ins Büro zurückkam, wartete eine Mail auf ihn. Sie war von seinem Boss, dem Minister für Staatssicherheit. Fu Chuyu erklärte darin seinen Rücktritt. In einem Monat würde er aus dem Amt scheiden.

Kai fragte sich, warum. Fu war Mitte sechzig, was in der Führungsriege der Volksrepublik noch lange kein Grund für einen Rücktritt war. Kai fragte Yawen, seine Sekretärin: »Haben Sie die Mail des Ministers gelesen?«

»Die hat jeder bekommen«, antwortete sie.

Das war ein ernst zu nehmender Affront gegen Kai. Schließlich war er einer von Fus Stellvertretern. Da hätte er erwartet, vorgewarnt zu werden, doch stattdessen war er zeitgleich mit der ganzen Abteilung informiert worden.

»Ich frage mich, warum er das macht«, grübelte Kai laut.

»Seine Sekretärin hat mir den Grund verraten«, sagte Yawen. »Er hat Krebs.«

»Ah.« Kai dachte an Fus Aschenbecher, das monströse Ding, das aus dem Stumpf einer alten Granatenhülse gefertigt war – und immer voll.

»Es ist schon eine ganze Weile bekannt, dass er unter Lungenkrebs leidet, aber er hat die Behandlung verweigert und nur wenigen Leuten davon erzählt. Jetzt hat der Krebs gestreut, und er muss ins Krankenhaus.«

Das erklärte eine Menge, vor allem die Hetzkampagne gegen Ting und damit auch gegen Kai. Irgendjemand, der Fus Job haben wollte, war im Vorfeld informiert worden und hatte versucht, den Kandidaten zu diskreditieren, der die erste Wahl darstellte. Vermutlich handelte es sich dabei um Vizeminister Li Jiankang, den Chef des Inlandsgeheimdienstes.

Fu ist ein typischer Kommunist der alten Schule, dachte Kai. Der Mann starb, doch er intrigierte noch immer. Er wollte sicherstellen, dass sein Nachfolger genauso orthodox war wie er selbst.

Aber in welcher Gefahr schwebte Kai jetzt persönlich? Was für eine triviale Frage, dachte Kai, vor allem angesichts der Lage auf der koreanischen Halbinsel. Außerdem … Wie kann mir dieser Mist etwas anhaben, wenn mein Vater der stellvertretende Vorsitzende der Nationalen Sicherheitskommission ist?

Kais Telefon klingelte. Yawen verließ den Raum, und er nahm ab. Es war General Ham aus Nordkorea. »Der Oberste Führer kämpft um sein politisches Überleben«, verkündete Ham.

Kai nahm an, dass Kang nicht nur politisch, sondern auch wortwörtlich ums Überleben kämpfte. Wenn die Südkoreaner ihn nicht töteten, dann würden die Rebellen das erledigen. »Weshalb sagen Sie das ausgerechnet jetzt?«

»Er kann die Rebellion nicht niederschlagen. Er hat sie zwar erst mal aufgehalten, aber ihm gehen die Waffen aus, und sie haben die Oberhand. Der einzige Grund, warum die Rebellen die verbliebenen Regierungstruppen noch nicht ausgelöscht haben, ist, weil sie glauben, die Südkoreaner würden das für sie erledigen.«

»Ist das auch dem Obersten Führer bewusst?«

»Ich denke, ja.«

»Warum provoziert er dann einen Krieg mit Südkorea? Das ist doch Selbstmord.«

»Er glaubt, China könne es sich nicht leisten, ihn verlieren zu lassen. Er glaubt, Sie würden ihn retten. Er ist regelrecht besessen davon. Er glaubt, dass Sie ihm Truppen schicken werden, weil Sie keine andere Wahl haben.«

»Wir können keine chinesischen Truppen nach Nordkorea schicken. Damit würden wir in Konflikt mit den USA geraten.«

»Aber Sie können auch nicht zulassen, dass der Süden Nordkorea erobert.«

»Das stimmt natürlich.«

»Kang glaubt, das Ganze könne nur auf eine Art enden: Sie werden ihm helfen, Südkorea aufzuhalten *und* die Ultras zu besiegen. Je mehr er unter Druck gerät, desto größer wird der Druck auf China, ihm zu Hilfe zu eilen. Deshalb glaubt er auch nicht, ein riskantes Spiel zu spielen. Für ihn ist das alles nur konsequent.«

Kang fühlte sich unverwundbar. Vermutlich erlag jeder, der sich selbst Oberster Führer nannte, irgendwann dieser Illusion.

Ham fuhr fort: »Aber er ist nicht verrückt. Er denkt logisch.

Er kann keinen langen Krieg führen. Dafür fehlen ihm die Ressourcen. Er muss das so schnell wie möglich erledigen. Wenn er gewinnt, dann gewinnt er, und wenn er verliert, dann müssen Sie ihn retten; also gewinnt er auch dann.«

Auch daran war etwas Wahres.

»Verfügt er nach dem Angriff auf Sino-ri noch über Raketen?«, fragte Kai.

»Er hat mehr, als Sie glauben. Sie sind alle auf mobilen Abschussrampen. Nachdem er sechs auf Jejudo abgefeuert hat, hat er die restlichen Rampen aus den Stützpunkten schaffen lassen und versteckt.«

»Wo versteckt man denn solche Trucks? Selbst die kleinsten sind mindestens zwölf Meter lang.«

»Im ganzen Land«, antwortete Ham. »Sie sind an Orten geparkt, wo man sie von oben nicht sehen kann, meist in Tunneln und unter Brücken.«

»Clever. So kann man sie auch nicht zerstören.«

»Ich muss los«, sagte Ham. »Tut mir leid.«

»Passen Sie auf sich auf«, erwiderte Kai, doch Ham hatte bereits aufgelegt.

Frustriert dachte Kai noch einmal über das Gespräch nach und machte sich Notizen zu allem, was Ham gesagt hatte. Jetzt gab es nur noch eine Möglichkeit, den Krieg zu verhindern: China musste Nordkorea an die Kandare legen und die USA den Süden. Doch das war leichter gesagt als getan.

Nach ein paar Minuten Nachdenken glaubte Kai jedoch zu wissen, wie er die Amerikaner in die richtige Richtung lenken konnte. Er beschloss, diese Idee zuerst bei einem Mitglied der alten Garde auszuprobieren, und so rief er seinen Vater an. Erst würde er über etwas anderes reden und die Idee dann einfach einflechten.

»Du bist doch ein Freund von Fu Chuyu«, sagte er, als er durchgestellt wurde. »Hast du gewusst, dass er stirbt?«

Es folgte ein kurzes Zögern, doch das war Antwort genug. Dann sagte Jianjun: »Ja. Ich habe es vor ein paar Wochen herausgefunden.«

»Ich wünschte, du hättest mir das gesagt.«

Jianjun hatte offensichtlich ein schlechtes Gewissen, weil er es für sich behalten hatte, aber das gab er nicht zu. »Man hat mir das im Vertrauen gesagt«, erklärte er. »Ist das überhaupt wichtig?«

»Es gibt eine üble Verleumdungskampagne gegen deine Schwiegertochter. Der Sinn dahinter ist, mir zu schaden. Jetzt verstehe ich auch, warum. Es geht darum, wer Fus Nachfolger als Minister für Staatssicherheit wird.«

»Das ist das erste Mal, dass ich davon höre.«

»Ich glaube, Fu steckt mit Vizeminister Li unter einer Decke.«

»Ich habe …« Jianjun hustete. Es war ein typischer Raucherhusten. Dann fuhr er fort: »Ich habe keinerlei Informationen dazu.«

Ich hoffe, diese verdammten Zigaretten bringen dich nicht auch noch um, dachte Kai. »Ich würde auf Li wetten, aber es gibt noch ein halbes Dutzend weiterer Kandidaten, die dahinterstecken könnten.«

»Das ist das Problem. Die Liste ist lang.«

»Wo wir schon von Problemen reden … Was denkst du über die Krise in Korea?«

Jianjun schien erleichtert zu sein, nicht mehr über das peinliche Thema Fu Chuyu reden zu müssen. »Korea? Früher oder später werden wir den Hammer rausholen müssen.«

Das war Jianjuns Antwort auf alles.

Kai beschloss, es war an der Zeit, seine Idee auszuprobieren. »Ich habe gerade mit unserer besten Quelle in Nordkorea gesprochen. Er sagt, der Oberste Führer stehe mit dem Rücken zur Wand. Ihm gehen die Waffen aus, und es besteht die Gefahr, dass es zu einer Verzweiflungstat kommt. Wir müssen ihn zurückpfeifen.«

»Wenn das nur so einfach wäre.«

»Oder wir bringen die Amerikaner dazu, die Südkoreaner zu zügeln. Sie müssen Präsidentin No davon überzeugen, nicht gegen Kang zurückzuschlagen – egal was sein nächster Zug auch sein mag.«

»Wir können nur hoffen.«

In gespielt gleichmütigem Tonfall sagte Kai: »Oder wir könnten ehrlich mit dem Weißen Haus sein und Präsidentin Green warnen, dass der Oberste Führer so schwach ist, dass er mit dem Rücken zur Wand steht.«

»Das kommt nicht infrage.« Jianjun war geradezu entrüstet. »Wir sollen den Amerikanern sagen, wie schwach unser Verbündeter ist?«

»Eine Situation wie diese verlangt nach außergewöhnlichen Maßnahmen.«

»Aber das wäre Verrat!«

So, dachte Kai, jetzt habe ich meine Antwort. Die alte Garde will noch nicht einmal über die Idee nachdenken. Er tat so, als wäre er überzeugt. »Da hast du wohl recht.« Rasch wechselte er das Thema. »Ich nehme nicht an, dass Mutter darüber nachdenken würde, die Stadt zu verlassen, oder? Dass sie an einen sichereren Ort ziehen würde? Irgendwohin, wo vermutlich keine Bomben fallen?«

Es folgte eine lange Pause; dann erklärte Jianjun mit ernster Stimme: »Deine Mutter ist eine treue Kommunistin.«

Diese Bemerkung überraschte Kai. »Glaubst du, das weiß ich nicht?«

»Der Kommunismus ist mehr als nur eine Theorie, die wir akzeptieren, weil sie gut fundiert ist … wie Mendelejews Periodensystem.«

»Was meinst du damit?«

»Der Kommunismus ist eine heilige Mission. Er steht über allem, auch über der Familie und der eigenen Sicherheit.«

Kai starrte ungläubig den Hörer an. »Für dich ist der Kommunismus also wichtiger als Mutter?«

»Genau«, bestätigte sein Vater. »Und sie würde dasselbe über mich sagen.«

Das war wesentlich extremer, als Kai es sich je vorgestellt hatte. Ihm drehte sich der Kopf.

»Manchmal«, fuhr Jianjun fort, »habe ich das Gefühl, dass deine Generation das nicht wirklich versteht.«

Da hast du wohl recht, dachte Kai.

Er sagte: »Nun, ich habe dich nicht angerufen, um mit dir über den Kommunismus zu diskutieren. Sag mir Bescheid, wenn du irgendetwas über die Intrigen gegen mich hörst.«

»Natürlich.«

»Wenn ich herausfinde, wer versucht, mir durch meine Frau zu schaden, dann schneide ich ihm mit einem rostigen Messer die Eier ab.« Kai legte auf.

Er hatte recht mit seiner Befürchtung gehabt, dass Jianjun gegen die Idee sein würde, den Amerikanern gegenüber die Karten auf den Tisch zu legen. Jianjun war dazu erzogen worden, die Kapitalisten und Imperialisten als ewige Feinde zu betrachten. Doch China hatte sich verändert. Die Welt hatte sich verändert, aber die alten Männer steckten in der Vergangenheit fest.

Das hieß allerdings nicht, dass die Idee falsch war. Sie musste nur heimlich umgesetzt werden, ohne dass jemand davon Wind bekam.

Kai griff wieder zum Telefon und wählte. Diesmal ging sofort jemand dran. »Neil?«

»Kai hier. Ich muss wissen, ob Sie Präsidentin No im Voraus die Zustimmung zu ihrem Angriff auf Sino-ri gegeben haben.«

Neil zögerte.

»Wir müssen ehrlich zueinander sein«, sagte Kai. »Die Situation ist viel zu gefährlich, als dass wir etwas verschweigen könnten.«

»Okay«, sagte Neil. »Aber wenn Sie mich zitieren, streite ich alles ab.«

»Na gut.«

»Die Antwort ist Nein. Wir wussten im Vorfeld nichts davon, und hätten wir es gewusst, dann hätten wir es nicht gebilligt.«

»Danke.«

»Jetzt bin ich dran. Hat China gewusst, dass der Oberste Führer Jejudo angreifen würde?«

»Nein. Genau wie bei Ihnen. Es hat keinerlei Vorwarnung gegeben, sonst hätten wir versucht, ihn aufzuhalten.«

»Was hat Kang sich nur dabei gedacht?«

»Genau deshalb wollte ich mit Ihnen sprechen. Die Krise ist schlimmer, als Sie glauben.«

»Himmel!« Neil schnappte hörbar nach Luft. »Das kann man sich nur schwer vorstellen.«

»Glauben Sie es lieber.«

»Sprechen Sie weiter.«

»Das Problem ist die Schwäche des Regimes in Nordkorea.«

»Die *Schwäche?*«

»Ja. Hören Sie zu. Die Hälfte des nordkoreanischen Militärs ist mittlerweile in der Hand der Rebellen. Ein Teil der anderen Hälfte ist in Sino-ri vernichtet worden. Der Oberste Führer hat seine mobilen Abschussrampen jedoch im ganzen Land verstreut …«

»Wo?«

»Unter Brücken und in Tunneln.«

»Wo sie keiner orten kann.«

»Hätte er das nicht getan, hätte Südkorea dem Norden die Offensivkapazität seines Militärs mit zwei, drei weiteren Raketenschlägen genommen.«

»Kang steckt also in der Klemme.«

»Und das macht ihn unberechenbar.«

»Was wird er tun?«

»Irgendetwas Drastisches.«

»Können wir ihn aufhalten?«

»Sorgen Sie einfach dafür, dass Präsidentin No nicht noch mal zurückschlägt.«

»Der Oberste Führer könnte sie provozieren.«

»Er *wird* sie provozieren. Er muss Rache für Sino-ri nehmen. Ich will, dass Ihre Präsidentin der Eskalation Einhalt gebietet. Präsidentin No darf nicht noch härter zurückschlagen.«

»Das hängt davon ab, was Kang unter ›Rache nehmen‹ versteht«, erwiderte Neil. »Die Einzigen, die den Obersten Führer zügeln können, sind Sie – die chinesische Regierung.«

»Wir versuchen es ja, Neil. Glauben Sie mir. Wir versuchen es.«

Kapitel 34

»Ich kann das Weiße Haus unmöglich verlassen«, sagte Pauline zu Pippa und Gerry am Tag vor Thanksgiving. Sie standen in der Center Hall neben dem Piano. »Es tut mir wirklich leid.«

Gerrys ältester Freund, ein Kommilitone von der Columbia Law, besaß eine Pferderanch in Virginia. Pauline, Gerry und Pippa hatten eigentlich geplant, Thanksgiving bei ihm, seiner Frau und deren Tochter zu verbringen, die in Pippas Alter war. Die Schule hatte zwei Tage geschlossen. Also konnten sie am Mittwochabend fahren und sonntags wieder zurückkommen. Die Ranch lag in der Nähe von Middleburg, ungefähr fünfzig Meilen vom Weißen Haus entfernt. Das entsprach etwa einer Stunde Fahrt. Pippa war wahnsinnig aufgeregt. Wie viele Mädchen in ihrem Alter war sie geradezu verrückt nach Pferden.

»Mach dir keine Sorgen«, sagte Gerry zu Pauline. »Wir sind das gewohnt.« Er sah nicht allzu enttäuscht aus.

»Wenn die Lage in Korea sich wieder beruhigt«, sagte Pauline, »schaffe ich es vielleicht zum Dinner am Samstag.«

»Das wäre nett«, entgegnete Gerry. »Ruf mich einfach an, damit ich unsere Gastgeber bitten kann, ein weiteres Gedeck aufzulegen.«

»Natürlich.« Pauline wandte sich an Pippa. »Ist es dir nicht zu kalt, um den ganzen Tag lang auszureiten?«

»Das Pferd wärmt einen«, erklärte Pippa. »Das ist wie eine Sitzheizung im Auto.«

»Nimm trotzdem warme Sachen mit.«

Pippa wechselte unvermittelt das Thema, wie es Kinder in ihrem Alter oft taten, und schaute ihre Mutter besorgt an. »Kommst du wirklich zurecht, Mom? Thanksgiving so ganz allein …?«

»Ich werde dich vermissen, Liebes, aber ich will dir auch nicht die Feiertage verderben. Ich weiß doch, wie sehr du dich darauf gefreut hast. Außerdem habe ich viel zu viel damit zu tun, die Welt zu retten. Da kann ich mich gar nicht einsam fühlen.«

»Ich werde dich auch vermissen. Und fang ja nicht an zu schießen. Ich will dich ja noch wiedersehen.« Pippa sprach in leichtem Ton, aber Pauline vermutete dahinter eine ernste Sorge.

Auch Pauline plagte die unterschwellige Furcht, ihre Tochter vielleicht nie wiederzusehen. Aber sie antwortete auf die gleiche halb ernste Art: »Das ist wirklich süß von dir, aber ich denke, bis Sonntagabend werde ich die Bomben noch in den Silos lassen.«

Ein Portier des Weißen Hauses nahm die Koffer, und Gerry sagte zu ihm: »Der Secret Service wartet vermutlich schon.«

»Ja, Sir.«

Pauline küsste die beiden zum Abschied und schaute ihnen hinterher.

Pippas Bemerkung hatte einen Nerv getroffen. Was Pauline verbarg, war ihre Befürchtung, dass in den nächsten Tagen tatsächlich Bomben auf Washington fallen könnten. Aus diesem Grund war sie auch froh, dass Pippa die Stadt verließ. Sie wünschte nur, ihre Tochter würde weiter wegfahren.

Der Beschuss von Sino-ri hatte Pauline schockiert. Niemand hatte damit gerechnet, dass Präsidentin No zu so einer drastischen Maßnahme greifen würde, ohne vorher die USA zu konsultieren. Pauline war auch wütend. Südkorea und die USA waren Verbündete, die zu gemeinsamem Handeln verpflichtet waren. Aber No hatte sich uneinsichtig gezeigt. Anscheinend verloren die USA genauso schnell die Kontrolle über Südkorea wie China die Kontrolle über den Norden. Das war eine gefährliche Entwicklung.

Pauline ging ins Oval Office, wo Chess auf sie wartete, um sich von ihr zu verabschieden. Er trug einen Daunenmantel und Sneaker und war im Begriff, nach Colombo zu fliegen, in die Hauptstadt von Sri Lanka. »Wie lange dauert der Flug?«, erkundigte sich Pauline.

»Zwanzig Stunden, einschließlich Tankstopp.«

Chess flog zur Friedenskonferenz. China schickte ebenfalls seinen Außenminister Wu Bai.

»Haben Sie den Bericht der CIA aus Beijing gesehen?«, fragte Pauline.

»Oh ja. Der Typ vom chinesischen Geheimdienst war erstaunlich offen.«

»Chang Kai.«

»Ja. Ich glaube, so offen war die chinesische Regierung noch nie zu uns.«

»Die Regierung hat nicht unbedingt etwas damit zu tun. Ich habe eher das Gefühl, als arbeite Chang Kai auf eigene Faust. Er hat Angst davor, was der Oberste Führer in Nordkorea noch alles anrichten könnte, und er macht sich Sorgen, dass einige in der chinesischen Regierung die Sache vielleicht nicht ernst nehmen.«

»Nun, in jedem Fall werde ich dem Obersten Führer ein attraktives Angebot unterbreiten.«

»Hoffen wir, dass Kang das genauso sieht.«

Früher am Tag hatten sie das bei einer Kabinettssitzung diskutiert. Sie mussten Kang irgendetwas geben und hatten beschlossen, ihm anzubieten, sich die Seegrenze zwischen Nord- und Südkorea noch einmal anzuschauen. Die war schon immer ein Stachel in seinem Fleisch gewesen. Sie war 1953 nach dem Koreakrieg von einem Kommandeur der UNO-Truppen festgelegt worden. Südkorea hatte die besten Fischgründe im Gelben Meer bekommen. Im Jahr 1999 hatte die Regierung in Pjöngjang eine

Seegrenze weiter südlich gezogen. So eine Korrektur war nur fair, und sie würde es dem Obersten Führer ermöglichen, sein Gesicht zu wahren. Präsidentin No würde sich zwar lautstark beschweren, doch schlussendlich würde sie die Entscheidung akzeptieren.

»Ich muss jetzt los«, sagte Chess. »Das Flugzeug wartet mit sieben Diplomaten und Militärs, die mich auf dem Flug briefen wollen.« Chess stand auf und griff sich seinen vollen Aktenkoffer. »Und wenn die irgendwann erschöpft sind, habe ich hier noch stapelweise Papier, das gelesen werden will.«

»Guten Flug.«

Chess ging.

Pauline ging ins Arbeitszimmer, ließ sich einen Salat kommen und arbeitete verschiedene Papiere durch. Hier gab es nur wenig Ablenkung, und sie wollte die Zeit so gut wie möglich nutzen. Als sie telefonisch einen Kaffee bestellte, schaute sie auf die Uhr und sah, dass es bereits neun war. Kurz kam ihr der Gedanke, dass Chess sich jetzt schon in der Luft befand.

Pauline erinnerte sich daran, wie sie die Regierungschefs der wichtigsten Nationen der Welt vor einem Monat zusammengetrommelt hatte, um einen Krieg zwischen dem Sudan und dem Tschad zu verhindern, und sie fragte sich, ob ihre Diplomatie auch diesmal funktionieren würde. Sie fürchtete allerdings, dass die koreanische Krise weit schwerer zu lösen war.

Dann kam Gus herein.

Pauline lächelte. Sie freute sich, ihn zu sehen und mit ihm allein zu sein. Sofort bekam sie ein schlechtes Gewissen, unterdrückte es jedoch rasch wieder. Sie betrog Gerry doch nicht – außer in ihren Träumen.

Gus war ganz bei der Sache. »Ich glaube, der Oberste Führer wird bald etwas unternehmen«, begann er. »Zwei Dinge deuten darauf hin: Zum einen herrscht wieder erhöhte Kommunikation in und um die nordkoreanischen Militärbasen. Wir können die meisten Nachrichten zwar nicht verstehen, weil sie verschlüsselt sind, aber das Muster lässt darauf schließen, dass sie einen Angriff vorbereiten.«

»Das ist Kangs Vergeltungsschlag. Und was noch?«

»Ein Trojaner im südkoreanischen Militärnetzwerk ist aktiviert worden und hat falsche Befehle verschickt. Die Südkoreaner mussten all ihre Einheiten anweisen, keine elektronischen Befehle mehr zu befolgen, sondern nur noch solche, die über Telefon und von echten Menschen erteilt werden. Natürlich versuchen sie gleichzeitig, ihr Netzwerk wieder zu säubern.«

»Das könnte das Vorspiel zu einem Großangriff sein.«

»Genau, Madam President«, bestätigte Gus förmlich, obwohl sie allein waren. »Luis und Bill sind bereits im Lagezentrum.«

»Dann los.« Pauline stand auf.

Das Lagezentrum füllte sich allmählich. Jacqueline Brody traf gleichzeitig mit Pauline ein, gefolgt von Sophia Magliani.

Mehrere Wandbildschirme erwachten zum Leben und zeigten Bilder, die von Kameras zur Verkehrsüberwachung zu stammen schien. Pauline sah ein Stadtzentrum, vermutlich Seoul. Sie nahm an, dass dort die Sirenen heulten, denn alle liefen irgendwohin. »Was ist da los?«, fragte sie.

Bill Schneider, der das Pentagon auf seinem Headset hatte, antwortete: »Artilleriebeschuss.«

Luis erklärte: »Seoul liegt nur fünfzehn Meilen von der nordkoreanischen Grenze entfernt, also innerhalb der Reichweite konventioneller großer Geschütze.«

»Und das Ziel?«, hakte Pauline nach.

»Seoul, nehmen wir an«, antwortete Bill.

»Reaktionen?«

»Die südkoreanischen Streitkräfte erwidern den Artilleriebeschuss. Die amerikanischen Streitkräfte warten auf Befehle.«

»Setzen Sie keine Amerikaner in Marsch ohne meinen ausdrücklichen Befehl. Aber natürlich dürfen sie sich selbst verteidigen.«

»Jawohl, Ma'am. Die ersten Granaten schlagen ein.«

Auf dem Video aus Seoul sah Pauline plötzlich einen Krater auf der Straße. Dann brach ein Haus zusammen, und ein Auto wurde zur Seite geschleudert. Ihr Herz setzte einen Schlag lang aus. Der Oberste Führer hatte eine Linie überschritten. Das war keine angemessene Vergeltung mehr, kein symbolischer Angriff. Das war Krieg.

»Wie viele?«, verlangte Pauline zu wissen.

»Sechs«, antwortete Bill. »Neun. Zehn. Immer mehr. Alle kommen aus der Westhälfte von Nordkorea, aus der von der Regierung kontrollierten Zone. Keine aus dem Rebellengebiet.«

Ein weiterer Bildschirm flackerte auf. Er zeigte die Radardaten auf einer Karte von Korea. Die Geschosse flogen so dicht, dass Pauline sie nicht zählen konnte. »Wie viele jetzt?«, fragte sie.

»Vierundzwanzig«, antwortete Bill.

»Das ist ein Großangriff.«

»Madam President«, sagte Luis, »das ist Krieg.«

Pauline lief ein kalter Schauder über den Rücken. Genau davor hatte sie immer Angst gehabt. Sie hatte ihr ganzes Leben als Präsidentin der Vermeidung eines Krieges gewidmet, und jetzt war sie gescheitert.

Was habe ich nur falsch gemacht?, sinnierte sie.

Diese Frage würde sie den Rest ihres Lebens begleiten.

Doch jetzt schob sie sie erst einmal beiseite und sagte: »Wir haben 28500 Mann in Südkorea.«

»Plus einige ihrer Ehefrauen und Kinder.«

»Und Ehemänner, nehme ich an.«

»Und Ehemänner«, gab Luis zu.

»Stellen Sie bitte eine Verbindung zu Staatspräsident Chen her.«

»Ich kümmere mich darum«, sagte Jacqueline Brody und griff nach dem Hörer.

»Warum macht Kang das?«, fragte Pauline. »Will er Selbstmord begehen?«

»Nein«, antwortete Gus. »Er ist verzweifelt, aber nicht lebensmüde. Den Kampf mit den Ultras wird er verlieren. Lange hält er nicht mehr durch. Wenn die ihn kriegen, werden sie ihn mit Sicherheit hinrichten; also hat er seinen Tod vor Augen. Nur mit Chinas Hilfe kann er etwas daran ändern, aber China will ihm keine Truppen schicken. Er glaubt jedoch, er könne China dazu zwingen – und vielleicht hat er sogar recht damit. Die Chinesen würden ihn zwar nicht vor den Rebellen retten, aber sie werden vielleicht einschreiten, um eine Übernahme durch Südkorea zu verhindern.«

Jacqueline sagte: »Beijing ist bereit für Sie, Madam President.« Offensichtlich hatten die Chinesen den Anruf schon erwartet. »Sie können das Headset nehmen, das vor Ihnen auf dem Tisch liegt, Ma'am«, ergänzte Jacqueline. »Die anderen Telefone im Raum hören nur zu.«

Alle hoben ab. Pauline sagte ins Mikro: »Hier spricht die Präsidentin der Vereinigten Staaten.«

Eine Telefonistin antwortete: »Bitte warten Sie einen Augenblick, während ich Sie mit dem chinesischen Staatspräsidenten verbinde.«

Einen Augenblick später sagte Chen: »Präsidentin Green, ich freue mich, von Ihnen zu hören.«

»Wie Sie sich vermutlich denken können, rufe ich wegen Korea an.«

»Frau Präsidentin, wie Sie wissen, hat die Volksrepublik China keine Truppen in Nordkorea und hat auch nie welche dort gehabt.«

Technisch gesehen war das korrekt. Bei den chinesischen Soldaten, die im Koreakrieg gekämpft hatten, hatte es sich formell um Freiwillige gehandelt. Aber auf diese Diskussion würde Pauline sich gar nicht erst einlassen. »Das weiß ich natürlich. Dennoch hoffe ich, dass Sie mir helfen können zu verstehen, was Nordkorea da gerade macht.«

Chen wechselte von Englisch zu Mandarin. Der Dolmetscher trug eine offenbar im Vorfeld präparierte Erklärung vor: »Der Artillerie- und Raketenangriff, der offenbar von Nordkorea ausgeht, wird nicht mit Erlaubnis oder auch nur der Billigung der chinesischen Regierung durchgeführt.«

»Das zu hören erleichtert mich. Und ich hoffe, Sie verstehen, dass unsere Truppen sich selbst verteidigen werden.«

Chen antwortete vorsichtig, und der Dolmetscher tat es ihm nach. »Ich kann Ihnen versichern, dass die chinesische Regierung keinerlei Einwände dagegen hat, solange sich die amerikanischen Truppen nicht auf nordkoreanischem Territorium, im nordkoreanischen Luftraum oder in nordkoreanischen Hoheitsgewässern befinden.«

»Ich verstehe.« Chens scheinbares Einverständnis war tatsächlich eine Warnung. Was er sagte, war nichts anderes, als dass die US-Truppen in Südkorea zu bleiben hatten. Pauline hoffte auch, sie dort halten zu können, aber versprechen würde sie nichts. »Chester Jackson, mein Außenminister, sitzt im Moment in einem Flugzeug Richtung Sri Lanka, um sich dort mit Ihrem Außenminister und weiteren Verhandlungsführern zu treffen. Ich hoffe sehr, dass der Konflikt bei dieser Konferenz beigelegt werden kann, wenn nicht schon vorher.«

»Das hoffe ich auch.«

»Bitte zögern Sie nicht, mich anzurufen, sollte irgendetwas passieren, was Sie als inakzeptabel oder provokant erachten. Jederzeit. Tag und Nacht. Die USA und China dürfen keinen Krieg beginnen. Das ist mein erklärtes Ziel.«

»Meines auch.«

»Ich danke Ihnen, Herr Staatspräsident.«

»Und ich danke Ihnen, Frau Präsidentin.«

Sie legten auf, und General Schneider sagte sofort: »Die

Nordkoreaner haben Marschflugkörper gestartet. Bomber heben ebenfalls ab.«

Pauline ließ ihren Blick durchs Lagezentrum schweifen. »Chen war klar und deutlich«, sagte sie. »China wird sich aus diesem Konflikt heraushalten, solange wir nicht in Nordkorea einrücken. Bill, das muss die Basis unserer Strategie werden. China aus dem Konflikt herauszuhalten ist das Beste, was wir tun können, um Südkorea zu helfen.«

Noch während sie das sagte, wusste sie, mit welcher Häme James Moore auf diesen Ansatz reagieren würde.

»Jawohl, Ma'am.« Bill Schneider war von Natur aus aggressiv, doch selbst er sah den Sinn dahinter. Er fuhr fort: »Die US-Truppen sind bereit, innerhalb der von Chen gezogenen Linien zu operieren. Sobald Sie den Befehl geben, wird unsere Artillerie das Feuer auf nordkoreanische Anlagen eröffnen. Jäger stehen schon bereit, um einfliegende Bomber abzufangen. Doch zu diesem Zeitpunkt werden wir keine bemannten US-Flugzeuge in den nordkoreanischen Luftraum schicken.«

»Geben Sie der Artillerie den Einsatzbefehl. Jetzt.«

»Jawohl, Ma'am.«

»Und lassen Sie die Jäger starten.«

»Jawohl, Ma'am.«

Weitere Bildschirme erwachten zum Leben. Pauline sah Piloten in ihre Maschinen klettern. Die Basis war Osan, dreißig Meilen südlich von Seoul. Sie ließ ihren Blick durch den Raum schweifen. »Meinungen, bitte. Kann Nordkorea das gewinnen?«

Gus antwortete: »Das halte ich zwar für unwahrscheinlich, aber nicht für unmöglich.« Pauline sah zustimmendes Nicken am Tisch. Gus fuhr fort: »Ihre einzige Hoffnung ist ein Blitzkrieg, der alle südkoreanischen See- und Flughäfen binnen kürzester Zeit schließt, um sie so vom Nachschub abzuschneiden.«

»Lassen Sie uns kurz darüber nachdenken, was wir tun können, wenn das der Fall zu sein scheint.«

»Wir können zweierlei tun. Allerdings birgt beides neue Gefahren. So könnten wir unsere Truppen in der Region massiv verstärken: mehr Kriegsschiffe im Südchinesischen Meer, mehr Bomber auf unseren Basen in Japan und mehr Flugzeugträger in Ostasien.«

»Die Chinesen könnten Verstärkungen als Provokation betrachten. Sie könnten davon ausgehen, dass diese Waffen gegen sie gerichtet sind.«

»Ja.«

»Und die andere Option?«

»Die ist sogar noch gefährlicher«, seufzte Gus. »Wir könnten das nordkoreanische Militär mit einem Atomschlag ausschalten.«

»Genau das wird James Moore morgen früh im Fernsehen fordern.«

»Damit würden wir einen nuklearen Gegenschlag riskieren, entweder von den Resten des nordkoreanischen Kernwaffenarsenals oder, schlimmer noch, von China.«

»Okay«, sagte Pauline. »Wir bleiben also bei unserer jetzigen Strategie, behalten den Kriegsverlauf aber im Auge. Was wir jetzt vom Pentagon brauchen, Bill, ist eine ständig aktualisierte Aufstellung aller nordkoreanischen Flugzeuge und Raketen, die abgefangen worden sind, beziehungsweise derer, die sich noch in der Luft befinden. Gus, ich würde gern mit Sandip reden. Er soll die Medien stündlich informieren. Bitte sorgen Sie dafür, dass er immer auf dem neuesten Stand ist. Das Außenministerium soll außerdem unsere Botschaften informieren. Und wir brauchen Kaffee. Und Sandwiches. Das wird eine lange Nacht.«

***

Als in Ostasien die Sonne unterging und über dem Weißen Haus der Morgen dämmerte, verkündete General Schneider, dass der nordkoreanische Blitzkrieg nicht funktioniert hatte. Mehr als die Hälfte der Raketen hatte ihr Ziel nicht erreicht. Einige waren abgeschossen worden, andere hatten durch Cyberattacken Fehlfunktionen gehabt, und wieder andere hatten aus unbekannten Gründen schlicht versagt. Mehrere Bomber waren zudem von Jagdflugzeugen abgeschossen worden.

Trotzdem hatte es viele militärische und zivile Opfer gegeben, sowohl Südkoreaner als auch Amerikaner. CNN zeigte Videos aus Seoul und anderen Städten. Einige der Aufnahmen stammten aus dem südkoreanischen Fernsehen, andere aus sozialen Medien. Darauf waren zusammenbrechende Gebäude, wütende Brände und Rettungsmannschaften zu sehen, die sich mühten, den Verwundeten zu helfen und die Toten zu bergen. Allerdings war kein einziger Hafen oder Militärflugplatz geschlossen worden. Der Angriff ging weiter, doch das Ergebnis stand außer Frage.

Pauline wurde nur noch von Kaffee und Adrenalin aufrechterhalten, aber sie glaubte, das Licht am Ende des Tunnels zu sehen. Als Bill fertig war, sagte sie: »Ich glaube, wir sollten jetzt einen Waffenstillstand vorschlagen. Lassen Sie uns noch mal mit Präsident Chen reden.«

Jacqueline machte sich daran, das zu arrangieren.

Der General sagte steif: »Madam President, das Pentagon würde es vorziehen, zunächst die nordkoreanischen Angriffskapazitäten zu vernichten.«

»Das können wir aber nicht aus der Ferne«, erwiderte Pauline. »Dafür bräuchten wir Bodentruppen in Nordkorea, und das wiederum würde einen neuen Krieg auslösen, einen Krieg mit den Chinesen, und die wären verdammt schwerer zu besiegen als Nordkorea.«

Ein zustimmendes Raunen ging durch den Raum, und Bill Schneider sagte widerwillig: »Wie Sie meinen.«

Pauline fügte hinzu: »Ich schlage vor, dass Sie alles, was wir haben, gegen sie ins Feld führen, solange Nordkorea dem Waffenstillstand nicht zugestimmt hat.«

Bill strahlte. »Sehr gut, Madam President.«

»Chen ist am Apparat«, verkündete Jacqueline.

Pauline hob ab. Nach einem kurzen Austausch von Höflichkeiten sagte sie: »Der nordkoreanische Angriff auf Südkorea ist zurückgeschlagen worden.«

Über seinen Dolmetscher erwiderte Chen: »Die Aggression der Regierung in Seoul gegen die Demokratische Volksrepublik Korea war völlig unberechtigt.«

Pauline riss erstaunt die Augen auf. Als sie das letzte Mal miteinander geredet hatten, war Chen so vernünftig gewesen. Nun jedoch wiederholte er alte Propagandasprüche. »Wie dem auch sei«, sagte sie, »Nordkorea hat den Kampf verloren.«

»Die koreanische Volksarmee wird die Volksrepublik Korea weiter voller Leidenschaft vor den von den USA geschürten Angriffen beschützen.«

Pauline legte die Hand aufs Mikrofon. »Ich kenne Chen. Der glaubt nichts von diesem Müll.«

»Ich glaube, die Falken sind bei ihm im Raum«, überlegte Gus, »und geben ihm vor, was er zu sagen hat.«

Mehrere Leute nickten zustimmend.

Das machte die Situation zwar heikel; trotzdem konnte Pauline ihre Botschaft übermitteln. »Ich glaube, dass die Vereinigten Staaten und die Volksrepublik China gemeinsam einen Weg finden können, das Töten zu beenden.«

»Die Volksrepublik China wird natürlich sorgfältig über das nachdenken, was Sie sagen.«

»Ich danke Ihnen. Ich schlage einen Waffenstillstand vor.«

Es herrschte eine lange Stille.

Pauline fügte hinzu: »Ich wäre Ihnen dankbar, wenn Sie dies an Ihre Genossen in Pjöngjang weiterleiten würden.«

Wieder gab es keine unmittelbare Antwort, und Pauline

stellte sich vor, wie Chen das Telefon in der Hand hielt und mit den alten Kommunisten sprach, die ihn in seinem Palast am See in Zhongnanhai umgaben. Was würden sie sagen? Niemand in der chinesischen Regierung konnte diesen Krieg wollen. Nordkorea konnte ihn nicht gewinnen – die Ereignisse der letzten Nacht hatten das bewiesen –, und China wollte sich nicht in einen bewaffneten Konflikt mit den USA verwickeln.

Chen spielte offenbar auf Zeit, denn er fragte: »Können Sie uns zusichern, dass Präsidentin No in Seoul diesen Vorschlag akzeptieren wird?«

»Natürlich nicht«, sagte Pauline sofort. »Südkorea ist ein freies Land. Aber ich werde mein Bestes tun, um sie zu überzeugen.«

Nach einer langen Pause erwiderte Chen: »Wir werden das mit Pjöngjang besprechen.«

Pauline beschloss, ihn unter Druck zu setzen. »Wann?«

Diesmal kam die Antwort ohne Zögern. »Sofort.« Das war Chen, der da redete, nahm Pauline an, nicht seine Einflüsterer.

»Danke, Herr Staatspräsident«, sagte sie.

»Ich danke Ihnen, Frau Präsidentin.«

Sie legten auf. »Es hat eine Veränderung in Beijing gegeben«, erklärte Pauline.

»Sobald das Schießen beginnt«, sagte Gus, »setzt das Militär sich durch – und das chinesische Militär wird von Falken geführt.«

Pauline schaute zu Bill und dachte bei sich, dass die meisten Soldaten Falken waren.

»Okay«, seufzte sie. »Jetzt reden wir mit Seoul.«

»Ich werde Präsidentin No an den Apparat holen«, sagte Jacqueline.

Die Verbindung nach Seoul war rasch hergestellt, und Pauline nahm ab. »Das muss ein furchtbarer Tag für Sie gewesen sein, Frau Präsidentin«, sagte sie, »aber die südkoreanischen Truppen haben tapfer gekämpft und die Aggressoren geschlagen.«

Sie stellte sich Präsidentin No vor: ihr graues Haar, das straff aus der Stirn gekämmt war, ihre durchdringenden dunklen Augen und die Falten um ihren Mund, die von einem Leben voller Konflikte zeugten.

Präsidentin No erwiderte: »Der Oberste Führer hat gelernt, dass er Südkorea nicht ungestraft angreifen kann.« Die unverhohlene Zufriedenheit in ihrer Stimme legte nahe, dass No an den Attentatsversuch dachte, bei dem ihr Liebhaber ums Leben gekommen war, und nicht nur an das Bombardement der letzten paar Stunden. No fügte hinzu: »Wir danken dem tapferen und großzügigen amerikanischen Volk für seine unschätzbare Hilfe.«

Das war genug der Phrasen, beschloss Pauline. »Jetzt müssen wir darüber reden, wie es weitergehen soll.«

»Es wird hier allmählich dunkel«, sagte No, »und der gegenseitige Raketenbeschuss ist abgeebbt. Aber morgen früh fängt das wieder an.«

Pauline gefiel das gar nicht. »Es sei denn, wir verhindern es«, erklärte sie.

»Und wie sollen wir das tun, Madam President?«

»Ich schlage einen Waffenstillstand vor.«

Schweigen am anderen Ende der Leitung.

Um die Stille zu füllen, ergänzte Pauline: »Mein Außenminister und sein Amtskollege aus China werden in den nächsten Stunden in Sri Lanka landen, um sich dort mit Ihrem Außenminister und seinem nordkoreanischen Amtskollegen zu treffen. Sie sollten sofort besprechen, unter welchen Umständen ein Waffenstillstand möglich ist.«

Präsidentin No sagte: »Ein Waffenstillstand würde die Macht des Obersten Führers in Pjöngjang sichern und ihm die Kontrolle über den Rest seiner Waffen lassen. Und damit könnte er uns weiter bedrohen.«

Das stimmte natürlich, aber Pauline erwiderte: »Weiteres Töten ist sinnlos.«

Die Antwort schockierte sie. »Das sehe ich anders«, erklärte No.

Pauline runzelte die Stirn. Das war mehr Widerstand, als sie erwartet hatte. Was meinte No damit? »Sie haben Nordkorea doch geschlagen«, sagte sie. »Was wollen Sie denn noch?«

»Kang hat diesen Krieg begonnen«, erwiderte No. »Aber ich werde ihn beenden.«

»Ein Waffenstillstand wäre der erste Schritt dazu.«

»Das ist eine einmalige Chance, unsere Landsleute im Norden von einem blutrünstigen Tyrannen zu befreien.«

Pauline verließ der Mut. Der Oberste Führer war in der Tat ein blutrünstiger Tyrann, aber Präsidentin No hatte nicht die Macht, ihn gegen den Willen der Chinesen zu stürzen. »Was haben Sie vor?«

»Wir wollen die vollständige Vernichtung des nordkoreanischen Militärs erreichen und eine neue, friedliebende Regierung in Pjöngjang etablieren.«

»Reden wir hier von einer Invasion?«

»Falls nötig.«

Pauline wollte No diese Idee sofort austreiben. »Dabei können Sie nicht mit Unterstützung durch unsere Truppen rechnen.«

Wieder überraschte sie Nos Antwort: »Das verlangen wir auch gar nicht von Ihnen.«

Kurz fehlten Pauline die Worte.

Seit den Fünfzigerjahren hatte kein koreanischer Führer so mit einem amerikanischen Präsidenten geredet. No hatte ihren Wahlkampf zwar mit dem vagen Versprechen einer Wiedervereinigung »zu ihren Lebzeiten« geführt, aber sich nie konkret dazu geäußert, wie sie das zuwege bringen wollte. Sollten Nord und Süd vereint werden, würde der Süden irgendwie mit fünfundzwanzig Millionen halb verhungerten Neubürgern zurechtkommen müssen, die nicht die leiseste Ahnung hatten, wie sie in einer kapitalistischen Gesellschaft überleben sollten. Die wirtschaftliche Frage war jedoch nicht das Hauptproblem. Das war China.

Als hätte sie Paulines Gedanken gelesen, sagte No: »Wir glauben, wenn Sie sich raushalten, werden die Chinesen das auch tun. Wir werden erklären, dass die Probleme Koreas nur vom koreanischen Volk gelöst werden können, ganz ohne die Einmischung anderer Länder.«

»Beijing wird nicht zulassen, dass Sie eine proamerikanische Regierung in Pjöngjang etablieren.«

»Ich weiß. Natürlich werden wir die Zukunft von Nord- und Südkorea mit unseren Verbündeten und Nachbarn diskutieren. Aber wir glauben, die Zeit ist gekommen, dass Korea als Ganzes nicht mehr länger nur eine Figur im Spiel der großen Mächte ist.«

Paulines Meinung nach war das nicht realistisch. Wenn sie das versuchten, würde die Hölle los sein. Sie atmete tief durch. »Frau Präsidentin, ich kann Ihre Gefühle verstehen, aber ich glaube, Ihr Vorschlag ist nicht nur für Korea gefährlich, sondern für die ganze Welt.«

»Ich habe versprochen, mein Land wiederzuvereinigen«, erwiderte No. »So einen Moment wie diesen wird es vielleicht erst in fünfzig Jahren wieder geben. Ich werde nicht als die Präsidentin in die Geschichte eingehen, die diese Chance vertan hat.«

Und damit ist die Sache erledigt, dachte Pauline. Für No ging es um Rache für die Ermordung ihres Geliebten und ihr Wahlkampfversprechen. Aber vor allem ging es ihr um ihr Erbe. No war fünfundsechzig Jahre alt, und sie dachte an ihren Platz in der Geschichte. Das war ihr Schicksal.

Weiter gab es nichts zu sagen, und so beendete Pauline das Gespräch abrupt. »Ich danke Ihnen, Frau Präsidentin.« Sie legte auf.

Pauline schaute sich am Tisch um. Alle hatten das Gespräch mitverfolgt. Sie sagte: »Unsere Strategie für Korea ist gerade in sich zusammengefallen. Der Norden hat angegriffen und verloren, und der Süden ist fest entschlossen, im Norden einzumarschieren. Meine Friedenskonferenz hat sich schon erledigt, noch bevor sie begonnen hat. Präsidentin No plant einen massiven Coup in der Weltpolitik.«

Sie hielt kurz inne, um sicherzustellen, dass auch jeder verstand, wie kompliziert und schwerwiegend die Situation war. Dann wandte sie sich praktischen Details zu.

»Bill, ich möchte, dass Sie heute Morgen eine Pressekonferenz im Weißen Haus geben.« Schneider schaute widerwillig drein, aber Pauline wollte einen Mann in Uniform. »Sandip Chakraborty wird auch da sein.« Fast hätte sie hinzugefügt: *um ihre Hand zu halten*, doch sie hielt sich zurück. »Sagen Sie, dass wir auf den Angriff vorbereitet waren und dass wir ihn zurückgeschlagen und nur geringe Verluste davongetragen haben. Geben Sie den Journalisten so viele militärische Details wie möglich: Anzahl der abgefeuerten Raketen, Zahl der abgeschossenen Feindflugzeuge, militärische Verluste, zivile Opfer und so weiter. Sie können auch gern sagen, dass ich die ganze Nacht über in Verbindung mit den Präsidenten Chinas und Südkoreas gestanden habe, aber beantworten Sie keine politischen Fragen. Sagen Sie einfach, die Situation sei noch immer unübersichtlich und außerdem seien Sie nur ein einfacher Soldat.«

»Verstanden, Ma'am.«

»Mit ein wenig Glück haben wir jetzt ein paar Stunden Zeit zum Nachdenken. Bitte holen Sie alle Ihre Stellvertreter in den Raum, und ruhen Sie sich selbst ein wenig aus, während Ostasien schläft. Ich selbst werde erst einmal duschen. Heute Abend, wenn in Korea die Sonne aufgeht, werden wir uns wiedersehen.«

Pauline stand auf, und die anderen taten es ihr nach. Sie bemerkte einen Blick von Gus und erkannte, dass er sie begleiten wollte, aber sie hielt es für eine schlechte Idee, ihn so offensichtlich zu bevorzugen. Also wandte sie sich einfach ab und verließ den Raum.

Pauline kehrte in die Residenz zurück und duschte. Sie musste schlafen. Unbedingt. Trotzdem setzte sie sich zuerst einmal im Bademantel aufs Bett und rief Pippa an.

»Der Verkehr war fürchterlich«, erzählte Pippa. »Der Secret Service hat uns auf Umwegen hierhergelotst. Wir haben über zwei Stunden gebraucht!«

»Hauptsache, ihr seid gut angekommen«, sagte Pauline.

»Dann haben wir alle gemeinsam zu Abend gegessen, und das war lustig. Heute Morgen sind Josephine und ich schon ganz früh ausgeritten.«

»Was für ein Pferd hattest du?«

»Ein nettes kleines Pony mit Namen Parsley, ziemlich lebhaft, aber gehorsam.«

»Perfekt.«

»Dann hat Dad uns nach Middleburg gefahren, um Kürbiskuchen zu kaufen, und rate mal, wen wir da getroffen haben. Miss Judd!«

Pauline lief ein Schauder über den Rücken. Gerry hatte zu Thanksgiving ein Rendezvous mit seiner Geliebten arrangiert. Boston war also doch nicht nur ein One-Night-Stand gewesen. »Na, so was«, erwiderte Pauline mit erzwungener Fröhlichkeit. Aber sie konnte nicht anders und fügte hinzu: »Was für ein Zufall!« Sie hoffte, dass Pippa den Sarkasmus nicht bemerkte.

Pippa redete unbekümmert weiter. »Wie sich herausgestellt hat, ist sie über die Feiertage zu einer Freundin gefahren, die einen Weinberg in der Nähe von Middleburg hat. Dad hat dann mit der alten Judders einen Kaffee getrunken, während Jo und ich Kuchen kaufen waren. Jetzt sind wir gerade auf dem Weg zurück, um Jos Mum mit dem Truthahn zu helfen.«

»Ich freue mich, dass es euch so gefällt.« Pauline fiel sofort auf, dass sie ein wenig niedergeschlagen klang.

Pippa war jung, aber sie war nicht gänzlich unsensibel, und Paulines leicht deprimierter Tonfall erinnerte sie daran, dass ihre Mutter keinen Urlaub hatte. »Hey«, sagte sie, »was ist eigentlich in Korea los?«

»Ich versuche, einen Krieg zu beenden.«

»Wow! Müssen wir uns Sorgen machen?«

»Überlass das mir. Es reicht, wenn ich mir den Kopf zerbreche.«

»Möchtest du mit Daddy reden?«

»Nicht, wenn er fährt.«

»Tut er aber.«

»Dann grüß ihn von mir.«

»Klar.«

»Auf Wiedersehen, Liebes.«

»Bye, Mom.«

Pauline legte auf. Sie hatte einen schlechten Geschmack im Mund.

Im Laufe des Wochenendes würde Gerry mit Sicherheit eine Entschuldigung finden, um seine Gastgeber für ein paar Stunden zu verlassen. Er hatte Pauline getäuscht – und das, während sie tapfer der Versuchung widerstanden hatte.

Was hatte sie nur falsch gemacht? Hatte Gerry die Gefühle gespürt, die sie nach und nach für Gus entwickelt hatte? Gegen seine Gefühle kann man nichts tun, dachte sie, und es hatte sie nicht wirklich bekümmert, als Gerry sich anfangs zu Miss Judd hingezogen gefühlt hatte. Aber Gedanken und Taten waren zweierlei. Gerry hatte sie betrogen, doch Pauline hatte nichts gemacht. Das war ein großer Unterschied.

Es war acht Uhr, Zeit für die Frühnachrichten. Auf irgendeinem Programm würde man sicher auch James Moore nach Korea befragen. Als würde der alles wissen, knurrte Pauline innerlich. Vermutlich würde er Korea noch nicht einmal auf der Landkarte finden. Sie schaltete den Fernseher ein und klickte durch die Sender, bis sie ihn bei einer populistischen Morgenshow fand.

Moore trug eine beige Fransenjacke. Das war neu. Er tat noch nicht einmal mehr so, als würde er sich anpassen. Wollten die Leute wirklich einen Präsidenten, der wie Davy Crockett aussah?

Moore wurde von Mia und Ethan befragt. »Sie haben Ostasien bereist«, begann Ethan. »Also kennen Sie die Situation dort aus erster Hand.«

Pauline lachte. Moore hatte eine zehntägige Rundreise durch Ostasien gemacht und dabei exakt einen Tag in Korea verbracht, größtenteils in einem Fünfsternehotel in Seoul.

Moore sagte: »Ich würde mich nicht als Experten bezeichnen, Ethan. Tatsächlich kann ich viele dieser komischen Namen noch nicht einmal richtig aussprechen …« Er hielt kurz inne, damit die beiden pflichtbewusst kichern konnten, »… aber ich glaube, für diese Situation braucht man nur einen gesunden Menschenverstand. Nordkorea hat uns und unsere Verbündeten angegriffen, und wenn man angegriffen wird, dann muss man zurückschlagen – *hart!*«

»Das Wort, nach dem du suchst, heißt ›Eskalation‹, Jim«, sagte Pauline laut.

Er fuhr fort: »Alles andere ermutigt den Feind nur.«

Mia schlug die Beine übereinander. Wie alle Frauen auf diesem Kanal musste sie einen kurzen Rock tragen, um ihre Knie zu zeigen. »Jim«, sagte sie, »was heißt das im Klartext?«

»Ich will damit sagen, dass wir Nordkorea mit einem Atomschlag einfach ausradieren könnten, und zwar heute noch.«

»Nun, das ist ziemlich drastisch.«

Pauline lachte erneut. »Drastisch? Das ist Wahnsinn!«

Moore antwortete: »Das würde unser Problem nicht nur mit einem Schlag lösen, sondern andere auch abschrecken. Die Leute sollen wissen: Wer Amerika angreift, ist Toast!«

Im Geiste sah Pauline seine Unterstützer jubeln. Aber wie

auch immer … Sie würde sie vor der nuklearen Vernichtung bewahren, egal ob sie wollten oder nicht.

Sie schaltete den Fernseher aus.

Pauline war bereit, ins Bett zu gehen, doch vorher wollte sie noch etwas erledigen.

Sie zog sich einen Jogginganzug an und ging ein Stockwerk runter. Dort fand sie den Secret Service und einen jungen Army-Major mit dem »Atomic Football«.

Natürlich war das nicht wirklich ein Football, sondern ein Kevlar-Aktenkoffer mit schwarzem Lederbezug. Er sah eigentlich ganz gewöhnlich aus, abgesehen von der Größe und der kleinen Antenne neben dem Griff. Pauline begrüßte den Mann und fragte ihn nach seinem Namen.

»Major Rayvon Roberts, Madam President.«

»Nun, Major Roberts, ich würde gern einen Blick in den Football werfen, um meine Erinnerung aufzufrischen. Bitte öffnen Sie ihn.«

»Jawohl, Ma'am.«

Roberts nahm rasch die schwarze Abdeckung ab, legte den Metallkoffer auf den Boden, öffnete die drei Verschlüsse und hob den Deckel an.

In dem Koffer befanden sich drei Objekte sowie ein Telefon ohne Nummernfeld.

»Ma'am«, sagte Roberts, »darf ich Ihnen etwas dazu sagen, um Ihre Erinnerung aufzufrischen?«

»Ja, bitte.«

»Das ist das Schwarze Buch.« Es war ein ganz gewöhnliches Ringbuch. Pauline nahm es entgegen und blätterte es durch. Die Schrift war rot und schwarz. »Das ist eine Liste unserer Möglichkeiten für einen Gegenschlag«, erklärte Roberts.

»All die verschiedenen Arten, auf die ich einen Atomkrieg beginnen kann.«

»Ja.«

»Man sollte nicht glauben, dass es so viele gibt. Weiter, bitte.«

Roberts nahm ein weiteres, ähnliches Ringbuch heraus. »Das ist eine Liste aller geheimen Anlagen im Land, in denen Sie im Ernstfall Zuflucht suchen können.«

Dann folgte eine große Mappe mit gut einem Dutzend gehefteter Blätter. »Das sind alle Details zu unserem nationalen Warnsystem, das es Ihnen ermöglicht, sich im Falle eines nationalen Notstandes über alle Fernseh- und Radiostationen an das amerikanische Volk zu wenden.«

Im Zeitalter von Internet und 24-Stunden-Nachrichten ist das nahezu obsolet, dachte Pauline.

»Und mit diesem Telefon können Sie nur eine einzige Nummer anrufen: das Oberkommando im Pentagon. Von dort wird man Ihre Befehle an die Abschussanlagen, Atom-U-Boote, Bomberstützpunkte und an die Kommandeure vor Ort weitergeben.«

»Danke, Major«, sagte Pauline. Sie ging wieder nach oben. Jetzt konnte sie endlich ins Bett. Sie zog sich aus und schlüpfte unter die Decke. Sie lag mit geschlossenen Augen da, doch vor ihrem geistigen Auge sah sie noch immer den Atomkoffer. Was sich wirklich darin befand, war das Ende der Welt.

Nach nur wenigen Sekunden war sie fest eingeschlafen.

Kapitel 35

Tripolis war eine große Stadt, die größte, die Kiah je gesehen hatte, zweimal so groß wie N'Djamena. Im Zentrum standen sogar Wolkenkratzer mit Blick auf den Strand, doch der Rest der Stadt war einfach nur überbevölkert und verdreckt. Viele Gebäude waren überdies von Bomben beschädigt. Einige Männer trugen Kleidung im europäischen Stil, doch die Frauen hatten allesamt lange Kleider und Kopftücher.

Abdul brachte Kiah und Naji in ein kleines Hotel, billig, aber sauber. Keiner der Angestellten und Gäste hier war Europäer, und niemand sprach etwas anderes als Arabisch. Kiah war anfangs von Hotels eingeschüchtert gewesen, und wenn die Angestellten sich ihr gegenüber respektvoll benommen hatten, hatte sie geglaubt, sie wollten sich über sie lustig machen. Sie hatte Abdul gefragt, wie sie mit ihnen umgehen sollte, und er hatte geantwortet: »Sei einfach höflich, aber hab keine Angst zu fragen, wenn du etwas willst. Und wenn sie neugierig sind und fragen, wo du herkommst, dann lächele einfach nur und sag, du seist viel zu beschäftigt für eine Plauderei.« Und das funktionierte, wie Kiah rasch festgestellt hatte.

Als sie an ihrem ersten Morgen in der Stadt aufstanden, begann Kiah, an die Zukunft zu denken. Bis jetzt hatte sie nicht wirklich geglaubt, dass ihnen die Flucht aus der Mine tatsächlich gelungen war. Während sie auf immer besseren Straßen nordwärts durch Libyen gefahren waren und an immer besseren Orten übernachtet hatten, hatte sie insgeheim noch immer Angst gehabt, dass die Dschihadisten sie irgendwie einholen und erneut versklaven würden. Diese Männer waren stark und brutal, und gewöhnlich bekamen sie auch, was sie wollten. Kiah hatte in ihrem ganzen Leben nur einen Mann kennengelernt, der sich ihnen widersetzen konnte: Abdul.

Der Albtraum war nun vorbei – Gott sei Dank –, aber was sollten sie als Nächstes tun? Was war Abduls Plan? War sie überhaupt ein Teil davon?

Kiah beschloss, ihn zu fragen. Er antwortete mit einer Gegenfrage: »Was willst du denn?«

»Du weißt, was ich will«, sagte sie. »Ich will in Frankreich leben, wo ich mein Kind ernähren und es in die Schule schicken kann. Aber ich habe kein Geld mehr, und ich bin noch immer in Afrika.«

»Ich könnte dir vielleicht helfen. Ich bin zwar nicht sicher, aber ich werde es versuchen.«

»Wie?«

»Das kann ich dir noch nicht sagen. Bitte vertrau mir.«

Natürlich vertraute Kiah ihm. Sie hatte ihr Leben in seine Hände gelegt. Aber er wirkte sichtlich angespannt, und ihre Fragen hatten den Eindruck nur noch verstärkt. Sorgte er sich um irgendwas? Jedenfalls nicht wegen der Dschihadisten. Abdul schien keine Angst mehr zu haben, dass sie verfolgt wurden. Zwar schaute er ab und an noch immer über die Schulter, aber nicht ständig, nicht wie besessen. Was also war der Grund für diese Anspannung? Dachte er über ihre gemeinsame Zukunft nach – oder über ihre getrennte?

Kiah machte die Vorstellung Angst. Seit sie Abdul kennengelernt hatte, hatte er stets den Eindruck vermittelt, die Situation unter Kontrolle zu haben. Er war zu allem bereit und fürchtete nichts und niemanden. Doch jetzt musste er zugeben, dass er nicht wusste, ob er ihr dabei helfen konnte, ihre Reise zu beenden. Was würde sie tun, wenn er scheiterte? Müsste sie dann wieder zurück zum Tschadsee fahren, und, wenn ja, wie sollte das gehen?

In aufmunterndem Tonfall sagte Abdul: »Wir brauchen neue Kleidung. Lass uns shoppen gehen.«

Kiah war noch nie »shoppen« gegangen, aber sie hatte den Ausdruck schon einmal gehört, und sie wusste, dass reiche Frauen dann und wann durch die Läden schlenderten und nach Sachen suchten, die sie mit ihrem überschüssigen Geld kaufen konnten. Sie hatte nie auch nur davon geträumt, so etwas zu tun. Frauen wie sie gaben nur Geld aus, wenn es unbedingt nötig war.

Abdul rief ein Taxi, und sie fuhren ins Stadtzentrum, wo die schattigen Arkaden von unzähligen Läden gesäumt waren, die die Hälfte ihrer Waren auf dem Bürgersteig präsentierten. Abdul sagte: »Viele französische Araber tragen ihre traditionelle Kleidung, aber es wird dir das Leben deutlich erleichtern, wenn du europäische Kleider trägst.«

Kiah musste nicht erst überzeugt werden. Sie träumte davon, die gleiche Freiheit zu genießen wie die Europäerinnen, und sie wollte Kleider, die das verdeutlichten.

Schließlich fanden sie auch einen Laden, der auf Kinderkleidung spezialisiert war. Naji genoss es sichtlich, durch all die bunten Farben zu stöbern und sich etwas in seiner Größe auszusuchen. Er liebte es, ein neues Hemd anzuprobieren und sich im Spiegel zu bewundern. Abdul war amüsiert. »Für sein Alter ist er schon ganz schön eitel«, lachte er.

»Genau wie sein Vater«, murmelte Kiah. Salim hatte auch einen Hauch von Eitelkeit gezeigt. Besorgt schaute sie Abdul an und hoffte, dass die Erwähnung ihres Ex-Mannes ihn nicht beleidigt hatte. Männer mochten es nicht, daran erinnert zu werden, dass ihre Frauen mit einem anderen geschlafen hatten. Doch Abdul lächelte Naji zu und schien sich nicht daran zu stören.

Naji bekam zwei kurze Hosen, vier Hemden, zwei Paar

Schuhe, etwas Unterwäsche und eine Baseballkappe, die er unbedingt sofort tragen wollte.

In einem Geschäft in der Nähe verschwand Abdul in einer Umkleidekabine, und als er wieder herauskam, trug er einen dunkelblauen Baumwollanzug, dazu ein weißes Hemd und eine schlichte schmale Krawatte. Kiah konnte sich nicht daran erinnern, wann sie zum letzten Mal einen Mann mit Krawatte gesehen hatte – außer im Fernsehen natürlich. »Du siehst aus wie ein Amerikaner!«, sagte sie und riss die Augen auf.

»*Quel horreur*«, erwiderte Abdul auf Französisch. »Wie furchtbar.« Aber er lächelte.

Dann kam Kiah der Gedanke, dass er tatsächlich Amerikaner sein könnte. Das würde auch all das Geld erklären. Sie beschloss, ihn zu fragen – nicht jetzt zwar, aber bald.

Abdul ging wieder in die Umkleidekabine, wechselte in sein übliches braungraues Gewand zurück, bezahlte und nahm die neuen Kleider in einer Einkaufstüte mit.

Schließlich gingen sie in ein Geschäft für Frauen. »Ich will nicht zu viel von deinem Geld ausgeben«, sagte Kiah zu Abdul.

»Weißt du was?«, erwiderte Abdul. »Such dir einfach zwei Outfits aus, eines mit einem Rock und eins mit Hose, dazu noch Unterwäsche, Schuhe und alles, was sonst noch dazugehört. Mach dir um den Preis keine Sorgen. Es ist hier nicht teuer.«

Kiah fand die Preise hier durchaus teuer, aber sie hatte auch noch nie Kleider gekauft – nur den Stoff, um welche zu schneidern –, also konnte sie es nicht wirklich beurteilen.

»Und lass dir ruhig Zeit«, fügte Abdul hinzu. »Wir brauchen uns nicht zu hetzen.«

Kiah stellte fest, dass es ein seltsames Gefühl war, sich nicht um den Preis sorgen zu müssen. Es war angenehm, aber auch irgendwie beunruhigend, denn sie hatte Angst zu glauben, dass sie wirklich alles hier haben konnte. Zögerlich probierte sie einen karierten Rock und eine lavendelfarbene Bluse. Doch damit brachte sie es noch nicht einmal über sich, rauszugehen und es Abdul zu zeigen. Dann probierte sie eine Jeans und ein grünes T-Shirt an, und die Verkäuferin brachte ihr schwarze Spitzenunterwäsche. »Das wird ihm gefallen«, sagte sie. Aber Kiah konnte sich nicht dazu durchringen, etwas zu kaufen, das wie Unterwäsche für Prostituierte aussah, und so bestand sie auf weißer Baumwolle.

Kiah war noch immer peinlich, was sie in der ersten Nacht ihrer Flucht im Auto getan hatte. Sie hatten in den Armen des jeweils anderen geschlafen, um sich in der kalten Wüstennacht zu wärmen, doch bei Tagesanbruch hatte sie Abduls schlafendes Gesicht geküsst, und nachdem sie erst einmal angefangen hatte, hatte sie nicht mehr aufhören können. Sie hatte seine Hände, seinen Nacken und seine Wangen geküsst, bis er aufgewacht war, und dann hatten sie sich natürlich geliebt. Sie hatte Abdul verführt. Das war beschämend. Und doch brachte sie es nicht über sich, es zu bereuen, denn sie hatte sich in ihn verliebt, und sie glaubte, dass er auch begonnen hatte, sie zu lieben. Trotzdem machte sie sich Sorgen, weil sie sich wie eine Hure verhalten hatte.

Kiah ließ alles in eine Einkaufstüte stopfen und sagte Abdul, dass sie es ihm zeigen würde, sobald sie wieder im Hotel waren. Abdul lächelte und erwiderte, er könne es kaum erwarten.

Als sie den Laden verließen, fragte Kiah sich sehnsüchtig, ob sie diese Kleider je wirklich in Frankreich tragen würde.

»Eins müssen wir noch erledigen«, sagte Abdul. »Während du die Kleider anprobiert hast, habe ich mich erkundigt, ob wir uns irgendwo fotografieren lassen können. Anscheinend gibt es in der nächsten Straße ein Reisebüro mit einem Fotoautomaten.«

Kiah hatte noch nie von einem »Reisebüro« oder einem »Fotoautomaten« gehört, aber sie schwieg. Abdul erzählte oft von Dingen, die sie nicht kannte, und anstatt ihn ständig mit Fragen zu quälen, wartete sie, bis die Bedeutung klarwurde.

Sie bogen um ein paar Ecken und betraten ein Geschäft,

dessen Wände mit Bildern von Flugzeugen und fremden Landschaften geschmückt waren. Eine geschäftsmäßig wirkende junge Frau saß an einem Schreibtisch. Sie trug einen Rock und eine Bluse ähnlich den Sachen, die Kiah gerade gekauft hatte.

Auf einer Seite des Raums befand sich eine Kabine mit einem Vorhang. Die Frau gab Abdul ein paar Münzen im Tausch für eine Banknote, und Abdul erklärte Kiah, wie die Maschine funktionierte. Es war leicht, doch das Ergebnis kam Kiah wie ein Wunder vor: Binnen Sekunden kam ein Streifen Papier heraus, und Kiah sah vier Farbfotos von ihrem Gesicht. Als Naji die Bilder sah, wollte er auch so was haben, und das war gut, denn Abdul sagte, sie bräuchten auch Bilder von Naji.

Wie jeder Zweijährige sah Naji jedoch keinen Sinn darin, still sitzen zu bleiben. So brauchten sie drei Versuche, bis sie endlich gute Fotos hatten.

Die Frau hinter dem Schreibtisch sagte: »Der Internationale Flughafen von Tripolis ist geschlossen, aber der Flughafen von Mitiga hat Flüge nach Tunis, und von dort können Sie, wohin Sie wollen.«

Sie dankten ihr und gingen hinaus. Auf der Straße fragte Kiah: »Wofür brauchen wir Fotos?«

»Für eure Papiere.«

Kiah hatte noch nie irgendwelche Papiere gehabt. Sich an der Grenze zu identifizieren war nicht Teil ihres Plans gewesen. Abdul schien zu glauben, dass sie legal nach Frankreich einreisen könnten; doch soweit sie wusste, war das unmöglich. Warum sonst sollte jemand Schmuggler bezahlen?

»Wann genau bist du geboren?«, fragte Abdul. »Und wann Naji?«

Kiah sagte es ihm, und er runzelte die Stirn – vermutlich um sich beide Daten zu merken.

Doch da war noch eine Sorge. »Warum hast du dich nicht fotografieren lassen?«, fragte sie.

»Ich habe schon Papiere.«

Das war nicht wirklich die Antwort, die sie hatte haben wollen. »Wenn Naji und ich nach Frankreich gehen …« Sie hielt inne.

»Was ist?«

»Wo gehst du dann hin?«

Wieder war da dieser angespannte Gesichtsausdruck. »Ich weiß es nicht.«

Diesmal ließ Kiah nicht locker. Sie musste endlich eine Antwort haben. Sie konnte es nicht länger ertragen. »Kommst du mit uns?«

Abduls Antwort war nicht gerade eine Erleichterung. *»Inschallah«*, sagte er. So Gott will.

* * *

Sie aßen in einem Café zu Mittag. Sie bestellten Baghrir, marokkanische Grießpfannkuchen mit Honig und geschmolzener Butter. Naji liebte sie.

Während des ganzen schlichten Mahls hatte Abdul ein seltsames Gefühl. Ein Gefühl wie die Wärme der Sonne auf der Haut oder ein Glas guten Weins. Und er fragte sich, ob sich so wohl Glück anfühlte.

Nach dem Essen tranken sie Kaffee, und Kiah fragte: »Bist du Amerikaner?«

Sie war nicht dumm. »Wie kommst du darauf?«, antwortete er mit einer Gegenfrage.

»Du hast viel Geld.«

Abdul wollte ihr die Wahrheit sagen, doch an diesem Punkt war das zu gefährlich. Er musste warten, bis sein Auftrag erledigt war. »Ich muss dir vieles erklären«, erwiderte er nach kurzem Zögern. »Hast du noch ein wenig Geduld mit mir?«

»Natürlich.«

Abdul wusste noch immer nicht, was die Zukunft für sie bereithielt, aber am Ende dieses Tages hoffte er, ein paar Entscheidungen treffen zu können.

Sie kehrten ins Hotel zurück und legten Naji zum Nachmittagsschlaf hin; dann zeigte Kiah Abdul ihre neuen Kleider. Als sie jedoch den weißen BH und das Höschen anzog, da wussten sie beide, dass sie sich sofort lieben mussten.

Anschließend zog Abdul seinen neuen Anzug an. Es war an der Zeit, in die echte Welt zurückzukehren. In Tripolis gab es keinen Außenposten der CIA, aber die französische DGSE hatte hier ein Büro, und dort hatte er einen Termin.

»Ich muss zu einer Verabredung«, sagte er zu Kiah.

Kiah schaute ihn besorgt an, akzeptierte es aber ohne weiteren Kommentar.

»Kommst du eine Weile allein zurecht?«

»Natürlich.«

»Wenn irgendetwas ist, kannst du mich jederzeit anrufen.« Abdul hatte Kiah vor zwei Tagen ein Handy gekauft und es aufgeladen. Bis jetzt hatte sie es noch nicht benutzt.

»Ich komme schon klar. Keine Sorge.«

Das Hotel verfügte über ein paar Annehmlichkeiten, und an der Rezeption stand eine kleine Schüssel mit Visitenkarten, auf denen die Adresse des Hotels in arabischer Schrift zu lesen war. Auf dem Weg hinaus steckte Abdul sich ein paar davon ein.

Mit dem Taxi fuhr er ins Stadtzentrum. Es fühlte sich großartig an, wieder Kleider im amerikanischen Stil zu tragen. Dabei war es noch nicht einmal ein guter Anzug, aber das wusste hier niemand, und außerdem erinnerte es ihn daran, dass er dem mächtigsten Land der Welt angehörte.

Das Taxi hielt vor einem schmuddeligen Bürogebäude. An der Wand neben dem Eingang war eine Reihe angelaufener Messingschilder zu sehen, jedes mit einer Klingel, dazu eine Lautsprecheröffnung und der Name der jeweiligen Firma. Rasch fand

Abdul »Entremettier & Cie.« und klingelte. Kein Ton kam aus dem Lautsprecher, doch die Tür öffnete sich, und Abdul trat ein.

Er wollte etwas bei diesem Treffen erreichen, nur war er nicht sicher, ob ihm das auch gelingen würde. Auf der Straße oder in der Wüste konnte Abdul sich problemlos durchsetzen, aber er war kein Papierkrieger. Allerdings standen seine Chancen nicht schlecht – besser als fünfzig Prozent, schätzte er. Doch wenn die Franzosen sich stur stellten, gab es nicht viel, was er dagegen tun konnte.

Schilder führten ihn zu einer Tür im dritten Stock. Er klopfte und ging hinein.

Tamara und Tab warteten bereits auf ihn.

Es war nur ein paar Monate her, seit Abdul sie zum letzten Mal gesehen hatte. Er war gerührt. Und zu seiner Überraschung schienen sie genauso zu empfinden. Tab standen die Tränen in den Augen, als er Abdul die Hand schüttelte, und Tamara schlang die Arme um ihn und drückte ihn fest an sich. »Das war großartig!«, sagte sie.

Außer den beiden befand sich noch ein weiterer Mann im Raum. Er trug einen beigen Anzug und begrüßte Abdul formell auf Französisch. Er heiße Jean-Pierre Malmain, sagte er und schüttelte Abdul die Hand. Abdul nahm an, dass es sich bei ihm um den Leiter des Büros der DGSE in Tripolis handelte.

Sie setzten sich an einen Tisch. Tab sagte: »Nur um das mal gesagt zu haben, Abdul: Die Einnahme von Hufra war bis jetzt der größte Erfolg unseres Feldzugs gegen den ISGS.«

Tamara fügte hinzu: »Dabei ist uns auch eine riesige Datei mit Unmengen an Informationen zum ISGS in die Hände gefallen: Namen, Adressen, Treffpunkte, Fotos. Und wir haben herausgefunden, was für ein schockierendes Ausmaß die nordkoreanische Unterstützung der afrikanischen Dschihadisten inzwischen angenommen hat.«

Eine elegant gekleidete Sekretärin kam mit einer Flasche

Champagner und vier Gläsern auf einem Tablett. Tab sagte: »Eine kleine Feier in französischem Stil.« Er öffnete die Flasche und schenkte ein.

»Auf unseren Helden«, sagte Tamara, und sie tranken.

Abdul fiel auf, dass Tamaras und Tabs Beziehung sich geändert hatte, seit er ihnen am Ufer des Tschadsees zum ersten Mal begegnet war. Wenn er recht hatte und sie inzwischen ein Paar waren, dann wollte er sie dazu bringen, darüber zu reden. Das würde sie für seine Forderung empfänglicher machen. So lächelte er und fragte: »Sie beide sind jetzt ein Paar?«

»Ja«, antwortete Tamara, und beide sahen sie sehr zufrieden aus.

»Aber Sie arbeiten für Nachrichtendienste verschiedener Länder …«, wandte Abdul ein.

»Ich habe gekündigt«, erklärte Tab. »Wenn die Kündigungsfrist abgelaufen ist, gehe ich zurück nach Frankreich, um in der Firma meiner Familie zu arbeiten.«

»Und ich habe meine Versetzung nach Paris beantragt«, fügte Tamara hinzu. »Phil Doyle hat meinem Antrag stattgegeben.«

»Mein Boss, Marcel Lavenu, hat Tamara dem CIA-Chef dort empfohlen. Die beiden sind befreundet.«

»Nun, dann wünsche ich Ihnen alles Gute«, sagte Abdul. »Bei zwei so schönen Menschen … Ihre Kinder werden wahre Schönheiten sein.«

Sie liefen rot an, und Tamara sagte: »Ich habe nicht gesagt, dass wir heiraten werden.«

»Ups.« Abdul war peinlich berührt. »Wie altmodisch von mir. Bitte entschuldigen Sie.«

»Kein Grund, sich zu entschuldigen«, sagte Tab. »Es hat sich bis jetzt einfach noch nicht ergeben, darüber zu reden. Das ist alles.«

Rasch wechselte Tamara das Thema. »Und jetzt … Wenn Sie bereit sind, bringen wir Sie wieder nach N'Djamena zurück.«

Abdul schwieg.

»Ich fürchte, sie werden Sie ausführlich befragen wollen«, fügte Tamara hinzu. »Das könnte ein paar Tage dauern. Aber dann haben Sie das Recht auf einen langen Urlaub.«

Jetzt oder nie, dachte Abdul.

»Natürlich bin ich gern bereit, die Nachbesprechung zu machen«, sagte er. Das stimmte zwar nicht, aber er musste zumindest so tun. »Und ich freue mich auch auf den Urlaub. Aber die Mission ist noch nicht zu Ende.«

»Nein?«

»Eine Spur würde ich gern noch weiter verfolgen. Die Lieferung ist nicht in Tripolis. Ich habe das schon auf meinem GPS-Empfänger überprüft. Das heißt, dass sie das Mittelmeer überquert haben muss.«

»Abdul«, sagte Tamara, »Sie haben schon genug getan.«

»Außerdem könnte sie Gott weiß wo in Südeuropa an Land gebracht worden sein«, ergänzte Tab, »von Gibraltar bis Athen. Das sind Tausende von Meilen Küste.«

»Aber einige Orte sind wahrscheinlicher als andere«, argumentierte Abdul. »Südfrankreich hat zum Beispiel eine lange etablierte Infrastruktur für den Import und die Verteilung von Drogen.«

»Das ist noch immer ein gewaltiges Suchgebiet.«

»Nicht wirklich. Wenn ich einfach die Küstenstraße entlangfahre, könnte ich das Signal wieder auffangen. Dann würden wir auch herausfinden, wer der Empfänger des Kokains ist. Die Gelegenheit ist viel zu gut, als dass wir sie uns entgehen lassen könnten.«

»Wir sind nicht hier, um Drogendealer zu fangen«, sagte Jean-Pierre Malmain. »Unser Ziel sind Terroristen.«

»Und deren Geld kommt aus Europa.« Abdul blieb hartnäckig. »Da wird es erwirtschaftet. Die ganze Operation wird schlussendlich von irgendwelchen Kids finanziert, die Dope in Clubs kaufen. Jeder Schaden, den wir ihnen in Frankreich zufügen können, wird das gesamte Schmuggelgeschäft des ISGS schädigen und damit seine Finanzierung. Mit Koks verdienen die vermutlich mehr als mit dem Gold aus Hufra. Viel mehr.«

Malmain winkte ab. »Diese Entscheidung müssen natürlich unsere Vorgesetzten treffen.«

Abdul schüttelte den Kopf. »Wir können es uns nicht leisten, Zeit zu verlieren. Sobald sie die Päckchen mit dem Kokain öffnen, werden sie den Sender finden. Vielleicht ist das sogar schon geschehen, aber wenn nicht – wenn wir Glück haben –, dann haben wir noch ein, zwei Tage Zeit. Ich will schon morgen nach Frankreich fliegen.«

»Das kann ich nicht genehmigen.«

»Das verlange ich auch nicht von Ihnen, Monsieur Malmain. Meine ursprünglichen Befehle decken das ab. Sollte ich mich irren, werde ich halt wieder aus Frankreich zurückgerufen; aber jetzt will ich erst einmal dorthin.«

Malmain zuckte mit den Schultern und sagte nichts mehr.

»Abdul«, sagte Tamara, »gibt es noch etwas, was wir für Sie tun können?«

»Ja.« Das war der heikle Teil, doch Abdul hatte sich schon überlegt, wie er seine Forderung formulieren sollte. Er klopfte auf seine Taschen und suchte nach einem Stift, doch er hatte keinen. Er hatte viel zu lange eine Dschallabija getragen. »Hat zufällig jemand einen Stift und ein Blatt Papier? Bitte?«

Malmain stand auf. Während er die Schreibutensilien holte, sagte Abdul: »Als ich aus Hufra geflohen bin, sind zwei der Sklaven mit mir gekommen, eine Frau und ein Kind, illegale Emigranten. Ich habe sie als Tarnung benutzt. Wir haben so getan, als wären wir eine Familie. Das ist die perfekte Legende, und die würde ich gern weiter aufrechterhalten.«

»Klingt gut«, sagte Tamara.

Malmain brachte einen Schreibblock und einen Stift. Abdul schrieb »Kiah Haddad« und »Naji Haddad« darauf und fügte ihre Geburtsdaten hinzu. Dann sagte er: »Ich brauche zwei echte französische Pässe für die beiden.« Wie jeder Geheimdienst der Welt, so konnte auch die DGSE jedem einen Pass besorgen. Das war Teil ihrer Arbeit.

Tamara sah, was Abdul geschrieben hatte, und fragte: »Sie haben deinen Nachnamen angenommen?«

»Wir geben uns als Familie aus«, erinnerte Abdul sie.

»Oh ja, natürlich«, sagte Tamara, doch Abdul nahm an, dass sie die Wahrheit erraten hatte.

Malmain, dem Abduls Plan offensichtlich missfiel, sagte: »Ich brauche Fotos.«

Abdul zog die beiden Fotostreifen aus der Tasche, die sie in dem Reisebüro gemacht hatten, und schob sie über den Tisch.

»Oh!«, sagte Tamara. »Das ist doch die Frau vom Tschadsee! Jetzt weiß ich auch, warum der Name Kiah mir so bekannt vorkam.« Sie erklärte es Malmain. »Ich habe diese Frau im Tschad kennengelernt. Sie hat mich nach dem Leben in Europa gefragt. Ich habe ihr gesagt, sie solle keinen Menschenschmugglern vertrauen.«

»Das war ein guter Rat«, sagte Abdul. »Sie haben ihr Geld genommen und sie in ein libysches Sklavenlager gestopft.«

Mit einem Hauch von Verachtung in der Stimme sagte Malmain: »Und Sie haben sich jetzt also mit dieser Frau angefreundet.«

Abdul erwiderte nichts darauf.

Tamara schaute sich noch immer das Foto an. »Sie ist sehr schön. Das habe ich damals schon gedacht.«

Natürlich vermuteten sie alle, dass Abdul und Kiah eine Beziehung hatten. Abdul versuchte gar nicht erst, das zu erklären. Sollten sie doch denken, was sie wollten.

Wie auch immer … Tamara war auf seiner Seite. Erneut drehte sie sich zu Malmain um und fragte: »Wie lange werden Sie brauchen, um die Pässe zu beschaffen? Eine Stunde?«

Malmain zögerte. Offenbar hielt er es für besser, wenn Abdul erst einmal nach N'Djamena zurückkehren würde. Aber nach allem, was er geleistet hatte, war es schwer, Abdul eine Bitte auszuschlagen – und genau darauf hatte Abdul gesetzt.

Schließlich gab Malmain nach, zuckte mit den Schultern und erklärte: »Zwei Stunden.«

Abdul verbarg seine Erleichterung. Er tat so, als hätte er die ganze Zeit darauf vertraut, und gab Malmain eine der Visitenkarten, die er an der Rezeption mitgenommen hatte. »Bitte lassen Sie sie in mein Hotel bringen.«

»Natürlich.«

Damit war das Gespräch zu Ende. Auf der Straße rief Abdul ein Taxi und nannte dem Fahrer die Adresse des Reisebüros, in dem sie die Fotos gemacht hatten. Während der Fahrt dachte er darüber nach, was er getan hatte. Jetzt würde er Kiah und Naji mit nach Frankreich nehmen. Kiahs Traum würde sich erfüllen. Aber was war mit ihm? Was plante er danach? Diese Frage trieb mit Sicherheit nicht nur ihn, sondern auch Kiah um. Abdul hatte den Tag, da er diese Frage beantworten musste, immer weiter hinausgeschoben, indem er sie davon abhängig gemacht hatte, was DGSE und CIA zu seinem Plan sagen würden. Doch jetzt wusste er es, und es gab keinen Grund mehr, sich ihr nicht zu stellen.

Wenn sie in Frankreich waren und Kiah und Naji einen Ort gefunden hatten, wo sie bleiben konnten, würde Abdul sich dann von ihnen verabschieden und wieder in seine Heimat zurückkehren, die USA? Würde er sie dann nie wiedersehen? Allein die Vorstellung deprimierte ihn. Er dachte an ihr gemeinsames Mittagessen heute zurück und daran, wie glücklich sie alle gewesen waren. Wann hatte er das letzte Mal ein solches Gefühl der Richtigkeit und Zufriedenheit mit seinem Platz in der Welt erlebt? Vielleicht nie.

Das Taxi hielt vor dem Reisebüro, und Abdul ging hinein.

Hinter dem Schreibtisch saß dieselbe elegant gekleidete junge Frau, und sie erinnerte sich an ihn vom Morgen. Zuerst schaute sie ihn misstrauisch an, als würde sie glauben, er sei ohne seine Frau gekommen, um sich mit ihr zu verabreden.

Abdul lächelte beruhigend. »Ich muss nach Nizza fliegen«, sagte er. »Drei Tickets bitte. Nur Hinflug.«

Kapitel 36

Um sieben Uhr morgens wehte ein rauer Wind über den kreisrunden See des Regierungskomplexes von Zhongnanhai. Chang Kai stieg aus dem Wagen und schloss den Mantel zum Schutz vor der Kälte.

Kai würde gleich den Staatspräsidenten treffen, doch er dachte an Ting. Letzte Nacht hatte sie ihn nach dem Krieg gefragt, und er hatte ihr geantwortet, die Großmächte würden eine weitere Eskalation verhindern. Tief im Herzen war er sich dessen jedoch nicht so sicher, und das fühlte sie. Sie waren ins Bett gegangen und hatten sich beschützend aneinandergeklammert. Schließlich hatten sie sich verzweifelt geliebt, als könnte es ihr letztes Mal sein.

Anschließend hatte Kai wach im Bett gelegen. Als junger Mann hatte er versucht herauszufinden, wer wirklich die Macht hatte. War es der Staatspräsident, der Oberkommandierende der Armee oder die Mitglieder des Zentralkomitees als Ganzes? Oder der amerikanische Präsident, die amerikanischen Medien, die Multimilliardäre? Nach und nach hatte er dann festgestellt, dass jede Macht ihre Grenzen hatte. So musste sich der amerikanische Präsident der öffentlichen Meinung beugen und der chinesische Staatspräsident der Kommunistischen Partei. Die Milliardäre mussten Profit machen und die Generäle Schlachten gewinnen. Macht war nicht an einem Ort konzentriert, sondern ein gewaltiges, komplexes Netzwerk mit einer Gruppe von

Schlüsselfiguren und Institutionen ohne kollektiven Willen, die alle in unterschiedliche Richtungen strebten.

Und Kai war ein Teil davon. Was geschah, würde genauso seine Schuld sein wie die der anderen.

Während er im Bett lag und den Geräuschen der Straße lauschte, fragte er sich, was er noch tun konnte, um zu verhindern, dass die Krise in Korea zu einer globalen Katastrophe wurde. Erst einmal musste er sicherstellen, dass Ting, ihre Mutter und seine Eltern nicht in einem Sturm von Bomben und umherfliegenden Trümmern und herabfallendem Mauerwerk und tödlicher Strahlung umkamen.

Dieser Gedanke hielt ihn lange Zeit wach.

Nun, da er die Autotür schloss und die Kapuze seines Steppmantels hochzog, sah er zwei Menschen am Seeufer. Sie hatten ihm den Rücken zugekehrt und schauten auf das graue, kalte Wasser hinaus. Kai erkannte seinen Vater, Chang Jianjun. Er trug einen schwarzen Mantel und war so reglos wie eine Statue, nur dass er rauchte. Der Mann bei ihm war vermutlich sein alter Freund und Genosse General Huang. Die alten Kader sind also hier, dachte Kai.

Kai ging auf die beiden Männer zu, doch sie hörten seine Schritte nicht – vermutlich wegen des Windes –, und er hörte Huang sagen: »Wenn die Amerikaner Krieg wollen, dann sollen sie ihn haben.«

»Die größte Kunst des Krieges ist es, den Gegner ohne Kampf niederzuwerfen«, sagte Kai. »Das hat zumindest Sunzi gesagt.«

Huang drehte sich wütend zu ihm um. »Ich brauche keine Belehrung in Philosophie von einem Jungspund wie Ihnen.«

Ein weiterer Wagen traf ein, und Kong Zhao, der junge Verteidigungsminister, stieg aus. Kai war froh, einen Verbündeten zu sehen. Kong holte eine rote Skijacke aus dem Kofferraum und zog sie an. Als er die drei Männer sah, fragte er: »Warum gehen wir nicht rein?«

Jianjun antwortete: »Der Präsident will einen Spaziergang machen. Er glaubt, er braucht das.« Jianjuns Tonfall war leicht despektierlich. Einige von den alten Genossen glaubten, Sport sei Jugendwahn.

Staatspräsident Chen kam mit Handschuhen und Strickmütze aus dem Palast. Ihm folgten ein Adjutant und ein Sicherheitsbeamter. Sofort marschierte er los. Die anderen gesellten sich zu ihm. Jianjun warf seine Zigarette weg. Sie wanderten im Uhrzeigersinn um den See.

Chen begann formell: »Chang Jianjun, als stellvertretender Vorsitzender der Nationalen Sicherheitskommission, wie ist Ihre Einschätzung des Krieges in Korea?«

»Der Süden gewinnt«, antwortete Jianjun, ohne zu zögern. »Sie haben mehr Waffen, und ihre Raketen sind präziser.« Er trug nur die Fakten vor, ganz militärisch.

»Wie lange hält Nordkorea noch durch?«, fragte Chen.

»In ein paar Tagen gehen ihnen die Raketen aus.«

»Aber wir versorgen sie mit Nachschub.«

»Ja, so schnell wir können, und ohne Zweifel halten die Amerikaner das mit dem Süden genauso. Aber wir können das beide nicht ewig durchziehen.«

»Und was wird dann geschehen?«

»Dann könnte der Süden im Norden einmarschieren.«

Präsident Chen drehte sich zu Kai um. »Mit amerikanischer Hilfe?«

»Das Weiße Haus wird keine amerikanischen Truppen in den Norden schicken«, antwortete Kai. »Aber das brauchen sie auch nicht. Die südkoreanische Armee kann auch allein gewinnen.«

Jianjun sagte: »Dann wird ganz Korea von Seoul regiert – und das wiederum heißt von den Vereinigten Staaten.«

Kai war nicht sicher, ob Letzteres noch stimmte, aber das war nicht der richtige Zeitpunkt, um das zu diskutieren.

»Irgendwelche Handlungsempfehlungen?«, fragte Chen.

»Wir müssen eingreifen«, erklärte Jianjun mit Nachdruck. »Nur so können wir verhindern, dass ganz Korea eine amerikanische Kolonie wird – und das direkt vor unserer Haustür.«

Eine Intervention war genau das, wovor Kai Angst hatte. Aber bevor er etwas dazu sagen konnte, meldete sich Kong Zhao. »Das sehe ich nicht so«, sagte er, ohne dass der Präsident ihn gefragt hätte.

Jianjun funkelte ihn wütend an.

»Sprechen Sie, Kong«, forderte Chen seinen Verteidigungsminister in sanftem Ton auf. »Warum?«

Kong fuhr sich mit der Hand durch sein ohnehin zerzaustes Haar. »Wenn wir in den Konflikt eingreifen, werden die Amerikaner glauben, sie hätten ebenfalls das Recht dazu.« Er sprach im ruhigen Ton einer philosophischen Diskussion, in scharfem Kontrast zu Jianjuns knapper Aufzählung der Fakten. »Die wichtige Frage ist nicht, wie wir Nordkorea retten können. Es geht darum, einen Krieg mit den USA zu verhindern.«

General Huang schüttelte leidenschaftlich den Kopf. »Die Amerikaner wollen genauso wenig Krieg mit uns wie wir mit ihnen«, erklärte er. »Solange unsere Streitkräfte nicht die Grenze nach Südkorea überschreiten, werden sie bleiben, wo sie sind.«

»Woher wollen Sie das wissen?« Kong zuckte mit den Schultern. »Niemand weiß mit Sicherheit, was die Amerikaner tun werden und was nicht. Ich sage nur, dass wir keinen Krieg der Supermächte riskieren sollten.«

»Das ganze Leben ist ein Risiko«, knurrte Huang.

»Und Politik ist die Kunst, Risiken zu vermeiden«, konterte Kong.

Kai kam zu dem Schluss, dass jetzt die Zeit gekommen war, sich einzumischen. »Dürfte ich einen Vorschlag unterbreiten?«

»Natürlich«, antwortete Chen und lächelte Jianjun an. »Die Vorschläge Ihres Sohnes sind oft nützlich.«

Das sah Jianjun nicht unbedingt so. Trotzdem nickte er in Anerkennung des Kompliments, aber er schwieg.

Kai sagte: »Es gibt da noch etwas, das wir versuchen könnten, bevor wir chinesische Truppen nach Nordkorea schicken. Wir könnten zwischen dem Obersten Führer in Pjöngjang und den Ultras in Yeonjeo-dong vermitteln.«

Chen nickte. »Wenn das Regime und die Rebellen sich versöhnen, könnte Nordkorea die fehlende Hälfte der Armee an die Front bringen.«

Jianjun schaute nachdenklich drein. »Und was ist mit den Atomwaffen?«

Das war ein Problem. Rasch fügte Kai hinzu: »Die Atomwaffen dürfen nicht eingesetzt werden. Allein die Tatsache, dass sie der Regierung wieder zur Verfügung stehen, sollte ausreichen, um Südkorea an den Verhandlungstisch zu bringen.«

Chen fand einen weiteren Haken. »Man kann sich nur schwer vorstellen, dass der Oberste Führer die Macht mit jemandem teilt, vor allem nicht mit Leuten, die versucht haben, ihn zu stürzen.«

»Wenn er sich zwischen der Teilung der Macht und der totalen Niederlage entscheiden muss …«

Chen dachte darüber nach, und eine Minute später erklärte er: »Es ist zumindest einen Versuch wert.«

»Werden Sie den Obersten Führer anrufen, Genosse Staatspräsident?«, fragte Kai.

»Ja. Sofort.«

Kai war zufrieden.

General Huang aber nicht. Ihm gefiel dieses Gerede von Kompromissen nicht. Das ließ China schwach erscheinen. Präsident Chen war eine einzige große Enttäuschung für ihn. Huang und die alten Kader hatten Chens Aufstieg in dem Glauben unterstützt, dass er ein orthodoxer Kommunist war, doch kaum im Amt, war er nicht einmal annähernd so hart, wie sie gehofft hatten.

Allerdings wusste Huang auch, wie man eine Niederlage akzeptiert und den Schaden begrenzt, und so sagte er jetzt: »Wir können uns keine Verzögerung leisten. Wenn Kang dem zustimmt, Genosse Staatspräsident, dann schlage ich vor, dass Sie darauf bestehen, dass er *noch heute* mit diesem Angebot an die Rebellen herantritt.«

»Gute Idee«, sagte Chen.

Huang wirkte beschwichtigt.

Die Gruppe hatte den See umrundet und war nun fast wieder an der Quinzheng-Halle. Leise sagte Jianjun zu Kai, sodass niemand ihn hören konnte: »Hast du in letzter Zeit mit deinem Freund Neil gesprochen?«

»Natürlich. Ich spreche mindestens einmal die Woche mit ihm. Er ist eine hervorragende Quelle für mich, wenn ich wissen will, wie das Weiße Haus denkt.«

»Hm.«

»Warum fragst du?«

»Sei vorsichtig«, sagte Jianjun einfach nur.

Sie betraten das Gebäude und stiegen die Treppe hinauf.

Chen sagte zu einem Adjutanten: »Holen Sie mir Kang ans Telefon.«

Sie zogen die Mäntel aus und rieben sich die kalten Hände. Ein Diener brachte Tee, um sie zu wärmen.

Kai fragte sich, was sein Vater gemeint hatte. Die Worte hatten bedrohlich geklungen. Wusste jemand, was er und Neil miteinander redeten? Möglich war das. Sie könnten verwanzt sein, trotz aller Vorsichtsmaßnahmen. Sowohl Kai als auch Neil erstatteten regelmäßig Bericht über ihre Gespräche, und solche Berichte konnten natürlich auch durchsickern. Hatte Kai irgendwas gesagt, was ihn verdächtig gemacht hatte? Nun … ja … Er hatte Neil erzählt, wie schwach Nordkorea war, und solch eine Enthüllung könnte man als Verrat werten.

Kai war unwohl in seiner Haut.

Das Telefon klingelte, und Chen ging ran.

Alle lauschten stumm, während der Staatspräsident die einzelnen Punkte ihrer Diskussion durchging. Kai achtete vor allem auf Chens Tonfall. Zwar wären alle Staatspräsidenten theoretisch gleichgestellt, doch in Wahrheit war Nordkorea von China abhängig, und das spiegelte sich auch in Chens Stimme wider. Er sprach mit Kang wie ein Vater mit einem erwachsenen Sohn, der vielleicht gehorcht, vielleicht aber auch nicht.

Es folgte ein langes Schweigen, während dem Chen zuhörte.

Schließlich sagte der Präsident nur ein Wort: »Heute.«

Kai hoffte. Das klang gut.

Chen wiederholte noch einmal nachdrücklich: »Das muss noch heute geschehen.«

Wieder folgte eine Pause.

»Ich danke Ihnen, Genosse Oberster Führer.«

Chen legte auf und verkündete: »Er hat Ja gesagt.«

* * *

Kaum war Kai wieder im Guoanbu, rief er Neil Davidson an. Neil war jedoch in einer Besprechung – wegen Korea, nahm Kai an. Er schaltete die südkoreanischen Nachrichten ein, die manche Entwicklungen als Erste berichteten. Der Norden schien deutlich schwächer geworden zu sein. Sie feuerten nur noch wenige Raketen ab, von denen die meisten abgefangen wurden, und die Südkoreaner hatten bereits mit den Aufräumarbeiten begonnen. Etwas wirklich Neues gab es jedoch nicht.

Um die Mittagszeit meldete sich General Ham.

Er sprach leise und offensichtlich mit dem Mund nah am Hörer, als hätte er Angst, belauscht zu werden. »Der Oberste Führer hat all meine Erwartungen erfüllt«, sagte er.

Das klang wie Lob, aber Kai wusste, dass genau das Gegenteil damit gemeint war.

Ham fuhr fort: »Er hat die Entscheidung, die ich vor all diesen Jahren getroffen habe, in jeder Hinsicht gerechtfertigt.«

Damit meinte er die Entscheidung, für China zu spionieren.

»Jetzt allerdings hat er mich mit dem Versuch überrascht, Frieden zu schließen.«

Kai wusste das natürlich, sagte das aber nicht. »Wann ist das passiert?«

»Kang hat heute Morgen in Jeongjeo-dong angerufen.«

Kurz nachdem Präsident Chen ihn angerufen hatte, rechnete Kai. Das war ja schnell gegangen. »Kang ist verzweifelt«, sagte er.

»Aber nicht verzweifelt genug«, erwiderte Ham. »Er hat den Rebellen nur eine Amnestie angeboten. Sie vertrauen ihm jedoch nicht. Außerdem wollen sie mehr. Viel mehr.«

»Was zum Beispiel?«

»General Pak Jae-jin will Verteidigungsminister werden sowie designierter Nachfolger des Obersten Führers.«

»Was Kang natürlich abgelehnt hat.«

»Ja, was für eine Überraschung«, spottete Ham. »Wenn er einen Rebellen zum Nachfolger ernennt, unterschreibt er damit sein eigenes Todesurteil.«

»Kang hätte ihnen auch einen Kompromiss anbieten können.«

»Hat er aber nicht.«

Kai seufzte. »Es gibt also keinen Waffenstillstand.«

»Nein.«

Kai war ebenso überrascht wie verzweifelt. Die Rebellen waren nicht an einem Waffenstillstand interessiert. Offensichtlich glaubten sie, nur geduldig darauf warten zu müssen, bis das Regime in Pjöngjang vernichtet und ein Machtvakuum entstanden war. Das konnten sie dann füllen. Ganz so einfach würde das zwar nicht werden, aber das sahen sie nicht. Warum gab der Oberste Führer sich nicht mehr Mühe? Kai fragte: »Was will Kang in diesem Augenblick eigentlich wirklich?«

»Ruhm oder Tod«, antwortete Ham.

Kai drehte sich der Magen um. Das war Untergangsgefasel. »Aber was heißt das?«, fragte er.

»Ich bin mir nicht sicher«, sagte Ham. »Aber achten Sie auf Ihr Radar.« Er legte auf.

Kai fürchtete, dass der Oberste Führer jetzt überhaupt keine Rücksichten mehr nehmen würde. Kang hatte Chens Befehl befolgt, wenn auch widerwillig, und den Rebellen einen Handel vorgeschlagen, und er mochte nun das Gefühl haben, dass ihre Ablehnung seine Aggression rechtfertigte. Kais Vorschlag für eine friedliche Lösung von heute Morgen hatte vielleicht alles noch viel schlimmer gemacht.

Manchmal, sinnierte er, kann man einfach nicht gewinnen.

Kai schrieb eine kurze Notiz, dass die Rebellen das Friedensangebot des Obersten Führers abgelehnt hatten, und schickte sie an Präsident Chen mit Kopien an alle höheren Regierungsvertreter. Solch eine Nachricht hätte eigentlich von seinem Boss kommen sollen, Fu Chuyu, aber Kai tat noch nicht einmal mehr so, als würde er sich ihm unterordnen. Fu hatte sich gegen ihn gewandt, und das konnte jeder sehen, der nur einen Hauch von Ahnung hatte. Die Führer Chinas sollten wissen, dass er es war, Kai, der ihnen die entscheidenden Informationen verschaffte, und nicht Fu Chuyu.

Kai rief den Chef seiner Korea-Abteilung zu sich, Jin Chinhwa. Jin muss dringend zum Friseur, dachte Kai. Eine Locke fiel ihm bereits übers Auge. Er wollte das gerade erwähnen, als ihm wieder einfiel, dass heutzutage viele junge Männer ihre Haare so trugen. Also war das vermutlich eine Mode, und so sagte er lieber nichts dazu. Stattdessen fragte er: »Können wir Nordkorea per Radar überwachen?«

»Klar«, antwortete Jin. »Unsere Armee hat Radaraufnahmen, aber natürlich können wir auch den Radar der Südkoreaner hacken. Der ist vermutlich genauer.«

»Sie müssen Nordkorea ganz genau im Auge behalten. Irgendetwas könnte geschehen. Und stellen Sie die Aufnahmen bitte zu mir durch.«

»Jawohl, Genosse. Bitte schalten Sie auf Kanal 5.«

Kai tat, wie ihm geheißen, und eine Minute später legte sich ein Radarbild über die Karte von Korea. Allerdings wirkte der Himmel über Nordkorea nach mehreren Tagen Luftkrieg ungewöhnlich ruhig.

Am Nachmittag rief endlich Neil zurück. »Ich war in einem Meeting«, erklärte er mit seinem starken texanischen Akzent. »Mein Boss kann länger labern als ein Baptistenprediger. Gibt's was Neues?«

»Ist es möglich«, begann Kai, »dass irgendjemand weiß, was Sie und ich beim letzten Mal besprochen haben?«

Es folgte ein kurzes Zögern; dann sagte Neil: »Oh, Scheiße.«

»Was ist?«

»Sie rufen doch auf einer sicheren Leitung an, oder?«

»So sicher, wie's geht.«

»Wir haben gerade jemanden gefeuert.«

»Wen?«

»Einen Computertechniker. Er hat für die Botschaft gearbeitet, nicht für die CIA, aber er hat sich in unseren Ordner gehackt. Wir haben es zwar ziemlich schnell bemerkt, aber er muss meine Notizen zu unserem letzten Gespräch gesehen haben. Stecken Sie in Schwierigkeiten?«

»Einige Dinge, die ich Ihnen gesagt habe, könnten falsch interpretiert werden – besonders von meinen Feinden.«

»Das tut mir leid.«

»Der Techniker hat natürlich nicht für mich spioniert – nur um das klarzustellen. Wir glauben, dass er für die Volksbefreiungsarmee gearbeitet hat.«

Das hieß, für General Huang. So hatte also auch Kais Vater von dem Gespräch erfahren. »Danke, dass Sie so offen zu mir sind, Neil.«

»Im Augenblick können wir uns alles andere nicht leisten.«

»Das stimmt leider. Wir hören uns.«

Sie legten auf.

Kai lehnte sich zurück und dachte nach. Die Kampagne gegen ihn nahm immer mehr Fahrt auf. Jetzt waren es nicht mehr nur Gerüchte über Ting. Irgendjemand versuchte, ihn als Verräter darzustellen. Was Kai jetzt tun musste, war einfach: Er müsste alle Zurückhaltung aufgeben und mit allen ihm zur Verfügung stehenden Mitteln gegen seine Feinde vorgehen. Zum Beispiel die Loyalität von Vizeminister Li hinterfragen, Gerüchte verbreiten, dass General Huang unter Spielsucht litt, und einen Befehl in Umlauf bringen, dass niemand über Fu Chuyus gesundheitliche Probleme sprechen dürfe. Doch das war Kinderkram. Er hatte schlicht keine Zeit für so was.

Plötzlich erwachte das Radar zum Leben. Die obere linke Ecke des Bildschirms schien sich mit Pfeilen zu füllen. Kai fiel es schwer zu erkennen, wie viele es waren.

Jin Chin-hwa rief an und sagte: »Raketenangriff.«

»Ja, das sehe ich. Wie viele?«

»Eine Menge. Fünfundzwanzig, dreißig …«

»Ich habe nicht gedacht, dass Nordkorea noch so viele Raketen hat.«

»Das könnte ihr gesamtes Arsenal sein.«

»Das letzte Aufbäumen des Obersten Führers.«

»Beobachten Sie den unteren Teil des Bildschirms. Südkorea wird zurückschlagen.«

Doch zuerst geschah etwas anderes. Ein weiterer Pfeilcluster erschien, und das ebenfalls auf nordkoreanischer Seite, aber näher an der Grenze. »Was ist das?«, fragte Kai.

»Das könnten Drohnen sein«, erklärte Jin. »Vielleicht bilde ich mir das ja nur ein, aber ich glaube, die fliegen langsamer.«

Kai schaltete das südkoreanische Fernsehen an. Warnsirenen heulten, und die Menschen suchten Schutz in Tiefgaragen oder einer der siebenhundert U-Bahn-Stationen von Seoul. Das Heulen der Sirenen übertönte alles. Kai wusste, dass die Südkoreaner einmal im Jahr Luftschutzübungen abhielten, aber die fanden stets um drei Uhr nachmittags statt. Jetzt war jedoch fast Abend, und so wussten die Koreaner, dass der Ernstfall eingetreten war.

Das nordkoreanische Fernsehen übertrug noch nichts, aber Kai fand einen Radiosender. Er spielte Musik.

Auf dem Radarbild trafen die anfliegenden Raketen auf das Abwehrfeuer. Der Anblick war seltsam undramatisch: Zwei sich bewegende Pfeile, ein Angreifer und ein Verteidiger, trafen aufeinander und berührten sich. Dann verschwanden beide stumm, und nichts deutete darauf hin, dass gerade Militärgerät im Wert von mehreren Millionen vernichtet worden war.

Aber Kai war klar, dass die Verteidigung der Südkoreaner nicht undurchdringlich war. Das war sie bis jetzt nie gewesen. Er hatte den Eindruck, als käme mindestens die Hälfte der nordkoreanischen Raketen und Drohnen durch. Nicht mehr lange, und sie würden die dicht bevölkerten Städte treffen. Kai schaltete zurück zum südkoreanischen Fernsehen.

Die Bilder zeigten verschiedene Städte und menschenleere Straßen. Selbst das sonst so geschäftige Seoul wirkte wie eine Geisterstadt. Es gab so gut wie keinen Verkehr. Autos, Busse und Fahrräder waren vor lauter Panik einfach abgestellt worden. Ampeln wechselten sinnlos von Grün zu Gelb zu Rot. Nur wenige Menschen waren zu sehen. Sie rannten. Keiner ging. Langsam rollte ein roter Feuerwehrwagen durch die Stadt und wartete auf den Ausbruch der Brände. Ein gelb-weißer Rettungswagen folgte ihm. Da sitzen tapfere Menschen drin, dachte Kai. Er fragte sich, wer diese Bilder wohl aufnahm, und er kam zu dem Schluss, dass die Kameras ferngesteuert waren.

Dann fielen die Bomben, und Kai erlitt einen weiteren Schock.

Die Bomben verursachten nur geringen Schaden. Sie schienen nur kleine Sprengköpfe zu haben. Einige explodierten in der

Luft, fünfzig oder hundert Fuß über dem Boden; andere schlugen ein. Aber kein Gebäude stürzte ein, und kein Auto wurde zerfetzt. Sanitäter sprangen aus ihren Rettungswagen, und Feuerwehrmänner rollten die Schläuche aus; dann starrten sie verwirrt auf die mehr oder weniger harmlosen Geschosse.

Plötzlich begannen die Rettungsmannschaften zu husten, und Kai sagte laut: »Nein, nein, nein, nein ...!«

Rasch schnappten die Ersten nach Luft. Einige fielen zu Boden. Jene, die sich noch bewegen konnten, rannten zu ihren Fahrzeugen und holten die Gasmasken heraus.

»Diese Schweinehunde setzen chemische Kampfstoffe ein!« Kai sprach in einem leeren Büro.

Eine weitere Kamera zeigte eine Szene aus einer südkoreanischen Kaserne. Hier schien das Gift ein anderes zu sein: Die Soldaten rannten, um die Schutzkleidung anzulegen, doch ihre Gesichter waren bereits rot. Einige übergaben sich; andere waren viel zu verwirrt, als dass sie noch gewusst hätten, was sie tun sollten, und diejenigen, die besonders schlimm betroffen waren, lagen zuckend auf dem Boden. »Cyanwasserstoff«, sagte Kai.

Auf dem Parkplatz eines Supermarkts sprangen die Kunden aus ihren Fahrzeugen und versuchten, es in den Laden zu schaffen. Einige hatten Kinder oder gar Babys dabei. Die meisten erreichten noch nicht einmal die Tür. Sie brachen auf dem Asphalt zusammen und rissen die Münder zu Schreien auf, die Kai nicht hören konnte, während Senfgas ihre Haut aufquellen ließ, ihnen die Sicht nahm und ihre Lungen zerstörte.

Die schlimmste Szene fand jedoch auf einer US-Basis statt. Dort war Nervengas freigesetzt worden. Viele der Soldaten schienen ihre ABC-Schutzkleidung schon frühzeitig angelegt zu haben, eine reine Vorsichtsmaßnahme. Jetzt versuchten sie verzweifelt, anderen zu helfen, vor allem jeder Menge Zivilisten. Die betroffenen Männer und Frauen waren halb blind, schweißüberströmt, übergaben sich und zuckten unkontrolliert. Kai vermutete, dass sie VX ausgesetzt waren, einer Substanz, die auch nordkoreanische Attentäter als Mordwaffe einsetzten. Sie führte rasch vom Schmerz zur Lähmung und schließlich zum Erstickungstod.

Kais Telefon klingelte, und er hob ab, ohne den Blick vom Bildschirm zu nehmen.

Es war Verteidigungsminister Kong Zhao, der fragte: »Sehen Sie das?«

»Sie … Sie haben chemische Waffen eingesetzt«, stotterte Kai. »Und vielleicht auch biologische – die wirken langsamer, das können wir noch nicht sagen.«

»Was sollen wir jetzt tun?«

»Das ist vollkommen egal«, antwortete Kai. »Jetzt zählt nur, was die Amerikaner tun werden.«

DEFCON 2

Ein Schritt vor dem Atomkrieg.

Die Streitkräfte sind in weniger als sechs Stunden einsatzbereit.

(Nur einmal ist die Alarmstufe so weit angehoben worden, und zwar während der Kubakrise 1962.)

KAPITEL 37

Für ein paar Augenblicke war Pauline vor Entsetzen wie gelähmt.

Sie hatte den Fernseher eingeschaltet, während sie sich angezogen hatte, doch jetzt stand sie in Unterwäsche vor dem Bildschirm und konnte einfach nicht wegschauen. CNN zeigte nonstop Bilder aus Südkorea. Die meisten waren von Handys aufgenommen und in den sozialen Medien gepostet worden, aber es gab auch welche des südkoreanischen Fernsehens. Und alle zeigten sie apokalyptische Szenarien, die alles übertrafen, was sich die mittelalterlichen Maler vom Tag des Jüngsten Gerichts vorgestellt hatten.

Das war Folter auf große Distanz. Das Gas machte keine Unterschiede. Es griff alles und jeden an: Männer, Frauen und Kinder, Koreaner und Amerikaner, jeden. Wer sich im Freien aufhielt, war natürlich am verwundbarsten, aber Geschäfte und Büros hatten Lüftungsanlagen, die zumindest einen Teil der Chemikalien einsaugten. Die tödliche Luft kroch in Häuser und Apartments, schlüpfte lautlos unter Türen hindurch oder an Fensterschlitzen vorbei. Sie zog die Rampen in die Tiefgaragen hinunter, wo einige Menschen Schutz gesucht hatten, und furchtbare Szenen waren die Folge. Gasmasken allein reichten auch nicht als Schutz, denn einige der Substanzen konnten auch durch die Haut ins Blut dringen, wie die Reporter erklärten.

Es waren vor allem die Kinder, die Pauline ins Herz trafen: ihre Schreie, das verzweifelte Ringen nach Luft, die verbrannten

Gesichter und das unkontrollierbare Zucken. Es wäre schon hart genug gewesen, Erwachsene so leiden zu sehen, aber Kinder … Das war schlicht unerträglich, und Pauline schloss mehrmals die Augen, zwang sich aber jedes Mal wieder hinzusehen.

Das Telefon klingelte. Es war Gus. »Wie weit verbreitet ist das?«, fragte sie.

»Die drei größten Städte Südkoreas sind davon betroffen: Seoul, Busan und Incheon. Dazu kommen die meisten amerikanischen und koreanischen Militärbasen.«

»O mein Gott!«

»Da kann man nur beten.«

»Wie viele Amerikaner sind tot?«

»Es gibt noch keine Zahlen, aber es werden Hunderte sein, einschließlich der Familien einiger unserer Leute.«

»Läuft der Angriff noch?«

»Der Raketenbeschuss ist vorbei, aber die Gifte fordern noch immer Opfer.«

Wut kochte in Pauline hoch. Am liebsten hätte sie laut geschrien. Sie zwang sich, so nüchtern wie möglich zu bleiben. Eine Minute lang dachte sie nach; dann sagte sie: »Gus, das verlangt eindeutig eine starke Reaktion der Vereinigten Staaten, aber ich werde die Entscheidung nicht überstürzen. Das ist die größte Krise seit dem 11. September.«

»Jetzt ist Nacht in Ostasien, und es kann sein, dass es über Nacht erst einmal keine weiteren Aktionen mehr geben wird. Damit bleibt uns ein Tag Zeit.«

»Wir werden früh beginnen. Ruf alle ins Lagezentrum. Sagen wir um 8:30 Uhr.«

»Okay.«

Sie legten auf. Pauline saß auf dem Bett und dachte nach. Chemische und biologische Kampfstoffe waren unmenschlich, und ihr Einsatz verstieß gegen internationales Recht. Sie waren unaussprechlich grausam. Und jetzt waren sie eingesetzt worden, um Amerikaner zu töten. Der Krieg in Korea war kein lokal begrenzter Streit zwischen zwei Nachbarländern mehr. Jetzt wartete die Welt darauf, wie Amerika auf dieses Verbrechen reagieren würde – und das wiederum hieß, wie sie als Präsidentin der Vereinigten Staaten reagieren würde.

Pauline zog sich an und wählte ihre Kleidung mit Bedacht: Ein dunkelgrauer Faltenrock mit grauweißer Bluse sollte ihre ernste Stimmung widerspiegeln.

Als sie schließlich ins Oval Office kam, sammelten die Morgenshows bereits Reaktionen. Und diesmal brauchten die Leute keinen Volksverhetzer, um sich aufzuregen. Schon ein Angriff auf einen einzelnen Amerikaner machte die Menschen wütend. Dieser brachte sie zur Weißglut.

Nordkorea hatte keine Botschaft in den USA, aber es gab eine permanente Mission bei den Vereinten Nationen. Sie hatten ein Büro im Diplomatenzentrum an der 2nd Avenue in New York City. Im Augenblick versammelte sich bereits ein wütender Mob vor dem Gebäude und schrie zu den Fenstern im 13. Stock hinauf.

In Columbus, Georgia, hatte ein junger weißer Mann ein Ehepaar koreanischer Herkunft in ihrem Laden erschossen. Er hatte kein Geld gestohlen, sondern nur eine Stange Marlboro Light mitgenommen.

Pauline las die Berichte, die in der Nacht reingekommen waren, und telefonierte mit einem halben Dutzend Leuten, einschließlich ihrem Außenminister, der auf dem Flug aus Sri Lanka war, von der Friedenskonferenz, die nie stattgefunden hatte.

Dann rief Pippa von der Ranch an. Sie war vollkommen außer sich. »Warum tun die so was, Mom? Sind das Monster?«

»Nein, Monster sind das nicht, aber sie sind verzweifelt, und das ist fast genauso schlimm«, antwortete Pauline. »Der Mann an der Spitze von Nordkorea steht mit dem Rücken zur Wand. Im eigenen Land wird er von Rebellen angegriffen und im Süden von seinen Nachbarn und den USA. Er glaubt, dass er den Krieg verlieren wird und damit seine Macht und vermutlich auch sein Leben. Um das zu verhindern, ist er zu allem bereit.«

»Und was wirst du tun?«

»Ich weiß es noch nicht, aber wenn Amerikaner auf diese Art getötet werden, dann muss ich etwas unternehmen. Natürlich will ich zurückschlagen, wie alle anderen auch. Aber ich muss auch sicherstellen, dass das nicht zu einem Krieg zwischen uns und China führt. Das wäre noch zehnmal schlimmer als das, was in Seoul passiert ist, hundertmal schlimmer.«

Frustriert fragte Pippa. »Warum ist das alles so kompliziert?«

Aha, dachte Pauline, langsam wirst du erwachsen. Sie sagte: »Die leichten Probleme werden sofort gelöst. Damit bleiben die schweren. Deshalb solltest du auch nie einem Politiker glauben, der auf alles eine einfache Antwort hat.«

»Da hast du wohl recht.«

Pauline überlegte, ob sie Pippa bitten sollte, einen Tag früher ins Weiße Haus zurückzukehren, aber sie kam zu dem Schluss, dass es in Virginia wenigstens etwas sicherer war. »Ich sehe dich dann morgen, Liebes«, sagte sie so gelassen wie möglich.

»Okay.«

Pauline aß ein Omelett an ihrem Schreibtisch und trank eine Tasse Kaffee. Dann ging sie ins Lagezentrum.

Die Luft knisterte förmlich vor Anspannung. Konnte man so etwas auch riechen? An dem glänzenden Tisch fiel Pauline der Duft von Möbelpolitur auf, gemischt mit dem Körpergeruch der gut dreißig Männer und Frauen um sie herum. Irgendjemand hatte auch Parfüm aufgelegt. Und da war noch etwas … Der Geruch der Angst, dachte sie.

»Das Wichtigste zuerst«, begann sie und nickte General Schneider zu, der in Uniform erschienen war. »Bill, was wissen wir über die amerikanischen Opfer?«

»Bis jetzt sind 420 tote Amerikaner bestätigt. 1191 sind verwundet, und es werden ständig mehr.« Bill bellte wie auf dem Exerzierplatz, und Pauline nahm an, dass er auf diese Art seine Gefühle unter Kontrolle hielt. »Der Angriff hat vor ungefähr drei Stunden aufgehört, und ich fürchte, wir haben noch nicht alle Toten und Verwundeten gefunden. In jedem Fall wird die endgültige Zahl deutlich höher sein.« Er schluckte. »Madam President, in Südkorea haben heute viele Amerikaner ihr Leben und ihre Gesundheit für ihr Land geopfert.«

»Und wir danken ihnen allen für ihre Tapferkeit und Treue, Bill.«

»Ja, Ma'am.«

»Was ist mit den zivilen Opfern? Vor ein paar Tagen haben gut einhunderttausend amerikanische Staatsbürger in Südkorea gelebt. Wie viele haben wir evakuieren können?«

»Nicht genug.« Bill räusperte sich. »Wir rechnen mit ungefähr vierhundert zivilen Opfern und viertausend Verwundeten. Allerdings ist das nur eine grobe Schätzung.«

»Die Zahlen sind tragisch, aber die Art, wie sie gestorben sind, ist einfach nur entsetzlich.«

»Ja. Senfgas, Blausäure und VX.«

»Sind auch biologische Waffen eingesetzt worden?«, hakte Pauline nach.

»Nicht, soweit wir bis jetzt wissen.«

»Ich danke Ihnen, Bill.« Pauline schaute zu Chester Jackson, der mit seinem Tweedanzug einen krassen Gegensatz zu General Schneider bildete. »Chess, wie konnte das passieren?«

»Ich kann dem Obersten Führer leider nicht in den Kopf schauen.« Chess war wie Gerry: vorsichtig. Es gab immer ein »aber« und »wenn«, und genau wie Gerry verlangte er Geduld. »Meine Antwort kann nur eine Vermutung sein. Ich glaube, dass Kang so rücksichtslos vorgeht, weil er denkt, China müsse ihn früher oder später retten, und je schlimmer die Notlage, desto schneller werde das geschehen.«

Sophia Magliani, die Geheimdienstkoordinatorin, sagte: »Wenn ich darf, Madam President … Das sieht nahezu jeder in der Nachrichtendienst-Community genauso.«

»Aber hat Kang auch recht?«, hakte Pauline nach. »Werden die Chinesen ihm zu guter Letzt den Hals retten?«

»Wie gesagt, ich kann keine Gedanken lesen, Madam President«, erwiderte Chess, und Pauline zügelte ihre Ungeduld. »Beijing ist schwer einzuschätzen, denn es gibt dort zwei Fraktionen: die jungen Progressiven und die alten Kommunisten. Die Progressiven halten den Obersten Führer für einen Dorn in ihrem Fleisch, und am liebsten würden sie ihn auf den Mond schießen. Die Kommunisten hingegen betrachten ihn als unverzichtbares Bollwerk gegen den Kapitalismus.«

»Aber unterm Strich …«, drängte Pauline.

»Unterm Strich sind beide Seiten fest entschlossen, die USA aus Nordkorea rauszuhalten. Wenn wir ihr Territorium betreten – egal ob zu Lande, zu Wasser oder in der Luft –, dann laufen wir Gefahr, einen Krieg mit Beijing zu provozieren.«

»Sie sagen, *wir laufen Gefahr*, nicht dass ein Krieg unvermeidlich wäre.«

»Ja, und ich wähle meine Worte mit Bedacht. Wir wissen nicht, wo die Chinesen die Grenze ziehen würden. Vermutlich wissen sie das selbst nicht. Und sie werden keine Entscheidung treffen, solange sie nicht dazu gezwungen werden.«

Pauline erinnerte sich an Pippa, die gefragt hatte: *Warum ist das alles so kompliziert?*

Bis jetzt war alles nur Vorspiel gewesen. Alle warteten darauf, dass Pauline etwas sagte. Sie war der Kapitän, und sie waren die Mannschaft. Sie würden das Schiff segeln, doch sie musste den Kurs vorgeben.

Pauline atmete tief durch und sagte: »Der Angriff heute Morgen von Seiten Nordkoreas ändert alles. Bis jetzt war es unsere Priorität, einen Krieg zu vermeiden. Das ist jetzt Schnee von gestern. Der Krieg ist da, egal wie sehr wir uns auch bemüht haben. Wir haben ihn nicht gewollt, aber so ist es nun einmal.«

Sie hielt kurz inne und fuhr dann fort: »Jetzt ist unsere vorrangigste Aufgabe, Amerikaner zu beschützen.«

Alle schauten sie ernst, aber auch erleichtert an. Wenigstens wussten sie jetzt, wo es langging.

»Was ist unser erster Schritt?« Pauline schlug das Herz bis zum Hals. So etwas hatte sie noch nie gemacht. Erneut atmete sie tief ein, bevor sie langsam und mit Nachdruck fortfuhr: »Als Erstes werden wir dafür sorgen, dass Nordkorea nie wieder Amerikaner töten kann. Ich beabsichtige, ihnen die Möglichkeit dazu zu nehmen, und zwar dauerhaft. Wir werden ihre Streitkräfte vollständig vernichten. Und das werden wir noch heute tun.«

Die Männer und Frauen am Tisch applaudierten spontan. Offensichtlich hatten sie genau darauf gehofft.

Pauline wartete kurz und fuhr dann fort: »Es gibt vermutlich mehrere Wege, wie wir das erreichen können.« Sie wandte sich an den Vorsitzenden der Joint Chiefs of Staff. »Bill, bitte erklären Sie uns, über welche militärischen Optionen wir verfügen.«

Mit seinem Selbstbewusstsein war Bill genau das Gegenteil des stets abwägenden Chess. »Lassen Sie mich mit dem Maximum beginnen«, sagte er. »Wir könnten einen Nuklearangriff gegen Nordkorea starten und das gesamte Land in eine Mondlandschaft verwandeln.«

Dieser Vorschlag war indiskutabel, doch Pauline schwieg. Sie hatte darum gebeten, ihr alle Optionen zu nennen, und das tat Bill nun. »Genau das wird James Moore in seinem nächsten Interview fordern« war alles, was sie dazu sagte.

»Man sollte hinzufügen«, mischte Chess sich sein, »dass diese Option die Wahrscheinlichkeit eines Atomkriegs mit China dramatisch erhöht.«

»Ich empfehle das nicht«, erklärte Bill, »aber es ist eine Option, und sie gehört auf den Tisch.«

»Das stimmt, Bill«, sagte Pauline. »Was sonst noch?«

»Das von Ihnen vorgegebene Ziel könnte auch durch eine Invasion Nordkoreas erreicht werden. Eine ausreichend große Streitmacht könnte Pjöngjang einnehmen, den Obersten Führer und seine Leute verhaften, das Militär entwaffnen und jede verbliebene Rakete im Land vernichten, zusammen mit ihren Vorräten an chemischen und biologischen Waffen.«

»Und wieder müssen wir die potenzielle Reaktion der Chinesen in Betracht ziehen«, warf Chess ein.

Bill wurde allmählich wütend. »Ich hoffe, wir lassen uns unsere Reaktion nicht von der Angst vor China diktieren.«

»Das wird nicht passieren, Bill. Keine Angst«, sagte Pauline. »Wir schauen uns nur unsere Optionen an. Was sonst noch?«

»Die dritte und vermutlich letzte Option«, sagte Bill, »ist der minimalistische Ansatz: ein massiver Luftschlag gegen sämtliche Militäranlagen und Regierungsgebäude in Nordkorea, und zwar mit unserem gesamten Arsenal, bestehend aus Bombern, Marschflugkörpern und Drohnen. Aber keine Bodentruppen. Das Ziel wäre, Pjöngjang jegliche Möglichkeit zu nehmen, einen Krieg zu führen, egal ob zu Lande, zu Wasser oder in der Luft – und das ohne eine Invasion.«

»Selbst das würde die Chinesen verärgern«, bemerkte Chess.

»Ja, das würde es«, sagte Pauline. »Das ist grenzwertig. Als ich das letzte Mal mit Staatspräsident Chen gesprochen habe, hat er impliziert, dass er nicht gegen einen Raketenangriff unsererseits zurückschlagen würde, solange kein Amerikaner in nordkoreanisches Land-, Luft- oder Seeterritorium eindringt. Bills Minimaloption beinhaltet, dass wir den nordkoreanischen Luftraum verletzen – aber wir bleiben außerhalb der Hoheitsgewässer, und kein amerikanischer Soldat wird in Nordkorea auch nur einen Fuß auf den Boden setzen.«

»Und Sie glauben, Chen wird das verstehen?«, fragte Chess skeptisch.

»Garantieren kann ich das nicht«, antwortete Pauline. »Aber wir werden das Risiko eingehen müssen.«

Schweigen senkte sich über den Raum.

Schließlich meldete Gus sich zum ersten Mal zu Wort. »Nur um das klarzustellen, Madam President – und das gilt für alle drei Optionen –, würden wir auch jenen Teil des Landes angreifen, der unter der Kontrolle der Rebellen steht?«

»Ja«, antwortete Bill anstelle von Pauline. »Das sind Nordkoreaner, und sie haben Waffen. Wir dürfen keine halben Sachen machen.«

»Nein«, widersprach Chess. »Sie haben Kernwaffen. Wenn wir sie mit dem Ziel angreifen, sie zu vernichten, warum sollten sie dann nicht mit Atombomben zurückschlagen?«

Gus sagte: »Ich sehe das wie Chess, aber aus einem anderen Grund. Wenn der Oberste Führer weg ist, wird Nordkorea eine Regierung brauchen, und es wäre klug, die Rebellen daran teilhaben zu lassen.«

Pauline traf eine Entscheidung. »Ich werde nicht auf Menschen schießen, die den USA nichts getan haben. Wenn sie uns jedoch bedrohen, dann werden wir sie ausradieren.«

Das stieß auf allgemeine Zustimmung.

»Ich habe das Gefühl, dass wir uns einig sind«, sagte Pauline. »Bills minimalistische Option ist diejenige, über die wir reden sollten.«

Wieder ging ein zustimmendes Raunen durch den Raum.

Pauline fuhr fort: »Ich habe ›heute‹ gesagt, und das habe ich auch so gemeint. Um acht Uhr heute Abend, unserer Zeit, kurz nach Sonnenaufgang in Ostasien. Bill, schaffen Sie das bis dahin?«

Bill war voller Energie. »Selbstverständlich, Madam President.«

»Ballistische Raketen, Drohnen, schwere Bomber mit Marschflugkörpern und Jagdflugzeuge. Befehlen Sie außerdem der Navy, jedes nordkoreanische Schiff anzugreifen, das sie finden.«

»Selbst in nordkoreanischen Häfen?«

Pauline dachte kurz nach und antwortete dann: »Selbst im Hafen. Unsere Mission ist es, Nordkorea als Militärmacht auszuschalten.«

»Sollen wir auch die Alarmstufe anheben?«

»Natürlich. DEFCON 2.«

Gus sagte: »Um den größtmöglichen Effekt zu erzielen, sollten wir auch unsere Streitkräfte außerhalb Koreas verstärken, in Guam und Japan.«

»Okay.«

»Und es wäre gut, wenn auch einige unserer Verbündeten mitmachen würden, um zu zeigen, dass das ein internationaler Einsatz ist, nicht nur ein amerikanischer.«

Chess sagte: »Ich glaube, sie werden sich uns mit Freuden anschließen, vor allem nach dem illegalen Einsatz von chemischen Kampfstoffen.«

»Ich hätte gern die Australier mit an Bord«, sagte Gus.

»Rufen Sie sie an.« Pauline nickte. »Und ich werde mich im selben Augenblick in einer Fernsehansprache an die Nation wenden, in der unser Angriff beginnt: um acht Uhr heute Abend.« Pauline stand auf, und die anderen taten es ihr gleich. »Meine Damen und Herren, ich danke Ihnen«, sagte Pauline. »Machen wir uns an die Arbeit.«

***

Wieder im Oval Office, rief Pauline Sandip Chakraborty zu sich. Er berichtete, dass James Moores Wahlkampfteam ihr bereits Zaghaftigkeit vorwarf. »Keine Überraschung also«, erwiderte Pauline und bat Sandip, ihr um acht Uhr fünfzehn Minuten auf allen Sendern zu sichern.

»Gute Idee«, sagte er. »So werden die Nachrichtensender und Streamingdienste den ganzen Tag lang spekulieren, was Sie zu sagen haben, und niemand achtet mehr auf Moore und seine Sticheleien.«

»Gut.« Pauline nickte. In Wahrheit kümmerte Moore sie nicht mehr im Mindesten, aber sie wollte Sandips Enthusiasmus auch nicht bremsen.

Nachdem Sandip gegangen war, rief sie Gus zu sich und forderte ihn auf: »Gehen wir noch einmal das Prozedere durch, wie man einen Atomkrieg erklärt.«

Gus riss entsetzt die Augen auf. »Wird es wirklich so weit kommen?«

»Nicht, wenn ich es verhindern kann«, erwiderte Pauline. »Aber ich muss auf alles vorbereitet sein. Setzen wir uns.«

Sie setzten sich einander gegenüber auf die Sofas.

»Mit dem Atomic Football bin ich vertraut«, sagte Pauline, »allerdings ist der nur von Bedeutung, wenn ich nicht im Weißen Haus bin.«

»Okay. Wenn du also hier bist – was wahrscheinlich ist –, dann sollst du dich zuerst mit deinen wichtigsten Beratern zusammensetzen.«

»Dabei glaubt jeder, das sei allein die Entscheidung des Präsidenten.«

»Praktisch ist es das auch, denn es würde vermutlich keine Zeit für eine Diskussion bleiben. Trotzdem … Wenn möglich, solltest du das tun.«

»Nun, wenn ich es kann, werde ich das auch.«

»Du könntest zumindest mit mir reden. Eine Minute.«

»Was dann?«

»Schritt zwei: Du rufst die Einsatzzentrale des Pentagons an.«

»Ich weiß, mit dem Spezialtelefon im Football.«

»Wenn du nicht hier im Weißen Haus bist. Sonst vom Lagezentrum aus. Sobald du die Militärs erreichst, musst du dich identifizieren. Hast du den Biscuit?«

Pauline holte einen undurchsichtigen Plastikbehälter aus ihrer Tasche. »Den mache ich mal auf«, sagte sie.

»Das geht aber nur, indem du ihn entzweibrichst.«

»Ich weiß.« Sie nahm das kleine Kästchen in beide Hände und drehte die beiden Hälften in entgegengesetzte Richtungen. Es ließ sich leicht zerbrechen, und eine kleine Plastikkarte kam zum Vorschein ähnlich einer Kreditkarte. Sie wurde jeden Tag gewechselt.

»Dadrauf steht der Identifikationscode«, erklärte Gus.

»Hier steht: 23 HV.«

»Den musst du den Militärs vorlesen. Dann wissen Sie, dass du es bist, die den Befehl gibt.«

»Und dann kommt Schritt drei.«

»Genau. Das Lagezentrum schickt einen verschlüsselten Befehl zu den Raketenbatterien, U-Booten und Bombern. Bis jetzt sind drei Minuten vergangen.«

»Und dann müssen die Besatzungen den Befehl entschlüsseln.«

»Ja …«

Gus sagte nicht *offensichtlich*, aber der Hauch von Ungeduld in seiner Stimme verriet Pauline, dass sie ihn mit ihren Fragen nur unnötig unterbrach. Das war ein untrügliches Zeichen dafür, wie angespannt sie war. Dabei muss ich heute so ruhig wie möglich bleiben, dachte sie. »Bitte mach weiter.«

»Das Lagezentrum gibt die Ziele und Startzeiten vor und verschickt die Codes, die man braucht, um die Sprengköpfe scharfzumachen. Wenn der Notfall nicht vollkommen überraschend gekommen ist, hast du die Ziele schon vorher gebilligt.«

»Aber ich habe nichts …«

»Bill wird dir in der nächsten Stunde eine Liste schicken.«

»Okay.«

»Schritt vier sind die Startvorbereitungen. Die Bedienungsmannschaften müssen die Codes bestätigen, die Zielkoordinaten eingeben und die Raketen scharfmachen. Bis zu diesem Punkt kannst du den Befehl noch widerrufen.«

»Ich nehme an, die Bomber kann ich auch später noch zurückpfeifen.«

»Korrekt. Aber jetzt erst mal Schritt fünf … Die Raketen werden gestartet, und einmal in der Luft, kann man sie weder zurückrufen noch umlenken. Bis zu diesem Zeitpunkt sind fünf Minuten vergangen. Der Atomkrieg hat begonnen.«

Pauline fühlte die kalte Hand des Schicksals. »Gott verhüte, dass ich das je tun muss.«

»Amen«, sagte Gus.

* * *

Pauline grübelte den ganzen Tag darüber nach. Was sie angeordnet hatte, war gefährlich, und die Tatsache, dass ihre Mitarbeiter den Plan einstimmig gebilligt hatten, entband sie nicht von der Verantwortung. Doch die Alternativen waren noch viel schlimmer. Die Nuklearoption – das, was James Moore forderte – war sogar noch riskanter. Aber sie musste diesem Regime einen tödlichen Schlag versetzen, dieser Tyrannei, die Amerika und die ganze Welt bedrohte.

Immer und immer wieder ging Pauline alles in Gedanken durch, und jedes Mal kam sie zu demselben Schluss.

Um sieben Uhr kam das Fernsehteam ins Oval Office. Seine Aufnahmen würden sich alle Sender teilen. Die Männer und Frauen in Jeans und Turnschuhen bauten ihre Kameras, Scheinwerfer und Mikrofone auf und verlegten Kabel auf dem goldfarbenen Teppich. In der Zwischenzeit legte Pauline letzte Hand an ihre Rede, und Sandip lud sie auf den Teleprompter.

Sandip brachte ihr auch eine hellblaue Bluse. Die Farbe war gut für Kameras. »Der graue Anzug wird im Fernsehen schwarz aussehen, aber das ist auch angemessen«, erklärte er. Eine Maskenbildnerin arbeitete an Paulines Gesicht, und ein Friseur legte ihren blonden Bob in Form.

Pauline hatte noch immer Zeit, ihre Meinung zu ändern. Erneut ging sie alle Argumente durch, doch wieder kam sie zu demselben Schluss.

Die Uhr tickte, und eine Minute vor acht senkte sich Schweigen über den Raum.

Der Produzent zählte die letzten Sekunden an den Fingern ab.

Pauline schaute in die Kamera und sagte: »Meine amerikanischen Mitbürgerinnen und Mitbürger …«

Kapitel 38

Schweigen senkte sich auch über den Konferenzraum im Hauptquartier des Guoanbu in Beijing, als Präsidentin Green sagte: »Meine amerikanischen Mitbürgerinnen und Mitbürger …«

Es war acht Uhr morgens. Chang Kai hatte die Abteilungsleiter zu sich gerufen, um sich die Ansprache mit ihnen zusammen anzusehen. Einige hatten noch den Schlaf in den Augen und sich hastig angezogen. Die restlichen Mitarbeiter des Guoanbu schauten in anderen Räumen ebenfalls zu.

In den letzten zwölf Stunden hatten Journalisten auf der ganzen Welt darüber spekuliert, was Pauline Green wohl sagen würde, doch nichts war durchgesickert. Die elektronische Aufklärung hatte erhöhte Aktivitäten des US-Militärs aufgefangen. Irgendwas war im Busch, aber was? Selbst Kais hochbezahlte Spione in Washington hatten nicht einen Hauch von Informationen liefern können. Staatspräsident Chen hatte zweimal mit Präsidentin Green telefoniert, aber dabei nur gelernt, dass sie »ein lauernder Tiger« war – seine Worte. Die Außenminister beider Länder hatten ebenfalls die ganze Nacht über miteinander kommuniziert, und der UNO-Sicherheitsrat tagte ununterbrochen.

Natürlich würde Präsidentin Green auf den Chemiewaffeneinsatz durch die Regierung in Pjöngjang reagieren, aber wie würde diese Reaktion aussehen? Im Prinzip konnte sie alles ankündigen, von einer diplomatischen Note bis hin zu einem

Atomschlag. In der Praxis musste es jedoch etwas Großes sein. Kein Land der Welt würde nicht mit aller Macht auf so einen massiven Angriff auf sein Militär und seine Bürger reagieren.

Die chinesische Regierung wiederum befand sich in einer unmöglichen Lage. Nordkorea lief vollkommen aus dem Ruder, und man würde Beijing die Schuld an den Verbrechen des Regimes geben. Diese gefährliche Situation durfte nicht einen Tag länger andauern. Aber was konnte China tun?

Kai hoffte, dass Präsidentin Green ihm einen Hinweis geben würde.

»Meine amerikanischen Mitbürgerinnen und Mitbürger, in diesen Sekunden haben die Vereinigten Staaten einen großangelegten Luftangriff gegen die Streitkräfte Pjöngjangs in Nordkorea gestartet.«

»Gütiger Himmel!«, stieß Kai hervor. Es klang wie ein Fluch und war auch so gemeint.

»Diese Streitkräfte haben Tausende von Amerikanern mit bösartigen Waffen getötet, die auf der ganzen zivilisierten Welt geächtet sind, und ich bin hier, um Ihnen zu sagen …« Sie sprach langsam und betonte jedes einzelne Wort. »Das Regime in Pjöngjang wird ausradiert.«

Kai kam der Gedanke, dass die kleine blonde Frau hinter dem großen Schreibtisch in diesem Augenblick beeindruckender wirkte als alle politischen Führer, die er je gesehen hatte.

»Während ich hier zu Ihnen spreche, werden konventionelle Raketen auf jedes militärische Ziel und jedes Regierungsgebäude abgefeuert, das unter der Kontrolle von Pjöngjang steht.«

»Konventionell«, wiederholte Kai. »Dank sei dem Himmel und der Erde.«

»Auch unsere Bomber sind bereits in der Luft, um den Raketen zu folgen und sicherzustellen, dass die Ziele vollständig zerstört werden.«

»Raketen und Bomben, aber keine Atomwaffen«, seufzte Kai.

»Los! Ich brauche Radar- und Satellitenbilder auf den Bildschirmen.«

Präsidentin Green fuhr fort: »In den nächsten Stunden wird der Mann, der sich selbst der Oberste Führer nennt, keine Möglichkeit mehr haben, die Vereinigten Staaten anzugreifen. Wir werden ihm all seine Macht nehmen.«

Kai holte sein Handy heraus und wählte Neil Davidsons Privatnummer. Genau wie Kai erwartet hatte, sprang sofort der Anrufbeantworter an. Neil wollte mit Sicherheit nicht gestört werden, solange seine Präsidentin sprach. Aber Kai wollte der Erste sein, den Neil nach der Übertragung anrief. In den nächsten Minuten würde Neil ein diplomatisches Briefing des Außenministeriums erhalten, das Pauline Greens Aussagen weiter ausführen und einige der Fragen beantworten würde, die Kai umtrieben. Er wartete auf den Piepton; dann sagte er: »Kai hier. Ich schaue mir gerade Ihre Präsidentin an. Rufen Sie mich an.« Er legte auf.

»Die Entscheidung zu solch einem Angriff ist von ungeheurer Tragweite«, sagte Pauline gerade. »Ich habe immer gehofft, sie nie treffen zu müssen. Dabei habe ich mich weder von meinen Gefühlen leiten lassen, noch handele ich aus Rachlust. Ich habe sie in aller Sachlichkeit mit meinem Kabinett diskutiert, und wir sind uns einig darin, dass dies die einzige Möglichkeit ist, die den Vereinigten Staaten als einer freien und unabhängigen Nation offensteht.«

Ein Wandbildschirm erwachte zum Leben und zeigte ein Radarbild über einer Landkarte. Kai war verwirrt. Er war nicht sicher, was er da sah. Die Raketen schienen weit jenseits von Südkorea zu sein, weit draußen über dem Meer.

Yang Yong, der diese Bilder rascher interpretieren konnte, murmelte: »Wie viele Raketen sind das?«

»Ich weiß nicht«, sagte Kai, »aber ich bin ziemlich sicher, dass die Amerikaner nicht so viele Raketen in Südkorea haben, nicht nach den letzten Tagen.«

»Nein, die kommen nicht aus Südkorea«, erklärte Yang selbstbewusst. »Tatsächlich glaube ich, dass sie in Japan gestartet worden sind.« Die USA hatten Basen auf den japanischen Hauptinseln sowie auf Okinawa. Außerdem könnten sie auch Marschflugkörper von Schiffen und Flugzeugen abfeuern. »Mann, sind das viele!« Yang schnappte nach Luft.

Kai rief sich ins Gedächtnis zurück, dass die USA auch über riesige Unterseeboote verfügten, die zahlreiche Tomahawk-Marschflugkörper tragen konnten. Er sagte: »Das passiert, wenn man sich mit dem reichsten Land der Welt anlegt.«

Jin Chin-hwa, der Leiter der Korea-Abteilung, schaute auf seinen Laptop. »Hören Sie sich das mal an«, sagte er. »Ein chinesischer Frachter, der gerade Reis im nordkoreanischen Hafen Nampo löscht, hat uns eine Nachricht geschickt.«

Jedes chinesische Schiff, egal ob militärisch oder zivil, hatte zumindest ein Besatzungsmitglied an Bord, dessen Aufgabe es war, alles Wichtige zu melden, was es sah. Diese Leute schickten ihre Nachrichten an den Nachrichtendienst der Marine im Hafen von Shenzhen, eine Unterabteilung des Guoanbu.

Jin fuhr fort: »Sie sagen, ein amerikanischer Zerstörer, die USS *Morgan*, habe direkt vor ihren Augen ein Schiff der nordkoreanischen Marine in der Mündung des Taedong versenkt.«

Zhou Meiling, die junge Internetexpertin, rief: »So schnell?«

»Die Präsidentin hat nicht übertrieben«, sagte Kai. »Sie wird das nordkoreanische Militär ausradieren.«

»Das waren nicht wirklich ihre Worte«, sagte Yang Yong pedantisch. »Nicht ganz.«

Kai drehte sich zu ihm um. Yang meldete sich deutlich seltener zu Wort als die Jüngeren, die immer beweisen wollten, wie klug sie doch waren. »Was meinen Sie damit?«, verlangte Kai zu wissen.

»Sie hat nie davon gesprochen, Nordkorea anzugreifen. Sie hat nur von Pjöngjang *in* Nordkorea und dem Obersten Führer geredet.«

Dieses Detail war Kai gar nicht aufgefallen. »Gut beobachtet«, lobte er. »Das könnte heißen, dass sie die Rebellen in Ruhe lässt.«

»Zumindest lässt sie das erst einmal offen.«

»Ich werde versuchen, mehr herauszufinden, wenn ich mit der CIA spreche.«

Die Ansprache der Präsidentin endete ohne weitere Enthüllungen. Ein paar Minuten später wurde Kai in den Zhongnanhai zu einer Notfallsitzung der Kommission für Auswärtige Angelegenheiten gerufen. Er benachrichtigte den Mönch, schnappte sich seinen Mantel und verließ das Gebäude.

Kai wusste schon, wie das ablaufen würde: Während die Gruppe die chinesische Reaktion auf den amerikanischen Angriff debattierte, würde sie sich wie erwartet in Falken und Tauben aufteilen. Kai hingegen suchte nach einem Kompromiss, der es China ermöglichte, das Gesicht zu wahren, ohne direkt den dritten Weltkrieg vom Zaun zu brechen.

Auf der Fahrt durch den wie üblich dichten Stadtverkehr – und während die amerikanischen Raketen aus Japan noch immer in der Luft waren – rief Neil Davidson an.

Neils texanischer Akzent kam deutlicher durch als sonst, und er wirkte ausgesprochen angespannt. »Kai, bevor irgendjemand was überstürzt, eines wollen wir klipp und klar erklären: Die USA haben im Moment nicht die Absicht, in Nordkorea einzumarschieren.«

»Sie glauben also, auch so mit der Situation fertigzuwerden«, erwiderte Kai, »aber wirklich ausschließen wollen Sie eine Invasion auch nicht.«

»Das kommt ungefähr hin.«

Kai war erleichtert, denn das hieß, dass noch immer die Chance bestand, die Krise einzudämmen. Aber er behielt diesen Gedanken für sich. Man durfte es der anderen Seite auch nicht zu leicht machen. »Aber Neil«, sagte Kai, »die USS *Morgan* hat sich bereits der Mündung des Taedong genähert, um dort ein nordkoreanisches Schiff zu versenken. Wollen Sie mir etwa sagen, das ist keine Invasion?«

Es folgte ein längeres Schweigen, und Kai nahm an, dass Neil nichts von dem Zerstörer gewusst hatte. Doch Neil erholte sich rasch von dem Schreck und sagte: »Es wurde gesagt, dass keine Hoheitsgewässer verletzt werden sollen, und ich gehe davon aus, dass das stimmt. Doch ein Beschuss von See aus ist Teil der Bombardierung. Sie können mir glauben, dass wir nicht beabsichtigen, Bodentruppen nach Nordkorea zu schicken.«

»Das ist doch Haarspalterei«, entgegnete Kai, obwohl er in Wahrheit nicht unzufrieden war. Wenn die Amerikaner da die Grenze zwischen Angriff und Invasion ziehen wollten, dann könnte die chinesische Regierung das akzeptieren, zumindest inoffiziell.

Neil sagte: »Während wir hier telefonieren, ruft unser Außenminister Ihren Botschafter in Washington an, um dasselbe zu sagen. Wir haben nur ein Problem mit den Leuten, die dieses Kampfgas eingesetzt haben, nicht mit irgendjemandem in Beijing.«

Kai legte einen Hauch von Skepsis in seine Stimme. »Wollen Sie mir damit etwa sagen, dass Sie Ihren Angriff als angemessene Reaktion betrachten?«

»Ja, genau das will ich damit sagen, und wir denken, der Rest der Welt wird das genauso sehen.«

»Ich denke nicht, dass die chinesische Regierung so nachsichtig sein wird.«

»Solange Sie verstehen, dass unsere Ziele begrenzt sind. Wir haben nicht die Absicht, in Nordkorea die Regierung zu übernehmen.«

Wenn das stimmte, dann war das wichtig. »Ich werde das so weitergeben.« Kai hatte einen weiteren Anrufer. Vermutlich war das sein Büro, das ihn über den Einschlag der ersten Raketen informieren wollte. Aber er brauchte noch etwas mehr von Neil.

»Uns ist aufgefallen, dass Präsidentin Green nicht von einem Angriff auf Nordkorea gesprochen hat. Stattdessen hat sie immer wieder das Regime in Pjöngjang erwähnt. Heißt das, Sie bombardieren nicht die Rebellenbasen?«

»Die Präsidentin wird diese Leute nicht angreifen, weil sie keinem Amerikaner etwas getan haben.«

Das war eine Beruhigung, die zugleich eine Drohung beinhaltete. Die Rebellen waren nur so lange sicher, wie sie neutral blieben. Wenn sie Amerikaner angriffen, würden sie sofort zum Ziel werden. »Das war deutlich genug«, sagte Kai. »Ich habe noch einen anderen Anruf. Lassen Sie uns in Kontakt bleiben.« Ohne auf eine Antwort zu warten, legte er auf und nahm den anderen Anruf an.

Es war Jin Chin-hwa. »Die ersten Raketen sind in Nordkorea eingeschlagen«, verkündete er erwartungsgemäß.

»Und wo?«

»An mehreren Stellen gleichzeitig: in Chunghwa, dem Hauptquartier der nordkoreanischen Luftwaffe außerhalb von Pjöngjang, in der Marinebasis in Haeju, in einer Familienresidenz der Kangs …«

Kai stellte sich eine Karte von Korea vor und fiel Jin ins Wort. »All diese Ziele liegen im Westen des Landes, weit weg von den Rebellen, richtig?«

»Ja.«

Das bestätigte, was Neil gesagt hatte.

Kais Wagen passierte die übliche aufwendige Sicherheitskontrolle am Tor des Neuen China. »Danke, Jin«, sagte er.

Der Mönch parkte in einer Reihe von anderen Limousinen vor dem Gebäude, in dem die wichtigen politischen Komitees tagten. Wie die anderen neuen Gebäude im Zhongnanhai war es im traditionellen Stil gestaltet. Es gab hier auch ein riesiges Auditorium für festliche Gelegenheiten, aber die Auswärtige Kommission traf sich in einem der Konferenzräume.

Kai stieg aus und atmete die frische Brise ein, die über den See heranwehte. Dies war einer der wenigen Orte in Beijing, wo die Luft nicht verpestet war. Kai ließ sich ein paar Augenblicke Zeit, um tief durchzuatmen und seinen Blutkreislauf mit Sauerstoff zu versorgen. Dann ging er hinein.

Staatspräsident Chen war bereits da. Zu Kais Überraschung trug er einen Anzug ohne Krawatte, und er hatte sich nicht rasiert. Kai hatte ihn noch nie so zerzaust gesehen. Er musste die halbe Nacht wach gewesen sein. Chen war in ein Gespräch mit Kais Vater vertieft, Chang Jianjun. Von den Falken waren Huang Ling und Fu Chuyu anwesend, und Kong Zhao repräsentierte die Tauben. Die Neutralen waren durch Außenminister Wu Bai und Präsident Chen selbst vertreten. Alle sahen äußerst besorgt aus.

Chen bat alle, sich zu setzen, und fragte Jianjun nach einem Lagebericht. Jianjun erklärte, dass die nordkoreanische Raketenabwehr nicht gut funktioniert habe, teilweise, weil ihre Zieleinrichtungen durch einen amerikanischen Cyberangriff lahmgelegt worden seien. Es sei wahrscheinlich, dass Präsidentin Green genau das erreichen würde, was sie wollte, nämlich die vollständige Vernichtung des Regimes in Pjöngjang. »Genossen«, sagte er, »ich muss Sie ja wohl kaum an den Vertrag von 1961 zwischen China und Nordkorea erinnern. Er verpflichtet uns, Nordkorea im Falle eines Angriffs zu Hilfe zu kommen.«

Präsident Chen fügte hinzu: »Es ist der *einzige* Beistandspakt, den China überhaupt mit einem anderen Land hat. Wenn wir diesen Vertrag nicht erfüllen, werden wir vor der ganzen Welt das Gesicht verlieren.«

Fu Chuyu, Kais Boss, fasste die Informationen von Kais Dienst zusammen. Kai übertrumpfte ihn, indem er hinzufügte, was er in den letzten Minuten von Neil Davidson erfahren hatte, nämlich dass die Amerikaner nicht die Kontrolle über die nordkoreanische Regierung übernehmen wollten.

Fu bedachte Kai mit einem hasserfüllten Blick.

General Huang sagte: »Stellen wir uns einmal eine ähnlich gelagerte Situation auf der anderen Seite vor. Nehmen wir einmal an, Mexiko würde Kuba mit chemischen Waffen angreifen, Hunderte von russischen Beratern töten, und als Reaktion darauf würden die Russen die mexikanische Regierung und das mexikanische Militär mit einem massiven Luftschlag vernichten wollen. Würden die Amerikaner Mexiko dann verteidigen? Gibt es da auch nur einen Hauch von Zweifel? Natürlich würden sie das!«

Kong Zhao fragte schlicht: »Aber wie?«

Das verwirrte Huang. »Was meinen Sie mit ›wie‹?«

»Würden sie auch Moskau bombardieren?«

»Sie würden sich ihre Optionen anschauen.«

»Genau. Genosse, in der Situation, die Sie gerade entworfen haben, stünden die Amerikaner vor demselben Dilemma wie wir jetzt. Soll man wegen eines zweitklassigen Nachbarlandes den dritten Weltkrieg beginnen?«

Huang ließ seinem Frust freien Lauf. »Jedes Mal, wenn man vorschlägt, dass China entschlossen handeln soll, heißt es, damit beginnt der dritte Weltkrieg.«

»Weil die Gefahr immer da ist.«

»Wir dürfen uns nicht davon lähmen lassen.«

»Aber wir können sie auch nicht ignorieren.«

Präsident Chen mischte sich ein. »Sie haben natürlich beide recht«, sagte er. »Was ich heute von Ihnen brauche, ist ein Plan, um auf den amerikanischen Angriff zu reagieren, ohne eine weitere Eskalation zu riskieren.«

»Genosse Staatspräsident, wenn ich darf …«, begann Kai.

»Bitte.«

»Wir müssen uns der Tatsache stellen, dass Nordkorea gegenwärtig nicht nur eine Regierung hat, sondern zwei.«

Huang versteifte sich bei der Vorstellung, die Rebellen genauso behandeln zu müssen wie die Regierung, doch Chen nickte.

Kai fuhr fort: »Der Oberste Führer Kang, nominell unser Verbündeter, kooperiert nicht länger mit uns. Stattdessen hat er eine Krise ausgelöst, die wir nicht gewollt haben. Die Rebellen kontrollieren das halbe Land sowie sämtliche Atomwaffen. Wir müssen darüber nachdenken, was für eine Art von Beziehung wir mit den Ultras in Jeongjeo-dong haben wollen, denn ob es uns nun gefällt oder nicht, sie sind eine alternative Regierung.«

Huang war entrüstet. »Eine Rebellion gegen die Kommunistische Partei darf nie gelingen«, erklärte er. »Außerdem, wie sollen wir denn mit diesen Leuten reden? Wir wissen ja noch nicht einmal, wer ihre Anführer sind, geschweige denn, wie man mit ihnen in Kontakt tritt.«

»Ich weiß, wer sie sind«, erwiderte Kai, »und ich kann sie kontaktieren.«

»Wie das?«

Selbstbewusst ließ Kai seinen Blick über die Anwesenden schweifen. »Genosse General, natürlich haben Sie das Recht auf Informationen der höchsten Geheimhaltungsstufe, aber bitte verzeihen Sie mir, wenn ich zögere, eine derart sensible Quelle zu benennen.«

Huang erkannte, dass er verloren hatte, und machte einen Rückzieher. »Ja, ja … Vergessen Sie, dass ich gefragt habe.«

Präsident Chen sagte: »Gut, wir können also mit den Ultras reden. Nächste Frage: Was wollen wir ihnen sagen?«

Kai hatte eine sehr klare Vorstellung davon, aber er wollte vermeiden, dass hier ein Plan festgelegt wurde, der ihn in seiner Handlungsfreiheit einschränkte. Also antwortete er: »Wir sollten erst einmal unsere Fühler ausstrecken.«

Nun meldete sich Wu Bai zu Wort, der gerissen genug war, um Kai zu durchschauen, und er wollte ihm keine freie Hand lassen. »Das geht auch besser«, sagte er. »Wir wissen, was wir wollen: das vollständige und bedingungslose Ende der Feindseligkeiten.

Und wir können uns auch denken, was die Ultras wollen: einen großen Anteil an der künftigen Regierung Nordkoreas.«

Kai sagte: »Und meine Aufgabe wird sein herauszufinden, was genau sie wollen, damit sie ihre Rebellion beenden.« Aber er wusste bereits, dass er deutlich weiter gehen würde, als es nur herauszufinden.

Huang wiederholte seinen früheren Einwand. »Wir sollten niemanden belohnen, der der Partei getrotzt hat.«

»Danke, dass Sie uns darauf hinweisen, Genosse General«, sagte Wu und wandte sich an den Rest der Gruppe. »Genosse Huang hat natürlich vollkommen recht.« Das schien Huang zu besänftigen; dabei stimmte Wu nicht im Mindesten mit ihm überein. »Wir dürfen nicht davon ausgehen, dass wir diesen Ultras vertrauen können«, fuhr Wu fort. »Ohne klare Sicherheitsvorkehrungen ist keine Vereinbarung mit ihnen möglich.«

Huang, der kein Gespür für Feinheiten hatte, nickte leidenschaftlich. Wus Charme, den die Hardliner oft als oberflächlich abtaten, ist tatsächlich eine tödliche Taktik, sinnierte Kai. Wu hatte Huang neutralisiert, und Huang hatte es noch nicht einmal gemerkt.

Chen sagte: »Das ist ein guter Plan, aber keine schnelle Lösung. Was können wir heute tun, jetzt, um die Situation zu entschärfen?«

Kong Zhao hatte einen Vorschlag. »Rufen Sie beide Seiten zu einer Waffenruhe auf, und setzen Sie Pjöngjang gleichzeitig unter Druck, das Feuer einseitig einzustellen.«

»Haben die überhaupt noch Raketen?«, fragte Chen.

Kai antwortete: »Eine Handvoll, die sie unter Brücken und in Tunneln versteckt haben.«

Chen nickte nachdenklich. »Wie auch immer … Sie werden glauben, eine einseitige Waffenruhe sei nichts anderes als ein Eingeständnis der Niederlage.«

»Wir sollten es zumindest versuchen«, sagte Kong.

»Das sehe ich genauso.« Chen ließ seinen Blick über die Anwesenden schweifen. »So … Wie sollen wir unsere Forderung formulieren?«

Kai schaltete ab. Das würde eine lange Diskussion werden. Der wichtige Teil des Meetings war erledigt, aber jetzt würden alle noch ihren eigenen Senf dazugeben. Nur mit Mühe hielt er seine Ungeduld im Zaum und begann, sich einen Plan für das Treffen mit den Ultras zurechtzulegen.

Kai musste mit dem Anführer der Rebellen direkt reden, nicht mit General Ham. Rasch schrieb er eine Nachricht auf seinem Handy:

Zu Händen von General Pak Jae-jin
GEHEIM
Ein hoher Gesandter der Volksrepublik China würde Sie heute gern aufsuchen. Er wird allein sein, abgesehen von dem Hubschrauberpiloten, und beide Männer werden keine Waffen bei sich tragen. Seine Mission ist von äußerster Wichtigkeit sowohl für Korea als auch für China.
Bitte bestätigen Sie den Empfang dieser Nachricht und Ihre Bereitschaft, sich mit dem Vertreter der Volksrepublik zu treffen.
Aus dem Ministerium für Staatssicherheit.

Kai schickte die Nachricht an Jin Chin-hwa zusammen mit der Anweisung, sie an jede Internetadresse weiterzuleiten, die er von der Militärbasis in Jeongjeo-dong finden konnte. Natürlich hätte er es vorgezogen, eine einzelne, sichere Adresse zu haben, doch in diesem Fall musste es schnell gehen. Sicherheit spielte nur eine untergeordnete Rolle.

Kaum war die Besprechung vorbei, ging Kai zu seinem Vater. »Ich brauche ein Flugzeug der Luftwaffe, das mich nach Yanji bringt«, sagte er. »Und dann einen Helikopter, der mich von dort nach Jeongjeo-dong fliegt.«

»Ich kümmere mich darum«, erwiderte Jianjun. »Wann?«

Kai schaute auf seine Uhr. Es war zehn Uhr. »Abflug in Beijing um elf, um zwei dann weiter von Yanji, und gegen drei wäre ich dann in Jeongjeo-dong.«

»Das ist machbar. Betrachte es als erledigt.«

Es war eine große Erleichterung für Kai, wenigstens einmal mit seinem Vater an einem Strang zu ziehen. Er sagte: »Danke. Ich habe den Ultras gesagt, dass mich nur der Pilot begleitet und dass wir beide unbewaffnet sein werden. Also bitte keine Waffen an Bord des Hubschraubers.«

»Verstehe. Sobald du im Rebellengebiet bist, sind sie dir ohnehin zahlenmäßig weit überlegen. Wenn du kämpfst, würdest du das nicht überleben.«

»Das habe ich mir auch gedacht.«

Jianjun nickte. »Viel Glück, mein Sohn.«

* * *

Es war ein klarer, wolkenloser Tag in Nordkorea. Während er in einem Hubschrauber der chinesischen Luftwaffe tief über den östlichen Landesteil flog, schaute Kai auf eine Landschaft hinunter, die im Licht der Wintersonne schimmerte. Von hier oben hatte er den Eindruck, als würde das Land ganz normal funktionieren. Menschen arbeiteten auf den Feldern, und Trucks rollten über die Straßen.

Nordkorea war natürlich nicht wie China: In den Städten gab es keine Staus, aber auch so gut wie keine Luftverschmutzung, und Wohntürme, die wie Unkraut in den chinesischen Vororten wucherten, gab es hier fast gar nicht. Nordkorea war deutlich ärmer und weniger dicht bevölkert.

Kai sah keine Kriegsspuren: keine eingestürzten Gebäude, verbrannten Felder oder zerstörten Eisenbahnschienen. Anfangs hatte die Rebellion sich auf kleinere Gefechte um die Militärbasen herum beschränkt; dann hatten sich die neuen Herrscher dieser Zone aus dem internationalen Konflikt herausgehalten. Vermutlich liebten die Menschen in dieser Region sie allein dafür schon. Waren die Ultras so klug, oder hatten sie einfach nur Glück gehabt? Kai würde es bald erfahren.

Auch gab es nichts, was auf einen amerikanischen Angriff hindeutete. Wie versprochen griffen die Amerikaner nur den Westen des Landes an, das Gebiet, das noch immer vom Obersten Führer beherrscht wurde. Vielleicht flogen gerade Raketen über Kai hinweg, aber falls ja, dann waren sie viel zu hoch und zu schnell, als dass er sie hätte sehen können.

Die Regierungsmaschinerie in der Rebellenzone lief wie geschmiert. Kais Pilot hatte die koreanische Flugsicherung auf ganz normalem Weg kontaktiert und die Landeerlaubnis erhalten.

Früher am Tag hatte Pak Jae-jin, der Rebellenführer, sofort auf Kais Nachricht geantwortet. Er schien begierig darauf zu sein, mit ihm zu reden. Er hatte dem Treffen zugestimmt, die genauen Koordinaten der Basis durchgegeben und den Zeitpunkt auf halb drei Uhr nachmittags festgelegt.

Während des Transits in Yanji hatte Kai einen panischen Anruf von Generalmajor Ham bekommen, seinem Spion in Pak Jaejins Lager. »Was machen Sie da?«, hatte Ham zu wissen verlangt.

»Wir müssen den Krieg beenden.«

»Wollen Sie etwa mit den Ultras einen Deal machen?«

»Wir wollen die Situation erst einmal ausloten. Das ist alles informell.«

»Diese Leute sind Fanatiker. Nationalismus ist wie eine Religion für sie.«

»Sie scheinen viele Unterstützer gewonnen zu haben.«

»Diese ›Unterstützer‹ halten jeden für besser als den Obersten Führer.«

Kai dachte kurz nach. Ham neigte für gewöhnlich nicht zu Übertreibungen. Wenn er sich schon solche Sorgen machte, dann musste es auch einen Grund dafür geben. »Angesichts der Tatsache, dass ich mich mit diesen Leuten treffen muss«, sagte Kai, »wie sollte ich mit ihnen umgehen?«

Ham antwortete, ohne zu zögern: »Sie dürfen ihnen in keinem Fall vertrauen.«

»Verstanden.«

»Ich werde bei diesem Treffen dabei sein.«

»Warum?«

»Als Dolmetscher. Es gibt hier nicht viele, die Mandarin sprechen. Für die meisten Ultras ist Ihre Sprache ein Symbol der Unterdrückung.«

»Okay.«

»Seien Sie einfach nur sehr, sehr vorsichtig. Niemand darf merken, dass wir uns kennen.«

»Natürlich.«

Und dann hatten sie aufgelegt.

Seit der Grenze wurde Kais Hubschrauber von einem in Russland produzierten Kampfhubschrauber eskortiert, einer Mil Mi-24, die im Volksmund wegen ihrer markanten Schnauze »Krokodil« genannt wurde. Auf dem Tarnmuster war das Abzeichen der Koreanischen Volksarmee zu sehen, ein roter fünfzackiger Stern in einem doppelten Kreis in Rot und Blau. Der koreanische Hubschrauber hielt einen angemessenen Sicherheitsabstand ein und machte keinerlei bedrohliche Manöver.

Kai verbrachte die Zeit damit, sich den Kopf darüber zu zerbrechen, was er General Pak sagen würde. Es gab schier unzählige Möglichkeiten, wie man *Können wir einen Deal machen?* sagen konnte. Aber welche dieser Möglichkeiten war in dieser Situation die beste? Im Allgemeinen mangelte es Kai nicht an Selbstvertrauen – eher im Gegenteil –, aber dieses Treffen war etwas anderes. Noch nie in seinem Leben hatte so viel von seinem persönlichen Erfolg oder Misserfolg abgehangen.

Jedes Mal, wenn er auf das Krokodil blickte, wurde er daran

erinnert, dass er auch ein persönliches Risiko einging. Die Rebellen könnten beschließen, ihn zu verhaften, in eine Zelle zu stecken und zu verhören. Sie könnten behaupten, er sei ein Spion. Im Grunde war er das ja auch. Aber es war sinnlos, sich jetzt darüber Gedanken zu machen. Kai hatte eine Entscheidung getroffen, und die würde er jetzt umsetzen.

Allerdings wusste nur er, dass er deutlich weiter gehen würde als nur Informationen zu sammeln. Er beabsichtigte, mit den Rebellen zu verhandeln. Dazu hatte er zwar kein Mandat, aber das wussten sie nicht. Und wenn er ein vernünftiges Ergebnis erzielen konnte, war er sicher, auch Präsident Chen davon überzeugen zu können.

Es war eine riskante Strategie. Doch außergewöhnliche Situationen erforderten nun einmal außergewöhnliche Maßnahmen.

Der Hubschrauber näherte sich Jeongjeo-dong entlang eines kleinen Flusses in einem bewaldeten Tal. Jetzt sah Kai auch Spuren der Schlacht um den Stützpunkt vor vier Wochen: ein abgestürztes Flugzeug im Fluss, eine zerstörte Hütte, ein verbranntes Waldstück. Er hörte, wie sein Pilot mit der Flugleitung sprach.

Als der Hubschrauber über dem Stützpunkt in den Sinkflug ging, sah Kai, dass die Ultras eigens eine Vorführung für ihn organisiert hatten. Sechs Interkontinentalraketen, jede mehr als zwanzig Meter lang, waren auf ihren Abschussfahrzeugen perfekt aufgereiht und nach oben gerichtet. Kai wusste, dass diese Raketen eine Reichweite von siebentausend Meilen hatten. Das war die Entfernung von hier nach Washington, D.C. Und jede war mit Mehrfachsprengköpfen bestückt. Die Rebellen zeigten Kai ihre Trumpfkarte.

Kais Heli wurde zur Landefläche gelenkt.

Das kleine Empfangskomitee war schwer bewaffnet, doch die Männer entspannten sich, als Kai unbewaffnet ausstieg. Er trug einen Anzug und Krawatte, und den Mantel hatte er aufgeknöpft, damit jeder sehen konnte, dass er nichts darunter verbarg.

Trotzdem wurde er sorgfältig abgetastet, bevor man ihn zu einem zweistöckigen Gebäude eskortierte, das zweifellos das Hauptquartier war. Kai sah Einschusslöcher im Mauerwerk.

Man führte ihn in die Offiziersmesse, einen kahlen Raum mit billigen Möbeln und Linoleumboden. Die Messe war schlecht gelüftet und kaum beheizt. Drei Männer in Offiziersuniform im Generalsrang warteten auf Kai, einschließlich der übergroßen Schirmmützen, die Kai schon immer als komisch empfunden hatte. Ein Stück entfernt stand ein weiterer General, und Kai erkannte Ham.

Der Mittlere der drei trat vor und stellte sich als Generaloberst Pak Jae-jin vor. Dann nannte er die Namen der anderen und ging voraus in ein Büro.

Pak nahm die Mütze ab und setzte sich an den einfachen Schreibtisch, auf dem nur ein Telefon stand. Er winkte Kai, ihm gegenüber Platz zu nehmen. Ham holte sich einen Stuhl in der Ecke, und die anderen beiden Offiziere nahmen links und rechts neben Pak Aufstellung, um ihm zusätzliche Autorität zu verleihen.

Der Rebellenführer war ein kleiner dünner Mann von ungefähr vierzig Jahren. Sein zurückweichendes Haar war kurz geschnitten, und er erinnerte Kai an Bilder von Napoleon in diesem Alter. Kai nahm an, dass Pak außergewöhnlich klug und mutig war; sonst wäre er nicht in so jungen Jahren schon zum General aufgestiegen. Und Pak war mit Sicherheit auch stolz und empfindlich, besonders gegenüber jeder Andeutung, dass er ein Emporkömmling sei. Kai war gut beraten, so ehrlich wie möglich zu ihm zu sein und ihm auch ein wenig zu schmeicheln.

Pak sprach Koreanisch, Kai Mandarin, und Ham übersetzte in beide Richtungen.

»Warum sind Sie hier?«, verlangte Pak zu wissen.

»Sie sind Soldat«, antwortete Kai. »Sie kommen direkt auf den Punkt, also werde ich das auch tun. Ich will Ihnen die Wahrheit sagen. Für die chinesische Regierung ist es von oberster Priorität, dass Nordkorea nicht in die Hände der Amerikaner fällt.«

Pak schaute ihn entrüstet an. »Es sollte in niemandes Hände fallen. Unser Land gehört dem koreanischen Volk.«

»Das sehen wir genauso«, erklärte Kai, ohne zu zögern, auch wenn das nicht wirklich stimmte. Beijing würde definitiv eine Art gemeinsamer chinesisch-koreanischer Regierung vorziehen, zumindest für eine gewisse Zeit. Doch dieses Detail konnte warten. Er fuhr fort: »Die Frage ist nun: Wie können wir das erreichen?«

Paks Gesicht nahm einen abfälligen Ausdruck an. »In jedem Fall wird das ohne Chinas Hilfe geschehen«, sagte er. »Das Regime in Pjöngjang steht kurz vor dem Zusammenbruch.«

»Auch das sehen wir so. Ich freue mich, dass wir derselben Meinung sind. Das stimmt mich hoffnungsvoll.«

Pak wartete schweigend.

Kai sagte: »Das bringt uns zu der Frage, wer oder was die Herrschaft des Obersten Führers ersetzen wird.«

»Das ist keine Frage. Es wird die Regierung Pak sein.«

Keine falsche Bescheidenheit, dachte Kai. Wenigstens waren die Fronten jetzt klar abgesteckt. Wenn Pak wirklich glauben würde, dass er keine chinesische Hilfe brauchte, dann hätte er diesem Treffen nicht zugestimmt. Kai schaute ihm in die Augen und sagte schlicht: »Das ist eine Möglichkeit.« Dann wartete er auf die Reaktion.

Es folgte eine lange Pause. Pak schaute zuerst wütend drein und schien protestieren zu wollen. Dann änderte sich sein Gesichtsausdruck, und er verbarg seinen Zorn. »Eine Möglichkeit?«, erwiderte er. »Was für andere Möglichkeiten gibt es denn?«

Ah, jetzt kommen wir endlich voran, dachte Kai. »Es gibt viele Möglichkeiten. Die meisten sind jedoch unwillkommen«, antwortete er. »So könnte zum Beispiel Südkorea als Sieger aus dem Konflikt hervorgehen oder die USA oder China, aber damit sind die Möglichkeiten noch lange nicht erschöpft.« Er beugte sich vor. »Wenn Sie Ihren Wunsch erfüllt sehen wollen, wenn Nordkorea von Nordkoreanern regiert werden soll, dann brauchen Sie einen Verbündeten unter den Beteiligten.«

»Warum sollte ich Verbündete brauchen?« Kai fiel das Wort »ich« auf, und er nahm an, dass Ham alles korrekt übersetzte. So wie Pak die Dinge sah, war er selbst die Rebellion. »Ich bin auf der Weg zum Sieg«, sagte er und bestätigte damit Kais Eindruck.

»Ja, in der Tat«, erwiderte Kai in bewunderndem Tonfall. »Aber bis jetzt haben Sie nur gegen das Regime in Pjöngjang gekämpft, gegen die schwächste Macht in diesem Konflikt. Die endgültig zu erledigen ist nicht schwer. Der heutige Luftschlag dürfte tödlich für sie gewesen sein. Wenn Sie in Konflikt mit Südkorea oder den USA geraten, werden Sie deutlich mehr Probleme bekommen.«

Pak schaute ihn beleidigt an, doch Kai war sicher, dass der Mann das schlussendlich genauso sah. »Und Sie sind mit einem Vorschlag hier, ja?«

Kai hatte kein Mandat, Pak irgendwelche Vorschläge zu unterbreiten, aber das gab er nicht zu. »Es könnte durchaus eine Möglichkeit geben, wie Sie ganz Nordkorea unter Ihre Kontrolle bringen und gleichzeitig eine undurchdringliche Verteidigung gegen Südkorea und die USA aufbauen können.«

»Und die wäre …?«

Kai hielt kurz inne und wählte seine Worte mit Bedacht. Das war der entscheidende Moment. Und es war auch der Moment, da er gegen seine Befehle verstieß. Jetzt steckte er den Kopf in die Schlinge.

»Erstens«, begann er. »Greifen Sie Pjöngjang sofort mit all ihren Truppen mit Ausnahme der Kernwaffen an, und übernehmen Sie die Regierung.«

Pak zeigte keinerlei Reaktion. Das war schon immer Teil seines Plans gewesen.

»Zweitens: Lassen Sie sich sofort von Beijing als Präsident von Nordkorea anerkennen.«

Paks Augen leuchteten. Er sah sich selbst schon im Präsidentenpalast. Anerkannt! Ohne Zweifel träumte er schon lange davon, doch jetzt bot Kai ihm das an, sofort und garantiert durch Chinas Macht.

»Und drittens: Erklären Sie einen uneingeschränkten, einseitigen Waffenstillstand im Krieg zwischen Nord- und Südkorea.«

Pak runzelte die Stirn. »Einseitig?«

»Das ist der Preis«, erklärte Kai mit fester Stimme. »Beijing wird Sie anerkennen, und *gleichzeitig* werden Sie den Waffenstillstand befehlen. Keine Verzögerung, keine Vorbedingungen, keine Verhandlungen.«

Kai erwartete Widerstand, doch Pak hatte etwas anderes im Sinn. »Ich möchte, dass Staatspräsident Chen mir einen persönlichen Besuch abstattet«, sagte er.

Kai konnte verstehen, warum das für Pak so wichtig war. Pak war eitel, natürlich, aber er war auch ein kluger Politiker. Bilder, wie er die Hand des chinesischen Staatspräsidenten schüttelte, würden ihm mehr Legitimation verleihen als alles andere. »Einverstanden«, sagte Kai, obwohl er keinerlei Befugnis hatte, so etwas zuzusagen.

»Gut.«

Kai glaubte allmählich, dass er erreichen würde, worauf er gehofft hatte. Aber er ermahnte sich, sich nicht zu früh zu freuen. Man konnte ihn noch immer in eine Zelle werfen. Also beschloss er zu verschwinden, solange er noch auf der Siegerstraße war. »Wir haben keine Zeit für schriftlich fixierte Vereinbarungen«, sagte er. »Wir müssen einander vertrauen.« Noch während er sprach, fiel ihm Hams Warnung ein, Pak in keinem Fall zu vertrauen. Aber Kai blieb keine Wahl. Er musste das Risiko eingehen.

Pak streckte die Hand über den Tisch aus und sagte: »Dann wollen wir uns darauf die Hand geben.«

Kai stand auf und schüttelte dem Mann die Hand.

»Danke, dass Sie gekommen sind«, sagte Pak.

Damit war er entlassen, erkannte Kai. Pak benahm sich schon wie ein echter Staatschef.

Ham stand auf und sagte: »Ich werde Sie zum Hubschrauber bringen.« Er führte Kai hinaus.

Das Wetter war kalt, aber sonnig. Es wehte nur ein laues Lüftchen, und es war keine Wolke am Himmel zu sehen: perfekte Flugbedingungen. Kai und Ham gingen einen Schritt weit auseinander zum Hubschrauberlandeplatz. Aus dem Mundwinkel heraus sagte Kai: »Ich glaube, ich habe es geschafft. Er hat dem Vorschlag zugestimmt.«

»Hoffen wir nur, dass er sein Wort auch hält.«

»Rufen Sie mich heute Abend an, wenn Sie können, um mir zu bestätigen, dass der Angriff auf Pjöngjang begonnen hat.«

»Ich werde mein Bestes tun. Sie brauchen eine sichere Leitung zu Pak, und er braucht natürlich genau dasselbe zu Ihnen.« Ham schrieb eine Reihe von Zahlen und Adressen auf einen Schreibblock. Kai tat das Gleiche, und sie tauschten die beiden Zettel aus.

Ham salutierte zackig, als Kai in den Hubschrauber stieg.

Der Rotor begann sich zu drehen, während er noch den Sicherheitsgurt anlegte. Dann hob der Helikopter ab, kippte zur Seite und flog nach Norden.

Kai gestattete sich einen Moment des Triumphs. Wenn das klappte, würde die Krise morgen früh vorbei sein. Es würde Frieden zwischen Nord- und Südkorea geben, die Amerikaner würden zufrieden sein, und China hätte noch immer seine wichtige Pufferzone.

Jetzt musste Kai nur noch Präsident Chen überzeugen.

Gern hätte er sofort in Beijing angerufen, aber sein Handy funktionierte hier nicht, und außerdem war die Kommunikation in diesem Land alles andere als sicher. Er würde warten müssen, bis er wieder in Yanji war. Von dort würde er anrufen, bevor er in den Flieger nach Beijing stieg. Er würde mit Chen reden, aber er würde seinen Bericht so formulieren, dass er die Tatsache verbarg, dass er seine Befugnisse überschritten hatte.

Die größte Gefahr war, dass die alte Garde es Chen wieder ausreden würde. Huang war noch immer angewidert von der Vorstellung, Frieden mit Rebellen zu schließen, die sich gegen ein kommunistisches Regime aufgelehnt hatten. Aber der Preis dafür, eine Fortsetzung des Krieges, wäre viel zu hoch, selbst für Huang – oder?

Dunkelheit senkte sich über den Feierabendverkehr in Yanji, als der Helikopter auf der Militärbasis neben dem Zivilflughafen landete. Kai wurde von einem Hauptmann empfangen, der ihn zu einem sicheren Telefon brachte.

Kai rief im Zhongnanhai an und erreichte Staatspräsident Chen. Er begann mit den Worten: »Genosse Staatspräsident, die Ultras planen heute Nacht einen Angriff auf Pjöngjang.« Er formulierte das so, als wären das Geheimdienstinformationen und kein Vorschlag, den er den Rebellen unterbreitet hatte.

Chen war überrascht. »Davon haben wir bis jetzt nichts gehört.«

»Die Entscheidung ist erst in den letzten Stunden gefallen. Aber es ist die richtige Strategie für die Ultras. Der heutige Luftangriff der Amerikaner hat die Verteidigungskapazitäten von Pjöngjang so gut wie vernichtet. Einen besseren Moment gibt es nicht, wenn sie an die Macht wollen.«

»Ich denke, das ist eine gute Entwicklung«, sagte Chen nachdenklich. »Wir müssen Kang loswerden. Unbedingt!«

»Pak hat mir ein Angebot unterbreitet«, log Kai. »Wenn wir ihn als Präsidenten anerkennen, wird er einen einseitigen Waffenstillstand ausrufen.«

»Das klingt vielversprechend. Die Kämpfe würden aufhören. Dann kann das neue Regime ein Abkommen mit uns treffen, und das wäre ein guter Beginn unserer Beziehungen. Ich werde mit General Huang reden müssen, aber das sieht alles sehr vorteilhaft für uns aus. Gut gemacht.«

»Danke, Genosse.«

Cheng legte auf. Es läuft alles nach Plan, dachte Kai.

Er wählte die Nummer seines Büros und sprach mit Jin Chin-hwa. »Die Ultras werden heute Nacht Pjöngjang angreifen«, sagte er. »Ich habe dem Staatspräsidenten bereits Bescheid gegeben, aber Sie müssen auch die anderen noch unterrichten.«

»Sofort, Genosse Vizeminister.«

»Gibt es was Neues?«

»Die Amerikaner scheinen ihre Angriffe eingestellt zu haben – zumindest für heute.«

»Ich nehme an, ein paar Raketen sind noch immer versteckt.«

»Mit ein wenig Glück ist morgen alles vorbei.« Kai legte auf und stieg in sein Flugzeug. Sein Privathandy klingelte im selben Augenblick, als der Pilot die Triebwerke startete. Es war General Ham. »Es hat begonnen«, berichtete der nordkoreanische General. Er klang überrascht. »Kampfhubschrauber sind bereits in die Hauptstadt unterwegs. Arresttrupps rücken gegen jeden Präsidentenpalast vor. Den Hubschraubern folgen Panzer und gepanzerte Fahrzeuge. Sie werfen alles in den Kampf, was sie haben. Jetzt heißt es: Alles oder nichts.«

Für ein Telefonat war das gefährlich spezifisch. Ham benutzte jedes Mal ein anderes Handy, und hatte er eines einmal verwendet, dann warf er es weg. Trotzdem war es nicht unmöglich, dass Pjöngjang oder Paks Geheimdienst ein Gespräch auffingen, wenn auch zufällig. Dann würden sie zwar sofort wissen, was los war, aber die Sprecher könnten sie nicht identifizieren – jedenfalls nicht sofort. Es war ein Risiko, klein zwar, aber tödlich. Spione lebten gefährlich.

Ham fuhr fort: »Der General macht sich Sorgen, dass Beijing ihm eine Falle gestellt hat. Er hält alle Chinesen für böse und hinterhältig. Doch das ist seine große Chance, und die muss er ergreifen.«

»Fahren Sie auch in die Hauptstadt?«

»Ja.«

»Bleiben Sie in Verbindung.«

»Natürlich.«

Sie legten auf.

Der Luftwaffenflieger hatte kein WLAN für die Passagiere. Deshalb konnte Kai sein Handy auf dem Flug nicht benutzen. Das war eine Erleichterung, und Kai lehnte sich auf seinem Sitz zurück. Er hatte alles getan, was er an diesem Tag hatte tun können. Er hatte erreicht, worauf er gehofft hatte, und er war hundemüde. Jetzt freute er sich auf die Nacht mit Ting.

Kai schloss die Augen.

Kapitel 39

Kai wurde von seinem Handy geweckt, als das Flugzeug den Luftraum von Beijing erreichte. Er rieb sich die Augen und nahm den Anruf an.

Es war Jin Chin-hwa. »Nordkorea hat Japan beschossen!«, rief er.

Einen Augenblick lang war Kai vollkommen verwirrt. Er glaubte sogar zu träumen. »Was? Wer? Die Rebellen?«

»Nein, der Oberste Führer.«

»Japan? Warum zum Teufel sollte er denn Japan angreifen?«

»Er hat amerikanische Basen angegriffen.«

Plötzlich verstand Kai. Das war ein Vergeltungsschlag. Die Raketen, Marschflugkörper und Bomber, die heute Nordkorea angegriffen hatten, waren zu einem großen Teil aus Japan gekommen. Als das Flugzeug auf der Landebahn aufsetzte, sagte er: »Dann hatte der Oberste Führer also tatsächlich noch ein paar Raketen.«

»Er muss die letzten sechs eingesetzt haben. Drei sind abgefangen worden und drei durchgekommen. Vor allem drei US-Basen waren das Ziel, zwei Air-Force-Basen sowie das Hauptquartier der US-Streitkräfte in Japan, und alle drei sind getroffen worden: Kadena auf Okinawa, Misawa im Norden von Honshu und – das ist das Schlimmste – Yokota, das Hauptquartier mitten in der Präfektur Tokyo. Mit Sicherheit hat es dabei auch viele japanische Opfer gegeben.«

»Das ist eine Katastrophe.«

»Präsident Chen trifft sich mit seinen Beratern im Lagezentrum. Man erwartet Sie schon.«

»Okay. Rufen Sie mich an, sobald es etwas Neues gibt.«

»Natürlich.«

Kai stieg aus dem Flugzeug und wurde zu seinem Wagen geführt. Als sie losfuhren, fragte der Mönch: »Nach Hause, Genosse?«

»Nein«, antwortete Kai. »Bringen Sie mich zum Zhongnanhai.«

Die Rushhour war vorbei, und der Verkehr floss ungehindert durch die Stadt. Es war Nacht, aber es gab dreihunderttausend Straßenlaternen in Beijing.

Japan war ein mächtiger Feind, aber das Schlimmste an dieser Nachricht war, dass Japan seit Jahrzehnten einen Militärpakt mit den USA hatte, der die Amerikaner verpflichtete, Japan im Verteidigungsfall beizustehen. Die Frage war also nicht nur, wie Japan auf den Beschuss reagieren würde, sondern was die USA machen würden.

Und wie würde sich das auf den Handel auswirken, den Kai gerade in Jeongjeo-dong abgeschlossen hatte?

Er rief Neil Davidson an.

»Neil hier.«

»Ich bin's. Kai.«

»Jetzt ist der Kessel am Kochen, Kai.«

»Es gibt da etwas, was Sie wissen sollten«, sagte Kai und sprang ins kalte Wasser. »Das Regime des Obersten Führers in Nordkorea wird morgen um diese Zeit nicht mehr existieren.«

»Wie … Wie kommen Sie darauf?«

»Wir installieren ein neues Regime.« Vorläufig war das zwar eher noch Wunschdenken, aber das musste Neil ja nicht wissen. »Bitte fragen Sie mich nicht nach Details.«

»Ich freue mich, dass Sie mir das anvertrauen.«

»Ich nehme an, Ihre Präsidentin wird mit Premierministerin Ishikawa darüber reden, wie Washington und Tokyo auf den Beschuss von US-Basen in Japan reagieren sollen.«

»In der Tat.«

»Jetzt können Sie ihnen sagen, dass sie das China überlassen sollen. Wir werden das Regime eliminieren, das für diese Angriffe verantwortlich ist.«

Kai erwartete nicht, dass Neil dem zustimmte. Wie erwartet antwortete er dann auch ausweichend: »Das ist gut zu wissen.«

»Geben Sie uns vierundzwanzig Stunden. Das ist alles, was ich will.«

Neil blieb weiter unverbindlich. »Ich werde das weiterleiten.«

Mehr konnte Kai nicht tun. »Danke«, sagte er und legte auf.

Das Gespräch bereitete Kai Kopfschmerzen. Der Grund dafür war allerdings nicht Neils Zurückhaltung – die war zu erwarten gewesen –, sondern etwas anderes. Allerdings konnte Kai nicht wirklich den Finger darauflegen.

Er rief zu Hause an. Ting hob ab. Sie klang besorgt. »Normalerweise rufst du mich an, wenn du so spät kommst.«

»Tut mir leid«, sagte Kai. »Ich war an einem Ort, wo es keine Telefonverbindung gibt. Ist alles in Ordnung?«

»Abgesehen vom Abendessen, ja.«

Kai seufzte. »Es tut gut, deine Stimme zu hören und zu wissen, dass du dir Sorgen um mich machst, wenn ich nicht auftauche. Da fühle ich mich geliebt.«

»Du wirst auch geliebt. Das weißt du.«

»Ja. Aber ich werde auch gern daran erinnert.«

»Ich warte auf dich. Wann kommst du?«

»Ich weiß es nicht. Hast du schon die Nachrichten gehört?«

»Was für Nachrichten? Ich habe Text gelernt.«

»Dann mach mal das Fernsehen an.«

»Eine Minute.« Es folgte eine kurze Pause; dann rief Ting: »Oh Gott! Nordkorea hat Japan beschossen!«

»Jetzt weißt du, warum ich lange arbeite.«

»Natürlich, natürlich. Bis du China gerettet hast, halte ich das Bett für dich warm.«

»Das ist die schönste Belohnung, die ich mir vorstellen kann.«

Sie verabschiedeten sich voneinander und legten auf.

Kais Wagen erreichte den Zhongnanhai, fuhr durch die Sicherheitsschleuse und parkte vor der Quinzheng-Halle. Kai zog den Mantel zu und ging zum Eingang. In Beijing war es deutlich kälter als in Jeongjeo-dong.

Kai lief die Treppe zum Lagezentrum im Untergeschoss hinunter. Diesmal saßen schon deutlich mehr Leute ringsum an den Computern als beim letzten Mal. Das Zentrum war vollbesetzt. Für so viele Menschen war es ungewöhnlich still. Allerdings gab es da ein Hintergrundgeräusch wie das Rauschen des Straßenverkehrs vor einem geschlossenen Fenster. Nur war es vollkommen unmöglich, dass Straßengeräusche bis hier vordringen konnten, und Kai nahm an, es war das Lüftungssystem. Die Luft roch schwach nach Desinfektionsmittel wie in einem Krankenhaus. Vermutlich wurde sie gründlich gereinigt, denn dieser Raum war dafür gebaut, auch dann noch funktionsfähig zu bleiben, wenn die Stadt darüber vergiftet oder radioaktiv verseucht war.

Alle lauschten schweigend einem Telefongespräch. Eine Stimme gehörte Staatspräsident Chen; die andere sprach in einer Sprache, die Kai als Japanisch erkannte. Dazu kam der Dolmetscher, der gerade sagte: »Ich freue mich über diese Gelegenheit, mit dem Staatspräsidenten der Volksrepublik China sprechen zu können.« Das war definitiv nur eine Floskel.

Chen sagte: »Frau Premierministerin, ich versichere Ihnen, dass der von der Regierung in Pjöngjang verübte Raketenangriff auf japanisches Territorium ohne die Zustimmung oder Billigung der Volksrepublik China durchgeführt wurde.«

Offensichtlich sprach Chen gerade mit Eiko Ishikawa, der

Premierministerin von Japan. Genau wie Kai hoffte Chen, eine extreme Reaktion der Japaner zu verhindern. China wollte also noch immer keinen Krieg. Gut.

Während Chens Worte ins Japanische übersetzt wurden, schlich Kai auf Zehenspitzen auf das Podest, verneigte sich vor seinem Präsidenten und setzte sich an den Tisch.

Tokyo antwortete: »Ich freue mich, das zu hören.«

Chen kam schnell auf den Punkt. »Wenn Sie nur noch ein paar Stunden warten, dann werden Sie erkennen, dass dieser furchtbare Angriff keine Vergeltung wert ist.«

»Wie kommen Sie darauf?«

Irgendetwas an diesem Satz erinnerte Kai an etwas, doch er dachte nicht weiter darüber nach, sondern konzentrierte sich aufs Zuhören.

Chen sagte: »Das Regime des Obersten Führers wird innerhalb der nächsten vierundzwanzig Stunden enden.«

»Und was wird an seine Stelle treten?«

»Bitte verzeihen Sie mir, wenn ich nicht auf alle Einzelheiten eingehe. Ich kann Ihnen aber versichern, dass die Personen, die für den Angriff auf Japan verantwortlich sind, sofort von den Schalthebeln der Macht entfernt und zur Verantwortung gezogen werden.«

»Ich verstehe.«

So ging das Gespräch noch eine Zeitlang weiter. Chen beschwichtigte, und Ishikawa blieb unverbindlich. Schließlich legten sie auf.

Kai dachte erneut an den Satz *Wie kommen Sie darauf?* Neil hatte dieselben Worte benutzt. Es war ausweichend, eine Art, nicht zu antworten, und ein Zeichen dafür, dass der Sprecher zurückhaltend war, für gewöhnlich, weil er etwas zu verbergen hatte. Sowohl Neil als auch Ishikawa hatten sich nicht sehr überrascht gezeigt zu erfahren, dass das Regime in Pjöngjang demnächst gestürzt werden sollte. Es war fast so, als hätten sie bereits gewusst, dass Pjöngjang erledigt war. Wie war das möglich? Pak hatte seine Entscheidung doch erst vor wenigen Stunden getroffen.

Das ließ nur einen Schluss zu: Sowohl die CIA als auch die Regierung von Japan wussten etwas, das Kai nicht wusste. Das war ausgesprochen schlecht für den Chef eines Nachrichtendienstes. Aber was könnte das sein?

Eine Möglichkeit, die Kai einfiel, war so überraschend, dass er sie kaum in Worte fassen konnte.

Gerade sprach General Huang, doch Kai hörte nicht zu. Er stand auf und ging weg. Das war äußerst unhöflich, und die Männer am Tisch hoben die Augenbrauen. Kai rief in seinem Büro an und sprach mit Jin. »Sehen Sie sich die neuesten Satellitenbilder von Nordkorea an«, sagte er leise, während er sich weiter vom Podium entfernte. »Der Himmel sollte klar sein – zumindest war er das noch, als ich vor wenigen Stunden dort war. Es geht mir um das Gebiet südlich von Pjöngjang, knapp hinter der Grenze in Richtung Seoul. Was mich besonders interessiert, ist das, was zwischen den beiden Städten liegt, die Straße, die man den Wiedervereinigungs-Highway nennt. Sobald Sie ein gutes Bild haben, legen Sie es auf einen Bildschirm hier im Lagezentrum.«

»Verstanden.«

Kai kehrte wieder an den großen Tisch zurück. Huang redete noch immer. Kai beobachtete die Bildschirme. Nach ein paar Minuten zeigte einer von ihnen eine Nachtaufnahme. Zwei Ansammlungen von Lichtpunkten stachen aus der Dunkelheit hervor, einer im Süden und einer im Norden. Das waren die beiden Hauptstädte. Dazwischen war alles schwarz.

Größtenteils zumindest.

Kai schaute genauer hin und sah vier schmale Lichtstreifen. Sie waren viel zu lang, als dass sie ein natürliches Phänomen hätten sein können. Das mussten Fahrzeuge sein. Kai schätzte, dass jeder dieser Streifen zwischen zwanzig und dreißig Meilen lang war. Das hieß Hunderte von Fahrzeugen.

Tausende.

Da war sie, die Erklärung, warum Neil und Ishikawa nicht überrascht gewesen waren. Sie hatten keine Ahnung von Paks Absicht, Pjöngjang zu erobern, aber sie wussten, dass eine weitere Streitmacht unterwegs war, um das Regime noch heute Nacht zu vernichten.

Andere am Tisch folgten Kais Blick, und einer nach dem anderen verloren sie das Interesse an Huangs Rede. Selbst der Präsident schaute auf den Bildschirm.

Schließlich verstummte Huang.

»Was sehen wir da?«, fragte Chen.

»Nordkorea«, antwortete Kai. »Die Lichtstreifen sind Konvois. Vier Stück. Diese Fahrzeuge sind auf dem Weg nach Pjöngjang.«

Verteidigungsminister Kong Zhao erklärte: »Basierend auf diesem Bild würde ich sagen, das sind zwei Divisionen. Jede ist in zwei Kolonnen aufgeteilt, mindestens 25000 Mann und mehrere Tausend Fahrzeuge. Die entmilitarisierte Zone zwischen Nord- und Südkorea ist ein einziges Minenfeld mit einer Tiefe von zwei bis drei Kilometern, aber daran sind sie schon vorbei. Also haben sie sich einen Weg durch die Minen gebahnt – eine von langer Hand geplante Operation, da bin ich mir sicher. Ich nehme an, gleichzeitig versuchen Luftlandetruppen Brückenköpfe und Engstellen zu sichern; dazu kommen Landepunkte an der Küste. Wir können versuchen, das zu bestätigen.«

»Sie haben nicht gesagt, wessen Truppen das sind«, bemerkte Chen.

»Ich nehme an, es sind Südkoreaner.«

»Dann ist das also eine Invasion«, seufzte Chen.

»Ja, Genosse Staatspräsident«, bestätigte Kong. »Das ist eine Invasion.«

* * *

Kurz nach neun Uhr morgens schlüpfte Kai endlich neben Ting ins Bett. Sie rollte sich herum, schlang die Arme um ihn und küsste ihn leidenschaftlich. Dann schlief sie sofort wieder ein.

Kai schloss die Augen und ging die letzten Stunden noch mal durch. Es hatte einen wütenden Streit im Lagezentrum über die Frage gegeben, wie man auf die südkoreanische Invasion reagieren sollte. Kais Verhandlungen mit Pak waren mit einem Schlag bedeutungslos geworden. Ein Waffenstillstand stand nun nicht mehr zur Debatte.

Chinas Beistandspakt mit Nordkorea ließ mehrere Optionen offen. Kais Vater, Chang Jianjun, und General Huang hatten sich für eine chinesische Invasion ausgesprochen, um den Norden vor dem Süden zu beschützen. Kühlere Köpfe wiederum hatten darauf hingewiesen, dass die amerikanischen Truppen rasch folgen würden, wenn die Chinesen erst einmal da waren, und dann würden China und die USA sich auf dem Schlachtfeld gegenüberstehen. Zu Kais großer Erleichterung erkannten die meisten diese Gefahr und erachteten den Preis einer solchen Einmischung als zu hoch.

Der Oberste Führer war tödlich geschwächt, aber Pak und seine Rebellen waren stark und bereits im Feld. Mit allgemeiner Zustimmung rief Huang Pak an und teilte ihm alles mit, was China über die Invasion wusste. Dabei ermutigte er ihn auch, die anrückenden Konvois der Südkoreaner zu beschießen. Radarbilder zeigten, dass Pak dies sofort umsetzte, während er weiter gegen Pjöngjang vorrückte.

Die Rebellen hatten bis jetzt nur wenige ihrer Raketen eingesetzt, und sie hatten jede Menge davon. Die südkoreanische Offensive wurde zum Stillstand gebracht.

Das war ein guter erster Schritt.

Chinesische Truppen würden sich nicht einmischen, doch bei Tagesanbruch würde China den Ultras alles geben, was sie brauchten: Raketen, Drohnen, Hubschrauber, Kampfjets, Artillerie, Gewehre und Unmassen an Munition. Die Ultras kontrollierten bereits die Hälfe des Landes, und vermutlich würden sie in den nächsten Stunden auch den Rest erobern. Die entscheidende Schlacht würde jedoch um Pjöngjang geführt werden.

Tatsächlich schien dies das geringste Übel zu sein. Wenn die Japaner vernünftig blieben, würde der Krieg weiter auf Korea beschränkt bleiben.

Staatspräsident Chen hatte sich ins Bett zurückgezogen, und die meisten anderen hatten es ihm gleichgetan. Geblieben waren nur diejenigen, die die gewaltigen Mengen an Waffen und Munition in allerkürzester Zeit über die Grenze nach Nordkorea schaffen mussten.

Kai schlief mit dem Gefühl ein, dass die chinesische Regierung weitaus schlechter hätte handeln können.

Kaum war er wieder aufgewacht, rief er im Guoanbu an und sprach mit dem Leiter der Nachtschicht, Fan Yimu, der ihm die gute Nachricht überbrachte, dass die Rebellen den Obersten Führer verhaftet hatten. General Pak wiederum hatte sein Hauptquartier im Norden Pjöngjangs aufgeschlagen, im offiziellen Präsidentenpalast. Die südkoreanische Armee war jedoch eine härtere Nuss, und inzwischen hatte sie ihren Vormarsch wieder aufgenommen.

Die chinesischen Morgennachrichten verkündeten, dass der Oberste Führer Kang aufgrund gesundheitlicher Probleme zurückgetreten und durch General Pak ersetzt worden sei. Der chinesische Präsident habe General Pak eine Botschaft geschickt, ihn der weiteren Unterstützung Beijings versichert und dabei die Verpflichtungen betont, die sich aus ihrem Beistandspakt ergaben. Gleichzeitig wehre die nordkoreanische Volksarmee eine Invasion der südkoreanischen Streitkräfte mit aller Macht ab.

All das war genau so, wie Kai erwartet hatte, doch der zweite Aufmacher beunruhigte ihn. Bilder zeigten wütende japanische Nationalisten, die sich in Tokyo versammelt hatten, um gegen den Raketenbeschuss zu protestieren. In dem Kommentar dazu hieß es, die japanische Gesellschaft sei ohnehin stark von Vorurteilen gegen die Koreaner geprägt. Auch die Liebe der Jugend zu koreanischen Filmen und Popmusik hätte nichts daran geändert. So war ein Lehrer koreanischer Abstammung vor einer Schule in Kyoto zusammengeschlagen worden. Auch der Vorsitzende einer ultrarechten Gruppierung wurde interviewt, und mit heiserer, aufgeregter Stimme rief der Mann zum totalen Krieg gegen Nordkorea auf.

Premierministerin Ishikawa hatte für neun Uhr eine Kabinettssitzung anberaumt. Die Proteste würden die japanische Regierung zusätzlich unter Druck setzen, drastische Gegenmaßnahmen zu ergreifen, doch Präsidentin Green würde alles in ihrer Macht Stehende tun, um Japan zu zügeln. Kai hoffte nur, dass Ishikawa alles unter Kontrolle behielt.

Im Wagen auf dem Weg zum Guoanbu las Kai die Berichte des militärischen Nachrichtendienstes zur Schlacht um Pjöngjang. Offenbar waren die südkoreanischen Eindringlinge rasch vorgerückt und belagerten jetzt die Hauptstadt. Er hoffte, mehr von General Ham zu erfahren.

Im Büro schaltete Kai den Fernseher ein und sah, dass gerade eine Pressekonferenz der japanischen Premierministerin begonnen hatte. Die Kabinettssitzung war scheinbar schon vorbei. »Das Regime in Pjöngjang hat einen kriegerischen Akt gegen Japan begangen, und mir bleibt keine andere Wahl, als den japanischen Selbstverteidigungsstreitkräften zu befehlen, sich auf die Abwehr der nordkoreanischen Aggression vorzubereiten.«

Das war natürlich doppelzüngig. Artikel 9 der japanischen Verfassung verbot der Regierung ausdrücklich, einen Krieg zu beginnen. Das Recht auf Selbstverteidigung blieb davon jedoch unangetastet. Deshalb musste jede Aktion des japanischen Militärs als Verteidigungsmaßnahme dargestellt werden.

Doch diese Ankündigung war noch aus einem weiteren

Grund widersinnig. Gegen wen genau wollten sie sich jetzt eigentlich verteidigen? Zwei rivalisierende Armeen kämpften um Nordkorea, und keine von beiden hatte etwas mit dem gestrigen Beschuss zu tun. Das Regime, das dafür verantwortlich war, existierte nicht mehr.

Der Leiter der Japanabteilung berichtete Kai, was die chinesischen Spione in Tokyo sagten. Auf den japanischen und amerikanischen Militärbasen herrschte große Hektik, doch es sah nicht so aus, als würden sie in den Krieg ziehen. Japanische Kampfflugzeuge unternahmen zwar Aufklärungsflüge, doch die Bomber blieben am Boden. Auch hatte nicht ein Zerstörer die Häfen verlassen, und es wurden auch keine Raketen in die Abschussvorrichtungen geladen. Satellitenbilder bestätigten diese Aussagen. Alles war ruhig.

General Ham rief aus Pjöngjang an. »Die Ultras verlieren«, sagte er.

Das hatte Kai schon befürchtet. »Warum?«

»Die Südkoreaner sind viel zu zahlreich und viel zu gut bewaffnet. Der Nachschub aus China ist noch nicht vollständig angekommen, und unsere Panzer sind noch auf dem Weg von Osten hierher. Uns läuft die Zeit davon.«

»Und was will Pak jetzt tun?«

»China um Truppen bitten.«

»Das werden wir ablehnen müssen. Wir wollen die Amerikaner nicht ins Spiel bringen.«

»Dann werden wir Pjöngjang an die Südkoreaner verlieren.«

Auch das war undenkbar.

Plötzlich sagte Ham: »Ich muss weg.« Und er legte auf.

Es muss eine große Demütigung für Pak sein, Beijing um Hilfe bitten zu müssen, dachte Kai. Aber was blieb dem Rebellenführer anderes übrig? Kais Telefon klingelte, und er wurde in den Konferenzraum gerufen. Die japanische Regierung hatte gehandelt.

Zwölf Kampfflugzeuge waren von der Basis Naha auf Okinawa gestartet. Sie waren nach Westen geflogen und hatten vor wenigen Minuten mit Patrouillen über dem Ostchinesischen Meer zwischen China und den Ryukyu-Inseln begonnen. Dabei konzentrierten sie sich auf eine kleine Gruppe von Felsen im Meer, unbewohnte Inseln, die Diaoyu genannt wurden. Sie lagen sechshundert Meilen von Japan entfernt, aber nur zweihundert von China. Trotzdem beanspruchten die Japaner sie für sich und nannten sie die Senkaku-Inseln.

Chinesische Flugzeuge befanden sich ebenfalls im Himmel über dem Ostchinesischen Meer, und Kai betrachtete die Aufnahmen ihrer Bordkameras. Er sah die Inseln, die aussahen, als hätten die Götter achtlos ein paar Steine ins Wasser geworfen. Kaum waren die Flugzeuge vor Ort, tauchten zwei Jagd-U-Boote der Soryu-Klasse neben den Inseln auf.

Wollten die Japaner ausgerechnet jetzt ihren Anspruch auf ein paar Felsbrocken demonstrieren?

Kai beobachtete, wie Seeleute von den U-Booten Gummiboote zu Wasser ließen und damit an den Strand einer der Inseln fuhren. Dort luden sie Gerätschaften aus, die nach tragbaren Luftabwehrraketen aussahen. Schließlich gingen sie ein paar Schritte den Strand hinauf und pflanzten die japanische Flagge in den Sand.

Nachdem das erledigt war, bauten sie Zelte und eine Feldküche auf.

Der Leiter der Japanabteilung rief von unten, dass das japanische Militär das als »Vorsichtsmaßnahme« bezeichnete. Außerdem seien die Senkaku-Inseln ja ohnehin ein Teil Japans.

Eine Minute später wurde Kai in den Zhongnanhai gerufen.

Auf dem Weg las er weitere Berichte und studierte das Videomaterial. Gleichzeitig behielt er die Radarbilder im Auge, die er auf seinem Handy verfolgen konnte. Es war noch nicht zu

Kämpfen gekommen. Im Moment war das alles noch Schattenboxen.

Im Lagezentrum herrschte eine düstere Atmosphäre. Stumm setzte Kai sich auf seinen Platz am Tisch.

Als alle da waren, bat Chen Chang Jianjun um einen Bericht über den aktuellen Stand. Kai fiel auf, wie alt sein Vater aussah: Sein Haar war dünn, seine Haut grau, und er hatte sich nicht gut rasiert. Dabei war Jianjun noch nicht einmal siebzig, aber er hatte ein halbes Jahrhundert lang geraucht. Seine gelben Zähne zeugten davon. Kai hoffte nur, dass es ihm gutging.

Nachdem er die derzeitige Situation zusammengefasst hatte, erklärte Jianjun: »Die letzten zwei Monate waren durch immer weiter eskalierende Angriffe auf China gekennzeichnet. Zuerst haben die USA die Wirtschaftssanktionen gegen Nordkorea verschärft, was zu einer ökonomischen Krise und schließlich zur Rebellion der Ultras geführt hat. Dann hat eine amerikanische Drohne in Port Sudan über hundert unserer Staatsbürger abgeschlachtet. Als Nächstes haben wir amerikanische Geologen erwischt, die sich eher schlecht als recht auf einem vietnamesischen Schiff versteckt und in unserem Seegebiet nach Öl gesucht haben. Viertens ist unser zugegebenermaßen geheimes Projekt in Hufra aufgeflogen, in der Sahara, und das Lager zerstört worden. Und schließlich ist Nordkorea, unser Verbündeter, vom Süden zuerst mit Raketen angegriffen worden, dann von amerikanischen Flugzeugen, Schiffen und Marschflugkörpern, und schließlich hat letzte Nacht die Invasion begonnen. Und heute haben japanische Soldaten die Diaoyu-Inseln besetzt, die ohne jeglichen Zweifel zum chinesischen Hoheitsgebiet gehören.«

Das war in der Tat eine formidable Liste, und kurz überlegte selbst Kai, ob ihm das Muster dahinter vielleicht entgangen war.

»Die ganze Zeit über«, fuhr Jianjun fort und betonte jedes einzelne Wort, »was hat China da getan? Mit Ausnahme der Versenkung der *Vu Trong Phung* haben wir nicht einen Schuss abgefeuert. Genossen, mit unserer Schwäche haben wir diese zunehmende Aggression nur noch befördert.«

Verteidigungsminister Kong Zhao erwiderte: »Man tötet niemanden dafür, dass er ein Fahrrad gestohlen hat. Ja, wir müssen auf die Unverschämtheit der Japaner reagieren, aber unsere Reaktion muss auch angemessen sein. Die USA haben wiederholt erklärt, dass die Diaoyu-Inseln unter den amerikanisch-japanischen Beistandspakt fallen. Daher sind die Amerikaner verpflichtet, auch diese Inseln zu verteidigen. Und seien wir ehrlich: Die Besetzung stellt keine Bedrohung für uns dar. Die japanischen Soldaten können dort nichts tun, was sie an Bord ihrer U-Boote nicht besser tun könnten – außer natürlich eine Flagge in den Sand zu stecken. Ja, Flaggen sind ein Symbol – tatsächlich ist das ihr einziger Zweck –, und die japanische Aktion ist genau das: ein Symbol. Mehr aber auch nicht. Unsere Reaktion müssen wir dem anpassen.«

Ich hätte es nicht besser sagen können, dachte Kai. Kong hatte die Stimmung im Raum gedreht.

An diesem Punkt sagte General Huang: »Wir haben ein Video von den besetzten Inseln. Es stammt von einer chinesischen Drohne und ist erst ein paar Minuten alt. Wünschen Sie es zu sehen, Genossen?«

Natürlich wünschten die anderen das.

Huang sprach mit einem Adjutanten und deutete auf einen Bildschirm.

Alle sahen eine kleine Insel. Genau genommen war es nur eine Felsspitze mit ein wenig Grünzeug und einem schmalen Strand. Zwei U-Boote schwammen in der Bucht, beide mit dem rot-weißen Symbol der aufgehenden Sonne. Auf der Insel selbst befanden sich gut dreißig Mann, die meisten jung und fröhlich. Als das Bild näher heranzoomte, sah man, dass sie miteinander plauderten und lachten, während sie die Zelte aufbauten. Einer von ihnen winkte der Drohne sogar zu, die sie filmte. Ein anderer stieß mit dem Finger nach ihr und tat so, als würde er sie abschießen … wie ein Cowboy. Das war eine schwere Beleidigung, und seine Kameraden lachten auch noch. Damit endete der Film.

Ein wütendes Raunen ging um den Tisch herum. Das Verhalten der Soldaten war eine Provokation. Der normalerweise so zurückhaltende Außenminister Wu Bai knurrte: »Diese Bengel verspotten uns.«

»Und was sollen wir deswegen unternehmen, Genosse Wu Bai?«, verlangte Präsident Chen zu wissen.

Wu antwortete mit untypischer Wut: »Genosse Chang Jianjun hat ausgeführt, dass wir uns um des lieben Friedens willen bereits eine ganze Reihe von Demütigungen haben gefallen lassen.« Das Wort *Demütigung* hatte eine besondere Bedeutung in China, erinnerte es doch an die fast zweihundert Jahre, in denen man unter dem Kolonialismus des Westens gelitten hatte, ohne die Ketten abschütteln zu können. »Irgendwann und irgendwo *müssen* wir eine Grenze ziehen, und meiner Meinung nach ist das hier genau der richtige Ort und die richtige Zeit dafür. Es ist seit 1945 das erste Mal, dass Feinde auf chinesisches Territorium vorgedrungen sind.« Er hielt kurz inne und atmete tief durch. »Genossen, wir sollten unseren Feinden klar und deutlich zeigen, dass dies die Grenze ist.«

Staatspräsident Chen überraschte Kai, indem er Wu sofort unterstützte. »Dem stimme ich zu«, sagte er. »Es ist meine oberste Pflicht, die territoriale Integrität unseres Landes zu wahren. Wenn ich an diesem Punkt versage, dann versage ich auch als Präsident.«

Das war ein starkes Statement … und das nur, weil ein paar aufgekratzte Jungs frech geworden waren! Kai war verzweifelt, aber er schwieg. Wenn die Falken vom Staatspräsidenten und vom Außenminister unterstützt wurden, konnte er nichts mehr tun. Er hatte schon vor langer Zeit gelernt, nur die Kämpfe auszufechten, die er auch gewinnen konnte.

Chen ruderte ein Stück zurück. »Nichtsdestotrotz sollte unsere Reaktion maßvoll sein.«

Das war wenigstens ein Hoffnungsschimmer.

Chen fuhr fort: »Eine Bombe reicht, um das kleine japanische Lager zu zerstören und die meisten Seeleute dort zu töten. Admiral Liu, welche Schiffe haben wir in der Gegend?«

Liu schaute bereits auf seinen Laptop und antwortete sofort: »Der Flugzeugträger *Fujian* ist nur fünfzig Meilen entfernt. Das Schiff verfügt über vierundvierzig Flugzeuge einschließlich zweiunddreißig vom Typ *Fliegender Hai*. Ein Fliegender Hai trägt vier lasergelenkte Bomben von je tausend Pfund. Ich schlage vor, zwei Maschinen zu schicken. Eine soll die Bombe abwerfen, die andere den Angriff filmen.«

»Geben Sie dem Schiff die exakten Zielkoordinaten, und sagen Sie ihnen, sie sollen alles für den Start vorbereiten, Genosse Admiral.«

»Jawohl, Genosse.«

Kai sprach als Letzter, aber er argumentierte nicht direkt gegen den Angriff. Stattdessen sagte er: »Wir sollten die wahrscheinliche amerikanische Reaktion darauf bedenken. Wir wollen doch nicht überrascht werden.«

Kong Zhao gab ihm sofort Rückendeckung. »Die Amerikaner werden nicht einfach danebenstehen und nichts tun. Damit wäre ihr Militärabkommen mit Japan wertlos. Sie müssen etwas unternehmen.«

Wu Bai zupfte das Einstecktuch in seiner Brusttasche zurecht und sagte: »Präsidentin Green wird jede Aggression vermeiden, wenn sie irgendwie kann. Sie hat sich schon als schwach erwiesen, als GIs im Tschad mit Norinco-Gewehren getötet worden sind, und zuerst war sie auch schwach, als Amerikaner in Südkorea getötet wurden. Erst als unsere Genossen in Pjöngjang so dumm waren, chemische Waffen einzusetzen, hat sie reagiert. Ich glaube nicht, dass sie wegen ein paar japanischen Soldaten in den Krieg ziehen wird. Es wird nur einen symbolischen Gegenschlag geben, oder vielleicht bestellen sie sogar nur unseren Botschafter ein.«

Das ist doch Wunschdenken, dachte Kai, doch es war sinnlos, das auszusprechen.

»Genosse Staatspräsident«, sagte Admiral Liu, »die Flugzeuge sind einsatzbereit.«

»Befehlen Sie den Start«, sagte Chen.

Liu sagte ins Telefon. »Los. Ich wiederhole. Los.«

Das zweite Flugzeug filmte das erste, und auf einem der Bildschirme im Lagezentrum war ein klares Bild zu sehen. Kai sah das Heck des Fliegenden Hais mit den charakteristischen Leitwerken, die an Fischflossen erinnerten. Einen Augenblick später schoss er über das Deck und flog über die Rampe am Bug des Trägers in die Luft hinauf. Die Kamera folgte ihm, und kurz wurde Kai übel, so schnell bewegte sich das Bild.

Während die beiden Flugzeuge beschleunigten, fragte jemand: »Wie schnell sind die Dinger, verdammt?«

»Die Höchstgeschwindigkeit beträgt mehr als Mach 2,1«, antwortete Admiral Liu und fügte kurz darauf hinzu: »Allerdings werden sie die auf dieser kurzen Strecke nicht erreichen.«

Die Jets stiegen so hoch, dass keine Schiffe mehr zu sehen waren, und die Anwesenden richteten ihre Aufmerksamkeit wieder auf die Aufnahmen der Drohne. Das Bild zeigte die japanischen Seeleute in ihrem Lager. Die Zelte waren ordentlich aufgereiht, und einige Männer schienen das Mittagessen zuzubereiten. Andere waren zu dem winzigen Strand hinuntergelaufen, blödelten herum, planschten im Wasser und warfen Sand. Einer von ihnen filmte alles mit einem Smartphone.

Ihre selige Unwissenheit dauerte nur noch ein paar Sekunden.

Ein paar von ihnen schauten nach oben. Vielleicht hörten sie die Jets. Vermutlich waren die Flugzeuge aber zu weit weg, als dass die Seeleute sie als Bedrohung wahrgenommen hätten, und die Markierungen konnte man vom Boden mit Sicherheit nicht sehen. Also starrten die Männer einfach nur in die Luft.

Der erste Jet kippte zur Seite weg und wendete, verfolgt von der Kamera des zweiten. Dann begann er den Zielanflug.

Vielleicht hatten die Seeleute eine Warnung von ihrem Boot bekommen, denn plötzlich griffen sie nach ihren Sturmgewehren, schulterten Raketenwerfer und nahmen Verteidigungspositionen ein. In einem offensichtlich einstudierten Manöver verteilten sie sich auf der winzigen Insel. Bei den Raketenwerfern handelte es sich vermutlich um eine japanische Version der amerikanischen FIM-92, die eine Stinger-Abwehrrakete abfeuerte.

Admiral Liu erklärte: »Die Jets befinden sich in etwa dreißigtausend Fuß Höhe und fliegen mit mehr als zweihundertfünfzig Metern pro Sekunde. Diese Art von Luftabwehrwaffen stellt keine Bedrohung für sie dar.«

Einen Augenblick lang war alles vollkommen still. Die Seeleute auf der Insel hielten ihre Position, und der zweite Jet hielt weiter die Kamera auf den ersten gerichtet. Admiral Liu sagte: »Bomben los.«

Dann explodierte die kleine Insel in einer Wolke aus Feuer und Rauch. Sand und Steine wurden in die Luft geschleudert und fielen zusammen mit schrecklich bleichen Objekten ins Meer, die wie menschliche Gliedmaßen aussahen. Die Militärs im Raum jubelten.

Kai nicht.

Langsam verzog sich der Rauch, und die Wasseroberfläche beruhigte sich wieder.

Niemand hatte überlebt.

Stille senkte sich über das Lagezentrum.

Es war Kai, der das Schweigen schließlich brach. »Und damit, Genossen, befinden wir uns im Krieg mit Japan.«

DEFCON 1

Der Atomkrieg steht unmittelbar bevor
oder hat bereits begonnen.

Kapitel 40

Pauline schlief nicht, als Gus anrief. Dabei war es ungewöhnlich für sie, nachts wachzuliegen. Bisher hatte noch keine Krise sie vom Schlaf abgehalten. Als das Telefon klingelte, brauchte sie nicht auf die Nachttischuhr zu schauen, denn sie wusste bereits, wie spät es war: halb eins.

Pauline ging ran, und Gus sagte: »Die Chinesen haben die Senkaku-Inseln bombardiert und ein paar japanische Seeleute getötet.«

»Auch das noch!«, fluchte Pauline.

»Alle wichtigen Leute sind im Lagezentrum.«

»Ich ziehe mich rasch an.«

»Ich werde dich begleiten. Ich bin in der Residenz, auf deiner Etage, in der Küche neben dem Aufzug.«

»Okay.« Pauline legte auf und stieg aus dem Bett. Es war fast eine Erleichterung, endlich etwas zu tun, anstatt einfach nur dazuliegen und nachzudenken. Schlafen konnte sie später.

Pauline zog eine Jeansjacke über ein dunkelblaues T-Shirt und bürstete sich das Haar. Dann ging sie die Center Hall hinunter, betrat den Küchenbereich und fand Gus, der bereits neben dem Aufzug wartete. Sie gingen hinein, und Gus drückte den Knopf für den Keller.

Plötzlich verließ Pauline der Mut, und ihr stiegen die Tränen in die Augen. »Ich versuche doch alles, um die Welt sicherer zu machen, aber es wird immer schlimmer«, klagte sie.

Im Aufzug gab es keine Kameras. Gus nahm sie in die Arme, und sie legte die Wange an seine Schulter. So blieben sie stehen, bis der Aufzug wieder hielt. Dann lösten sie sich voneinander, und die Tür öffnete sich. Ein Agent des Secret Service wartete bereits auf sie.

Paulines Augenblick der Entmutigung verging schnell. Als sie das Lagezentrum erreichten, war sie wieder sie selbst. Sie setzte sich, schaute sich um und sagte: »Chess. Wie sieht es aus?«

»Wir stehen mit dem Rücken zur Wand, Madam President. Unser Beistandspakt mit Japan ist ein Grundstein der Stabilität im Fernen Osten. Wir sind verpflichtet, Japan gegen jeden Angriff zu verteidigen, und zwei Ihrer Vorgänger haben erst in jüngster Zeit öffentlich bestätigt, dass diese Verpflichtung die Senkaku-Inseln ausdrücklich miteinschließt. Wenn wir nicht zurückschlagen, ist unser Vertrag mit Japan bedeutungslos geworden. Viel hängt davon ab, was wir jetzt tun.«

Tut es das nicht immer?, dachte Pauline.

Bill Schneider, der Vorsitzende der Joint Chiefs of Staff, sagte: »Wenn ich darf, Madam President?«

»Bitte, Bill.«

»Wir müssen ihrer Fähigkeit, Japan anzugreifen, einen mächtigen Dämpfer verpassen. Wenn wir uns die Ostküste von China ansehen, also den Teil, der Japan am nächsten liegt, dann sind Qingdao und Ningbo ihre wichtigsten Marinebasen. Ich schlage einen schweren Raketenschlag gegen beide vor, sorgfältig gezielt, um zivile Opfer zu minimieren.«

Chess schüttelte bereits ablehnend den Kopf.

»Das wäre eine schwerwiegende Eskalation«, sagte Pauline.

»Das ist das Gleiche, was wir mit dem Regime in Pjöngjang gemacht haben. Wir haben ihnen die Fähigkeit genommen, uns anzugreifen.«

»Die haben das auch verdient. Sie haben chemische Waffen eingesetzt. Das hier ist nicht dasselbe.«

»Ich betrachte das als durchaus angemessen, Madam President.«

»Wie auch immer … Lassen Sie uns nach einer weniger provokanten Option suchen.«

Chess sagte: »Wir könnten die Senkaku-Inseln mit einem Ring aus Stahl schützen: Zerstörer, U-Boote und Kampfflugzeuge.«

»Ewig?«

»Später, wenn sich die Lage entspannt, können wir die Maßnahmen wieder zurückfahren.«

Luis Rivera, der Verteidigungsminister, meldete sich zu Wort. »Die Chinesen haben den Bombenangriff gefilmt, Madam President. Und sie haben ihn veröffentlicht. Sie sind stolz auf das, was sie getan haben.«

»Okay. Schauen wir uns das mal an.«

Der Film wurde auf einen der Wandbildschirme gelegt. Zuerst kam eine lange Aufnahme einer winzigen Insel, gefolgt von einer Nahaufnahme japanischer Soldaten, die eine Flagge in den Sand steckten. Dann startete ein chinesischer Jet von einem Flugzeugträger. Gemischt mit weiteren Aufnahmen des Kampfflugzeuges waren Nahaufnahmen eines jungen Seemanns zu sehen, der mit den Fingern so tat, als würde er das Ding abschießen, sowie andere von seinen lachenden Kameraden.

»Das ist wohl das Äquivalent eines Stinkefingers, Madam President«, erklärte Luis.

»Was Sie nicht sagen.« Die Geste hat die chinesische Führung mit Sicherheit zum Kochen gebracht, dachte Pauline. Wenn diese Männer eins waren, dann sensibel. Pauline erinnerte sich an die Vorbereitungen zu ihrem Meeting mit Staatspräsident Chen beim G20-Treffen. Seine Adjutanten hatten Veränderungen bei einem Dutzend winziger Details verlangt, von denen sie behaupteten, das würde ihn beleidigen, von der Höhe der Stühle bis hin zur Obstauswahl auf den Beistelltischen.

Im Film wurden die Soldaten plötzlich alarmiert und nahmen Verteidigungspositionen ein, und dann schien die ganze Insel zu explodieren. Als der Rauch sich verzog, zoomte eine Drohnenkamera an die Leiche eines jungen Seemanns im Sand heran, und eine Stimme auf Mandarin und mit englischen Untertiteln sagte: »Alle ausländischen Soldaten, die chinesisches Territorium verletzen, werden dasselbe Schicksal erleiden.«

Pauline drehte sich angesichts der Bilder der Magen um, und die Tatsache, dass die Chinesen auch noch stolz darauf waren, war einfach nur widerwärtig. »Das ist furchtbar«, sagte sie.

»Diese Drohung am Ende«, sagte Luis Rivera, »lässt darauf schließen, dass ein Ring aus Stahl nicht ausreichen würde. Es gibt noch viele weitere umstrittene Inseln. Ich bin nicht sicher, ob wir die alle absichern können.«

»Okay, aber ich werde trotzdem nicht überreagieren«, sagte Pauline. »Geben Sie mir mehr als diesen Ring aus Stahl, aber weniger als einen Raketenhagel auf das chinesische Festland.«

Luis hatte eine Antwort darauf. »Das Flugzeug, das die Bombe abgeworfen hat, kam von einem chinesischen Flugzeugträger mit Namen *Fujian*. Wir verfügen über Anti-Schiffsraketen, die ihn versenken könnten.«

»Das stimmt«, bestätigte Bill Schneider. »Eine einzelne davon kann schon ein Schiff versenken. Trotzdem würden wir eine ganze Batterie davon abfeuern, um sicherzustellen, dass auch so was Großes wie ein Flugzeugträger untergeht. Die maximale Reichweite dieser Raketen beträgt dreihundertfünfzig Seemeilen, und unsere Schiffe sind weit näher dran. Außerdem können sie nicht nur von Schiffen, sondern auch von Flugzeugen abgefeuert werden, und wir haben beides zur Verfügung.«

Luis sagte: »Wenn wir das tun, sollten wir bekanntgeben, dass wir auf ähnliche Angriffe genauso reagieren. Madam President, China kann es sich nicht leisten, seine Flugzeugträger zu verlieren. Wir haben elf, dazu noch neun amphibische Angriffsschiffe, die ebenfalls mit Flugzeugen bestückt sind, sie aber nur drei, und wenn wir die *Fujian* versenken, dann bleiben ihnen zwei. Und sie können sie nicht einfach ersetzen. Das kann niemand. Ein Flugzeugträger kostet eine zweistellige Milliardensumme, und es dauert Jahre, so ein Ding zu bauen. Daher lautet meine Einschätzung, dass die Versenkung der *Fujian* zusammen mit der Drohung, auch die anderen beiden zu versenken, eine massive, ernüchternde Wirkung auf die chinesische Regierung haben wird.«

»Oder es könnte sie zu Verzweiflungstaten treiben«, gab Chess zu bedenken.

»Können wir Bilder von der *Fujian* bekommen?«, fragte Pauline.

»Natürlich. Wir haben sowohl Flugzeuge als auch Drohnen in der Nähe.«

Nach nur einer Minute erschien das große graue Schiff auf dem Bildschirm. Es hatte die typische markante Form eines Flugzeugträgers mit einer geschwungenen Rampe am Bug, die an eine Skisprungschanze erinnerte. Ein halbes Dutzend Kampfflugzeuge und Hubschrauber stand an Deck, dicht gedrängt in der Nähe der Aufbauten, der sogenannten Insel. Ein paar Männer arbeiteten um sie herum. Aus dieser Entfernung wirkten sie wie Ameisen. Der Rest des riesigen Decks bildete die kahle Startbahn.

»Wie viele Besatzungsmitglieder hat die *Fujian?*«, fragte Pauline.

Bill antwortete: »Etwa eintausendfünfhundert, einschließlich Flugpersonal.«

Fast alle von ihnen waren unter Deck. Das Schiff war wie ein Bürogebäude. Dort sah man auch niemanden von außen.

Beim Einschlag der Rakete würden nur ein paar ums Leben kommen, überlegte Pauline; andere würden mit Sicherheit überleben, doch die meisten würden ertrinken, wenn das Schiff unterging.

Sie wollte nicht tausendfünfhundert Menschen töten.

Luis sagte: »Wir würden die Leute töten, die diese japanischen Seeleute umgebracht haben. Das Zahlenverhältnis stimmt vielleicht nicht, aber das Prinzip ist klar.«

»Die Chinesen werden das anders sehen«, entgegnete Pauline. »Und sie werden zurückschlagen.«

»Aber dieses Spiel können sie nicht gewinnen, und das wissen sie. Bis zum Ende durchgespielt, gibt es nur ein mögliches Ergebnis: China wird in eine nukleare Wüste verwandelt. China verfügt über ungefähr dreihundert Atomsprengköpfe. Wir haben mehr als dreitausend. Deshalb werden sie irgendwann mit uns verhandeln. Und wenn wir ihnen jetzt schweren Schaden zufügen, wird das eher früher als später der Fall sein.«

Schweigen senkte sich über den Raum. So, dachte Pauline. Alle Optionen sind auf dem Tisch, und jeder hat eine Meinung, aber zu guter Letzt liegt die Entscheidung allein bei mir.

Was schließlich den Ausschlag gab, war die chinesische Drohung: *Alle ausländischen Soldaten, die chinesisches Territorium verletzen, werden dasselbe Schicksal erleiden*. Sie würden es also wieder tun. Und das, zusammen mit den vertraglichen Verpflichtungen der USA gegenüber Japan, hieß, dass ein symbolischer Protest nicht reichte. Paulines Antwort musste wehtun.

»Tun Sie's, Bill«, sagte sie.

»Jawohl, Madam President«, erwiderte Bill und sprach ins Telefon.

Eine dunkelhäutige Frau in weißem Kochkittel kam mit einem Tablett herein. »Guten Morgen, Madam President«, sagte sie. »Ich habe mir gedacht, Sie könnten einen Kaffee brauchen.« Sie stellte das Tablett neben Pauline.

»Es ist sehr nett von Ihnen, dass Sie extra mitten in der Nacht aufgestanden sind, Merrilee«, sagte Pauline. »Danke.« Sie goss den Kaffee in eine Tasse und gab etwas Milch dazu.

»Gern geschehen«, sagte Merrilee.

Hunderte von Menschen warteten nur darauf, selbst den kleinsten Wunsch der Präsidentin zu erfüllen, doch aus irgendeinem Grund war Pauline von Merrilee gerührt, die ihr mitten in der Nacht einen Kaffee gekocht hatte. »Ich weiß das wirklich zu schätzen«, sagte sie.

»Bitte geben Sie mir Bescheid, wenn Sie noch was brauchen, Madam President.« Merrilee ging wieder.

Pauline nippte an ihrem Kaffee und schaute erneut zu der *Fujian* auf dem Bildschirm. Sie war gut zweihundertsiebzig Meter lang. Wollte sie das Schiff wirklich versenken?

Als die Kamera herauszoomte, waren mehrere Begleitschiffe zu sehen. »Können diese kleineren Schiffe die Raketen abwehren?«, fragte Pauline.

»Sie können es versuchen, Ma'am«, antwortete Bill, »aber sie werden nicht alle erwischen.«

Auf dem Tablett lag auch Gebäck. Pauline nahm sich ein Stück und biss hinein. Es war vollkommen in Ordnung, doch Pauline hatte Schwierigkeiten, es herunterzuschlucken. Ihre Kehle war wie ausgetrocknet. Sie trank einen Schluck Kaffee und legte den Rest des Gebäcks zurück.

Bill sagte: »Die Raketen sind einsatzbereit, Madam President. Wir feuern sie nicht nur von Schiffen, sondern auch von Flugzeugen ab.«

»Gut«, sagte Pauline. Das Herz schlug ihr bis zum Hals. »Feuer.«

Einen Augenblick später verkündete Bill: »Die erste Salve wird von einem Schiff abgefeuert. Die Entfernung beträgt fünfzig Seemeilen. Sie sollte in sechs Minuten einschlagen. Die Flugzeuge sind näher dran und werden ihre in fünf Minuten starten.«

Pauline starrte auf die *Fujian*. Eintausendfünfhundert Menschen, dachte sie. Das waren keine Mörder, keine Verbrecher, sondern größtenteils einfach nur junge Männer, die zur Navy gegangen waren, um ihr Leben auf dem Meer zu verbringen. Sie hatten Eltern, Brüder, Schwestern, Partner und Kinder. Eintausendfünfhundert Familien würden trauern.

Paulines Vater war auch bei der Navy gewesen, bevor er ihre Mutter geheiratet hatte. Auf See habe er die ganzen *Canterbury Tales* gelesen, hatte er erzählt, auf Mittelenglisch. So viel Zeit würde er nie wieder im Leben haben.

Ein Hubschrauber startete vom Deck der *Fujian*. Ohne es zu wissen, ist dieser Pilot gerade dem Tod entkommen, sinnierte Pauline. Er musste der größte Glückspilz der Welt sein.

Plötzlich brach Hektik an einer Waffenplattform aus. Bill erklärte: »Das sind Kurzstrecken-Flugabwehrraketen. Der Werfer ist mit Raketen vom Typ *Red Banner* geladen, die im Tiefflug über das Wasser fliegen.«

»Ein Raketenabwehrabwehrsystem also.«

»Ja, und diese Aktivität verrät uns, dass das chinesische Radar unsere Antischiffsraketen geortet hat.«

»Drei Minuten«, sagte jemand.

Der Raketenwerfer schwenkte herum, und einen Augenblick später quoll Rauch aus der Mündung. Er hatte gefeuert. Dann zeigte eine Aufnahme aus großer Höhe die Kondensstreifen von einem halben Dutzend oder mehr ankommenden Raketen, die sich unglaublich schnell näherten und auf die Breitseite der *Fujian* zurasten. Wieder schoss das chinesische Raketenabwehrsystem, inzwischen auch mit Maschinenkanonen, und eine der anfliegenden Raketen brach auseinander und stürzte ins Meer.

Pauline bemerkte eine weitere Gruppe von Raketen, die sich dem Träger von der anderen Seite näherten. Die kamen von den Flugzeugen, nahm sie an.

Ein paar Begleitschiffe der *Fujian* eröffneten ebenfalls das Feuer, doch bis zum Einschlag blieben nur Sekunden.

An Deck versuchten die Soldaten verzweifelt, die Red Banner wieder zu laden, doch sie waren nicht schnell genug.

Die Raketen schlugen fast gleichzeitig ein. Alle Treffer waren mittschiffs konzentriert. Es kam zu einer gewaltigen Explosion. Pauline schnappte hörbar nach Luft, als das Deck der *Fujian* sich zu heben schien und in der Mitte auseinanderbrach. Die Flugzeuge an Deck rutschten ins Meer. Flammen loderten empor, und Rauch quoll aus dem aufgerissenen Schiff. Dann sanken die beiden Hälften des langen Decks langsam nach innen. Entsetzt sah Pauline, wie das ganze riesige Schiff in zwei Teile brach. Beide Hälften richteten sich auf. Das Schiff sank in der Mitte, während Bug und Heck sich in die Luft reckten. Pauline glaubte, menschliche Gestalten zu sehen. Sie waren winzig, flogen durch die Luft und ins Wasser, und sie flüsterte: »Oh nein!« Sie spürte, wie Gus ihr die Hand auf den Arm legte, sanft drückte und sie wieder wegnahm.

Es dauerte Minuten, während sich das Wrack langsam mit immer mehr Wasser füllte und tiefer sank. Das Heck ging zuerst unter und hinterließ einen Krater im Wasser, der sich jedoch sofort wieder füllte. Schaum gischtete hoch. Der Bug sank kurz darauf. Der Effekt war ähnlich. Pauline starrte die Wasseroberfläche an. Es dauerte nicht lange, und das Meer war wieder ruhig. Ein paar reglose Körper trieben zwischen den Trümmern: Holz, Gummi und Plastik. Die Begleitschiffe ließen Rettungsboote zu Wasser, ohne Zweifel, um Überlebende aufzunehmen. Pauline glaubte nicht, dass das viele waren.

Es war fast, als hätte die *Fujian* nie existiert.

* * *

Die Führer Chinas standen unter Schock.

Sie haben nur wenig Kriegserfahrung, sinnierte Kai. Das chinesische Militär war zuletzt 1979 in ernsthafte Kämpfe verwickelt gewesen, während einer kurzen, erfolglosen Invasion in Vietnam. Die meisten Menschen im Raum hatten noch nie gesehen, was sie gerade auf Video miterlebt hatten: anderthalbtausend Menschen, die vorsätzlich und gewaltsam getötet worden waren.

Die einfachen Bürger würden die Wut und die Trauer der Männer in diesem Raum teilen. Dessen war Kai sicher. Der Schrei nach Rache würde laut sein, auf der Straße sogar noch lauter. Die chinesische Regierung musste zurückschlagen. Selbst Kai sah das so. Sie konnte nicht darüber hinwegsehen, dass so viele Chinesen getötet worden waren.

General Huang sagte: »Jetzt müssen wir einen ihrer Flugzeugträger versenken … *mindestens!*«

Wie immer war Kong Zhao, der junge Verteidigungsminister, die Stimme der Vorsicht. »Wenn wir das tun, werden sie wieder einen von unseren versenken. Noch eine Runde, und wir haben keine Flugzeugträger mehr, während die Amerikaner …« Er rechnete kurz nach. »Dann hätten sie noch acht Flottenträger, von den amphibischen Angriffsschiffen und Hubschrauberträgern ganz zu schweigen.«

»Wollen Sie ihnen das etwa durchgehen lassen?«

»Nein, aber ich glaube, wir sollten erst einmal innehalten und nachdenken.«

Kais Handy klingelte. Er verließ den Tisch und suchte sich eine ruhige Ecke.

Es war Ham. »Die Südkoreaner übernehmen Pjöngjang«, sagte er. »General Pak ist geflohen.«

»Und wohin?«

»In seine ursprüngliche Basis. Nach Jeongjeo-dong.«

»Wo die Kernwaffen sind.« Kai hatte sie am Tag seines Besuchs gesehen: sechs von ihnen auf riesigen Startfahrzeugen.

»Es gibt noch eine Möglichkeit, wie Sie ihn davon abhalten können, sie abzufeuern«, sagte Ham.

»Und wie?«

»Das wird Ihnen nicht gefallen.«

»Darauf möchte ich wetten.«

»Bringen Sie die USA dazu, die südkoreanische Armee aus Pjöngjang zurückzupfeifen.«

Der Vorschlag war radikal, aber er ergab auch irgendwie einen Sinn. Kai schwieg und dachte nach.

Ham fügte hinzu: »Sie haben doch Kontakt zu den Amerikanern, oder?«

»Ich werde sie anrufen, aber sie sind vielleicht gar nicht in der Lage zu tun, was Sie verlangen.«

»Sagen Sie ihnen, wenn die Südkoreaner sich nicht zurückziehen, wird Pak Atomwaffen einsetzen.«

»Würde er das wirklich?«

»Möglich ist es.«

»Das wäre Selbstmord.«

»Es ist seine letzte Chance. Es ist alles, was er noch hat. Anders kann er nicht gewinnen. Und wenn er verliert, werden sie ihn umbringen.«

»Glauben Sie wirklich, dass er Kernwaffen einsetzen würde? *Atombomben?*«

»Ich wüsste nicht, was ihn davon abhalten sollte.«

»Ich werde tun, was ich kann.«

»Bitte sagen Sie mir Ihre ehrliche Meinung«, forderte Ham Kai auf. »Wie stehen die Chancen, dass ich die nächsten vierundzwanzig Stunden überlebe?«

Kai glaubte, Ham eine ehrliche Antwort zu schulden. »Fünfzig-fünfzig«, sagte er.

»Also werde ich vielleicht nie in mein neues Haus einziehen«, seufzte Ham traurig.

Kai empfand einen Hauch von Mitleid. »Noch ist es nicht vorbei«, entgegnete er.

Ham legte auf.

Bevor er Neil anrief, kehrte Kai wieder zum Podium zurück. »General Pak hat Pjöngjang verlassen«, berichtete er. »Die Südkoreaner haben die Hauptstadt nun unter ihrer Kontrolle.«

»Und wo ist Pak hin?«, verlangte Chen zu wissen.

»Nach Jeongjeo-dong«, antwortete Kai. Er hielt kurz inne und fügte dann hinzu: »Wo die Atomraketen sind.«

* * *

Sophia Magliani, die Geheimdienstkoordinatorin, hatte telefoniert und sagte nun: »Madam President, wenn Sie gestatten …«

»Bitte.«

»Sie wissen ja, dass wir einen inoffiziellen Kanal nach Beijing haben.«

»Ja, natürlich.«

»Wir haben gerade erfahren, dass die Rebellen Pjöngjang aufgegeben haben. Südkorea hat gesiegt.«

»Das sind doch gute Nachrichten … oder?«

»Nicht notwendigerweise. Jetzt bleiben General Pak nur seine Kernwaffen.«

»Und wird er die einsetzen?«

»Die Chinesen glauben, ja … Es sei denn, die Südkoreaner ziehen sich wieder zurück.«

»Himmel!«

»Werden Sie mit Präsidentin No sprechen?«

»Natürlich.« Pauline schaute zu Jacqueline Brody, ihrer Stabschefin. »Bitte arrangieren Sie das, Jacqueline.«

»Jawohl, Ma'am.«

»Ich hege allerdings keine große Hoffnung«, fügte Pauline hinzu.

Präsidentin No Do-hui hatte das größte Ziel ihres Lebens erreicht: Sie hatte Nord- und Südkorea unter einer Führung vereint – ihrer eigenen. Würde sie das unter Androhung eines Atomangriffs wieder aufgeben? Hätte Abraham Lincoln den Süden aufgegeben, nachdem er den Bürgerkrieg gewonnen hatte? Nein, aber Lincoln war auch nicht mit Atomwaffen bedroht worden.

Das Telefon klingelte, und Pauline hob ab. »Hallo, Frau Präsidentin.«

No war ihr Triumph deutlich anzuhören. »Auch Ihnen hallo, Madam President.«

»Ich gratuliere Ihnen zu Ihrem fantastischen militärischen Sieg.«

»Den Sie mir ausreden wollten.«

In gewisser Hinsicht war es ein Nachteil, dass No so gut Englisch sprach. Das ermöglichte es ihr, selbstbewusster zu sein und aggressiver aufzutreten.

Pauline sagte: »Ich fürchte, General Pak wird Ihnen den Sieg wieder entreißen.«

»Das kann er gern versuchen.«

»Die Chinesen glauben, dass er seine Kernwaffen einsetzen wird.«

»Das wäre Selbstmord.«

»Er könnte es trotzdem tun … Es sei denn, Sie ziehen Ihre Truppen zurück.«

»Rückzug?«, erwiderte No ungläubig. »Ich habe *gewonnen!* Die Menschen feiern die lang erwartete Wiedervereinigung Koreas.«

»Diese Feier kommt ein wenig zu früh.«

»Wenn ich jetzt den Rückzug befehle, wird meine Präsidentschaft den Tag nicht überleben. Die Armee wird meutern, und dann haben wir es mit einem Putsch zu tun.«

»Wie wäre es mit einem Teilrückzug? Sie könnten sich in die Außenbezirke zurückziehen, Pjöngjang für neutral erklären und Pak zu einer Konferenz einladen, um die Zukunft des Nordens zu diskutieren.« Pauline war nicht sicher, ob Pak das als Grundlage für einen Frieden akzeptieren würde, doch es war einen Versuch wert.

Aber No gab dem keine Chance. »Meine Generäle würden das als unnötige Kapitulation betrachten. Und sie hätten recht damit.«

»Sie sind also wirklich bereit, die nukleare Vernichtung zu riskieren?«

»Das riskieren wir alle, jeden Tag, Madam President.«

»Nein, nicht so.«

»In wenigen Sekunden muss ich im Fernsehen zu meinem Volk sprechen. Ich danke Ihnen für Ihren Anruf. Bitte entschuldigen Sie mich.« Sie legte auf.

Pauline war kurz wie benommen. Nicht viele Menschen legten einfach auf, wenn sie mit der Präsidentin der Vereinigten Staaten sprachen.

Sie schluckte und fragte: »Können wir das südkoreanische Fernsehen auf einen unserer Bildschirme legen? Versuchen Sie es mit YTN. Das ist ein reiner Nachrichtenkanal.«

Ein Nachrichtensprecher erschien. Er sprach Koreanisch, doch nach wenigen Sekunden erschienen englische Untertitel. Irgendwo im Weißen Haus, erkannte Pauline, hämmerte ein Simultandolmetscher vermutlich wie verrückt auf seine Tastatur.

Das Bild wechselte zur verwackelten Aufnahme einer von Bomben stark beschädigten Stadt. Offenbar war diese Aufnahme aus einem Fahrzeug heraus entstanden, und die Untertitel sagten: *Die südkoreanischen Streitkräfte haben die Kontrolle über Pjöngjang übernommen*. Ein aufgeregter, fast schon hysterischer Reporter saß auf einem rollenden Panzer. Er hielt ein Mikrofon in der Hand und schrie in die Kamera. Er trug einen Helm, dazu Anzug und Krawatte. Die Untertitel verschwanden. Vielleicht konnte der Dolmetscher nicht wirklich verstehen, was der Mann sagte; aber ein Kommentar war ohnehin überflüssig. Hinter dem Kopf des Reporters sah Pauline eine lange Militärkolonne auf einer der Hauptstraßen der Stadt. Es war der triumphale Einzug der südkoreanischen Truppen in die Hauptstadt des Feindes.

»Verdammt«, knurrte Pauline. »Ich wette, Pak sieht das auch und kocht innerlich.«

Die Einwohner Pjöngjangs starrten aus Fenstern und Türen,

und ein paar der Mutigeren winkten sogar; aber sie kamen nicht auf die Straße, um ihre Befreiung zu feiern. Sie hatten ihr gesamtes bisheriges Leben unter einem der repressivsten Regime der Welt verbracht, und so würden sie warten, bis sie wirklich sicher waren, dass sie ihren Gefühlen freien Lauf lassen konnten.

Das Fernsehbild wechselte erneut, und Pauline sah die strenge graue Frisur und das faltige Gesicht von Präsidentin No. Wie immer stand neben ihr die südkoreanische Flagge, weiß und mit dem rot-blauen Taegeuk, dem Symbol des kosmischen Gleichgewichts, umgeben von vier gleichermaßen symbolischen Trigrammen. Doch jetzt stand auf der anderen Seite die blau-weiße Vereinigungsflagge. Das war unmissverständlich: Präsidentin No herrschte nun über beide Teile des Landes.

Pauline war schon einmal im Büro von Präsidentin No gewesen, doch das sah anders aus. No saß in einem unterirdischen Bunker, nahm Pauline an.

No begann zu sprechen, und die Untertitel kehrten wieder zurück. »Unsere tapferen Soldaten haben Pjöngjang erobert«, verkündete sie. »Die künstliche Grenze, die Korea seit 1945 geteilt hat, ist zusammengebrochen. Bald wird Realität werden, wovon wir bis jetzt immer nur geträumt haben: ein Volk, ein Land.«

Sie macht das gut, dachte Pauline. Aber warten wir mal, bis sie ins Detail geht.

»Das vereinigte Korea wird ein freies, demokratisches Land sein, das sowohl zu den USA als auch zu China enge freundschaftliche Beziehungen unterhält.«

»Leichter gesagt als getan«, kommentierte Pauline.

»Wir werden sofort Wahlen organisieren. Bis dahin wird die südkoreanische Armee die Ordnung aufrechterhalten.«

Plötzlich sprang Bill Schneider auf, starrte auf einen Bildschirm und rief: »Oh Gott! Nein!«

Alle folgten seinem Blick. Pauline sah ein Radarbild. Es zeigte einen einzelnen Raketenstart. »Das ist in Nordkorea!«, sagte Bill.

»Und von wo kommt die Rakete?«, verlangte Pauline zu wissen.

Bill trug noch immer sein Headset, über das er direkt mit dem Pentagon verbunden war. »Sie ist in Jeongjeo-dong gestartet – dem Atomstützpunkt.«

»Verdammt!«, fluchte Pauline. »Er hat es tatsächlich getan. Pak hat eine Atomrakete gestartet.«

»Sie fliegt nur knapp über den Wolken«, berichtete Bill. »Das Ziel ist also nicht weit entfernt.«

»Dann ist sie mit ziemlicher Sicherheit auf Seoul gerichtet«, sagte Pauline. »Ich will Bilder sehen. Schicken Sie Drohnen los.«

Zuerst sah Pauline ein Satellitenbild der Stadt, durch das sich der breite Hangang wand. Mehr Brücken überquerten ihn, als sie zählen konnte. Dann wurde das Bild weiter herangezoomt, bis Pauline den Verkehr auf den Straßen erkennen konnte. Einen Augenblick später flackerten weitere Bildschirme auf und zeigten ein Video, das offenbar von Überwachungskameras stammte. Es war Nachmittag. Autos, Busse und Lkws standen an Ampeln und auf den schmalen Brücken.

Fast zehn Millionen Menschen lebten hier.

Bill sagte: »Die Entfernung beträgt ungefähr zweihundertfünfzig Meilen. Das wäre ein zweiminütiger Flug, und die Rakete ist schon eine Minute in der Luft. Also noch sechzig Sekunden.«

Es gab nichts, was Pauline in sechzig Sekunden tun konnte.

Sie sah die Rakete nie; aber sie wusste, dass sie eingeschlagen war, als auf allen Bildschirmen nur noch Rauschen zu sehen war.

Für einige Momente starrten alle einfach nur auf die leeren Bildschirme. Dann erschien ein neues Bild, vermutlich von einer amerikanischen Drohne. Pauline wusste, dass das Seoul war, denn sie erkannte den Flusslauf. Doch das Bild wurde beherrscht von der riesigen pilzförmigen Wolke, die sich in den Himmel erhob.

Sie alle kannten die Bilder von den Aufnahmen aus Hiroshima und Nagasaki. Im Stadtzentrum gab es jetzt nichts, gar nichts mehr: keine Gebäude, keine Autos, keine Straßen. Die Landschaft war vollkommen leer. Die Gebäude waren komplett dem Erdboden gleichgemacht, jedes einzelne, und die Trümmer bedeckten alles, auch die Leichen. Es war zehnmal schlimmer als der stärkste Hurrikan, vielleicht sogar hundertmal. Jenseits des Stadtzentrums wüteten Feuer, einige groß, andere klein. Autos brannten, Häuser, Straßen. Fahrzeuge waren wie Spielzeug durch die Luft gewirbelt worden. Rauch und Staub verbargen einen großen Teil des Geschehens.

Es gab jedoch immer irgendwo eine Kamera, und jetzt fand einer der Techniker auch einen Livefeed, der von einem Helikopter stammte, der von einem der Flughäfen in den Außenbezirken der Stadt gestartet war. Pauline sah, dass in den Vororten noch ein paar Fahrzeuge fuhren, und das hieß, dass es Überlebende gab. Verletzte wankten durch die Straßen. Viele waren offenbar blind; andere bluteten, doch einige wirkten auch unverletzt und halfen anderen.

Pauline drehte sich der Kopf. Sie hatte nie geglaubt, je solche Zerstörung zu sehen.

Sie schüttelte sich. Jetzt war es an ihr zu handeln.

»Bill«, sagte sie, »erhöhen Sie die Alarmstufe auf DEFCON 1. Der Atomkrieg hat begonnen.«

* * *

Wie mittlerweile fast jeden Morgen wachte Tamara in Tabs Bett auf. Sie küsste ihn, stand auf, ging in die Küche, schaltete die Kaffeemaschine ein und kehrte dann wieder ins Schlafzimmer zurück. Sie ging zum Fenster und schaute zu, wie N'Djamena sich unter der Wüstensonne rasch aufheizte.

Tamara würde diesen Anblick jedoch nicht mehr lange genießen können. Ihre Versetzung nach Paris war genehmigt worden. Dexter war natürlich dagegen gewesen, aber ihr Erfolg mit dem

Abdul-Projekt machte sie zur idealen Wahl für die Führung von Agenten, die arabisch-französische Islamistengruppen infiltrieren sollten. So war Dexter überstimmt worden. Tamara und Tab würden umziehen.

Der Duft von Kaffee breitete sich in der Wohnung aus. Tamara schaltete den Fernseher ein. Die Hauptschlagzeile war, dass die USA einen chinesischen Flugzeugträger versenkt hatten.

»Das sieht nicht gut aus«, sagte Tamara und schüttelte Tab. »Wach auf!«

Sie schenkte Kaffee ein, und sie tranken ihn im Bett, während sie zusahen. Das Schiff mit dem Namen *Fujian* war als Vergeltung für einen chinesischen Angriff auf japanische Soldaten auf den umstrittenen Senkaku-Inseln versenkt worden, erklärte der Nachrichtensprecher.

»Das wird noch nicht das Ende sein«, bemerkte Tab.

»Darauf kannst du deinen Arsch verwetten.«

Sie duschten, zogen sich an und frühstückten. Tab, der aus nahezu allem ein schmackhaftes Mahl zaubern konnte, machte Rührei mit geriebenem Parmesan, gehackter Petersilie und einem Hauch von Paprika.

Dann zog er seinen dünnen italienischen Blazer an, und Tamara band sich ein Baumwolltuch um den Kopf. Tab wollte die Nachrichten gerade ausschalten, als er plötzlich innehielt. Die nordkoreanischen Rebellen hatten eine Atombombe auf Seoul geworfen, auf die Hauptstadt von Südkorea.

»Das … Das bedeutet Atomkrieg«, sagte Tab.

Tamara nickte ernst. »Dies könnte unser letzter Tag auf Erden sein.«

Sie setzten sich wieder.

»Sollten wir jetzt nicht was Besonderes tun?«, fragte Tamara.

Tab schaute nachdenklich drein. »Ich hätte da einen Vorschlag«, sagte er schließlich.

»Und was?«

»Es kommt vielleicht ein wenig plötzlich.«

»Spuck's aus.«

»Wir könnten … Würdest du … Ich meine … Willst du mich heiraten?«

»Heute?«

»Natürlich heute!«

Tamara verschlug es die Sprache. Einen langen Moment schwieg sie einfach nur.

»Ich habe dich doch nicht verärgert, oder?«, fragte Tab.

Tamara fand ihre Stimme wieder. »Ich weiß nicht, wie ich dir sagen soll, wie sehr ich dich liebe«, sagte Tamara, und ihr lief eine Träne übers Gesicht.

Tab küsste die Träne weg. »Das nehme ich als Ja.«

Kapitel 41

Informationen fluteten ins Lagezentrum des Zhongnanhai, und Kai nahm sie auf, während er gegen ein Gefühl von benommener Hilflosigkeit ankämpfte. Die ganze Welt stand unter Schock. Das war der erste Kernwaffeneinsatz seit 1945.

Die Nachricht verbreitete sich rasend schnell. Binnen Sekunden gingen die Aktienmärkte in Ostasien in den freien Fall über. Die Leute verkauften ihre Aktien, als wäre Geld in einem Atomkrieg noch von Bedeutung. Staatspräsident Chen ließ die Börsen in Shanghai und Shenzhen eine Stunde früher als üblich schließen. Er befahl auch Hongkong, die Börse zu schließen, doch Hongkong weigerte sich und verlor so zwanzig Prozent in zehn Minuten.

Die Regierung von Taiwan, einer Insel, die nie Teil des kommunistischen China gewesen war, gab eine offizielle Erklärung heraus, dass sie das Militär jedes Landes angreifen würde, welches in die taiwanesischen Gewässer eindringe oder den Luftraum des Landes verletze. Kai verstand sofort, was das bedeutete. Jahrelang waren chinesische Kampfflugzeuge über Taiwan hinweggerast, und China hatte erklärt, das sei ihr Recht, denn Taiwan gehöre zu China. Zur Antwort hatten die Taiwanesen zwar immer ihre Abfangjäger gestartet und ihre Flugabwehr aktiviert, aber sie hatten die Eindringlinge nie wirklich angegriffen. Jetzt schien sich das jedoch geändert zu haben. Jetzt würden sie chinesische Flugzeuge sofort abschießen.

»Wir befinden uns im Atomkrieg«, sagte General Huang. »Und in einem Atomkrieg ist es immer besser, zuerst zuzuschlagen. Wir können Raketen sowohl zu Land als auch zu Wasser starten, und wir haben Langstreckenbomber. Wir sollten sofort alles bereit machen. Wenn wir zulassen, dass die Amerikaner zuerst zuschlagen, wird ein Großteil unseres Kernwaffenarsenals vernichtet sein, bevor wir es einsetzen können.«

Huang sprach immer so, als würde er unbestreitbare Tatsachen verkünden, selbst wenn er nur etwas vermutete; doch in diesem Fall hatte er recht. Ein amerikanischer Erstschlag würde das chinesische Militär zum Krüppel machen.

Verteidigungsminister Kong Zhao schaute verzweifelt drein. »Selbst wenn wir zuerst zuschlagen, bedenken Sie, dass wir genau dreihundertzwanzig Atomsprengköpfe haben, während die Amerikaner über mehr als dreitausend verfügen. Nehmen wir einmal an, dass jeder von unseren einen von ihren bei einem Erstschlag zerstört. Dann hätten sie noch immer genug, und wir hätten nichts.«

»Nicht unbedingt«, widersprach Huang.

Kong Zhao verlor die Beherrschung. »Erzählen Sie doch keinen Mist!«, brüllte er. »Ich habe die verdammten Kriegsspiele gesehen und Sie auch! Wir verlieren immer! IMMER!«

»Kriegsspiele sind Spiele«, schnaubte Huang verächtlich. »Krieg ist Krieg.«

Bevor Kong etwas darauf erwidern konnte, sagte Chang Jianjun: »Darf ich einen Vorschlag unterbreiten, wie es gelingen kann, einen begrenzten Atomkrieg zu führen?«

Kai hatte seinen Vater schon oft darüber reden hören. Kai selbst glaubte jedoch nicht daran. Die Geschichte hatte gezeigt, dass Kriege nur selten begrenzt blieben, ganz gleich, was für einer. Trotzdem schwieg er erst einmal.

Jianjun sagte: »Wir sollten eine kleine Anzahl von Erstschlägen auf eine begrenzte Zahl von sorgfältig ausgewählten amerikanischen Zielen durchführen – keine Großstädte, nur Militärbasen in dünn besiedelten Gebieten –, und dann bieten wir ihnen einen Waffenstillstand an.«

»Das könnte funktionieren«, sagte Kai, »und in jedem Fall wäre es besser als ein totaler Krieg. Aber können wir zuerst nicht etwas anderes versuchen?«

»Was haben Sie im Sinn?«, fragte Präsident Chen.

»Wenn wir nur mit konventionellen Waffen kämpfen, können wir all diese Überfälle auf unser Territorium zurückschlagen. Wir könnten die Südkoreaner sogar aus Nordkorea verdrängen.«

»Vielleicht«, erwiderte der Präsident. »Aber wie würden wir die Amerikaner davon abhalten, zu Atomwaffen zu greifen?«

»Indem wir ihnen zuerst eine Entschuldigung anbieten und ihnen dann drohen.«

»Bitte erklären Sie das.«

»Wir sollten Präsidentin Green sagen, dass der Atombombenangriff auf Seoul von nordkoreanischen Rebellen durchgeführt worden ist, die gerade zerschlagen und ihrer Atomwaffen beraubt werden, und dass es keine weiteren Gräueltaten dieser Art geben wird.«

»Wird sie uns das glauben?«

»Ich weiß es nicht. Aber wir können hoffen. Außerdem wird diese Erklärung uns Zeit verschaffen.«

»Und die Drohung?«

»Ein Ultimatum an die USA. Ich schlage folgende Formulierung vor: ›Jeder nukleare Angriff der USA auf Nordkorea wird als nuklearer Angriff auf die Volksrepublik China gewertet.‹ In den Sechzigern hat Präsident Kennedy in etwa das Gleiche gesagt: ›Es wird die Politik unseres Landes sein, jeden Abschuss einer Atomrakete von Kuba aus gegen irgendeine Nation der westlichen Hemisphäre als einen Angriff der Sowjetunion auf die Vereinigten Staaten anzusehen, der einen umfassenden Vergeltungsschlag gegen die Sowjetunion erfordert.‹ Das waren genau seine Worte. Das habe ich mir gemerkt.« Kai hatte an der Universität einmal ein Essay über die Kubakrise geschrieben.

Chen nickte nachdenklich. »Das heißt also übersetzt: Wenn Sie Atombomben auf Nordkorea werfen, dann werfen Sie Atombomben auf uns.«

»Genau, Genosse Staatspräsident.«

»Das ist nichts anderes als unsere derzeitige Politik.«

»Es macht es noch mal deutlich. Und es könnte Präsidentin Green dazu bringen, zu zögern und noch einmal nachzudenken. In der Zwischenzeit können wir nach anderen Wegen suchen, einen Atomkrieg zu verhindern.«

»Ich denke, das ist eine gute Idee«, sagte Präsident Chen. »Wenn alle zustimmen, mache ich das so.«

General Huang und Chang Jianjun wirkten unzufrieden, doch niemand erhob Einwände, und so war es beschlossen.

* * *

Pauline wandte sich an den Vorsitzenden der Joint Chiefs of Staff. »Bill, wir müssen General Pak die Möglichkeit nehmen, Atombomben gegen Südkorea einzusetzen – oder sonst irgendwen. Welche Optionen habe ich?«

»Ich sehe nur eine, Madam President, und das ist ein Atomschlag gegen das Rebellengebiet in Nordkorea. Wir müssen Jeongjeo-dong und alle anderen Militärbasen zerstören, in denen sie Atomwaffen haben könnten.«

»Und wie wird Beijing darauf reagieren?«

»Sie werden vielleicht wieder zur Vernunft kommen«, antwortete Bill. »Schließlich wollen sie auch nicht, dass die Rebellen Atomwaffen einsetzen.«

Gus war skeptisch, was das betraf. »Andererseits könnten sie auch zu dem Schluss kommen, dass wir einen Atomkrieg begonnen haben. Schließlich hätten wir dann ihren engsten Verbündeten angegriffen, und damit wären sie verpflichtet, einen Atomschlag gegen die USA durchzuführen.«

Pauline sagte: »Lassen Sie uns erst einmal sicherstellen, dass jeder hier weiß, worüber wir eigentlich reden. Luis, welche Auswirkungen hätte ein chinesischer Kernwaffenangriff auf die Vereinigten Staaten?«

»Nun, Ma'am …« Der Verteidigungsminister musste diese Informationen noch nicht einmal nachschlagen. Er hatte alles detailliert im Kopf. »China verfügt über sechzig landgestützte Interkontinentalraketen, die in der Lage sind, die USA zu erreichen. Da die Wahrscheinlichkeit groß ist, dass diese Raketen bei einem Atomkrieg als erste zerstört werden, werden sie auch als erste eingesetzt. In der letzten großen Simulation des Pentagons sind wir davon ausgegangen, dass die eine Hälfte der ICBMs auf die zehn größten amerikanischen Städte zielen würde und die andere auf strategische Ziele wie Militärbasen, See- und Flughäfen sowie Telekommunikationszentren. Wir würden sie natürlich kommen sehen und unsere Raketenabwehr aktivieren, die bei einer optimistischen Schätzung etwa die Hälfte ausschalten würde.«

»Und wie hoch wären die amerikanischen Verluste an diesem Punkt?«

»Ungefähr fünfundzwanzig Millionen, Madam President.«

»Mein Gott!«

Luis fuhr fort: »Wir wiederum würden dann die meisten unserer vierhundert ICBMs starten, dicht gefolgt von mehr als tausend Sprengköpfen, die von Flugzeugen oder U-Booten abgefeuert werden. Damit hätten wir noch einmal gut dieselbe Zahl in Reserve, aber die würden wir vermutlich nicht brauchen, denn zu diesem Zeitpunkt wäre die chinesische Regierung nicht mehr in der Lage, den Krieg fortzusetzen. Die Kapitulation würde unmittelbar folgen. In anderen Worten, Madam President: Wir gewinnen.«

Wir gewinnen, dachte Pauline, mit fünfundzwanzig Millionen Toten und Verwundeten, und unsere Städte würden in Schutt und Asche liegen. »Gott verhüte, dass ich je so einen Sieg erringen werde«, sagte sie dann auch.

Auf einem der Bildschirme lief CNN, und ein Bild der vertrauten Straßen von Washington erregte Paulines Aufmerksamkeit. Sie waren noch immer dunkel, aber voller Fahrzeuge. »Was ist denn da draußen los?«, fragte sie. »Es ist doch erst halb fünf. Da sollten die Straßen menschenleer sein.«

Jacqueline Brody antwortete: »Die Menschen verlassen die Stadt. Vor einigen Minuten sind ein paar Interviews gesendet worden, mit Fahrern an Ampeln. Die Leute glauben, es wird einen Atomkrieg geben, und Washington gilt als Ground Zero.«

»Und wo fahren sie hin?«

»Sie glauben, es sei weit weg von den Städten sicherer: in den Wäldern von Pennsylvania und in den Blue Ridge Mountains. Die New Yorker machen es ähnlich und fahren in die Adirondacks. Ich nehme an, für die Kalifornier geht es nach Mexiko, sobald sie aufwachen.«

»Ich bin überrascht, dass die Menschen bereits davon erfahren haben.«

»Ein Fernsehsender hat eine Drohnenkamera nach Seoul geschickt. Die ganze Welt hat die Verwüstung gesehen.«

Pauline drehte sich zu Chess um. »Was passiert in Nordkorea?«

»Die Südkoreaner greifen jede Rebellenstellung an, die sie finden können. Präsidentin No wirft alles gegen sie, was sie hat.«

»Solange ich nicht unbedingt muss, werde ich keine Atomwaffen einsetzen. Geben wir Präsidentin No die Chance, das für uns zu erledigen.«

Jacqueline Brody sagte: »Madam President, wir haben gerade eine Nachricht des chinesischen Staatspräsidenten bekommen.«

»Zeigen Sie sie mir.«

»Kommt.«

Pauline las Präsident Chens Ultimatum laut vor: »›Jeder nukleare Angriff der USA auf Nordkorea wird als nuklearer Angriff auf die Volksrepublik China gewertet.‹«

Chess bemerkte: »Kennedy hat während der Kubakrise etwas Ähnliches gesagt.«

»Aber ändert das was?«, fragte Pauline.

Luis Rivera antwortete mit fester Stimme: »Nein. Das ändert gar nichts. Davon sind wir ohnehin ausgegangen, auch ohne dass sie es betonen.«

»Es gibt da noch etwas anderes, das wichtig sein könnte«, sagte Pauline. »Sie sagen, dass Seoul von Rebellen in Nordkorea angegriffen worden sei, die jetzt gerade ihrer Atomwaffen beraubt würden, und dass es keine weiteren solchen Gräueltaten geben werde.«

»Fügen Sie am Ende auch ›hoffentlich‹ hinzu?«, fragte Luis spöttisch.

»Da haben Sie nicht ganz unrecht, Luis«, erwiderte Pauline. »Leider. Aber ich denke, wir müssen ihnen zumindest die Chance geben. Wenn es der südkoreanischen Armee gelingt, die Ultras zu vernichten, wird das Problem ohne weitere Atomangriffe gelöst. Wir können diese Möglichkeit nicht einfach so abtun, nur weil sie unwahrscheinlich ist.«

Sie ließ ihren Blick über den Tisch schweifen. Einigen der Anwesenden schien das nicht zu gefallen, doch niemand stellte sich ihr entgegen.

»Bill«, sagte Pauline, »bitte weisen Sie das Pentagon an, sich auf einen potenziellen Angriff gegen die Rebellen vorzubereiten. Richten Sie Atomraketen auf jede einzelne Rebellenbasis. Das ist zwar nur ein Notfallplan, aber wir müssen auf alles vorbereitet sein. Doch schauen wir erst einmal, wie der Bodenkrieg läuft.«

»Madam President«, erwiderte Bill, »indem wir warten, geben wir den Chinesen die Chance zu einem atomaren Erstschlag.«

»Ich weiß«, sagte Pauline.

* * *

Ting rief Kai an. Ihre Stimme klang hoch und zittrig. »Was ist da los, Kai?«

Kai stieg vom Podium und antwortete leise: »Die Rebellen in Nordkorea haben eine Atombombe auf Seoul geworfen.«

»Ich weiß! Wir haben gerade eine Szene gefilmt, und plötzlich haben die Techniker ihre Headsets heruntergerissen und sind verschwunden. Die Arbeit wurde einfach eingestellt. Ich bin gerade auf der Heimfahrt.«

»Ich hoffe, du fährst nicht selbst.« Ting klang viel zu aufgeregt, als dass sie hätte fahren können.

»Nein, ich habe einen Fahrer. Kai, was hat das zu bedeuten?«

»Wir wissen es nicht, aber wir tun alles, was wir können, damit die Sache nicht weiter eskaliert.«

»Ich werde mich erst wieder sicher fühlen, wenn ich bei dir bin. Wann kommst du nach Hause?«

Kai zögerte. Dann sagte er ihr die Wahrheit. »Ich bin nicht sicher, ob ich heute Nacht überhaupt nach Hause komme.«

»Es ist wirklich schlimm, nicht wahr?«

»Möglich.«

»Ich werde Mutter abholen und sie in unser Apartment bringen. Das macht dir doch nichts aus, oder?«

»Natürlich nicht.«

»Ich will heute Nacht nicht allein sein.«

* * *

Pauline zog sich im Lincoln-Schlafzimmer aus und ging unter die Dusche. Sie hatte ein paar Minuten, um sich frischzumachen und umzuziehen.

Als sie wieder herauskam, saß Gerry auf der Bettkante. Er trug einen Pyjama und einen altmodischen Bademantel.

»Ziehen wir jetzt in den Krieg?«, fragte er.

»Nicht, wenn ich es verhindern kann.« Pauline nahm sich ein Handtuch. Plötzlich machte es sie verlegen, nackt vor ihm zu stehen. Nach fünfzehn Jahren Ehe war das irgendwie komisch. Sie ermahnte sich selbst, doch nicht so dumm zu sein, und trocknete sich ab. »Hast du schon mal von Raven Rock gehört?«, fragte sie.

»Das ist ein Atombunker. Willst du dahin?«

»In etwas Ähnliches, aber geheimer. Und ja, wir werden vielleicht noch heute dahin müssen. Du und Pippa, ihr solltet euch vorbereiten.«

»Ich komme nicht mit«, erklärte Gerry.

Pauline wusste sofort, worauf das hinauslief. Jetzt würde Gerry ihr sagen, dass ihre Ehe vorbei war. Sie hatte schon damit gerechnet. Es schmerzte trotzdem. »Was meinst du damit?«, fragte sie.

»Ich will in keinen Atombunker, weder jetzt noch später, weder mit dir noch ohne dich.« Er hielt inne und schaute sie an, als hätte er genug gesagt.

»Du willst nicht bei deiner Frau und deiner Tochter sein, wenn der Atomkrieg ausbricht?«, fragte Pauline.

»Nein.«

Pauline wartete, doch Gerry erklärte nicht, warum.

Sie zog ihre Unterwäsche an und fühlte sich schon nicht mehr ganz so unbehaglich.

Gerry würde nicht sagen, was er sagen musste. Also blieb es an ihr hängen. »Ich will dich weder quälen noch verhören«, sagte sie. »Sag mir, wenn ich mich irre, aber ich bin ziemlich sicher, dass du bei Amelia Judd sein willst.«

Eine ganze Reihe von Gefühlen zeigte sich auf seinem Gesicht: erst Überraschung, dann Neugier, als er sich fragte, woher sie das wusste und warum sie nie gefragt hatte. Dann war da Scham, weil er sie getäuscht hatte, und schließlich Trotz. Er hob das Kinn. »Ja, du hast recht«, sagte er.

Pauline sprach ihre größte Angst aus. »Ich hoffe, du wirst nicht versuchen, Pippa mitzunehmen.«

Gerry schien dankbar dafür zu sein, dass sie ihm so eine leichte Frage gestellt hatte. »Oh … Nein.«

Einen Augenblick lang war Pauline derart erleichtert, dass es ihr die Sprache verschlug. Sie schaute nach unten und legte die Hand vor die Augen.

Gerry sagte: »Ich muss Pippa noch nicht einmal fragen, denn ich weiß ganz genau, was sie sagen wird. Sie wird bei dir bleiben wollen.« Offensichtlich hatte Gerry schon darüber nachgedacht und eine Entscheidung getroffen. »Ein Mädchen braucht seine Mutter. Das verstehe ich natürlich.«

»Trotzdem danke dafür.«

Pauline zog ihr seriösestes Outfit an: ein schwarzes Kostüm über einem silbergrauen Pullover aus Merinowolle.

Gerry blieb. Er war noch nicht fertig. »Ich glaube übrigens nicht, dass du unschuldig bist«, sagte er.

Das überraschte sie. »Was meinst du damit?«

»Du hast auch jemanden. Ich kenne dich.«

»Das ist jetzt zwar egal, aber nur, um das klarzustellen: Seit wir zum ersten Mal miteinander ausgegangen sind, habe ich mit keinem anderen Sex gehabt. Allerdings habe ich in letzter Zeit darüber nachgedacht.«

»Ich wusste es.«

Gerry wollte streiten, aber Pauline würde ihm diesen Gefallen nicht tun. Sie war viel zu traurig dafür. »Was ist eigentlich schiefgelaufen, Gerry?«, fragte sie. »Früher haben wir uns geliebt.«

»Ich glaube, alle Ehen verlieren irgendwann an Reiz. Die Frage ist nur, ob ein Paar aus Faulheit zusammenbleibt, sich trennt oder ob sie es noch einmal mit jemand anderem versuchen.«

Das ist so flach, dachte Pauline. Es ist niemandes Schuld. So ist das Leben. Bla, bla, bla … Das war mehr eine Ausrede als eine Erklärung. Sie glaubte nicht eine Sekunde daran, aber sie verspürte auch nicht das Bedürfnis, ihm zu widersprechen.

Gerry stand auf und ging zur Tür.

Pauline sprach einen praktischen Punkt an. »Pippa wird bald aufwachen«, sagte sie. »Es ist an dir, ihr zu sagen, dass wir uns trennen. Du musst es ihr erklären, so gut du kannst. Ich werde dir das nicht abnehmen.«

Mit der Hand auf der Türklinke blieb Gerry stehen. »Okay.« Er war offensichtlich unglücklich darüber, aber er konnte ihr das wohl kaum verweigern. »Aber nicht jetzt. Morgen?«

Pauline zögerte, doch im Grunde war sie froh über die Verzögerung. Heute wollte sie sich nicht auch noch mit einem traumatisierten Teenager beschäftigen müssen. »Und dann müssen wir es irgendwann öffentlich bekanntgeben.«

»Das hat keine Eile.«

»Wir können das Wie und Wann noch besprechen. Aber bitte lass nichts davon nach außen dringen. Sei diskret.«

»Natürlich. Amelia hat sich auch schon Sorgen darüber gemacht. Das wird sich natürlich auf ihre Karriere auswirken.«

Amelias Karriere, dachte Pauline. Amelias Karriere ist mir scheißegal.

Doch sie behielt das für sich.

Gerry ging.

Pauline nahm eine goldene Halskette mit einem Smaragdanhänger aus dem Schmuckkästchen und legte sie um. Dann warf sie einen raschen Blick in den Spiegel. Ja, so sah eine Präsidentin aus.

Sie verließ die Residenz und kehrte ins Lagezentrum zurück. »Wie ist der Stand der Dinge?«, verlangte sie zu wissen.

Gus antwortete: »Präsidentin No setzt die Ultras immer mehr unter Druck, aber sie halten noch stand. Und die Chinesen scheinen immer noch darüber nachzudenken, wie sie auf die Versenkung der *Fujian* reagieren sollen. Bis jetzt haben sie nichts getan, aber das werden sie. Ma'am, Sie hatten Anrufe von vielen Staatschefs aus der ganzen Welt einschließlich Australien, Vietnam, Japan, Singapur und Indien. Gleich wird eine Notfallsitzung des UNO-Sicherheitsrates beginnen.«

»Ich sollte diese Anrufe lieber beantworten«, seufzte Pauline. »Fangen wir mit Japan an.«

Jacqueline sagte: »Ich werde Premierministerin Ishikawa an den Apparat holen.«

Doch der erste Anruf, den Pauline bekam, war von ihrer Mutter. »Hallo, Liebes«, sagte sie. »Ich hoffe, es geht dir gut.«

Pauline hörte einen Automotor. »Mom, wo seid ihr?«

»Wir sind auf der I-90 kurz hinter Gary, Indiana. Dein Vater fährt. Und wo bist du?«

»Ich bin im Weißen Haus, Mom. Was macht ihr denn in Gary?«

»Wir fahren nach Windsor in Ontario. Ich hoffe nur, es fängt nicht an zu schneien, bevor wir dort sind.«

Windsor war die kanadische Stadt, die Chicago am nächsten lag, doch das waren immer noch dreihundert Meilen. Paulines Eltern waren zu dem Schluss gekommen, dass es in den USA nicht länger sicher war. Pauline war verzweifelt, aber sie konnte ihnen das wohl kaum zum Vorwurf machen. Sie vertrauten nicht mehr auf die Fähigkeiten ihrer Tochter, sie zu beschützen – genau wie Millionen andere Amerikaner auch.

Doch Pauline hatte noch immer die Chance, sie zu retten.

»Mom«, sagte sie, »bitte ruf mich an, um mir zu sagen, wie es euch geht. Und warte nicht damit, okay?«

»Okay, Liebes. Ich hoffe, du kannst das wieder richten.«

»Ich werde mein Bestes tun. Ich liebe dich, Mom.«

»Wir dich auch, Liebes.«

Als sie auflegte, sagte Bill Schneider: »Raketenwarnung durch einen Infrarotsatelliten.«

»Wo?«

»Moment … Nordkorea.«

Pauline sank das Herz.

Gus, der neben ihr saß, sagte: »Schauen Sie sich den Radar an.«

Pauline sah einen roten Bogen. »Nur eine Rakete«, bemerkte sie.

Bill trug das Headset, über das er in permanentem Kontakt mit dem Pentagon stand. »Sie ist nicht auf Seoul gerichtet«, erklärte er. »Dafür fliegt sie viel zu hoch.«

»Auf was dann?«, fragte Pauline.

»Sie rechnen … Nur eine Minute … Busan.«

Das war Südkoreas zweitgrößte Stadt, ein riesiger Hafen an der Südküste mit über sechs Millionen Einwohnern. Pauline vergrub das Gesicht in den Händen.

Luis sagte: »Das wäre nicht passiert, hätten wir Jeongjeo-dong vor einer Stunde bombardiert.«

Pauline riss der Geduldsfaden. »Luis, wenn Ihnen nichts anderes einfällt als *Ich hab's ja gesagt*, warum halten Sie dann nicht einfach das Maul?«

Luis wurde kreidebleich vor Schock und Zorn, aber er schwieg.

Zu niemandem im Bestimmten sagte Pauline: »Zeigen Sie mir ein Satellitenbild des Zielortes.«

Ein Adjutant bemerkte: »Es gibt zwar eine dünne Wolkendecke, aber man kann noch genug sehen.«

Das Bild erschien auf einem Bildschirm, und Pauline schaute es sich genau an. Sie sah ein Flussdelta, eine breite Bahntrasse und riesige Hafenanlagen. Sie erinnerte sich an ihren kurzen Besuch in Busan, als sie noch Kongressabgeordnete gewesen war. Die Menschen dort waren offen und freundlich. Sie hatten ihr ein traditionelles Kleidungsstück geschenkt, einen rot-goldenen Seidenschal, den sie auch heute noch immer wieder gern trug.

»Das Radar bestätigt, dass es sich nur um eine Rakete handelt.«

»Gibt es ein Videofeed?«

Einer der Bildschirme flackerte auf und zeigte ein Bild der Stadt aus der Ferne. So, wie das Bild sich von oben nach unten bewegte, war klar, dass die Aufnahmen von einem Schiff stammten. Dann gab es Ton, und Pauline hörte das Grollen einer großen Maschine, das Rauschen der Wellen und das Raunen eines Gesprächs zwischen zwei Männern, die offensichtlich nicht die leiseste Ahnung hatten, was gleich geschehen würde.

Dann erschien eine gewaltige rote Kuppel über den Docks. Wer auch immer da filmte, schrie entsetzt auf. Die Kuppel wuchs und wuchs und verwandelte sich zuerst in eine Rauchsäule und dann in den gefürchteten Atompilz.

Pauline hätte am liebsten die Augen geschlossen, doch sie konnte nicht.

Fast sieben Millionen Menschen, dachte sie. Einige sofort getötet, andere furchtbar verletzt, und noch viele, viele mehr würden verstrahlt werden. Koreaner, Amerikaner und, wie in einer Hafenstadt üblich, sicher auch die Angehörigen vieler anderer Nationen. Schulkinder, Großmütter und Neugeborene. Luis hatte recht gehabt. Pauline hätte das verhindern können, doch das hatte sie nicht getan. Diesen Fehler würde sie nicht ein zweites Mal begehen.

Dann traf die Druckwelle das Schiff, und das Bild wackelte kurz und verschwand. Pauline hoffe nur, dass der Seemann, der gefilmt hatte, überlebt hatte.

»Bill«, sagte sie, »lassen Sie sich vom Pentagon bestätigen, dass wir gerade eine Atomexplosion gesehen haben.«

»Jawohl, Ma'am.«

Pauline zweifelte nicht wirklich daran, aber es ließ sich leicht bestätigen, und für das, was sie vorhatte, konnte sie gar nicht genug Beweise haben.

General Pak hatte es zweimal getan. Jetzt konnte Pauline nicht mehr so tun, als ließe sich ein Atomkrieg noch vermeiden. Und sie war der einzige Mensch auf diesem Planeten, der Pak davon abhalten konnte, auch noch ein drittes Mal zuzuschlagen.

Sie sagte: »Chess, schicken Sie Staatspräsident Chen eine Botschaft – egal wie –, und sagen Sie ihm, dass die USA jede Kernwaffenbasis in Nordkorea vernichten werden; aber China werden wir *nicht* angreifen.«

»Jawohl, Ma'am.«

Pauline holte den Biscuit aus der Tasche. Sie drehte den kleinen Plastikbehälter, brach das Siegel und holte die kleine Karte heraus.

Alle im Raum schauten ihr schweigend zu.

»Es ist bestätigt«, verkündete Bill. »Das war ein Atomschlag.«

Paulines letzte Hoffnung löste sich auf.

»Rufen Sie in der Einsatzzentrale an«, sagte sie.

Ihr Telefon klingelte, und sie nahm ab. Eine Stimme sagte: »Madam President, hier spricht General Evers in der Einsatzzentrale des Pentagons.«

»General«, sagte Pauline, »gemäß meinen früheren Befehlen haben Sie Nuklearwaffen auf jede Militärbasis in der von den Rebellen kontrollierten Zone Nordkoreas gerichtet.«

»Jawohl, Ma'am.«

»Ich werde Ihnen jetzt den Einsatzcode nennen. Wenn Sie diesen Code bestätigen können, werden Sie den Feuerbefehl für diese Waffen erteilen.«

»Jawohl, Ma'am.«

Pauline schaute auf die kleine Plastikkarte und las: »Oscar, November, drei, sieben, drei. Ich wiederhole: Oscar, November, drei, sieben, drei.«

»Ich danke Ihnen, Madam President. Das ist der korrekte Code, und ich werde jetzt den Feuerbefehl geben.«

Pauline legte auf. Schweren Herzens sagte sie: »Es ist getan.«

***

Im Zhongnanhai beobachteten sie das Radarbild, das zeigte, wie die amerikanischen Raketen in den Himmel stiegen. Sie glichen einem Schwarm Graugänse, die sich auf den Weg gen Süden machten.

Chen sagte: »Starten Sie einen massiven Cyberangriff gegen jedwede Art der Kommunikation der Amerikaner.«

Das war Routine. Kai nahm an, dass diese Attacke bestenfalls nur teilweise Erfolg haben würde, denn die Amerikaner waren auf einen Cyberkrieg vorbereitet, genau wie die Chinesen auch. Außerdem hatten beide Seiten Backup-Pläne und Möglichkeiten zum Gegenangriff. Der Cyberangriff würde sicher Schaden anrichten, aber nicht entscheidend sein.

Fu Chuyu fragte: »Wo ist der Rest der Raketen? Ich sehe nur zwanzig oder dreißig.«

Kong Zhao antwortete: »Es scheint ein begrenzter Schlag zu sein. Das ist nicht der Beginn eines totalen Atomkriegs, und das wiederum heißt vermutlich, dass China nicht das Ziel ist.«

»Dessen können wir nicht sicher sein«, wandte Huang ein. »Wir dürfen das Risiko nicht eingehen und warten, bis es zu spät für einen Gegenschlag ist.«

Kong sagte: »Wir werden es bald herausfinden. Im Augenblick könnte das Ziel überall sein, irgendwo zwischen Vietnam und Sibirien.«

Kai sah auf dem Radarbild, dass die Raketen bereits über Kanada flogen. Er bellte: »Wann kommen die an? Schnell!«

Ein Adjutant antwortete. »In zweiundzwanzig Minuten. Das

Ziel ist nicht Sibirien. Dafür fliegen die Raketen viel zu weit südlich.«

Kai erkannte, dass das Ziel sogar das Gebäude sein konnte, in dem er sich gerade befand. Das Lagezentrum war zwar gegen fast alles geschützt, aber nicht gegen den direkten Treffer einer Atombombe. Wenn die amerikanischen Raketen genau waren, dann könnte er in zweiundzwanzig Minuten tot sein.

Inzwischen waren es schon weniger.

Kai verspürte den Drang, Ting anzurufen, doch er widerstand ihm.

Die Raketen waren jetzt über dem Meer.

»Fünfzehn Minuten«, verkündete ein Adjutant. »Vietnam ist auch kein mögliches Ziel mehr. Es ist entweder Korea oder China.«

Es war Korea. Dessen war Kai sicher. Das war kein Wunschdenken. Präsidentin Green wäre verrückt, China mit nur dreißig Raketen anzugreifen. Der Schaden wäre überschaubar, und dann würden die Chinesen mit allem zurückschlagen, was sie hatten und einen großen Teil des amerikanischen Militärs vernichten, bevor es zum Einsatz kommen konnte. Außerdem waren es nicht die Chinesen gewesen, die Seoul und Busan angegriffen hatten, sondern General Pak.

Außenminister Wu Bai sagte: »Ich habe gerade eine offizielle Nachricht aus dem Weißen Haus bekommen, in der es heißt, sie greifen die Atomraketenbasen in Nordkorea an, sonst nichts.«

»Das könnte eine Lüge sein«, knurrte Huang.

Der Adjutant sagte: »Zehn Minuten. Mehrere Ziele, alle in Nordkorea.«

Angenommen, es war keine Lüge, wie würden die Männer in diesem Raum dann reagieren? Die Amerikaner hatten einen Flugzeugträger versenkt und anderthalbtausend chinesische Seeleute getötet, und jetzt standen sie kurz davor, Nordkorea, Chinas einzigen militärischen Verbündeten, in eine atomare Wüste zu verwandeln. Kai wusste, dass sein Vater und die anderen alten Kommunisten nicht mit dieser Demütigung durch ihren ewigen Feind würden leben können. Ihr Stolz auf ihr Land und sich selbst konnte das nicht ertragen. Sie würden einen Nuklearschlag gegen die USA fordern. Ja, sie kannten die Konsequenzen, aber verlangen würden sie ihn trotzdem.

»Fünf Minuten. Die Ziele liegen alle im Nordosten Koreas, nicht in Pjöngjang oder dem Rest des Landes, der von den Südkoreanern besetzt ist.«

Nach diesem Angriff würde es Kai und Kong Zhao schwerfallen, General Huang und seine Verbündeten zurückzuhalten, einschließlich Chang Jianjun. Doch das letzte Wort hatte Präsident Chen, und Kai hatte das Gefühl, dass Chen schlussendlich zur Mäßigung neigen würde – hoffentlich.

»Eine Minute.«

Kai starrte auf das Satellitenbild von Nordkorea. Er war geradezu überwältigt von dem tragischen Gefühl, dass es ihm nicht gelungen war, das zu verhindern. Er hatte versagt.

Das Radarbild zeigte, wie die Raketen innerhalb von nur wenigen Sekunden im Nordosten von Korea einschlugen. Kais Berechnungen zufolge gab es elf Militärbasen in diesem Gebiet, und es sah so aus, als hätte Präsidentin Green jede getroffen.

Chang Jianjun erhob sich. »Genosse Staatspräsident, wenn ich als Stellvertretender Vorsitzender der Nationalen Sicherheitskommission darf …«

»Bitte.«

»Unsere Antwort muss hart sein. Wir müssen den USA wehtun, aber der Herausforderung angemessen. Ich schlage drei Atomschläge gegen amerikanische Militärbasen außerhalb des amerikanischen Kernlandes vor: in Alaska, auf Hawaii und auf Guam.«

Chen schüttelte den Kopf. »Eine wäre genug. Ein Ziel, eine Bombe – wenn überhaupt.«

Kong Zhao meldete sich ebenfalls zu Wort. »Wir haben immer gesagt, dass wir nicht als Erste Atomwaffen einsetzen werden.«

»Und das tun wir auch nicht«, erwiderte Jianjun. »Wenn wir tun, was ich vorschlage, wären wir die Dritten. Die nordkoreanischen Ultras waren die Ersten und die USA die Zweiten.«

»Danke, Chang Jianjun.« Präsident Chen schaute zu Kai. Offenbar wollte er auch Gegenargumente hören.

Plötzlich fand Kai sich in direktem Konflikt mit seinem Vater wieder. »Zunächst einmal sei gesagt, dass bei der amerikanischen Aggression gegen uns, der Versenkung der *Fujian*, keine Atomwaffen eingesetzt wurden.«

»Ein wichtiger Punkt.« Chen nickte.

Kai fasste neuen Mut. Der Präsident neigte ganz klar zur Zurückhaltung. Vielleicht würden die Gemäßigten sich ja doch durchsetzen. Kai fuhr fort: »Zweitens haben die Amerikaner ihre Atomwaffen nicht gegen uns eingesetzt oder auch nur gegen unsere Freunde in Nordkorea, sondern gegen eine Rebellengruppe, der die Volksrepublik China keinerlei Treue schuldet. Man könnte sogar sagen, dass Präsidentin Green uns einen Gefallen getan hat, indem sie die Welt von einer gefährlichen Bande befreit hat, die fast einen Atomkrieg vom Zaun gebrochen hätte.«

Ein Adjutant flüsterte Außenminister Wu Bai etwas ins Ohr. Wu machte ein finsteres Gesicht. »Die Führung von Hongkong hat sich gegen uns gewandt«, erklärte er in ernstem Ton. »Der Regierungschef verlangt formell, dass das chinesische Militär seine Garnison in Hongkong aufgibt, und zwar sofort, die ganzen zwölftausend Mann, um sicherzustellen, dass Hongkong nicht zum Ziel eines Atomangriffs wird.« Wu hielt kurz inne. »Und er hat diese Forderung öffentlich gestellt.«

Huang lief rot an. »Dieser Verräter!«

Wütend sagte Präsident Chen: »Ich dachte, wir hätten das unter Kontrolle! Wir haben diesen Regierungschef doch überhaupt nur eingesetzt, weil er ein treuer Parteigenosse ist.«

Ihr habt eine Marionettenregierung installiert, dachte Kai bei sich, und ihr habt nie damit gerechnet, dass die Marionette beißen könnte.

»Sehen Sie?«, rief Huang. »Erst trotzt uns Taiwan und dann Hongkong. Ich sage es doch immer wieder: Es ist ein tödlicher Fehler, Schwäche zu zeigen!«

Nun meldete sich auch Fu Chuyu zu Wort, Kais Boss. »Es tut mir leid, Ihnen eine weitere schlechte Nachricht überbringen zu müssen; aber ich habe gerade eine Nachricht vom Vizeminister für Innere Sicherheit bekommen, und die sollten Sie hören. Offenbar gibt es Ärger in Xinjiang.« Die riesige Wüstenprovinz im Westen Chinas wurde vorwiegend von Muslimen bewohnt, und es gab dort auch eine kleine Unabhängigkeitsbewegung. »Separatisten haben die Kontrolle über den Flughafen Diwopu übernommen sowie über das Hauptquartier der Kommunistischen Partei in Ürümqi, der Hauptstadt. Sie haben erklärt, Xinjiang sei nun ein unabhängiges Land mit Namen Ost-Turkestan. Im aktuellen Konflikt wollen sie neutral bleiben.«

Kai nahm an, dass dieser Aufstand sich in einer halben Stunde erledigt haben würde. Die Armee in Xinjiang würde über die Separatisten herfallen wie ein Wolfsrudel über eine Schafherde. Aber zu einem Zeitpunkt wie diesem war selbst eine solche Operettenrevolution ein Schlag für Chinas Stolz.

Das war nervenaufreibend, wie General Huang sofort demonstrierte. »Das ist alles das Werk der Imperialisten«, schäumte er. »Schauen Sie sich doch nur einmal an, was in den letzten zwei Monaten passiert ist. Nordkorea, Sudan, das Südchinesische Meer, die Diaoyu-Inseln, Taiwan – und jetzt Hongkong und Xinjiang. Das ist der Tod der tausend Schnitte, eine sorgfältig geplante Kampagne, um China Stück für Stück auseinanderzunehmen, und hinter alldem stecken die Amerikaner! Wir müssen dem ein Ende machen. Jetzt! Amerika muss endlich den Preis für seine Aggression zahlen, sonst werden sie erst aufhören, wenn China eine willfährige Kolonie ist. Genau wie vor hundert Jahren. Ein beschränkter Atomschlag ist die einzige Option, die uns jetzt bleibt.«

Präsident Chen sagte: »So verzweifelt sind wir noch nicht. Vielleicht wird es so weit kommen. Ich weiß. Aber jetzt müssen wir es erst einmal mit weniger apokalyptischen Methoden versuchen.«

Aus dem Augenwinkel heraus sah Kai, wie sein Vater und General Huang sich einen Blick zuwarfen. Natürlich, dachte er, es gefiel ihnen mit Sicherheit gar nicht, diese Diskussion zu verlieren.

Dann stand Jianjun auf, murmelte irgendetwas von wegen »Ruf der Natur« und verließ den Raum. Das war überraschend. Kai wusste, dass sein Vater im Gegensatz zu anderen alten Männern nicht unter Blasenproblemen litt. Was Gesundheitsprobleme betraf, gab Jianjun zwar ohnehin nichts zu, aber Kais Mutter hielt ihren Sohn auf dem Laufenden. Jianjun musste einen guten Grund haben, um den Raum bei solch einer entscheidenden Diskussion zu verlassen. War er vielleicht doch krank? Der alte Mann war zwar ein Dinosaurier, aber Kai liebte ihn.

Chen sagte: »General Huang, bitte, bereiten sie die Volksbefreiungsarmee darauf vor, in Hongkong einzumarschieren und die Regierung zu übernehmen.«

Das war zwar nicht, was Huang wollte, aber es war besser als nichts, und er stimmte sofort zu.

Kai bemerkte, dass Wang Qingli den Raum betrat. Wang war der Chef des präsidialen Sicherheitskommandos. Obwohl er zur Fraktion von Huang und Jianjun gehörte, war er besser gekleidet – so gut sogar, dass man ihn manchmal für den Präsidenten hielt, den er beschützte. Jetzt stieg er aufs Podium und flüsterte Chen etwas ins Ohr.

Kai gefiel das nicht. Irgendetwas war hier im Gange. Jianjun hatte den Raum verlassen, und dann war Wang hereingekommen. Zufall?

Kai schaute zu seinem Verbündeten, Kong Zhao. Kong runzelte die Stirn. Auch er war beunruhigt.

Kai wandte den Blick und sah zum Staatspräsidenten hinüber. Chen hörte Wang zu. Er wirkte überrascht und nervös, und er wurde sogar ein wenig bleich. Er war schockiert.

Inzwischen hatten alle am Tisch bemerkt, dass gerade etwas Seltsames geschah. Die Diskussion kam zum Erliegen, und schweigend warteten sie.

Dann stand Fu Chuyu auf. »Bitte verzeihen Sie mir, Genossen, aber ich muss die Diskussion kurz unterbrechen. Ich muss Sie darüber informieren, dass der Inlandsgeheimdienst des Guoanbu starke Beweise dafür gefunden hat, dass Chang Kai ein Agent der USA ist.«

Kong Zhao platzte heraus: »Lächerlich!«

Fu machte unbeirrt weiter. »Chang Kai hat seine eigene geheime Außenpolitik gemacht, ohne dass seine Genossen etwas davon gewusst haben.«

Kai konnte kaum glauben, was hier geschah. Versuchten sie tatsächlich, ihn mitten in einer nuklearen Krise loszuwerden? »Nein, nein«, sagte er. »Das können Sie nicht tun. China ist doch keine Bananenrepublik.«

Fu fuhr fort, als hätte Kai nichts gesagt. »Wir haben Beweise für drei schwerwiegende Vorwürfe gegen ihn. Erstens hat er die CIA über die Schwäche des Regimes des Obersten Führers in Nordkorea informiert. Zweitens hat er in Jeongjeo-dong ein Abkommen mit General Pak geschlossen, zu dem er nicht autorisiert gewesen ist. Drittens hatte er die Amerikaner über unsere Entscheidung vorgewarnt, den Obersten Führer durch General Pak zu ersetzen.«

All das entsprach mehr oder weniger der Wahrheit. Kai hatte

das getan – aber nicht, weil er ein Verräter war, sondern weil es im besten Interesse Chinas gelegen hatte.

Doch hier ging es nicht um Gerechtigkeit. Darum ging es bei solchen Vorwürfen nie. Sie hätten ihm genauso gut Korruption vorwerfen können. Das war ein politischer Angriff.

Kai hatte geglaubt, gegen seine politischen Feinde gewappnet zu sein. Er war ein Prinzling. Sein Vater war der Stellvertretende Vorsitzende der Nationalen Sicherheitskommission. Er hätte unantastbar sein müssen.

Doch sein Vater hatte den Raum verlassen.

Jetzt verstand Kai die Symbolkraft dieser Handlung.

Fu sagte: »Kais Partner bei diesen Aktivitäten war Kong Zhao.«

Kong riss die Augen auf, als hätte er einen Schlag in die Magengrube bekommen. »Ich?«, fragte er ungläubig. Doch rasch fasste er sich wieder und sagte: »Genosse Staatspräsident, es ist offensichtlich, dass diese Vorwürfe genau in diesem Moment vorgebracht werden, da eine aggressive, kriegslüsterne Fraktion in Ihrer Regierung das als einzige Möglichkeit sieht, die Diskussion zu gewinnen.«

Kai dachte: Wie können sie uns mitten im Lagezentrum verhaften?

Doch daran hatten sie schon gedacht.

Die Haupttür öffnete sich, und sechs von Wangs Männern in ihren markanten schwarzen Anzügen kamen herein.

Kai rief: »Das ist ein Putsch!«

Er nahm an, das war, was sein Vater bei dem Essen im *Genieß es heiß* mit Fu Chuyu und General Huang geplant hatte.

Wang sprach wieder mit Chen, doch diesmal laut genug, dass alle ihn hören konnten. »Mit Ihrer Erlaubnis, Genosse Staatspräsident.«

Chen zögerte. Er zögerte lange.

»Genosse Staatspräsident«, sagte Kai, »wenn Sie sich darauf

einlassen, hören Sie auf, der Führer unseres Landes zu sein, und werden zu einem bloßen Werkzeug des Militärs.«

Chen sah aus, als würde er das genauso sehen. Offensichtlich glaubte er, dass die Gemäßigten die besseren Argumente hatten. Doch die alte Garde war mächtiger. Konnte er ihnen trotzen und überleben? Konnte er der Armee trotzen und der kollektiven Autorität der alten Kommunisten?

Nein, das konnte er nicht.

»Tun Sie's«, sagte Staatspräsident Chen.

Wang winkte seinen Männern.

Alle schauten wie hypnotisiert zu, als die Sicherheitsbeamten den Raum durchquerten und auf das Podium stiegen. Je zwei stellten sich neben Kai und Kong. Beide Männer standen auf und wurden an den Armen gepackt.

Kong schäumte vor Wut. Er schaute zu Fu Chuyu und brüllte: »Ihr verdammten Idioten! Ihr werdet unser Land zerstören!«

Fu sagte ruhig: »Bringt sie ins Gefängnis von Qincheng.«

»Jawohl, Genosse Minister«, erwiderte Wang.

Die Beamten führten Kai und Kong vom Podium und aus dem Raum.

Chang Jianjun war in der Lobby, nicht weit vom Aufzug entfernt. Er war rausgegangen, damit er die Verhaftung nicht mitansehen musste.

Kai erinnerte sich an das Gespräch mit seinem Vater, bei dem der gesagt hatte: *Der Kommunismus ist eine heilige Mission. Er steht über allem, auch über der Familie und der eigenen Sicherheit.* Jetzt verstand er, was sein alter Herr damit gemeint hatte.

Wang blieb stehen und fragte unsicher: »Chang Jianjun, wollen Sie mit Ihrem Sohn sprechen?«

Jianjun schaute Kai nicht in die Augen. »Ich habe keinen Sohn«, sagte er.

»Aber ich habe immer noch einen Vater«, erwiderte Kai.

Kapitel 42

Pauline hatte Hunderte, vielleicht sogar Tausende von Menschen getötet, indem sie die nordkoreanischen Militärbasen bombardiert hatte, und noch viel mehr waren durch die Explosion verstümmelt oder verstrahlt worden. Im Kopf wusste sie natürlich, dass sie das Richtige getan hatte: General Paks mörderisches Regime hatte enden müssen. Aber so vernünftig das alles auch sein mochte, keine Logik der Welt konnte ihr das Herz erleichtern. Jedes Mal, wenn sie sich die Hände wusch, dachte sie unwillkürlich an Lady Macbeth, die vergeblich versuchte, sich das Blut abzuwischen.

Um acht Uhr an diesem Morgen hatte Pauline im Fernsehen eine Rede an die Nation gehalten. Sie hatte verkündet, dass Nordkorea keine nukleare Bedrohung mehr darstelle. Die Chinesen und andere Staaten sollten wissen, dass alle dieses Schicksal erwartete, die Atomwaffen gegen die USA oder ihre Verbündeten einsetzten. Über die Hälfte der Staats- und Regierungschefs der Welt hätten ihr ihre Unterstützung zugesichert. Ein außer Kontrolle geratenes Regime mit Atomwaffen sei eine Bedrohung für alle. Dann hatte sie Ruhe angemahnt, ihren Zuschauern aber nicht versichert, dass alles wieder gut werden würde.

Pauline hatte Angst, dass die Chinesen zurückschlagen würden. Das hatte sie nicht im Fernsehen gesagt. Aber der Gedanke erfüllte sie mit Schrecken.

Den Menschen zu sagen, sie sollten nicht in Panik verfallen, war nie effektiv, und die Fluchtwelle aus den amerikanischen Städten wurde immer größer. Die Zentren jeder größeren amerikanischen Stadt waren inzwischen dicht. Hunderte von Fahrzeugen bildeten gewaltige Staus an den Grenzen zu Kanada und Mexiko. In Waffenläden war die Munition ausverkauft. In einem Costco in Miami war ein Mann im Streit um die letzte Schachtel mit zwölf Dosen Thunfisch erschossen worden.

Unmittelbar nach der Fernsehansprache waren Pauline und Pippa in den Marine One gestiegen, um nach Munchkin Country zu fliegen. Nachdem sie die ganze Nacht über wach gewesen war, machte Pauline in der Luft ein Nickerchen. Als der Hubschrauber landete, bekam sie die Augen zuerst kaum auf. Wenn sie konnte, würde sie später noch mal ein, zwei Stunden schlafen.

Als der Aufzug sie nach unten brachte, war Pauline erst einmal dankbar, tief unter der Erde zu sein. Dann fühlte sie sich wie ein Feigling, weil sie nur an ihre eigene Sicherheit dachte; aber nach einem kurzen Blick auf Pippa war sie wieder froh.

Als sie zum ersten Mal in Munchkin Country gewesen war, war sie ein prominenter Gast gewesen, der ein Vorzeigeobjekt inspizierte. Alles war makellos gewesen, die Atmosphäre ruhig und friedlich. Heute war das anders. Jetzt war die Anlage in Betrieb, und in den Gängen drängelten sich die Menschen, die meisten davon in Uniform. Paulines Kabinett und die hohen Stabsoffiziere zogen ebenfalls hier ein. Lager wurden aufgestockt, und überall standen halb leere Kartons herum. Techniker arbeiteten an der Umweltkontrolle, prüften und ölten alles, und Ordonnanzen verteilten Handtücher in den Badezimmern und Toiletten und deckten die Tische in der Offiziersmesse. Aber sosehr hier auch alles auf Effektivität getrimmt war, die unterschwellige Furcht war deutlich zu spüren.

Der rundliche General Whitfield begrüßte Pauline. Er sah angespannt aus. Beim letzten Mal war er der freundliche Verwalter einer nie genutzten Anlage gewesen, doch heute lag eine erdrückende Last auf seinen Schultern. Jetzt war er verantwortlich für die vielleicht bald letzte Bastion der amerikanischen Zivilisation.

Für eine Präsidentensuite war Paulines Unterkunft eher bescheiden: ein Schlafzimmer, ein Wohnzimmer, das auch als Büro diente, eine Küchenecke und ein kompaktes Badezimmer mit einer Badewanne, die man auch als Dusche nutzen konnte. Es war angemessen schlicht, wie in einem Mittelklassehotel, einschließlich der billigen Drucke an den Wänden und dem grünen Teppichboden. Allerdings surrte hier ständig die Lüftung im Hintergrund, und der unnatürliche Geruch von gereinigter Luft beherrschte den Raum. Pauline fragte sich, wie lange sie hier wohl leben mussten, und sie überkam ein Hauch von Sehnsucht nach dem Weißen Haus, diesem opulenten Palast. Doch hier ging es ums Überleben, nicht um Komfort.

Pippa hatte ein Einzelzimmer in der Nähe. Sie war ganz aufgeregt wegen des Umzugs und brannte darauf, den Bunker zu erkunden. »Das ist wie in den alten Western, wenn sie die Wagenburg aufbauen«, sagte sie.

Pippa ging davon aus, dass ihr Vater später nachkommen würde, und Pauline belehrte sie nicht eines Besseren. Ein Schock nach dem anderen.

Sie bot Pippa ein Soda aus dem Kühlschrank an. »Du hast ja eine Minibar!«, rief Pippa. »Ich habe nur Wasserflaschen. Ich hätte Süßigkeiten mitbringen sollen.«

»Es gibt hier einen Laden. Da kannst du welche kaufen.«

»Und ich kann ohne den Secret Service shoppen gehen. Toll!«

»Ja, das kannst du. Das ist der sicherste Ort der Welt.« Was ziemlich ironisch ist, dachte Pauline.

Pippa sah die Ironie ebenfalls. Ihre Hochstimmung verflog. Sie setzte sich und schaute nachdenklich drein. »Mom, was passiert wirklich bei einem Atomkrieg?«

Pauline erinnerte sich daran, wie sie Gus das vor wenigen

Wochen gefragt hatte, und sie fühlte dasselbe Entsetzen wie damals, als Gus ihr die Litanei des Schreckens vorgetragen hatte. Jetzt schaute sie ihre Tochter liebevoll an, die ein altes T-Shirt mit der Aufschrift *Pauline for President* trug. In Pippas Gesicht spiegelte sich eher Neugier und Sorge als Angst. Weder war ihr bis jetzt das Herz gebrochen worden, noch hatte sie je wirklich Gewalt erfahren. Sie verdient die Wahrheit, dachte Pauline, auch wenn sie das furchtbar aufregen wird.

Trotzdem beschloss sie, die Details etwas abzuschwächen. Statt *In der ersten Millionstel Sekunde bildet sich ein Feuerball, der alles Leben in seiner Reichweite in Asche verwandelt* sagte sie: »Zuerst werden viele Menschen von der Hitze getötet. Sie spüren das noch nicht einmal.«

»Das sind die Glücklichen.«

»Vielleicht.« *Die Druckwelle zerfetzt jedes Gebäude in bis zu mehreren Meilen Umkreis. Auch in diesem Gebiet sind alle tot.* »Dann zerstört die Druckwelle die Häuser und lässt Trümmer regnen.«

»Und was machen dann die Behörden zum Beispiel?«, fragte Pippa.

»Kein Land der Welt verfügt über genügend Ärzte und Pflegekräfte, die sich um die Opfer eines Atomkriegs kümmern könnten. Unsere Krankenhäuser wären überfordert, und viele Menschen würden sterben, weil sie niemand versorgen kann.«

»Wie viele?«

»Das hängt davon ab, was für Bomben fallen und wie viele. In einem Krieg zwischen den USA und Russland, die beide über ein riesiges Arsenal an Kernwaffen verfügen, würden vermutlich 160 Millionen Amerikaner sterben.«

Pippa war verwirrt. »Aber das ist das halbe Land.«

»Ja. Die Gefahr jetzt ist allerdings ein Krieg mit China, und China hat ein viel kleineres Arsenal. Trotzdem gehen wir davon aus, dass etwa 25 Millionen Amerikaner ihr Leben verlieren werden.«

Pippa rechnete nach. »Einer von dreizehn.«

»Genau.«

Pippa versuchte, sich das vorzustellen. »Das sind dreißig Kids aus meiner Schule.«

»Ja.«

»Fünfzigtausend Einwohner von D.C.«

»Und das ist nur der Anfang, fürchte ich«, seufzte Pauline. *Eigentlich kann ich ihr genauso gut den ganzen Schrecken schildern*, dachte sie. »Die Strahlung verursacht Krebs und andere Krankheiten, und das über Jahre hinweg. Das wissen wir aus Hiroshima und Nagasaki, wo die ersten Atombomben gezündet wurden.« Sie zögerte kurz und fügte dann hinzu: »Was heute in Korea passiert ist, entspricht dreißig Hiroshimas.«

Pippa war den Tränen nahe. »Warum hast du das dann getan?«

»Um Schlimmeres zu verhindern.«

»Was könnte denn schlimmer sein?«

»General Pak hat zwei Städte mit Atombomben in Schutt und Asche gelegt. Die dritte hätte in den USA sein können.«

Pippa war sichtlich aufgewühlt. »Amerikaner sind also mehr wert als Koreaner, oder?«

»Jedes menschliche Leben ist gleich viel wert. Aber es war das amerikanische Volk, das mich zu seiner Führerin gewählt hat, und ich habe geschworen, es zu beschützen. Und diesen Schwur werde ich auch erfüllen. Außerdem fällt mir auch nichts ein, was ich in den letzten beiden Monaten hätte anders machen können. Ich habe einen Krieg zwischen dem Tschad und dem Sudan verhindert. Ich habe versucht zu verhindern, dass einige Länder Waffen an Terroristen verkaufen. Ich habe den Chinesen durchgehen lassen, dass sie ein vietnamesisches Schiff versenkt haben. Ich habe Lager der Dschihadisten in der Sahara zerstört. Ich habe darauf verzichtet, in Nordkorea einzumarschieren. Und bis jetzt kann ich nicht erkennen, dass auch nur eine dieser Entscheidungen falsch gewesen wäre.«

»Was ist mit dem nuklearen Winter?«

Pippa ließ nicht locker, aber sie hatte ein Recht auf Antworten. »Die Hitze der explodierenden Atombomben verursacht Abertausende von Feuern, und der Rauch und die Asche steigen hoch in die Atmosphäre und sperren das Sonnenlicht aus. Wenn Hunderte Bomben gleichzeitig hochgehen, vielleicht sogar Tausende, dann wird die Sonne so stark abgedunkelt, dass die Erde auskühlt und es kaum noch Regen gibt. In einigen unserer größten Anbaugebiete wäre es dann viel zu kalt, um dort noch etwas anzubauen. Deshalb werden viele Menschen, die die Hitze, die Explosion und die Strahlung überlebt haben, schlussendlich verhungern.«

»Ist das das Ende der Menschheit?«

»Vermutlich nicht, solange Russland sich aus dem Krieg raushält. Selbst im schlimmsten Fall werden ein paar Menschen an Orten überleben, an denen die Sonne noch scheint und Regen fällt. Aber in jedem Fall bedeutet ein solcher Krieg das Ende der Zivilisation, wie wir sie kennen.«

»Ich frage mich, wie dann das Leben wohl sein wird.«

»Darüber sind schon Tausende Romane geschrieben worden, und jeder erzählt eine andere Geschichte. Die Wahrheit ist: Niemand weiß, was dann passiert.«

»Es wäre wirklich besser, wenn niemand Atombomben hätte.«

»Was jedoch nie passieren wird. Das ist, als würdest du von den Texanern verlangen, ihre Waffen abzugeben.«

»Vielleicht reicht es ja schon, wenn wir alle nicht mehr ganz so viele haben.«

»Das nennt man Rüstungskontrolle.« Pauline küsste Pippa. »Und das, meine kluge Tochter, ist der Anfang der Weisheit.« Sie hatte Pippa jetzt lange das Leben erklärt, doch sie musste sich auch um all die anderen Amerikaner kümmern. Pauline griff nach der Fernbedienung. »Sehen wir uns die Nachrichten an.«

Ein Sprecher sagte gerade: »Millionen von amerikanischen

Heimen und Firmen waren heute Morgen ohne Strom, nachdem die Computersysteme verschiedener Stromversorger zusammengebrochen sind. Einige Kommentatoren glauben, das sei die Schuld eines einzigen Computervirus.«

»Das sind die Chinesen«, sagte Pauline.

»Können die das?«

»Ja. Und wir machen vermutlich gerade dasselbe mit ihnen. Das nennt man Cyberkrieg.«

»Da haben wir ja Glück, dass wir hier sind.«

»Ja, dieser Bunker verfügt über eine eigene Stromversorgung.«

»Aber warum greifen sie die Stromversorgung normaler Häuser an?«

»Das ist eine von einem Dutzend verschiedener Maßnahmen, die sie vermutlich schon versucht haben. Idealerweise wollen sie die militärische Kommunikation sabotieren, damit wir weder unsere Raketen noch unsere Bomber starten können. Aber unsere Militärsoftware ist stark geschützt. Zivile Sicherheitssysteme sind nicht einmal ansatzweise so gut.«

Pippa schaute Pauline fest an und bemerkte aufmerksam: »Deine Worte sind beruhigend, aber dein Gesicht ist besorgt.«

»Du hast recht, Liebes. Ich denke, den Cyberangriff können wir überleben. Was mir Sorgen bereitet, ist etwas anderes. In der chinesischen Militärdoktrin ist der Cyberangriff nur ein Vorspiel. Was folgt, ist der echte Krieg.«

* * *

Abdul fuhr aus Nizza raus und westwärts die Küste entlang. Kiah saß neben ihm und Naji auf dem Kindersitz im Fond. Abdul hatte einen kleinen Zweitürer gekauft, drei Jahre alt. Der Fahrersitz war ein wenig eng für einen Mann seiner Größe, aber für kurze Strecken war das kein Problem.

Die Straße führte an den Stränden des Mittelmeeres entlang,

vorbei an Restaurants, die für den Winter geschlossen hatten. In Paris und anderen großen Städten gab es kilometerlange Staus, während verängstigte Menschen versuchten, aufs Land zu fliehen, doch die Côte d'Azur war ein eher unwahrscheinliches Ziel für Atombomben. Zwar hatten auch hier die Menschen Angst, doch ihnen fiel nichts ein, wo sie hätten hinfahren können.

Kiah wusste nur wenig von globaler Politik, und sie hatte nur eine vage Vorstellung davon, was eine Atombombe war. Deshalb erfasste sie auch nicht das Ausmaß der Bedrohung, und Abdul klärte sie auch nicht auf.

Abdul hielt an einem großen Jachthafen in einer kleinen Stadt. Er überprüfte das Gerät in seiner Tasche und bekam exakt dasselbe Signal wie bei seinem ersten Besuch hier, zwei Tage zuvor.

Er parkte den kleinen Wagen, und er und Kiah stiegen aus und atmeten die belebende Seeluft ein. Dann zogen sie die neuen Wintermäntel an, die sie in einem Galeries-Lafayette-Laden gekauft hatten. Die Sonne war zwar warm, aber es wehte eine leichte Brise, und für Menschen, die an die Sahara gewöhnt waren, war das kalt. Kiah hatte sich einen schwarzen Stoffmantel mit Kunstpelzkragen ausgesucht. Damit sah sie wie eine Prinzessin aus. Abdul wiederum trug eine blaue Seemannsjacke.

Kiah stopfte Naji in seinen neuen Daunenmantel und zog ihm eine Pudelmütze über den Kopf. Abdul klappte den Kinderwagen aus und machte es Naji bequem. »Ich schiebe«, sagte Kiah.

»Nein, ich mach schon. Kein Problem.«

»Das ist entwürdigend für einen Mann. Ich möchte nicht, dass die Leute glauben, du würdest unter dem Pantoffel stehen.«

Abdul lächelte. »Franzosen denken nicht so.«

»Hast du dich mal umgeschaut? Es gibt Tausende von Arabern in diesem Teil der Welt.«

Das stimmte. Zwar waren im Augenblick keine arabischen

Gesichter zu sehen, aber in dem Viertel in Nizza, in dem sie wohnten, gab es einen hohen Anteil an nordafrikanischen Emigranten.

Abdul zuckte mit den Schultern. Es war eigentlich vollkommen egal, wer den Kinderwagen schob, und irgendwann würde Kiah sich schon an die französische Art gewöhnen. Es gab keinen Grund, sie unter Druck zu setzen.

Sie schlenderten um den Jachthafen herum. Abdul hatte gedacht, dass Naji vielleicht gern die Boote sehen würde, doch tatsächlich war es Kiah, die darauf reagierte. Sie war überwältigt. Sie selbst hatte auch einst ein Boot besessen, doch solche wie die hier hatte sie noch nie gesehen. Selbst das kleinste Kabinenboot kam ihr schier unglaublich luxuriös vor. Auf einigen der Boote putzten oder reparierten die Besitzer gerade etwas; andere saßen einfach nur in der Sonne und genossen ihre Drinks. Es gab auch eine Handvoll großer, hochseetauglicher Jachten. Abdul blieb stehen und schaute sich ein Schiff mit Namen *Mi Amore* an. Die Mannschaft trug weiße Uniformen und putzte gerade die Fenster.
»Die ist größer als das Haus, in dem ich gelebt habe!«, rief Kiah. »Wofür ist die?«

»Für ihn.« Abdul deutete auf einen Mann in einem großen, weiten Pullover. Er saß mit zwei jungen Frauen auf dem Sonnendeck, die für dieses Wetter eindeutig zu leicht bekleidet waren, und tatsächlich schienen sie auch zu frieren. Sie tranken Champagner. »Alles nur zu seinem Vergnügen.«

»Ich frage mich, wo er all das Geld herhat.«

Abdul wusste ganz genau, womit der Mann sein Geld verdiente.

Eine Stunde lang wanderten sie durch den Jachthafen. Es gab vier Cafés. Drei waren geschlossen, und eins hatte geöffnet, doch es war nicht voll. Innen war es sauber und warm. Die silbernen Kaffeemaschinen funkelten, und der beflissene Besitzer lächelte Naji an und sagte Kiah und Abdul, sie könnten sich setzen, wo sie wollten. Sie wählten einen Tisch am Fenster mit gutem Blick auf die Boote, einschließlich der *Mi Amore*. Sie zogen die Mäntel aus und bestellten heiße Schokolade und Gebäck.

Abdul kühlte etwas von der Schokolade auf einem Löffel und fütterte Naji damit. Naji mochte es. Er wollte mehr.

Wenn dieser Nachmittag nach Plan lief, würde Abdul seine Mission bei Sonnenaufgang erfüllt haben.

Dann konnte er weder seinem Arbeitgeber mehr etwas vorspielen noch sich selbst. Er würde sich der Tatsache stellen müssen, dass er nicht mehr nach Hause wollte. Aber er hatte auch genügend Geld, um mehrere Monate lang nichts zu tun, und er war nicht sicher, ob der Menschheit überhaupt noch so viel Zeit blieb.

Er schaute zu Kiah und Naji. In einem Punkt war er sich sicher: Er würde sie nicht verlassen. Er hatte eine stille Zufriedenheit im Leben mit ihnen gefunden, und das würde er nicht aufgeben. Abdul wusste natürlich, was in Korea geschah, und die Zeit, die ihm noch blieb – egal ob es nun sechzig Jahre waren, sechzig Stunden oder sechzig Sekunden –, wollte er mit ihnen verbringen.

Abdul sah zwei Boote in den Hafen fahren, ein Speedboot und ein schnelles Dinghi, beide weiß mit roten und blauen Streifen und dem Wort POLICE in Großbuchstaben. Sie gehörten zur Police Judiciaire, der nationalen Behörde für schwere Kriminalität, in etwa vergleichbar mit dem amerikanischen FBI.

Einen Augenblick später hörte Abdul die Sirenen, und mehrere Streifenwagen rasten in den Hafen. Gefährlich schnell fuhren sie am Kai entlang. Kiah bemerkte: »Ich bin froh, dass wir denen nicht im Weg sind!«

Beide, die Autos und die Boote, näherten sich der *Mi Amore*.

Die Polizisten sprangen aus den Fahrzeugen. Sie waren schwer bewaffnet. Alle hatten Pistolen am Gürtel und mehrere auch Gewehre in der Hand. Ein paar verteilten sich am Kai, während andere rasch die Gangway hinaufliefen und die Jacht enterten. Abdul freute sich zu sehen, dass das gut geplant und geprobt worden war.

»Ich mag diese Waffen nicht«, bemerkte Kiah. »Wenn die nicht aufpassen, geht noch eine aus Versehen los.«

»Lass uns einfach im Café bleiben. Hier ist es vermutlich sicher.«

Die weiß uniformierte Mannschaft der *Mi Amore* hob die Hände.

Mehrere Beamte stürmten unter Deck.

Einer lief mit einer Maschinenpistole in der Hand zum Sonnendeck hinauf. Der große Mann sprach mit ihm und wedelte wütend mit den Armen. Den Cop schien das jedoch nicht zu interessieren. Er schüttelte nur den Kopf.

Dann stieg ein besonders kräftiger Beamter zum Sonnendeck hinauf. Er schleppte einen schweren Sack aus strapazierfähigem Polyäthylen mit der Aufschrift *VORSICHT – Gefahrgut*, und das in mehreren Sprachen.

Abdul erinnerte sich an eine Nachtszene an einem Dock in Guinea-Bissau, an Männer, die dort im Licht der Laternen solche Säcke verladen hatten, während eine Limousine mit laufendem Motor darauf wartete. »Bingo«, sagte er leise zu sich selbst.

Kiah hörte das und schaute ihn neugierig an, doch sie fragte nicht nach.

Die Beamten legten der Mannschaft Handschellen an, führten die Männer von Bord und stießen sie in den Laderaum eines großen Vans. Der große Mann und seine Frauen erfuhren die gleiche Behandlung, obwohl der Mann nach wie vor tobte. Weitere Männer kamen von unten herauf und wurden ebenfalls in Handschellen gelegt und in den Van gestopft.

Die letzte Person, die die Beamten nach oben holten, kam Abdul bekannt vor.

Es war ein untersetzter Nordafrikaner in grünem Sweatshirt

und schmuddeligen weißen Shorts. Um den Hals trug er ein Band mit Perlen und Steinen, das Abdul schon mal gesehen hatte.

Kiah riss die Augen auf. »Das kann doch nicht Hakim sein, oder?«

»Er sieht zumindest so aus«, erwiderte Abdul. Tatsächlich wusste er es. Die Männer, die das Unternehmen leiteten, hatten aus irgendeinem Grund beschlossen, dass Hakim die Lieferung bis nach Frankreich begleiten sollte, und jetzt war er hier.

Abdul stand auf und ging hinaus, um besser sehen zu können. Kiah blieb mit Naji drinnen.

Ein Beamter packte Hakim an seiner Kette und riss. Die Steine fielen auf den Kai. Hakim schrie verzweifelt auf. Sein magischer Schutz war weg.

Die Beamten lachten, als die Kugeln über den Beton rollten.

Während sie abgelenkt waren, sprang Hakim vom Kai ins Wasser und schwamm.

Abdul war überrascht, dass Hakim so gut schwimmen konnte. Nicht viele Wüstenbewohner wussten überhaupt, wie das ging. Hakim hatte das vielleicht am Tschadsee gelernt.

Aber egal wie gut er auch schwimmen konnte, sein Fluchtversuch war zum Scheitern verurteilt. Wo sollte er auch hin? Wenn er am Kai aus dem Wasser stieg oder am Strand, würde man ihn schnappen, und wenn er aus dem Hafen schwamm, dann würde er im offenen Meer ertrinken.

In jedem Fall würde er ohnehin nicht weit kommen. Die beiden Polizisten im Dingi nahmen die Verfolgung auf. Einer steuerte das kleine Boot, während der andere einen langen Teleskop-Schlagstock ausfuhr. Sie holten Hakim problemlos ein, und der Beamte mit dem Stock hob ihn hoch und schlug Hakim damit auf den Kopf.

Hakims Kopf versank, und er wechselte die Richtung. Er schwamm noch immer schnell, aber das Boot folgte ihm, und der Beamte schlug ihn erneut. Zwar verfehlte er diesmal den Kopf, aber er traf Hakim am Ellbogen. Blut vermischte sich mit dem Wasser.

Hakim kämpfte weiter. Er schwamm mit nur noch einem Arm und versuchte, den Kopf unter Wasser zu halten, doch der Cop hatte seinen langen Stock bereit, und kaum kam Hakim wieder hoch, schlug er zu. Die Beamten am Kai grölten und klatschten.

Abdul fühlte sich an ein Kinderspiel namens *Haut den Lukas* erinnert.

Erneut traf der Beamte Hakim am Kopf, und wieder grölten seine Kollegen am Ufer.

Schließlich erschlaffte Hakim, und die Beamten zogen ihn an Bord, warfen ihn ins Boot und legten ihm Handschellen an. Sein linker Arm schien gebrochen zu sein, und sein Kopf blutete.

Abdul ging wieder hinein. Ein brutaler Mann hatte eine brutale Tracht Prügel bekommen. Das war nur gerecht.

Die Gefangenen wurden weggefahren und die Jacht abgesperrt. Weitere Polyäthylensäcke wurden heraufgeholt – Millionen Dollar, die dem ISGS nun fehlen werden, dachte Abdul zufrieden. Schließlich rückten die schwerbewaffneten Polizisten ab und wurden von Kriminalbeamten in Zivil ersetzt. Ihnen folgten die Kriminaltechniker.

»Wir können jetzt gehen«, sagte Abdul zu Kiah.

Sie bezahlten die heiße Schokolade und kehrten zum Wagen zurück. Auf der Fahrt fragte Kiah: »Du hast gewusst, was passieren würde, nicht wahr?«

»Ja.«

»Waren da Drogen in den Plastiksäcken?«

»Ja. Kokain.«

»Ist das der Grund, warum du mit uns im Bus warst? Das Kokain?«

»Es ist ein wenig komplizierter.«

»Wirst du es mir erklären?«

»Ja. Jetzt kann ich das, denn es ist vorbei. Und es gibt viel zu erzählen. Ein Teil davon ist zwar immer noch geheim, aber das meiste kann ich dir schon sagen. Vielleicht heute Nacht, wenn Naji schläft. Dann haben wir jede Menge Zeit. Und ich kann all deine Fragen beantworten.«

»Gut.«

Es wurde allmählich dunkel. Sie fuhren nach Nizza zurück und parkten vor ihrem Gebäude. Abdul liebte dieses Haus. Im Erdgeschoss gab es eine Bäckerei, und der Duft von frischem Brot und Kuchen erinnerte ihn an seine Kindheit in Beirut.

Abdul trug Naji hinauf in die Wohnung. Sie war klein, aber gemütlich, mit zwei Schlafzimmern, einem Wohnzimmer, einer Küche und einem Bad. Kiah hatte noch nie an einem Ort mit mehr als einem Zimmer gewohnt. Für sie war das das Paradies.

Naji war hundemüde, vielleicht wegen der frischen Seeluft. Abdul fütterte ihn mit Rührei und einer Banane. Dann badete Kiah ihn, zog ihm eine frische Windel an und schließlich seinen Pyjama. Abdul las ihm noch eine Geschichte vor, über einen Koala mit Namen Joey, doch Naji schlief schon, bevor die Geschichte zu Ende war.

Kiah bereitete das Essen vor und verteilte Sesam und Sumach auf Lammbraten. Sie aßen fast immer traditionelle arabische Gerichte. In Nizza konnten sie alle Zutaten dafür kaufen, für gewöhnlich bei einem Libanesen oder einem Algerier. Abdul saß auf dem Stuhl und bewunderte die Anmut, mit der Kiah sich in der Küche bewegte.

»Willst du nicht die Nachrichten sehen?«, fragte sie.

»Nein«, antwortete Abdul zufrieden. »Ich will keine Nachrichten sehen.«

* * *

Das Gefängnis von Qincheng war für politische Gefangene eines gewissen Kalibers reserviert, die besser behandelt wurden als gewöhnliche Kriminelle. Die Verlierer in einem politischen Konflikt wurden oft aus fadenscheinigen Gründen inhaftiert. Das war ein Berufsrisiko der chinesischen Elite. Kais Zelle war nur fünf mal vier Meter groß, aber es gab einen Schreibtisch, einen Fernseher und eine Dusche.

Kai durfte seine eigenen Kleider tragen. Nur sein Handy hatte man ihm abgenommen, und ohne das fühlte er sich nackt. Er konnte sich nicht mehr daran erinnern, wann er zum letzten Mal länger als ein paar Minuten ohne Telefon gewesen war.

Der heutige Putsch in Beijing hatte Kai vollkommen überrascht, doch jetzt erkannte er, dass er zumindest an die Möglichkeit hätte denken sollen. Aber er war so darauf fixiert gewesen, Präsident Chen davon zu überzeugen, keinen Krieg zu beginnen, dass er sich noch nicht einmal hatte vorstellen können, dass die Falken Chen seiner Entscheidungsgewalt berauben könnten.

Eine Verschwörung gegen den Staatspräsidenten hätte eigentlich vom Inlandsgeheimdienst aufgedeckt werden müssen, aber natürlich gehörte dessen Chef, Vizeminister Li Jiankang, auch zu den Verschwörern, ebenso wie sein Vorgesetzter Fu Chuyu, der Minister für Staatssicherheit. Und da nicht nur der Geheimdienst, sondern auch das Militär den Putsch unterstützten, konnte er auch nicht scheitern.

Der größte Schock für Kai war jedoch der Verrat seines Vaters gewesen. Natürlich hatte er Jianjun sagen hören, dass die kommunistische Revolution wichtiger sei als alles andere, einschließlich der Familie; aber die Menschen sagten solche Dinge oft, ohne wirklich darüber nachzudenken – oder zumindest hatte Kai das immer geglaubt. Sein Vater jedoch hatte es ernst gemeint.

Kai saß an seinem Schreibtisch und schaute die Nachrichten auf seinem winzigen Fernseher. Es war ein seltsames Gefühl, so hilflos zu sein. Das Schicksal von China und der Welt lag nun nicht mehr in seiner Hand, und da auch Kong Zhao verhaftet worden war, gab es nun niemanden mehr, der den Militärs Einhalt gebieten konnte. Vermutlich würden sie jetzt Jianjuns Plan eines begrenzten Atomkriegs umsetzen und damit womöglich den Untergang Chinas besiegeln. Kai konnte nur abwarten und zusehen.

Er wünschte, er könnte hier mit Ting warten. Er würde es seinem Vater nie verzeihen, dass er sie für die vielleicht letzten Tage ihres Lebens getrennt hatte. Er wollte mit Ting reden. Kai schaute auf seine Uhr. Noch eine Stunde bis Mitternacht.

Die Uhr brachte ihn auf eine Idee.

Kai hämmerte an die Tür, um die Aufmerksamkeit der Wachen zu erregen. Ein paar Minuten später kam ein kräftiger junger Gefängnisoffizier mit Namen Liang. Er traf keine Vorsichtsmaßnahmen. Die Wärter waren offenbar zu dem Schluss gekommen, dass Kai keine Bedrohung für sie darstellte, und das stimmte auch. »Stimmt was nicht?«, fragte der Mann.

»Ich muss unbedingt mit meiner Frau telefonieren.«

»Das ist unmöglich. Tut mir leid.«

Kai zog seine Uhr aus und hielt sie Liang hin. »Das ist eine Rolex Datejust. Gebraucht kostet die ungefähr 8000 US-Dollar. Ich tausche das Gespräch gegen die Uhr.« Liang trug nur eine Armeeuhr, die keine zehn Dollar wert war.

Die Augen des Wärters funkelten vor Gier, doch er sagte vorsichtig: »Sie müssen wirklich korrupt sein, wenn Sie sich so eine Uhr leisten können.«

»Das ist ein Geschenk meiner Frau.«

»Dann muss sie korrupt sein.«

»Meine Frau ist Tao Ting.«

»Aus *Liebe im Palast?*« Liang war fasziniert. »Ich liebe diese Serie!«

»Sie spielt Sun Mailin.«

»Ich weiß! Die Lieblingskonkubine des Kaisers.«

»Sie könnten sie für mich auf Ihrem Handy anrufen.«

»Sie meinen, ich könnte mit ihr sprechen?«

»Wenn Sie wollen. Und dann geben Sie mir das Telefon.«

»Oh, was glauben Sie, was meine Freundin dazu sagen wird!«

»Ich schreibe Ihnen die Nummer auf.«

Liang zögerte. »Aber ich nehme auch die Uhr.«

»Okay. Sobald Sie mir das Handy geben.«

»Einverstanden.« Liang wählte die Nummer, die Kai ihm gab.

Einen Augenblick später sagte Liang: »Spreche ich mit Tao Ting? Ja, ich bin bei Ihrem Mann, aber bevor ich Sie an ihn weiterreiche, möchte ich noch sagen, dass meine Freundin und ich große Fans von Ihnen sind. Es ist eine große Ehre, mit Ihnen zu sprechen … Oh, das ist sehr freundlich von Ihnen. Danke! … Ja, hier ist er.«

Liang gab Kai das Handy, und Kai gab ihm die Rolex.

Dann sagte Kai: »Liebling.«

Ting brach in Tränen aus.

»Nicht weinen«, sagte Kai.

»Deine Mutter hat mir erzählt, dass sie dich ins Gefängnis gesteckt haben. Sie sagt, dein Vater sei daran schuld.«

»Das stimmt.«

»Und die Amerikaner haben halb Nordkorea mit Atombomben zerstört, und es heißt, China kommt als Nächstes dran! Stimmt das auch?«

Kai hatte das Gefühl, wenn er ehrlich antwortete, würde Ting sich nur noch mehr aufregen. »Ich glaube nicht, dass Präsident Chen so dumm ist, so etwas zu wollen«, antwortete er. Das war zwar nicht gelogen, aber auch nicht wirklich die Wahrheit.

»Überall drehen die Leute durch«, erzählte Ting. »In Beijing sind sämtliche Ampeln ausgefallen, und in der ganzen Stadt staut sich der Verkehr.«

»Das ist das Werk der Amerikaner«, sagte Kai. »Ein Cyberangriff.«

Liang zog seine alte Uhr aus und seine neue Rolex an. Dann hielt er die Hand in die Luft und genoss den Anblick.

»Wann kommst du wieder raus?«, fragte Ting.

Wenn die alten Kommunisten Atomraketen auf die USA schießen, nie, dachte Kai. Doch er sagte: »Wenn du und meine Mutter meinen Vater unter Druck setzen, dann dauert es vielleicht nicht mehr allzu lange.«

Ting schniefte und hörte auf zu weinen. »Wie ist es da drin? Ist dir kalt? Hast du Hunger?«

»Es ist hier wesentlich besser als in einem normalen Gefängnis«, sagte Kai. »Mach dir keine Sorgen um mich.«

»Wie ist das Bett? Wirst du überhaupt schlafen können?«

Im Augenblick konnte Kai sich noch nicht einmal vorstellen zu schlafen, aber er nahm an, früher oder später würde die Natur ihren Tribut fordern. »Das Einzige, was mit meinem Bett nicht stimmt, ist, dass du nicht drin liegst.«

Das brachte sie wieder zum Weinen.

Liang hörte auf, seine Uhr zu bewundern, und sagte: »Machen Sie langsam Schluss. Die anderen Wärter fragen sich sicher schon, was ich hier mache.«

Kai nickte. »Liebling, ich muss jetzt auflegen.«

»Ich werde dein Foto neben mir aufs Kissen legen, damit ich dich immer ansehen kann.«

»Denk einfach an all die guten Zeiten, die wir gehabt haben. Das wird dir beim Einschlafen helfen.«

»Ich werde morgen früh direkt zu deinem Vater fahren.«

»Das ist eine gute Idee.« Ting konnte sehr überzeugend sein, wenn sie vor einem stand.

»Ich werde alles tun, was ich kann, um dich da rauszuholen.«

»Wir können nur hoffen.«

»Wir müssen positiv denken. Ich sage jetzt mal gute Nacht, und morgen sehe ich dich dann.«

»Schlaf gut«, sagte Kai. »Leb wohl, meine Liebe.«

***

Zum ersten Mal hielt Pauline eine Besprechung im Lagezentrum von Munchkin Country ab. Es war eine exakte Nachbildung des Lagezentrums im Weißen Haus. Alle wichtigen Personen waren hier: Gus, Chess, Luis, Bill, Jacqueline und Sophia. Die Atmosphäre war angespannt, aber sie wussten noch immer nicht, was China tun würde. In Beijing war es mitten in der Nacht, und vielleicht würde die Regierung am Morgen ihre Entscheidung treffen. Bis dahin konnten die USA jedoch nicht viel mehr tun, als die Cyberangriffe abzuwehren, die bis jetzt mehr ein Ärgernis als wirklich ein Problem waren.

Schließlich kehrte Pauline in ihr Quartier zurück, um mit Pippa zu Mittag zu essen. Sie bestellten Hamburger aus der Kantine. Dann stellte Pippa die Frage, vor der Pauline sich die ganze Zeit gefürchtet hatte:

»Wann kommt Daddy?«

Pauline hatte schon damit gerechnet. Sie hatte versucht, Gerry zu erreichen, aber er war nicht ans Telefon gegangen. Jetzt musste sie Pippa die Wahrheit sagen. So war es nun einmal.

»Daddy und ich haben ein Problem«, sagte sie.

Pippa war verwirrt und beunruhigt. Sie wusste instinktiv, dass das nicht gut war. »Was meinst du damit?«

Pauline zögerte. Wie viel würde Pippa verstehen? Wie viel hätte sie selbst mit vierzehn Jahren verstanden? Sie war sich nicht sicher. Das war lange her, und außerdem hatten ihre Eltern sich nie getrennt. Sie schluckte und sagte: »Daddy hat sich in jemand anderen verliebt.«

Pippa war immer verwirrter. Offensichtlich hatte sie sich das nie auch nur vorstellen können. Wie die meisten Kinder, so betrachtete auch Pippa die Ehe ihrer Eltern als ewig.

»Er verlässt uns doch nicht, oder?«, fragte Pippa.

Sie verstand das so, dass Gerry nicht nur ihre Mutter, sondern auch sie verlassen würde. Aber Gerry hatte nicht gesagt, dass er ausziehen wollte. »Ich weiß nicht, was er tun wird«, antwortete Pauline wahrheitsgemäß, aber sie konnte es sich natürlich denken. »Ich weiß nur, dass er im Augenblick mit ihr zusammen sein will.«

»Was stimmt denn mit uns nicht?«

»Ich weiß es nicht, Liebes.« Pauline hatte sich diese Frage auch schon selbst gestellt. War es ihr Job? War der Sex langweilig? Oder wollte er einfach mal was anderes? »Vielleicht nichts«, sagte sie. »Vielleicht brauchen Männer manchmal einfach eine Veränderung.«

»Und wer ist es?«

»Jemand, den du kennst.«

»Wirklich.«

»Ja. Miss Judd.«

Pippa brach in lautes Lachen aus, hörte aber sofort wieder damit auf. »Das ist doch lächerlich«, sagte sie. »Mein Vater und meine Direktorin? Tut mir leid, dass ich gelacht habe. Ich weiß. Das ist nicht komisch … Aber irgendwie doch.«

»Ich weiß, was du meinst. Das Ganze hat etwas Groteskes an sich.«

»Wann hat das angefangen?«

»Vermutlich während dieser Reise nach Boston.«

»In diesem miesen Hotel? Allein die Vorstellung!«

»Ich will mir das lieber nicht vorstellen, Liebes, wenn es dir nichts ausmacht.«

»Ich habe einfach das Gefühl, als würde plötzlich alles auseinanderfallen. Ein Atomkrieg, Daddy verlässt uns … Und was kommt als Nächstes?«

»Wir haben immer noch einander«, sagte Pauline. »Und ich verspreche dir: Daran wird sich auch nichts ändern.«

Ihr Essen kam. Trotz ihrer Aufregung aß Pippa einen Cheeseburger und Fritten und trank einen Schokoladenshake. Dann ging sie auf ihr Zimmer.

Pauline atmete tief durch und rief Gerry an. »Ich muss über zwei Dinge mit dir reden«, sagte sie. Sie sprach steif und formell, und das fühlte sich seltsam an, denn schließlich redete sie mit einem Mann, mit dem sie fünfzehn Jahre lang das Bett geteilt hatte. Sie fragte sich, ob Miss Judd wohl mit ihm im Raum war. Wo war er überhaupt? Bei ihr? In einem Hotel? Vielleicht waren sie beide ja zu dem Weingut in Middleburg gefahren, das ihrer Freundin gehörte. Da wäre es zumindest weniger gefährlich als in Washington, wenn auch nicht viel.

»Okay«, sagte er misstrauisch. »Ich höre.«

Pauline hörte ihm an der Stimme an, dass er glücklich war. *Glücklich ohne mich. Ist das meine Schuld? Was habe ich falsch gemacht?*

Pauline schob diese dummen Gedanken beiseite. »Ich habe Pippa erzählt, was los ist«, sagte sie. »Ich musste. Sie konnte nicht verstehen, warum du nicht hier bei uns bist.«

»Es tut mir leid. Ich wollte die Verantwortung nicht auf dich abwälzen.« Es klang ganz und gar nicht so, als täte ihm das wirklich leid. »Ich habe dem Secret Service Bescheid gegeben – nicht dass die das nicht schon längst vermutet hätten.«

»Du musst trotzdem noch mit ihr reden«, sagte Pauline. »Sie hat viele Fragen, und ich kann nicht alle beantworten.«

»Ist sie gerade bei dir?«

»Nein. Sie ist in ihrem Zimmer, aber sie hat ihr Handy dabei. Du kannst sie anrufen.«

»Das werde ich. Und was ist das andere? Du hast gesagt, du müsstest über zwei Dinge mit mir reden.«

»Ja.« Pauline war fest entschlossen, sich nicht mit dem

Mann zu streiten, den sie so lange geliebt hatte. Wenn möglich, dann wollte sie, dass sie beide gern an ihre gemeinsame Zeit zurückdachten. »Ich wollte dir einfach nur danken«, sagte sie. »Danke für die gute Zeit. Danke, dass du so lange zu mir gehalten hast.«

Es folgte ein kurzes Schweigen, und als Gerry wieder sprach, hatte er einen Kloß im Hals. »Das … Das hast du wunderbar gesagt.«

»Du hast mich jahrelang unterstützt. Du hättest mehr Zeit und Aufmerksamkeit verdient gehabt, als ich dir geben konnte. Jetzt ist es zu spät – ich weiß –, aber es tut mir leid.«

»Du brauchst dich für nichts zu entschuldigen. Es war ein Privileg, mit dir zusammen sein zu dürfen. Es war doch gut, nicht wahr?«

»Ja«, antwortete Pauline. »Es war gut.«

* * *

Einige Leute konnten sich nicht vom Fernsehen losreißen. Andere feierten, als wäre es das Ende der Welt. Tamara und Tab feierten ebenfalls.

Gegen alle Wahrscheinlichkeit war es ihnen gelungen, binnen weniger Stunden nach der Entscheidung zu heiraten und sogar noch eine Hochzeitsparty zu organisieren.

Tamara hatte sich die Zelebrantin gewünscht, die auch Drew Sandberg, den Pressesprecher der Botschaft, und Annette Cecil vom MI6 getraut hatte. Sie hatte Annette angerufen und nach der Nummer der Frau gefragt.

»Tamara!«, hatte Annette gekreischt. »Du heiratest! Das ist ja wunderbar!«

»Ruhig. Ganz ruhig. Atme.«

»Wer ist es? Ich wusste ja noch nicht einmal, dass du einen Freund hast.«

»Jetzt reg dich nicht so auf. Ich frage nicht für mich, sondern für eine Freundin.«

Annette glaubte ihr nicht. »Blöde Kuh. Ich muss das wissen. Unbedingt!«

»Bitte, Annette, gib mir einfach die Kontaktdaten.«

Annette gab nach und nannte ihr die Telefonnummer.

Die Frau hieß Claire und war an diesem Abend noch frei.

»Alles klar«, hatte Tamara zu Tab gesagt und ihn leidenschaftlich geküsst. »Und jetzt … Wo soll das alles stattfinden? Wo feiern wir die Party?«

»Im Hôtel Lamy gibt es einen hübschen kleinen Privatsaal, aus dem man einen wunderbaren Blick auf den Garten hat. Da gehen gut hundert Leute rein. Da könnten wir am selben Ort heiraten und feiern.«

Den Rest des Tages verbrachten sie mit der Organisation. Der »Oasis Room« im Lamy war frei, und das Hotel verfügte über einen großen Bestand an Travers Champagner. Tab buchte beides.

»Werden wir auch tanzen?«, fragte er.

»Oh ja. Ich habe mich doch überhaupt erst in dich verliebt, als ich gesehen habe, wie schlecht du tanzt.«

Die malische Jazzband Desert Funk war ebenfalls frei, und Tamara engagierte sie.

Dann verschickten sie Einladungen per Mail.

Spät am Nachmittag stand Tamara vor Tabs Schrank, schaute sich seine Anzüge an und fragte: »Was sollen wir eigentlich anziehen?«

»Wir müssen uns schick machen«, antwortete er sofort. »Alle sollen wissen, dass dies keine Las-Vegas-Hochzeit ist, auch wenn wir sie auf den letzten Drücker organisiert haben. Das ist eine echte Ehe, eine Ehe fürs Leben.«

Nach diesen Worten musste Tamara ihn noch mal küssen. Dann ging sie wieder zum Schrank. »Smoking?«

»Nette Idee.«

Tamara fiel ein Kleidersack aus Plastik auf, auf dem die Worte *Teinturerie de l'Opéra* stand. Er kam von einer Reinigung, die vermutlich am Place de l'Opéra in Paris lag. »Was ist da drin?«

»Eine weiße Krawatte und ein weißer Schwalbenschwanz. Im Tschad habe ich das nie getragen. Deshalb ist er noch immer in dem Kleidersack.«

Tamara holte den Anzug raus. »Oh, Tab, du wirst fantastisch darin aussehen.«

»Ich habe schon gehört, dass er mir schmeichelt. Aber dann musst du ein Ballkleid tragen.«

»Das ist schon in Ordnung. Ich habe das perfekte Kleid dafür. Wenn du das siehst, wirst du dich nur schwer zurückhalten können.«

Um acht Uhr an diesem Abend war der Oasis Room mit doppelt so vielen Gästen gefüllt, wie eingeladen worden waren. Niemand wurde abgewiesen.

Tamara trug ein pinkfarbenes Kleid mit einem atemberaubenden Dekolletee.

Vor den Augen ihrer Freunde gelobten sie sich, für den Rest ihres Lebens Gefährten, Verbündete und Geliebte zu sein, ganz gleich, wie kurz oder lang dieses Leben auch sein mochte. Claire erklärte sie daraufhin zu Mann und Frau, ein Kellner ließ den Sektkorken knallen, und alle applaudierten.

Desert Funk spielte einen Blues. Die Kellner entfernten die Abdeckungen vom Büfett und schenkten den Champagner ein. Tamara und Tab bekamen die ersten beiden Gläser und tranken einen Schluck.

»Jetzt wirst du mich nicht mehr los«, sagte Tab. »Und? Wie fühlt sich das an?«

»Ich hätte mir nie vorstellen können, je so glücklich zu sein«, antwortete Tamara.

* * *

Pippa sagte: »Mom, du hast mir gesagt, es gebe drei Bedingungen für einen Atomwaffeneinsatz.«

Pauline fand Pippas Fragen nützlich. Sie halfen ihr, sich auf das Wesentliche zu konzentrieren. »Ja, ich erinnere mich.«

»Sag mir noch mal, was das für Bedingungen sind.«

»Erstens: Wir haben alle friedlichen Möglichkeiten ausgeschöpft, das Problem zu lösen – aber wir sind gescheitert.«

»Und das scheinst du getan zu haben.«

Hatte sie das wirklich? Pauline dachte noch mal nach. »Ja, das haben wir.«

»Und zweitens?«

»Wir können das Problem nicht mit konventionellen, nichtatomaren Waffen lösen.«

»War das in Nordkorea der Fall?«

»Ich glaube, ja.« Wieder hielt Pauline kurz inne, aber sie kam zum selben Schluss. »Nachdem die Rebellen zwei Städte mit Atombomben in Schutt und Asche gelegt haben, mussten wir sicherstellen, dass sie das nicht noch ein drittes Mal tun. Konventionelle Waffen hätten das nicht garantieren können.«

»Da hast du wohl recht.«

»Und drittens: Amerikaner sind durch feindliche Handlungen getötet worden oder drohen, getötet zu werden.«

»Viele Amerikaner sind in Südkorea ums Leben gekommen.«

»Korrekt.«

»Und wirst du es noch mal tun? Wirst du noch einmal Atomraketen starten?«

»Wenn ich muss, Liebes«, antwortete Pauline. »Wenn Amerikaner getötet oder bedroht werden, ja.«

»Aber du wirst alles versuchen, es nicht zu tun.«

»Mit all meiner Kraft.« Pauline schaute auf ihre Uhr. »Und genau das werde ich jetzt tun. Wir haben eine Besprechung angesetzt, und in Beijing wacht man gerade auf.«

»Viel Glück, Mommy.«

Auf dem Weg zum Lagezentrum kam Pauline an einer Tür vorbei, auf der *Nationaler Sicherheitsberater* stand, und einem Impuls folgend klopfte sie an.

»Ja?«, hörte sie Gus' Stimme.

»Ich bin's. Bist du so weit?«

Gus öffnete die Tür. »Ich ziehe mir gerade die Krawatte an. Willst du kurz reinkommen?«

Während Pauline zuschaute, wie er sich die dunkelgraue Krawatte band, sagte sie: »Was auch immer die Chinesen tun werden, es wird in den nächsten zwölf Stunden geschehen, denke ich. Wenn sie es verschieben, wird es in ihren Augen wie Schwäche aussehen.«

Gus nickte. »Alle wollen Stärke zeigen, sowohl den eigenen Verbündeten gegenüber als auch gegenüber den Feinden.«

»Und das ist nicht nur eine Frage der Eitelkeit. Wenn man stark aussieht, dann wird man weniger wahrscheinlich angegriffen. In der internationalen Politik ist das nicht viel anders als auf dem Schulhof.«

Gus drehte sich zu ihr um. »Sitzt mein Schlips?«

Pauline zog ihn zurecht, auch wenn das nicht wirklich nötig war. Sie roch Holzrauch und Lavendel. Mit den Händen auf seiner Brust schaute sie zu Gus hinauf. Dann kam ihr ungewollt etwas über die Lippen, was sie nicht geplant hatte: »Wir können keine fünf Jahre warten.«

Sie war über sich selbst überrascht; aber es war die Wahrheit.

»Ich weiß«, sagte er.

»Wir haben vielleicht keine fünf Jahre mehr.«

»Vielleicht noch nicht einmal fünf Tage.«

Pauline atmete tief durch, dachte nach und sagte schließlich: »Gus, wenn wir das Ende dieses Tages erleben, sollen wir dann die Nacht zusammen verbringen?«

»Gott, ja!«

»Bist du sicher, dass du das willst?«

»Von ganzem Herzen.«

»Berühr mein Gesicht.«

Gus legte Pauline die Hand auf die Wange. Pauline drehte den Kopf und küsste seinen Handteller. Lust keimte in ihr auf. Sie hatte das Gefühl, als würde sie gleich die Kontrolle verlieren. Sie wollte nicht länger warten.

Das Telefon klingelte.

Pauline wich einen Schritt zurück, als könnte der Anrufer sie hier entdecken.

Gus drehte sich um und griff nach dem Mobilteil. Nach einem Moment sagte er: »Okay.« Dann legte er auf. »Präsident Chen will dich sprechen.«

Die Stimmung änderte sich sofort.

»Der ist aber früh aufgestanden«, bemerkte Pauline. In Beijing war es fünf Uhr. »Ich werde den Anruf im Lagezentrum entgegennehmen, wo jeder mithören kann.«

Gemeinsam verließen sie den Raum.

Pauline schob ihre Gefühle für Gus beiseite und konzentrierte sich voll und ganz auf das, was vor ihr lag. Jetzt musste sie ihr Privatleben – als Mutter eines Teenagers und Frau eines untreuen Ehemannes, die sich in einen Kollegen verliebt hatte – erst einmal vergessen. Nun musste sie all das hinter sich lassen und die Anführerin der freien Welt sein. Und doch durfte sie dabei auch nicht vergessen, dass eine falsche Entscheidung auch Konsequenzen für Pippa, Gerry und Gus haben würde.

Pauline straffte die Schultern und betrat das Lagezentrum.

Die Wandbildschirme zeigten alle erhältlichen Informationen: Satelliten- und Infrarotbilder sowie die Fernsehnachrichten aus den USA, Beijing und Seoul. Paulines wichtigste Mitarbeiter saßen am Tisch. Vor noch gar nicht allzu langer Zeit hatte sie Kabinettssitzungen gern mit einem Scherz begonnen. Jetzt war ihr nicht nach Scherzen zumute.

Pauline setzte sich. »Schalten Sie ihn auf Lautsprecher.« Ihre

Stimme nahm einen freundlichen Tonfall an. »Guten Morgen, Staatspräsident Chen. Sie sind heute aber früh dran.«

Chens Gesicht erschien auf den Bildschirmen im Raum. Er trug seinen üblichen blauen Anzug. »Guten Morgen«, sagte er.

Mehr nicht. Kein Austausch von Höflichkeiten, keine Plauderei. Sein Tonfall war kalt. Pauline nahm an, dass noch andere bei ihm im Raum waren und jedes seiner Worte aufmerksam verfolgten.

»Herr Staatspräsident«, sagte sie, »ich denke, wir müssen beide eine weitere Eskalation in dieser Krise verhindern. Ich bin sicher, das sehen Sie genauso.«

Seine Antwort kam sofort und aggressiv. »China hat nicht eskaliert! Die USA haben einen Flugzeugträger versenkt, Nordkorea angegriffen und Kernwaffen eingesetzt! *Sie* haben das Ganze eskalieren lassen!«

»Sie haben diese armen japanischen Seeleute auf den Diaoyu-Inseln bombardiert.«

»Das war Selbstverteidigung. Sie waren in China eingedrungen!«

»Das kann man so oder so sehen, aber wie dem auch sei, sie haben keine Gewalt eingesetzt. Sie haben nicht einem Chinesen ein Haar gekrümmt. Aber Sie haben sie getötet. *Das* nennt man Eskalation.«

»Was würden Sie tun, wenn chinesische Soldaten plötzlich San Miguel besetzen würden?«

Pauline musste kurz nachdenken, bis sie sich daran erinnerte, dass San Miguel eine große unbewohnte Insel vor der Küste von Südkalifornien war. »Dann wäre ich sehr wütend, Herr Staatspräsident, aber ich würde Ihre Leute nicht bombardieren.«

»Ach ja?«

»In jedem Fall muss das jetzt enden. Ich werde keinerlei militärische Aktionen mehr befehlen, wenn Sie das genauso halten.«

»Wie können Sie so etwas sagen? Sie haben einen Flugzeugträger versenkt, Tausende von Chinesen getötet und Nordkorea mit Atombomben angegriffen«, wiederholte Chen, »und jetzt haben Sie die Frechheit, von mir zu verlangen, nicht mehr militärisch zu reagieren. Das ist absurd!«

»Absurd? Für jeden, der einen Weltkrieg verhindern will, ist das nur vernünftig.«

»Lassen Sie mich eines klarstellen«, sagte Chen, und Pauline hatte das ungute Gefühl, die Stimme der Apokalypse zu hören. »Es gab einmal eine Zeit, da konnten die westlichen Mächte in China tun und lassen, was sie wollten, ohne Vergeltung fürchten zu müssen. Wir Chinesen nennen das die Zeit der Demütigung. Frau Präsidentin, diese Zeiten sind vorbei.«

»Sie und ich, wir haben immer als Gleichberechtigte miteinander gesprochen, und –«

Chen war noch nicht fertig. »China wird auf Ihre nukleare Aggression reagieren«, sagte er. »Der Zweck dieses Anrufs ist nur, Ihnen mitzuteilen, dass unsere Reaktion angemessen und gemäßigt sein wird. Sie stellt keinerlei Eskalation dar. Danach können Sie uns noch einmal bitten, auf weitere Militäraktionen zu verzichten.«

Pauline entgegnete: »Solange ich kann, werde ich den Frieden dem Krieg vorziehen. Aber jetzt bin ich dran, etwas klarzustellen, Herr Staatspräsident. Der Frieden endet in dem Moment, in dem Sie Amerikaner töten. General Pak hat diese Lektion heute Morgen gelernt, und Sie wissen, was mit ihm und seinem Land geschehen ist. Glauben Sie ja nicht, dass das bei Ihnen anders wäre.«

Pauline wartete auf Chens Antwort, doch Chen legte einfach auf.

»Dieser Idiot!«, fluchte sie. »Was hat den jetzt geritten?«

Gus sagte: »Er klang, als hätte ihm ein Politkommissar den Revolver an den Kopf gehalten.«

Sophia Magliani, die Geheimdienstkoordinatorin, sagte: »Das könnte sogar stimmen, Gus. Die CIA in Beijing glaubt, es habe eine Machtverschiebung gegeben, vielleicht sogar einen Putsch. Chang Kai, der Vizeminister für den Auslandsgeheimdienst, scheint verhaftet worden zu sein. Ich sage ›scheint‹, weil es keine öffentliche Verlautbarung dazu gibt, aber unser bester Agent in Beijing hat diese Information von Changs Frau bekommen. Chang ist ein junger Reformer. Eine Verhaftung legt nahe, dass die Hardliner die Kontrolle übernommen haben.«

Pauline sagte. »Das erhöht die Wahrscheinlichkeit, dass sie aggressiv antworten werden.«

»Genau, Madam President.«

»Es ist schon eine Weile her, dass ich den Chinaplan gelesen habe«, sagte Pauline. Das Pentagon hatte Kriegspläne für alle möglichen Szenarien. Der größte und wichtigste war natürlich der Russlandplan. China kam an zweiter Stelle. »Wovon reden wir hier, Luis?«

Der Verteidigungsminister wirkte hohlwangig, auch wenn er so gepflegt aussah wie eh und je. Sie alle steuerten auf ihre zweite Nacht ohne Schlaf zu. »Jede chinesische Militärbasis«, begann Luis, »die über Nuklearwaffen verfügt oder verfügen könnte, ist bereits in die Zielcomputer der ballistischen Interkontinentalraketen eingegeben. Wenn wir die abfeuern, beginnt der Krieg.«

Als Pauline diesen Plan zum ersten Mal gelesen hatte, war das alles noch abstrakt gewesen. Sie hatte ihn sorgfältig studiert, dabei aber die ganze Zeit über gedacht, dass ihre eigentliche Aufgabe darin bestand, dafür zu sorgen, dass dieser Plan nie umgesetzt wurde. Jetzt war das anders. Jetzt wusste sie, dass sie das vielleicht tun musste, und im Geiste sah sie bereits Atompilze und die schrecklich verbrannten Leichen von Männern, Frauen und Kindern.

Aber sie riss sich zusammen und sagte in sachlichem Ton: »Die Chinesen werden die Raketen binnen Sekunden auf ihren Bildschirmen sehen, aber sie brauchen dreißig Minuten, bis sie China erreichen.«

»Ja, und sobald sie auftauchen, werden die Chinesen mit ihrem eigenen Angriff auf die USA beginnen.«

Ja, dachte Pauline. Die mächtigen Wolkenkratzer von New York würden einstürzen; die funkelnden Strände von Florida würden radioaktiv verseucht werden, und die majestätischen Wälder im Westen würden in Flammen aufgehen.

»Wir haben etwas, was die Chinesen nicht haben«, sagte Pauline. »Eine Raketenabwehr.«

»Ja, die haben wir, Madam President«, bestätigte Luis. »Wir haben große Basen in Fort Greely in Alaska und auf der Vandenberg Air Force Base in Kalifornien. Dazu kommen viele kleinere Systeme, die meisten seegestützt.«

»Und funktionieren die?«

»Wir können nicht davon ausgehen, dass sie zu einhundert Prozent effektiv sein werden.«

Bill Schneider, der wie immer ein Headset trug, das ihn mit dem Pentagon verband, knurrte: »Es sind die besten der Welt.«

»Aber sie sind nicht perfekt«, sagte Pauline. »Wenn ich richtig verstanden habe, können wir gut die Hälfte der anfliegenden Raketen abfangen.«

Bill widersprach ihr nicht.

Luis sagte. »Wir haben auch Atom-U-Boote im Südchinesischen Meer, und sie sind in Reichweite von China. Jedes dieser Boote verfügt über bis zu zwanzig ballistische Raketen, und jede dieser Raketen wiederum hat drei bis fünf Sprengköpfe. Madam President, jedes dieser U-Boote verfügt über genügend Feuerkraft, um jedes Land der Erde zu vernichten. Und sie werden sofort das Feuer auf China eröffnen.«

»Vermutlich haben die Chinesen Ähnliches.«

»Nicht wirklich. Sie haben vier oder fünf U-Boote der Jin-Klasse. Jedes von ihnen kann zwölf Raketen tragen, doch diese Raketen haben nur je einen Sprengkopf. Ihre Feuerkraft ist nicht einmal annähernd mit unserer vergleichbar.«

»Wissen wir, wo diese Boote sind?«

»Nein. Moderne U-Boote sind sehr, sehr leise. Unsere hydroakustischen Sensoren bemerken sie nur, wenn sie sich unseren Küsten nähern. Und magnetische Detektoren, die für gewöhnlich in Flugzeugen eingesetzt werden, können ein solches Boot nur finden, wenn es dicht unter der Oberfläche fährt. Kurz gesagt: U-Boote können sich bis zum letzten Moment verstecken.«

Pauline hatte den Chinaplan genehmigt, und sie wusste auch nicht, wie man ihn hätte verbessern können, aber einen schnellen Sieg garantierte er nicht. Amerika würde gewinnen, ja, aber in beiden Ländern würden Millionen sterben.

Plötzlich schrie Bill Schneider: »Raketenstart!«

»Oh, nein!« Pauline schaute zu den Bildschirmen und sah keine Spur davon. »Wo?«

»Im Pazifik.« Bill sprach in sein Headset: »Genauer, verdammt! Seien Sie doch genauer!« Dann, nach einer kurzen Pause: »Im Ost-Pazifik, Madam President.« Wieder sprach er in sein Headset. »Schicken Sie Aufklärungsdrohnen los. Schnell!«

»Radarbild auf Bildschirm drei«, sagte Gus.

Pauline schaute auf den Bildschirm und sah einen roten Bogen über einem blauen Meer. Dann bewegte sich das Bild, und am linken Rand erschien eine vertraute Insel.

»Das ist nur eine ballistische Rakete«, sagte Bill. »Mehr nicht.«

»Und von wo ist sie abgefeuert worden?«, verlangte Gus zu wissen. »Aus China kann die nicht gekommen sein. Dann hätten wir sie schon vor einer halben Stunde gesehen.«

»Die muss von einem U-Boot stammen, das sofort wieder abgetaucht ist«, sagte Bill.

»Wir haben ein Drohnenbild!«

Pauline schaute genau hin. Die Insel bestand vorwiegend aus Wald, doch im Süden gab es ein bebautes Gebiet mit einem großen natürlichen Hafen. Fast die ganze Küstenlinie war Strand. »Oh Gott«, keuchte Pauline. »Das ist Honolulu.«

»Sie beschießen Hawaii.« Chess schnappte ungläubig nach Luft.

Pauline fragte: »Wie weit entfernt ist die Rakete noch?«

»Eine Minute, bis zum Einschlag«, antwortete Bill.

»Himmel! Hat Hawaii ein Abwehrsystem?«

»Ja«, antwortete Bill, »an Land und auf den Schiffen im Hafen.«

»Sagen Sie ihnen, sie sollen aus allen Rohren feuern!«

»Habe ich schon, aber die Rakete fliegt tief und schnell und ist nur schwer zu treffen.«

Sämtliche Bildschirme zeigten Bilder von Hawaii. Es war mitten am Nachmittag. Pauline sah die bunten Sonnenschirme am Strand von Waikiki. Am liebsten hätte sie geweint. Ein großer Jet startete gerade vom Flughafen Honolulu. Vermutlich war er voller Touristen, die mit ein wenig Glück dem Tod noch einmal von der Schippe springen würden. In Pearl Harbor lagen Kriegsschiffe und U-Boote der US Navy.

Pearl Harbor, dachte Pauline. Mein Gott, nicht schon wieder!

Bill sagte: »Dreißig Sekunden. Die Satellitenaufklärung hat das U-Boot gefunden und als chinesisch bestätigt.«

Pauline wusste, was sie zu tun hatte. Sie konnte kaum sprechen, doch irgendwie brachte sie es heraus. »S…« Sie räusperte sich. »Sagen Sie dem Pentagon, dass man sich dort auf meinen Befehl hin auf die Ausführung des Chinaplans vorbereiten soll.«

»Jawohl, Ma'am.«

»Bist du sicher?«, fragte Gus leise.

»Noch nicht«, antwortete Pauline. »Wenn diese Rakete mit konventionellem Sprengstoff beladen ist, können wir einen Atomkrieg vielleicht noch verhindern.«

»Aber sonst nicht.«

»Sonst nicht.«

»Das sehe ich genauso.«

»Zwanzig Sekunden«, sagte Bill.

Pauline bemerkte, dass sie aufgesprungen war, genau wie alle anderen auch. Sie konnte sich gar nicht daran erinnern.

Die Drohnenbilder änderten sich von einem Augenblick auf den anderen. Erst war ein Kondensstreifen über Wäldern zu sehen, dann über Feldern, über einem Highway voller Autos und Trucks – und alles in wunderbarem Sonnenschein. Pauline brach das Herz. Das ist meine Schuld, ging ihr immer wieder durch den Kopf. Das ist alles meine Schuld.

»Zehn Sekunden.«

Plötzlich waren da über ein Dutzend weitere Kondensstreifen. Die Raketenabwehr in Pearl Harbor hatte das Feuer eröffnet. »Davon muss doch eine treffen!«, schrie Pauline.

Dann zeigte das Bild den inzwischen furchtbar vertrauten orange-roten Kreis des Todes mitten in der Stadt, östlich vom Hafen und nördlich vom Flughafen.

Rasch verschlang der Kreis Menschen und Gebäude; dann stieg der Atompilz empor. Im Hafen verschluckte eine gewaltige Welle Ford Island. Die Flughafengebäude verschwanden binnen Bruchteilen von Sekunden, und die Flugzeuge gingen in Flammen auf. Honolulu war ein Inferno.

Pauline stand kurz davor, zusammenzubrechen und ihren Kopf in den Händen zu vergraben, doch sie zwang sich, sich wieder zusammenzureißen. »Bitte legen Sie die Einsatzzentrale des Pentagons auf den Lautsprecher«, befahl sie ohne das geringste Zittern in der Stimme.

Sie holte den Biscuit heraus. Sie hatte ihn schon heute Morgen zerbrochen, aber er war noch gültig. War das wirklich noch immer derselbe Tag?

Aus dem Lautsprecher sagte eine Stimme: »Hier spricht General Evers in der Einsatzzentrale im Pentagon, Madam President.«

Schweigen senkte sich über den Raum. Alle starrten Pauline an.

»General Evers, nachdem Sie den korrekten Code von mir gehört haben, werden Sie den Chinaplan ausführen. Haben Sie mich verstanden?«

»Jawohl, Ma'am.«

»Noch Fragen?«

»Nein, Ma'am.«

Pauline schaute wieder zu den Satellitenbildern. Sie zeigten den größten Albtraum der Menschheit. Halb Amerika wird wie dieses Inferno aussehen, wenn ich die Zahlen hier nicht vorlese, dachte Pauline.

Und vielleicht auch, wenn ich es tue.

Sie sagte: »Oscar, November, drei, sieben, drei. Ich wiederhole: Oscar, November, drei, sieben, drei.«

»Ich werde den Befehl erteilen, den Plan auszuführen«, sagte der General.

»Ich danke Ihnen.«

»Ich danke Ihnen, Madam President.«

Langsam, ganz langsam setzte Pauline sich wieder hin. Sie legte die Arme auf den Tisch und senkte den Kopf. Sie dachte an all die Menschen, die auf Hawaii gestorben waren und noch starben, und an all jene, die bald in China sterben würden und kurz darauf in den meisten großen Städten der USA. Sie schloss die Augen, aber sie sah sie noch immer. All ihr Selbstvertrauen strömte aus ihr heraus wie Blut aus einer klaffenden Wunde. Eine hilflose Trauer ergriff von ihr Besitz, eine Trauer, die so überwältigend war, dass sie am ganzen Körper zitterte. Sie hatte das Gefühl, als würde ihr das Herz zerspringen.

Und dann, endlich, weinte sie.

ENDE

Dank

Meine Berater für *Never* waren Catherine Ashton, James Cowan, Kim Darroch, Marc Lanteigne, Jeffrey Lewis, Kim Sengupta und Tong Zhao.

Mehrere Menschen waren überdies so freundlich, mir Interviews zu gewähren, einschließlich Gordon Brown, Des Browne und Enna Park.

Meine Lektoren waren Gillian Green, Vicki Mellor, Brian Tart und Jeremy Trevathan.

Zu den Freunden und Familienmitgliedern, die mir zur Seite standen, gehören Ed Balls, Lucy Blythe, Daren Cook, Barbara Follett, Peter Kellner, Chris Manners, Charlotte Quelch, Jann Turner, Kim Turner und Phil Woolas.

Ich danke euch allen.